十三經清人注疏

# 毛詩傳箋通釋

上

〔清〕馬瑞辰撰

陳金生點校

圖書在版編目(CIP)數據

毛詩傳箋通釋/(清)馬瑞辰撰;陳金生點校.—北京:
中華書局,1989.3(2025.8 重印)
(十三經清人注疏)
ISBN 978-7-101-00490-8

Ⅰ.毛… Ⅱ.①馬…②陳… Ⅲ.詩經-注釋
Ⅳ.I222.2

中國版本圖書館 CIP 數據核字(2003)第 114208 號

封面設計:周　玉
責任印製:管　斌

十三經清人注疏
毛詩傳箋通釋
(全三册)
〔清〕馬瑞辰 撰
陳金生 點校
*
中華書局出版發行
(北京市豐臺區太平橋西里 38 號　100073)
http://www.zhbc.com.cn
E-mail:zhbc@zhbc.com.cn
北京建宏印刷有限公司印刷
*
850×1168 毫米 1/32・38½印張・6 插頁・681 千字
1989 年 3 月第 1 版　2025 年 8 月第 16 次印刷
印數:22401-23900 册　定價:148.00 元

ISBN 978-7-101-00490-8

# 十三經清人注疏出版説明

自漢至清，經學在各門學術中占有統治的地位。經學的發展經歷了幾個不同的階段，而清代則是很重要的也是最後的一個階段。清代經學家在經書文字的解釋和名物制度等的考證上，超越了以前各代，取得了重要成果，這對我們利用經書所提供的材料研究古代的經濟、政治、文化、思想以至科技等，有重要的參考意義。

清代的經學著作，數量極多，體裁各異，研究的方面也不同。其中用疏體寫作的書，一般是吸收、總結了前人多方面研究的成果，又是現在文史哲研究者較普遍地需要參考的書，因此我們在十三經清人注疏這個名稱下，選擇這方面有代表性的著作，陸續整理出版。所選的并非全是疏體，這是因爲有的書未曾有人作疏，或雖然有人作疏，但不够完善，因此選用其它注本來代替或補充。禮書通故既非疏體又非注體，但它與禮記訓纂等配合，可起疏的作用，故也入選。大戴禮記不在十三經之内，但它與禮記（小戴禮記）是同類型的書，因此也收進去。對收入的書，均按統一的體例加以點校。

清代的經學著作還有不少有重要參考價值，這有待於今後條件許可時，按新的學科分類，選擇整理出版。

十三經清人注疏的擬目如下：

周易集解纂疏　李道平撰
尚書今古文注疏　孫星衍撰
今文尚書考證　皮錫瑞撰
尚書孔傳參證　王先謙撰
詩毛氏傳疏　陳　奐撰
毛詩傳箋通釋　馬瑞辰撰
詩三家義集疏　王先謙撰
周禮正義　孫詒讓撰
儀禮正義　胡培翬撰
禮記訓纂　朱　彬撰
禮記集解　孫希旦撰
禮書通故　黃以周撰
大戴禮記補注　孔廣森撰
（附王樹枏校正、孫詒讓斠補）

大戴禮記解詁　王聘珍撰
左傳舊注疏證　劉文淇等撰
春秋左傳詁　洪亮吉撰
公羊義疏　陳立撰
穀梁古義疏　廖平撰
穀梁補注　鍾文烝撰
論語正義　劉寶楠撰
孝經鄭注疏　皮錫瑞撰
孟子正義　焦循撰
爾雅義疏　郝懿行撰
爾雅正義　邵晉涵撰

中華書局編輯部
一九八二年五月

周禮正義　孫詒讓
爾雅義疏　郝懿行
孟子正義　焦　循
孝經鄭注疏　皮錫瑞
論語正義　劉寶楠
穀梁補注　鍾文烝
穀梁古義疏　廖　平
公羊義疏　陳　立
春秋左傳詁　洪亮吉
左傳舊注疏證　劉文淇等
大戴禮記解詁　王聘珍

中華書局編輯部

一九八二年五月

# 本書點校説明

在清代學者解釋和研究詩經的衆多著作中，馬瑞辰的毛詩傳箋通釋是最著名的幾部之一。至今想要較爲深入地研究一下詩經，這部書仍然是必須參考的。

馬瑞辰，字元伯，安徽桐城人。嘉慶十五年（公元一八一〇）進士，做過翰林院庶吉士、工部都水司員外郎等官。卸任後又歷主江西白鹿洞、山東嶧山、安徽廬陽等書院講席。太平軍攻陷桐城，他因堅持反對農民起義軍的立場，被逮而死。清史稿、續碑傳集等書都有傳。一生中主要寫了毛詩傳箋通釋一書，據他自己説，歷時十六載，道光十五年（公元一八三五）殺青。

清代學術的主流，從批判宋學的空疏開始，繼而轉入對古代典籍特別是儒家經典的重新校勘、注釋和分門别類的或綜合性的研究。多數學者主張繼承和發揚漢代經學的傳統，從而形成了以經學爲中心内容的所謂漢學，産生了大量著作。其中毛詩傳箋通釋是有關詩經的最有代表性的著作之一。清史稿本傳説，馬氏著此書，同時陳奂著毛詩傳疏，都號稱「專門之學」，「由是治毛詩者多推此兩家之書」。詩經的傳授，在漢代有齊詩、魯詩、韓詩三家，都屬於今文經學，毛詩則屬於古文經學。各家所依據的本子在文字上有差異，對詩意和文義的具體解釋也有許多不同。漢代以後，三家詩相繼亡佚，完整地保存下來的只有毛詩。毛詩的漢人注釋，主要有毛亨的傳，鄭玄的箋。傳、箋都十分簡略，唐代孔穎達著毛詩正義，對傳、箋做了詳細的疏釋。馬氏對正義和其他唐、宋學者的注釋都不滿意，在吸收前人特别是清代一些學者的研究成果和自己研究的基礎上，重新做了疏釋，因而名爲毛詩傳箋通釋。

這部書的主要優點，我認爲首先是發揮了清代學者擅長音韻學、文字學、訓詁學和名物考證的優勢，特别是運用了依聲求義的方法來校勘、解釋文字。詩經是羣經中産生時代較早的一部（此外還有周易和尚書），文字多古音古義。而且毛詩依據的文本是古文經，其中假借字比較多。作者能廣徵博引，觸類旁通，「以古音古義證其譌互，以雙聲疊韻别其通借」（自序），有時一個字（實字或虚字）能從古書中找出十個以上通假的例證，並求出本字本義，從而糾正了清以前許多學者望文生義、牽强附會的解釋，比較準確地解釋了字義和語法，使一些疑難問題涣然冰釋。其中有不少創見，不僅對正確理解詩經文義有幫助，而且對理解其它古書文義也有啓發。其次，在一些問題上能够採取比較實是求是的態度。例如對毛傳和鄭箋，並不完全盲從，凡認爲毛傳、鄭箋或兩者都解釋錯了的地方，都一一指出，並另立新説。對毛傳和鄭箋的同異，也注意辨明。毛傳屬古文經學，而鄭玄則融會今古文，他解毛詩，雖然「宗毛爲主」，但「如有不同，即下己意」（鄭志）。所謂「己意」，實際上主要是吸收了三家詩特別是韓詩的異説。對傳、箋的同異，孔穎達毛詩正義等書往往以同爲異，或混異爲同，本書一一糾駁，有許多是很有説服力的。此外，作者在一定程度上摒除了門户宗派之見，對散見古書的三家詩遺説，凡認爲有助於解釋詩經的，都加以引證。對唐宋元明人的著作特別是朱熹詩集傳，也有所採取。對清代學者的見解，引用更多。但本書也有若干嚴重缺點。首先是作者過於尊信詩序，他敢於批評毛傳、鄭箋的錯誤，對詩序則極少批評，幾乎完全依照詩序來解釋每首詩的本事和主題思想，對具體文字的解釋也都屈從於詩序所定的框框，這就造成了若干牽強附會和歪曲，束縛和妨礙了對詩意、文義的正確理解。其次，喜好依照三禮來解釋詩經中的禮制。三禮比詩經晚出，其中含有不少儒家理想和造作的成分，未必完全符合詩經時代的制度與風習，將兩者等量齊觀，也難免造成一些牽強。至於書中表現的其他封建觀點和迂腐之處，更不用説了。上述優點和長處，缺點與局限，當然基本上也是當時許多漢學家不同程度地共同具有的。而最難令人原諒的則是本書引用書證不够謹嚴。漢學重證據，引書特別多，常憑記憶或轉引，不能一一核對原書，同時原書本身也有不同的版本，因而發生一些錯誤是難免的。但相對而言，本書的錯誤較多。而且有些書證還很牽強。如卷一周南召南考論證「南」爲國名，此説本身不爲無據，但其中引呂氏春秋音初篇「實始作爲南音」爲一證，而音初篇原文還提到「東音」、「西音」、「北音」、東、西、北都表方位，很難説南字不表方位而是國名。又引高誘注説：「南音，南方南國之音。」我查了幾種版本，都作「南方國風之音」，不作「南國」。又如卷十六釋七月「晝爾于茅」，訓「于」爲「取」，「于茅」即「取茅」，以孟子引太誓「侵于之疆，則取其殘」爲一證，認爲「侵于之疆」即「侵取其疆」。但下句「則取其殘」，孟子各本實作「則取于殘」，上下兩「于」字一般説不應異訓，如下句「于」字也訓「取」，則「取于」即「取取」，義複。馬氏引作「取其」，固然避開了這一矛盾，但不知道他依據的是孟子的何種版本。此外還有些引文，查原書根本没有那樣的話。廣雅書局翻刻本書，廖廷相在跋語中也舉了些例子，指出「馬氏著此書，艸艸刻成，未及詳校，其中引用不免譌舛」，甚至説：「豈自序所謂『意有省會，復加點竄』者歟？」這就是懷疑馬氏有意竄改引文了。我想這樣説也許言之過重。但研究者如果想要採用他的某一説法，對他所引的部分書證恐怕還有必要核查一下的。

以上所説，只是點校過程中得到的一些初步印象，説不上是對本書全面而確切的評價，謹供參考而已。無論如何，本書在清代有關詩經的著作中仍屬上乘，是很值得有關研究者一讀的。

本書有道光十五年乙未學古堂初刻本，現在流傳的已極少。光緒十四年（公元一八八八）由廣雅書局翻刻了一次（後編入廣雅書局叢書），對初刻本的譌誤（包括引書的錯誤）有所訂正，大致情形見於廖廷相的跋語（見本書附録）。同年王先謙編印皇清經解續編收入此書，翻刻時也有所校正。二者訂正之處有所不同，同時在翻刻中又各自産生了一些新的刊誤，所以存在一些異文。這次整理，鑒於初刻本譌誤較多，故採用廣雅書局本爲底本，以皇清經解續編本（校語中簡稱續經解本）爲校本。底本誤校本不誤的，據校本改正並出校，有時還補充一點其他書證或理由；但少數十分明顯的錯誤則據改而不出校。底本不誤而校本誤的，除個别有必要加以説明者外，概不出校。此外還有大量是兩本都誤的，一般都屬於沿襲初刻本的錯誤，其中大部分屬於引書錯誤，包括書名（如引禮記誤作周禮、左傳誤作公羊傳之類）、篇名（如引禮記緇衣誤作表記、左傳襄公誤作昭公或年數錯誤之類）以及引文本身的錯誤等。這次儘可能地做了一些核校。書名、篇名的錯誤，凡發現的一般都改正出校。引文分幾種情況：一種是對原文有所省改、删併，或僅括述大意，但含義無大出入的，都不改動，也不出校，並仍加引號，以明起訖。一種是文字有譌脱而影響文義的，都參照原書改正並出校。還有的雖有譌脱，但馬氏是根據誤文立論，改了反而與上下文義相牴牾的，則只出校説明譌脱的情況而不改動原文。馬氏引書的錯誤除因寫作時疏忽及刊刻時未仔細校對原稿所造成外，還由於根據誤本。這次核校儘可能採用精校本，或參考數本及前人校説，擇善而從。但除少數常用書的版本在首見處注明外，其他一般不作交代，以避文繁。此外，還根據上下文義校改了引書以外的一些錯誤。以上合計校改九百餘處，其中容有不當或不必之處，好在除極少數明顯錯誤逕依校本改正外，都寫有校語，讀者自己可以判斷和復原。避清諱和孔丘諱的字，如玄作元、胤作允、曆作歷或厤、丘作邱以及缺筆之類，一般都逕改。少數譌體字根據説文等字書改正，異體字在同一條内交錯出現容易引起誤會的適當統一，都不出校。另外，本書少數詩篇的名稱與通行本毛詩有所不同，如樛木作南有樛木，麟之趾作麟趾，子衿作青衿，節南山、信南山作節彼南山、信彼南山，小旻、召旻作小緡、召緡，雝作雍，那作郍等，其中有的可能是由於作者記憶偶誤，有的是由於使用了通假字、古體字，有的是爲了避諱（如旻改作緡當是避道光旻寧諱），現一律改從通行本（除在篇題下出校外，其他引用處均逕改），以便於讀者查找。馬氏自編的目次過於簡略，另編了一個本書檢目以便檢索。但原目次附有馬氏按語，故仍保存。

陳金生

一九八四年十二月

# 本書檢目

## 卷五

### 鄘風

## 卷六

### 衛風



## 卷七

### 王風



## 卷八

### 鄭風

## 卷九

### 齊風

## 卷十

### 魏風



## 卷十一

### 唐風



## 卷十二

### 秦風

卷十三
陳風

卷十四
檜風

## 卷二十一

### 小雅（谷風之什）



## 卷二十二

### 小雅（甫田之什）

## 卷二十三

小雅（魚藻之什）



## 卷二十四

大雅（文王之什）

# 毛詩傳箋通釋自序

昔周官六詩並教，比、興、賦義久不分；迨漢世四家疊興，齊、魯、韓說多早逸。毛學顯自河間，實詞微而旨遠；鄭箋傳由棘下，亦派異而源同。余幼稟義方，性耽著述；愧羣經僅能涉獵，喜葩詞别有會通。五際潛研，幾忘流麥；一疑偶析，如獲珠船。然第藏諸篋笥，未敢懸之國門。迨年逾弱冠，遊宦春明；獲問奇於子雲，快咨事於伯始。輙有出門之合，戈無入室之操。志存譯聖，冀兼綜乎諸家；論戒鑿空，希折衷於至當。然始則兼攻帖括，未獲專精；繼復沈迷簿書，無暇博覽。四十以後，乞身歸養；既絶意於仕途，乃殫心於經術。爰取少壯所采獲，及於孔疏、陸義有未能洞澈於胸者，重加研究。以三家辨其異同，以全經明其義例；以古音古義證其譌互，以雙聲疊韻别其通借。意有省會，復加點竄。歷時十有六年，書成三十二卷。將徧質之通人，遂妄付諸剞劂。初名毛詩翼注，嗣改傳箋通釋。述鄭兼以述毛，規孔有同規杜。勿敢黨同伐異，勿敢務博矜奇。實事求是，祗期三復乎斯言。窮愁著書，用誌一經之世守。道光十有五年四月既望，桐城馬瑞辰識。

# 毛詩傳箋通釋目次

卷二十九臣工之什

卷三十閔予小子之什

卷三十一魯頌駉之什

卷三十二商頌那之什

右所列目次，首列雜考各説，餘皆依毛詩次序。惟蕩之什卷帙較繁，遂分爲二。此亦猶邶、鄘、衞詩，三家舊皆合爲一卷，獨毛詩析而爲三者，徒以篇卷較多，非别有義意也。

# 毛詩傳箋通釋例言

一、詩自齊、魯、韓三家既亡，説詩者以毛、鄭爲最古。據鄭志答張逸云：「注詩宗毛爲主。毛義隱略，則更表明。」是鄭君大恉，本以述毛，其箋詩改讀，非盡易傳，而正義或誤以爲毛、鄭異義。又鄭君先从張恭祖受韓詩，凡箋訓異毛者多本韓説，其答張逸亦云：「如有不同，卽下己意。」而正義又或誤合傳、箋爲一。瑞辰粗孯二學，有確見其分合異致，爲義疏所剖析者，各分疏之，故以傳箋通釋爲名。

一、毛詩用古文，其經字多假借，類皆本於雙聲疊韻，而正義或有未達。有可證之經傳者，均各考其原流，不敢妄憑肊見。

一、三家詩與毛詩各有家法，實爲異流同原。凡三家遺説有可與傳、箋互相證明者，均各廣爲引證，剖判是非，以歸一致。

一、毛詩經字流傳，不無焉魯。有可卽傳、箋注釋以辨經文譌誤者，鄙見所及，均各分條疏釋。

一、考證之學，首在以經證經，實事求是。顧取證既同，其説遂有出門之合。瑞辰昔治是經，與郝蘭皋户部、胡墨莊觀察有針芥之投，説多不謀而合，非彼此或有襲取也。

一、說經最戒雷同。凡涉獵諸家，有先我得者，半皆隨時删削。閒有義歸一是，而取證不同，或引據未周，而說可加證，必先著其爲何家之說，再以己說附之。又有積疑既久，偶得一說，昭若發矇，而其書或尚未廣布，遂兼取而詳載之。亦許叔重「博采通人」之意也。

一、是書先列毛、鄭說於前，而唐宋元明諸儒及國初以來各經師之說有較勝漢儒者，亦皆采取，以闢門户之見。

# 毛詩傳箋通釋卷一

## 雜考各說〔一〕

### 詩入樂說

詩三百篇，未有不可入樂者。虞書曰：「詩言志，歌永言，聲依永，律和聲。」歌、聲、律皆承詩遞言之。毛詩序曰：「在心爲志，發言爲詩。」又曰：「言之不足，故嗟嘆之；嗟嘆之不足，故永歌之。」此言詩所由作，卽虞書所謂「詩言志，歌永言」也。又曰：「情發於聲，聲成文謂之音。」此言詩播爲樂，卽虞書所謂「聲依永，律和聲」也。若非詩皆入樂，何以被之聲歌，且協諸音律乎？周官大師教六詩，而云「以六德爲之本，以六律爲之音」，是六詩皆可調以六律已。墨子公孟篇曰：「誦詩三百，弦詩三百，歌詩三百，舞詩三百。」鄭風子衿詩毛傳云：「古者教以詩樂，誦之歌之，弦之舞之。」其說正本墨子。是三百篇皆可誦歌弦舞已。若非

〔一〕「雜考各說」四字原無，據馬氏自編目次補。

詩皆入樂，則何以六詩皆以六律爲音？又何以同是三百篇，而可誦者卽可弦可歌可舞乎？左傳，吳季札請觀周樂，使工爲之歌周南、召南，並及於十二國。若非入樂，則十四國之詩不得統之以「周樂」也。史記言「詩三百五篇，孔子皆弦歌之，以求合於韶、武、雅、頌」。若非入樂，則詩三百五篇不得皆求合於韶、武、雅、頌也。六藝論云：「詩，弦歌諷諭之聲也。」鄭志答張逸云：「國史采衆詩，時明其好惡，令瞽矇歌之。其無所主，皆國史主之，令可歌。」據此，則鄭君亦謂詩皆可入樂矣。程大昌謂南、雅、頌爲樂詩，自邶至豳皆不入樂，爲徒詩，其說非也。或疑詩皆入樂，則詩卽爲樂，何以孔子有删詩、訂樂之殊。不知詩者，載其貞淫正變之詞；樂者，訂其清濁高下之節。古詩入樂，類皆有散聲疊字以協於音律。卽後世漢、魏詩入樂，其字數亦與本詩不同。則古詩之入樂，未必卽今人誦讀之文，一無增損，蓋可知也。古樂失傳，故詩有可歌有不可歌。大戴禮投壺篇曰：「凡雅二十六篇。其八篇可歌，歌鹿鳴、貍首、鵲巢、采蘩、采蘋、伐檀、白駒、騶虞；八篇廢，不可歌；其七篇商、齊，可歌也；三篇間歌。」所謂可歌者，謂其聲律猶存；不可歌者，僅存其詞而聲律已不傳也。若但以其詞言之，則三百五篇俱在，豈獨鹿鳴、鵲巢諸篇爲可歌哉。

## 魯詩無傳辨

漢書儒林傳曰：「申公獨以詩經爲訓故以教，無傳，疑者則闕弗傳。」顏師古以「無傳」爲「不爲解説之傳」，其説誤也。漢書楚元王傳言：「申公始爲詩傳，號魯詩。」太平御覽二百三十二卷引魯國先賢傳曰：「漢文帝時聞申公爲詩最精，以爲博士。申公爲詩傳，號爲魯詩。」何休公羊傳注、班固白虎通義、文選李善注皆引魯詩傳。是魯詩有傳之證。考史記儒林傳曰：「申公獨以詩經爲訓故以教，無傳疑，疑者則闕弗傳。」當讀「無傳疑」爲句，下云「疑者則闕弗傳」乃釋上「無傳疑」三字也。傳讀如傳授之傳，非傳注之傳。漢書説本史記而誤脱一「疑」字，顏師古遂讀「無傳」爲句，而以「無解説之傳」釋之，誤矣。陸德明經典序録〔一〕言：「魯人申公受詩於浮丘伯，以詩經爲訓故以教，無傳，疑者則闕弗傳。」「無傳」下亦少一「疑」字，蓋承漢書儒林傳之誤。史記索隱亦謂「申公不作詩傳」，則誤以史記「無傳疑」疑字爲衍文耳。

## 毛詩詁訓傳名義考

漢藝文志載詩凡六家，有以「故」名者，魯故、韓故、齊后氏故、孫氏故是也；有以「傳」名者，齊后氏傳、孫氏傳、韓内傳、外傳是也。惟毛詩兼名「詁訓傳」，正義謂其「依爾雅訓詁爲

〔一〕按經典序録疑當作經典釋文序録。陸氏著經典釋文，首卷爲序録。

詩立傳」，又引一說謂其「依故昔典訓而爲傳」，其說非也。漢儒說經，莫不先通詁訓。漢書揚雄傳言「雄少而好學，不爲章句，訓故通而已」。儒林傳言丁寬「作易說三〔一〕萬言，訓故舉大義而已」。而後漢書桓譚傳亦言譚「徧通五經，皆詁訓大義，不爲章句」。則知詁訓與章句有辨。章句者，離章辨句，委曲支派，而語多傅會，繁而不殺，蔡邕所謂「前儒特爲章句者，皆用其意傳，非其本旨」，劉勰所謂「秦延君之注堯典，十餘萬字，朱普之解尚書，三十萬言，所以通人惡煩，羞學章句」也。詁訓則博習古文，通其轉注、假借，不煩章解句釋，而奧義自闢，班固所謂「古文讀應爾雅，故解古今語而可知」也。史、漢儒林傳、漢藝文志皆言魯申公爲詩訓故，而漢書楚元王傳及魯國先賢傳皆言申公始爲詩傳，則知漢志所載魯故、魯說者，卽魯傳也。何休公羊傳注亦言「傳謂詁訓」，似故訓與傳初無甚異。而漢志旣載齊后氏故、孫氏故、韓故，又載齊后氏傳、孫氏傳、韓内外傳，則訓故與傳又自不同。蓋散言則故訓、傳俱可通稱，對言則故訓與傳異，連言故訓與分言故、訓者又異。故訓卽古訓，烝民詩「古訓是式」，毛傳：「古，故也。」鄭箋：「古訓，先王之遺典也。」又作詁訓，說文：「詁，訓，故言也。」〔二〕至於傳，則釋名訓爲傳示之傳，正義以爲「傳通其義」。蓋詁訓第就經文所

〔一〕「三」原作「二」，據漢書儒林傳改。

〔二〕按說文言部云：「詁，訓故言也。」馬氏讀作「詁訓，故言也」（下文言「蓋詁訓本爲故言」亦可證），誤。

言者而詮釋之，傳則並經文所未言者而引伸之，此詁訓與傳之別也。古有倉頡訓故，又有三倉訓詁，此連言故訓也。爾雅、廣雅俱以「釋詁」、「釋訓」名篇，張揖雜字曰：「詁者，古今之異語也。訓者，謂字有意義也。」詩正義曰：「詁者，古也；古今異語，通之使人知也。訓者，道也；道物之貌以告人也。」又引爾雅序曰：「釋詁，通古今之字與古今異言也；釋訓，言形貌也。」趙宧光曰：「通古合今曰釋詁，以今合古曰釋言，釋其所釋曰釋訓。」此分言詁、訓也。蓋詁訓本爲故言，由今通古皆曰詁訓，亦曰訓詁。而單詞則爲詁，重語則爲訓，詁第就其字之義旨而證明之，訓則兼其言之比興而訓導之，此詁與訓之辨也。毛公傳詩多古文，其釋詩實兼詁、訓、傳三體，故名其書爲詁訓傳。嘗卽關雎一詩言之：如「窈窕，幽閒也」、「淑，善；逑，匹也」之類，詁之體也。「關關，和聲也」之類，訓之體也。若「夫婦有別則父子親，父子親則君臣敬，君臣敬則朝廷正，朝廷正則王化成」，則傳之體也。而餘可類推矣。訓故不可以該傳，而傳可以統訓故，故標其總目爲詁訓傳，而分篇則但言傳而已。

## 詩譜次序考

毛詩次序，當以詩譜爲正。今世所傳詩譜，與注疏本先後次序異者二：一以檜、鄭爲一譜，一以王風居豳後。今按：檜滅於鄭而居鄭前以合爲一譜，與邶、鄘之先衞無異，此可據鄭譜以正注疏本之誤者也。至以王居豳後，孔疏謂其「退就雅、頌，並言王世故耳」〔一〕。但考鄭志答張逸云：「以周公專爲一國，上冠先公之業，亦爲優矣，所以在風下，次於雅前。」是鄭君亦以豳居風末，未嘗以王退雅前，此可據鄭志以證詩譜之紊者也。

## 詩譜逸文考

後漢書鄭康成傳敘所著有毛詩譜。釋文序録載「鄭玄詩譜二卷，徐整暢，太叔求隱」。蓋康成作詩譜，徐整遵暢厥旨，太叔求又表其微意而謂之隱，猶漢志春秋家有左氏微、鐸氏微也。而隋經籍志載毛詩譜三卷，云「吴太常卿徐整撰」；又載毛詩譜二卷，云「太叔求及劉炫注」。撰蓋撰述之義，非謂詩譜爲徐整作也；注卽隱之類耳。孔疏以二劉爲本，今詩譜正義當卽採劉炫之注而引伸之。鄭譜原本至宋已亡，歐陽永叔得其殘本於絳州，取孔氏正義所載詩譜補之，然考諸書所引，尚有在今本詩譜外者。如釋文序録「克傳魯人孟仲子」，注引詩譜云：「子思之弟子。」「長卿授解延年」，注引詩譜云：「齊人。」關雎釋文引沈重云：「按鄭詩譜意，大序是子夏作；小序是子夏、毛公合作，卜商意有不足，毛更足成之。」皆正義本所無。

〔一〕按：毛詩正義（阮刻十三經注疏本，下同）王城譜疏云：「王詩次在鄭上，譜退豳下者，欲近雅、頌，與王世相次故也。」本書引之，括其意而文有脱誤。

而國風正義引詩譜云：「魯人大毛公爲詁訓傳於其家，河間獻王得而獻之，以小毛公爲博士。」維天之命正義引譜云：「孟仲子者，子思弟子。」又引譜云：「子思論詩『於穆不已』，孟仲子曰『於穆不似』。」今正義本詩譜亦無之。竊意鄭君詩譜別有諸家傳授次序一篇，而正義失載，因逸之耳。後漢書郡國志右扶風「栒邑有豳鄉」，注引詩譜「又有劉邑」，潁川郡「有嵩山」，注引詩譜云「外方之山卽嵩也」，皆在正義本詩譜之外。至大序正義引詩譜云「師摯之始，關雎之亂，早失風聲矣」，周南召南譜正義引譜云「天子納變雅，諸侯納變風，其禮同」，又引譜下文云「路寢之常樂，風之正經也，天子歌周南，諸侯歌召南」，皆當爲周南召南譜之逸文。又擊鼓正義引譜曰「刺怨相尋」，由儀正義引鄭譜言「辭義皆亡者，對六篇有義無辭，新宮并義亦無」，鴻雁正義引譜曰「文王巡守述職」，文王正義引譜云「以曆校之，文王受命十三年辛未之歲，殷正月六日殺紂」，天作正義引譜云「參訂時驗」，是今本詩譜所無而正義引之者甚夥，似孔氏亦嘗見詩譜全文而今本實有闕逸也。徐整詩譜暢今亦不傳。釋文序録引徐整云：「子夏授高行子，高行子授薛倉子，薛倉子授帛妙子，帛妙子授河間人大毛公，大毛公爲故訓傳於其家，以授趙人小毛公。小毛公爲河間獻王博士，以不在漢朝故，不列學宮。」又引漢書儒林傳「授同國貫長卿」，注云：「徐整作長公。」蓋皆徐整詩譜暢逸文之僅存者，是亦斷璧殘圭之可寶貴已。若後漢書郡國志河東郡曲沃，注云：「曲沃在縣東北數里，與晉相去六、七百里，見毛詩譜注。」所謂注者，未知其爲太叔求之隱，抑爲劉炫之注。歐陽公詩譜補亡後序謂「絳州所得詩譜殘本，其文有注而不見名氏」，則固已無可考矣。

## 十五國風次序論

孔疏云：「自衞以下十有餘國，編次先後，舊無明説，去聖久遠，難得而知。欲以先後爲次，則齊哀先於衞頃，鄭武後於檜國，而衞在齊先，檜處鄭後，是不由作之先後也。欲以國地爲序，則鄭小於齊，魏狹於晉，而齊後於鄭，魏先於唐，是不由國之大小也。欲以采得爲次，則雞鳴之作〔一〕遠在緇衣之前，鄭國之風必處檜詩之後，何當後作先采，先采後作乎？是不由采得先後也。」歐陽永叔詩譜補亡後序曰：「凡詩，雅、頌兼列商、魯，其正變之風十有四國，而其次比莫詳其義，惟封國、變風之先後不可以不知。周、召、王、豳同出於周，邶、鄘并於衞，檜、魏無世家，其可考者，陳、齊、衞、晉、曹、鄭、秦，此封國之先後也。豳、齊、衞、檜、陳、唐、秦、鄭、魏、曹，此變風之先後也。周南、召南、邶、鄘、衞、王、鄭、齊、豳、秦、魏、唐、陳、檜、曹，此孔子未删詩以前周太師樂歌之次第也。周、召、邶、鄘、衞、檜、鄭、齊、魏、唐、秦、陳、曹、豳、王，此鄭氏詩譜次第也。黜檜後陳，此今詩次第也。」今按：歐陽公所言周太師樂

〔一〕「作」原作「什」，據毛詩正義改。

歌之次第，蓋據左傳季札觀樂而言，而鄭譜次第誤以王列豳後。竊謂國風次序，當以所訂鄭譜爲正，周、召、邶、鄘、衛、王、檜、鄭、齊、魏、唐、秦、陳、曹、豳也。其先後次第，非無意義，但不得以一例求之。蓋於二南、邶、鄘、衛、王，可以見殷、周之盛衰焉。二南，周王業所起也。邶、鄘、衛，紂舊都也。王，東遷以後地也。首二南，見周之所以盛；次邶、鄘、衛，見殷之所以亡；次王，見周之所以始盛而終衰也。於檜、鄭、齊、魏、唐、秦，可以覘春秋之國勢焉。春秋之初，鄭最稱强，檜則滅於鄭者也，故檜、鄭爲先。鄭衰而齊桓創霸，故齊次之。齊衰而晉文繼霸，魏則滅於晉者也，故魏、唐次之。晉霸之後，秦穆繼霸，故秦又次之。若夫陳、曹、豳，則又詩之廢興所關焉。陳滅於淫，曹滅於奢，而豳則起於勤儉者也。以陳、曹居變風之末，見詩之所以息；以豳風居周雅之先，見詩之所以興。至豳之後於陳、曹，則又有反本復古之思焉。大抵十五國之風，其先後皆以國論，不得以一詩之先後爲定也。邶、鄘滅於衛，檜滅於鄭，魏滅於唐，皆附乎衛、鄭、唐以見，又以見一國之廢興焉，不得以國之小大爲定也。而采得之先後，載籍無徵，其不足以定次序，更無論矣。

## 風雅正變說

風、雅正變之說，出於大序，即以序說推之而自明。序云：「風，風也，教也。」又云：「上以風化下。」蓋君子之德風，故風專以化下爲正。至云「下以風刺上」，風，沈重音福鳳反，讀如諷，云：「自下刺上，感動之名，變風也。」蓋變化下之名爲刺上之什，變乎風之正體，是謂變風。序云：「雅者，正也，言王政之所由〔一〕廢興也。」此兼雅之正變言之。蓋雅以述其政之美者爲正，以刺其政之惡者爲變也。文、武之世，不得有變風、變雅。夷、厲、宣、幽之世，有變風，未嘗無正風；有變雅，未嘗無正雅也。蓋其時天子雖無道，而一國之君有能以風化下，如淇奧、緇衣之類，不得謂非正風也。宣王中興，雖不得爲聖主，而有一政之善足述，如車攻、吉日之類，不得謂非正雅也。風、雅之正變，惟以政教之得失爲分。政教誠失，雖作於盛時，非正也。政教誠得，雖作於衰時，非變也。論詩者但卽詩之美刺觀之，而不必計其時焉可也。

## 周南召南考

詩譜：「周、召者，禹貢雍州岐山之陽地名，今屬右扶風美陽縣。」考帝王世紀，岐山南有周原，括地志召亭在岐山縣西南十里，此周、召采邑之分地也。周、召分陝，以今陝州之陝原爲斷。括地志，陝原在陝州陝縣西南二十五里。周公主陝東，召公主陝西。乃詩不繫以陝東、陝

〔一〕「由」字原脱，據毛詩大序補。

西，而各繫以「南」者，「南」蓋商世諸侯之國名也。水經江水注引韓詩序曰：「二南，其地在南郡、南陽之間。」楚地記：「漢江之北爲南陽，漢江之南爲南郡。」吾鄉胡徵士虔曰：「案漢南郡，今湖北荆州府荆門州及襄陽、施南、宜昌三府之境。南陽，今河南南陽府汝州之境。周南之詩曰汝墳者，其東北境至汝也，曰漢廣、江永者，其西至漢，南至江也。召南之詩曰江沱者，其西北至蜀，東南至南郡也。大約周南有南郡之東而東至南陽，召南有南郡之西而西至巴蜀。」是韓詩以二南爲古國名矣。史記夏本紀夏之後有男氏，世本作南氏，潛夫論亦作南。男、南古同音假借，通用，左傳「鄭伯男也」，外傳作「伯南」。南氏即男氏耳。逸周書史記解：「昔南氏〔一〕有二臣貴寵，力鈞勢敵，競進爭權，下爭朋黨，君弗能禁，南氏以分。」路史「有南以二臣勢均爭權而分，後有南仲」，說本周書。是爲古二南分國之由。周、召二公分陝，蓋分理古二南國之地，故周、召各繫以南。竊疑樂記「四成而南國是疆，五成而分陝，周公左，召公右」，今本樂記無「陝」字，此從詩正義引及史記樂書。文正相連，所謂南國當即二南之國，謂疆理南國，使二公分治之，其屬周公者爲周南，屬召公者爲召南，故下即繼以左周右召。周、召皆爲采邑，不得名爲國風，故編詩必繫以南國之舊名也。呂氏春秋音初篇：「塗山女歌曰：『候人兮猗！』實始作爲南音。周公、召公取風焉，以爲周南、召南。」高誘注：「南音，南方南國之音。」蓋以「南」爲古國名，故於「南方」下更繫以「南國」也。云「南音」者，蓋猶「商人識之謂之商，

〔一〕南氏，逸周書作有南氏。

齊人識之謂之齊」，皆繫以國名也。云「周、召取風」者，蓋二公分治南國之地，因取南國之音以爲風，猶衞之兼有邶、鄘，因取邶、鄘之音以爲風也。又按：小雅以「東有」、「西有」、「南有」、「北有」對言，惟周南獨言「南有樛木」、「南有喬木」者，皆指南國而言，與論語言「周有八士」相同。又論語「南人有言曰」，孔注：「南人，南國之人。」不言南方而言南國。揚子方言：「衆信曰諒，周南、召南、衞之語也。」以二南與衞並稱。皆南爲南國之證。毛傳泛指南土、南方，並失之。四書釋地序引商丘宋犖以南爲國名，與予說略同。

## 二南后妃夫人說

周南序言后妃，召南序言夫人，孔疏謂「一人而二名，各隨其事立稱」，其說非也。周南，王者之風，故稱后妃；召南，諸侯之風，故稱夫人。皆泛論后妃、夫人之德，故周南關雎序云「所以風天下而正夫婦」，葛覃序云「則可以歸安父母」，卷耳序云「又當輔佐君子，求賢審官」，召南鵲巢序云「德如鳲鳩，乃可以配焉」，采蘩序云「夫人可以奉祭祀，則不失職矣」，皆泛言其德必如此而後可，未嘗言及大姒也。即鄭君詩譜歷舉大姜、大任、大姒之德，言「周歷世有賢妃之助以致其治，故二南之詩以后妃、夫人之德爲首」，亦第言周家世有婦德，未嘗專美大姒也。詩譜又云：「終以麟趾、騶虞，言后妃、夫人有斯德，興助其君子，皆可以成功，至於獲嘉瑞。」正是泛指后妃、夫人言之。后妃、夫人皆泛言，故召南序又由夫人而言及大夫妻，亦謂大夫妻之以禮自防、能循法度者，皆當如詩草蟲、采蘋之所歌耳。若以后妃、夫人爲指大姒，則所謂「大夫妻」者又將何指乎？周南漢廣汝墳序始言「文王之化」，召南甘棠行露以下序始言「召伯之教」、「文王之政」，至序言后妃、夫人則並未言及文王，何得謂其專美大姒乎？讀詩者惟以爲后妃、夫人之詩，不必實指后妃、夫人爲何人可也。

## 豳雅豳頌說

周官：「籥章掌土鼓、豳籥。」又言：「中春吹豳詩逆暑，中秋迎寒亦如之。凡國祈年於田祖，吹豳雅；國祭蜡，則吹豳頌。」豳雅、豳頌之名，始見於此。後鄭注以豳雅、豳頌皆指七月詩，於「凡國祈年於田祖，吹豳雅」注云：「七月又有于耜舉趾、饁彼南畝之事，是亦歌其類。謂之雅者，以其言男女之正。」於「國祭蜡，則吹豳頌」注云：「七月又有獲稻作酒、躋彼公堂、稱彼兕觥、萬壽無疆之事，是亦歌其類也。謂之頌者，以其言歲終人功之成。」至七月詩箋，於「女心傷悲，殆及公子同歸」箋云：「女感事苦而生此志，是謂豳風。」於「十月穫稻」三句箋云：「既以鬱薁及棗助男功，又穫稻而釀酒以助其養老之具，是謂豳雅。」於「躋彼公堂」三句箋云：「飲酒既樂，欲大壽無竟，是謂豳頌。」與籥章注小異。諸詩未有一篇之內備有風、雅、頌者，而鄭君獨謂七月一詩兼備三體，先儒嘗駁之矣。謹案：籥章以掌籥爲專司，故首言豳籥。先鄭謂「豳籥，豳國之地竹」，其説非也。禮記明堂位：「土鼓、葦籥，伊耆氏之樂也。」蓋籥後世始用竹，伊耆氏止以葦爲之，豳籥卽葦籥也。郊特牲正義謂伊耆卽神農。籥章「祈年於田祖」，鄭注：「田祖，始教耕者，神農也。」又言「祭蜡」，據史記小司馬補〔一〕三皇紀「神農始作蜡」，與郊特牲「伊耆氏始爲蜡」合，是伊耆卽神農之證。祈年所以祭神農，祭蜡亦行神農之禮，故仍其舊樂，祭以土鼓、葦籥。籥章既言土鼓，則知豳籥卽葦籥。不曰葦而曰豳，蓋豳人習之，因曰豳籥，猶「商人識之謂之商，齊人識之謂之齊」也。籥章專主吹籥，則統下豳詩、豳雅、豳頌三者皆吹以豳籥也。古者風、雅、頌皆可吹以籥，籥章以豳籥吹豳詩及雅、頌，故首以豳籥冠之耳。觀言逆寒暑吹豳詩，足證惟迎寒暑方以豳籥吹豳詩，外此則不吹豳詩。豳詩指七月之詩，籥章特言豳詩以別之，將以明乎豳雅、豳頌之不爲七月詩也。祈年吹豳雅，祭蜡吹豳頌，蓋祈年用雅，以豳籥吹之，因曰豳雅；祭蜡用頌，以豳籥吹之，因曰豳頌。總之，觀籥章言祭田祖，言祭蜡，言土鼓，則知豳籥卽葦籥矣。觀籥章首言豳籥，而後言吹豳詩，吹豳雅，吹豳頌，則知三者皆吹以豳籥，而雅、頌所以稱豳在是矣。觀迎寒暑吹豳詩，則知豳雅、豳頌之不用豳詩，正不必强分七月一詩以備三體矣。

〔一〕「補」原作「續」，據續經解本改。

## 豳非變風說

豳風，周公述祖德之詩也。太史因述周人頌公之詩以附其後，意主於美周公，不得以爲變風也。以詩序證之，序云：「王道衰，禮義廢，政教失，國異政，家殊俗，而變風、變雅作矣。」豳豈作於王道衰、政教失之時乎？以鄭譜言之，譜云：「孔子録懿王、夷王時詩，訖於陳靈公，謂之變風、變雅。」豳豈作於懿、夷及陳靈之世乎？據鄭志，張逸問：「豳七月專詠周公之德，宜在雅，今在風何？」答曰：「以周公專爲一國，上冠先公之業，亦爲優矣，所以在風下，次於雅前。」是鄭君以豳居風、雅之間，未嘗遂目爲風，豈得謂之變風乎？以此推之，則鄭君詩譜豳爲變風之說，亦未定之論耳。或以豳詩作於周公遭亂之時，故爲變風。然常棣之詩亦爲閔管、蔡作，胡不以爲變雅也？

## 王降爲風辨

周官大師教六詩，一曰風。是風乃詩之一體。詩序：「以一國之事，繫一人之本，謂之風；言天下之事，形四方之風，謂之雅。」亦謂其體有不同耳，非謂風爲諸侯之詩，雅爲天子之詩也。小雅有賓之初筵，大雅有抑，則諸侯未嘗無雅。十五國之風前有二南，後有王，則天子未嘗無風。王風蓋采風畿内，其詩合乎風之體，故列於風。雅兼天下，則不以代名；風主一國，則必以國名，十五國之風皆國名也。周平王遷於王城，故名其風爲王，稱其地，非稱其爵。陸德明謂猶春秋稱「王人」，非也。春秋傳季札觀樂，已爲歌王，與邶、鄘、衛爲一例，皆以其國名其風。詩譜謂貶而爲風，亦非也。

## 王風爲魯詩辨

晁景迂謂「齊、魯、韓三家皆以王風爲魯詩」，不知所本。嘗卽黍離一詩考之。太平御覽引韓詩云：「黍離，伯封作。」曹植令禽惡鳥論云：「尹吉甫信後妻之讒，殺孝子伯奇，其弟伯封求而不得，作黍離。」說本韓詩。是韓詩以黍離爲周詩矣。太平御覽又引齊詩云：「衛宣公之子壽閔其弟伋之見害，作憂思之詩，黍離之詩是也。」劉向治韓詩，兼治魯詩，其新序所載與齊詩略同，蓋魯詩說也。是齊、魯詩皆以黍離爲衛詩矣。一以黍離爲周詩，一以黍離爲衛詩，則三家未嘗以王風爲魯詩，蓋可知也。

## 邶鄘衛三國考

漢書地理志云：「周既滅殷，分其畿内爲三國。邶，以封紂子武庚；鄘，管叔尹〔一〕之；衛，蔡叔尹之。」此以管、蔡合武庚爲三監也。鄭氏詩譜言：「武王伐紂，以其京師封武庚，三分其地，置三監，使管叔、蔡叔、霍叔尹〔二〕而教之。自紂城而北謂之邶，南謂之鄘，東謂之衛。」皇甫謐帝王世紀又曰：「自殷都以東爲衛，管叔監之；殷都以西爲鄘，蔡叔監之；殷都以北爲邶，霍叔監之。是謂三監。」説與詩譜分國稍異，而以管、蔡、霍三叔爲三監則同。此以管、蔡、霍爲三監而不及武庚也。謹按：逸周書作雒解云：「武王克殷，乃立王子禄父，俾守商祀。建管叔於東，建蔡叔、霍叔於殷，俾監殷臣。」王尚書據孔晁注「建霍叔于殷」曰「霍叔相禄父也」，則孔本〔三〕但有霍叔無蔡叔，俗本「蔡叔」二字乃後人妄增也。王尚書又言：「監殷之人，其説有二，或以爲管叔、蔡叔而無霍叔，或以爲管叔、霍叔而無蔡叔。」説詳經義述聞，其論甚確。則鄭康成、皇甫謐以管、蔡、霍三叔爲三監，其説疏矣。又詩正義據尚書大傳云「武王殺紂，繼公子禄父，使管叔、蔡叔監禄父，禄父及三監叛」，以證禄父之外更有三人爲監。王尚書云：「上文云『使管叔、蔡叔監禄父』，則監者僅止二人，三監當爲二監之譌。」今按：專

〔一〕「尹」原作「引」，據續經解本及漢書地理志改。下「蔡叔尹之」句同。

〔二〕「尹」原作「引」，據續經解本及詩譜邶鄘衛譜改。

〔三〕「本」原作「注」，據續經解本改。

指監殷而言，則監者僅止二人；兼言監殷臣民，則武庚亦在三監之列。若如鄭譜及皇甫謐說，三叔分監其地，則武庚轉無分地矣。漢書地理志武庚封邶，管叔尹鄘，蔡叔尹衛，皆於經傳無徵。據史記周本紀：「封商紂子祿父殷之餘民。武王爲殷初定未集，乃使其弟管叔鮮、蔡叔度相祿父治殷。」又曰：「封弟叔鮮於管，弟叔度於蔡。」是二叔相殷與封國，判然兩事。管蔡世家：「封叔鮮於管，封叔度於蔡，二人相紂子武庚祿父治殷遺民。」蓋謂二叔俱未就國，爲相於殷，猶周公封魯而身相周也，則管、蔡固未嘗分據殷地矣。逸周書作雒解云：「俾康叔宇於殷。」史記衛世家云：「以武庚殷餘民封康叔爲衛君，居河、淇間故商墟。」是知康叔封衛，卽武庚舊封，則知武庚兼有衛地，不僅封邶矣。蓋周封武庚於殷，實兼有邶、鄘、衛之地，二監別有封國，而身作相於殷，並未嘗分據邶、鄘、衛之地也。地理志及鄭康成詩譜、皇甫謐帝王世紀謂三分其地置三監者，皆臆說耳。竊考逸周書世俘解云：「甲申，百弇以虎賁誓命伐衛。」是紂時已有衛稱。說文：「邶，故商邑，河內朝歌以北是也。」則邶、衛皆商之舊國，不因置三監始分其地，不得附會三國爲三監也。詩邶、鄘、衛所詠皆衛事，不及邶、鄘。漕邑，鄘地也，而邶詩曰「土國城漕」。泉水，衛地也，而邶詩曰「毖彼泉水」。又左傳衛北宮文子引邶詩「威儀棣棣」二句，而稱爲衛詩；吳季子觀樂，爲之歌邶、鄘、衛，季子曰：「吾聞衛康叔、武公之德如是，是其衛風乎！」則古蓋合邶、鄘、衛爲一篇，至毛公以此詩之簡獨多，始分邶、鄘、衞爲三，故漢志魯、齊、韓詩皆二十八卷，惟毛詩故訓傳分邶、鄘、衞爲三卷，始爲三十卷耳。

## 詩人義同字變例

阮宮保揅經室文集進退維谷解曰：「案谷乃穀之假借字，本字爲穀。『進退維穀』，穀，善也。以其近在『不胥以穀』之下，嫌其二穀相並爲韻，卽改一假借之谷字當之。此詩人義同字變之例也。」此例前人無言之者，言之自宮保始。今由宮保之說考之，三百篇中引伸觸類如此例者甚夥。有上用本字而下改用假借字者：如王風君子于役詩「羊牛下括」之括卽「曷其有佸」之佸，故韓詩於佸訓至，毛詩於括亦訓至，毛詩訓佸爲會，會亦至也。廣雅：「會，至也。」乃上用本字爲佸〔一〕，下則假借括字矣。說文：「括，絜也。」此括之本義。王風兔爰詩「逢此百罹」，罹卽羅字之別體，故說文無罹字，乃上言「雉離于羅」，下卽改用罹字矣。小雅正月詩「褒姒烕之」，卽滅字，故毛傳、說文並曰「烕，滅也」，乃上言「寧或滅之」，下卽改用烕字矣。大雅皇矣詩「此維與宅」，宅、度古通用，書「五流有宅」，史記作度，詩「宅是鎬京」，禮記引作度，可

〔一〕「佸」原作「括」，又下句「括」原作「佸」。按君子于役詩「曷其有佸」句在「羊牛下括」句之上，馬氏之意，「佸」爲本字，「括」爲假借字（括本義爲絜，訓至則爲假借），故云「上用本字爲佸，下則假借括字」。今據改。

證。詩意蓋言天始維四國是圖度，今乃西顧我周，維此是度也，乃上言「爰究爰度」，下卽借宅作度矣。有下用正字而上改用假借字者：如召南草蟲詩「喓喓草蟲」，卽爾雅「草螽，負蠜」也，乃下言「趯趯阜螽」，上卽借蟲爲螽矣。小雅蓼莪詩「母兮鞠我」，鞠卽育字之假借，乃下言「長我育我」，上卽假言「鞠我」矣。小雅信南山詩「維禹甸之」，據鄭注甸祝云「甸之言田」，說文「田，陳也」，「陳，治也」，是甸卽田也，乃下言「曾孫田之」，上卽假言「甸之」矣。大雅行葦詩「舍矢既均」，謂均齊也，乃下言「既均」，上言「四鍭既鈞」，卽假用鈞字矣。大雅抑詩「四方其訓之」，與「四國順之」句法一類，釋爲訓教則不詞，據書「是訓是行」，史記作「是順」，知訓卽順之假借，蓋因下言「四國順之」，上乃假訓爲順耳。又有一字則用其本字，兩字並用則改用俗字：如大雅抑詩「無言不讎」，鄭箋以售釋之，讎卽售之本字，漢高飲酒「讎數倍」是也；至邶谷風詩上既云「反以我爲讎」，則下「賈用不售」卽改用售字以別之，不得以說文無售字而遂疑爲後人妄改也。三百篇中有類此者，均可由是說推之矣。

## 鄭箋多本韓詩考

鄭君箋詩，自云「宗毛爲主」。其間有與毛不同者，多本三家詩。以今考之，其本於韓詩者尤夥。如君子偕老詩「邦之媛也」，箋云：「邦人所依倚以爲援助也。」與韓詩媛作援、訓爲助合。鶉之奔奔詩箋云：「奔奔、彊彊，居有常匹，行則相隨之貌。」與韓詩云「奔奔、彊彊，乘匹之貌」合。相鼠詩「人而無止」，箋云：「止，容止。」與韓詩「止，節也，無禮節也」合。揚之水詩「彼其之子」，箋云：「其或作記，或作己。」與韓詩外傳引詩「彼己之子」合。子衿詩「子寧不嗣音」，箋云：「嗣，續也，女曾不傳聲問我。」與韓詩嗣作貽，云「貽，寄也，曾不寄問也」合。敝笱詩「其魚唯唯」，箋云：「唯唯，行相隨順之貌。」韓詩作「遺遺，言不能制也」。據玉篇「遺遺，魚行相隨」，是知箋「行相隨順」即韓詩「遺遺」之義也。衡門詩「可以樂饑」，箋云：「饑者見之，可飲以𤻲饑。」據韓詩外傳引詩「可以療饑」，說文「𤻲，治也，或作療」，是知鄭箋「𤻲饑」即本韓詩「療饑」也。車攻詩「東有甫草」，箋云：「甫草，甫田之草也。鄭有甫田。」據韓詩「東有圃草」，是知箋圃田之訓即本韓詩圃草也。十月之交「抑此皇父」，箋云：「抑之言噫。」據韓詩云「抑，意也」，是知箋讀抑爲噫即本韓詩「抑，意也」。信南山詩「維禹甸之」，箋云：「禹治而丘甸之。」據周官稍人「丘乘」注「乘讀與『維禹敶之』之〔一〕敶同」，疏引韓詩作敶，云「乘也」，是知箋訓丘甸即本韓詩敶乘之義也。抑詩「用逷蠻方」，箋云：「逷當作剔。剔，治也。」據泮水詩「狄彼東南」，韓詩作鬄，云「除也」，是知箋剔治之訓即本韓詩「鬄，除也」。天作詩「彼徂矣，岐有夷之行」，箋云：「徂，往。行，道也。後之往者，又以岐邦之君有佼易之

〔一〕「之」字原不重，據周禮稍人鄭注補。

道故也。」據韓詩薛君傳「彼有往歸文王者，皆曰岐有易道，可往歸矣」，是知箋讀「岐有夷之行」爲句，本韓詩也。酌詩「遵養時晦」，箋云：「養是闇昧之君，以老其惡。」據韓詩外傳引詩「遵養時晦」，「言相養以至於惡也」，是知箋老惡之説亦韓詩也。蓋鄭君先從張恭祖受韓詩，故其箋詩〔一〕多本韓詩之説。使韓詩具存，其可考者當不第此。亦有韓詩不存而可知其説本韓詩者，如斯干詩「君子攸芋」，箋云：「芋當作幠。幠，覆也。」與鄭注大司徒「媺宫室，謂約椓攻堅，風雨攸除，各有攸宇」義同，宇亦覆也。有瞽詩「應田縣鼓」，箋云：「田當作朄。」與明堂位注引周頌「應朄縣鼓」同。其説皆本韓詩。蓋鄭君注禮多本韓詩，是知箋詩與禮注同者亦韓詩也。漸漸之石詩「山川悠遠，維其勞矣」，箋云：「其道里長遠，邦域又勞勞廣闊。言不可卒服。」正義謂勞勞當從遼遠之遼，與劉向九歎「山脩遠其遼遼兮」同。劉向所述多韓詩，是知箋説與劉向同者亦韓詩也。至匡衡傳云：「陳夫人好巫，而民淫祀。」説本齊詩。而鄭君詩譜亦云：「大姬無子，好巫覡禱祈鬼神歌舞之樂，民俗化而爲之。」谷永傳引詩「豔妻」作「閻妻」，又云「抑褒、閻之亂」，顔師古注謂刺厲王，説本魯詩。而十月之交鄭箋云「當爲刺厲王作」，正本魯詩之説。儀禮士昏禮「宵衣」，注：「宵讀爲詩『素衣朱綃』之綃，魯詩以綃爲綺屬也。」而揚之水箋亦曰「繡當爲綃」。是知鄭君非不兼採齊、魯二家之説，要不

〔一〕「詩」原作「時」，據續經解本改。

若韓詩是從其師說，爲最多耳。又按：澤陂詩「有蒲與蕳」，箋云「蕳當作蓮」，此正本韓詩傳「蕳，蓮也」爲訓。蓋韓詩「蕳，蓮也」以釋詩「有蒲與蕳」，非釋詩「方秉蕳兮」。今釋文於溱洧詩引韓詩「蕳，蓮」之訓，誤矣。

## 毛詩古文多假借考

毛詩爲古文，其經字類多假借。毛傳釋詩，有知其爲某字之假借，因以所假借之正字釋之者；有不以正字釋之，而即以所釋正字之義釋之者。說詩者必先通其假借，而經義始明。齊、魯、韓用今文，其經文多用正字，經傳引詩釋詩，亦多有用正字者，正可藉以考證毛詩之假借。如毛詩汝墳「惄如調饑」，傳：「調，朝也。」據韓詩作「惄如朝饑」，知調即朝之假借也。毛詩「何彼襛矣」，傳：「襛，猶戎戎也。」據韓詩作「何彼茙矣」，知襛即茙之假借也。毛詩芄蘭「能不我甲」，傳：「甲，狎也。」據韓詩作「能不我狎」，知甲即狎之假借也。毛詩小旻「是用不集」，傳：「集，就也。」據韓詩作「是用不就」，知集即就之假借也。毛詩文王「陳錫哉周」，傳：「哉，載也。」據春秋傳及國語皆引作載，知哉即載之假借也。毛詩大明「俔天之妹」，傳：「俔，磬也。」據韓詩作「磬天之妹」，知俔即磬之假借也。凡此皆毛傳知其爲某字之假借，即以所假借之正字釋之者也。如毛詩葛覃「害澣害否」，傳：「害，何也。」據爾雅釋言「曷，盍也」，廣雅「曷、盍，何也」，是知害卽曷之假借，傳正以釋曷者釋害也。采蘋「于以湘之」，傳：「湘，烹也。」據韓詩作「于以鬺之」，是知湘卽鬺之假借，傳正以釋鬺者釋湘也。毛詩甘棠「勿翦勿拜」，傳：「拜之言拔也。」據廣韻引詩「勿翦勿扒」，云「扒，拔也」，是知拜卽扒之假借，傳正以釋扒者釋拜也。毛詩柏舟「如有隱憂」，傳：「隱，痛也。」據韓詩作「如有殷憂」，說文「慇，痛也」，是知隱卽慇之假借，傳正以釋慇者釋隱也。毛詩〔一〕巧言「聖人莫之」，傳：「莫，謀也。」據爾雅釋詁「謨，謀也」，說文「謨，議謀也」，是知莫卽謨之假借，傳正以釋謨者釋莫也。毛詩四月「百卉具腓」，傳：「腓，病也。」〔二〕據爾雅釋詁「痱，病也」，邢疏及玉篇俱引詩「百卉具痱」，是知腓卽痱之假借，傳正以釋痱者釋腓也。毛詩大田「以我覃耜」，傳：「覃，利也。」據爾雅釋言「剡，利也」，郭注引詩「以我剡耜」，是知覃卽剡之假借，傳正以釋剡者釋覃也。毛詩皇矣「求民之莫」，傳：「莫，定也。」據爾雅釋詁「嗼，定也」，是知莫卽嗼之假借，傳正以釋嗼者釋莫也。抑詩「有覺德行」，傳：「覺，直也。」據爾雅釋詁「梏，直也」，緇衣引詩「有梏德行」，是知覺卽梏之假借，傳正以釋梏者釋覺也。毛詩維天之命「假以溢我」，傳：「假，嘉也。」據說文「誐，嘉善也」，引詩「誐以謐我」，是知假卽誐之假借，傳正以釋誐者釋假也。毛

〔一〕「詩」原作「傳」，據續經解本改。

〔二〕「傳腓病也」四字原脫，據上下文例並依毛詩正義本傳文補。

詩載芟「有略其耜」，傳：「略，利也。」據釋文云「字書作畧」，爾雅釋詁「畧，利也」，是知略即畧之假借，傳正以釋畧者釋略也。毛詩玄鳥「奄有九有」，傳：「九有，九州也。」據韓詩作九域，説文「或，邦也，从口，从戈以守一，一，地也」，古或、有二字通用，是知有即域之假借，傳正以釋域者釋有也。凡此皆傳知爲某字之假借，而因以所釋正字之義釋之者也。

## 毛詩各家義疏名目考

孔仲達毛詩正義序云：「近代爲義疏者有全緩、何胤〔一〕、舒瑗、劉軌思、劉醜、劉焯、劉炫等。」今考隋書經籍志載列毛詩總集六卷、毛詩隱義十卷，注云：「何胤撰，亡。」又載舒援毛詩義疏二十卷，舒援蓋即舒瑗。國子助教劉炫毛詩述義四十卷，而全緩、劉軌思、劉醜、劉焯所著詩疏皆不存其目。隋志別載毛詩義疏二十卷，又十卷，又十一卷，又二十八卷，均標曰毛詩義疏，而不載撰者姓名，或出於全緩諸家，作志時已莫可考也。唐書藝文志惟載劉炫述義三十卷，較隋志已少十卷，而諸家詩疏卷數益無考矣。北史儒林傳敍云：「通毛詩者多出於魏朝劉獻之，北史獻之傳言有毛詩序義一卷。獻之傳李周仁，周仁傳董令度、程歸則，歸則傳劉敬和、張思伯、劉軌思，其後能言詩者多出二劉之門。」二劉謂劉敬和、劉軌思也。北史

〔一〕「胤」原作「允」，乃避雍正胤禛諱，今回改。此後均逕改，不再出校。何胤，南齊書、梁書、南史均有傳。

劉軌思傳言軌思說詩甚精，少事同郡劉敬和，而劉焯傳言焯少與劉炫同受詩於同郡劉軌思。是劉軌思之詩學出於敬和，而劉焯、劉炫又皆學於軌思者也。南史、陳書皆有全緩傳，南史但言治易，陳書則言其專講詩、易，是全緩、劉軌思、劉焯所著詩疏，卷目雖無可徵，而其傳詩源流猶可考見。惟劉醜則南北史、六朝書均不詳其人，徒藉孔序以存其名耳。

## 魏晉宋齊傳詩各家考

陸德明經典序録言「魏太常王肅述毛非〔一〕鄭」，又載王肅注二十卷。今考隋經籍志，於王肅注毛詩二十卷外，載有毛詩義駁八卷、毛詩奏事一〔二〕卷。唐藝文志於王注毛詩二十卷外，亦載有雜義駁八卷，即隋志毛詩義駁也；不載毛詩奏事，蓋隋志存者，唐已亡逸也；至王肅毛詩問難二卷，隋志所注「亡」者，不識唐志何以仍列其目也。序録言「荆州刺史王基駁王肅，申鄭義」，不載其書卷數。今考隋志，毛詩駁一卷，注云：「魏司空王基撰，殘缺。梁五卷。又有毛詩荅問、駁譜，合八卷。」而唐志載王基毛詩駁五卷，較隋志多四卷；毛詩雜荅問五卷，較隋志少三卷；又有雜義難十卷，則隋志所無也。序録言「晉豫州刺史

〔一〕「非」原作「申」，據經典釋文（以下簡稱釋文）序録改。

〔二〕「一」原作「二」，據隋書經籍志（以下簡稱隋志）改。

孫毓爲詩評，評毛、鄭、王肅三家同異，朋於王」，「徐州刺史從事陳統難孫申鄭」，又載孫毓詩同異評十卷，不載陳統書目。今考隋、唐志均載孫毓毛詩異同評十卷，與序録同。隋志載陳統難孫氏毛詩評四卷，唐志所載亦同。至陳統毛詩表隱二卷，則隋志注「亡」，而唐志仍列其目者也。序録言「宋徵士鴈門周續之、豫章雷次宗、齊沛國劉瓛並爲詩序義」〔一〕。今考隋志載有宋通直郎雷次宗毛詩序義二卷，劉瓛等撰毛詩序義疏一卷，注云：「梁有毛詩序〔二〕，雷次宗撰，亡。」「梁有毛詩篇序義〔三〕一卷，劉瓛撰；毛詩雜義注三卷。亡。」惟周續之所著詩序義不見隋志。據「鄭氏箋」標題下釋文云「續之釋題已如此」，是德明固嘗見道祖書者，而顔氏家訓及顔師古匡謬正俗並引續之毛詩音，則續之書唐時猶存，不知隋志何以失載耳。序録又載謝沈注二十卷，江熙注二十卷。隋志注所載卷數正同，注又載毛詩義疏十卷，謝沈撰，三書並注曰「亡」，則其書失傳久矣。

〔一〕詩序義原作詩義序，據釋文序録改。下「周續之所著詩序義」同。

〔二〕毛詩序，隋志作毛詩義。據陸德明經典釋文序録

〔三〕毛詩篇序義，隋志作毛詩篇次義。

# 毛詩傳箋通釋卷二

## 周南

### 關雎

序：「關雎，后妃之德也。」瑞辰案：序以關雎爲后妃之德，而下云「所以風天下而正夫婦」，正謂詩所稱淑女爲后妃，非謂后妃求賢也。首章毛傳云：「后妃説樂君子之德無不和諧，又不淫其色，慎固幽深，若關雎之有別焉。」又言：「后妃有關雎之德，是幽閒貞靜之善女，宜爲君子之好匹。」皆以淑女指后妃。二章傳云：「后妃有關雎之德，乃能供荇菜，備庶物，以事宗廟。」三章傳云：「德盛者宜有鐘鼓之樂。」亦謂后妃德盛耳，未嘗有后妃求賢之説也。后妃求賢之説，始於鄭箋誤會詩序「憂在進賢」一語爲后妃求賢。不知序所謂進賢者，亦進后妃之賢耳。孔疏不悟序及毛傳與箋異義，概以后妃求賢釋之，誤矣。

「關關雎鳩」，傳：「關關，和聲也。雎鳩，王雎也，鳥摯而有別。」箋：「摯之言至也。謂王雎之鳥，雌雄情意至，然而有別。」瑞辰按：玉篇：「關關，和聲也。或作喧。」廣韻：「喧喧，鳥和鳴也。」關、官雙聲，故關或作喧。然喧字不見說文，蓋後人增益字也。釋文：「摯，本亦作鷙。」左氏昭十七年傳：「雎鳩氏，司馬也。」杜注：「王雎也。鷙而有別，故爲司馬，主法制。」是雎鳩實鷙鳥，傳本作「鷙而有別」，義取有別，非取其鷙，故傳下云「若關雎之有別焉」。鷙或假借作摯，鄭箋因訓摯爲至，非傳恉也。孔疏合而一之，誤矣。淮南子泰族訓：「關雎興於鳥，而君子美之，爲其雌雄之不乖居也。」據方言「飛鳥曰雙，雁曰乘」，廣雅「乘，二也」，列女傳「雎鳩之鳥，猶未嘗見其乘居而匹游」，是淮南「乖居」乃「乘居」形近之譌，與毛傳取其有別同義。漢張超誚青衣賦：「感彼關雎，性不雙侶。」亦取其有別也。又按說文：「白鷢，王雎也。」據爾雅釋鳥，「雎鳩，王雎」與「鷍，白鷢」分爲二鳥。邵晉涵爾雅正義謂：「雎鳩即今魚鷹，以目驗之，其色蒼黑。」焦循曰：「魚鷹尾短，飛則見尾之上白，故說文以王雎訓白鷢耳。」

「在河之洲」，傳：「水中可居者曰洲。」瑞辰按：說文：「水中可凥者曰州。水匌繞其旁，从重川。」引詩「在河之州」。今毛詩、爾雅作洲，俗字也。後漢書馮衍傳注引薛夫子韓詩章句曰：「詩人言雎鳩貞絜，以聲相求，必於河之洲蔽隱無人之處，故人君動靜退朝，入于私宮，后妃御見，去留有度。」是韓詩以「在河之洲」明其有別，爲箋義「摯而有別」所本。

「窈窕淑女」，傳：「窈窕，幽閒也。」瑞辰按：廣雅：「窈窕，好也。」窈窕二字疊韻。方言：「窕，美也。陳楚周南之間曰窕。秦晉之間，凡美色或謂之好，或謂之窕。」又曰：「秦晉之間，美心爲窈，美狀爲窕。」蓋對言則異，散言則通爾。說文：「窈，深遠也。」幽、深義近，幽與窈亦雙聲也。窕與姚通，姚冶一作窕冶。說文：「姚，美好也。」方言：「窕，好也。」窕又訓閒。爾雅：「窕，閒也。」方言：「窕，言閒都也。」閒都亦好也。又窕與嬥聲近。廣雅釋詁：「嬥，好也。」釋訓又曰：「嬥嬥，好也。」合言之則曰窈窕。傳云「幽閒」者，蓋謂其儀容之好，幽閒窈窕然。文選李善注引薛君韓詩章句云：「窈窕，貞專貌。」楚辭王逸注云：「窈窕，好貌。」廣雅釋詁：「窈窕，好也。」義皆與毛傳同。爾雅釋言：「冥，幼也。」幼，或謂卽窈之假借。說文：「窈，深遠也。」釋言又曰：「窕，肆也。」據說文：「窕，深肆極也。」極深爲肆，是窈、窕皆有深義。窈窕通作窈篠，又作杳篠。說文：「杳，杳篠也。」廣雅：「窈篠，深也。」幽、深義相近。或以狀宮室之深邃，班固西都賦「又杳篠而不見陽」是也。至此詩窈窕，則不取深義。箋云「幽閒處深宮貞專之善女」，亦謂幽閒貞專之善女處於深宮耳，未遂訓窈窕爲深宮也。孔疏謂窈窕爲「淑女所居之宮形狀窈窕然」，殊誤。

「君子好逑」，傳：「逑，匹也。」箋：「怨妃曰仇。」瑞辰按：箋義本左傳，其實仇與妃對言則異，散言則通。好仇，猶言嘉耦也。傳、箋逑仇異字，據說文逑字注「又曰，怨匹曰逑」，「仇，讎也」，是讎怨之仇當作仇，逑匹之逑當作逑。爾雅「仇，匹也」，注引「君子好仇」。據孫炎云「相求之匹」，則孫本當作逑。毛詩古文多假借，仇與求雙聲，故經文及傳、箋皆借仇爲逑，釋文「逑，本亦作仇」是也。逑通作仇，猶虞書「旁逑孱功」，今堯典逑作鳩也。至今釋文、正義本經傳皆作逑，乃後人私改，臧氏玉琳經義雜記言之詳矣。太玄、方言有𣏌字，又逑字之異文。據方言「朹，仇也」，集韻引方言作「𣏌，仇也」，則朹即𣏌之訛耳。

「參差荇菜」，傳：「荇，接余也。」瑞辰按：參差雙聲。說文木部引詩「槮差荇菜」，又竹部「篸，篸差也」，糸部「縒，參縒也」，並字異義同。荇，釋艸作莕，說文以𦳝爲莕之或體，荇卽𦳝之省。

「左右流之」，傳：「流，求也。」瑞辰按：流、求一聲之轉。爾雅釋詁：「流，擇也。」釋言：「流，求也。」擇與求義正相成。流通作摎。後漢書張衡傳注：「摎，求也。」文選思玄賦作樛，舊注亦云：「樛，求也。」求義同取。廣雅釋言：「摎，捋也。」捋謂取之也。四章「采之」，五章「芼之」，義與流同。廣雅釋詁：「采，取也。」又曰：「芼，取也。」爾雅：「芼，搴也。」搴亦取也。傳訓芼爲擇，蓋謂擇而取之，猶流之訓求又訓擇耳。芼者，覒之假借。說文：「覒，擇也。讀若苗。」繫傳引詩「左右覒之」，玉篇引詩亦作覒。說文芼字注云「艸覆蔓」，引詩作芼。又省作毛。羣經音辨：「毛，擇也。」引禮「毛六牲」。詩變文以協韻，故數章不嫌同義。先儒或訓芼爲芼羹之芼，失其義矣。

「寤寐求之」，傳：「寤，覺。寐，寢也。」瑞辰按：寤寐，猶夢寐也。說文：「覺而有言曰寤。从㝱省。一曰，晝見而夜夢也。」周官占夢「四曰寤夢」，鄭注：「覺時道之而夢。」即說文「一曰晝見夜夢」之義。而凡夢亦通言寤。左傳鄭莊公寤生，杜注：「寐寤而莊公已生。」逸周書寤儆解：「王曰：今朕寤有商驚予。」孔注：「言夢爲紂所伐，故驚。」又：「王召左史戎夫曰：今夕朕寤遂事驚予。」寤亦夢也。漢武帝悼李夫人賦云「宵寤夢之芒芒」，以寤夢連言，皆寤訓爲夢之證。徐幹中論治學篇曰：「學者如登山焉，動而益高；如寤寐焉，久而愈足。」班倢伃賦曰：「每寤寐而絫息兮，申佩離以自思。」潘岳哀永逝文曰：「既寓目焉無兆，曾寤寐兮弗夢。」所謂寤寐皆夢寐也。是知此詩「寤寐求之」即夢寐求之也，「寤寐思服」即夢寐思服也，澤陂「寤寐無爲」即夢寐無爲也。後漢書臧洪傳「隔闊相思，發於寤寐」，亦即夢寐耳。又後漢書劉陶傳曰：「屏營彷徨，不能監寐。」李賢注：「監寐，猶寤寐也。」亦寤寐即夢寐之證。又按：小弁詩「假寐永歎」，而後漢和帝詔言「寤寐永歎」，寤寐或與假寐相類。柏舟詩「耿耿不寐，如有隱憂」，而易林屯之乾曰「耿耿寤寐，心懷大憂」，則寤寐又即不寐。

「寤寐思服」，傳：「服，思之也。」箋：「服，事也。覺寐則思己職事，當誰與共之乎。」瑞辰按：莊子田子方曰：「吾服女也甚忘。」郭注：「服者，思存之謂。」是服有思義，故傳以爲思之也。服亦訓憂。問喪曰「哭泣無時，服勤三年」，服勤即憂勤，亦思也。古者思與理同義。説文：「侖，思也。」又曰：「侖，理也。」理即治也。訓服爲思者，蓋以服爲𠬝之假借。説文：「𠬝，治也。」思即治字引伸之義也。假服爲𠬝而訓思，猶爾雅假服爲𠬝而訓整也。至「思服」之思，乃句中語助，與「旨酒思柔」句法相類。箋訓爲思念之思，失之。胡承珙曰：「康誥曰『要囚，服念五六日』，服念連文，服即念也，念即思也。」

「輾轉反側」，箋：「臥而不周曰輾。」瑞辰按：輾字始見字林，説文惟曰：「展，轉也。从尸〔一〕，𧝓省聲。」又云：「夗，轉臥也。从夕卪，臥有卪也。」與展音近而義同。説文又曰：「驏，馬轉臥土中。」馬之轉臥曰驏，猶人之轉臥曰展矣。楚詞九歎注：「展轉，不寐貌。」引詩「展轉反側」。展轉爲臥而不周，反側爲臥而不正。説文：「仄，傾也。」「傾，仄也。」反側當作反仄，經傳通借作側。小雅「側弁之俄」，説文作「仄弁之俄」，側亦仄之借也。

「琴瑟友之」，傳：「宜以琴瑟友樂之。」箋：「同志曰友。」瑞辰按：友之，猶樂之也，故傳連言「友樂之」。廣雅：「友，親也。」友爲相親有之稱。喜生於好，故義又爲樂。猶虞爲有，又爲樂也。箋訓爲朋友之友，失之。

〔一〕「尸」字原脱，據説文補。

「鐘鼓樂之」，瑞辰按：說文：「樂，五聲八音總名。象鼓鞞；木，虡也。」是樂之本義爲禮樂，後引伸爲哀樂。古音讀同勞來之勞，故詩以與芼韻。

## 葛覃

「葛之覃兮」，傳：「覃，延也。」瑞辰按：爾雅釋言：「流，覃也。覃，延也。」說文：「覃，長味也。」覃本延移之稱，引伸爲長之通稱。延亦長也。方言：「延，長也。」覃、蕁古同聲。淮南子「火上蕁」，高注：「蕁讀葛覃之覃。」蕁或作㷋，故爾雅及詩釋文並云「覃，本又作㷋」。說文：「覃，从𣆪，鹹省聲。」覃之讀㷋，猶咸有淫音也。㷋字从尋，尋亦長也。方言：「自關而西，秦晉梁益之閒，凡物長謂之尋。」覃又作蕈。蔡邕協和賦云：「葛蕈恐其先時。」釋文、五經文字並云：「覃，本亦作蕈。」陸雲詩「思樂葛藟，薄采其蕈」，正用此詩。胡承珙曰：「詩以覃與施相承而言，施爲延易，則覃之訓延，宜取延長之義。」

「施于中谷」，傳：「施，移也。中谷，谷中也。」瑞辰按：爾雅釋詁：「弛，易也。」郭注：「相延易。」施、弛古通用。移易、延易，古音義並同。大雅皇矣詩「施于孫子」，箋曰：「施，猶易也，延也。」大雅旱麓詩「施于條枚」，呂氏春秋、韓詩外傳、新序引詩皆作「延于條枚」。延、移、易皆一聲之轉，是知施、弛皆延之假借。此傳訓施爲移，猶皇矣訓施爲延易也。延又通作貤。說文：「貤，重次弟物也。」上林賦「貤丘陵」，郭璞曰：「貤猶延也。」貤與施亦聲近義同。段玉裁謂詩「施于中谷」、「施于孫子」皆當作貤。又按說文：「敀，敷也。讀與施同。」「施，旗旖施也。」經典作施者，多敀字之假借。說文：「迻，遷徙也。」「移，禾相倚移也。」經典作移者，皆迻字之假借。爾雅：「水注谿曰谷。」說文：「泉出通川曰谷。」谷爲山閒出水地。葛出于山，不水生，殆移易谷旁多石之地，非谷中出水地也。而詩言「中谷」者，凡詩言中字在上者，皆語詞。「施于中谷」猶言施于谷也，「施于中逵」、「施于中林」猶言施于逵、施于林也。「中心有違」、「中心好之」、「中心藏之」，凡言「中心」者，猶言心也。又詩「瞻彼中原」、「于彼中澤」、「中田有廬」之類，中皆語詞。式微詩露與泥皆邑名，詩言「中露」、「泥中」，兩中字亦語詞。推之，禮言「中夜無燭」，易言「葬于中野」，中字亦皆語詞。後人失其義久矣。詩以葛之生此而延彼，興女之自母家而適夫家。王肅言「猶女之當外成」，是也。箋謂「喻女在父母家形體浸浸日長大」，失之。

「黃鳥于飛」，傳：「黃鳥，摶黍也。」瑞辰按：詩蓋以黃鳥之有好音，興賢女之有德音。爾雅云「皇，黃鳥」，與「倉庚，鵹黃也」異物。焦循、段玉裁並以黃鳥爲今之黃雀，其說是也。毛傳以摶黍釋黃鳥，不曰卽倉庚，於倉庚曰「離黃也」，亦不以爲黃鳥，則倉庚與黃鳥各異。陸璣以黃鳥爲倉庚，誤矣。方言：「驪黃，或謂之黃鳥。」則方俗之言或亦有名倉庚爲黃鳥者，而非即詩之黃鳥也。

「集于灌木」，傳：「灌木，叢木也。」箋：「飛集叢木，興女有嫁於君子之道。」釋文：「叢，俗作藂，一本作最。」瑞辰按：女之父母爲女擇夫而嫁，猶鳥之擇木而棲，故詩以黃鳥之集灌木爲喻。玉篇、廣韻並以藂爲叢之俗。聚與冣古字通用。公羊傳注：「冣，聚也。」顏氏家訓謂冣即古聚字。說文「儹，冣也」，廣韻作「儹，聚」是也。小爾雅：「冣、聚，叢也。」故傳「叢木」或从俗作藂，因省作聚，又通作冣。今本作最，誤矣。說文：「最，犯而取也。從冃取。」「冣，積也。從冖取，取亦聲。」最祖外切，冣才句切，二字音義俱異，今經傳冣字多譌最。又按說文：「菆，一曰，蓐也。」「蓐，一曰，蔟也。」集韻藂或作菆。檀弓「菆塗」，釋文：「菆，才宮反。」正義云：「菆，聚也。」是叢、菆字古通用。釋文「一本作最」，最或即菆字之譌。又按爾雅「灌木」，釋文作樌，樌即貫；貫，習也；習，重也；與灌音同而義亦近。

「維葉莫莫」，傳：「莫莫，成就之貌。」瑞辰按：廣雅：「莫莫，茂也。」莫莫猶言萋萋，故訓爲茂。

「是刈是濩」，傳：「濩，煮之也。」瑞辰按：傳本釋訓，濩即鑊之假借。說文：「鑴，瓽也。」「鑊，鑴也。」少牢饋食禮有羊鑊、豕鑊。鑊所以煮，因訓鑊爲煮；猶刈亦田器，用刈以取，因訓刈爲取也。齊語「挾其槍刈耨鎛」，韋注：「刈，鎌也。」是刈爲田器之證。釋文引韓詩云：

「刈，取也。濩，瀹也。」舍人爾雅注：「是刈，刈取之。是濩，煑治之。」皆直訓濩爲煑。孔疏謂「煑之於濩，故曰濩煑，非訓濩爲煑」，失之。

「服之無斁」，傳：「斁，厭也。」箋：「服，整也。」瑞辰按：説文斁字注引詩：「『服之無斁』，斁，厭也。」爾雅釋詁：「射，厭也。」郭注引詩「服之無射」，禮記兩引詩作射，射皆斁之假借。箋从釋言訓服爲整，蓋以服爲艮之借字。説文：「艮，治也。」整亦治也。但詩言「爲絺爲綌」，則整治之功已在其内，服仍訓服用爲是。説文：「服，用也。」序云「服澣濯之衣」，亦以詩服爲服用。表記〔一〕引詩「服之無射」，以證上文「苟或行之，必見其成」，以見爲其衣者必可服用也。禮記緇衣引詩「服之無射」，鄭注：「言己願采葛以爲君子之衣，令君子服之無厭。」亦以服爲服用。箋訓服爲整，非詩義也。魏風葛屨「好人服之」，亦謂服用，箋訓爲整，亦誤。

「言告師氏，言告言歸」，傳：「言，我也。」瑞辰按：爾雅：「孔、魄、哉、延、虚、無、之、言，間也。」間謂間厠言詞之中，猶今人云語助也。爾雅此節皆語助。凡詞之在句中者爲間，詞之在句首、在句末者亦爲間。言有在句首者，「言告師氏」、「言刈其楚」之類是也。言有在句中者，「靜言思之」之類是也。言有疊用者，「言告言歸」之類是也。言有與薄並爲助句者，

〔一〕按：表記當作緇衣。考禮記表記未引詩此句而緇衣引之，又「苟或行之，必見其成」，亦是緇衣之文。馬氏於下文始謂「禮記緇衣引詩『服之無射』」云云，蓋未曾檢照原書。

「薄言采之」之類是也。傳从釋詁訓言爲我者，詩中如「我疆我理」、「我任我輦」、「我車我牛」之類，我皆語詞，則以言爲我，亦語詞耳。箋遂釋爲人我之我，失之。

「薄汚我私，薄澣我衣」，傳：「汚，煩也。」箋：「煩，煩撋之，用功深。澣，謂濯之耳。」正義：「薄欲煩撋我之私服，薄欲澣濯我之褻衣。」瑞辰按：左氏昭元年傳「處不辟汚」，杜注：「汚，勞事。」勞與煩同義。芣苢詩「薄言采之」，傳：「薄，辭也。」後漢書李固傳「薄言震之」，注引韓詩亦曰：「薄，辭也。」今按：薄、言二字皆語詞，單言薄者亦語詞。薄、魄古聲近通用。太玄注：「旁薄，猶彭魄。」文選李注以旁魄爲旁礴。爾雅：「魄，間也。」謂間助之詞。魄即薄字之假借。時邁箋云：「薄，猶甫也。甫，始也。」此詩正義兩言「薄欲」，蓋亦訓薄爲甫，非詩義也。又按說文：「⿰氵榦，濯衣垢也。」今詩作澣者，⿰氵榦之省。

「歸寧父母」，傳：「父母在，則有時歸寧耳。」瑞辰按：此傳義本左傳。但據序云：「后妃在父母家，則志在於女功之事，躬儉節用，服澣濯之衣，尊敬師傅，則可以歸安父母，化天下以婦道也。」以「躬儉節用，服澣濯之衣」承上「后妃在父母家」而言，是此詩汚私澣衣皆未嫁時之事。序云「歸安父母」，正指經「言告言歸」言之，乃「婦人謂嫁曰歸」之歸，非「反曰來歸」之歸也。后妃出嫁而當於夫家，無遺父母之羞，斯謂之寧父母，無羊詩所謂「無父母遺罹」者也。「寧父母」三字當連讀。召南草蟲詩「憂心忡忡」，箋云：「在途而憂，憂不當君子，無以寧父母，故心忡忡然。」又「我心則降」箋云：「始者憂於不當，今君子待己以禮，庶自此可以寧父母，故心下也。」箋凡兩曰「寧父母」，卽本此詩。又説文引詩「以晏父母」，段玉裁謂卽此詩「歸寧父母」之異文，亦以「寧父母」三字爲連讀也。至歸寧之説，雖見左傳及泉水詩序，然據泉水、蝃蝀、竹竿三詩皆曰：「女子有行，遠父母兄弟。」春秋「杞伯姬來」，公羊傳曰：「直來曰來，大歸曰來歸。」何休注：「諸侯夫人尊重，既嫁，非有大故，不得反。」穀梁傳曰：「婦人既嫁，不踰竟。」則古無父母在得歸寧之禮。惠周惕詩説云：「春秋莊二十七年冬書『杞伯姬來』，左氏曰：『歸寧也。』杜預注曰：『莊公女也。』莊公在而伯姬來，則正與歸寧之禮合，春秋何以書而譏之？此以知左氏歸寧之説非也。毛傳蓋因左氏而誤。」段玉裁謂：毛傳「父母在，則有時歸寧耳」，爲後人所加。今按：段説是也。序文「歸安父母」原指經「言告言歸」而言，傳義不應與序違異。以説文引詩「以晏父母」證之，經文原作「以寧父母」。後人因序文有「歸安父母」之語，遂改經爲「歸寧父母」，又妄增傳文，不知序云「歸安父母」，特約舉經文「言告言歸，以寧父母」也。孔疏因以經言污私澣衣爲在夫家之事，誤矣。

## 卷耳

序：「至於憂勤也。」瑞辰按：憂、勤二字同義，勤亦憂也。問喪曰「服勤三年」，鄭注：「勤，謂憂。」呂氏春秋不廣篇「勤天子之難」，高注：「勤，憂也。」穀梁僖二年傳「不雨者，勤雨也」，勤雨卽憂雨也。魚麗序「始於憂勤，終於逸樂」，勤亦爲憂，猶逸亦爲樂也。說文：「勤，勞也。」勤之爲憂，猶勞亦爲憂也。凡詩言「勞心」者，皆以勞爲憂。孔疏云「乃至於憂思而成勤」，失其義矣。又按說文：「憂，和行也。」引詩「布政憂憂」。「𢝊。愁也。」今經傳作憂者，皆𢝊字之假借。

「采采卷耳」，傳：「采采，事采之也。」瑞辰按：蒹葭詩「蒹葭采采」，傳：「采采，猶萋萋也。」萋萋猶蒼蒼，皆謂盛也。蜉蝣傳：「采采，衆多也。」多與盛同義。此詩及芣苢詩俱言「采采」，蓋極狀卷耳、芣苢之盛。芣苢下句始云「薄言采之」，不得以上言「采采」爲采取。此詩下言「不盈頃筐」，則采取之義已見，亦不得以「采采」爲采取也。芣苢傳：「采采，非一辭也。」亦狀其盛多之貌。

「不盈頃筐」，傳：「頃筐，畚屬，易盈之器也。」箋：「器之易盈而不盈者，志在輔佐君子，憂思深也。」瑞辰按：說文：「匡，飯器，筥也。」「筥，𥫗也。」「畚，蒲器也。𠚏屬，所以盛種〔一〕。」頃筐蓋卽今𥫗箕之類，後高而前低，故曰頃筐。頃則前淺，故曰易盈。荀子解蔽篇云：「卷耳易得也，頃筐易盈也，然而不可以貳周行。故曰：心枝則無知，傾則不精，貳則疑惑。」此

〔一〕「種」，續經解本作「糧」。按說文舊本作「種」，段本說文改作「糧」，彼蓋從段本改。

毛傳易盈之義所本。胡承珙曰：「高誘注淮南俶真篇引詩云云，『言采易得之菜，不滿易盈之器，以言君子爲國，執心不精，不能以成其道也。』此義當本之毛公。蓋傳以采卷耳爲憂者之興，是謂卷耳易得，頃筐易盈，而采之者苟有貳心，其菜尚不能滿，況於求賢之難，而可不思所以寘之乎？如是，乃爲因物託興。若如箋云志在君子，故采菜易盈而不盈，則是賦而非興矣。」今按：胡說申毛，是也，惟於荀子「不可以貳周行」一語終爲費解。如胡說，以采菜爲興，則但言「不可以貳」足矣，何以言「不可以貳周行」？恐荀子引詩仍當如箋義耳。

「嗟我懷人」，瑞辰按：嗟，說文作⿱差言，云：「⿱差言，嗞也。一曰，痛惜。」痛惜即嗟歎聲。經傳中又以嗟爲語詞，「嗟我懷人」猶言我懷人也，「嗟爾君子」猶言爾君子也，「何嗟及兮」猶言何及也。此詩傳、箋不釋嗟字，正義訓爲「吁嗟而歎」，失之。

「寘彼周行」，傳：「寘，置。行，列也。思君子官賢人，置周之列位。」箋云：「周之列位，謂朝廷臣也。」瑞辰按：襄十五年左傳引詩曰：「『嗟我懷人，寘彼周行』，能官人也。王及公、侯、伯、子、男，采、衛大夫，各處其列，所謂周行也。」蓋以列釋詩行字，以各處其列釋詩周行字，是知周謂周徧，非商周之周。杜注：「周，徧也。詩人嗟歎，言我思得賢人，置之徧於列位。」是也。毛傳云「置周之列位」，謂置周徧之列位。箋云「周之列位謂朝廷臣」者，謂統乎朝廷臣也。若謂在周朝之位，何煩箋識而曰「朝廷臣」乎？正義謂「周是后妃之朝，故知官人是朝廷臣也」，誤矣。淮南子俶真篇引詩云：「『采采卷耳，不盈頃筐。嗟我懷人，寘彼周行。』以言慕遠世也。」高誘注：「『嗟我懷人，寘彼周行』，言我思古君子官賢人，置之列位也。誠古之賢人各得其行列，故曰慕遠也。」以「寘彼周行」爲慕遠世賢人各得其行列，則亦不以周爲周朝矣。鹿鳴詩「人之好我，示我周行」，箋云：「周行，周之列位也。人有以德善我者，我則置之於周之列位。」亦謂周偏之列位，義與此詩周行同。正義以「我周」釋之，亦誤。又按：周、匊同聲而異字。説文：「周，密也。」「匊，帀偏也。」周對疏言，自其中之周密言之；匊無不偏，自其外之普偏言之。今經典多假周爲匊，周行亦匊之假借。

「陟彼崔嵬」，傳：「崔嵬，土山之戴石者。」孔疏：「據爾雅釋山云『石戴土謂之崔嵬』，又云『土戴石爲砠』，此及下傳與爾雅正反者，或傳寫誤也。」瑞辰按：崔嵬及砠，皆以毛傳爲確。説文：「崔，大高也。」「嵬，高不平也。」段本从南都賦李注作「嵬，山石崔嵬，高而不平也」。説文又曰：「兀，高而上平也。」「阢，石山戴土也。」阢即兀也。知高而上平者爲石山戴土，則知崔嵬之高而不平者爲土山戴石矣。文選南都賦注：「崔嵬，山石〔一〕崔嵬，高而不平也。」嵬通作嵔。吳都賦注引埤蒼：「嵔，不平也。」義並與説文同。砠通作岨。説文：「岨，石戴土也。」以岨爲石戴土，則益知崔嵬爲土戴石矣。十月之交詩「山冢崒崩」，箋云：「崒者，崔

〔一〕「石」原作「名」，據文選南都賦李注改。

巍。」漸漸之石「維其卒矣」，箋云：「卒者，崔巍，謂山巔之石也。」説文：「崒崒〔一〕，危高也。」卒卽崒字之省借。崔嵬通作陮隗。説文：「陮隗，高也。」又曰：「崔，高也。」亦作嵬崔，莊子「山林之畏佳」，卽嵬崔也。又轉作厜㕒。爾雅「卒者厜㕒」，郭注：「謂峯頭巉巖。」後漢書注：「巉巖，山石高峻之貌。」是皆崔嵬爲石在上之證。崔嵬二字疊韻。釋名：「土戴石曰崔嵬，因形名之也。石戴土曰岨，岨臚然也。」義與毛傳合。毛傳多本爾雅，今爾雅與毛傳互異，蓋傳爾雅者傳寫誤也。孔疏轉疑毛傳爲誤，失矣。

「我馬虺隤」，傳：「虺隤，病也。」釋文：「虺，説文作𤺺。隤，説文作頹。」瑞辰按：虺隤二字疊韻。説文：「螝，蛹也。从虫，鬼聲。讀若潰。」據顏氏家訓曰，莊子「螝二首」，螝卽古虺字，見古今字詁〔二〕，蓋古螝今虺也，釋文當曰：「虺，説文作螝。」今本云作𤺺者，誤也。爾雅釋文引字林曰：「𤺺，病也。」則𤺺字始見字林耳。郝懿行據説文「瘣，病也」，謂釋文𤺺爲瘣字之誤。然説文但引詩「譬彼瘣木」，不引詩「虺隤」也。隤者，穨之假借。説文無頹字，有穨，云「禿貌」。玉篇：「穨者，頹下也」。不以爲禿。釋文云「隤，説文作頹」，當爲作穨之訛。穨爲禿貌，禿亦病也。蔡邕述行賦「我馬虺穨以玄黄」，邕所述爲魯詩，則魯詩亦作虺穨。王

〔一〕按：下「崒」字，段玉裁以爲當刪。

〔二〕按：以上括取顏氏家訓勉學篇意，非録原文。

逸九思「車軏折兮馬虺穨」，當亦本魯詩耳。又按爾雅：「痡、瘏、虺穨、玄黃，病也。」皆病之通稱。孫炎以瘏及虺穨、玄黃皆爲馬病，未免緣辭生訓矣。

「我姑酌彼金罍」，傳：「姑，且也。」釋文：「姑，說文作夃。」瑞辰按：說文：「秦人市買多爲夃。」引詩「我夃酌彼金罍」。玉篇曰：「夃，今作沽。」引論語「求善賈而夃諸」。是夃乃沽買之本字。沽本水名，後遂以爲夃之假借。夃與姑亦同音，故古文或假夃爲姑也。說文：「櫑，龜目酒尊，刻木作雲靁象，象施〔一〕不窮也。或从缶作罍，或从皿作𥁀，籀文櫑从缶回作𦉥。」今按：畾即靁之省，古亦借雷。漢韓勑碑「雷洗湯觚」，雷即罍也。漢書文三王傳「孝王有𦉥尊」，應劭漢書注言〔二〕「酌彼金𦉥」，𦉥即櫑之籀文。又說文：「靁，从雨，畾象回轉形。」段玉裁云：「凡古器多以回爲靁。」是畫雷者即作回字形耳。

「維以不永懷」，傳：「永，長也。」箋云：「我是以不復長憂思也。」瑞辰按：爾雅、方言皆曰：「懷，思也。」說文：「懷，念思也。」懷與傷同義。終風傳曰：「懷，傷也。」楚詞「僕夫悲余馬懷兮」，馬懷謂馬病傷也。王逸注訓思，失之。漢武帝悼李夫人賦「隱處幽而懷傷」，正以懷、

〔一〕「施」字原脫，據說文補。
〔二〕按：漢書文三王傳應劭注引詩此句，此處「言」字疑當作「引詩」。

傷同義，故連言之。

「我馬玄黃」，傳：「玄馬病則黃。」瑞辰按：爾雅釋詁：「玄黃，病也。」二字平列，與虺隤同義。毛傳以爲「玄馬病則黃」，段玉裁因謂說文「黊，黑黃色也」言黑色之敝而黃，即玄馬病則黃之義，非詩義也。

「我姑酌彼兕觥」，傳：「兕觥，角爵也。」箋：「觥，罰爵也。」瑞辰按：五經異義引韓詩說，一升曰爵，二升曰觚，三升曰觶，四升曰角，五升曰散，云「角，觸也，觸罪過也」，與兕觥爲罰爵義合。是知傳言角爵，箋言罰爵，皆謂兕觥，即「四升曰角」之角耳。禮少儀「侍射則擁矢」〔一〕，下云「不角」，鄭注：「角謂觥，罰爵也。」孔疏：「不角者，角謂行罰爵，用角酌之也。詩曰『酌彼兕觥』是也。」此正兕觥即角之證。兕觥即角，則當受四升。儀禮疏引韓詩傳曰：「二升曰觥。」古文四字皆積畫，「二升」當爲「三升」，傳寫之譌。至五經異義引毛詩說「觥大七升」，韓詩說「觥亦五升」，則傳毛、韓詩者不知觥之爲角，遂妄生異解耳。觥正作觵。周官閭胥鄭注云：「觵用酌酒，其爵以兕角爲之。」說文：「觵，兕牛角，可以飲者也。俗觵从光。」皆謂觥係兕角所爲，惟此詩正義引先師說云：「刻木爲之，形似兕角。」竊謂先師說是。觥象兕角

〔一〕按：禮記少儀原作「侍射則約矢，侍投則擁矢」，引文有誤。

而名爲兕觥，猶爵象爵形而名爲爵也。積古齋鐘鼎款識載古犧首爵，訂爲兕觥，亦謂兕觥爲似角之爵。又云：「考商爵大於周爵，容一升有半。今以商爵較兕觥，觥容二爵大半爵，於周實受四升。」此亦兕觥卽「四升曰角」之明證也。孔疏謂觥不在五爵之中，誤矣。又按薛氏鐘鼎款識載有兕父癸鼎，上有兕形；又有兕敦、兕卣，蓋上皆作兕形。兕觥形似兕角，故謂之兕觥，又謂之角，其義正同。許、鄭謂以兕角爲之，孔疏云蓋無兕者用木，皆非也。角、鹿古同聲。韓勑碑「爵鹿相梪」，鹿卽角之假借。又按：觥與侊音義同。越語「觥飯不及壺飧」，韋注：「觥，大也。」說文引作「侊飯」，云「侊，小皃」，段玉裁以小爲大字之譌。侊訓大，與韓詩「觥，廓也」義同。觥受四升亦得爲大，不必如毛詩說「觥大七升」也。

「維以不永傷」，傳：「傷，思也。」瑞辰按：說文：「慯，㥑也。」「傷，創也。」凡經傳㥑傷字，皆慯之假借。

「云何吁矣」，傳：「吁，憂也。」瑞辰按：爾雅釋詁：「盱，㥑也。」說文：「盱，張目也。」「忬，㥑也。讀若吁。」「吁，驚詞也。」是盱、吁皆忬字之假借。爾雅釋文：「盱，本作忬。」从正字也。何人斯云「何其盱」，都人士云「何盱矣」，無傳者，義同此詩訓憂也。云，當从王尚書訓爲發語詞。舊訓爲言，失之。

## 樛木〔一〕

「南有樛木」，傳：「木下曲曰樛。」釋文：「樛，居虯反。馬融、韓詩本竝作朻，音同。」又曰：「說文以朻爲木高。」瑞辰按：說文二徐本皆分樛、朻爲二篆，樛下云「下句曰樛」，朻下云「高木也」。詩釋文引字林：「樛，九稠反；朻，己周反。」是樛、朻義異。但考爾雅釋木，「下句曰朻」，「下句」卽下曲。說文：「句，曲也，从口，丩聲也。」爾雅釋文：「朻，居虯反，本又作樛，同。」詩釋文亦曰樛朻音同。則二字音義竝同，朻當爲樛之重文。說文樛字注「下句曰樛」下當有「一曰高木」四字。樛從翏聲，翏爲高飛皃。說文風部：「飉，高風也。」故又爲高木，廣異義也。朻字注當云「樛或從丩」，丩者，相糾繚也，故爲下曲。而說文嘂訓高聲，叴訓高气，與朻音近，正與翏有高義同。玉篇樛下朻字注云「同上」，正本說文。後人誤以說文高木一訓移於朻下，遂分爲二義。韻會云「朻，高木下曲也」，又合二義而一之矣。

「葛藟纍之」，箋：「木枝以下垂之故，葛也藟也得纍而蔓之。」瑞辰按：藟與纍同。爾雅：「諸慮，山纍。」郭注：「今江東呼纍爲藤，似葛而粗大。」易「困于葛藟」，釋文：「藟，似葛之草。」劉向九歎「葛藟虆於桂樹兮」，王逸注：「藟，葛荒也。」竊疑葛藟爲藟之別名，以其似葛，

〔一〕「樛木」上原有「南有」二字，據通行各本毛詩删。

故稱葛藟。猶拔之似葛，因呼龍葛。鄭分葛藟爲二，戴震謂葛藟猶言葛藤，皆非也。此詩疏引陸璣云：「藟，一名巨苽，似燕薁。」易釋文引草木疏作「葛藟，一名巨荒」，以葛藟二字連讀。毛詩題綱亦云：「葛藟，一名燕薁。」宋開寶本草注云：「蘡薁是山葡萄。」則葛藟蓋亦野葡萄之類。又按：虆，楚詞九歎注：「虆，緣也。」引詩「葛藟虆之」。

「樂只君子」，箋：「又能以禮樂樂其君子。」正義：「南山有臺箋云『只之言是』，則此只亦爲是，此箋云『樂其君子』猶云樂是君子矣。」瑞辰按：說文：「只，語已辭也。从口，象气下引之形。」經傳中通用爲語助辭，如「仲氏任只」、「母也天只」及凡言「樂只君子」皆是也。鄭訓爲是，亦語詞。只又通借作旨。襄十一年左傳引采菽云「樂旨君子，殿天子之邦」，襄〔一〕二十四年左傳引南山有臺云「樂旨君子，邦家之基」，杜注並訓旨爲美，失之。胡承珙曰：「襄十一年傳上文云『願君安其樂而思其終』，二〔二〕十四年傳上文云『夫有德則樂，樂則能久』，是二傳引詩皆取樂義，並無美訓。又昭十三年傳引詩『樂旨君子，邦家之基』，其下文云『子

〔一〕「襄」原作「昭」。按左襄二十四年引南山有臺「樂旨君子，邦家之基」（今本「旨」作「只」者後人所改），昭二十四年未引，今據改。

〔二〕「二」上原有「昭」字，據胡承珙毛詩後箋删。按「二十四年」承上「襄十一年」而言，即指襄二十四年。此下引文實見襄二十四年，非昭二十四年。

產，君子之求樂者也』，亦祇以『樂旨』爲樂，不兼〔一〕美義。是知作旨者皆只字之假借。」其說是也。

「福履綏之」，傳：「履，祿也。」瑞辰按：傳義本爾雅釋言。履與祿雙聲，故履得訓祿，即以履爲祿之假借也。釋詁祿、履同訓。大雅「天被爾祿」，傳：「祿，福也。」是祿與福對文則異，散文則通。

「葛藟荒之」，傳：「荒，奄也。」瑞辰按：說文：「荒，蕪也。一曰，草掩地也。」奄即奄覆之義。說文：「奄，覆也，大有餘也。」掩地曰荒，掩樹亦爲荒矣。又說文㡃字注：「一曰，㡃，隔也。讀若荒。」隔謂掩其上而蓋之，與詩「荒之」同義。玉篇：「㡃，幪。」說文：「幪，蓋衣也。」凡冢覆亦通言冢。喪大記「鞠荒」，鄭注：「荒，蒙也。」奄與蒙同義。又荒與幠一聲之轉，說文：「幠，覆也。」亦與蒙覆同義。至經傳訓荒爲大者，皆當爲巟之假借。說文：「巟，水廣也。」廣亦大也。說文：「廣，殿之大屋也。」

「福履將之」，傳：「將，大也。」箋：「將，猶扶助也。」瑞辰按：說文：「𢪛，扶也。」從箋義，則將爲𢪛之假借。玉篇：「𢪛，古文將。」凡詩訓將爲助者同此。若將之本義，則說文訓爲帥。

「葛藟縈之」，傳：「縈，旋也。」釋文作帣，云：「本又作縈，說文作[艹榮]。」瑞辰按：帣與縈皆

〔一〕「兼」原作「取」，據胡承珙毛詩後箋改。

蘃之假借。説文：「蘃，艸旋皃也。」引詩「葛藟蘃之」，爲正。至説文褮字注又云「讀若詩『葛藟褮之』」，蓋因正文褮字而誤。士喪禮「幎目」注：「幎讀若詩云『葛藟縈之』之縈。古文幎爲涓。」按古从𠂹、从睘、从肙之字，以聲近通用。幎讀如縈，縈與還義同，故古文作涓。還即旋也，故傳訓爲旋也。説文：「縈，收卷也。」亦與旋義相近。

## 螽斯

「螽斯」，傳：「螽斯，松蝑也。」瑞辰按：釋蟲：「蜇螽，松蝑。」蜇一本作斯，豳風傳謂「斯螽，松蝑」是也。至此傳以「螽斯」連讀，謂即斯螽，則非。「螽斯」蓋「柳斯」、「鹿斯」之比，以斯爲語詞耳。斯螽以股鳴者，至此詩螽斯，三章皆言「羽」，蓋以翼名[一]者也。又按：舊讀以「螽斯羽」絶句，武氏億讀從「螽斯」絶句，而以羽字屬下「詵詵兮」連文，竊謂武讀是也。詵詵、薨薨、揖揖，皆形容羽聲之衆多耳。

「羽詵詵兮」，傳：「詵詵，衆多也。」釋文：「詵詵，説文作𡖍，音同。」瑞辰按：今本説文無𡖍字。據廣雅「𡖍，多也」，玉篇「𡖍，多也，或作兟」，五經文字「兟，色臻反，見詩」，是詩古文作兟兟，𡖍即兟字重文，今説文本偶脱去耳。説文言部詵字注引詩「詵詵兮」，用毛詩；其作

[一]「名」疑當作「鳴」。「以翼鳴」與上文「以股鳴」相對而言。

「⿰糸辛⿰糸辛」者，三家詩也。先與辛雙聲，故通用。玉篇又云：「⿰糸辛，或作莘、騂、辡、甡。」一切經音義卷四：「詵，又作甡、辡、辛，同。」詵詵爲衆多皃，猶說文駪訓爲「馬衆多皃」也。詵通作莘、⿰糸辛、騂等字，猶小雅「駪駪征夫」，說文引作莘莘；伊尹耕於有莘之野，有莘或作有侁也。

「宜爾子孫」，箋：「后妃之德寬容不嫉妒，則宜女之子孫，使其無不仁厚。」瑞辰按：說文：「宜，所安也。从宀之下、一之上，多省聲。古文宜作㝖。」竊謂宜从多聲，卽有多義，此詩序美「后妃子孫衆多」，「宜爾子孫」猶云多爾子孫也。

「振振兮」，傳：「振振，仁厚也。」瑞辰按：振振，謂衆盛也。振振與下章繩繩、蟄蟄，皆爲衆盛，故序但以「子孫衆多」統之。爾雅釋言：「賑，富也。」郭注：「謂隱賑富有。」隱賑卽殷賑也。殷、賑皆盛貌，訓富者，富亦盛也。賑通作振。左傳「袀服振振」，杜注：「振振，盛貌。」振振或作敐敐，又作陳陳。呂覽「舜爲天子，轉轉敐敐，莫不載悅」，高注：「又作陳陳殷殷。」今按：敐敐、陳陳，皆極狀人民之衆盛也。辰、真音義相近。說文：「嗔，盛气也。」又：「闐，盛皃。」振又通袗。說文：「袗，一曰，盛服。」袗或作裖。」振之言㐱，㐱亦盛也，重也。振振又作軫軫。羽獵賦「殷殷軫軫」，李善注：「殷軫，盛貌也。」振振之義又引伸爲信厚，然義各有當。有應从信厚之訓者，殷其靁「振振君子」及麟之趾「振振公子」是也。有應从衆盛之訓者，此詩「振振兮」謂子孫衆多是也。傳訓爲仁厚，失之。

「羽薨薨兮」，傳：「薨薨，衆多也。」瑞辰按：薨與翃聲近而義同。爾雅：「薨薨，衆也。」釋文：「舍人本薨薨作雄雄。」雄即翃之假借。廣雅：「翃翃，飛也。」玉篇：「翃，蟲飛也。」又作薨薨。廣雅：「薨薨，飛也。」當本三家詩。

「繩繩兮」，傳：「繩繩，戒愼也。」瑞辰按：傳本爾雅「繩繩，戒也」爲訓。但以詩義求之，亦爲衆盛。抑詩「子孫繩繩」，韓詩外傳引作承承，謂相繼之盛也。

「羽揖揖兮」，傳：「揖揖，會聚也。」瑞辰按：揖蓋集之假借。詩「辭之輯矣」，新序引作集。説文：「咠，詞之集也。」又曰：「雧，羣鳥在木上也。或省作集。」是集本爲鳥羣聚，引伸爲凡聚之稱。重言之則曰集集，廣雅釋訓：「集集，衆也。」當本三家詩。

「蟄蟄兮」，傳：「蟄蟄，和集也。」瑞辰按：説文：「卙卙，盛也。」音義與蟄蟄同。爾雅：「蟄，靜也。」郭注云：「見詩傳。」今詩傳無此訓，胡承珙疑此傳「和集」，郭所見本自作「和靜」，故云見詩傳耳。

## 桃夭

「桃之夭夭，灼灼其華」，傳：「興也。桃有華之盛者，夭夭〔一〕其少壯。灼灼，華之盛也。」

〔一〕「夭夭」，下「夭」字原脱，據毛傳補。

箋：「興者，喻〔一〕時婦人皆得以年盛時行也。」孔疏謂：「少壯以與有十五至十九少壯之女，年盛謂年盛二十之時。」瑞辰按：嫁娶之年，古蓋因時異制。大戴禮本命篇曰：「男以八月而生齒，八歲而齔，二八十六然後情通，然後其施行。女七月生齒，七歲而齔，二七十四，然後其化成。合於三也，小節也。中古男三十而娶，女二十而嫁，合於五也。」此蓋陳歷代嫁娶遲速之不同。中古對太古言，指虞夏時。小節對中古言，蓋指殷周時。其云十四、十六嫁娶者，亦謂嫁娶始此耳。周官媒氏「令男三十而娶，女二十而嫁」，則又舉其終之大期言之，詩摽有〔二〕梅毛傳云「三十之男，二十之女，禮未備，則不待禮，會而行之者，所以蕃育人民」是也。中古之制以二十、三十爲節，而前乎此者可概也。殷、周之制以十四、十六爲節，而後乎此者可概也。墨子云：「昔聖王爲法曰：丈夫年二十，毋敢不處家。女子年十五，毋敢不事人。」則舉其中言之也。孔疏以女十五至十九爲少壯，二十爲年盛，亦酌其中言之耳。夭夭者，枖枖之假借。說文引詩「桃之枖枖」，云：「枖，木少盛皃。」又引詩「桃之𡝩𡝩」。灼爲焯之假借，猶說文引周書「焯見三有俊心」，今書亦借作灼也。說文：「焯，明也。」明與盛義近。

「之子于歸」，傳：「之子，嫁子也。」瑞辰按：爾雅釋詁如、適、之、嫁並訓爲往，傳以之與

〔一〕「喻」下原衍「踰」字，據阮元毛詩注疏校勘記删。

〔二〕「有」字原脱，據通行各本毛詩補。

嫁同義，故以之子爲嫁子。然詩言「之子」甚多，如「之子于征」之類，不得訓爲嫁，當从釋訓訓爲「是子」。箋於漢廣始言「之子，是子也」，則此章義亦同耳。于與如通，傳以于爲如之假借，故訓爲往。然婦人謂嫁曰歸，詩既言歸，不必更以于爲往。爾雅：「于，曰也。」曰古讀若聿，聿，于一聲之轉。「之子于歸」正與「黃鳥于飛」、「之子于征」爲一類。于飛，聿飛也；于征，聿征也；于歸，亦聿歸也。又與東山詩「我東曰歸」、采薇詩「曰歸曰歸」同義，曰亦聿也。于、曰、聿，皆詞也。舊皆訓于爲往，或讀曰如「子曰」之曰，並失之。

「宜其室家」，傳：「宜以有室家，無踰時者。」箋云：「宜者，謂男女年時俱當。」瑞辰按：婚姻時月，毛、鄭異說。毛主於起自季秋，至仲春則禮殺而止，據荀子「霜降逆女，冰泮殺內」爲說也。「殺內」，周禮疏引韓詩傳作「殺止」，詩孔疏引荀子亦作「殺止」，今荀子作「內」。鄭主於起自仲春，至仲夏而止，據周官媒氏「中春令會男女」爲說也。今按：起自季秋，至於孟春者，殷制也。張皋聞師曰：「以易義言之，歸妹九月之卦，泰正月之卦，其辭皆曰『帝乙歸妹』，則季秋至於孟春爲殷禮婚期，審矣。」起自仲春者，夏制也，而周因之。夏小正「二月綏多士女」，傳曰：「冠子娶婦之時也。」是二月娶妻爲夏制矣。周官媒氏：「仲春大會男女。於是時也，奔者不禁。司男女之無夫家而會之。」會當讀如「唯〔一〕王不會」之會，謂會計其未嫁娶者，令其及時嫁娶也。奔當讀如「奔則爲妾」之奔，謂二月婚期已及，不禁其六禮不備也。是周因夏制，二月娶妻之證。以詩義考之，召南詩曰「有女懷春」，謂仲春婚姻之時也。豳風「采蘩祁祁」之下繼以「殆及公子同歸」，「倉庚于飛」之下繼以「之子于歸」。采蘩，夏小正繫之二月；倉庚鳴，月令亦在仲春。此皆以二月爲婚姻正時。至衛詩「秋以爲期」，周正之孟秋爲夏正之仲夏，以仲夏爲期盡，此鄭氏所謂「三月至五月皆得行之」者也。此詩首章桃華，爲二月正婚之期；二章「有蕡其實」，三章「其葉蓁蓁」，爲三月至五月期盡之時。序所謂「婚姻以時」者，此也。傳以桃夭喻少壯，箋以爲喻年盛，孔疏云「謂年盛二十之時，非時〔二〕月之時」，誤矣。至「宜其室家」，宜與儀通。爾雅：「儀，善也。」凡詩言「宜其室家」、「宜其家人」者，皆謂善處其室家與家人耳。傳以爲「無踰時」，箋以爲「年時俱當」，似非詩義。

「有蕡其實」，傳：「蕡，實貌。非但有華色，又有婦德。」瑞辰按：蕡者，頒之假借。說文：「頒，大首皃。」引伸爲凡大之稱。爾雅釋詁：「墳，大也。」墳亦頒之借。有蕡者，狀其實之大也。至說文「蕡，雜香艸也」，乃蕡之本義耳。古以華喻色，以實喻德，此魏人「春華秋實」之喻所本。

---

〔一〕「唯」原作「維」，據續經解本並參周禮「唯王及后、世子之膳不會」（膳夫）、「唯王及后之膳禽不會」（庖人）、「唯王及后之服不會」（外府）等句改。按鄭注釋「不會」云：「不會計多少。」

〔二〕「時」原作「日」，據毛詩正義改。

# 兔罝

「肅肅兔罝」，傳：「肅肅，敬也。」箋：「罝兔〔一〕之人，鄙賤之事，猶能恭敬，則是賢者衆多也。」瑞辰按：肅、宿古通用，少牢饋食禮鄭注「宿讀爲肅」是也。肅亦訓縮，豳詩「九月肅霜」，毛傳「肅，縮也」是也。肅肅蓋縮縮之假借。通俗文：「物不申曰縮。」兔罝本結繩爲之，言其結繩之狀則爲縮縮。縮縮爲兔罝結繩之狀，猶赳赳爲武夫勇武之貌也。爾雅釋器：「絇謂之救，律謂之分。」王觀察云：「爾雅繫二者於釋羅罔之後，蓋羅罔之屬。律當作率。說文：『率，捕鳥畢也。』『畢，田罔也。』」今按：王說是也。救之言糾結也，分之言紛亂也，與此詩肅肅爲兔罝狀義相近。傳、箋俱訓肅肅爲敬，似非詩義。墨子尚賢篇云「文王舉閎夭、泰顛于罝網之中」，或謂此詩卽賦閎夭、泰顛。以罝兔之人爲干城腹心則可，不得以肅肅爲恭敬也。

「赳赳武夫」，傳：「赳赳，武貌。」瑞辰按：爾雅釋訓：「赳赳，武也。」說文：「赳，輕勁有材力也。」廣雅：「赳，材也。」後漢書桓榮傳引作「糾糾武夫」，假借字也。

「公侯干城」，傳：「干，扞也。」箋云：「干也，城也，皆以禦難也。」瑞辰按：太平御覽引白虎通：「天子曰崇城，言崇高也。諸侯曰干城，言不敢自專，禦於天子也。」是干城乃諸侯城

〔一〕「罝兔」原作「兔罝」，據續經解本及毛詩鄭箋乙。

名，猶云「宗子維城」耳。據何休公羊注：「天子周城，諸侯軒城。軒城者，缺南面以受過也。」干城當卽軒城之省。左氏傳：「公侯所以扞城其民也。」爾雅：「干，扞也。」爲毛傳所本。蓋謂設城以爲扞衞，因名扞城，與白虎通訓干爲禦義同，未嘗訓干爲盾也。孔疏釋傳：「言以武夫自固，爲扞蔽如盾，爲防守如城然。」是誤以鄭義爲毛義矣。

「施于中逵」，傳：「逵，九達之道。」瑞辰按：韓詩作「中馗」，薛君曰：「中馗，馗中，九交之道也。」說文：「馗，九達道也。似龜背，故謂之馗。从九首。或作逵。」左氏宣十二年「至于逵路」，釋文：「逵，或馗字。」魏志武帝紀裴松之注：「馗，古逵字。見三蒼。」是韓詩作馗爲正字，毛詩作逵乃或字也。馗古音如鳩，與龜疊韻，故說文以似龜爲訓。龜背中高而四下，逵之四面交通似之。逵爲馗之或體，古音亦讀如仇，故與九爲韻耳。

「施于中林」，傳：「中林，林中。」瑞辰按：爾雅：「牧外謂之野，野外謂之林。」中林猶云中野，與上章中逵爲一類。野有死麕詩「林有樸樕，野有死鹿」，株林詩「說于株野」、「說于株林」，皆以林與野對言，林猶野也。

## 芣苢

「采采芣苢」，傳：「芣苢，馬舄；馬舄，車前也。宜懷妊焉。」瑞辰按：釋文：「苢，本作苡。」

芣苢有二類：逸周書王會云「康民以桴苡」者，其實如李，食之宜子，此木類也。詩釋文引山海經衛氏傳及許慎說並同。爾雅：「芣苢，馬舃；馬舃，車前。」此草類也，爲毛傳所本。說文苢字注云：「芣苢，一名馬舃，其實似李，食之宜子。周書所說。」此兼采爾雅、周書之說。上云芣苢一名馬舃。義本爾雅；下云其實如李，乃兼引周書說耳。說文繫傳引韓詩傳云「芣苢，木名，實如李」，陶注本草車前子亦引韓詩言芣苢是木，「似李，食其實宜子孫」，是韓詩亦以芣苢爲木，與釋文引韓詩「直曰車前，瞿曰芣苢」者不同，蓋爲韓詩者家各異說故耳。詩所言爲草類，故毛傳本爾雅爲說。名醫別録云「車前子，養肺、强陰、益精，令人有子」，與毛傳云「宜懷妊」者正合。至陸璣疏云「其子治婦人難産」，與毛傳不同。孔疏謂「傳言宜懷妊者，卽陸璣所云治難産」，非也。列女傳及韓詩薛君章句皆以芣苢爲傷夫有惡疾而作。劉孝標辨命論云「冉耕歌其芣苢」，正本韓詩。芣苢一名蝦蟆衣，舊謂取葉衣之，可愈癩疾。是則韓詩謂所采爲芣苢之葉，與毛傳言「宜懷妊」爲車前子者不同。然據詩言「掇之」、「捋之」，皆宜指取子而言，則毛傳之說當矣。

「薄言有之」，傳：「有，藏之也。」瑞辰按：廣雅釋詁：「有，取也。」孔子弟子冉求字有，正取名字相因，求與有皆取也。大雅瞻卬篇「人有土田，女反有之」，有之猶取之也。傳訓有爲藏，孔疏因謂「有之與采之爲對，所以總終始」，由不知有亦訓取，與采同義耳。

「薄言捋之」，傳：「捋，取也。」瑞辰按：說文：「捋，取易也。」此捋訓取之本義。至朱子集傳「捋，取其子也」，則以捋爲寽字之假借。說文：「寽，五指寽也。」

「薄言袺之」，傳：「袺，執衽也。」「薄言襭之」，傳：「扱衽曰襭。」瑞辰按：傳義與爾雅同。廣雅「袺謂之䄌，襭謂之褱」，與爾雅、毛傳異義，蓋本三家詩。列女傳蔡人之妻云：「采采芣苢之草，雖甚臭惡，猶始於捋采之，終於懷襭之。」正訓襭爲懷。廣雅疏證引管子輕重戊篇「丁壯者胡丸操彈」，胡與䄌通，䄌蓋亦懷意也。

## 漢廣

「南有喬木」，傳：「喬，上竦也。」瑞辰按：爾雅：「句如羽，喬。」又「上句曰喬」，「如木楸曰喬」，「槐棘醜喬」，「小枝上繚爲喬」，義皆相通。說文：「喬，高而曲也。从夭，从高省。」正與毛傳上竦義合。今喬梓之喬枝葉皆上向，與梓之垂者異，是亦取上句之義，故名其木爲喬。爾雅以「下句曰朻」與「上句曰喬」對舉，知樛木之可以逮下，則知喬木之不能蔭下矣。釋文：「喬，本亦作橋。」喬、橋古通用，故「山有橋松」釋文又云：「橋，本亦作喬。」

「不可休息」，箋云：「不可者，本有可道也。木以高其枝葉之故，故人不得就而止息也。」瑞辰按：說文：「休，止息也。从人依木。」休或作庥，爾雅邢疏引舍人云：「庥，依也。」是休、庥本一字。爾雅釋詁：「休，息也。」釋言：「庥，蔭也。」郭注：「今俗呼樹蔭爲庥。」庥本或作茠。〔一〕淮南子精神訓「得茠越下」，高注：「茠，蔭也。三輔人謂休華樹下爲茠。」是休卽庥蔭之庥，本義謂木之蔭人，得爲人所依止，後乃通以休爲息耳。又按：釋文：「休息，並如字，古本皆爾。本或作休思，此以意改耳。」據毛傳釋下二句云「漢上游女無求思者」，讀「求思」爲思想之思，不以思爲語詞，則詩本以「求思」與「休息」對文。息與思同在心母，以雙聲爲韻。惠氏九經古義引「樂記云：『使其文足論而不息。』荀子息作諰。說文云：『諰，思之意。』疑古思、息通。」今按：古雙聲字多通用，思之通息，亦以其字之同母耳。至毛傳「思，辭也」，自解下「泳思」、「方思」。孔廣森謂「寫者倒之，正義以故致疑，遂有意改爲休思〔二〕」者，其說是也。至韓詩息作思，正釋文所謂「以意改」者耳。

「不可泳思」，傳：「潛行爲泳。」瑞辰按：傳本爾雅釋水，郭注謂行水底。今按爾雅釋言：「泳，游也。」游者，汓之假音。說文：「汓，浮行水上也。从水子。汓或作泅，从囚聲。」又云：「古或以汓爲没字。」是泳訓汓，實兼浮行、潛行二義。又據說文：「泳，潛行水中也。」「潛，涉

〔一〕「庥本或作茠」五字原在上文「庥，蔭也」之下，依文義移至此。

〔二〕「休思」原作「求思」，據孔廣森詩聲類陰聲五下之類改。按正義云：「疑經『休息』之字作『休思』也，但未見如此之本，不敢輒改耳。」是正義有意改「休息」爲「休思」之證。

水也。」「涉，徒行濿水也。」是知濳行者，乃徒行涉水之稱。邶風傳：「自厀以下爲涉。」則涉水者，當指厀下沒水言之，非必全沒入水也。又按：邶風「泳之游之」承「就淺」而言，則「濳行爲泳」亦當指「濳，涉水」言之，不得謂行水底也。說文：「濳，一曰，藏也。」是濳藏乃別一義。

「江之永矣」，傳：「永，長也。」瑞辰按：方言：「延、永，長也。凡施於年者謂之延，施於衆長謂之永。」是永訓爲長之義也。文選登樓賦注引韓詩作漾，薛君章句曰：「漾，長也。」漾正作羕，說文永字注云：「水長也。象水巠理之長永也。」引詩「江之永矣」。羕字注云：「水長也。从永，羊聲。」引詩「江之羕矣」。正兼取毛、韓詩。韓作漾，乃羕之借字；毛作永，亦羕之假借。古讀永如羕，故通用耳。爾雅：「永、羕，長也。」齊侯鎛鐘銘〔一〕云「羕保其身」、「羕保用享」，又陳逆簠銘云「子子孫孫羕保用」，羕猶永也。皆永、羕通用之證。羕又借作養，夏小正「時有養日」、「時有養夜」，養亦羕也。

「不可方思」，傳：「方，泭也。」瑞辰按：方有四義，通作舫。一是併船，爾雅「大夫方舟」，說文「方，併船也」，通俗文「連舟曰舫」是也。一是併木，爾雅「舫，泭也」，說文「泭，編木以渡也」，孫炎云「方木置水中爲泭筏」是也。詩釋文又引郭璞云「木曰簰，竹曰筏，小筏曰泭」，與簰、筏有異。今爾雅「舫，泭也」，郭注云：「水中簰筏。」蓋簰、筏散文則通。一是船之通稱，爾雅「舫，舟也」，說文「舫，船

〔一〕「銘」字，據續經解本補。

也，今本船下誤衍師字。明堂月令曰『舫人』，習水者」。字通作榜，月令「命漁師伐蛟」，鄭注「今月令漁師爲榜人」，司馬相如子虛賦「榜人歌」，張注「榜，船也」是也。一是用船以渡，説文「潢，以舟渡也」，玉篇「方舟謂之潢」是也。蓋方本併船之名，因而併竹木亦謂之方，凡船及用船以渡通謂之方，詩中言方，有宜從舟訓者，谷風詩「方之舟之」，方即爲舟，猶泳即爲游也。爾雅：「舫，舟也。泳，游也。」兩訓相連，正釋谷風詩義。有宜訓爲泭者，此詩「不可方思」，承「江永」言之，故不可編竹木以渡也。

「言秣其馬」，箋：「謙不敢斥其適己，於是子之嫁，我願秣其馬，致禮餼，示有意焉。」瑞辰按：上文「言刈其楚」，以喻欲取貞潔之女，則下「之子于歸，言秣其馬」，正設言取女之事。士昏禮：「主人爵弁，纁裳緇衣，乘墨車，從車二乘〔一〕，執燭前馬。婦車亦如之。」鄭君箴膏肓據此謂「士妻始嫁，乘夫家之車」，是親迎必載婦車以往。秣馬，正載車以往之事。箋謂「致禮餼」，非也。凡供給賓客，或以牲牢，或以禾米，生致之，皆曰餼。小爾雅：「餼，饋也。」説文：「氣，饋客芻米也。或作槩。亦作餼。」聘禮：「餼之以其禮，上賓太牢，積惟芻禾。」注：「禾以秣馬。」是秣馬亦禮餼之一。箋云「致禮餼」者，義取饋芻禾以秣馬，釋文乃云「牲腥爲餼」，正義又分禮爲納帛，餼爲用牲，則於秣馬無涉，是又失鄭恉矣。

〔一〕此句下原衍「墨車從車二乘」六字，據儀禮士昏禮刪。

「言刈其蔞」，傳：「蔞，草中〔一〕之翹翹然。」正義引爾雅：「購，蔏蔞。」郭注以爲蔞蒿。瑞辰按：楚詞大招王逸注引詩「言采其蔞」，廣韻十九侯引詩亦作采。爾雅蔏蔞，郭云「江東用羹魚」，今人尚以爲菜，猶名蔞蒿，非草中之翹翹者，似非詩人所刈。胡承珙引王夫之詩稗疏云：「蔞蒿，水草，生於洲渚，既不翹然於錯薪之中，亦與楚爲黄荆、莖幹可薪者異。管子曰：『葦下于雚，雚下于蔞。』則蔞爲萑葦之屬，翹然高出而可薪者，蓋蘆類也。」今按：蔞與蘆雙聲，同在來母，蔞當卽蘆字之假借。王說近之，然但以爲蘆類，而不知蔞卽蘆也。

## 汝墳

「遵彼汝墳」，傳：「墳，大防也。」瑞辰按：爾雅釋水「汝有濆」，郭注引詩「遵彼汝濆」。水經汝水注引爾雅亦作「汝有濆」。據後漢書周磐傳注引韓詩「濆，水名也」，是作濆者實本韓詩。又爾雅釋文云：「濆，字林作涓，衆爾雅本〔二〕亦作涓。」說文：「涓，小流也。」引爾雅「汝爲涓」。是知爾雅古本正作涓，與「過爲洵」等，皆大水溢出别爲小水之名，與「墳，大防」義異。郭注引詩「汝濆」爲證，誤矣。說文：「墳，墓也。」坋字注：「一曰，大防也。」是墳乃坋之

〔一〕「中」原作「木」，據毛傳改。按蔞爲草名，作「木」誤。

〔二〕「本」字原脫，據釋文補。

假借。墳通作濆。方言：「墳，地大也。青幽之間，凡土而高且大者謂之墳。」李巡爾雅注：「濆謂崖岸狀如墳墓，名大防也。」是知水厓之濆與大防之墳爲一，汝墳猶淮濆也。孔疏謂「彼濆從水，此墳從土」，殊昧於通借之義。

「伐其條枚」，傳：「枝曰條，幹曰枚。」瑞辰按：條當讀如終南詩「有條有梅」之條，即爾雅「槄，山榎」也，故下章又言「條肄」。

「伐其條肄」，傳：「肄，餘也，斬而復生曰肄。」瑞辰按：說文：「聿，習也。篆文作肄。」訓餘者，以肄爲枿之假借。爾雅釋詁、方言並曰：「枿，餘也。」枿即㭊之別體。說文作𣞤，或作櫱，云「伐木餘也」，古文作不，亦作㭊。肄與枿雙聲，故枿可假借作肄。左傳襄二十九年傳「而夏肄是屏」，肄亦枿之假也。肄與餘亦一聲之轉，故肄亦可訓餘。

「惄如調飢」，傳：「惄，飢意也。調，朝也。」箋云：「惄，思也。未見君子之時，如朝飢之思食。」瑞辰按：爾雅釋言：「惄，飢也。」郭注：「惄然，飢意。」說文：「惄，飢餓也。」段玉裁曰：「飢餓當爲飢意之譌。」古然、如字同義，傳讀惄如爲惄然，故以爲飢意也。爾雅釋詁：「惄，思也。」箋讀如爲譬如之如，故以爲思。說文惄字注：「一曰，憂也。」憂即思也。箋義蓋本韓詩。竊謂爾雅訓惄爲飢，特釋此詩「惄如調飢」，當从毛傳訓飢意爲正。至小弁詩又言「惄焉如擣」，則當訓憂，若云「飢意如擣」，則不辭矣。方言：「咺、唏、㣿〔一〕、怛，痛也。齊、宋之間謂之喑，或謂之惄。」又曰：「惄，傷也。」「惄，悵也。」又曰：「惄，思也。」義並相近。釋文：「惄，本又作愵。韓詩作愵。」說文：「愵，憂皃。讀與惄同。」方言：「愵，憂也。秦晉之間，凡志而不得，欲而不獲，高而有墜，得而中亡，謂之溼，或謂之惄。」玉篇：「惄，思也，愁也。或作愵。」是惄、愵實一字，惄與愵亦同聲而通用。惄又通作𢙐，文選洞簫賦李善注引蒼頡篇曰「𢙐，憂貌」，玉篇引「奴的切」，一切經音義十六云「愵，古文惄、𢙐二形」是也。調，釋文云「本又作輖」。今按明趙靈均說文鈔本及五音韻譜本引詩並蜀石經本正作輖饑，楊凝式韭花帖「輖饑正甚」亦作輖，惟韓詩及今說文二徐本作朝饑。輖、調俱從周聲。說文：「𦩍，旦也。從倝，舟聲。」周、舟古同聲通用，周官考工記注：「故書舟作周。」故朝饑可借爲調與輖也。傳云「調，朝也」，正謂調爲朝之假借。易林「倆如旦饑」，義本韓詩。楚詞天問「胡爲嗜不同味〔二〕而快鼂飽」，鼂一作朝，以朝飽爲快，則知朝饑爲可憂矣。

「魴魚赬尾」，傳：「赬，赤也。魚勞則尾赤。」箋云：「君子仕於亂世，其顏色瘦病，如魚勞則尾赤。」瑞辰按：韓詩薛君章句云：「魴魚勞則尾赤，君子勞苦則顏色變。」爲箋義所本。惟說文、字林並云：「魴，赤尾魚也。」據爾雅：「魴，魾。」郭注：「江東呼魴魚爲鯿。」案鯿、魴、魾

〔一〕「㣿」原作「灼」，據方言改。郭注：「㣿音的，一音灼。」

〔二〕「同」原誤「周」，「味」字原脫，據楚辭改補。

三字皆一聲之轉。本艸綱目云：「一種火燒鯿，頭尾俱似魴，而脊骨更隆，上有赤鬣連尾，黑質赤章。」今江南有鯿魚，其腹下及尾皆赤，俗稱火燒鯿，殆卽古之魴魚。詩人以魚尾之赤興王室之如燬，後人遂以火燒鯿名之，乃徵説文、字林之確。至魚勞尾赤，服虔以釋左傳「如魚赬〔一〕尾」，非此詩之義也。

「王室如燬」，傳：「燬，火也。」釋文：「齊人謂火曰燬。郭璞又音貨。字書作焜，音毁，説文同。一音火尾反。或云楚人名曰煤，齊人曰燬，吴人曰焜，此方俗訛語也。」瑞辰按：韓詩外傳引詩「雖則如焜」。後漢書周磐傳注引韓詩薛君章句曰：「焜，烈火也。」玉篇焜字注「火也」下別載「烈火也」一訓，義本此。是韓詩作焜。説文「焜，火也」，引詩「王室如焜」，正本韓詩。爾雅釋言：「燬，火也。」説文：「火，焜也。」「焜，火也。」玉篇同，焜下列𤈦、燬二字，注云「同上」。是燬、焜實一字之異體，故郭璞爾雅注云：「燬，齊人語。」而方言云：「齊言焜。」廣韻亦云：「焜，齊人云火。」説文正字作焜，當云「或从火毁」，不應別出燬字。段玉裁謂説文燬字應刪，亦非。釋文既云燬「字書作焜，音毁」，又引或説分燬、焜爲齊、吴二音，誤矣。方言：「煤，火也，楚轉語也，猶齊言焜火也。」是燬、焜、煤皆火音之轉。七月以火與葦韻，大田詩以火與穉韻，淮南子俶真訓「巫山之上順風縱火，膏夏紫芝與蕭艾俱死」，皆讀火如毁，近於齊音。列女

〔一〕「赬」，左傳哀公十七年作「竀」，同。

傳引詩止作毀，正以音近遂省燬作毀耳。莊子「利害相摩，生火實多，衆人禁和，月固不勝火」，以火與摩多韻，則讀近楚音矣。燬或誤作烜。周官司烜氏注：「烜，火也。讀如衞侯燬之燬。」據説文爟下列烜字，云「爟或从亘」，則烜乃爟之重文，周官「司烜」實「司燬」之誤。

「父母孔邇」，箋云：「避此勤勞之處，或時得罪，父母甚近，當念之以免於害。」瑞辰按：列女傳以汝墳爲周南大夫妻作，「言國家多難，惟勉强之，無有譴怒，貽父母憂」，爲箋義所本。韓詩外傳云「家貧親老，不擇官而仕」，引詩「父母孔邇」。後漢書注引韓詩章句云：「以父母甚迫近饑寒之憂，爲此禄仕。」後漢周磐讀汝墳卒章，喟然而嘆曰：「夫王家政教如烈火，猶觸冒而仕〔一〕，則以父母甚迫近饑寒之憂故也。」〔二〕説本韓詩。竊謂二説皆似未確。細繹詩意，蓋幸君子從役而歸，而恐其復往從役之辭。首章追溯其未歸之前也，二章幸其歸也，三章恐其復從役也。蓋王政酷烈，大夫不敢告勞，雖暫歸，復將從役，又有棄我之虞。不言憂其棄我，而言父母，序所謂「勉之以正」也。言雖畏王室而遠從行役，獨不念父母之甚邇乎。古者「遠之事君，邇之事父」，詩所以言「孔邇」也。

〔一〕「仕」原作「往」，據後漢書周磐傳注引薛君韓詩章句改。

〔二〕按：考後漢書周磐傳，此引「夫王家政教」云云，實非周磐語，乃周磐傳注引薛君韓詩章句語。又此前引「以父母甚迫近」云云，與此同屬周磐傳注引韓詩章句之一段，馬氏誤分爲二。

## 麟之趾〔一〕

「麟之定」，傳：「定，題也。」正義：「『定，題』，釋言文。郭璞曰：『謂額也。』傳或作顛。釋畜『的顙，白顛』，顛亦額也，故因此而誤。」釋文：「定，字書作顁，音同。題，郭璞注爾雅：『顁也。』本作顛，誤。」瑞辰按：說文：「題，額也。」顛、題一聲之轉。爾雅：「顁，題也。」又：「顛，頂也。」說文：「顛，頂也。」「頂，顛也。」定卽頂之假借，故傳一本作顛，非誤。

「振振公姓」，傳：「公姓，公同姓。」集傳：「公姓，公孫也。」瑞辰按：姓者，生也。古者謂孫曰子姓。玉藻「縞冠玄武，子姓之冠也」，鄭注：「父有凶服，子爲之不純吉也。」所謂子姓者，孫也。儀禮特牲饋食「子姓兄弟如主人之服」，鄭注：「子姓者，子之所生。」亦謂孫也。謂衆子孫又通謂之子姓，喪大記「卿大夫父兄子姓立於東方」，鄭注「子姓謂衆子孫」是也。至單言姓，則爲子稱。小爾雅、廣雅並曰：「姓，子也。」昭四年左傳：「問其姓，對曰：『余子長矣。』」杜注：「問其姓，問有子否。」曲禮「納女於天子曰備百姓」，卽詩「則百斯男」之義，百姓猶百子也。此詩公姓猶言公子，特變文以協韻耳。公族與公姓亦同義。韋昭國語注、高誘呂

〔一〕麟之趾原作麟趾。按釋文云：「本或直云麟止，無之字。止本亦作趾，兩通。」是他本有作麟止或麟趾者，爲馬氏所據，今改從通行各本。又本書他處引用亦作麟趾，一律補「之」字，不另出校。

覽注並曰：「族，姓也。」周官司市鄭司農注：「百族，百姓也。」是其證矣。毛傳謂公族爲公同祖，亦誤。公姓、公族皆謂公子，故序言「公子」以概之耳。

# 毛詩傳箋通釋卷三

## 召南

### 鵲巢

「維鵲有巢」，箋：「鵲之作巢，冬至架之，至春乃成，猶國君積行累功，故以興焉。」瑞辰按：鵲即乾鵲，今之喜鵲也。說文：「舄，鵲也。象形。篆文從隹昔。」是鵲古文作舄，篆文作䧿。淮南子「乾鵲知來而不知往」，鄭注大射儀引作「鳱鵲知來」。說文：「鷽，雗鷽，山鵲，知來事鳥也。」是雗、乾、鳱三字同。鵲性喜晴，故名乾鵲，高誘淮南注「乾讀如〔一〕乾燥之乾」是也。鳱、雗並與乾同聲，故通用。或讀乾如乾坤之乾，故詩以喻人君，失之。說文：「舄者知太歲之所在，所貴者，故象形。」是鵲與朋、烏、燕皆鳥中所貴，故取以喻人君耳。

「維鳩居之」，傳：「鳩，鳲鳩，秸鞠也。鳲鳩不自爲巢，居鵲之成巢。」瑞辰按：爾雅：「鳲

〔一〕「如」原作「切」，據說文鷽字段注引淮南子高注改。按淮南子氾論篇高注無「如」字，本書蓋自說文段注轉引。

鳩，鴶鵴。」郭注：「今之布穀也。」然布穀四月間始有，未聞有居鵲巢者。今以目驗，烏雖與鵲爭巢而居，然烏非鳩屬。惟焦循毛詩補箋〔一〕云：「崔豹古今注云：『鴝鵒一名尸鳩。』嚴粲詩緝引李氏說云：『今乃鴝鵒也。』鴝鵒，今之八哥。李時珍本艸綱目云：『八哥居鵲巢。』毛大可亦據目驗，以八哥占鵲巢，斷尸鳩爲鴝鵒。蓋鵲巢避歲，每歲十月後遷移，其空巢則鴝鵒居之。」今按：五經異義：「公羊以爲鸜鵒夷狄之鳥，穴居，今來至魯之中國，巢居，此權臣欲自下居上之象。」今以目驗，鸜鵒有穴居者，亦有巢居者。其巢居則必居鵲之成巢，蓋鸜鵒性拙，不能自爲巢也。召南化行江漢，則固鸜鵒所有之地，故詩因以起興。鴝鵒雙聲字，鴶鵴亦雙聲字，鴶鵴即鴝鵒之轉聲。崔豹以鴝鵒爲尸鳩，正與爾雅、毛傳以尸鳩爲鴶鵴合。則郭注爾雅以爲布穀者，誤也。說文：「鵴，秸鵴，尸鳩也。」不與鴝鵒相次，則亦誤以尸鳩爲布穀耳。徐璈曰：「按鵲于冬月作巢，至春哺鷇畢飛去，空其巢，或爲鴝鵒鳩鴉之所居而孚乳焉。然鴝鵒不踰濟，且不在九種鳥之列，于詩似未協。璈前在浙，見鵲巢于桐樟之上，至五六月其巢空，而布穀乳鷇于中，即其鳴聲不復似布穀，惟于早夕作長嘯，如俗之所謂鴞者，蓋鳩已化爲鷹矣，因惡其聲而墮其巢焉。目驗如此，郭訓似可从。」

「維鳩方之」，傳：「方，有之也。」釋文：「方，有之也。一本無之字。」瑞辰按：廣雅：「方，有也。」疏證云：「撫、方一聲之轉。方之言荒，撫之言幠也。」爾雅：「幠，有也。」郭注引詩「遂幠

〔一〕毛詩補箋，通行本皆作毛詩補疏。

大東」。今本幠作荒。毛傳：「荒，有也。」是方有有義。」今按：序言「夫人起家而居有之」，箋云「鳲鳩因鵲成巢而居有之」，皆以居有二字並言，正據詩首章「維鳩居之」、二章「維鳩方之」爲訓，足證古義皆訓方爲有。傳「方，有之也」，釋文云「一本無之字」，是也。段玉裁讀「方有之也」四字爲句，謂猶云「甫有之也」，誤矣。

「百兩將之」，傳：「將，送也。」瑞辰按：上章傳云：「諸侯之女嫁於諸侯，送御皆百乘。」是據上章「百兩御之」爲迎，此章「百兩將之」爲送，迎與送相對成文。但考韓奕詩「百兩彭彭」承上「韓侯迎止」而言，是第迎以百兩耳。至送以百兩，經傳無文。雖左氏傳言「反馬」，泉水詩言「還車」，謂夫人自乘其家之車，亦未必多至百兩也。竊疑詩「百兩」皆指迎者而言。將者，奉也，衞也。首章往迎，則曰「御之」；二章在途，則曰「將之」；三章既至，則曰「成之」；此詩之次也。樛木詩二章「福履將之」，三章「福履成之」，與此詩句法正同，不必以將爲送。

## 采蘩

「于以采蘩」，傳：「蘩，皤蒿也。公侯夫人執蘩菜以助祭。」箋云：「于以，猶言往以也。執蘩菜者，以豆薦蘩菹。」瑞辰按：爾雅：「爰，粵，于也。」又曰：「爰、粵、于，於也。」凡詩言「于以」者，猶言「爰以」、「粵以」，皆語詞。箋訓爲「往以」，失之。蘩爲白蒿，爾雅「蘩〔一〕，皤蒿」，說文作蘩，云「白蒿也」是也。蘩爲白色，讀若老人髮白曰皤。白蒿曰蘩，猶白鼠謂之𪕈，馬之白鬣謂之䮾鬣也。蘩又爲凡蒿之通稱，爾雅「蘩之醜，秋爲蒿」，楚詞大招「吳酸蒿蔞」，王逸注「蒿，蘩草也」是也。毛傳從爾雅皤蒿之訓，則不以爲凡蒿通稱矣。夏小正二月「榮堇采蘩〔二〕」，傳云：「皆豆實也。」與鄭箋云「以豆薦蘩菹」正合。或以采蘩爲親蠶詩者，誤也。蘩一名由胡，一名蘩母，一名旁勃。夏小正傳：「蘩，由胡。由胡者，蘩母也。蘩母者，旁勃也。」廣雅：「蘩母，蒡葧也。」疏證云：「蘩母，疊韻也；蒡葧，雙聲也。」今按：蘩母、旁勃，皆極狀蒿生之盛，旁勃猶蓬勃也。旁勃又作彭勃，太平御覽引服食經云「十一月採彭勃；彭勃，白蒿也」是也。

「于沼于沚」，傳：「沼，池。沚，渚也。」瑞辰按：沚又作洔。爾雅：「小洲曰陼，小陼曰沚，小沚曰坻。」楚辭九懷「淹低佪兮京沶」，王逸注：「小洲曰渚，小渚曰洔，小洔曰沶。」洔卽沚，沶卽坻也。玉篇：「沚，亦作洔。」

「被之僮僮」，傳：「被，首飾也。僮僮，竦敬也。」箋云：「禮記〔三〕：主婦髲髢。」瑞辰按：

〔一〕「蘩」原作「繁」，據爾雅釋草改。下引爾雅「蘩之醜，秋爲蒿」同。

〔二〕「蘩」原作「繁」，據大戴禮記（王聘珍解詁本）改。下引夏小正傳「蘩，由胡」云云同。

〔三〕按此下引文見儀禮少牢饋食禮（今本「髲」作「被」，「髢」作「鬄」），故此詩正義云：「箋云『禮記』者誤也。」

周官追師鄭注云：「副之言覆，所以覆首，爲之飾，其遺象若今步摇矣。編，編列髮爲之，其遺象若今假紒矣。次，次第髮長短爲之，所謂髲鬄也。」是謂步摇者副之遺象，假紒者編之遺象，被與次爲一物。但考廣雅云：「假結謂之鬠。」鬠即副也。後漢書章懷注：「副，婦人首服。三輔謂之假紒。」是又謂副即假紒。惠氏禮説謂副與編爲一物，鄭不當以步摇釋副。廣雅疏證云：「副有衡、笄、六珈以爲飾，而編、次無之。其實副與編、次皆取他人之髮合己之髮以爲結，則皆是假紒。」其説是也。今按：説文髲、鬄二字轉相訓，鬄亦作髢。釋名：「髲，被也。髮少者得以被助其髮也。」「鬄，剔也。剔刑人之髮爲之也。」左氏哀十〔一〕七年傳：「公見己氏之妻髮美，使髡之，以爲吕姜髢。」是被亦取他人之髮以爲飾。被取被覆之義，與副之訓覆義近，則亦爲假紒，但其制各有不同耳。士昏禮：「女次，純衣纁袡；女從者纚笄，被。」以被與次對言，則被非即次可知。鄭君合被、次爲一，誤矣。少牢饋食禮「主婦被，裼衣侈袂」，是大夫妻服被以祭之證。至后夫人翟衣以祭，首服副，展衣，見君首服編，褖衣，御序于君首服次，而服被則無明文。鄭箋謂於祭前祭後服之，則后夫人殆以被爲常飾也。少牢饋食禮主婦被，特牲饋食禮主婦則纚笄而無被，是被雖不在副、編、次之數，亦首服之一，非謂被之上又服副、編、次也。戴氏震謂既用被然後加首服，誤矣。又按：少牢饋食禮「主婦

〔一〕「十」字原脱，據左傳補。

被裼衣侈袂」，鄭注讀被裼爲髲鬄，金榜禮箋曰：「髲、鬄一物而二名，無並稱髲鬄者。裼衣當連下讀。」裼，今文作緆。說文：「緆，細布。」特牲「宵衣」言其名，少牢「緆衣」言其布。鄭君以被裼二字連讀，改爲髲鬄，失之。廣雅釋訓：「童童，盛也。」大雅「祁祁如雲」，祁祁，盛皃。僮僮、祁祁皆狀首飾之盛。傳說非也。

「夙夜在公」，傳：「夙，早也。」瑞辰按：夙，說文作𡖍，「早敬也。从丮夕。持事雖夕不休，早敬者也。」又晨字注：「丮夕爲𡖍，臼辰爲晨，皆同意。」今按：夕者，夜之通稱。凡日入以後、日出以前，通謂之夕，亦通謂之夜。夙夜爲朝暮之稱，亦爲早敬之稱。以其時天尚未旦，而執事有恪，因謂之夙夜。周語曰：「夙夜，恭也。」生民箋：「夙之言肅也。」與說文訓夙爲早敬同義。說文云「持事雖夕不休」，夕謂日出以前，非謂日暮，故又申之曰「早敬者也」。詩中言「夙夜」不一，有兼指朝暮言者，陟岵「行役夙夜無已」之類是也；有專指夙興言者，此詩「夙夜在公」及他詩「豈不夙夜」、「夙夜敬止」、「庶幾夙夜」、「我其夙夜」、「莫肯夙夜」皆是也。舊皆兼指朝暮言，失之。

## 草蟲

「喓喓草蟲，趯趯阜螽」，傳：「喓喓，聲也。草蟲，常羊也。趯趯，躍也。阜螽，蠜也。」卿大夫之妻待禮而行，隨從君子。」箋：「草蟲鳴，阜螽躍而從之，異種〔一〕同類，猶男女嘉時以禮相求呼。」戴震詩經補注曰：「阜，大也，如『四牡孔阜』之阜。草蟲則凡小蟲草生之通語也。」瑞辰按：蟲與螽古通用。月令「蟲螟爲害」，蔡邕章句作「螽螟」，可證。此詩草蟲即爾雅草螽之假借，非泛指草中蟲也。阮宮保揅經室文集云：「凡詩中有同字相並爲韻者，即改一假借之字當之，此詩人義同字變之例。」今按：此詩下言阜螽，上句若作草螽，則嫌其二螽相並爲韻，故以蟲爲螽之假借，正合阮説。戴震謂泛指草中蟲，失之。據釋文引草木疏云：「草螽一名負蠜，大小長短如蝗而青也。」正義引陸璣云：「奇音青色，好在茅艸中。」今以目驗，蓋即順天及濟南人所稱聒聒者。詩以「喓喓」言之，亦取其善鳴也。至阜螽，據正義引李巡爾雅注：「阜螽，蝗子也。」螽古通作蝝，螽之言衆多也。螽類衆多而易長，故其小者謂之阜螽。阜之言長也，玉篇：「阜，長也。」如魯語「助生阜」之阜。螽大則飛，阜螽乃螽子之方長者，故止能跳躍。戴氏訓阜爲大，非也。爾雅：「𨸏螽，蠜。」説文作自，云：「蠜〔二〕，自蠜也。」阜即𨸏字之假借。爾雅又曰：「草螽，負蠜。」負古讀如丕，其義爲大，蓋對阜螽爲小者言之。箋云「草蟲鳴，阜螽躍而從之」，正言物之以類相從，與婦人之從君子，與傳義相成也。

〔一〕「種」原作「物」，據毛詩鄭箋改。

〔二〕「蠜」字，據説文補。

「憂心忡忡」，傳：「忡忡，猶衝衝也。」瑞辰按：爾雅釋訓：「忡忡、惙惙，憂也。」說文：「忡，憂也。」方言：「惙、怞，中也。」郭注：「中宜爲忡。忡，惱怖意也。」方言又曰：「衝、俶，動也。」毛傳訓忡忡爲衝衝，蓋以忡忡爲動心之皃。楚辭九歌「極勞心兮𢥞𢥞」，王逸注：「𢥞𢥞，憂心貌。𢥞一作忡。」是𢥞𢥞亦忡忡之異文。廣雅釋訓：「𢥞𢥞，憂也。」蓋本三家詩。玉篇：「𢡱𢡱，憂也。」𢡱卽𢥞字之譌。

「我心則降」，傳：「降，下也。」瑞辰按：降者，夅之假借。說文：「夅，服也。」正與二章「我心則說」傳訓爲服同義。爾雅釋詁：「悅，樂也。」又曰：「悅，服也。」是知夅服亦說義也。今經傳夅服字通借作降。

「我心則夷」，傳：「夷，平也。」瑞辰按：夷、悅以雙聲爲義。爾雅釋言：「夷，悅也。」風雨詩「云胡不夷」，那詩「亦不夷懌」，毛傳並訓夷爲悅。此詩「我心則夷」對上「我心傷悲」言，猶云「我心則說」也，正當訓爲悅。楚辭九懷「羨余術兮可夷」，王逸注引詩「我心則夷」，云「夷，喜也」，蓋本三家詩，其義當矣。至毛傳訓平者，說文：「徲，行平易也。」蓋以夷爲徲字之假借。心平則喜，義亦相成，而未若訓悅、訓喜，義尤直捷。

## 采蘋

「于以采蘋」，傳：「蘋，大蓱也。」瑞辰按：爾雅釋草：「苹，蓱。其大者蘋。」蘋通作薲。說文：「蓱，苹也。」又曰：「苹，蓱也。無根浮水而生。」「薲，大蓱。」本草：「水萍有三種，大者曰蘋，中者曰荇菜，小者曰浮萍。」韓詩：「沈者曰蘋，浮者曰薸。」薸卽浮萍，是蘋與浮萍同類而異種，萍小而蘋大，萍無根而蘋有根。無根則浮，有根則似沈也。禮記「芼之以蘋藻」，左傳「蘋蘩薀〔一〕藻之菜」，呂氏春秋「菜之美者，崑崙之蘋」，皆言蘋不言萍，蓋惟〔二〕蘋可以芼羹。先儒或以蘋爲浮萍，失之。

「于以采藻」，傳：「藻，聚藻也。」瑞辰按：說文引詩藻作薻。據儀禮注「今文繅作藻」，又周官鄭司農注「繅讀爲藻率之藻」，是薻、藻古今字。陸璣疏：「藻有二種：一種葉如雞蘇，莖大如箸，長四五尺。一種莖大如釵股，葉如蓬蒿，謂之聚藻。」今按：聚藻蓋狀其叢生之貌，卽左傳之薀藻，杜注：「薀藻，聚藻也。」說文：「薀，積也。」積亦聚也。左傳「薀藻」與「蘋蘩」對言，蓋以薀與藻爲二，猶筐與筥、錡與釜皆爲二也。但析言則薀與藻有別，統言則皆謂之藻，故詩但言藻而傳以聚藻釋之。聚藻取叢聚之義，蓋卽陸疏所云「葉如蓬蒿」者也。陸璣疏又云：「扶風人謂之藻，聚爲發聲。」失之。又按釋艸：「莙，牛藻。」說文亦曰：「莙，牛薻也。」

〔一〕「薀」原作「蘊」，據續經解本及左傳隱公三年改。
〔二〕「惟」原作「爲」，據續經解本改。

段玉裁疑左傳「薀藻」即莙字。今按：春秋繁露曰：「君者，温也。」是莙與薀古音近通用之證。顏氏家訓書證篇亦以牛藻即陸璣疏所云聚藻，又引郭注三倉云：「薀，藻之類也。」是莙藻、薀藻、聚藻、牛藻，異名而同實。

「于彼行潦」，傳：「行潦，流潦也。」瑞辰按：行者，洐字之省借。說文：「洐，溝行水也。」廣韻同。洐省作行，猶荇菜之荇今亦省作苻也。左傳「潢汙行潦之水」，服虔注：「畜小水謂之潢，水不流謂之汙。」今按：行潦對潢汙言。溝水之流曰洐，雨水之大曰潦。說文：「潦，雨水大皃。」行與潦爲二，猶潢與汙爲二。四字並舉，與上文「澗溪沼沚之毛，蘋蘩薀藻之菜，筐筥錡釜之器」句法正相類，蓋失其義久矣。毛傳以流潦釋行潦，已誤合行、潦爲一。然傳以流釋行，非以道釋行。正義云：「行者，道也。行潦，道路之上流行之水。」於流潦上妄增道路字，則又失傳恉矣。

「維筐及筥」，傳：「方曰筐，圓曰筥。」瑞辰按：筐、筥對文則異，散文則通，故說文又訓筐爲筥。筐說文作匡，云：「匡，飯器也，筥也。或作筐。」筥者，籧之假借。郭璞方言注：「籧，古筥字。」說文：「方曰筐，圓曰籧。」呂氏春秋注：「圓底曰籧，方底曰筐。」義與毛傳同。月令作籧筐，亦籧之假借字。

「于以湘之」，傳：「湘，亨也。」瑞辰按：湘，韓詩作鬺。漢書郊祀志「鬺亨上帝鬼神」，顏師古注引韓詩「于以鬺之」，云：「鬺，亨也。」鬺通作觴。太玄竈首次五「鼎大可觴」，司馬光曰：「觴當作鬺，音商，煑也。」廣雅云：「鬺，飪也。」說文無鬺有䰞，云：「䰞，煑也。」玉篇云：「鬺，與䰞同。」又䰞字注云：「亦作䵼。」今按薛氏鐘鼎款識載師望彝銘曰：「師望作䵼彝。」是鬺、䰞、䵼皆一字之異文。毛公以湘爲鬺之假借，故訓爲亨。三家詩多以本字易經文，故韓詩直作鬺。

「維錡及釜」，傳：「錡，釜屬，有足曰錡。」瑞辰按：方言：「鍑，江淮陳楚之間謂之錡。」鍑即釜也。方言又曰：「釜，自關而西或謂之釜，或謂之鍑。」說文：「江淮之間謂釜曰錡。」是釜與錡亦對文異，散文通耳。廣雅：「錡，釜也。」疏證引詩傳「有足曰錡」，云：「錡之言踦也。爾雅：『蠨蛸，長踦。』郭注：『鼅鼄長腳者。』正合詩有足之義。」今按方言錡字郭注云：「或曰三足釜也。音技。」說文錡从奇聲，與鬲部䰙字同魚〔一〕綺切，「䰙，三足鍑也」，是錡即䰙。䰙之言跂也。小雅大東詩「跂彼織女」，傳：「跂，隅貌。」孔疏：「織女三星跂然如隅。」義與錡、䰙並同。錡蓋兼取三足、傾側之義，三足正奇數也。又按說文：「鬴，鍑屬也。」釜即鬴之或體。

「宗室牖下」，箋云：「牖下，户牖間之前祭。」王肅云：「牖下即奥。」瑞辰按：古者宮室之制，户東而牖西，至奥則在室中西南隅。孔疏云「古未有以奥爲牖下者」以難王肅，是已。至

〔一〕「魚」原作「魯」，據說文改。

箋以牖下爲「户牖間之前祭」，則又誤以牖下爲〔一〕牖間，亦似未確。今按：古者牖一名鄉，取鄉明之義，其制向上取明，與後世之窗稍異。「牖下」對上而言，非横視之爲上下也。古者祭祀先祖，未必設奠於牖下，惟蔡邕獨斷言「祀中霤之禮在室，祀中霤設主於牖下」，則奠於牖下蓋祀中霤之禮。月令正義曰：「古者窟居，開其上取明，雨因霤之，是以後人名室爲中霤。」「開牖者，象中霤之取明也。」牖象中霤，故祀中霤必於牖下。禮記言「家主中霤」，故教成之祭必於牖下，祀中霤耳。又按：潛夫論班禄篇曰：「背宗族而采蘩怨。」采蘩當爲采蘋之譌。蓋三家詩或因詩有「宗室牖下」一語，遂以爲背宗族而作也。

「有齊季女」，傳：「齊，敬也。」瑞辰按：齊者，齌之省借。説文：「齌，材也。」廣雅：「齌，好也。」玉篇引詩「有齌季女」，音阻皆、子奚二切。廣韻齌又音齊，云「好貌」。三家詩蓋作「有齌」，以狀季女之好貌，故玉篇引之。左傳晉君謂齊女爲少齊，蓋亦取齌好之義。古文省借作齊，毛公遂以敬釋之耳。左氏傳穆叔説此詩「季蘭尸之」，季蘭蓋當時女子之美稱，猶云季姜、季姬，非實有所指。

## 甘棠

〔一〕據上文，「爲」下當脱一「户」字。

序：「甘棠，美召伯也。」箋：「召伯，姬姓。」釋文：「燕世家云：『與周同姓。』孔安國及鄭皆云爾。皇甫謐云：『文王之庶子。』按左傳，富辰言文之昭十六國，無燕也。未知士安之言何所憑據。」瑞辰按：穀梁傳云：「燕，周之分子也。」此蓋士安所本。但據樂記「封黃帝之後於薊」，漢書地理志云「薊，故燕國」，是召公封薊即爲燕，此正召公爲黃帝後，非文王子之證。

「蔽芾甘棠」，傳：「蔽芾，小貌。甘棠，杜也。」集傳：「蔽芾，盛貌。」瑞辰按：蔽芾二字疊韻。說文：「蔽蔽，小草也。」蔽與㡀聲近。廣雅：「㡀，小也。」爾雅釋言：「芾，小也。」易「豐其沛」，子夏傳作芾，云「小也」。蔽、芾皆有小義，故毛傳以「小貌」釋之。但甘棠爲召伯所舍，則不得爲小。風俗通引傳云：「送逸禽之超大，沛草木之蔽茂。」芾古作𣎵〔一〕。說文：「𣎵，艸木盛𣎵𣎵然。」廣雅：「芾芾，茂也。」蔽芾正宜從集傳訓爲盛貌。小雅「蔽芾其樗」義亦同。韓詩外傳引詩「蔽茀甘棠」，張遷碑作「蔽沛」，並聲近而義同。又市與茷音義亦相近。說文：「茷，艸葉多。」亦盛也。爾雅：「杜，甘棠。」又曰：「杜，赤棠。白者棠。」蓋對文則杜與棠異，散文則甘棠、赤棠皆謂之杜。說文：「牡曰棠，牝曰杜。」今按：草木惟牝者有實，其牡者則不實。今之海棠華而不實，即說文「牡曰棠」也。有一種結實而小，味澀且酢，俗名海棠果，又名花紅者，即古之赤棠也。其實大而味甘，有似蘋婆果者，則甘棠也。又有沙棠，廣志云：

〔一〕按𣎵字隸變作市。

「如棠，味如李，無核。」朱彝尊云：「疑今之蘋婆果卽詩甘棠，俗呼沙果卽沙棠。」

「召伯所茇」，傳：「茇，草舍也。」瑞辰按：説文：「茇，艸根也。」毛詩作茇者，废之借。説文：「废，舍也。」引詩「召伯所废」。蓋本三家詩。釋文引説文：「废，草舍也。」胡承珙曰：「有草字爲是。草舍謂之废，草行謂之跋，其義一也。」

「勿翦勿敗」，瑞辰按：説文：「伐，一曰，敗也，亦斫也。」廣雅：「伐，敗也。」是勿敗猶勿伐耳。説文：「敗，毁也。」孟子：「毁傷其薪木。」敗又通退。説文：「退，斆也。」引周書「我興受其退」。今微子作敗。

「召伯所憩」，傳：「憩，息也。」釋文：「憩，本又作揭。」瑞辰按：説文無憩字。釋玄應一切經音義云：「憩，説文作愒。愒，息也。」是知憩卽愒之俗體。詩「汔可小愒」、「不尚愒兮」，傳曰：「愒，息也。」愒卽憩也。釋文言「本作揭」者，愒字之誤。

「勿翦勿拜」，箋云：「拜之言拔也。」瑞辰按：廣韻引詩「勿翦勿扒」，云：「扒，拔也。亦作拜。」拜與八雙聲，扒通作拜，猶澎湃通作澎汃也。廣雅、玉篇並云：「扒，擘也。」擘義爲分，亦爲擊，與首章「勿伐」亦同義。作扒者，蓋三家詩。鄭君知拜卽扒之假借，故箋以拔釋之。施士匄直訓如人之拜，小低屈也，失之。又按：據施士匄云「毛注拜猶伐，非也」，則施所見毛傳有「拜猶伐也」四字，今本脱去。

## 行露

「厭浥行露」，傳：「厭浥，溼意也。」箋：「厭浥然溼，道中始有露。謂二月中嫁取時也。」瑞辰按：厭浥，即湆浥之假借。說文：「湆，幽溼也。」徐鍇繫〔一〕傳云：「今人多言浥湆也。」「浥湆」當作「湆浥」。說文又曰：「浥，溼也。」廣雅：「湆浥，溼也。」湆浥二字雙聲，湆與厭亦雙聲。湆浥通作厭浥，猶愔愔通作厭厭也。小戎詩「厭厭良人」，湛露詩「厭厭夜飲」，韓詩俱作「愔愔」。鄭風野有蔓草以零露爲幸，此詩以行露爲畏，可以見風俗貞淫之異。

「謂行多露」，瑞辰按：謂，疑畏之假借。凡詩上言豈不、豈敢者，下句多言畏。大車詩「豈不爾思，畏子不敢」，「豈不爾思，畏子不奔」，出車詩「豈不懷歸，畏此譴怒」，「豈不懷歸，畏此反覆」，緜蠻詩「豈敢憚行，畏不能趨」，「豈敢憚行，畏不能極」，又左傳引逸詩「豈不欲往，畏我友朋」，與此詩句法相類。釋名：「謂，猶謂也。言得敕不自安，謂謂然也。」謂謂即畏畏耳。說文：「咄，相謂也。」相謂即相驚畏之詞。「謂行多露」，正言畏行道之多露耳。僖二十年左傳引此詩，杜注言「豈不欲早暮而行，懼多露之濡己」，以懼釋謂，似亦訓謂爲畏。

〔一〕「繫」字原脫。按繫傳即說文繫傳之簡稱，本書下文稱引未有單稱「傳」者，今補「繫」字。

「何以速我獄」，傳：「速，召也。」瑞辰按：爾雅釋詁、說文並云：「速，疾也。」說文速籀从敕作遬，古文从敕从言作警。速本疾速之義，促之使疾來，故又引申爲召。其字从敕與言，皆所以召也。

## 羔羊

「素絲五紽」，傳：「紽，數也。」二章「五緎」，傳：「緎，縫也。」三章「五總」，傳：「總，數也。」孔疏：「此言紽數，下言總數，謂紽、總之數有五，非訓紽、總爲數。」又曰：「五緎既爲縫，則五紽、五總亦爲縫也。」瑞辰按：三章「羔羊之縫」，釋文：「縫，符龍反，謂縫之也。」二章「五緎」，傳：「緎，縫也。」則五紽、五總亦縫裘所用。首章「五紽」，三章「五總」，傳訓爲數，則五緎亦宜爲數。乃傳以數釋紽、總，以縫釋緎者，互文以見義也。後漢書注引薛君韓詩章句曰：「紽，數名也。」廣雅：「紽，數也。」玉篇、廣韻並曰：「紽，絲數也。」紽之爲數無考。埤雅云：「以類反之，緎寡於總，紽蓋宜寡於緎。」廣雅疏證據春秋陳公子佗字五父以證佗爲五數。今按：佗字五父，蓋取詩五紽爲義，非必紽即五數也。釋文紽作它，云「本又作佗」，佗即古他字。他者，彼之稱也，此之别也。由此及彼，則其數爲二。管子輕重甲篇「農[一]夫得居裝而賣

[一]「農」字原脱，據管子輕重甲補。

其薪蕘，一束十他」，他一本作倍。墨子經篇云：「倍，爲二也。」他與倍通，則他亦二數矣。柏舟「之死矢靡他」，猶云有死無二也。小雅「人知其一，莫知其他」，猶云知其一不知其二也。紽通他，蓋二絲之數。又按：説文無紽字，纚字注：「粗緒也。」據廣韻云「纚〔一〕，繒似布，俗作絁」，則纚即「素絲五紽」之紽。紽爲緒之粗者，故以爲二絲之名耳。西京雜記載鄒長倩遺公孫弘書：「五絲爲䌰，倍䌰爲升，倍升爲緎，倍緎爲紀，倍紀爲緵。」總即緵字之轉，則緎爲二十絲之數，總爲八十絲之數也。緎，説文作黬，玉篇云：「緎，或作䋪。」總通作緵，豳風九罭釋文：「緵，字又作總。」漢書王莽傳孟康注：「緵，八十縷也。」又作傻，玉篇：「傻，數也。」又作鬷，東門之枌詩「越以鬷邁」，箋：「鬷，總也。」又作稯，説文：「布之八十縷爲稯〔二〕。」又作宗，賈公彥曰：「今亦云八十縷謂之宗。」宗即緵字之借。稯，布八十縷也，其數與絲之名總者正同。

「退食自公」，傳：「公，公門也。」箋：「退食，謂減膳也。自，從也。從於公，謂公直順於事也。」朱子集傳：「退食，退朝而食於家也。」瑞辰按：寶應劉履恂據春秋襄二十八年左傳

〔一〕「纚」字，據廣韻上平支部補。

〔二〕「布之八十縷爲稯」七字原脱，據説文補。無此七字，則須讀作「説文又作宗」，而説文未嘗以宗爲緵。「又作宗」當屬下讀，故其下又引賈公彥儀禮喪服疏以證緵又作宗。上文凡言又作，均有書證，此不當獨缺，故補。

「公膳日雙雞」，杜注「卿大夫之膳食」，釋爲公家供卿大夫之常膳，以「退食自公」謂自公食而退，較集傳以退食爲退朝而食於家爲善。古者卿大夫有二朝，魯語所云「合官職於外朝，合家事於內朝」也。其在公各有治事之朝，勤於治事，不遑家食，則有公膳可食。詩言「退食自公」，正著其盡心奉公。緇衣詩還而授餐，欲其還食於家，所以見君之優賢。此詩退食自公，有不遑家食之意，所以明臣之急公也。至箋以退食爲減膳，則孫毓已駁之矣。

「委蛇委蛇」，傳：「委蛇，行可從跡也。」箋云：「委蛇，委曲自得之貌。」瑞辰按：委蛇二字疊韻。毛公以爲行有常度，故云行可從跡，從跡卽蹤跡也。徐行者必紆曲，君子偕老詩傳「委委者，行可委曲從跡也」，義與此傳合，故箋申之以「委曲自得之貌」。韓詩以爲公正貌，非也。曲與衺同義，故衺貌亦謂之委蛇，委蛇韓詩作逶迤，說文「迤，衺行也」，又云「逶迤，衺去皃」，廣雅「委蛇，窊衺也」是也。委蛇本人行衺曲之貌，因而蛇行紆曲亦謂之委蛇，戰國策蘇秦嫂「蛇行蒲伏」，莊子「養鳥者食之以委蛇」是也。物形盤曲亦謂之委蛇，楚詞遠遊「玄螭蟲象並出進兮，形蟉虯而逶蛇」是也。路之紆曲亦謂之委蛇，淮南子泰族篇「河以逶蛇故能遠」，劉向九歎「遵江曲之逶移」是也。旗之舒卷亦謂之委蛇，楚詞離騷經「載雲旗之委蛇」是也。聲之詘曲亦謂之委蛇，張衡西京賦「聲清暢而逶蛇」是也。曲之義轉爲長，故委蛇又爲長貌，楚詞王逸注「委蛇，長也」，又文選南都賦注「委蛇，長貌也」是也。委曲者易順從，故委蛇又爲順貌，莊子釋文「委蛇，至順之貌」是也。徐行有度則必美，故委蛇又有美義，爾雅「委委佗佗，美也」，韓詩「委蛇，德之美貌也」，說文「覣，好視也」，爾雅釋文「委，諸儒本並作褘，舍人云，褘褘者心之美」，釋詁「褘，美也」是也。委音近爲，故字或从爲，說文逶或作蟡，又漢陰逢盛碑作「逶迤」是也。遺从貴聲，與委音近，故委又通遺，莊子田子方注「遺蛇其步」是也。蛇古通作它，後漢儒林傳「服方領習矩步者委它乎其中」是也。又通作佗，後漢任光等傳贊「委佗還旅」是也。古从它者多與也通，故蛇或作迤，見韓詩；或作虵，見釋文。又或借作施，莊子天運「乃至委蛇」釋文「蛇本作施」是也。又或作跑，易林大壯之鼎云「長尾踒跑」是也。隋古讀如它，故蛇或作隋，又作隨，說文「委，委隋也」，漢唐扶頌「在朝逶隨」，劉熊碑「卷舒委隨」，衡方碑「褘隋在公」是也。蛇斂音讀如夷，故委蛇又作倭遲，又作威夷，四牡詩「周道倭遲」，韓詩作「威夷」是也。遲、夷古同聲，倭、郁亦一聲之轉，故倭遲漢書又引詩作郁夷。委音近猗，迤音同移，故委迤又作猗移，莊子應帝王篇「吾與之虛而委蛇」，列子黃帝篇作「猗移」是也。委蛇之聲〔一〕轉爲委維，山海經「蒼梧之野有委維」，郭注「即委蛇」是也。又轉爲延維，山海經「有神名延維」，郭注作委蛇是也。又轉爲婑媠，方言「媠，美也」，郭注「媠言婑媠也」是也。列子「稚齒婑媠」義亦同。又轉爲靡迤，玉藻「疾趨則

〔一〕「聲」原作「稱」，據續經解本改。

欲發而手足毋移」，鄭注「移之言靡迤也」是也〔一〕。靡迤又爲夷靡，文選射雉賦「或乃崇墳夷靡」是也。又爲迤靡，文選洞簫賦「倚巇迤靡」是也。古書凡重讀者，每於各字下疊小=〔二〕，故此詩舊本蓋作委委蛇蛇，或遂讀爲委委蛇蛇，釋文云「沈重讀作委委蛇蛇」是也。爾雅：「委委佗佗，美也。」釋文云：「韓詩作委委他他，諸儒本並作禕，顧舍人引詩『禕禕它它』。」今按：説文有禕無禕，禕即禕也。又作襹襹襀襀，説文引爾雅「襹襹襀襀」，即「委委佗佗」之異文。潛夫論救邊有云「洄洄潰潰」，又即「襹襹襀襀」傳寫之異耳。

「羔羊之革」，傳：「革，猶皮也。」瑞辰按：革、鬲古同音，革當爲䩹之同音假借。説文：「䩹，裘裏也。从裘，鬲聲。讀如擊。」䩹讀若擊，猶革讀若棘也。玉篇：「䩹，裘裏也。或作䩹。」古者裘皆表其毛而爲之裏以附於革，謂之䩹。詩「羔羊之皮，素絲五紽」，皮言其表也；「羔羊之革，素絲五緎」，革言其裏也；「羔羊之縫，素絲五總」，合言其表與裏也。革即䩹之假借，毛傳謂革猶皮，失之。

## 殷其靁

〔一〕「是也」二字原無，據上下文例補。

〔二〕「=」原作「二」，按此爲重文符號，今正。

「殷其靁，在南山之陽」，傳：「殷，靁聲也。山南曰陽。靁出地奮，震驚百里；山出雲雨，以潤天下。」箋云：「召南大夫以王命施號令於四方，猶靁殷殷然發聲於山之陽。」瑞辰按：文選景福殿賦李善注引毛傳：「磤，雷聲也。」一切經音義引通俗文：「雷聲曰磤。」廣雅：「磤，聲也。」殷即磤之省借。重言之則曰殷殷，長門賦：「雷殷殷而響起。」亦作隱隱，易林：「雷車不藏，隱隱西行。」隱隱即殷殷也。埤蒼：「砏磤，大聲也。」箋以殷殷發聲喻召南大夫之施號令於四方，蓋亦以殷爲大聲。至雲漢傳「隆隆而雷，非雨雷也」，箋云「雨雷之聲尚殷殷然」，以殷殷與隆隆對言，則讀殷如隱微之隱，與此箋義微異。又按傳言「震驚百里」，蓋以雷聲之近而可聞，興君子之遠而難見。又云「山出雲雨，以潤天下」，蓋以靁有聲則雲雨興，以雷雨之相連興夫婦之相依，與谷風傳云「陰陽和而谷風至，夫婦和則室家成，室家成則繼嗣生」，取興正同，故下接言「何斯違斯」。違斯者，違此南山之陽、南山之側、南山之下也。又雷發聲收聲有定時，故詩取以喻君子之信厚。箋謂喻「大夫以王命施號令」，非詩義也。

「何斯違斯」，傳：「何此君子也。斯，此。違，去也。」瑞辰按：爾雅釋詁：「違，遠也。」邢疏引詩「何斯違斯」。蓋以雷聲之近興君子之遠此耳。說文：「違，離也。」離、去、遠義並相近。

「莫敢或遑」，傳：「遑，暇也。」箋：「無敢或閒暇時。閔其勤勞。」瑞辰按：或、有古通用。小爾雅、廣雅並曰：「或，有也。」「莫敢或遑」即莫敢有遑。箋言「無敢或閒暇時」，即無敢有閒暇也。三章「莫或遑處」,「莫或」亦謂莫有。

「莫或遑處」,傳:「處,居也。」瑞辰按:處與処同。江有汜毛傳:「處,止也。」說文:「凥,処也。」「処,止也。从夂几。夂得几而止也。或从虍聲作處。」廣雅:「処,止也。」節氣中有處暑,即止暑也。遑處,猶遑息耳。

## 摽有梅

「摽有梅」,傳:「摽,落也。」瑞辰按摽或作蔈,見漢書食貨志注。又作莩,趙岐孟子注引詩「莩有梅」,釋文引丁公著云韓詩。今按莩當作𠬪。說文:「𠬪,物落,上下相付也。讀若詩『摽有梅』。」漢書食貨志贊引孟子「野有餓⿱艹𠬪」,莩及⿱艹𠬪皆𠬪之異文。韓詩作莩者,爲正字,毛詩作摽或作蔈者,皆𠬪〔一〕之假借。毛傳訓摽爲落,義與韓詩正同。王伯厚難韓詩,「⿱艹𠬪是零落,摽是擊之使落」,殊昧於古文通借之義。

「頃筐塈之」,傳:「塈,取也。」瑞辰按:塈者,摡之假借。玉篇引詩「頃筐摡之」,蓋本三家詩。廣雅:「摡,取也。」摡亦省作既,左氏傳「董澤之蒲,可勝既乎」,既亦取也。說文訓摡爲滌,引詩「摡之釜鬵」,又訓既爲小食,皆不爲取。說文乞作气,音氣,後變作乞,訓爲乞

〔一〕「𠬪」原作「文」,據續經解本改。

取。據一切經音義引蒼頡篇「乞謂行匃也」，則乞字蒼頡篇已有之。气、乞寔一字，摡、既皆當爲乞之聲近假借，故得訓取。气之通作摡，猶氣之通作既也。

「迨其謂之」，傳：「謂之，不待備禮也。三十之男，二十之女，禮未備則不待禮，會而行之者，所以蕃育人民也。」箋：「謂，勤也。女年二十而無嫁端，則有勤望之憂。不待禮會而行之者，謂明年仲春不待以禮會之也。時禮雖不備，相奔不禁。」瑞辰按：此傳義本周官媒氏「仲春令會男女」，以「謂之」爲「會之」之假借。上云「謂之，不待備禮」，下即云「會而行之者」，正以「會而行之」釋經文「謂之」也。謂與彙同从胃聲。周易「拔茅茹以其彙」，鄭云「勤也」，以彙爲謂之假借；王云「類也」，以彙爲會之假借。又爾雅釋木「樸抱者謂」，謂〔一〕釋文引舍人本謂作彙。知彙之可假作謂，又可假作會，則知謂之可假作會。正義云：「謂者，以言謂女而取之。」失傳恉矣。至此箋訓謂爲勤，謂「有勤望之憂」，不若傳義爲允，又誤讀傳「會而行之者」連上「不待禮」爲句。

## 小星

「嘒彼小星」，傳：「嘒，微貌。」瑞辰按：嘒之言慧也。方言：「慧、憭，意精明也。」嘒蓋狀

〔一〕此「謂」字疑衍文當删，或删下「謂作彙」之「謂」字。

星之明貌。雲漢詩「有嘒其星」同義。傳於此曰「微貌」，於彼曰「衆星貌」，不免望文生義。

「寔命不同」，傳：「寔，是也。」釋文：「寔，韓詩作實，云：有也。」瑞辰按：說文：「寔，正也。」「實，富也。」實無是訓。爾雅：「寔，是也。」韓奕箋：「實當作寔。趙魏之東，寔、實同聲。」是詩中凡作寔者皆正字，作實者皆假借字。頍弁箋云：「實，猶是也。」亦以實爲寔之假借，故即以是釋之。是者，語詞。韓詩作實，訓有者，有亦語詞。

「抱衾與裯」，傳：「裯，襌被也。」箋云：「裯，牀帳也。」瑞辰按：裯，蓋袛裯也。方言：「汗襦，自關而西或謂之袛裯。」說文：「袛裯，短衣。」又曰：「裯，衣袂袛裯。」是汗襦一名袛裯。又單稱裯，宋玉九辨「被荷裯之晏晏兮」，王逸注「裯，袛裯也」是也。袛裯又名襜襦，又名襌襦，方言「汗襦，陳魏宋楚之間謂之襜襦，或謂之襌襦」是也。袛裯爲褻衣，故漢書武安侯恬「坐衣襜襦入宫，不敬，免」，後漢書羊續傳「其資藏惟有布衾、敝袛裯、鹽麥數斛而已」，正以衾與袛裯並舉。竊謂此詩以裯與衾並舉，即袛裯耳。古者夫人御於君，有易燕服之禮，則賤妾亦當易服。裯爲褻衣，故與衾同抱。傳既訓衾爲被，不宜又以裯爲襌被。襌被或爲襌襦之譌，即袛裯之一名也。至爾雅釋訓「幬謂之帳」，說文「幬，襌帳也」，裯音通幬，裯帳以雙聲爲義，與惆悵、譸張同。正〔一〕義據鄭志答張逸，以抱帳爲漢制，似不若以裯爲袛裯耳。

〔一〕「正」字原脫，據此詩孔氏正義及本書上下文義補。

## 江有汜

「江有汜」，傳：「興也。決復入爲汜。」箋云：「興者，喻江水大，汜水小，然得並流，似嫡媵宜俱行。」瑞辰按：水決復入爲汜者，正興媵之始見棄而終見收也。二章「江有渚」，傳曰「水岐成渚」，亦喻始分而終合。蓋江遇渚則分，過渚復合也。三章「江有沱」，傳：「沱，江之別者。」按沱自江水溢出，終復合流於江，其取興亦同。箋以汜取興並流，而以渚爲喻媵留，失之。

「不我過」，瑞辰按：此與前二章異義。前章「不我以」、「不我與」，言其始不以我備數也。此章「不我過」，言嫡既悔之後，終不我棄，正承上「其後」言之，故但曰「其嘯也歌」，不更言「其後」矣。太玄差曰：「過小善不克。」范望注：「過，去也。」淮南主術訓「乘舟檝者不能游而絕江海」，高注：「絕，猶過也。」廣雅：「渡，去也。」「過，渡也。」過本有去絕之訓，凡訓去訓絕者通謂之過。考槃詩「永矢弗過」，卽永矢弗去也。此章「不我過」，卽不我去、不我絕也。毛、鄭均不解過字。凡嫡無親過媵家之禮，集傳謂「不過我而與俱」，蓋誤以「不我過」爲與前二章同一意也。

「其嘯也歌」，箋：「嘯，蹙口而出聲。嫡有所思而爲之。既覺，自悔而歌。歌者，言其悔過以自解説也。」瑞辰按：上二章「其後也悔」、「其後也處」，皆指嫡言。此章「其嘯也歌」，則當爲媵自指，謂其感德而嘯歌也。説文：「嘯，吹聲也。」以歗爲嘯之籀文。欠部又有歗字，大徐本作「吟也」，引詩「其歗也歌」。嘯、歗二字，經典通用，而其本字則音同而義别。嘯者，吹聲，悲聲也。中谷有蓷篇「條其歗矣」，白華篇「歗歌傷懷」，其字皆當作嘯。經作歗者，假借也。歗者，吟也，與説文歎字訓吟，「謂情有所欲，吟歎而歌〔一〕」同義，樂聲也。此詩「其嘯也歌」，當从説文引作歗。毛詩作嘯者，亦假借也。箋以嘯爲蹙口出聲，又以指嫡，失其義矣。

## 野有死麕

「野有死麕，白茅包之」，傳：「凶荒則殺禮，猶有以將之。野有死麕，羣田之，獲而分其肉。」箋云：「亂世之民貧，而彊暴之男多行無禮，故貞女之情，欲令人以白茅裹束野中田者所分麕肉，爲禮而來。」瑞辰按：説文麗〔二〕字注云：「禮，麗皮納聘。皮蓋鹿皮。」又慶字注：「行賀人。从心从夊。吉禮以鹿皮爲贄，故从鹿省。」白虎通：「納徵，玄纁、束帛、離皮。」又

〔一〕按：此二句大徐本説文無之，段玉裁據文選李善注引校補。「欲」當從段本作「悅」，「歌」下當據段本補「詠」字。

〔二〕「麗」原作「旅」，據説文改。又下引「皮蓋鹿皮」當從説文作「蓋鹿皮也」。

曰：「離皮者，兩皮也。」此詩「野有死麕」、「野有死鹿」，蓋取納徵用麗皮之義。說文：「麕，麞也。」李善文選注云：「今江東人呼鹿爲麕。」詩兼言麕、鹿者，麕亦鹿之屬。用其皮，非用其肉，詩但言「死麕」、「死鹿」者，猶詩「虎韔」、「魚服」皆用其皮，但省言「虎」、「魚」也。顧虞東學詩〔一〕曰：「執皮者必攝之，故以『包』、『束』爲言。」傳、箋並以麕、鹿爲用其肉，似失其義。

「吉士誘之」，傳：「誘，道也。」箋：「吉士使媒人道成之。」瑞辰按：呂記曰：「毛、鄭以誘爲道，儀禮射禮亦先有誘射，皆謂以禮道之，古人固有此訓詁也。歐陽氏始誤以爲挑誘之誘。」胡承珙曰：「衡門序『誘僖公也』，正義謂在前道之。況戴禮主〔二〕言篇。有『誘賢』之文，論語有『善誘』之語。呂記駁歐陽甚正。」今按說文以誘爲𧦝字之或體，又曰𧦝古文作羑，又曰「羑，進善也」，爾雅釋詁「誘，進也」，及此詩毛傳「誘，道也」，皆以誘爲羑字之假借，其義本爲進善。誘字又假借作牖。大雅版之篇曰「天之牖民」，傳：「牖，道也。」牖卽誘也。此傳訓誘爲道，箋以〔三〕「使媒人道成之」，嫌於吉士自相道誘，可謂善申傳義。歐陽以挑誘釋之，

〔一〕按：顧鎮字備九，號古湫，又號虞東，所著通稱虞東學詩，此稱學詩疑是省稱。或當作「顧氏虞東學詩」，脫「氏」字。

〔二〕「主」原作「立」。按大、小戴禮皆無立言之篇，大戴禮記主言（「主」或作「王」，誤）云：「歲誘賢焉。」今據改。

〔三〕據文義及本書文例，「以」下疑脫「爲」字。

誤矣。

「林有樸樕」，傳：「樸樕，小木也。」瑞辰按：樸樕二字疊韻。爾雅：「樕樸，心。」即詩樸樕，正義引爾雅正作樸樕。釋名：「心，纖也。」樸樕爲小貌，心亦小義，故傳以小木釋之。或疑小即心字之譌，失之。樸樕之轉爲扶蘇，故鄭風山有扶蘇傳曰：「扶蘇，扶胥，小木也。」又按：「林有樸樕」與「野有死鹿」相對成文。毛傳：「樸樕，小木也。野有死鹿，廣物也。」似本分爲二義。歐陽詩本義謂林有樸樕，猶可用以爲薪。胡承珙曰：「詩於昏禮每言析薪，古者昏禮或本有薪芻之饋耳。蓋芻以秣馬，薪以供炬。」士昏禮「執燭前馬」，古燭即以薪爲之也。鄭箋始以樸樕之中爲野有死鹿之所在，與傳異義。孔疏合傳、箋爲一，失之。

「白茅純束」，傳：「純束，猶包之也。」箋：「純，讀如屯。」釋文引沈重曰：「純讀屯，徒尊反，聚也。」瑞辰按：純、屯古通用。竹書紀年「韓趙遷晉桓公于屯留」，即左傳襄十八〔一〕年執孫蒯之純留也。戰國策秦策「錦繡千純」，高誘注：「純音屯，束也。」穆天子傳「錦組百純」，郭璞注：「純，疋端名也。」純、束二字同義，純亦束也。周官媒氏「純帛無過五兩」，與雜記「納幣一束，束五兩」義合，純帛即束帛。鄭注周官讀純爲緇，失之。純又通作芚。莊子齊物論釋文：「芚，束也。」據說文「稛，絭束也」，齊語「稛載而歸」，韋注「稛，絭也」，純、屯皆稛之假

〔一〕「八」原作「六」，據左傳改。

借。稛之借作純與屯，猶囷之通作囤也。稛又借作麇，哀二年左傳「羅無勇，麇之」，杜注：「麇，束縛也。」麇亦稛也，故訓爲束。

「舒而脱脱兮」，傳：「脱脱，舒遲也。」箋：「貞女欲吉士以禮來，脱脱然舒也。」瑞辰按：方言、説文、廣雅並曰：「娧，好也。」玉篇云：「娧，好貌。」脱脱即娧娧之假借。而，當作女字解，謂吉士也。脱脱，狀吉士之好皃也。舒，語詞。説文：「余，詞之舒也。」故舒亦爲語詞。此詩「舒而脱脱兮」，與陳風月出篇「舒窈糾兮」、「舒懮受兮」、「舒夭紹兮」三舒兮〔一〕，皆語詞。脱脱及窈糾、懮受、夭紹，皆好皃，非舒皃。此傳彼箋均訓爲舒遲，失其義矣。小雅小弁「君子不惠，不舒究之」，即言不究之，猶上文「如或醻之」即言如醻之也。箋及正義訓爲安舒，失之。大雅常武「王舒保作」即言王保作，謂安行也，舒亦語詞。若以舒爲緩，與下句「匪紹」箋訓爲緩不相貫矣。舍古音讀同舒，亦通用。孟子「舍皆取諸其宮中而用之」，承上「許子何不爲陶冶」，舍亦語詞，不爲義，言何不自爲陶〔二〕冶，皆取諸其宮中而用〔三〕之也。趙注訓舍爲止，失之。又按爾雅：「虛，閒也。」閒即語詞，虛即舒之假借，猶北風「其虛其邪」，假

〔一〕「兮」，疑當作「字」。
〔二〕「陶」字原無，據文義補。
〔三〕「用」原作「取」，據文義改。

虛爲舒徐之舒也。

「無感我帨兮」，傳：「帨，佩巾也。」瑞辰按：說文：「帥，佩巾也。帥或从兑作帨。」是帥、帨爲一字。帥通作率，故左傳「藻率鞞鞛」，服注「率爲刷巾」，刷巾卽佩巾，率卽帥之借也。古以佩巾爲帨，內則「左佩紛帨」是也。亦以縭爲帨，東山詩「親結其縭」，毛傳「縭，婦人之褘」，又引士昏禮「施衿結帨」；爾雅「婦人之褘謂之縭」，孫炎注「褘，帨巾也」是也。內則「女子生，設帨于門右」及此詩「無感我帨」，帨皆爲縭，因其爲女子出嫁時所結，故重言之，非佩巾也。縭爲婦人之褘，褘卽蔽膝；一名大巾，故又通名帨。說詳東山詩。

「無使尨也吠」，傳：「尨，狗也。」正義：「『尨，狗』，釋畜文。」瑞辰按：說文：「尨，犬之多毛者。」穆天子傳「天子有尨狗」，郭注：「尨，尨茸，謂猛狗。或曰，尨亦狗名。」今按周官犬人疏云：「犬有三種，一曰田犬，二曰吠犬，三曰食犬。」吠犬卽守犬，尨蓋田犬、吠犬之通名。穆天子傳「天子有尨狗」謂田犬，此詩「無使尨也吠」謂守犬。蓋凡毛之尨茸者，通可謂之尨耳。

## 何彼襛矣

「何彼襛矣」，傳：「襛，猶戎戎也。」瑞辰按：說文：「襛，衣厚皃。」又：「醲，酒厚也。」「濃，露之厚也。」玉篇：「農，厚也。」从農者多有厚意，厚與盛義近，戎戎卽盛貌也。韓詩作茙，戎即茙字之省。戎又通茸，左傳「狐裘尨茸」即詩「狐裘蒙戎」可證。說文無茙字，惟曰：「茸，草茸茸皃。」戎戎即茸茸也。籀文茸作茸。說文又曰：「芮芮，艸生皃。」段玉裁曰：「芮芮與茙茙雙聲，柔細之狀。」

「平王之孫，齊侯之子」，傳：「平，正也。武王女，文王孫，適齊侯之子。」瑞辰按：詩中凡疊句言爲某之某者，皆指一人言，未有分指兩人者。如碩人詩「齊侯之子，衞侯之妻，東宮之妹，邢侯之姨」，言莊姜也；韓奕詩「汾王之甥，蹶父之子」，言韓姞也；閟宮詩「周公之孫，莊公之子」，言僖公也：正與此詩句法相類，不應此詩獨以「平王之孫」指王姬，「齊侯之子」爲齊侯子，娶王姬也。且首章「王姬之車」，箋訓之爲往，則與上文「唐棣之華」「之」字異讀，又以「王姬往車」爲不詞，故增釋經文，謂「王姬往乘車」，非詩義也。二章傳云王姬「適齊侯之子」，三章正義又云「齊侯之子求平王之孫」，於經文外增一「適」字、「求」字，亦非詩義。惟儀禮疏引鄭君箴膏肓曰：「齊侯嫁女，以其母王姬始嫁之車遠送之。」謂此詩爲齊侯嫁女之詩，則詩所云「齊侯之子」謂齊侯之女子，猶碩人詩「齊侯之子」、韓奕詩「蹶父之子」皆謂女子也。詩所云「平王之孫」，乃平王之外孫。言「平王之外孫」則於詩句不類，故省而言之曰「孫」。猶閟宮詩「周公之孫」，不言「曾孫」而但言「孫」也。詩二句皆指齊侯女子言，於經文正合。惟齊侯嫁女之詩，不應附於召南。竊謂「平王」傳既訓爲平正之王，則「齊侯」亦當訓爲齊一之侯，猶易「康侯」泛〔一〕指諸侯言也。

「維絲伊緡」，傳：「伊，維。緡，綸也。」箋云：「釣者以此有求於彼，何以爲之乎？以絲爲之綸，則是善釣也。」瑞辰按：維、惟古通用。玉篇：「惟，爲也。」箋釋詩「其釣維何」，云「何以爲之乎」；又云「以絲爲之綸」，正以爲釋伊字。蓋伊爲語詞之維，亦讀同訓爲之惟。若云「維絲維緡」，則不辭矣。說文：「緡，釣絲繫也。」又曰：「罠，所以釣也。」緡與罠蓋聲近而義同。

## 騶虞

「彼茁者葭」，傳：「茁，出也。葭，蘆也。」箋云：「記蘆始出者，著春田之早晚。」瑞辰按：王制：「昆蟲未蟄，不以火田。」孔疏：「從十月以後至仲春，皆得火田。」邵晉涵曰：「火田當在十月。春秋桓七年二月『焚咸丘』，杜注：『火田也。譏盡物，故書。』是周正二月且不得火田。而孔疏謂仲春猶得火田，誤矣。」今按：此詩茁葭、茁蓬，正以見春田草木方盛，不以火田之義。穆天子傳：「天子射鳥，有獸在葭中，七萃之士高賁戎擒之以見天子。」是葭亦藏獸之區。詩言葭、蓬，皆謂豝豵所藏耳。

首章「壹發五豝」，傳：「豕牝曰豝。虞人翼五豝以待公之發。」箋：「君射一發而翼五豝

〔一〕「泛」原作「之」，據續經解本改。

者，戰禽獸之命。必戰之者，仁心之至。」二章「壹發五豵」，傳：「一歲曰豵。」箋云：「豕生三曰豵。」瑞辰按：爾雅釋獸：「豕生三，豵；二，師；一，特；牝，豝。」傳之訓豝，箋之訓豵，均本爾雅，傳訓豵爲異。說文：「豝，牝豕也。一曰，二歲能把拏也。」「豵，生六月豚。一曰，一歲曰〔一〕豵。尚叢〔二〕聚也。」二說兼載。周官大司馬鄭司農注：「一歲爲豵，二歲爲豝，三歲爲特，四歲爲肩，五歲爲慎。」廣雅：「獸一歲爲豵，二歲爲豝，三歲爲肩，四歲爲特。」是皆以豵豝爲凡獸大小之異名。今按爾雅「豕生三豵，二師，一特」，繼之以「所寢，檜」。方言云：「其檻及蓐曰檜。」則知爾雅所言皆畜豕，故人得以檻蓐畜之。又按爾雅釋畜：「馬八尺爲駥，牛七尺爲犉，羊六尺爲羬，彘五尺爲豟，狗四尺爲獒，雞三尺爲鶤。」總題之曰六畜。其前則分釋馬、牛、羊、狗、雞，而題之曰馬屬、牛屬、羊屬、狗屬、雞屬，不應獨闕彘屬。釋獸：「豕子，豬。䝏，豶。幺，幼。奏者，豱。豕生三，豵；二，師；一，特。所寢，檜。四豴皆白，豥。其跡，刻。絶有力，豟。牝，豝。」共三十五字，與釋畜狗屬文法相似。周中孚疑爲釋畜之錯簡，是也。則爾雅所言信畜豕矣。鄭司農「一歲曰豵」等語，以釋大司馬「大獸公之，小禽私之」，則知所言者必田豕也。蓋畜豕以生數、牝牡異名，田豕之生數不可知，則以大小、

〔一〕「曰」字，據段本說文補。

〔二〕「叢」原作「崇」，據說文改。

年數異名，故周官「大獸公之，小禽私之」，豳風「言私其豵，獻豜于公」，皆以小大爲辨，足徵田獵所獲，不計生數之多寡矣。此詩五豝、五豵皆田獵獲獸，正當據鄭司農、說文、廣雅「一歲曰豵，二歲曰豝」之説釋之。又按：壹、一古通用。朱武曹以大學「壹是皆以修身爲本」、檀弓「余一不知夫喪之踊也」及詩「政事一埤益我」等壹、一字皆爲詞助、發端之語，其説最精。因悟此詩「壹發五豝」、「壹發五豵」二壹字皆發語詞。故毛傳云「虞人翼五豝以待公之發」，但釋「發五豝」三字，不另釋經文「壹」字，猶小雅「壹醉日富」，毛傳但曰「醉而日富矣」，亦不釋經文「壹」字，皆以壹爲語詞也。賈誼新書及鄭箋已誤以「壹發」爲一發矣。後人不善讀毛傳，因謂五豝僅止一發，又或以壹發爲四矢，或以壹發爲十二矢，或謂一豝負矢，其羣皆奔，故壹發而五豝齊見，皆於經義不合，失之鑿矣。

「吁嗟乎騶虞」，傳：「騶虞，義獸也。白虎黑文，不食生物，有至信之德則應之。」三家詩皆以騶虞爲天子掌鳥獸官，賈子新書又分騶虞爲二，以騶爲文王之囿，虞爲囿之司獸。瑞辰按：此詩「吁嗟乎騶虞」，與「吁嗟麟兮」句法相似，麟既爲獸，則騶虞亦獸可知。周官鍾師賈疏引五經異義載古毛詩説，周南終麟趾，召南終騶虞，俱稱嗟嘆之皆獸名，其説是也。歐陽修謂毛詩未出之前，未有以騶虞爲獸名者。今按古書言騶虞者凡四，皆在毛詩未出以前。山海經海内北經：「林氏國有珍獸，大若虎，五采畢具，尾長于身，名曰騶吾，乘之日行千里。」吾、虞古同音，漢書吾丘壽王，説苑作「虞丘」可證。五經異義引古山海經、騶書〔一〕云「騶虞，獸名」，劉芳詩義疏亦作騶吾，是知騶吾即騶虞。其證一也。山海經「騶吾」，郭璞注引六韜云：「紂囚文王，閎夭之徒詣林氏國求得此獸，獻之紂。」其證二也。周書王會云：「央林酋耳，酋耳若虎，尾參于身，食虎豹。」據漢書，武帝時獲異獸騶牙，以騶牙爲騶虞，則知酋耳即騶牙之譌。酋、騶聲近，耳、牙形近。耳即牙也，牙即吾也，吾即虞也。據鄭志答張逸問曰：「白虎黑文，周書王會云。」今王會無「白虎黑文」字，是知古本周書「若虎」原作「白虎」，下有「黑文」二字，後脱去「黑文」，又譌「白虎」爲「若虎」，而酋耳之即騶虞，得此益信。其證三也。尚書大傳云：「散宜生之於陵氏取怪獸，大不避虎豹間，尾倍其身，名曰虞。」鄭注：「虞，騶虞也。」其證四也。孰謂毛詩未出以前無以騶虞爲獸名者邪？嚴粲又以爾雅不載騶虞爲疑。今按騶虞白虎黑文，亦通名白虎。以爲玉飾，字作琥，周官「以玉作六器」，云「以白琥禮西方」，晉中興書云「白琥尾參倍其身」，孫氏符瑞圖云「白琥西方義獸，白色黑文，名騶虞，尾倍其身，故開元禮避諱云『禮西方以騶虞』」是也。哀十四年左傳服虔注云「思睿信立白虎擾」，與毛傳言「有至信之德」合。皆白虎即騶虞之證。則知爾雅所云「甝，白虎」，即騶虞耳。甝，説文作[illegible]。毛傳以騶虞爲義獸而應信。説文：「虞，騶虞也。白虎黑文，尾長於

〔一〕騶書，陳壽祺五經異義疏證引周禮鐘師疏作鄒子書。騶、鄒字通。阮刻周禮注疏本作鄒書。

身。仁獸也。食自死之肉。」説本毛傳，而「仁獸」與「義獸」異，然毛傳「不食生物」正見其仁。吴薛琮騶虞頌云「婉婉白虎，優仁是崇」，正與説文騶虞爲仁獸合。惟山海經既云孟山有白虎，又云林氏國有騶吾，郭璞作騶吾、白虎二讚，似不得合爲一。然騶虞要亦白虎屬耳。至毛傳、説文皆云白虎黑文，山海經則云五采畢具，蓋先儒傳聞各異，其言尾長於身則同。廣雅又以騶吾爲馬屬，此後人以騶吾日行千里，因以名其馬，非以騶吾本爲馬也。

# 毛詩傳箋通釋卷四

## 邶風〔一〕

### 柏舟

「汎彼柏舟，亦汎其流」，傳：「興也。汎，汎流貌。柏，木所以宜爲舟也。亦汎汎其流，不以濟渡也。」箋：「舟載渡物者，今不用，而與衆物汎汎然俱流水中。興者，喻仁人之不見用而與羣小人並列，亦猶是也。」瑞辰按：傳、箋以柏舟之汎流水中喻仁人之不見用，是也。詩中亦字，有上無所承，只作語詞者，如此詩「亦汎其流」及有客詩「亦白其馬」之類皆是，故此傳不釋經文亦字。箋以亦字爲對衆物，以興仁人與羣小人竝列，失之。又按古者臣之事君與婦之事夫，皆以堅貞爲首，故邶詩以柏舟喻仁人，而鄘詩共姜亦以柏舟自喻。又按説文：「汎，浮皃。」「泛，浮也。」段玉裁謂此詩上汎謂汎，下汎當作泛，汎、泛古同音，而字有

〔一〕「邶風」原作「邶」，今依通行習慣補「風」字。此下國風各卷並同，不另出校。

區別。

「耿耿不寐」，傳：「耿耿，猶儆儆也。」瑞辰按：廣雅：「耿耿、警警，不安也。」警警與儆儆同，耿、警雙聲。毛傳以儆儆訓耿耿，蓋狀其戒懼之貌。說文：「儆，戒也。」儆借作耿，猶「耿眊」與「螢蟆」聲相轉也。耿耿一作炯炯，楚辭遠遊「夜耿耿而不寐」，王逸章句引詩「耿耿不寐」，云「耿一作炯」。嚴夫子哀時命「夜炯炯而不寐兮，懷隱憂而歷茲」，正本此詩。耿、炯音義竝同，耿耿通作炯炯，猶褧衣通作絅也。說文：「耿，从耳，炯省聲。」宋本炯作烓。火部：「烓，讀若冋。」古音圭與耿、冋皆雙聲，烓猶炯也。炯或從囧，囧、耿廣雅竝訓爲明。又曰：「炯炯，光也。」炯與光亦以雙聲爲義。襄五年左傳「我心扃扃」，王逸九思「神光兮熲熲」，竝字異而義同。古人言慐心之甚，每比諸火之炎上，節南山詩「憂心如惔」，韓詩作「如炎」，說文作「憂心灵灵」是也。因竝以炎火光明之狀擬其心憂之甚，采薇詩「憂心烈烈」，頍弁詩「憂心奕奕」、「憂心怲怲」，無將大車詩「不出于熲」及此詩「耿耿不寐」，義竝同。耿耿指心憂之貌，淮南子說山訓「念慮者不得卧」，高誘注引詩「耿耿不寐」證之，是也。王逸楚辭章句以炯炯爲目不眠，失之。

「如有隱憂」，傳：「隱，痛也。」瑞辰按：殷、隱古同聲通用，隱者慇之假借。說文：「慇，痛也。」文選注五引韓詩作「殷憂」，李注：「殷，憂也。」廣雅：「殷，痛也。」殷亦慇之省借。隱憂、殷憂皆二字同義，猶詩「我心憂傷」、「我心傷悲」之類。毛傳訓痛者，痛亦憂也，故小雅正月詩「憂心慇慇」，傳云「慇慇然痛也」，而爾雅釋訓則云「殷殷，憂也」。楚詞九歎王逸注訓隱憂爲大憂，易林亦曰「耿耿寤寐，心懷大憂」，蓋本三家詩，从殷之本義，故訓爲大，不若毛傳訓痛爲善。如、而古通用，「如有隱憂」猶云「而有隱憂」也。正義云「如有痛疾之憂」，失之。

「不可以茹」，傳：「茹，度也。」瑞辰按：傳義本釋言。茹訓食，爲本義；訓度者，如之假借。釋詁：「如，謀也。」謀亦度也。自此之彼曰如，以此度彼亦曰如矣。書「如五器」即度五器也。

「不可選也」，傳：「物有其容，不可數也。」瑞辰按：惠氏定宇九經古義曰：「案朱穆集載絶交論云：『威儀棣棣，不可算也。』鄭注論語云：『算，數也。』與毛訓同。」今按説文：「算，數也。」訓數者，爲算之本義。毛傳訓數者，以選爲算之假借。三家詩蓋有從本字作算者，故朱穆〔一〕據以爲言耳。易「雜物撰德」，鄭作算；論語「何足算」，漢書作選；周禮大司馬「撰車徒」，鄭注「撰讀曰算」：皆選、算古通用之證。蓋選與算雙聲，其字同在心母，故通用。

「慍于羣小」，傳：「慍，怒也。」釋文：「慍，憂運反，怒也。」瑞辰按：怒當作怨。正義云：「仁

〔一〕「朱穆」下原有「傳」字，考後漢書朱穆傳並未引詩「威儀棣棣，不可算也」，惟李賢注引朱穆集絶交論有此二句，今據删「傳」字。

人憂心悄悄然，而怨此羣小人在於君側者也。」又云：「小人見困病於我既多，又我受小人侵侮不少，故怨之也。」皆以怨釋慍，是正義所據毛傳原作「慍，怨也」之證。文選思玄賦舊注引詩，注：「慍，怨也。」亦本毛傳。趙岐孟子章句云：「慍于羣小，怨小人聚而非議賢者也。」義與毛傳合。倉頡篇：「慍，恨也。」韓詩：「慍，恚也。」恨、恚皆怨也。今釋文及正義本傳皆作怒，蓋怨字形近之譌。論語鄭注「慍，怨也」，何晏集解誤作怒。豳詩正義及一切經音義卷十九竝引說文「慍，怨也」，今二徐本亦誤作怒。

「靜言思之」，傳：「靜，安也。」箋：「言，我也。」瑞辰按：說文：「竫，亭安也。」經傳多假靜爲竫。此傳訓安者，亦以靜爲竫字之借也。今按說文：「靜，宷也。」「宷，悉也。」知宷諦也。」宷篆文作審，是審爲靜字本義。詩或假靜爲竫安之竫，或假靜爲靖善之靖，惟此詩靜字宜用本義，訓宷。言爲語詞。「靜言思之」猶云審思之也。傳訓爲安，失之。

「寤辟有摽」，傳：「辟，拊心也。摽，拊心貌。」釋文：「辟，本又作擘。」瑞辰按：爾雅釋訓：「辟，拊心也。」此傳義所本。辟者，擘之省借。說文：「擘，撝也。」「撝，裂也。」擘本擘裂之稱，其義通捭與搏，故又爲拊心也。字亦作擗，玉篇引詩「寤擗有摽」，文選注、爾雅釋文引詩亦同。喪禮有擗，拊心也，拊心即俗所謂椎心，故「有摽」爲拊心貌。說文、廣雅竝曰：「摽，擊也。」寤通作晤，說文晤字注引詩作「晤辟有摽」。晤，明也。覺而言爲寤言，則覺而辟得爲寤辟矣。

「胡迭而微」，箋云：「微，謂虧傷也。君道當常明如日，而月有虧盈。今君失道而任小人，大臣專恣，則日如月然。」釋文：「迭，韓詩作臷，音同，云：『臷，常也。』」瑞辰按：十月之交詩「彼月而微，此日而微」，箋云：「微，謂不明也。卽謂日月之食。」微有隱義，説文：「微，隱行也。」隱則不明，故爲日月食不明之象。此詩「胡迭而微」，迭、佚古通用。方言：「佚，代也。」廣雅：「迭，代也。」謂日月更迭而食爲不明。易林升之革曰：「日居月諸，遇暗不明。」得其義矣。古者以日食爲陰侵陽，月食爲陰失明，故詩以不明喻君臣之失道。箋訓微爲虧傷，謂日之虧傷如月，失之。迭從失聲，古秩與程雙聲通用。韓詩作臷，蓋臷字之或體。迭通作臷，猶堯典「平秩」史記作「便程」，説文引虞書作「平豑」；巧言詩「秩秩大猷」，説文作「𢧜臷」，又𢧜字注「讀若詩『威儀秩秩』」也。迭古音近替，故少牢饋食禮「勿替引之」，鄭注：「替古文爲袂，或爲臷。」錢大昕以袂爲秩之譌，是也。迭音又近鐵，故春秋「戰於鐵」，公羊經作秩。臷、至音亦相近，爾雅：「咥，大也。」説文：「臷，大也。」臷卽咥也，故臷字又作臷耳。毛、韓字異而音義竝同。説韓詩者訓臷爲常，失之。

## 緑衣

「緑兮衣兮〔一〕，緑衣黄裏」，傳：「興也。緑，間色；黄，正色。」箋言：「緑兮衣兮者〔二〕，言褖衣自有禮制也。」瑞辰按：緑衣爲間色，以喻妾；黄爲正色，以喻妻。「緑衣黄裏」、「緑衣黄裳」皆以喻妾上僭，夫人失位，詩之取興義甚明顯。箋改緑爲褖，非詩義也。焦氏易林觀之革〔三〕曰：「黄裏緑衣，君服不宜。」義本毛傳。淮南覽冥訓高注「逯讀詩『緑衣』之緑」，亦从毛讀如字。皆不取鄭箋褖衣之説。

「絺兮綌兮，凄其以風」，傳：「凄，寒風也。」箋云：「絺綌所以當暑，今以待寒，喻其失所也。」瑞辰按：第三章「緑兮絲兮，女所治兮」，以喻妾之得寵；此章「絺兮綌兮，凄其以風」，以喻夫人之失時。蓋絺綌爲當暑所服，今值天寒，行將棄而不用。箋云「喻其失所」，正合詩義。孔疏言「絺綌不以當暑，猶嫡妾不以其禮」，失其義矣。

## 燕燕

「燕燕于飛」，傳：「燕燕，鳦也。」瑞辰按：郭璞爾雅本「燕燕，鳦」，讀與毛傳同。據此詩

〔一〕「緑兮衣兮」句原無，按下引鄭箋即釋此句之義，今據毛詩補。

〔二〕「者」字原脱，據毛詩鄭箋補。

〔三〕革原作益，據易林（翟云升校略本）改。

正義引釋鳥云「巂周，燕，燕，鳦」，孫炎曰「別三名」，舍人云「巂周名燕，燕又名鳦」，太平御覽引孫炎云「巂周，燕別名」，皆以「巂周，燕」連讀。據説文「巂周，燕也，从隹，屮象其冠也」，文選七命「鷰髀腥脣」，李善注引呂氏春秋曰「肉之美者，巂鷰之髀」，今本味篇作「巂鷰之翠」，疑傳寫之譌。此正燕一名巂周之證。則釋爾雅者，仍從孫炎及舍人讀爲正。毛傳「燕燕」特依經文連讀，抑毛讀爾雅「燕燕」連文，與孫炎、舍人異耳。説文曰：「燕者請子之候。」燕以孚子而來，生子則委巢而去。戴嬀以子相依，失子而歸，故取燕飛爲興。又按：燕以南來孚子，雁則以北歸生子，予嘗得之目驗。

「差池其羽」，傳：「燕之于飛，必差池其羽。」箋云：「差池其羽，謂張舒其尾翼。興戴嬀將歸，顧視其衣服。」瑞辰按：差池二字疊韻，義與參差同，皆不齊之貌，左氏襄二十二年傳云「譬諸草木，吾臭味也，而何敢差池」，杜注「差池，不齊一」是也。説文無池字，古通作沱，故左傳釋文云：「池，徐本作沱。」而差池又轉爲蹉跎，廣雅：「蹉跎，失足也。」失足亦爲不齊，因而凡失志者通言蹉跎，而與人不相合者亦通言差池矣。差池不齊，以喻莊姜送戴嬀，一去一留。下章頡頏、上下〔一〕，取興正同。箋以喻顧視其衣服，失之。

「頡之頏之」，傳：「飛而上曰頡，飛而下曰頏。」瑞辰按：頡頏二字雙聲。段玉裁曰：「傳

〔一〕「上下」，據此詩下文「下上其音」，當作「下上」。

上下互譌，當作『飛而下曰頡，飛而上曰頏』。頡之言抑；抑，降也，下也，故爲下飛。頏之言亢；亢，高也，舉也，故爲上飛。文選甘泉賦『魚頡而鳥胻』，李善注：『頡胻，猶頡頏也。』魚潛淵而曰頡，鳥戾天而曰胻，正頡下頏上之證。」今按段說是也。說文：「亢，人頸也。或作頏。」是頏卽亢之或體。爾雅：「亢，鳥嚨。」釋文引舍人云：「亢，鳥高飛也。」蓋鳥以高飛而見其亢，故又以亢爲高飛也。三章「下上其音」又承上章頡頏而言，正以頡下而頏上，故詩亦先下而後上也。三章傳「飛而上曰上音，飛而下曰下音」，以經文先下後上證之，傳二句亦互譌。

「其心塞淵」，傳：「塞，瘞。淵，深也。」釋文：「塞瘞，崔集注本作實。」正義：「定本：塞，瘱也。俗本：塞，實也。」瑞辰按：錢大昕曰：「瘞卽瘱字之譌。說文：『瘱，靜也。』『靜，審也。』蒼頡篇：『靜，密也。』」然正義曰：「其心誠實而深遠也。」是孔本原依俗本作實。今作瘞者，非其舊也。定之方中箋云：「塞，充實也。」此詩無箋，蓋鄭君所見毛傳原作「塞，實」。塞者，𡨄之假借。說文：「𡨄，實也。從心，塞省聲。」引虞書「剛而𡨄」。史記作「剛而實」。實爲塞之本訓，或作瘞者，誤也。玉篇引詩「其心𡨄淵」，蓋从三家詩用本字。

「以勖寡人」，傳：「勖，勉也。」禮記坊記引詩「以畜寡人」。瑞辰按：王應麟以作畜爲魯詩。今考列女傳引詩亦作畜，蓋韓詩也。毛詩作勖者，畜之假借。古畜字與孝、好皆雙聲，同在曉母，故同義。禮記祭統曰：「孝者，畜也。」韓詩亦曰：「畜，孝也。」孝經援神契曰：「庶人行孝曰畜。」孟子曰：「畜君者，好君也。」釋名：「孝，好也，愛好父母如所悅好也。」畜與孝古皆讀若朽，好讀如丑，故音近而義同。善父母爲孝，凡通言善亦曰孝，故孝又爲愛好之通稱。「以畜寡人」猶云以好寡人耳。

## 日月

「逝不古處」，傳：「逝，逮。古，故也。」箋：「其所以接及我者，不以故處，甚違其初時。」瑞辰按：有杕之杜詩「噬肯適我」，傳：「噬，逮也。」韓詩作逝。爾雅釋言：「遾，逮也。」是逝、噬、遾古竝通用。逝當从朱子集傳訓爲發語詞。爾雅、毛傳訓逮者，逮與肆通。肆古从隶作𨽻，與逮形聲相近。廣雅釋言：「肆，遾也。」卽爾雅遾逮之義也。肆亦語辭。緜詩「肆不殄厥慍」，抑詩「肆皇天弗尚」，昊天有成命詩「肆其靖之」，皆語詞也。二章「逝不相好」，碩鼠詩「逝將去女」，桑柔詩「逝不以濯」，逝皆語詞。毛、鄭或訓爲及，或訓爲往，失之。古者，故之省借。凡以故舊相處謂之故，故之言固也。「故處」與二章「相好」同義，羔裘詩「維子之故」，與二章「維子之好」同義，故猶好也。

「寧不我顧」，箋云：「寧，猶曾也。」瑞辰按：寧、乃一聲之轉，乃古音讀仍，寧猶乃也。詩中寧字義多爲乃，此詩「寧不我顧」猶云乃不我顧也，「寧不我報」猶云乃不我報也。小弁詩

「寧莫之知」，沔水詩「寧莫之懲」，桑柔詩「寧不我矜」、「寧爲荼毒」，雲漢詩「寧莫我聽」、「寧丁我躬」、「寧俾我遯」，義竝同。又雲漢詩「胡寧忍予」、「胡寧瘨我以旱」，胡寧猶胡乃也。左氏昭六年傳「無寧以善人爲則」，昭二十二年傳「無寧以爲宗〔一〕羞」，無寧卽無乃也。寧又通作能。正月詩「燎之方揚，寧或滅之」，漢書谷永傳引作「能或滅之」，俗本漢書誤从毛詩改作寧。能、乃亦一聲之轉，能亦乃也。芄蘭詩「能不我知」、「能不我甲」，說文引詩「能不我惀」，能之義皆爲乃。此詩箋訓寧爲曾者，曾亦乃也。孟子「爾何曾比予於管仲」，趙岐章句：「何曾，猶何乃也。」是其證矣。

「胡能有定」，傳：「定，止也。」箋：「君之行如是，何能有所定乎？曾不顧念我之言，是其所以不能定完也。」瑞辰按：說文：「定，安也。从宀，正聲。」安與止同義。說文：「正，是也。从一目止。」故定訓止，又訓爲正。谷風「湜湜其止」，鄭以湜湜爲持正貌。周官宰夫鄭注曰：「正，猶定也。」堯典「以閏月定四時」，史記五帝紀作正；齊語「正卒伍」，漢書刑法志正又作定。竊謂此詩「胡能有定」卽胡能有正也。下篇〔二〕終風序云「見侮慢而〔三〕不能正也」，正

〔一〕「宗」原作「公」，據左傳改。
〔二〕「篇」原作「章」，據文義改。按終風爲日月之下篇，不得言「下章」。
〔三〕「而」字原脱，據終風詩序補。

承此詩「胡能有定」言之，正卽定也，故箋云「正猶止也」，與傳訓定爲止同義。夫婦有定分，嫡妾有定位，皆正也。關雎序「先王所以風天下而正夫婦」，正亦定也。州吁以寵而奪適，由嬖人以寵而奪嫡，皆不正之所致，則「胡能有定」之所該者廣矣。

「父兮母兮，畜我不卒」，箋：「畜，養。卒，終也。父兮母兮者，言己尊之如父，又親之如母，乃反養遇我不終也。」瑞辰按：此莊姜傷己不見答於莊公之詩，故箋以「父兮母兮」謂尊親莊公如父母也。孟子：「畜君者，好君也。」「畜我不卒」謂好我不終，卽前二章所云「逝不古處」、「逝不相好」也。箋訓畜爲養，失之。

「報我不述」，傳：「述，循也。」釋文：「述，本亦作術。」瑞辰按：「文選李善注引韓詩正作術，薛君云：「術，法也。」據儀禮士喪禮「不述命〔一〕」鄭注「古文述作術」，蓋述、術皆從朮聲，故通用。述又通遹。爾雅釋詁：「遹，循也。」釋言：「遹，述也。」釋訓：「不遹，不蹟也。」郭注：「言不循軌跡也。」據説文「述，循也」，孫炎曰「遹，古述字」，是知爾雅「不遹，不蹟也」正釋此詩「報我不述」，古本當作「報我不遹」，非釋沔水詩「念彼不蹟」也。爾雅釋詩皆經字在上，古本「不述」通作「不遹」，故爾雅釋之。或謂爾雅以「不遹」釋「不蹟」，失之。陳氏碩甫及王尚書皆云：「『不遹』、『不蹟』、『不徹』皆見詩，故爾雅統釋之曰『不道也』。今本爾雅『不遹，不

〔一〕「命」字原脫，據儀禮補。

躓也」衍一也字，遂失其指。」然爾雅釋訓皆依詩各句爲釋，未有連三句而統釋之者。「不躓」之義同於「不道」，固不嫌各爲釋耳。

## 終風

「終風且暴」，傳：「終日風爲終風。暴，疾也。」瑞辰按：經義述聞曰：「終，猶既也。」是也。「終風且暴」猶云既風且暴。凡詩云「終温且惠」、「衆穉且狂」，義竝同。爾雅：「日出而風曰暴。」説文引詩作瀑，云：「瀑，疾雨也。」玉篇云：「瀑，疾風也。」作暴者，瀑之省。據二章「終風且霾」，三章「終風且曀」，爾雅皆承風言〔一〕，則瀑从玉篇訓疾風爲是。顧野王所見説文自作「疾風」，今本乃後人妄改。又按：終與西不相涉，而韓詩云「西風謂之終風」。胡承珙曰：「説文古文終作𠔄，泰作𡗝，形近易溷。韓詩『終風』蓋譌作『泰風』，故遂以西風釋之耳。」

「謔浪笑敖」，傳：「言戲謔不敬。」瑞辰按：爾雅釋詁云：「謔、浪、笑、敖，戲謔也。」此傳義所本，謂四者皆爲戲謔。正義引舍人云：「浪，意萌也。」萌字誤，當从爾雅邢疏引作意閬，閬謂高也。浪謂放浪，與高閬義近。釋文引韓詩云：「浪，起也。」放浪則意氣高，與起義亦相通。一切經音義引蒼頡篇云：「笑，喜弄也。」故笑亦戲謔之一。敖，舍人云：「意舒也。」史記

〔一〕按：爾雅釋天云「風而雨土爲霾，陰而風爲曀」，故此云「爾雅皆承風言」，但不引原文，故文義欠明。

天官書：「箕爲敖客，曰口舌。」宋均云：「敖，調弄也。」廣雅：「諴，調也。」又曰：「諴，謷也。」敖與謷通。廣雅又曰：「敖，戲也。」敖當讀同遊敖之敖。釋文：「敖，五報反。」則讀同傲矣。釋言：「敖，傲也。」釋訓：「敖敖，傲也。」敖、傲古亦通用。

「寤言不寐」，箋云：「言，我也。」瑞辰按：據考槃詩「獨寐寤言」，傳云「在澗獨寐〔一〕，覺而有言」，則此言「寤言不寐」亦當訓爲覺而有言。下文「願言則嚏」、「願言則懷」，言並當爲言語之言，皆謂欲有所言則止。箋並訓言爲我，失之。王尚書訓言爲語詞，亦非。

「願言則嚏」，傳：「嚏，跲也。」箋云：「嚏當爲不敢嚏咳之嚏。」釋文：「疌，本又作啑，又作疐，劫也。鄭作嚏。崔云：毛訓疌爲㰦，今俗人云『欠欠㰦㰦』是也，不作劫字。」瑞辰按：釋文本作疌者，從崔集注本也。釋文云「本又作啑」者，啑即嚏字之俗，廣韻以啑爲嚏俗字是也。釋文云「又作疐，劫也」者，乃王肅本，孔疏引王肅云「疐，劫不行也，願以母道往加之，我則疐跲而不行」是也。說文：「疐，礙不行也。从叀，引而止之也。」疐通作躓。爾雅：「疐，跲也。」郭注引詩「載疐其尾」。說文：「躓，跲也。」「跲，躓也。」互相訓，而躓字下引詩「載躓其尾」，是躓即疐也。以下章「願言則懷」證之，爾雅「懷，止也」，則此章當從王肅本作疐爲是。疐訓爲跲，中庸「言前定則不跲」，跲蓋躓礙難言之貌，與懷訓止義同，與劫字音義亦同，說

〔一〕「寐」原作「寤」，據考槃詩毛傳改。

文：「人欲去，以力脅止，曰劫。」故傳跲本又作劫。崔氏謂當作欠㰦之㰦，非毛恉也。鄭本毛詩蓋亦作疐，故箋云「當爲不敢嚏咳之嚏」。若經本作嚏，則鄭君不煩改字。今本作嚏，乃後人據箋以改經也。說文引詩直作嚏，或三家詩有作嚏者，爲許、鄭所本。段玉裁以說文引詩爲後人妄增，亦肊說也。又按倉頡篇：「嚏，噴鼻也。」通俗文：「張口運氣謂之欠㰦。」二者不同。說文：「嚏，悟解气也。」繫傳云：「腦鼻中气壅塞，噴嚏則通，故云悟解气。」是悟解气卽噴鼻。廣韻亦曰：「嚏，鼻气也。」段玉裁謂說文「悟解气」卽「張口气悟」之欠，亦誤。

「曀曀其陰」，傳：「如常陰曀曀然。」瑞辰按：韓詩作墷墷，薛君章句曰：「墷墷，天陰塵也。」據說文「曀，陰而風也」，引詩「終風且曀」，又「墷，天陰塵也」，引詩「墷墷其陰」，是墷與曀異義，曀則陰而有風，墷則不必有風而常陰有塵。韓詩作墷墷爲正字，毛詩作曀，假借字也。曀又通𡓁與曖。晏子春秋「星之昭昭，不若月之曀曀」，意林引作𡓁𡓁，文選注引作曖曖，皆當讀爾雅薆隱之薆。薆者翳也，翳卽墷也。翳、墷、曖一聲之轉，故義同，古亦通用。

「願言則懷」，傳：「懷，傷也。」箋云：「懷，安也。」瑞辰按：爾雅：「懷，止也。」「願言則懷」訓爲止，正與「願言則疐」訓跲同義。

## 擊鼓

「擊鼓其鏜」，傳：「鏜然，擊鼓聲也。」瑞辰按：說文：「鏜，鐘鼓之聲。」引詩「擊鼓其鏜」。又：「鼜〔一〕，鼓聲也。」引詩「擊鼓其鼜」。蓋兼引毛詩及三家詩。「鏜，鐘鼓之聲」當作「鼓鐘」。鏜爲鼓鐘之聲，故从金。毛詩於鼓言鏜，爲假借；三家詩作鼜，本字也。又借作闛。文選上林賦「鏗鎗闛鞈」，李善注：「闛鞈，鼓音也。」又通作閶。正義引司馬法曰：「鼓聲不過閶。」闛與閶皆假借字。漢帝堯碑「排啟闛闔」，孫根碑「升降闛闔」，又假闛爲閶。

「死生契闊」，傳：「契闊，勤苦也。」釋文〔二〕云：「契闊，韓詩云：約束也。」瑞辰按：契闊二字雙聲。毛讀契如「契契寤歎」之契，故訓爲勤苦；韓讀契如絜束之絜，讀闊如「德音來括」之括，韓詩：「括，約束也。」故訓爲約束。但據下章「于嗟闊兮」正承上「契闊」而言，則契當讀如契合之契，闊讀如疏闊之闊。說文：「闊，疏也。」後漢書臧洪傳「隔闊相思」，闊亦闊別也。「契闊」與「死生」相對成文，猶云合離聚散耳。孫奕示兒編云：「契，合也。闊，離也。謂死生離合，與汝成誓言矣。」與予說正同。

「與子成說」，傳：「說，數也。」箋云：「我與子成相說愛之恩，志在相存救也。」瑞辰按：胡承珙曰：「數當讀色主反。數有二義：一爲責數之數，左傳『數之以其不用僖負羈』是也；一

〔一〕「鼜」原作「鼞」，據說文改。下「引詩『擊鼓其鼜』」句同。

〔二〕「文」字原脫，據釋文及本書文例補。

爲數説之數，禮記『遂數之不能終其物』，左傳『數典而忘其祖』是也。此傳『説，數也』，當爲數説之數，『成説』卽成言也。」李黼平引「説文閱字注云：『具〔一〕數於門中也。从門，説省聲。』『具數』二字卽釋从説省聲之義，是説與數同義。」説文、廣雅竝曰：「數，計也。」傳訓説爲數者，蓋謂預有成計，猶言有成約也。箋訓説爲説愛，正義釋傳云「成其軍伍之數」，竝失之。

「不我活兮」，傳：「不與我生活也。」瑞辰按：活當讀爲「曷其有佸」之佸，毛傳：「佸，會也。」佸爲會至之會，又爲聚會之會，承上「闊兮」爲言，故云不我會耳。

「于嗟洵兮」，傳：「洵，遠也。」釋文：「洵，呼縣切。本或作詢，誤也，詢音荀。韓詩作夐，夐亦遠也。」瑞辰按：呂氏春秋盡數篇高注引詩「于嗟夐兮」，正本韓詩。廣雅：「夐，遠也。」夐之言迥。爾雅：「迥，遠也。」又曰：「迥，遐也。」遐亦遠也。毛詩作洵，卽夐之假借。據釋文「洵，呼縣切」，玉篇「絢，遠也」，釋文原本當作絢。絢與夐雙聲，同在曉母，故通用。錢曉徵曰：「古讀夐如絢。」胡承珙曰：「思玄賦『儵眴眴兮返常閭』，靈光殿賦『目矎矎而喪精』，矎矎卽眴眴，正與毛詩假洵爲夐相類。」

「不我信兮」，傳：「信，極也。」箋：「歎其棄約，不與我相親信。亦傷之。」瑞辰按：信從傳

〔一〕「具」原作「俱」，據續經解本、李黼平毛詩紬義及説文改。

讀伸、訓極爲是。承上洵遠爲言，故言不我極，猶言「曷其有極」也。

## 凱風

「凱風自南」，傳：「南風謂之凱風，樂夏之長養。」瑞辰按：説文無凱字，古止作豈，後乃作凱，又作颽，見玉篇。豈有樂義，故傳云「樂夏之長養」。據夏小正「時有俊風」，傳云「俊者，大也；大風，南風也」；淮南子天文訓、史記律書皆曰「南方曰景風」，景者大也；呂氏春秋有始篇、淮南子墬形訓「南方曰巨風」，巨亦大也；則凱之義本爲大，故廣雅云：「凱，大也。」秋爲斂而主愁，夏爲大而主樂。大與樂，義正相因。

「吹彼棘心」，傳：「棘心，難長養者。」瑞辰按：今本傳無心字，蓋傳寫脱誤。釋名：「心，纖也。」易説卦：「坎，其于木也，爲堅多心。」虞翻注：「堅多心者，棗棘之屬。」蓋棗棘初生皆先見尖刺，尖刺即心，心即纖小之義，故難長養。正義以爲棘木之心，失之。

「母氏劬勞」，傳：「劬勞，病苦也。」瑞辰按：爾雅釋詁：「劬、勞，病也。」此傳義所本。小雅鴻雁釋文引韓詩：「劬，數也。」數則勞苦，與毛傳義相成。説文正文無劬字，據説文「趯，走顧皃，讀若劬」，是劬乃趯字之同音假借。走顧則勞，勞則病。説文「躣，行皃」，「忂，行皃」，義竝與趯近。鈕樹玉疑劬爲勮之别體，失之。又劬與邛一聲之轉，釋詁：「邛，勞也。」勞亦病也。

「母氏聖善」，傳：「聖，叡也。」箋：「叡作聖，母乃有叡知之善德。」瑞辰按：善本衆善之名，此詩以連聖言，則聖善二字平列而同義，與「母氏劬勞」、「母氏勞苦」句法正同。爾雅釋言：「獻，聖也。」莊子大宗師篇釋文引向秀曰：「獻，善也。」謚法解：「稱善賦簡曰聖。」是聖、善義近之證。箋謂「有叡知之善德」，失之。

「睍睆黃鳥」，傳：「睍睆，好貌。」箋：「睍睆，以喻顔色悦也。」瑞辰按：太平御覽引韓詩作「簡簡黃鳥」，簡簡二字重文，以類推之，毛詩古本當作「睆睆黃鳥」。禮記檀弓「童子曰，華而睆」，鄭注：「説者以睆爲刮節目。」正義：「説此睆爲刮削木之節目〔一〕，使其睆睆然好。故詩『睍睆黃鳥』傳云『睆睆，好貌』是也。」其引傳正作睆睆，引經文亦當作睆睆，今作睍睆者，後人據今本毛詩改也。莊子天地篇釋文：「睆睆，眠目貌。」又引李注：「睆睆，窮視貌。」以睆睆連文，與此詩同。睆、睍形近易譌。説文：「睍，出目也。」一切經音義引作「目出貌也」，與倉頡篇「睆，目出貌也」及玉篇、廣韻訓睆爲目出義合，是知説文睍字乃睆字之譌。後人不知睍當爲睆，故别以睆爲睅之重文，與此詩誤分睍、睆爲二正同。古字從完者多譌作見。論語「夫子莞爾而笑」，釋文莞作莧。李氏易傳引虞翻易注：「莧讀爲莧爾而笑之莧。」列子天瑞篇「老韭爲莧」，釋文：「莧一作莞。」皆爲完與見形近易譌之證。

〔一〕「目」字原脱，據禮記正義補。

## 雄雉

序：「雄雉，刺衛宣公也。」瑞辰按：此詩當從朱子集傳以爲婦人思其君子久役於外而作。今以經文繹之：前二章覩物起興，以雄雉之在目前，羽可得見，音可得聞，以興君子久役，不見其人，不聞其聲也。第三章以日月之迭往迭來，興其君子之久役不來。末章則推其君子久役之故，皆由有所忮求，若知修其德行，無所忮求，則可以全身遠害，復何用而不臧乎。此以責君子之仕於亂世也。序云刺宣公，蓋推其兆亂之由，非詩詞所及。箋以前二章爲刺宣公之淫亂，失之。

「泄泄其羽」，傳：「興也。雄雉見雌雉，飛而鼓其翼泄泄然。」瑞辰按：夏小正正月「雉震呴」，傳：「呴也者，鳴也。震也者，鼓其翼也。」說文：「雊，雄雉鳴也。雷始動，雉鳴而雊其頸。」是雄雉之鳴必雊其頸而鼓其翼，故傳以「泄泄其羽」爲鼓翼貌。又按：雞鼓翼而後鳴，雉則先鳴而後鼓翼。

「我之懷矣，自詒伊阻」，傳：「詒，遺。伊，維。阻，難也。」箋：「伊當作繄，繄猶是也。」瑞辰按：宣二年左傳：「趙宣子曰：嗚呼！我之懷矣，自貽伊慼。」王肅謂卽此詩異文，是也。阻從且聲，且之言籍也。說文：「且，薦也。」薦、籍音義同。且、慼一聲之轉，慼與籍亦聲近通用。齊語甯戚，亢倉子作甯籍，可證。阻通作慼，猶戚通作籍也。杜注以爲逸詩，誤矣。又按正義引左傳「自詒繄慼」，小明「自詒伊慼」，爲義既同，明伊有義爲繄者，故此及蒹葭、東山、白駒各以伊爲繄，足徵疏引左傳本作繄。今左傳、詩疏竝作伊，皆傳寫之誤。

「展矣君子」，傳：「展，誠也。」瑞辰按：説文：「展，轉也。」此展之本義。至傳訓展爲誠，爾雅、方言竝云「展，信也」，爾雅又曰「展，誠也」，皆當爲亶之假借。爾雅：「亶，信也。」「亶，誠也。」古亶、展聲近通用，亶通作展，猶展衣禮作襢衣也。

「悠悠我思」，箋：「使我心悠悠然思之。女怨之辭。」瑞辰按：説苑辨物篇引詩作「遥遥我思」，遥者，愮之假借。悠與愮雙聲，故通用。方言：「愮，憂也。」説文：「悠，憂也。」小雅十月之交篇「悠悠我里」，毛傳：「悠悠，憂也。」聲同則義同矣。釋詁：「悠、傷、憂，思也。」釋文：「思，司嗣反。」思卽爲憂，與思念之思異義。此詩「悠悠我思」猶言「悠悠我里」，里，病也，病卽憂也。又按爾雅釋訓：「儵儵、嘒嘒，罹禍毒也。」釋文云「儵本作攸」，引詩「攸攸我里」，攸攸卽悠悠之省。又按釋訓：「懽懽、愮愮，憂無告也。」愮愮亦卽此詩悠悠之異文。

「不忮不求」，箋云：「我君子之行不忮害，不求備於一人。」瑞辰按：説文：「忮，很也。」釋文：「忮，很也。」淮南泰族訓「禮之失忮」，高注：「尊不下卑，故忮也。」忮與求相對成文，與「不剛不柔」句法相類。不忮，謂不很怒於人也；不求，謂不諂求於人也。何晏論語集解言

「不忮害，不貪求」，貪求與諂求義正相近。箋謂「不求備於一人」，失之。又按馬融論語注：「忮，害也。」是知小爾雅「枳，害也」，枳即忮之通借。

## 匏有苦葉

「深則厲」，傳：「以衣涉水爲厲，謂由帶以上也。」瑞辰按：厲者，濿之省借。說文：「砅，履石渡水也。砅或从厲作濿。」據釋文引韓詩「至心曰厲」，知玉篇「水深至心曰砅」，義本韓詩。爾雅既云「以衣涉水爲厲」，又曰「由帶以上爲厲」，毛傳合而一之。蓋淺處揭衣可免濡濕，深至心及由帶以上則褰衣無益，故必須以衣涉水，左傳正義引李巡曰「不解衣而渡水曰厲」是也。「深則厲，淺則揭」二句皆承上句涉字言之。說文：「𣶃，徒行厲水也。」是知揭與厲皆徒涉之名，不得如說文言「履石渡水」也。厲有陵厲之義，因爲涉水之名。蓋散言之，則橫渡水通謂之厲，司馬相如大人賦「橫厲飛泉以正東」，劉向九歎「橫汨羅以下濿」，又曰「櫂舟航以橫濿」是也。徒涉亦謂之厲，說文「𣶃，徒行厲水」是也。對言，則厲與揭、涉俱異，爾雅釋水「揭者，揭衣也；以衣涉水爲厲」，又曰「繇厀以下爲揭，繇厀以上爲涉，繇帶以上爲厲」是也。又按正義引鄭注論語及服虔左傳注，皆云「由厀以上爲厲」，廣韻亦云「以衣涉水，由厀以上爲濿」。竊疑爾雅古本原作「由厀以下爲涉，由厀以上爲厲」，但以厀爲準而分上下，無「由紉以下爲揭」一句。毛、鄭、服所見本皆如是，故毛傳及鄭注論語皆不引「由紉以下爲揭」一句，而服、鄭所引皆云「由紉以上爲厲」。否則毛傳不應遺「由紉以下爲揭」一句，而鄭注論語亦不應詳厲而略揭也。爾雅「由紉以下爲揭」乃別本妄增，遂別以涉爲「由紉以上」，厲爲「由帶以上」耳。毛傳當本作「由紉以下爲涉」，其釋厲原作「由紉以上」也。今毛傳作「由紉以上爲涉」，又謂厲爲「由帶以上」，特後人據郭本爾雅妄改之耳。惟韓詩「至心曰厲」，當指由帶以上言。然據左傳正義引孫炎云：「以衣涉水濡褌也。」褌繫腰中，蓋徒行厲水僅能由紉〔一〕以上，至腰而止。若水至由帶以上，其水至深，非可以衣而涉，詩所以云「不敢馮河」也。此以知爾雅、毛傳「由帶以上爲厲」，「帶」宜爲「紉」字之譌也。至戴氏震以厲爲橋厲，則邵編修、王尚書皆辨之矣。

「有鷕雉鳴」，傳：「鷕，雌雉聲也。」瑞辰按：說文：「鷕，雌雉聲也。」義本毛傳。其實毛傳特望文生義，因詩下言求牡，遂以鷕爲雌雉聲耳。不知鷕本雉聲，不必定爲雌雉聲。故潘安仁射雉賦「雉鷕鷕以朝雊」，只以鷕爲泛言雉聲，是也。顏延年以潘爲誤用，蓋據毛傳、說文，徐爰謂潘賦互舉以見雌雄皆鳴，竝失之矣。鄭注月令云「雊，雉鳴也」，亦不以雊繫雄。又按釋文：「鷕，說文以水反，字林于水反。」正與瀰協。今讀以小反，失之。

〔一〕「紉」原作「帶」，據上下文義改。

「旭日始出」，傳：「旭日始出，謂大昕之時。」釋文：「旭，許玉反。說文讀如好。」瑞辰按：旭與好雙聲。說文：「旭，日旦出皃。从日，九聲。讀若好。一曰，明也。」據巷伯詩「驕人好好」，爾雅作「旭旭」，是旭、好通用之證。好古音同丑，借作畜，說文引書「無有作畜」。與旭從九聲正相協。今說文本作「讀若勖」，據禮記引詩「以勖寡人」作「以畜寡人」，孟子「畜君者，好君也」，則旭、勖、畜、好四字竝通。文選李注五十五引韓詩「煦日始旦」，薛君章句曰：「煦，暖也。」煦通作昫。說文：「昫，日出昷也。」「煦，烝也。一曰，赤皃。一曰，昷潤也。」周官注引司馬法云：「旦明鼓五通爲發昫。」易「盱豫」釋文：「盱，姚作旴，云：日始出。」引詩「旴日始旦」。旴、煦、旭，聲義竝相近。說文無旴字，據方言注「煦讀如州吁之吁」，即煦也。釋文引徐音許袁反，則讀若暄。暄、旭、煦亦一聲之轉。說文無暄字，當即烜字之異體。胡承珙曰：「姚所引詩當作旰。說文：『暭，旰也。』玉篇：『暭，明也，旰也。』是旰有明義。旰从干聲，讀與軒同，徐音許袁反，正其音。」

「迨冰未泮」，傳：「泮，散也。」瑞辰按：泮即判之假借。說文：「判，分也。」又與破義同，氓詩「濕則有泮」，傳：「泮，坡也。」釋文：「坡，一作破。」

「人涉卬否」，傳：「卬，我也。」瑞辰按：卬者，姎之假借。說文：「姎，婦人自稱我也。」爾雅郭注：「卬，猶姎也。」卬、姎聲近通用，亦爲我之通稱。姎借爲卬，猶偃仰通作偃姎。莊子列禦寇「緣循偃佒」，即偃仰。

## 谷風

「習習谷風」，傳：「習習，和舒貌。」瑞辰按：習，說文云「數飛也」，無和義。據文選補亡詩「輯輯和風」李善注「輯輯，風聲和也，輯與習同」，是習習即輯輯之假借。爾雅釋詁：「輯，和也。」故習習亦爲和貌。說文：「輯，車和輯也。」又：「濈，和也。」

「黽勉同心」，傳：「言黽勉者，思與君子同心也。」釋文：「黽，本亦作僶。」黽勉，猶勉勉也。」瑞辰按：爾雅釋詁：「勔，勉也。」釋文：「勔，本作僶，又作黽。」勔說文作愐，云：「愐，勉也。」黽蓋愐之假借。韓詩作密勿。文選李注引韓詩「密勿同心」，傳云：「密勿，僶勉也。」小雅十月之交「黽勉從事」，漢書劉向傳引作「密勿從事」，亦韓詩也。爾雅作蠠没。釋詁：「蠠没，勉也。」郭注：「蠠没，猶黽勉。」據爾雅釋文「蠠或作𧖟」，說文「𧖟，古蜜字」，儀禮鄭注「鼏古文作密」，是爾雅蠠没即韓詩密勿也。黽勉、密勿、蠠没，皆雙聲字，故通用。至玉篇䖵部「䘌，勉也」，䘌又蠠字之俗耳。黽勉又作閔免，漢書五行志引詩「閔免從事」，谷永傳「閔免遯樂」，蓋本齊、魯詩。黽勉、密勿、蠠没、閔免，竝字異而音義同也。閔免又轉爲文莫，說文「忞，自勉强也」，「慔，勉也」，廣雅「文，勉也」，楊升庵丹鉛録引晉欒肇論語駮云「燕齊謂勉强謂文莫」是也。黽、勉皆爲勉，故釋文曰「猶勉勉也」。勉勉亦作勿勿，祭義鄭注「勿勿猶勉勉也」是也。禮記「國中以策彗卹勿」，卹勿亦黽沒之轉。

「采葑采菲」，傳：「葑，須。菲，芴也。」瑞辰按：釋草：「須，葑蓯。」詩疏引孫炎云：「須一名葑蓯。」說文則云：「葑，須從也。」葑、須爲雙聲，葑、從爲疊韻。葑通作蘴。方言：「蘴、蕘，蕪菁也。陳楚之閒謂之蘴。」郭注：「蘴，舊音蜂。今江東音嵩，字作菘也。」菘卽須從之合聲，爲今之白菜。據方言云「趙魏之郊謂之大芥，其小者謂之辛芥，或謂之幽芥」，則又似卽今之芥菜，皆同類而異名耳。釋草：「菲，芴。」郭注：「卽土瓜也。」焦循曰：「菲之爲芴，猶非之爲勿。蟲之名蜚，一名盧蜰，則菜之名菲，卽蘆萉也。蘆萉卽蘆菔，與蔓青一類，故詩人並舉之。爾雅：『葖，蘆菔。』葖從突，與忽音近，忽、芴字通。」今按：焦說是也。菲、芴一聲之轉，菲、菔、萉聲亦相近。蘆菔今作蘿蔔，菔又轉作蔔，猶匍匐通作扶服耳。

「中心有違」，傳：「違，離也。」箋云：「徘徊也。」釋文：「韓詩云：違，很也。」瑞辰按：廣雅釋詁：「怨、愇，很也。」〔一〕韓詩蓋以違爲愇之假借，故訓爲很，很亦恨也。書無逸「民否則厥心違怨」，違與怨同義。「中心有違」猶云中心有怨。曹大家東征賦：「遂去故而就新兮，忘愴恨而懷悲。明發曙而不寐兮，心遲遲而有違。」其義亦本韓詩。毛傳訓違爲離，箋以違、

〔一〕按：廣雅釋詁作「怨、愇、很，恨也」。

回通用而訓爲徘徊，均非詩義。

「薄送我畿」，傳：「畿，門内也。」瑞辰按：畿者，機之假借。周禮鄭注：「畿，猶限也。」王畿之限曰畿，門内之限爲機，義正相近。呂氏春秋本生篇高注：「機，櫱，門内之位也。」廣雅：「櫱、機、闑，㭒也。」㭒或作梱，又作閫。説文：「梱，門櫱也。」蔡邕司徒夫人靈表曰「不出其機」，言不出於梱也。「薄送我畿」即送不過梱之謂。梱設於門中，不過機則爲門内矣。

「誰謂荼苦」，傳：「荼，苦菜也。」瑞辰按：荼一名苦菜，月令：「孟夏苦菜秀。」亦單稱苦，唐風「采苦采苦」是也。苦菜一名苦藘，一名苦蕒。廣雅：「蕒，藘也。」玉篇：「藘，今之苦藘。江東呼爲苦蕒。」廣韻：「蕒，吴人呼苦藘。」今北方通呼藘蕒菜。

「湜湜其沚」，箋云：「小渚曰沚。湜湜，持正貌。」瑞辰按：説文：「湜，水清見底也。」引詩「湜湜其止」。説文又曰：「止，下基也。」湜湜即狀水止之貌，故以爲水清見底。毛詩舊本蓋本作止。凡水流則易濁，止則常清。淮南俶真篇：「人莫鑑於流沫而鑑於止水者，以其靜也。」説山篇：「人莫鑑於沫雨而鑑於澄水者，以其休止不蕩也。」又説林篇：「水靜則平，平則清，清則見物之形，弗能匿也。」詩意蓋謂水之流雖濁而止則清，以喻己之色雖衰而德則盛。沚當從説文作止爲是。廣雅亦曰：「湜，清也。」箋讀止爲沚，又以湜湜爲持正貌，蓋因止與正同義，故以正釋沚。亦以沚爲止，故箋又云「己之持正守初，如沚然不動揺」，不動揺卽止義也。

「不我屑以」，傳：「屑，絜也。」箋謂：「以，用也。言君子不復絜用我當室家。」正義：「潔者，飾也。謂不潔飾而用己也。」瑞辰按：屑有數義。說文：「屑，動作切切也。从尸，佾聲。」「佾，振佾也。」玉篇作「振肸也」。說文：「肸，肸〔一〕蠁，布也。」振肸者，蓋謂振動布寫也。屑又通僁。說文：「僁，聲也。讀若屑。」說文訓屑爲動作切切，切切卽動作聲也。振動則有潔清之義，爾雅釋言：「抳，清也。」郭注：「振訊所以爲潔清。」抳卽振字。又屑、潔雙聲，故屑訓爲潔。振動則勞，勞則不安，不安則擾，故方言曰：「屑屑，不安也。」又曰：「屑，勞也。」「屑，獪也。」古人以相反爲義，潔謂之屑，忍辱而受不潔亦謂之屑，因而不忍亦謂之不屑。說文：忍，能也。」因而不能、不肎通謂之不屑矣。潔，說文止作絜。屑爲潔清之潔，因又引伸爲絜束之絜矣。詩及孟子、史記多言不屑，義各有取。如孟子言伯夷「不受也者，是亦不屑就〔二〕已」，言柳下惠「援而止之而止者，是亦不屑去已」。據孟子又言伯夷「橫政之所出，橫民之所止，不忍居也」，柳下惠「與鄉人處，由由然不忍去也」，居猶就也，是知孟子所謂「不屑就」者卽不忍就也，「不屑去」者卽不忍去也。因知史記廉頗曰「吾羞，不忍爲之下」，卽不屑爲之下也。忍、

〔一〕「肸」字，據段本說文補。

〔二〕「就」下原有「也」字，據孟子公孫丑上刪。

能同義。史記蘇秦列傳韓王曰「寡人雖不肖，必不能事秦」，即不肎事秦也。不肎又通作不肎。莊子則陽篇釋文：「肎，本亦作肯。」呂氏春秋不侵篇曰：「得意則不慙爲人君，不得意則不肎爲人臣。」而戰國策齊策云：「得志不慙爲人主，不得志不肎爲人臣。」是知不屑即不肎也。忍能受辱，因而忍辱而受者亦爲屑。孟子「蹴爾而與之，乞人不屑也」，不屑即不受，猶上云「行道之人弗受」也。孟子「欲得不屑不潔之士而與之」，即欲得不受不潔之士而與之也。屑从佾聲，佾與佾通；佾，列也；斯屑亦得訓列。孟子「予不屑之教誨也者」，即言予不列之教誨也。至君子偕老詩「不屑髢也」，傳「屑，絜也」，俗本作潔，誤。絜當訓爲絜束之絜。髢，結髮而爲之，故曰「不屑髢也」，此絜清引伸爲絜束之義也。此詩「不我屑以」，以猶與也，「不我屑以」謂不我肎與，猶云「莫我肎穀」，此不屑通爲不肎之義也。毛傳及孟子趙注竝訓屑爲潔，蓋失其義久矣。今俗語耻受其物曰不屑，即孟子「乞人不屑」、「不屑不潔」之義也；耻交其人曰不屑，即詩「不我屑以」之義也。解者多失其義，因竝釋之。

「毋逝我梁，毋發我笱」，傳：「逝，之也。梁，魚梁。笱，所以捕魚也。」釋文引韓詩云：「發，亂也。」瑞辰按：衛風傳云：「石絶水曰梁。」周官「䱷人掌以時䱷爲梁」，鄭司農注：「梁，水堰。堰水而爲關空，以笱承其空。」是梁與笱相爲用，故詩言逝梁，即言發笱。說文：「笱，曲竹捕魚笱也。从竹句，句亦聲。」是笱从竹句會意。笱之言句；句，曲也。謂以曲竹爲之，使其口可入而不可出。程大昌演繁露引「唐書王君廓〔一〕傳：『君廓無行，善盜。嘗負竹笱如魚具，内置逆刺。見鬻繒者，以笱承其頭，不可脱，乃奪繒去。』按：魚具而内有逆刺，此吾鄉名爲倒鬚者也。」是宋時名笱爲倒鬚。今時取魚者亦多爲逆刺，有門可開。淮南兵略篇云「發笱門」，是其制也。發宜訓開。韓詩訓爲亂，失之。

「我躬不閲，遑恤我後〔二〕」，傳：「閲，容也。」箋：「躬，身。遑，暇。恤，憂也。我身尚不能自容，何暇憂我後所生子孫也？」瑞辰按：閲與容雙聲，故傳以閲爲容。孟子以「容悦」竝言，亦以容爲悦也。「我躬不閲」，表〔三〕記引詩作「我今不閲」，今對後言，三家詩當有作今者。躬與今亦雙聲字，故通用。襄二十五年左傳引詩「我躬不説」，據杜注曰「言今我不能自容説，何暇念其後乎」，知杜預所見左傳經文原作「我今不説」，故以「今我」釋詩「我今」。今本作「我躬」者，特後人據毛詩改之耳。又按：「遑恤我後」，後謂婦人既去以後，即指上逝梁、發笱事也，不必如箋以後爲子孫。

「匍匐救之」，傳：「匍匐，言盡力也。」瑞辰按：匍匐二字雙聲。説文：「匍，手行也。」「匐，

〔一〕「廓」原作「郭」，據續經解本及新、舊唐書改。下「君廓」同。
〔二〕「遑恤我後」句原無，據毛詩補。按下文兼釋此句，故補。
〔三〕「表」原作「坊」。考禮記坊記未引詩此句而表記引之，今據改。

伏地也。」手行亦爲伏，故廣雅釋詁云：「匍，伏也。」釋言又云：「匍，匐也。」釋名：「匍匐，小兒時也。匍猶捕也，匐猶伏也。人雖長大，及其求事用力之勤，猶亦稱之。」與毛傳「言盡力」義合。匍匐，禮記檀弓引作扶服，漢書谷永傳同。又作蒲服，昭十三年左傳：「奉壺飲冰以蒲服焉。」史記蘇秦傳：「嫂委蛇蒲服。」范雎傳：「膝行蒲服。」又作蒲伏，史記淮陰侯傳：「俛出袴下蒲伏。」又作扶伏，昭二十一年左傳「射之折肱，扶伏而擊之」是也。蒲、扶，服、伏，皆音同假借。服、百〔一〕音亦相近，故匍匐又作匍百，秦和鐘銘「匍百四方」是也。匍匐之合聲爲鞠，東方朔七諫「塊兮鞠，當道宿」，王逸注「匍匐爲鞠」是也。

「不我能慉，反以我爲讎〔二〕」，傳：「慉，養也。」箋：「慉，驕也。君子不能以恩驕樂我，反憎惡我〔三〕。」瑞辰按：釋文：「慉，毛：興也。王肅：養也。」據此，知注疏本作「養」者，从王肅本，非毛傳之舊也。慉與讎對，當讀如畜好之畜。畜古讀如嘼，故與讎爲韻。孟子：「畜君者，好君也。」呂氏春秋引周書：「民，善之則畜也，不善則讎也。」文子亦云：「善卽吾畜也，不善卽吾讎也。」說苑引孔子曰：「以道導之則吾畜也，不以道導之則吾讎也。」竝以畜與讎對

〔一〕「百」原作「北」，據下文改。

〔二〕「反以我爲讎」五字原無，據毛詩補，以便于閱讀下文。

〔三〕「反憎惡我」四字據毛詩正義本鄭箋補。

舉，與詩文同。畜者，㜅之省借。廣雅：「㜅，好也。」不我慉卽不我好也。說文：「㜅，媚也。」媚亦悅好之義。毛傳訓興者，慉與興一聲之轉。興之言〔一〕歆，亦說也，喜也。說文、廣雅竝曰：「嬹，說也。」學記「不興其藝，不能樂學」，鄭注：「興之言喜也，歆也。」是其證矣。爾雅釋言：「謖、興，起也。」說文：「慉，起也。」又曰：「興，起也。」起亦喜也。書「股肱喜哉，元首起哉，百工熙哉」，喜、起、熙三字義竝相近。又慉與休一聲之轉，休亦喜也。少牢饋食禮及士虞禮注竝云：「古文謖或作休。」慉、謖聲亦相近。箋訓爲驕，以「驕樂」與「憎惡」對言。驕之言嬌；嬌，好也。美好之好與悅好義相成，故驕義同樂。反覆互證，足見王肅作「養」之非。又按說文引詩「能不我慉」，董氏讀詩記引王肅、孫毓本竝能字在句首，與芄蘭詩「能不我知」、「能不我甲」句法相同，能之言乃也。「能不我慉」承上章而言，猶云乃不我畜也。俗本作「不我能畜」，亦誤。

「昔育恐育鞠」，傳：「育，長。鞠，窮也。」箋云：「昔育，育，稚也。昔幼稺之時，恐至長老窮匱。」瑞辰按：育通鞠及毓。爾雅釋言：「鞠，稺也。」鞠一作毓。尚書「教胄子」，說文作「教育子」，史記作「教稺子」，皆育訓稺之證。鄭箋以「昔育」爲稺，是也。至以「育鞠」之育

〔一〕「言」原作「音」，形近而誤。按此釋「興」字之義，非注其音，故下文引書以證「興」有歆、說、喜等義。又本書釋義多言「某之言某」，今據改。

爲長老，則非。爾雅釋詁曰：「育，長也。」又：「育，養也。」郭於「育長」注云：「育養亦爲長。」是長讀如長養之長，不讀爲長老之長。此傳「育長」亦謂長養，恐長養之道窮也。故下云「既生既育」，猶云既生既養也。箋於「既育」亦訓爲長老，失之。蜀本石經作「昔育恐鞫」，少一育字，亦誤。又按大戴記本命篇言「婦有三不去」，「前貧賤，後富貴，不去」。此詩「昔育恐育鞫」，前貧賤也；「既生既育」，後富貴也。是當在不去之列，今乃相棄，故怨之耳。

「我有旨蓄」，傳：「旨，美。」箋云：「蓄聚美菜者，以禦冬月乏無時也。」瑞辰按：旨蓄與旨苕、旨鷊，句法相同，苕、鷊皆草名，是知蓄亦菜名也。蓄與蓫古通用。我行其野詩「言采其蓫」，傳：「蓫，惡菜也。」箋：「蓫，牛蘈也。」陸璣疏：「蓫，今人謂之羊蹄。」名醫別録曰：「羊蹄一名蓄。」陶隱居注：「今人呼爲禿菜，卽蓄音之譌。」引詩「言采其蓄」。是知旨蓄卽蓫菜也。箋以蓄聚釋之，誤矣。蓄爲惡菜，而詩言旨者，自貧者視之爲旨耳。

「既詒我肄」，傳：「肄，勞也。」瑞辰按：肄者，勩之同音假借。爾雅釋詁：「勩，勞也。」郭注引詩「莫知我勩」，左氏昭十六年傳引作「莫知我肄」，是肄、勩古通用之證。肄與肆古亦通用。爾雅釋言：「肆，力也。」力亦勩也，勞也。

「伊予來塈」，傳：「塈，息也。」箋：「君子忘舊，不念往昔年稚我始來之時，安息我。」瑞辰按：愛正字作㤅。説文：「㤅，惠也。炁，古文。」是炁卽古文愛字。此詩塈疑卽炁之假借。

「伊予來塈」猶言維予是愛也，仍承「昔者」言之。傳訓塈爲息，以塈爲呬字假借，王尚書讀塈爲慨，訓怒，似不若讀㤅，訓愛爲允。

## 式微

「式微式微」，傳：「式，用也。」箋：「式微式微，微乎微者也。式，發聲也。」瑞辰按：箋以式爲發聲，即語詞。竊謂傳雖訓式爲用，詩中言用者亦語詞，猶爾雅釋言爲我，我亦語詞。箋申傳，非易傳也。服虔左傳注言「君用中國之道微」，正義言「君用在此而益微」，竝失之。

「微君之故」，箋：「我若無君。」正義：「我若無君在此之故。」瑞辰按：古者以患難爲故。鄭語「王室多故」，韋注：「故，猶難也。」漢書張陳王周傳贊「事多故矣」，注：「故，謂中屯難也。」周禮宮正「國有故」，注：「故，謂禍災。」此詩「微君之故」，猶云微君之難、微君之禍災耳。傳不釋故字，正義云「我若無君在此之故」，失其義矣。

「胡爲乎中露」，傳：「中露，衛邑也。」瑞辰按：路史高辛紀：「帝厗有子名元，堯封之於中路。歷夏侯服國盡，爲中路氏、路氏。」露、路古通用，中露疑即中路也，列女傳引詩正作中路。

「微君之躬」，瑞辰按：古字躬與窮通。論語「鞠躬」，聘禮鄭注作「鞠窮」。公羊宣十五年傳「潞子之爲善也躬」，言潞子之爲善，其道窮也。大戴哀公問五義篇「躬爲匹夫而不願」對「富貴爲諸侯而無財」言，躬卽窮也。皆窮通作躬之證。此詩「微君之躬」，躬亦窮之省借，言若微君之窮困。猶上章「微君之故」，故謂患難也。學者蓋習讀之而不知其義也久矣。

「胡爲乎泥中」，傳：「泥中，衞邑也。」瑞辰按：水經注：「瓠河又東逕黎城縣故城南，世謂黎侯城。昔黎侯陽寓於衞，詩所謂『胡爲乎泥中』，疑此城也。」泥通作坭。廣韻：「坭，地名。」又通作禰。詩「出宿於禰」，韓詩作泥，儀禮士虞禮鄭注引詩作泥，詩泥與禰蓋同地也。又按：詩傳當以露與泥爲衞邑名，「中露」、「泥中」，猶「中林」、「林中」之比，皆語詞也。傳連言「中露」、「泥中」者，特順經文言之耳。

## 旄丘

「旄丘之葛兮」，傳：「前高後下曰旄丘。」瑞辰按：爾雅：「前高，旄丘。」釋名作髦，云：「前高曰髦〔一〕丘，如馬舉頭垂髦也。」釋文引字林作堥，又作嵍丘，竝音近而義同。太平寰宇記：「旄丘在澶州臨河縣。」今在大名府開州治西。

〔一〕「髦」原作「旄」，據釋名釋丘改。

「何誕之節兮」，傳：「諸侯以國相連屬，憂患相及，如葛之蔓延相連及也。誕，闊也。」箋云：「土氣緩，則葛生闊節。興者，喻此詩衛伯不恤其職，故其臣於君事亦疏廢也。」瑞辰按：誕者，延之假借。爾雅：「延，間也。」延卽誕字之省借。之，猶其也。「何誕之節」猶云何延其節也。延，長也。闊、長義相近。詩以葛之蔓延不絕，興諸侯之相連屬，傳說是也。葛蔓生必有所依倚而後盛，喻諸侯必有與國而後能相救，故二章卽言「必有與」、「必有以」，以猶與也。箋說失之。

「何多日也」，瑞辰按：詩以葛起興，春秋之交也。而後言「狐裘蒙戎」，則爲嚴冬。此正詩言「多日」之證。

「必有以也」，傳：「必以有功德。」箋：「我君何以久留於此乎？必以衛有功德故也。」又責衛今不務功德也。」瑞辰按：春秋桓十四〔一〕年「宋人以齊人、衛人、蔡人、陳人伐鄭」，公羊傳：「以者，行其意也。」又僖二十六年：「冬，公以楚師伐齊，取穀。」又公羊傳〔二〕云：「能左右之曰以。」是古者用他國之師謂之以，謂可以隨其所用也。此詩蓋言衛臣之久不來，必乞師

〔一〕「四」原作「二」，據春秋改。

〔二〕「又公羊傳」，疑「又」字當刪，「公羊傳」當作「左氏傳」。考公羊傳未見「能左右之曰以」之文，惟左傳僖公二十六年云：「凡師，能左右之曰以。」

於他國有可爲其所以者，卽謂以他國之師也。傳、箋謂以功德，失之。以、與同義，與謂與國，卽下章「靡所與同」之同。傳謂「與仁義」，亦非。又按：以與似，古亦通用。特牲饋食禮「主人西面再拜，祝曰，饗有以也」，注：「以讀如『何其久也，必有以也』之以。」據注云「亦當似之也」，疏云「亦謂亦似其先祖」，此注引詩必作似。抑或毛詩作以，三家詩讀爲似，故鄭引以證禮經之以，義當爲似耳。

「匪車不東」，傳：「不東，言不來東也。」箋云：「女非有戎車乎？何不來東迎我君而復之。」黎國在衞西，今所寓在衞東。瑞辰按：漢書地理志：「壺關，有羊腸版〔一〕，沾〔二〕水東至朝歌入淇。」應劭曰：「黎侯國也。」宣十五年左傳潞子「奪黎氏地」，杜注：「黎氏，黎侯國。上黨壺關縣有黎亭。」今按黎侯亭在今山西潞安府長治縣西，正古壺關縣地，此黎國在衞西之證也。水經注：「黎陽在魏郡，世謂黎侯城。昔黎侯陽寓於衞，因以爲名。」又云：「河水又東北過黎陽縣，亦曰黎侯國，詩曰『黎侯寓於衞』是也。」今按河南衞輝府之濬縣卽古黎陽，與旄丘之在今開州者相近，皆在衞東，此寓在衞東之證也。漢地志東郡有黎縣，是黎侯國；魏郡有黎陽，是黎侯所寓。孟康誤合爲一，臣瓚已駁之矣。漢地志黎陽注：「晉灼曰：黎山在

〔一〕「版」字原脱，據漢書地理志補。
〔二〕「沾」原作「沽」，據漢書地理志改。

其南，河水經其東。其山上碑云縣取山之名，取水之陽以爲名。」與水經注以黎陽爲黎侯名不同。以詩序黎侯寓衞證之，當以水經注所言爲確。又按：匪、彼古通用。廣雅：「匪，彼也。」「匪車不東」即彼車不東也。箋訓爲非，失之。

「靡所與同」，傳：「無救患恤同也。」箋：「衞之諸臣行如是，不與諸伯之臣同。言其非之特甚。」瑞辰按：説文興字注：「起也。从舁同。同，同力也。」此詩「靡所與同」亦謂無與同力者耳。傳以爲「救患恤同」，則讀同如同盟之同，失其義矣。箋云「不與諸伯之臣同」，亦非。

「瑣兮尾兮」，傳：「瑣尾，少好之貌。」瑞辰按：瑣、尾二字同義。爾雅釋訓：「瑣瑣，小也。」尾通作微，説文：「尾，微也。」書「鳥獸孳尾」，史記作「字微」。微亦小也。古小與好義近，孟喜易中孚注「好，小也」是也。傳以瑣尾狀流離之少好貌，故以少好釋之。正義分瑣爲小，尾爲好，失之。

「流離之子」，傳：「流離，鳥也，少美長醜。始而愉樂，終以微弱。」箋云：「衞之諸臣初有小善，終無成功，似流離也。」釋文：「流，本亦作鶹。」瑞辰按：流離二字雙聲。爾雅「鳥少美長醜爲鶹鷅」，郭注：「鶹鷅，猶留離，詩所謂『留離之子』。」説文作鶹離，次於鷦䴏之後，鷦䴏爲鳥之始小終大者，故與鶹離少美長醜者連類而及。留離轉爲栗留，倉庚老而無毛則呼爲黃栗留是也。詩以鳥之少美長醜喻衛臣之始有小善終無成功，非遂比之梟鳥不孝。陸璣以流離爲梟，失之。

「褎如充耳」，傳：「褎，盛服也。充耳，盛飾也。大夫褎然，有尊盛之服而不能稱也。」箋：「充耳，塞耳也。言衛之諸臣顏色褎然，如見塞耳，無聞知也。人之耳聾，恆多笑而已。」瑞辰按：說文：「褎，袂也。从衣，采聲。俗作袖。」戚學標漢學諧聲作从衣，采聲，以今本說文从采聲爲譌。今按戚說是也。褎从采聲，采卽孚也，孚、抱一字，故說文又曰：「褎，褢也。」「褢，褎也。」褎之爲盛服，猶葆爲草盛貌。褎从采，猶葆从保，保亦从采省也。說文又曰：「袂，褎也。」「袪，衣袂也。」一曰：「袪，褢也。褢者，褱也。」是褎義同袪，亦有懷藏之義。藏與塞義近。充耳當从箋訓爲塞耳，褎如卽塞耳之貌。箋云「顏色褎然」，釋文謂箋以褎爲笑貌，失之。

## 簡兮

「簡兮簡兮」，傳：「簡，大也。」箋：「簡，擇。」瑞辰按：當从傳訓簡爲大。下文萬爲大舞，「碩人俁俁」亦爲容貌大，故先略言大以形容之耳。

「方將萬舞」，傳：「方，四方也。將，行也。以干羽爲萬舞，用之宗廟山川，故言於四方。」箋云：「萬舞，干舞也。」瑞辰按：「方將」二字連文，方猶云將也；將，且也。傳訓爲四方，失之。韓詩說云：「萬，大舞也。」廣雅：「萬，大也。」萬舞蓋對小舞言，故爲大舞，實文武二舞之總名，故傳云「以干羽爲萬舞」。公羊春秋宣〔一〕八年：「壬午，猶繹，萬入，去籥。」謂二舞俱入，以仲遂喪，於二舞中去籥，非以萬與籥對舉也。萬兼二舞，如夏小正「二月丁亥，萬用入學」，傳：「萬也者〔二〕，干戚舞也。」與文王世子「春夏學干戈」合。又左傳：「楚令尹子元欲蠱文夫人，爲館於其宮側，而振萬焉。」夫人言：「是舞也，先君以是習戎備焉。」此武舞稱萬之證也。左傳「考仲子之宮，將萬焉」，繼以「公問羽數於衆仲」，是羽卽萬也。此文舞稱萬之證也。箋从公羊傳以萬舞爲干舞，未若毛傳兼干、羽言爲允。

「碩人俁俁」，傳：「俁俁，容貌大也。」釋文：「韓詩作扈扈，云：美貌。」瑞辰按：方言：「吴，大也。」說文：「吴，大言也。」俁从吴聲，故義亦爲大，說文：「俁，大也。」俁、扈音近，美與大亦同義，故扈扈訓美，又訓大，檀弓「爾毋扈扈爾」鄭注「扈扈謂大」是也。俁與扈音義通用，猶左氏圉人犖，公羊傳作鄧扈樂，扈卽圉之假借也。

「赫如渥赭」，傳：「赫，赤貌。渥，厚漬也。」箋：「碩人容色赫然，如厚傅丹。」瑞辰按：說

〔一〕「宣」原作「定」，據公羊春秋改。
〔二〕「者」字原脫，據大戴禮記夏小正補。

文：「赫，火赤皃。」段玉裁謂當作「大赤皃」。赫通作奭，采芑、瞻彼洛矣二傳竝曰：「奭，赤貌。」爾雅釋訓「赫赫」，舍人本作「奭奭」。又通作赩，白虎通引詩「韎韐有赩」。奭者赫之假借，赩卽赫字之重文。

「山有榛」，傳：「榛，木名。」釋文：「榛，本亦作蓁。」瑞辰按：榛、蓁皆亲之假借。說文：「亲，果實如小栗。」廣雅：「亲，㮚也。」亲之言辛，辛，物小之稱也。

「彼美人兮，西方之人兮」，傳：「乃宜在王室。」箋：「彼美人，謂碩人也。」正義：「西方之人，謂宜爲西方之人。」瑞辰按：方言：「凡言相憐哀，九疑、湘潭之人謂之人兮。」人兮猶言人也。中庸「仁者，人也」，注：「人也，讀如相人偶之人。以人意相存問之言。」聘禮、大射儀、公食大夫禮注、匪風詩箋皆言人偶，人偶爲人相親之詞，卽仁也，故說文仁字注：「親也。」其字从人二會意。仁與人亦通用。廣雅：「人，仁也。」論語：「問管仲。曰：『人也。』」猶言「仁也」，與言「如其仁」同義。公羊成十六年傳「仁之也」，表記注引作「人之」。皆其證。此詩「西方之人兮」猶言西方之仁人也。惟仁人能愛人，故言「人兮」以誌想慕之意。

## 泉水

「毖彼泉水」，傳：「泉水始出毖然流也。」釋文：「毖，韓詩作祕，說文作毖。」瑞辰按：說文毖字注：「讀若詩『泌彼泉水』。」不作毖。擬其音，非證其字也。毖者，泌之假借。說文：「泌，俠流也。」文選魏都賦李注引說文：「泌，水駃流也。」尸子：「黃河龍門駃流如竹箭。」駃流蓋疾流之義。據一切經音義卷廿三：「駛，流注駛疾也。」又華嚴經音義上：「駛，流注。倉頡篇：『駛，速疾也。』」字从馬，吏聲。本有从馬夬，音古穴反，乃是駃騠馬名。」是駃流乃駛流之譌，按戴侗六書故：「駛，說文曰：『疾也。』亦作駛，史聲。」今說文本脫駛字，惟邕部有[illegible]字，注云：「列也。讀若迅。」段玉裁云：「今俗駛疾字當作此。」李黼平又謂駃即快字。或省作駛。今說文本作俠流，玉篇作狹流，廣韻作浹流，俱誤。泌从必聲，古必、畢、觱三字同音通用，考工記玉人「天子圭中必」，鄭注：「必讀如鹿車縪之縪。」采菽詩「觱沸濫泉」，說文作畢沸。泌當與觱、滭義近。詩毛傳：「觱沸，泉出貌。」玉篇：「滭，泉水出貌。」泌亦泉水涌出之貌。魏都賦「温泉毖涌而自浪」，毛傳「泉水始出毖然流也」，正涌流之義。廣雅釋言：「毖，流也。」義本毛詩。水經注有比水，又有淲水，義皆與泌同。說文泌爲正字，毛詩作毖，韓詩作祕，水經注作比、作淲，皆假借字。又按：詩意以泉水之得流于淇，興己之欲歸於衛。琴操思歸引曰：「涓涓泉水，流及于淇兮。有懷于衛，靡日不思。」義與此詩同。箋謂以泉水之入淇比婦人之嫁于異國，殊與詩意相背。

「有懷于衛」，箋云：「懷，至也。以言我有所至念於衛，我無日不思也。」瑞辰按：傳不訓懷字，以懷之爲思，義見卷耳及野有死麕傳也。箋訓懷爲至，云「有所至念于衛」，至與思義正相通。心之所至卽爲思，猶心之所之謂之志也。思無不至，故論語言「未之思也，夫何遠之有」。至卽爲思，故詩言「有懷于衞，靡日不思」。

「聊與之謀」，傳：「聊，願也。」箋：「聊，且略之辭。」瑞辰按：說文僇字注：「一曰，且也。」字通作憀。玉篇引聲類曰：「憀，且也。」凡聊訓且者，皆僇字之假借。十月之交詩：「不憖遺一老。」小爾雅曰：「憖，願也，且也。」說文：「憖，肎也。一曰，説也。一曰，且也。」是知毛傳訓聊爲願者，願亦且也。箋申傳，非易傳也。正義謂傳、箋異義，失之。

「出宿于泲，飲餞于禰」，傳：「泲，地名。禰，地名。」箋云：「泲、禰者，所嫁國適衞之道所經，故思宿餞。」瑞辰按：思歸之道不得兩言宿餞。下章言宿餞而繼以「還車言邁」，是設爲思歸適衞之道也。此章言宿餞而繼以「女子有行」，是追憶其自衞出嫁之道也。毛傳以下章干、言爲所適國郊，正以别乎上章泲、禰爲衞地。箋以泲、禰爲所嫁國適衞之道，誤矣。古者餞于國郊，泲、禰蓋衞近郊地。禰，釋文引韓詩作坭。廣韻：「坭，地名。」字通作泥。鄭注士虞禮引詩「飲餞于泥」。今本亦作禰，釋文：「禰，劉本作泥。」疑禰卽式微之泥中耳。泥中在漢黎陽，今衞輝府濬縣地，與須、曹之在滑縣者相近。泲卽濟字之或體，列女傳、文選注引詩並作濟。定之方中箋釋楚丘云：「自河以東，夾於濟水。」是衞地近濟之證。

「女子有行」，箋云：「行，道也。婦人有出嫁之道。」瑞辰按：桓九年左傳「凡諸侯之女行」，杜注：「行，嫁也。」爾雅如、適、之、嫁竝訓往，行亦往也，廣雅「行，往也」是已。「女子有行」卽謂女子嫁耳。儀禮喪服鄭注云：「凡女行於大夫以上曰嫁，行於士庶人曰適人。」是鄭君亦以行卽爲嫁。而箋詩訓行爲道，失之。

「問我諸姑，遂及伯姊」，箋云：「寧則又問姑及姊，親其類也。」瑞辰按：箋謂歸問其姑姊，與上言「女子有行」義不相屬。若如集傳謂姑姊卽諸姬，則古無以姑姊爲媵者。竊謂此章出宿、飲餞是追溯其初嫁時所經，則問於姑姊亦追述其嫁時預知義不得歸，問于姑姊之詞。列女傳齊孝孟姬傳載：孟姬嫁於齊，「姑姊妹誡之門內曰：『夙夜無愆尔〔一〕之衿鞶，無忘父母之言。』」是古者嫁女有姑姊妹誡送之禮，故得問於姑姊。所問者卽上「女子有行，遠父母兄弟」也。

「出宿于干，飲餞于言」，傳：「干、言，所適國郊也。」瑞辰按：隋地理志：「邢州內丘縣，有干言山。」李公緒記〔二〕：「柏人縣有干山、言山。柏人，邢州堯山縣。」今按干言山屬順德府唐山縣，而隋志言內丘者，二縣相連，隨舉一以明之也。畿輔通志「唐山縣西北四里有干言

〔一〕「尔」原作「示」，據列女傳改。續經解本作「爾」。

〔二〕記卽古今略記之簡稱，北齊李公緒著，原書已佚，馬氏蓋據御覽轉引。「柏人，刑州堯山縣」七字疑爲御覽編者所加注文。

山，延袤數十里，接内丘縣界」是也。衛女所適國蓋在邢旁，故經及干、言二山。毛西河據漢地志，東郡有發干縣，今屬山東東昌府堂邑縣，乃齊地，與此無涉。

「我思肥泉」，傳：「所出同，所歸異，爲肥泉。」瑞辰按：水經注：「美溝水，朝歌西北大嶺下東流，逕駱駝谷，東逕朝歌城北，又東南流注馬溝水，又東南注淇水，爲肥泉。」是肥泉爲衛水之證。肥泉，爾雅古有二讀，一作「歸異出同，肥」，一作「異出同流，肥」也。爾雅郭注引毛傳：「所出同，所歸異，爲肥泉。」釋名亦云：「所出同，所歸異，爲肥泉。」皆不釋流字之義，是毛公及劉熙、郭璞所見爾雅本皆作「歸異出同，肥」，其「同」下並無「流」字。水經注引爾雅「歸異出同曰肥」，是其證。此一讀也。水經注引犍爲舍人云：「水異出，流行合同，曰肥。」列子殷敬順釋文云：「水所出異爲肥也。」皆不釋歸字，則舍人爾雅本蓋作「異出同流，肥」。蓋以「歸」字屬上句，作「汧出不流，歸」，與「異出同流，肥」相對成文。此又一讀也。今本爾雅既從郭本以「歸」字屬下讀，又誤從舍人本多「流」字，遂作「歸異，出同流，肥」矣。肥之爲言腓也。易「咸其腓」，荀作「肥」。非、分聲之轉，周官注：「匪，分也。」肥之義蓋取於分。釋名云：「所歸各枝散而多，似肥者也。」列子釋文云：「所出異爲肥。」是知二讀義雖相反，其名爲肥者，特以歸異及異出爲義，不以出同及同流爲義也。又按爾雅「瀵，大出尾下。」而水經河水注瀵水引呂忱曰：「爾雅：異出同流爲瀵水。」是呂忱所見爾雅作「異出同流，瀵」。釋文亦云：「瀵，水本同而出異。」與呂忱合。則知肥當從毛傳「歸異出同」爲允。爾雅原作「同出異流，肥」，所以別於「異出同流，瀵」也。爾雅古本當作：「汧出不流，歸；同出異流，肥；異出同流，瀵。」其「大出尾下」之下別有一字，今脱去不可考矣。詩義蓋以肥泉之異流與女之各嫁一方。然泉雖異歸，終入于衛；女子有行，遂與衛訣，又泉水之不若，故思之滋歎耳。孔廣森謂首章「毖彼泉水」，末章肥泉，只是一泉，其説是也。

「茲之永歎」，箋云：「茲，此也。」瑞辰按：茲卽滋也。「茲之永歎」猶常棣詩「況也永歎」，況亦滋也。説文：「滋，益也。」字通作茲。箋訓茲爲此，失之。

「思須與漕」，傳：「須、漕，衛邑也。」瑞辰按：水經泲水注：「濮渠又東，分爲二瀆，北濮出焉。濮渠又東逕須城北，詩所云『思須與漕』也。」漕通作曹。西征記：「滑州白馬縣，古衛之曹邑。戴公廬于曹，卽此。」今按須與曹皆在今衛輝府滑縣境内，漢白馬縣卽今滑縣也。錢澄之田間詩學據詩言「思須與曹」，謂此詩當作於衛東渡河以後。

「以寫我憂」，傳：「寫，除也。」瑞辰按：蓼蕭傳：「輸寫其心也。」與除義同。説文：「寫，置物也。」除此注彼曰寫，除去其憂亦曰寫。説文又曰：「卸，舍車解馬也。讀若汝南人寫書之寫。」是寫與卸音義同。郭注方言曰：「今通言發寫。」卽發卸也。卸爲舍車，亦與除去義近。至爾雅釋詁：「寫，憂也。」蓋與寫除義相反而相成。管子白心篇曰：「卧名利者寫生危。」寫正訓憂，謂寢息於名利者憂生危也。郭注謂「有憂者思散憂」，以寫爲散，失其義矣。王尚書經義述聞又以寫憂爲鼠憂之假借。

## 北門

「終寠〔一〕且貧」，傳：「寠者無禮也，貧者困於財。」箋：「君於己祿薄，終不足以爲禮，又近困於財。」瑞辰按：釋言：「寠，貧也。」説文：「寠，無禮居也。从宀，婁聲。」「婁，空也。从母，从中女。」婁，空之意也。古有婁無屢，論語「屢空」當作「婁空」，婁、空皆空乏，卽貧也。寠从婁聲，故爲無禮居。倉頡篇：「無財曰貧，無財備禮曰寠。」蓋寠與貧對文則異，散文則通。

「已焉哉」，瑞辰按：論古音皆以下二句爲、何相協，此句焉字非韻。惟孔廣森云：「詩之語助，不出支、之、魚、歌四部，如支部只、斯，之部之、而、哉、思、止、矣、忌，魚部且、女，歌部猗、兮、也、我，而無陽聲之字。其焉字有用爲助句者，卽當改讀於何反音。北門末三句以焉、爲、何相協。」今按孔説是也。也與焉雙聲。也古音讀如它，如旄丘、君子偕老、遵大路皆以也與兮同爲助句。兮、猗古通用，讀如阿，也亦歌麻部字，故可同作韻句之助。焉卽也字之同聲假借，故可讀與爲、何韻也。又焉亦訓爲何，蓋有何音卽有何義矣。又詩樛木序

〔一〕按：窶、寠本一字。底本此條下文或作窶，或作寠，今據説文統一，从宀不从穴。

「而無嫉妒之心焉」，定本焉作也，是焉與也通假之證。

「謂之何哉」，箋云：「謂，勤也。我勤身以事君，何哉。」瑞辰按：謂，猶奈也。「謂之何哉」猶云奈之何哉。齊策曰：「雖惡於後王，吾獨謂先王何乎！」高注：「謂，猶奈也。」是其證矣。箋訓謂爲勤，失之。

「王事適我」，傳「適，之也。」箋云：「國有王命役使之事，則不以之彼，必來之我。」瑞辰按：適當爲擿之省借。說文、廣雅竝曰：「投，擿也。」說文擿字注：「一曰，投也。」古書投擲字多作擿，擿我猶投我也，正與二章箋訓敦爲投擲同義。

「政事一埤益我」，傳：「埤，厚也。」箋云：「有賦稅之事，則減彼一而以益我。」瑞辰按：埤亦益也，一當从朱氏彬訓爲詞助，「一埤益我」猶云埤益我也。箋云「減彼一而以益我」，則不詞，當从蜀本石經作「減彼而一以益我」。但據正義釋箋，則早誤作「減彼一」矣。

「室人交徧讁我」，傳：「讁，責也。」瑞辰按：讁、適古通用。孟子「人不足與適也」，趙岐章句引詩此句作適，云：「適，過也。」與方言「讁，過也」義同，蓋本三家詩。

「王事敦我」，傳：「敦，厚也。」箋：「敦，猶投擲也。」瑞辰按：廣雅：「搥，擿也。」箋訓敦爲投擲者，以敦爲搥之假借。敦與搥雙聲，搥借作敦，猶追琢之借作敦琢也。釋文引韓詩云：「敦，迫。」胡承珙曰：「敦與督一聲之轉。廣雅：『督，促也。』督又通篤，篤有厚義而通於督促。」故毛訓厚，韓訓迫。

「室人交徧摧我」，傳：「摧，沮也。」箋云：「摧者，刺譏之言。」瑞辰按：摧我猶謫我也。毛訓爲沮，沮毁之也。説文：「摧，擠也。一曰，折也。」沮即摧折之也。字通作催。説文引詩「室人交徧催我」，云：「催，相擣也。」相擣猶相迫也。詩釋文云：「摧，或作催。」與説文合。説文無𧬄字，韓詩作𧬄，云：「𧬄，就也。」廣雅同。𧬄、就以雙聲爲義，就當作蹵，蹵與蹙同。廣雅：「蹙，罪也。」廣韻：「蹙，迫也。」與玉篇「𧬄，謫也」義正合。桂馥疑就爲訧字之誤，又疑爲獍字形近之誤，皆未確。摧、催、𧬄三字雖異，而音義竝同。

## 北風

「北風其涼」，傳：「北風，寒涼之風。」箋：「寒涼之風病害萬物。興者，喻君政教酷暴，使民散亂。」瑞辰按：涼或作飆，又作颼。説文：「北風謂之飆。」玉篇：「飆，北風也。」蓋皆漢儒增益之字。涼風作飆與颼，猶凱風作颽與颸也。古以谷風、凱風喻仁愛，因以淒風、涼風喻暴虐，故箋承傳義而申釋之。

「雨雪其雱」，傳：「雱，盛貌。」瑞辰按：説文以雱爲旁之籀文，云：「旁〔一〕，溥也。或从滂

〔一〕「旁」原作「雱」，據説文改。

作霶。」穆天子傳郭注、廣韻十遇均引詩「雨雪其霶」，亦旁字也。霶又省作雱。廣韻：「雱，與霶同。」重言之則曰雱雱。廣雅：「雱雱，雪也。」又作滂。文選雪賦注引正作滂。

「惠而好我」，傳：「惠，愛也。」箋云：「性仁愛而又好我。」瑞辰按：終風詩「惠然肯來」，傳：「惠，順也。」此詩「惠而」猶惠然也，惠亦當爲順，惠然謂順貌也。

「其虛其邪」，傳：「虛，虛也。」箋云：「邪讀爲徐。」瑞辰按：虛者，舒之同音假借；邪者，徐之同音假借。野有死麕傳：「舒，徐也。」虛、徐二字疊韻。淮南子原道訓注云：「原泉始出虛徐，流不止，以漸盈滿。」正以虛徐爲徐，虛徐即舒徐也。毛傳「虛，虛也」當从釋文一本作「虛，徐也」。毛傳例不改字，知虛爲舒之假借，故以徐釋之。正義謂傳非訓虛爲徐，其說非也。然即此足證孔本毛傳亦作「虛，徐也」。爾雅「其虛其徐，威儀容止也」，正釋此詩。文選曹大家幽通賦注引詩亦作「其虛其徐」。三家詩蓋有作「徐」者，故箋讀邪如徐。邪與徐雙聲，同在邪母，故通用。邪與斜通，說文：「斜，抒也。讀若荼。」亦邪可通徐之證。正義釋虛徐爲謙虛閑徐之義，失之。

「北風其喈」，傳：「喈，疾貌。」瑞辰按：喈，玉篇作飁，云「疾風也」，此後人增益字。喈當作湝，又通淒。說文湝字注：「一曰：湝，水寒也。」引詩「風雨湝湝」，即鄭風「風雨淒淒」之異文。邶風傳：「淒，寒風也。」蓋水寒曰湝，風寒亦爲湝，「其喈」猶「其涼」也。

「雨雪其霏」，傳：「霏，盛貌。」瑞辰按：列女傳引此詩作「雨雪霏霏」。廣雅：「霏霏，雪也。」「其霏」猶霏霏也。霏或作⿱雨飛。漢書揚雄傳「雲⿱雨飛⿱雨飛而來迎」，顏注：「⿱雨飛，古霏字。」又與靟義近。說文：「靟，毛紛紛也。」非、分雙聲，霏霏猶紛紛耳。

## 靜女

「靜女其姝」，傳：「靜，貞靜也。姝，色美也。」瑞辰按：說文：「竫，亭安也。」凡經傳靜字皆竫之假借。若靜之本義，說文自訓宷耳。靜、竫又與靖通用。文十二年公羊傳「惟諓諓善竫言」，王逸楚詞注作「靖言」。廣雅：「竫，善也。」藝文類聚引韓詩：『有靜家室。』靜，善也。」鄭詩「莫不靜好」，大雅「籩豆靜嘉」，皆以靜爲靖之假借。此詩「靜女」亦當讀靖，謂善女，猶云淑女、碩女也。故「其姝」、「其孌」皆狀其美好之貌。方言：「齊魏燕代之間謂好曰姝。」韓詩外傳：「居處齊則色姝。」是姝爲有德之色。說文：「袾，好佳也。」引詩「靜女其袾」。發字注：「一曰，若『靜女其袾』之袾。」又：「⿰女殳，好也。」引詩「靜女其⿰女殳」。蓋本三家詩。袾則姝之同音假借也。一切經音義卷六云：「姝，古文⿰女殳，同。」

「俟我於城隅」，傳：「城隅，以言高而不可踰。」箋云：「自防如城隅。」瑞辰按：說文：「隅，陬也。」廣雅：「陬，角也。」是城隅即城角也。考工記「宮隅之制七雉，城隅之制九雉」，鄭注：

「宮隅、城隅，謂角浮思也。」賈疏謂浮思爲城上小樓，則角浮思卽後世城上之角樓。段玉裁謂城隅卽闍，爲城臺，非也。「俟我於城隅」，詩人蓋設爲與女相約之詞，傳、箋義竝失之。

「愛而不見，搔首踟躕」，傳：「言志往而行正。」箋：「志往謂踟躕，行正謂愛之而不往見。」瑞辰按：愛者，薆及僾之省借。爾雅釋言：「薆，隱也。」方言：「掩、翳，薆也。」郭注：「謂蔽薆也。」引詩「薆而不見」。又通作僾。說文：「僾，仿佛也。」引詩「僾而不見」。禮記祭義「僾然必有見乎其位」，正義亦引詩「僾而不見」。愛而，猶薆然也，故廣雅云：「愛，僾也。」離騷經「衆薆然而蔽之」，義與詩同。薆字又作䈇。說文：「䈇，蔽不見也。」愛又通僾。字林：「僾，仿佛見而不審也。」玉篇：「僾，愛也。」薆、隱、僾俱雙聲，故同義而通用。詩設言有靜女俟於城隅，又薆然不可得見。箋讀愛爲愛惡之愛，謂「愛之而不往見」，失之。踟躕，雙聲字。韓詩作躊躇，章句：「躊躇，躑躅也。」說文作峙䠧，云：「峙䠧，不前也。」又作⿱⺮憲箸。又曰：「蹢躅，逗足也。」廣雅作跢跦，云：「蹢躅，跢跦也。」又作躊躇，云：「躊躇，猶豫也。」禮記三年問「踟躕焉」，釋文作踶躕。字異而音義竝同。傳言「志往」者，謂憂其不見；「行正」者，謂其踟躕不前也。箋轉以踟躕爲志往，失傳恉矣。

## 新臺

新臺，瑞辰按：水經河水注：「河水又東，逕鄄城縣北，故城在河南十八里。河之北岸有新臺鴻基層，廣高數丈，衞宣公所築新臺矣。」太平寰宇記：「新臺在濮州鄄城縣東北十七里，北去河四里。」鄄城，今曹州府濮州是也。至漢志東郡陽平有莘亭，乃左傳宣公「使盜待諸莘」之莘，毛大可以釋新臺，失之。

「新臺有泚」，傳：「泚，鮮明貌。」瑞辰按：泚者，玼之假借。説文：「玼，玉色鮮也。」引詩「新臺有玼」。詩釋文兩引説文皆作「新色鮮也」，段本因增爲「新玉色鮮」。玼本玉色之鮮，因而色之鮮明者通言玼耳。

「河水瀰瀰」，傳：「瀰瀰，盛貌。水所以絜污濊，反于河上而爲淫昏之行。」瑞辰按：説文：「瀰，滿也。」釋文引作「水滿也」。張參五經文字云：「瀰，見詩風。」是古本原作瀰瀰，今本作瀰瀰者，後人增益字也。瀰瀰又作泮泮，玉篇：「泮，亦瀰字。」廣韻：「瀰，或作泮。」漢書地理志引詩「河水洋洋」正泮泮形近之譌，即瀰瀰之異文。顔師古不知洋洋爲譌字，遂謂邶詩無此句矣。

「燕婉之求」，瑞辰按：説文婉字注「宴婉〔一〕也」，即燕婉本字。説文又曰：「嫛，婉也。」

〔一〕「婉」原作「娩」，據説文改。

「婉，順也。」音義竝同，故通用。

「籧篨不鮮」，傳：「籧篨，不能俯者。」箋云：「籧篨口柔，常觀人顏色而爲之辭，故不能俯者也。」瑞辰按：籧篨與戚施蓋醜惡之通稱。籧篨疊韻字。物之醜惡者謂之籧篨、戚施，方言「簟之粗者，自關而西謂之籧篨」，韓詩章句「戚施，蟾蜍，喻醜惡」是也。人之醜惡者謂之籧篨、戚施，淮南修務篇「啳睽哆噅，籧篨戚施，雖粉白黛黑弗能爲美者，嫫母、仳倠也」，高誘注「籧篨偃，戚施僂，皆醜貌」，晉語「籧篨不可使俛，戚施不可使仰」，韋注「籧篨偃人，戚施僂人」是也。人有惡行者亦謂之籧篨、戚施，鄭語「侏儒戚施，實御在側，近頑童也」，爾雅「籧篨口柔，戚施面柔」是也。此詩籧篨、戚施對燕婉言，皆以人之醜惡喻宣公，與口柔、面柔異義，鄭箋牽合爲一，失之。

「新臺有洒」，傳：「洒，高峻也。」釋文：「洒，韓詩作漼，音同，云：鮮貌。」段玉裁曰：「洒與漼不同部，當爲首章『有泚』之異文。」瑞辰按：洒與洗雙聲，古通用。白虎通：「洗者，鮮也。」呂氏春秋高注：「洗，新也。」又與銑通。爾雅：「絶澤謂之銑。」晉語韋注：「銑，猶洒也。」有洒猶言有泚。毛傳訓爲高峻，以洒爲峻之假借，不若韓詩作漼、訓鮮貌爲確。玉篇濢與漼同，詩「有漼者淵」本或爲萃〔一〕。洒通作漼，猶洗通作淬，皆異部假借也。儀禮釋文：「洗，悉禮反，劉本作淬，七對反。」是其類矣。段玉裁謂漼爲泚之異文，非也。說文繫傳引詩「新臺有潅」云：「字本作滜。」説文：「滜，新也。」廣韻：「滜，新水狀也。」亦與韓詩訓潅爲鮮同義。「河水浼浼」，傳：「浼浼，平地也。」瑞辰按：説文潤字注：「水流浼浼貌。」浼字注引詩「河水浼浼」。浼古音讀如門，與潤音近，浼浼即潤潤之假借。傳云「浼浼，平地」者，即潤潤之義也。釋文引「韓詩作浘浘〔二〕，音尾，云盛貌」。玉篇：「浘浘，水流貌。」浼浼通作浘浘，猶勉勉通作亹亹，皆一聲之轉也。禮器鄭注：「亹亹，猶勉勉也。」文選吳都賦「清流亹亹」，李注引韓詩「亹亹，水流進貌」，當亦此詩浼浼之異文。古音浼、亹音皆如門，故通用。傳韓詩者不一家，故浘、亹字各異耳。段玉裁以韓詩「浘浘」爲上章「瀰瀰」之異文，但取字之同部，不知雙聲字古亦通用也。

「籧篨不殄」，傳：「殄，絶也。」箋：「殄當作腆。腆，善也。」瑞辰按：腆、殄古通用，説詳九經古義。今按釋詁：「珍，美也。」説苑脩文篇「使某奉不珍之琮，不珍之㡖」，珍即腆也。殄與珍古同音，故腆借作珍，即可借作殄。

「得此戚施」，傳：「戚施，不能仰者。」箋：「戚施面柔，下人以色，故不能仰也。」瑞辰按：

〔一〕「萃」疑當爲「滜」。詩小弁「有潅者淵」，傳：「潅，深貌。」玉篇：「潅，深皃。滜，同上。」故馬氏謂「詩『有潅者淵』本或爲滜」。

〔二〕「娓娓」原作「萍萍」，據釋文及續經解本改。下「故浘、亹字各異耳」之「浘」字同。

說文鼀字注：「𪓰鼀，詹諸也。」引「詩『得此𪓰鼀』，言其行鼀鼀。」爾雅釋文：「𪓰，音秋。」𪓰又作鼁，山海經郭注云：「鼁黽似蝦蟇。」玉篇𪓰鼁同字。秋、戚聲之轉，莊子「諸大夫蹵然」，本或作愀然。蹵即蹙也。是秋、戚通用。鼀鼀猶施施也，蓋本韓詩，韓詩章句曰：「戚施，蟾蜍，喻醜惡。」疑韓詩本作𪓰鼀，爲說文所本。今太平御覽引韓詩作戚施者，從毛詩改。即毛詩「得此戚施」之異文也。蟾蜍醜惡名𪓰鼀，而人之醜惡亦名戚施，猶籧篨之粗者名籧篨，人之惡者亦名籧篨也。至說文鼀字注：「圥鼀，詹諸也。其鳴詹諸，其皮鼀鼀，其行尭尭。」據說文鼀或从酋作𪓰，是鼀、𪓰一字，不得以「鼀𪓰」竝稱，圥、鼀亦不得分爲二字。王尚書謂：「說文本爾雅『鼀𪓰，蟾諸』爲義，鼀或省作去，圥即去字形近之譌，『其行尭尭』即『其行去去』之譌，讀與莊子『其臥祛祛』同。」其說是也。去、𧍗聲之轉。說文又云：「𧍗鼀，詹諸。」𧍗鼀即鼀𪓰也。造、戚聲相近，孟子「其容有蹙」，韓非子作「其容造焉」。去、鼓聲亦相近，去、屈又聲之轉。淮南子說林訓「鼓造避兵」，夏小正傳「蜮也者，屈造之屬也」，鼓造、屈造皆即鼀𪓰之變也。又按爾雅釋訓：「戚施，面柔也。」釋文云：「戚施，字書作規䚩。」今按說文無規字，惟䚩字注：「司人也。从見，它聲。讀若馳。」玉篇：「規䚩，面柔也。」通作施〔一〕，規䚩亦戚施之同音字耳。

〔一〕據上下文義，「通作施」上疑當補一「䚩」字，作「䚩通作施」。

## 二子乘舟

「二子乘舟，汎汎其景」，傳：「國人傷其涉危遂往，如乘舟而無所薄，汎汎然迅疾而不礙也。」瑞辰按：左傳言汲、壽死於莘，未嘗渡河，此毛傳所由以乘舟爲比也。劉向新序則謂：未使齊以前，「壽母與朔謀，欲殺之而立壽，使人與汲乘舟於河中，將沈而殺之。壽知不能止也，因與之同舟，舟人不能殺汲。方乘舟時，汲傅母恐其死也，閔而作詩。」則謂乘舟實有其事，其說蓋本韓詩。今按：新序之說是也。首章「中心養養」，二章「不瑕有害」，皆二子未死以前恐其被害之詞，非既死後追悼之詞。且二子如未乘舟，不得直言乘舟也。景，古音讀若廣，謂遠行貌，與下章「汎汎其逝」同義。

「中心養養」，傳：「養養然憂，不知所定。」瑞辰按：養養通作洋洋。爾雅釋訓：「悠悠、洋洋，思也。」邢疏引詩「中心養養」爲證。爾雅釋詁、說文竝曰：「恙，憂也。」養與洋皆當爲恙之假借。

「不瑕有害」，傳：「言二子之不遠害。」箋云：「瑕，猶過也。我思念此二子之事，於行無過差，有何不可而不去也？」瑞辰按：瑕、遐古通用。隰桑詩「遐不謂矣」，禮記表記引詩作「瑕不謂矣」。遐之言胡也。胡、無一聲之轉，故胡寧又轉爲無寧。凡詩言「遐不眉壽」、「遐不黄耇」、「遐不謂矣」、「遐不作人」，「遐不」猶云胡不，信之之詞也。易其詞則曰「不瑕」，凡詩言「不瑕有害」、「不瑕有愆」，「不瑕」猶云不無，疑之之詞也。傳訓瑕爲遠，箋訓遐爲過，皆不免緣詞生訓矣。

# 毛詩傳箋通釋卷五

## 邶風

### 柏舟

「髧彼兩髦」，傳：「髧，兩髦之貌。髦者，髮至眉，子事父母之飾。」瑞辰按：說文無髧字，𩭿字注引詩作紞。紞字注云：「冕冠塞耳者。」「塞耳」下當有脱文。據字林：「紞，冠之垂者。」左傳杜注同。玉篇：「紞，冠垂也。」魯語「王后親織玄紞」，韋注：「紞，所以懸瑱當耳者。」懸瑱卽垂也。說文當云：「紞，冕冠塞耳之垂者。」今本脱「之垂」二字耳。紞爲垂瑱之貌，因謂髦垂之貌爲紞，玉篇「髧，髮垂貌」是也。凡字从冘聲者多有垂義。蒼頡篇：「頕，垂頭之貌。」說文：「耽，耳大垂也。」皆與紞爲垂髦義相近。釋文：「髧，一本作优。」优當爲紞之譌。髦，說文作𩭿，云「髮至眉也」。一切經音義卷二云：「髦，古文髳，同。」按髳又𩭿之省。毛詩作髦者，假借字。說文作𩭿者，正字，蓋本三家詩。

「實維我儀」，傳：「儀，匹也。」瑞辰按：傳本爾雅釋詁。說文：「儀，度也。」訓匹者，儀與偶雙聲，同在疑母，蓋以儀爲偶字之假借。猶獻與儀雙聲，而獻即可假爲儀也。

「母也天只」，傳：「母也天也。天謂父也。」瑞辰按：詩變父言天，先母後父者，錯綜其文，以天與人爲韻也。毛傳也、只同訓，段玉裁謂如「日居月諸」，居、諸同訓乎，是也。序明言「父母欲奪而嫁之」，是古說皆以母天爲母父之稱。後儒或謂女惟從母，又謂父死稱母，皆肊說也。

「實維我特」，傳：「特，匹也。」瑞辰按：特，猶儀也，故傳亦訓匹。說文：「特，朴特，牛父也。」段玉裁曰：「特本訓牡，陽數奇，引伸之爲凡單獨之稱。」今按方言：「物無偶曰特。」廣雅：「特，獨也。」皆訓特爲獨。特訓獨又訓匹者，猶介爲特又爲副，乘爲一又爲二、爲四，匹爲一又爲雙、爲偶，皆以相反爲義也。特義爲匹，是知黃鳥詩「百夫之特」猶言百夫之匹也，傳云「乃特百夫之德」，正謂匹百夫之德。箋謂「百夫中之俊傑」，失之。我行其野詩「求爾新特」猶言求爾新匹也。傳：「新特，外昏也。」亦訓特爲匹。箋云「謂特來之女」，失之。特字亦作犆，禮記少儀「不特弔」，釋文「特本作犆」，爾雅「士特舟」，釋文「特本作犆」是也。其字又通作直。呂覽高注：「特，猶直也。」賈子新書「大夫直縣」，大夫當爲士，即周官「士特縣」也。釋文引韓詩「實維我直」，云「相當值也」，正與毛詩作特同義，「相當」即相匹也。爾雅敵訓爲匹，又訓爲當，是其證矣。

「之死矢靡慝」，傳：「慝，邪也。」瑞辰按：慝當爲忒之同音假借。爾雅釋言：「爽，差也。」「爽，忒也。」說文：「忒，更也。」又曰：「忕，失常也。」二字音義同。靡忒，猶靡他也。文選王仲宣詩「龍雖勿用，志亦靡忒」，「靡忒」二字疑本此詩，三家詩蓋有作靡忒者。洪範「民用僭忒」，漢書王嘉傳引作「民用僭慝」，而釋之曰「民用譖差不壹」，正釋忒字也。周語「有過慝之度」，王觀察曰：「慝當爲忒，差也。」此皆假慝爲忒之證。又按左氏莊二十五年傳「唯正月之朔，慝未作」，杜注：「慝，陰氣。」桂馥謂：「慝本作忕。說文：『忕，失常也。』與傳云『非常』意合。」忕之借作慝，猶此詩忒借作慝也。忒通作貳與貸，字形近貳。後漢書〔一〕贊「禪爲君隱，之死靡貳」，貳即忒之訛，亦慝當作忒之證。經傳中又有假貸爲慝者，如大戴千乘篇「利辭以亂屬曰讒，以財投長曰貸」，讒貸即讒慝也，此亦慝、忒互通之類。

## 牆有茨

「牆有茨」，傳：「茨，蒺藜也。」瑞辰按：說文：「茨，以茅蓋屋也。」「薋，草多貌。」「薺〔二〕，蒺藜也。」三者不同。據傳云蒺藜，則當以說文引詩「牆有薺」爲正。禮記玉藻鄭注引詩楚

〔一〕按下引「禪爲君隱」，禪指陳禪，傳見後漢書卷五十一。此「後漢書」下依例當有「陳禪傳」三字。

〔二〕「薺」下原有「者」字，據說文删。

茨〔一〕亦作楚薺，蓋本韓詩。今毛詩作茨，楚詞章句引詩「楚楚者薋」，皆假借字也。古齊、次同聲通用。周官外府鄭注：「齎、資同耳〔二〕，其字以齊、次爲聲。」是其證矣。左氏傳云：「人之有牆，以蔽惡也。」詩以牆茨起興，蓋取蔽惡之義。以牆茨之不可埽，所以固其牆，與內醜之不可外揚，將以隱其惡也。

「中冓之言」，傳：「中冓，內冓也。」箋云：「內冓之言，謂宮中所冓成頑與夫人淫昏之語。」瑞辰按：釋文：「冓，本又作遘。」玉篇引作㝅。冓、遘、㝅皆當爲垢及詬之假借，猶易姤卦或作遘，邂逅一作邂冓也。桑柔詩「維彼不順，征以中垢」，傳：「中垢，言闇冥也。」王尚書曰：「中，得也。垢當爲詬，恥辱也。謂行不順以得恥辱。」今按此詩內冓亦當讀爲內詬，謂內室詬恥之言。宣十五年左傳「國君含垢」，杜注：「忍垢恥。」釋文：「垢，本或作詬。」是垢、詬通也。毛傳訓爲闇冥，闇之義又爲夜，廣雅㝅、闇竝訓爲夜是也。釋文引韓詩云：「中冓，中夜。謂淫僻之言也。」漢書文三王傳「聽中冓之言」，晉灼注云：「冓，魯詩以爲夜也。」義雖與毛詩異，其取義於闇昧則同。箋謂「宮中所冓成淫昏之言」，失之。

「不可襄也」，傳：「襄，除也。」瑞辰按：傳本爾雅釋言。說文：「漢令，解衣耕謂之襄。」除

〔一〕「楚茨」二字原無。按禮記玉藻「趨以采薺」，鄭注：「薺當爲楚薺之薺。」楚薺即毛詩小雅之楚茨。今據補二字。

〔二〕「同耳」二字原無，下「其字以齊、次爲聲」之「齊」原作「資」，據周禮外府鄭注補正。

與解義相近。山井鼎考文云詩足利本、古本竝作攘者，襄之假借。凡經言攘地、攘夷狄，皆襄之借字。

「不可詳也」，傳：「詳，審也。」瑞辰按：據釋文引，韓詩作揚，云「揚，猶道也」。廣雅：「揚，說也。」詳即揚之同音假借。

「不可讀也」，傳：「讀，抽也。」箋云：「抽，猶出也。」瑞辰按：抽、籀古通用。說文：「籀，讀書也。从竹，擂聲。」又手部擂或从抽〔一〕。說文「讀，籀書也」，各本作誦，此从段本。籀即抽也。小爾雅：「讀，抽也。」方言：「抽，讀也。」義同毛傳。說文又曰：「繹，抽也。」抽之言紬，謂紬繹其義，故箋又訓抽爲出也。籀又與繇通。閔二年左傳服注：「繇，抽也。抽出吉凶也。」今按廣雅：「讀，說也。」「不可讀」正當訓爲不可說，猶前章「不可道」、「不可揚」也。據釋文云「詳，韓詩作揚」，廣雅「揚，說也」，義本韓詩，則廣雅訓讀爲說，亦當本韓詩。

## 君子偕老

「副笄六珈」，傳：「副者，后夫人之首飾，編髮爲之。笄，衡笄也。珈，笄飾之最盛者。」

〔一〕按說文以抽爲擂之重文，抽字从由，故云「擂或从由」。此言「擂或从抽」，與說文不合，當作「擂或从由」，或作「擂或从由作抽」。

箋云：「珈之言加也。副卽笄而加飾，如今步搖上飾。古之制所有，未聞。」瑞辰按：禮記明堂位「夫人副褘立於房中」，鄭注引「周官：『追師掌王后之首服，爲副褘〔一〕。』王后之上飾〔二〕，唯魯及王者之後夫人服之。」今按此詩言衞夫人之服飾，亦言副笄，則諸侯夫人亦得服副，故傳云「副者，后夫人之首飾」。周官追師鄭注云：「凡諸侯夫人於其國，衣服與王后同。」其説是也。追師鄭注以步搖爲副之遺象，此詩箋又謂珈如步搖上飾。考後漢書輿服志，步搖上有熊、虎、赤羆、天鹿、辟邪、南山豐大特六獸，正合六珈之數，故鄭君取以相比。但毛傳云「副，編髮爲之」，廣雅「假結謂之鬠」，至步搖則輿服志言以黃金爲山題，貫白珠爲桂枝相繆，一爵九華，非編髮所爲，與副不同，笄飾之六珈非卽步搖六獸，故鄭君亦云古制所未聞也。今按釋名曰：「王后首飾曰副。副，覆也，以覆首也。亦言副貳也，兼用衆物成其飾也。」衆物卽六珈之類。古者男子二十而冠，女子十五而笄，女之笄猶男之冠也。男之冠有三加，從奇數以象陽；女之笄有六加，從偶數以象陰。笄以玉爲之；珈之言加，而從玉，蓋亦以玉爲之，正義云「言珈者，以玉加於笄爲飾」是也。對言則笄與珈異，笄爲簪以固冠，珈則笄上之飾。毛傳「珈，笄飾之最盛者」是也。散言則笄與珈通，大玄瞢上九「男子

〔一〕「爲副褘」，今周禮追師原文作「爲副、編、次、追、衡，笄」。

〔二〕「上飾」原作「下」，據明堂位鄭注改。

折〔一〕笄，婦人易髻」，廣雅笄、笳並訓爲鬠鬠與髻同。是也。髻、笳皆珈字之假借。珈〔二〕制所有，鄭君未聞。戴侗六書故引舅氏曰：「珈，加於副之飾也。予家嘗獲古玉，其狀如冂。考之某氏古器圖云，珈也。長廣僅寸餘。」未識所稱古器圖者何指。徐璈曰：「按珈字說文云『婦人首飾』，而未詳其形制。如箋云步搖上飾，若輿服志所言六獸，恐自是漢制也。周禮王后之六服，副、編、次、追、衡、笄。由笄數至副，其數正六。六加猶三加。」義殊簡要矣。又按周禮追師「衡笄」，鄭注分衡笄爲二，謂衡垂於當耳，笄橫於頭上，衡以懸瑱，笄以卷髮。而此傳以笄爲衡笄，則似以衡笄爲一，以別於尋常固髮之笄。

「象服是宜」，傳：「象服，尊者所以爲飾。」箋云：「象服者，謂揄翟、闕翟也。」瑞辰按：詩上言「副笄六珈」，則所云象服者，蓋褘衣也。明堂位、祭統並言「夫人副褘立於房中」，此首服副則衣褘衣之證。詩首言褘衣，次言翟衣，次言展衣，各舉其一以明服飾之盛，與周官內司服王后之六服次序正同。鄭司農曰：「褘衣，畫衣也。」說文褘字注引周禮曰：「王后之服褘衣，謂畫袍。」畫者畫象之義，故詩謂之象服耳。褘衣不言翟，則非翟雉可知，不必如康成讀褘爲翬也。說文、廣雅竝曰：「襐，飾也。」說文飾字注亦曰：「襐飾也。」毛傳蓋讀象爲襐，故

〔一〕「折」原作「加」，據太玄改。
〔二〕據鄭箋「珈……古之制所有」云云，此「珈」下疑脫「古」字。

曰「尊者所以爲飾」。孔疏謂以象骨飾服，失其義矣。至鄭箋不以象服爲褘衣，而以爲揄翟、闕翟者，鄭君謂諸侯夫人之服自揄翟而下無褘衣故也。以此詩言「副笄六珈」及禮言「夫人副褘」證之，諸侯夫人未嘗無褘衣。且二章始言翟，則首章象服宜爲褘衣耳。

「玼兮玼兮」，傳：「玼，鮮盛貌。」釋文：「沈云：『毛及呂忱〔一〕並同作玼解。王肅云：「顏色衣服鮮明貌」，本或作瑳。』」此是後文「瑳兮」王肅注，好美衣服潔白之貌。若與此同，不容重出。』今檢王肅本後不釋，不如沈所言也。然舊本皆前作玼，後作瑳字。」瑞辰按：玼與瑳一聲之轉。玼通作瑳，猶賓之初筵詩「屢舞傞傞」，說文引作「屢舞姕姕」也。說文：「玼，新玉色鮮也。」「瑳，玉色鮮白也。」段玉裁以瑳爲玼之或體，遂刪說文瑳篆。今按：玼與差雙聲，故玼或作瑳。瑳爲玉色鮮白，又爲衣服好貌，猶說文以鬈爲髮好也。據毛詩二章「玼兮玼兮」毛、鄭有注，而三章無注，蓋毛詩兩章皆作玼，故陸德明檢王肅本三〔二〕章亦不釋義，統於前也。據周官內司服鄭注引「瑳兮瑳兮，其之翟也」，又引「瑳兮瑳兮，其之展也」，鄭君注禮多本韓詩，蓋韓詩兩章皆作瑳也。後人誤合毛韓爲一而妄區其先後，因前作玼後作瑳耳。

「其之翟也」，傳：「褕翟、闕翟，羽飾衣也。」瑞辰按：說文：「褕翟，羽飾衣。」義本毛傳。

〔一〕「忱」原作「沈」，據釋文改。

〔二〕「三」原作「二」，據文義改。按釋文云「今檢王肅本後不釋」，是謂王肅本二章有釋，三章無釋。

據內司服鄭司農注「褕狄、闕狄，畫羽飾」，則所謂羽飾衣者，畫羽以爲飾也。正義謂施羽於衣，誤矣。

「鬒髮如雲」，傳：「鬒，黑髮也。如雲，言美長也。」釋文：「鬒，說文云：髮稠也。服虔注左傳云：髮美爲鬒。」瑞辰按：昭廿六年左傳「有君子白皙，鬒須眉」，釋文：「鬒，黑也。」鬒通作顛。昭廿八年左傳「昔有仍氏生女，顛黑而甚美，名曰玄妻。」顛黑連言，皆爲黑，猶白皙連言皆爲白也。又通作縝。廣雅：「縝，黑也。」說文引詩作㐱，云：「㐱，稠髮也。㐱或作鬒。」與「稹，穊也」義同。稠，多也；穊即稠也。漢書楊雄畔牢愁云「資娵娃之珍髢兮」，珍即說文㐱字之假借。孟康訓爲珍好，失之。說文：「袗，玄服也。」月令「乘玄路」，鄭注云「今月令曰乘軫路」，與㐱之爲玄髮取義正同。髮多者必黑，故毛傳曰「黑髮」，說文曰「稠髮」，其義相成而不相背。段玉裁疑黑字非毛公之舊，失之。

「不屑髢也」，傳：「屑，絜也。」箋云：「不絜者，不用髲爲善。」瑞辰按：洪頤煊曰：「周官挈壺氏鄭注：『挈讀如絜髮之絜。』絜與結同義。」字林：「髻，絜髮也。」毛傳訓屑爲絜，是「不屑髢」即不絜髢也。鄭箋「不用髲爲善」，善當爲髻字之譌，謂不用絜他髮以爲髻也。正義言「其髮美長，不用髲而自絜美也」，失之。

「象之揥也」，傳：「揥，所以摘髮也。」釋文：「摘，他狄反。本亦作擿，音同。本又作擿，又作諦，並非也。」瑞辰按：揥者，搔頭之簪。説文：「擿，搔也。」「搔，括也。」「括，絜也。」「髻，絜髮也。」「鬠，骨擿之可會髮者。」傳作擿爲是。揥通作䯽，廣雅：「䯽，鬒也。」又作楴，廣韻：「楴[一]，楴枝，整髮釵也。」又借作邸，晉書輿服志「皮弁象玉邸」，注：「邸，冠下抵也，象骨爲之，音帝。」邸即揥也。蓋揥本以搔髮，後兼用以固冠弁也。説文無揥字，桂馥謂揥即擿之異文。

「揚且之皙也」，傳：「揚，眉上廣。皙，白皙。」三章「子之清揚，揚且之顔也」，傳：「清，視清明也。揚，廣揚而顔角豐滿。」瑞辰按：清、揚皆美貌之稱。野有蔓草詩「清揚婉兮」、「婉如清揚」，此泛言貌之美也。猗嗟詩「美目揚兮」、「美目清兮」，此專言目之美也。此詩「揚且之皙也」，皙謂色白，又曰「子之清揚，揚且之顔也」，則顔色之美皆可曰清揚矣。「揚且之皙也」與上「玉之瑱也，象之揥也」句法相類。吕覽音初篇高注：「之，其也。」此詩三「之」字皆當訓其，猶云「玉其瑱也，象其揥也，揚其皙也」。且，句中助詞，三章「揚且之顔也」，亦謂「揚其顔也」。傳以揚爲「眉上廣」，正義云「其眉上顔廣，且其面之色又白皙」，傳於三章曰「揚，廣揚而顔角豐滿」，俱分揚與皙、揚與顔爲二，失其義矣。

「胡然而天也，胡然而帝也」，傳：「尊之如天，審諦如帝。」瑞辰按：山井鼎考文云：「足利

〔一〕「楴」原作「揥者」，據廣韻去聲霽部改。

古本經文兩『而』字皆作如。」而、如古通用，故傳以如天、如帝釋之。正義引春秋元命苞「天之言填」、春秋運斗樞「帝之言諦」以釋如天如帝之義。今按古人多借音爲義。詩上言玉瑱、象揥，下卽以天、帝爲比。蓋謂充耳以瑱者宜其填實如天，摘〔一〕髮以揥者宜其審諦如帝。特言「胡然」，以示顧名思義之意，令其深思而自得之也。

「其之展也」，傳：「禮有展衣者，以丹縠爲衣。」箋云：「后服之次，展衣宜白。」瑞辰按：展衣以説文作襄爲正。襄从㠭聲，㠭讀若展，故毛詩借作展也。説文：「襄，丹縠衣也。」馬融説同。其義俱本毛傳。周官內司服鄭司農注始以展衣爲白色，爲箋説所本。今按箋説是也。古者天子有五時衣，東青，南赤，中央黃，西白，北黑，月令所云「衣青衣」等是也。王后夫人之服蓋亦如之，褕狄青以象東，闕狄赤以象南，鞠衣黃以象中央，展衣白以象西，褖衣黑以象北，此箋所云「后服之次，展衣宜白」也。展衣，玉藻、襍記作襢衣。襢之言亶；亶，誠也，與單、旦聲義相近。玉藻「櫛用樿櫛」，孔疏：「樿，白理木也。」説文：「䵤，白而有黑也。」廣雅：「白馬黑脊，驙。」古字从單、旦、亶聲者，多有白義。襢之色白，取義正同。釋名：「襢衣。襢，坦也。坦然正白，無文彩也。」是矣。又按：展，誠也，卽亶字之假借。詩上言展衣，下卽言「展如之人兮」，謂服展衣者宜有展誠之德。展如猶展然也，之人猶之子也。孔疏云

〔一〕「摘」原作「揥」，形近之訛。此詩上文「象之揥也」，傳：「揥，所以摘髮也。」今據改。

「誠如是德服相稱之人」，失之。

「蒙彼縐絺」，傳：「蒙，覆也。絺之靡者爲縐。」箋云：「縐絺，絺之蹙蹙者。展衣，夏則裏衣縐絺。」瑞辰按：説文：「冡，覆也。」凡經傳作蒙者，皆冡字之假借。説文：「䊳，碎也。」靡爲極細之貌。説文：「縐，絺之細者也。」義本毛傳。説文又云：「一曰，戚也。」戚即蹙字，此與鄭箋意同，蹙蹙即戚數之貌，蓋讀縐爲皺，如今縐紗然。此又一義。孔疏合傳、箋爲一，失之。聘禮記鄭注：「寒暑之服，冬則裘，夏則葛。」賈疏：「凡服，四時不同。假令冬有裘，襯身單衫，又有襦袴，襦袴之上有裘，裘上有裼衣，裼衣之上又有上服。若夏以絺綌，絺綌之上則有中衣，中衣之上復有上服。」據此，中衣在絺綌上。是「蒙彼縐絺」者乃中衣，非上服展衣也。若箋云「展衣則裏衣絺綌」，據説文「衷，裏褻衣」，引春秋傳〔一〕「衷其衵服」，中猶衷也，中衣即裏衣，是縐絺即中衣，「蒙彼縐絺」即上服。其上服之内，縐絺之外，非别有中衣也。説文：「表，上衣也。」論語「當暑袗絺綌，必表而出之」，孔注：「必表而出，加上服也。」亦謂於絺綌上加上服，非謂於絺綌上加中衣。則鄭箋之説當矣。蓋衣服因時制宜，冬宜温則不嫌過厚，故裘之上復有裼衣，夏宜涼則不嫌稍減，故葛之上不另加中衣也。又按：綌麤，絺細。古人夏服絺綌，蓋兼服二者，服綌於内以當裘，服絺於外以當裼衣。故禮記、論語竝言「袗

〔一〕「傳」字原脱，據説文補。按引文見左傳宣公九年，説文引左傳通稱春秋傳。

絺綌」。袗之言畛也。爾雅：「畛，重也。」說文繫傳云：「袗，重衣也。」是也。㐱本訓稠髮，故从㐱得聲者可訓重也。孔安國、鄭康成竝訓袗爲襌，失之。絺綌竝服，此詩第舉綌外之絺言，故云「蒙彼縐絺」。

「是紲袢也」，傳：「是當暑袢延之服也。」瑞辰按：說文袢字注引詩「是紲袢也」，从毛詩；褻字注又引詩「是褻袢也」，蓋本三家詩。褻者正字，紲者假借字也。褻假爲紲，猶褻亦假爲媟也。「當暑袗絺綌」，以絺綌爲褻服，毛正以「當暑」釋經「褻」字耳。釋文：「袢，符袁反。」張參五經文字：「袢，又音煩。」說文繫傳：「袢，煩溽也，近身衣也。」今按讀袢如煩，正與展、顔、媛協，其義亦爲煩污。說文：「姅，婦人污也。」葛覃詩「薄污我私」，傳：「污，煩也。」義竝相近。以其爲煩污之服而謂之袢，猶去衣之煩污即謂之污，受汗澤之衣即謂之澤也。袢、延二字疊韻，與方言「襎裷謂之幭」，玉篇「䙖，車溫䙖也」，皆重疊字。延義近䃧。說文：「䃧，以石衦繒也。」「衦，摩展衣也。」以石衦繒爲䃧，以衣揩摩汗澤亦爲袢延，故段玉裁謂袢延爲揩摩之義。縐絺爲衣可以揩摩汗澤。孔疏謂袢延是蒸熱之氣，失之。說文：「袢，無色也。」引詩「是紲絆也」，讀若普。按袢、普二字雙聲。說文又曰：「普，日無色也。」日無色爲普，衣無色爲袢，音近而義亦同。玉篇亦曰：「袢，衣無色也。」衣無色，對冬服裼衣有緇、素、黃異色言。絺綌爲當暑近污之衣，則不分異色。此與毛傳義相成而不同，或本三家詩。

「邦之媛也」，傳：「美女爲媛。」箋云：「媛者，邦人所依倚以爲援助也。」瑞辰按：釋文：「媛，韓詩作援，助也。」俗本作取，誤。此箋義所本。説文：「媛，美女也，人所欲援也。」蓋兼取毛、韓詩説。説文引詩「邦之媛兮」，又引詩「玉之瑱〔一〕兮」，足證許君所見毛詩「也」多作「兮」。

## 桑中

「爰采唐矣」，傳：「唐，蒙，菜名。」瑞辰按：爾雅釋草：「唐，蒙，女蘿。女蘿，菟絲。」郭注：「別四名。」孫炎曰：「別三名。」但菟絲不可爲菜。頍弁詩「蔦與女蘿」，傳：「女蘿，菟絲，松蘿也。」亦不引「唐，蒙」。是毛公別以唐、蒙爲菜，不以爲即女蘿，與爾雅孫、郭注異。焦循曰：「爾雅『唐蒙女蘿』，疑衍『女蘿』二字。」

「沬之鄉矣」，傳：「沬，衞邑。」瑞辰按：沬，書酒誥作妹邦。沬、妹均从未聲，未、牧雙聲，故馬融尚書注云「妹邦即牧養之地」，蓋謂妹邦即牧野也。妹、牧、母亦雙聲，牧説文作坶，牧、母古同聲。説文：「母，牧也。」云「朝歌南七十里地」。後漢書郡國志「朝歌縣南有牧野」，正與妹在鄘地居紂都之南者合。左傳「鄭人侵衞牧」，杜注：「牧，衞邑。」牧邑即沬邑也。酒誥鄭

〔一〕「瑱」原作「填」，據續經解本、説文及詩鄘風君子偕老改。

注：「妹邦，紂之都所處也。於詩國屬鄘，故其風有『沬之鄉』，則沬之北、沬之東，朝歌也。」據云沬之北、沬之東爲朝歌，則不謂朝歌卽沬明矣。其云「妹邦，紂都所處」者，紂都之郊牧亦可以紂都統之也。此詩孔疏云「紂都朝歌」，明朝歌卽沬也，猶鄭君以妹邦爲紂都，亦統言之耳。

「要我乎上宮」，傳：「桑中、上宮，所期之地。」箋：「與期於桑中，而要見我於上宮。」瑞辰按：以箋說推之，桑中爲地名，則上宮宜爲室名。「孟子之滕，館于上宮」，趙岐章句曰：「上宮，樓也。」古者宮、室通稱，此上宮亦卽樓耳。

「美孟弋矣」，傳：「弋，姓也。」朱子集傳曰：「春秋定姒，公、穀作定弋，蓋杞女，夏后氏之後，亦貴姓也。」瑞辰按：胡承珙曰：「姒，本作以。白虎通曰：『夏祖昌意，以薏以生，賜姓姒氏。』說文無姒字，蓋卽作以。弋與以一聲之轉。」今按胡申朱子之說，是也。弋與以字同在喻母，故通用。以之通作姒，猶詩「必有以也」，儀禮注引詩讀作似也。

「美孟庸矣」，傳：「庸，姓也。」瑞辰按：漢有膠東庸生，又有庸光，皆以庸爲姓。錢大昕曰：「古庸與閻聲近通用。春秋定四年左傳『康叔取於有閻之土，以共王職』，閻卽鄘也。書『毋若火始餤餤』，梅福上書引作庸庸。此鄘、閻通用之證。」今按閻本衞地，則閻或因地而得姓，後遂通借作庸。庸、用古通用。路史言：「用，國名，見詩。」詩之庸蓋古又通作用也。

## 鶉之奔奔

「鶉之奔奔，鵲之彊彊」，傳：「鶉則奔奔，鵲則彊彊然。」箋云：「奔奔、彊彊，言其居有常匹，飛則相隨之貌。」瑞辰按：釋文引韓詩云：「奔奔、彊彊，乘匹之貌。」此箋義所本。禮記表記引詩作「賁賁」、「姜姜」，呂氏春秋引詩亦作「賁賁」。説文：「奔，从夭，从賁省聲。」是奔本以賁得聲，故通用。宋書百官志「虎賁，舊作虎奔」，亦其類也。鄭注禮記以賁賁、姜姜爲爭鬭惡貌，高誘以賁賁爲色不純，俱非詩義。凡鳥皆雄求雌，惟鶉以雌求雄，最爲淫鳥，然與鵲各有乘匹。至宣姜則淫於非偶，更鶉鵲之不若耳。

## 定之方中

「定之方中」，傳：「定，營室也。方中，昏正四方。」箋云：「定星昏中而正，於是可以營制宮室，故謂之營室。定昏中而正，謂小雪時其體與東壁連，正四方。」瑞辰按：爾雅「營室謂之定」，郭注：「定，正也。作宮室皆以營室之中爲正。」營室一名天廟。周語「日月底于天廟」，韋注：「天廟，營室也。又曰清廟。」史記天官書：「營室爲清廟。」詩作楚宮爲宗廟，蓋取營室以正四方，亦取與天廟之象相應也。營室又爲水宿。左傳「水昏正而栽」，杜注謂：「今十月定星昏而中。」周語「營室之中，土功其始」，韋注：「建亥小雪之中，定星昏正于午，土功可以始也。」與箋言定中謂小雪時合。但月令孟冬昏危中，仲冬昏東壁中，不言營室。據春秋僖二年正月城楚丘，建城在正月，則作室亦正月。周之正月爲夏正之十一月，是此詩作室亦不在十月小雪之中。考漢書天文志，危十七度，營室十六度，十月危星昏中，日行一度，營室繼危之後，其中在十月望後，至十一月初猶爲昏中。故詩楚宮作於十一月，猶得言定中也。箋又云「其體與東壁連，正四方」，蓋營室、東壁各二星，其體相成，始得正四方，則季冬東壁中，亦得以定中統之。孔疏謂：「箋言定星中小雪時，舉其常期耳，非謂作楚宮卽當十月。」是也。

「作于楚宮」，瑞辰按：此及下「作于楚室」，經義述聞謂兩「于」字當讀曰「爲」，其說是也。古聲于與爲通。聘禮記「賄在聘于賄」，鄭注：「于讀曰爲。」張載魏都賦注、李善文選注引詩，兩于字皆作爲。今按經史事類引詩亦作爲，又日本山井鼎考異云古本于皆作爲，據孔疏釋經亦曰「作爲楚丘之宮」、「作爲楚丘之室」，皆于當讀爲之證。

「樹之榛栗，椅桐梓漆，爰伐琴瑟」，箋云：「樹此六木於宮者，曰其長大可伐以爲琴瑟。言預備也。」瑞辰按：古人建國，凡廟朝壇壝宮府皆植名木，如九棘三槐之類。詩言立國之制，故並及所樹之木。琴瑟古多用桐，亦或以椅爲之。說文檹字注引賈侍中說「檹卽椅木，可作琴」是也。陳用之曰：「琴瑟脣必以梓，漆所以固而飾之。」是椅、桐、梓、漆皆爲琴瑟之用。若榛、栗，則無與於琴瑟也。詩「爰伐琴瑟」特承上「椅桐梓漆」言，謂六木中有可伐爲琴瑟者耳。箋謂六木皆可爲琴瑟，失之。

「升彼虛矣」，傳：「虛，漕虛也。」瑞辰按：管子大匡云：「衞君出致於虛。」小匡又云：「衞人出旅於曹。」是虛與曹爲一，故傳知虛卽漕虛。釋文：「虛，本或作墟。」水經注引詩正作墟。

「望楚與堂，景山與京」，傳：「楚丘有堂邑者。景山，大山。京，高丘也。」瑞辰按：二句相對成文。景當从朱子集傳讀如「既景迺岡」之景，後人乃以景山名之耳。楚丘與景山古皆有二說：一謂在今曹州府屬曹縣，在漢爲成武。漢書地理志山陽郡成武，注云：「有楚丘亭，齊桓公所城，遷衞文公于此。」水經注濟水注：「北逕元氏縣故城西，元氏卽今曹縣。又北逕景山東，衞詩所謂『景山與京』者也。又北逕楚丘城西。」明一統志：「景山在曹縣東四十里廢楚丘北，衞文公徙居楚丘，測日影於此。」又曰：「楚丘城在曹縣東南五十里。」按曹縣與成武相連，在曹縣東南，卽漢書在成武者也。一說在今河南衞輝府滑縣東六十里，今直隸大名府之開州。其地亦有景山，太平寰宇記「景山在澶州衞南縣東南三里」，九域志「開德府有景山」是也。隋衛南在漢爲濮陽，屬東郡首縣。鄭志答張逸云：「楚丘在濟、河間，疑在今東郡界中。」朱子集傳亦云：「楚丘在滑州。」今按詩云「升彼虚矣，以望楚矣」，傳以虚爲漕虚，孔疏言文公自曹徙楚丘。蓋楚丘與漕不甚相遠，故可登漕虚以望之。漕在今滑縣南二十里白馬故城，水經注河水注云「白馬濟津之東南有白馬城，衛文公東徙渡河都之」是也。則楚丘指在滑縣東者無疑。蓋古有兩楚丘：一爲春秋隱七年戎伐凡伯之楚丘，在成武者是也。後漢郡國志成武，注引左傳「戎執凡伯於楚丘」爲證。一爲僖二年衛文公所遷之楚丘，在滑縣東開州者是也。舊謂成武楚丘爲衛文所遷者，誤。

「靈雨既零」，傳：「靈，善也。零，落也。」瑞辰按：爾雅釋詁：「令，善也。」令卽靈之假借。書正義引釋詁作「靈，善也」。靈說文訓巫，本爲巫善事神之稱，因通謂善爲靈。此詩作靈爲正字，餘作令訓善者皆靈之假借。零者，霝之假借。說文：「霝，雨零也。」「零，雨零也。」零卽落之本字。若零，則說文訓爲徐雨。

「命彼倌人」，傳：「倌人，主駕者。」瑞辰按：說文：「倌人，小臣也。」倌通作官，呂氏春秋愛士篇「廣門之官」，高誘注：「官人〔一〕，小臣也。」周禮小臣爲大僕之佐，「掌王之小命，詔相

〔一〕「官人」，呂氏春秋高注無「人」字。

王之小法儀，王之燕出入則前驅」，注：「燕出入，若今游於諸觀苑。」燕禮〔一〕「小臣師納諸公卿大夫」，注：「小臣師，正之佐也。正相君出入君之大命。」疏：「云『正相君〔二〕出入君之大命』者，正，小臣中尊，如天子大僕，故引大僕職解之也。」據此，是諸侯以小臣兼大僕，實主傳君之命。説文所云「倌人，小臣」者卽周官之内小臣，非泛言小臣也。荀子君臣篇：「足能行，待相者然後進；口能言，待官人然後詔。」楊倞注：「官人，主喉舌之官。」亦與小臣主傳君命合。此詩倌人亦當爲傳命之官，因其爲前驅，遂兼主駕之事，故傳遂以主駕者釋之耳。

「星言夙駕」，箋：「星，雨止星見。」瑞辰按：星者，夝之假借。古晴字正作夝。説文：「夝，雨而夜除星見也。从夕，生聲。」字通作精與暒。三倉解詁：「暒，雨止無雲也。」史記「天精而見景星」，漢書天文志作「天暒」。是暒〔三〕、精皆夝也。其字亦省作星。韓非子説林下曰：「荆伐陳，吴救之，軍間三十里，雨十日，夜星。」夜星卽夜夝也。箋云「雨止星見」，正訓星爲夝。釋文引韓詩：「星，精也。」或疑精爲晴字之誤，不知精亦晴也。説文又曰：「晵，雨而晝夝

〔一〕按此下引文見儀禮大射，此「燕禮」當作「大射」。
〔二〕「君」原作「公」，據儀禮賈疏改。
〔三〕「暒」原作「晴」，據上文改。

也。」晵〔一〕字从日爲晝姓，正對姓字从夕爲夜姓言之。

「匪直也人」，傳：「非徒庸君。」瑞辰按：大戴記衛〔二〕將軍文子篇曰：「直己而不直人。」直當讀如正曲爲直之直，謂正人之曲也。「匪直也人」，也爲語詞，人對下「騋牝三千」言，能及物，言非僅能直人也。傳謂「非徒庸君」，失之。

「騋牝三千」，傳：「馬七尺以上爲騋。騋馬與牝馬也。」瑞辰按：爾雅釋畜「騋牝驪牡玄駒褭驂」，古有二讀。說文引詩：「騋牝驪牡〔三〕。」郭注爾雅：「玄駒，小馬。」此讀「騋牝，驪牡」，四字絕句也。檀弓鄭注引爾雅：「騋，牝驪，牡玄。」爾雅釋文云：「孫注改上『騋牝』爲牡，讀與郭異。」此讀以五字，連玄絕句也。周官廋人鄭注引爾雅：「騋，牡驪，牝玄。駒，褭驂。」釋文：「牡，茂後反；牡驪絕句。牝，頻忍反；牝玄絕句。」此讀亦五字絕句，而先牡後牝，與注疏本引爾雅經文互易，與爾雅孫讀正合。今按爾雅釋獸、釋畜皆先牡後牝，此亦當爲

〔一〕「晵」原作「啟」，據續經解本改。

〔二〕「衛」字原脱，據大戴禮記補。

〔三〕按詩無「騋牝驪牡」之文，段玉裁說文解字注謂說文僅引詩之「騋牝」二字，即此詩「騋牝三千」之「騋牝」，「驪牡」當作「驪牝」，說文乃以「驪牝」釋詩之「騋牝」。郝懿行爾雅義疏說略同。

先牡後牝，以五字絶句，與釋獸「麋，牡麔〔一〕，牝麎」，「鹿，牡麚，牝麀」，「麕，牡麌，牝麜〔二〕」，「狼，牡貛，牝狼」，句法正相類。詩特言七尺以上之騋以該龍與馬，言牝以該牡，故傳言「騋馬與牝馬」也，非謂「騋牝」即專指騋馬之牝者。若从孫本爾雅先牡後牝，而從許、郭讀四字絶句，則爲「騋牡，驪牝」。此詩騋即爲牡，與秦風「奉是辰牡」，辰即麎字之借，襄四年左傳「而思其麀牡」，皆爲牝牡錯舉，其句法正相類也。是亦可備一解。

## 蝃蝀

「蝃蝀在東」，傳：「蝃蝀，虹也。夫婦過禮則虹氣盛，君子見戒而懼，諱之莫之敢指。」箋：「虹，天氣之戒，尚無敢指，況淫奔之女，誰敢視之。」瑞辰按：蝃蝀通作螮蝀。爾雅：「螮蝀，虹也。」蔡邕月令章句曰：「虹率以日西而見於東方，故詩曰『螮蝀在東』。」螮蝀二字雙聲，其合聲則爲虹。蝃蝀即螮蝀也。釋名謂：「蝃蝀，掇飲東方之水氣也。」失之。又按蔡邕月令章句、爾雅釋文引郭音義竝曰：「雄曰虹。」古者婚禮，男先於女，此詩「蝃蝀在東，莫之敢指」，蓋以雄虹莫敢指，喻女有廉恥，不肯先求男也。故下接言「女子有行」，謂女子自有

〔一〕「麔」原誤「[illegible]」，據爾雅釋獸改。
〔二〕「麜」原誤「[illegible]」，據爾雅釋獸改。

嫁道耳。傳、箋俱非詩義。

「朝隮于西，崇朝其雨」，傳：「隮，升。崇，終也。從旦至食時爲終朝。」箋：「朝有升氣于東方，終其朝則雨，氣應自然。以言婦人生而有適人之道，亦性自然。」瑞辰按：周官眡祲「十煇」，「九曰隮」。鄭司農曰：「隮者，升氣也。」後鄭曰：「隮，虹也。」引詩「朝隮于西」。賈疏云：「虹，日在東則西邊見，日在西則東邊見。朝日在東，故詩言『隮於西』也。」哀時命云：「虹蜺紛其朝覆兮，夕淫淫而霖雨。」玉曆通政經云：「虹霓旦見于西則爲雨，暮見于東則雨止。」是此詩「崇朝其雨」正謂朝虹升而雨起，箋說甚確。朱子集傳謂「方雨而虹起，則其雨終朝而止」，似非詩本義。又按首章傳云：「夫婦過禮則虹氣盛。」箋云：「虹，天氣之戒。」此章箋云：「朝有升氣於西方，終其朝則雨，氣應自然。以言婦人生而有適人之道，亦性自然。」是古以晚虹爲淫氣所感，朝虹爲正氣所應。詩二章，一邪一正，取譬不同。惠周惕詩說曰：「蝃蝀在東，陰方之氣交於陽，爲女惑男而蠱。朝隮于西，陽方之氣交於陰，爲男先女而咸。故得雨則虹滅，陰陽和也；先女則不淫，男女正也。序曰『止奔』，此之謂也。」集傳以「朝隮于西」爲淫慝之氣，有害於陰陽之和，說亦與古異矣。又按傳訓崇爲終者，崇卽終之同部假借。尚書君奭篇「其終出于不祥」，釋文：「終，一本作崇。」是終、崇古通用之證。公羊僖三十一年傳「不崇朝而徧雨乎天下」，何休注：「崇，重也。重朝者，非一朝也。」又以崇爲重之假借。然據傳「自旦及食時爲終朝」，則固不得以崇朝爲重朝也。

## 相鼠

「相鼠有皮」，傳：「相，視也。」瑞辰按：陳第相鼠解義云：「相鼠似鼠，頗大，能人立。見人則立，舉其前兩足，若拱揖然，故詩以起興。」又明陳耀文天中記：「詩相鼠，陸璣云：『河東有大鼠，人立，交前兩脚於頭上，跳舞善鳴。』孫奕示兒編云：『相，地名。』按地志，相州與河東相隣。則知相州有此鼠，詩人蓋取譬焉。」今按相州以河亶甲遷於相得名，則地之名相已久，相鼠或以此得名。相鼠一名禮鼠，韓昌黎城南聯句詩所云「禮鼠拱而立」也。又名雀鼠，見爾雅翼。又名拱鼠，關尹子所云「師拱鼠制禮」也。

「人而無止」，傳：「止，所止息也。」箋：「止，容止。」瑞辰按：釋文引韓詩：「止，節也。無禮節也。」箋本之，以爲容止，止即容也。周禮天官掌次注：「次，自修止之處。」修止即修容也。亦通言容止，容止即禮也。小雅「國雖靡止」，箋：「止，禮也。」大雅「淑愼爾止」，箋：「止，容止也。」廣雅釋言：「止，禮也。」荀子不苟篇「見由則恭而止」，大略篇「盈其欲而不愆其止」，楊倞注竝以止爲禮。

## 干旄

「孑孑干旄」，傳：「孑孑，干旄之貌。注旄於干首，大夫之旃也。」箋：「時有建此旄來至浚之郊，卿大夫好善也。」瑞辰按：左傳引逸詩「翹翹車乘，招我以弓」，又曰：「旃以招大夫，弓以招士，皮冠以招虞人。」孟子：「庶人以旃，士以旂，大夫以旌。」是古者聘賢招士多以弓旌車乘。此詩干旄、干旟、干旌，皆歷舉召賢者之所建。傳、箋謂卿大夫建此旌旄，失之。

「素絲紕之」，傳：「紕，所以織組也。總〔一〕紕於此，成文於彼。願以素絲紕組之法御四馬也。」箋：「素絲者，以爲縷，以縫紕旌旗之旒縿，或以維持之。」瑞辰按：此當从箋說爲是。方言：「紕，理也。秦晉之間曰紕。」紕之所以督理其旌旗也。若以紕組爲執轡以御馬，則必以下章「良馬五之」爲駕三，於周制大夫駕四爲不可通矣。

「良馬五之」，傳：「驂馬五轡。」正義：「王度記曰『大夫駕三』，經傳無所言，是自古無駕三之制。」瑞辰按：服馬四轡皆在手，兩驂馬内轡納於觖，故四馬皆言六轡，經未有言五轡者。孔廣森曰：「四之、五之、六之，不當以轡爲解，乃謂聘賢者用馬爲禮。三章轉益，見其多庶。覲禮曰：『匹馬卓上，九馬隨之。』春秋左傳曰：『王賜虢公、晉侯馬三匹。』『楚公子棄疾見鄭子皮以馬六匹。』是以馬者不必成乘，故或五或六矣。」徐璈曰：「按聘禮『奉束錦，總乘馬』，鄭注：『總者，

〔一〕「總」原誤「組」，據毛傳改。

總八轡牽之。』蓋駕則四馬六轡，牽則四馬八轡也。」又曰：「賓『儐之乘馬束錦』，上介『儐之兩馬束錦』。賓介〔一〕位殊，馬亦异數。即如孔説，則四爲賓之數，六則兼乎賓與介之數矣。」

「彼姝者子」，傳：「姝，順貌。」瑞辰按：静女其姝傳：「姝，美色也。」東方之日「彼姝之子」，傳云：「姝者，初昏之貌。」獨此傳云順者，胡承珙曰：「傳蓋以姝爲孎之假借。説文：『孎，謹也。』淮南氾論篇注：『屬屬，婉順貌也。』孎可借作姝，猶躅躅轉爲跢跦也。」今按：順與美義本相成。姝可訓美，又訓順者，猶説文訓婉爲順，而鄭風「清揚婉兮」，傳云「婉然美」也。又按論衡引詩作「彼姝之子，何以與之」，之猶者也，與猶予也，蓋本三家詩。

## 載馳

「載馳五章」，正義：「此實五章，故左傳叔孫豹、鄭子家賦載馳之四章，四猶未卒〔二〕，明其

〔一〕「賓介」原作「儐介」，據上下文義並參儀禮聘禮改。下「賓與介之數」介字同。

〔二〕「四猶未卒」四字原脱，據正義補。按左傳文公十四年子家賦載馳之四章，襄公十九年穆叔（即叔孫豹）賦載馳之四章。正義之意，兩處皆言「四章」而不言「卒章」，明全詩有五章，故曰「四猶未卒，明其五也」。無此四字，文義不明。

五也。然彼賦載馳，義取控引大國，今『控于大邦』乃在卒章，言賦四章者，杜預云：『並賦四章以下。』」瑞辰按：載馳毛詩五章，古蓋四章，以二、三章文法相類，合爲一章。左傳賦載馳，義取「控于大邦」，四章卽卒章也。杜預謂「並賦四章以下」，失其義矣。正義引服虔云：「許夫人閔衞滅，戴公失國，欲馳驅而唁之，故作以自痛小國力不能救。」正釋詩首章之義。又云：「在禮，父母既歿，不得寧父母，於是許人不嘉，故賦二章以喻思不遠也。」此兼釋今詩二、三章之義，正古合二、三章爲一章之證。服虔止分四章，而注上云「載馳五章」者，五乃四字之譌。正義遂謂服虔「置首章，別數四章」，殊誤。

序：「露於漕邑。」瑞辰按：廣雅：「於，凥也。」左傳引書「居安思危」，呂覽貴直篇高注引書「於安思危」，於卽居也。序「露於」卽露居，與定之方中序「野處漕邑」字異而義同。或讀於爲語詞，失之。

「大夫跋涉」，傳：「草行曰跋，水行曰涉。」瑞辰按：釋文引韓詩云：「不由蹊遂而涉，曰跋涉。」淮南子脩務篇曰：「南榮疇跋涉山川，冒蒙荆棘。」高注：「不從蹊遂曰跋涉，故獨犯荆棘。」脩務篇又曰：「申包胥跋涉谷行。」高注：「不蹊遂曰跋涉。」義本韓詩。跋涉蓋行走急遽之義。毛傳分爲草行、水行，不若韓詩說爲允。

「不能旋濟」，傳：「濟，止也。」瑞辰按：爾雅釋天：「濟謂之霽。」是濟本止雨之稱，因通以濟爲止。

「我思不遠」，傳：「不能遠衞也。」瑞辰按：遠猶去也。「我思不去」猶不止，與下文「我思不閟」同義。閟，閉也，閉亦止也。

「控于大邦」，傳：「控，引。」箋：「今衞侯之欲求援引之力助於大國之諸侯。」瑞辰按：傳、箋訓控爲引，未免迂曲。一切經音義卷九引韓詩曰：「控，赴也。」是也。赴、訃古通用。儀禮聘禮「赴者未至」，鄭注：「今文赴作訃。」説文有赴無訃。既夕注：「赴，走告也。」「控于大邦」即謂走告于大邦耳。襄八年左傳云：「無所控告。」今世興訟者猶稱控告，控告即赴告也。列女傳許穆夫人傳曰：「邊疆有戎寇之事，赴告大國。」義本韓詩。劉向説多本韓詩，或以爲出魯詩者，誤也。

「誰因誰極」，傳：「極，至也。」箋：「亦誰因乎？由誰至乎？」瑞辰按：春秋隱十年公羊傳：「宋人、蔡人、衞人伐戴，鄭伯伐取之。其言伐取之，易也。其易奈何？因其力也。因誰之力？因宋人、蔡人、衞人之力也。」是因謂因人之力。此詩言知大國誰能力助之，故言「誰因」。或訓因爲親，失之。極當讀爲誅極之極。爾雅：「殛，誅也。」字通作極，訓至。極至謂致討於敵，卽左傳所云「者昧」也。詩言誰爲之致討也。

「不如我所之」，傳：「不如我所思之篤厚也。」瑞辰按：詩大序云：「詩者，志之所之也。」

詩譜〔一〕正義引春秋説題辭云：「在事爲詩，未發爲謀，恬澹爲心，思慮爲志。詩之爲言志也。」釋名：「詩，之也。志之所之也。」説文：「詩，古文詩省，从之作訨。」志之所之爲詩，之即思也。之之訓思，與泉水詩「有懷于衞」箋訓懷爲至同義，至亦思也。此傳「不如我所思之篤厚」，正訓所之爲所思耳。

〔一〕按下引春秋説題辭爲鄭玄詩譜序孔氏正義所引，此「詩譜」下當有「序」字。

# 毛詩傳箋通釋卷六

## 衞風

### 淇奧

「瞻彼淇奧」，傳：「奧，隈也。」瑞辰按：正義引陸璣疏云：「淇、奧，二水名。」釋文引草木疏曰：「奧亦水名。」劉昭郡國志注引博物志云：「有奧水流入淇水。」水經注云：「肥泉，博物志謂之澳水。」今按奧本隈曲之名。水之内爲奧，與水相入爲汭同義。古人或名泉水入淇處爲淇奧，因有奧水之稱，猶夏汭、涇汭亦名汭水也。但詩言淇奧，與汝墳、淮浦、淮濆語句相類，不得分爲二，仍从爾雅「澳，隈」之訓爲是。

「緑竹猗猗」，傳：「緑，王芻也。竹，萹竹也。」瑞辰按：爾雅：「菉，王芻。」説文：「菉，王芻也。」引詩「菉竹猗猗」。毛詩作緑者，菉之假借。爾雅：「竹，萹蓄。」竹本作茿。説文：「茿，萹茿也。」釋文引韓詩、漢石經竝作䓯。説文：「䓯，水萹茿也。」毛詩、爾雅作竹者，䓯之假借。

西京賦李注引韓詩「菉䓯如簀」。玉篇：「䓯，同⿱艹⿰氵毒，萹茿。」爾雅作「萹蓄」。茿、蓄二字疊韻，故通用。

「有匪君子」，傳：「匪，文貌。」瑞辰按：説文：「斐，分別文也。」匪即斐之假借，故釋文云：「匪，本又作斐，同，芳尾切。」大學及一切經音義九引詩正作斐。「韓詩作邲，美貌也。」廣韻：「邲，好貌。」古蓋讀匪如邲，匪通作邲，猶斐通作蔚也。易革象傳「其文蔚也」，説文引作斐。説文卩部有邲，云：「邲，宰之也。」韓詩作邲，廣韻「邲，好皃」，當爲「邲」字之譌。

「如切如磋」，傳：「治骨曰切，象曰磋。」瑞辰按：爾雅「骨謂之切」，釋文：「切，本或作⿰齒屑。」説文：「⿰齒屑，齒差也。从齒，屑聲。讀如切。」是切本⿰齒屑之假借。⿰齒屑爲齒差，治骨者參差以治之，故亦曰⿰齒屑。考工記鄭司農注云：「珠曰切。」則司農所見爾雅本或作珠耳。磋者，瑳之俗字。説文有瑳無磋，荀子引詩正作瑳。字通作齹。一切經音義卷十一：「磋，古文齹，同。」

「如琢如磨」，瑞辰按：太平御覽引韓詩作「如錯如磨」。束皙補亡詩「如磨如錯」，本韓詩。

「瑟兮僩兮」，傳：「瑟，矜莊貌。僩，寬大也。」瑞辰按：瑟、僩二字義相近，故大學、爾雅竝云：「『瑟兮僩兮』者，恂栗也。」鄭注大學云：「恂字或作峻，讀如嚴峻之峻，言其容貌嚴栗也。」説文引逸論語曰：「玉粲之瑟〔一〕兮，其瑮猛也。」是瑟有嚴栗義，毛傳訓「矜莊貌」，是也。説文：「僩，武貌。」引詩「瑟兮僩兮」。僩通作撊。左傳「撊然授兵登陴」，服注：「撊然，猛貌也。」方言：「撊，猛也。晉魏之閒曰撊。」廣雅亦曰：「撊，猛也。」義正與瑟近。毛傳訓爲寬大貌，韓詩云美貌，均非詩義。又按荀子「陋者俄且僩也」，以僩與陋對，蓋以僩爲美，與韓詩義合。段玉裁訓陋爲陋陿，謂與寬大反對，爲毛詩所本，非也。

「赫兮咺兮」，傳：「赫，有明德赫赫然。咺，威儀容止宣著也。」瑞辰按：説文：「朝鮮謂兒泣不止曰咺。」此咺之本義。咺韓詩作宣，云「宣，顯也」，與毛傳訓宣著義合，則毛傳亦以咺爲宣之假借。鄭注大學云：「咺，寬綽貌。」據説文「愃，寬閒心腹貌」，引詩「赫兮愃兮」，玉篇「愃，寬心也」，是鄭讀咺如愃，與説文義合，其説亦當本韓詩。釋文引韓詩作宣者，卽愃之省，而字殊義異者，蓋傳韓詩者不一家也。然據大學訓威儀，則義从毛傳訓威儀宣著爲正，作愃者亦假借耳。爾雅作烜，釋文：「烜者，光明宣著。」廣雅釋詁：「烜，明也。」正與宣著義同。段玉裁以咺爲⿱大亘之假借，似非。

「終不可諼兮」，傳：「諼，忘也。」瑞辰按：説文：「藼，令人忘憂之草也。或从煖作蕿，或从宣作萱。」引詩「安得藼草」。今毛詩作諼草，諼卽藼及蕿、萱之假借。是知凡詩作諼、訓忘

〔一〕「瑟」，説文玉部瑮字下引逸論語作「璱」。

者，皆當爲藼及薠、萱之假借。若諼之本義，自爲詐耳。

「會弁如星」，傳：「弁，皮弁，所以會髮。」箋：「會謂弁之縫中，飾之以玉，皪皪而處，狀似星也。」瑞辰按：周官弁師「王之皮弁，會五采玉璂」，注：「故書會作膾。」説文：「膾，骨擿之可會髮者。」引詩「膾弁如星」。説文義本毛詩，疑毛詩假會爲膾，傳本云：「會，所以會髮。弁，皮弁。」後注疏本傳上脱一會字，又誤移「弁，皮弁」三字於會上，正義遂謂「弁所以會髮」，失傳恉矣。膾所以會髮，與君子偕老詩象揥所以擿髮爲異物。周禮弁師「會五采」，注：「鄭司農曰：讀如馬會之會，謂以五采束髮也。士喪禮曰『檜用組，乃笄』，檜讀與膾同，書之異耳。説曰：以組束髮，乃著笄，謂之檜。沛國人謂反紒爲檜。」毛云「會以會髮」，宜與鄭司農「以組束髮」義同，惟分會弁爲二物，與「如星」之義不合，故箋易其義，以會爲弁之縫中，其所飾玉狀似星也。鄭注周官弁師云：「會，縫中也。皮弁之縫中每貫結五采玉十二以爲飾，謂之〔一〕璂。」與箋義同。凡兩縫相合處爲會。弁縫謂之會，猶牆隙謂之壁會也。説文：「際，壁會也。」「隙，壁際也。」縫或省作夆。廣雅：「夆，際會也。」箋義爲長。至吕氏春秋上農篇「庶人不冠弁」，高注引詩「冠弁如星」，蓋本三家詩。冠與會亦一聲之轉。

「猗重較兮」，傳：「重較，卿士之車。」瑞辰按：釋名：「較，在箱上爲辜較也。重較，其較

〔一〕「飾謂之」三字原脱，據周禮弁師鄭注補。

重，卿所乘也。」考工記輿人鄭注：「較，兩輢上出式者。」説文：「輢，車旁也。」詩釋文：「較，車兩傍上出軾者。」是較爲車輢上之木，凡車皆然，至重較則專指金較言，張平子西京賦所云「倚金較」也。 較説文作較，云：「較，車輢上曲鉤也。」蓋車輢上之木爲較，較上更飾以曲鉤，若重起者然，是爲重較，崔豹古今注云「重較，重起如牛角」是也。 宋翔鳳曰：「爾雅：『較，直也。』較取直義，重較則取曲形。 如式高三尺三寸，較高〔一〕五尺五寸，使再加重較，直上則輪太高，故重較必曲鉤反出，形不直。 而名較者，以在較上名之耳。」小爾雅：「較謂之幹。」胡承珙曰：「凡物在兩旁者皆名幹，故兩脅謂之幹，築牆兩邊障土謂之幹，皆與『較謂之幹』義相近。」又曰：「古者卿大夫車名軒。」説文：「軒，曲輈藩車。」曲輈謂梁輈，曲藩即輢上曲鉤反出者，古所云車耳也。 重較一名重耳。 春秋晉文公名重耳，晉大夫有梁益耳，皆取此義。崔豹古今注云：「文武重耳，古重較也。 文官赤耳，武官青耳。」蓋漢承周制，較在兩旁，如人有耳。 銅飾更加較上，則重耳矣。 省言之亦單謂之耳，丹鉛録引古諺「仕宦不止車生耳」，三國志吳童謡「黄金車，斑蘭耳，闓闔門，見天子」是也。 重較其形曲鉤反出，故亦謂之𨋎。説文：「𨋎，車耳反出也。」字通作藩。 太玄經積次四：「君子積善，至于車耳。」測云：「君子積善，至于蕃也。」范望注：「蕃，車耳也。」重較又名輒，象垂耳。 説文：「輒，車兩輢也。」疑有脱

〔一〕「高」原作「重」，涉上下文而誤，據考工記輿人鄭注并參説文較字（按即較字）段注改。

誤。宋翔鳳疑說文較是輒字之譌，輒是較字之譌。又謂之𨏥。說文：「𨏥，乘輿金耳也。」今本誤作「金馬耳」，廣韻無馬字，是也。字通作彌。荀子及史記禮書竝云：「彌龍，所以養威也。」徐廣曰：「乘輿車以金薄繆龍爲輿倚較。」蓋惟天子金耳龍飾，其餘金耳不必龍也。重較爲仕宦車飾，故毛傳以爲卿士車。戴震謂重較卽左右兩較，望之而重，凡車皆然，失之。倚，考文古本作猗。正義「倚此重較之車」，是以經文猗爲倚之假借，其經文正字仍當作猗。

「不爲虐兮」，傳：「雖則戲謔，不爲虐矣。」瑞辰按：虐之言劇，謂甚也。如終風詩「謔浪笑敖」，卽爲虐矣。書西伯戡黎「維王淫戲，用自絶」，史記殷本紀作淫虐，昭四年左傳亦云「紂作淫虐」，淫虐卽淫戲也。淫，大也，大戲卽爲虐矣。又襄十〔一〕四年左傳：「臧紇如齊唁衞侯，衞侯與之言，虐。」虐卽此詩「不爲虐兮」之虐，謂戲謔之甚，故紇云「其言糞土」，謂其言污也。杜〔二〕注訓爲暴虐，失之。

## 考槃

「考槃在澗」，傳：「考，成。槃，樂也。山夾水曰澗。」釋文：「澗，古晏反。韓詩作干，云：

〔一〕「十」字原脱，據左傳補。

〔二〕「杜」原作「林」，據續經解本改。然考杜注並無訓虐爲暴虐之文，疑有誤。

墝埆之處也。」瑞辰按：槃與般同。爾雅釋詁：「般，樂也。」槃、般皆昪之借。說文：「昪，喜樂也。」顧虞東曰：「世固有隱而弗成者，成其樂，乃所以成其隱也。」澗與干雙聲，古卽讀澗如干，故通用。易漸「鴻漸于干」，釋文引荀注、王肅注竝曰：「干，山閒澗水也。」詩小雅「秩秩斯干」，傳：「干，澗也。」聘禮記：「凡庭實隨入，左先，皮馬相閒可也。」注：「古文閒作干。」皆澗、干通用之證。文選吳都賦劉注引韓詩曰：「地下而黃，曰干。」胡承珙曰：「黃當作潢。潢爲停水處。鄭氏易注：『干，水傍故停水處。』正與潢同義。至韓詩有二義不同者，蓋韓故、韓說〔一〕與薛君章句各異。」

「碩人之薖」，傳：「薖，寬大貌。」箋：「薖，饑意。」瑞辰按：釋文引韓詩作偈，云：「偈，美貌。」廣韻：「偈，美也。」與毛傳「寬大」義近，薖卽偈之假借。段玉裁曰：「毛、鄭意謂薖爲款之假借。爾雅『款足者謂之鬲』，漢志作『空足曰鬲』。楊王孫傳『窾木爲匵』，服虔曰：『窾，空也。』淮南子『窾者主浮』，注：『窾，空也。讀如科條之科。』是薖、款古同音。薖音又近窠，說文：『窠，空也。』薖讀若窠，猶說文媧讀若騧也。毛、鄭皆取空中之義。」然合三章觀之，仍從傳說爲允。

「永矢弗過」，箋：「弗過者，不復入君之朝也。」瑞辰按：弗過，猶弗諼也，故毛無傳。大

〔一〕「說」原作「訓」，據胡承珙毛詩後箋改。按漢書藝文志，韓詩有韓故三十六卷，韓說四十一卷，無韓訓。

玄差「過小善弗克」，范望注：「過，去也。」說文：「過，度也。」廣雅：「過，渡也。」「渡，去也。」弗去猶弗忘。箋說非是。

「碩人之軸」，傳：「軸，進也。」箋：「軸，病也。」瑞辰按：軸通作逐。爾雅：「競、逐，彊也。」以上二章推之，軸當爲彊壯貌。傳訓爲進，義與彊近。至箋訓軸爲病，亦以軸爲爾雅「逐，病」之逐，然非詩義，以與寬、薖不相類也。

「永矢弗告」，傳：「無所告語也。」箋：「不復告君以善道。」瑞辰按：告、菊雙聲，告即鞠之假借。爾雅：「鞠，窮也。」說文：「𥷚，窮也。」文王世子「告于甸人」，鄭注「告當爲鞠」，正月詩「日月告凶」，漢書劉向傳[一]作「鞠凶」，皆告、鞠通用之證。「弗告」訓爲弗窮，正與上二章「弗諼」、「弗過」同義，猶詩言「服之無斁」，字或作繹，廣雅：「繹，窮也。」無斁即無有終窮也。

## 碩人

「碩人其頎」，傳：「頎，長貌。」瑞辰按：玉篇引詩「碩人頎頎」，傳：「具長貌。」臧玉琳據箋「言莊姜儀表長麗佼好頎頎然」，又二章箋「敖敖猶頎頎也」，謂古本當作頎頎。今按經止一

[一]「傳」字原脫，據續經解本及漢書補。

言而傳、箋以重言釋之，如詩「亦汎其流」，傳云「汎汎」，「有洸有潰」，傳、箋皆云「洸洸潰潰」之類，甚夥，未可據箋及玉篇以改經也。列女傳引詩正作「碩人其頎」。玉篇引傳「具長貌」，據下章傳「敖敖，長貌」，則知上章傳本無具字，玉篇所引亦誤。又按說文：「頎，頭佳皃。」引申爲長貌。齊風「頎若長兮」，亦以頎爲長貌。說文：「嫣，長皃。」段玉裁謂嫣與頎聲相近。今按嫣與引、永、豔俱雙聲。說文：「豔，好而長也。」引、永皆爲長，故嫣有長義，頎或卽嫣之假借。

「衣錦褧衣」，傳：「錦，文衣也。夫人德盛而尊，嫁則錦衣加褧襜。」箋：「國君夫人翟衣而嫁，今衣錦者，在塗之所服也。尚之以禪衣，爲其文之太著。」瑞辰按：丰詩「衣錦褧衣，裳錦褧裳」，傳云：「嫁者之服。」箋以爲「庶人之妻嫁服」，與此箋夫人在塗所服說異。今按丰詩「駕予與行」、「駕予與歸」，亦爲在途之服。士昏禮「姆加景乃驅」，景卽此詩褧衣，正在塗同服褧衣之證。說文衣部褧字注：「檾也。」引詩「衣錦褧衣」。林部檾字注：「枲屬也。」引詩「衣錦檾衣」。一本毛詩，一本三家詩。作檾者正字，作褧者假借字也。檾字或作顈，又作蘔，褧又通作絅。釋文「褧，本又作顈」，尚書大傳引詩作蘔，皆檾之異文。玉藻、中庸作絅，儀禮「姆加景」，皆褧之通用字也。檾衣蓋績檾以爲衣，取其在塗蔽塵則曰褧。褧之言明也，外蔽塵使衣鮮明也，與齋之有明衣，取義正同，士昏禮注「景之制蓋如明衣」是也。古者明衣以布爲之，績緌爲衣卽布也。鹽鐵論：「古者男女之際尚矣，嫁娶之服，未以之記。及虞夏之後，蓋表布内絲。」褧衣用緌，正所謂表布也。中庸「衣錦尚絅」，説文引詩「衣錦褧衣」，云「示反古」，取義正同。丰詩箋謂褧衣以禪縠爲之，縠是絹而非布，失其義矣。

「領如蝤蠐」，傳：「蝤蠐，蝎蟲也。」瑞辰按：爾雅釋蟲「蟦，蠐螬」，郭注：「在糞土中。」「蝤蠐，蝎」，郭注：「在木中。」又「蝎，蛣蝙」，郭注：「木中蠹蟲。」是蝤蠐與蠐螬有別。説文：「蝎，蝤蠐也。」而蠐螬下不云蝎，蓋亦不謂一物。按唐本草「蠐螬」注云：「此蟲在腐柳樹中者，内外潔白；糞土者，皮黄内黑黯。」此詩取狀頸之白，自指生木中之蝎。釋文〔一〕、方言及爾雅孫炎注均以蠐螬、蝤蠐及蝎爲一物，不知實一類而異種。

「齒如瓠犀」，傳：「瓠犀，瓠瓣。」瑞辰按：爾雅釋草：「瓠棲，瓣。」此傳所本。郭注引詩「齒如瓠棲」，釋文引舍人本瓠作觚，釋云「瓠也」，是知觚卽瓠之假借。毛詩作犀者，卽棲之假借。三家詩蓋有从本字作瓠棲者。瓠棲借作犀，猶棲遲甘泉賦作遲遟也。瓠棲狀齒之白，亦取其上下整齊。棲之爲言齊，猶妻亦訓齊。説文：「⿸齊妻，等也。」古齊等字本从妻聲也。説文：「⿰齒責，齒相值也。」引春秋傳曰「晳⿰齒責」。⿰齒責今左傳假借作幘，杜注：「幘，齒上下相值。」説文又曰：「齱齵，齒不正也。」「齟齬，齒不相值也。」「齹，齒差跌皃。」齒以不相值爲惡，則以相

〔一〕「釋文」原作「釋之」，據文義並參釋文改。

值爲美矣。齒以齊爲美，故古者齒亦訓齊。周禮言「三年不齒」，謂不與民齊等。昭元年左傳「使后子與子干齒」，傳遂曰：「齒猶齊列。」皆是也。

「螓首蛾眉」，傳：「螓首，顙廣而方。」箋：「螓，謂蜻蜻也。」瑞辰按：説文：「頳，好貌。詩所謂『頳首』。」卽此詩「螓首」之異文，是螓乃頳之假借。蛾眉亦娥之假借。方言曰：「娥，好。」廣雅：「娥，美也。」楚詞「衆女嫉余之娥眉兮」，王逸注：「娥眉，好貌。娥亦作蛾。」藝文類聚引詩正作娥眉。此詩上四句皆言「如」，至螓首、蛾眉但爲好貌，故不言「如」。鄭箋以螓爲蜻蜻，顔師古注漢書因謂蛾眉形若蠶蛾，失之鑿矣。

「巧笑倩兮」，傳：「倩，好口輔。」瑞辰按：説文：「倩，人美字也。」是倩本人之美稱，因而笑之好亦謂之倩。釋文「倩，本又作蒨」，乃倩之假借，韓詩遂以「蒼白色」釋之，誤矣。又按倩與瑳，瑳與此，皆雙聲。竹竿詩云「巧笑之瑳」，而此云「巧笑倩兮」，倩當卽瑳之假借〔一〕，瑳又爲齜之假借。高誘淮南子注曰：「將笑則好齒見。」正與説文訓齜爲「開口見齒皃」義合。

「美目盼兮」，傳：「盼，白黑分。」瑞辰按：説文：「盼，白黑分也。」盼从分聲，兼从分會意，白黑分謂之盼，猶文質備謂之份也。説文：「𩔰，須髮半白也。」字借作頒。又：「辬，駁文

〔一〕「借」字，據續經解本補。

也。」皆與盼爲白黑分者取義正同。韓詩云「黑色」，馬融云「動目貌」，竝非。又按古音盼讀如坌，與倩爲真、清合韵。釋文云「盼，敷莧反，徐又敷諫反」，竝失之。

「碩人敖敖」，傳：「敖敖，長貌。」瑞辰按：說文：「顤，高長頭。」又：「贅，顤高也。」廣雅：「贅，高也。」引申爲頭長，廣韻云「贅，頭長」是也。又引申爲長貌。敖敖當卽贅贅之省借。又按說文：「驐，駿馬。」蓋亦謂馬之高且長者，與人長爲敖同義。

「說于農郊」，傳：「農郊，近郊。」箋：「說當作襚。禮、春秋之襚，讀皆宜同。衣服曰襚，今俗語然。此言莊姜始來，更正衣服于衞近郊。」瑞辰按：爾雅釋地：「邑外謂之郊，郊外謂之牧，牧外謂之野，野外謂之林，林外謂之坰。」據毛傳以坰爲遠野，則郊、牧、野、林皆爲近郊。傳知農郊爲近郊者，說文農字，籀文、古文皆从林，籀文作䢉，古文作辳。書酒誥「薄違農父」，古尚書作「薄韋辳父」，見羣經音辨。毛傳蓋以農郊爲林郊之假借，故以近郊釋之。林郊爲近郊，猶坰野爲遠郊也。上林賦「地可墾辟，悉爲農郊，以贍氓隸」，師古注「郊野之田，故曰農郊」，後漢章懷注亦以農郊爲田野，失其義矣。以田野爲近郊，豈遠郊無農田乎？此以知其失傳恉耳。釋文：「說，本作稅。」爾雅釋詁：「稅，舍也。」傳義蓋讀說如稅，「說于農郊」猶定之方中詩「說于桑田」，故釋文謂毛訓舍也。箋讀說爲襚者，襚古通作裞，段玉裁謂裞卽襚之或體。裞與說、稅皆从兑聲，故讀同，亦通用。喪服問「大功之葛，以有本爲稅」，鄭注：

「稅，變易也。」古者襚爲贈死之衣，以易其生時之服，蓋亦取變易之義，故鄭讀說如襚。箋又云「衣服曰襚，今俗語然」，曾釗曰：「當作『易服曰襚』，以爲莊姜易服之證，故下卽言莊姜『更正衣服于衛近郊』。今誤作『衣服曰襚』，則與下文『更正衣服』不相貫。」今按曾說是也。說之言解脫也，今俗皆以解衣爲脫衣。襚爲易衣，義與脫同。脫，說文作挩，云「解挩也」。說又訓舍者，亦得通爲操舍之舍，舍亦脫也。正義不悟箋義訓襚爲易，遂謂「遺吉之衣亦爲襚」，失之。

「朱幩鑣鑣」，傳：「幩，飾也。人君以朱纏鑣扇汗，且以爲飾。鑣鑣，盛貌。」釋文：「鑣，馬銜外鐵也。一名扇汗，又曰排沫。」瑞辰按：說文：「幩，馬纏鑣扇汗也。」繫傳曰：「謂以帛纏馬口旁鐵扇汗，使不汗也。」是扇汗卽幩，乃鑣上之飾，非謂鑣爲扇汗也。續漢書輿服志：「乘輿，象鑣，赤扇汗。王公列侯，朱鑣，絳扇汗。卿以下有騑者，緹扇汗。」皆以鑣與扇汗爲二。排沫，猶扇汗也。釋文蓋云：「幩，一名扇汗，又曰排沫。」今本脫一幩字，遂似誤以鑣爲扇汗。顏師古急就章注亦引或曰：「鑣者，銜兩傍之鐵，今之排沫是也。」是亦誤以幩爲鑣矣。

「翟茀以朝」，傳：「翟，翟車也。夫人以翟羽飾車。茀，蔽也。」瑞辰按：周官巾車「王后之五路」有重翟、厭翟、翟車，鄭注：「翟車，不重不厭。」此詩毛傳直以翟爲翟車，不以爲厭翟也。至巾車鄭注云：「詩國〔一〕風碩人曰：『翟蔽以朝。』謂諸侯夫人始來，乘翟蔽之車以朝見於君，盛之也。此翟蔽蓋厭翟也。」云「蓋」者，擬度之詞，說與毛異。正義乃引巾車鄭注以釋毛，失之。又爾雅：「輿革，前謂之鞎，後謂之茀。竹，前謂之禦，後謂之蔽。」茀與蔽對文則異，散文則通。周禮注引詩作「翟蔽」者，蓋本韓詩。又按說文：「笰，車笭也。」段玉裁謂笭即蔽，茀者笰之假借。今按笰、茀古同聲通用。笰通作茀，猶儀禮注云「厞，古文作茀」也。

「河水洋洋」，傳：「洋洋，盛大也。」瑞辰按：爾雅釋詁：「洋，多也。」閟宮傳：「洋洋，衆多也。」衆多與盛大義近。劉向九歎「江湘油油」，王逸注引詩「河水油油」，即此詩「洋洋」之異文。油、洋一聲之轉。洋洋通作油油，猶蠅蠅通作油油也。古蠅聲近洋。方言：「蠅，東齊謂羊。」尚書大傳「禾黍之蠅蠅」，文選思舊賦注引作「禾黍油油」。

「北流活活」，傳：「活活，流也。」瑞辰按：傳「流也」當爲「流皃」，形近之譌。說文「活，流聲也」，亦當作「流皃」。

「施罛濊濊」，傳：「濊濊，施之水中。」瑞辰按：說文：「濊，礙流也。」引詩「施罟濊濊」。釋文引說文作「擬流」，即「礙流」之譌。濊濊蓋施罛水中有礙水流之貌。毛傳「施之水中」即有礙流之義，說文正善繹毛義耳。韓詩云「流皃」，與毛詩義亦相成。蓋施罛水中有礙水流，而其水

〔一〕「國」字原脫，據周禮鄭注補。

仍流，實礙而不礙也。說文奯字注：「讀若詩『施罛泧泧』。」廣雅：「泧泧，流也。」濊、泧古同聲通用，蓋本三家詩〔一〕。濊濊通作泧泧，猶噦噦通作鉞鉞也。詩「鸞聲噦噦」，說文引作「鉞鉞」。釋文引馬融曰：「濊濊，大魚網目大豁豁也。」據說文「奯，空大也」，馬融蓋以濊爲奯之假借。

「鱣鮪發發」，傳：「發發，盛貌。」瑞辰按：發發蓋鱍鱍之省，釋文引韓詩作鱍。犮、發古通用。說文鮁字注「鱣鮪鮁鮁」，據集韻「鮁或作鱍」，是鮁鮁即韓詩鱍鱍之異文。

「庶姜孽孽」，傳：「孽孽，盛飾也。」瑞辰按：釋文引韓詩作钀钀〔二〕，云「長貌」。說文：「钀〔三〕，載高貌也。」呂覽過理篇高注引詩「庶姜钀钀」，云「高長貌」。廣雅：「钀钀，高也。」俱本韓詩。钀钀〔四〕正字，孽孽假借字。钀、孽雙聲，故通用，猶㰚一作櫱也。說文㰚、櫱、不、栓竝同字。

「庶士有朅」，傳：「朅，武壯貌。」瑞辰按：朅者，偈之假借。說文：「偈，執也。」釋文引韓

〔一〕「詩」原作「聲」，涉上文而誤，據文義改。
〔二〕「钀钀」原作「㰚㰚」，據釋文改。
〔三〕「钀」原作「㰚」，據說文改。
〔四〕「钀钀」原作「㰚㰚」，據文義改。

詩作桀，云「健也」，桀卽傑字。説文：「揭，去也。」廣雅釋詁：「桀，去也。」又假桀爲揭。是揭、桀通用之證。

## 氓

「氓之蚩蚩」，傳：「氓，民也。蚩蚩者，敦厚之貌。」瑞辰按：氓，唐石經作甿。方言、説文並云：「氓，民也。」説文又曰：「甿，田民也。」周官遂人「以下劑致甿」，鄭注：「變民言甿，異外內也。」淮南脩務篇高注：「野民曰氓。」氓與甿蓋對文則異，散文則通。廣雅：「甿，癡也。」氓又通作萌。賈子火政篇：「萌之爲言盲也。」氓爲盲昧無知之稱。詩當與男子不相識之初則稱氓，約與婚姻則稱子；子者，男子美稱也。嫁則稱士；士者，夫也。荀子非相篇：「處女莫不願得以爲士。」是足見立言之序。至釋文引韓詩云「氓，美貌」，蓋以氓、藐一聲之轉，以氓爲藐之假借。爾雅：「藐藐，美也。」説文：「⿱貌心，美也。」藐卽⿱貌心之假音也。然以氓爲美，與蚩蚩義不相貫，蚩蚩蓋極狀其癡昧之貌。小爾雅：「蚩，戲也。」文選西京賦注引蒼頡云：「蚩，侮也。」一切經音義引蒼頡云：「蚩，笑也。」文選李注兩引説文：「蚩，笑也。」見阮籍詠懷及古詩十九首注。今本説文無蚩字。據説文欠部有欰字，云「欰欰，戲笑貌」，蚩蚩卽欰欰之俗。是蚩蚩又爲戲笑之貌。

「抱布貿絲」，傳：「布，幣也。」箋：「幣者，所以貿買物也。」瑞辰按：布與絲對言，宜爲布帛之布。鹽鐵論錯幣篇曰：「古者市朝而無刀幣，各以其所有易無，抱布貿絲而已。」正訓布爲布帛。至毛傳「布，幣也」，據周官注鄭興曰：「布者，布參印書，廣二寸，長二尺，以爲幣，貿易物也。」「抱布貿絲」，抱此布也。或曰：布，泉也。」幣謂刀幣，則仍以布爲泉布，故箋申之曰「幣者所以貿買物也」。孔疏謂經文布宜爲布帛之布，可也；至以傳、箋所云幣爲布帛之名，則誤。

「至于頓丘」，傳：「丘一成爲頓丘。」瑞辰按：水經注：「淇水又東，屈而西轉，逕頓丘北，故闞駰云頓丘在淇水南。」又輿地廣記說同，故詩言「送子涉淇，至于頓丘」也。頓丘故城在今直隸大名府清豐縣西南二十五里。爾雅：「丘一成爲敦丘。」釋文：「敦音頓。」是頓丘即敦丘也。爾雅又曰：「如覆敦者，敦丘。」郭注「敦，盂也。」

「爾卜爾筮，體無咎言」，傳：「龜曰卜，蓍曰筮。體，兆卦之體。」瑞辰按：體，經傳多專指兆體言。書金縢：「公曰：『體，王其罔害。』」體謂卜兆也。玉藻「君定體」，注：「視兆所得也。」周官占人「凡卜簭，君占體，大夫占色，史〔一〕占墨，卜人占坼。」注：「體，兆象也。色，兆氣也。墨，兆廣也。坼，兆璺也。」賈疏：「此君體以下，皆據卜而言。兼云簭者，凡卜皆先簭，

〔一〕「史」原作「士」，據周禮改。

故連言之。」是也。至此詩「體無咎言」，傳兼兆卦言者，兆有體，卦亦有體。洪範七稽疑，「曰雨，曰霽，曰蒙，曰圛，曰克」，此兆體也。「曰貞，曰悔」，此卦體之上下也。韓詩及禮記均作「履無咎言」，履者，體之假借。韓詩訓爲幸，鄭注訓爲禮，竝失之。

「乘彼垝垣」，傳：「垝，毁也。」瑞辰按：爾雅釋詁：「垝、毁也。」郭注引此詩「垝垣」爲證。説文：「垝，毁垣也。」亦引此詩，字或作陒。垝、毁以疊韵爲義。説文：「祪，祔〔一〕祪祖也。」毁垣爲垝，與毁廟之祖曰祪，取義正同。

「三歲食貧」，箋：「我自是往之女家，女家乏穀食，已三歲貧矣。」瑞辰按：詩下言「三歲爲婦」，推之「三歲食貧」應指既嫁之後。食貧，猶居貧。箋訓食爲穀食，非也。古人婦人先貧賤後富貴者不去。詩言食貧，正以不當去之義責之。

「士貳其行」，箋：「我心於女故無差貳，而復關之行有二意。」瑞辰按：貳當爲貣字形近之譌。貣，他得反，與忒同音。説文：「貣，从人求物也。」詩作貣者，忒之同音假借。爾雅釋言：「爽，忒也。」釋訓：「晏晏、旦旦，悔爽忒也。」正取詩「士忒其行」爲義。説文：「忒，更也。」又云：「忒，失常也。」經典多借作貸，或省作貣，與貳形相近。王尚書經義述聞謂中庸「其爲物不貳」，詩序「古者長民，衣服不貳」，禮緇衣「其儀不忒」，釋文「忒本作貳」，貳皆貣字之

〔一〕「祔」原作「附」，據説文改。

譌，是也。竊謂此詩「士貳其行」，貳亦貣之譌。但據箋云「復關之行有二意」，則鄭君所見毛詩似已譌作貳矣。又按釋詁：「貳，疑也。」據曹風鳲鳩「其儀不忒」傳「忒，疑也」，疏以爲釋詁文，則爾雅貳亦貣之譌，皆忒之借字。詩大雅「無貳爾心」，箋訓爲「無有疑心」，貳亦爲貣字之譌。以此推之，魯頌「無貳無虞」，貳亦貣也。

「靡室勞矣」，箋：「無居室之勞。言不以婦事見困苦。」瑞辰按：「靡室勞矣」言不可以一勞計，猶「靡有朝矣」言不可以一朝計也。

「言既遂矣」，箋：「言，我也。遂，从也。」瑞辰按：淮南氾論訓高注：「遂，成也。」「言既遂矣」猶云「與子成説」。説文：「豕，从意也。」經傳多假遂爲豕。

「總角之宴」，傳：「總角，結髮也。」箋：「我爲童女未笄，結髮宴然之時。」釋文：「宴，如字。本或作丱者非。」正義：「經有作丱者，因甫田『總角丱兮』而誤也。定本作宴。」瑞辰按：作丱者是也。丱卽卝字之省，爲總角貌。丱與宴古音正合。箋「宴然」亦當爲「丱然」之譌。作宴者，因下「晏晏」而誤也。釋文、正義轉以作丱爲非，失之。

「信誓旦旦」，傳：「信誓旦旦然。」箋：「我其以信相誓旦旦耳。言其懇惻款誠。」瑞辰按：旦旦卽悬悬之省借。爾雅釋訓：「晏晏、旦旦，悔爽忒也。」釋文：「旦，本或作悬。」説文：「怛，憯也。从心，旦聲。怛或从心在旦下。」引詩「信誓悬悬」。李黼平疑毛傳時經字作悬悬，故傳以「旦旦然」釋之。今按李說非也。經文蓋本作旦旦，毛傳以悬悬釋之，悬卽怛之異文，故定本云「旦旦猶怛怛」。據箋義，旦旦是懇惻款誠之貌，則鄭君所見經本或作悬悬，抑或申釋傳義耳。胡承珙曰：「悬本訓憯痛。惟傷痛者有至誠迫切之意〔一〕，故可通爲形容誠懇之貌。」至爾雅云「悔爽忒」者，是釋詩義，非以旦旦爲爽忒。玉篇云：「悬，得漢反，爽也，忒也。」失其義矣。

## 竹竿

「籊籊竹竿，以釣于淇」，傳：「興也。籊籊，長而殺也。釣以得魚，如婦人待禮以成爲室家。」瑞辰按：爾雅釋木：「梢，梢擢。」郭注：「謂木無枝柯〔二〕。梢擢，長而殺者。」王觀察云：「梢之言削也。讀如輪人『揱爾而纖』之揱，鄭注：『揱纖，殺小貌也。』」擢與籊籊聲近而義同。爾雅又云：「無枝爲檄。」郭注：「檄擢直上。」亦與籊籊爲長而殺義近。卓文君白頭吟「竹竿何嫋嫋，魚尾何簁簁」，義取此詩。毛傳「婦人待禮以成其室家」，猶持竹竿釣以得魚。嫋嫋與籊籊義亦相近。

〔一〕「意」原作「義」，據胡承珙毛詩後箋改。
〔二〕「柯」字原脫，據爾雅郭注補。

「遠父母兄弟」，瑞辰按：古音右與母爲韻，當从唐石經及明監本作「遠兄弟父母」。今注疏本不誤。朱子集傳「弟」字下有「叶滿彼反」四字，正合母字古音，讀如每。今本乃誤倒耳。

「巧笑之瑳」，瑞辰按：瑳與此雙聲，瑳當爲齜之假借。說文齜字注：「一曰，開口見齒之皃。讀若柴。」笑而見齒，故以齜狀之。齜之借作瑳，猶玼或作瑳也。胡承珙曰：「說文：『䶩，齒參差也。』一切經音義云：『瑳，古文齹，同。』瑳疑齹之假借。」今按齹乃䶩之或體，齹字始見字林，不得云瑳卽齹也。

「淇水滺滺」，傳：「滺滺，流貌。」釋文：「浟，本亦作滺。」瑞辰按：滺，古止作攸。說文：「攸，水行也。从攴，从人水省。」戴侗曰：「唐本作『水行攸攸也』。」說文又曰：「㩊，秦刻石嶧山，攸字如此。」是攸从水者卽省人，从人者卽省水作丨，不應於攸字又加水旁，滺乃俗字。張參五經文字：「滺，字書無此字，見詩風，亦作攸。」是詩古本作「攸攸」之證。

## 芄蘭

「芄蘭之支」，傳：「芄蘭，草也。君子之德當柔潤温良。」箋：「芄蘭柔弱，恆蔓延於地，有所依緣則起。興者，喻幼穉之君任用大臣，乃能成其政。」瑞辰按：芄蘭蓋縱横蔓衍之貌，故草之蔓曰芄蘭，淚之出亦曰汍瀾。沈括夢溪筆談曰：「觽，解結錐。芄蘭莢支出於葉間垂之，正如解結錐。疑古人爲韘之制，亦當與芄蘭之葉相似。」今按沈說是也。近世本草綱目亦言：「芄蘭實櫼如錐，葉後曲如張弓指彄。」蓋祖沈說而引申之。芄蘭蔓生。爾雅釋草云：「雚，芄蘭。」說文作莞，云：「芄蘭，莞也。」陸璣疏云：「一名蘿摩。幽州人謂之雀瓢。」焦循云：「即今田野間所名麻雀棺者。其結莢形與解結錐相似。」說文繫傳曰：「芄蘭，蘿藦也。葉似女青。」以今驗之，其葉長，中大而本末皆尖，詩正以其葉似韘，故借以取興耳。

「童子佩觽」，傳：「觽，所以解結，成人之佩也。」瑞辰按：說苑脩文篇曰：「能治煩決亂者佩觽。」古人佩以象德，今無德而但有其佩，故詩以爲刺。

「能不我知」，傳：「不自謂無知以驕慢人也。」箋：「其才能實不如我衆臣之所知爲也。」瑞辰按：能字古讀若耐，聲與乃相近，而義亦同。能即乃也，乃猶而也。言雖則佩觽而不我知也。知非知識之知。爾雅釋詁：「知，匹也。」「匹，合也。」「不我知」謂不與我相匹合，猶下章「不我甲」謂不與我相狎習耳。說文：「狎，犬可習也。」引申爲狎習之稱。甲又狎之假借也。

「容兮遂兮」，傳：「容儀可觀，佩玉遂遂然。」箋：「容，容刀也。遂，瑞也。」瑞辰按：容兮、遂兮與悸兮，皆形容之詞。經文三言「兮」，與詩「婉兮孌兮，總角丱兮」句法相類，從傳爲是。

「垂帶悸兮」，傳：「垂其紳帶悸悸然，有節度。」箋：「及垂紳帶三尺則悸悸然，行止有節度。」瑞辰按：悸，釋文引韓詩作萃，垂貌。說文：「悸，心動也。」「萃，草聚皃。」無垂義。悸與萃皆當爲繠字之假借。說文：「繠，垂也。从惢，糸聲。」糸與季、卒古音竝同部，故通用。左傳「佩玉繠兮」，杜注：「繠然，服飾備也。」繠然即垂貌也。段玉裁不識悸爲何字之假借，又謂繠當从惢聲，失之。

「童子佩韘」，傳：「韘，決也。能射御則佩韘。」箋：「韘之言沓，所以彄沓手指。」瑞辰按：韘字从韋，必兼以韋爲之。說文：「韘，射決也，所以拘弦，以象骨，韋系，著右巨指。」據云「韋系」，足證韘字从韋之義。士喪禮「設決麗于掔，自飯持之」，鄭注：「決以韋爲之藉。」與說文言韋系合。今則射者著班指，内必以皮襯之，以免其滑，即古韘用韋系之遺制。說文繫傳曰：「韘所以助鉤弦，若今皮韘。」是矣。說文又曰：「屟，履中薦也。」薦猶藉也。履中藉謂之屟，決内藉謂之韘，其義一也。至箋云「韘之言沓，所以彄沓手指」，據士喪禮鄭注：「決以韋爲之藉，有彄，彄内端爲紐，外端有横帶。設之以紐擐大擘本也，因沓其彄，以横帶貫紐，結于掔之表也。」是古者決以韋爲藉，又必有彄，以彄沓手指。箋本申傳訓韘爲決〔一〕之義，手指謂右巨指。孔疏乃以大射「朱極三」釋之，以手指爲食指、將指、無名指，誤矣。彄之言

〔一〕「訓韘爲決」原作「訓決爲韘」，按傳云：「韘，決也。」是訓韘爲決，今據改。

韝也，沓之言韜也。説文：「揩，縫指揩也。一曰，韜也。」玉篇：「揩，韋韜也。」韘爲指沓，與韝捍爲臂沓，其義正同，故説文曰：「韝，射臂沓也。」玉篇則曰：「韘，指沓也。」是決也，韘也，沓也，異名而同實。以其用以闓弦，謂之決；以其用韋爲藉，謂之韘；以其用以韜指，謂之彄沓。正義第知決用象骨，而韋系及指沓之制未詳，故誤分毛、鄭之説爲二。胡承珙曰：「韘即今之扳指，而制微不同。今之扳指如環無端，古之玦則如環而缺，其缺處當聯以韋系，所以著指〔一〕。士喪禮注『玦以韋爲之藉』，又云『以紐擐〔二〕大擘本』是也。」

## 河廣

「一葦杭之」，傳：「杭，渡也。」瑞辰按：正義：「言一葦者，謂一束也。」蓋謂編葦爲泭，三國志吴書妃嬪傳「宜伐蘆葦以爲泭，佐船渡軍」是也。然一束葦不得言一葦。段玉裁以杭爲斻之假借。説文：「斻，方舟也。」「方，併船也。」今按方爲併船之名，又通爲「子貢方人」之方，謂比方也。「一葦杭之」蓋謂一葦之長可比方之，甚言其河之狹也。下章「曾不容刀」亦謂河之狹不足容刀，非謂乘刀而渡，則上不爲乘葦而渡明矣。焦循謂毛傳「渡」與度通，

〔一〕「指」原作「弦」，據胡承珙毛詩後箋改。

〔二〕「擐」原作「環」，據儀禮士喪禮鄭注改。

以葦度河，非以葦渡人。又謂箋云「一葦加之則可以渡之」者，明謂加一葦於河卽可徑過，非言人乘葦渡也。然訓杭爲度，不若从說文訓抗爲方，較爲直捷。胡承珙曰：「杭在說文爲抗之或字，抗有舉而加之之意。廣雅：『抗，渡也。』疑詩杭字本有作抗者。」

「跂予望之」，瑞辰按：說文：「跂，足多指也。」「企，舉踵也。」通俗文：「舉跟曰企。」此詩跂卽企之假借。楚詞九歎王逸注引作「企予望之」，蓋从三家詩用本字。

「曾不容刀」，箋：「小船曰刀。」正義：「說文作⿰舟周，⿰舟周，小船也，字異音同。」釋文：「刀，字書〔一〕作舠，說文作鵃，並音刀。」瑞辰按：刀者，⿰舟周之假借，从刀，周聲。聲近則義同，⿰舟周借作刀，猶說文錭讀如刀也。今本說文脫⿰舟周鵃字。初學記引埤倉：「⿰舟周，吳船也。」劉熙釋名字亦作⿰舟周，云：「船三百斛曰⿰舟周。⿰舟周，⿰矢召也；⿰矢召，短也。江南所名短而廣、安不傾危者也。」字通作⿰舟召，又作⿰矢召。廣韻：「⿰舟召，吳船也。」廣雅：「⿰矢召，短也。」俗作刁，晉書張天錫傳「短尾者爲刁」是也。今江西猶名船之短尾者爲刁子船。說文無⿰矢召⿰舟召字，惟衣部有裯字，云「短衣也」，段玉裁謂卽⿰矢召字。又按說文：「衹裯，短衣也。」初學記引論語摘衰聖曰：「鳳有九苞，六曰冠短周。」周亦短也。韓非子「鳥有翢翢者，重首而屈尾」，屈尾卽短尾也。是从刀、从召、从周，皆爲短義。短與小近，故又爲小船之稱。毛詩本假刀爲⿰舟周，字書乃加舟旁作舠。太平御覽

〔一〕「書」字原脫，據釋文補。

引詩作舠，蓋从字書而改經耳。

## 伯兮

「伯兮朅兮」，傳：「朅，武貌。」瑞辰按：朅與乞雙聲。說文：「仡，勇壯也。」引周書「仡仡武夫」。段玉裁謂朅即仡之假借。然考廣雅、釋文竝云：「偈，健也。」玉篇：「偈，武貌。」引詩「伯兮偈兮」。則三家詩有作偈者，朅即偈之假借耳。朅又通桀。碩人詩「庶士有朅」，釋文引韓詩作桀，云「健也」。說文：「傑，執也。」桀者傑之省借。據此，是朅當作桀。毛詩蓋因下云「邦之桀兮」，故上假用朅字，以與桀爲韻。若朅之本義，自爲去耳。說文又曰：「碣，特立之石也。」與毛傳訓桀爲特立義合，是碣亦取傑立之義。

「伯也執殳」，傳：「殳長丈二而無刃。」瑞辰按：殳爲戟柄之稱，方言「三刃枝，南楚宛郢謂之匽戟，其柄自關而西謂之柲，或謂之殳」是也。又爲杖之別名，廣雅「殳，杖也」是也。周禮司戈盾：「祭祀授旅賁殳。」說文：「殳，以杸殊人也。禮以殳積竹八觚，長丈二，建於兵車，旅賁以先驅。」是執殳先驅爲旅賁之職。胡氏紹曾謂伯以衞人仕於王朝，居旅賁之官，是也。至說文所云「積竹八觚」，蓋與今之欑竹桿相似而形近方觚，後世金瓜〔一〕即其

〔一〕「瓜」原作「爪」，據續經解本改。

遺象。

「誰適爲容」，傳：「適，主也。」瑞辰按：一切經音義卷六引三倉：「適，悦也。」此適字正當訓悦。女爲悦己者容，夫不在，故曰「誰適爲容」，卽言誰悦爲容也。猶書盤庚「民不適有居」卽民不悦有居也。小雅巷伯兩言「誰適與謀」，亦言誰悦與謀也。此傳訓主，彼箋訓往，竝失之矣。

「杲杲出日」，瑞辰按：杲對杳言。說文：「杳，冥也。从日在木下。」「東，動也。从木日。官溥說，从日在木中。」「杲，明也。从日在木上。」說文又曰：「榑桑，神木，日所出也。」日出神木之上，故日出謂之杲杲。

「甘心首疾」，傳：「甘，厭也。」箋：「我念思伯，心不能已，如人心嗜欲所貪口味不能絶也，我憂思以生首疾。」瑞辰按：甘與苦，古以相反爲義，故甘草爾雅名爲大苦。方言：「苦，快也。」郭注：「苦而爲快者，猶以臭爲香，治爲亂，徂爲存。」以此推之，則甘心亦得訓爲苦心，猶言憂心、勞心、痛心也。成十三年左傳「諸侯備聞此言，斯是用痛心疾首」，杜注：「疾，猶痛也。」「甘心首疾」與「痛心疾首」文正相類，皆爲對舉之詞。詩不言疾首而言首疾者，倒文以爲韵也。厭爲猒足之猒，引申爲猒倦、猒苦。據漢書韓信傳集注：「苦，厭也。」又漢書李廣傳注：「苦爲厭苦之也。」竊疑毛傳訓甘爲厭者，正讀甘爲苦，故卽以訓苦者釋之，正義有未達耳。箋訓爲甘嗜之甘，其義近迂。朱子集傳又謂「寧甘心於首疾」，亦非詩義。

「焉得諼草」，傳：「諼草令人忘憂。」箋：「憂以生疾，恐其危身，欲忘之。」正義：「諼訓爲忘，非草名。」瑞辰按：說文：「藼，令人忘憂之草也。」引詩「安得藼草」，或从煖作蕿，或从宣作萱。古人多以同聲假借，毛詩作諼者，藼字之假借。爾雅釋訓：「萲、諼，忘也。」釋文引詩「焉得萲草」。萲、諼皆以釋詩，萲又蕿字之省借。傳云「諼草令人忘憂」，據釋文云「善忘，亡〔一〕向反」，又爾雅釋文亦引毛傳「萲草令人善忘」，是毛傳本作「諼草令人善忘」，今正義本作「令人忘憂」者誤也。阮宮保校勘記云：「傳不言憂，故箋言憂以申之。」今按文選謝惠連西陵遇風詩李注引韓詩「焉得諠草」，薛君曰：「諠草忘憂也。」忘憂之說實本韓詩。鄭君先通韓詩，故以忘憂爲說。說文「萱，令人忘憂之草」，亦韓詩也。傳、箋皆作設想之詞，不謂實有此草。而任昉述異記曰：「萱草一名紫萱，吳中書生謂之療愁。」張華博物志引神農經：「上藥養性，謂合歡蠲忿，萱草忘憂。」則以萱草爲即今之萱花，以萱、諼同音取義，猶之栗爲戰栗，棗爲蚤起，棘爲吉，桑爲喪，桐杖爲取同於父，又因韓詩忘憂之說而引申之也。合歡、萱草，本是二物。朱子集傳謂「萱草、合歡，食之令人忘憂」者，特連類及之耳。

「言樹之背」，傳：「背，北堂也。」瑞辰按：說文：「北，乖也。从二人相背。」是北本从背會

〔一〕「亡」原作「忘」，據釋文改。此爲「忘」字注音，不當重「忘」字。

意。漢書高帝紀「項羽追北」，注：「服虔曰：師敗曰北。韋昭曰：北，古背字也，背去而走也。」背、北古通用，故傳知背即北堂。

## 有狐

「有狐綏綏」，傳：「綏綏，匹行貌。」瑞辰按：齊風「雄狐綏綏」，吴越春秋塗山歌「綏綏白狐」，皆指一狐言，不得謂綏綏爲匹行貌。廣雅：「綏，舒也。」綏通作夊。説文：「夊，行遲曳夊夊也。」王伯厚詩考引齊詩「綏綏」作「夊夊」。玉篇：「夊，今作綏，行遲皃。」引詩「雄狐夊夊。」是綏綏爲舒行貌。詩蓋以狐之舒徐自得，興無室家者之失所耳。

「之子無裳」，傳：「之子，無室家者。在下曰裳，所以配衣也。」箋：「之子，是子也。時婦人喪其妃耦，寡而憂，是子無裳，無爲作裳者，欲與爲室家。」瑞辰按：序言「男女失時，喪其妃耦」，詩本兼男女言。左氏傳言「男有室，女有家」，是知傳言「之子，無室家者」，實合下章言之，亦兼男女言。古者上衣而下裳，以喻先陽而後陰，首章「無裳」蓋以喻男之無妻。二章傳：「帶，所以申束衣。」竊考東山詩「親結其褵」，爾雅釋言：「褵，帶也。」婦人繫屬於人，「無帶」示無所繫屬，蓋以喻婦人無夫也。三章「無服」，乃統男女言之。正義謂裳、帶皆以喻妻，失之。

「在彼淇厲」，傳：「厲，深可厲之旁。」箋：「列石渡水也。」瑞辰按：傳上厲讀如「深則厲」，說文作砅，云「履石渡水也」。下厲讀如厲，說文：「濿，徒行厲水也。」厲水猶履水也。古列與厲雙聲通用，故箋以列石訓厲；列又通履，春秋紀裂繻，裂〔一〕公、穀竝作履。鄭箋「列石」猶說文「履石」也。然據三〔二〕章言「淇〔三〕側」，則厲當从廣雅訓方，方猶旁也，「淇厲」謂淇水之旁，正與「淇側」同義耳。

## 木瓜

「投我以木瓜」，傳：「木瓜，楙瓜也。可食之木。」瑞辰按：傳以木瓜爲楙瓜，而下二章「木桃」、「木李」無他釋，蓋以木桃、木李即木瓜別種耳。爾雅：「楙，木瓜。」字通作𣗘〔四〕，說文「𣗘，冬桃」即爾雅「旄，冬桃」也。爾雅既曰「楙，木瓜」，又曰「旄，冬桃」，蓋廣異名，楙與旄皆𣗘之假借。說文：「楙，木盛也。」義同茂。木瓜一名冬桃，猶詩木瓜又名木桃也。埤雅云：「江

〔一〕「裂」原誤「繻」，據文義並參公羊春秋、穀梁春秋隱公二年改。按：此以裂通履證列通履也。

〔二〕「三」原作「二」。按下引「淇側」（原誤「河側」，詳下條）見本詩第三章「在彼淇側」句，今據改。

〔三〕「淇側」原作「河側」，按全詩無「河側」之文，知「河側」爲「淇側」之誤，今據改。

〔四〕「𣗘」原作「楙」，據文義改。

左故老視其實如小瓜而有鼻，食之津潤不木者，謂之木瓜。圓而小於木瓜，食之酸澀而木者，謂之木桃。木李大如木桃，似木瓜而無鼻，其品又小。」亦謂三者異名而同類。

「報之以瓊琚」，傳：「瓊，玉之美者。琚，佩玉名。」瑞辰按：瓊爲玉之美者，因而凡玉石之美者通謂之瓊。釋文引說文：「瓊，赤玉也。」段玉裁謂：「『赤玉』乃『亦玉』之譌。說文時有言『亦』者，如李賢所引『診，亦視也』，『鸞，亦神靈之精也』之類。」今按段說是也。說文以玖爲石之次玉、黑色者，若以瓊爲赤玉，則詩不得言「瓊玖」矣。段玉裁又云：「琚乃佩玉之一物，不得言佩玉名，傳當作『佩玉石』」，今譌爲名。」胡承珙曰：「佩玉名者，雜佩非一，其中有名琚者耳。」段云琚不得爲佩玉名，失之。

「報之以瓊瑤」，傳：「瓊瑤，美玉。」瑞辰按：傳「美玉」蓋「美石」之譌。上章正義引傳正作「美石」，是其證也。周官：享先王，太宰贊王玉爵，内宰贊后瑤爵。禮記：「尸飲五，君洗玉爵獻卿；尸飲七，以瑤爵獻大夫。」瑤次於玉，當爲美石。大雅公劉詩亦言「維玉及瑤」，皆瑤異於玉之證。說文：「瑤，玉之美者。」據此詩釋文引說文「瑤，美石」，知說文玉亦石字之譌。然陸引說文云「美石」以存異義，則所見毛傳本已作「美玉」矣。

「報之以瓊玖」，傳：「瓊玖，玉名。」瑞辰按：段氏云：「王風傳曰：『玖，石次玉者。』說文：『玖，石之次玉、黑色者。』傳作『玉名』乃『玉石』之誤。」胡承珙云：「首章正義云：『此言「琚，佩玉名」，下傳云「瓊瑶，美石」，「瓊玖，玉名」，三者互也。』此「瓊玖，玉名」，名當作石。蓋謂傳訓瓊玖爲玉石，與琚爲佩玉名，瑶爲美石，三者不同，故爲互文見義。若作「瓊玖，玉名」，則與「琚，佩玉名」同，不得云三者互矣。正義又云：「琚言佩玉名，瑶、玖亦佩玉名，瑶言美石，玖言玉名，明此三者皆玉石雜也。」此「玖言玉名」亦當作「玉石」。今本正義名字皆石字之誤。」

# 毛詩傳箋通釋卷七

## 王風

### 王風總論

賢士之進退，朝廷之治亂繫焉。民情之向背，國家之强弱屬焉。王風爲周室東遷以後之詩。誦君子于役及君子陽陽二詩，則知君子始而憂禍，繼而招隱，相率而遯於野矣。而小人之讒譖實啟之，此采葛所由作也。雖國人詠丘中以思賢而登進之，權屬於上不屬於下，非國人所能思則得之矣。誦揚之水及中谷有蓷、兔爰三詩，則知小民始困兵役，繼遭饑饉，求生而不可得矣。而風俗之淫亂即因之，此大車所爲作也。至王族詠葛藟以刺王，則同族之親且相棄不能相恤，又不徒不能善撫其民矣。衆賢退則羣枉進，民心散則國本傷，此東周所由顛覆，不能追美於二南之化，雅頌之正也。故宫禾黍之歌，周大夫其何能自已哉！

## 黍離

「彼黍離離，彼稷之苗」，箋：「我以黍離離時至，稷則尚苗。」瑞辰按：諸家説黍稷者不一。程瑶田九穀考謂：「黍，今之黄米；稷，今之高粱。」其説是也。説文：「黍，禾屬而黏者也。」又曰：「穈，穄也。」「穄，穈也。」倉頡篇：「穄，大黍也。」九穀考曰：「黍有黏、不黏二種。對文則黏者爲黍，不黏者爲穈，亦爲穄。散文則通謂之黍。」今北方通呼黄米爲黍子、穈子、穄子，是黍即今黄米之證。黄米最黏，與説文「黍，禾屬而黏者」正合。唐蘇恭以稷爲穄，誤矣。説文：「稷，齋也。」「齋，稷也。」「秫，稷之黏者。」是稷亦有黏、不黏二種。對文則黏者秫，不黏者稷，散文則通謂之稷，亦謂之秫。今北方呼高粱爲秫秫，呼其稭爲秫稭，與稷一名秫者正合，是稷即高粱之證。月令「首種不入」，鄭注：「首種謂稷。」淮南子作「首稼」，高注：「百穀惟稷先種，故曰首稼。」今北方種高粱最早，與稷爲首稼正合。郭璞以稷爲小米，誤矣。稷以春種，黍以夏種，而詩言黍離離、稷尚苗者，稷種在黍先，秀在黍後故也。黍秀舒散，離離者，狀其有行列也。自穗至實皆離離然，故稷言苗、穗、實，而黍但言離離耳。釋文云：「離，説文作䅻。」今説文脱䅻字，惟郭忠恕佩觿作䅻䅻。離離又作穲穲，廣韻：「穲穲，黍稷行列也。」又作纚纚，楚詞離騷：「索胡繩之纚纚。」纚纚蓋繩羅列之貌，王逸訓爲好貌，失之。又作蠡蠡，劉向九歎「覽芷圃之蠡蠡」，王逸注：「蠡蠡猶歷歷。」竝與離離聲近而義同。

「行邁靡靡」，傳：「邁，行也。靡靡，猶遲遲也。」箋：「行，道也。道行，猶行道也。」瑞辰按：說文：「邁，遠行也。」邁亦爲行，對行言則爲遠行。行邁連言，猶古詩云「行行重行行」也。箋訓爲道行，以爲行道之倒文，失之。廣雅：「靡靡，行也。」義本此詩。玉篇：「㣆，迷彼切。㣆㣆，猶遲遲也。」㣆㣆卽靡靡之異文。

「中心搖搖」，傳：「搖搖，憂無所愬。」瑞辰按：爾雅：「懽懽、愮愮，憂無告也。」搖搖卽愮愮之假借。方言：「愮，憂也。」說文無愮字，而懽字注引爾雅亦作愮愮。玉篇心部引詩「憂心愮愮」，或本三家詩。

「悠悠蒼天」，傳：「悠悠，遠意。蒼天，以體言之。尊而君之則稱皇天，元氣廣大則稱昊天，仁覆閔下則稱旻天，自上降鑒則稱上天，據遠視之蒼蒼然則稱蒼天。」瑞辰按：悠悠卽遥遥之假借，古悠、遥同音通用。說苑引詩「悠悠我思」作「遥遥」，是其證也。「皇天」等訓，毛傳以類言之，非必定有成語。周官大宗伯賈疏載許慎五經異義引古尚書說，與毛略同。武億謂所引尚書說卽緯候之說，非也。說文引虞書曰：「仁閔覆下則稱旻天。」錢坫謂所稱虞書卽今尚書歐陽說，亦非也。大宗伯疏引異義，前載今尚書歐陽說「春曰昊天」云云，下乃引古尚書說「天有五號」云云。古尚書說對今尚書說言之，則知卽古文尚書說也。據說文引爲虞書，則知此數語爲古文家解釋虞書之言，蓋「欽若昊天」下説也。説文直言虞書者，猶説文引詩毛傳亦作「詩曰」也。後漢書儒林傳言扶風杜林傳古文尚書，同郡賈逵爲之作訓。是後漢時賈逵始爲古文尚書作訓，許君五經異義引「古尚書説，六宗，謂天宗三，地宗三」，一本作「古尚書説賈逵等云」，尚書孔疏直引爲賈逵説。許君從賈逵受學，則異義所引古尚書説「天有五號」，即賈逵説也。賈逵兼通毛詩，其五天之説當即本此詩毛傳耳。

「中心如噎」，傳：「噎，憂不能息也。」瑞辰按：噎、憂雙聲，玉篇引傳作「噎，謂噎憂不能息也」是也。憂者，嚘之省借。玉篇：「嚘，氣逆也。」噎者，欭之假借。説文：「欭，嚘也。」噎憂即欭嚘也。不能息，謂氣息不利也。鄭風「使我不能息兮」，傳：「憂不能息也。」亦謂噎嚘不能息也。正義均謂如惪愁之惪，失其義矣。今本劉氏台拱説而引伸之，以正其誤。

## 君子于役

「曷其有佸」，傳：「佸，會也。」釋文引韓詩：「佸，至也。」瑞辰按：廣雅：「會，至也。」是會與至同義。下文「羊牛下括」，傳：「括，至也。」小雅閒關傳則曰：「括，會也。」釋名亦云：「括，會也。」説文人部：「佸，會也。」引詩「曷其有佸」。蓋括與會一聲之轉，佸與括音義亦同。「曷其有佸」猶上章云「曷至哉」，詩特變文以協韻耳。

「苟無饑渴」，瑞辰按：說文：「渴，水盡也。」「㵣，欲歠歠。」是㵣爲饑㵣正字，今經典作渴，皆假借。

## 君子陽陽

「君子陽陽」，傳：「陽陽，無所用其心也。」瑞辰按：陽與養古同聲。廣雅釋詁：「養，樂也。」陽陽亦樂意，故孫陽字伯樂。其字通作揚揚。荀子儒效篇「則揚揚如也」，注：「揚揚，得意之貌。」下傳曰「陶陶，和樂貌」，而此傳曰「無所用其心」，無所用心卽是樂意，故箋申之曰：「陶陶，猶陽陽也。」

「左執簧」，傳：「簧，笙也。」瑞辰按：簧亦樂器之一。世本「女媧作笙，隨作簧」，宋均注：「隨，女媧之臣。笙、簧二器。」說文「隨作笙，女媧作簧」，古史攷亦曰「女媧作簧」。與世本互易，亦以笙、簧爲二器。說文又曰：「篁，簧屬。」其不以簧爲笙中之簧明矣。爾雅「大笙謂之巢」，文選笙賦李注引爾雅作「大笙謂之簧」，疑李善所見爾雅本自作簧。又文選長笛賦李注引風俗通：「簧，笙中簧也。大笙謂之簧。」是凡笙管中施簧謂之簧，笙之大者亦謂之簧。月令「調竽、笙、篪、簧」，以簧與笙、竽、篪竝列，鹿鳴詩「吹笙鼓簧」與「鼓瑟吹笙」爲一類，皆以簧別爲一器。此詩「左執簧」，車鄰詩「竝坐鼓簧」，亦別器也。毛傳：「簧，笙也。」不曰「笙中簧」，蓋知簧爲笙之大者，通言則簧亦笙也。孔疏以簧爲笙管中之簧，失之。

「右招我由房」，傳：「由，用也。國君有房中之樂。」箋：「由，從也。欲使我從之于房中，俱在樂官也。」瑞辰按：箋以房爲房中作樂之地，故以下章「由敖」爲「從之於燕舞之地〔一〕」。但敖爲舞位，經傳無徵。敖疑當讀爲驁夏之驁。周官鍾師「奏九夏」，其九爲驁夏。杜子春曰：「公出入奏驁夏。」驁夏亦單稱驁，大射儀「公入驁」是也。「由敖」即奏驁耳。惟房中之樂古未有單稱「房」者，以「由房」爲用房則不辭。謹案下章「由敖」釋文：「敖，五刀反，游也。」蓋讀敖爲敖游之敖，與小雅「嘉賓式燕以敖」傳訓敖爲游正同。足利古本作「由遨」，與釋文合。由、遊古同聲通用，文選阮嗣宗詠懷詩「素質遊商聲」，沈約注：「遊字應作由，古人字類無定也。」又潘岳射雉賦「恐吾游之晏起」，而唐呂溫有由鹿賦，由即遊也。皆由、遊通用之證。「由敖」猶遊遨也。「由房」與「由敖」亦當同義，皆謂相招爲遊戲耳。說文：「敖，出遊也。从出放。」又贅字注：「敖者，猶放。」房與放古音亦相近，「由房」當讀爲遊放。楚辭遠遊云：「神要眇以淫放。」張平子賦：「卷淫放之遐心。」廣雅：「淫，遊也。」「淫放」即遊放也。漢武悼李夫人賦「燕淫衍而撫楹兮」，「淫衍」即遊衍也，義並與「淫放」同。似亦可備一解。

「君子陶陶」，傳：「陶陶，和樂貌。」瑞辰按：陶、繇古同音通用，書皋陶謨釋文「陶，本又

〔一〕「地」，鄭箋原文作「位」。故下文馬氏言「敖爲舞位，經傳無徵」。

作繇」是也。陶可作繇，卽可通作傜。説文：「傜，喜也。」陶陶卽傜傜之假借。檀弓「人喜則斯陶」，陶亦傜也。爾雅釋詁：「鬱、繇，喜也。」繇亦傜之借字。廣雅既曰「養，樂也」，方言、廣雅又曰「陶，養也」，是陶卽樂也。至説文「歍歍，气出貌」，段玉裁謂歍歍卽陶陶之正字，則非。繇、由同字，故妯亦借作陶，毛詩「憂心且妯」，韓詩通作「憂心且陶」是也。

## 揚之水

「彼其之子」，箋：「其，或作記，或作己，讀聲相似。」瑞辰按：崧高箋：「⿺辶丌，今本誤作近。聲如『彼記之子』之記。」叔于田箋：「忌，讀如『彼己之子』之己。」表記引候人云：「彼記之子，不稱其服。」釋文：「記，本亦作己。」史記、韓詩外傳、顏師古漢書注、李善文選注俱引詩「彼己之子」。是箋「或作記，或作己」之證。其又讀姬，書微子「若之何其」，鄭注：「其，語助也。齊魯之閒聲近姬。」姬通作居。禮記檀弓鄭注：「居讀如姬姓之姬。」束晳補亡詩「彼居之子」，卽詩「彼其之子」也。李注解爲居處之居，失之。彼者，對己之稱；其，語詞，猶論語「彼哉彼哉」，左傳「夫己氏」也。

「不與我戍甫」，傳：「甫，諸姜也。」正義：「尚書有呂刑之篇，禮記引之皆作甫刑。孔安國云：呂侯後爲甫侯。」瑞辰按：唐世系表亦云宣王世改呂爲甫，與某氏傳同，特據此詩言「戍甫」及崧高詩言申、甫，爲宣王以後詩耳。呂改爲甫，經傳無徵，其説非也。王鳴盛據國語、説文訓呂爲心膂之膂，因謂呂非以國爲氏，甫乃國名，其説亦非。國語「氏曰有呂」與「氏曰有夏」句法相同，夏既以國爲氏，則呂亦以國爲氏。且呂苟非國名，何以與申、齊、許竝列爲四？以是知王氏之説非也。謹案：呂、甫二字不同位，甫重脣音，屬邦母。呂半舌音，屬來母。而古音同部通用。呂與旅同，説文：「膂，篆文呂。」漢書律志云：「呂，旅也。」旅讀若臚。周官司儀「旅擯」，鄭康成讀「鴻臚」之臚。臚从盧聲，即籀文膚字。説文：「臚，皮也。从肉，盧聲。籀文膚〔一〕。」呂通作甫，猶膚通作簠，易「剝牀以膚」，膚，京房作簠。又通作扶也。公羊僖三十一年傳「膚寸而合」，何休注：「側手爲膚。」廣韻引注作扶。夫、甫古亦通用。又呂、甫古亦同義。爾雅：「甫，大也。」淮南天文訓：「仲呂者，中充大也。南呂者，任包大也。」則呂亦爲大矣。尚書古今文不同，多係同聲假借。據鄭注古文尚書作呂刑，太史公從安國問，故史記亦作呂刑，是作呂者，古文尚書也。尚書大傳爲今文家説，而作甫刑，禮記、孝經及趙岐孟子注俱引作甫。是作甫者，今文尚書也。虞夏之際，受封惟呂，至周乃別封其子孫爲申、齊、許，故齊、許皆以呂爲氏也。齊太公稱呂尚，子稱呂伋。説文：「鄦，甫侯所封。」甫即呂也。呂國有二：一爲虞夏時所封之呂。説文：「郙，汝南上蔡亭。」後漢郡國志：「新蔡，有〔二〕大呂亭。」大呂亭即郙亭，在今新蔡。説文云上蔡者，地與上蔡接界。水經汝水注：「汝水又東南，逕新蔡縣故

〔一〕按：此文當作：「从肉，盧聲。膚，籀文臚。」

〔二〕「有」字原脱，據後漢書郡國志補。

城南。昔管、蔡間王室，放蔡叔而遷之。其子胡能率德改行，周公舉之爲卿士，以見于王，王命之以蔡中呂地也。」周初呂地已封蔡仲，所云呂國必虞夏時所封矣。一爲周時續封之呂。書呂刑鄭注：「呂侯受王命，入爲三公。」引書説云：「周穆王以呂侯爲相。」是呂侯以外諸侯入相矣。申、呂二國相連。史記齊世家注徐廣曰：「呂在南陽宛縣西。」司馬貞曰：「地理志，申在南陽宛縣〔一〕，申伯之國。呂亦在宛縣之西。」括地志：「故申城在鄧州南陽縣北三十里，故呂城在鄧州南陽縣西四十里。」此周時申、呂竝言者，即詩所云「戍甫」矣。

「不流束蒲」，傳：「蒲，草也。」箋：「蒲，蒲柳。」釋文：「蒲，如字。孫毓云：『蒲草之聲不與「戍許」相協，箋義爲長。』今則二蒲之音未詳其異耳。」瑞辰按：箋以蒲爲蒲柳者，蓋以前二章「束薪」、「束楚」皆爲木，則「束蒲」不宜爲草。又束艸可流，束蒲柳則不可流，故易傳，非謂聲異也。孫毓蓋讀蒲柳之蒲爲上聲，蒲草之蒲爲平聲，故謂蒲草不與「戍許」相協。不知古音蒲草、蒲柳皆从浦聲，詩中平仄通韻，初不分四聲耳。

「不與我戍許」，傳：「許，諸姜也。」瑞辰按：説文：「鄦，炎帝、大嶽之胤甫侯所封，在潁川。讀若許。」史記鄭世家：「鄦公惡鄭于楚。」薛尚功鐘鼎款識載⿰阝無子鐘二。是許正作鄦，或作⿰阝無。今作許者，同音假借字。

〔一〕「宛縣」二字原無，據史記齊太公世家司馬貞索隱補。

## 中谷有蓷

「中谷有蓷」，傳：「蓷，鵻也。」瑞辰按：鵻，爾雅作萑，云：「萑，蓷。」蓷一名益母，陸機詩疏引韓詩及三蒼說倶云「蓷，益母」是也。一名茺蔚，釋文引韓詩「蓷，茺蔚也」，廣雅「益母，茺蔚也」是也。陸疏又引劉歆云：「蓷，臭蔚。」卽茺蔚也。蓷者，茺蔚之合聲，茺蔚又臭蔚之轉聲也。昔曾子見益母而感。詩人蓋亦感於蓷名益母，因傷今之離棄，有似益母之乾枯耳。

「暵其乾矣」，傳：「暵，菸貌。陸草生於谷中，傷於水。」箋：「興者，喻人居平安之世，猶鵻之生於陸，自然也。遇衰亂凶年，猶鵻之生谷中，得水則病將死。」瑞辰按：暵，說文字作𤅩，又作灘，云「水濡而乾也」，其義蓋本毛傳。其實暵義止爲暵燥，卽乾貌耳，不必如毛傳以爲傷於水也。毛傳蓋由誤以「中谷」爲谷中，不知「中谷」之中只爲語詞，猶葛覃詩「施于中谷」亦謂谷旁，非謂葛生水中也。三章傳云「鵻遇水則濕」，皆由誤解「中谷」而因以致誤。

「有女仳離」，傳：「仳，別也。」瑞辰按：說文、小爾雅竝曰：「仳，別也。」字通作𢼌。方言：「㾷，披散也。器破而未離謂之璺，南楚之間謂之𢼌。」𢼌卽仳也。𢼌又作𣬉，玉篇、廣韻竝云：「𣬉，器破也。」仳離猶云披離，屈原九章：「妒披離而障之。」其聲又轉爲毗劉，爾雅：「毗劉，纍樂也。」郭注：「謂樹木葉缺落蔭疏。」義與呲離相近。又轉爲茀離，爾雅：「覭髳，茀離也。」郭注：「茀離即彌離。」邵晉涵云：「彌離又轉作仳離。」凡此等皆連舉之詞，不當以字别爲義。

「條其歗矣」，傳：「條條然歗也。」瑞辰按：説文：「⿰目條，失意視也。从目，條聲。」條與⿰目條音義近，⿰目條从目，故説文訓爲「失意視」。其義亦通爲失意貌，魏都賦「吳、蜀二客⿰目條焉失所」是也。

「遇人之不淑矣」，箋：「淑，善也。君子於己不善也。」瑞辰按：古以「不淑」爲凶喪弔問之詞，雜記「寡君使某問君，如何不淑」，又曰「寡君使某，如何不淑」是也。不淑亦通作不弔，左傳哀公誄孔子「昊天不弔」，周官大祝先鄭注引作「昊天不淑」是也。又通作不禄，曲禮：「短折曰不禄。」又雜〔一〕記曰：「君赴於他國之君，曰不禄。夫人，曰寡小君不禄。」大戴禮四代篇：「大夫曰不禄〔二〕。」亦作無禄，左氏傳「無禄寡君即世」，又「無禄使人逢天之慼」，詩正月篇「念我無禄」是也。弔、淑皆善，古者弔災亦曰不弔，左傳魯莊公使人弔宋大水，曰

〔一〕「雜」字原脱，據禮記雜記補。又下引雜記語「曰不禄」，原文作「曰寡君不禄」。
〔二〕按四代篇原文作「大夫曰卒，士曰不禄」。

「如〔一〕之何不弔」是也。此詩亦凶年遇災，故言「遇人之不淑」，猶今言不幸也。與前章「艱難」同義。箋謂「君子於己不善」，失之。

「暵其濕矣」，傳：「鵻遇水則濕。」瑞辰按：經義述聞謂濕當讀爲曬，其說是也。廣雅：「曬，曝也。」玉篇：「曬，欲乾也。」一切經音義引通俗文：「欲燥曰曬。」與前二章「暵其乾矣」、「暵其脩矣」文義正同。作濕者，同音假借字耳。傳以濕爲水濕，失之。

「啜其泣矣」，傳：「啜，泣貌。」瑞辰按：韓詩外傳引作「惙其泣矣」，毛詩作啜，卽惙之假借。釋名：「啜，惙也。心有念，惙然發此聲也。」是啜、惙音義同。一切經音義四引聲類：「惙，短气貌也。」又十九引字林：「惙，憂也。」短气貌卽憂貌，義正相成。淮南子曰：「聖人之思脩，愚人之思叕。」高注：「叕，短也。」惙从叕，故訓爲短气貌。猶方言訓黜爲短，說文訓窡〔二〕爲短面也。

「何嗟及矣」，箋：「及，與也。泣者傷其君子棄己，嗟乎，將復何與爲室家乎！」瑞辰按：胡承珙曰：「詳玩箋語，經文當作『嗟何及矣』。韓詩外傳二引詩雖作『何嗟及矣』，然引孔子曰：『嗟乎，雖悔何及矣！』是正以『何及』二字相連爲義。今本毛、韓詩皆誤倒。」今按胡說是也。小爾雅：「嗟，發聲也。」嗟字自當在句首耳。

〔一〕「如」，左傳莊公十一年原文作「若」。

〔二〕據說文，「窡」當作「娺」。

## 兔爰

「有兔爰爰，雉離于羅」，傳：「興也。爰爰，緩意。鳥網爲羅。言爲政有緩有急，用心之不均。」箋：「有緩者，有所聽縱也。有急者，有所操蹙也。」瑞辰按：狡兔以喻小人；雉，耿介之鳥，以喻君子。「有兔爰爰」以喻小人之放縱，「雉離于羅」以喻君子之獲罪。此與新臺詩「魚網之設，鴻則離之」，取興正同。彼以喻求燕婉而得惡人，此以喻縱小人而罪君子也。又按華嚴經音義、一切經音義並引韓詩「爰，發蹤之貌」，當作「爰爰，發蹤之貌」。胡承珙曰：「蹤當作縱，發縱謂解放之，卽鄭箋聽縱之義。」其説是也。今按毛傳「爰爰，緩意」，義本爾雅釋訓。緩謂寬緩之，對操急而言，非謂行之緩也。是毛、韓義竝相同，故箋本韓詩以申毛耳。

「尚無爲」，傳：「尚無成人爲也。」箋：「尚，庶幾也。言我幼稚之時，庶幾於無所爲。謂軍役之事也。」瑞辰按：爲與僞，古通用。凡非天性而爲人所造作者，皆爲也，卽皆僞也。爾雅釋言：「作、造，爲也。」此詩傳云：「造，僞也。」月令注：「『作爲』爲『詐僞』。」此詩「尚無爲」亦當讀僞，謂生初無詐僞之事，與「無造」同義。下云「逢此百罹」，乃憂其詐僞百端耳。焦循曰：「荀子曰：『可事而成之在人者，謂之僞。』楊倞注：『僞，爲也，矯也。』凡非天性而人作爲之者皆謂之僞。毛公學本荀子，傳云「成人爲」者，卽本荀子「成之在人」爲説。正義云：「庶幾無此成人之所爲。」是以成人爲「成人有德」之成人，失毛恉矣。」

「雉離于罦」，傳：「罦，覆車也。」瑞辰按：爾雅：「繴謂之罿；罿，罬也。罬謂之罦；罦，覆車也。」郭璞注謂以捕鳥，孫炎謂以掩兔。今按：詩言「雉離于罦」，説文作䍖，云：「覆車网〔一〕也。或作罦。」是䍖、罦一字，皆以捕鳥。説文又曰：「罟，兔罟也。」字又作罘。月令鄭注：「獸罟曰罝罘。」是罟、罘一字，皆以掩獸。但考莊子釋文：「罘，本又作罦。」是罦、罘亦可通用。據齊語「田獵畢弋」，韋注「畢弋，掩雉兔之網也」，是古者掩雉兔之網可以同用。詩蓋以羅、罦、罿可兼取兔雉，而縱兔取雉，以喻王政之不均也。

「尚無庸」，傳：「庸，用也。」箋：「庸，勞也。」瑞辰按：説文：「庸，用也。从用庚。庚，更事也。」用力者勞，更事者亦勞，用與勞義正相成。爾雅釋詁：「庸，勞也。」「勞，病也。」對下「百凶」言之，庸訓勞，義亦爲病。

## 葛藟

「緜緜葛藟，在河之滸」，傳：「緜緜，長不絶之貌。水厓曰滸。」箋：「葛也藟也，生於河之

〔一〕「网」字，説文無。

厓，得其潤澤，以長大而不絶。興者，喻王之同姓得王之恩施，以生長其子孫。」瑞辰按：左傳：「宋昭公欲去羣公子，樂豫曰：『公族，公室之枝葉也。若去之，則本根無所庇陰矣。』」葛藟猶能庇其本根，故君子以爲比。詩蓋以葛藟之能庇本根，興王宜推恩親族，非專以河水潤澤取興。又按：滸，説文作汻，云：「汻，水厓也。」「厓，山邊也。」「崖，高邊也。」汻爲水厓，蓋對厓爲山邊言之。爾雅釋水：「滸，水厓。」釋丘又曰：「岸上，滸。」據爾雅「望厓洒而高，岸」，又曰「重厓，岸」，説文「屵，岸高也」，岸上者，蓋謂其厓上高峭，如重厓然，與漘言夷上，謂其上陵夷者正同。郭注爾雅以滸爲岸上地，失之。

「亦莫我有」，箋：「有，識有也。」瑞辰按：有當讀爲「親有」之有。昭六年左傳宋向戌謂華亥曰：「女喪而宗室，於人何有！人亦於女何有！」杜注：「言人亦不愛女也。」又昭二十五年左傳「是不有寡君也」，杜注：「有，相親有也。」有與友同義。釋名：「友，有也，相保有也。」廣雅仁、虞、云、撫、竝訓爲有，義皆爲親有也。箋云「識有」者，亦相親愛之謂。王尚書曰：「識通作職。方言：『憐職，愛也。凡言相愛憐者，吴越之間謂之憐職。』」

「在河之漘」，傳：「漘，水隒也。」瑞辰按：説文：「隒，厓也。」是傳訓漘爲水隒，隒亦爲厓，與上章訓涘爲厓義同。秦風「在水之湄」，傳亦云「湄，水隒也」，湄亦厓也。水邊謂之隒，與堂邊謂之廉，取義正同。爾雅「夷上洒下，不漘」，「不」當从郭注以爲發聲，至「夷上洒下」則當从李巡、孫炎訓爲平上陗下。郭注以洒下爲厓下水深，則非。

「謂他人昆」，傳：「昆，兄也。」瑞辰按：昆者，罤之假音。爾雅釋親：「晜，兄也。」晜亦罤之別體。說文：「周人謂兄曰罤。从弟眔。」詩惟王風有昆字，此正周人謂兄爲罤之證。禮經則專以大功以上爲昆弟，小功以下爲兄弟，以別親疏，喪服傳曰「小功以下爲兄弟」是也。先生爲昆，而爾雅釋言云「昆，後也」，蓋以相反爲義，故郭注云：「謂先後，方俗語。」

「亦莫我聞」，箋：「不與我聞命也。」瑞辰按：聞、問古通用，文王詩「令聞不已」，墨子明鬼篇引作「令問」。聞當讀如恤問之問。說文：「存，恤問也。」「亦莫我聞」猶云「亦莫我顧」、「亦莫我有」也。雲漢詩「則不〔一〕我聞」猶言「則不我遺」，遺亦問也。

## 采葛

「彼采葛兮」，傳：「葛，所以爲絺綌。」箋：「興者，以采葛喻臣以小事使出。」瑞辰按：下二章傳：「蕭，所以共祭祀。」「艾，所以療疾。」箋：「彼采蕭者，喻臣以大事使出。」「采艾者，喻臣以急事使出。」是傳、箋竝以采葛、采蕭、采艾爲懼讒者託所采以自況。今按楚辭九歌「采三秀於山間，石磊磊兮葛蔓蔓」，五臣注：「芝藥仙草，采不可得，但見葛石耳。」亦猶賢哲難

〔一〕「不」原作「莫」，據大雅雲漢改。

逢，諂諛者衆也。」劉向九歎「葛藟虆於桂樹兮，鴟鴞集於木蘭」，王逸注：「葛藟惡草，乃緣於桂樹，以言小人進在顯位。」是葛爲惡草，古人以喻讒佞。又楚辭離騷經：「户服艾以盈要兮，謂幽蘭其不可佩。又何昔日之芳草兮，今直爲此蕭艾也。」東方朔七諫：「蓬艾親入〔一〕御于牀笫兮，馬蘭踸踔而日加。」張衡思玄賦：「珍蕭艾於重笥兮，謂蕙芷之不香。」竝以蕭艾爲讒佞進仕之喻。此詩采葛、采蕭、采艾，蓋皆喻人主之信讒。下二句乃懼讒之詞。

## 大車

「大車檻檻」，傳：「大車，大夫之車。檻檻，車行聲也。」瑞辰按：公羊昭二十五年傳「乘大路」，何休注：「禮，天子大路，諸侯路車，大夫大車，士飾車。」所云禮，蓋古逸禮，是大車爲大夫車之證。孔疏謂因序刺大夫，故知爲大夫車，非也。檻檻乃轞轞之假借。服虔通俗文：「車聲曰轞。」張參五經文字：「轞，大車聲。」詩借檻字。

「毳衣如菼」，傳：「毳衣，大夫之服。天子大夫四命，其出封五命，如子男之服。菼，鵻也〔二〕。」箋：「古者天子大夫服毳冕以巡行邦國，而決男女之訟，則是子男入爲大夫者。毳

〔一〕「入」原作「日」，據楚辭七諫改。按王逸注云：「一無入字。」

〔二〕「菼，鵻也」三字原無，據毛傳補。按下引鄭箋云「其青者如鵻」，正釋傳義。

衣之屬，衣繢而裳繡，皆有五色焉。其青者如鵻。」瑞辰按：周官司服鄭司農注：「毳，罽衣也。」説文：「璊，以毳爲𦇹，色如虋，故謂之璊。虋，禾之赤苗也。」引詩「毳衣如璊」。是鄭、許竝以毳爲罽衣矣。説文又曰：「毳，獸細毛也。」「𦇹，西胡毳布也。」「緂，帛騅色也。」引詩「毳衣如緂」。毳通作氈，𦇹通作罽。爾雅釋言：「氈，罽也。」釋文：「氈，李巡本作毳。」舍人注：「罽，戎人績羊毛而作衣。」小爾雅：「雜毛曰氈。」通俗文：「織毛曰罽。」罽衣蓋褐衣之類，取其可以禦雨，故爲大夫巡行邦國之服。織染異色，故有如菼、如璊之喻。似不得如毛、鄭以爲毳冕。周官毳冕與衮冕、驚冕俱爲畫衣，鄭司農以爲罽衣，亦誤。

「畏子不敢」，傳：「畏子大夫之政，終不敢。」箋：「畏子大夫來聽訟，將罪我，故不敢也。」瑞辰按：傳、箋不釋敢字。廣雅釋詁：「敢，犯也。」敢謂犯禮，不敢猶不犯也。吴語「不敢左右」，猶云不犯左右也。畏子不犯卽謂不犯禮以奔，與下章「畏子不奔」同義。又按：敢與忓雙聲。説文：「忓，極也。」段玉裁曰：「干者，犯也。忓者，以下犯上之義。」敢訓犯者，蓋以敢爲忓字之假借。

「大車哼哼」，傳：「哼哼，重遲之貌。」瑞辰按：説文：「哼，口气也。」引詩「大車哼哼」。哼哼亦當爲車行之聲，猶檻檻也。

「穀則異室」，傳：「穀，生也。」瑞辰按：爾雅釋言：「穀，生也。」穀與榖竝从㱿聲，古通用。

左氏傳「楚人謂乳穀」，漢書作穀。説文：「穀，乳也。」廣雅作𣪊，乳與𣪊竝云「生也」。爾雅、毛傳訓穀爲生，穀當爲𣪊字之假借。玉篇：「𣪊，奴豆、公豆二切。」而詩小宛「自何能穀」，讀入聲，亦訓爲生。則𣪊字古音可讀同穀。

「謂予不信，有如皦日」，傳：「皦，白也。」箋：「今之大夫不能然，反謂我言不信。我言之信，如白日也。刺其闇於古禮。」瑞辰按：此承「穀則異室」二句，皆古夫婦相誓之詞。列女傳以爲息夫人作，説本三家詩，與毛詩異義。然以「穀則異室」四語同爲誓詞，則於詩義正合。箋以「謂予不信」二語謂刺今之大夫不能然，失之。釋文：「皦，本又作皎。」今按説文：「皎，月之白也。」「皦，玉石之白也。」「曉，日之白也。」詩作皦與皎，皆當爲曉字之同音假借。説文又曰：「敫，光景流皃。从白放。」故日光之白亦得曰皦。

## 丘中有麻

「彼留子嗟」，傳：「留，大夫氏。」瑞辰按：留、劉古通用。薛尚功鐘鼎款識有劉公簠，積古齋鐘鼎款識作留公簠。留卽春秋劉子邑。漢地志河南郡緱氏縣注班固曰：「有劉聚，周大夫劉子邑。」水經注洛水云：「合水北與劉水合，水出半石東山，西北流于劉聚，三面臨澗，在緱氏西南周畿内劉子國，故謂之劉澗。」此詩之留蓋其地也。至或以留爲宋呂留及陳留，竝非。公羊桓十一年傳「古者鄭國處于留」，當卽陳留，莊王時已爲陳、宋間地。或遂謂丘中有麻宜在鄭風，皆肊説也。

「將其來施施」，傳：「施施，難進之意。」箋：「施施，舒行伺閒獨來見己之貌。」瑞辰按：顔氏家訓云：「江南舊本悉單爲施，惟韓詩作『將其來施施』。」是知毛詩古本止作「將其來施」，傳以「施施」釋之。猶詩「憂心有忡」，傳以「冲冲」釋之；「碩人其頎」，傳以「頎頎」釋之也。後人據傳及韓詩以改經，遂誤作施施耳。今按：依古本作「將其來施」，與二章「將其來食」句法正相類。二章傳言「子國復來，我乃得食」，箋言「其來食，庶其親己，己得厚待之」，義皆未協。爾雅：「食，僞也。」僞、爲古通用。左氏哀元年傳「後雖悔之，不可食已」，猶言不可爲已。尚書「食哉維時」，「食哉」猶言爲哉，爲哉猶言勉哉也。魏志華陀傳「陀恃能，猒食事」，猶云猒爲事也。皆以食爲爲。此詩「來食」猶云來爲，與鳧鷖詩「福禄來爲」同義。爲者，助也。「來施」猶言來食，施亦爲也，助也。傳、箋訓爲施施，失之。又按詩中將字多語詞，讀如楚詞「羌内恕己以量人兮」之羌。此詩「將其來施」、「將其來食」及鄭詩「將仲子兮」之類，皆語辭也。舊訓爲請，失之。

「彼留之子」，箋：「留氏之子，於思者則朋友之子。」瑞辰按：傳以詩子國爲子嗟父，則此言「彼留之子」宜爲子嗟之子，故箋言「於思者則朋友之子」。思謂國人思之，於子嗟爲朋友也。箋上釋上二句云：「丘中而有李，又留氏之子所治。」「又」字正承子國、子嗟言之。正義乃謂「朋友之子正謂朋友之身」，失箋恉矣。

# 毛詩傳箋通釋卷八

## 鄭風

### 鄭風總論

古者聲音之道與政通。春秋時政教寖衰，淫風漸起，鄭音好濫淫志，衛音趨數煩志，子夏謂其皆淫於色而害於德。顧衛宣淫烝，行同禽獸，牆茨濟惡，桑中刺奔，淫風流行，較鄭滋甚，而夫子獨曰「鄭聲淫」，何哉？左傳，秦醫和告晉侯曰：「先王之樂，所以節百事也，故有五節，遲速本末以相及，中聲以降。五降以後，不容彈矣。於是有煩手淫聲，慆堙心耳，乃忘平和〔一〕，君子弗聽也。」服子愼釋之曰：「鄭重其手而聲淫過。」是知淫之言過。凡事之過節者爲淫，聲之過中者亦爲淫，不必其淫於色也。而詩言其志，歌詠其聲。詩之失愚，樂之失奢，二者相因而各有別。衛之淫在詩，鄭之淫在聲也。衛詩之淫在色，鄭聲之淫不專

〔一〕「平和」原作「和平」，據左傳昭公元年改。

在色也。鄭自叔段好勇，兵革相尋，公子五爭，弒奪疊見，逆氣成象而淫樂興焉。是故鄭風二十一篇，惟緇衣美武公，其二十篇皆刺詩，卽皆爲淫聲。男女之奔爲淫，君臣之亂未始非淫也。風俗之偷爲淫，師旅之危未始非淫也。陰陽之過爲淫，風雨晦明之疾未始非淫也。詞過鬱而發之易激，斯聲好濫而出之易淫。鄭夾漈於詩序刺莊、刺忽、刺時、閔亂之詩，悉改爲淫奔之詩，蓋誤以鄭聲之淫惟在於色，不知鄭之淫固在聲而不在詩也。蔓草零露之詠，秉蕑贈藥之歌，鄭未嘗無淫奔之詩。然固不可謂鄭聲之淫必皆淫奔詩也。

## 緇衣

「緇衣之宜兮」，傳：「卿士聽朝之正服。」箋：「緇衣者，居私朝之服也。天子之朝服，皮弁服也。」瑞辰按：周官司服〔一〕「凡甸，冠弁服」，後鄭注：「冠弁，委貌。其服緇布衣，諸侯以爲視朝之服。」引詩緇衣爲證。又論語「緇衣羔裘」，邢疏：「謂朝服也。」是緇衣本諸侯視朝之服。鄭志答趙商云：「諸侯入爲卿大夫，與在朝仕者異，各依本國，如其命數。」以此推之，諸侯內臣于王，其居私朝仍得服其諸侯之朝服，故詩以緇衣美武公。傳云「卿士聽朝之正服」，係專指外諸侯入爲卿士者言，非泛指王朝卿士也。私朝對公朝言。箋云「緇衣，居私

〔一〕司服原作典命，據周禮改。

朝之服」，又云「卿士所之之〔一〕館在天子之宫，如今之諸廬也」，蓋謂館爲九卿治事之公朝，並未言館卽私朝也。館爲公朝，故下文又云「還」，乃還于私朝也。孔疏合而一之，因謂天子之朝皮弁服，退適諸曹服緇衣，誤矣。古者諸侯之卿大夫有二朝。魯語公父文伯之母謂季康子曰：「自卿以下，合官職於外朝，合家事於内朝。」韋昭注：「外朝，君之公朝；内朝，家朝。」是也。天子之卿大夫，制亦當有二朝。玉藻「揖私朝，煇如也」，注：「私朝，自大夫家之朝。」是卿大夫有私朝之證。至考工記「外有九室，九卿朝焉」，正韋氏所云君之公朝，不可謂卽治家事之私朝也。玉藻：「朝辨色始入，君日出而視之，退適路寢聽政。」謂君退於路寢以待，朝者各就其官府治事，有當告者乃入也。以此推之，知天子之卿大夫在外朝，有事尚當入告，似不得先釋朝服而易以緇衣也。且玉藻又云：「使人視大夫，大夫退，然後適小寢釋服。」退謂大夫退於家，釋服謂釋朝服也。以此推之，知天子於卿大夫未退，尚不釋朝服，則卿大夫當天子未釋服以前不得先服緇衣，明矣。又案：羔裘與緇衣相配。召南羔羊詩上言「羔羊之皮」，下言「自公退食」，知諸侯之大夫退朝時尚服朝服之緇衣，則知天子之卿士未退時不得釋朝服之皮弁矣。緇衣指在私朝言，適館指在公朝言，還則還於私朝。首言緇衣，蓋指未朝君之前先與家臣朝於私朝而言；次言適子之館，蓋指朝君後退適公朝而言；至

〔一〕「之」字原不重，據鄭箋補。

望其還而飲食之，所以明好之深，望其退而休息也。孔疏誤以館爲私朝，因謂適諸曹改服緇衣，失之。

「還予授子之粲兮」，傳：「粲，餐也。諸侯入爲天子卿士，受采禄。」箋：「自館還在采地之都，我則設餐以授之。愛之，欲飲食之。」瑞辰按：韓詩外傳云：「古者諸侯受封，必有采地。百里諸侯以三十里爲采，七十里諸侯以二十里爲采，五十里諸侯以十里爲采。」是諸侯受封本各有采地也。公羊定四年傳何休注云：「諸侯入爲天子大夫，更受采地於京師，使大夫爲治其國。」是諸侯入仕王朝，更受采地，説與毛傳合。公羊襄五年傳何注云：「所謂采者，不得有其土地人民，采取其租稅耳。」故毛傳謂之采禄。據鄭箋「自館還在采地之都」，是鄭君以傳「采禄」乃釋詩「還」字，非謂授粲卽授以采禄也。孔疏釋傳，謂授粲卽授以采禄，誤矣。説文：「餐，吞也。」授粲猶授食，卽論語「君賜食」之類。諸侯仕王朝者，居當與王宮相近，不必定居采邑，采邑特取其租稅耳。箋以還爲還在采邑之都，亦誤。又按：餐與館爲韻。李黼平謂餐當从釋文本作飧，訓爲夕食，則與館不相協矣，其説亦非。

「緇衣之蓆兮」，傳：「蓆，大也。」釋文：「蓆，韓詩云儲也，説文云廣多。」瑞辰按：説文：「蓆，廣多也。」廣與毛詩訓大義近，多與韓詩訓儲義近。蓆通作席。漢書賈誼傳注引應劭曰：「席，大也。」爾雅釋詁：「蓆，大也。」影宋本作席，郭注引詩「緇衣之席兮」。説文：「席，从巾，庶省聲。」庶者衆也，故義爲廣多。說文又云：「古文席从石省，作㕻。」石者大也，故義爲大。

## 將仲子

「將仲子兮」，傳：「將，請也。」瑞辰按：將當讀如楚辭「羌內恕己以量人兮」之羌。王逸注：「羌，楚人發語詞也。」洪興祖補注：「楚人發語端也。」文選注：「羌，乃也。」又引韓詩章句曰：「將，辭也。」則韓詩正讀將如羌。又文選注引小爾雅：「羌，發聲也。」

「無踰我里，無折我樹杞」，傳：「里，居也。二十五家爲里。杞，木名也。」瑞辰按：古者社必樹木，里即社也，杞即社所樹木也。周官大司徒：「設社稷之壝而樹之田主，各以其野之所宜木，遂以名其社與其野。」說文：「社，地主也。周禮，二十五家爲社，各樹其土之所宜木。」正與毛傳「二十五家爲里」合。蓋里各立社，社各樹木。鄭注周禮：「所宜木，謂若松、柏、栗也。」莊周書之櫟社，漢高祖所禱之枌榆社，皆以木名社之遺，故知杞亦里社所樹木也。古者桑樹于牆，檀樹于園，孟子「樹牆下以桑」，鶴鳴詩「樂彼之園，爰有樹檀」是也。詩二章踰牆則言桑，三章踰園則言檀，益知杞爲里所樹矣。又按胡承珙曰：「詩言杞者七。自四牡以後言杞者六，當皆爲枸檵。惟將仲子傳云『杞，木名。』據陸疏云『杞，柳屬』，蓋即孟子之杞柳，後世謂之欅柳。本艸衍義云：「欅，木本，最大者高五六十尺，合二三抱。」此杞木所由别於枸檵也。又據傳云『桑，木之衆也』，蓋以喻段之得衆，左傳所謂『厚將得衆』也；『檀，彊韌之木』，以喻段之恃彊，所謂『多行不義』也。」則首章取興於杞者，蓋以杞木之本大而難伐，喻段之大而難制與？

## 叔于田

「叔于狩」，傳：「冬獵曰狩。」瑞辰按：狩又爲田獵之〔一〕通稱，于狩猶于田也。

「巷無服馬」，傳：「服馬，猶乘馬也。」瑞辰按：服者，犕之假借。易繫辭「服牛乘馬」，説文引作「犕牛乘馬」。玉篇：「犕，猶服也，以鞍裝馬也。」

## 大叔于田

「大叔于田」，傳：「叔之從公田也。」瑞辰按：唐石經、相臺本、正義本皆作「大叔于田」。釋文云：「叔于田，本或作『大叔于田』者，誤。」阮宫保校勘記云：「此詩三章，共十言叔，不應一句獨言大叔。或名篇自異，詩文則同，如唐風杕杜、有杕之杜二篇之比。其首句有大字

〔一〕「之」字，據續經解本補。

者，援序入經耳。當以釋文本爲長。」今按阮說是也。傳但云「叔之從公田也」，此經文無大字之證。竊謂篇名大叔于田，當讀如大小之大。古通以長爲大，謂此詩較前叔于田篇爲長，故言大以別之，猶大雅有大明篇，對小雅有小明而言之也。嚴緝云：「短篇者止曰叔于田，長篇者加大爲別。」其說是也。釋文大音泰，正義以大字入經，如京城大叔之大，失名篇之義矣。

「兩驂如舞」，傳：「驂之與服，和諧中節。」瑞辰按：舞者必有行列，「兩驂如舞」謂如舞者有行列，與二章「兩驂雁行」同義。說文：「䮋，次第馳也。」正謂馳有行列。

「襢裼暴虎」，傳：「襢裼，肉袒也。暴虎，空手以搏之。」釋文：「襢，本又作袒。」瑞辰按：正義引爾雅注：「李巡曰：襢裼，脱衣見體曰肉袒。孫炎曰：袒，去裼衣。」今按袒裼與襢裼有別。據說文：「但，裼也。」「裼，但也。」又曰：「羸者，但也。」「裎者，但也。」是去裼衣之袒當作但。說文：「膻，肉膻也。」引詩「膻裼暴虎」。是肉袒之袒當作膻。今作襢、袒，皆假借字。說文：「袒，衣縫解也。」段玉裁謂即綻之本字。暴、搏一聲之轉。孟子「馮婦善搏虎」，而趙岐章指云「猶若馮婦暴虎」，是暴即搏也。廣雅：「㩧、搏，擊也。」暴即㩧之省借。

「將叔無狃」，傳：「狃，習也。」箋：「狃，復也。」瑞辰按：爾雅釋言：「狃，復也。」此箋義所本。孫炎注：「狃忕前事復爲也。」習與復同義，魯語所以云「夜而習復」也。據說文：「𢕟，復也。」玉篇：「㺖，習也，忕也。或與狃同。」大射儀注：「古文揉爲紐。」一切經音義：「糅，古文粈、⿰飠丑二形。」小爾雅、左傳杜注竝云：「狃，忕也。」是狃卽㺖字之假借異體。古㺖、狃音近通用，猶左傳公山不狃，論語、史記作弗擾，索隱引鄒氏作弗蹂。說文：「粈，雜飯也。」又：「⿰飠丑，雜飯也。」而廣雅則云：「糅，雜也。」若狃之本義，則說文云「犬性忕也」，忕，說文亦云「習也」，則狃與㺖音近而義同。四月正義、蕩釋文皆引說文「忕，習也」，今本說文作「⿰忄曳，習也。」大、世古音近通用，忕蓋本作怈，唐人避諱，凡从世者多改从曳，故又改爲⿰忄曳耳。公山不狃字子洩，洩亦當爲忕字之譌。

「兩服上襄」，箋：「襄，駕也。上駕者，言爲衆馬之最良也。」瑞辰按：王尚書經義述聞曰：「上者，前也。上襄，猶言前駕，謂竝駕於前，卽下章之『兩服齊首』也。鴈行，謂在旁而差後，卽下章之『兩驂如手』也。」今按王說是也。呂覽高誘注「上猶前也」，與下武箋「下猶後也」相對成文，足證古以上爲前。又玉藻疏：「雁行，參差節級。」雁行爲稍後之稱，則上襄宜爲前駕。襄，指服馬言，當讀爲驤。說文：「驤，馬之低仰也。」玉篇：「驤，駕也。」箋以上襄爲衆馬之最良者，失之。

「抑磬控忌，抑縱送忌」，傳：「騁馬曰磬，止馬曰控。發矢曰縱，從禽曰送。」瑞辰按：磬控雙聲字，縱送疊韻字，不當如毛傳字各爲義。磬控、縱送，皆言御者馳逐之貌。上文兼言射御，而下獨承御言者，猶下章「叔馬慢忌，叔發罕忌」兼言馬射，而下「釋掤〔一〕」、「鬯弓」專承「叔發罕忌」二句言之也。

「兩服齊首」，傳：「馬首齊也。」瑞辰按：齊者等也，等者同也，同卽如也。此與下句「兩驂如手」皆以人身爲喻，言兩服前出如人之首，兩驂稍次如人之手，與首章「兩服如組，〔二〕兩驂如舞」文法正同。箋「如」言「齊」者，錯文以見義也。傳以爲馬首齊，失之。

「抑釋掤忌」，傳：「掤，所以覆矢。」正義引「左傳：『公徒執冰而踞』」，字雖異，音義同。」瑞辰按：作冰者，掤之假借。冰、朋、馮皆雙聲字，故通用。掤之借作冰，猶百朋之借作百馮，馮夷之通作冰夷也。

## 清人

序：「公子素惡高克進之不以禮。」瑞辰按：左傳：「鄭人爲之賦清人。」據此序，知所謂鄭人卽公子素也。漢書古今人表有公孫素，與鄭高克同列第七等，班固所見詩序蓋作公孫素也。士與素一聲之轉，焦循謂公子素卽僖二十年帥師入滑之公子士。

〔一〕「掤」原作「冰」，據毛詩改。本書下引亦作「掤」。按掤與冰古通用。

〔二〕按：「兩服如組」，考此詩首章作「執轡如組」，蓋馬氏記憶偶誤。

「清人在彭」，傳：「清，邑也。彭，衛之河上，鄭之郊也。」箋：「清者，高克所帥衆之邑也。」瑞辰按：後漢郡國志，河南中牟縣有清口水。水經濟水注云：「渠又東，清池水注之。清池水出清陽亭西南平地，東北流，逕清陽亭南，東流卽故清人城。詩『清人在彭』，彭爲高克邑。」據箋云「清者高克所帥衆之邑」，水經注下文云「故杜預春秋釋地云中牟縣西有清陽亭是也」，是知上云「彭爲高克邑」，「彭」爲「清」字之譌。清爲鄭邑，箋云「高克帥清邑之衆禦狄河上」，甚確。錢澄之乃據春秋隱四年「公及宋公遇于清」，杜注「清，衛地」，謂清人係衛之禦狄者。今按水經濟水注云：「濟水又北〔一〕逕微鄉東，又北逕清亭，又北過穀城縣西。」微卽春秋莊公二十八年所築之郿，魯地也；穀卽莊三十年所城之小穀，齊邑也。清居二者之間，蓋齊、魯境上。哀十一年「齊師伐我，及清」，謂至魯境；隱四年「公及宋公遇于清」，亦遇于魯境耳。杜注「衛地」，未確。錢澄之據以駁鄭箋，誤矣。王質據左傳「衛侯、寧喜盟于彭水之上」，鄭、衛相近，彭或是此。今按傳言彭爲「衛之河上，鄭之郊也」，蓋衛、鄭接界之地。據下二章傳消、軸皆云「河上地」，則彭亦河上地，不得更爲彭水也。

「駟介旁旁」，傳：「介，甲也。」釋文：「旁，補彭反。王云，彊也。」瑞辰按：介古音如甲，故甲胄假借作介胄。正義謂介是甲之別名，非也。說文：「騚，系馬尾也。」玉篇作「結馬尾」。

〔一〕「北」字原脫，據水經濟水注補。

段玉裁曰：「遠行必髻其馬尾，疑詩『駟介』及左傳『不介馬而馳』，介卽古文駘字之省。」是亦可備一解。又按說文：「騯，馬盛也。」引詩「四牡騯騯」。段玉裁謂：「四牡」爲「駟介」轉寫之譌，「盛也」當作「盛皃」，毛傳本有「騯騯，盛貌」之語，後逸之。今按：彭、旁古聲義竝同。廣雅：「彭彭、旁旁，盛也。」小雅北山篇及大雅烝民、韓奕二篇竝作「四牡彭彭」，獨此詩作旁旁者，上既言「清人在彭」，必變言旁旁以與彭爲韻，是亦義同字變之類。

「二矛重英」，傳：「重英，矛有英飾也。」箋：「二矛，酋矛、夷矛。各有畫飾。」瑞辰按：考工記言車六等之數，有酋矛而無夷矛。說文：「矛，酋矛也。兵車所建，長二丈。」是知兵車所建惟酋矛耳。魯頌「二矛重弓」，箋云「備折壞」，直是酋矛有二，則此詩「二矛」亦謂酋矛有二，非兼言夷矛也。矛有英飾。裘之飾爲英，矛之飾亦爲英，其義一也。魯頌謂之「朱英」，毛傳：「朱英，矛飾也。」蓋刻矛柄而以朱畫之。此疏以朱英爲絲纏，彼疏謂以朱染爲英飾，皆非也。胡承珙曰：「周禮掌節『以英蕩輔之』，杜子春云：『英蕩，畫函。』干寶注亦云：『英，刻畫也。』箋正以畫飾申傳英飾。」今按胡說引周禮英蕩，以證英飾卽畫飾，可補孔疏之略。續漢書百官志三注云：「周禮『以英蕩輔之』，干寶注曰：『英，刻書也。蕩，竹箭也。刻而書其所使之事，以助三節之信。』」據周禮司常〔一〕「皆畫其象焉」，杜子春注：「畫當爲書。」則書與

〔一〕「司常」下原有「注」字。按下引「皆畫其象焉」爲周禮司常正文，非注，今據删。

畫義正相通，言書猶言畫也。草之榮而不實者謂之英，書畫特刻畫其形而非實，故亦名英也。重者，緟之假借。説文：「緟，增益也。」又曰：「矛，象形。」段玉裁曰：「直者象其柲，左右蓋象其英。」是重英宜謂矛有重飾。二章箋云：「喬，矛矜近上及室題，所以懸毛羽。」謂毛柄近上及矛頭受刃處，皆懸毛羽以爲飾，亦謂一矛各有重飾。范家相曰：「重鷮者，重施雉羽矛之室題。」是也。是知此箋「各有畫飾」特釋英字，非釋重英。孔疏乃謂「二矛各自有飾，竝建而重累」，失之。胡承珙云：「詩言重英、重喬，則必二矛有長短，所建高下不一，故見爲重。」亦誤以重爲二矛之飾相重累矣。

「二矛重喬」，傳：「重喬，累荷也。」箋：「喬，矛矜近上及室題，所以縣毛羽。」釋文：「喬，毛音橋，鄭居橋反，雉名。韓詩作鷮。荷，舊音何，謂刻矛頭爲荷葉，相重累也。沈胡可反，謂兩矛之飾相負荷也。」瑞辰按：正義訓荷爲揭，亦讀荷如負荷之荷，與沈重同。説文雉十四種，其二喬雉。又鷮字注云：「走鳴長尾雉也。」韓詩作鷮，毛詩作喬，卽鷮之省借，謂重以鷮羽爲飾也。爾雅釋木：「句如羽，喬。」知木之如羽者得名爲喬，是知喬本爲羽飾之名矣。釋文云：「喬，鄭居橋反，雉名。」是知鄭箋訓「懸毛羽」者，正本韓詩讀喬爲鷮。以鷮羽爲飾，因名其飾爲喬耳。正義訓喬爲高，失之。釋文引舊説，以傳重荷之荷爲荷葉，亦非。

「左旋右抽，中軍作好」，傳：「左旋，講兵。右抽，抽矢以射。居軍中爲容好。」箋：「左，左人，謂御者。右，車右也。中軍，謂〔一〕將也。高克之爲將，久不得歸，日使其御者習旋車，車右抽刃，自居中央，爲軍之容好而已。兵車之法，將居鼓下，故御者在左。」正義：「成二年左傳，郤克傷矢，言『未絶鼓音』，是郤克爲將在鼓下也。張侯傷手而血染左輪，是御者在左也。此謂將之所乘車耳。若士卒兵車，則閟宫箋明云：『兵車之法，左人持弓，右人持矛，中人御。』御車不在左也。」瑞辰按：王夫之詩稗疏云：「御必居中，所以齊六轡而制馬也。使其居左，則攬轡偏而縱送礙，且視不及右驂之外紖而舒斂無度矣。故雖以天子之尊，而在車亦無居中之理。周禮：『大馭掌馭玉路，犯軷，王自左馭，馭下祝〔二〕。』其曰『王自左馭』者，自左而轡中也。馭犯軷，暫攝馭居中，王位固在左矣。『戎僕掌馭戎車，犯軷，如玉路之儀。』則天子卽戎且不居中，而况將乎。鞌之戰，齊侯親將，逢丑父爲右。公羊傳曰：『逢丑父者，頃公之車右也，代頃公當左。』此將居左之明證。然則『左旋右抽』非以車左、車右言之，蓋言戎車回旋演戰之法，有左旋以先弓矢者，有右旋而先矛者。左旋先弓以迎敵於左，則車右持矛以刺；右旋先矛以要敵，則將抽矢以射。勢以稍遠而便也。」胡承珙毛詩後箋曰：「僖三十三

〔一〕「謂」原作「爲」，據阮元毛詩注疏校勘記改。

〔二〕「祝」原作「視」，據周禮大馭及王夫之詩經稗疏改。

年左傳：『秦師過周北門，左右免胄而下。』蓋惟御者居中，故左右下。宣十二年左傳：『楚許伯御樂伯，攝叔爲右。樂伯曰：致師者左射以菆。』皆足爲御在車中之證。故詩疏惟據鞌之戰以爲郤克在鼓下而居中，解張有『左輪朱殷』之言而居左。然將執旗鼓，豈必鼓定在中？解張之左輪朱殷，安知非射傷左手而流血於左耶？且是戰也，韓厥因夢，避左右而代御居中，杜注因有『自非元帥，御皆在中』之說，近於因文牽就，非有明證。總之，此詩左、右、中，本不可以一車言之。傳云『居軍〔一〕中爲容好』，則以中軍爲軍中，猶中谷卽谷中之比，並未嘗以中軍爲將，故左右亦必非車左、車右之謂。王氏謂『左旋右抽』爲戎車回旋演戰之法，申明毛義甚確，此卽是『居軍中爲容好』也。」今按王氏、胡氏據周禮、左傳以駁鄭箋將居中、御者在左之說，甚確。然以「左旋」爲戎車之左旋，則猶誤以箋說爲傳說也。竊考牧誓「王左杖黃鉞，右秉白旄以麾」，史記齊世家「師尚父左杖黃鉞，右把白旄以誓」，周禮大司馬「若師有功，則左執律、右秉鉞以先，愷樂獻于社」，僖二十三年左傳重耳曰「其左執鞭弭，右屬櫜鞬，以與君周旋」，所謂左右皆指君及將之左右手，是知詩云「左旋右抽」亦謂將之左右手也。旋車曰旋，旌旗之指麾亦曰旋。說文：「旋，周旋，旌旗之指麾也。从㫃疋。疋，足也。」

〔一〕「軍」字原脱，據毛傳及胡承珙毛詩後箋補。

古者將執旗鼓。公羊宣十二〔一〕年「莊王親自手旌麾軍」，旌卽旗也。則左旋者，謂將左手執旗指麾以相周旋，教其坐作進退之節，故傳以左旋爲講兵，與說苑尊賢篇云「今將軍方呑一國之權，提鼓擁旗，被堅執銳，回旋十萬之師」，語正相合，非謂御者旋車也。抽通作搯。說文：「搯者，拔兵刃以習擊刺也。」引詩「左旋右搯」。蓋本三家詩。言「拔兵刃」，則所該者廣，不得如傳云「抽矢」已也。左旋、右抽，皆卽將在軍中作容好之事耳。

## 羔裘

「羔裘如濡」，傳：「如濡，潤澤也。」瑞辰按：古人服其服，則必其德能稱之，召南羔羊序所以云「德如羔羊」也。此詩「羔裘如濡」卽言「洵直且侯」，二章「羔裘豹飾」卽言「孔武有力」，蓋以羊有五善，豹有力而勇猛，亦取德稱其服之義。

「洵直且侯」，傳：「洵，均。侯，君也。」箋：「言古朝廷之臣皆忠直且君也。君者，言正其衣冠，尊其瞻視，儼然人望而畏之。」瑞辰按：洵當讀如叔于田「洵美且仁」之洵。洵者，恂之假借。說文：「恂，信心也。」釋詁：「詢，信也。」詢亦恂之假借。韓詩外傳作恂，乃正字耳。釋文引韓詩云：「侯，美也。」左氏傳曰：「楚公子美矣君哉！」古字訓君者多有美義。侯爲君

〔一〕「二」原作「三」，據公羊傳改。

又爲美，猶皇與烝爲君又爲美。爾雅釋詁：「烝、皇，君也。」廣雅釋詁：「皇、烝，美也。」胡承珙曰：「『洵直且侯』總括下二章『邦之司直』、『邦之彥兮』，直即司直，侯即『美士爲彥』。當從韓義爲允。」

「舍命不渝」，傳：「渝，變也。」箋：「舍，猶處也。是子處命不變。謂守死善道，見危授命之等。」瑞辰按：周官「舍奠」、「舍菜」，鄭注：「舍讀爲釋。」釋又通澤，詩載芟「其耕澤澤」，澤澤即釋釋也。夏小正「農及雪澤」，管子乘馬篇作「農耕及雪釋」。考工記「水有時以凝，有時以澤」，澤亦釋之假借。是舍、澤古音近通用之證。管子引語曰：「澤命不渝，信也。」澤猶釋也，釋猶舍也，舍即捨之省借。說文：「捨，釋也。」廣韻：「釋，捨也。」釋文引沈重音「舍，書者反」，是也。箋訓舍爲處，王訓受，竝失之。命當讀如「死生有命」之命。晏子春秋內篇雜上云：「晏子御將馳，晏子撫其手曰：『徐之！疾不必生，徐不必死。鹿生於野，命懸於廚。嬰命有繫矣。』按之成節而後去。詩云：『彼己之子，舍命不渝。』晏子之謂也。」韓詩外傳載晏子曰：「麋鹿在山林，其命在庖廚。命有所懸，安在疾驅！」末引此詩作「舍命不偷」，渝古音如偷，偷即渝之假借，猶山有樞篇「他人是偷」，箋讀爲渝，皆謂雖至死而捨命亦不變耳。說文：「渝，變污也。」是渝乃由滯變濁之稱。爾雅釋言：「渝，變也。」釋文引舍人本渝作⿰黍俞，⿰黍俞又渝之或體。又通作輸。廣雅：「輸，更也。」箋引論語「見危授命」，正讀命如「死生有命」之命。戴震言「自受命於君以至復命而後釋」，義近迂晦。

「邦之司直」，傳：「司，主也。」瑞辰按：呂氏春秋自知篇「湯有司直之士」，高注：「司，主也。直，正也，正其過闕也。」漢書東方朔傳曰：「以史魚爲司直。」是古有司直之官。上章言「洵直且侯」，是君子之處己以直；此章「邦之司直」，是言君子之能直人也。

「羔裘晏兮」，傳：「晏，鮮盛貌。」瑞辰按：晏與殷雙聲，殷，盛也，傳蓋以晏爲殷之假借，故訓爲鮮盛。宋玉九辨「被荷裯之晏晏兮」，王逸注：「晏晏，盛貌也。」義與毛同。今按爾雅：「晏晏、温温，柔也。」晏與温雙聲而義同，晏與燠亦雙聲。裘取其温，晏之義當爲温燠。至下句「三英粲兮」，乃言裘之鮮盛耳。

「三英粲兮」，傳：「三英，三德也。」箋：「三德，剛克、柔克、正直也。粲，衆意。」瑞辰按：羔羊詩傳：「素絲以英裘。」三英當指裘飾。初學記二十六引郭璞毛詩拾遺曰：「英謂古者以素絲英飾裘，卽上『素絲五紽』也。」田間詩學引范氏說，謂五紽、五緎、五緫卽此詩三英，是也。古者衣以章身，卽以表德。傳云「三英，三德」者，蓋謂以象三德耳。粲當讀如「三女爲㛑」之㛑。說文：「三女爲㛑。㛑〔一〕，美也。」三英之美爲粲，與三女爲㛑義同，故箋訓爲衆，正以三女爲㛑，猶人三成衆也。「於粲洒埽」毛傳：「粲，鮮明也。」廣雅釋言：「粲，鮮也。」粲皆㛑之假借。

〔一〕「㛑」字原不重，據說文補。

「邦之彥兮」，傳：「彥，士之美稱。」瑞辰按：釋訓：「美士爲彥。」詩正義引舍人曰：「國有美士，爲人所言道。」郭注「人所言詠」，義本舍人。說文：「彥，美士有彣，人所言也。從彣，厂聲。」其義均與毛傳「美稱」義合。

## 遵大路

「摻執子之袪兮」，傳：「摻，擥。袪，袂也。」箋：「思望君子，於道中見之，則欲擥持其袂而留之。」瑞辰按：說文：「操，把持也。」「擥，撮持也。」二字義同。摻疑爲操字之譌，故傳訓爲擥。據文選宋玉登徒子好色賦曰「遵大路兮攬子袪」，則三家詩有作攬者。攬卽擥字之俗，故傳以摻爲擥。魏晉間避武帝諱，凡从喿之字多改从參，八分喿字多寫从条，形近易誤。北山詩「或慘慘畏咎」，釋文：「慘，本作懆。」抑詩「我心慘慘」，張參五經文字作懆。餘如「勞心慘兮」、「憂心慘慘」，竝當爲懆，是其類也。廣雅釋言：「摻，操也。」蓋以其時操多假作摻，故遂以摻爲操耳。此詩正義云：「以摻字从手，又與執共文，故爲擥也。」又引「說文：『摻，參聲，斂也。』『操，喿聲，奉也。』二者義皆小異。」據廣雅釋詁「奉，持也」，是正義引說文「操，奉也」之訓，亦以與執共文，作操爲近，但未能確定摻爲操字之借耳。說文、玉篇皆無摻字，蓋因魏晉間摻操不分，淺者誤删其一。詩正義引說文「操，奉也」，與二徐本訓爲把持，詞亦微異。

「不寁故也」，傳：「寁，速也。」箋：「子無惡我擥持子之袪，我乃以莊公不速於先君之道使我然。」瑞辰按：爾雅釋詁：「寁，速也。」詩疏引舍人云：「寁，意之速。」說文：「寁，居之速也。从宀，疌聲。」說文：「疌，疾也。」疾亦速也。字通作撍，與疌同。周易「朋盍簪」，晁氏說之云：「簪，京本、蜀才本作撍。陰弘〔一〕道案：『張揖古今字詁疌作撍，埤蒼云：「撍，疾也。」撍與簪同。』王元叔謂：『詩「不寁」字，祖感反。』」是疌與撍即寁也。寁字訓速，速當讀同孟子「可以速則速」之速。趙注孟子：「速，速去也。」速對久言，久爲遲留，故知速爲速去。詩言「不寁故」、「不寁好」者，正序「君子去之，國人思望」之意，謂君子不宜速去其故交舊好也。寁訓速，速猶疾也。古字訓疾訓速者，即有去義。寁之訓速又訓去，猶趨之訓疾又訓行，行又訓去，走訓趨又訓去也。廣雅：「趨，疾也。」「趨，行也。」「行，去也。」「走，趨也。」「走，去也。」去之速爲寁，進之速亦爲寁。速、肅古通用。韋昭國語注：「肅，速也。」爾雅釋詁：「肅，進也。」又曰：「肅，疾也。」「肅，速也。」是其證也。箋蓋訓速爲進，「莊公不速於先君之道」猶云不進於先君之道，二章箋「不速於善道」猶云不進於善道也。然義近迂晦，不若訓速爲去，義較明顯。嚴緝釋此詩曰：「不可倉卒於故舊，言棄去之速也。」范氏補傳曰：「不敢速忘故舊之情。」其說與予正同。

「遵大路兮」，經義述聞謂：「二章路字當作道，與手、魗、好爲韻。凡詩次章全變首章之

〔一〕「弘」原作「宏」，避諱字，今改。陰弘道，唐人，著有周易新論傳疏，今存。

韻，則第一句先變韻。」今按王説是也。齊詩還次章以道與茂、牡、好爲韻，正與此詩同。詩蓋因首章作路，遂相承而誤。

「無我魗兮」，傳〔一〕：「魗，棄也。」箋：「魗，亦惡也。」釋文：「魗，本亦作𣪠，又作𣫘。」瑞辰按：説文：「𣪠，棄也。从攴，𠷎聲。周書以爲討。」正本毛詩。𣪠即𣪠之隸變，是知毛詩原作𣪠。𣪠與魗音近通用，猶禮「在醜夷不争」，醜即𠷎之借字也。據説文「醜，可惡也」，則知箋云「魗，亦惡也」正以𣪠爲魗之假借，其經文字仍作𣪠，故釋文引或云：「鄭音爲醜。」若經文作魗，則亦醜之或體，釋文不得言鄭音醜矣。説文有醜無魗，今經文作魗，皆誤从箋義以改經字。

## 女曰雞鳴

「女曰雞鳴，士曰昧旦」，箋：「此夫婦相警覺以夙興，言不留色也。」瑞辰按：昧旦猶言昧爽。説文：「昧爽，旦明也。」段玉裁本作「且明」，非也。旦，説文云：「明也。从日見一上。一，地也。」日始出地，猶未大明，故説文以旦釋昧爽。昧、昒雙聲，古通用。漢郊祀志「昒爽」即

〔一〕「傳」字原脱，據本書文例補。

昧爽。三倉解詁云：「曶，明也。」說文：「昒，尚冥也。」昧字注：「一曰，闇也。」昧旦爲未大明貌，故爲將旦之稱。列子湯問曰「將旦昧爽之交」，是其證矣。古者雞鳴而起，昧爽而朝。內則「成人皆雞初鳴適父母舅姑之所，未冠笄者昧爽而朝」，皆昧旦後於雞鳴之證。「女曰雞鳴」者，警其起也。「士曰昧旦」，言已爲將明之時，有不止於雞鳴者。與齊詩「雞既鳴矣，朝既盈矣」同義。孔疏謂「雞鳴，女起之常節；昧旦，士起之常節」，失之。

「明星有爛」，傳：「言小星已不見也。」箋：「明星尚爛爛然，早於別色時。」瑞辰按：爾雅釋天：「明星謂之启明。」此詩「明星」及詩東門之楊「明星煌煌」皆謂启明之星。启明爲大星，故傳言「小星已不見」耳。

「弋言加之，與子宜之」，傳：「宜，肴也。」箋：「所弋之鳧雁，我以爲加豆之實，與君子共肴也。」瑞辰按：爾雅釋言：「宜，肴也。」此傳所本。肴與殽通。說文：「殽，相雜錯也。」殽爲治肉之名。爾雅釋詁：「宜，事也。」秦策注：「事，治也。」宜爲事，卽治，故治肉亦得名宜。下文「宜言」亦當訓肴，猶「弋言加之」承上「弋鳧與雁」而言，則王尚書經義述聞言之當矣。又按「與子宜之」方言肴，則「弋言加之」專言弋，不應以加之爲加豆。陸佃埤雅云：「加與『玄鶴加』、『加雙鶬』之義同。」蘇氏詩傳亦引史記「弱弓微繳，加諸鳧雁之上」爲證，朱傳從之，是也。箋以加爲加豆，失之。

「琴瑟在御」，傳：「君子無故不徹琴瑟。」瑞辰按：何休公羊注引魯詩傳曰：「天子日食舉樂，諸侯不釋縣，大夫士日琴瑟。」白虎通引詩傳同。此詩「琴瑟」承上「飲酒」言，正大夫士食用琴瑟之謂。

「莫不靜好」，傳：「賓主和樂，無不安好。」瑞辰按：靜者，靖之假借。釋詁：「靖，善也。」「莫不靜好」猶云莫不嘉好。大雅「籩豆靜嘉」，靜亦靖也。說文：「靖，立竫也」。「竫，亭安也」。凡經傳安靜字皆當作竫，靖與竫通，故亦假作靜。若靜之本義，則說文自訓爲審。

「雜佩以贈之」，傳：「雜佩者，珩璜、琚瑀、衝牙之類。」瑞辰按：大戴記保傅篇云：「下車以佩玉爲度，上有蔥衡，下有雙璜，衝牙、玭珠以納其間，琚瑀以雜之。」蔡邕月令章句亦云：「佩上有雙衡，下有雙璜，琚瑀以雜之，衝牙、蠙珠以納其間。」據此，是衡璜、衝牙爲佩玉之大名，其中雜貫以琚瑀，乃爲雜佩，與毛傳兼指珩璜、衝牙言異。又按玉藻「佩玉有衝牙」，鄭注：「衝牙居中央，以前後觸也。」三禮舊圖云：「衡長五寸，博一寸；璜徑二寸；衝牙長三寸。」皆以衝牙爲一玉。盧辯云：「衝在中，牙在傍。」皇侃說：「衝居中央 牙是外畔兩邊之璜。」謂衝、牙爲二玉，又誤以璜爲牙，失之。又按詩以贈與來韻，爲古之咍與蒸登通用。孔廣森曰：「能可以讀耐，膉可以讀膴，則贈亦可以讀載。贈从曾聲，曾之言則也，則之言載也。此六書轉注之道。」其說是也。戴氏震謂贈當作貽，失之。

## 有女同車

「有女同車，顔如舜華」，傳：「親迎同車也。舜，木槿也。」箋：「鄭人刺忽不娶齊女，與之同車，故稱同車之禮，齊女之美。」瑞辰按：上言「有女同車」，實陳親迎之禮，謂忽娶陳女也。下言「彼美孟姜」，乃慕齊女德美之詞，故言「彼美」以別之。下章仿此。錢澄之謂：「上四句言忽所娶陳女徒有顔色之美，服飾之盛，下二句盛言齊女之美且賢，以刺忽之不昏於齊。」其說是也。箋謂前四句是稱親迎之禮，齊女之美，失之。說文：「蕣，木槿，朝華暮落者。」引詩「顔如蕣華」。高誘呂覽注引亦作蕣。今毛詩作舜，省借字。

## 山有扶蘇

「山有扶蘇」，傳：「扶蘇，扶胥小木也。」瑞辰按：下句「隰有荷華」，二章橋松、游龍，皆實言草木之名，不應扶蘇獨泛言小木。釋木：「輔，小木。」小木即木之名。錢大昕曰：「扶、輔聲義皆相近，長言爲扶蘇，急言爲輔。」其說是也。孔疏謂扶蘇小木，釋木無文，由不知扶蘇即輔耳。胥、疏、蘇疊韻字，古通用。扶說文作枎，云：「枎疏，四布也。」郭忠恕佩觿，「山有枎蘇」與「扶持」別，是知今作扶者，同音假借，扶疏又通作蒲蘇，公羊何休注：「暴桑（點校者按：「桑」字原脫，據公羊宣六年何注補。），蒲蘇桑也」。釋文傳作「扶蘇，扶胥木也」，無小字，亦誤。

「不見子都」，傳：「子都，世之美好者也。」瑞辰按：都、奢古同音通用。荀子「閭娵、子奢，莫之媒也」，子奢即子都也。左傳鄭莊公時有子都。孟子趙注：「子都，古之姣好者也。」孟子以子都與易牙、師曠竝舉，則子都實有其人耳。

「乃見狂且」，傳：「狂，狂人也。且，辭也。」瑞辰按：「狂且」與下章「狡童」對文。據狡童篇傳「昭公有壯狡之志」，褰裳篇「狂童」傳「狂行童昏所化也」，是狡童、狂童皆二字平列，狂且亦二字同義。且當爲伹字之省借。說文：「伹，拙也。」廣韻作「拙人也」。廣雅：「伹，鈍也。」集韻、類篇伹音疽。狂伹謂狂行拙鈍之人，不得如褰裳篇「狂童之狂也且」以且爲語詞也。又按說文嫭、怚竝曰「驕也」，義與狂近，且或即怚字之省借。

「山有橋松」，釋文：「橋，本亦作喬，毛作橋，鄭作槁。」盧氏考證曰：「箋不言橋當作槁，是經本作槁，作橋及喬皆王肅本。」瑞辰按：上章傳「高下大小各得其宜」，兼釋二章之義，喬松亦言其大。毛本自作橋，或依本字作喬。盧謂經本作槁，非也。喬从高聲，故鄭以橋爲槁之假借，遂以槁字釋之。猶傳尚書者爲歐陽高，而說文引作歐陽喬也。呂氏春秋介立篇引介子推賦詩「四蛇從之，得其雨露，一蛇羞之，橋死于中野」，橋死即槁死，則橋、槁古固通用矣。

「隰有游龍」，傳：「龍，紅草也。」箋：「游龍，猶放縱也。紅草放縱枝葉於隰中，喻忽聽恣小臣。」瑞辰按：爾雅：「紅，龍古。其大者蘬。」龍卽龍之省借，紅卽今名水葒者，游龍蓋狀其踈縱之貌。其性宜溼，故傳前章云「高下大小各得其宜」。箋言喻小人放恣，似非詩義。

「不見子充」，傳：「子充，良人也。」瑞辰按：孟子：「充實之謂美。」廣韻：「充，美也。」子充猶言子都，故爲良人。

## 蘀兮

「蘀兮蘀兮，風其吹女」，傳：「蘀，槁也。人臣待君倡而後和。」箋：「槁，謂木葉也。木葉槁，待風乃落。興者，風喻號令也，喻君有政教，臣乃行之。言此者，刺今不然。」瑞辰按：序言「君弱臣强，不倡而和」。詩「蘀兮蘀兮」，喻君弱也；「風其吹女」，喻臣强也；「叔兮伯兮」二句，謂羣臣自相倡和，不待君倡，序所謂「不倡而和」也。傳以上二句爲興下倡和，似非詩義。豳風「十月隕蘀」，傳：「蘀，落也。」說文：「草木凡皮葉落陊地爲蘀。」又曰：「檡，木葉陊也。讀若薄。」小徐云：「此亦蘀字。」玉篇云：「檡，與蘀同。」「蘀兮蘀兮」蓋將落未落之辭。

## 狡童

「彼狡童兮」，傳：「昭公有壯狡之志。」瑞辰按：說文：「狡，少犬也。」狡本少犬之名，引申爲狡好，又爲狡健。廣雅：「狡，健也。」狡通作佼，月令「養壯佼」，淮南子高注「壯佼，多力之士」是也。童古作僮，爲未冠之稱，又爲僮昏之稱。褰裳詩「狂童」，傳：「狂行童昏所化也。」廣雅：「僮，癡也。」狡童猶狂童，謂其壯狡而僮昏也。史記箕子麥秀歌「彼狡僮兮，不與我好兮」，所謂狡僮者，紂也。詩刺昭公爲狡童，與箕子刺紂爲狡童正同。正義謂「狡好之幼童」，失之。

「維子之故」，瑞辰按：故當讀如式微詩「微君之故」，故猶難也。昭公屢遭放逐之難，故言「維子之故」。

「使我不能息兮」，傳：「憂不能息也。」瑞辰按：息對餐言，謂喘息也。人之氣，急曰喘，舒曰息，渾言則喘亦爲息。故説文曰：「息，喘也。从心自會意。」自者，鼻也。心气必从鼻出，故从心自。説文又曰：「喘，疾息也。」「𩠽，卧息也。讀若𣧑。」黍離詩「中心如噎」，傳：「謂噎憂不能息也。」劉台拱曰：「噎、憂雙聲，憂讀爲嚘。説文『欭嚘也』，欭嚘卽噎憂。玉篇引毛傳多『謂』字，不誤；今本譌脱。」段玉裁言此詩「憂不能息」，憂亦讀爲嚘。今按前章傳「憂懼不能餐也」，此章不言懼，但曰「憂不能息」，正憂當讀如嚘之證。玉篇：「嚘，於求切。」引「老子曰：『終日號而不嚘。』嚘，氣逆也。」説文：「欭，咽中息不利也。」不能息卽言气息不利耳。

## 褰裳

「褰裳涉溱，」傳：「溱，水名也。」瑞辰按：說文：「溱，水出桂陽臨武，入滙。」「潧，水出鄭國。」引詩作「潧與洧」。水經曰：「潧水出鄭縣西北平地。」字以作潧爲正。詩以溱與人爲韻，在古音真臻類，故假溱作潧[一]，猶增增作溱溱也。爾雅釋訓：「增增，衆也。」魯頌「烝徒增增」傳本之。小雅無羊詩「室家溱溱」，傳：「溱溱，衆也。」即增增。

「豈無他士」，傳：「士，事也。」箋：「他士，猶他人也。」段玉裁說文注謂：「經文本作『豈無他事』，傳曰『事，士也』。今本依傳改經，又依經改傳，而傳遂不可通矣。」瑞辰按：段說非也。豳風「勿士行枚」，周頌「陟降厥士」、「保有厥士」，傳竝曰：「士，事也。」此傳以士爲事之假借，正與彼同。然與前章「他人」不相類，故箋易其義而以本字釋之曰：「他士，猶他人也。」若經本作事，傳改爲士，則其義已顯，箋不須更云「他士猶他人」矣。祈父「予王之爪士」，傳亦云：「士，事也。」箋於首章已云「爪牙之士」以易傳義，故本章無箋。汪龍毛詩異義謂經文本作「爪事」，傳作「事，士也」，今本爲後人所改，其說亦非。經傳中訓士爲事者多矣，未有訓事爲士者也。

「狂童之狂也且」，傳：「狂行童昏所化也。」瑞辰按：晉語：「僮昏不可使謀。」僮、童古字通。易釋文引廣雅「童，癡也」，賈子道術篇「反慧爲童」，晉胥童字之昧，皆童爲昏昧之義。

[一]「潧」原作「增」，據續經解本改。

## 丰

「俟我乎巷兮」，傳：「巷，門外也。」箋：「出門而待於巷中。」瑞辰按：王觀察曰：「古謂里道爲巷，亦謂所居之宅爲巷，故廣雅曰：『衖，居也。』衖、巷古字通。論語『在陋巷』，秦策曰『窮巷掘門』，楚策『堀穴窮巷』，韓詩外傳『窮巷白屋』，莊子『窮閭阨巷』，皆謂巷爲所居之宅，非街巷之巷。」今按王説是也。此謂「俟我乎巷兮」，正當謂巷爲居室。巷對堂言，蓋合齊詩之俟著、俟庭言之，在門內不在門外，説苑所云「拜諸母於大門」也。下章「俟我乎堂」即堂室之堂，與齊詩「俟我於〔一〕堂」及説苑言「女辭父于堂」正同。箋易堂爲棖，孫毓引禮「門側之堂謂之塾」，釋文「堂，門堂也」，皆由誤以巷爲里巷之巷，因誤以堂爲里巷門側之堂耳。

## 東門之墠

「東門之墠」，傳：「東門，城東門也。墠，除地町町者。」釋文：「壇，依字當作墠。」正義曰：「徧檢諸本，字皆作壇。左傳亦作壇。其禮記、尚書言壇墠者，皆封土謂之壇，除地者謂

〔一〕「於」原作「乎」，據齊風著第三章改。

之墠，壇、墠字異，而作此壇字，讀音曰墠，蓋古字得通用也。今定本作墠。」瑞辰按：祭法鄭注：「封土爲壇，除地爲墠。」說文：「墠，野土也。」「壇，祭壇場也。」據傳云「除地町町者」，是字作墠爲正。釋文及正義本作壇者，假借字也。周官大司馬「暴內陵外則壇之」，注：「壇讀如同墠之墠。」司儀注：「故書壇作墠。」襄二十八年左傳「舍不爲壇」，釋文：「服虔本作墠。」是壇、墠古聲近通用之證。據華嚴經音義引韓詩傳曰：「墠，猶坦。」是知作墠者本韓詩也。定本及唐石經、今正義本作墠者，皆以韓詩改毛詩耳。

「茹藘在阪」，傳：「茹藘，茅蒐也。男女之際，近而易則如東門之墠，遠而難則如[一]茹藘在阪。」箋：「墠邊有阪，茅蒐生焉。茅蒐之爲難淺矣，易越而出。此女欲奔男之辭。」瑞辰按：茹藘，染艸也。說文：「茅蒐，茹藘。人血所生，可以染絳。」詩刺不待禮而奔，蓋以帛必待染而後成章，興男女必待禮而後成婚。傳以墠阪爲喻難易，非詩義也。箋以爲女欲奔男之詞，則愈失之遠矣。

「東門之栗，有踐家室」，傳：「栗，行上栗也。踐，淺也。」箋：「栗而在淺家室之內，言易竊取。栗，人所啗食而甘耆，故女以自喻也。」瑞辰按：太平御覽引韓詩踐作靖，云：「靖，善也。言東門之外，栗樹之下，有善人可與成爲家室也。」據曲禮「日而行事則必踐之」，鄭注

[一]「如」字原無，據阮元毛詩注疏校勘記補。

「踐讀曰善」，是踐本可訓善。藝文類聚引韓詩作踭，踭亦善也。但據上「東門之栗」毛傳訓爲行上栗，則有踐當讀如「籩豆有踐」之踐，从毛傳訓爲行列貌，謂表行栗於家室之前，貌如有列整齊也。踐與翦古通用。爾雅：「翦，齊也。」説文作前，曰「齊斷也」。齊斷曰翦，籩豆及樹木行列整齊亦通曰翦。踐即翦也。翦通作踐，猶玉藻之「弗身踐也」踐當爲翦也。踐訓爲齊，猶宓不齊字子賤，賤亦翦之假借也。毛傳訓淺，韓詩訓善，皆失之。栗取戰栗之義。詩人蓋以栗之有行列，喻人行禮之有法度。箋以栗甘爲喻，失之。

## 風雨

「風雨淒淒」，瑞辰按：説文湝字注：「一曰，湝湝，寒也。」引詩「風雨湝湝」。當即「風雨淒淒」之異文。湝、淒音義相近。湝又通喈。詩「北風其喈」，喈亦寒意。

「風雨瀟瀟」，傳：「瀟瀟，暴疾也。」瑞辰按：説文有潚無瀟，潚字注云：「清深也。」水之清者多疾，方言：「清，急也。」故引申之義爲疾。思玄賦「迅猋潚其媵我」，舊注：「潚，疾貌。」義同毛傳。廣韻一屋二蕭皆有潚無瀟。胡承珙曰：「明刻舊本毛詩作潚，今本誤作瀟。猶水經湘水篇『出入潚湘之浦』，今亦訛作瀟也。」今按潚字入聲音肅，平聲同羞，轉音霄，其字或借作蕭蕭。楚詞九歎「秋風瀏以蕭蕭」，又九懷「秋風兮蕭蕭」，蕭蕭即潚潚之假借。後人不知蕭有霄音，故妄增瀟字耳。

「雞鳴膠膠」，傳：「膠膠，猶喈喈也。」瑞辰按：玉篇：「嘐，古包切，雞鳴也。」啁下引說文曰：「啁嘐也。」廣韻引詩「雞鳴嘐嘐」，膠膠即嘐嘐之假借。

「風雨如晦」，傳：「晦，昏也。」瑞辰按：爾雅釋言：「晦，冥也。」釋天：「天氣下〔一〕，地不應，曰雺。地氣發，天不應，曰霧。霧謂之晦。」釋文：「雺，亦作雺。霧，亦作霿。」說文：「地氣發，天不應，曰霚。天氣下，地不應，曰霿。霿，晦也。」與爾雅互易。段玉裁謂：「當以許書爲正。霿或作霧者誤。」今按此詩「如晦」，當指霿氣言之。霿，釋名作蒙，開元占經作濛，引月令仲冬「氛濛冥冥」。今月令作「氛霧」，霧乃霿之誤也。洪範曰「蒙恆風若」，蒙爲恆風之象，故知「風雨如晦」當指霿晦言也。公羊僖十五年：「己卯晦，震夷伯之廟。」傳：「晦者何？冥也。」解詁曰：「晝日而冥。」是晦即晝晦，正指霿氣所爲，非「明動晦休」之晦。

## 子衿〔二〕

「青青子衿」，傳：「青衿者，青領也。學子之所服。」箋：「禮，父母在，衣純以青。」瑞辰

〔一〕「下」原作「發」，據爾雅釋天改。

〔二〕「子衿」原作「青衿」，依通行各本毛詩改。又本書前後引用亦多作青衿，均逕改不出校。

按：衿，漢石經作裣，爲正字。釋文：「衿，本亦作襟。」衿、襟皆隸變字也。爾雅釋器：「衣眥謂之襟。」郭注：「交領。」李巡曰：「交眥，衣領之襟。」方言：「衿謂之交。」均與毛傳合。說文：「衽，衣裣也。」「裣，交衽也。」據玉藻「衽當旁」，則許云「交衽」謂裳際之衽，與交領異義。蓋裣本衣衽之稱，古者斜領下連於裣，如今小兒衣領，亦謂之裣耳。至爾雅釋器「衿謂之袸，佩衿謂之褑」，衿乃紟字之假借。說文作紟，「衣系也。籀文作絵。」據玉篇「衿亦作紟，結帶也」，則衿爲紟之或體，詩作衿亦假借字。

「子寧不嗣音」，傳：「嗣，習也。古者教以詩樂，誦之歌之，弦之舞之。」箋：「嗣，續也。女曾不傳聲問我。以恩，責其忘己。」瑞辰按：墨子公孟篇曰：「誦詩三百，弦詩三百，歌詩三百，舞詩三百。」此毛傳所本。嗣，韓詩作詒，「詒，寄也；曾不寄問也。」此箋義所本。詒、嗣古通用。虞書「舜讓于德不嗣」，史記集解引今文尚書作「不台」，是其證矣。傳、箋說各有本，據序言「刺學校廢」，當以傳義爲允。

「縱我不往，子寧不來」，傳：「不來者，言不一來也。」瑞辰按：往來即「禮聞來學，不聞往教」之謂。

「挑兮達兮」，傳：「挑達，往來相見貌。」瑞辰按：說文：「叏，滑也。」引詩「叏兮達兮」。辵部達字注又引詩「佻兮達兮」。方言：「佻，疾也。」又通窕，成十六年左傳：「楚師輕窕。」又通條，挑達猶條達。尚書大傳「晦而月見西方謂之朓」，鄭注：「朓，條也。」條達，行疾貌。說文：「達，行不相遇也。」太平御覽引詩作撻。商頌殷武毛傳：「撻，疾也。」釋文引韓詩云：「撻，達也。」達或从大，音義近泰。說文：「泰，滑也。」「滑，利也。」滑與疾義相成。挑達雙聲字，蓋疾行滑利之貌。春秋鄭罕達字子姚，姚者佻字之借，卽取詩挑達之義。又按正義曰：「明其乍往乍來，故知挑達爲往來貌。」是正義本傳無「相見」字。釋文云：「挑達，往來見貌。」胡承珙曰：「古貌字作皃，或誤爲見，淺人因於見下妄添貌字耳。」

「在城闕兮」，傳：「乘城而見闕。」箋：「國亂，人廢學業，但好登高，見於城闕，以候望爲樂。」正義引釋宮「觀謂之闕」，云：「闕是人君宮門，非城之所有，且宮門觀闕不宜乘之候望。此言『在城闕兮』，謂城之上別有高闕，非宮闕也。」瑞辰按：闕者，𩫖之假借。說文：「𩫖，缺也。古者城闕其南方，謂之𩫖。从𩫏。」「𩫏，象城𩫏之重，兩亭相對也。」今按：郭爲重城，象兩亭相對，兩亭卽內外城臺也。蓋古諸侯之城，三面皆重設城臺，惟南方之城無臺，其形缺然，故謂之𩫖。借作闕。公羊定十二年何休注：「天子周城，諸侯軒城。軒城者，闕南面以受過也。」與說文城缺南方義合。周官小胥：「王宮縣，諸侯軒縣。」春秋傳謂之曲縣。軒城猶軒縣、曲縣也，其形缺然而曲。惠士奇曰：「古文曲作𠃊，象缺之形。」是也。城闕卽南城缺處耳。孔疏旣謂闕非城之所有，又謂城之上別有高闕，非也。公羊疏疑爲城墉不完，則益誤矣。

## 揚之水

「終鮮兄弟」，箋：「鮮，寡也。忽兄弟爭國，親戚相疑，後竟寡於兄弟之恩。」瑞辰按：終，猶既也，已也。王風葛藟篇曰「終遠兄弟」，傳：「兄弟之道已相遠矣。」正以已釋終字。箋於彼亦曰：「今已遠棄族親矣。」此詩「終鮮兄弟」猶云已鮮兄弟。箋以「後竟」釋終，失之。

「人實迂女，」傳：「迂，誑也。」瑞辰按：說文：「迂，往也。」「誑，欺也」。誑、迂古音近，故傳以迂爲誑之假借。說文迂字注引春秋傳曰：「子無我迂。」又左氏傳曰：「是我迂吾兄也。」皆借迂爲誑。

## 出其東門

「縞衣綦巾」，傳：「縞衣，白色，男服也。綦，蒼艾色，女服也。」箋：「縞衣綦巾，所爲作者之妻服也。綦，綦文也。」瑞辰按：說文：「綥，帛蒼艾色也。」引詩作綥。猶左傳「楚人惎之」，說文引作畀，杜林以畀爲騏字也。許專以綥巾爲未嫁女服，卽本毛傳綦巾女服之說申言之也。今按毛傳以縞衣爲男服，於經義未協。縞衣亦未嫁女所服也。夏小正八月「玄校」，傳：「玄也者，黑也。校也者，若襐色然。一本襐作緣。婦人未嫁者服之。」今按校之言皎，謂白色也。婦人未嫁服校衣，正縞衣爲未嫁女所服之證。若傳以校爲襐色，則誤以白爲黑，且誤以女嫁時所服爲未嫁女服矣。襐衣通作緣衣。周官內司服「緣衣」，注：「男子之緣衣黑，則是亦黑也。」釋名：「襐衣，襐然色黑也。」此襐衣色黑之證。士喪禮「陳襲事，襐衣」，注：「黑衣裳赤緣，謂之襐。襐之言緣也。」爾雅：「緣謂之純。」說文：「緣，衣純也。」士昏禮「女次純衣纁袡」，純當讀黗。說文：「黗，黃濁黑〔一〕也。」廣雅：「黗，黑也。」廣韻：「黗，黃黑色也。」是知純衣卽緣衣，緣衣卽襐衣。鄭康成以純衣爲絲衣者，誤也。此女始嫁服襐衣之證。玉藻「麛裘，絞衣以裼之」，絞亦皎然色白，猶夏小正「玄校」之校，謂縞衣也，與論語「素衣麛〔二〕裘」取衣色與裘相稱者正合。鄭康成以絞爲蒼黃色，亦誤。至此箋以綦爲綦文，與秦風傳「騏，綦文」合，蓋讀綦如騏。騏爲青黑色文，爲交錯之文，與傳說異。

「聊樂我員」，釋文：「員，本亦作云。」正義：「員、云古今字，助句詞也。」瑞辰按：員當讀如「婚姻孔云」之云，彼箋云：「云，猶友也。」友與有同〔三〕。廣雅釋詁員、云竝曰「有也」。詩言不相親者云「亦莫我有」，則言其相親有者宜曰「聊樂我員」矣。正義以員爲助句詞，失之。

〔一〕「黑」原作「黷」，據說文改。

〔二〕「麛」，論語鄉黨作「麑」。阮元論語注疏校勘記云：「兩字義別，然古書多通用。」

〔三〕「友與有同」原作「有與友同」，據續經解本改。

釋文引韓詩作魂，魂即云字之假借。韓詩訓爲神，亦非。

「出其闉闍」，傳：「闉，曲城也。闍，城臺也。」箋：「闍讀當如『彼都人士』之都，謂國外曲城之中市里也。」正義曰：「釋宮云：『闍謂之臺。』闍是城上之臺，謂當門臺也。闍既是城上之臺，則知闉是門外之城，即今之門外曲城是也。」瑞辰按：說文：「闉，闉闍，城曲重門也。」引詩「出其闉闍」。又曰：「闍，闉闍也。」闉闍二字當從許君倂言之，謂出此曲城重門，義始明顯。闍爲臺門之制，上有臺則下必有門，有重門則必有曲城，二者相因。「出其闉闍」謂出此曲城重門，故闉闍二字皆從門也。箋讀闍爲都，失之。

「有女如荼」，傳：「荼，英荼也。言皆喪服也。」箋：「荼，茅秀。物之輕者，飛行無常。」瑞辰按：「如荼」與「如雲」皆取衆多之義。荼或作蒤。廣雅：「蒤、蕍，茅穗也。」說文：「蕍，茅秀也。」豳風傳：「荼，萑苕也。」夏小正七月：「灌荼。灌，聚也。荼，萑葦之秀。」是茅秀爲荼，葦秀亦爲荼。爾雅：「蔈、荂，荼。猋、藨[一]，芀。」又曰：「葦醜，芀。」蓋對文則茅秀爲荼，葦秀爲芀，散言則茅、葦之秀通可稱荼，皆取色白爲義。灌荼則有叢聚之象，故以喻衆多也。傳以「如荼」爲皆喪服，似非詩義。

「匪我思且」，箋：「匪我思且，猶匪我思存也。」瑞辰按：爾雅釋詁：「徂、在，存也。」且即

〔一〕「藨」原作「麃」，據爾雅釋草改。

徂之省借，故箋謂且猶存。釋文且音徂，引爾雅「徂，存也」爲證。說文：「在，存也。」爾雅既曰「徂，往」又曰「徂，存」者，郭注謂義取反覆旁通。說文：「退，往也。或从彳作徂，籀文作遣。」是退與遣皆徂字之異體。又通作𧇡。說文：「𧇡，且往也。」

「縞衣茹藘」，傳：「茹藘，茅蒐之染，女服也。」箋：「茅蒐染巾也。」瑞辰按：爾雅釋草：「茹藘，茅蒐。」李巡注：「茅蒐一名茜，可以染絳。」釋器：「三染謂之纁。」郭注：「纁，絳也。」廣雅：「纁謂之絳。」是茹藘染絳即纁也。士昏禮「女次純衣纁袡」，茹藘所染當即纁袡。方言：「蔽厀，齊魯之郊謂之袡。」釋名：「韠，蔽也，所以蔽厀前也。婦人蔽厀亦如之。」纁袡即婦人蔽厀。鄭注士昏禮謂以纁爲之緣，失之。方言又云：「蔽厀，魏宋南楚之間謂之大巾。」箋但曰「茅蒐染巾」，不言大巾，蓋泛言拭物之巾，說亦未確。

## 野有蔓草

「野有蔓草」，傳：「蔓，延也。」瑞辰按：蔓者，曼之假借。說文：「蔓，葛屬也。」「曼，引也。」爾雅：「引、延，長也。」是蔓爲艸名，滋曼字古祇作曼。毛傳訓延，猶說文訓引也。今經傳通借蔓爲曼。

「零露漙兮」，傳：「漙漙然盛多也。」箋：「零，落也。」瑞辰按：零，石鼓文及說文俱作霝。

說文：「霝，雨零也。」玉篇：「霝，落也。」據正義云「靈作零字，故爲落也」，是正義本經原假靈作霝，箋當云「靈，落也」，唐以後始作零耳。說文：「䨕，雨䨕也。」此下雨本字，今經典通借作落矣。釋文：「漙，本又作團。」文選李善注引毛詩「零露團兮」，與釋文所引一本合。說文：「摶，以手圜之也。」舊作「圜也」，此从段本依韻會補。說文又曰：「團，圜也。」團與摶音近而義同。顔師古匡謬正俗云：「『零露漙兮』，古本有水旁作專者，亦有單作專字。」今按說文有摶與團，而無漙字，新附始有之，漙蓋後作字也。周禮假專爲團，則作專者亦省借字。至呂忱字林有䨚字，云「露貌」，音上兗反，玉篇有霣，云「霣霣，露多」，皆後人所增益，古只作摶、團與專耳。

「清揚婉兮」，傳：「清揚，眉目之間婉然美也。」瑞辰按：據齊風猗嗟篇首章曰「美目揚兮」，次章曰「美目清兮」，三章卽合之曰「清揚婉兮」，是清、揚皆指目之美。此詩「清揚婉兮」義與彼同，不必如毛傳以揚爲揚眉而指爲眉目之間也。方言：「好目謂之順，燕代朝鮮洌〔一〕水之間曰盱，或謂之揚。」是好目爲揚之證。蓋目以清明爲美，揚亦明也。淮南覽冥訓高注：「揚，明也。」是其證矣。說文：「婉，順也。」順與美同義。玉篇、集韻引詩「清揚畹兮」，皆後人增益之字。韓詩外傳引作「青陽宛兮」，皆假借字。

〔一〕「洌」原作「冽」，據續經解本及方言改。

「邂逅相遇」，傳：「邂逅，不期而會。」釋文：「逅，本又作遘。」瑞辰按：邂逅二字雙聲。説文無邂逅二字，新附有之。漢碑有邂無逅，逅與姤同，古文作遘。易姤卦釋文：「姤，薛云古文作遘。」與詩釋文「逅，本作遘」同。説文：「遘，遇也。」遘卽姤與逅也。邂逅通作解覯，綢繆詩「見此邂逅」，釋文云「本作解覯」是也。又作解構，淮南俶真訓「孰能解構人間之事」是也。古邂逅字正作解遘，邂逅爲後作字，覯與構皆假借字也。爾雅釋艸「薢茩，芵光」，郭注引或曰：「蔆也。關西謂之薢茩。」則薢茩又蔆角之别名。

「零露瀼瀼」，傳：「瀼瀼，盛貌。」瑞辰按：廣雅：「⿱雨囊⿱雨囊，露也。」⿱雨囊卽瀼，蓋後作字。

## 溱洧

「方渙渙兮」，傳：「渙渙，春水盛也。」箋：「仲春之時冰已釋，水則渙渙然。」釋文：「渙渙，韓詩作洹洹，音丸。説文作汎汎，音父弓反。」瑞辰按：太平御覽引韓詩傳曰：「洹洹，盛貌。」玉篇以氿爲洹之重文。説文蓋作氿氿，从韓詩也。段玉裁謂釋文汎爲氿字之誤，是也。漢書地理志引詩作灌灌，蓋渙、洹、氿、灌古音竝相近，故通用。洹、氿爲正字，渙、灌皆假借字也。初學記引韓詩章句曰：「溱與洧方洹洹兮，謂三月桃花水下時。」蓋以當水盛時，故以洹洹爲盛貌，與毛傳義同。箋云「仲春冰釋，水則渙渙然」，亦謂冰釋則水盛，水盛則流必散，義正相承。說文：「渙，流散也。」

「方秉蕑兮」，傳：「蕑，蘭也。」釋文引韓詩云：「蕑，蓮也。」瑞辰按：正義引義疏〔一〕云：「蕑即蘭，香艸也。其莖葉似藥草，澤蘭廣而長節，節中赤，高四五尺。」是詩所謂蘭者，非今似蕙之蘭。說文：「蘭，香草也。」本草綱目謂蘭即今省頭草，今艸名省頭香是也。說文無蕑字，據一切經音義卷二引字書云：「葌與蕑同。葌，蘭也。」又引說文：「葌，香艸也。」卷十二引聲類：「葌，蘭也。」蕑即葌之別體。又通作菅。山海經郭注：「葌，亦菅字。」一切經音義「菅艸」注云：「經文作葌。」菅、葌蓋同音假借，非謂即菅茅之菅也。太平御覽引韓詩章句云：「蕑，蘭也。」初學記引韓詩章句云：「鄭國之俗，三月上巳於溱、洧兩水之上招魂續魄，秉蘭拂除不祥。」是韓亦以蕑爲蘭。至釋文又引韓詩作「蕑〔二〕，蓮也」，蓋釋澤陂詩「有蒲與蕑」，爲鄭箋所本，釋文誤移此章耳。又蕑字說文所無，據漢熹平石經殘碑，論語堯曰篇「簡在帝心」石刻从艸作蕑，知蕑即簡之隸變。蘭字以柬爲聲，柬、簡古通用，故蘭字可通作蕑，蕑亦簡也。釋文謂：「蕑，古顏反，字从草。若作竹下，是簡策之字。」昧古人通假之義矣。

「士曰既且」，箋：「既，已也。士曰已觀矣，未從之也。」瑞辰按：「既且」二字當爲「曁」字

〔一〕「義疏」毛詩正義引作「陸璣疏」，指陸璣毛詩草木鳥獸蟲魚疏。

〔二〕「蕑」原作「蘭」，據續經解本及釋文改。

之譌。小爾雅：「暨，息也。」暨與塈通。大雅嘉樂詩「民之攸塈」，傳：「塈，息也。」左氏成二年、昭二十一年傳竝引詩「民之攸暨」，杜注：「暨，息也。」暨、塈皆愒之假借。説文：「愒，息也。」暨與觀相對成文。「女曰觀乎」，勸其往也；「士曰暨」，勸其息也。蓋士初未去，但言欲止息，故女又言「洧之外，洵訏且樂」，以勸其往觀。若如箋云「士曰已觀」，則洧外之樂士已知之，女不復以「洵訏且樂」勸之矣。暨从旦，與且形相近，又與「且往觀乎」文相連，因譌爲「既且」二字。漢張遷碑「既且」亦爲暨字之譌，與此相類。

「洵訏且樂」，傳：「訏，大也。」釋文引「韓詩作恂盱，樂貌也」。瑞辰按：漢書地理志引詩作恂盱，正本韓詩。説文：「恂，信心也。」恂爲本字，洵假借字。訏者，盱之假借。豫六三「盱豫」，釋文：「向云：睢盱，小人喜悦之貌。」是盱有樂義，从韓詩訓樂爲是。古人用字不嫌詞複，「恂盱且樂」與詩「洵美且都」句法正相似。盱又通作吁，大戴禮四代篇「子吁焉其色」，少閒篇「公吁焉其色」，王尚書曰「吁皆喜貌」是也。

「伊其相謔」，箋：「伊，因也。」瑞辰按：伊者，⿱殹口之假借。廣雅：「⿱殹口，笑也。」玉篇、廣韻竝曰：「⿱殹口，笑貌。」⿱殹口者戲謔之貌，「伊其相謔」猶云「咥其笑矣」，咥卽笑之貌也。伊、⿱殹口音近，⿱殹口假作伊，猶伊讀爲繄也。雄雉詩「自詒伊阻」，蒹葭詩「所謂伊人」，東山詩「伊可懷也」，正月詩「伊誰云憎」，箋竝曰「伊當作繄」是也。

「贈之以勺藥」，傳：「勺藥，香艸。」箋：「其別則送女以勺藥，結恩情也。」正義引義疏云：「今藥草芍藥無香氣，未審今何艸。」瑞辰按：古之勺藥非今之所云芍藥，蓋蘼蕪之類，故傳以爲香艸。山海經北山經「繡山多芍藥」，郭注：「芍藥一名辛夷，亦香艸屬。」廣雅：「攣夷，芍藥也。」張揖上林賦注：「留夷，新〔一〕夷也。」新、辛同音，留、攣音轉，是留夷、辛夷、攣夷皆芍藥之異名。王逸楚詞注：「辛夷，香草也。」此與木筆名辛夷者同名而異實。顏師古因樹名辛夷，因謂留夷香艸，非辛夷，誤矣。釋文引韓詩曰：「勺藥，離草也。言將離別贈此草也。」今案崔豹古今注曰：「芍藥一名可離，故將別贈以芍藥。猶相招則贈以文無，文無一名當歸也。」正與韓詩以芍藥爲離草合。稽古篇引董氏謂勺藥爲江蘺，則將離即江蘺之轉聲耳。箋云「其別則送女以勺藥」，其義卽本韓詩。又云「結恩情」者，以勺與約同聲，故假借爲結約也。勺藥又爲調和之名。子虛賦「勺藥之和」，楊雄蜀都賦「勺藥之羹」，七發「勺藥之醬」，七命「和兼勺藥」，文穎云「勺藥，五味之和也」，韋昭云「勺藥，和齊酸鹹，美味也」，張衡南都賦云「歸雁鳴鵽，香稻鮮魚，以爲勺藥」，皆以勺藥爲調和名，不以爲草。段玉裁及王尚書竝云：「勺藥之言適歷也。」適亦調也。說文：「曆，調也。」與歷同。均調謂之適歷，聲轉則爲勺藥。今按伏儼注子虛云：「勺藥，以蘭桂調食也。」魯靈光殿賦注引禮斗威儀曰：「君

〔一〕「新」原作「辛」，據文選上林賦「雜以留夷」李注引張揖說改。按下句云「新、辛同音」卽承此而言。

乘金而王，其政平，則蘭芝生。」鄭康成注曰：「主調和也。」是調和有用蘭者。呂氏春秋本生篇高注云：「鄭國淫辟，男女私會於溱、洧之上，有詢盱之樂，勺藥之和。」竊疑齊、魯詩有以勺藥爲調和者，故高誘本之。蓋以上言「秉蘭」，可爲調和之用，因知下言「贈之以勺藥」爲調和，蓋取義於和也。是亦可備異說。太平御覽引義疏，以勺藥之和卽爲勺藥之草，則誤矣。

「瀏其清矣」，傳：「瀏，深貌。」瑞辰按：說文：「瀏，流清貌。」又：「劉，竹聲也。」小徐曰：「猶言瀏然聲清也。」聲清曰劉，水清曰瀏，其義一也。文選南都賦李注引韓詩内傳作漻，云：「漻，清貌也。」莊子天地篇「漻乎其清也」，李軌音讀漻爲劉。廣雅：「漻，清也。」是劉與漻聲義竝同。說文：「漻，清深也。」則深與清義亦相因。

「伊其將謔」箋：「將，大也。」瑞辰按：將謔，猶相謔也。尚書大傳「羲伯〔一〕之樂舞將陽」，將陽卽相羊之假借。

〔一〕羲伯原作義伯，據續經解本及尚書大傳（陳壽祺輯校本）改。

# 毛詩傳箋通釋卷九

## 齊

### 齊風總論

治國以禮義者，禮義積而民多信讓；治國以功利者，功利積而國多富强。世或謂信讓之衰，流爲微弱，嘗於魯徵之；富强之弊，失在荒淫，可於齊見之。然齊太公之報政也，曰「因其俗」，蓋因其强毅之俗，非因其荒亂之俗也；曰「簡其禮」，蓋簡其繁重之禮，非簡其婚姻之禮也；「通工商之業」，非使其舍業以嬉也；「便魚鹽之利」，非教其民好利無恥也。齊風十一〔一〕

〔一〕「十一」，原脱「一」字。按齊風共十一篇。又據詩序言，雞鳴、還二篇刺哀公，南山、甫田、盧令、敝笱、載驅五篇刺襄公（敝笱序言「刺文姜」，乃指文姜與襄公私通，故亦爲刺襄公），著、東方之日、東方未明三篇刺時、刺衰、刺無節，猗嗟一篇刺魯莊公，共十一篇。本書下文謂「刺哀公者二」、「刺襄公者五」、「其三刺時、刺衰、刺無節」、「其一刺魯莊」，總數亦爲十一篇。今據補「一」字。

篇皆刺詩：內刺哀公者二；刺襄公者五；其三刺時、刺衰、刺無節，蓋皆哀公時作；其一刺魯莊，仍以刺齊襄也。從禽無厭，昏禮不行，實哀公之荒淫有以啟之。苦及百姓，惡播萬民，實襄公之荒淫有以致之。豈太公之報政，簡易近民，有未善哉！

## 雞鳴

「匪雞則鳴，蒼蠅之聲」，傳：「蒼蠅之聲有似遠雞之鳴。」箋：「夫人以蠅聲爲雞鳴，則起早於常，禮敬也。」瑞辰按：古者雞鳴而起。蠅於天將明時始鳴，實在雞鳴之後。箋以蠅聲爲早於雞鳴，非也。二章「月出之光」，印古詩話謂月當爲日字之誤。詩蓋託爲夫人戒君早朝，恐其晏起之詞。始曰雞鳴朝盈，可以起矣；繼則曰匪雞鳴也，蠅聲也，言不止雞鳴，天已將明也。二章繼前章言之，曰「東方明矣，朝既昌矣」，可以視朝矣；繼又曰「匪東方則明」，乃日出也，言不止天明也。蠅聲晚於雞鳴，日出又晚於東方明。末章「會且歸矣」，又不止日出來朝。皆極言恐其將晚，而賢妃警戒之意始見。二章日譌爲月，毛、鄭所見本已然，以月光早於東方，因竝以蠅聲爲早於雞鳴，失其義矣。

「無庶予子憎」，傳：「無庶予子憎，無見惡於夫人。」箋：「庶，衆也。無使衆臣以我故憎惡於子。戒之也。」瑞辰按：爾雅：「庶，幸也。」大雅抑詩「庶無大悔」，傳：「庶，幸也。」無庶即庶無之倒文，猶遐不亦作不瑕，尚不亦作不尚也。合言之，則無庶即無也，故傳但以無字釋之。箋釋庶爲衆，失矣。予、與古今字。「予子憎」，正義引定本作「與子憎」，與猶遺也，廣雅：「遺，與也。」遺猶貽也。說文：「貽，贈遺也。」「無庶與子憎」即庶無貽子憎，猶詩言「無父母貽罹」，左傳「無貽寡君羞」也。毛傳但曰「無見惡於夫人」，不解予字，予即與之通用字。箋讀予爲予我之予，失之。

## 還

序：「習於田獵謂之賢。」瑞辰按：賢當爲儇字音近之譌。序本經文以立訓，賢即首章儇字。猶下句「閑於馳逐謂之好」，即釋二章好字也。

「子之還兮」，傳：「還，便捷之貌。」釋文：「便捷，本亦作便旋。」瑞辰按：還、旋古通用，釋文傳作「便旋」爲是。說文：「𧾩，疾也。」傳訓便捷，以還爲𧾩之假借。說文又曰：「懁，急也。」義與𧾩近。釋文引韓詩作嫙，云：「嫙，好貌。」據下章「子之茂兮」、「子之昌兮」，茂、昌皆爲好，則還者，嫙之假借，從韓詩訓好爲是。漢書地理志引齊詩作「子之營兮」，古人讀營如環，故通用，猶蒼頡篇「自環者謂之私」，說文引作「自營爲厶」也。營亦嫙之借字，猶還亦假作旋也。顏師古訓爲營丘，失之。地理志引齊詩者，謂齊國風之詩，非齊、魯、韓三家之齊，顏師古注遂謂「毛詩作還[一]，齊詩作嶩」，誤矣。

「遭我乎峱之閒兮」，傳：「峱，山名。」釋文[二]引「說文：『峱，山，在齊。』崔集注本作嶩。」瑞辰按：說文：「峱，山，在齊地。」引詩「遭我于峱之閒兮」。漢地理志引詩作嶩，顏師古曰：「本一作巙，音皆乃高反。」元于欽齊乘曰：「峱山在臨淄縣南十五里。」

「並驅從兩肩兮」，傳：「獸三歲曰肩。」釋文：「肩，本亦作豜。」瑞辰按：說文：「豜，三歲豕，肩相及者。」引詩「並驅從兩豜兮」。是作豜者正字，今詩作肩，假借字，石鼓文及字書作豣，又或作狷，皆後人增益字也。豜從豕。小爾雅云「豕之大者謂之豜豝」，說文亦云「豜，三歲豕」，是豜本三歲大豕之名。而爾雅云：「鹿絶有力，麉。麠絶有力，豜。」麉、豜音義同，是凡鹿、麠之大者通名豜矣。此詩傳云「獸三歲曰肩」，豳風傳亦曰「三歲爲豜」，是凡獸三歲者曰肩，通名豜矣。後漢書馬融傳注引韓詩傳曰：「獸三歲曰肩。」呂氏春秋知化篇高誘注：「獸三歲曰狷。」並與毛詩同。而伐檀篇毛傳又曰：「三歲曰特。」王肅謂三歲者有二名，非也。廣雅「獸一歲爲豵，二歲爲豝，三歲爲肩，四歲爲特」，其言豵、肩均同毛傳，則「四歲爲特」亦當本毛傳爲說。古四字積畫作亖，易譌爲三。疑毛傳本作「四歲曰特」，傳寫者誤爲

[一]「還」原作「旋」，據漢書（中華書局點校本）地理志下顏注改。

[二]「釋文」原作「釋名」，據釋文改。

三歲耳。周官大司馬先鄭注「三歲爲特，四歲爲肩」，與廣雅互易，蓋由傳聞異說，抑或上下互譌。以毛詩、說文證之，當从廣雅爲正。

「揖我謂我儇兮」，傳：「儇，利也。」箋：「子則揖耦我，謂我儇。譽之也。譽之者，以報前言還也。」釋文：「儇，韓詩作婘，云好貌。」王觀察曰：「二章言好，三章言臧，則首章从韓詩作婘，訓好，義亦同。」瑞辰按：王說是也。婘通作孉。玉篇：「婘，好貌。或作孉。」又通作卷。澤陂詩「碩大且卷」，傳：「卷，好貌。」釋文：「卷，本又作婘。」廣雅：「婘，好也。」毛詩作儇者，音近假借。傳以利釋之。方言、說文竝曰：「儇，慧也。」慧者多便利，與還爲便捷義相近，故箋以爲「報前言還」也。

## 著

序：「著，刺時也。時不親迎也。」正義：「毛以首章言士親迎，二章言卿大夫親迎，卒章言人君親迎。鄭以爲三章共述人臣親迎之禮。」瑞辰按：隱二年公羊傳「譏不親迎也」，何休注：「禮所以必親迎者，所以示男先女也。於廟者，告本也。夏后氏逆於庭，殷人逆於堂，周人逆於户。」偃師武億據以釋此詩，其說是也。詩刺時不親迎，因錯陳三代親迎之禮。首章俟著，於門户爲近，即「周人逆於户」，二章俟庭，三章俟堂，正與夏、殷禮合，較毛、鄭說爲允。説苑脩文篇説親迎之禮，言夫人戒女，「女拜，乃親引其手授夫于户」，正周人逆於户之證。著與宁通。汪氏中云：「宁有二。一是門、屏之間爲宁，注〔一〕云『門内屏外，人君視朝所宁立處』是也。一是正門内兩塾之間爲宁，此詩『俟我於著』，李巡云『正門内兩塾間曰宁』是也。」詩宁不爲門、屏之間，故傳以爲士親迎之禮。然三章「瓊華」、「瓊瑩」、「瓊英」，文異而義同，傳以瓊華爲士服，瓊瑩爲卿大夫之服，瓊英爲人君之服，非也。鄭以三章俱爲人臣親迎之禮，亦誤。

「充耳以素乎而」，傳：「素，象瑱。」二章傳：「青，青玉。」三章傳：「黄，黄玉。」箋：「我視君子，則以素爲充耳。謂所以縣瑱者，或名爲紞。織之人君五色，臣則三色而已。」二章箋〔二〕：「青，紞之青。」三章箋：「黄，紞之黄。」瑞辰按：大戴記子張問〔三〕入官篇曰：「古者冕而前旒，所以蔽明也。䵂絖塞耳，所以弇聰也。」䵂，莊子、淮南子俱作黈。玉篇黈爲䵋之重文，訓黄色。廣雅：「䵂，黄也。」絖卽纊字，説文：「纊，絮也。或从光作絖。」西京賦薛綜注：「䵂纊，言以黄緜大如丸，縣冠兩邊當耳，不欲妄聞不急之言也。」又士喪禮：「瑱用白纊。」據此，則古

〔一〕按此下所引爲爾雅釋宫「門屏之間謂之宁」孫炎注，見禮記曲禮正義引。此「注」字上疑有脱文。
〔二〕「箋」字原無，據毛詩鄭箋及上文引傳文例補。下「三章箋」箋字同。
〔三〕「問」字原脱，據大戴禮記補。

者充耳之制，當耳處用纊。此詩「充耳以黄」即黈纊，「以素」、「以青」即素纊、青纊也。其纊之下更綴玉爲瑱，故詩言「瓊華」、「瓊瑩」、「瓊英」，皆曰「尚之」，尚之即加之，正對上已有纊言之。孔廣森曰：「充耳皆有紞，紞下乃綴玉、象之等。」其説是也。若如傳以詩素、青、黄爲象、玉，則下不得復言「瓊華」、「瓊瑩」、「瓊英」。箋以素、青、黄爲紞，紞乃縣纊之緣，不得謂之充耳。段玉裁謂古無以纊塞耳者，大戴絖乃紞字形近之誤，説亦未確。

## 東方之日

「東方之日兮」，傳：「日出東方，人君明盛，無不照察也。」二章傳：「月盛於東方。君明於上若日也，臣察於下若月也。」箋：「日在東方，其明未融。興者，喻君不明。」二章箋：「月以興臣。月在東方，亦言不明。」瑞辰按：傳、箋義正相反，與詩取興「彼姝者子」義不相協，不若韓詩以東方之日喻顏色美盛爲善。文選李善注引韓詩薛君章句曰：「詩人所説者，顏色盛也。言美如東方之日出也。」二章「東方之月」，韓詩説不傳，義當與首章同。古者喻人顏色之美，多取譬於日月。詩「月出皎兮」，箋〔一〕：「喻婦人有美色之〔二〕白皙也。」宋玉神女

〔一〕「箋」原作「傳」，據陳風月出鄭箋改。
〔二〕「色之」二字原脱，據陳風月出鄭箋補。

賦：「其始出也，耀乎若白日初出照屋梁。其少進也，皎若明月舒其光。」義本此詩。「彼姝者子」蓋指女子言，傳、箋以爲男子，非也。

「履我卽兮」，傳：「履，禮也。」箋：「卽，就也。」瑞辰按：二章「履我發兮」，傳訓發爲行，則此章卽亦爲行。卽，就也，謂所就止之處。卽，行也〔一〕。卽爲就亦爲行，猶從爲就亦爲行也。廣雅：「從，就也。」「從，行也。」廣雅：「行，迹也。」説文：「迹，步處也。」履當如朱子集傳讀爲踐履之履。履我行者，謂女子從我行，猶云踐我迹也。詩刺男女淫奔，相隨而行，謂男倡而女隨，非謂禮也。傳、箋竝訓履爲禮，失之。

「在我闥兮」，傳：「闥，門内也。」瑞辰按：傳「門内」當爲「内門」之譌。文選古詞傷歌行李善注引毛傳曰：「闥，内門也。」是其證矣。漢書樊噲傳「排闥直入」，顔師古注：「闥，宮中小門也。」薛綜西京賦注：「宮中之門，小者曰闥。」又闥與闈同，廣雅「闥謂之門」，後漢書桓帝紀章懷注引廣雅作「闈謂之闥」。爾雅「宮中之門謂之闈」，與闥爲内門義正合。説文無闥有闒，云：「闒，樓上户也。」段玉裁謂闒卽闥。今按：闥之言重沓也。闥爲内門，對外門言爲重沓。闒爲樓上户，對樓下户言亦爲重沓。闥與闒蓋聲近而義同。

「履我發兮」，傳：「發，行也。」瑞辰按：發當爲跋之假借。詩載馳傳：「草行曰跋。」凡行

〔一〕按：此下疑脱去一句。

亦通謂之跋。跋借作發，猶墢通作坺也。周語「王耕一坺」，亦作墢。廣雅：「發，舉也。」舉足即爲行，則發之本義亦得訓行。

## 東方未明

「東方未晞」，傳：「晞，明之始升。」瑞辰按：晞者，昕之假借。説文：「昕，旦明段玉裁謂當作「且明」。日將出也。讀若希。」昕與晞一聲之轉，故通用。廣雅：「昕，明也。」小爾雅：「焮、晞也。」昕猶焮也。傳知晞即昕，故以爲明之始升。正義引「晞，乾」爲證，失之。

「折柳樊圃」，傳：「樊，藩也。」瑞辰按：樊爲棥之假借。説文：「棥，藩也。从爻林。」引詩「營營青蠅，止於棥。」今詩亦借作樊。説文：「樊，鷙不行也。」乃樊之本義。

「狂夫瞿瞿」，傳：「瞿瞿，無守之貌。」瑞辰按：説文：「瞿，鷹隼之視也。」非詩意。瞿瞿蓋䀠䀠之假借。説文：「䀠，ナ又視也。从二目。讀若拘，又若『良士瞿瞿』。」又：「𥄎，舉目驚𥄎然也。」又：「趯，走顧貌。」音義竝與䀠䀠相近。荀子非十二子「瞿瞿然」，楊倞注：「瞿瞿，瞪視之貌。」亦當爲䀠䀠之假借。凡人自驚顧皆曰䀠䀠，借作瞿瞿，故唐風言良士之顧禮義曰「瞿瞿」，此詩言狂夫之無守亦曰「瞿瞿」。

「不能辰夜」，傳：「辰，時也。」瑞辰按：廣雅釋言：「時，伺也。」伺、候同義，伺即司也。

周禮媒氏注：「司，猶察也。」辰訓時，有二義。爾雅「不辰，不時也」，當爲時運之時；此傳「辰，時也」，當爲時伺之時。「不能辰夜」即不能伺夜也。說文：「候，司望也。」「伺，候望也。」〔一〕伺古止作司。辰與晨通。周語「農祥晨正」，謂以房星爲農事之候也。說文辱字注云：「辰者，農之時也。故房星爲辰，田候也。」莊子齊物論「見卵而求時夜」，釋文引崔注云：「時夜，司夜。」淮南子說山訓作「見卵而求晨夜」，此正晨訓時伺之證。又論語晨門亦謂候門，漢時所謂城門候也，義與詩辰夜正同。

## 南山

「南山崔崔」，傳：「南山，齊南山也。崔崔，高大也。國君尊嚴，如南山崔崔然。」箋：「雄狐行求匹耦於南山之上。」瑞辰按：小雅「節彼南山，維石巖巖」，以南山石之巖巖喻三公之尊嚴，與此詩以南山喻國君之尊嚴，取興正同。至以雄狐爲比，則失人君之度矣。箋謂「雄狐求匹耦於南山之上」，不若傳義爲允。

「魯道有蕩」，傳：「蕩，平易也。」瑞辰按：水經汶水注：「汶水又南，逕鉅平縣故城東而西南流。城東有魯道，詩所謂『魯道有蕩，齊子由歸』者也。今汶上夾水有文姜臺。汶水又西

〔一〕按：「伺，候望也」，乃徐鉉說文新附之文。古伺字止作司，說文不收伺字。此引作說文，誤。

南流，詩云『汶水滔滔』矣。」今案汶爲齊魯境，魯道對南山在齊言，蓋指初入魯境之道，故後人遂名鉅平縣城東爲魯道耳。

「齊子由歸」，傳：「齊子，文姜也。」箋：「婦人謂嫁曰歸。言文姜既以禮從此道嫁於魯侯也。」瑞辰按：繇、由古通用。爾雅：「繇，於也。」抑詩箋：「由，於也。」廣雅：「於，于也。」由歸猶言于歸也。

「既曰歸止，曷又懷止」，傳：「懷，思也。」箋：「懷，來也。」瑞辰按：箋訓來，是也。婦人謂嫁曰歸。爾雅：「嫁，往也。」廣雅：「歸，往也。」知嫁爲歸往，則知反爲懷來矣。左傳「歸寧曰來」，公羊傳「直來曰來，大歸曰歸」，皆反歸曰來之證。

「葛屨五兩」，瑞辰按：兩者，緉之省借。說文：「緉，履兩枚也。一曰，絞也。」方言：「緉、緛，絞也。關之東西或謂之緉〔一〕，或謂之緛。絞，通語也。」段玉裁曰：「緉之言兩也，緛之言雙也，絞之言交也。」是緉、緛、絞名異而義同。說苑修文篇言親迎之禮：「諸侯以屨二兩加琮，大夫、庶人以屨二兩加束脩二。曰：某國寡小君使寡人奉不珍之琮，不珍之屨，禮夫人貞女。」又：「夫人受琮，取一兩屨以履女。」此詩「葛屨五兩」，徐璈謂卽加琮之屨，是也。彼言屨二兩，而詩言五兩者，疑說苑「二兩」當爲「五兩」之譌。若二兩，則諸侯與大夫、庶人

〔一〕「或謂之緉」四字原脱，據方言補。

無異矣。禮「純帛無過五兩」，故屨亦以五兩爲多耳。詩蓋因古親迎有送屨之禮，故取葛屨五兩爲喻。

「冠緌雙止」，傳：「冠緌，服之尊者。」箋：「葛屨五兩，喻文姜與姪、娣及傅、姆同處。冠緌，喻襄公也。五人爲奇，而襄公往從而雙之。冠屨不宜同處，猶襄公、文姜不宜爲夫婦之道。」瑞辰按：説文：「纓，冠系也。」「緌，冠纓系㫄者〔一〕。」內則「冠緌纓」，注曰：「緌者，纓之飾也。」正義曰：「結纓頷下以固冠，結之餘者散而下垂，謂之緌。」古者冠系皆以二組系於冠，卷結頷下，謂之纓。纓用二組，則緌亦雙垂。緌以雙垂爲飾，猶屨必兩始成用，皆以取譬二姓合好，各有所宜。傳、箋俱以屨冠相配爲喻，似非詩義。

「既曰庸止，曷又從止」，箋：「此言文姜既用此道嫁於魯侯，襄公何復送而從之，爲淫泆之行。」瑞辰按：詩君子陽陽傳：「由，用也。」庸訓爲用，即爲由矣，謂由之以嫁於魯也。説文：「從，隨行也。」「繇〔二〕，隨從也。由，或繇字。」桓十八年左傳「公與夫人姜氏如齊」，是夫人姜氏從公如齊之事。詩「曷又從止」，正指夫人從公如齊而言。箋謂襄公送而從之，非是。襄公無從文姜至魯之事，正義因言「以意從送，與之爲淫，非謂從之至魯」，其義迂曲難通。

〔一〕「冠纓系㫄者」，説文各本作「系冠纓也」。段本作「系冠纓㫄者」，當據正。

〔二〕「繇」，説文作「䌛」，本書下文引亦作「繇」，段注：「䌛之譌體作繇。」

又按爾雅釋詁：「由、從，自也。」虞氏易注：「由、自，從也。」由與繇通。說文：「𨷲，開閉門利也。」段云：「今俗語自由、自便，當作此字。」此詩「從」訓爲自𨷲之𨷲，義亦可通。說文：「繇，弓便利也。」義與𨷲、由並相近。從之言縱，亦有自由、自便之意。

「衡從其畝」，傳：「衡獵之，從獵之，種之然後得麻。」箋：「樹麻者必先耕治其田然後樹之，以言人君取妻必先議於父母。」瑞辰按：說文：「疇，耕治之田也。」劉向說苑、蔡邕月令章句、韋昭國語注並以麻田爲疇，與說文義正相成。賈思勰齊民要術曰：「凡種麻，耕不厭熟，縱橫七徧以上，則麻無葉也。」傳言「衡獵之，從獵之」者，正謂耕治其田。獵之言捷獵也。說文：「捷，獵。」春秋邾〔一〕公子名捷菑，田一歲爲菑，捷獵正取耕治之義。田獵爲獵，耕田亦得爲獵，猶之田獵爲田爲甸，耕田亦爲田爲甸。說文：「獵，放獵逐禽也。」「放獵」小徐本作「畋獵」。「畋，平田也」。古獵者蓋必先平治其地，故獵亦名田、甸耳。正義謂獵非耕治，失之。信南山詩「南東其畝」，言南以該北，言東以該西，卽此詩「衡從其畝」。正義謂古不宜縱橫耕田，亦非。釋文引韓詩作「橫由其畝」，云「東西耕曰橫，南北耕曰由」，橫卽衡也。古由、從二字同義，說文：「繇，隨從也。由，或繇字。」故通用。一切經音義三引韓詩傳「南北曰從，東西曰橫」，是韓詩又作「從橫其畝」。蓋傳韓詩者不一家，故本亦各異。

〔一〕「邾」原作「莒」，據續經解本及左傳文公十四年改。

「曷又鞫止」，傳：「鞫，窮也。」箋：「鞫，盈也。」瑞辰按：傳从爾雅訓鞫爲窮，是也。廣雅：「窮，極也。」訓鞫爲窮，正與下章「曷又極止」同義。鞫者，𥨪之假借。説文：「𥨪，窮也。从𥨪。」鞫、窮以雙聲爲義。箋訓盈，公劉傳又訓鞫爲究，竝與窮義近。

## 甫田

「無田甫田」，正義：「無田甫田，猶多方云『宅爾宅，田爾田』。今人謂佃食，古之遺語也。」釋文：「無田，音佃。」瑞辰按：説文引周書作「畋爾田」，云：「畋，平田也。」田即畋之省借，平田即治田也。信南山詩「維禹甸之」，韓詩作敶，音義竝與畋同。又通作陳，陳亦治也。廣韻曰：「佃，營田。」玉篇曰：「佃，作田。」又治義之引申。

「勞心忉忉」，傳：「忉忉，憂勞也。」瑞辰按：胡承珙曰：「忉當通作惆，猶裯之爲舠也。莊子釋文引字林惆作怊，忉又怊字之省。」今按説文無忉有忍，云：「忍，怒也。从心，刀聲。」怒與憂義正相近，忉蓋即忍之異文，猶怛或作悬也。爾雅：「忉忉，憂也。」忉、勞疊韻，勞亦憂也。匡謬正俗謂忉當作切，失之。

「維莠桀桀」，傳：「桀桀，猶驕驕也。」瑞辰按：上章之驕驕，法言作喬喬。爾雅：「喬，高也。」胡承珙言驕驕即喬喬之借字，是也。今按説文：「揭，高舉也。」此章桀桀即揭揭之假借，義亦爲高，故傳云「桀桀猶驕驕也」。揭借作桀，猶「庶士有朅」，韓詩作桀也。衞詩「葭菼揭揭」，傳：「揭揭，長也。」長與高義正相近。

「婉兮孌兮」，傳：「婉孌，少好貌。」瑞辰按：說文：「婉，順也。」「𡟨，順也。」引詩「婉兮𡟨兮」。「孌，籀文𡟨。」是毛詩作孌，正用籀文。順與美義正相成，故說文又曰：「覶，好視也。」至說文又曰「孌，慕也」，蓋籀文以孌爲𡟨順字，小篆則以孌爲今之戀慕字〔一〕，故不嫌複見，猶小篆以㝵爲取，古文則以㝵爲得也。或於𡟨下删孌字，失之。毛詩於泉水「孌彼諸姬」云：「孌，好貌。」於「静女其孌」曰：「既有美德，又有美色。」皆以孌爲𡟨字，不取戀慕之義。

「總角丱兮」，傳：「總角，聚兩髦也。丱，幼穉也。」瑞辰按：張參五經文字：「丫，工瓦反，羊角也。象形。俗呼古患反，作卝，無中一。」又：「卝，古患反。見詩風。」是張參所見毛詩作卝。唐石經、定本俱作卝，與張參説合。周官卝人正義亦曰：「經所云卝，是總角之卝字。」是知今毛詩作丱者，俗也。卝當即丫之省。說文：「丫，羊角也。象形。讀若乖。」又：「羊，祥也。从丫，象頭角足尾之形。」又：「萑，鴟屬。从隹，从丫，有毛角。」玉篇：「丫，羊角也。丫丫，兩角貌。」是古字从丫者多省作卝，又皆象頭角之形。此詩「總角卝兮」，卝亦象兩角之貌。傳訓爲幼穉者，特以丱讀鯤，訓爲魚子，與人之幼穉同耳，不若訓爲總角貌爲

〔一〕此句「則」字、「之」字，據續經解本增。

善。又按張參五經文字卝字注云：「又古猛反，見周禮。說文以爲古卵字。」據内則「濡魚卵醬實蓼」，鄭注：「卵讀爲鯤。鯤，魚子。或作攔也。」攔从關，關从絲聲，絲从卝聲，與說文卝爲古卵字正合。又說文綰字注：「一曰，讀若雞卵。」綰、卝聲亦相近。是知說文古本卵字下本有「卝，古文卵」之說，今本脱去。後人因周官注有「卝之言礦」語，遂於礦下妄增卝字耳。

「未幾見兮，突而弁兮」，瑞辰按：釋文：「見兮，一本作見之。」據箋云「見之無幾」，是鄭君本原作「見之」。正義：「此言『突若弁兮』。」又云：「若，猶耳也。」「定本云『突而弁兮』」，不作若字。」是正義本原作若，今作而者，从定本也。

## 盧令

「盧令令」，傳：「令令，纓環聲。」瑞辰按：令卽鈴之省借，故正義卽以鈴鈴釋之。廣雅釋訓亦云：「鈴鈴，聲也。」說文引詩作「獜獜」，云「獜，健也」，蓋本三家詩。玉篇：「獜獜，聲也。亦作鏻。」則獜與鈴聲義竝同。鈴借作獜，猶秦風「有車鄰鄰」，鄰亦鈴之借字也。

「其人美且鬈」，傳：「鬈，好貌。」箋：「鬈當讀爲權。權，勇壯也。」瑞辰按：說文：「鬈，髮好貌。」因通爲凡好之稱。字通作婘，玉篇「婘，好貌，或作孉」，廣雅婘、孉竝訓好是也。說文無婘、孉字，古字蓋止作鬈，或省作卷，澤陂「碩大且卷」是也。箋「讀爲權」，權乃攉字之譌。張參五經文字權〔一〕字注云：「从手作搼者，古〔二〕拳握字。」按說文：「捲，气埶〔三〕也。」引國語曰「有捲勇」。乃古拳勇字。詩作拳者，亦假借。搼者，拳之異體，古亦假爲捲勇字，故箋云「鬈當讀爲搼」，後人譌寫作權。吴都賦「覽將帥之搼勇」，今本亦譌作權。又按說文：「奰，大皃。从大，𠱠聲。或曰拳勇字。一曰，讀若傿。」據說文「𠱠，讀若書卷之卷」，則奰與鬈亦音近通用。

「其人美且偲」，傳：「偲，才也。」箋：「才，多才也。」釋文引說文云：「强也。」瑞辰按：廣雅釋言：「偲，佞也。」佞亦才也，小爾雅釋言「佞，才也」是已。至今本說文「偲，彊力也」，據說文「勥，迫也」古文（點校者按：「文」原作「本」，據說文改。）作𪟍，勥、𪟍爲勉强本字，强壯之强或亦通作𪟍，當以釋文所引爲正。後人誤分𪟍爲二字，遂作「彊力」矣。

## 敝笱

「其魚魴鰥」，傳：「鰥，大魚。」箋：「鰥，魚子也。」正義：「『鰥，魚子』，釋魚文。李巡曰：「凡魚之子總名鯤也。」鯤、鰥字異，蓋古字通用，或鄭本作鯤也。」瑞辰按：說文：「鰥，鰥魚

〔一〕「權」原作「搼」，據續經解本及五經文字（後知不足齋叢書本）木部改。
〔二〕「者」「古」二字原誤倒，據五經文字乙。
〔三〕「埶」原作「執」，據說文改。

也。从魚，眔聲。」李陽冰曰：「當从罤省。」罤卽古昆字，故古鯤字作鱞，隸省作鰥。說文有鰥無鯤，正以鰥卽鯤字耳。今按內則「卵醬」，鄭注：「卵讀爲鯤。鯤，魚子。」與此箋「鰥，魚子」合，正鰥、鯤同字之證。魚子謂之鰥，魚之大者亦謂之鰥，大小不嫌同名。猶鮞爲魚子，而東海之鮞亦名鮞也。說文：「鮞，魚子也。一曰，魚之美者，東海之鮞。」據詩「魴鰥」與「魴鱮」對言，魴、鱮皆魚名，則鰥亦魚名，不當如鄭箋訓爲魚子。傳云「魴鱮，大魚」，則此云「鰥，大魚」者，亦魴鱮之類，正義引孔叢子「衞人得鰥魚，其大盈車」以證之，失其指矣。說文：「鯀，鯀魚也。」與鰥相次。禮記釋文：「鯀，亦作鰥。」未識今爲何魚。惟釋魚「鱧，鯇」，郭云：「今鯶魚。」蓋鯇、鯶古今字。今人曰鯶子，讀如混，與鰥之通鯤者聲相近。王尚書謂鰥卽爲鯶，其說甚確。其大與魴鱮正相類耳。又按魏志注引魏略云：「丁零國出名鼠皮，青昆子、白昆子皮。」說文云：「鼲鼠，出丁零胡，皮可作裘。」鼲鼠卽昆子也。此亦與鯤鰥轉作鯶者相類。

「其魚唯唯」，傳：「唯唯，出入不制。」箋：「唯唯，行相隨順之貌。」釋文：「韓詩作遺遺，言不能制也。」瑞辰按：箋義本韓詩。魚行相隨卽不能制，傳、箋義正相成。玉篇：「潰潰，魚行相隨。」廣韻：「潰，魚盛貌。」韓詩遺遺卽潰潰之省，毛詩作唯唯又潰潰之假借。

## 載驅

「齊子發夕」，傳：「發夕，自夕發至旦。」瑞辰按：商頌釋文引韓詩云：「發，明也。」此詩釋文引韓詩云：「發，旦也。」旦亦明也。易林「襄送季女，至于蕩道，齊子旦夕，留連久處」，旦夕卽發夕，義本韓詩。毛傳云「自夕發至旦」者，蓋以「發夕」卽「夕發」倒文，謂夕將發明之時，「旦」爲天將大明之時。自夕發至旦，猶云自夕初明至明也。言旦，以證發夕尚爲天未明時耳。說文：「旦，明也。从日見一上。一，地也。」引禮「昏鼓四通爲大鼓，衞公兵法，鼓三百三十三搥爲一通。夜半三通爲戒晨，旦明五通爲發明。」發夕與發明，詞異而義同。發明亦曰明發。小宛詩「明發不寐」，毛傳「明發，發夕至明」，猶此傳云「自夕發至旦」也。古者日入以後，日出以前，通謂之夕，以其時天已將明，謂之發明，亦曰明發；以其時天已將明，而日尚未出，謂之發夕，亦曰夕發。其義可互證也。二章「齊子豈弟」，箋讀豈爲闓，讀弟如圛，訓圛爲明，而云「豈弟猶發夕也」，正以豈弟猶開明，卽闓圛之假借。廣雅：「闓，明也。」圛假作弟，與說文引尚書「曰圛」，史記宋世家作「曰涕」正同。愷悌與發夕，語相類。爾雅釋言：「愷悌，發也。」爲鄭箋所本。發之訓明訓旦，蓋古義。楚辭王逸注：「發，旦也。」長發詩釋文：「撥，韓詩作發。」發，明也。」廣雅「發，明也。」「發，開也。」竝與古義合。又醉而醒謂之發，賈誼新書先醒篇「辟猶俱醉而獨先發也」，晏子諫篇上「景公飲酒，三日而後發」是也。又寐而覺亦曰發，晏子諫篇又曰：「君夜發，不可以朝。」發猶覺也。故說文覺字注：「一曰，發也。」與發之爲明，義亦相近。郭注、孔疏竝以發爲發行，失之。小宛「明發不寐」，明、發皆當謂覺。毛傳謂發夕至明，亦非。

## 猗嗟

「猗嗟昌兮」，傳：「猗嗟，歎辭。昌，盛也。」瑞辰按：猗者，美之之詞。嗟者，語詞也。毛傳以爲歎辭，正義云「猗是心内不平，嗟是口之喑啞，皆傷歎之聲」，失之。説文：「昌，美言也。从日，从曰。」昌之本義爲美言，引申爲凡美盛之稱。

「頎而長兮」，瑞辰按：正義：「若，猶然也。」引史記「頎然而長」爲證。又云：「今定本云『頎而長兮』，而與若義竝通。」是孔疏本原作「頎若長兮」，與下文「抑若揚兮」句法相類。今從定本作而，非孔本之舊。

「抑若揚兮」，傳：「抑，美色。揚，廣揚。」瑞辰按：懿、抑古通用，抑詩外傳作懿是也。釋詁、詩烝民傳皆曰：「懿，美也。」説文：「懿，嫥久而美也。」抑卽懿之假借，故傳訓美色。揚當讀如「揚休」之揚，謂美貌也，不必如傳訓爲廣揚。

「美目揚兮」，傳：「好目揚眉。」瑞辰按：方言：「好目謂之順。燕代朝鮮冽水之間曰盱，或謂之揚。」是揚爲好目貌。「美目揚兮」與下章「美目清兮」、碩人詩「美目盼兮」句法同，皆狀其目之美。邱光庭曰：「揚者，目開之貌，禮記『揚其目而視之』是也。」傳以揚爲揚眉，又云「目下爲清」，竝失之。

「猗嗟名兮」，傳：「目上爲名。」瑞辰按：傳同爾雅。疑爾雅此訓，漢儒據毛傳增入，非古義也。「猗嗟名兮」與「猗嗟昌兮」、「猗嗟孌兮」句法相同。若以名爲目上，則昌與孌將何屬也？名、明古通用，檀弓「子夏喪明」，冀州從事郭公碑作「喪子失名」。名當讀明。明亦昌盛之義。說文昌字注：「一曰，日光也。」詩曰「東方昌矣」，昌卽明也。淮南子說林訓「長而愈明」，高注：「明，猶盛也。」又名古有大義，魯語「取名魚」，卽大魚也。禮器「因名山升中於天」，鄭注：「名，猶大也。」三章首句皆歎美其容貌之盛大。傳訓目上爲名，失之。薛綜西京賦注：「眳，眉睫之閒。」蓋後人增加字。名从夕，夕者冥也，故韓詩作顭，亦音近假借。玉篇「顭，眉目閒也」，集韻引詩「猗嗟顭兮」，俱本韓詩。然以顭爲眉目閒，特說韓詩者誤解，非詩本恉。

「儀既成兮」，箋：「成，猶備也。」正義：「謂威儀容貌既備。」瑞辰按：周禮射人：「以射灋治射儀。」詩下言「終日射侯」，則儀當卽指射儀。胡承珙引淮南子俶真篇「善射者有儀表之度」，泰族篇「射者數發不中，人教之以儀，則喜矣」，證詩儀卽射儀，是也。正義泛言威儀，失之。

「舞則選兮」，傳：「選，齊。」箋：「選者，謂於倫等最上。」瑞辰按：詩三章俱言射事，則舞亦射時之舞。周官鄉大夫：「鄉射教五物：一曰和，二曰容，三曰主皮，四曰和容，五曰興舞。」馬融論語注：「射有五善：一曰和，志體和；二曰容，有容儀；三曰主皮，能中質；四曰和頌，合雅頌；五曰興武，武與舞同。」此詩「美目揚兮」、「巧趨蹌兮」、「儀既成兮」，即五物之和、容也。「不出正兮」、「射則貫兮」，即主皮也。皇侃論語疏釋「興武」曰：「射容與舞趨與相會，進退同也。」則此詩「舞則選兮」即興舞耳。周官大司樂：「大射，王出入，令奏王夏；及射，令奏騶虞。詔諸侯以弓矢舞。」樂師：「燕射，帥射夫以弓矢舞。」皆射時有舞之證。選，從傳訓齊爲是。選、比義相近。大射儀「遂比三耦〔一〕」，鄭注：「比，選次之也。」選訓爲齊，猶比訓爲齊也。六月詩「比物四驪」，傳：「比，齊同也。」說文：「選，一曰，擇也。」選擇所以整齊之，故選又爲齊。又說文：「毨，讀若選。」書「鳥獸毛毨」，鄭注：「毨，理也。毛更生整理。」與廣雅「洒，齊也」同義，聲同則義亦同。史記仲尼弟子傳楚任不齊字選。不，語詞；不齊，齊也。皆選有齊義之證。曾釗疑選爲埒之假借，失之。射舞在歌樂之時，射之節與樂舞相應，是之謂齊，即記所云「其節比於樂」也。選，韓詩作纂，薛君曰：「言其舞應雅樂也。」義同毛傳。選、纂雙聲，古通用。選通爲纂，猶算通作選也。

「射則貫兮」，傳：「貫，中也。」箋：「貫，習也。」瑞辰按：貫从傳訓中爲是。古貫通作關。

〔一〕「三耦」二字原誤植下文「選次」之下。按儀禮大射「遂比三耦」，鄭注：「比，選次之也。」今據移。

儀禮鄉射禮：「司射命曰：『不貫不釋。』」注：「貫，猶中也。古文貫作關。」今按貫有三訓。有以貫爲彎弓之假借者，史記伍子胥傳「子胥貫弓執矢嚮使者〔一〕」，列子黄帝篇「引之盈貫」，後漢祭肜〔二〕傳「能貫三百斤弓」，皆以貫爲滿張弓，卽孟子所謂「關弓」，文選注引作「彎弓」是也。有以貫爲中者，此詩「射則貫兮」及儀禮「不貫不釋」，毛、鄭竝訓貫爲中是也。淮南子説山訓「矢之發無能貫，待其上而後有穿」，貫猶穿也。古貫字作毌，説文：「毌，穿物持之也。从一橫貫，象寶貨之形。」穿與中義相成，能中卽穿之矣。其字亦與關通。雜記「見輪人以其杖關轂而輠輪者」，疏云：「關，穿也。」關蓋貫之假借。惠定宇謂儀禮「不貫」卽彎弓，失之。箋訓習，以貫爲慣之假借，説文：「慣，習也。」亦非詩義。

「四矢反兮」，傳：「四矢，乘矢。」箋：「反，復也。禮，射三而止。每射四矢，皆得其故處，此之謂復。」瑞辰按：列子黄帝篇：「列禦寇爲伯昏無人射，引之盈貫，措杯水其肘上，發之鏑矢復沓。」莊子「鏑矢復沓」，注云：「矢去復往沓。」沓之言重沓也。又仲尼篇，孔穿言〔三〕「善射者能令後鏃中前括，發發相及，矢矢相屬」，皆謂矢復其故處，正此詩「四矢反兮」之謂。周官保氏

〔一〕「者」原誤「貫弓」，據史記伍子胥列傳改。

〔二〕「肜」原誤「彤」，據後漢書銚期王霸祭遵列傳改。

〔三〕按「孔穿言」三字誤。據列子仲尼篇，此下所引「善射者」云云乃樂正子輿述公孫龍之語，非孔穿語。

「五射」，鄭司農以參連居其一，賈疏：「參連者，前放一矢，後三矢連續而去。」亦與詩「四矢反兮」義相近。反，古音如變，故韓詩借作「四矢變兮。」反通作變，猶卞通作反也。說文汳水即汴水，廣韻飯亦作餅，俗又作飰，是其證。說韓詩者望文生訓，遂訓爲變易，失之。

# 毛詩傳箋通釋卷十

## 魏風

### 魏風總論

奢者，惡之大也；儉者，德之基也。奢之極者必貧，非殘刻不足以濟之，故曹風首蜉蝣以刺奢，而終以下泉，刺侵刻也。儉之極者亦必貪，非重斂不足以濟之，故魏風首葛屨、汾沮洳以刺儉，而終以伐檀、碩鼠，刺貪鄙也。儉勤與儉嗇異，儉而有禮與儉而不中禮者又異。蓋儉勤者儉以持己，而所以奉上惠下者不嫌豐；儉嗇者吝於與人，而所以持身涉世者無不隘。儉而有禮者儉其所當儉，如禹之菲飲食、惡衣服、卑宮室是也；而孝鬼神、美黻冕，於禮所不當儉者必有以協於中。儉而不中禮者如魏之葛屨履霜、彼汾采莫是也；而異公路、異公族、異公行，於禮所不當儉者無一不趨於簡。魏非儉以能勤之失，乃儉而過嗇之失也；亦非僅儉嗇之失，乃儉而不中禮之失也。古者取民之制，以什一爲中正。多乎什一者，非所以恤民；少乎什一者，亦非所以制國。且始也取之過少者，其繼也國用不足，兵役數見，則取於民者必奢。魏惟有園桃之薄稅，乃有碩鼠之重斂，治國者可以鑒矣！

## 葛屨

「糾糾葛屨」，傳：「糾糾，猶繚繚也。」瑞辰按：說文：「丩，相糾繚也。」糾與繆同，糾糾蓋繆結之狀，故傳云「猶繚繚也」。說文又曰：「⿰女簋，讀若詩『糾糾葛屨』。」今按⿰女簋之言鳩，鳩亦聚束之義。又禹貢「苞匭菁茅」，鄭注：「匭，纏結也。」亦讀匭爲糾。正義以糾糾爲稀疏之貌，失之。

「摻摻女手」，傳：「摻摻，猶纖纖也。」瑞辰按：文選古詩十九首注引韓詩作纖纖。說文：「攕，好手貌。」引詩「攕攕女手」。从手，韱聲。又戈部㦰字注引詩亦作攕攕，與纖訓細義異而音同，說文蓋本韓詩。摻摻、纖纖皆攕攕之假借，摻、纖古同音，攕通作摻，猶醶通作醦，說文：「醶，酢也。」廣韻：「醦，酢甚也。」縿通作襳也。爾雅釋天「纁帛縿」，釋文：「縿，本或作襳。」韓詩章句：「纖纖，女手之貌。」說文：「傪，好皃。」義〔一〕與纖音義同。

「要之襋之，好人服之」，傳：「要，褸也。襋，領也。好人，好女手之人。」箋：「服，整也。」

〔一〕「義」，疑當作「傪」。

褸也領也在上，好人尚可使整治之。謂屬著之。」瑞辰按：好人猶言美人，謂君也。「好人服之」，服指服用，卽謂君子服用之。傳以好人謂好女〔一〕手之人，箋訓服爲整，竝失之。「要之襋之」承上「摻摻女手」，謂女要之襋之，以供好人之服用。下言要襋，兼衣裳言，而上止言「縫裳」者，詩以裳與霜韻，故言裳以該衣，非謂女專縫裳也。

「好人提提」，傳：「提提，安諦也。」瑞辰按：提爲媞之假借。說文：「媞，諦也。」爾雅：「媞媞，安也。」郭注：「見詩。」卽此詩。媞媞爲安諦，又爲美好。東方朔七諫「西施媞媞而不得見」，王逸章句：「媞媞，好貌也。」引詩「好人媞媞」。蓋本三家詩。提提、媞媞又作姼姼。漢書敍傳「姼姼公主，乃女烏孫」，師古注引詩「好人媞媞」，云媞與姼音義同。說文：「姼，美女也。」與媞媞訓好義正合。據說文姼或从氏作㛅，則爾雅釋訓「怟怟，愛也」，與媞媞音義亦近，孟康漢書注作姼姼是也。提提又通作折折。檀弓「吉事欲其折折耳」，鄭注：「折折，安舒貌。」引詩「好人折折〔二〕」。山井鼎考文云：「折折，古本作提提。」媞媞又通作徥徥。方言：「自關而西，凡細而有容謂之嫢，或曰徥。」說文：「徥徥，行皃也。」又曰：「嫢，媞也。」媞媞又與禔禔義近。說文：「禔，衣厚禔禔。」又按：下文「維是褊心」以刺魏君，則上「好人」宜卽指

〔一〕「女」字原脫，據毛傳補。

〔二〕「折折」原作「提提」，據阮元禮記注疏校勘記改。

魏君言，不得如傳以好人爲好女手之人。

「宛然左辟」，傳：「宛，辟貌。婦至門，夫揖而入，不敢當，宛然而左辟。」釋文：「辟，音避。注同。」瑞辰按，說文：「僻，辟也。」引詩「宛如左僻」。如猶然也，僻卽辟也。辟當讀如「便辟」之辟。論語「足恭」，孔安國注：「足恭，便辟之貌也。」詩板「無爲夸毗」，正義：「夸毗者，便辟，其足前卻爲恭。」論語「師也辟」，亦謂便辟，好習容儀也。列子釋文：「便僻，恭敬太過也。」便與旋疊韻而同義，故左傳以便爲旋。凡言便辟，與槃辟、旋辟義亦同。漢書儒林傳「魯徐生善爲頌」，注：「蘇林曰〔一〕：徐氏後有張氏，不知經，但能盤辟爲禮容也。」郊特牲「有由辟焉」，卽盤辟。包咸論語注：「躩，盤辟也。」盤辟亦曰旋辟。曲禮「若主人拜，則客還辟，辟拜」，還卽旋也。旋辟亦曰般旋。爾雅釋言：「般，旋也。」說文：「般，辟也。象舟之旋。」投壺：「主人般旋，曰辟。賓般旋，曰辟。」大射儀「賓辟」，注：「辟，逡遁不敢當盛。」竝與此詩「左辟」同義。辟之言邊，般辟爲容則易偏於一邊，故曰左辟。辟音婢亦反，其義近避。儀禮鄉射經「主人少退」，注曰：「少退，猶少辟也。」又鄉飲酒禮注曰：「少退，少辟。」辟卽避也。故此詩釋文讀辟爲避。古左與邪通，王制「執左道以亂政，殺」，盧植曰「左道，謂邪道」是也。左辟卽邪辟也。此亦當指人君盤辟爲容。

〔一〕「曰」字原無，據漢書注補。

# 汾沮洳

序「其君儉以能勤」，釋文作「其君子」，云「一本無子字」。正義：「案王肅、孫毓皆以爲大夫采菜，其集注序云：『君子儉以能勤。』今定本及諸本序直云『其君』，義亦得通。」瑞辰按：此詩公路、公行、公族皆指大夫言，則序作「君子」爲是。

「彼汾沮洳」，傳：「沮洳，其漸洳者。」瑞辰按：蒼頡篇：「沮者，漸也。」沮、漸同義，故傳謂沮洳即漸洳。說文：「澤，漸溼也。」澤即洳字。

「言采其莫」，傳：「莫，菜也。」正義引陸璣疏云：「莫，莖大如箸，赤節，節一葉，似柳葉，厚而長，有毛刺，今人繅以取繭緖。其味酢而滑，始生可以爲羹，又可生食。五方通謂之酸迷，冀州人謂之乾絳，河汾之間謂之莫。」瑞辰按：本草「羊蹄」，陶隱居注云：「又一種，極相似而味酸，呼爲酸摸。」又本草拾遺云：「酸摸，葉酸，美人亦折食其英。葉似羊蹄。」與陸疏言酸迷者同。是酸迷一名酸摸，省言之則曰莫。莫又轉無。爾雅釋草「須，蕵蕪」，郭注：「似羊蹄，葉細，味酢，可食。」蕵蕪即酸摸之轉音，正此詩莫菜也。或疑爾雅不載莫菜，誤矣。二章采桑，箋云：「親桑〔一〕事也。」據陸疏云莫可繅以取繭緖，則采莫爲親繅事。陸佃

〔一〕「桑」，毛詩鄭箋作「蠶」。

埤雅引此詩而釋之曰：「言其君儉以能勤，始於侵繅事而采莫，終於侵蠶事而采桑。」是也。惟「其君」當作「君子」，又采蕢無所屬耳。

「殊異乎公路」，傳：「路，車也。」箋：「公路，主君之輅車，庶子爲之。晉趙盾爲輅車之族是也。」正義：「公路與公行，一也。以其主君路車，謂之公路，主君之行列者，謂之公行，正是一官也。」瑞辰按：周官巾車掌王之五路，車僕掌戎車之倅，分路車、戎車爲二。此詩亦分公路、公行爲二，公路掌路車，主居守，公行掌戎車，主從行，不必其爲一官。左氏閔二年傳，晉太子申生伐東山皋落氏，羊舌大夫爲尉。大戴記衞將軍文子篇言羊舌大夫爲公車尉，盧辨注：「公車尉，公行也。」此公行主從行之證。左氏宣二年傳：「冬，趙盾爲輅車之族。」服虔注：「輅車，戎車之倅。」杜預注：「公行之官也。」是服、杜竝以輅車爲公行，非公路矣。箋以輅車釋公路，不若服、杜爲確。又左傳：「宦卿之適以爲公族，又宦其餘子亦爲餘子，其庶子爲公行。」有餘子而無公路。此詩有公路而無餘子。公行以庶子爲之，公路較公行爲尊，當卽以餘子爲之。餘子主公路而不以公路名，猶公行兼主庶子而不以庶子名，凡一官兼數事者，隨舉一以名之耳。正義謂「餘子自掌餘子之政，不掌公車，不得謂之公路」，其說非也。

「美如英」，傳：「千人曰英。」瑞辰按：詩「美無度」，度當讀如尺度之度，與「美如玉」皆以器物爲喻，不得謂英獨指人言。英當讀如瓊英之英，如英猶云如玉，變文以協韻耳。英通作瑛。說文：「瑛，玉光也。」或讀英如「顏如舜英」之英，義亦可通。

## 園有桃

「園有桃」，瑞辰按：呂氏春秋重己篇高注引詩「園有樹桃」，初學記引詩亦同，疑三家詩古有作「樹桃」者。二章亦當作「樹棘」，與鶴鳴詩「園有樹檀」文法相類。詩蓋以園之有桃棘必待人樹之，以喻國有民必待君能用之，序所云「刺不能用其民」也

「其實之殽」，釋文：「殽，本作肴。」瑞辰按：說文：「肴，啖也。」凡非穀食曰肴，亦通稱食爲肴。殽者，肴之假借。

「我歌且謠」，傳：「曲合樂曰歌，徒歌曰謠。」瑞辰按：徒歌曰謠，義本爾雅。韓詩章句：「有章曲曰歌，無章曲曰謠。」義與毛傳同。謠古字作䚻。說文：「䚻，徒歌。从言，肉聲。」又通作繇。廣韻繇字注引詩「我歌且繇」，蓋本三家詩。繇與繇通，繇即由字，繇、謠一聲之轉，故通用。漢書李尋傳「人民繇俗」卽謠俗，亦其證也。又說文：「嗂，喜也。」音義亦與繇近。

「不知我者」，瑞辰按：唐石經作「不我知者」，光堯石經同。「不我知」猶論語云「不患莫己知」，古人自有倒語耳。今本作「不知我」，蓋因箋云「不知我所爲歌謠之意者」而誤。

「謂我士也驕」，箋：「士，事也。不知我所爲歌謡之意者，反謂我於君事驕逸故。」瑞辰按：「我士」與「彼人」對稱，彼人謂所刺之人，我士卽詩人自謂也。「謂我士也驕」，設言旁人以我指斥時事爲過甚，有似於驕。猶二章「謂我士也罔極」，廣雅「極，已也」，罔極謂求責之無已也。箋訓士爲事，失之。傳於二章訓極爲中，亦非。

「彼人是哉，子曰何其」，傳：「謂夫人謂我欲何爲乎。」箋：「彼人，謂君也。曰，於也。不知我所爲憂者，既非責我，又曰：君儉而嗇，所行是其道哉，子於此憂之，何乎？」瑞辰按：彼人，猶夫人也。漢書賈誼傳：「彼且爲我死，故吾得與之俱生；彼且爲我亡，故吾得與之俱存；夫將爲我危，故吾得與之皆安。」顔師古注：「夫，猶彼人耳。」文十四年左傳：「齊公子元不順懿公之爲政也，終不曰『公』，曰『夫己氏』。」「夫己氏」猶詩言「彼己之子」也。檀弓「夫夫也，爲習於禮者」，「夫夫」猶論語言「彼哉彼哉」。故此傳卽以夫人釋彼人。正義引定本傳作彼人，不曰夫人，義亦通也。彼人當从箋説謂君，曰亦當从箋訓於，謂語詞也。「彼人是哉」，設爲不我知者之言，言其君所行未爲非也。「子曰何其」，謂子憂之，何乎。何其，卽何居也。檀弓鄭注：「居，讀如姬姓之姬，齊魯之閒語辭也。」其亦讀與姬同，通用。

「其誰知之，蓋亦勿思」，箋云：「無知我憂所爲者，則宜無復思念之，以自正也。」瑞辰按：蓋者，盍之假借。亦者，語詞。爾雅：「曷，盍也。」廣雅：「曷，何也。」「蓋亦勿思」猶云何勿思也。孟子「蓋亦反其本矣」，猶云盍反其本也。

「園有棘」，傳：「棘，棗也。」瑞辰按：棗从重朿，棘从竝朿，對文則異，散文則棘亦訓棗。爾雅「槐棘醜，喬」，周官外朝三槐九棘〔一〕，孟子「樲棘」，竝通以棘爲棗，與此詩同。據下言「其實之食」，故知棘卽棗耳。

## 陟岵

「陟彼岵兮」，傳：「山無草木曰岵。」二章傳：「山有草木曰屺。」釋文：「此傳及解屺，與爾雅不同。王肅依爾雅。」段玉裁曰：「毛詩所據爲長。岵之言瓠落也，屺之言荄滋也。」瑞辰按：爾雅：「多草木，岵；無草木，峐。詩疏引作屺。」說文：「岵，山有草木也。」「屺，山無草木也。」玉篇、廣韻竝云：「岵，山多草木也。」「屺，山無草木也。」玉篇、廣韻兼取爾雅、說文，說文多本毛傳。爾雅、說文既同，則今本毛傳相反，爲傳寫之誤無疑。釋文云王肅依爾雅，疑王肅所見毛詩未誤，本同爾雅，非必王肅依爾雅改也。釋名：「山有草木曰岵。岵者，怙也，人所怙取以爲事用也。山無草木曰屺。屺，圮也，無所出生也。」釋名之說亦當本之毛傳，足證正義本傳寫之譌。屺，爾雅作峐，北堂書鈔、初學記、太平御覽引釋名亦作峐。爾雅釋文引

〔一〕按此處係引周禮秋官朝士之文而加省括，非原文。

三蒼、字林、聲類竝云峐即屺字，蓋古音讀亥如己，故通用。峐之言荄基也；基荄初具，未有草木也。此當以爾雅、說文、釋名爲正，段說非也。

「上慎旃哉」，傳：「旃，之也。」箋：「上者，謂在軍事作部列時。」朱子集傳：「上，猶尚也。」瑞辰按：之、旃一聲之轉，又爲「之焉」之合聲，故旃訓之，又訓焉。見采苓箋。上者，尚之假借。漢石經、魯詩作尚，是本字。

「猶來無止」，傳：「猶，可也。父尚義。」瑞辰按：二章傳曰：「母尚恩。」卒章傳曰：「兄尚親。」蓋皆取章末「無棄」、「無死」爲義。正義但云「解孝子所以稱父戒己之意，由父之于子尚義」，非傳恉也。李黼平毛詩紬義曰：「說文：『讀，中止也。』引『司馬法曰：「師多則讀。」』讀，止也。』然則父戒己毋輕于退，是爲父尚義也。次章母戒己無棄身，是母尚恩。卒章兄戒己無死敵，是兄尚親。故皆於章末言之。傳意正當如是。」今按隱七年左傳：「公之爲公子也，與晉人戰於狐壤，止焉。」桓七年左傳：「驂絓而止。」止皆退敗不能前進之稱。

「猶來無棄」，瑞辰按：無棄與無死同義。說文：「𣧑，棄也。俗語謂死曰大𣧑。」大𣧑猶曰大棄也。後人亦通稱死爲棄世。

「行役夙夜必偕」，傳：「偕，俱也。」瑞辰按：傳訓偕爲俱者，謂行役必兼夙夜，猶上章「無已」、「無寐」，皆兼夙夜言之也。集傳謂「必與其儕同作同止」，似非詩義。

## 十畝之閒

「十畝之閒兮，桑者閑閑兮」，傳：「閑閑然，男女無別往來之貌。」箋：「古者一夫百畝，今十畝之閒，往來者閑閑然，削小之甚。」瑞辰按：井田之法，一夫百畝。魏雖削小，未必僅止十畝。又古者野田不得樹桑，則此詩十畝蓋指公田十畝及廬舍二畝半言也。古者民各受公田十畝，又廬舍各二畝半，環廬舍種桑麻雜菜，孟子所謂「五畝之宅，樹牆下以桑」，穀梁傳所云「公田爲居」，公羊宣十五年何注所謂「還廬舍種桑荻雜菜」也。凡爲田十二畝半，詩但言十畝者，舉成數耳。閑閑、泄泄，皆樹桑盛多之貌。詩蓋言彼國樹桑之盛，民得所居，以明魏地陿隘，民無所居。「行與子還」、「行與子逝」，皆相約往適異國，卽碩鼠「逝將去女，適彼樂國」也。箋說失之。又按：「桑者閑閑兮」，白帖八十二引作「桑柘」，又云「十畝桑柘盡趨南陌之功」。古音石與者同聲，故柘或假借作者，猶「渥赭」韓詩作「渥沰」也。桑、柘同類，皆可養蠶，月令季春「命野虞毋伐桑柘」是也。三家詩蓋有作「桑柘」者，故白帖引之。二章亦當作「桑柘」。說毛詩者望文生義，無知者字當訓柘者，蓋已久矣。

「行與子還兮」，傳：「或行來者，或來還者。」瑞辰按：顏師古注漢書楊雄傳曰：「行，且也。」李善文選注亦曰：「行，猶且也。」王尚書謂此詩「行與子還」、「行與子逝」猶言且與子歸、且與子往，其説是也。今按詩人思去其國，有昔來而今歸者，有去此而適彼者，故或言還，或言逝，皆謂往也。傳以還爲來還者，似非詩義。正義云「往來俱行」，讀行爲行路之行，亦非。

## 伐檀

「坎坎伐檀兮」，傳：「坎坎，伐檀聲。」瑞辰按：漢石經「欿欿伐輪兮」，漢劉表、京房並以欿爲坎，大玄「雷推欿窞」，即坎窞也，皆坎古通作欿之證。廣雅：「欿欿，聲也。」鼓聲爲坎坎，伐木聲亦爲坎坎。

「河水清且漣漪」，傳：「風行水成文，曰漣。伐檀以俟世用，若俟河水清且漣。」瑞辰按：詩義蓋以河水之清喻君子之廉潔，有異在位之貪鄙，非如傳言俟河之清也。爾雅釋水云：「河水清且瀾漪，大波爲瀾。」據説文「大波爲瀾，瀾或从連作漣」，是瀾、漣本一字。古連讀若瀾，故與檀、干爲韻。漣亦作瀾，猶蓮通作蕳也。漪，漢石經作兮，釋文本作猗，與書秦誓「斷斷猗」大學引作兮正合，是知猗即兮也。正義釋詩云「猗皆辭也」，亦謂猗即兮耳。

「胡取禾三百廛兮」，傳：「一夫之居曰廛。」瑞辰按：易訟九二「其邑人三百户」，鄭注：「下大夫采地方一成，其税三百家，故三百户。」雜記「大夫之喪，其升正柩也，執引者三百人」，鄭注：「諸侯之大夫邑有三百户之制。」疏引鄭君易訟卦注爲證，云：「一成所以三百家者，一成九百夫，宮室、塗巷、山澤三分去一，餘有六百夫，畝又有不易、一易、再易，通率一家而受二夫之地，是定稅三百家也。」又論語「奪伯氏駢邑三百」，孔注：「伯氏食邑三百家。」鄭注：「三百家，齊下大夫之制。」此詩三百廛，正義引遂人「夫一廛田百畝」，卽爲三百家，亦指下大夫采地之制言之。二章「三百億」，三章「三百囷」，皆承上「三百廛」而言，謂三百家所取之億，三百家所取之囷，變文以協韻耳。又按國語吳語曰：「寡人其達王於甬句東，夫婦三百。」亦是三百家。有夫有婦然後爲家，此傳只言「一夫」者，言夫以該婦也。

「不素餐兮」，傳：「素，空也。」瑞辰按：廣雅釋詁：「素，空也。」素、索古通用。左傳「八索」，釋文：「本或作素。」釋名：「八索，索，素也。」小爾雅：「索，空也。」孟子趙注「無功而食謂之素餐」，亦訓素爲空。韓詩訓爲質素，失之。足利本餐作飡，劉向說苑引詩「不素飡兮」。據說文餐或从水作湌，鄭風「使我不能餐兮」考文本餐作湌，知飡爲湌字之譌。至爾雅釋言「粲，餐也」，釋文「餐，本作飡」，乃因餐本作湌，與飡形近而誤。

「河水清且直猗」，傳：「直，直波也。」瑞辰按：釋水：「直波爲徑。」郭注：「言徑涏也。」釋名作「水直波曰涇」，云：「涇，徑也；言如道徑也。」爾雅瀾、淪皆釋此詩，則徑亦釋詩。詩本蓋作「徑漪」，毛傳原作「徑，直波也」。徑、直聲轉，古卽讀如直，後人以徑於韻不協，乃改爲直，正義所云「直波不言徑而言直者，取韻故也」。然直波不可單稱直，猶漣爲大波不可遂稱大，淪爲小波不可遂稱小也。又按説文：「涇，直流也。」與直波爲徑音義相近，疑徑即涇之假借。徑、涇、罄皆雙聲，涇之通作徑，猶詩「缾之罄矣」之通作窒也。

「河水清且淪漪」，傳：「小風水成文，轉如輪也。」瑞辰按：釋文引韓詩：「順流而風曰淪。淪，文貌。」據廣雅釋詁「倫，順也」，韓詩訓淪爲順流而風，正與倫義近。順流則波恆小，亦與爾雅「小波爲淪」義合。釋名：「淪，倫也；水文相次有倫理也。」理亦順也，義正與韓詩同，較毛傳「文轉如輪」爲善。

「胡取禾三百囷兮」，傳：「圓者爲囷。」瑞辰按：説文：「囷，廩之圜者。从禾在囗中。圜謂之囷，方謂之京。」今時農人以席作圈貯穀，曰囤。釋名：「囤，屯也；屯聚之也。」説文作笹，云：「篅也。」「篅，以〔一〕判竹圜以盛穀也」。廣雅：「笹謂之篅。」據蒼頡篇「篅，圜倉也」，則知今之囤即古囷之遺制，囷也，笹也，篅也，異名而同實。説文又曰：「𢅥，載米䍆也。讀若屯卦之屯。」亦與囷、笹聲近而義同。囤即笹之俗字。

「不素飧兮」，傳：「熟食曰飧。」箋：「飧讀如魚飧之飧。」瑞辰按：孟子趙注：「朝食曰饔，夕曰飧。」此對言則異也。小雅祈父傳：「熟食曰饔。」此傳又曰：「熟食曰飧。」此散言則通也。

〔一〕「以」字原脱，據説文補。

至周官司儀注：「小禮曰飧，大禮曰饔餼。」掌客：「上公飧五牢，饔餼九牢；侯伯飧四牢，饔餼七牢；子男飧三牢，饔餼五牢。」注：「公侯伯子男飧皆飪一牢。」是其飧饔與常食不同，且飧亦不皆熟食。據鄭志答張逸云：「禮飧饔大，非可素，不得與『不素餐』相配，故易之。」是鄭君誤以毛傳「熟食曰飧」爲指禮食，不知毛公亦泛言熟食耳。至鄭君讀如魚飧之飧，據字林：「飧，水澆飯也。」釋名：「飧，散也；投水於中解散也。」禮記玉藻疏：「飧，謂用飲澆飯於器中也。」魚飧蓋置魚飯中，有似水澆飯者，遂名魚飧，故公羊以爲儉。又按說文：「飧，餔也。」「餔，申時食也。」而正義引說文：「飧，水澆飯也。」證以釋文，乃知所引說文係字林之誤。

## 碩鼠

「碩鼠碩鼠」，箋[一]：「碩，大也。」瑞辰按：碩鼠卽爾雅鼫鼠，碩卽鼫之假借。易晉九四「晉如鼫鼠」，子夏易傳、九家易竝作碩鼠，是碩、鼫通用之證。碩、鼫皆取大義，非卽五技鼠。詩疏引爾雅孫炎注以鼫鼠爲五技鼠，樊光、舍人注同，其說非也。廣雅：「鼩鼠，鼫鼠。」郭注爾雅鼫鼠云：「形大如鼠，頭似兔，尾有毛，青黃色，好在田中食粟豆，關西呼爲鼩鼠，見廣

〔一〕「箋」字原脱，據毛詩鄭箋補。

雅，音雀。」正義引陸璣疏云：「今河東有大鼠，能人立，交前兩腳於頸上跳〔一〕舞，善鳴，食人禾苗。人逐，則走入樹空中。亦有五技，或謂之雀鼠，其形大，故序云大鼠也。魏國，今河北縣是也，言其方物，宜謂此鼠，非鼫鼠也。」則陸疏謂碩鼠別有一種，即古所云禮鼠者，非即五技鼠也。

「三歲貫女」，傳：「貫，事也。」箋：「我事女三歲矣。」瑞辰按：貫，魯詩作宦，貫即宦之假借。釋文：「貫，徐音官。」說文：「宦，仕也。」玉篇：「官，宦也。」說文：「官，吏事君也。」仕與事亦同義。「三歲宦女」猶左傳云「宦三年矣」。古者三載考績，又于三年大比民數，故詩言「三歲宦女」，謂其仕已三年，曾無德政及民，以明在所當黜也。此蓋刺其大夫重斂之詩。序「國人刺其君重斂」當作「其君子」，猶汾沮洳序「其君子儉以能勤」今本誤作「其君」也。

「爰得我直」，傳：「得其直道。」箋：「直，猶正也。」瑞辰按：直與道一聲之轉，古通用。說苑脩文篇：「樂之動於內，使人易道而好良。」易道即樂易，所云易直也。爾雅釋詁：「道，直也。」「爰得我直」猶云爰得我道。傳云「得其直道」者，正以道訓直，非於直外增道字也。箋謂「直猶正也」，失之。王尚書讀直爲職，訓職爲所，與上章「爰得我所」同義。竊謂訓直爲道，義與所亦相合。古人以失路爲失所，則得道亦爲得所矣。

〔一〕「跳」原作「號」，據毛詩正義改。

「誰之永號」，傳：「號，呼也。」箋：「之，往也。永，歌也。樂郊之地，誰獨當往而歌號者。言皆喜說，無憂苦。」瑞辰按：永，釋文本作咏，云：「咏，本亦作永，同，音詠。」足利本作詠。據箋「永，歌也」，正讀永爲詠。古詠歌字多省作永，永號猶詠歎也。正義云「永是長之訓，以永號共文，故以永爲歌」，失之。之，其也。呂氏春秋音初篇高注：「之，其也。」「誰之永號」猶云誰其永號。箋訓之爲往，失之。

# 毛詩傳箋通釋卷十一

## 唐風

### 唐風總論

山海經云：「縣雍之山，晉水出焉。」水經云：「晉水出晉陽縣西縣甕山，東過其縣南，又東入於汾水。」縣甕山卽縣雍也。舊謂晉侯燮因晉水始改唐爲晉，故史記晉世家云「唐叔子燮，是爲晉侯」。但考國語，叔向曰：「昔先君唐叔射兕於徒林，殪以爲大甲，以封於晉。」呂氏春秋重言篇亦言：「成王於是遂封叔虞於晉。」又史記周本紀云：「晉唐叔得嘉穀，獻之成王。」唐叔冠以晉，猶康叔冠以衞也。是晉之名，唐叔時已先有之。詩不言晉而言唐者，從乎其始封，以有取乎其遺風也。吳季札觀樂，爲之歌唐，則唐風之稱實沿其舊。至季札云「其有陶唐氏之遺風乎」，蓋第取蟋蟀、山樞二詩言之，此序說「堯之遺風」所自來也。國家之興，莫先於得民心；欲得民心，莫先於用賢士；欲用賢士，莫先於去讒言。唐風自揚之水及椒聊作，則民心失矣；有杕之杜作，則賢士去矣；采苓作，則讒言興矣；而綢繆失婚姻之時，鴇羽棄父母之養，羔裘有懷惡之刺，葛生悲攻戰之煩，此民心所由失也；杕杜傷骨肉之離，此賢士所由去也。惟無衣詩以美武公，然得國由於篡取，命服出於貨賂，飾其詞以美之，實隱其言以譏之。唐風十二篇，蓋無一非刺詩矣。

## 蟋蟀

「蟋蟀在堂」，傳：「蟋蟀，蛬也。九月在堂。」瑞辰按：陸璣詩疏：「蟋蟀一名蜻蛚。」易緯通卦驗曰：「乃立秋而蜻蛚上堂。」是蟋蟀之在堂，固不待九月也。豳詩「七月在野，八月在宇，九月在户」，在宇、在户皆可以堂統之。蓋易緯立秋上堂者，言其始；毛傳九月在堂，舉其終。又周正建子，以十月爲歲莫，詩下云「歲聿其莫」，故傳以「蟋蟀在堂」爲指九月耳。

「職思其居」，傳：「職，主也。」箋：「又當主思於所主之事。謂國中政令。」瑞辰按：傳、箋從爾雅訓職爲主，首章「職思其居」義猶可通，謂君子思不出其位也。若「職思其外」、「職思其憂」亦訓主，則於義未協。爾雅釋詁：「職，常也。」常从尚聲，故職又通作尚。秦誓「亦職有利哉」，大學引作「尚亦有利哉」，論衡引作「亦尚有利哉」。王懷祖觀察謂此詩三職字皆當訓常，竊謂此當訓尚。爾雅：「尚，庶幾也。」謂尚思其居、尚思其外、尚思其憂也，與上文「無已大康」語意正相貫。又按詩內職字有宜從爾雅訓常者，大東詩「職勞不來」，王觀察謂「常服勞苦而不見勞來」是也。有用爲發語詞者，十月之交詩「職競由人」，猶言競由人也；桑柔詩「職涼善背」，言涼善背也；「職競用力」，言競用力也；「職盜爲寇」，言盜爲寇也；召旻詩「職兄斯引」，言兄斯引也；「職兄斯弘」，言兄斯弘也。有作適字解者，巧言詩「職爲亂階」，猶言適爲亂階也。職與識古通用。說文：「職，記歠也。」周官職方亦作識方。職之訓適，猶識亦訓適也。成十六年左傳「識見不穀而趨，無乃傷乎」，王觀察曰：「言適見不穀而趨也。晉語作『屬見不穀而下』，韋注曰：『屬，適也。』」又有用爲句中語助者，抑詩「亦職維疾」，言亦維疾也，猶「亦維斯戾」即言亦維戾也。傳、箋於職字皆訓爲主，失之。又按僖二十八年左傳「甯子職納橐饘焉」，即言納橐饘也；襄八〔一〕年左傳引周詩「兆云詢多，職競作羅」，言競作羅也；襄十四年左傳「蓋言語漏泄，則職女之由」，猶言則女之由也。三職字皆語詞，舊或訓職業，或訓主，亦誤。至說文「職，記歠也」，職即職業之職。孟子曰：「子思，臣也，微也。」微正當訓職。

「役車其休」，箋：「庶人乘役車。役車休，農功畢，無事也。」瑞辰按：古者役不踰時。月令孟秋乃命將帥，則孟冬正當旋役之時。采薇詩「曰歸曰歸，歲亦陽止」，杕杜詩「日月陽止，女心傷止，征夫遑止」，皆古者歲莫還役之證。役車當謂行役之車。孔疏因箋云「農功畢」，遂

〔一〕「八」原作「七」，據左傳改。

謂役車爲收納禾稼所用，失之。

「日月其慆」，傳：「慆，過也。」瑞辰按：説文：「慆，説也。」爲本義。毛傳訓過者，蓋以慆爲滔字之假借。説文：「滔，水漫漫大皃。」大則易失之過，故過又大義之引申也。古慆聲讀近悠，故與休、憂爲韻。

## 山有樞

「山有樞，隰有榆」，傳：「興也。樞，荎也。國君有財貨而不能用，如山隰不能自用其財。」瑞辰按：傳取興最善。山隰有材木不能自用，祇以供人之用，正以興下「他人所愉」，引起全詩。又按爾雅釋木：「藲，荎。」郭注：「今之刺榆也。」引詩「山有樞」〔一〕。詩序釋文云：「樞，本或作蓲。」據隸釋載石經魯詩殘碑作蓲，是作蓲者爲魯詩，作樞者爲毛詩，皆藲字之省借。王尚書曰：「荎之言挃也。廣雅：『挃，刺也。』故刺榆謂之荎。又謂之梗榆，梗亦刺也，説文『梗，山枌榆，有束』是也。」

「弗曳弗婁」，傳：「婁，亦曳也。」瑞辰按：婁者，摟之省借。説文：「摟，曳聚也。」段玉裁云：「當作『曳也，聚也』。」玉篇引詩：「『弗曳弗摟』，摟亦曳也。」釋文引馬云：「婁，牽也。」與劉熙孟子注

〔一〕按爾雅郭注未引詩此句，邢疏引之。馬氏以爲郭注所引，誤。

訓摟爲牽者正合。

「宛其死矣」，傳：「宛，死貌。」釋文：「宛，本亦作苑。」瑞辰按：宛卽苑之假借。淮南子本經訓「百節莫苑」，高注：「苑，病也。」又俶真訓「形苑而神壯」，高注：「苑，枯病也。」苑又通葾。廣雅：「蔫、菸、萎，葾也。」玉篇：「萎，葾也。」竝與傳訓宛爲死貌義相近。宛與萎、葾皆一聲之轉，宛與苑當卽葾字之假借。

「山有栲」，傳：「栲，山樗。」正義引陸疏云：「許愼正以栲讀爲糗。今人言考，失其聲耳。」瑞辰按：爾雅：「栲，山樗。」說文無栲字，云：「㭱，山樗也。从木，尻聲。」㭱卽栲之異文，樗卽樗字之譌。以陸疏證之，說文㭱下別有「讀如糗」，今脫去耳。古音栲讀如糗，猶考讀如朽。淮南子「夏后氏之璜，不能無考」，考卽說文之「玌」訓爲朽玉者，俗作瑏，音齅是也。陸疏謂「今人讀考，失其聲」，不知考與糗古本同音。詩疏引爾雅郭注：「俗語曰：櫄樗栲漆，相似如一。」本草圖經云：「椿木、樗木，形幹大抵相類。椿本密而葉香可噉，樗本疏而氣臭，膳夫亦能熬去其氣。北人呼樗爲山椿。」據此，知栲爲山樗〔一〕，卽今俗稱臭椿樹，故音亦讀糗。

「隰有杻」，傳：「杻，檍也。」瑞辰按：檍，說文作檣，云：「檣，梓屬。大者可爲棺椁，小者可爲弓材。」卽爾雅之「杻，檍」。說文大徐本於椋、樻二篆之閒別出檍篆，云「杶也」，乃後人

〔一〕「山樗」，據上引本草圖經疑當作「山椿」，故下又云「卽今俗稱臭椿樹」也。

妄增。段玉裁从繫傳本删去，是也。又按爾雅：「杻，檍。」釋文：「檍，字又作億。説文云：檍，梓屬也。」據説文云「檣，梓屬」，乃知陸氏所據説文本無檍篆，知檣卽檍也。陳壽祺謂釋文「字又作億」之億及引「説文云檍」之檍，二字竝當爲檣字之譌。

「弗洒弗埽」，傳：「洒，灑也。」正義：「洒謂以水溼地而埽之，故轉爲灑。」瑞辰按：説文：「灑，汛也。」「洒，滌也。古文以爲灑埽字。」是洒、灑二字本異義，古文以聲近故假洒爲灑。

「弗鼓弗考」，傳：「考，擊也。」釋文：「鼓，如字。本或作擊，非。」瑞辰按：詩序正義引詩正作「弗擊弗考」。本句正義曰：「今定本云『弗鼓弗考』，云『考，擊也』，無『亦』字，義竝通也。」據此，知注疏本經原作「弗擊弗考」，傳原作「考，亦擊也」。文選李善注引「毛詩曰：『子有鐘鼓，弗擊弗考。』毛萇曰：『考，亦擊也。』」李所引與孔本正同。「亦擊」正承上「弗擊」而言。惟定本經作「弗鼓弗考」，傳作「考，擊也」，今注疏本誤从定本，失其舊矣。竊謂經「弗鼓」當爲「弗鼔」之譌。説文：「鼔，擊鼓也。讀若屬。」經作鼔，訓擊，鼔與擊爲雙聲，故傳寫者通作「弗擊」。釋文云「鼓，如字」，鼓亦鼔字之譌。以鼔卽爲擊，不煩改字，故又云「本或作擊，非」也。説文缶字注「秦人鼔之以節歌」，韻會鼔作擊，此鼔、擊通用之證。易「不鼓缶而歌」，以説文、韻會證之，知鼓爲鼔之譌。此詩「弗鼓」，合毛傳、孔疏、釋文證之，鼓亦當作鼔。考者，攷之假借。説文：「攷，敂也。」「敂，擊也。」惟經上作「弗鼓」，訓爲擊，故傳云「考，亦擊也」。宋岳珂刊九經三傳，凡「鼓瑟鼓琴」、「鼓鐘于宫」，字皆作鼓，未爲確核，獨此詩作「弗鼓弗考」，則甚確也。

## 揚之水

「揚之水，白石鑿鑿」，傳：「興也。鑿鑿，鮮明貌。」箋：「激揚之水，激流湍疾，洗去垢濁，使白石鑿鑿然。興者，喻桓叔盛强，除民所惡，民得以有禮義也。」瑞辰按：王風「揚之水」以喻平王不撫其民，鄭風「揚之水」以閔忽之無臣，是激揚之水雖迅疾而實無力，故兩詩皆言「不流束薪」、「不流束楚」。此詩「揚之水」蓋以喻晉昭微弱，不能制桓叔而轉封沃，以使之强大，則有如水之激石，不能傷石而益使之鮮潔，故以「白石鑿鑿」喻沃之盛强耳。箋謂以喻桓叔除民所惡，失之。

「白石皓皓」，傳：「皓皓，潔白也。」瑞辰按：説文無皓字，惟日部有晧，云：「日出皃。」白部：「皢，日之白也。」日色之光白，故晧訓「日出皃」，引伸爲凡絜白之稱。今俗通改作皓，猶的本从日，今亦誤从白也。

「從子于鵠」，傳：「鵠，曲沃邑也。」正義曰：「晉封桓叔於曲沃，非獨一邑而已。其都在曲沃，其旁更有邑，故曰『鵠，曲沃邑也』。」瑞辰按：鵠古通作臯。易林否之師曰：「揚水潛鑿，使石絜白，衣素表朱，戲遊臯沃。」義本此詩。臯沃即此詩「從子于沃」、「從子于鵠」也。臯與鵠古同聲，臯通作鵠，猶周禮「臯舞」當爲「告」，左傳定四年經「盟于臯鼬」，公羊經作浩油也。臯者，澤也。鶴鳴詩毛傳：「臯，澤也。」韓詩：「九臯，九折之澤。」易林「戲遊臯沃」，豫之大過又作「遊戲臯澤」，是知沃亦澤也。澤也，臯也，沃也，蓋析言則異，散言則通。襄二十五年左傳「鳩藪澤，牧〔一〕隰臯，井衍沃」，此析言也。鶴鳴傳訓臯爲澤，易林臯沃一作臯澤，此散言也。曲沃本取沃澤之義，故詩別稱臯，鵠以協韻，三家詩从本字作臯，毛詩假借作鵠。傳云「鵠，曲沃邑」者，正謂鵠即曲沃，非謂曲沃之旁別有邑名鵠也。水經注：「涑水又西南，逕左邑縣故城南，故曲沃也。晉武公自晉陽徙此，秦改爲左邑縣，詩所謂『從子于鵠』者也。」以鵠與曲沃爲一，正與毛傳合。孔疏謂曲沃旁更有邑名鵠，失傳恉矣。或疑左傳呂相絶秦所云「焚我箕、郜」，謂郜即鵠，亦未確。

「白石粼粼」，傳：「粼粼，清徹也。」瑞辰按：「粼粼」蓋「粼粼」形近之譌。説文有粼無粼，云：「粼，水生厓石粼粼也。」正與詩義合。釋文：「粼，本又作磷。」皆後人增益之字。粼又通借作鄰。管子水地篇：「夫玉，温潤以澤，仁也；鄰以理者，知也。」荀子作「栗而理，知也」。

〔一〕「牧」原作「收」，據左傳改。

鄰、栗一聲之轉，皆清澈之貌。

## 椒聊

「椒聊之實，蕃衍盈升〔一〕」，傳：「椒聊，椒也。」箋：「椒之性，芬香而少實。今一捄之實，蕃衍滿升，非其常也。」瑞辰按：爾雅釋木：「椒榝醜，菉。」郭注：「菉，萸子聚生成房貌。」爾雅又曰：「朻者聊。」郭注：「未詳。」今按：朻、菉古音同，朻即菉也，椒聊即椒菉也。鄭箋「一捄」二字正釋聊字。竊疑毛傳原作「椒聊，椒菉也」，故箋言「一捄之實」以申釋之。後毛傳脫去菉字，陸疏遂誤以聊爲語辭矣。說文「茮，茮菉也」，義本毛傳，當作「茮聊，茮菉也」，後人不知聊即爲菉，或妄删去聊字耳。說文又曰：「菉，榝茮實如裘也。」箋作捄者，假借字也。劉向九歎「懷椒聊之蔎蔎兮」，王逸注：「椒聊，香草也。」椒聊二字連讀，亦不以聊爲語辭。

「遠條且」，傳：「條，長也。」瑞辰按：足利古本經文二條字皆作脩。方言、廣雅並曰：「脩，長也。」條、脩古同聲通用。史記周勃「封爲條侯」，注曰：「條，表皆作脩。」漢書地理志言都國脩縣注曰：「脩音條，括地志作蓨。」是其證也。疑毛傳以條爲脩之假借，或本作脩，故訓爲

〔一〕「蕃衍盈升」句原無。按下引鄭箋「蕃衍滿升」正釋此句，今據毛詩補。

長。但考二章傳「言聲之遠聞也」，段玉裁曰：「聲當作馨，與説文『馨，香之遠聞也』合。」使兩章經皆作脩，則首章傳既以長釋之，二章傳不煩另釋。竊謂古本首章作脩，故傳訓長；二章經作條，故傳取芬芳條暢之義，訓爲「馨之遠聞也」。足利本兩章皆作脩，正義本及唐石經兩章皆作條，各有一誤。又按攸爲行水攸攸之貌，故義又爲長。爾雅釋詁：「悠，長也。」悠當作攸。凡經傳作脩訓長者，皆攸字之假借。

「蕃衍盈匊」，傳：「兩手曰匊。」瑞辰按：宣十二年左傳「舟中之指可掬矣」，杜注：「兩手曰掬。」義與毛傳同。小雅采緑詩「不盈一匊」，毛傳亦曰：「兩手曰匊。」説文「在手曰匊」，段玉裁謂「在手」當爲「兩手」之譌。今按考工記陶人疏引小爾雅云：「匊二升。二匊爲豆，豆四升。」是兩手謂之匊，二升亦謂之匊。此詩「盈匊」對上章「盈升」而言，崔靈恩集注謂匊大于升，則當爲二升之匊。采緑詩「不盈一匊」與「不盈一襜」對言，襜爲衣蔽前，則匊亦應爲量物之器。古篆文升與手字形相近，毛傳「兩手」或「二升」之譌。小爾雅「二升」，今俗本亦譌爲「兩手」，是其證也。又按説文廾部：「𢍁，兩手盛也。从廾，𠔉聲。」廣韻曰：「𢍁，説文音匊。」是兩手所盛以𢍁爲正字，作匊者乃同音假借字耳。説文又曰：「臼，叉手也。」義與𢍁近。

## 綢繆

「綢繆束薪」，傳：「綢繆，猶纏緜也。男女待禮而成，若薪芻待人事而後束也。」瑞辰按：綢繆二字疊韻。廣雅：「綢繆，纏緜也。」義本毛傳。詩人多以薪喻婚姻。漢廣「翹翹錯薪」以興「之子于歸」，南山詩「析薪如之何」以喻娶妻。此詩「束薪」、「束芻」、「束楚」，傳謂以喻男女待禮而成，是也。箋謂作詩者束薪於野，失之。

「三星在天」，傳：「三星，參也。」箋：「三星，心星也。」瑞辰按：傳以秋冬嫁娶爲正，故謂三星爲參星，而以「在天」、「在户」、「在隅」爲得時。箋以仲春嫁娶爲正，故謂三星爲心星，而以「在天」、「在户」、「在隅」爲失時。竊據經文「今夕何夕」似謂失時，則上言「三星在天」、「在户」、「在隅」，必爲得時，傳説是。傳以三星見爲嫁娶正時，興「今夕何夕」爲失時。孔疏謂「今夕何夕」言「今此三星在天之夕」，非傳恉也。參之言三也。史記天官書：「參三星，直者爲衡石。」古者自九月霜降逆女，至二月冰判，爲婚姻之期，正值參在天、在隅、在户之時，故嫁娶以參爲候。參、辰二星不相比，辰伏則參出，夏小正「八月辰則伏」，則者始辭，謂始伏也。小正又言「九月内火」，傳謂大火。辰之伏以九月，則參之見亦以九月，以爲始嫁娶之候，與荀子大略篇「霜降逆女」正合。陳風東門之楊毛傳「言男女失時，不逮秋冬」，秋正謂九月季秋。王肅以「三星在天」爲十月，似非傳義。

「子兮子兮」，傳：「子兮者，嗟茲也。」經義述聞曰：「嗟茲即嗟嗞。説文：『嗞，嗟也。』廣韻：『嗞嗟，憂聲也。』秦策曰：『嗟嗞乎，司空馬。』管子小稱篇曰：『嗟茲乎，聖人之言長乎哉！』說苑貴德篇曰：『嗟茲乎，我窮必矣！』揚雄青州牧箴曰：『嗟茲天王，附命下土。』皆歎詞也。或作嗟子。楚策曰：『嗟乎子乎，楚國亡之日至矣。』尚書大傳曰：『嗟子乎，此蓋吾先君文、武之風也夫！』是嗟子與嗟嗞同。經言『子兮子兮』，猶曰『嗟子乎嗟嗞乎』，故傳以『子兮』爲『嗟茲』。鄭箋謂『子兮子兮』斥娶者，殆失其義。正義訓茲爲此，尤非傳義。」瑞辰按：王說是也。說文無嗟有謍，云：「謍，咨也。」謍卽嗟字，咨卽嗞之通借。嗞、咨同音。段玉裁謂咨爲嗞字之譌，不知咨音同嗞，亦爲嗟歎。爾雅：「嗟、咨，蹉也。」堯典「咨，四岳」，蕩詩「文王曰咨」，皆爲嗟歎之辭，音義並與嗞同。子、茲一聲之轉，子兮之讀如嗟茲，猶負茲之通作負子也。史記魯世家述金縢曰「是有負子之責於天」，孔廣森謂卽公羊「屬負茲舍」之「負茲」，是也。何休注：「天子有疾稱不豫，諸侯稱負茲。」

「見此邂逅」，傳：「邂逅，解說之貌。」瑞辰按：鄭風「邂逅相遇」，傳云：「不期而會。」此傳云「解說之貌」者，釋文：「邂，本亦作解；逅，本又作覯。說，音悅。」廣雅：「解，悅也。」學記：「相說以解。」傳蓋以解有悅義，經作「解覯」，故釋爲解說之貌。其實此詩邂逅亦爲遇合。說文無邂逅字，古邂只作解，逅只作遘，或作構及覯。淮南俶真訓「孰能解構人閒之事」，高注：「解構，猶會合也。」此詩設爲旁觀見人嫁娶之辭。「見此良人」，見其夫也；「見此粲者」，見其女也；「見此邂逅」，見其夫婦相會合也。毛傳以爲解說之貌，胡承珙曰：「卽因會合而心意解說耳。韓詩〔一〕云「邂覯，不固之貌」，則謂倉卒遘遇，故爲不固。皆與毛傳「不期而會」義相通。」

## 杕杜

「有杕之杜」，傳：「杕，特貌。」瑞辰按：說文：「杕，樹皃。從木，大聲。」大與特雙聲，故傳訓爲特貌。有杕之杜序「武公寡特」，亦取詩「有杕之杜」爲喻。然此詩「其葉湑湑」、「其葉菁菁」，皆言葉之盛，則杜雖孤特，猶有葉以爲蔭芘，與有杕之杜取興微異。詩以杜之特喻君，以其葉之茂喻宗族，興今之獨行無親爲杕杜不若也。又按：之，猶者也。「有杕之杜」猶云「有杕者杜」，與「有頍者弁」、「有苑者柳」、「有卷者阿」字異而句法正同。小雅「有棧之車」與「有芃者狐」相對成文，之猶者也。之、諸一聲之轉。士昏禮注：「諸，之也。」僖九年左傳「以是藐諸孤」即「藐者孤」也。爾雅釋魚：「龜，前弇諸，句。果；後弇諸，句。獵。」猶上云「俯者靈，仰者謝」也，諸亦者也。諸、之古同訓，諸訓者，則之亦得訓爲者矣。

「其葉湑湑」，傳：「湑湑，枝葉不相比也。」瑞辰按：二章「菁菁」，傳云「葉盛」，則首章「湑湑」亦當爲葉盛貌。說文湑字注：「一曰，露貌也。」引詩「零露湑兮」。露之濃貌爲湑，木之

〔一〕「詩」字原脫，據胡承珙毛詩後箋補。

盛貌爲湑湑，其義一也。胥、疏古同聲通用，傳蓋讀湑如疏，以湑湑爲稀疏之貌，故曰「枝葉不相比」。然與下章「菁菁」不相類，非詩義也。

「獨行踽踽」，傳：「踽踽，無所親也。」瑞辰按：說文：「踽，疏行貌。」廣雅：「踽踽，行也。」踽通作偊。列子力命篇「偊偊而步」，釋文引字林：「偊，疏行貌。」

「胡不佽焉」，傳：「佽，助也。」箋：「胡不相推佽而助之。」正義：「佽，古次字。欲使相推以次第助之耳，非訓佽爲助。」瑞辰按：次、且一聲之轉，故佽可訓助。比、次古音義同。比，輔也；輔，助也。比爲助，則次亦助矣。說文佽字注：「一曰，遞也。」遞、次音義正同。凡物之次第相比者皆有相助之義。爾雅：「佴，貳也。」郭注：「佴，次，爲副貳。」說文：「佴，佽也。」又曰：「貳，副、益也。」佽、益皆助也，是知說文佽下「一曰遞」者即助義也。又次、兹聲相近。兹，益也。廣雅：「助，益也。」又資从次聲，資亦助也。傳訓佽爲助，可補爾雅詁訓之闕。箋云「推佽」，猶推拗也。焦循曰：「箋以推佽並言。儒行注云：『推，舉也。』舉猶與也，與猶助也。以推明佽，正是以助明佽。」其說是也。正義謂傳、箋非訓佽爲助，失之。

「獨行睘睘」，傳：「睘睘，無所依也。」釋文：「睘，本亦作煢，又作焭。」瑞辰按：說文：「赹，獨行也。讀若煢。」此詩「睘睘」之正字。說文：「瞏[一]，目驚視也。从目，袁聲。」今省作睘。

〔一〕「瞏」原作「睘」，依說文改。「睘」爲「瞏」之省文，故下云「今省作睘」。

此趨之同音假借。或通作嬛，說文「嬛，材緊也」，引春秋傳「嬛嬛在疚」是也。或通作煢，小爾雅「寡夫曰煢」，今左傳及漢書匡衡傳竝言「煢煢在疚」是也。古營、睘同音，煢从營省聲，故睘、煢通用。煢又作㷀，方言「㷀，獨也，楚曰㷀」，郭注「古煢字」，廣雅「㷀，獨也」，玉篇「㷀，特也」，皆是也。煢又通惸，小雅正月「哀此惸獨」，楚辭注引作「哀此煢獨」是也。釋文云「又作焭」者，焭即𦦂之異文。說文：「𦦂，回疾也。」段注云：「回轉之疾也。引申爲煢獨，取裵回無所依之意。」

「不如我同姓」，傳：「同姓，同祖也。」瑞辰按：說文：「姓，人所生也。古之神聖人，母感天而生子，故偁天子，因生以爲姓。从女生，生亦聲。」白虎通：「姓者，生也，人所稟天氣以生者也。」昭四年左傳「問其姓」，釋文曰：「女生曰姓，姓謂子也。」姓从女生會意。上古賜姓，皆因其母之所生。如神農母居姜水，因賜姓姜；黃帝母居姬水，因賜姓姬；舜母居姚墟，因賜姓姚；堯釐降〔一〕二女於嬀汭，而舜後因氏嬀是也。又如禹祖昌意以其母吞薏苡生，因賜姓姒；殷契以其母吞玄鳥子生，因賜姓子。是古賜姓由母之證。此詩「同姓」對前章「同父」而言，又據下文「人無兄弟」，言「同姓」蓋謂同母生者，春秋公羊傳所謂「母弟稱弟，母兄稱兄」，春秋繁露所謂「商質者主天，篤母弟」也。與周禮司儀「天揖同姓」及襄十二年左傳

〔一〕「降」字原脱，據尚書堯典補。

「同姓於宗廟」謂同始祖者異。傳以同姓爲同祖，失之。

## 羔裘

「自我人居居」，傳：「自，用也。居居，懷惡不相親比之貌。」二章傳：「究究，猶居居也。」瑞辰按：爾雅：「居居、究究，惡也。」惡讀如愛惡之惡，釋詩義，非詁詩辭，蓋言惡在位者徒有此盛服而不恤其民，非訓居居、究究爲惡也。古居處之居作凥，居爲古踞字，釋文「居又音據」是也。踞通作居，故說文曰：「裾，讀與居同。」荀子子道篇：「子路盛服見孔子，子曰：『由，是裾裾何也？』」楊倞注：「裾裾，衣服盛貌。」說苑裾裾作襜襜。此詩「居居」承上「羔裘豹袪」，正當讀爲裾裾，言其徒有此盛服也。我，詩人我在位者。謂自我在位之人，皆徒有居居之盛。而不恤其民之意，自可於言外得之。究究猶居居，蓋窮極奢侈之意，亦盛服貌。劉向九懷「涕究究兮」，王逸注：「究究，不止貌也。」涕不止爲究究，好奢不止亦爲究究，其義一也。

「維子之故」，箋：「我不去者，乃念子故舊之人。」瑞辰按：故之言固也。閔元年左傳「因重固」，服虔曰：「重不可動，因其不可動而堅固之。」洪頤煊曰：「此與上『親有禮』對，言因其爲重臣而安固之。」襄十四年左傳：「史佚有言曰：『因重而撫之。』」是固猶撫也。故舊謂之故，能愛好其故舊之人亦謂之故，「維子之故」猶言維子之好也。鄭風遵大路亦以「故」與「好」竝言。箋訓爲故舊，失之。

## 鴇羽

「肅肅鴇羽，集于苞栩」，傳：「興也。肅肅，鴇羽聲也。集，止。苞，稹。栩，杼也。鴇之性，不樹止。」箋：「興者，喻君子當居安平之處，今下從征役，其爲危苦如鴇之樹止。」瑞辰按：陸疏曰：「鴇連蹄，性不樹止。」釋文：「鴇，似鴈而大，無後趾。」今按鴇蓋鴈之類，鴈亦不樹止也。余曾以目驗之，其無後趾信然，卽陸疏所云「連蹄」也。詩蓋以鴇之集樹爲失性，喻君子之下從征役爲失所耳。

「王事靡盬」，傳：「盬，不攻緻也。」瑞辰按：盬者，息也。爾雅釋詁：「棲遲、憩、休、苦，息也。」郭注：「勞苦者宜止息。」乃望文生義。不知苦卽盬之假借，爾雅正釋詩盬爲息，「王事靡盬」猶云王事靡有止息，故不能蓺稷黍也。靡盬之盬，爾雅借作苦，猶周官鹽人「共其苦鹽」，典婦「功辨其苦良」，苦皆當讀爲盬也。禮記「夫婦之道苦」，猶云夫婦之道息也。盬又通𪉊。方言：「盬，且也。」郭注：「盬，猶𪉊也。」玉篇、廣韻竝曰：「𪉊，息也。」凡古人言「姑且」者，猶云姑息也。𪉊與姑竝與盬音近而義同。戴侗六書故曰：「盬，猶緩暇也。」緩暇亦息也。王符潛夫論愛日篇引詩「王事靡盬，不遑將父」而釋之曰：「言在古閒暇而得行孝，今迫促不得養也。」以迫促釋詩靡盬，正訓靡盬爲靡有暇息，其說當本三家詩。凡小雅言「王事靡盬」，義並同此。毛、鄭讀盬爲良盬之盬，此傳以盬爲不攻緻，四牡傳又以盬爲不堅固，孔疏又讀盬如蠱，並非。

「曷其有所」，箋：「曷，何也。何時我得其所哉。」瑞辰按：三蒼：「所，處也。」廣雅：「處，止也。」所爲處，即爲止。「曷其有所」猶言曷其有止，與下二章「曷其有極」、「曷其有常」同義。

「肅肅鴇行」，傳：「行，翮也。」段玉裁曰：「行、翮於雙聲求之。上文云『鴇羽』、『鴇翼』，故不得以行列釋之。」瑞辰按：行之訓翮，經傳無徵。鴇行猶鴈行也。鴈之飛有行列，而鴇似之。説文：「𠤏，相次也。从匕十。鴇从此。」蓋鴇之飛比次有行列，故字从𠤏會意。鴇行訓作行列爲是，不得以上文言「鴇羽」、「鴇翼」，遂訓行爲翮也。

## 無衣

「不如子之衣」，傳：「諸侯不命於天子，則不成爲君。」箋：「武公初并晉國，心未自安，故以得命服爲安。」正義：「親就天子使，請天子之衣，故曰子之衣。」瑞辰按：天子古未有單稱子者。古者稱卿、大夫、士通曰子。序云「請命乎天子之使」，則詩所云子者，卽指天子之使言。諸侯有七命六命之衣，天子之使亦有七命六命之衣，但己未受命於王，非使者受命於王可比，故曰「不如子之衣」。安吉，安燠也。孔廣森曰：「大車傳曰：『天子大夫四命，其出封五命，如子男之服。』正義曰：『毛意以周禮「出封」爲出於封畿，非封爲諸侯也。尊王命而重其使，出於封畿卽得加命。』則知天子之卿六命，來使於晉亦假以七章之服，故詩兩言『子之服』，一言其加服，一言其本服。」今按孔說是也。周官典命：「王之三公八命，其卿六命，大夫四命。及其出封，皆加一等。」「出封」宜如毛傳謂出於封疆。出者加一等，則入者宜減一等，典命疏云「若毛君則出加入減」是也。覲禮「侯氏乘墨車」，此正入減之證。天子之卿六命，出使則加爲七命之服，侯伯七命，入天子之國則減爲六命之服，故晉侯亦得如天子之卿，有衣七、衣六之異。詩言「不如」者，正求其能如之也。毛傳於首章言「侯伯之禮七命，冕服七章」，於二章曰「天子之卿六命，車旗衣服以六爲節」，但據常禮言之。至天子卿大夫出封加一等，義已著於大車傳，則其義固可推而知也。正義乃以詩言子爲天子，失其義矣。

## 有杕之杜

「有杕之杜，生于道左」，傳：「興也。道左之陽，人所宜休息也。」箋：「道左，道東也。日之熱恆在日中之後，道東之杜，人所宜休息也。今人不休息者，以其特生陰寡也。」瑞辰按：卜章「道周」，韓詩作「道右」，則左右隨所見言之，不以道左之陽取興。

「曷飲食之」，箋：「曷，何也。言中心誠好之，何但〔一〕飲食之，當盡禮極歡以待之。」瑞辰按：曷訓爲何，亦爲何不。爾雅：「曷，盍也。」郭注：「盍，何不也。」「曷飲食之」謂何不飲食之也。「彼君子兮，噬肯適我」，設爲武公好賢之虛詞；「中心好之，曷飲食之」，責其無求賢之實也。

「生於道周」，傳：「周，曲也。」釋文：「周，韓詩作右。」瑞辰按：「道周」與「道左」相對成文，故韓詩訓爲道右。右、周古音同部，周卽右之假借。右通作周，猶詩「既伯既禱」，禱通作禂也。壽从𠷎聲，𠷎古作[illegible]，从又聲。右从又，又亦聲。皆與周通用。說文服字注：「一曰，車右騑，所以舟旋。」舟旋卽周旋也，是周與右義亦相通。毛傳訓周爲曲者，據蒹葭詩「道阻且右」，箋云「右者，言其迂迴」，迂迴卽屈曲也。則傳訓曲，亦與右義相近。

## 葛生

「葛生蒙楚，蘞蔓于野」，傳：「興也。葛生延而蒙楚，蘞生蔓於野，喻婦人外成於他家。」

〔一〕「但」字原脫，據毛詩鄭箋補。

瑞辰按：葛與蘞皆蔓草，延於松柏則得其所，猶婦人隨夫榮貴。今詩言蒙楚、蒙棘、蔓野、蔓域，蓋以喻婦人失其所依，隨夫卑賤。杜詩「兔絲附蓬麻，引蔓故不長」，其取興與此詩同義。至於「予美亡此」，則求貧賤相依而不可得矣。又按正義引陸璣疏云：「蘞似栝樓，葉盛而細，其子正黑如燕薁，不可食，幽州人謂之烏服。其莖葉煮以哺牛，除熱。」不引爾雅、說文。爾雅：「萰，兔荄。」郭注亦云「未詳」。據說文：「薟，白薟也。或作蘞。」本草：「白蘞，一名菟核。」菟核與兔荄同，是蘞即爾雅之萰。

「予美亡此」，箋：「予，我。亡，無也。言我所美之人無於此。謂其君子。」瑞辰按：少儀「有亡而無疾」，鄭注：「亡，去也。」史記晉世家「明亦因亡去」，亡即去也。公羊傳「季子使而亡焉」，孔廣森曰：「不在曰亡。」按說苑至公篇正作「季子時使行不在」，是亡即不在之證。「亡此」猶云去此，又如俗云不在此耳。爾雅釋言：「棄，忘也。」忘猶亡也，棄猶去也。箋釋序「國人多喪」云：「喪，棄亡也。」此箋訓亡爲無，蓋亦棄亡之義，不以亡爲死亡。

「誰與獨處」，箋：「吾誰與居乎？獨處家耳。」瑞辰按：「誰與」，設爲自問之辭。與，語辭也。與檀弓「誰與哭者」句法正同。

「蘞蔓于域」，傳：「域，營域也。」瑞辰按：營域或作塋域，古爲葬地之稱，說文「塋，墓地也」是也。又爲界域之通稱。周官小宗伯「兆五帝於四郊」，鄭注：「兆爲壇之塋域。」典祀

「掌外祀之兆守，皆有域」，鄭注：「域，兆表之塋域。」是壇兆得名塋域也。小司徒「乃分地域」，鄭注：「分地域，謂建邦國、造都鄙、制鄉遂也。」賈疏：「謂建邦國之等，各有塋域疆界。」是經畫邦國、都鄙、鄉遂，通名塋域也。此詩「蘞蔓于域」承上章「蘞蔓于野」言，卽爲野之塋域。爾雅：「邑外謂之郊，郊外謂之牧，牧外謂之野，野外謂之林，林外謂之坰。」是野之遠近不同各有塋域之證。塋之言營，謂經營而區域之，卽今所謂地界耳。後儒誤以塋域專指墓地，遂以此詩爲悼夫死亡之詩，失之。

「歸于其居」，箋：「居，墳墓也。」瑞辰按：後漢書蔡邕傳：「百歲之後〔一〕，歸乎其居。」注云：「詩晉風也。毛萇注曰：居，墳墓也。」胡承珙曰：「據章懷所引，知今本誤傳爲箋。蓋傳於居訓墳墓，故下章傳云『室猶居也』，箋又申之曰『室猶冢壙』。若毛於居字無訓，則下不應忽云『室猶居』耳。」

## 采苓

「采苓采苓，首陽之顚〔二〕」，傳：「興也。苓，大苦也。采苓，細事也；首陽，幽辟也。細

〔一〕「後」原作「久」，據後漢書改。

〔二〕「首陽之顚」句原無，按下引傳、箋均以「采苓采苓，首陽之顚」二句連釋，今據毛詩補。

事喻小行也，幽辟喻無徵也。」箋：「『采苓采苓』者，言采苓之人衆多非一也。皆云采此苓於首陽山之上，首陽山之上信有苓矣，然而今之采者未必於此山，然而人必信之。興者，喻事有似而非。」瑞辰按：秦詩言「隰有苓」，是苓宜隰不宜山之證，埤雅言葑生於圃，何氏楷又言苦生於田，是三者皆非首陽山所宜有，而詩言采於首陽者，蓋故設爲不可信之言，以證讒言之不可聽，即下所謂「人之僞言」也。箋謂首陽山信有苓，失之。又按：苓爲甘草，而爾雅名爲大苦，則甘者名苦矣。苦爲苦荼，而詩言「堇荼如飴」，則苦者實甘矣。谷風詩「采葑采非，無以下體」，箋云「其根有美時，有惡時」，是葑又美惡無定時者。詩以三者取興，正以見讒言之似是而實非也。

「首陽之巔」，傳：「首陽，山名也。」正義：「首陽之山在河東蒲阪縣南。」瑞辰按：史記伯夷列傳正義言首陽山凡五所。馬融曰：「首陽山在河東蒲阪華山之北，河曲之中。」一也。曹大家注幽通賦云：「夷、齊餓於首陽，在隴西首陽。」二也。戴延之西征記云：「洛陽東北首陽山有夷、齊祠，今在偃師縣西北。」三也。孟子：「夷、齊避紂，居北海之濱首陽山。」四也。説文云：「首陽山在遼西。」五也。顔師古漢書王吉傳注，據伯夷歌云「登彼西山」，以在隴西爲是。王應麟據曾子制言篇「二子居河、濟之閒」，以在蒲阪爲是。宋明府翔鳳曰：「元和郡縣志：『河南偃師縣首陽山在縣西北二十五里，盟津在縣西北三十里。』武王伐紂，二子叩馬而諫，在渡盟津後，隱於首陽當不甚遠，斷在洛陽東北。水經注：「濟水南當鞏縣北，南入於河。」鞏與偃師相去數十里，當濟水入河處，故曾子云『二子居河、濟之閒』。詩唐風首陽亦指偃師首陽。偃師東七十里爲今開封府汜水縣，即春秋鄭虎牢地。晉欲霸中國，必先固結鄭心，故詩設言登首陽以望鄭。」今按：夷、齊所隱之首陽，與唐風所言之首陽名同而地自異。後漢書黨錮傳，范滂繫黃門北寺獄，曰：「身死之日，願埋滂於首陽山側，上不負皇天，下不負夷、齊。」注云：「首陽山在洛陽東北。」水經注：「河水東逕洛陽縣北，又東逕平縣故城北。」平縣即今偃師。注云：「河水南對首陽山，春秋所謂首戴也，夷、齊之歌所以曰『登彼西山』，上有夷、齊之廟。」又文選阮籍詠懷詩：「步出上東門，北望首陽岑。下有采薇士，上有嘉樹林。」文選注：「河南郡圖經曰：東有三門，最北頭曰上東門。」是漢、晉諸儒多以偃師首陽爲夷、齊所隱。宋翔鳳據之以證夷、齊所隱之首陽在洛陽東北，可也。至唐風首陽爲晉地之山，自在蒲阪。漢志：「河東蒲反縣有堯山、首山祠，雷首在南。」水經注：「涑水出河北縣雷首山。」引穆天子傳曰：「壬戌，天子至於雷首。」又云：「昔趙盾田首山，食祁彌明翳桑之下，即於此也。」是晉之首陽一名雷首，一名首山；山南曰陽，故又名首陽也。細繹詩詞，自從序戒獻公聽讒爲是。宋翔鳳以爲晉人事鄭之詩，未免肊斷。

「人之爲言」，箋：「爲言，謂爲人爲善言以稱薦之，欲使見進用也。」瑞辰按：正義曰：「人之詐僞之言，君誠亦勿得信之。王肅諸本皆作『爲言』，定本作『僞言』。」是正義原从定本作「僞言」。「人之僞言」猶沔水「民之訛言」、正月「人之訛言」，訛一作譌也。王肅諸本作爲者，爲亦當讀僞。廣雅：「僞，爲也。」月令「毋或作爲」，鄭注：「今月令作『詐僞』。」左氏定九年傳「子爲不知」，釋文：「爲，本作僞。」是古僞與爲通之證。箋謂「爲人爲善言」，非詩義也。詩既戒以「無信」、「無與」、「無從」，又重以「舍旃舍旃，苟亦無然」，皆極言僞言之不可聽，箋以爲「謗訕人，欲使見貶退」，亦非也。末言「人之爲言」，亦當從正義作「僞言」。

「苟亦無信」，傳：「苟，誠也。」箋：「苟，且也。」段玉裁曰：「此謂苟，卽果之雙聲假借也。」瑞辰按：說文：「苟，草也。」訓誠，又訓且，訓假，皆雙聲假借也。苟、假雙聲，苟與姑亦雙聲。訓且者，以苟爲姑之假借。此詩苟字當从箋訓且，謂姑置之勿信、勿與、勿從也。

「胡得焉」，箋：「人以此言來，不信受之，不答然之，從後察之，或時見罪，何所得！」瑞辰按：得之言中也。周官師氏「掌國中失之事」，注：「故書中爲得。」三倉曰：「中，得也。」言必有中，譌言則弗中，故云「胡得焉」，得卽中也。

# 毛詩傳箋通釋卷十二

## 秦風

### 秦風〔一〕總論

周以忠厚啟宇，其以德服人者深，故其收效也遠，其卜年也長；而其衰也，失於積弱而不能自振。秦以力戰開國，其以力服人者猛，故其成功也速，其延祚也短；而其敝也，失於黷武而不能自安。是故秦詩車鄰、駟驖、小戎諸篇，君民相耀以武事。其所美者，不過車馬音樂之好，兵戎田狩之事耳。然用威而不用禮，則蒹葭賦矣；好戰而不恤民，則無衣作矣；强國而不用賢，則黄鳥哀三良之從死，晨風刺舊臣之見棄，「夏屋」傷待賢之衰薄矣。是故其長諸侯也，可以霸而不可以王；其有天下也，可以暫而不可以久。始皇之先詐力，後仁義，焚書坑儒，嚴刑峻法，以暴虐爲天下先，雖其天資刻薄，亦秦之先有以啟之。讀詩者可

〔一〕「秦風」二字原無，依前此各卷「王風總論」、「鄭風總論」等例補。後此「陳風總論」、「曹風總論」同。

以觀世變矣！

## 車鄰

序：「秦仲始大，有車馬、禮樂、侍御之好焉。」瑞辰按：服虔左傳注曰：「秦仲始有車馬、禮樂之好，侍御之臣。」是好不得兼侍御言。今序統言「之好」者，省文也。正義謂「三者皆是君之容好」，失之。

「有車鄰鄰」，傳：「鄰鄰，衆車聲也。」釋文：「鄰，本亦作隣，又作轔。」瑞辰按：漢書地理志引詩作轔，張參五經文字轔字〔一〕注云「詩本亦作鄰」，說文有鄰無轔，新附有之，是古本作鄰，轔乃後人增益之字。文選潘安仁藉田賦注、王元長曲水詩序注引詩並作「有車轔轔」。三家詩或有作轔者，遂並改毛詩作轔耳。廣雅：「轔轔，聲也。」雷聲謂之轔轔，崔駰東巡頌：「天動雷霆，隱隱轔轔。」車聲謂之鄰鄰，其義同。

「有馬白顛」，傳：「白顛，的顙。」瑞辰按：釋畜：「的顙，白顛。」說卦傳曰「爲的顙」，虞翻注：「的，白。顙，頟也。」詩正義引舍人曰：「的，白也。顙，頟也。」與易虞注同。今按說文：「的，馬白頟也。」郭注爾雅曰：「戴星馬。」的之言的，謂白頟的然著明，圓如射之有的也。的

〔一〕「字」字原無，依本書文例補。

爲射堋中珠子，故郭以戴星釋之，非泛以白爲的也。的从勺聲，音同卓，故又通作卓。覲禮「奉束帛匹馬，卓上」，鄭注：「卓讀如卓王孫之卓，卓猶的也。以素的一馬爲上。」卓當卽的之假借。覲禮十馬，以卓爲上，是古人以的顙爲重，故詩人亦以白顛爲言。

「寺人之令」，傳：「寺人，内小臣也。」瑞辰按：燕禮「小臣戒與者」，疏云：「按周禮大僕職：『王燕飲，則相其法。』此諸侯禮，降於天子，故宜使小臣相。是諸侯小臣當大僕之事。」又「小臣師一人」，疏云：「按夏官大僕職云：『掌正王之服位，出入王之大命。』諸侯兼官，無有大僕，惟有小臣出入君之教命。」據此，是諸侯以小臣兼大僕，實掌君出入之教令。此詩言「寺人之令」是掌君出入之命，故傳知爲内小臣之官也。釋文：「寺，又音侍，本或作侍字。」序言「侍御之好」，卽本經「寺〔一〕人」爲說。據周禮大僕注云：「僕，侍御於尊者之名。」則小臣兼大僕之職，正可稱侍人。傳以侍人爲内小臣，於諸侯正合。經作「寺人」者，卽「侍人」之省，非謂周禮寺人之官也。正義乃據周禮寺人與内小臣異職，因以傳言内小臣爲泛言「在内細小之臣」，失傳恉矣。周禮寺人賈疏又引此詩，謂寺人兼小臣，亦非。

「阪有漆，隰有栗」，傳：「興也。陂者曰阪，下溼曰隰。」箋：「興者，喻秦仲之君臣所有，

〔一〕「寺」原作「侍」，據續經解本及經文「寺人之令」改。

與鄭風同。

各得其宜。」瑞辰按：鄭風「山有扶蘇，隰有荷華」，傳：「言高下大小各得其宜也。」其取興與此詩正同。但彼以反興鄭忽之所美非美，此以正興秦仲之君臣皆賢耳。又秦風「山有苞櫟，隰有六駮」，鄭箋云：「山之櫟，隰之駮，皆其所宜有也。以言賢者亦國家所宜有之。」其取與與鄭風同。

「逝者其耋」，傳：「耋，老也。八十曰耋。」正義：「易離卦云『大耋之嗟』，注云：『年踰七十。』僖九年左傳曰『伯舅耋老』，服虔云：『七十曰耋。』此言『八十曰耋』者，耋有七十、八十，無正文也。」瑞辰按：易釋文引馬云：「七十曰耋。」與服虔同。說文：「年八十曰耋。从老省，从至。」鹽鐵論孝養云：「丞相史曰：八十曰耋。」釋名：「八十曰耋。耋，鐵也，皮黑如鐵。」又王肅易注、郭璞爾雅方言注竝以八十爲耋，與毛傳同。舍人爾雅注、何休公羊注又以六十爲耋。今按：耋之名義，不見曲禮。據宣十二年公羊徐彥疏曰：「『七十稱老』，曲禮文也。案今曲禮曰『七十曰耋』，與此異也。」是徐彥所見曲禮有作「七十曰耋」者矣。又曲禮「八十、九十曰耄」，釋文云：「本或作『八十曰耋，九十曰旄』。」是陸氏所見曲禮有作「八十曰耋」者矣。耋有七十、八十，蓋由諸儒所據曲禮本不同，故其說各異。至「六十曰耋」，未詳所出。古六字从八入，形近易譌。周官校人注「六皆疑爲八字之誤」，是其證也。疑舍人、何邵公皆以八十爲耋，傳寫者譌爲六十耳。

# 駟鐵

序：「駟鐵，美襄公也。」瑞辰按：服虔左傳注言：「秦仲有戎車四牡田狩之事。」又云：「其孫襄公列爲秦伯，故有『蒹葭蒼蒼』之歌，終南之詩，追録先人車鄰、駟鐵、小戎之歌。」是服子慎以駟鐵、小戎皆爲秦仲詩，與序説異。

「駟鐵孔阜」，傳：「鐵，驪。阜，大也。」瑞辰按：鐵當从釋文本作驖。説文：「驖，馬赤黑色。」「驪，馬深黑色。」魯頌毛傳：「純黑曰驪。」是驖與驪有別。而此傳以驖爲驪者，蓋對文異，散文通也。月令孟冬「駕驖驪」，是驖、驪通稱之證。此詩狩亦冬田，故用駟驖。漢書地理志作「四鐵」，蓋本三家詩，鐵即驖之同音省借字也。阜通作駘。石鼓文「我馬既駘」，駘即阜也。

「從公于狩」，傳：「冬獵曰狩。」瑞辰按：説文：「狩，犬田也。从犬，守聲。」詩「載獫歇驕」，正田用犬之證，故説文以狩从犬，訓爲犬田。段玉裁據爾雅「火田曰狩」改説文「犬田」爲「火田」，失之。

「奉時辰牡」，傳：「時，是。辰，時也。冬獻狼，夏獻麋，春秋獻鹿豕羣獸。」瑞辰按：辰當讀爲麎。爾雅：「麋，牡麔，牝麎。」説文：「麎，牝麋也。」「辰牡」猶言「騋牝」，彼以騋爲牡，與牝對言，孫炎爾雅本作「騋牡驪牝」。毛傳〔一〕：「騋馬與牝馬也。」此以麎爲牝，與牡對言，其句法正相類。又襄四年左傳「而思其麀牡」，與此詩句法亦同，彼正以麀爲牝鹿，與牡對言也。辰卽麎之省借耳。周官大司馬注鄭司農曰：「獸五歲爲慎。」後鄭謂慎當作麎〔二〕，是麎又大獸之通稱。吉日詩「其祁孔有」，箋云「祁當作麎」，詩疏引某氏曰「瞻彼中原，其麎孔有」，正當從大獸之訓，與此言麎牡不同。

「四馬既閑」，傳：「閑，習也。」箋：「時則已習其四種之馬。」瑞辰按：夏小正五〔三〕月「頒馬，將閑諸則」，與此詩「四馬既閑」同義。箋以爲「四種之馬」，失之。

「輶車鸞鑣」，傳：「輶，輕也。」箋：「輕車，驅逆之車也。置鸞於鑣，異於乘車也。」瑞辰按：輕車古爲戰車，田時蓋以爲副車。後漢書輿服志曰：「輕車，古之戰車也。大駕、法駕出，射聲校尉、司馬吏士載，以次屬車。」是漢以輕車爲副車之證。周官「田僕掌佐車之政」，鄭注：「佐亦副。」是周時田有副車之證。此詩輶車卽田車之副。張衡西京賦云：「屬車之簉，載獫猲獢。」雖言漢制，實本此詩，簉卽副耳。箋以爲驅逆之車，非也。雖周官田僕疏引王制

〔一〕按：下引傳文見鄘風定之方中「騋牝三千」傳，此未明出處。

〔二〕「慎當作麎」，周禮鄭注原文作「慎讀爲麎」，破讀，非改字。

〔三〕「五」原作「四」，據大戴禮記夏小正改。

云「大夫殺則止佐車，佐車止則百姓田獵」，云「彼佐車，則此驅逆之車」，是驅逆之車亦通名佐車。然田僕「掌佐車之政」，又云「設驅逆之車」：「馭夫掌馭貳車、從車、使車」，注：「貳車，象路之副也〔一〕；從車，戎路、田路之副也；使車，驅逆之車。」則副車與驅逆之車固自有別。說文鑾字注云：「人君乘車四馬鑣八鑾，鈴象鸞鳥之聲，和則敬也。」後漢書輿服志注引：「許愼曰：『詩云「八鸞鎗鎗」，則一馬二鸞也。又曰「輶車鸞鑣」，知非衡也。』毛詩傳曰：『在軾曰和，在鑣曰鸞。』此蓼蕭詩。桓二年左傳杜注亦云：『鸞在鑣，和在衡。』傅玄乘輿〔二〕馬賦注曰：『鸞在馬勒鑣。』」今按庭燎詩「鸞聲將將」，毛傳：「將將，鸞鑣聲。」商頌烈祖鄭箋亦云：「鸞在鑣，四馬則八鸞。」是鸞設於鑣，乘車亦然。此箋云「置鸞於鑣，異於乘車」者，蓋以韓、魯詩言鸞在衡爲乘車，故以鸞在鑣者專指田車耳。左傳孔疏曰：「衡之所容惟兩服馬。詩每言八鸞，當謂馬有二鸞。鸞若在衡，衡惟兩馬，安得置八鸞？」其說甚辨。戴震乃謂田車亦無鸞在鑣之制，失之。

「公曰左之」，箋：「左之者，從禽之左射之也。」正義：「此『公曰左之』是公命御者從禽之

〔一〕「貳車，象路之副也」七字，據周禮馭夫鄭注補。

〔二〕「輿」字原脫，據後漢書輿服志注引補。又太平御覽卷八百九十七、藝文類聚卷九十三、文選顏延年赭白馬賦注引亦均有「輿」字。

左逐之，欲從禽之左而射之也。」瑞辰按：胡承珙引毛詩明辨録曰：「逐禽左者，逆驅禽獸，使左當人君，以射之。夫周人尚右，何以射獸必左，乃爲中殺？蓋射必有傷，射其左而右體俱整，仍是尚右之義。古之逐禽，射於車上，與今騎射不同。騎射奔馬可以逐獸，故有順驅而射者。車射必有步騎合圍，驅獸逆來，然後左向射之，能以中左。若車順驅，雖在獸左，人不能射其左也。公命御左車者，非爲中殺，以獸逆車而來，必在車左，而去車遠者矢不能貫獸，故命媚子微左以迎獸耳。」胡承珙曰：「何休公羊傳注解第一殺、第二三殺，皆自左膘射之，達於右。雖以死之遲速爲言，但考儀禮，特牲、少牢，凡牲升鼎者皆用右胖，載俎者亦皆右體；鄉飲、鄉射用右體，與祭同。惟既夕、士虞以凶體反吉，乃用左胖。士虞記云：『升腊左胖。』腊爲田獸之肉，可見吉禮之腊亦用右胖。射必中左，自以尚右之故。至驅禽待射者，即係驅逆之車，田僕掌之，虞人乘之。吉日傳『驅禽而至天子之所』，又云『驅禽之左右以安待天子』，皆是。正義云『公命御者從禽之左逐之』，此誤會箋語。箋云『從禽之左射之』者，謂當禽之左迎射之。若逐禽而出其左，轉不便於射矣。車攻正義云『凡射獸皆逐後，從左廂而射之』，亦誤。惟獸之來，未必定當車左。設出於車右，而旋車向左，則相背。故『公曰左之』，蓋獸自遠奔突而來，公命御者旋當其左，以便於射耳。」今按：逐禽左爲五御之一。古者驅、逐同義，故驅獸逆來亦得曰逐，非必逐後始曰逐也。逐禽使左，當如胡云取尚右之義。毛詩明辨録既云射獸必左，義取尚右，又云公命御左車者非必中殺，未免自相矛盾矣。

「舍拔則獲」，傳：「拔，矢末也。」箋：「拔，括也。舍拔則獲，言公善射。」瑞辰按：說文：「發，射發也。从弓，發聲。」古者以發矢爲發，其矢所發之處亦謂之發。發與拔古同聲通用。據荀子，楚令尹舍字子發。鄭注檀弓曰，公叔文子「名拔，拔或作發」，當卽發字之假借，猶坺通作發，鮁鮁亦作發發也。傳言拔爲矢末，箋以爲括。據釋名：「矢末曰括。括，會也，與弦會也。」是傳、箋義本相成。蓋言其弦會處曰括，言其爲矢所發處則曰發，而字通作拔也。傳、箋訓拔爲矢末之括，正以拔卽發之借字耳。又按說文云：「矢，弓弩矢也。从入〔一〕。象鏑、括、羽之形。」又栝字注云：「一曰，矢栝，檃弦處。」是弦栝之栝正作栝，今作括者，皆栝字之假借。

「載獫歇驕」，箋：「載，始也。始田犬者，謂達其摶噬，始成之也。」瑞辰按：張平子西京賦「屬車之箠，載獫猲獢」，張銑注：「獫、猲、獢〔二〕，皆狗也。載之以車也。」張作賦在鄭前，鄭不依用者，載古訓始，卽才之假借，始與善義近，始之卽調習之，猶俶訓始，又訓善也。魯頌

〔一〕「入」原作「八」，據說文改。

〔二〕「獢」字原脫，據文選西京賦張銑注補。

「思馬斯作」，傳：「作，始也。」箋云：「作，謂牧之使可乘駕也。」以「牧之使可乘駕」申明傳訓始之義，與此箋以載訓始，謂調習田犬，其義可互相證明。乃知箋義實本古訓，未可如張賦以載爲載於車也。

## 小戎

「小戎俴收」，傳：「小戎，兵車也。俴，淺。收，軫也」。箋：「此羣臣之兵車，故曰小戎。」正義引「六月詩：『元戎十乘，以先啓行。』元，大也。先啓行之車謂之大戎，從後行者謂之小戎。」瑞辰按：司馬法曰：「夏鉤車，先正也；殷寅車，先疾也；周元戎，先良也」。韓詩章句曰：「元戎，大戎，謂兵車也。車有大戎十乘，謂車縵輪，馬被甲，衡扼之上皆有劍戟，名曰陷陳之車，所以冒突，先啓敵家之行伍也。」皆以元戎爲在先，則小戎宜在後矣。齊語「故五十人爲小戎」，韋昭注：「小戎，兵車也，此有司之所乘。」與箋以小戎爲羣臣之兵車合。小戎爲羣臣所乘，蓋對元戎爲將帥所乘言之，天子不必無小戎，諸侯不必無元戎也。或謂「天子曰元戎，諸侯曰小戎」，誤矣。首章言「小戎」，二、三章卽言「四牡」，言「俴駟」，是小戎駕四之證。王肅以小戎爲駕兩馬，誤矣。五十人爲小戎，自是齊制。惠定宇疑周制以七十二人爲大戎，五十人爲小戎，亦非也。軫之爲說不一，或以爲車後橫木。說文：「軫，車後橫木也。」考工記「車軫四尺」，鄭注：「軫，車後横木。」是也。或以爲車四面木，卽輿。考工記「加軫與轐焉」，鄭注：「軫，輿也。」此詩正義曰：「軫者，車之前後、兩端之横木也。」宋戴仲逵亦曰：「軫，車四面木。」是也。今按軫兼二義始備。考工記曰「五分其軫閒」，案：言「軫閒」，則爲左右之稱。曰「軫方象地」，此四面通名軫之證也。考工記曰「弓長四尺，謂之庇軫」，曰「車軫四尺，謂之一等」，又曰「加軫與轐焉，四尺也」，人長八尺，登下以爲節，古人登車必自車後，此專指車後横木言之也。詩云「俴收」，亦指輿後横木言。輿制軓高而軫下，軓之末必屬於軫以爲固，故軫謂之收。又謂之枕，方言「軫謂之枕」，郭注：「車後横木。」釋名：「枕，横也，横在前如卧牀之有枕也。」「前」當爲「後」字之譌。釋名：「齊人謂車枕以前曰縮，言局縮也。兖冀曰育御者，坐中執御育育〔一〕然也。」按：以車枕以前爲御者所居，則必以枕爲車後横木矣。又謂之轉，襄二十四年左傳「皆踞轉而鼓琴」，傅遜曰：「轉當爲軫。」據許慎淮南子注「軫，轉也」，轉卽軫矣。收也，轉也，軫也，其本義皆謂車後横木耳。

「五楘梁輈」，傳：「五，五束也。楘，歷録也。梁輈，輈上句衡也。一輈五束，束有歷録。」瑞辰按：説文：「楘，車歷録，束文也。」又：「鞪，車軸束也。」軸束謂之鞪，輈束謂之楘，二字聲義竝同，故音義曰：「楘，本又作鞪」。玉篇亦曰：「鞪，亦作楘，曲轅束也。」楘爲歷録之合

〔一〕「育」字原不重，據釋名釋車補。

聲。方言：「維車，趙魏之閒謂之轣轆車。」廣雅：「維車謂之麻鹿。」義竝與歷録同。考工記「輈欲頎典」，注：「頎典，堅刃貌。鄭司農曰：『頎讀爲懇，典讀爲殄。駟車之輈，率尺所一縛〔一〕，頎典似謂此也。』」今按考工記：「國馬之輈，深四尺有七寸。」尺所一縛，宜爲五縛，正合詩五楘之制。說文又曰：「𩏧，車衡三束也。曲轅𩏧縛，直轅暈縛。」段玉裁曰：「『車衡三束』當作『車句衡五束』，故下文言轅不言衡。」「曲轅𩏧縛」正詩所謂「五楘梁輈」。胡承珙曰：「墨子備〔二〕高臨篇說連弩車之法，亦云『以磿〔三〕鹿卷收』，蓋皆圍繞纏束之名。」

「游環脅驅」，傳：「游環，靷環也。游在背上，所以禦出也。脅驅，慎駕具，所以止入也。」箋：「游環在背上無常處，貫驂之外轡以禁其出。脅驅者，著服馬之外脅，以止驂之入。」釋文：「靷環，本又作靳。沈云：舊本皆作靳。靳者，言無常處，游在驂馬背上，以驂馬外轡貫之，以止驂之出〔四〕。左傳云：『如驂之有靳。』靳，居釁反。無取於靷也。」瑞辰按：下句「陰靷」始言靷，則傳上言「靷環」當從沈重作「靳環」爲正。釋名：「游環在服馬背上，驂馬

〔一〕「縛」原作「縳」，下文同，據續經解本及所引各書改。
〔二〕「備」字原脫，據胡承珙毛詩後箋及墨子補。
〔三〕「磿」原作「磨」，據胡承珙毛詩後箋及孫詒讓墨子閒詁引王引之說改。
〔四〕「以止驂之出」五字據釋文補。

之外轡貫之，游移前卻，無定處也。」與毛傳云「游在背上」合。至說文云「靳，當膺也」，與鄭司農注巾車云「纓謂當胸」者合。既夕注云：「纓，今馬鞅。」說文：「鞅，頸靼也。」胡承珙曰：「靳、纓、鞅爲一物。蓋鞅纏服馬之頸，所以負軛而上繫于衡，其下則當服馬之胸，故謂之頸靼，又謂之當膺。其上有環，可以貫驂馬之外轡，以禁其出。驂馬之首齊服馬之胸，胸上有靳，故左傳王猛曰：『吾從子如驂之靳。』其環又謂之游環者，以其游動於服馬胸背之間而能制驂馬之外出也。轡以御馬，靷以引車；游環所以貫轡，非以貫靷。正義云『以環貫靷』，失之。」至駕具，所該至廣。說文：「鞁，車駕具也。」「䩪，車鞁具也。」「䩖，車鞁具也。」「䩕，車具也。」「䪌，車具也。」字皆從革，蓋以皮爲之。傳云慎駕具，以止入，而箋云著服馬之外脅以止驂之入，蓋謂以一條皮著服馬之外脅，以止驂之入也。據廣雅「馬鞅謂之脅」，則脅驅當即左傳「韅靷鞅靽」之鞅。然說文：「鞅，頸靼也。」釋名：「鞅，嬰也。喉下稱嬰，言嬰絡之也。」說與廣雅異。

「陰靷鋈續」，傳：「陰，揜軓也。靷，所以引也。鋈，白金也。續，續靷也。」箋：「揜軓在軾前，垂輈上。鋈續，白金飾續靷之環。」瑞辰按：說文：「靷，引軸也。」靷蓋繫於軸上而見於軓前，乃設環以續靷而以白金飾之，故詩云「陰靷鋈續」。孔疏謂靷繫於陰版之上，失之。爾雅：「白金謂之銀，其美者謂之鐐。」說文：「鐐，白金也。」車部軜下引詩「茨以觼軜」。古音夭、尞同部聲近，䒄、鋈皆鐐之假借，故傳、箋竝以鋈爲白金。廣雅：「白銅謂之鋈。」蓋古者銅亦通稱金也。正義乃以白金名鐐不名鋈，因訓沃爲沃灌，竝謂傳、箋非訓鋈爲白金，失之。說文又曰：「鋈，白金也。」段玉裁謂說文本有鐐無鋈，今鋈字乃淺人依毛詩補入。

「文茵暢轂」，傳：「文茵，虎皮也。暢轂，長轂也。」瑞辰按：說文：「虍，虎文也。」春秋楚鬬穀〔一〕於菟字子文。又：「虨，虎文彪也。」「彪，虎文也。」方言：「虎，江淮南楚之間或謂之於䖘。」於菟，虎文貌。後漢輿服志：「文虎伏軾。」皆文茵爲虎皮之證。說文無暢字，有暘〔二〕，注云：「田〔三〕不生也。」據廣雅：「暘，長也。」玉篇：「暢，亦作暘。」是知暢卽暘〔四〕字之隸變。說文昜字注：「一曰，長也。」暢从昜得聲，故有長義。

「駕我騏馵」，傳：「騏，騏文也。左足白曰馵。」瑞辰按：正義本作「騏，綦文也」，今作「騏文」者，从釋文本。據說文「騏，馬青驪文，如博棊也」，蓋謂青與驪黑圓文相雜，有如博棋，

〔一〕「穀」字原脫，據左傳宣公四年「故命之曰鬬穀於菟，實爲令尹子文」補。

〔二〕「暘」原作「暢」，據續經解本及說文改。又下引廣雅、玉篇文中之「暘」，原亦作「暢」，均據續經解本及廣雅釋詁、玉篇田部改正。

〔三〕「田」字，說文無。

〔四〕「暘」原作「暢」，據續經解本改。按說文暘字段注云：「今之暢，蓋卽此字之隸變。」

則毛傳古當作「綦文」，故說文本以作訓。至尸鳩「其弁伊騏」，傳「騏，騏文也」，正義本不誤，釋文又作「綦文」，蓋互誤。爾雅釋畜：「馬後右足白，驤；左足白，馵。」又曰：「翑上皆白，惟馵。」惟，語詞也。是後左足白者名馵，翑上皆白者亦名馵，馵有二名。正義引郭注曰：「馬翑上皆白爲惟馵，後左脚白者直名馵。」其說非也。又按玉篇：「馵，馬縣足，馬後左足白。」具二義。詩以馵與騏對言，自取後左足白，無取縣足之義。

「溫其如玉」，箋：「念君子之性溫然如玉。玉有五德。」正義引聘義「君子比德于玉」爲證。瑞辰按：聘義言玉之德有十，與箋言五德不同。又管子水地言玉有九德，荀子法〔一〕行言玉有七德，說苑又云玉有六美，皆非箋義所本。惟說文云：「玉，石之美。有五德：潤澤以溫，仁之方也；䚡理自外，可以知中，義之方也；其聲舒〔二〕揚，尃以遠聞，智之方也；不撓而折，勇之方也；銳廉而不忮，絜之方也。」與箋云「五德」合。鄭君有駁許五經異義，此說當卽本許君耳。又按說文：「𥁕，仁也。从皿以食囚也。官溥說。」凡經傳言溫和、溫柔者，皆𥁕字之假借。若溫之本義，則說文但以爲水名耳。

「在其板屋」，傳：「西戎板屋。」瑞辰按：急就章「板柞所產谷口斜」，顏師古注：「板，木瓦

〔一〕「法」原作「正」，據荀子改。

〔二〕「舒」原作「遠」，據說文改。

也。蓋卽詩所云板屋。」漢書地理志：「天水〔一〕、隴西，山多林木，民以板爲室屋，故秦詩曰『在其板屋』。」水經注渭水云：「上邽，故邽戎國也。秦武公十年伐邽戎，縣之，舊天水郡治，其鄉悉以板蓋屋，詩所謂『西戎板屋』也。」邽戎卽西戎之一。史記秦本紀：「武公十年，伐邽、冀戎，初縣之。」襄公時猶爲西戎之地，故水經以邽戎板屋卽詩西戎板屋。作詩時戎地未爲秦有，正義引地理志而謂「秦之西垂，民亦板屋」，非詩意也。史記秦本紀：「襄公十二年，伐戎而至岐，卒。」匈奴傳又云：「秦襄公伐戎至岐，始列爲諸侯。」襄公蓋嘗兩伐西戎。竹書紀年：「平王五年，秦襄公帥師伐戎，卒於師。」是史記所言「襄公十二年，伐戎而至岐，卒」也。紀年：「幽王四年，秦人伐西戎。」幽王四年正爲襄公元年，此詩蓋因襄公元年伐西戎而作。

「亂我心曲」，箋：「心曲，心之委曲也。」瑞辰按：說文：「曲，象器受物之形。」心之受事有如曲之受物，故稱心曲，猶水涯之受水處亦曰水曲也。箋謂「心之委曲」，失之。據說文「琱，骫曲也」，則古委曲字自作琱耳。

「騏騮是中」，箋：「赤身黑鬣曰騮。」瑞辰按：秦本紀言襄公用騮駒祀上帝，是秦以騮爲上。說文：「騮，赤馬黑髦尾也。」騮卽驑字之省。

〔一〕「水」下原有「郡」字，據漢書地理志删。

「騧驪是驂」，傳：「黃馬黑喙曰騧。」瑞辰按：爾雅釋畜：「白馬黑脣，駩；黑喙，騧。」以騧承駩言之，似騧爲白馬而黑喙者之稱。郭注云：「今之淺黃色者爲騧馬。」說文：「騧，黃馬黑喙。」義本毛傳。據爾雅此節「白馬黑鬣，駱；白馬黑脣，駩」，皆各言白馬，不以上統下，則騧亦不承上白馬言。以毛傳、說文證之，爾雅蓋本作「黃馬黑喙，騧」，今本脫「黃馬」二字耳。焦循曰：「爾雅『白馬黑脣，駩』，釋文引『孫炎本作牸，言與牛同稱』。牸本黃牛黑脣之名，爾雅『白馬』疑古作『黃馬』。騧承牸言之，故傳亦云黃馬也。」

「龍盾之合」，傳：「龍盾，畫龍其盾也。」瑞辰按：龍、尨、蒙三字古聲近通用。周官牧人「凡外祭毀事，用尨可也」，注：「故書尨作龍。杜子春曰：龍當爲尨。」考工記玉人「上公用龍」，鄭司農亦云「龍當作尨」。詩旄丘「狐裘蒙戎」，左傳作「尨茸」。是其證也。此詩龍盾蓋即下章所謂蒙伐，箋以爲尨伐也。作龍者，假借字耳。

「鋈以觼軜」，傳：「軜，驂內轡也。」箋：「鋈以觼軜，軜之觼以白金爲飾也。軜繫於軾前。」瑞辰按：說文：「軜，驂馬內轡繫軾前者。」引詩「汏以觼軜」。義與毛、鄭合。又曰：「觼，環之有舌者。或作鐍。」服虔通俗文曰：「缺環曰鐍。」徐鍇曰：「言環形象玦。」通作觖，觖亦缺也。

「方何爲期」，箋：「方今以何時爲還期乎？」瑞辰按：方之言將也，「方何爲期」猶云將何爲期也。方、將音近而義同。簡兮詩「方將萬舞」，呂覽愛士篇「見埜人方將食之於岐山之陽」，方亦將也。將，且也；「方將」猶連言「且將」也。行葦詩「方苞方體」，正義以方爲未至之辭，是亦訓方爲將也。方爲方正之稱，因借爲正盛之辭，北山詩「旅力方剛」，節南山詩「燎之方揚」，方皆爲正是也。簡兮毛傳訓方爲四方，此箋及節南山「天方薦瘥〔一〕」箋竝以方今釋方，失之。

「俴駟孔羣」，傳：「俴駟，四介馬也。」箋：「俴，淺也。謂以薄金爲介之札。介，甲也。」釋文：「韓詩云：駟馬不著甲曰俴駟。」瑞辰按：韓詩說是也。管子參患篇曰：「甲不堅密，與俴者同實。將徒人，與俴者同實。」注：「俴，謂無甲單衣者。」又云：「俴，單也。人雖衆，無兵甲，則與單人同也。」今按人無甲謂之俴，馬無甲亦謂之俴，其義正同。成二年左傳「不介馬而馳之」，正詩「俴駟」之謂。竊疑毛傳本作「俴駟，不介馬也」，後人譌爲「四介馬也」，箋遂以俴淺申釋之耳。近人騎無鞍馬曰踐馬，義與無甲曰俴正同，踐即俴音之轉。俴又通帴。考工記鮑人「則是以博爲帴也」，注：「鄭司農云：『帴讀爲翦，謂以廣爲狹也。』玄謂翦者，如俴淺之俴。」說文：「帴，讀若末殺之殺。」末殺通作末𣫼，又作抹摋，即說文「瀎泧，拭滅皃」，謂滅

〔一〕「瘥」原作「𥈤」，據毛詩改。按說文𥈤字下引詩作「𥈤」，本書作者以爲「蓋本三家詩」（見卷二十）。

滅也。馬融尚書「寅餞〔一〕納日」注：「餞〔二〕，滅也。」俴義同戩，訓滅，故得爲駟馬不被甲之稱。

「厹矛鋈錞」，傳：「厹，三隅矛也。錞，鐏也。」正義：「厹矛，三隅矛，刃有三角，蓋相傳爲然也。」瑞辰按：考工記廬人「凡句兵欲無彈，刺兵欲無蜎」，鄭注：「句兵，戈戟屬。刺兵，矛屬。」說文：「刺，直傷也。」是矛爲直刺之形，不爲旁句。釋名：「矛，冒也。刃下冒矜也。」冒矜亦直刺之象。陳用之謂矛上銳而旁句，誤矣。釋名：「矛長丈八尺曰矟〔三〕。」廣韻：「槍，矟也。」是知古之矛即今之槍。今湖南苗民制竹槍，呼曰矛子，音譌如苗。三隅者，矛有三直刃，即今鉤連槍，頭有三叉，皆作銳形者。厹通作仇。釋名：「仇矛，頭有三叉，言可以討仇敵之矛也。」正義謂「刃有三角」，角猶隅也，叉也。厹、酋聲相近。考工記「酋矛常有四尺」，酋矛蓋即詩之厹矛。厹借作酋，猶遒借作勼與逑也。鄭注以酋爲發聲，失之。又按曲禮鄭注云：「銳底曰鐏，取其鐏地。平底曰鐓，取其鐓地。」是鐏、鐓異物。而說文云：「鐓，矛戟柲下銅鐏也。」「鐏，柲下銅也。」蓋鐏與錞對文則異，散文則通，故毛傳亦云「錞，鐏也」。正義謂「取類

〔一〕「餞」原作「淺」，據尚書堯典改。
〔二〕「餞」原作「淺」，按釋文引馬融云：「餞，滅也。」今據改。
〔三〕「矟」原作「稍」，據續經解本及釋名釋兵改。

相明，非訓爲鏄」，失之。

「蒙伐有苑」，傳：「蒙，討羽也。伐，中干也。苑，文貌。」箋：「蒙，厖也。討，雜也。畫雜羽之文於伐，故曰厖伐。」正義：「傳以蒙爲討，箋轉討爲雜，皆以義言之，無正訓也。」瑞辰按：蒙之訓討，經傳無徵。胡承珙曰：「討蓋翿字之假借。古翿作翳，凡字从𠷎聲者可借爲討。說文『𢾅，周書以爲討』，是其類也。翿爲翳羽，故鄭以爲畫雜羽之文。蒙覆與燾覆同義，故蒙訓翿，借爲討也。」說文：「討，治也。」段玉裁曰：「發其紛糾而治之曰討。據此詩鄭箋訓討爲雜，則討者亂也。治討曰討，猶治亂曰亂也。」今按：二說義正可通。古討與𢾅、醜皆同聲，討之言翿，猶學記「比物醜類」，醜本一作討也。說文：「儔，翳也。从人，𠷎聲。」玉篇：「儔，又大到切。」「翳，隱蔽也。」廣韻号韻：「儔，隱也。徒到切。」音義與翿纛〔一〕同，亦翿可假作討之證。胡又云：「易雜卦傳：『蒙雜而著。』是蒙有雜義。儀禮鄉射記『旌各以其物，無物則以白羽與朱羽糅』，注云：『此翿旌也。糅者，雜也。』又『君國中射，則皮樹中，以翿旌獲，白羽與朱羽糅』，注云：『今文糅爲縚。』據此，知翿爲雜羽之名。討與翿聲相近，故箋申討爲雜，釋討羽爲雜羽也。」伐，釋文云：「本又作瞂。」據說文「瞂，盾也」，玉篇引詩正作瞂，是伐乃瞂之假借。瞂又作吺，史記蘇秦傳「革抉吺芮」，索隱曰「吺與瞂同」是也。又通作

〔一〕「纛」原作「纛」，據續經解本並參說文翿字段注改。

撥，史記孔子世家「矛戟劍撥」，索隱曰「撥謂大楯」是也。

「虎韔鏤膺」，傳：「虎，虎皮也。韔，弓室也。膺，馬帶也。」瑞辰按：古者兵器多包以虎皮，虎皮一名皐。莊十〔一〕年左傳「蒙皐比而先犯之」，杜注：「皐比，虎皮。」正義引「樂記：『倒載干戈，包之以虎皮，名之曰建櫜。』」其字或作建皐，故服虔引以解此。」今按周之虎牢，戰國時名成皐；左傳伐東山皐落氏，即晁錯傳「中周虎落」；此皐即爲虎之證。以虎皮爲弓室，猶以虎皮包干戈名建皐也。虎皮何以名皐比，孔疏曰：「其義未聞。」胡承珙曰：「虎一名於菟，單言之曰菟，郭璞方言注「今江南山夷呼虎爲虪」是也。於菟或作於檡，漢書敘傳注「楚人謂虎爲於檡」是也。檡從睪聲，說文睪讀若瓠，與菟音近，故菟通作檡。士喪禮注：「今文檡爲澤。」是檡又通澤。古文澤作臭，與皐形近，臯俗作皐，故爲皐也。」瑞辰按：檡之通澤，又爲皐，猶澤門一作皐門，皐門即爲虎門，實皆菟字形聲之轉。又斁通作塗。說文：「㹨，黃牛虎文。」與菟爲虎文義近。胡氏說可補正義之略，故附録於此。皮、比古音近，皐比即臭皮之假借。韔爲藏弓之室，因名弓之藏亦爲韔，故下云「交韔二弓」。韔，廣雅作韔，云「弓藏也」。釋文云「本亦作暢」，鄭風作鬯，皆韔之假借。鏤膺，當从范處義、嚴粲說，謂鏤飾弓室之膺。弓以後爲臂，則以前爲膺，故弓室之前亦爲膺耳。詩上言「虎韔」，下言「交韔二弓」，不應中及馬帶，故宜易傳說。

〔一〕「十」下原有「一」字，據左傳删。

「竹閉緄縢」，傳：「閉，紲。緄，繩。縢，約也。」瑞辰按：閉古通作䩛，又作柲。考工記弓人「辟如終紲」，鄭注：「紲，弓䩛也。弓有䩛者，爲發弦時備頓傷。」引詩「竹䩛緄縢」。既夕記「有柲」，鄭注：「柲，弓檠也。弛則縛之於弓裏，備損傷也。以竹爲之。」引詩「竹柲緄縢」。又曰：「古文柲作枈。」案古从比、从必之字，音皆與閉相近。柲之言輔弼也。說文：「檠，榜〔一〕也。」「榜，所以輔弓弩也。」義正與柲同。字當以柲爲正。說文：「柲，欑也。」「欑，積竹杖。」鄭注考工記：「矛戟柄，竹欑柲。」蓋戈矛柄欑竹相比輔爲之，而謂之柲，弓檠以竹爲之，用以輔弓弩，亦謂之柲，其義一也。詩作閉者，音同假借。鄭注周禮引詩作䩛，注儀禮引詩作柲，皆就文易字，其實一也。正義謂閉一名䩛，誤矣。䩛音又轉爲棐與排。管子輕重甲篇曰：「彼十鈞之弩，不得棐撤，不能自正。」荀子性惡篇曰：「繁弱、鉅黍，古之良弓也，然而不得排撤，則不能自正。」棐與排，皆閉與柲音之轉，猶毛詩「有斐君子」，韓詩作「有邲」也。考工記「恆角而達〔二〕，辟如終紲」，鄭注云：「紲，弓䩛。」紲通作枻。荀子非相篇曰：「接人則用枻。」注云：「枻者，檠枻也，正弓弩之器也。」小雅角弓傳云：「不善紲檠巧用，則翩然而反。」是檠、

〔一〕「榜」原作「標」，據說文改。
〔二〕「達」原作「短」，據周禮弓人改。

紲同器，故傳以閉爲紲，不取紲系之義。正義謂以繩紲之，因名韔爲紲，角弓疏以紲爲緄縢，失之。

「載寢載興」，正義：「我念我之君子則有寢則有興之勞。」瑞辰按：再、載古通用。呂氏春秋順民篇「文王載拜稽首」，當務篇「孔子曰，異哉，直躬之爲信也，一父而載取名焉」，皆假載爲再。文選曹子建應詔詩「騑驂倦路，再寢再興」，李善注引詩「再寢再興」，蓋本三家詩，今作毛詩者疑誤，或李注就文易字，亦載即爲再之證。

「厭厭良人」，傳：「厭厭，安靜也。」瑞辰按：厭者，懕之假借。爾雅：「懕懕，安也。」說文：「懕，安也。」又通作愔愔。列女傳引詩「愔愔良人」，愔、懕聲近而義同。三倉：「愔愔，性和也。」聲類：「愔，和靜貌也。」廣韻：「愔，靖也。」載芟「厭厭其苗」，箋：「厭厭，衆齊等也。」集韻作「穃穃，苗齊等也」，正與厭通作愔者相類。湛露詩「厭厭夜飲」，傳：「厭厭，安也。」釋文及魏都賦注引韓詩：「愔愔，和悅之貌。」則知列女傳「愔愔良人」亦韓詩。說文有懕無愔，段玉裁謂愔即懕之或體。

「秩秩德音」，傳：「秩秩，有知也。」瑞辰按：說文：「秩，積也。」段玉裁謂當作「積皃」。蓋秩本積禾有次序之皃，而德音之秩然有序亦謂之秩秩。爾雅：「條條、秩秩，智也。」又曰：「秩秩，清也。」假樂傳：「秩秩，有常也。」義竝相近。

## 蒹葭

「在水一方」，傳：「一方，難至矣。」箋：「所謂是知周禮之賢人，乃在大水之一邊。假喻以言遠。」瑞辰按：「在水一方」，詩言伊人在其地有可求也。下四句乃言逆求之則遠而難至，順求之則近而易見，非以「在水一方」爲喻遠也。方、旁古通用，一方卽一旁也。隒、崖皆水旁之名。廣雅：「隒、崖，方也。」下章「在水之湄」、「在水之涘」，傳：「湄，水隒也。」「涘，厓也。」卽上「在水一方」也。說文央、旁同義，下云「宛在水中央」亦謂水之旁，非以「中央」連讀也。

「宛在水中央」，瑞辰按：說文：「央，中也。」又曰：「央、旁同意。」詩多以中爲語詞，「水中央」猶言水之旁也，與下二章「水中坻」、「水中沚」同義。若如正義以「中央」二字連讀，則與下章坻、沚句不相類矣。

「在水之湄」，傳：「湄，水隒也。」瑞辰按：釋名：「湄，眉也，臨水如眉近目也。」湄古借作麋，巧言詩「居河之麋」，傳云「水草交，謂之麋」是也。又通作溦，爾雅：「水草交，爲湄。」又：「谷者，溦。」釋文：「湄，本或作溦。」說文：「溦，小雨也。」是知爾雅溦卽湄之假借。胡承珙曰：「說文、釋名湄義皆同爾雅，此傳獨以爲水隒者，說文：『隒，崖也。』『崖，高邊也。』下文

『道阻且躋』，躋爲升義，故此以水隒見其高意。」

「宛在水中坻」，傳：「坻，小渚也。」瑞辰按：爾雅：「小渚曰沚，小沚曰泜。」而毛傳言「坻，小渚」者，沚與坻散文則通，故説文亦曰：「坻，小渚也。」坻通作墀與泜，爾雅釋文「坻，本一作墀，又作泜」是也。又作汷與渚，説文「坻，或从水从夂，或从水耆」是也。又作垁〔一〕，玉篇「垁，同坻」是也。坻爲水中小渚，微高於水，實非陵阪可比，故詩云「道阻且躋」，箋以「難至如升阪」釋之，言逆流從之則難至如升阪，順流從之則宛在水中坻，不煩升躋也。

「道阻且右」，傳：「右，出其右也。」箋：「右者，言其迂迴。」瑞辰按：爾雅：「水出其右，正〔二〕丘。」釋名作「水出其右，曰沚丘」。小渚之名沚者蓋與沚丘同義，亦有水出其右之象，故傳知右謂出其右也。水出其右則沚已在左，詩下言「宛在水中沚」，上即云「道阻且右」，蓋言逆流從之則隨水出其右而難至，順流從之則可自右而左，至其沚也。周人尚左，故箋以右爲迂迴。胡承珙曰：「右逆而左順，故禮皆袒左，請罪乃袒右；吉禮交相左，喪禮交相右。此言『道阻且右』，亦謂逆禮則莫能以濟。下文『宛在水中沚』，則言順禮而求，乃不在右而在左矣。」正義謂「言右，取與涘、沚爲韻」，失之。

〔一〕「垁」原作「沶」，據續經解本並參玉篇土部改。

〔二〕「正」，阮元爾雅注疏校勘記謂當作「止」。

## 終南

序：「終南，美襄公也。」瑞辰按：史記秦本紀：「平王封襄公爲諸侯，賜之岐以西之地，曰：『戎無道，侵奪我岐、豐之地，秦能攻逐戎，卽有其地。』與誓，封爵之。襄公于是始國。」又匈奴傳曰：「秦襄公救周，於是周平王去酆鄗而東徙雒邑。當是之時，秦襄公伐戎至岐，始列爲諸侯。」正與序言「能取周地，始爲諸侯」合。或據史記文公始取岐地，以此詩爲美文公者，妄也。

「有條有梅」，傳：「條，槄。梅，枏也。」瑞辰按：爾雅：「槄，山榎。」郭注：「今之山楸。」又曰：「柚，條。」郭注：「似橙，實酢，生江南。」無條槄之訓。毛傳訓條爲槄者，柚條爲南方之木，非終南所有，故不得以條爲柚。攸聲、舀聲古同部通用。淮南子墬形篇「東方曰條風」，呂氏春秋有始覽作「滔風」，論語「滔滔者」，鄭本作「悠悠」，是其證也。傳蓋以條爲槄字之假借，故知條卽槄。孫炎注爾雅「槄，山榎」，引詩「有條有梅」，義正本毛傳也。爾雅：「梅，枏。」爲毛傳所本。說文：「梅，枏也。」又曰：「某，酸果也。」分梅與某爲二，是知酸果之梅以某爲正字，作梅特假借字耳。梅本枏之別名。至說文梅字注又云「可食，或作楳」，段玉裁疑爲淺人所改竄，是也。郭注爾雅「梅，枏」，云「似杏，實酢」，此則誤合枏與某爲一矣。

「錦衣狐裘」，傳：「錦衣，采色也。狐裘，朝廷之服。」箋：「諸侯狐裘，錦衣以裼之。」瑞辰按：古者裼衣與裘色相稱。此詩狐裘，以玉藻證之，知爲狐白裘，則錦衣亦當從玉藻鄭注訓爲素錦。玉藻「君衣狐白裘，錦衣以裼之」，鄭注：「君衣狐白毛之裘，則以素錦爲衣覆之，使可裼也」。又曰：「凡裼衣象裘色也。」疏云：「凡裼衣象裘色者，狐白裘用錦衣爲裼，狐青裘用玄衣爲裼，羔裘用緇衣爲裼。」是皆裼衣與裘色相稱之證。又按玉藻：「君子狐青裘，豹褎，玄綃衣以裼之。麛裘，青豻褎，絞衣以裼之。羔裘，豹褎，緇衣以裼之。狐裘，黄衣以裼之。」玄既爲綃衣，則下言絞衣、緇衣、黄衣，皆承上用綃可知。是知諸侯惟狐裘用錦，以别於天子用綃。説文：「綃，生絲也。」「錦，襄邑織文也。」綃與錦異其質，不異其色。玉藻云：「童子之節也，緇布衣，錦緣，錦紳并紐，錦束髮，皆朱錦也。」按有朱錦，則有素錦矣。鄭云「以素錦爲衣覆之」，正與狐白裘色相稱。毛傳以錦衣爲采色，正義作采衣，失之。

「顏如渥丹」，箋：「渥，厚漬也。顏色如厚漬之丹。」瑞辰按：邶風「赫如渥赭」，箋：「赭，丹也。」此詩釋文引韓詩作沰，云：「沰，赭也」。沰與赭音義同，是知此詩毛本作「渥赭」，故韓詩得通作沰。箋「顏色如厚漬之丹」亦以丹釋經赭字，非必經原作丹也。後人據箋以改經，遂誤作「渥丹」耳。釋文云「丹，如字，韓詩作沰」，則陸氏所見經本已誤。

「有紀有堂」，傳：「紀，基也。堂，畢道平如堂也。」瑞辰按：上章言「有條有梅」，謂山有茂木，以類求之，紀當讀爲杞梓之杞，堂當爲甘棠之棠，紀與堂皆假借字。左氏春秋桓二年「杞侯來朝」，公、穀竝作紀侯；三年「公會杞侯於郕」，公羊作紀侯；吴夫槩奔楚爲棠谿氏，定五年左傳作堂谿。是皆杞與紀、堂與棠古得通借之證。白帖終南山類引詩正作「有杞有棠」，蓋本三家詩。王尚書經義述聞說與予略同，謂白帖所引蓋韓詩，以唐時齊、魯詩皆亡，唯韓詩尚存也。

「黻衣繡裳」，傳：「黑與青謂之黻，五色備謂之繡。」瑞辰按：爾雅釋言：「黼、黻，彰也。」又曰：「袞，黻也。」是論語「而致美乎黻冕」，黻冕猶言袞冕；此詩「黻衣繡裳」，猶九罭詩「袞衣繡裳」，袞衣與黻衣皆通言章服耳。至傳「黑與青謂之黻，五色備謂之繡」，義本考工記，此以黻與繡對言，專以顏色相次而異名，與書言黼黻同爲作繡者義異，非以此黻衣爲九章之黻。孫炎爾雅注乃謂「刺繡爲己字相背，以青黑線繡」，合二者而一之，誤矣。正義言：「鄭於周禮之注，差次章色，黻皆在裳。言『黻衣』者，衣大名，與『繡裳』異其文耳。」亦誤合二義爲一。如以考工黼黻當章服之二，則所云「青與赤謂之文，赤與白謂之章」，又將何指？且九章黼黻皆統於繡，而考工繡與黼黻對言，固不得合爲一也。

## 黄鳥

序：「黃鳥，哀三良也。國人刺穆公以人從死而作是詩也。」箋：「三良，三善臣也，謂奄息、仲行、鍼虎也。從死，自殺以從死。」瑞辰按：文六年左傳「國人哀之，爲之賦黃鳥」，與序言「國人刺穆公」合。或據詩稱「良人」，以爲三良妻作者，妄也。近武進胡文英作詩考補，云經史事類載「殲我良人，人喪夫門」，疑此詩爲三良妻作。良人，卽善人也。綢繆詩傳曰：「良人，美稱也。」古者婦稱夫爲良人，而不得以良人專爲婦稱夫之辭；猶婦亦稱夫爲夫子、君子，而不得以夫子、君子專爲婦稱夫之名也。漢書匡衡上疏曰：「秦伯貴信，而民多從死。」應劭注：「秦穆公與羣臣飲酒酣，言曰：『生共此樂，死共此哀。』於是奄息、仲行、鍼虎許諾，及公薨，皆從死，黃鳥詩所爲作也。」漢書敘傳「旅人慕殉，義過黃鳥」，劉德注：「黃鳥之詩刺秦穆公要人〔一〕從死。」是漢儒相傳三良自殺以從死，與箋說同。宋儒或謂秦康公生納之壙中，誤矣。

「交交黃鳥」，傳：「交交，小貌。」瑞辰按：交交通作咬咬，謂鳥聲也。文選嵇叔夜贈秀才入軍詩「咬咬黃鳥，顧疇弄音」，李善注引詩「交交黃鳥」，又引古歌「黃鳥鳴相追，咬咬弄好音」。玉篇、廣韻竝曰：「咬，鳥聲。」毛詩作交交者，省借字耳。又按：注疏本章十二句，是讀「交交黃鳥」爲句。摯虞文章流別論曰：「詩有七言者，『交交黃鳥止于桑』之類是也。」則古讀連下三字爲句。

〔一〕「人」原作「之」，據漢書改。

「止于棘」，傳：「黃鳥以時往來得其所，人以壽命終亦得其所。」箋：「黃鳥止于棘，以求安止也。此棘若不安，則移。興者，喻臣之事君亦然。今穆公使臣從死，刺其不得黃鳥止于棘之本意。」瑞辰按：傳、箋説皆非詩義。詩蓋以黃鳥之止棘、止桑、止楚，爲不得其所，興三良之從死爲不得其死也。棘、楚皆小木，桑亦非黃鳥所宜止。小雅黃鳥詩「無集于桑」，是其證也。又按：詩刺三良從死，而以止棘、止桑、止楚爲喻者，棘之言急也，素冠詩傳：「棘，急也。」桑之言喪也，文二年公羊傳「虞主用桑」，何休注：「用桑者，取其名與其麤觕，所以副孝子之心。」今案：取其名，謂桑木之名音近乎喪。楚之言痛楚也。六書故：「楚亦名荆，捶人卽痛，因名楚痛。」古人用物多取名於音近，如松之言容，柏之言迫，㮚言戰栗，見公羊文二年何休注。桐之言痛，竹之言蹙，白虎通：「竹者蹙也，桐者痛也。」蓍之言耆，白虎通：「蓍之爲言耆也，久長意也。」皆此類也。

「子車奄息」，傳：「奄息，名。」瑞辰按：方言：「奄，息也。楚揚謂之泄。」奄通作掩。文選司馬相如上林賦、枚乘七發注竝引方言：「掩，息也。」廣雅亦云：「奄，息也。」奄、息二字同義，故古人取以命名。

「百夫之特」，傳：「乃特百夫之德。」箋：「百夫之中最雄俊也。」瑞辰按：柏舟詩「實維我特」，傳：「特，匹也。」此傳「乃特百夫之德」正訓特爲匹。匹之言敵也，當也，猶云乃當百夫之德耳。二章「百夫之防」，傳：「防，比也。」案：此讀防如比方之方。箋：「防，猶當也。言此一人當百夫。」

正是申明傳義。三章「百夫之禦」，傳：「禦，當也。」均與首章訓特爲匹義近。傳不言「特，匹」者，以其義已見柏舟傳也。白虎通引禮别名記：「五人曰茂，十人曰選，百人曰俊，千人曰英，倍英曰賢，萬人曰傑，萬傑曰聖。」此皆言才德可當五、十、百、千等人，與詩「百夫之特」同義。箋云「百夫之中最雄俊也」，似亦取「百人曰俊」之義；但云「最雄俊」，則似訓特爲特立之特，與傳義殊。如易傳云「乃[一]特立百夫之德」，則不辭矣。正義合傳、箋爲一，殊誤。又按：「百夫之特」言其才德可當百人，則下云「人百其身」謂願以百人之身代之。言「人百其身」者，倒文也。箋云「人皆百其身，謂一身百死」，似非經義。

「殲我良人」，傳：「殲，盡。良，善也。」瑞辰按：爾雅：「殲，盡也。」字通作瀸。說文：「殲，微盡也。从歺，韱聲。春秋傳曰：『齊人殲于遂。』」公羊作瀸。又通作㦰。說文：「㦰，絕也。古文讀若咸。」咸亦滅絕之義。周書「咸劉厥敵」，左傳「咸黜不端」，咸猶㦰也。

「子車仲行」，傳：「仲行，字也。」瑞辰按：傳據古人五十以伯仲爲字，又晉狐突字伯行，與仲行相類，故獨以仲行爲字。然奄息、鍼虎皆名，則仲行亦名耳。爾雅釋草：「仲，無笐。」說文：「笐，竹列也。」段玉裁曰：「無者，發聲也。笐之言行也。行，列也。『仲，無笐』蓋謂竹

[一]「乃」原作「方」，形近而誤。按此謂如改毛傳「乃特百夫之德」之「特」爲「特立」則不辭，今據傳文改。

有行列，如伯仲然。」今按筦通作桁，亦可省作行。仲行或取竹爲名，猶鍼虎取獸爲名。行卽桁字假借耳。

「子車鍼虎」，瑞辰按：鍼虎無傳，亦當爲名。爾雅釋獸：「熊虎醜，其子狗；絶有力，麙。」本或作㺝。鍼當卽麙字之假借。麙卽虎類，故以鍼虎爲名，猶奄息二字同義也。

## 晨風

「鴥彼晨風」，傳：「鴥，疾飛貌。晨風，鸇也。」瑞辰按：說文：「鷐，鷐風也。」「鸇，鷐風也。」毛詩作晨，省借字也。韓詩外傳引詩「鴪彼晨風」，是韓詩作鴪。鴪與鴥聲近通用。說文：「鴥，鸇飛皃。」引詩「鴥彼鷐風」。廣韻：「鴪，鳥飛快也。」木華海賦「鴪如驚鳧之失侣」，正以鴪爲疾飛貌。鴥之通鴪，猶小雅「謀猶回遹」韓詩作「回鴥」，水經注沇水一作潏水也。

「鬱彼北林」，傳：「鬱，積也。北林，林名也。先君招賢人，賢人往之駃疾，如晨風之飛入北林。」瑞辰按：考工記鄭司農注：「惌，讀爲『宛彼北林』之宛。」蓋本韓詩。內則「兔爲宛脾」，鄭注：「宛或作鬱。」是二字互通。宛古音讀薀，宛、薀、鬱皆一聲之轉。鬱之作宛，猶毛詩「薀〔一〕隆」韓詩作「鬱隆」，檜風「我心薀結」、小雅「我心苑結」，義皆爲鬱結也。說文：「鬱，

〔一〕「薀」，通行本毛詩作「蘊」（見大雅雲漢）。下引「我心薀結」薀字同。

木叢生者。」毛詩作鬱，爲正字。苑〔一〕柳傳「苑，茂木也」，桑柔傳「菀，茂貌」，苑、菀皆鬱字之假借也。北林背明向陰，有幽陰之象，詩蓋以北林之來飛鸇，喻人主之能招隱逸。

「忘我實多」，箋：「女忘我之事實多。」瑞辰按：忘，棄也〔二〕。多，猶甚也。「忘我實多」猶云棄我實甚。序所云「始棄其賢臣」，此也。左傳「君子不欲多上人」，即君子不爲已甚也。

「隰有六駮」，傳：「駮，如馬，倨牙，食虎豹。」瑞辰按：釋文引「草木疏曰：『駮馬，木名，梓榆也。』」正義引「陸璣疏曰：『駮馬，梓榆也。其樹皮青白駁犖，遥視似駮馬，故謂之駮馬。』下章云『山有苞棣』、『隰有樹檖』，皆山隰之木相配，不宜云獸。」其説是也。駮與駁古通用。崔豹古今注曰：「六駮山中有木，葉似豫章，皮多癬駁，名六駮木。」又爾雅：「駁，赤李。」是李之赤者亦得名駮，錢大昕疑即此詩之六駮。

「山有苞棣」，傳：「棣，唐棣也。」正義：「釋木有唐棣、常棣，傳必以爲唐棣，未詳聞也。」瑞辰按：爾雅：「唐棣，栘；常棣，棣。」據小雅常棣傳一本作「常棣，栘也」，合以此傳「棣，唐棣也」，是知毛傳與今本爾雅互易，蓋作「常棣，栘；唐棣，棣」。疑毛公所見爾雅原作「唐棣，棣；

〔一〕「苑」原作「宛」，據下引「苑，茂木也」及「苑、菀皆鬱字之假借也」句改。按今本毛詩作「菀」，本書卷二十三亦作菀，馬氏於彼云：「白帖引詩作苑，菀、苑古通用。」此從白帖作苑，蓋以證苑、菀皆鬱之假借。

〔二〕「忘，棄也」原作「棄，忘也」，據上下文義改。

常棣，移」。説文：「移，常棣也。」「棣，白棣也。」爾雅疏引陸璣疏云：「常棣，許慎曰：白棣樹也。如李而小，子〔一〕如櫻桃，正白。又有赤棣，亦似白棣，子正赤，如〔二〕郁李而小。」今按常棣既爲白棣，則唐棣爲赤棣可知。郭注乃以唐棣爲今白移，似白楊，誤矣。

「隰有樹檖」，傳：「檖，赤羅也。」瑞辰按：爾雅釋木曰：「檖，羅。」檖，説文作樣，羅也。正義引陸璣疏云：「檖一名山梨，今人謂之楊檖，實如梨，但小耳。一名鹿梨，一名鼠梨。」是檖卽山梨之小者，而爾雅、説文以爲羅。毛傳言「赤羅」者，羅與梨一聲之轉，赤羅猶言紅梨耳。爾雅釋木又云：「梨，山樆〔三〕。」釋文：「樆，本作離。」離與羅亦一聲之轉。又按方言：「樹，植立也。」樹檖蓋植立者，故對苞爲叢生言之。

## 無衣

「與子同袍」，傳：「袍，襺也。」瑞辰按：玉藻「纊爲繭，緼爲袍」，鄭注：「纊，新緜也。緼，今之纊及故絮也。」説文，「袍，襺也。」「襺，袍衣也。以絮曰襺，以緼曰袍。」又曰：「纊，絮也。」「緼，紼也。」「紼，亂枲也。」許以絲絮爲纊，不分新舊，緼爲亂麻，與鄭注異。散言之則袍

〔一〕「子」字原脱，據爾雅邢疏補。
〔二〕「如」上原有「亦」字，卽上句「赤」字之譌衍，據爾雅邢疏删。
〔三〕此「樆」字及下引釋文之「樆」，原皆作「檎」，據爾雅釋木及釋文改。

襺可通稱，對文則袍與襺異，故爾雅及毛傳竝曰「袍，襺也」。今按袍對襺言，以纊、縕爲別。此詩袍對澤言，則當以内外、長短爲別。釋名：「袍，丈夫著，下至跗者也。袍，苞〔一〕也，苞内衣也。」「汗衣，近身受汗垢之衣也。詩謂之澤，受汗澤也。或曰鄙袒，或曰羞袒。作之用六尺，裁足覆胸背，言羞鄙于袒而衣此耳。」方言：「褒明謂之袍。」玉篇：「袍，長襦也。」是包於外而長者爲袍，衣於内而短者爲澤，此詩「同袍」正當从玉篇長襦之訓。

「與子同澤」，傳：「澤，潤澤也。」箋：「襗，褻衣，近汗垢。」瑞辰按：釋名：「汗衣，近身受汗垢之衣也。詩謂之澤，受汗澤。」據釋文「澤，如字，說文作襗」，足證毛、鄭本皆作澤，今本箋作襗者誤也。傳云「潤澤」，蓋與釋名「受汗澤」同義，正義泛以潤澤釋之，亦誤。至襗爲短襦，袴爲脛衣，二者不同，而說文云「襗，袴」者，古人襦袴竝言，內則「衣不帛襦袴」是也。襗袴猶云襦袴，連類及之，非卽以襗爲袴也。毛詩稽古編遂謂說文以襗爲袴，與箋不同，誤矣。至說文「衵，日日所常衣」，非卽短襦。或謂左傳「衵服」卽襗，亦非。

## 渭陽

「瓊瑰玉佩」，傳：「瓊瑰，石而次玉。」瑞辰按：「瓊瑰」蓋「璿瑰」之譌。說文：「瓊，赤玉

〔一〕「苞」原作「包」，據續經解本及釋名釋衣服改。

也。」段玉裁謂「赤玉」當作「亦玉」。「璿，美玉也。」二義不同。篆文瓊作瓊，璿作璿，形近易譌。說文璿字注引春秋傳「璿弁玉纓」，今左傳譌作「瓊弁」，其證一也。古璿字或作琁，璿譌爲瓊，今本說文因誤以琁篆厠瓊字之下。據文選陶徵士誄「璿玉致美」李善注引說文云：「琁，亦璿字。」是知說文琁字本厠璿下，今誤厠瓊下，其證二也。琁又通璇，山海經大荒西經「西王母之山有璇瑰瑶碧」，郭注：「璇瑰，亦玉名。」而文選江賦洛神賦李善注、玉篇、廣韻引山海經並作「璿瑰」，大荒北經亦言「璿瑰徭碧」，是知「璇瑰」皆「璿瑰」之異文，非瓊瑰也，其證三也。穆天子傳「重𨑨氏之所守，曰枝斯璿瑰」，郭注：「璿瑰，玉名。」引左傳「贈我以璿瑰」，即成十七年左傳「聲伯夢或與己瓊瑰」也，是知左傳「瓊瑰」亦「璿瑰」之譌，其證四也。經傳「瓊弁」、「瓊瑰」字皆當爲璿，故知此詩「瓊瑰」亦「璿瑰」之譌。字林：「瑰，石珠也。」穆天子傳「春山之珤」有璿珠，璿珠亦璿瑰之屬。璿爲美玉，不嫌與玉佩並言，猶書「璿璣玉衡」，左傳「璿弁玉纓」，不嫌璿、玉對舉也。傳云「石而次玉」者，蓋以對玉佩言，宜爲美石耳。據莊子外篇「積石爲樹，名曰瓊枝」，是瓊爲玉石通稱。毛公作傳時或已譌璿爲瓊，故以爲石而次玉。若璿，爲美玉，古未有以爲石者也。又按衛風木瓜傳：「瓊，玉之美者。」與說文訓璿爲美玉合，且玖爲石次玉黑色者，與瓊爲赤玉不相貫，「瓊瑶」、「瓊琚」、「瓊玖」，瓊皆當爲璿字之譌。

「於我乎，夏屋渠渠」，傳：「夏，大也。」箋：「屋，具也。渠渠，猶勤勤也。言君始於我厚，設禮食大具以食我，其意勤勤然。」瑞辰按：爾雅釋言：「握，具也。」李巡本作幄，釋名：「幄，屋也。」郭注：「謂備具。」箋本爾雅，以夏屋爲禮食大具，其説是也。周官：「王合諸侯而饗禮，則具十有二牢，庶具百物備。」又：「王巡守殷國，令百官百牲皆具。」又：「凡行人、宰、史〔一〕，皆有飧饔餼。」注曰：「宰主具。」賈疏：「案聘禮曰：『史讀書，宰執書告備具于君。』」又掌饌具，故公食大夫禮宰夫具饌于房，是掌具也。」是古者燕饗及公食大夫禮皆有掌具之官。箋訓屋爲具，正與禮合。大具，卽史記范雎傳所云「范雎大供具」也。古者陳食或稱具，或稱饌。説文：「籑，具食也。或作饌。」又曰：「巽，具也。」「具，共置也。」廣雅：「饌，具也。」論語：「有事，弟子服其勞；有酒食，先生饌。」劉台拱曰：「年幼者爲弟子，年長者爲先生，皆謂人子也。饌，具也。有事，幼者服其勞；有酒食，長者供具之。」長者供具卽內則所云「若未食，則佐長者視具」也。鄭注內則正訓具爲饌，是具卽饌也。夏屋爲大具，猶論語言「盛饌」，國語言「饫飯」也。廣雅：

〔一〕「史」原作「使」，據周禮掌客改。鄭注：「史主書。」又「行人」上當有「介」字。

「渠渠，盛也。」「夏屋渠渠」正狀其禮食大具之盛。箋訓爲勤勤，失之。王肅以屋爲居室，惠周惕、戴震竝以夏屋猶言大房，皆不若箋訓大具爲確。

「于嗟乎，不承權輿」，傳：「承，繼也。權輿，始也。」瑞辰按：爾雅：「權輿，始也。」乎通作胡，猶論語「不使大臣怨乎不以」，三國志杜恕傳引作「怨何不以」也。郭注引詩「胡不承權輿」，乎與胡一聲之轉。然此詩以「于嗟乎」絶句，與下句「權輿」爲韻，猶騶虞詩以「于嗟乎」與「騶虞」爲韻。三家詩或讀「吁嗟」絶句，不若毛詩爲善。抑或郭璞所見毛詩本原作「于嗟乎，胡不承權輿」，下句多一胡字，詞義更婉。又按：權輿卽蘿蕍之假借。爾雅釋草：「葭，華；蒹，薕；葭，蘆；其萌蘿蕍。芛，蕫。華，榮。」郭注讀「其萌蘿」爲句，而以「蕍芛」連讀。據說文「蕍，灌蕍，讀若萌」，則以「灌蕍」二字連讀。蕍卽萌也，灌蕍卽蘿蕍也，亦卽權輿。蘿蕍本蒹葭始生之稱，因而凡草之始生通曰權輿，大戴禮「孟春百草權輿」是也；因而人之始事亦曰權輿，此詩「胡不承權輿」是也。又逸周書周月解云：「是謂日月權輿。」則日月之始通名權輿。皆以「權輿」二字連文。或謂「造衡始權，造車始輿」，未免望文生義矣。又按說文：「芛，草之皇榮也。」讀亦與郭異。均當以許讀爲正。

「每食四簋」，傳：「四簋，黍、稷、稻、粱。」瑞辰按：古者簋盛黍稷，簠盛稻粱。傳知四簋爲黍稷稻粱者，先大夫曰：「玉藻『朔月四簋』亦謂黍稷稻粱，故知詩四簋非專言黍稷耳。謹案玉藻云少牢「五俎四簋」，是四簋爲食大夫之禮。易言「二簋可用享」者，蓋士禮也。簋與簠對文則異，散文則通。詩云「每食四簋」，又曰「陳饋八簋」，蓋皆言簋以該簠。正義謂「是平常燕食，器物不具，故稻粱在簋」，失其義矣。

# 毛詩傳箋通釋卷十三

## 陳風

### 陳風總論

陳以大姬好巫而民俗化之，巫覡競于歌舞，男女雜于遊觀。巫風盛行則淫風必熾，是故陳風首以宛丘、東門之枌，言民俗之好巫也；終以澤陂，刺民俗之好淫也。化于下者實啟於上，此月出、株林所以先澤陂而作也。先儒多言詩亡于陳靈而後春秋作。案詩亡，非無詩也。孟子：「王者之迹熄而詩亡，詩亡而後春秋作。」予同年友宋翔鳳曰：「迹當爲远字之譌。」其說是也。古者天子巡狩，命大師陳詩以觀民風。其後天子雖不巡守，方國猶有采詩之官。說文：「远，古之遒人以木鐸記詩言。」讀與記同。」此卽孟子所謂「王者之远」也。蓋自遒人之官不設，則下情不上通，無由觀風俗，知得失，而詩教遂亡。此文中子所謂「非民無詩，職詩者之罪」也。如謂陳靈以後，世遂無作詩者，豈通論哉！

## 宛丘

序：「宛丘，刺幽公也。淫荒昏亂，遊蕩無度焉。」瑞辰按：樂記言陳風好巫。漢書匡衡傳「陳夫人好巫，而民淫祀」，張晏注：「胡公夫人、武王之女大姬無子，好祭鬼神，鼓舞而祀。」引詩「坎其擊鼓」爲證。又地理〔一〕志曰：「周武王封舜後嬀滿於陳，是爲胡公，妻以元女大姬。婦人尊貴，好祭祀，用史巫，故其俗好巫鬼」者也。詩稱擊鼓于宛丘之上，婆娑于枌栩之下，是有大姬歌舞之遺風也。匡衡治齊詩，班固言三家詩「魯爲最近」，蓋齊、魯詩皆以宛丘、東門之枌二詩爲民俗事巫之事。鄭君詩譜曰：「大姬無子，好巫覡禱祈鬼神歌舞之樂，民俗化而爲之。」其説亦本三家詩，而箋詩仍從毛傳。今案周官司巫：「若國大旱，則帥巫而舞雩。」女巫：「旱暵則舞雩。」説文：「巫，祝也。女能事無形，以舞降神者也。象人兩褎舞形。」是古者巫覡用舞之證。此詩擊鼓缶，舞鷺羽，正事巫歌舞之事，非泛言遊蕩也，當从民俗事巫説爲正。

「子之湯兮」，傳：「湯，蕩也。」瑞辰按：湯、蕩古通用。楚詞王逸注：「蕩，猶蕩蕩，無思慮貌也。」引詩曰「子之蕩兮」。皆當爲愓之假借。方言：「婬、愓，遊也。江沅之閒謂戲爲婬，或謂

〔一〕「理」原作「里」，據漢書改。

之惕。」説文：「惕，放也。」廣雅：「惕，戲也。」是遊惕本字。又通作愓。説文：「愓，放也。」華嚴經音義以愓爲惕古文。

「宛丘之上兮」，傳：「四方高，中央下，曰宛丘。」正義：「釋丘云：『宛中，宛丘。』言其中央宛宛然，是爲四方高、中央下也。郭璞曰：『宛丘謂中央隆峻。』狀如負〔一〕一丘矣。爲〔二〕丘之宛中中央高峻，與此傳正反。案爾雅上文備説丘形，有左高、右高、前高、後高，若此宛丘中央隆峻，言『中央高』矣，何以變言『宛中』？明毛傳是也。故李巡、孫炎皆云中央下，取此傳爲説。」瑞辰按：元和郡縣志：「宛丘，縣南三里。爾雅『陳有宛丘』，又『丘上有丘爲宛丘』注：『四方高，中央下，曰宛。』」所引注蓋李巡、孫炎注也。釋名：「中央下曰宛丘。邵晉涵爾雅正義引作「中央高」，誤。有丘宛宛，如偃器也。」案宛之言椀，其形如仰盂然，故釋名謂「如偃器」。偃即仰也。廣雅：「偃，仰也。」晉語「籧篨不可使俛」，韋注：「籧篨，偃人。」即仰人也。參同契曰：「男生而伏，女偃其軀。」偃對伏言，義亦爲仰。是皆偃、仰同義之證。既如仰器，則其形爲四方高、中央下矣。又説文：「宛，屈草自覆也。」屈、曲義近。焦循曰：「凡从宛之字，皆有曲義。馬屈足爲踠，貌委曲爲婉。腕爲目深，謂目上下高，中深，正與宛丘同。」今按説文曲篆作𠙹，象器曲受物之形，爲外高而中

〔一〕「負」字，據阮元毛詩注疏校勘記補。

〔二〕「爲」，疑當讀作「謂」。

下。郭璞謂中央高者，蓋誤會爾雅釋山「宛中，隆」及釋丘「丘上有丘爲宛丘」之義。今按方言：「宛，蓄也。」郭璞葬書言「宛而中蓄」，正合爾雅「宛中，隆」之義。蓋四方隆起則中央低下，如有所宛蓄者然，隆爲四方隆，非謂中央隆也。說文丘字注：「一曰，四方高，中央下曰丘。」是丘之形本爲外高而中下。爾雅云「丘上有丘」者，亦謂上下兩丘皆中央宛下耳，非謂中央高也。郭璞謂宛丘中央高，又以爾雅「丘背有丘爲負丘」卽宛丘，俱誤。

「而無望兮」，箋：「其威儀無可觀望而則傚。」瑞辰按：望謂望祀、望衍，無望猶左傳「不郊，亦無望」也。周官司巫〔一〕「掌望祀、望衍，授號，旁招以茅」，鄭注：「望祀，謂有牲粢盛者。衍，進也，謂但用幣致其神。」又男巫「春招弭，以除疾病」，鄭注：「弭讀爲敉。招敉皆有祀衍之禮。」是古者巫之降神必有望祭。詩刺陳風好巫，隨時爲之，以巫爲戲，初無望祀、望衍之禮，故曰「洵有情兮，而無望兮」。

「值其鷺羽」，傳：「值，持也。鷺鳥之羽可以爲翳。」箋：「翳，舞者所持以指麾。」瑞辰按：說文：「雩或从羽，雩舞羽也。」鷺羽蓋卽羽舞，亦巫呼雩用羽舞之謂。

## 東門之枌

〔一〕據周禮春官，此司巫當作男巫。下引「春招弭以除疾病」亦周禮男巫之文，馬氏誤分爲二。

序：「東門之枌，刺亂也。」瑞辰按：王符潛夫論曰：「詩刺不績其麻，市也婆娑。今本市作女，誤。今多不修中饋，休其蠶織，而起學巫祝，鼓舞事神。」漢書地理志引此詩首章，師古注：「亦言于枌栩之下歌舞以娛神。」則此詩正言事巫之事，其説蓋本三家詩。

「穀旦于差」，傳：「穀，善也。」箋：「旦，明。于，曰。差，擇也。朝日善明，曰相擇矣。」釋文：「旦，本亦作且，王七也反，苟且也；徐子餘反。差，王音嗟，韓詩作嗟。」瑞辰按：旦，王本作且。差，當從韓詩及王本作嗟。嗟，説文作䔢，云：「䔢，嗞也。」又云：「于，於也，象气之舒于。」又訏字注：「一曰，訏䔢。」嗟又通作䜺。爾雅：「嗟、咨，䜺也。」玉篇：「䜺，憂歎也。」古吁與訏多省作于，嗟與䔢多省作差，易「大耋之嗟」，釋文「嗟，荀本作差」是也。此詩于差即吁嗟，與雲漢詩「先祖于摧」，箋讀爲吁嗟正同。周官女巫：「旱暵則舞雩。」月令「大雩帝」，鄭注：「雩，吁嗟求雨之祭也。」又鄭志答林碩難曰：「董仲舒曰：『雩，求雨之術，呼嗟之歌。』」呼嗟猶吁嗟也。古者巫之事神，必吁嗟以請。詩刺陳風好巫，故曰「穀且于䔢」。且爲句中助詞〔一〕，「穀且吁嗟」猶言善吁嗟也。鄭本且作旦，乃形近之誤。下章義同。

「穀旦于逝」，傳：「逝，往也。」瑞辰按：于逝，猶吁嗟也。逝、噬古通用。杕杜詩「噬肎適我」，韓詩作逝。噬音近舒。史記陳筮卽戰國策之田茶。釋名：「嗚，舒也。」説文嗚字注引孔子曰：「嗚，盱

〔一〕「詞」原作「句」，據續經解本改。

呼也。」于逝猶盱呼，亦巫歌呼以事神耳。

「越以鬷邁」，傳：「鬷，數；邁，行也。」箋：「越，於；鬷，總也。於是以總行。欲男女合行。」瑞辰按：正義引王肅云：「鬷數，績麻之縷也。」據漢書王莽傳「十緵布二匹」，孟康注「緵，八十縷也」，說文作稯，云「布之八十縷爲稯」，王肅之意，蓋以鬷爲緵及稯字之假借。然上章既言「不績其麻」，則下章不得言以麻鬷而行。胡承珙曰：「毛意訓鬷爲數，蓋讀爲數罟之數。豳風九罭傳『緵罟』，小雅魚麗傳作『數罟』，知緵有數義。數者促數，爲攢湊總會之意，故商頌『鬷假』傳又云：『鬷，總。』中庸引作『奏假』，奏猶湊也，會聚之義。然則傳云『鬷，數；邁，行』者，謂男女促數會聚而行。箋云『鬷，總』，申毛，非易毛也。玉篇：『⿰彳㚇，數也。』引詩『越以⿰彳㚇邁』，蓋本三家詩。从彳作⿰彳㚇，必非麻縷可知。」今按胡說是也。據下文「視爾如荍，貽我握椒」爲男女相說之詞，則「鬷邁」自从箋訓總行爲允。

「貽我握椒」，傳：「椒，芬香也。」瑞辰按：椒亦巫用以事神者，離騷「巫咸將夕降兮，懷椒糈而要之」，王逸注「椒，香物，所以降神」是也。詩言「貽我」者，蓋事神畢因相贈貽耳。

## 衡門

「可以棲遲」，傳：「棲遲，遊息也。」瑞辰按：棲遲疊韻字。說文：「屖，屖遲也。」據玉篇

「屖，今作栖」，說文遲籀文作遟，是屖遟即棲遲也。說文以棲爲西之或體，故嚴發碑作「西遲衡門」，蔡邕焦君贊作「栖遲偃息」。說文遲或从𡰥，𡰥即古夷字，故婁壽碑作「徲侇衡門」，孔彪碑亦曰「餘暇徲侇」。遲又作迡，甘泉賦「靈遲𡰥兮」，文選作「迡迡」。集韻引尚書遲任作迡任。李翊碑「棲迡不就」，棲迡亦棲遲也。隸釋繁陽令楊君碑「徲伲樂志」，遲又作伲。

「泌之洋洋」，傳：「泌，泉水也。洋洋，廣大也。」瑞辰按：說文：「泌，俠流也。」文選魏都賦李善注引作「水駃流也」。邶風「毖彼泉水」，傳：「泉水始出毖然流也。」毖即泌之假借。蓋泌本泉水疾流之貌，因名其泉水爲泌矣。廣雅「丘上有木爲柲丘」，疏證曰：「蔡邕郭林宗碑：『棲遲泌丘。』又周巨勝碑：『洋洋泌丘，于以逍遥。』束晳玄居釋云：『學既積而身困，夫何爲乎祕丘。』以泌爲丘名，與毛傳異，蓋本三家詩。」今按蔡邕所書石經爲魯詩，則泌丘蓋魯詩之說。古者丘下多有水，釋名「水出其前曰阯丘，水出其後曰阻丘，水出其右曰沚丘，水出其左曰營丘」是也。詩言「泌之洋洋」爲水流貌，蔡邕兩碑字皆作泌，从水。竊疑廣雅原作「丘下有水爲泌丘」，後譌爲「丘上有木」，因改泌丘爲柲丘耳。

「可以樂飢」，傳：「樂飢，可以樂道忘飢。」箋：「泌水之流洋洋然，飢者見之，可飲以𤻲飢。」瑞辰按：韓詩外傳、列女傳、文選李注、太平御覽五十八引詩並作「可以療飢」，𤻲、療古同字。說文：「𤻲，治也。或作療。」是知鄭箋「𤻲飢」實本韓詩，而於經字則仍作樂，沈重云

「舊皆作樂字」是也。釋文、正義皆云鄭本作𤓰，誤。

「豈其取妻，必齊之姜」，箋：「何必大國之女然後可妻，亦取貞順而已。」瑞辰按：說文：「古文妻从肖女。肖，古文貴字。」是古者妻必貴女，故字取貴女會意。此詩正反其義以取興。

## 東門之池

「東門之池」，傳：「池，城池也。」瑞辰按：古者有城必有池，孟子「鑿斯池也，築斯城也」是也。池皆設于城外，所以護城。水經潁水注言：「陳城之東門內有池，池水東西七十步，南北八十許步。水至清潔而不耗竭，不生魚草。水中有故臺處，詩所謂『東門之池』也。」元和郡縣志：「陳州東門池在州城東門內道南，詩陳風『東門之池，可以漚麻』，卽此也。」太平寰宇記亦曰：「宛丘縣有東門池，在縣城東北角。」此蓋後人因詩詠東門之池，因於陳之東門內鑿池以附合之，非毛傳城池之謂矣。

「可以漚麻」，傳：「漚，柔也。」箋：「於池中柔麻，使可緝績作衣服。興者，喻賢女能柔順君子，成其德教。」瑞辰按：說文：「漬，漚也。」「漚，久漬也。」考工記鄭注：「漚，漸也。」此傳訓爲柔者，柔當讀同生民詩「或簸或蹂」之蹂，箋：「蹂之言潤也。簸之，又潤溼之。」廣雅潤、漸、漚並訓爲漬，是知柔亦漬也，故箋云「於池中柔麻」，以柔麻卽漚麻。正義乃云「漚柔者，謂漸漬使之柔韌」，失傳指矣。

「可與晤歌」，傳：「晤，遇也。」箋：「晤，猶對也。」正義：「釋言云：『遇，偶也。』然則傳以晤爲遇，亦爲對偶之義。」瑞辰按：說文：「寤，寐覺而有言曰寤。」晤與寤通，列女傳引詩作「可與寤言」，是其證也。寤借作晤，猶邶風「寤辟有摽」，說文引詩亦引作晤耳。說文：「晤，覺也。」此詩「晤歌」、「晤語」、「晤言」卽考槃詩「寤歌」、「寤言」。彼係獨處，此言與人。若如此傳、箋訓遇訓對，則考槃詩上言「獨寐」，下不得言「寤歌」、「寤言」矣。

## 東門之楊

「其葉牂牂」，傳：「牂牂然盛貌。」瑞辰按：牂牂當爲將將之假借。古文將作𢪃，說文：「𢪃，扶也。」玉篇以𢪃爲將之古文。𢪃、牂形近，又並从爿聲，故二字互借。內則「炮取豚若將」，注：「將當爲牂。」此牂借作將也。此詩「其葉牂牂」，據易林革之大有云「南山之楊，華葉將將」，廣雅「鏘鏘，盛也」，鏘與將通，則知牂牂當爲將將。此將借爲牂也。爾雅、方言並云：「將，大也。」大、盛義近，故將將得爲盛貌。廣雅：「藏藏，茂也。」藏藏亦將將之假借。

「明星煌煌」，箋：「女留他色，不肎時行，乃至大星煌煌然。」瑞辰按：明星謂啟明之星，非泛言大星也。小雅「東有啟明，西有長庚」，傳：「日且出，謂明星爲啟明；日既入，謂明星爲長庚。庚，續也。」史記天官書：「太白出東方，庳近日，曰明星；高遠日，曰大嚻。」是啟明一名明星之證。「明星煌煌」，謂天且明而不至也。鄭風「明星有爛」，亦謂啟明。舊皆泛言大星，失之。

「其葉肺肺」，傳：「肺肺，猶牂牂也。」瑞辰按：說文：「米，艸木盛米米然。讀若輩。」廣雅：「芾芾，茂也。」此詩「其葉肺肺」，大雅「荏菽旆旆」，小雅「萑葦淠淠」，廣雅「淠淠，茂也」，並當爲米米之假借。

「明星晢晢」，傳：「晢晢，猶煌煌也。」瑞辰按：晢與晣同字。說文：「晢，昭晢，明也。」引禮曰「晢明行事」。今儀禮、禮記並作質明。廣雅：「晣晣，明也。」玉篇：「晣，明也。晢、晣，並同上。」

## 墓門

「墓門有棘」，傳：「墓門，墓道之門。」瑞辰按：天問王逸注曰：「晉大夫解居父聘吴，過陳之墓門。」墓門蓋陳之城門，猶左傳言「秦師過周北門」。王尚書曰：「襄三十年左傳『晨自墓門之瀆入』，杜注：『墓門，鄭城門。』墓門蓋亦陳之城門，若魯有鹿門，齊亦有鹿門；齊有揚門，宋亦有揚門。」其説是也。傳以爲墓道之門，失之。

「誰昔然矣」，傳：「昔，久也。」箋：「誰昔，昔也。」瑞辰按：傳、箋義本相承。朱子集傳云：「誰昔，猶言疇昔。」其説是也。疇、誰一聲之轉。爾雅：「疇，誰也。」疇字本作𠷎，又作𠷎。説文：「𠷎，誰也。」又曰：「𠷎，詞也。」引虞書「帝[一]曰𠷎咨」。今經典通作疇。禮記檀弓曰「予疇昔之夜」，鄭注：「疇，發聲也。」疇轉爲誰，皆語詞，故箋以誰昔卽爲昔也。疇昔或作疇曩。文選盧諶詩：「借曰如昨，忽爲疇曩。」昔爲久，曩亦久也。爾雅：「曩，久也。」昔對今言，故訓爲久。至經傳多借昔爲夕，如詩「樂酒今夕」，楚詞王注引作「樂酒今昔」之類。然非此詩誰昔之義。如以誰昔爲夕，則禮記「疇昔之夜」，既言夕，又言夜，爲不詞矣。段玉裁疑傳久字當爲夕字之譌，失之。

「墓門有梅」，傳：「梅，枏也。」瑞辰按：前章言棘，後章言梅，二木美惡大小不相類，非詩取興之恉。考楚詞天問曰：「何繁鳥萃棘，而負子肆情？」王逸注云：「晉大夫解居父聘吴，過陳之墓門，見婦人負其子，欲與之淫泆，肆其情欲，婦人則引詩刺之曰：『墓門有棘，有鴞萃止。』故曰『繁鳥萃棘』也。」其説蓋本三家詩。是知二章「墓門有梅」三家詩原作「墓門有棘」，與首章同。又列女傳引詩雖作「墓門有楳，有鴞萃止」，然據下文「大夫曰：其棘則有，

[一]「帝」字原脱，據説文補。

其鴞安在」，則知上文引詩原作「墓門有棘」，故曰「其棘則有」。今本作楳者，特後人據毛詩改耳。毛詩作梅，亦當爲形近之譌。古梅杏之梅作某，古文作槑，見玉篇。與棘形相近。蓋棘譌作槑，因作某，又轉寫作楳與梅。毛公作傳時已誤，因隨其文訓之耳。

「有鴞萃止」，傳：「鴞，惡聲之鳥也。」正義：「鴞，惡聲之鳥，一名鵩，與梟一名鴟，此文有脫誤，校勘記曰：「當作『與梟異，梟一名鴟』。」是也。瞻卬云『爲梟爲鴟』是也。俗説以爲鴞卽土梟，非也。」瑞辰按：鴞非卽鴟梟，正義已辨之矣。至以鴞爲服，其説見史記及巴蜀異物志、荆州記。史記賈誼傳：「楚人命鴞曰服。」巴蜀異物志：「有鳥〔一〕小雞，體有文色，土俗因形名之曰服。不能遠飛，行不出域。」又荆州記：「巫縣有鳥如雌雞，其名爲鴞，楚人謂之服。」但考漢書賈誼傳云「服似鴞」，則不以鴞卽爲服。周官「硩蔟氏掌覆夭鳥之巢」，注：「夭鳥，惡鳴之鳥，若鴞鵩。」賈疏：「鴞之與鵩二鳥，俱是夜爲惡鳴者也。」是亦分鴞與服爲二。鴞蓋似服而非卽服也。據楚辭天問「何繁鳥萃棘」，王逸注引詩「有鴞萃止」爲證，廣雅作鷭，云「鷭鳥，鴞也」，則鴞卽繁而非鵩矣。繁通作蕃，山海經北山經「涿光之山，其鳥多蕃」，郭注「或曰卽鴞」是也。鴞之言呼號也，繁之言繁囂也，蓋皆狀其惡聲，因以命名。至其形，説者不一。有謂似鳩者，正義引陸璣疏「鴞大如班鳩，緑色」，西山經「白於之山，其鳥多鴞」，郭注「鴞似鳩而青色」，司馬彪莊子「鴞炙」注「小鳩可

〔一〕「鳥」下疑脱「如」字。

「炙」是也。有謂似雞者，索隱引鄧展云「似鵲而大」，又引荊州記〔一〕「巫縣有鳥如雌雞，其名爲鴞」是也。西山經「黄山有鳥，其狀如鴞，名曰鸚䳇」，以鸚䳇爲似鴞，則與鴞似雌雞説亦相類。蓋鴞之類大小不同，要其爲惡聲則同。詩蓋以鴞之惡聲，預知人禍，以與諫者之苦言逆耳，足規君過耳。

「歌以訊之」，傳：「訊，告也。」釋文：「訊，又作誶，徐息悴反，告也。韓詩：訊，諫也。」瑞辰按：廣韻引詩「歌以誶止」。廣雅：「誶，諫也。」疏證曰：「訊字古讀若誶，故經傳二字通用。或以訊爲誶之譌，失之。」今按毛、韓詩作訊，皆以訊爲誶之假借。王逸楚辭章句引詩「誶予不顧」，則齊、魯詩必有用本字作誶者也。列女傳引詩「歌以訊止」，與廣韻引詩作「止」正同。詩以二止字相應，爲語辭，猶上章以二之字相應也。今作「訊之」者，以形近而譌。

## 防有鵲巢

序：「防有鵲巢，憂讒賊也。宣公多信讒，君子憂懼焉。」瑞辰按：春秋莊二十二年：「陳人殺其太子禦寇。」史記陳世家曰：「宣公有嬖姬，生子欵，欲立之，乃殺其太子禦寇。」宣公信讒之事惟見於此。竊謂此詩正言太子被讒之事。召南以鵲巢喻人君之有國家，此詩以

〔一〕「記」字原脱，據史記賈誼傳索隱引荊州記補。

鵲巢喻太子之應得國，其義一也。鵲巢宜於林木，今言「防有鵲巢」，則非鵲巢之所矣。賈誼策言：「人君之尊如堂。」詩以有甓喻太子，言人主恃太子以爲衛，猶堂階恃令適以爲固也。有甓宜於堂階，今言「中唐〔一〕有甓」，則非置甓之區矣。旨苕即陵苕，宜生下濕，旨鷊蓋亦相類，今言「邛有」，皆非其所應有。詩蓋喻支庶宜在下位，今反上僭，又以證讒言之不可信耳。范逸齋補傳云：「防以止水，必無鵲巢，邛高邛之地，必無苕鷊，堂塗之閒人所埽除，必無瓴甓。」其說與予略同。

「防有鵲巢」，傳：「防，邑也。」瑞辰按：此章「防」與「邛」對言，猶下章「中唐」與「邛」對言。邛爲丘名，則防宜讀如隄防之防，不得以爲邑名。鵲巢宜於林木，今言「防有」，非其所應有也。不應有而以爲有，所以爲讒言也。詩之取興，與采苓同義。至說文：「邛，地名，在濟陰。」後漢郡國志注引博物記曰：「邛地在陳國陳縣北，防亭在焉。」此蓋後人因詩附會，不足取以證詩。

「邛有旨苕」，傳：「邛，丘也。苕，草也。」瑞辰按：爾雅：「苕，陵苕。」詩苕之華正義引陸璣疏云：「苕，一名鼠尾，生下濕水中，七八月中華紫，似今紫艸。華可染皁，煑以沐髮即黑。」是苕生於下濕。今詩言「邛有」者，亦以喻讒言之不可信。箋云「邛之有美苕，處勢自

〔一〕「唐」原作「堂」，據此詩第二章「中唐有甓」改。

然」，失之。又按古葦芀字多假作苕，豳風傳：「荼，葦苕也。」若以苕爲芀之假借，尤非邛所應有。二章「邛有旨鷊」，亦當爲下濕所生之艸，但經傳無可考耳。

「誰侜予美」，傳：「侜，張誑也。」瑞辰按：傳本爾雅。侜張與譸張通。郭注爾雅引書曰「無或侜張爲幻」，今書作譸，侜即譸之假借字也。說文：「侜，有廱蔽也。」引詩「誰侜予美」。誑與廱蔽義正相成，蓋本三家詩。侜之訓廱蔽，猶說文訓譸爲翳也。其字通作倲，楊雄三老箴「姦宄倲張」，卽侜張也。又作倜，見爾雅釋文。又作侜，劉琨詩：「自頃侜張。」皆音同假借字也。美，韓詩作娓，云：「娓，美也。」按說文：「美，甘也。」「媄，女好也。」是美好之字正作媄，今經典通用美。周官作媺，蓋古文。媺从微省，微、尾古通用，故媄又借作娓，猶微生一作尾生也。說文：「娓，順也。」此娓之本義。

「中唐有甓」，傳：「中，中庭。唐，堂塗也。甓，令適也。」瑞辰按：爾雅：「廟中路謂之唐，堂塗謂之陳。」據逸周書作雒解「堤唐山廧」，孔晁注：「唐，中庭道也。」文選注引如淳曰：「唐，庭也。」是唐爲廟中路，又爲中庭道名，與堂塗名陳者異。傳既以中爲中庭，又以唐爲堂塗，是誤合唐、陳爲一也。考工記匠人「堂涂十有二分」，鄭注：「謂階前，若今令甓裓也。分其督旁之脩，以一分爲峻也。」賈疏云：「名中央爲督，假令兩旁上下尺二寸，則取一寸於中，中央爲峻。」邵晉涵曰：「蓋甃以瓴甋，中央稍高起也。」今按釋文：「裓，音階。」裓與陔通。説文：「陔，階次也。」鄭注言階前，而引令甓裓爲證，是知裓卽陔，謂陔前之道也。古惟内朝有堂，有堂斯有階，有階斯有甓。其外朝、治朝皆平地爲廷，無堂斯無階，無階斯無甓。詩言「中唐有甓」，正設爲似有實無之辭，以見讒言之不可信也。令適卽甓之合聲。爾雅「瓴甋謂之甓」，郭注：「甗甎也。今江東呼瓴甓。」説文：「甓，令甓也。」又曰：「墼，令適也。」甓、適、墼三字同韻，故通用。廣雅：「瓴甋、甓，甗甎也。」通俗文：「狹長者謂之甗甎。」據吴語韋昭注「員曰囷，方曰鹿」，則甗甎蓋甎之長方者耳。甓字又通作壁。尚書大傳周傳牧誓篇云「不愛人者，及其骨餘」，鄭注：「骨餘，里落之壁。」骨爲胥字之譌。説苑作餘胥。趙氏坦〔一〕曰：「或引尚書大傳作儲胥。長安志圖，漢瓦有曰儲胥、未央。古人謂瓦爲儲胥，鄭注以爲壁者，壁卽甓也。甓爲磚，亦得爲瓦稱。」

「邛有旨鷊」，傳：「鷊，綬艸也。」瑞辰按：爾雅：「虉〔二〕，綬。」説文：「虉，綬艸也。」引詩「邛有旨虉」。作鷊及虉者，假借字也。

## 月出

〔一〕「坦」原作「垣」，據續經解本改。此本卷二十一釋谷風「維風及頽」、卷三十釋絲衣序，均引其説，皆作「坦」，不誤。

〔二〕「虉」原作「鷊」，據續經解本及爾雅釋草改。

「佼人僚兮」，傳：「僚，好貌。」釋文：「佼，字又作姣。僚，本作嫽。」瑞辰按：方言、說文竝曰：「姣，好也。」是佼爲姣之假借。說文：「嫽，好皃。」「嫽，女字也。」方言：「嫽，好也。」史記司馬相如傳索隱、一切經音義卷九竝引詩「姣人嫽兮」。是僚本又作嫽之證。

「舒窈糾兮」，傳：「舒，遲也。窈糾，舒之姿也。」瑞辰按：窈糾猶窈窕，皆疊韻，與下懮受、夭紹同爲形容美好之詞，非舒遲之義。舒者，噬之假音。噬通作逝，又作舍。杕杜詩「噬肯適我」，韓詩作逝，此噬、逝通用之證也。春秋「陳乞弒其君荼」，公羊作舍，史記作筮，此荼、筮、舍通用之證也。玉藻「荼前詘後直」，注「讀如舒遲之舒」，史記年表「荆荼是徵」，即詩「荆舒」，則又舒、荼同音之證。舒者，發聲字，猶逝爲語詞也。又與虛同音通用。爾雅：「虛，閒也。」虛即舒也。「舒窈糾兮」言窈糾也，「舒懮受兮」言懮受也，「舒夭紹兮」言夭紹也。猶之日月詩「逝不古處」言不古處也，碩鼠詩「逝將去女」言將去女也，杕杜詩「噬肯適我」言肯適我也，桑柔詩「逝不以濯」言不以濯也。逝皆發聲，不爲義也。以舒、舍同音推之，因知孟子「舍皆取諸其宮中而用之」，舍亦發聲，言許子何不爲陶冶，皆取諸其宮中而用之也，舊訓舍爲止，或謂作陶冶之處，竝失其義。舍猶舒也。說文又曰：「余，語之舒也。」余从八〔一〕，

〔一〕「八」原作「入」，據續經解本及說文八部改。

舍省聲，亦舍、舒同類之證。傳訓舒爲舒遲，因以窈糾、懮受、夭紹爲舒之姿〔一〕，蓋失之矣。

「勞心悄兮」，傳：「悄，憂也。」瑞辰按：高誘淮南子精神篇注：「勞，憂也。」凡詩言「勞心」

「勞心悄兮」猶言憂心悄悄也。

「月出皓兮」，瑞辰按：皓者，晧之俗。爾雅：「晧，光也。」説文：「晧，日出皃。」字通顥。三倉：「晧，古文顥。」説文：「顥，白皃。」引楚詞「天白顥顥」。聲類：「顥，白首皃也。」詩以晧形容月色之白。又作皡。廣雅：「皡皡，白也。」

「佼人懰兮」，釋文：「懰，本又作劉，好貌。」埤蒼作嬼，「嬼，妖也。」瑞辰按：羣經音辨引詩正作劉，懰與劉皆嬼之假借。玉篇：「嬼，姣嬼也。」即取詩義。廣韻：「嬼，美好。」埤蒼訓妖，妖亦好也。

「舒夭紹兮」，瑞辰按：文選西京賦「要紹脩態」，注：「要紹，謂嬋娟作姿容也。」又南都賦：「要紹便娟。」胡承珙曰：「諸言要紹者，皆與夭紹同。」

「勞心慘兮」，釋文：「慘，七感反，憂也。」瑞辰按：陳第及顧炎武、戴震並謂慘當作懆。吳棫謂八分喿多寫作參，因此致誤。又或謂魏晉閒避曹氏諱，故喿多作參。孔廣森曰：「宵

〔一〕「姿」原作「恣」，據毛傳改。

豪爲侵覃之陰聲，故慘轉爲懆。猶儀禮『禫服』或爲導，說文『㐁，古文丙，讀若三年導服之導』。」今按孔說是也。檀弓鄭注：「縿，讀如綃。」說文：「訬，讀若毚。」皆宵豪及侵覃音轉之證。說文：「懆，愁不安也。」爾雅、廣雅竝曰：「慘，憂也。」廣雅又曰：「慘，操也。」是字之从喿从㕘者，聲近而義亦同。釋詩者當曰：「慘，讀若懆。」轉其音，不必易其字也。釋文於北山詩「或慘慘劬勞」云「字亦作懆」，於白華詩〔一〕「念子懆懆」云「亦作慘慘」，至此詩及正月詩「憂心慘慘」、抑詩「我心慘慘」，釋文不曰本作懆，則古本皆作慘字，初無異本可知。張參五經文字云：「懆，千到反，見詩。」不著何篇，蓋仍指白華詩「念子懆懆」耳。或謂此詩慘字張參五經文字作懆，失之。

## 株林

「胡爲乎株林」，傳：「株林，夏氏邑也。」瑞辰按：株爲邑名，林則野之別稱。劉昭續郡國志曰：「陳有株邑，蓋朱襄之地。」路史「朱襄氏都于朱」，注：「朱，或作株。」是株爲邑名，故二章「朝食于株」得單言株也。爾雅：「邑外謂之郊，郊外謂之牧，牧外謂之野，野外謂之林。」野與林對文則異，散文則通，株林猶株野也。傳云「株林，夏氏邑」者，隨文連言之，猶言泥中、

〔一〕「詩」原作「兮」，據續經解本改。

中露，邑名兩中字皆連類及之耳，非以林爲邑名。

「從夏南」，傳：「夏南，夏徵舒也。」箋：「從夏氏子南之母爲淫佚之行。」瑞辰按：王符曰：「夏氏，陳公族。」詩稱夏氏，正外傳責其瀆姓之意。不言夏姬言夏南者，上二句詩人故設爲問辭，若不知其淫於夏姬者，以爲從夏南遊耳。下二句當連讀，謂其非適株林從夏南也，言外見其實淫於夏姬，此詩人立言之妙。鄭箋以爲觝拒之辭，失之。又按：詩以南與林爲韻，唐石經作「從夏南姬」，則不與林韻。且夏姬爲夏南之母，若稱夏南姬則不辭。蓋後人因箋云「從夏氏子南之母」，遂妄增姬字耳。又正義本南下有兮字，今無兮字，誤从定本

「駕我乘馬，說于株野；乘我乘駒，朝食于株。」傳：「大夫乘駒。」箋：「我，國人我君也。君親乘君乘馬，乘君乘駒，變易車乘，以至株林，或說舍焉，或朝食焉。又責之也。馬六尺以下曰駒。」瑞辰按：隱元年公羊何休注曰：「禮，大夫以上至天子皆乘四馬，所以通四方也。天子馬曰龍，高七尺以上；諸侯馬高六尺以上；大夫、士皆曰駒，高五尺以上。」此詩「乘馬」指陳靈；「乘駒」指孔寧、儀行父，故傳以「大夫乘駒」釋之，王肅云「陳大夫孔寧、儀行父與君淫於夏氏」是也。箋以乘馬、乘駒皆指國君，不若傳以乘駒指大夫爲確。駒，釋文本作驕，音駒，引沈重曰：「或作駒字，是後人改之。皇皇者華篇同。」又皇皇者華釋文：「維駒，本亦作驕。」說文：「馬高六尺爲驕。」引詩「我馬維驕」。漢廣傳：「五尺以上曰駒。」此詩箋：「馬六

尺以下曰駒。」以説文及釋文引沈重説證之，駒皆當作驕。驕與駒雙聲，古音蓋讀驕如駒，因假借作駒耳。公羊注「駒高五尺以上」，駒亦驕也。周官校人鄭司農注及説文竝云：「馬二歲曰駒。」據淮南子脩務篇「馬之爲草駒之時」，高注「馬五尺以下曰駒」，是駒乃小馬未可駕者，猶在五尺以下。後人譌下爲上，遂與五尺以上之驕相混，而不知駒實驕之假借字也。

## 澤陂

「有蒲與荷」，傳：「荷，芙蕖也。」箋：「芙蕖之莖曰荷。」瑞辰按：爾雅：「荷，芙蕖，其莖茄。」説文：「茄，夫蕖莖。」淮南子高誘注：「荷，水菜，夫渠也。其莖曰茄。」是茄爲荷莖之定名。箋訓荷爲莖而不曰荷當爲茄者，荷、茄古同音，荷之言茄也。茄通作荷，猶爾雅「陵莫大於加陵」即春秋成十七年之柯陵也。據正義引爾雅樊光注引詩「有蒲與茄」，疑三家詩本有作茄者，鄭君因以毛詩荷爲茄之假借，故直以茄釋之，而不易其字。猶「與子同澤」箋訓爲襗，而經仍作澤；「可以樂飢」箋訓瘵治，而經仍作樂也。漢書楊雄傳「矜芰茄之緑衣兮」，師古注：「茄亦荷字也。見張揖〔一〕古今字詁。」以茄、荷爲古今字，蓋謂古茄、荷字同音通

〔一〕「揖」原作「楫」，據續經解本改。按四庫全書總目廣雅提要云：「揖字稚讓，其名或從木作楫，然證以『稚讓』之字，則爲揖讓之揖審矣。」

用。彼借茄爲荷，猶此詩借荷爲茄也。爾雅「其葉蕸」，釋文云：「字又作葭。」藝文類聚卷八十二引爾雅作「其葉葭」，與釋文所見本同。初學記卷二十七引作「其葉荷」。說文：「荷，夫渠葉。」是荷乃葉，非莖。故知箋訓莖者，以荷爲茄之借字也。王尚書春秋名字解詁〔一〕言「宋公子何字弗父，何讀爲枷」，亦荷讀爲茄之類。

「傷如之何」，傳：「傷，無禮也。」箋：「傷，思也。」瑞辰按：爾雅：「陽，予也。」郭注引「魯詩：『陽如之何。』今巴濮之人自呼阿陽。」易說卦「兑爲妾，爲羊」，鄭本羊作陽，注：「此陽謂〔二〕爲養。无家女行賃炊爨，今時有之，賤于妾也。」是陽讀同廝養之養，自稱陽者，謙辭也。詩考謂卽此詩「傷如之何」之異文，則當爲傷之假借。玉篇：「陽，傷也。」

「涕泗滂沱」，傳：「自目曰涕，自鼻曰泗。」瑞辰按：泗、洟古音同部，涕泗卽涕洟也。易鄭注：「自目曰涕，自鼻曰洟。」說文：「洟，鼻液也。」泗卽洟之假借。胡承珙曰：「爾雅：『呬，息也。』說文：『東夷謂息爲呬。』又曰：『息，喘也。从心，从自，自亦聲。』又：『自，鼻也。』據此，泗爲鼻液，與呬爲鼻息音同義近。」

〔一〕「詁」字原脱，據續經解本補。

〔二〕「謂」，疑爲「讀」字形譌。按鄭玄易注久佚，宋朱震漢上易傳引及其後諸家轉引皆作「謂」，蓋傳譌已久。「養」，古婢僕之一種。

「有蒲與蕑」，傳：「蕑，蘭也。」箋：「蕑，當作蓮。」瑞辰按：蕑、蓮古同聲。溱洧詩釋文引韓詩傳曰：「蘭，蓮也。」正釋此詩「有蒲與蕑」，爲鄭箋所本，釋文誤移於溱洧章耳。據太平御覽引韓詩曰：「秉，執也。蕑，蘭也。」是知韓詩於溱洧「秉蕑」亦訓爲蘭，與毛詩同，未嘗以蕑爲蓮也。古蓮、蘭同聲，故蕑可借作蘭，亦可作蓮耳。

「碩大且卷」，傳：「卷，好貌。」釋文：「卷，本又作婘。」瑞辰按：卷卽婘之省借。婘，說文作嬽，云：「嬽，好也。」說文又曰：「㗊，讀若書卷之卷。」故知嬽卽婘字。爾雅：「婘，好也。」玉篇：「婘，好皃。或作孉。」婘通作孉，猶捲勇之捲一作權也。婘又與儇通。齊風「揖我謂我儇兮」，釋文：「儇，韓詩作婘，好貌。」又通作娟。上林賦「柔橈嬽嬽」，史記作嬛嬛，段玉裁說文嬽字注云：「今人所用娟字，當卽此。」玉篇：「娟，嬋娟也。」嬽通作卷與婘，猶儇可通作婘也。

「碩大且儼」，傳：「儼，矜莊貌。」釋文：「儼，本又作曮。」瑞辰按：「碩大且儼」猶言碩大且卷。卷爲好，儼亦好也。說文儼字注：「一曰，好皃。」文選甘泉賦注亦曰：「儼，好也。」玉篇有孍，云「女好皃」，其義一也。胡承珙曰：「釋文『曮』當作『孍』。」又按太平御覽引韓詩作嬒。說文嬒字注引詩「碩大且嬒」，正本韓詩。廣雅：「嬒，美也。」玉篇：「嬒，又魚檢切。」正與儼聲近而義同。太平御覽引韓詩薛君章句以嬒爲重頤，蓋重頤亦美皃也，淮南說林篇「靨輔在頰則好」是已。至說文云：「嬒，含怒也。一曰，難知也。」皆於詩義無涉。

# 毛詩傳箋通釋卷十四

## 檜風

### 檜譜〔一〕

詩譜：「祝融氏名黎，其後八姓，惟妘姓檜者處其地焉。」瑞辰按：史記楚世家正義引詩譜曰：「昔高辛氏之土，祝融之墟，歷唐至周，重黎之後妘姓處其地，是爲鄶國，爲鄭武公所滅也。」與鄭譜微異。今譜作黎，無「歷唐至周」一句。史記楚世家曰：「重黎爲帝嚳高辛居火正，甚有功，能光融天下，帝嚳命曰祝融。」此以重黎爲一人。山海經大荒西經曰：「顓頊生老童，老童生重及黎，帝令重獻上天，令黎邛下地。」則以重、黎爲二人。今按以重、黎爲二人者是也。楚語言「顓頊命南正重司火以屬神，命火正黎司地以屬民」，所言重爲南正，與左傳言少昊氏之子曰重爲句芒木正者無涉，重及黎皆顓頊後也。大戴禮帝繫篇言「老童産重黎

〔一〕「檜譜」二字原無，依卷十六之首題「豳譜」之例補。

及吴回」，史記集解徐廣引世本曰「老童生重黎及吴回」，皆以重黎連言。郭璞注山海經引世本云：「老童娶于根水氏，謂之驕福，産重及黎。」與徐廣引世本不同。竊謂世本、大戴禮言老童生重黎及吴回者，本謂老童有三子，重也，黎也，吴回也。若言「生重及黎及吴回」，則不辭，故以重、黎竝言。山海經不言吴回，故言「生重及黎」。郭注引世本云「生重及黎」，特順經文言之。而世本以重、黎爲二人，卽此可見。史記多本世本，以世本重、黎連言，遂誤以爲一人耳。史記「卷章生重黎」，集解引譙周曰：「老童卽卷章。」按老童、卷章，字形相近。重、黎合吴回爲三人，而傳記多以黎爲吴回者，史記楚世家言「帝嚳誅重黎，而以其弟吴回爲重黎後，復居火正，爲祝融」，是黎爲祝融，吴回代之，故郭璞山海經注曰「吴回，祝融弟，亦爲火正」也。以其代黎爲祝融，故亦名黎，亦名祝融，潛夫論志氏姓曰「黎，顓頊氏裔子吴回也」，高誘注淮南子曰「祝融，顓頊之孫，老童之子吴回也，一名黎，爲高辛氏火正，號爲祝融」是也。帝嚳所誅之重黎無後，詩譜言祝融氏名黎者，亦謂吴回耳。後世稱火神爲回禄者，正指吴回。高誘注吕氏春秋乃云「吴國回禄之神託于竈」，失之。

## 羔裘

「羔裘逍遥，狐裘以朝」，傳：「羔裘以遊燕，狐裘以適朝。」箋：「諸侯之朝服緇衣羔裘，大蜡而息民則有黃衣狐裘。今以朝服燕，祭服朝，是其好絜衣服也。」瑞辰按：古者狐裘之用不一。玉藻「君衣狐白裘，錦衣以裼之」，諸侯朝天子之服也。「狐裘，黃衣以裼之」，大蜡而息民之服也。論語「狐貉之厚以居」，則燕居亦得服狐裘矣。詩言「羔裘逍遥」者，謂其以朝服燕，是好絜其衣服，逍遥遊燕也。言「狐裘以朝」者，謂其以燕服朝，以見不能自強於政治也。二者義同。此傳云「羔裘以遊燕，狐裘以適朝」，正見二者之相反，蓋亦以狐裘爲燕服。錢澄之曰：「逍遥而以羔裘，是法服爲嬉遊之具。視朝而以狐裘，是臨御爲褻媟之場。」是也。

「羔裘如膏，日出有曜」，傳：「日出照曜，然後見其如膏。」瑞辰按：古者人君日出視朝。此詩「羔裘」承上「逍遥」、「翺翔」言，則日出視朝之時已服羔裘遊燕。詩但言羔裘之鮮美，而君之不能自強於政治，正可於言外得之。

## 素冠

「棘人欒欒兮」，傳：「棘，急也。欒欒，瘠貌。」瑞辰按：讀詩記引崔靈恩集注作「悈人」，蓋以棘、悈雙聲，爾雅棘、悈同訓急，故轉爲「悈人」耳。方言：「悈，老也。」郭注：「老人皮瘁之形。」亦與瘠義近。惠氏九經古義曰：「攷古瘠字義雲章作瘷，義雲切韻又作膌，見汗簡。字相似，因誤爲棘。」今按欒欒既爲瘠貌，則棘卽爲瘠可知。惠氏以棘爲古瘠字，是也。又以棘爲瘠與腴形近之誤，則非。説文：「膌，瘦也。瘠，古文膌。」玉篇同。棘爲瘠之假借。呂覽任地曰：「棘者欲肥，肥者欲棘。」高誘注：「棘，羸瘠也。詩棘人之欒欒，言羸瘠也。」正訓棘爲瘠。説文：「臠，臞也。」引詩「棘人臠臠」，爲正字。毛詩作欒欒，假借字。

「聊與子同歸兮」，傳：「願見有禮之人，與之同歸。」箋：「聊，猶且也。且與子同歸，欲之其家，觀其居處。」瑞辰按：「同歸」猶下章言「如一」，皆謂一致，非謂歸其家也。傳訓聊爲願，箋訓爲且，與載馳章〔一〕傳、箋同義，願與且義正相承。聊之爲願又爲且，猶憖之訓願又訓且也。小爾雅：「憖，願也。」説文：「憖，且也。」又按説文：「聊，耳鳴。」楚詞：「耳聊啾而戃恍。」此聊字本義。至訓且者，乃僇字之假借。説文：「僇，一曰，且也。」聲類：「憀，且也。」憀與僇同。

## 隰有萇楚

「猗儺其枝」，傳：「猗儺，柔順也。」瑞辰按：經義述聞曰：「萇楚之枝柔弱蔓生，故傳、箋並以猗儺爲柔順。但下文華與實不得言柔順，而亦云猗儺，則猗儺乃美盛之貌矣。小雅隰桑篇『隰桑有阿，其葉有難』，傳：『阿然美貌，難然盛貌。』阿難與猗儺同字。又作旖旎。楚

〔一〕按載馳詩無「聊」字，惟泉水首章「聊與之謀」，傳云：「聊，願也。」箋云：「聊，且略之辭。」則此「載馳章」當作「泉水章」。據詩序，載馳與泉水皆爲衛女思歸之詩，故馬氏誤記泉水爲載馳。

辭九辨『紛旖旎乎都房』，王逸注：『旖旎，盛貌。』引詩『旖旎其華』。與毛傳異義，蓋本於三家。」今按王說是也。史記司馬相如傳「旖旎從風」，索隱引張揖云：「旖旎，猶阿那也。」那與儺古亦同聲。草之美盛曰猗儺，樂之美盛曰猗那，其義正同。商頌「猗與那與」，正言樂之美盛。傳以猗爲歎詞，亦非。

「夭之沃沃」，傳：「夭，少也。沃沃，壯佼也。」瑞辰按：禹貢「厥草惟夭」，夭通作枖。說文：「枖，木少盛皃。」引詩「桃之枖枖」。是艸木之盛通得名夭。此詩「夭之沃沃」，从朱子集傳卽指萇楚爲是。傳、箋以夭爲人之年少，失之。

「樂子之無知」，箋：「知，匹也。」瑞辰按：爾雅：「知，匹也。」箋訓知爲匹，與下章「無室」、「無家」同義，此古訓之最善者。或疑知不得訓匹，今按墨子經上篇曰：「知，接也。」莊子庚桑楚篇亦曰：「知者，接也。」荀子正名篇曰：「知有所合謂之智。」凡相接、相合皆訓匹，爾雅「匹，合也」，廣雅「接，合也」是也。知訓接、訓合，卽得訓匹矣。又古者謂相交接爲相知，楚辭九歌「樂莫樂兮新相知」，言新相交也。交與合義亦相近，芄蘭詩「能不我知」，知正當訓合。「不我知」爲不我合，猶「不我甲」爲不我狎也。禮記曲禮「男女非有行媒不相知名」，釋文作「不相知」，云：「本或作『不相知名』。名，衍字耳。」今按不相知者，卽不相匹也。此皆知可訓匹之證。

## 匪風

「匪風發兮，匪車偈兮」，傳：「發發飄風，非有道之風。偈偈疾驅，非有道之車。」瑞辰按：彼、匪古通用。廣雅：「匪，彼也。」疏證引此詩：「匪當爲彼。『匪風發兮，匪車偈兮』，猶言彼風之動發發然，彼車之驅偈偈然。」今按王說是也。彼古通作佊。論語：「問子西〔一〕。曰：『彼哉！彼哉！』」廣韻引作「子西佊哉」。說文無佊字，佊卽彼。玉篇：「佊，邪也。」廣韻引埤蒼同。廣雅：「佊，衺也。」是彼有邪義。匪亦邪也。古匪字蓋借爲邪佊之佊，又借爲彼我之彼。

「顧瞻周道」，傳：「下國之亂，周道滅也。」箋：「周道，周之政令也。」瑞辰按：周道猶周行，朱子集傳云「周行，大道」是也。周之言綢。廣雅：「綢，大也。」周道又爲通道，亦大道也。凡詩「周道」皆謂大路，卽孟子云「夫道若大路然」也。謂詩以大路之坦平喻王道之正直則可，若遂以爲周之政令，則非。

「中心怛兮」，傳：「怛，傷也。」瑞辰按：漢書王吉傳引詩怛作𢡆，顏師古注：「𢡆，古怛字也。」今按說文無𢡆字，但云：「怛，憯也。或从心在旦下作𢗺。」方言：「怛，痛也。」廣雅同。玉篇：「怛，悲也。」「𢡆，驚也。」竝丁割切。是𢡆乃怛之同音假借字。嚴可均曰：「𢡆與㤎同。」

〔一〕「西」字原脫，據論語憲問補。

魯峻碑『中心忉㤝』，正用此詩。」今按怛與㤝一聲之轉，㤝亦怛字之假借。李陵答蘇武書「祇令人增忉怛」，忉㤝卽忉怛也。

「匪車嘌兮」，傳：「嘌嘌無節度也。」釋文：「嘌，本又作票。」瑞辰按：說文：「嘌，疾也。」引詩「匪車嘌兮」。又曰：「僄，疾也。」「無節度」正是疾義。正義曰：「由疾故無節。」是也。

「誰能亨魚」，箋：「誰能者，言人偶能割亨者。」「誰將西歸」，箋：「誰將者，亦言人偶能輔周道治民者也。」正義：「人偶者，謂以人意〔一〕尊偶之也。」論語注：『人偶，同位人偶之辭。』禮注云：『人偶，相與爲禮，儀皆同也。』」瑞辰按：漢時以相敬、相親皆爲人偶。大射儀「揖以耦」，注：「言以者，耦之事成於此，意相人偶也。」聘禮「每曲揖」，注：「每門輒揖者，以相人偶爲敬也。」公食大夫禮「賓入三揖」，注：「相人偶。」此相敬謂之人偶也。中庸「仁者，人也」，鄭注：「人也，讀如相人偶之人，以人意相存問之言。」賈子匈奴篇：「胡嬰兒得近侍側，胡貴人更進得佐酒前，上時人偶之。」此相親謂之人偶也。說文：「仁，親也。从人二會意。」「人二」卽相偶也。說文又云：「偶，桐人也。」「桐人」卽「相人」形近之譌。此箋以人偶釋「誰能」、「誰將」，蓋讀能如「柔遠能邇」之能，能，安也，善也；讀將如「福履將之」之將，將，謂扶助之也。安善之，扶助之，皆與人偶爲相敬、相親之義合。箋內「人偶能」三字當連讀，謂親敬

〔一〕「意」原作「思」，據阮元毛詩注疏校勘記改。按下引中庸鄭注亦云「以人意相存問之言」。

此割亨者。將，亦能也。能與將，皆人偶之也。正義乃云「人偶此能割亨者」，以能字屬割亨者，失其義矣。

「漑之釜鬵」，傳：「漑，滌也。鬵，釜屬。」瑞辰按：無足曰釜。説文：「鬵，大釜也。」韻會引説文作「土釜」。劉向九歎「爨土鬵於中宇兮」，王逸注：「鬵，釜也。」説文鬲字注：「秦名土鬴曰鬲。讀若過。」案鬲即今俗所稱鍋也。此皆鬵爲釜屬之證。至爾雅「贈謂之鬵」，據説文「鬵，大釜也」，「贈，鬵屬」，是鬵亦釜屬。説文：「一曰，鼎大上小下，若甑，曰鬵。」此别一義。正義據孫炎以甑爲鬵，乃謂鬵非釜屬，誤矣。釋文：「漑，本又作摡。」按説文引詩正作摡。

# 毛詩傳箋通釋卷十五

## 曹風

### 曹風總論

蓋嘗讀春秋及史記曹世家，而知列國之風終以曹而次于檜者，非無故也。春秋雖亡國數十，率以弱小不能自存，惟曹列于成國，先見覆滅，春秋哀八年，宋滅曹。非世濟其無道，無以及此。是故曹自振鐸至伯陽凡二十四傳，其君之死于兵者一，春秋莊二十六年「曹殺其大夫」，公羊傳：「曷爲衆殺之？不死于曹君者也。」何休注：「曹伯爲戎所殺。」孔廣森云：「曹伯，僖公也，與戎戰，死。」見虜於大國者三，共公、成公虜于晉，悼公囚死于宋，皆見史記曹世家。遇篡殺者四。戴伯殺幽伯，繆公殺石甫，隱公殺聲公，靖公又殺隱公，皆見史記曹世家。莊有不子之惡，桓九年「曹伯使其世子射姑來朝」，公羊傳曰：「春秋有譏父老，子代從政者，則未知其在齊與，曹與？」共有無禮之誅。即觀晉文駢脅事。其他奢淫之行，史或未能悉載，而政衰俗薄，可以概見。故春秋自莊公射姑〔一〕以後，射姑，史記作夕姑。遂卒月葬時者，貶而略之也。春秋大國之例：卒日葬月。桓十年：「春王正月庚申，曹伯終生卒。夏五月，葬曹桓公。」此卒日葬月，從大國例也。莊二十三年：「冬十一月，曹伯射姑卒。」二十四年：「春，葬曹莊公。」遂卒月葬時。此後惟宣十四年「夏五月壬申，曹伯壽卒，秋九月，葬曹文公」，爲卒日葬月。何休謂：「以文公爲公子喜時父，故特加録之，餘皆卒月葬時。」孔廣森謂：「曹無道先亡，故貶之。」僖公死于戎，聲公、隱公相繼篡殺，皆不書其卒葬者，黜而削之也。曹世家有鼈公、聲公、隱公，春秋經皆無之。國風以曹終，蓋猶春秋黜曹之義焉。至次曹於檜後者，檜滅于鄭，曹滅于宋，皆亡國也；檜君好絜衣服，曹君好奢，其惡又相類；故並列之，以著亡國之風，爲有國者戒。大抵國之興以儉勤，而亡以奢泰；興以得人，亡以棄賢。昭好奢而蜉蝣刺，共拂諫而候人歌。有國者可以鑒矣！亂極則思治。易曰：「无平不陂，无往不復。」故鳲鳩以思君子，下泉以念周京。猶檜之終于匪風，以思治也。然檜亡而周遂東遷，曹亡而春秋降爲戰國，世變之愈下也，蓋誠有孔子之聖不能遏于前，子思、孟子之賢不能挽于後者矣。

## 蜉蝣

「蜉蝣之羽」，傳：「蜉蝣，渠略也。朝生夕死，猶有羽翼以自脩飾。」瑞辰按：蜉蝣古但作

〔一〕射姑原作姑射，據續經解本及春秋改。下同。史記曹世家（附見管蔡世家）作夕姑，夕與射古字通。

浮游，夏小正「浮游有殷」是也。今作蜉蝣者，後人从俗改耳。爾雅：「蜉蝣，渠略。」說文：「蟝，蟗蟝，一曰浮游，朝生莫死者。」渠略即蟗蟝假借字。釋文「渠略，本或作蟝螺」，亦俗字，故沈云「二字並不施虫」是也。爾雅郭注言「蜉蝣似蛣蜣」。方言「蜉䖷，秦晉之間謂之蟝螺」，郭注又云「似天牛而小，有黑角」。今按廣雅：「天社，蜣蜋也。」說文：「蜶，渠蜶，一曰天社。」天牛蓋即天社之別名。方言注「似天牛」，猶爾雅注「似蛣蜣」也。蛣蜣黑色，浮游亦黑色，蓋形近而色同。據郭璞云「似天牛而小」，則浮游蓋小於蛣蜣。今以目驗，蛣蜣大僅六七分，是知正義引陸疏云「大如指，長三四寸」，寸當爲分字之譌。又按夏小正及毛傳、說文並云浮游「朝生夕死」，淮南子詮言篇則云「浮游不過三日」，是知「朝生莫死」特甚言其死之速耳。

「衣裳楚楚」，傳：「楚楚，鮮明貌。」瑞辰按：說文：「䵻，會五采鮮皃。」引詩「衣裳䵻䵻」。蓋本三家詩。楚楚即䵻䵻之假借。䵻从虘聲，虘从且聲，楚从疋，古讀如胥，與且同聲，故通用。䵻䵻借作楚楚，猶賓之初筵「籩豆有楚」，義同韓奕「籩豆有且」；仲尼弟子傳秦祖字子南，祖當讀爲楚也。又按說文：「祖，事好也。」方言：「珇，好也。」「珇，美也。」音義並與䵻近。

「於我歸處」，箋：「歸，依歸。君當於何依歸乎？言有危亡之難，將無所就往。」瑞辰按：

箋本序「將無所依」爲義，且與傳皆以此詩爲興，故以歸爲君之依歸。竊謂此詩當从朱子集傳以爲比。蓋詩人不忍言人之似浮游，故轉言浮游之羽翼有似於人之衣裳，此正詩人立言之妙。然觀浮游之不能久存，將於我乎歸處，歸處謂死也。則人之徒致飾於衣裳者，亦可爲鑒矣。爾雅「鬼之爲言歸也」，郭注引尸子：「死人謂之歸人。」呂氏春秋順說、求人篇注並曰：「歸，終也。」終亦死也。說苑反質篇楊王孫曰：「且夫死者，終生之化而物之歸者。」葛生詩「歸于其居」、「歸于其室」，皆以歸爲死。「歸處」、「歸止」、「歸說」義亦同。於之言與也。凡相於者，猶相與也。如孟子「麒麟之於走獸」之類，於卽與也。憂浮游之於我歸處，以言我將與浮游同歸也。

「蜉蝣掘閱」，傳：「掘閱，容閱也。」箋：「掘閱，掘地解閱，謂其始生時也。以解閱喻君臣朝夕變易衣服也。」瑞辰按：廣雅：「掘，穿也。」說文引詩作堀，云：「堀，突也。」突爲犬从穴中暫出，義與穿近。段玉裁謂堀閱猶言孔穴，失之。掘字通闕，周官「屈狄」卽「闕狄」。左傳「若闕地及泉」，卽掘地及泉也；潘岳秋興賦「闕側足以及泉兮」，卽掘側足以及泉也。閱讀爲穴，宋玉風賦「空穴來風」，卽莊子「空閱來風」也；老子道德經「塞其兌，閉其門」，兌卽閱之省，謂塞其穴也；管子山權數篇「北郭有掘閱而得龜者」，卽穿穴而得龜也。掘通作蹷，曾子疾病篇：「魚鼈黿鼉以淵爲淺，而蹷穴其中。」蹷者，欮之假借。廣雅：「欮，穿也。」蹷穴亦穿穴也。説苑説叢篇引曾子正作「穿穴」。則知此詩「掘閲」亦當訓穿穴矣。陸機疏言浮游陰雨從地中出，郭璞言浮游叢生糞土中，皆與穿穴而出之義合。毛傳言「容閲」，正義以容閲爲形容鮮閲，誤矣。至箋云「掘地解閲」者，戴震曰：「閲與脱通，謂浮游初生時掘地解脱而出。」是箋與傳異義。正義引定本云：「掘地鮮閲，謂開解而容閲。」是誤合傳、箋爲一矣。又按毛傳無「鮮閲」字，正義釋經云「初掘地而出皆鮮閲」，釋傳云「形容鮮閲」者，取箋以釋傳也。蓋正義本箋作「掘地鮮閲」，與定本作「解閲」義亦通也。今正義本誤从定本。古解、鮮形近易譌。據方言「解，輸挩也」，廣韻「挩，或作脱」，則箋从定本作「解閲」爲是。而讀閲爲脱，究不若讀閲爲穴，作穿穴解爲善。段玉裁又謂：「掘閲、容閲，皆聯綿字，如孟子之言容悦。」亦可以備一解。今按谷風詩「我躬不閲」，傳：「閲，容也。」孟子「容悦」二字連言，則容亦悦之義。正義訓容爲形容，亦非。

## 候人

「何戈與祋」，傳：「祋，殳也。」瑞辰按：殳即杖，以積竹爲之。説文：「殳，以杖殊人也。杖，今本誤作杸〔一〕。此从段本。禮：殳以積竹，八觚，長丈二尺，建于兵車，旅賁以先驅。」廣雅：

〔一〕「杸」原作「殳」，據段注云「杖各本作杸」改。

「殳，杖也。」考工記廬人鄭注：「凡矜八觚。」矜亦杖也。樂記注引詩「荷戈與綴」，云：「綴，表也，所以表示行列也。」蓋本三家詩。崔集注本亦作綴。説文：「祋，殳也。或説，城郭市里高懸羊皮，有不當入而欲入者，暫下以驚牛馬，故从示殳。」引詩「何戈與祋」。今按説文引或説，以祋爲懸羊皮於城市，是亦立表之意，其説或即本三家詩。但表非可與戈同荷，仍从毛傳爲是，故説文亦首列祋殳之訓。

「三百赤芾」，傳：「芾，韠也。一命緼芾黝珩，再命赤芾黝珩，三命赤芾葱珩，大夫以上赤芾乘軒。」箋：「佩赤芾者三百人。」瑞辰按：説文：「市，韠也。天子朱，諸侯赤。」周易乾鑿度：「赤芾，天子賜大夫之服。」蓋惟列國之卿大夫命于天子者始服赤芾，故玉藻言「再命、三命皆赤芾」。今赤芾多至三百，則皆曹伯私命之矣。左傳言「乘軒者三百人」，與詩「三百赤芾」合。史記晉世家則云：「晉師入曹，數之，以其不用釐負羈言，而用美女，乘軒者三百人也。」此讀「而用美女」爲句，「乘軒者三百人也」爲句，非謂乘軒者爲美女也。故史記太史公曰：「余尋曹共公之不用僖負羈，乃乘軒者三百人，知惟德之不建。」則不言美女矣。司馬貞引晉世家作「而美女乘軒三百人也」，刪去用字，直以爲美女乘軒，失之。

「維鵜在梁，不濡其翼」，傳：「鵜，洿澤鳥也。梁，水中之梁。鵜在梁，可謂不濡其翼乎！」箋：「鵜在梁當濡其翼，而不濡者，非其常也。以喻小人在位，亦非其常。」瑞辰按：爾雅：「鵜，鴮澤。」郭注：「今之鵜鶘也。好羣飛，沈水食魚，故名污澤。俗呼之爲淘河。」說文：「鴺胡，污澤也。或从弟作鵜。」是鵜以善居水中得名。鳥善水者，多能入水不濡。表記引詩「維鵜在梁，不濡其翼；彼其之子，不稱其服」，鄭注：「污澤善居污水之中，在魚梁以不濡其翼爲才，故君子以稱其服爲有德。」蓋本三家詩，其說是也。詩蓋以鵜之入水不濡與污澤之名相稱，以與小人之德薄服尊爲不稱其服耳。

「不遂其媾」，傳：「媾，厚也。」箋：「遂，猶久也。不久其厚，言終將薄於君也。」瑞辰按：上言「不稱其服」，此言「不遂其媾」，媾與服對，亦當爲服佩之稱。媾蓋韝字之假借。內則「右佩玦捍」，是古者玦與捍並佩。芄蘭詩傳「能射御則佩韘」，韘者玦也。佩捍猶佩玦也。捍一名韝，一名遂。說文：「韝，臂衣也。」各本作「射臂決也」，誤。此从段本依文選注正。鄉射禮「袒決遂」，鄭注：「遂，射韝也。以朱韋爲之，箸左臂，所以遂弦也。」佩韝而不能射御，是謂「不遂其媾」，正與「不稱其服」同義。韝之借爲媾，猶玦之借爲決也。若訓媾爲厚，則與上章文義不相類矣。

「南山朝隮」，傳：「南山，曹南山。隮，升雲也。」瑞辰按：郡縣志：「曹南山在曹州濟陰縣東二十里，詩『南山朝隮』是也。」十道志：「曹南山，汜水出焉。」是曹有南山之證。隮，卽虹也。周官眂祲「掌十煇之法，九曰隮」，鄭司農曰：「隮，升氣也。」後鄭注：「隮，虹也。」今按蝃蝀詩以虹喻淫奔之女，此詩「朝隮」亦喻淫奔。蓋以淫奔之盛如朝隮，喻小人之得志，而以婉孌之季女斯飢，喻君子之不見用也。古解虹者，或言「升氣」，或但言「升」。爾雅：「隮，升也。」釋名：「虹見於西方曰升，朝日始升而出見也。」未有言「升雲」者。春秋元命苞曰：「陰陽之氣聚爲雲氣，立爲虹蜺。」是虹氣與雲氣不同之證。蝃蝀詩傳但曰「隮，升」，此傳蓋與之同。今正義本作「升雲」，乃因定本及集注而誤也。正義曰：「『隮，升』，釋詁文。」是知正義本止作「隮，升」。正義又云：「定本及集注皆曰：『隮，升雲也。』」是知惟定本及集注作「升雲」耳。釋文本作「升雲」，亦誤。定本及集注特因傳曰「薈蔚，雲興貌」，以爲「朝隮」承「薈蔚」言，遂妄增雲字，不知虹之上升必因雲而始見。蔡邕月令章句曰：「虹，陰陽交接之氣著于形色。陰陽不和，婚姻失序，卽生此氣，常依雲而晝見于日衝。」蝃蝀詩正義亦曰：「虹色青赤，因雲而見。」則薈蔚特虹之因雲而見，不得遂以隮爲雲也。又按采蘋、車舝二詩「季女」皆謂少女，此詩「季女」義與彼同。傳謂：「季，人之少子；女，民之弱者。」其義亦迂。

## 鳲鳩

「鳲鳩在桑」，傳：「鳲鳩，秸鞠也。鳲鳩之養其子，朝從上下，暮從下上，平均如一。」箋：「興者，喻人君之德當均一於下也，以刺今在位之人不如鳲鳩。」瑞辰按：爾雅：「鳲鳩，鴶鵴。」説文作秸鵴。方言：「布穀，自關而東〔一〕、梁楚之閒謂之結誥，周魏之間謂之擊穀，自關而西謂之布穀。」廣雅：「擊穀、鴶鵴，布穀也。」昭十七年左傳「鳲鳩氏，司空也」，杜注：「鳲鳩平均，故爲司空，平水土。」劉向説苑反質篇曰：「鳲鳩之所以養七子者，一心也。君子之所以理萬物者，一儀也。」曹植責躬應詔詩序曰：「七子均養者，鳲鳩之仁也。」釋文：「鳲，本亦作尸。」漢書鮑宣傳言：「陛下上爲皇天子，下爲黎庶父母，爲天牧養元元，視之當如一，合尸鳩之詩。」字正作尸。其説與劉向所引詩傳及曹植詩序同，蓋本三家詩，與毛傳微異。毛傳取其朝暮上下平均如一，劉向、鮑宣、曹植所據三家詩則取其養七子平均如一。箋云「喻人君之德當均一於下」，蓋亦本三家詩，與毛傳異。正義合爲一，誤矣。

「其儀一兮」，箋：「儀，義也。善人君子，其執義當如一也。」瑞辰按：説文：「檥，榦也。」今經傳通作儀。爾雅：「儀，榦也。」左氏文六年傳「引之表儀」，儀與表同義。人之立木爲表曰儀，人之爲民表則亦曰儀。荀子：「君者，儀也，儀正則景正。」故此詩「其儀不忒」即曰「正是四國」矣。凡言表儀，言儀式，言儀度，皆儀榦引伸之義。此詩言君子用心之一有如儀表之正，而此箋訓爲義者，胡承珙曰：「緇衣：『子曰：下之事上也，身不正，言不信，則義不壹，行無類也。』其末引詩曰：『淑人君子，其儀一也。』然則儀一謂執義如一，尤有明證。」今按箋

〔一〕「自關而東」原作「自關東西」，據錢繹方言箋疏依玄應一切經音義引改。續經解本作「自關東」，無「西」字。

說蓋本三家詩。

「其子在梅」，傳：「飛在梅也。」瑞辰按：梅當爲梅杏之梅。以下「在棘」、「在榛」類之，知皆小樹，不得爲梅柟也。

「其弁伊騏」，傳：「騏，騏文也。」箋：「騏當爲璂，以玉爲之。」瑞辰按：傳「騏文」，釋文本作「綦文」。周官弁師「會五采玉璂」，鄭君引詩「其弁伊綦」，而此箋云「騏當爲璂」者，彼注云：「璂讀爲『薄借綦』之綦〔一〕。綦，結也。皮弁之縫中每貫結五采玉十二，以爲飾，謂之綦。」引詩「其弁伊綦」。蓋本韓詩，以綦爲結。此箋云「璂以玉爲之」，卽以璂爲所飾之玉，其說與說文同，與周官注異也。說文：「騏，青驪文如博棊也。」段玉裁本作「如綦」，謂各本作「如博棊」不通。今按：列子說符篇釋文引六博經云：「博法用棊十二，故法六白六黑。」是古者博亦用棊。馬文青驪交錯，有似博棊，則作「博棊」亦可通。又曰：「璂，弁飾也。往往置玉也。」各本作「冒玉」，此從釋文引。繫傳云：「綴玉於武冠，若棊子之布列也。」是則馬文如博棊者謂之騏，弁飾如博棊者謂之璂，其義正同。古人以「星羅」「棊布」竝言，說文繫傳言弁飾如棊，正與「會弁如星」義合。說文多本毛傳，或許君所見毛傳作「綦〔二〕文」，因有博棊之說。但鄭君箋詩所見毛傳自作「騏文」，故易爲

〔一〕「之綦」二字原無，據周禮弁師鄭注補。按賈疏云：「漢時有『薄借綦』之語。」

〔二〕「綦」，疑當作「棊」，故下云「因有博棊之說」。

璂耳。

「其子在榛」，釋文：「榛，木名也。字林：木叢生也。」瑞辰按：說文：「榛，木也。一曰，菆也。」一切經音義引說文：「榛，叢木也。」據集韻「叢或作菆」，是菆卽叢字之或體。此詩上言「在棘」，則「在榛」宜訓叢木，不得讀爲亲栗之亲。

## 下泉

序：「下泉，思治也。曹人疾共公侵刻，下民不得其所，憂而思明王賢伯也。」瑞辰按：何楷詩世本古義據易林蠱之歸妹云「下泉苞稂，十年無王，荀伯遇時，憂念周京」，此詩當爲曹人美晉荀躒納敬王於成周而作。其說以自春秋昭二十二年王子朝作亂，至昭三十二年城成周，爲十年無王。左傳天王使告於晉〔一〕曰：「天降禍于周，俾我兄弟竝有亂心，以爲伯父憂。我一二甥舅不遑啟處，于今十年，勤戍五年，余一人無日忘之。」與易林「十年無王」合。又以昭二十三年「天王居于狄泉」卽此詩下泉，郇伯卽荀躒也。荀卽郇國之後，去邑稱荀也。稱荀伯者，左傳昭三十一年「晉侯使荀躒唁公」，「季孫從知伯如乾侯」，知伯卽荀躒也。

〔一〕「晉」原作「周」。考左傳昭公三十二年，下文所引「天降禍于周」云云爲周天子告晉之詞，所稱「伯父」卽指晉侯，今據改。

諸荀在晉别爲知與中行二氏，故又稱知伯。荀伯，猶知伯也。美荀躒而詩列曹風者，昭二十五年晉人爲黄父之會，謀王室，具戍人，二十七年會扈，令戍周，三十二年城成周，曹人蓋皆與焉，故曹人歌其事也。今按易林説詩多本三家，何楷以左傳證之，似亦可備一説。昭二十二年「王〔一〕猛入于王城」，公羊傳：「王城者何？西周也。」二十六年「冬十月，天王入于成周」，公羊傳：「成周者何？東周也。」孔廣森曰：「稱成周不稱京師者，敬王新居東周，非故京師矣。」此詩「念彼周京」，似王新遷成周，追念故京師王室之詞。自是以後，諸侯不復勤王，故列國風，詩終於此。亦可爲何氏增一證也。

「冽彼下泉」，傳：「冽，寒也。下泉，泉下流也。」瑞辰按：大東詩「有冽氿泉」，傳：「冽，寒意也。」冽字从仌。正義引七月詩「二之日凓冽」，云「字从冰，是遇寒之意」，則正義原作冽。説文别有洌字，云「水清也」，引易「井洌寒泉食」，而不引詩，蓋以詩皆作冽，無作洌者。今本作洌，誤也。爾雅：「沃泉縣出。縣出，下出也。」此詩正義謂詩下泉即彼沃泉。今按自上澆下曰沃。説文：「澆，沃也。」故沃泉亦泉自上下滴之義。

「浸彼苞稂」，傳：「苞，本也。稂，童粱，非溉草，得水而病也。」箋：「稂當作涼。涼草，蕭蓍之屬。」瑞辰按：物叢生曰苞，爲艸木通稱，説文引書「艸木蔪苞」是也。傳訓本者，苞古通

〔一〕「王」下原有「子」字，據續經解本及春秋删。

作葆。說文：「葆，艸盛皃。」廣雅：「葆，茂也。」又曰：「葆，本也。」本亦叢生之義。玉篇：「本，蕁草叢生。」張平子西京賦：「苯蕁蓬茸。」說文：「蕁，叢艸也。」苯，亦本也。商頌「苞有三蘖」，傳訓苞爲本，箋訓苞爲豐，義正相承。正義悉以本根釋之，誤矣。箋易稂爲涼，以童粱非蕭蓍類也。涼艸不見釋艸，未知鄭箋何據。今按中山經：「大騩之山有草焉，其狀如蓍而毛，青華而白實，其名曰蒗。」郭注：「音狼戾〔一〕。」正蓍蕭之屬，疑卽此詩之稂。蒗，玉篇、廣韻皆作莨，蓋因形近而誤。胡承珙曰：「釋文：『稂，徐又音良。』說文：『莨，艸也。』子虛賦『卑溼則生藏莨』，漢書音義曰：『莨，莨尾艸也。』莨與狼同，卽爾雅之『孟，狼尾』，與陸疏云『蕭一名牛尾蒿』者相類。鄭云『涼艸，蕭蓍之屬』，豈卽爾雅之狼尾與？」今按：涼卽莨之同音假借。後漢時或通假借作涼，鄭君遂據以釋詩耳。

「郇伯勞之」，傳：「郇伯，郇侯也。諸侯有事，二伯述職。」箋：「郇侯，文王之子，爲州伯，有治諸侯之功。」瑞辰按：僖二十四年左傳「畢、原、酆、郇，文之昭也」，杜注：「今解縣西北有郇城。」括地志：「郇伯故城在解縣西南四里。」服虔則謂在解縣東。水經注云：「今按竹書紀年，秦穆公送重耳，圍令狐、桑泉、臼衰，至廬柳退，次舍於郇。桑泉、臼衰並在解東南，明不至解。今解故城東北二十四里有故城，在猗氏故城西北，鄉俗名郇城。考服說與俗符，賢於

〔一〕「音狼戾」原作「引蒗戾」，據山海經郭注改。按郭意，蒗音「狼戾」之狼。

杜單文孤證。」是郇在解縣東矣。漢地理志解縣屬河東郡，而右扶風有栒邑縣，應劭、索隱皆以栒邑爲古郇國。惟臣瓚曰：「汲郡古文：『晉武公滅荀，以賜大夫原氏黯，是爲荀叔。』又云：『文公城荀。』然則荀當在晉之境内，不得在扶風界也。今〔一〕河東有荀城。」當以臣瓚説爲是。竹書紀年康王二十四年召康公薨，昭王六年王錫郇伯命，是郇伯實繼召公爲二伯。毛公時竹書未出，以二伯釋郇伯，當別有所據。箋以爲州伯，非也。白虎通：「三歲一閏，天道小備；五歲再閏，天道大備。故五歲一巡狩，三年二伯出述職。」引「傳云：『周公入爲三公，出爲二伯，中分天下，出黜陟。』詩曰：『周公東征，四國是皇。』言東征述職，周公黜陟而天下皆正也。又曰：『蔽芾甘棠，勿翦勿伐。』言召〔二〕公述職，親説舍于野樹之下也。」此以二伯出而黜陟諸侯爲述職，與毛傳「諸侯有事，二伯述職」義合，與孟子「諸侯朝於天子曰述職」異義。詩正義乃引孟子以釋毛傳，失之。

〔一〕「今」下原有「按」字，據漢書地理志顔注引臣瓚説刪。

〔二〕「召」原作「邵」，據續經解本及白虎通（陳立疏證本）巡狩改。

# 毛詩傳箋通釋卷十六

## 豳風

### 豳譜

「豳者，后稷之曾孫曰公劉者自邰而出，所徙戎狄之地名。」瑞辰按：譜以公劉爲棄之曾孫，此誤也。戴震毛鄭詩考正據宋天聖本國語及史記載祭公謀父諫穆王皆曰「昔我先王世后稷」今本國語脱王字。謂先王世爲后稷之官，非謂棄也。今按韋注國語：「父子相繼曰世。」正以「世后稷」連讀，不以「先世」連讀，足證天聖本有王字之確。史記周本紀曰：「后稷之興，在陶唐、虞、夏之際，皆有令德。后稷卒，子不窋立。」按云「皆有令德」者，以不窋以前繼棄爲后稷者不一人，故以「皆有令德」統之也。不曰「棄卒」而曰「后稷卒」者，謂最後爲后稷之官者卒也。又史記劉敬對高帝曰：「周之先自后稷，堯封之邰，積德累善十有餘世，公劉避桀居豳。」是亦謂自棄至公劉，中歷十餘世矣。不窋爲后稷子，蓋爲最後官后稷者之子，非爲棄之子。鄭君誤以不窋爲棄之子，故以公劉爲棄之曾孫耳。曾孫亦玄孫以下之通稱。知鄭言「后稷之曾孫」以后稷爲棄者，據鄭云：「公劉以夏后太康時失其官。」按后稷棄當夏禹時，至太康甫七十餘年，中隔不窋及鞠二代，故知箋言后稷必謂棄耳。國語言「不窋失官，竄於戎狄之閒」。今慶陽府安化縣有不窋城，城東三里有不窋冢。毛大可謂公劉遷豳應自不窋城遷，不應自邰遷。今按毛說非也。史記匈奴傳曰：「夏道衰而公劉失其稷官。」是知不窋失官以後，至子鞠時必嘗復其稷官，復居於邰，至公劉時又遭夏桀之亂復失其官，乃自邰遷豳耳。竹書紀年「少康三年復田稷」，此後人附會。惟誤以不窋爲棄子，失官在太康時，遂妄云少康時復官。以公劉詩「涉渭爲亂」考之，水經「渭水又東過武功縣北」，酈道元注：「渭水又東逕斄縣故城南，舊邰城也。」是邰在渭旁，非自邰遷，無由涉渭取材也。又公劉詩傳曰：「公劉居於邰而遭夏人亂，迫逐公劉，公劉乃避中國之難，遂平西戎而遷其民邑於豳焉。」按邰今武功縣，豳今邠州，豳在邰北百餘里，不窋城又在豳北二百餘里。使公劉自不窋城遷，是自外而遷於內，非所以避中國之難也。戴震又謂邰之封自公劉始，復與史記言公劉失官、毛傳言公劉避難皆不合。邰之復，蓋在公劉以前耳。

「公劉以夏后太康時失其官守。」瑞辰按：劉敬言公劉避桀居豳，是也。自后稷棄至公劉，中有十餘世，則知失官不在太康時矣。史記匈奴傳：「夏道衰而公劉失其稷官。」又言：「其後三百有餘歲，戎狄攻大王亶父。」按亶父當殷武乙時，去夏桀正三百餘歲，是公劉與桀同時之證。韋昭國語注謂不窋失官在太康時，亦非。太康至桀二百六十餘年，公劉爲不窋孫，不能相距如此其遠。戴震據史記言「孔甲淫亂，夏后德衰，諸侯畔之」，謂不窋失官當在孔甲時，蓋近之矣。

## 七月

七月詩人事物候較遲。傳言豳土晚寒者一。「三之日于耜」傳：「三之日，夏正月也。豳土晚寒。于耜，始修耒耜也。」是也。箋言晚寒者二。「七月鳴鵙」箋云：「伯勞鳴，將寒之候也。五月則鳴。豳地晚寒，鳥物之候從其氣焉。」一也。「二之日其同」箋云：「不用仲冬，亦豳地晚寒。」二也。孔疏言晚寒者六。「月令仲春倉庚鳴，此云蠶月」，一也。「月令季秋草木黄落，此云『十月隕蘀』」，二也。「月令季秋令民入室，此云改歲」，三也。「月令季秋嘗稻，此云『十月穫稻』」，四也。「月令仲秋嘗麻，此云『九月叔苴』」，五也。「月令季冬命取冰，此云『三之日納於凌陰』」，六也。瑞辰按：豳詩所紀物候，與夏小正、月令互有同異。參而考之，與小正、月令竝同者五。如「有鳴倉庚」及采蘩同繫春日，與小正「二月采蘩，有鳴倉庚」合，與月令「仲春倉庚鳴」亦合，一也。「蠶月條桑」，與小正「三月攝桑，妾子始蠶」合，與月令「季春親桑勸蠶」亦合，二也。「四之日獻羔祭韭」，與小正「二月初俊羔」、傳言「夏有煮祭」合，與月令「仲春天子乃鮮羔開冰」亦合，三也。「四月秀葽」，與小正「四月莠幽」合，與月令「孟夏苦菜秀」亦合，說詳後「四月秀葽」。四也。「五月鳴蜩」，與小正「五月良蜩鳴」合，與月令「仲夏蟬始鳴」亦合，五也。與小正、月令竝異者二。如「七月鳴鵙」，與小正「五月鴂則鳴」異，與月令「仲夏鵙始鳴」亦異，一也。「二之日其同，載纘武功」，與小正「十一月王狩」異，與月令「孟冬講武」亦異，二也。與月令異而與小正同者二。如「三之日于耜」，與月令「季冬修耒耜」異，與小正「正月農緯厥耒」同，一也。「八月載績，載玄載黃」，與月令「季夏命婦官染采」異，與小正「八月玄校」同，二也。與小正異而與月令同者一。如「七月流火」，與小正「五月初昏大火中」異，與月令「季夏昏心中」同是也。不見月令而同小正者四。如采蘩，一也。「殆及公子同歸」即小正「二月綏多士女」，二也。「八月剝棗」，三也。「四之日祭韭」，而小正「正月囿有見韭」，孔廣森謂先時而祭之，四也。不見小正而同月令者二。如「入此室處」，與月令「季秋令民入室」合，一也。「二之日鑿冰」，與月令「季冬命取冰」合，二也。至孔疏所言豳土晚寒六條，多有未確。如「有鳴倉庚」序於「爰求柔桑」之上，與「蠶月條桑」不同，且與采蘩同時。采蘩，夏小正屬之二月，則此「有鳴倉庚」亦二月，孔疏謂在蠶月，誤也。月令季秋黃落，特木葉微脫之始；豳風「十月隕蘀」，乃草木隕落之盛。月令嘗稻、嘗麻，特天子先嘗之禮；豳風叔苴、穫稻，乃農夫收穫之秋。一舉其初，一舉其終，非有早晚之不同也。「日爲改歲」猶曰「歲聿云莫」，特先時戒民入室之辭，非謂改歲然後入室，不得以爲十月，與月令季秋令民入室異也。「二之日鑿冰」，與月令季冬取冰正同，孔疏以爲異，亦誤。至傳、箋所云晚寒，據鄭志答張逸云「晚溫亦晚寒」，是晚寒當如孔疏言「寒來晚」。孫毓言豳土寒多，雖晚猶寒，陸璣言晚節而氣寒，皆非也。

「七月流火」，傳：「火，大火也。流，下也。」瑞辰按：夏小正「五月初昏大火中」，合於堯典「日永星火，以正仲夏」，此虞夏時曆也。此詩「七月流火」，則火星之中在六月，合於左傳「火中，寒暑乃退」及月令「季夏昏心中」，此周秦時曆也。恆星東行約七十餘年而差一度，二千一百餘年而差一次，所謂歲差也。七月爲周公追述之詩，故即以周時星象言之。

「九月授衣」，傳：「九月霜始降，婦功成，可以授冬衣矣。」瑞辰按：周官典婦功：「掌婦式之灋，以授嬪婦及內人女功之事齎。」典絲：「頒絲於外內功，皆以物授之。」典枲：「以待時頒功而授齎。」凡言授者，皆授使爲之也。此詩「授衣」亦授冬衣使爲之。蓋九月婦功成，絲麻之事已畢，始可爲衣，非謂九月冬衣已成，遂以授人也。

「一之日觱發」，傳：「觱發，風寒也。」瑞辰按：說文：「滭，滭冹，風寒也。」各本說文無「滭冹」二字，此从段玉裁本增。冹字注云：「一之日滭冹。」滭冹蓋本字，毛詩作觱發，假借字也。檜詩「匪風發兮」，發亦冹之假借。滭通觱，猶采菽詩「觱沸濫泉」，說文作「畢沸」也。冹通作發，猶碩人詩「鱣鮪發發」，説文作鮁鮁也。滭泼二字疊韻。説文又曰：「熚炥，火盛皃。」火之盛曰熚炥，泉之盛曰滭沸，寒之盛曰滭泼，其義一也。又按説文引「一之日滭泼」，不言「詩曰」，錢大昕曰：「蓋非毛詩則不言詩。」今按説文引「王室如娓」、「𡔖𡔖其陰」之類，皆韓詩，亦皆稱詩，則錢説非也。説文引詩而不言詩者三，一「鱣鮪鮁鮁」，二「一之日滭泼」，三「惟葦及蒲」。蓋皆毛詩假借，説文以正字易之。以其非毛詩及三家詩本文，故不言詩耳。

「二之日栗烈」，傳：「栗烈，氣寒也。」瑞辰按：釋文：「栗烈，竝如字。」是今本作「栗烈」者，从釋文也，正義本自作「溧冽」。正義云「有溧冽之寒氣」，以下皆作烈，而此句仍作冽，其證一也。下泉、大東兩詩正義皆引詩「二之日栗冽」，其證二也。文選朔風詩李注引毛傳「栗冽，寒氣也」，古詩十九首李注引詩及傳皆作冽，其證三也。大東正義引説文「冽，寒皃」，今説文有瀨無冽，據玉篇、廣韻皆有冽無瀨，則今説文「瀨，寒也」蓋「冽，寒皃」之譌。臧琳以瀨爲冽之重文。若爲重，則玉篇、廣韻不應有冽無瀨。説文以「溧冽」相連，列於「滭泼」之後，正釋詩詞，其證四也。五經文字仌部有溧字，知其所據詩作溧，其證五也。爾雅：「凌，慄也。」凌爲冰而氣寒，故訓慄，慄亦溧之假借，其證六也。文選高唐賦李注引字林：「冽，寒風也。」嘯賦注又引字林：「冽，寒貌。」其證七也。詩下泉「冽彼下泉」，傳「冽，寒意也」，又大東「有冽氿泉」，字皆作冽，其證八也。玉篇：「冽，寒氣也。」又曰：「溧冽，寒皃。」其證九也。廣韻：「冽，寒也。」又曰：「溧冽，寒風。」其證十也。素問氣交變論曰：「其變溧冽。」王冰注：「溧冽，甚寒也。」素問又曰：「風寒冰冽。」其證十一也。董氏讀詩記引崔集注作栗冽，其證十二也。蓋正義本作溧冽者，正字；釋文作栗烈者，假借字也。溧冽二字疊韻。至釋文云說文作颲颲，今按說文：「颲，風雨暴疾也。从風，利聲。讀若栗。」「颲，烈風也。段玉裁本改作「颲颲也」。从風，列聲。讀若烈。」是「颲颲」與詩「溧冽」義近而音同。然說文颲颲二字下並不引詩，未知其果出於詩不也。

「無衣無褐」，箋：「褐，毛布也。」瑞辰按：褐有三訓：一爲毛布製，如馬衣。孟子「許子衣褐」，趙注：「以毳織之，若今馬衣者也。」高誘注淮南子曰：「褐，毛布，若今之馬衣。」定八年左傳「或濡馬褐以救之」，杜注：「馬褐，馬衣。」玉篇：「褐，馬背袒衣也。」桂馥曰：「袒衣者，馬背覆衣無袖，如人之袒。」是也。一爲枲衣。說文：「褐，編枲韤。」段玉裁曰：「取未績之麻編爲足衣，如今草鞵之類。」孟子趙注：「或曰，褐，枲衣也。」蓋謂編枲爲衣。按說文：「褔，編枲衣。」段玉裁謂與草雨衣相類。一爲粗布衣。說文：「褐，一曰，粗衣。」廣韻及孟子正義引說文並作「短衣」，誤。孟子趙注：「褐，一曰，粗布衣也。」荀子大略篇「則豎褐不完」，楊倞注：「豎褐，童豎之褐。」亦稱短褐。史記秦始皇本紀「夫寒者利短褐」，徐廣曰：「一作裋，小襦也。音豎。」方言：「襜褕，其短者謂之短褕。」說文：「裋，豎使布長襦。」玉篇：「褐，袍也。」「袍，長襦也。」顏注貢禹傳曰：「裋褐，謂僮豎所著布長襦也。」今按説文:「襦,短衣也。」顔注急就篇曰:「短衣曰襦,自䣛以上。」釋名:「袍,丈夫箸,下至跗者也。」襦蓋若今襖之短者,袍若今襖之長者。裋褐爲豎使布長襦,即袍也,故玉篇訓褐爲袍,不應或作短褐。凡作短褐者,皆裋褐形近之譌,徐廣因訓爲小襦,失之。裋曷蓋以粗布爲之,其形如褐,因稱裋褐也。孟子「許子衣褐」,以其不自織布證之,當从毛布之訓。此詩「無衣無褐」,以史記「寒者利裋褐」推之,當从粗布衣之訓,謂以粗布爲裋褐禦寒也。古人衣、褐竝言,不嫌詞複,亦猶璿、玉不嫌互舉耳。

「三之日于耜」,傳:「于耜,始修耒耜也。」瑞辰按:「于耜」與「舉趾」相對成文,于猶爲也。儀禮士冠禮注:「于,猶爲也。」聘禮記注:「于讀曰爲。」爲與修同義,于耜即爲耜也,爲耜即修耜〔一〕也。傳以「修耒耜」釋「于耜」,正訓于如爲。正義曰「于訓於」,而以「於是始修耒耜」增成其義,失之。

「田畯至喜」,傳:「田畯,田大夫也。」箋:「喜讀爲饎。饎,酒食也。耕者之婦子俱以饁來至於南畝之中,其見田大夫,又爲設酒食焉。言勤其事,又愛其吏也。」瑞辰按:國語「命農大夫咸戒農用」,韋昭注:「農大夫,田畯也。」田畯亦稱農正,國語「農正再之」,韋注:「農正,后稷之佐田畯也。」省文則單稱畯,爾雅:「畯,農夫也。」農夫即農大夫省稱也。亦單稱

〔一〕「耜」字原脱,據文義補。

田，月令「命田舍東郊」，鄭注「田謂田畯，主農之官」，又淮南子「四月官田」是也。亦單稱農，郊特牲「饗農」，鄭注「農，田畯也」是也。爾雅「饎，酒食也」，釋文引舍人本作喜，是饎古多省作喜，故鄭箋以此詩喜爲饎之假借。

「春日載陽，有鳴倉庚」，箋：「載之言則也。陽，温也。温而倉庚又鳴，可蠶之候也。」瑞辰按：爾雅：「春爲青陽。」故詩言「春日載陽」。博物志：「蠶，陽物也，喜燥惡溼。」詩言日之陽温，正可以生蠶時也。養蠶在三月，生蠶在二月。夏小正「二月有鳴倉庚」，與此詩「有鳴倉庚」合，「二月采蘩」亦與此詩「采蘩祁祁」合。又「二月綏多士女」，與此詩「殆及公子同歸」，箋訓歸爲嫁合。則詩兩言春日，皆指二月無疑。正義以春日指蠶月，謂倉庚蠶月始鳴，誤矣。

「女執懿筐」，傳：「懿筐，深筐也。」瑞辰按：説文：「懿，嫥久而美也。」深卽嫥壹之意。小爾雅及楚辭王逸注竝曰：「懿，深也。」懿筐蓋對頃筐言之，頃筐淺而易盈，則懿筐深而難滿矣。

「采蘩祁祁」，傳：「蘩，白蒿也，所以生蠶。」瑞辰按：何楷詩世本古義引徐光啟曰：「蠶之未出者，鬻蘩沃之則易出，故毛傳曰『所以生蠶』。」其説是也。集傳謂以蘩啖蠶，蓋誤。夏小正「二月采蘩」亦以生蠶，傳以爲豆實，亦誤。

「蠶月條桑」，箋：「條桑，枝落之，采其葉也。」戴震毛鄭詩考正曰：「條讀如『厥木惟條』之條，爾雅『桑柳醜條』是也。」瑞辰按：夏小正「三月妾子始蠶」，故詩以三月爲蠶月。條桑，玉篇「挑，撥也」引作「挑桑」，云「本亦作條」，是古本有作挑桑者，條乃挑之假借。說文：「挑，一曰，摷也。」廣雅：「摷，取也。」挑通作叏。說文引詩「挑兮」作「叏兮」。說文：「叏，一曰，取也。」箋云「枝落之采其葉」者，采亦取也，正訓條桑爲取桑。胡承珙曰：「釋文：『條桑，枝落也，不備取耳。』此亦謂條爲挑撥而取之，故云不備取。」戴氏乃以爾雅「桑柳醜條」釋之，失其義矣。

「取彼斧斨，以伐遠揚」，傳：「遠，枝遠也。揚，條揚也。」瑞辰按：桑性斬伐而益茂，故遠揚既伐，下即言「猗彼女桑」。戴震讀猗如「有實其猗」之猗，謂盛貌，是也。傳云「角而束之曰猗」，乃讀猗爲「伐木掎矣」之掎，不知掎束爲伐大木之法，女桑無所用其角而束之也。

「猗彼女桑」，傳：「女桑，荑桑也。」瑞辰按：荑與桋通。爾雅：「女桑，桋桑。」郭注：「今俗呼桑樹小而條長者爲女桑樹。」是女桑乃樹名。桑之小者爲女桑，牆之低者爲女牆，其義一也。桋桑亦女桑之别名。正義本作「女桑，柔桑」者，女之言如，如、柔一聲之轉。又候人詩傳：「女，民之弱者。」弱亦柔也，故通作柔桑。荑與稚音義近，桋桑即稚桑也。王照圓詩小紀曰：「桋當爲夷，夷〔一〕與薙音義同，謂芟夷復生者。桑樹芟夷彌茂。猗言茂美也，女言柔弱也。今浙中種桑皆小桑，其枝每歲皆經芟夷。」是亦可備一說。

「七月鳴鵙」，傳：「鵙，伯勞也。」箋：「伯勞鳴，將寒之時。五月則鳴。豳地晚寒，鳥物之候從其氣焉〔二〕。」正義曰：「『蜩及鵙皆以五月始鳴，今〔三〕云七月，其義不通也。古五字如七。』肅之此說理亦可通，但不知經文實誤否耳。」瑞辰按：夏小正「五月鴂則鳴」，與月令「仲夏鵙始鳴」同。此詩「七月鳴鵙」，殆如箋說豳土晚寒之故。孟子趙注：「鴂，博勞也。詩曰『七月鳴鵙』，應陰而殺陽者也。」詩以鵙鳴誌將寒之候，或據其盛鳴之時言之，肅說非是。

「四月秀葽」，傳：「不榮而實曰秀葽。葽，草也。」箋：「夏小正『四月，王萯秀葽』，其是乎〔四〕？」瑞辰按：後世說秀葽者不一。宋曹粹中據爾雅「葽繞，棘蒬」，謂葽卽遠志。馮復京非之，以爲遠志開花以三月，不以四月秀。今按遠志名葽繞，不單名葽，則以爲遠志者非

〔一〕「夷」原作「荑」，據上下文改。

〔二〕「鳥」原作「乃」，「從」原作「以」，據毛詩鄭箋改。本書上文引亦作「鳥」作「從」。

〔三〕「今」原作「其」，據毛詩正義引王肅說改。（按上句「蜩及鵙」上正義有「王肅曰」三字。）

〔四〕按：本書作者於下文論証鄭玄所見夏小正「王萯秀」與「秀幽」二句相連，「幽」同「葽」，今本箋「王萯」下脫「秀」字。依作者意，則此箋之文字及標點當作：「夏小正『四月，王萯秀，秀幽』，其是乎？」

也。戴震據戰國策「幽，莠之幼也，似禾」，謂秀葽卽莠之盛。程瑤田駁之，謂莠至六月始秀。今按廣雅：「葽，莠也。」莠或亦有葽之名，而非卽詩所云「秀葽」也。竊考說文：「葽，艸也。詩曰：『四月秀葽。』劉向說，此味苦，苦葽也。」苦葽蓋卽月令所云「苦菜秀」也。孟夏月令「王瓜生」、「苦菜秀」二者相連。幽、葽一聲之轉，據鄭箋引「夏小正『王萯秀葽』，其是乎」，是鄭君所見夏小正亦「王萯秀」、「秀幽」二句相連，「王萯秀」卽月令「王瓜生」也，「秀幽」卽月令「苦菜秀」也。鄭君以夏小正「秀幽」證詩「秀葽」，作葽者，順經文；兼引「王萯秀」者，後人脫秀字。乃連類及之，非以詩「秀葽」爲王萯也。鄭注月令疑王萯卽王瓜，斷無箋詩又疑王萯卽葽之理。然卽此可爲「王萯秀」、「秀幽」相連之證。至今本夏小正「王萯秀」之下、「秀幽」之上多「取荼」一句，金仁山本作「取荼秀」，此當在「秀幽」句下，乃傳釋「秀幽」之文，謂於時取荼秀也。秀幽卽苦葽，苦葽卽苦菜，苦菜卽荼，爾雅「荼，苦菜」是也。傳以取荼釋秀幽，正「秀幽」卽「苦菜秀」之證。後人不知，誤以傳「取荼」移於經文「秀幽」之上，遂疑其別爲一事，又妄增「荼也者，以爲君薦蔣也」，胥失之矣。猶賴鄭箋引王萯、秀葽二者相連，可以證其誤耳。何楷詩世本古義引丘光庭云：「月令孟夏苦菜秀，今驗四月秀者，野人呼爲苦葽。」正與說文引劉向說苦葽合，此亦「秀葽」卽「苦菜秀」之證。而此義實自鄭箋開之，後人不善繹鄭箋，遂致說者紛紛而不得其實耳。

「十月隕蘀」，傳：「蘀，落也。」瑞辰按：説文：「草木皮葉落陊地爲蘀。」是蘀實爲落葉之稱。落葉名落，猶槁葉即名爲槁。詩云「隕蘀」，猶荀子議兵篇云「振槁」也。鄭風蘀兮傳：「蘀，槁也。」亦與此傳訓蘀爲落義同。

「一之日于貉」，傳：「于貉，謂取。」此从陳啟源讀。舊連下「狐狸皮也」作一句讀，誤。箋：「于貉，往搏貉以自爲裘也。」瑞辰按：貉與禡古通用。鄭司農注周禮大司馬職「有司表貉」曰：「貉讀爲禡。書亦或爲禡。」是禡即貉之或體字也。鄭康成注甸祝「表貉」云：「田者，習兵之禮，故亦禡祭，禱氣勢之十百而多獲。」是田有貉祭也。此詩「于貉」當謂往貉，即周禮甸祝表貉之祭。傳、箋均讀貉爲狐貉之貉，失之。

「二之日其同」，箋：「其同者，君臣及民因習兵俱出田也。」瑞辰按：同之言會合也，廣雅：「集、合，同也。」謂冬田大合衆也。周官惟田與追胥竭作，故曰「其同」。爾雅：「蒐，聚也。」冬田之言同，猶春田之言蒐也。下章「我稼既同」，傳亦訓聚。

「五月斯螽動股」，傳：「斯螽，蚣蝑也。」瑞辰按：爾雅：「蜤螽，蜙蝑。」斯猶析也，故本亦作斯螽。至周南「螽斯羽」，乃爾雅所云「蛗螽，蠜」者。螽斯猶鷽斯、柳斯之類，斯爲語詞，傳亦以蚣蝑釋之，正義因誤合螽斯、斯螽爲一物。

「六月莎雞振羽」，傳：「莎雞羽成而振訊之。」瑞辰按：莎雞之名不一。爾雅釋蟲：「翰，天雞。」郭注：「一名莎雞，又曰樗雞。」詩正義引李巡曰：「一名酸雞。」太平御覽引廣志曰：「莎雞亦曰犨雞。」廣雅：「樗鳩，樗雞也。」陸璣疏曰：「幽州人謂之蒲錯。」是名之不同也。其種類亦不一。樊光、郭璞竝云：「小蟲，黑身赤頭。」廣志云：「莎雞似蠶蛾而五色。」名醫別録云：「樗雞生河内川谷樗樹上。」陶注云：「形似寒螿而小。」蘇頌圖經引爾雅郭注而釋之曰：「今所謂莎雞者，生樗木上，六月便出，飛而振羽，索索作聲，人或畜之樊中。但頭方腹大，翅羽外青内紅，而身不黑，頭亦不赤，此殊不類，蓋別一種而同名也。今在樗木上者，人呼紅娘子，頭翅皆赤，乃如郭説，然不名樗雞，疑卽是此，蓋古今之稱不同耳。」今按爾雅釋鳥有「螒，天雞」，郭注：「赤羽。」莎雞亦赤羽，故同有螒、天雞之名，當以頭翅皆赤，俗呼紅娘子者爲是。以其生樗樹上，名爲樗雞；又有生莎草閒者，故名莎雞也。崔豹古今注乃謂莎雞一名絡緯，羅願遂以俗名絡絲娘當之，非是。

「七月在野，八月在宇，九月在户，十月蟋蟀入我牀下。」箋：「自七月在野至十月入我牀下，皆謂蟋蟀也。」瑞辰按：箋説是也。詩云斯螽、莎雞，一以股鳴，一以羽鳴，至蟋蟀乃以鳴之遠近言。或以「七月在野」三句屬上莎雞者，妄也。藝文類聚、文選注、太平御覽並引蔡邕月令章句云：「蟋蟀，蟲名。斯螽、莎雞之類。」特以三蟲爲一類耳。禮記正義乃謂蔡邕以蟋蟀爲斯螽，誤矣。

「穹窒熏鼠」，傳：「穹，窮。窒，塞也。」瑞辰按：詩以「穹窒」與「熏鼠」及下「塞向」、「墐户」四者相對成文。穹，窮也；窮，治也，盡也。穹通作焪。廣雅焪與糞、寫竝訓爲盡，又曰：「糞，寫除也。」是穹謂除治之盡也。廣雅：「窒、塞，滿也。」是知穹窒傳訓窮塞者，謂除治其室之滿塞也。周官翦氏「掌除蠹物，以莽草熏之」，正此詩熏鼠之事。赤友氏「掌除牆屋，凡隙屋除其貍蟲」，注：「貍蟲，䗪、肌蛷之屬。」即此詩穹窒之事。蓋貍蟲隱於牆隙，易於窒塞，故必除之務盡。正義乃謂「穹塞其室之孔穴」，失傳旨矣。穹窒與熏鼠爲二事。東山詩「灑埽穹窒」，箋云：「穹窒鼠穴也。」亦誤合二者爲一。

「曰爲改歲，入此室處」，箋：「曰爲改歲者，歲終而一之日觱發，二之日栗烈，當避寒氣而入所穹窒墐户之室。」正義：「言入室者，夏秋以來亦在此室，欲言避寒之意，故云入此室耳，非是別有室也。」瑞辰按：「曰爲改歲」漢書作「聿爲」，本韓詩也。「聿爲改歲」猶言歲之將改，乃先時教戒之辭，非謂改歲然後入室也。春秋宣六年「初稅畝」，公羊何休注言：「井田之法，在田曰廬，在邑曰里，一里八十户，八家共一巷。」又曰：「五穀畢入，民皆居宅。」漢書食貨志亦曰：「在壄曰廬，在邑曰里。」又曰：「春令民畢出在野，冬則畢入於邑。」引豳詩爲證。蓋以詩「同我婦子，饁彼南畝」，此春令畢出在野也；「嗟我婦子，曰爲改歲，入此室處」，此冬則畢入於邑也。正義謂「夏秋以來亦在此室」，誤矣。汪德鉞尚書偶記曰：「堯典『厥民析』者，即詩『同我婦子，饁彼南畝』，由陾處而出分於外也。『厥民因』者，因田中以爲屋，以便農事，即詩『中田有廬，疆埸有瓜』也。『厥民夷』者，夷讀如芟夷之夷，殺草以鎌，穫禾亦如之，即詩『八月其穫』也。『厥民隩』者，即詩『塞向墐户，入此室處』也。」其說可與此詩相發明。

「六月食鬱及薁」，傳：「鬱，棣屬。薁，蘡薁也。」正義：「『鬱，棣屬』者，是唐棣之類屬也。劉稹毛詩義問云：『其樹高五六尺，其實大如李，正赤，食之甜。』本草云：『鬱一名雀李，一名車下李，一名棣。』蘡薁者，亦是鬱類，而小別耳。晉宮閣銘云：『華林園中有車下李三百一十四株，薁李一株。』車下李即鬱，薁李即薁，二者相類而同時熟，故言『鬱薁』也。」瑞辰按：說文李、棣皆在木部，「薁，嬰薁也」則在艸部。嬰薁一名燕薁。廣雅：「燕薁，蘡舌也。」亦隸釋草。蘡薁蓋艸之蔓生者，非晉宮閣銘所謂薁李也。齊民要術引陸璣詩義疏云：「櫻薁實大如龍眼，黑色，今車鞅藤實是。」又引疏云：「櫐似燕薁，連蔓生。」郭璞上林賦注：「蔔萄似燕薁，可作酒。」是燕薁實櫐及蔔萄之屬。宋開寶本草注：「燕薁是山蔔萄，亦堪作酒。」今按山蔔萄實小，與陸疏言燕薁實如龍眼者不合。山蔔萄蓋藟也，此陸疏所云「藟似燕薁」者，非即燕薁也。燕薁爲車鞅藤，正義以爲薁李，誤矣。又按說文藿字引詩「食鬱及藿」，宋掌禹錫、蘇頌皆云韓詩。

「八月剥棗」，傳：「剥，擊也。」瑞辰按：夏小正「八月剥棗」，傳：「剥也者，取也。」廣雅亦曰：「剥，取也。」夏小正「二月剥鱓」即月令「取鼉」也，「八月剥瓜」亦謂取瓜，則剥棗訓取，是也。齊民要術云：「棗全赤卽收。收法，撼而落之爲上。」是取棗固不專用擊也。傳訓擊者，以剥爲朴字之同聲假借。朴正作攴，説文：「攴，小擊也。」又曰：「擊，攴也。」廣雅：「剥，擊也。」義本毛傳。説文剥或从卜作𠠫，故可假作攴。

「爲此春酒」，傳：「春酒，凍醪也。」正義引「周官酒正『三曰清酒』，鄭注：『清酒，今之中山冬釀接夏而至者。』春酒卽彼清酒。」瑞辰按：月令「孟夏，天子飲酎」，鄭注：「酎之言醇，説文：「酎，三重醇酒也。」廣韻作「釀酒」。謂重釀之酒也。春酒至此始成。」呂氏春秋高注亦曰：「酎，春醖也。」是春酒卽酎酒也。漢制以正月旦作酒，八月成，名酎酒。周制蓋以冬釀，經春始成，因名春酒。楚辭「挫糟凍飲，酎清涼些」，凍飲蓋卽凍醪，凍醪卽酎也。魏都賦「醇酎中山，沈湎千日」，則中山酒亦卽酎酒矣。説文：「八月黍成，可爲酎酒。」是黍亦可爲酎酒。而以稻爲上，聘禮注「凡酒，稻爲上，黍次之，粱亦次之」是也。此詩「春酒」承上「穫稻」，自謂以稻爲之耳。

「九月叔苴」，傳：「叔，拾也。」瑞辰按：爾雅釋言：「筑，拾也。」小爾雅：「督，拾也。」筑、督均與叔音近而義同。説文：「叔，拾也。从又，尗聲。汝南名收芋爲叔。」拾與收皆謂取。説文：

「拾，掇也。」廣雅：「收，取也。」叔通作淑。孟子「有私淑艾者」，謂私取以自治也；「予私淑諸人也」，猶言私取諸人。舊皆訓淑爲善，失之。至考文本作掓，龍龕手鑑「掓，拾也」，乃俗增字。說文叔或從寸作村，又、寸皆手也，不須更增手旁作掓矣。

「采荼薪樗」，傳：「樗，惡木也。」箋：「乾荼之菜，惡木之薪。」瑞辰按：爾雅：「荼，苦菜。」今南方人呼苦蕒菜，北方呼藘蕒菜，有春生、秋生二種。其春生者，以孟夏秀，以日至死，月令「孟夏苦菜秀」，呂氏春秋任地篇「日至苦菜死」是也。其秋生者，以八九月生，經冬不死，廣雅「游冬，苦菜也」是也。豳詩「四月秀葽」與月令「苦菜秀」合，是指春生之荼。「采荼薪樗」承上「九月叔苴」言，是指秋生之荼。箋云「乾荼之菜」，蓋讀經采爲菜，「菜荼」與「薪樗」相對成文。乾荼以爲菜，卽月令「仲秋務蓄菜」也。樗卽今臭椿樹，故爲惡木。說文今本樗、㯯二字互譌，陳啟源遂據之謂詩「薪樗」當作㯯，失之。

「十月納禾稼」，瑞辰按：禾與稼，對文則異，散文則通。毛傳：「種之曰稼，斂之曰穡。」說文：「禾之秀實爲稼，莖節爲禾。一曰，稼，家事也。繫傳無「一曰」二字，只云「稼，家也」。一曰，在野曰稼。」此對文則異也。甫田「曾孫之稼」，箋云：「稼，禾也。」此散文則通也。此詩「禾稼」連言，稼亦禾耳。

「黍稷重穋」，傳：「後熟曰重，先熟曰穋。」瑞辰按：重者，種之省借。穋者，稑之或體。説文穜爲穜植，種爲種稑，云：「種，先穜後孰也。」「稑，疾孰也。」引詩「黍稷種稑」。稑或作穋。又於種前列稙字，云「早種也」，引詩「稙穉尗麥」；于稑後列穉，云「幼禾也」，繫傳本下有「晚穜後孰者」五字。蓋種與稑，一則先穜後孰，一則後穜先孰；稙與穉，一則早穜先孰，一則晚穜後孰；故説文以四字相次也。周官内宰「獻穜稑之種」，鄭司農注：「先種後孰謂之穜，後種先孰謂之稑。」後鄭謂：「詩云『黍稷穜稑』是也。」賈疏云：「先鄭直云先種、後種，不見穀名。後鄭意，黍稷皆有穜稑。」今按後鄭引詩以證穜稑，黍稷特連言之，非以穜稑專屬黍稷也。凡穀宜皆有重、穋、稙、穉四種。然據管子地員篇：「五粟之土，其種大重、細重。」「五塥[一]之土，其種大穋秜、細穋秜。」又似穀有專名重穋者。管子又云：「五态[二]之土，其種大稷、細稷。」「五剽之土，其種大秬、細秬」。秬卽黍也。以重穋與黍稷竝列，則重穋非卽黍稷明矣。大荒南經云：「驩頭維宜芑苣，穋楊是食。」郭注：「管子説地所宜云：其種穋秜黑黍。皆禾類也。」穜穋今雖未詳爲何穀，要亦禾之二名無疑。孔疏以黍、稷、重、穋爲四種，是也。孔疏：「再言禾者，以禾是大名也，非徒黍、稷、重、穋四種而已。」賈疏以屬黍稷，誤矣。

「禾麻菽麥」，正義：「再言禾者，以禾是大名也。」瑞辰按：禾有爲諸穀通稱者，聘禮及

〔一〕「塥」原作「槅」，據管子（楊忱本）地員篇改。

〔二〕「态」原作「杰」，據管子地員篇改。

周官掌客皆言禾若干車，通謂粟之有藁者，及此詩「十月納禾稼」是也。有專指一穀言者，呂氏春秋云「禾、黍、稻、麻、菽、麥六者之實」，又曰「今茲美禾，來茲美麥」，淮南子「雒水宜禾」，又曰「中央宜禾」，及此詩「禾麻菽麥」是也。據說文：「禾，嘉穀也。」「粟，嘉穀實也。」「米，粟實也。」「粱，米名也。」四者相承而言，是粱者，粟之米也；粟者，禾之實也。此詩以禾與麻、菽、麥竝言者，禾卽粱也。戴侗六書故云：「北方多陸土，其穀多粱粟，故粱粟專以禾稱。」正義謂「更言禾字，以總諸禾」，誤矣。又按粱爲今之小米，稷爲今之高粱，程瑤田九穀考辨之甚精。秦漢以來多以稷爲小米，俱誤。

「上入執宮公」，傳：「入爲上，出爲下。」箋：「可以上入都邑之宅，治宮中之事矣。於是時，男之野功畢。」瑞辰按：古者通謂民室爲宮，因謂民室中事爲宮事，夏小正「三月妾子始蠶，執養宮事」，昏禮「戒女詞曰，夙夜無違宮事」是也。爾雅：「公，事也。」宮公卽宮事也。公事卽何休公羊注所云「民皆入宅，男女同巷，相從夜績」者，「于茅」、「索綯」卽宮事之一也。宋儒以「宮公」爲公室宮府之役，誤矣。正義本作「執宮公」。今本作「執宮功」者，从唐定本改也。公、功古通用。六月詩「以奏膚公」，卽以奏大功也。毛傳：「公，功也。」瞻卬詩「婦無公事」，卽婦無功事也。說詳王尚書經義述聞。功與公皆爲事。穀梁宣十二年傳：「功，事也。」定本不知公與功同義，故易之耳。

「晝爾于茅」，箋：「女當晝日往取茅歸。」瑞辰按：於與爲古通用，義同取。廣雅：「取，爲也。」于即於也，故于之義亦得訓取。此詩「于貉」謂取貉，毛傳「于貉謂取」是也。「于茅」亦謂取茅，箋「當晝日往取茅歸」，趙岐孟子注「詩言教民晝取茅艸」是也。若訓于爲往，云「往茅」，則不詞矣。因悟孟子引太誓「侵于之疆，則取其〔一〕殘」者，于亦爲取，猶云「侵取是疆，實取其殘」也。趙注以于爲紆，失之。

「宵爾索綯」，傳：「宵，夜。綯，絞也。」箋：「夜作絞索，以待時用。」瑞辰按：「索綯」與「于茅」相對成文。孟子趙注曰「夜索以爲綯」是也。王尚書經義述聞曰：「索者，糾繩之名，廣雅釋詁云『紉、紆、紉，索也』是矣。綯者，繩索之名，廣雅釋器云『綯，繩索也』是矣。爾雅訓綯爲絞者，絞亦繩也。箋云『夜作絞索』，則誤以索爲繩索之索。」今按：傳云「綯，絞也」，箋即申之曰「夜作絞索」，正申明傳義訓綯爲絞者爲絞索之索，非誤釋經文索字爲繩索之索。其云「夜作絞索」，猶趙岐云「夜索以爲綯」也。王尚書言索綯猶言糾繩，其説甚確，若以鄭箋爲誤，則非。又按楚詞離騷「索胡繩之纚纚」，索當讀與詩「索綯」同，索謂糾繩，王逸注云「紉索胡繩」是也。洪興祖訓爲繩索，失之。又按小爾雅：「緍，索也。」綯與緍聲近而義同。

〔一〕「其」，孟子各本皆作「于」。

「亟其乘屋」，傳：「乘，升也。」箋云：「亟，急。乘，治也。十月定星將中，急當治野廬之屋。」瑞辰按：說文：「乘，覆也。」乘屋謂覆蓋其屋，孟子趙注曰「及爾閒暇，亟乘蓋爾野處之屋」是也。

「四之日其蚤，獻羔祭韭」，箋：「古者日在北陸而藏冰，西陸朝覿而出之，祭司寒而藏之，獻羔而啟之。其出之也，朝之祿位，賓、食、喪、祭，於是乎用之。月令：『仲春，天子乃獻羔開冰，先薦寢廟。』周禮凌人之職：『夏頒冰掌事，秋刷。』上章備寒，故此章備暑，后稷先公禮教備也。」正義曰：「服虔以『西陸朝覿而出之』謂二月日在婁四度，春分之中，奎始晨見東方，蟄蟲出矣，故以是時出之，給賓、食〔一〕、喪、祭之用。服說如此。知鄭不同者，以鄭荅孫皓曰：『西陸朝覿，謂四月立夏之時，周禮曰「夏頒冰」是也。』是鄭以西陸朝覿爲四月，與服異也。」瑞辰按：合左傳及此詩證之，當以服虔說爲是。昭四年左傳曰：「古者日在北陸而藏冰，西陸朝覿而出之。」以藏與出相對成〔二〕文。下云：「其藏冰也，深山窮谷，固陰沍寒，於是乎取之。其出之也，朝之祿位，賓、食〔三〕、喪、祭，於是乎用之。」又曰：「其藏之也，黑牡秬

〔一〕「食」原作「客」，據鄭箋及阮元毛詩注疏校勘記改。
〔二〕「成」字原無，據本書文例補。
〔三〕「食」原作「客」，據左傳昭公四年改。

黍以享司寒。其出之也，桃弧棘矢以除其災。」又曰：「祭寒而藏之，獻羔而啟之。」皆承上藏與出爲言，啟亦出也。此詩「四之日其蚤」即左傳「西陸朝覿」也，「獻羔祭韭」即左傳「獻羔而啟」也。「獻羔而啟」與「西陸朝覿而出」爲一事，一言其時，一言其禮，故知服虔以西陸朝覿爲二月奎見者，是也。鄭以西陸朝覿爲四月者，特據爾雅「西陸，昴也」，四月昴始朝見耳。今按：四陸，猶四道也。杜預曰：「陸，道也。」爾雅特舉昴一星爲識，其實奎、婁、胃、昴、畢、觜觿、參，西方白虎之宿皆得爲西陸，故知服虔以奎婁晨見爲西陸朝覿者，是也。鄭志雖以西陸朝覿爲四月，而箋詩引「西陸朝覿」以證「四之日其蚤」，又引月令「仲春天子乃獻羔開冰」，則所謂「西陸朝覿」亦當指二月奎婁見言之。正義據鄭志以釋鄭箋，似非箋義。

「朋酒斯饗」，傳：「兩樽曰朋。」瑞辰按：儀禮惟士冠禮、士昏禮，醴尊皆側尊，無玄酒，注：「側，猶特也。無偶曰側，側者無玄酒。」其鄉射禮、大射禮、燕禮、鄉飲酒禮〔一〕、特牲饋食禮、少牢饋食禮，凡設尊竝兩壺者，有玄酒也。此詩「朋酒」，傳訓兩樽，蓋亦兼玄酒言之。

「曰殺羔羊」，傳：「饗者，鄉人以狗，大夫加以羔羊。」箋：「十月民事男女俱畢，無飢寒之

〔一〕「禮」字，據儀禮及上下文例補。

憂，國君閒於政事而饗羣臣。」瑞辰按：鄉飲酒有鄉大夫，無加用羔羊之禮，此當從箋謂大飲之禮。曰、聿、吹、遹，四字古通用。「曰殺羔羊」與上「曰爲改歲」，韓詩作「聿爲」，皆語詞。正義謂「相命曰當殺羔羊」，失之。

「稱彼兕觥」，瑞辰按：稱者，偁之假借。爾雅：「偁，舉也。」正義云「舉彼兕觥之爵」，正訓稱如偁。說文：「偁，揚也。」揚亦舉也。「稱彼兕觥」猶禮言「揚觶」也。

「萬壽無疆」，箋：「欲大壽無竟。」瑞辰按：簡兮詩「方將萬舞」，韓詩：「萬，大舞也。」廣雅：「萬，大也。」萬古訓大，故箋訓萬壽爲大壽。正義云「使得萬年之壽」，失箋恉矣。又按月令鄭注引此詩作「受福無疆」，蓋本韓詩。

## 鴟鴞

「鴟鴞鴟鴞」，傳：「鴟鴞，鸋鴂也。」瑞辰按：陸璣疏言：「鴟鴞，幽州人謂之鸋鴂，或曰巧婦。」爾雅：「桃蟲，鷦。其雌鴱。」郭注：「鷦䳭，桃雀也。俗呼爲巧婦。」疏引方言：「幽人或謂之鸋鴂。」是鴟鴞與桃蟲爲一。小毖詩傳：「桃蟲，鷦也。鳥之始小終大者。」箋云：「鷦之所爲鳥，題肩也。或曰鴞。皆惡聲之鳥。」正義引陸璣疏云：「今鷦鷯是也。微小於黃雀，其雛化而爲雕，故俗語『鷦鷯生雕』。」又焦氏易林亦云：「桃蟲生雕。」或云：「布穀生子，鷦鷯養之，則化而爲雕。」今按鷦鷯又名蒙鳩，荀子楊倞注：「蒙鳩，鷦鷯也。」雕即鷹屬，月令鄭注：「征鳥，題肩也。或名曰鷹。」鷦鷯化雕，即月令「鳩化爲鷹」之類也。鴟鴞或單稱鴟。說文：「鴟，雗也。」玉篇：「雗，子雗，鶹也。」鶹即布穀也，子雗蓋小鴟也。以布穀爲子鴟，此殆「布穀生子，鷦鷯養之」之謂。桑蟲以螟蛉之子爲己子，而名果臝；鷦鷯以布穀之子爲己子，而亦名果臝：方言：「桑飛，自關而東謂之工雀，或謂之過臝。」過臝即果臝也。廣雅：「鷦鵬、鶉鳩、果臝、桑飛、女鴎，工雀也。」其義一也。鴟鴞取布穀子以化雕，蓋古有此說，故詩以子喻管、蔡，以鴟鴞喻武庚，以鴟鴞取子喻武庚之誘管、蔡，與小毖詩正相通。小毖詩「肇允彼桃蟲，拚飛維鳥」，言管、蔡之從武庚，猶布穀之子爲桃蟲所取則化爲雕鳥也。此詩「鴟鴞鴟鴞，既取我子」，言武庚之誘管、蔡，猶桃蟲取布穀之子而使之化雕也。小毖「肇允彼桃蟲」，謂管、蔡信武庚之誘。箋謂桃蟲喻管、蔡之屬，失之。此詩「鴟鴞」，猶呼武庚而告之，託爲鳥之失其子者言也。箋謂託爲鴟鴞之言，亦非。孟子言「管叔以殷畔」，而詩以鴟鴞取子喻武庚誘管、蔡者，所以末減管、蔡倡亂之罪，而不忍盡其詞，親親之道也。「既取我子，無毁我室」，言其既誘管、蔡，無更傷毁周室，以鳥室喻周室也，傳云「寧亡二子，不可以毁我周室」是也。箋以室喻世臣之官屬土地，失之。後三章皆以防患難於未然，明己憂勞王室之心，情危詞迫，使成王知其心之無他而已。詩序所云「成王未知周公之志，公乃爲詩以貽王」者，此也。

「恩斯勤斯，鬻子之閔斯」，傳：「恩，愛。鬻，稚。閔，病也。稚子，成王也。」箋：「鴟鴞之意，殷勤於此稚子，當哀閔之。此取鴟鴞子者，言稚子也。以喻諸臣之先臣亦殷勤於此成王，亦宜哀閔之。」瑞辰按：恩从傳訓愛，則勤當讀「昔公勤勞王家」之勤，勤、勞皆憂也。愛之欲其室之堅，憂之懼其室之傾也。恩、勤皆指王室言。王肅訓勤爲惜，正義釋傳，以恩勤爲周公愛惜二子，失之。鬻子當從傳訓稚子，謂指成王。鬻通作鞠。爾雅釋言：「鞠，稚也。」鞠一作毓，毓卽育字。說文引書「教育子」，史記五帝紀作「教穉子」，穉卽稚也。是知豳詩之鬻子卽書之教〔一〕育子，亦卽書之孺子也。二叔流言，言公將不利於孺子，故公自言恩勤於王室者，皆惟稚子是閔恤也。「既取我子」指二叔言，「鬻子之閔斯」則指成王言。箋謂成王非罪其屬黨，而以恩勤爲鴟鴞殷勤於此稚子，稚子當哀閔之，似非詩意。

「徹彼桑土」，傳：「徹，剝也。桑土，桑根也。」瑞辰按：孟子引此詩，趙岐注：「徹，取也。」徹與撤通。廣雅：「撤，取也。」毛傳訓剝者，剝亦取也。夏小正傳：「剝也者，取也。」廣雅：「剝，取也。」釋文：「土，韓詩作杜，義同。」方言：「東齊謂根曰杜。」是毛詩作土，卽杜之假借，故傳以桑根釋之。正義乃謂桑根在土，故知桑土卽桑根，未免望文生訓矣。又按「撤彼桑土」，蓋撤取桑根之皮。趙岐孟子注謂「取桑根之皮」，是也。詩第言桑土者，省文耳。

〔一〕「教」字疑爲衍文，當刪。

「予手拮据」，傳：「拮据，撠挶也。」釋文引韓詩云：「口足爲事曰拮据。」瑞辰按：說文：「拮，手口竝有所作也。」正本韓詩爲說。毛傳則以拮据爲撠挶之假借。說文：「挶，戟持也。」「据，戟挶也。」戟聲近拮，挶聲近据，拮据二字雙聲。

「予所蓄租」，傳：「租，爲。」瑞辰按：蓄租與捋荼，義正相承。租當讀如蒩。說文：「藉，祭藉也。」「蒩，茅藉也。」引禮曰「封諸侯土，蒩以白茅」。又通作苴。說文：「苴，履中草。」謂以草藉履，賈誼傳「冠雖敝，不以苴履」是也。又通作蔖，爾雅釋草「蓾，蔖」是也。漢郊祀志「席用苴稭」，如淳曰：「苴，讀如租。」師古曰：「苴，藉也。」蒩又借作鉏。周官司巫「祭祀共鉏館」，杜子春曰：「鉏讀爲蒩。蒩，藉也。」鳥之爲巢必以萑苕茅秀爲藉，與藉履之以苴者正同，故曰「蓄租」。正義本作祖，即租之假借。傳「租，爲也」，爲乃薦字形近之譌。說文：「且，薦也。」古祖字多省作且，二字同義，故傳訓租爲薦，薦猶藉也。薦與荐通。說文：「荐，薦席也。」薦譌作爲，正義遂以爲字釋之，誤矣。又按釋文：「租，子胡反，本又作祖，如字，爲也。」是釋文本亦誤薦作爲。但據釋文又引韓詩云「積也」，積累與薦藉義正相通，租之訓積，猶荐之訓聚也，韋昭云：「荐，聚也。」益證毛傳訓爲，是薦字之譌。

「予口卒瘏」，傳：「瘏，病也。」瑞辰按：「卒瘏」與「拮据」相對成文，卒當讀爲顇。爾雅：「顇，病也。」字通作悴。劉向九歎：「躬劬勞而瘏悴。」卒瘏猶瘏悴也。卒、瘏皆爲病，猶拮、据竝爲勞也。至傳又云「手病口病，故能免乎大鳥之難」，乃通釋「予手拮据」、「予口卒瘏」二句。正義謂傳以「手病口病」解詩「卒瘏」爲盡病，誤矣。

「予羽譙譙」，傳：「譙譙，殺也。」釋文：「譙，字或作燋，同。」瑞辰按：譙譙當讀如顦顇之顦。説文無顦字，惟顇字注：「顦顇也。」顦之本字蓋作醮。玉篇引楚辭：「顏色醮顇。」説文：「醮，面焦枯小也。」「𤍽，火所傷也。省作焦。」焦本火傷之名，而醮、顦等字从之。人面之焦枯曰醮顇，鳥羽之焦殺曰譙譙，其義一也。譙音義又同噍。樂記「其哀心感者，其聲噍以殺」，注：「噍，踧也。」羽之譙譙與聲之噍踧，義亦相近，故傳訓爲殺。

「予尾翛翛」，傳：「翛翛，敝也。」瑞辰按：正義曰：「予尾消消而敝。」又曰：「消消，定本作翛翛。」據釋文「翛，素彫反」，音正同消，是翛翛與消消音義正同。唐石經作脩脩，九經三傳沿革例引監本、蜀本、越本皆作修修，脩、修古通用。説文無翛字，當从唐石經作脩脩爲正。修與消一聲之轉，故脩、修可讀如消也。

「予室翹翹」，傳：「翹翹，危也。」瑞辰按：廣雅：「嶢嶢，危也。」翹與嶢聲近而義同。

## 東山

序：「東山，周公東征也。」箋：「成王既得金縢之書，親迎周公，周公歸攝政，三監及淮夷叛，周公乃東伐，三年而復歸耳。」瑞辰按：箋以周公東征在王迎公後，非也。鴟鴞傳曰：「寧亡二子，不可以毁我周室。」是毛公以鴟鴞爲誅管、蔡時作，則以周公東征在王迎公前矣。金縢：「周公居東二年，則罪人斯得。」某氏傳：「周公既告二公，遂東征之。」是以公之居東卽東征矣。王肅注金縢云：「武王九十三而崩，其明年稱元年，周公攝政，遭流言，作大誥而東征。二年，克殷，殺管、蔡。三年而歸。」是王肅以詩東征三年卽書居東二年，特合歸年數之，故三年耳。今按史記周本紀云「周公攝行政當國，管叔羣弟疑周公」，謂流言也，卽繼言「與武庚作亂，叛周」，則畔與流言相去不遠。又書序云：「武王崩，三監及淮夷畔，周公相成王，將黜殷，作大誥。」以三監之畔繫之武王崩後，亦畔與流言相去不遠之證。史記魯世家流言與畔雖先後分序，然云「管、蔡、武庚等果率淮夷而反」，亦明其去流言無幾時耳。則周公東征固不得遲至成王迎公後也。獨鄭君謂在迎公後者，蓋鄭讀書「我之弗辟」爲避，以居東爲避居東都，與東征爲兩事耳。夫公當流言四起之時，明知三監之必畔，使徒引嫌避位，舍而去之，則三監得乘虚而入，是直墮其術中而不知，豈周公之智而出此哉？且周公攝政僅七年耳，若居東避位二年，成王迎歸後又復東征三年，則公之在朝僅止二年，有以知其必不然矣。説文：「擘，治也。」引周書曰「我之弗擘」。是書言「我之弗辟，無以告我先王」者，謂不平治其亂，無以告我先王也。「居東二年，則罪人斯得」，罪人，非一之辭也。破斧詩「四國是皇」，毛傳以爲管、蔡、商、奄，是也。斯得，謂得其人而治之，東山、破斧諸詩是也。至居東，鄭君以爲避居東都，王肅亦以東爲洛邑東都，皆非也。史記魯世家言：「周公興師東伐，寧淮夷東土，二年而畢定。」又曰：「唐叔得禾，成王命唐叔以餽周公於東土。」又周本紀曰：「周公受禾東土。」以今考之，蓋管、蔡、商、奄地也，而居奄地尤多。何以言之？逸周書作雒解云：「武王克殷，乃立王子禄父，俾守商祀。建管叔於東，建霍叔、蔡叔於殷，俾監殷臣。」殷亦東土，周公征之，則必居其地矣。知其居奄地者，孟子「周公相武王誅紂伐奄三年討其君」，當从武億説，以「周公相武王誅紂」作一讀，以「伐奄三年討其君」作一讀。「伐奄三年」與此詩三年東征合。其證一也。逸周書：「周公相天子，殷東徐、奄從三叔爲亂。」其證二也。尚書大傳曰：「武王殺紂，繼公子禄父。及管、蔡流言，奄君薄姑謂禄父曰：『武王已死，成王幼，周公見疑矣，此百世之時也。請舉事。』然後禄父及三監叛。」是三監之叛，奄實倡之。其證三也。説文：「𨛫，周公所誅，在魯。」定四年左傳：「因商奄之民，命以伯禽而封於少皞之虚。」皇覽：「奄里在魯。」括地志：「兖州曲阜縣奄里，即奄國之地。」又補後漢書郡國志以魯爲古奄國。是魯地卽奄地也。魯頌閟宮詩一則曰「俾侯於東」，再則曰「保彼東方」，三則曰「遂荒大東」，知魯之稱東，則知奄之在東，故趙岐孟子注云：「奄，東方無道國。」其證四也。孟子言「孔子登東山而小魯」，而詩亦曰「我徂東山」。魯既得奄，則東山屬魯；奄未爲魯，則東山屬奄。閻氏四書釋地云：「或云費縣西北蒙山正居魯四境之東，一名東山。」是東山卽蒙山。其證五也。奄通作弇。爾雅：「弇，蓋也。」故奄亦或作蓋。墨子耕注篇曰：「古者周公旦非關叔，辭三公，東處於商蓋。」商蓋卽商奄。其證六也。蔡邕琴操云：「有譖公於王者，周公奔魯而死。」其言公死於魯不足信，至言周公奔魯則非無因，正以後日之魯卽舊時之奄，以公嘗居奄，據後而言則曰奔魯。其證七也。周公東征不一國，所居亦非一地，特以奄國倡亂，又最强大，爲三監所倚，故孟子「伐奄」可統諸國，因知周公居奄時爲多，東山卽奄之東山也。奄爲東方大國，周公雖東征而定之，討其君，未能滅其國，故周公歸政之後，成王又踐奄而遷之。書序：「成王東伐淮夷，遂踐奄，作成王政。成王既踐奄，將遷其君於蒲姑，周公告召公，作將蒲姑。」是其事也。書序又言：「公薨，告周公，作亳姑。」是奄遷亳姑尚在周公没後。而魯公就封於魯，書疏云在成王親政之元年。或奄未遷以前，先削奄地以封魯，其東征之時乎？

「慆慆不歸」，傳：「慆慆，言久也。」瑞辰按：慆與滔同，太平御覽引詩正作「滔滔不歸」。滔、悠古同聲通用。論語「滔滔者天下皆是也」，史記孔子世家及鄭本論語皆作悠悠。悠悠，久也。楚詞七諫「年滔滔而日遠兮」，義亦爲久。魏文帝詩：「豈如東山詩，悠悠多憂傷。」是「慆慆」三家詩有作「悠悠」者，故文帝本之。

「制彼裳衣，勿士行枚」，傳：「士，事。枚，微也。」箋：「勿，猶無也。女制彼裳衣而來，謂兵服也；亦初無行陳銜枚之事，言前定也。」瑞辰按：「制彼裳衣」蓋制其歸途所服之衣，非謂兵服。「勿士行枚」，喜今之不事戰陳。序所云「一章言其完」者，此也。毛但訓枚爲微，不釋行字。釋文云：「勿士行，毛音衡。」是讀行如縱横之横，謂横銜於口用枚也。至鄭箋云「亦初無行陳銜枚之事」，正以「行陳銜枚」釋經「行枚」。阮宫保校勘記謂猶傳以「樂道忘饑」釋經之「樂饑」，其説是也。行與銜古音不相近，釋文云「鄭音銜」，蓋陸氏誤以箋「銜枚」爲釋經之「行枚」，而以箋「行陳」爲言銜枚所用，不爲釋經也。太平御覽引詩「勿士銜枚」，蓋必當時有承陸氏之誤徑改經爲「銜枚」者矣。又按傳云「枚，微」者，胡承珙曰：「蓋訓枚爲徽也。周官銜枚氏鄭注：『銜枚，止言語囂讙也。』爾雅釋詁：『徽，止也。』枚以止言，故亦可訓徽。徽、微古字通，故傳作微。」其説甚確。正義訓微爲微細，失之。

「蜎蜎者蠋」，傳：「蜎蜎，蠋貌，桑蟲也。」箋：「蠋蜎蜎然特行。」瑞辰按：説文：「蜀，葵中蠶也。从虫。上目象蜀頭形，中象其身蜎蜎。」引詩「蜎蜎者蜀」。韓非子曰：「蠶似蜀。」蜀本从虫，今加虫作蠋者，俗字也。庚桑子曰：「奔蜂不能化藿蠋。」葵、藿同類，故説文曰「葵中蠶」。爾雅釋文引作「桑中蠶」，誤。羅願曰：「蠋雖蠶類，而不食桑。」葵藿之下，亦桑野之地。毛傳以經言「在桑野」，遂以爲桑蟲，非也。蜀有獨義。爾雅釋山：「獨者蜀。」郭注：「蜀亦孤獨。」

方言：「蜀，一也。南楚謂之蜀。」郭注：「蜀猶獨耳。」是也。蜎蜎又爲獨行之皃，一切經音義卷三引字林：「蜎，蟲皃也，動也。或作蠉。」說文：「蠉，蟲行也。从虫瞏。」人之獨行曰瞏瞏，蟲之獨行曰蜎蜎，其義一也，故箋云「蜎蜎然特行」。故詩以興人之獨宿。

「烝在桑野」，傳：「烝，寘也。」箋：「久在桑野，有似勞苦者。古者聲寘、填、塵同也。」瑞辰按：烝與曾同音，爲疊韻。烝當爲曾之借字。少牢饋食注：「古文甑爲烝。」此聲近通借之證。曾，乃也；凡書言「何曾」，猶何乃也。烝之義亦當爲乃。爾雅：「烝，君也。」「郡，乃也。」君當讀爲羣居之羣，郡當讀「又窘陰雨」之窘，乃與仍古通用。烝訓衆，又爲羣，與仍之訓重、訓數者，義亦相近，因又轉爲語詞之乃。古書訓詁有爲字書所不載，可據經義求而得之者，此類是也。「烝在桑野」猶言乃在桑野也，下章「烝在栗薪」猶言乃在栗薪也。傳一訓寘，一訓衆，似皆失之。

「伊威在室」，傳：「伊威，委黍也。」瑞辰按：爾雅「蟠，鼠負」與「伊威，委黍」分爲二條，郭璞注：「舊說，伊威，鼠婦之別名。」說文：「蟠，鼠婦也。」又曰：「蛜威，委黍。」「委黍，鼠婦也。」本草經亦曰：「鼠婦一名蛜蝛。」正義引陸疏云：「伊威一名委黍，一名鼠婦，在壁根下甕底土中生，似白魚者是也。」是伊威與鼠婦爲一。伊威二字疊韻。陸疏云「似白魚」，今以目驗之，其色與白魚相似，長僅一二分，形扁似鼈，多足，凡溼處皆有之，圖經本草所謂溼生蟲也。至䗪蟲，本草謂之地鼈，名醫別録云「一名土鼈」，蘇恭注云：「狀似鼠婦而大者寸餘。」此與鼠婦相似而大小不同類。玉篇：「蟅，鼠婦，負蠜也。」合而一之，誤矣。

「蠨蛸在户」，傳：「蠨蛸，長踦。」瑞辰按：傳本爾雅。説文云：「蠨〔一〕蛸，長股者。」正義引陸疏：「蠨蛸，一名長脚。」今按蠨蛸二字雙聲。今有一種，身極細，約僅分許，而足長四五分，蓋古所謂蠨蛸。至世所稱喜蛛，足長才三分許，不得爲蠨蛸。陸疏及郭璞爾雅注竝以蠨蛸爲喜子，玉篇亦云「蠨蛸，喜子。」似非。

「町畽鹿場」，傳：「町畽，鹿跡也。」瑞辰按：釋文：「畽，本又作疃。」是也。説文：「田踐處曰町。」又：「疃，禽獸所踐處也。」引詩「町疃鹿場」。王逸九思：「鹿蹊兮𨆪𨆪。」亦作躖。説文：「𨆪，踐處也。」疃與𨆪蓋聲近而義同。町疃爲鹿踐之跡，猶熠燿爲螢火之光，二句相對成文。或以町疃爲泛言田畝，失之。

「熠燿宵行」，傳：「熠燿，燐也。燐，螢火也。」瑞辰按：説文：「粦，鬼火也。」又曰「閄，火皃。讀若粦。」粦與燐同。崔豹古今注：「螢火一名熠燿，一名燐。」廣雅：「景天、螢火，燐也。」鬼火有光熒熒然，謂之燐；螢火有光熒熒然，亦可謂之燐。二者不嫌同名。傳正以鬼火亦名燐，恐其相混，故又申之曰：「燐，螢火也。」正義謂螢火不得名燐，段玉裁又謂毛傳螢火當謂鬼

〔一〕「蠨」，説文作「蟰」，同。

火之熒熒者，與韓詩章句解熠燿爲鬼火或謂之燐同義，非通論也。今按說文：「熠，盛光也。」「燿，照也。」「熠燿」爲螢光，與「町畽」爲鹿跡相對成文。螢火之名熠燿，蓋後人因詩以熠燿狀螢火，遂取以爲名耳。「宵行」與「鹿場」對文，此當從朱子集傳，以宵行爲螢火名。本草綱目言：「螢火有一種長如蠶，尾後有光，無翼，乃竹根所化，亦名宵行。」其說是也。熠燿雙聲字。說文「熠，盛光也」，引詩作「熠熠宵行」，而文選張華詩「熠熠宵流」，注引毛傳「熠熠，粦也」，蓋三家詩及毛詩或有作熠熠者，古人有急言緩言，傳授各異。熠燿通作熠熠，猶小雅「平平左右」，左傳可引作「便蕃」也。段玉裁輒疑爲誤矣！

「有敦瓜苦，烝在栗薪」，傳：「敦，猶專專也。烝，衆也。言我心苦，事又苦也。」箋：「此又言婦人思其君子之居處[一]，專專如瓜之繫綴焉。瓜之瓣有苦者，以喻其心苦也。烝，塵；栗，析也。言君子又久見使析薪，於事尤苦也。古者聲栗、裂同也。」瑞辰按：「有敦瓜苦」，敦當讀如「敦彼獨宿」之敦，以狀瓜之孤懸也。「烝在栗薪」，猶言乃在栗薪也。釋文：「栗，韓詩作⿱艹漻，力菊反，聚薪也。」今按：栗、⿱艹漻蓋一聲之轉，廣韻⿱艹漻、蓼同字，當讀如「予又集于蓼」之蓼。蓼，辛苦之菜也。毛傳蓋以栗爲⿱艹漻之假借，以苦瓜而乃在苦蓼之上，猶我之心苦而事又苦，故曰「言我心苦，事又苦也」。箋以瓜苦爲喻心苦，析薪爲喻事苦，失傳恉矣。

〔一〕「居處」二字原脫，據毛詩鄭箋補。按下文引亦有「居處」二字。

韓詩章句訓蓼薪爲聚薪，亦非詩義。又按傳云：「敦，猶專專也。」釋文：「敦，特丹反。專，徒端反。」蓋傳讀敦如「敦彼行葦」之敦，讀專如「零露漙兮」之漙，以專專爲瓜之團聚貌，故又訓烝爲衆。箋言「婦人思其君子之居處專專」，則讀如專壹之專，與傳異義。又按傳云「言我心苦，事又苦」，是婦人自喻；箋則以爲婦人喻君子。正義言「鄭以烝爲久，餘同」，失之。

「皇駁其馬」，傳：「黄白曰皇，騂白曰駁。」瑞辰按：爾雅釋畜：「騂白，駁；黄白，騜。」爲毛傳所本。今按皇之言黄，釋鳥「皇，黄鳥」是也；而與黄微異，故魯頌「有驈有皇」與「有驪有黄」竝舉，毛傳「黄白曰皇，黄騂曰黄」是也。至騂之爲駁，據説文：「騂，赤馬黑髦尾也。」正義引孫炎云：「騂，赤色也。」是騂爲赤馬。釋木曰：「駁，赤李。」乾爲大赤，又爲駁馬。廣雅釋畜馬畜有朱駮，駮、駁古通用。則駁亦赤馬，未見必兼白色也。詩正義引爾雅舍人云：「騂赤色，名曰駁。黄白色，名曰皇。」蓋舍人爾雅本原作「騂曰駁，黄白皇」，爲得其實。曰、白二字形近易譌，故爾雅監本竝作曰，而石經及宋本又均作白。毛傳「黄白曰皇」不誤，至「騂白曰駁」，或毛公所見爾雅已作騂白，或後人據爾雅誤本而改，未可知也。正義轉以舍人本爲非，蓋未嘗深考矣。至説文「駁，馬色不純」，釋文引字林亦曰「駁，馬色不純也」，與爾雅不合，王氏經義述聞辨之甚精。

「親結其縭」，傳：「縭，婦人之褘。母戒女，施衿結帨。」瑞辰按：方言：「蔽厀，江淮之閒謂之褘。」說文：「褘，蔽厀也。」是褘爲蔽厀之名。爾雅「衣蔽前謂之襜」，郭注：「今之蔽厀。」下卽繼以「婦人之褘謂之縭」，二語相承而言，蓋謂男子之蔽厀謂之襜，婦人之蔽厀則名縭也。釋名：「韠，蔽也，所以蔽厀前也。婦人蔽厀亦如之。」是婦人有蔽厀之證。小爾雅：「蔽厀謂之袡。」方言：「蔽厀，齊魯之郊謂之袡。」袡卽爾雅之襜。爾雅釋文：「襜，本或作襜〔一〕」，方言作袡。此袡卽襜之證。蓋襜與縭對文則異，散文則通。雜記「繭衣裳，與稅衣、纁袡爲一稱〔二〕」，鄭注：「袡，婦人蔽厀〔三〕。」是知士昏禮「女次，純衣纁袡」卽蔽厀也。鄭注舊訓袡爲衣緣，誤。是昏禮女服蔽厀之證。蔽厀一名褘，是知毛傳「婦人之褘」卽婦人之蔽厀也。傳又引士昏禮「施衿結帨」者，上古蔽前，蔽厀象之，示不忘古。其制於衣帶前以韋爲一幅巾。說文：「市，从巾，象連帶之形也。」市或作袚，方言：「蔽厀，江淮之閒謂之褘，或謂之袚。」又作帗，說文：「帗，一幅巾也。」又名大巾，方言「蔽厀，魏宋南楚之閒謂之大巾」，釋名亦云「婦人蔽厀，齊人謂之巨巾」是也。大巾、巨巾，蓋對佩巾爲巾之小者言也。佩巾名帨，蔽厀有大巾、巨巾之稱，故得同名爲帨。

〔一〕「襜」原作「袡」，據釋文改。
〔二〕「稱」字，雜記原文無，鄭注有之。
〔三〕考雜記鄭注無「袡，婦人蔽厀」之文，惟釋文引王肅云：「婦人蔽厀也。」按鄭釋袡爲衣緣，不釋爲蔽厀。

正義引孫炎曰：「褘，帨巾也。」其義正本毛傳。傳既以褘釋縭，又引「結帨」以證結縭，褘與帨爲一，褘既爲蔽厀，則知所謂帨者即蔽厀，非佩巾也。內則「女子生，設帨於門右」，野有死麕詩「無感我帨兮」，帨皆當指縭言之，以其爲嫁時夫所親結也。後人止知佩巾之名帨，不知縭亦得名帨，故皆以爲佩巾耳。結縭謂結其蔽厀之帶，故韓詩章句云：「縭，帶也。」帶所以繫，故爾雅又曰：「縭，繫也。」「縭，緌也。」緌亦繫也。士昏禮「施衿結帨」，衿、紟古通用。說文：「紟，衣系也。」漢書楊雄傳「衿芰茄之綠衣兮」，注引應劭曰：「衿音衿系之衿；衿，帶也。」衣帶謂之衿，帨帶亦謂之衿，是知「施衿結帨」即施帶以結其帨也。郭璞爾雅注以縭爲今之香纓，士昏禮鄭注以帨爲佩巾，孔疏以施衿爲內則之衿纓，胥失之矣。

## 破斧

「四國是皇」，傳：「皇，匡也。」箋：「正其民人而已。」瑞辰按：爾雅釋言：「皇、匡，正也。」據詩考引董氏云「皇，齊詩作匡」，毛蓋以皇爲匡之假借。

「哀我人斯，亦孔之將」，傳：「將，大也。」箋：「此言周公之哀我人民，其德亦甚大也。」瑞辰按：哀字古有數義。有作悲哀解者，詩「哀哉爲猷」、「亦孔之哀」之類是也。有作哀憐解者，此詩「哀我人斯」及詩「哀此鰥寡」、「哀我填寡」之類是也。有當訓愛者，呂氏春秋「人主何可以不務哀士」，高注：「哀，愛也。」釋名：「哀，愛也，愛乃思念之也。」關雎詩序「哀窈窕」卽愛窈窕也。哀憐之意卽與愛近。中庸「仁者，人也」，鄭注：「人也，讀如相人偶之人，以人意相存問之言。」表記「仁者，人也」，注云：「人也，謂施以人恩也。古者相親愛謂之相人偶。」方言：「凡言相憐哀，九疑湘潭之間謂之人兮。」人斯猶人兮也，「哀我人斯」謂憐我而人偶之也。故詩言「亦孔之將」，將與下章嘉、休同義。廣雅：「將，美也。」傳訓將爲大，古大與美亦同義。

「又缺我錡」，傳：「鑿屬曰錡。」瑞辰按：釋文引韓詩曰：「錡，木屬。」與毛傳互異。說文：「錡，鉏鋤也。」「鋤或从吾作鋙。」廣韻：「鉏鋙，不相當也。」鉏鋙二字疊韻，蓋器之有齒，參差不齊，能相錯磨者，猶齒不相值曰齟齬也，蓋卽今之鋸也。管子：「一車必有一斤、一鋸、一釭、一鑽、一鑿、一銶、一軻。」則鋸與斧、鑿、銶同爲軍資所需。胡承珙曰：「傳以錡爲鑿屬者，高誘注淮南本經訓云：『鑿齒，獸名，齒長三尺，狀如鑿〔一〕。』郭璞注海外南經亦同。云獸齒如鑿，當亦取其鋒棱齟齬。錡爲鉏鋤，故曰鑿屬。許與毛合也。」

「又缺我銶」，傳：「木屬曰銶。」瑞辰按：釋文引韓詩曰：「銶，鑿屬。」說文有梂無銶，梂字注：「一曰，鑿首。」鑿首謂鑿柄也。廣雅：「梂，柎也。」柎與弣同，弣亦柄也。鑿柄以木爲之，故

〔一〕「者高誘注淮南本經訓云鑿齒獸名齒長三尺狀如鑿」共二十一字原脫，據胡承珙毛詩後箋補。

傳云木屬。管子山鐵〔一〕曰：「一車必有一斤、一鋸、一釭、一鑽、一鑿、一銶、一軻。」以銶與鑿竝言者，猶欘爲鉏柄，而鹽鐵論「鉏耰棘欘」亦以欘與鉏竝言也。蓋鑿首謂之銶，其柄别爲一器，亦謂之梂，猶矛戈之柄曰矜，而杖亦曰矜也。釋文引一解云：「今之獨頭斧。」未知何所據而云然。胡承珙曰：「器之以木爲者多矣，不得遂名木屬。方言：『臿，宋魏之間謂之鏵。』苿、鏵古今字。說文：『苿，兩刃臿也。』疑傳『木屬』爲『苿屬』之誤。」今按說文又曰：「㮇，苿臿也。从木入，象形，目聲。」「苿，从木丫，象形。宋魏曰苿也。或从金亏作釫。」魯商瞿字子木，木亦當爲苿之誤，或省借作木耳。

「四國是遒」，傳：「遒，固也。」箋：「遒，斂〔二〕也。」瑞辰按：遒者，揫之假借。商頌長發詩「百禄是遒」，說文引作揫，云：「揫，束也。」廣雅：「揫，固也。」與傳訓遒爲固同義。遒又通揂。說文：「揂，聚也。」爾雅：「揫，聚也。」則揂與揫音義亦同。箋訓遒爲斂，斂亦聚也。固與斂，義正相承，皆謂收束之也。

## 伐柯

〔一〕考管子無山鐵之篇，此下引文見輕重乙篇，「山鐵」當作「輕重乙」。胡承珙毛詩後箋引亦作「輕重乙」。

〔二〕「斂」原作「聚」，據毛詩鄭箋改。本書下文亦言：「箋訓遒爲斂，斂亦聚也。」

「籩豆有踐」，傳：「踐，行列貌。」瑞辰按：伐木詩傳：「踐，陳列貌。」玉篇引詩「籩豆有踐」，云：「踐，行也。」古者行路之行，行列之行，竝讀如杭，聲同而義亦通，故踐訓爲跡，又爲行列。踐通作䘺。說文：「䘺，跡也。」其字卽從行矣。因思鄭風「東門之栗，有踐家室」，傳：「栗，行上栗也。」古者以栗表道，謂之行栗，栗之言列也，襄九年左傳「斬行栗」是也。「有踐家室〔一〕」正當訓踐爲行列，謂室外栗樹行列之貌，傳訓踐爲淺，韓詩作靖，訓善，竝失之。

## 九罭

「九罭之魚，鱒魴」，傳：「興也。九罭，緵罟，小魚之網也。鱒魴，大魚。」箋：「設九罭之罟，乃後得鱒魴之魚。言取物各有器也。興者，喻王欲速周公之來，當有其禮。」瑞辰按：傳說是也。爾雅：「緵罟謂之九罭。九罭，魚網也。」緵本或作緫，緵、數一聲之轉，卽孟子所謂「數罟」，趙岐注「數罟，密網也」是也。太平御覽卷八百三十四。引韓詩：「九罭，取鰕芘也。」亦甚言網之密且小耳。郭注爾雅謂：「九罭，今之百囊罟。」是知九罭非謂九囊，蓋以九者數之究極，廣雅：「九，究也。」甚言其密且小，則謂之九罭。詩疏引孫炎云：「九罭，謂魚之所入有九囊也。」失之。詩以小網不可得大魚，喻朝廷之不知周公，處之不得其所。與下二章以鴻之

〔一〕「家室」原作「室家」，據鄭風東門之墠改。

遵陸、遵渚，與周公之失所，取義正同。至箋云「設九罭之網，乃後得鱒魴之魚」，則以九罭爲大罟，蓋孫炎說所本，與傳異義。正義謂「箋解網之與〔一〕魚，大小不異於傳」，殊誤。

「衮衣繡裳」，傳：「衮衣，卷龍也。」瑞辰按：爾雅：「衮，黻也。」蓋釋此詩。「衮衣繡裳」猶終南詩「黻衣繡裳」也。訓衮爲黻，乃通言〔二〕黼黻文章之事，故爾雅又曰：「黼、黻，彰也。」黻衣猶云章服，非訓衮爲十二章之黻也。古者龍畫於衣，黻繡於裳，郭注爾雅謂「衮，有黻衣」，失之。又按傳：「衮衣，卷龍也。」曲禮記衮衣字皆假借作卷，蓋衮从㕣聲，與卷同音，故傳借作卷，荀子又借作裷。今說文作从公聲，形近傳寫之誤。

「鴻飛遵渚」，傳：「鴻不宜遵渚。」箋：「鴻，大鳥也。」瑞辰按：說文：「鴻，鴻鵠也。」鴻鵠即黄鵠，或單稱鴻。箋云鴻大鳥，不曰雁之大者，蓋以鴻爲鴻鵠之鴻。鴻鵠一舉千里，故傳曰「鴻不宜遵渚」，又曰「陸非鴻所宜止」。若爲鴻雁，則遵渚、遵陸，乃其常耳，何以毛云不宜？

## 狼跋

「狼跋其胡」，傳：「跋，躐也。」瑞辰按：說文：「蹎，跋也。」「跋，蹎也」。蹎跋經傳多假作

〔一〕「與」字原脫，據毛詩正義補。

〔二〕「言」下原誤重一「言」字，據文義删。

顛沛。毛傳：「顛，仆也。」「沛，拔也。」拔與跋同。狼跋又通作狼跟。説文：「跟，步行獵跋也。」

「載疐其尾」，傳：「疐，跲也。」瑞辰按：爾雅：「疐，跲也。」「疐，仆也。」疐與躓通。説文：「躓，跲也。」引詩「載躓其尾」。廣雅：「躓，頓也。」

「公孫碩膚」，傳：「公孫，成王也，豳公之孫也。碩，大。膚，美也。」箋：「公，周公也。孫，讀如『公孫于齊』，孫之言孫遁也。」瑞辰按：序言「美周公不失其聖」，則公孫當指周公。周公亦豳公之孫，故稱公孫，不得如傳指成王，亦不得如箋讀孫爲遜也。膚當讀如「膚革充盈」之膚。碩膚者，心廣體胖之象。詩人美周公之處變不失其常，異於狼之跋疐，序所云「不失其聖」也。

「赤舄几几」，傳：「赤舄，人君之盛屨也。几几，絇貌。」瑞辰按：赤舄亦周公所服。上公衮冕，故赤舄。廣雅：「几几，盛也。」詩蓋以狀盛服之貌。説文：「掔，固也。讀若詩『赤舄掔掔。』」己部又云：「讀若詩『赤舄己己』。」己、几古同聲，掔、几古合音，皆擬其音，非釋其義也。

「德音不瑕」，傳：「瑕，過也。」箋：「不瑕，言不可疵瑕也。」瑞辰按：瑕、假古通用。爾雅：「假，已也。」思齊詩「烈假不瑕」，箋：「瑕，已也。」正義以爲釋詁文。是假通作瑕之證。「德音不瑕」，瑕正當讀假，訓已，猶南山有臺詩云「德音不已」也。傳、箋訓爲瑕疵，失之。

十三經清人注疏

# 毛詩傳箋通釋

中

〔清〕馬瑞辰撰

陳金生點校

# 毛詩傳箋通釋卷十七

## 小雅

### 鹿鳴

序：「既飲食之，又實幣帛筐篚，以將其厚意。」箋：「飲之而有幣，酬幣也。食之而有幣，侑幣也。」正義：「此惟言饗、食之幣，不言燕幣。燕禮亦當有焉，但今燕禮惟有好貨，無幣，故文不顯言之。」瑞辰按：周官掌客言上公之禮，「三饗三食三燕，若弗酌，則以幣致之」，鄭注：「不饗則以酬幣致之，不食則以侑幣致之。」賈疏：「燕禮褻，不親酌，蓋不致。」今按賈說非也。經文「以幣致之」承上饗、食、燕三者而言，不得謂燕不以幣致也。鄭注獨言饗、食者，特以明酬幣、侑幣之分耳。聘禮云「饗禮乃歸」，鄭注：「禮謂食、燕也。王或不親以其禮幣致之。略言『饗禮』，互文也。」是鄭君亦謂食、燕皆以幣致矣。饗主於飲，用酬幣；食主於食，用侑幣。燕則飲食兼之，當並用酬幣、侑幣。此詩主燕羣臣，而經曰「承筐是將」，序曰

「既飲食之，又實幣帛筐篚，以將其厚意」，正可爲燕禮兼有酬幣、侑幣之證。箋云酬幣、侑幣，皆指燕禮。正義謂指饗、食者，誤也。周語：「先王之燕，體解節折而共飲食之，于是乎折俎加豆，酬幣宴貨，以示容合好。」此皆燕禮有幣之證。正義謂燕禮無幣，失之。

「呦呦鹿鳴」，傳：「鹿得蓱，呦呦然鳴而相呼。」瑞辰按：淮南子：「鹿鳴興于獸，而君子美之，取其見食而相呼也。」義同毛傳。説文：「呦，鹿鳴聲也。呦或从欠作欲。」廣雅：「呦呦，鳴也。」

「食野之苹」，傳：「苹，蓱。」箋：「苹，藾蕭也。」瑞辰按：蓱爲水草，非鹿所食，此當以箋爲正。爾雅：「苹，蓱。」説文：「苹，蓱也，無根浮水而生者。」皆合苹、蓱爲一。據夏小正「七月苹莠」，傳：「苹也者，馬帚也。」説文作「荓，馬帚也」，與「萍，苹也」異物。爾雅：「荓，馬帚。」郭注：「荓似蓍，可以爲埽帚。」管子地員篇「荓下于蕭」，荓亦蒿之屬，蓋與「苹，藾蕭」同物。毛傳當作「苹，荓」，謂苹卽爾雅之「荓，馬帚」。以苹爲荓之假借，猶夏小正假苹爲荓，非以苹爲水中之蓱也。箋以苹爲藾蕭，亦申傳，非易傳也。後人因爾雅有「苹，蓱」之文，因誤改毛傳之荓爲蓱耳。

「人之好我，示我周行」，傳：「周，至。行，道也。」箋：「示當作寘。寘，置也。周行，周之列位也。好，猶善也。人有以德善我者，我則置之於周之列位。言己維賢是用。」瑞辰按：

鄭注柴誓云：「至，猶善也。」是知傳訓周行爲至道，卽善道也。鄭注鄉飲酒禮引詩，云「嘉賓示我以善道」，義與毛合，至箋詩則義同卷耳，不如從毛傳訓爲至道爲善。此詩三章，文法參差而義實相承。首章前六句言我之敬賓，後二句言賓之善我，二章前六句卽承首章「人之好我」言，後二句乃言我之樂賓，三章前六句卽接言賓之樂，後二句又申言我之樂賓，以明賓之樂實我有以致之也。傳於三章云：「夫不能致其樂，則不能得其志；不能得其志，則嘉賓不能盡其力。」蓋通釋全詩之義。

「視民不恌」，傳：「恌，愉也。」箋：「視，古示字也。飲酒之禮，於旅也語。嘉賓之語先王德教甚明，可以示天下民，使之不愉於禮義。」愉，正義云「定本作偷」。瑞辰按：說文：「視，瞻也。」「示，天垂象，見吉凶，所以示人也。」是視與示二字各別。箋以視爲古示字者，謂古字多借視爲示也。禮記「幼子常視無誑」，士昏禮「視諸衿鞶」，鄭注皆以視爲示，義與此同。爾雅：「佻，偷也。」說文：「佻，愉也。」「愉，薄也。」左氏昭十年傳及說文、玉篇引詩皆作「視民不佻」，服注左傳云：「示民不愉薄。」與箋義合。是字當以作佻及愉爲正。佻、偷二字皆說文所無，今毛詩經作恌，定本作偷，皆俗字。

「君子是則是傚」，傳：「是則是傚，言可法傚也。」箋：「是乃君子所法傚。言其賢也。」瑞辰按：說文：「效，象也。」無傚字。傚蓋卽效之或體，古通作效，詩「民胥傚矣」，左傳引作「民胥效矣」，昭七年左傳引此詩亦作「君子是則是效」是也。又通作詨。儀禮注引詩「君子是則是詨」，詨卽效之音近假借，蓋本三家詩。又按傳言「可法傚」者，謂君子可爲人則效，是謂君子卽嘉賓。鄭注鄉飲酒、燕禮皆以爲嘉賓有明德可則傚，與傳義合，至箋詩則謂嘉賓爲君子所則傚。以經文求之，經言「是則是傚」，不言「可則可效」，當以箋義是允。正義不知傳、箋異義，合而爲一，亦非。

「嘉賓式燕以敖」，傳：「敖，遊也。」瑞辰按：孟子「般樂怠敖」，皆言樂也。爾雅舍人注云：「敖，意舒也。凡人樂則意舒。」是知敖有樂意。傳訓敖爲遊者，說文：「敖，出遊也。从出放。」邶風曰：「以敖以遊。」敖、遊同義也。遊與豫同義，孟子趙岐注：「豫，亦遊也。」爾雅：「豫，樂也。」則遊亦樂也。「嘉賓式燕以敖」，猶南有嘉魚詩「嘉賓式燕以樂」，車舝詩「式燕且喜」、「式燕且譽」也。譽與豫通。昭二年左傳「宣子譽之」，服虔注：「譽，遊也。」孟子趙注引春秋傳「宣子豫焉」。是譽、豫通用之證。朱子集傳引蘇氏曰：「凡詩之譽，皆言樂。」是知服虔訓譽爲遊，亦謂樂。三章「以燕樂嘉賓之心」，燕樂猶上言「式燕以敖」耳。

「食野之芩」，傳：「芩，草也。」釋文引說文云：「芩，蒿也。」瑞辰按：今本說文亦作「芩，草也」，當从釋文所引訓蒿爲是。首章「食野之苹」爲藾蕭，卽藾蒿，三章「食野之芩」亦蒿屬，正與二章「食野之蒿」相類。足證古人因物起興，每多以類相從。

「和樂且湛」，傳：「湛，樂之久也。」釋文：「湛，字又作耽。」瑞辰按：爾雅：「妉，樂也。」湛及耽、妉，皆媅字之假借。說文有耽，云「耳大垂也」，無妉字。說文：「媅，樂也。」常棣詩釋文引韓詩：「耽，樂之甚也。」此詩韓詩蓋亦作耽。媅借作耽，猶訦、忱通作諶也。詩「天難忱斯」，韓詩作諶。

## 四牡

「四牡騑騑」，傳：「騑騑，行不止之貌。」瑞辰按：廣雅：「騑騑，疲也。」行不止則必疲，與毛傳義正相承。說文：「婓，往來婓婓也。」廣韻作「婓婓，往來貌」。人之往來曰婓婓，馬之行曰騑騑，其義一也。禮「車馬之美〔一〕，匪匪翼翼」，鄭注：「匪，讀如『四牡騑騑』。」是騑騑與匪匪義同。

「周道倭遲」，傳：「周道，岐周之道也。倭遲，歷遠之貌。」釋文：「韓詩作倭夷。」瑞辰按：周有大義，此當從朱子訓爲大道。倭遲、倭夷皆疊韻。文選琴賦注引韓詩「周道倭夷」，與說文、釋文竝同。西征賦注又引韓詩「周道威夷」，薛君章句曰：「威夷，險也。」廣雅：「隇陝，險也。」義本韓詩。威夷猶言鍡鑸。說文、廣雅竝曰：「鍡鑸，不平也。」不平故爲險，險阻者必邪曲。天台山賦：「既克隮于九折，路威夷而修通。」威夷承九折言，正狀其邪曲也。說文逶字注

〔一〕「美」原作「容」，據禮記少儀改。按鄭注云：「美當作儀，字之誤也。」

云：「逶迤，衺去之貌。」音義與威夷竝相近。邪曲則必紆遠，故義又轉爲長。文選謝玄暉詩「威紆距遥甸」，李善注：「威紆，威夷紆餘，流長之貌也。」顔延年秋胡行「行路正威遲」，李注引毛傳「倭遲，歷遠貌」，又引「韓詩『周道威夷』」，其義同」，是知毛、韓詩字雖異而音義竝相近。此當从毛傳歷遠之訓。倭、威、遲、夷四字古音同部，故通用。倭通作威，猶委虒通作威夷也。爾雅「威夷長脊而泥」，即説文「委虒，虎之有角者也」。遲通作夷，猶陵遲通作陵夷也。漢書地理志郁夷，注引詩「周道郁夷」，倭、郁二字雙聲，故通用，此當爲齊、魯詩。顔師古以爲韓詩，蓋誤。又按説文：「倭，順貌。」引詩曰「周道倭遲」。此又與韓詩訓險，以相反而成義。

「嘽嘽駱馬」，傳：「嘽嘽，喘息之貌。馬勞則喘息。」瑞辰按：説文：「嘽，喘息也。」引詩「嘽嘽駱馬」。本毛詩。又曰：「痑，馬病也。」引詩「痑痑駱馬」。蓋本三家詩。嘽與痑一聲之轉，故通用。嘽之言癉，説文：「癉，勞病也。」廣雅：「痑痑，疲也。」玉篇：「痑，吐安切，力極也。」引「詩：『痑痑駱馬。』亦爲嘽。」説文撣字注：「讀若行遲驒驒。」據顔師古漢書注引詩「驒驒駱馬」，驒驒亦當爲三家詩之異文。嘽通作痑，與和、桓通音爲一類。猶漢書地理志沛郡鄲，孟康曰「音多」，周緤傳「封緤子爲鄲侯」，蘇林亦音鄲爲多也。

「不遑啟處」，傳：「遑，暇。啟，跪。處，居也。」瑞辰按：爾雅：「偟，暇也。」偟即遑之別體。爾雅：「啟，跪也。」郭注：「小跽。」李巡云：「小跪也。」啟當爲跽之假借。説文：「跽，長跪也。」段玉裁本作「長跽」。今按此詩傳跪字釋文云「郭巨几反」，正讀如跽，是毛傳跪亦跽也。跽通作䠢。史記滑稽傳「髠帣韝鞠䠢」，徐廣曰：「䠢音其紀反，與跽同，謂小跪也。」跽又通起。釋名：「跽，忌也。見所敬忌，不敢自安也。」又曰：「起，啟也。啟，一舉體也。」「啟，一舉體」蓋卽小跪之謂也。古人坐與跪，皆𨄔著於席，惟坐下其脾、跪聳其體爲異。而跽與跪又微有別。係於拜曰跪，故説文曰：「跪，拜也。」不係於拜曰跽。跪爲兩𨄔據地，有危象；跽則半跪，有安象，故爲小跪，又曰小跽。説文曰「長跽」者，長通作䟓，方言「東齊海岱北燕之郊，跪謂之䟓蹬」，郭注「今東郡人亦呼長跪爲䟓蹬」是也。至蹲踞之踞，古只作居，謂足底著地而下其脾，聳其𨄔，與啟爲小跪不同。廣雅訓啟爲踞，據説文「䠎，長踞也」，啟當爲䠎之假借，非此詩之啟處也。啟處猶言啟居。據傳云「處，居也」，居當爲凥之假借。説文：「凥，處也。从尸几。尸得几而止也。」凡人閒居之時，皆凭几而坐。傳訓處爲居，與説文訓凥爲處，爲互訓。又此詩言「不遑啟處」，采薇、出車皆作「不遑啟居」，是知居卽處也。則知居非蹲踞之踞，當爲凥之借字矣。

「翩翩者鵻」，傳：「鵻，夫不也。」箋：「夫不，鳥之慤謹者，人皆愛之，可以不勞，猶則飛則〔一〕下，止於栩木。喻人雖無事，其可獲安乎。感厲之。」瑞辰按：爾雅：「隹其，鳺鴀。」郭

〔一〕「則」原作「而」，據毛詩鄭箋改。按：箋以「則飛則下」釋詩「載飛載下」也。

注：「今鵓鳩。」鵓卽夫不之合聲。今俗呼爲勃姑，鵓、勃亦語之轉也。左氏昭十七年傳「祝鳩氏，司徒也」，孔疏引樊光曰：「祝鳩，夫不。孝，故爲司徒。」是知詩以鵻取興者，正取其爲孝鳥，故以興使臣之「不遑將父」、「不遑將母」，爲鵻之不若耳。箋說非詩義也。又按正義引舍人云：「鵻名其夫不。」李巡曰：「夫不一名鵻。」是知爾雅讀各不同。毛傳及李巡皆以「夫不」爲名，卽以「隹其」字連讀，傳只言「鵻」者，順經文也；舍人則以「其夫不」三字連讀，故詩疏兼引以證其異。左傳疏引舍人曰：「隹一名夫不。」蓋誤脱一「其」字。又按陸疏：「鵻其，今小鳩也。一名鵓鳩。梁宋之閒謂之鵻。」又云：「斑鳩項有繡文斑然，鵓鳩灰色無繡項。」鵓鳩卽鵓鳩，是鵻卽今俗名勃姑之證。

「將母來諗」，傳：「諗，念也。」箋：「諗，告也。君勞使臣，述叙其情：女曰我豈不思歸乎？誠思歸也。故作此詩之歌，以養父母之志來告於君也。」瑞辰按：傳蓋以諗爲念之同音假借，箋則从其本義。說文：「諗，深諫也。」義與箋訓諗爲告者合。但以經文求之，仍從傳訓念爲是。又按王尚書曰：「來，詞之是也。『將母來諗』，言我惟養母是念。」箋訓來爲往來之來，失之。

## 皇皇者華

「皇皇者華」，傳：「皇皇，猶煌煌也。」瑞辰按：爾雅釋言：「華，皇也。」一本作「皇，華也」。以說文引爾雅「𦻏，䔢也」證之，作「皇，華也」爲是。今本作「華，皇也」，非。釋草：「蕍芛葟華榮。」據郭注釋言引釋草「葟，華榮」，是讀「蕍，芛」爲句，「葟，華榮」爲句。說文曰：「蕍，灌渝。讀若萌。」又曰：「芛，草之皇榮也。」又曰：「䔢，榮也。」是以「蕍」字屬上「其萌虇」爲句，而以「芛，葟」及「華，榮」各爲句，與郭讀異。至說文葟作𦻏，云：「𦻏，䔢榮也。从䔢，㞷聲。㞷即㞷之省。說文：「㞷，草木妄生也。」讀若皇。爾雅：『𦻏，䔢也。』或作葟。」當爲釋言「華，皇也」之異文。若以「𦻏，華」爲釋草之文，則釋草「榮」字爲贅文矣。皇即葟之省，爲𦻏榮之貌，華、皇以雙聲爲義，重言之則曰皇皇。詩蓋以華之有光榮，與使者之有光華，序所云「遠而有光華」也。

「駪駪征夫」，傳：「駪駪，衆多之貌。征夫，行人也。」瑞辰按：說文：「駪，馬衆多貌。」說文燊字注：「讀若詩『莘莘征夫』。」據韓詩外傳、說苑引詩竝作「莘莘」，是知作「莘莘」者韓詩。駪、莘古聲轉通用，猶螽斯詩「詵詵」，說文作「𨐨𨐨」；有莘氏，呂氏春秋作有侁也。說文「侁，行皃。」據楚辭招魂「豺狼從目，往來侁侁」，王逸注「侁侁，往來聲也」，「聲」當爲「皃」之譌。引詩「侁侁征夫」，玉篇「侁，往來侁侁行聲」，引詩「侁侁征夫」，作侁侁者，蓋齊、魯詩。以經義求之，當从說文訓爲行貌爲是。侁侁者，謂征夫往來行貌也。駪駪、莘莘，皆侁侁之同聲假借。

「我馬維駒」，釋文：「駒音俱，本亦作驕。」瑞辰按：說文：「馬高六尺爲驕。」引詩「我馬維驕」。是毛詩古本作驕之證。驕與駒雙聲，古蓋讀驕如駒，以與濡、驅、諏合韻，與漢廣詩以駒韻蔞、株林詩〔一〕以駒韻株者，其本字皆當爲驕正同。後人據音以改字，遂作駒耳。

「每懷靡及」，傳：「每，雖。懷，和也。」箋：「春秋外傳曰：『懷和爲每懷也。』和當爲私。衆行人既受君命，當速行，每人懷其私，相稽留，則於事將無所及矣。」瑞辰按：懷和以雙聲爲義，故外傳以懷和爲每懷，而毛傳本之。箋易和爲私，失其義矣。鄭引外傳而破之云「和當爲私」，其所引外傳仍當作懷和，正義本作私，亦誤。釋訓〔二〕：「每有，雖也。」此毛傳「每，雖」所本。又證以末章傳云「雖有中和，當自謂無所及」，則傳有「每，雖」二字明矣。正義謂鄭所據本無「每，雖」，亦非。鄭改和爲私，自易毛義，非述毛也。又按廣雅：「每、雖，詞也。」是每、雖皆語詞，不爲義。常棣詩「每有良朋」與「雖有兄弟」詞異而義同。

## 常棣

「常棣之華」，傳：「常棣，棣也。」釋文：「本或作：『常棣，移。』」瑞辰按：御覽引詩「棠棣之華」，常爲棠字之假借。釋文云本或作「常棣，移」，是也。一證之藝文類聚木部引韓詩序

〔一〕「詩」下原有「讀」字，據文義刪。
〔二〕「訓」原作「言」，據爾雅改。

曰：「夫移，燕兄弟，閔管、蔡之失道也。」又引韓詩曰：「夫移之華，萼不煒煒。」直以夫移代常棣，則常棣卽爲夫移可知矣。一證之秦風「山有苞棣」，毛傳：「棣，唐棣也。」以唐棣釋棣，則必以常棣爲移矣。一證之論語「唐棣之華」，何晏集解云：「唐棣，移也。」據春秋繁露竹林篇引論語作「棠棣之華」，文選廣絶交論李善注引亦同，則知論語本一作「棠棣」，故何平叔訓爲移也。孔安國論語解云：「唐棣，棣也。」是知孔作「唐棣」，與何異，故以爲棣。一證之説文：「移，棠棣也。」「棣，白棣也。」説文多本毛傳，則毛傳原作「常棣，移」可知矣。玉篇亦曰：「移，棠棣也。」是又本之説文耳。惟爾雅云：「唐棣，移；常棣，棣。」蓋以唐、棠、常聲同，傳寫互譌。然文選甘泉賦注引爾雅正作「棠棣，移」，則今本作「唐棣，移」，或以聲同而誤。又何彼襛矣詩「唐棣之華」，毛傳：「唐棣，移也。」經、傳「唐棣」皆當爲「常棣」之譌。釋文轉據當時爾雅誤本而以毛傳訓移爲誤，蓋失之矣。段玉裁謂常與唐同字，亦非。邢叔明爾雅疏於移下引陸疏云：「奧李也。一名雀梅，一名車下李。」藝文類聚引禮記義疏云：「夫移一名薁李。」今按薁李實似櫻桃，有赤、白二種。説文以棣爲白棣，則夫移爲赤棣可知，皆卽今郁李之類。郭注爾雅直以夫移爲白移，謂似今之白楊樹，失之。又按論語「唐棣」卽「棠棣」，而言「偏其反而」者，謂其華初開反背，終乃合并也。詩取以喻管、蔡失道者，亦取其始華反背爲興。

「鄂不韡韡」，傳：「鄂，猶鄂鄂然，言外發也。韡韡，光明也。」箋：「承華者曰鄂。不，當作拊；拊，鄂足也。鄂不得華之光明，則韡韡然盛。興者，喻弟以敬事兄，兄以榮覆弟，恩義之顯亦韡韡然。古聲不、拊同。」瑞辰按：此從毛傳讀爲是。玉篇曰：「不，詞也。」王肅述毛曰：「不韡韡，言韡韡也。以興兄弟能内睦外禦，則强盛而有光燿，若常棣之華發也。」王尚書曰：「不乃語詞。『鄂不韡韡』猶言『夭之沃沃』。」其説是也。據藝文類聚引韓詩作「萼不煒煒」，則鄭箋訓鄂爲花萼之萼，其説蓋本韓詩。説文：「芣，華盛。从艸，不聲。」或謂不即芣字之省，然不若毛傳爲善。

「死喪之威」，傳：「威，畏。」箋：「死喪可畏怖之事。」瑞辰按：威、畏雙聲，古通用。古者謂兵死曰畏。白虎通喪服引「檀弓曰：『不弔三：畏、厭、溺也。』畏者，兵死也。」又通典八十三引盧植云：「畏者，兵死，所殺也。」周禮冢人：「凡死於兵者不入兆域。」此詩「原隰裒矣」，朱子集傳謂「尸裒聚於原隰之閒」，則上言「死喪之威」正言兵死，故知威即畏也。列女傳引詩而釋之曰：「言死可畏之事，兄弟甚相懷也。」正以畏釋詩之威。又吕覽勸學曰：「曾點使曾參，過期而不至，人皆見曾點曰：『無乃畏邪？』」高注：「畏，猶死也。」是古通謂死爲畏，亦取可畏怖之意耳。至晉書夏侯湛傳引詩「死喪之戚〔一〕」，白帖「死喪之慼」，皆以形近而誤。

〔一〕「戚」原作「威」，據續經解本及晉書夏侯湛傳改。按：下言「皆以形近而誤」，兼指晉書「威」誤爲「戚」，白帖「威」誤爲「慼」。

詩以威與懷爲韻，若作戚，則非韻矣。

「原隰裒矣」，傳：「裒，聚也。」瑞辰按：說文繫傳本及玉篇竝引詩「原隰捊矣」，藝文類聚引詩作褎。爾雅：「裒，聚也。」釋文：「裒，古字作褎，本或作捊。」易「君子以裒多益寡」，釋文：「裒，鄭、荀、董、蜀才作捊，唐石經作褎。」與此詩裒或作捊或作褎者正同。據說文「捊，引堅也」，「堅，土積也」，詩緜釋文引說文作「引取土」者，乃傳寫者誤分堅字爲二。堅與聚同義。廣雅：「捊，取也。」取與聚義亦相近。字當以捊爲正，褎乃捊之同聲假借字。裒字爲說文所無，又褎字之俗也。褎、孚古同聲。說文：「褎，从衣，保省聲。保，古文保。」孚，古文作采，从孓，孓亦古文保，故二字通用。說文又云：「捊，或从包作抱。」包與保亦同聲。今人用爲褎裦字，鮮知爲捊之異文矣。

「況也永歎」，傳：「況，茲。」釋文：「況，或作兄，非也。」瑞辰按：說文：「兄，長也。」即滋長之義。又矢部弞下曰：「兄〔一〕，詞也。」古兄音讀如荒，轉聲讀如況。凡詩傳、箋訓茲者，其字本皆作兄。「兄也永歎」猶云「滋〔二〕之永歎」也。說文：「茲，草木多益也。」「滋，益也。」是茲與滋同義。古矧兄、比兄，亦皆作兄，後乃通用寒水之況字。況，又況之俗字。釋文轉以或作

〔一〕「兄」，今本說文作「況」，段注：「況當作兄。」馬氏蓋從段說改。

〔二〕「滋」，邶風泉水作「茲」，馬氏於彼云：「茲即滋也。」

兄爲非，失之。

「兄弟鬩于牆」，傳：「鬩，很也。」瑞辰按：爾雅釋言：「鬩，恨也。」郭注：「相怨恨。」據僖〔一〕二十四年左傳正義引「爾雅：『鬩，很也。』孫炎曰：『相很戾也。』李巡本作恨。」爾雅釋文：「鬩，恨也。孫炎作很。」是知孫、李本不同，郭注从李。今按曲禮「很無求勝」，鄭注：「很，鬩也。」是很、鬩二字互訓，當作「鬩，很」爲是。唐書高麗傳「今男生兄弟鬩很」，義本此詩。說文：「鬩，恆訟也。」「訟，爭也。」方言：「宋衞之間，凡怒而噎噫，謂之脅鬩。」俱與很義近，字以作很爲正。李巡本作恨，假借字也。郭璞从李，遂以怨恨釋之，則非。

「外禦其務」，傳：「務，侮也。」瑞辰按：爾雅釋言：「務，侮也。」左氏僖二十四年傳及周語引詩皆作「外禦其侮」，務即侮之假借。務、侮二字雙聲，故通用。務从敄聲，與霧从敄聲正同，以霧讀近蒙證之，則務亦得讀若蒙，爾雅：「天氣下，地不應，曰雺。」說文、漢五行志作霧，洪範作蒙，鄭、王本作雺，鄭注：「雺，音近蒙。」今按雺即霧字之省。瞀从敄聲，讀蒙，則務从敄聲，亦讀近蒙。正與戎音協，同在東冬部。蓋古字亦有數讀，務本在尤幽部，轉讀得與戎韻也。荀子禮論曰：「薦器則有鍪而無縱。」注：「鍪之言蒙也，冒也。」汪中曰：「鍪、蒙、冒，語之轉。」亦務可轉蒙之證。劉原甫欲改戎爲戍以韻務，失矣。或疑蒙在東韻，戎在冬韻，東、冬之界，唐人始淆之。然旄丘詩「狐裘

〔一〕「僖」原作「昭」，按此下引文見左傳僖公二十四年正義，今據改。

蒙戎」與東、同相協，則東、冬亦間有合韻者，不得謂「狐裘蒙戎」一句爲非韻也。

「烝也無戎」，傳：「烝，塡。戎，相也。」箋：「久〔一〕也猶無相助己者。古聲塡、寘、塵同。」瑞辰按：傳訓烝爲塡，而箋訓烝爲久，謂古聲塡、寘、塵同者，據爾雅釋詁「塵，久也」，釋言「烝，塵也」爲說，謂傳塡卽塵也。塡、塵同聲，猶古田、陳同聲。孫炎曰：「烝，物久之塵。」據史記集解引韋昭曰「陳，久也」，知塵卽陳之同聲假借，非塵埃之塵。郭注爾雅謂「人衆所以生塵埃」，失其義矣。

「不如友生」，瑞辰按：生，語詞也。唐人詩「太瘦生」及凡詩「何似生」、「作麼生」、「可憐生」之類，皆以生爲語助詞，實此詩及伐木詩「友生」倡之也。

「飲酒之飫」，傳：「飫，私也。不脫屨升堂謂之飫。」箋：「私者，圖非常之事。若議大疑於堂，則有飫禮焉。聽朝爲公。」瑞辰按：飫私之飫，與立飫之飫，當是二義。周語：「王公立飫則有房烝，親戚宴享則有肴烝。」又曰：「飫以顯物，燕則合好。」此立飫之禮大於燕者也。爾雅：「飫，私也。」郭注：「燕飫之私。」說文作䬬，云：「䬬，燕食也。」引詩「飲酒之䬬」。韓詩作醧。文選注六引韓詩「飲酒之醧」。云：「能飲者飲，不能者已，謂之醧。」說文：「醧，宴私歛也。」又通作醧。廣韻：「醧，能者飲，不能者止也。」此飫私之飫，與燕異名同實者也。立飫以立爲禮，飫

〔一〕「久」上原衍「烝」字，據毛詩鄭箋刪。

燕則坐；立飫不脱屨而升堂，飫私則跣。飫私當以韓詩作醧爲正字，毛詩作飫者，假借字也。角弓詩「如食宜饇」，傳：「饇，飽也。」據廣韻「飫，飽也，厭也」，彼饇即飫之假借，此詩又假飫爲醧。以古音讀之，醧與豆、具、孺韻正協，作飫則聲入蕭宵部，毛詩蓋讀飫如醧也。初學記引韓詩内傳曰：「夫飲之禮，不脱屨而即席者謂之禮，跣而升堂者謂之宴，能者飲、不能飲者已謂之醧。」其所云「不脱屨而即席者謂之禮」，與毛傳云「不脱屨升堂謂之飫」合，此立飫之禮也。又曰「跣而升堂者謂之宴，能者飲、不能飲者已，謂之醧」，此飫私之義，以飫飽爲度者也。是韓詩亦分立飫及飫私爲二義矣。毛傳既曰「飫，私也」，又曰「不脱屨升堂謂之飫」，蓋廣異義。不云「一曰」者，省文也。鄭箋蓋誤合爲一，故以私爲圖非常之事耳。段玉裁亦知飫私非即立飫，而疑毛傳「不脱屨升堂謂之飫」句首「不」字誤衍，説亦未確。至説文：「𠣞，飽也。从勹，𣪘聲。民祭，祝曰厭𠣞。」其字讀己又切，與廄从𣪘聲正同。或讀乙庶切，以爲飫之通者，誤也。

「妻子好合，如鼓瑟琴」，箋：「好合，志意合也。合者如鼓琴瑟之聲相應和也。」瑞辰按：姜宸英湛園札記曰：「詩比妻子曰『如鼓瑟琴』。禮明堂位有大琴、大瑟，中琴、中瑟。凡用大琴必用大瑟配之，用中琴必用中瑟配之，然後大者不陵，細者不抑，而五聲和。蓋取其相配以爲和也。」又云：「有雅琴、頌琴，則雅瑟、頌瑟實爲之配，亦取琴瑟相合之義。」可取以補正義之缺。

## 伐木

「神之聽之」，箋：「此言心誠求之，神若聽之，使得如志。」瑞辰按：以經文求之，並無求通神明之意，且「神之」與「聽之」相對成文，不得言「神若聽之」也。爾雅釋詁：「神，慎也。」「慎，誠也。」神之即慎之也。荀子非相篇曰：「寶之珍之，貴之神之。」楊倞注：「神之，謂不敢慢也。」又曰：「辨之明之，持之固之。」句法與此詩同。廣雅：「聽，從也。」聽之謂能聽從是言也。小明詩亦無求神之義，兩言「神之聽之」，義同此。蜀志郤正作釋譏云：「蓋易著行止之戒，詩有靖恭之歎，乃神之聽之而道使之然也。」其所云「神之聽之」亦當訓爲慎之從之，不以神爲神明。韓詩外傳引此詩，釋作神明，箋義蓋本韓詩，然於經旨不合。

「伐木許許」，傳：「許許，柹貌。」瑞辰按：許、所古同聲通用。凡言「何許」猶何所也，「幾所」猶幾許也，穀梁傳「所俠」即許俠也。說文引詩「伐木所所」，云：「所所，伐木聲也。」玉篇亦云：「所，伐木聲也。」蓋本三家詩。前章丁丁爲伐木聲，則此章許許亦伐木聲。段玉裁謂丁丁刀斧聲，所所爲鋸聲，其說近之。至毛傳云「許許，柹貌」，柹當作杮。說文：「杮，削木札樸也。」札樸乃木皮。晉書王濬造船，「木杮蔽江而下」，是其證也。以許許爲杮貌，不若說文以爲伐木聲爲允。

「釃酒有藇」，傳：「以筐曰釃，以藪曰湑。藇，美貌。」瑞辰按：說文：「灑，釃酒也。一曰，浚也。」「釃，下酒也。一曰，醇也。」此詩「有藇」、「有衍」，傳皆訓爲美貌，釃酒正當从說文醇酒之訓。醇與醕通。廣雅：「醕，美也。」說文無藇字，當讀如楚茨「我黍與與」之與。廣韻：「穥穥，黍稷美也。」玉篇：「藇，酒之美也。」字亦作䤧。廣韻曰：「『釃酒有䤧』，䤧，酒之美也。」古無藇、䤧等字，蓋通假作與字耳。

「有酒湑我，無酒酤我」，傳：「湑，莤之也。酤，一宿酒也。」箋：「酤，買也。」瑞辰按：說文：「湑，莤酒也。」莤，古縮字。周官「醴齊縮酌」，卽此。湑爲莤酒，必浚之漉之，去其渣，猶說文訓揟爲取水沮，沮卽今之渣字也。酤對湑言，湑必以暇時莤之，酤則可以猝爲之，當從傳訓一宿酒爲是。說文：「酤，一宿酒也。」徐鍇曰：「謂造之一夜而孰，若今雞鳴酒也。」釋文：「酤，毛讀如户。說文同。」今按酤當讀苦良之苦，周官典婦功：「辨其苦良。」苦、户音亦相近。苦之言盬，謂麤也。酤酒之不暇莤，猶苦盬之不暇湅治也。酤又通作沽，沽亦麤略之義。檀弓「杜橋之母之喪〔一〕，宮中無相，以爲沽也」，鄭注：「沽，略也。」酤酒以一宿而成，是爲麤略之甚。

〔一〕「之喪」二字原脱，據續經解本及禮記檀弓補。

「坎坎鼓我」，瑞辰按：坎者，竷之假音。説文引詩作「竷竷鼓我」，段玉裁説文本竷从夊，从章，夅聲。夅古音讀若〔一〕洪。洪頤煊曰：「靈臺詩『鼉鼓逢逢』，呂氏春秋高注、一切經音義卷六引詩『鼉鼓韸韸』，韸卽竷字之省。」今按：竷古音讀若逢，與坎古音讀若空相類。説文又曰：「⿱隆鼓，鼓聲也。」亦與竷从夅聲者音近而義同。説文引作竷者，蓋三家詩。毛詩借作坎坎，無傳者，已見陳風傳也。或謂當从説文今本引作「舞我」者，非也。

## 天保

「俾爾單厚」，傳：「俾，使。單，信也。或曰：單，厚也。」箋：「單，盡也。」瑞辰按：單者，亶之假借。爾雅邢疏引某氏注云：「詩曰：『俾爾亶厚。』」潛夫論引詩亦作「俾爾亶厚」。蓋本三家詩。説文：「亶，多穀也。」亶之本義爲多穀，引伸之爲信厚。爾雅釋詁：「亶，信也。」又：「亶，厚也。」此當訓厚，猶「多益」、「戩穀」皆二字同義也。單與亶同聲而義近，故通用。説文：「單，大也。」墨子：「厚，有所大也。」單、厚同義，皆爲大也。辛紹業曰：「説文：『單，从吅甲，吅亦聲，闕〔二〕。』甲卽⿱日寸之隸體，猶⿱亯⿱日寸隸省作覃。」是也。「單厚」卽指下「福」言，

〔一〕「若」原作「苦」，據續經解本改。按孟子滕文公下：「洚水者，洪水也。」是古夅、洪音同之證。

〔二〕按：段注云：「『闕』，當云『甲闕』，謂甲形未聞也。」

言〔一〕予福之厚。箋云「天使女盡厚天下之民」，失之。

「何福不除」，傳：「除，開也。」箋：「何福而不開，言開出以予之。」瑞辰按：襄二十九年左傳：「然明曰：『政將焉往？』裨諶曰：『其焉辟子産！舉不踰等，則位班也，擇善而舉，則世隆也。天又除之，奪伯有魄。』」王觀察曰：「除，開也。言天又開除子産。『天又除之』猶言天又啟之。」今按王説是也。訓除爲開，與此詩毛傳義合。開猶啟也，啟猶起也，詩「啟居」一作「起居」。起猶興說文：「興，起也。」也。僖二十三年左傳：「叔詹諫曰：『臣聞天之所啟，人弗及也。』」下文楚子又曰：「天將興之，誰能廢之？」天所啟即天所興，則此「何福不除」訓開，開亦爲興，猶下章「以莫不興」耳。又按：傳止訓除爲開，而箋言「開出以予之」者，除、余古通用，爾雅「四月爲余」，小明詩箋作「四月爲除」，是其證也。余、予古今字，見曲禮鄭注。余通爲予我之予，即可通爲賜予之予。說文：「与，賜予也。」与及與同，說文嬩讀若余。除〔二〕从余聲，可假爲余，即可假爲予，「何福不除」猶云何福不予。予，與也，授也。凡史記言「除吏」，漢書言「除官」，皆謂授以官，除與此詩「何福不除」同義。舊皆以除舊生新釋之，失其義矣。開與閉對文。左傳：「晉饑，秦輸之粟。秦饑，晉閉之糴。」古以不與爲閉，則知以開爲與，是

〔一〕「言」字原不重，據文義補。
〔二〕「除」字，據上下文義增。無「除」字，文義不通。

言開卽有予義，故箋言「開出以予之」以申傳義，開卽予也。是知左傳言「天方授楚」者，猶說苑善說篇云「天方開楚」也。開、啟、興，皆發也，卽皆予也。今俗語云「發福」，正與古合。又按：除者，殿陛之名。訓開者，蓋以除爲捈之假借。說文：「捈，臥引也。」廣雅：「捈，引也。」法言問神篇「捈中心之所欲」，宋咸注：「捈，引也。」說文：「引者〔一〕，開弓也。」假除爲捈，故訓開，開卽引也。又按：除爲陛，陛以次漸進，亦與引申之義相近。

「俾爾戩穀」，傳：「戩，福。穀，祿。」瑞辰按：爾雅：「戩，福也。」方言：「福祿謂之祓戩。」是戩古訓福之證。說文：「戩，滅也。」爾雅：「滅，盡也。」盡之義兼美惡。福者備也，盡與備義近，故戩亦得訓福。

「降爾遐福」，箋：「遐，遠也。」瑞辰按：遐與嘏聲近而義同。爾雅：「嘏，大也。」說文：「嘏，大遠也。」遐訓遠者，當卽嘏字之假借。遐又與胡通，遐、胡雙聲。逸周書謚法解〔二〕竝曰：「胡，大也。」士冠禮「永受胡福」，卽此詩遐福也。

---

〔一〕「者」字，說文無。

〔二〕據下云「竝曰」，則所引當不止逸周書謚法解，疑漏脫一書篇名。今按廣雅釋詁云：「胡，大也。」此處似當補「廣雅釋詁」四字。

「吉蠲爲饎」，傳：「吉，善。蠲，絜也。」釋文：「蠲，舊音圭。」惠棟曰：「案呂覽曰『臨飲食必蠲絜』，高注：『蠲讀爲圭。』蓋三家詩本作『吉圭爲饎』，故高讀从之。」瑞辰按：士虞禮饗辭曰：「哀子某圭爲而哀薦之饗。」注：「圭，絜也。詩曰：『吉圭爲饎。』」周官蜡氏「令州里除不蠲」，注：「蠲讀如『吉圭惟饎』之圭。圭，絜也。」又宮人注：「蠲，猶絜也。」引詩「吉蠲爲饎」。釋文：「蠲，音圭。」書「蠲烝」，馬融音圭。蓋古音蠲讀如圭，音同而義亦同，故白虎通曰：「珪之爲言潔也。」孟子趙注、廣雅並曰：「圭，潔也。」是知三家詩作吉圭。蠲讀同圭，亦有絜義。周禮宮人「除其不蠲」，鄭注：「蠲，猶潔也。」爾雅釋言：「蠲，明也。」郭注：「蠲，清明貌。」祭義注：「明，猶潔也。」楚茨詩「祀事孔明」，箋：「明，猶備也，絜也。」大戴禮諸侯遷廟篇盧辨注引詩「絜蠲爲饎」。吉、絜雙聲，三家詩吉或作絜，絜之言潔。絜、蠲二字同義，猶呂覽「蠲絜」二字並言也。

「是用孝享」，傳：「享，獻也。」箋：「謂將祭祀也。」瑞辰按：爾雅：「享，孝也。」王尚書曰：「酒誥曰：『用孝養厥父母。』釋名引孝經說：『孝，畜也。畜，養也。』廣雅：『畜，養也。』是孝、享二字同義，故享祀亦曰孝祀。此詩及易萃彖傳並曰『孝享』。」其說是也。孔疏曰「是用致孝敬之心而獻之」，失其義矣。

「君曰卜爾」，傳：「君，先君也。尸所以象神。卜，予也。」瑞辰按：釋詁：「卜，予也。」與傳合。白虎通：「卜，赴也。」古卜音近赴，亦與付近，故訓予。倬彼甫田〔一〕詩「秉畀炎火」，韓詩秉作卜，云：「卜，報也。」卜、報二字雙聲，則此詩「卜爾」猶云報爾，楚茨詩「卜爾百福」猶云報以景福也。又釋詁：「畀，予也。」畀與卜亦雙聲，卜訓予者，或即畀之假借。

「神之弔矣」，傳：「弔，至。」瑞辰按：說文：「𨑩，至也。」弔即𨑩之省借字。「神之弔矣」猶云「神之格思」，格與佫通，方言徦、佫皆訓至。

「民之質矣，日用飲食」，傳：「質，成也。」箋：「成，平也。民事平，以禮飲食，相燕樂而已。」瑞辰按：廣雅：「常，質也。」此詩質即爲常，謂民安其常，惟日用飲食。猶擊壤歌言「耕田而食，鑿井而飲」也。

「羣黎百姓」，傳：「百姓，百官族姓也。」瑞辰按：堯典「平章百姓」，百官也。而毛傳言「百官族姓」者，楚語觀射父曰：「民之徹官百，王公之子弟之質能言能聽徹其官者，而物賜之姓，以監其官，是爲百姓。」韋昭注：「百姓，百官有世功者。」又曰：「百姓，百官也。官有世功，受氏姓也。」又鄭康成曰：「百姓，羣臣之父兄子弟。」管子君臣上篇云：「百姓量其力於父兄之間。」是百姓〔二〕本百官賜姓之稱，故曰「百官族姓」，後遂通以爲百官之稱。又以稱衆

〔一〕倬彼甫田通稱甫田。但下引「秉畀炎火」見大田詩，則甫田當作大田。

〔二〕「姓」原作「官」，據上下文義改。

民，如論語「修己以安百姓」之類是也。

「徧爲爾德」，箋：「羣黎百姓徧爲女之德。言則而象之。」瑞辰按：爲當讀如「式訛爾心」之訛。訛，化也。「徧爲爾德」猶云徧化爾德也。爲與化，古皆讀若訛，故爲、訛、化古竝通用。堯典「平秩南訛」，史記五帝紀作「南爲」，梓材「厥亂爲民」，論衡效力篇引作「厥率化民」，是其證矣。箋言「則而象之」，蓋亦讀爲如訛；其言「徧爲女之德」，猶云徧化女之德也。

「如月之恆」，傳：「恆，弦。」箋：「月上弦而就盈。」釋文：「恆，本亦作緪，同，古鄧反，沈古恆反。」正義：「集注、定本緪字作恆。」瑞辰按：恆及緪、絙、搄，古通用。考工記「恆角而短」，鄭司農曰：「恆讀爲裻緪之緪。」說文：「緪，大索也。一曰急也。」又曰：「搄〔一〕，引急也。」王逸注九歌云：「絙，急張弦也。」廣韻：「緪，急張。亦作絙〔二〕。」是緪爲急張弦之貌，故以狀月之上弦也。據說文恆字注云「古文恆从月作𠄨」，引詩「如月之恆」，則許君言古文恆有从二中月作𠄨者，其所見詩自作恆，與崔集注、定本同耳。恆又省作横亙之亙，唐華嚴三會普光明殿功德碑「如月之亙，森菌桂以馨香」是也，蓋亦猶亙之與緪通耳。

「無不爾或承」，箋：「或之言有也。如松柏之枝葉常茂盛，青青相承，無衰落也。」瑞辰

〔一〕「搄」原作「緪」，據說文改。

〔二〕按廣韻登部：「搄，急也。緪，大索。絙，同上。」本書引有誤。

按：承者，引也。引者，伸也，導也。昏禮「承子以授壻」，言引女以授壻也。漢書賈誼傳「人主胡不引殷周秦事以觀之也」，大戴記禮察篇「引」作「承」，是承卽引也。此總上「如月之恆」五句而言，四〔一〕「如」字皆以形容福之久長且盛，無不惟爾是引，猶第三章「以莫不興」、「以莫不增」，亦總「如山如阜」三句言之，不專以「以莫不增」承「如川之方至」言也。傳以承爲松柏之青青相承，失之。

## 采薇

「玁狁之故」，傳：「玁狁，北狄也。」箋：「北狄，今匈奴也。」瑞辰按：玁狁，釋文云「本亦作獫允」。史記匈奴傳：「匈奴，其先祖夏后氏之苗裔也，曰淳維。唐虞以上有山戎、獫狁、葷粥，居于北蠻。」索隱引應劭風俗通曰：「殷時曰獯粥，改曰匈奴。」又晉灼〔二〕曰：「堯時曰葷粥，周曰獫狁，秦曰匈奴。」今按孟子曰「文王事獯粥」，而詩序言「文王命將伐玁狁」，是殷時兼名獯粥、玁狁之證。逸周書敘文王「西距昆夷，北備獫狁，謀武以明威，德作武稱」，與詩序

〔一〕「四」原作「五」。按上文「如月之恆，如日之升，如南山之壽，不騫不崩，如松柏之茂」五句共只四「如」字，今據改。

〔二〕晉灼，史記匈奴傳索隱作服虔。

合。漢書匈奴傳以采薇爲懿王時詩，蓋本三家詩說。

「靡使歸聘」，傳：「聘，問也。」箋：「無所使歸問。言所以憂。」釋文：「靡使，如字，本又作靡所。」瑞辰按：作「靡所」者是也。此承上「我戍未定」言之，言其家無所使人來問，非謂無所使人歸問。歸當讀爲𢓦。方言：「𢓦，使也。」玉篇亦云：「𢓦，使也。」箋云「無所使歸問者」，知歸爲𢓦之省借，以使釋歸，猶云靡所使問，與桑柔詩「靡所止疑」、「靡所定處」句法正同。今本因鄭箋有使字，又罕聞歸之訓使，遂誤易所爲使。猶賴釋文以存古本，方言有「𢓦，使」之訓，而知箋之使字乃以釋經文歸字耳。

「我行不來」，傳：「來，至也。」箋：「來，猶反也。據家曰來。」瑞辰按：爾雅釋訓「不俟，不來也」，釋文本作「不竢」。說文引詩曰「不竢，不來」，蓋以釋訓語爲釋詩，遂以詩稱之，猶引毛傳「不醉而怒曰㷊」，亦作「詩曰」也。凡爾雅釋詩，皆經字在上，臧庸疑詩本作「我行不竢」，故釋訓以「不來」釋之。陳壽祺謂：「爾雅釋詩之字多與三家合。三家詩或作『我行不竢』，爾雅以『不來』釋之。毛詩自用本字作『不來』，未可專執毛以繩之也。」今按：陳說爲允。段玉裁疑爲釋召南「不我以」。然爾雅「不竢，不來也」與「不遹，不蹟也」對文，若以爲「不我以」之異文，則删去經文我字矣。

「彼爾維何」，傳：「爾，華盛也。」瑞辰按：說文：「薾，華盛。」引詩「彼薾惟何」。又爾字注：

「麗爾，猶靡麗也。」三蒼解詁云：「爾，華繁也。」是爾與薾音義同，古讀如彌，與靡音同，又讀近旖旎之旎，皆盛貌也。自後人借爲爾汝之稱，而爾之本義晦矣。

「彼路斯何，君子之車」，箋：「斯，此也。君子，謂將率。」正義：「卿車得稱路者，左傳：『鄭子蟜卒，赴于晉，晉請王追賜之大路以行，禮也。』又：『叔孫豹〔一〕聘于王，王賜之大路。』是卿車得稱路也。故鄭箴膏肓云：『卿以上所乘車皆曰大路。』詩云『彼路斯何，君子之車』，此大夫之車稱路也。」瑞辰按：斯爲語詞，「斯何」猶維何也。箋訓斯爲此，失之。白虎通：「路者，君車也。天子大路，諸侯路車，大夫軒車，士飾車。」此蓋周制。至殷時車蓋通名路。論語「乘殷之輅」，輅卽路也。後漢輿服志注引服虔曰：「大路，總名也，如今駕駟高車矣。尊卑俱乘之，其采飾有差。」蓋以釋殷大路之制。文王伐玁狁在殷時，故戎車亦通稱路。胡承珙曰：「此詩之路，只泛言車之大貌，而非卽車名。猶上『彼爾』爲華盛之貌，而非卽華名也。」至周制，大路及路有别。後漢輿服志云：「夷王以下，周室衰弱，諸侯大路。」此諸侯僭用大路也。至春秋，王賜鄭子蟜及叔孫豹皆以大路，較之諸侯僭用大路，尤爲失禮。且孔疏

〔一〕叔孫豹原作孫叔豹，據續經解本及正義改。按左傳襄公二十四年：「穆叔如周聘，且賀城，王嘉其有禮也，賜之大路。」穆叔卽叔孫豹之謚號。正義乃述左傳大意。

兩引左傳，皆天子賜以大路，其未賜者不得名路，故左傳又云冢卿無路。鄭君箴膏肓直謂卿以上所乘車皆曰大路，似非。

「一月三捷」，傳：「捷，勝也。」箋：「往則庶乎一月之中三有勝功，謂侵也，伐也，戰也。」瑞辰按：古者言數之多，每曰三與九。蓋九者數之究，三者數之成，不必數之果皆三、九也。是故百囊罟而曰九罭，楚詞九歌九辨皆十一章而竝曰九，此以九爲紀也。易「王三錫命」、「晝日三接」、「終朝三褫之」，論語令尹子文三仕、三已，柳下惠三黜，季文子三思，泰伯三以天下讓，此以三爲紀也。此詩「一月三捷」特冀其屢有戰功，亦三錫、三接之類。釋文：「三，息暫反。」是也。箋以侵、伐、戰三者當之，鑿矣。釋文：「三，又如字。」蓋从鄭讀。

「四牡騤騤」，傳：「騤騤，彊也。」瑞辰按：說文：「騤，馬行威儀也。」廣雅：「騤騤，盛也。」業業、翼翼、彭彭，廣雅竝訓爲盛，是知此詩「四牡業業」、「四牡騤騤」、「四牡翼翼」義竝相同。烝民傳：「騤騤，猶彭彭也。」其義亦爲盛耳。至說文「𩦺𩦺，馬行徐而疾也」，引詩「四牡𩦺𩦺」，古夜讀與豫同，奕讀與夜同，故段玉裁謂𩦺𩦺即「四牡奕奕」之異文。詩考以爲騤騤之異文，誤矣。

「小人所腓」，傳：「腓，辟也。」箋：「腓當作芘。此言我車者將率之所依乘，戍役之所芘倚。」瑞辰按：正義引王肅曰：「所以避患也。」何氏古義曰：「腓即厞字。爾雅、說文皆曰：

「屝，隱也。」謂小人藉是車以爲隱蔽也。」胡承珙曰：「芘陰與隱蔽同義。箋讀爲芘，亦所以申傳。」辟字，陳啟源謂傳言避不敢乘，失之。

「象弭魚服」，傳：「象弭，弓反末也，所以解紒也。」箋：「弭，弓反末彆者，以象骨爲之，以助御者解轡紒，宜滑也。」瑞辰按：古者弓末通名弭，弓之無緣者亦名爲弭。釋名「弓，其末曰簫，言簫梢也，又謂之弭，以骨爲之，滑弭弭也」，禮稱「獻弓者執弭」，此弓末通名弭也。爾雅「弓有緣者謂之弓，無緣者謂之弭」，詩「象弭」及左傳「左執鞭弭」，此以弭爲弓名也。李巡、孫炎説各不同。左傳疏引李巡曰：「骨飾兩頭曰弓，不以骨飾兩頭曰弭。」儀禮疏引孫炎云：「緣謂繁束而漆之，弭謂不以繁束，骨飾兩頭者也。」當以孫説爲是。儀禮既夕禮云「有弭飾焉」，鄭注：「弓無緣者謂之弭，弭以骨角爲飾。」孫炎之説蓋本鄭君。郭注爾雅云：「緣者繳纏之，即今宛轉也。」其義又本孫炎。太平御覽引毛詩拾遺云：「按左傳曰『左執鞭弭』，弭者，弓之別名，謂以象牙爲弓。今西方有以犀角及鹿角爲弓者。」今按：象弭猶象輅之類，特以象牙爲飾，非全以象牙爲弓也。弓之有緣者，繁束而漆之，其弭不露，故謂之弓。無緣者，其弭外見，故謂之弭。説文：「弭，弓無緣，可以解轡紛者。」蓋兼取爾雅、毛傳之説。今毛傳作「解紒」，釋文：「紒，本或作紛。」以説文證之，作紛者是。釋文：「彆，説文方血反。」正義引説文：「彆，弓戾也。」今本説文脱彆字。玉篇作弻，云「弓戾也」，弻即彆之省。又按釋文云：「弭，弓末反戾〔一〕也。」李黼平曰：「如釋文，則傳有彆字，箋言『弓反末彆』者，卽傳文成句耳。」

「豈不曰戒」，箋：「戒，警敕軍事也。言君子小人豈不曰相警戒乎，誠曰相警戒也。」釋文：「曰戒，音越。又人栗反。」瑞辰按：以箋義求之，當作「日戒」爲是，釋文後一音是也。胡承珙曰：「若作曰，不必言『相』矣。」唐石經初刻正作日，後改爲曰。古日、曰字形相似，惟於音辨之耳。漢書匈奴傳、一切經音義六引詩竝作「豈不日戒」。

「楊柳依依」，瑞辰按：韓詩薛君章句曰：「依依，盛貌。」毛詩無傳。據車舝詩「依彼平林」傳「依，茂木貌」，則依依亦當訓盛，與韓詩同。依、殷古同聲，依依猶殷殷，殷亦盛也。

## 出車

「于彼牧矣」，傳：「出車就馬於牧地。」瑞辰按：二章「于彼郊矣」，箋云「牧地在遠郊」，蓋據周官載師「以牧田任遠郊之地」，知郊卽牧也。爾雅「邑外謂之郊，郊外謂之牧」，傳、箋皆不引以爲據者，據魯頌毛傳「邑外曰郊，郊外曰野，野外曰林，林外曰坰」，說文「邑外謂之郊，郊外謂之野，野外謂之林，林外謂之冂」，冂或作坰，與毛傳同，皆無「郊外謂之牧」一句，

〔一〕「戾」原作「彆」，據釋文改。據上引說文、玉篇，弓戾卽彆，故下引李黼平云：「如釋文，則傳有彆字」。

鄭風叔于田箋「郊外曰野」，鄭注遂人亦曰「郊外曰野」，不曰「郊外曰牧」，是知毛公及許、鄭所見爾雅皆無「郊外謂之牧」一句，故傳、箋不引耳。李、孫、郭本皆有「郊外謂之牧」，蓋漢魏間所增益。據釋文引李巡本，牧作田。案古田字通作畋，牧字或作收〔一〕，二字形近易譌。作田者，又畋字省其半耳。

「謂我來矣」，箋：「謂以王命召己，將使爲將率也。」瑞辰按：廣雅：「謂，使也。」「謂我來」卽使我來也，下文「謂之載」卽使之載也。廣雅又曰：「謂，指也。」指亦使也。箋云「謂以王命詔己，將使爲將率也」，又云「使裝載物而往」，正訓謂爲使。

「僕夫況瘁」，箋：「況，茲也。」瑞辰按：況者，況字之俗。說文：「況，寒水也。」因通爲寒苦之稱，苦亦病也。況、瘁皆爲病，與殄瘁、盡瘁同義，皆二字平列。箋訓況爲茲益之茲，失之。

「王命南仲」，傳：「王，殷王也。南仲，文王之屬。」瑞辰按：竹書紀年帝乙三年「王命南仲西拒昆夷，城朔方」，與此詩合。至常武詩「南仲大祖」，傳：「王命南仲于大祖。」漢書古今人表宣王時有南中，與此詩南仲自爲二人。漢書匈奴傳引詩「出輿彭彭」，「城彼朔方」，以爲宣王興師，命將征伐，詩人美其功，蓋本三家詩，誤以此詩南仲爲宣王時人，遂以此詩爲

〔一〕「牧字或作收」，其說未聞，疑「收」字有誤。續經解本「收」作「畋」，似亦不確。待考。

宣王詩。

「往城于方」，傳：「方，朔方近玁狁之國也。」瑞辰按：逸周書世俘解「呂他命伐越、戲、方」，孔晁注：「越、戲、方，三邑也。」方疑卽詩「往城于方」之方。

「出車彭彭」，傳：「彭彭，四馬貌。」瑞辰按：彭彭，蓋騯騯之假借。說文：「騯，馬盛也。」引詩「四牡騯騯」。今北山、烝民、韓奕三詩竝作「四牡彭彭」，彭、旁古同聲。廣雅：「彭彭、旁旁，盛也。」傳云「四馬貌」者，亦謂馬盛。

「旂旐央央」，傳：「央央，鮮明也。」釋文：「央，本亦作英，同，於京反，又於良反。」瑞辰按：六月詩「白旆央央，出其東門」，疏引作「白旆英英」，公羊宣十二年疏引作「帛旆英英」，釋文：「央，音英。」是英、央古同聲通用。此詩央央亦當从釋文引别本作英英。白華詩「英英白雲」，韓詩作泱泱。雲之鮮明曰英英，旂之鮮明曰英英，其義一也。

「玁狁于襄」，傳：「襄，除也。」釋文：「襄，本或作攘。」瑞辰按：「襄，除」，義本爾雅。逸周書謚法解「辟地有德曰襄」，辟亦除也。王符潛夫論引詩作「玁狁于攘」，攘者，襄之假借。史記龜策傳「西攘大宛」，徐廣曰：「攘，一作襄。襄，除也。」古揖讓字作攘，攘戎翟亦借作攘。

「畏此簡書」，傳：「簡書，戒命也。鄰國有急，以簡書相告，則奔命救之。」瑞辰按：簡書卽盟書之假借。古簡字讀若𥳑，與明、盟同聲通用。說文：「𥳑，存也。从心，簡省聲。讀若簡。」經傳中因借作簡。尚書多士「迪簡在王庭」卽存在王庭也，論語「簡在帝心」卽存在帝心也。二簡字皆𥳑字之假借。𥳑又通萌。爾雅：「萌萌，在也。」釋文：「萌，或作𥳑。」邢疏：「萌，字書作蕄，說文作𥳑。」玉篇、廣韻引爾雅竝作「𥳑𥳑，在也」。或疑𥳑、萌音讀不同，不得相通。今按簡與囧雙聲，篆文朙从月囧，說文囧字注引賈侍中說「讀與朙同」，說文盟字篆文正作盟，故簡與萌得相通假。盟書之借作簡書，猶萌之通𥳑，朙之通作簡也。周官：「司盟掌盟載之法。」凡盟書多言患難相恤，故閔元年左傳引此詩而釋之曰：「簡書，同惡相恤之謂也。請救邢，以從簡書。」卽請從盟書所言耳。凡盟必質諸神，釋名：「盟，明也，告其事於神明也。」有不信者，神降之禍，諸國將共伐之，故詩言『畏此簡書』也。」盟書卽戒命之詞，故傳曰：「簡書，戒命也。」周官司盟：「既盟，則貳之。」凡盟必用牲，埋其書，又各有貳以爲信，俟有急難，以其貳奔告求救，故傳又曰「鄰國有急，以簡書相告」也。毛詩多假借，毛公蓋知簡書卽盟書，故以戒命釋之耳。正義以簡書爲書之于簡，失其義矣。古書未有不書於簡者。若泛言簡書，左傳何以言「同惡相恤」，詩又何以言「畏」乎？

「執訊獲醜」，傳：「訊，辭也。」箋：「訊，言。醜，衆也。執其可言問、所獲之衆以歸者，當獻之也。」瑞辰按：王制：「出征執有罪，反以訊馘告。」爾雅：「馘，獲也。」是訊、馘二字對舉，訊卽執訊，馘卽獲醜也。説文：「辭，訟也。从𤔔辛。𤔔辛猶理辠也。」傳訓訊爲辭者，蓋以訊爲爭訟之人。箋訓訊爲言者，義本爾雅「訊，言也」。廣雅：「言，問也。」古者通以言爲問，故箋複舉「言問」以申釋之，恐人以「言問」之言誤爲「言語」之言也。傳、箋義近而詁殊，蓋辭屬下之訟說，訊屬下之可言問。正義謂「傳言可與之爲〔一〕言辭，與箋同」，是誤以辭爲言辭，並誤以箋之「訊，言」爲言語矣。「執訊」對「獲醜」言，醜爲衆賊，則可訊言者指元惡。據文十七年左傳「鄭子家使執訊而與之書」，杜注「執訊，通訊問之言」，則訊爲軍中通訊問之人，蓋諜者之類。執訊、獲醜，二者相對成文。箋以獲醜承執字言，亦非。隸釋有「執訊獲首」之語，蓋本三家詩，以醜爲首之假借。又按此詩獲字無傳，陳碩甫曰：「皇矣傳曰：『馘，獲也。不服者，殺而獻其左耳，曰馘。』彼傳釋馘爲獲，則此詩獲卽馘之假借。生者訊之，殺者則馘之也。」箋訓獲爲得，失之。

「玁狁于夷」，傳：「夷，平也。」瑞辰按：于夷，猶于襄也。夷當讀如癹夷之夷。説文：「癹，㠯足蹋夷草。」引春秋傳曰「癹夷蘊崇之」。夷與薙通，周官薙氏注〔二〕：「故書薙或作夷。」夷亦除也。平與除義正相近。

〔一〕爲字原脱，據正義補。

〔二〕考周官薙氏注無下所引之文。惟秋官序官注云：「薙，書或作夷」。

## 杕杜

「有睆其實」，傳：「睆，實貌。」釋文：「睆，字從白，或從目〔一〕邊。」瑞辰按：今本說文有睍無睆，云：「睍，目出貌也。」睍當爲睆字之譌。說見凱風篇。此詩正義有「睆然其實」，本亦譌爲「睍然其實」，是睍、睆二字易譌之證。睆爲目出貌，鳥之好貌曰「睍睆」，禮記檀弓疏引傳作：「睆睆，好貌。」明星之睆貌曰「睆彼」，大東傳：「睆，明星貌。」木之實貌曰「有睆」，其義一也。說文白部無睆字，釋文本「皖」乃「睆」字之譌。古文白字作𦣻，見說文。與目形相似，蓋皖或譌作睆，因譌爲睆矣。

「繼嗣我日」，箋：「嗣，續也。王事無不堅固，我行役續嗣其日。言常勞苦無休息。」瑞辰按：鹽鐵論：「古者行役不踰時，春行秋反，秋行春反。」此詩戍役蓋以春行，至杕杜成實已近秋時，過期不反，故曰「繼嗣我日」。下云「日月陽止」，則又冀其冬時得歸耳。

「檀車幝幝」，傳：「檀車，役車也。幝幝，敝貌。」釋文：「幝，尺善反，又勑丹反。說文云：『車敝也。从巾單。』韓詩作緂，音同。」瑞辰按：何草不黃篇「有棧之車」，傳：「棧車，役車也。」與此傳訓檀車爲役車正同。曾釗曰：「毛意檀車即棧車，蓋聲轉耳。周禮序官廛人注：

〔一〕「目」原作「日」，據續經解本及釋文改。

『杜子春讀壇爲廛。』方言：『廛，或曰踐。』是壇、廛、踐聲近可通之證。壇、檀皆从亶聲，棧、踐皆从戔聲，則檀、棧亦可通借。」今按曾説是也。正義謂以檀木爲車，失之。又按説文：「緂，偏緩也。」義本韓詩。又撣字注：「讀若行遲驒驒。」又：「繟，帶緩也。」廣雅：「緂緂，緩也。」又曰：「繟，緩也。」幝繟、緂古音義同。物敝則緩，義正相通。

「卜筮偕止」，箋：「偕，俱。」瑞辰按：廣雅：「皆，嘉也。」疏證曰：「皆、嘉一聲之轉，字通作偕。魚麗詩『維其嘉矣』，又曰『維其偕矣』，賓之初筵詩『飲酒孔嘉』，又曰『飲酒孔偕』，偕亦嘉也。」今按此詩「卜筮偕止」，偕亦當訓嘉，嘉卽吉也，謂卜與筮皆吉也。占遠人者以近爲吉，故下卽云「會言近止」矣。

「會言近止」，傳：「會人占之。」瑞辰按：孔廣森曰：「會合之字皆从亼。説文：『亼，三合也。』禮：『旅占必三人。』會有三義，故傳云『會人占之』。」今按孔説是也。古者卜用三兆，筮用三易，各以一人掌之，卜、筮皆三人。洪範「立時人作卜筮，三人占，則從二人之言」，鄭注：「卜、筮各三人。大卜掌三兆、三易。周官九筮，筮參其一，謂占必三人參之也。士冠禮「筮人還，東面旅占」，注：「旅，衆也。還與其屬共占之。」國語：「三人成衆。」旅占亦卽三人占之義。又國語「天子舉以太牢，祀以會」，韋昭注：「會，會三太牢。」三太牢謂之會，三人占謂之會，其取義於三合一也。若但以爲卜與筮會，則上已言「卜筮偕止」，不須復言卜與筮會，且傳不得言「會人」也。又按爾雅釋言：「集，會也。」說文：「亼，讀若集。」又曰：「合，亼口也。」「會，合也。」三口相同爲合。是皆會爲三合之證。說文集字正作雧，云：「羣鳥在木上。从雥木。」雥从三隹，亦有三合之義。又按周禮筮人九筮，九曰筮環。環之言還也，蓋筮征夫之還期。此詩「會言近止，征夫邇止」，即筮環之語。

## 魚麗

「鱨鯊」，傳：「鱨，揚也。鯊，鮀也。」瑞辰按：正義引陸疏云：「鱨一名黃頰魚。」據山海經東山經：「番條之山，減水出焉，其中多鰄魚。」郭注：「一名黃頰。音感。」是鱨名黃頰，即今俗名鰄魚也。至「鯊，鮀」，爾雅郭注：「今吹沙，小魚，體圓而有點文。」據後漢書注引廣志云「吹沙大如指」，太平御覽引臨海異物志云「吹沙長三寸」，是吹沙爲小魚。惟羅願云：「今人呼爲重脣，脣厚特甚，有若黿鼉。」今遼東有重脣魚，長尺許，身有點文，通志謂卽詩之鯊，其說蓋本羅願，則非郭璞所云「吹沙小魚」矣。釋文：「鯊，亦作魦。」說文：「魦，魦魚也。出樂浪番國。」此又一種海魚，非卽詩之鯊。

「君子有酒，旨且多」，箋：「酒美而此魚又多也。」瑞辰按：此二句釋文與正義異讀。釋文云：「『有酒旨』絕句，『且多』，此二字爲句。後章放此。異此讀則非。」正義云：「又君子有酒矣，其魚如何？酒既旨美，且魚復衆多。」是讀「旨且多」三字爲句。今按：凡詩言「且」者，多連上爲句，正義讀是也。至箋以且多、且旨、且有屬魚，則非。「旨且多」、「多且旨」、「旨且有」，自專指酒言之。下章「物其多矣」，又承上章而推及衆物，此序所云「美萬物盛多」也。箋以物屬魚，亦非。

「魴鱧」，傳：「鱧，鮦也。」正義曰：「釋魚云：『鱧，鯇。』舍人曰：『鱧名鯇。』郭璞曰：『鱧，鮦。』徧檢諸本，或作『鱧，鯟』，或作『鱧，鯇』。若作鮦，似與郭璞正同；若作鯇，又與舍人不異。或有本作『鱧，鰈』者。定本『鱧，鮦』，鮦與鯟音同。」瑞辰按：下章傳「鰋，鮎」，「鱣，鯉」，皆從爾雅，則此章亦从爾雅作「鱧，鯇」爲是。鯇、鯶古今字，卽今俗稱鯶子魚，舍人曰「鱧名鯇」，是也。郭注誤分鱧、鯇爲二，因誤以鱧爲鮦。鮦卽今之烏魚，説文：「鮦，一曰，鱸也。」後人蓋誤合鱸與鱧爲一，又因郭注以鱧爲鮦，遂改毛傳「鱧，鯇」作「鱧，鮦」矣。至正義云或有本作「鱸，鰈」者，據説文：「鱧，鱯也。」「鰈，鱧也。」鱯卽今之化魚，俗名回魚。説文或別有所受，後人遂據説文以改毛傳耳。

「鰋鯉」，傳：「鰋，鮎也。」瑞辰按：説文：「鮎，䱷也。」「䱷，鮎也。今本作「䱷，鮀也」，段玉裁謂鮀爲鮎字之譌。字或作鰋。」爾雅孫炎注亦曰：「鰋一名鮎。」郭璞謂鰋、鮎各爲一物，非也。廣雅：「鮷、鯷，鮎也。」鮎取黏滑之義，蓋魚之無鱗者耳。

「旨且有」，箋：「酒美而此魚又有。」瑞辰按：朱子集傳曰：「有，猶多也。」其說是也。説文：「䶤，兼有也。」廣雅：「䶤，有也。」䶤音近厖。爾雅：「厖，有也。」厖訓雜，與多義近：又訓爲有，則有亦多也。公劉詩「爰衆爰有」，有猶衆也。戴震曰：「有，猶備也。」衆與備皆多也。「旨且有」猶云旨且多，變文以協韻耳。甫田詩「終善且有」，有亦多也。

## 南陔

序：「南陔，孝子相戒以養也。」瑞辰按：陔、祴古通用。周官鍾師「祴夏」，杜子春曰：「祴當爲陔鼓之陔。」賈疏引儀禮「奏陔」爲證。是陔即祴也。説文：「祴，宗廟奏祴樂。从示，戒聲。」「陔，階次也。从𨸏，亥聲。」二字異義。序云「孝子相戒以養」，禮經「賓出奏陔夏」，注曰「以爲行節」，正以戒釋陔，知陔即祴之假借。束晳補亡詩直以陔爲階次，失之。又按白虎通五行篇：「南方者，任養之方，萬物懷任也。」樂記注：「南風，長養之風也。」孝養與長養義正相似，是知序言「孝子相戒以養」者，戒以釋陔，養則以釋南也。

# 毛詩傳箋通釋卷十八

## 小雅

### 南有嘉魚

序：「南有嘉魚，樂與賢也。」瑞辰按：與當讀爲舉。周官師氏「王舉則從」，注：「故書舉爲與。」禮運「選賢與能」，王尚書謂即大戴王言篇「選賢舉能」，是也。此序與賢當卽舉賢；下云「樂〔一〕與賢者共之」，亦謂樂舉賢者共之也。箋云「樂得賢者，與共立於朝，相燕樂也」，似非序之本恉。

「烝然罩罩」，傳：「罩罩，籗也。」箋：「烝，塵也。塵然，猶言久如也。」瑞辰按：罩罩、汕汕皆疊字，形容之詞，不得訓爲捕魚器。說文引詩「烝然鯙鯙」，不言其義。據說文「汕，魚游

〔一〕「樂」原作「舉」，據續經解本及詩序改。

水皃」，引詩「烝然汕汕」，則罩罩亦當同義。釋文引王肅云：「烝，衆也。」罩罩、汕汕蓋皆衆魚游水之貌。廣雅「淖淖、漼漼，衆也」，卽此詩罩罩、汕汕之異文，訓衆者，蓋本三家詩。

「嘉賓式燕又思」，箋：「又，復也。以其壹意，欲復與燕，加厚之。」瑞辰按：又卽今之右字。古右與侑、宥竝通用。周官大祝「以享右祭祀」，注：「右讀爲侑。」彤弓詩毛傳：「右，勸也。」右卽侑也。說文以侑爲姷之或體。大司樂「王三宥」，注：「宥，猶勸也。」宥亦侑之借也。此詩「嘉賓式燕又思」，又當卽侑之假，猶侑可通作右與宥耳。

## 南山有臺

「北山有萊」，傳：「萊，草也。」正義：「十月之交曰：『田卒汙萊。』又周禮云：『萊五十畝。』萊爲草之總名，非有別草名之曰萊。陸璣疏云：『萊，草名。其葉可食，今兗州人烝以爲茹，謂之萊烝。』以上下類之，皆指草木之名，其義或當然也。」瑞辰按：萊、釐、藜三字古同聲通用。爾雅：「釐，蔓華。」說文：「萊，蔓華。」萊卽爲釐，猶來牟一作釐牟也。齊民要術引詩義疏曰：「萊，藜也。」玉篇、廣韻竝云：「萊，藜草也。」是萊卽藜也。萊草多生荒地，後遂言萊以概諸草，故周禮言「萊田」，詩亦言「汙萊」，其實萊卽爲藜，亦草名。正義乃云「非有別草名萊」，由不知萊卽釐與藜耳。又按夏小正七月「爽死」，傳：「爽也者，猶疏也。」洪震煊曰：「爽當爲來字形近之誤。來卽萊也。釐、萊古同讀。爾雅曰：『釐，蔓華。』又曰：『蕕，蔓〔一〕于。』同物也。説文：『蕕，水邊草也。』莤〔二〕，蔓于，一名軒于，蕕疏亦莤之別名。」據此，是萊與蕕爲一草也。

「南山有枸」，傳：「枸，枳枸。」瑞辰按：枳枸雙聲字，説文作𥝩𥡴，「多小意而止也。一曰，木也。」又：「𥡴，𥝩𥡴也。一曰，木名。」枳枸又作枳椇。玉篇：「𥝩，曲枝果。今作枳。」「𥡴，木曲枝也。今作椇。」明堂位「俎殷以椇」，注：「椇之言枳椇也，謂曲橈之也。」宋玉風賦：「枳句來巢。」廣韻𥝩、𥡴皆訓曲枝果。枳枸蓋曲木之貌。據説文𥡴字注「一曰木名」，是木有單名𥡴者。詩之枸宜爲木名，非卽𥝩𥡴也。至説文木部：「枸，枸木也。可爲醬，出蜀。」此非周地所有，故知非卽此詩之枸。

「保艾爾後」，傳：「艾，養。保，安也。」瑞辰按：艾、乂古通用，保艾猶康誥「用保乂民」也。爾雅：「艾，長也。」又：「乂，治也。」釋名：「艾，治也。」音義竝同。據毛傳先艾後保，似經文原作「艾保爾後」。

---

〔一〕「蔓」原作「曼」，據爾雅釋草改。又「蕕」字釋草作「莤」。

〔二〕「莤」原作「茜」，據爾雅釋草改。下同。

## 崇丘

序：「崇丘，萬物得極其高大也。」瑞辰按：釋詁：「崇，高也。」管子侈靡篇「鄉丘老不通」，注：「丘，大也。」漢書楚元王傳集注引何晏注：「丘，大也。」崇丘二字平列，謂高大也。序「萬物得極其高大」，正釋崇丘二字之義。束晳詩「瞻彼崇丘」，讀如山丘之丘，失之。

## 由儀

序：「由儀，萬物之生各得其宜也。」瑞辰按：由儀之由，與由庚異。由者，㽕之省借。說文：「㽕，木生條也。从𢎘，由聲。商書曰：『若顛木之有㽕枿。』古文作『由枿』。」蓋㽕正字，由借字也。㽕本木生條之名，因而萬物之生通謂之由。左傳史趙曰：「陳，顓頊之族也，歲在鶉火，是以卒滅，陳將如之。今在析木之津，猶將復由。」由對滅言，卽生也。序以「萬物之生」釋由字，以「各得其宜」釋儀字，正就篇題以釋其義。束晳補亡詩乃曰「由儀率性」，以「率性」類「由儀」，是誤讀由爲率由之由，失其義矣。

## 蓼蕭

「蓼彼蕭斯」，傳：「蓼，長大貌。」釋文：「蓼，音六。」瑞辰按：説文：「蓼，辛菜，薔虞也。」本音盧鳥切，音近了。而此詩蓼訓長大、音六者，了與六一聲之轉。蓼得音六，猶種稑之稑字或从翏作穋，音亦同六也。蓼从翏聲，翏爲高飛貌，高〔一〕與長大義相近，故蓼得訓爲長大貌。

「零露湑兮」，瑞辰按：説文：「霝，雨䨝也。」舊作「零」，此从段本。引詩「霝雨其濛」。又曰：「䨝，雨䨝也。」「零，徐雨也。」是詩作零者，多霝之假借。䨝卽落也。雨落謂之霝，露落亦謂之霝，故定之方中詩「靈雨既零」，傳云「零，落也」，鄭風「零露漙兮」，正義本作靈，箋亦云「靈，落也」。此詩傳、箋不釋零字，以義已見前，不煩解釋。正義乃云：「此蕭所以得長大者，由天以善露潤之。」是讀「零露」如「靈雨」之靈，訓爲善，殊失傳、箋之恉。

「是以有譽處兮」，箋：「是以稱揚盛美，使聲譽常處天子。」瑞辰按：集傳引蘇氏曰：「譽、豫通。」爾雅釋詁：「豫，安也。」禮記檀弓「何以處我」，鄭注：「處，安也。」譽處猶言燕譽，皆安也。裳裳〔二〕者華篇義同。此箋訓爲「聲譽常處天子」，失之。

〔一〕「高」字，據續經解本補。

〔二〕「裳裳」原作「常常」，據通行各本毛詩改。按本書卷二十二亦作「裳裳」，馬氏於彼云「裳與常同字」，故此引作「常常」。

「鞗革沖沖」，傳：「鞗，轡也。革，轡首也。沖沖，垂飾貌。」瑞辰按：鞗者，鋚之假借。說文無鞗有鋚，云：「鋚，轡首銅也。」玉篇：「鞗，一作鋚。」廣韻：「鋚，轡頭銅飾〔一〕。」轡頭即轡首也。爾雅：「轡首謂之革。」轡以絡馬頭者爲首，不以人所靶者爲首。正義謂「馬轡所靶之外有餘而垂者謂之革」，殊誤。說文：「勒，馬頭絡銜也。」革卽勒之省。古人多加飾以金。鹽鐵論散不足曰：「今富者黃金琅勒。」說苑：「田子方載黃金之勒。」鋚卽勒之金飾垂者。采芑詩「鉤膺鞗革」，箋：「鞗革，轡首垂也。」載見詩「鞗革有鶬」，箋：「鞗革，轡首也。鶬，金飾貌。」竝與說文以鋚爲轡首銅者合。蓋革爲轡首，以皮爲之；鋚爲轡首之飾，以金爲之。正義謂「鞗，皮爲之」，誤矣。據正義釋傳「故云『鞗革，轡首垂也』」，是知毛傳原作「鞗革，轡首垂也」，爲采芑鄭箋所本。傳下云「沖沖，垂飾貌」，則上云「轡首垂」者，垂卽飾也。段玉裁謂傳當作「轡首飾也」，亦非也。玉篇及張參五經文字竝云「鞗，轡也」，則毛傳脱誤蓋已久矣。鞗革古或作鋚勒，石鼓文及寅簋文竝云「鋚勒」是也。或省作攸勒、攸革，伯姬鼎云「攸勒」，師酉簋云「中㬎攸勒」，焦山鼎、頌鼎、頌簋竝云「攸革」是也。或作鯈革，康鼎曰「幽黃鯈革」是也。革古通作⿰革蕀。廣雅：「⿰革棘，勒也。」玉篇：「⿰革蕀，勒也。亦作革、⿰革棘也。」廣韻：「⿰革棘，轡首也。」革之作⿰革蕀與⿰革棘，猶棘子成通作革子成也。古革又有飾以貝者。儀禮：「士纓轡貝勒。」飾以貝曰貝勒，

〔一〕「轡頭銅飾」四字原脱，據廣韻蕭部補。蓋刻者涉下句「轡頭卽轡首也」句而誤脱此句。

猶飾以鋚曰鋚勒也。周官巾車「革路龍勒，條纓五就」，條當爲鞗之假借，謂轡首有鞗飾也。周官玉路、金路、象路，皆言「樊纓」，注分樊與纓爲二，故知條、纓二物不相屬。鄭注云「條讀爲條」，謂「其樊及纓皆以條絲飾之」，誤矣。

## 湛露

「匪陽不晞」，傳：「陽，日也。晞，乾也。」瑞辰按：說文：「暘，日出也。」陽卽暘之假借。

「厭厭夜飲」，傳：「厭厭，安也。夜飲，私燕也。」瑞辰按：爾雅：「懕懕，安也。」說文：「懕，安也。」引詩「懕懕夜歓」。今毛詩作厭厭者，卽懕懕之省借耳。釋文引韓詩作愔愔，云「和悅之貌」。魏都賦「愔愔醧燕」，正本韓詩。厭、愔二字雙聲，故通用。懕懕通作愔愔，猶載芟詩「厭厭其苗」卽稽稽之通借也。廣韻：「稽稽，苗美也。」義本毛傳。集韻：「稽稽，苗齊等也。」本鄭箋。段玉裁謂愔卽懕之或體，則非也。傳「私燕」，據正義引楚茨「備言燕私」爲證，當爲「燕私」之譌。

## 彤弓

「中心貺之」，傳：「貺，賜也。」箋：「貺者，欲加恩惠也。」瑞辰按：說文：「況，寒水也。」無貺字。貺古通作況，爾雅釋詁「況，賜也」，魯語「況使臣以大禮」，況卽貺也。廣韻：「況，善也。」「中心貺之」正謂中心善之，猶覲禮云「予一人嘉之」，嘉亦善也。「貺之」與下章「好之」、「善之」同義。箋云「貺者，欲加恩惠」，蓋亦訓貺爲善耳。

「受言載之」，傳：「載以歸也。」箋：「出載之車也。」瑞辰按：載亦藏也。廣雅：「載，攱也。」攱讀如庋藏之庋。檀弓注：「閣，庋藏食物。」廣雅：「閣，載也。」又曰：「攱、堪，載也。」堪讀如龕，方言：「龕，受也。」受、藏同義，是知載卽藏。周官「司盟掌盟載之法」，「掌其盟約之載」，卽盟約之藏，謂埋藏之也。呂氏春秋知接篇管仲引齊諺曰：「居者無載。」高誘注：「無有載藏之於心也。」「載之」與首章「藏之」、三章「櫜之」詞異而義同，不必載於車始爲載耳。

「一朝右之」，傳：「右，勸也。」箋：「右之者，主人獻之，賓受爵，奠于薦右，既祭俎，乃席末坐，卒爵之謂也。」瑞辰按：說文：「姷，耦也。」耦取相助，故義又訓助。侑爲姷之或體，右則侑之假借。此詩傳「右，勸也」與楚茨傳〔一〕「侑，勸也」正同義。古者食禮有侑，饗禮有酬，而左傳曰「王饗禮〔二〕，命之侑」，是酬禮通曰侑也。爾雅疇、侑竝訓爲報，是知二章「右

〔一〕「傳」原作「章」，按楚茨「以妥以侑」，傳：「侑，勸也。」今據改。
〔二〕「禮」，左傳莊公十八年及僖二十五年均作「醴」。

之」猶三章「醻〔一〕之」，變文以協韻耳。箋以右爲奠於薦右，正義謂傳訓右爲勸，非爲勸酒，胥失之矣。

## 菁菁者莪

「菁菁者莪」，傳：「菁菁，盛貌。」瑞辰按：文選靈臺詩注引韓詩「蓁蓁者莪」，薛君曰：「蓁蓁，盛貌。」集韻引詩「葏葏者莪」，云李舟說。菁、蓁以聲近而轉，蓁、葏古雙聲字，故通用。據說文「菁，韭華也」，「蓁，草盛皃」，「葏，草皃」，則訓盛貌當以蓁蓁爲正字。毛詩作菁菁，集韻作葏葏，皆假借字也。

「錫我百朋」，箋：「古者貨貝，五貝爲朋。」瑞辰按：藝文類聚引六韜曰：「太公謂散宜生，求珍物以免君罪，之九江，得大貝百馮。」注云：「詩作百朋。」按朋、馮古同聲，故通用。百朋作百馮，猶韓策之韓朋，史記作韓馮；說文「淜，無舟渡河」，今毛詩作馮河；卷阿詩「有馮有翼」，馮爲倗之假借也。

「我心則休」，箋：「休者，休休然。」瑞辰按：廣雅：「休，喜也。」疏證曰：「周語『爲晉休戚』，韋昭注：『休，喜也。』」又引此詩「『我心則喜』、『我心則休』，休亦喜也。」今按蟋蟀詩

〔一〕「醻」原作「酬」，據此詩三章改。

「良士休休」，傳：「休休，樂善之貌。」秦誓「其心休休焉」，某氏傳：「其心休休焉樂善。」是休休爲喜樂。箋云「休者，休休然」，亦是訓休爲喜。釋文、正義竝以休爲美，失之。

## 六月

「六月棲棲」，傳：「棲棲，簡閱貌。」瑞辰按：棲、栖古同字，義與論語「栖栖」同，謂行不止也。廣雅：「徲徲，往來也。」徲徲卽棲棲，謂往來不止之貌。徲徲通作棲棲，猶瓠犀通作瓠棲，皆音近假借字耳。

「載是常服」，傳：「日月爲常。服，戎服也。」箋：「戎車之常服，韋弁服也。」瑞辰按：此當以箋說爲允。左氏閔二年傳梁餘子養曰：「帥師者有常服矣。」杜注：「韋弁服，軍之常也。」凡服其所常服者，謂之常服。兵事以韋弁服爲常服，猶殷士以黼冔助祭，亦曰常服也。若傳以日月爲常，則於文王詩「常服黼冔」不可通矣。兵服有失其常者，如左傳「衣之偏衣」是也。

「我是用急」，瑞辰按：鹽鐵論引詩作「我是用戒」，戒古音訖力切，讀與急同。謝靈運撰征賦作「我是用棘」，棘亦急也，蓋本三家詩。爾雅釋言：「悈，急也。」釋文：「悈，本或作極，又作亟，同，紀力反。」極當爲悈之誤。說文：「悈，急性也。」淮南覽冥訓「安之不悈」，高注：

「㥛，急也。」㥛、急、戒、悈、棘等字皆同聲，故通用。棘又通革。急通作戒，猶說文「諽，讀若戒」也。

「王于出征」，箋：「于，曰。王曰：今女出征玁狁。」瑞辰按：釋詁：「于，曰也。」釋言：「律、遹，述也」。詩疏引作「聿、曰，述也」。曰本字作欥。釋言又曰：「坎、律，銓也。」坎當爲欥之假借，銓當爲詮之假借。說文：「欥，詮詞也。」引詩「欥求厥寧」，今詩作遹。班固幽通賦「欥中和爲庶幾兮」，文選作聿。是知聿、遹、欥、曰，古竝通用，皆語詞。箋讀曰爲子曰之曰，失之。據詩云「以匡王國」、「以佐天子」，則知王不親征。「王于出征」猶秦詩「王于興師」，不得謂王自興師也。王肅述毛，以前四章爲宣王親征，失之。

「以匡王國」，箋：「匡，正也。」瑞辰按：匡當讀爲「匡撫寡君」之匡。匡者，助也。「以匡王國」猶云以佐天子也。匡又爲救。成十八年左傳曰：「匡乏困，救災患。」杜注：「匡亦救也。」救、助義亦相通。廣雅：「救，助也。」是其證矣。

「閑之維則」，傳：「則，法也。」瑞辰按：夏小正五月：「頒馬，將閑諸則。」此詩以六月出師，正馬既閑則之時。

「共武之服」，箋：「服，事也。言今師之羣帥，有威嚴者，有恭敬者，而共典是兵事。言文武之人備。」釋文：「共，鄭如字，王、徐音恭。」瑞辰按：共、恭古通用，王、徐音恭是也。軍事以敬爲主，左氏傳所謂「不共是懼」也。「共武之服」即言敬武之事，正承上「有嚴有翼」言之，嚴、翼皆恭也。

「玁狁匪茹」，箋：「茹，度也。」瑞辰按：廣雅：「茹，柔也。」「柔，弱也。」匪茹言非柔弱，即上章「玁狁孔熾」也。故下接言「整居焦穫，侵鎬及方，至于涇陽」，皆甚言其强恣。

「織文鳥章」，傳：「鳥章，錯革鳥爲章也。」箋：「織，徽織也。鳥章，鳥隼之文章，將帥以下衣皆著焉。」瑞辰按：周官司常賈疏兩引詩皆作「識文鳥章」，識爲正字，今作織者假借字。或通作幟，史記高祖〔一〕本紀「旗幟皆赤」，幟亦識也。徽識字當作徽，説文：「徽，徽識也。以絳帛徽箸於背。」據司常賈疏云：「按禮緯，天子之旌高九仞，諸侯七仞，大夫五仞，士三仞。按士喪禮，竹杠長三尺。則死者以尺易仞，天子九尺，諸侯七尺，大夫五尺，士三尺，其旌身亦以尺易仞也。若然，在朝及在軍，綴之於身亦如此。」是天子、諸侯、大夫、士徽識長短各異。孔疏據鄭注儀禮，謂「徽識疑同長三尺」，非也。鄭注周官云：「今城門僕射所被及亭長箸絳衣，皆其舊象。」據説文卒下云「衣有題識」，是徽識箸臂，惟軍中士卒則然耳。至天子、諸侯以下，大夫以上，據昭二十一年左傳「揚徽者，公徒也」，曰「揚」，則是旌旗而非箸背矣。蓋惟士卒以下，長僅三尺，始可箸背。天子、諸侯、大夫之徽識，長自九尺至五尺，皆非可箸

〔一〕「高祖」原作「漢高」，據續經解本及史記改。

背，故別有揚徽者耳。鄭箋謂自將帥以下衣皆〔一〕箸焉，亦非。

「白旆央央」，傳：「白旆，繼旐者也。央央，鮮明貌。」瑞辰按：據釋文「白茷本或作旆」，孔疏亦曰「茷與旆，古今字」，是古本原作白茷，茷者旆之假借。爾雅釋器：「繼旐曰旆。」郭注：「帛續旐末爲燕尾，義見詩。」卽指此詩言也。釋名：「白旆，殷旌也。以帛繼旐末也。」據正義釋經云「以帛爲行旆，央央然鮮明」，知白亦帛之省借。公羊疏引孫炎曰：「帛續旐末亦長尋，詩云『帛旆英英』是也。」皆用本字，其所引蓋三家詩。

「元戎十乘，以先啟行」，傳：「元，大也。夏后氏曰鉤車，先正也；殷曰寅車，先疾也；周曰元戎，先良也。」箋：「鉤，鉤鞶，行曲直有正也。寅，進也。二者及元戎皆可以先前啟突敵陣之前行。」瑞辰按：宣十二年左傳：「孫叔曰：進之！寧我薄人，無人薄我。詩曰：『元戎十乘，以先啟行。』先人也。軍志曰：『先人有奪人之心。』薄之也。」是詩「以先啟行」卽是薄人，故箋訓爲「啟突敵陣之前行」，不爲自開其行列。史記集解引韓詩章句曰：「元戎，大戎，謂兵車也。車有大戎十乘，謂車縵輪，馬被甲，衡阨之上畫有劍戟，名曰陷陣之車，所以冒突，先啟敵家之行伍也。」箋義蓋本韓詩。逸周書武順篇「一卒居前曰開，一卒居後曰敦，左右一卒曰閭」，孔晁注：「開，猶啟。皆陳名。」是啟行爲行陳之名。元戎以先啟行，更在啟行之

〔一〕「皆」字原脫，據鄭箋補。

先。姚南青先生據襄二十三年左傳「啟，牢成御襄罷師」，賈逵注「左翼曰啟」，又以啟爲旁陣之名。今按服虔注引司馬法謀帥篇曰：「大前驅，啟乘車、大晨倅車屬焉。」所云大前驅即元戎也，啟乘車、大晨倅車皆爲所屬，則謂元戎居啟行之先。又按廣雅：「腓、膂，腨也。」說文：「腨，腓腸也。」山海經無膂之國，郭注：「膂，肥腸也。」桂馥謂：「左傳啟、胠、殿三者皆取名于人身。殿即臀，謂髀也；胠即脅，謂掖下也；啟即膂，謂腨也。」則啟僅居大殿之前。說各不同，要皆以啟行爲行陣之名，「以先啟行」謂爲啟行陣之先，與韓詩及箋以爲啟突敵陣者異義。

「炰鼈膾鯉」，釋文：「炰，白交反，徐又甫交反。」瑞辰按：炰者，缹字之假借。韓奕詩「炰鼈鮮魚」，箋：「炰鼈，以火熟之也。」釋文：「炰，徐甫九反。」正爲缹字作音，是知此詩釋文「甫交反」亦「甫九」之譌。韓奕正義曰：「按字書：『炰，毛燒肉也。』『缹，烝也。』服虔通俗文：『燥煮曰缹。』然則炰與缹別。而此及六月『炰鼈』音皆作缹，然則炰與「與」當作「爲」。缹，以火熟之，謂烝煮之也。」今按廣雅：「焷謂之缹。」鹽鐵論：「古者燔黍食稗而熚豚以相饗。」玉篇：「缹，火熟也。」一切經音義卷十七引字書曰：「少汁煮曰缹，火熟曰煮。」蓋缹與煮對文則異，散文則通。箋訓「炰，以火熟之」，正謂烝煮之也。說文：「衮，炮炙也。以微火温肉。」段玉裁曰：「微火温肉，所謂缹。」說文無缹字，缹當即烰字之變體。說文：「烰，烝也。」與正義引字書

「缹，烝也」正合。孚與炰古同聲通用，故烰又借作炰，猶之䍖或作罦，捊或作抱，脬或作胞，公羊傳包來，左傳作浮來也〔一〕。大射篇注：「炮鼈，或作缹，或作𤆌。」按炰與缹古亦同聲，故通用。缹或作炰，或作炮，皆假借字。段玉裁謂炮卽炰異字，又謂說文本有缹字而今佚之，皆非也。

「張仲孝友」，傳：「張仲，賢臣也。」箋：「張仲，吉甫之友，其性孝友。」瑞辰按：李巡曰：「張，姓；仲，字。」廣韻：「張姓本自軒轅第五子揮，始造弦，實張網羅，世掌其職，後因氏焉。」此張受姓之始。漢書古今人表有張中，卽張仲也。歐陽集古録、薛氏鐘鼎欵識竝載有張仲簠銘五十一字，其文曰：「用饗大正，歆王賓，饌具召飤，張仲受無疆福，諸友飨飤具飽，張仲畀壽。」其言「諸友」，與詩「飲御諸友」合，簠蓋因此詩得與燕飲作也。易林：「六月采芑，征伐無道。張仲叔季，孝友飲酒。」蓋以詩言「諸友」，當時叔季皆在，詩特言張仲以該叔季也。劉原父先秦古器記有張伯匜，云：「按其器曰『張伯作旅匜』，疑爲張仲昆季。」此則以意言之耳。

〔一〕按公羊經隱公八年「公及莒人盟于包來」，穀梁經同，左氏經作浮來。此文公羊傳當作公羊經，左傳當作左氏經。

## 采芑

「薄言采芑」，傳：「芑，菜也。」集傳：「芑，苦菜。」瑞辰按：正義引陸璣疏云：「芑菜，似苦菜也。莖青白色，摘其葉，白汁出，脆可生食，亦可蒸爲茹。青州謂之芑，西河、鴈門藘尤美。」據齊民要術引詩義疏云「藘似苦菜，青州謂之芑」，說文「藘，菜也」，是知詩正義引兩芑字皆藘之譌。藘、芑聲之轉，故藘又謂之芑也。芑即苦菜，而陸疏云「似苦菜」者，據宋嘉祐本草謂「苦苣野生者名褊苣，今人家常食爲白苣」，是苦菜有二種。陸蓋以芑爲家中種者，以苦菜爲野苦苣，今北人呼藘蕒菜，故云藘似苦菜也。據詩言「于彼新田」、「于此菑畝」，則芑爲田中所種，不爲野苣明矣。

「于彼新田，于此菑畝」，傳：「田一歲曰菑，二歲曰新田，三歲曰畬。」瑞辰按：傳本爾雅，馬融易注、孫炎郭璞爾雅〔一〕竝同，此一說也。說文：「畬，二歲治田也。」今本誤作「三歲」，此从段本據易音義改正。鄭注坊記：「二歲曰畬，三歲曰新田。」虞翻易注亦曰：「二歲曰畬。」此又一說也。許、鄭所傳師說或異，抑或所見爾雅與郭、孫本殊。此詩正義乃以鄭注坊記爲轉寫〔二〕

〔一〕據本書文例，「爾雅」下疑脱「本」字。

〔二〕「轉」原作「傳」，「寫」字原脱，按正義原文作「當是轉寫誤也」，今據改補。

之誤，失之。說文：「菑，反耕田也。」謂初耕反草。孫炎曰：「畬，和也。」據說文「睬，和田也」，畬田謂士始和潤，宜爲二歲田，曰菑曰畬，皆未成田，至三歲始成新田，於義爲長。

「方叔涖止」，傳：「方叔，卿士也，受命而爲將也。涖，臨也。」瑞辰按：卿士不見周官。商書微子〔一〕有曰：「卿士師師非度。」商頌亦曰：「降予卿士。」則其稱蓋始於商而周因之。士，事也；卿士謂卿之有事〔二〕者。蓋不長設，命將出師始以卿士稱之。春秋襄十一年「作三軍」，公羊傳曰：「三軍者何？三卿也。作三軍何以書？譏。何譏爾？古者上卿、下卿，上士、下士。」大舅姚姬傳先生曰：「治國則謂之卿，在軍旅則謂之士，卿而有軍行者稱卿士。二軍二卿，上卿將上軍曰上士，下卿將下軍曰下士。」是知方叔之合稱卿士，爲在軍旅之稱，故傳申之曰「受命而爲將也」。說文：「⿰立隶，臨也。」古無涖字，傳訓涖爲臨，正以涖爲⿰立隶之假借。公羊僖三年「公子友如齊莅盟」，字作莅，何休注：「莅，臨也。」

「其車三千」，箋：「方叔臨視此戎車三千乘。司馬法：『兵車一乘，甲士三人，步卒七十二人。』宣王承亂，羨卒盡起。」正義：「天子六軍，千乘。今三千乘，則十八軍矣。」又曰：「地官小司徒職：『上地家七人，可任者家三人。中地家六人，可任者二家五人。下地家五人，可

〔一〕微子原作微子之命，按下引「卿士師師非度」見尚書微子，不見僞古文微子之命，今據删二字。

〔二〕「有事」原作「有士」，據文義改。

任者家二人。以其餘爲羨，惟田與追寇竭作。』起軍之法，家出一人，故鄉爲一軍。惟田獵與追寇皆盡行耳。今以敵强，與追寇無異，故羨卒盡起。羨，餘也。以一人爲正卒，其餘爲羨卒也。」瑞辰按：司馬法賦出車徒，其法有二，戴震、金榜竝以小司徒正卒、羨卒之法釋之。戴震曰：「司馬法云：『六尺爲步，步百爲畝，畝百爲夫，夫三爲屋，屋三爲井，井十爲通。通爲匹馬，三十家，士一人，徒二人。通十爲成，成百井，三百家，革車一乘，士十人，徒二十人。十成爲終，終千井，三〔一〕千家，革車十乘，士百人，徒二百人。十終爲同，同方百里，萬井，三萬家，革車百乘，士千人，徒二千人。』以成三百家、家可任者一人計之，可任者三百人。而革車一乘，士、徒三十人，是十而取一。周官小司徒曰『凡起徒役，無過家一人』者，宜謂此。司馬法一云：『九夫爲井，四井爲邑，四邑爲丘。丘十六井，有戎馬一匹，牛三頭，是曰匹馬丘牛。四丘爲甸，甸六十四井，出長轂一乘，馬四匹，牛十二頭，甲士三人，步卒七十二人，戈盾具，謂之乘馬。』考之小司徒：『上地家七人，可任也者家三人；中地家六人，可任也者二家五人；下地家五人，可任也者家二人。』通上、中、下地率之，凡二家五人。一成三百家，可任也者計七百五十人。而長轂一乘，甲士、步卒合七十五人，亦十而取一。前法家可任者一人，正卒也；後法二家五人，通正羨之卒也。除正卒二人，其餘二家三人爲羨卒，

〔一〕「三」上原衍「井」字，據文義並依周禮小司徒賈疏引司馬法刪。

所謂『以其餘爲羨，惟田與追胥竭作』也。」金榜曰：「小司徒職：『凡起徒役，毋過家一人。』不言可任者，蒙上『可任也者家三人，二家五人，家二人』省文，非謂家作一人爲徒役。其云『田與追胥竭作』，亦非竭作家三人、家二人爲羨卒也。自『均土地』至『田與追胥竭作』，皆小司徒稽民數而辨其可任者之事。下云『大事致民，大故致餘子』，乃小司徒臨事徵調之事。」餘與戴説略同。據此，則正卒於家出一人中十而取一，通正羨之卒亦於二家五人中十而取一。正義謂家出一人爲起軍之數，故鄉出一軍，又以羨卒竭作爲二家五人盡用之者，皆非也。今按周官，凡萬二千五百人爲軍，特平時簡閲制軍之數。至出兵，則每軍所屬人數、車數，必量其敵之强弱，事之緩急，初無定數。晉文三軍，而城濮之役七百乘；魯僖二軍，而詩曰「公車千乘，公徒三萬」：皆車數無定之證。魯頌「公車千乘」，蓋以五百乘爲一軍。此詩爲天子之制，不過六軍，而曰「其車三千」，蓋亦以五百乘爲一軍。正義泥於周官制軍之數，謂其車三千則十八軍，失之。

「師干之試」，傳：「師，衆。干，扞。試，用也。」箋：「其士卒皆有佐師扞敵之用。」瑞辰按：春秋莊四年左傳「楚武王荆尸，授師孑焉」，杜注引方言：「孑者，戟也。」此詩干當讀干戈之干，謂盾也。方言：「盾，自關而東，或謂之干。」師干猶言師孑。古人出師，蓋隨取兵器以授之，如武王伐紂執黄鉞，楚武王授師孑之類。干舞以象武事，授師以干亦取扞敵之義。

「方叔率止」，傳：「率者，率此戎車士卒而行也。」瑞辰按：說文：「衛，將衛也。」「將，帥也。」帥亦當作衛。古將帥之帥正作衛。毛詩多作率者，衛之省借。韓詩多借作帥。說文辵部：「𨔞，先道也。」音義正與衛同。後假率爲之，又假作帥。若率之本義，自爲捕鳥畢；帥之本義，自爲佩巾耳。

「鉤膺鞗革」，傳：「鉤膺，樊纓也。」瑞辰按：傳意蓋以樊纓釋膺字。纓之爲言膺也。周官巾車注：「鄭司農曰：『纓謂當胷。』士喪禮下篇曰『馬纓三就』，禮家說曰：『纓當胷，以削革爲之。三就，三重三帀也。』」賈疏引賈、馬亦云：「鞶纓，馬飾，在膺前，十有二帀，以毛牛尾，金塗十二重。」說與毛傳以樊纓釋膺合。樊者，鞶之假借。鞶字从革，蓋以削革爲之，所以懸纓，形如鞶帶。纓則毛牛尾爲之。韓奕鄭箋云：「鉤膺，樊纓也。」義本毛傳。至注周官又云：「樊讀鞶帶之鞶，謂今馬大帶也。纓，今馬鞅。」按說文：「鞅，頸靼也。」釋名：「鞅，嬰也。喉下稱嬰，言嬰絡之也。」鞅、纓聲近，故鄭知纓即馬鞅。鞅懸於頸，其毛牛尾下懸則當膺，今俗所云馬踢胷者，其遺象也。周官巾車：「玉路，錫樊纓。金路，鉤樊纓。」樊纓爲五路所同，而言「錫」言「鉤」各異，則鉤與樊纓不得爲一。蓋錫當面，最上；周官鄭注：「錫，馬面當盧。」鉤當頷，次之；鄭云：「鉤，婁頷之鉤也。」樊纓當胷，又次之。據正義釋傳「故曰『鉤樊纓也』」，是知傳原作「鉤膺，鉤樊纓也」，今本脫去下鉤字耳。又按巾車鄭注，金路有鉤無錫，而韓奕詩云

「鉤膺鏤錫」，則金路未始無錫。周官錫、鉤，蓋隨舉一以言之，因知革路亦宜有鉤。此詩兵事，宜用革路。正義因「鉤膺」一句，遂定爲金路，非也。

「于此中鄉」，傳：「鄉，所也。」箋：「中鄉，美地名。」瑞辰按：鄉與黨對文則異，散文則通。玉藻鄭注：「黨，鄉之細者。」淮南子道應篇「北息乎沈墨之鄉，西窮冥冥之黨」，鄉猶黨也。服虔左傳注、何休公羊注、韋昭國語注、劉熙釋名竝曰：「黨，所也。」黨爲所，則鄉亦爲所矣。孟子「出入無時，莫知其鄉」，即莫知其所也。廣雅：「所、鄙，凥也。」古者公田爲居，盧舍在內，還盧舍種桑麻雜菜，疆畔則種瓜果，小雅所云「中田有廬，疆埸有瓜」也。中鄉當指「中田有廬」言之。傳訓鄉爲所，亦以所爲凥也。

「嘽嘽焞焞」，傳：「嘽嘽，衆也。焞焞，盛也。」瑞辰按：說文：「焞，明也。」引申之義爲盛。漢書韋玄成傳引詩「嘽嘽推推」。廣韻：「𨏲𨏲，車盛貌。」焞、推一聲之轉，故通用。作推推者，蓋三家詩。

「如霆如雷」，瑞辰按：廣雅：「䨨，雷也。」廣韻：「䨨，雷也。出韓詩。」疑毛詩「如雷」，韓詩或作「如䨨」。

「蠻荆來威」，箋：「皆使來服於宣王之威。」瑞辰按：來，猶是也。威，猶畏也。「蠻荆來威」猶云蠻荆是畏。箋讀來如往來之來，又以威爲宣王之威，失之。

## 車攻

「我車既攻」，傳：「攻，堅也。」瑞辰按：爾雅：「攻，善也。」善讀如繕。小爾雅：「攻，治也。」三倉：「繕，治也。」竝與堅同義。攻通功，齊語「辨其功苦」，韋注：「功，牢也。苦，脃也。」攻又通工，石鼓文：「我車既工。」

「東有甫草」，傳：「甫，大也。」箋：「甫草者，甫田之草也。鄭有甫田。」瑞辰按：甫草韓詩作圃草，薛君章句云：「圃，博也。有博大茂草也。」周語「藪有圃草」，韋注：「圃，大也。」竝與毛傳訓甫義同。鄭君知甫卽圃田者，亦因韓詩作圃草，知甫卽圃之省借也。胡承珙曰：「鄭之甫田正以廣大有草得名。傳訓甫爲大，而箋引甫田以證之，申傳，非易傳也。」水經注曰：「渠水歷中牟縣之圃田澤，澤多麻黃草，故述征記曰：『踐縣境便覩斯卉，窮則知踰界。』詩所謂『東有圃草』也。」則以圃草爲圃田之麻黃草，非泛言大草也。下章「博獸于敖」，箋：「敖，鄭地，今近滎陽。」括地志：「滎陽城在今滎澤縣西南十七里，殷之敖地也。」元和郡縣志：「圃田一名原圃，東西五十里，南北二十六里，西限長城，東極官渡，上承鄭州管城縣曹家陂。」今案敖在滎澤縣，與鄭州接界，圃田在中牟縣北，上承鄭州，則敖與圃相去不遠，當从箋説爲允。

「選徒䎘䎘」，傳：「䎘䎘，聲也。唯數車徒者爲有聲也。」瑞辰按：以䎘䎘爲聲，與下文「有聞無聲」終屬相背。且據成十六年左傳「在陳而䎘，合而加䎘」，又「甚䎘，且塵上」，竝以䎘爲讙譁之聲，數車徒者正不必然。王尚書讀選爲饌具之饌，字亦作撰，謂大司馬「羣吏撰車徒」卽具車徒，此言選徒亦謂具卒徒，䎘䎘爲卒徒衆多之貌。其說甚確。今按爾雅釋言：「䎘，閑也。」郭〔一〕注：「䎘然，閑暇貌。」若從雅訓，以䎘䎘爲閑暇之貌，與下章「有聞無聲」義更相貫，左傳所謂「好以整」、「好以暇」也。

「搏獸于敖」，傳：「敖，地名。」箋：「獸，田獵搏獸也。敖，鄭地，今近滎陽。」瑞辰按：搏獸，段玉裁謂當从後漢書安帝紀注、水經注濟水篇、東京賦引詩作「薄狩」。惠定宇九經古義謂狩卽獸字。今按説文：「獸，守備者。」蔡邕月令章句曰：「狩，獸也。」文選張平子東京賦「薄狩于敖」，薛注：「謂周王狩也。」引詩「薄獸于敖」。皆狩、獸同義之證。三家詩蓋有作薄狩者，毛詩作薄獸，卽薄狩之假借。箋云「田獵搏獸」者，亦以經言薄獸非禽獸之獸，故以田獵搏獸釋之。狩又假借作首，石鼓文「搏首」卽薄狩也。

「四牡奕奕」，瑞辰按：説文：「驛驛，馬行疾而徐也。」引詩「四牡驛驛。」驛與奕古聲近，蓋卽此詩「奕奕」之異文。

〔一〕「郭」原作「鄭」，據續經解本及爾雅釋言郭注改。爾雅有郭璞注，無鄭注。

「赤芾金舄」，傳：「舄，達屨也。」箋：「金，黃朱色也。」瑞辰按：周官屨人鄭注曰：「複下曰舄。」疏云：「下謂底。複，重底。」釋名：「複其下曰舄。舄，腊也。行禮久立，地或泥溼，故複其下使乾腊也。」方言：「屝〔一〕、屨、麤，履也。徐兗之郊謂之屝，自關而西謂之屨，中有木者謂之複舄。」是皆以舄爲複下。而毛傳以爲達屨者，段玉裁曰：「達、沓古通用，達屨卽重沓之義。」其說是也。毛傳只以達屨解舄，不言金舄爲達屨。孔疏乃以金舄爲屨之最上達者，誤矣。小爾雅曰：「履尊者曰達屨，謂之金舄而金絇也。」亦後人附會之說，不足據也。屨人注云：「舄有三等，赤舄爲上。」金舄卽赤舄，此詩既言「赤芾」，若再言「赤舄」則不辭，故以「金」易之。周易乾鑿度曰：「天子之朝朱芾，諸侯之朝赤芾。」斯干詩「朱芾斯皇」，箋：「芾者，天子純朱，諸侯黃朱。」黃朱卽赤芾也。是知箋以金爲黃朱色者，亦謂金舄卽赤舄耳。又按說文：「黚，黃黑也。」黚从黑爲黃黑，則但言金者宜爲黃朱矣。孔疏乃以金舄謂加金爲飾，失之。

「決拾既佽」，傳：「佽，利也。」箋：「佽，手指相次比也。」瑞辰按：說文：「佽，便利也。」引詩「決拾既佽」。「一曰，遞也。」是佽兼二義。漢書宣帝紀「及應募佽飛射士」，臣瓚注引「許慎曰：『佽，便利也。』便利矰繳以弋鳧鴈，故曰佽飛。詩曰『決拾既佽』者也。」以說文、漢書

〔一〕「屝」原作「扇」，據方言（周祖謨校箋本）卷四改。下「徐兗之郊謂之屝」屝字同。

證之，从傳訓利爲是。至箋云「手指相次比」，卽說文「遞也」之訓，乃別一義。據周官司弓矢鄭司農注引詩「決拾既次」，後鄭繕人注引亦作次，蓋本三家詩，故箋詩卽以次比釋之。孔疏誤合傳、箋爲一，且謂傳言佽利，謂相次然後射利，非訓佽爲利，失之。

「弓矢既調，射夫既同」，瑞辰按：此詩以中二句調、同爲韻，與楚詞「求矩矱之所同」與「摯咎繇而能調」韻，及東方朔七諫「恐矩矱之不同」與「恐操行之不調」韻合。又韓非揚權篇「形名參同，上下和調」亦同與調韻。孔廣森曰：「調字从周，古或从用聲，爲諧聲之變法。」錢大昕謂：「同、調以雙聲爲韻。」今按：錢說是也。詩古音有正韻，有通韻，其通韻多以同聲相轉，卽雙聲也。如造與戚雙聲，而小明詩以戚與奥韻，卽讀戚如造也。欲與猶雙聲，而文王有聲詩「匪棘其欲」，禮記引作猶，而毛詩以欲與孝韻，卽讀欲如猶也。集與就雙聲，小旻「是用不集」，韓詩集作就，而毛詩以集與猶韻，卽讀集如就也。慘與懆雙聲，而月出「勞心慘兮」及正月「憂心慘慘」，抑詩「我心慘慘」，卽讀慘如懆也。東與當、空與匡皆雙聲，而大東詩「小東大東，杼柚其空」，陳第以東、空與霜韻，卽讀東如當，空如匡也。造與次雙聲，而思齊詩「矯矯王之造」與士爲韻，卽讀造如次也。鞏與固雙聲，而瞻卬詩「無不克鞏」與後爲韻，卽讀鞏如固也。以此推之，則錢氏雙聲亦韻之說益信。是知調、同雙聲，卽可讀調如同矣。史記衛青傳「大當户銅離」，徐廣曰：「一作稠離。」此亦調、同互通之類。至周从用口會意，不从用聲，則調字从周得聲，不得如孔説轉从用聲也。戴氏震及孔廣森又謂東、矦二部聲氣交通，胡承珙曰：「車攻調與同韻，即矦、東相協之證。」

「助我舉柴」，傳：「柴，積也。」箋：「雖不中，必助中者，舉積禽也。」釋文：「柴，子智反，又才寄反。説文作𣛀，士賣反。」瑞辰按：説文：「𣛀，積也。」引詩「助我舉𣛀」。許所據毛詩或作𣛀，石鼓詩有「射夫寫矢，具奪舉𣛀」，與此詩義同。柴又通胔。西京賦「收禽舉胔」，薛注：「胔，死禽獸將腐之名。」李善曰：「胔，聚肉名，不論腐敗也。」舉胔即此詩舉柴。説文無胔有骴，云「鳥獸殘骨曰骴」，引明堂月令曰：「掩骼薶骴。」蔡邕月令章句作埋胔，云「露骨曰骼，有肉曰胔」。是知胔即骴字之或體。吕氏春秋又作霾髊，高注：「髊，讀水漬物之漬。」知髊亦骴之借字。毛詩作柴，説文作𣛀，皆骴字之假借。骴、積古音同部。周官「蜡氏掌除骴」，注：「故書骴作脊。鄭司農曰：脊讀爲殨，謂死人骨也。」漢書婁敬傳「徒見羸胔老弱」，師古曰：「胔讀曰瘠。」史記作羸瘠。釋名：「脊，積也。」公羊傳：「大災者何？大瘠也。」曲禮「四足曰漬」，鄭注引作「大漬」。是知脊、瘠、積、漬，古音竝與骴同。人死骨謂之殨，獸死骨謂之骴，其義一也。易説卦「乾爲瘠馬」，釋文：「京、荀作柴。」是又骴可借作柴之證。何楷直訓爲編柴之柴，妄矣。

「不失其馳，舍矢如破」，傳：「言習於射御法也。」箋：「御者之良，得舒疾之中。射者之工，矢發則中，如椎破物也。」瑞辰按：前章毛傳云：「田不出防，不逐奔走，古之道也。」昭八年穀梁傳曰：「車軌塵，馬候蹄，掩禽旅，御者不失其馳，然後射者能中。過防弗逐，不從奔之道也。」是詩所云「不失其馳」者，即「過防弗逐，不從奔」之謂，又即孟子「範我馳驅」也。説苑修文篇云：「不抵禽，不詭遇。」抵與題通。不題禽者，不迎禽而射也；不詭遇者，不橫射也。「不失其馳」蓋兼數者言之。説文：「駑，次弟馳也。」正謂馳有行列。又云：「騖，亂馳也。」則失其馳矣。古者射與御相應，惟御之有法，而後射之必中。孟子引詩「不失其馳」二句，趙注：「言御者不失其馳驅之法，則射者必中之，順毛而入，順毛而出，一發貫藏，應矢而死者如破矣。」按所謂「一發貫藏」者，即釋詩「舍矢如破」也。王尚書曰：「如，猶而也。」如破，而破也。「舍矢而破」與「舍拔則獲」同意。鄭箋及孟子趙注皆誤解如字。

「徒御不警」，傳：「徒，輦也。御，御馬也。不警，警也。」瑞辰按：爾雅釋訓：「徒御不警，輦者也。」正以輦者釋徒御二字。若單言徒，則爲步兵，不得爲輦。御本使馬之稱，而人之輓車亦曰御，猶駕本駕馬之名，而輦亦可曰駕，漢書注「駕人以行曰輦」是也。説文：「輦，人輓車也。」「輓，引也。」廣雅疏證曰：「輦之言連也。連者，引也，引之以行曰輦。」以其徒行而引車，故亦曰徒御。華嚴經音義引玉篇曰：「馭，古御字。諸書裝鞁爲駕，牽控爲御。」牽、控皆爲引，是御亦引也。以馬引車謂之御，以人引車則謂之徒御。石鼓文「徒馭孔庶」，嵩高詩

「徒御嘽嘽」，竝與此詩徒御同義。毛傳分徒、御爲二，失爾雅之恉矣。又按：傳曰：「不警，警也。」據正義曰：「豈不警戒乎？言相警戒也。」是經文原作「不警」。今詩經、傳及箋竝爾雅俱誤作驚，當以正義本作警爲是。

## 吉日

「吉日維戊」，傳：「維戊，順類乘牡也。」箋：「戊，剛日也，故乘牡爲順類也。」瑞辰按：漢書律曆志「豐楙於戊〔一〕。」鄭注月令曰：「戊之言茂也。」馬祭用戊，蓋取禱馬蕃茂之意，故下即云「四牡孔阜」。風俗通義曰：「阜者，茂也。」

「既伯既禱」，傳：「伯，馬祖也。重物愼微，將用馬力，必先爲之禱其祖。禱，禱獲也。」瑞辰按：惠定宇九經古義曰：「周官大司馬『有司表貉』，先鄭云：『貉讀爲禡。禡謂師祭也。』甸祝『表貉』，杜子春讀貉爲『百爾所思』之百，書亦或爲禡。後鄭肆師注云：『貉讀爲十百之百。』蓋貉讀爲禡，又讀爲百，百卽伯也，字異而音義竝同。」是伯卽禡之假借，當云師祭。而爾雅云「既伯既禱，馬祭」者，案甸祝「禂牲禂馬」，杜子春云：「禂，禱也。爲馬禱無疾，爲田禱多獲禽。詩曰：『既伯既禱。』爾雅曰：『既伯既禱，馬祭也。』」說文：「禂，禱牲馬祭也。」禂、禱

〔一〕「戊」原作「茂」，據漢書律曆志改。

古聲近通用，是知爾雅「馬祭」乃釋詩「既禱」之禱，非釋伯字。其兼引詩「既伯」者，特連類及之，猶杜子春注周官「禂牲禂馬」及說文禂字注皆兼引詩「既伯」爲證也。知爾雅「馬祭」專釋禱字，則無疑于伯之卽爲禡矣。毛公惟誤以爾雅「馬祭」爲釋詩「既伯」，故以伯爲馬祖，又以禱爲禱獲，不爲禱馬，不知伯特禡字之假借耳。又按：禡之言隅。方言、廣雅竝云：「隅，益也。」肆師鄭注曰：「貉，師祭也。於所立表之處爲師祭，祭造軍灋者，禱氣勢之增倍也。」正取隅益之義。應劭漢書注云：「禡者，馬也。馬者兵之首，故祭其先神。」直以禡爲馬祭，亦誤。爾雅「是類是禡，師祭也」，「既伯既禱，馬祭也」，文法正同。段玉裁據毛傳「伯，馬祭也」，謂今本爾雅、周禮注「馬祭」之上皆脫「伯」字，失之。

「吉日庚午」，傳：「外事以剛日。」瑞辰按：漢書翼奉傳：「奉上封事曰：知下之術，在於六情十二律而已。北方之情，好也；好行貪狼，申子主之。孟康曰：「北方水，水生于申，盛于子。水性觸地而行，觸物而潤，故多所好。多好則貪而無厭，故爲貪狼也。」東方之情，怒也；怒行陰賊〔一〕，亥卯主之。孟康曰：「東方木，木生於亥，盛於卯。木性受水氣而生，貫地而出，故爲怒。以陰氣賊害土，故爲陰賊也。」貪狼必待陰賊而後動，陰賊必待貪狼而後用，二陰並行，是以王者忌子卯也。禮經避之，春秋諱焉。南

〔一〕「賊」原作「藏」，據漢書翼奉傳改。

方之情，惡也；惡行廉貞，寅午主之。孟康曰：「南方火，火生於寅，盛於午。火性炎猛，無所容受〔一〕，故爲惡。其氣精專嚴整，故爲廉貞。」西方之情，喜也；喜行寬大，巳酉主之。孟康曰：「西方金，金生於巳，盛於酉。金之爲物，喜以利及加於萬物，故爲喜。利及所加，無不寬大，故曰寬大也。」二陽並行，是以王者吉午酉也。詩曰：『吉日庚午。』上方之情，樂也；樂行姦邪，辰未主之。孟康曰：「上方謂北與東也。陽氣所萌生，故爲上。辰，窮水也；未，窮木也。翼氏風角曰：『木落歸本，水流歸末。』故木利在亥，水利在辰，盛衰各得其所，故樂也。水窮則無隙不入，木上出，窮則旁行，故爲姦邪。」下方之情，哀也；哀行公正，戌丑主之。孟康曰：「下方謂南與西也。陰氣所萌生，故爲下。戌，窮火也；丑，窮金也。翼氏風角曰：『金剛火彊，各歸其鄉。』故火刑於午，金刑於酉。酉午〔二〕，金火之盛也。盛時而受刑，至窮無所歸，故曰哀也。火性無所私，金性方剛，故曰公正。」辰未屬陰，戌丑屬陽，萬物各以其類應。」又曰：「師法用辰不用日。」今案：日謂十干，辰謂十二支。十干五剛五柔，甲、丙、戊、庚、壬五奇爲剛日，乙、丁、己、辛、癸五偶爲柔日也。十二支六陰六陽，申、子、亥、卯、辰、未爲六陰，寅、午、巳、酉、戌、丑爲六陽也。毛傳言「外事用剛日」，則以庚爲吉。翼奉言「王者吉午酉」，又言「用辰不用日」，則以午爲吉。奉治齊詩，此毛、齊詩師說之不同也。

〔一〕「受」字原脱，據漢書翼奉傳顏注引孟康說補。

〔二〕「午」原作「火」，據漢書翼奉傳顏注引孟康說改。

檀弓：「杜蕢〔一〕曰：子卯不樂。」左氏昭九年傳：「辰在子卯謂之疾日。」賈逵、鄭玄竝謂桀以乙卯亡，紂以甲子喪，惡以爲戒。張晏駁之曰：但云夏、殷之亡，不推湯、武以興，非是。疾日與吉日正相反。以子卯陰類爲疾日，則以午酉陽類爲吉日。據翼奉云二陰二陽竝行，是必子卯互刑、午酉相合之日，方爲疾日、吉日，非凡遇子卯皆疾，遇午酉皆吉也。蓋五行有刑德，行在東方子刑卯，行在北方卯刑子，子卯互刑，是以爲忌。以是推之，午酉並行，方爲吉日。火盛於午，金盛於酉。庚爲金，與酉同氣，則即酉之類也。故翼引詩「吉日庚午」，以爲午酉二陽竝行之證。則奉雖用辰不用日，未始不兼取日與辰相配耳。

「麀鹿麌麌」，傳：「麌麌，衆多也。」箋：「麕牝曰麌。麌復麌，言多也。」瑞辰按：大雅韓奕詩「麀鹿噳噳」，毛傳：「噳噳然衆也。」釋文：「噳，本亦作麌，同。」說文：「噳，麋鹿羣口相聚皃。」麌麌即噳噳之假借，故傳以衆多釋之。箋說非是。

「漆沮之從」，傳：「漆沮之水，麀鹿所生也。」瑞辰按：漆水有二。一在涇西，漢時屬右扶風。說文：「漆水出右扶風杜陵岐山，東入渭。」杜陵當作杜陽，水經「漆水出扶風杜陽縣俞山，東北入於渭」是也，岐山或即俞山之別稱耳。一名漆沮水，在涇東渭北，漢時屬左馮翊，又名洛水，說文漆水注「一曰，入洛」，又曰「洛水出左馮翊歸德北夷畍中，東南入渭」，禹貢

〔一〕「蕢」原作「簣」，據續經解本及禮記檀弓改。

「導渭，又東過漆沮」，某氏傳「漆沮，二水名，亦曰洛水，出馮翊北」是也。緜詩「自土沮漆」，土當从齊詩作杜，謂杜陽也。沮當从王尚書説讀爲徂。「自杜徂漆」猶云自西徂東。蓋太王自豳遷岐，必自杜陽度漆水。此涇西之漆水也。禹貢漆沮爲雍州川，此詩漆沮爲宣王獵於東都，皆當指入洛者爲是。此涇東之漆沮水也。書孔疏以「漆沮既從」屬右扶風，失之。

「其祁孔有」，傳：「祁，大也。」箋：「祁當作麎。麎，牝麋也。」瑞辰按：詩疏引爾雅某氏注亦作「其麎孔有」。三家詩或有作麎字者，故箋及某氏注本之。漢時蓋讀麎如祁，字林麎讀上尸反，徐音同，沈市尸反是也。據大司馬鄭司農注「獸五歲爲慎」，後鄭注「慎讀爲麎」，此詩祁讀如麎，亦當讀如「五歲爲慎」之慎，謂獸之大者也。麎爲牝麋，亦爲大獸之通稱，猶豕三爲豵，而獸之一歲者亦名豵也。有當讀如「物其有矣」之有，孔有猶孔多也。箋訓爲甚有，失之。

「儦儦俟俟」，傳：「趨則儦儦，行則俟俟。」瑞辰按：文選西京賦「羣獸駓騃」，注引韓詩章句曰：「趨曰駓，行曰騃。」後漢書馬融傳「鄙騃譟讙」，李賢注引「韓詩：『駓駓騃騃。』騃或作俟，誤。」説文：「儦，行皃。」「騃，馬行仡也。」騃與俟音義同。説文俟字注又引詩曰「伾伾俟俟」。蓋韓詩作駓駓者假借字，作騃騃者正字；毛詩作儦儦者正字，作俟俟者假借字也。廣雅：「儦儦，行也。」「駓駓，走也。」蓋兼取毛、韓詩。儦、駓二字雙聲，故通用。廣雅又曰：

「伾伾，衆也。」此釋魯頌「以車伾伾」，釋文云「字林作駓」，亦通用。

「悉率左右，以燕天子」，傳：「驅禽之左右，以安待天子。」騶虞疏引此傳作「以安待天子之射」。箋：「率，循也。悉驅禽順其左右之宜，以安待王之射也。」瑞辰按：周官田僕「設驅逆之車」，鄭注：「驅，驅禽使前趨獲。逆，衙還之使不出圍。」今按：驅逆猶送逆也。小爾雅：「驅，送也。」驅禽待射，若送者然。此詩「從其羣醜，漆沮之從」，從，逐也，謂驅送也。「悉率左右」則爲衙還之使不出圍，卽逆也。易比九五：「顯比，王用三驅，失前禽。」褚氏諸儒皆以爲三面著人驅之〔一〕，缺其前一面，故失前禽，王制所謂「天子不合圍」也。此詩「悉率左右」謂從旁翼驅之，亦易「王用三驅」之義。安與待義相近，故燕爲安，又爲待，傳、箋皆云「安待」者，正訓燕爲待也。說文：「晏，安也。」引詩「以晏父母」。今詩無此文，或疑卽「以晏天子」之譌。

〔一〕此句「爲」字原脱，「三面」原作「三驅」，據易比孔疏引褚氏說補改。

# 毛詩傳箋通釋卷十九

## 小雅

### 鴻雁

「爰及矜人」，傳：「矜，憐也。」箋：「王曰：當及此可憐之人。謂貧窮者，欲令賙餼之。」瑞辰按：說文：「矜，矛柄也。从矛，令聲。」傳訓憐者，以矜爲憐字之假借。字从令聲，不从今聲。然據說文「憐，哀也」，以可哀之人爲憐，似爲費解。今按爾雅釋言「矜，苦也」，舊疏引詩「爰及矜人」，是矜人卽苦人，又爲憐義之引申，猶呂覽言苦民，呂覽貴因篇：「湯武遭亂世，臨苦民。」苦民猶言窮人也。方言：「矜，遽也。」遽與勮通，說文：「勞，劇〔一〕也。」廣雅：「矜，急也。」矜人與勞人、棘人、憚人義並近。韓詩訓憚人爲苦人，與矜之爲苦義同。又詩「居以凶矜」，傳：「矜，危

〔一〕「劇」，段注說文改作「勮」。本書上言「遽與勮通」，則引說文當從段本。

也。」危、苦義亦相近。此傳訓矜爲憐，箋因增其文爲「可憐之人」，失之。

「百堵皆作」，傳：「一丈爲版，五版爲堵。」箋：「春秋傳曰：『五版爲堵，五堵爲雉。』雉長三丈，則版六尺。」瑞辰按：左傳隱元年疏引許慎五經異義載古周禮及左氏說：「一丈爲版，版廣二尺。五版爲堵，一堵之牆長丈、高丈。三堵爲雉，一雉之牆長三丈、高一丈。以度其長者用其長，以度其高者用其高也。」以其說推之，五版爲堵，承版廣二尺，度其高也；三堵爲雉，承一丈爲版及堵長丈，度其長也。毛傳「一丈爲版，五版爲堵」，說與古周禮及左氏說同，蓋亦以一丈爲版爲度長，五版爲堵爲度高。不言版廣二尺者，傳文多質略耳。鄭箋引公羊傳「五版爲堵，五堵爲雉」，而解與何休異。何休曰：「八尺曰版，堵凡四十尺，雉二百尺。」是以五版五堵積算其長，說本戴禮及韓詩說，見五經異義。鄭云「雉長三丈，則版六尺」，合以檀弓鄭注云「版蓋廣二尺，長六尺」證之，是鄭以「五版爲堵」爲度其高，「五堵爲雉」爲度其長，五堵猶言五版。章明府甫曰：「五版爲堵，是專用廣二尺版乘算其高也。五堵爲雉，是專用長六尺版所築之堵互算其長也。」蓋得之矣。鄭君以版爲六尺，與古周禮及左氏說、毛傳異，而言雉長三丈及以版爲堵，則同。彼以一丈爲版推之，則曰「三堵爲雉」，此以六尺爲版推之，則曰「五堵爲雉」，五堵卽五版也。鄭既以堵爲版，則三堵卽三版也。玉篇「十六尺曰堵」，所謂堵者，長亦六尺，猶古周禮說以一丈爲版，其釋堵亦曰「長丈」也。

疑當作「六尺曰堵」，其義即本鄭箋，今本誤衍十字耳。以春秋傳「五堵爲雉」證之，當以鄭箋版長六尺爲允。

## 庭燎

「夜未央」，傳：「央，旦也。」箋：「夜未央，猶言夜未渠央也。」瑞辰按：傳「央，旦」，釋文本作且，云：「且，七也反，又子徐反。又音旦。」竊謂作子徐反爲是，讀如「籩豆有且」之且。且、渠古音近通用。史記孔子世家雍渠，孟子作癰疽，韓非子作雍鉏，說文作雍雎，可證。未且猶未渠也，故箋以「夜未渠央」申釋之。渠通作腒，廣雅：「腒，央也。」又作遽，魏都賦：「其夜未遽，庭燎晰晰。」又作巨，集韻：「巨，央也。」竝字異而義同。說文央字注：「一曰，久也。」廣雅：「腒，久也。」皆渠、央同義之證。正義从王肅本作「央，旦也」，釋文亦曰「經本作旦」，蓋且字形近之譌，王肅遂以意釋之耳。釋文引「說文：『央，久也，已也。』王逸注楚辭云：『央，盡也。』」其義竝與渠近。今本說文無「已也」之訓，據楚辭離騷「時亦猶其未央」，王逸注「央，盡也」，九歌「爛昭昭兮未央」，王逸注「央，已也」，則「已也」之訓蓋在釋文引王逸楚辭注「央，盡也」之下，今本誤引入說文下耳。廣雅「央，已也」，「央，盡也」，其義又本楚辭王注。至說文「央，中央也」，廣雅「央，中也」，與詩義無涉。或以未央爲未中，失之。

「庭燎之光」，傳：「庭燎，大燭。」瑞辰按：燕禮：「宵則庶子執燭於阼階上，司宮執燭於西階上，甸人執大燭於庭，閽人爲大燭於門外。」注：「庭大燭，爲位廣也。」「閽人」句內，唐石經無大字，王尚書及嚴學博可均皆以無大字爲是。今按：庭位廣，故特用大燭，足見其餘皆不用大燭。毛傳以大燭釋庭燎，正庭用大燭之證。今燭以葦爲心，灌以脂膏，古燭只用樵薪，或以麻稭爲之。說文：「蒸，析麻中幹也。」弟子職：「蒸間容蒸。」毛詩傳：「蒸盡，掐屋而繼之。」皆古燭用麻蒸之證。周禮司烜氏〔一〕「共墳燭庭燎」，故書墳爲蕡，當从鄭司農說，以蕡燭爲麻燭。鄭康成以墳燭爲大燭，因謂「樹於門外曰大燭」，其說非也。此詩正義據之，以證大燭與庭燎散文則通，亦誤。

「夜未艾」，傳：「艾，久也。」箋：「芟末曰艾。」瑞辰按：未艾，猶未央也。傳訓艾爲久，正與說文訓央爲久同義。箋云「芟末曰艾」，亦取艾割將盡之義。左氏昭元年傳「國未艾也」，哀二年傳「憂未艾也」，杜注竝訓爲絶。小爾雅：「艾，止也。」艾之訓絶與止，猶央之爲盡又爲已耳。

## 沔水

〔一〕「氏」字原脱，據周禮補。

「沔彼流水」，傳：「沔，水流滿也。」瑞辰按：沔、衍聲相近。說文：「衍，水朝宗于海皃也。」「皃」從段本增。廣韻引字統曰：「衍，水朝宗于海，故从水行。」沔蓋衍字之假借。二章傳「其流湯湯，言放縱無所入也」，正義引定本作「放衍無所入」，正沔、衍同義之證。

「朝宗于海」，傳：「水猶有所朝宗。」箋：「諸侯春見天子曰朝，夏見曰宗。」瑞辰按：禹貢「江漢朝宗于海」，鄭注與箋義同。說文：「淖，水朝宗于海也。」淖卽潮字。是古說「朝宗于海」謂海潮上迎，來受尊禮。不言「海水朝宗」而言「朝宗于海」者，倒文也。段玉裁說文注曰：「論衡書虛篇辨子胥驅水爲濤事曰：『天地之性，上古有之，經「江漢朝宗于海」，唐虞之前也。』又曰：『濤之起也，隨月盛衰，小大滿損不齊同。』虞翻注易『習坎有孚』曰：『水行往來，朝宗于海，不失其時，如月行天。』注『行險而不失其信』曰：『水性有常，消息與月相應。』與許說合。禹貢揚州曰『三江既入』，荆州曰『江漢朝宗于海』，二州之文〔一〕相爲表裏。『朝宗于海』謂海淖來朝見尊禮也。」今按此詩規宣王以信服諸侯，故以海淖來朝有信爲喻，如古說，義亦可通。

「莫肯念亂」，箋：「無肯念此於禮法爲亂者。」瑞辰按：桑柔詩「以念穹蒼」，箋云：「念天所爲下此災。」正義釋箋云：「以念止此穹蒼上天所下之災者。」又念與尼雙聲；尼，止也；故

〔一〕「文」原作「水」，據說文淖字段注改。

念亦有止義。「莫肯念亂」猶言莫肯止亂也。又按說文：「懷，念思也。」爾雅釋詁：「懷，至也。」又：「懷，止也。」念訓常思而有止義，猶懷訓念思，義爲至，又爲止也。

「誰無父母」，傳：「京〔一〕師者，諸侯之父母也。」瑞辰按：昊天子天子，天子子天下，故傳以父母爲喻京師，猶論語云「父母之邦」，孟子云「去父母國」也。詩蓋以海水來朝喻王之以信服諸侯，因以誰無父母喻諸侯之以信接天子。若泛言父母，則與規宣王無涉。正月詩「父母生我」，傳言「父母謂文、武也」，皆古義之異於今者，其傳之必有自也。

「寧莫之懲」，傳：「懲，止也。」瑞辰按：懲古通作徵。楚辭「不清徵其然否」，清徵謂審察也。左氏襄二十八年傳「以徵過也」，杜注：「徵，審也。」徵又通證，中庸「雖善無徵」，鄭注「徵或作證」是也。此詩前二章皆言憂諸侯之不共職，三章乃言諸侯本循其職，而以爲不率職者，實王誤聽譌言之故，故言飛隼猶率其常，而民之譌言乃莫之審，疾王不能察讒也。正月詩「民之訛言，寧莫之懲」義同。傳、箋竝訓爲止，失之。

「我友敬矣，讒言其興」，傳：「疾王不能察讒也。」箋：「我，我天子也。友，謂諸侯也。言諸侯有敬其職、順法度者，讒人猶興其言以毀惡之，王與侯伯不當察之？」瑞辰按：此章上

〔一〕「京」上原衍「誰無父母」四字，據此詩毛傳删。

四句言王之不能察讒，下二句勉諸侯以戒慎。敬者，戒也。士昏禮戒女曰：「必敬必戒。」〔一〕敬亦戒也。説文：「警，言之戒也。」又曰：「儆，戒也。」釋名：「敬，警也。」燕禮記：「賓爲苟敬。」説文：「苟，自急敕也。」苟音己力切，讀如敕。說文：「苟，从羊省，从勹口。勹口猶慎言也。」與苟且字从艸句者有别。敬从苟，故有戒義。「讒言其興」言苟不知戒則讒言之興無已。箋謂能敬其職，讒人猶興其言，失其義矣。

## 鶴鳴

「鶴鳴于九皐」，傳：「皐，澤也。言身隱而名著也。」箋：「皐，澤中水溢出所爲坎。自外數至九，言深遠也。」瑞辰按：皐，説文作皋，云：「气皋白之進也。从夲，从白。」段玉裁曰：「當作『皋，气白之進也。』謂藪澤極望皆白气也。」説文又曰：「臭，大白澤也。古文以爲澤字。」段云：「當作『大白也』。」盧氏文弨曰：「詩皋字，乃因臭字形近而譌。臭，古澤字，見玉篇。」今按：臭爲古澤字，説文已言之，不僅見玉篇也。皋與臭古同音呼老反，臭可借爲澤，則皋亦可借爲澤。左傳「澤門之皙」，釋文：「澤，本作皋。」荀子正論「代睪而食」，即伐皋而食。列子「望其壙，睪如也」，即荀子「皋如也」。續漢志成睪，即漢志成皋也。虎名於菟，菟

〔一〕按：「必敬必戒」見孟子滕文公下。儀禮士昏禮則云：「父送女，命之曰：戒之敬之。」此以「必敬必戒」爲士昏禮文，記憶之誤。

一作櫸，轉而爲皋。皆皋、澤互通之證。毛傳「皋，澤也」，蓋以皋爲澤之假借，不必如盧説改皋爲臭也。至箋云「皋，澤中水溢出所爲坎」者，楚辭王逸注：「澤曲曰皋。」韓詩：「九皋，九折之澤。」論衡：「鶴鳴九折之澤。」折即曲也。廣雅：「皋，局也。」局亦曲也。曲與坎同義，是知箋説實本韓詩，以皋爲澤曲，與毛傳以皋爲澤異義。正義合而一之，誤矣。

「其下維蘀」，傳：「蘀，落也。」尚有樹檀而下其蘀。」箋：「檀下有蘀，此猶朝廷之尚賢者而下小人。」瑞辰按：下章榖爲木名，則此章蘀亦木名，不得泛指落木。王尚書經義述聞曰：「蘀，疑當讀爲櫸。廣雅：『梬棗，櫸也。』士喪禮『決用正，王棘若櫸棘』，鄭注：『王棘與櫸棘，善理堅刃者，皆可以爲決。』夏官繕人釋文：『櫸，一音徒落反。』與蘀相近，故借蘀爲櫸。」其説甚確。說文：「梬，梬棗也，似柹而小。一曰㮕。」即爾雅所云「遵，羊棗」也。士喪禮鄭注：「世俗謂王棘矺鼠。」釋文云：「矺，劉音託。」與櫸聲近，矺鼠當即櫸棘之别名。

## 祈父

「祈父」，傳：「祈父，司馬也，職掌封圻之兵甲。」箋：「此司馬也。時人以其職號之，故曰祈父。書曰『若疇圻父』，謂司馬也。」瑞辰按：祈者，圻之假借。左傳引詩正作「圻父」，故序箋云「祈、圻、畿同。」周官大司馬「九近之籍」，鄭司農曰：「近當言畿。」近亦圻之假借。穆天子傳「乃命正公郊父」，郊、圻古通，稱郊父卽圻父耳。

「予王之爪士」，傳：「士，事也。」瑞辰按：爪士猶言虎士。周官虎賁氏屬有虎士八百人，卽此。說苑雜言〔一〕篇曰：「虎豹愛爪。」故虎士亦云爪士。虎賁爲宿衞之臣，故以移於戰争爲怨耳。淮南子脩務篇高注：「在車曰士，步曰卒。」士與卒散文則通。傳訓士爲事，失之。

「靡所底止」，傳：「底，至也。」瑞辰按：厎與底異字。說文：「厎，柔石也。厎或从石作砥。」「底，山居也。」段謂當作「止居」。是厎與底皆从氐聲，惟从厂與从广異耳。此詩「靡所底止」與小雅「伊于胡底」皆作底，俗本作「胡厎」者，誤也。說文無从氏之字，或作厎，尤誤。爾雅釋詁底、厎二字並訓「止也」，據郭注「底義見詩傳」，是郭君所見詩傳作「底，止也」。郭又引國語「戾久將底」爲底字作注。據郭注先厎後底，是郭本爾雅蓋先厎後底。今本先底後厎者，或傳寫之誤。

「有母之尸饔」，傳：「尸，陳也。」箋：「己從軍而母爲父陳饌飲食之具，自傷不得供養也。」瑞辰按：白虎通義曰：「尸之爲言，失也，陳也。失氣亡神，形體獨陳。」其所云「失氣亡形」者，正承上「失也」之訓。太平御覽載禮統有「矢也陳也」之語，矢卽失字形近之譌。或據北堂書鈔引白虎通無「失也」一訓删之，非是。是尸古有失義，尸饔卽謂失饔，謂奉養不能具也。古屍字

〔一〕「言」原作「事」，據說苑改。

通借作尸，屍字从尸从死，死、亡同義，亡卽失也，故尸亦得訓失。屍或通借作死。公羊傳「陳侯甲戌之日亡，己丑之日死而得」，猶云「屍乃得」也。漢書陳湯傳「求谷吉等死」，卽求谷吉等屍也。先儒罕聞尸失之訓，以陳釋之，箋以爲爲父陳饌，許氏五經異義引詩尸饔謂陳饔以祭，均未免失之迂曲矣。

## 白駒

「食我場苗」，瑞辰按：場與圃散文則通。圃中所植惟豆藿之類，二章傳：「藿，猶苗也。」則知場苗卽豆苗耳。

「以永今朝」，箋：「以永今朝，愛之欲留之。」校勘記曰：「小字本、相臺本經文永作久。」瑞辰按：正義引山有樞「且以永日」爲證，是經文本作永字，與二章「以永今夕」同。且山有樞正義引此詩正作「以永今朝」，則經文作永無疑。至正義「以久今朝者」云云，特以久釋永耳。小字本、相臺本遂據以改經文，失之。

「賁然來思」，傳：「賁，飾也。」箋：「願其來而得見之。易卦曰：『山下有火，賁。』賁〔一〕，黃白色也。」瑞辰按：京房易傳曰：「五色不成謂之賁，文采雜也。」上言白駒，下不得以雜色言之，故正義曰「蓋謂其衣服之飾」，非詩義也。釋文：「賁，徐音奔。」賁、奔古通用，詩「鶉之

〔一〕「賁」原誤「赤」，據此詩鄭箋改。

奔奔」，表記、吕氏春秋引詩俱作「賁賁」是也。考工記弓人鄭注：「奔，猶疾也。」賁然蓋狀馬來疾行之貌。

「爾公爾侯，逸豫無期」，傳：「爾公爾侯耶，何爲逸豫無期以反也？」瑞辰按：前二章望賢者之來，此章望其來而又懼其遁也。蓋以時不可爲，言若爾爲公侯，則將憂時病國，終無逸豫之期，而因以其優游隱遁爲深憂也。

「慎爾優游，勉爾遁思」，傳：「慎，誠也。」箋：「誠女優游，使待時也。勉女遁思，度已終不得見，自訣之辭。」瑞辰按：方言：「慎，憂也。」「慎爾優游」猶云憂爾優游也。「勉爾遁思」亦望其勿遁之詞。

「在彼空谷」，傳：「空，大也。」瑞辰按：空者，穹之假借。爾雅：「穹，大也。」文選注兩引韓詩「在彼穹谷」，薛君曰：「穹谷，深谷也。」考工記韗人「穹者三之一」，鄭司農曰：「穹讀爲『志無空邪』之空。」是穹與空聲近通用之證。節南山詩「不宜空我師」，傳：「空，窮也。」據説文云「穹，窮也」，是空亦穹之假借。

「生芻一束，其人如玉」，箋：「此戒之也。女行所舍，主人之餼雖薄，要就賢人，其德如玉然。」瑞辰按：第三章冀其來而懼其隱，此章前四句高其隱遁，下二句尚望其以聲音相通也。「生芻一束」，言我雖設生芻以待之，方欲秣其馬，而其人高隱，比德如玉，不可得見也。箋義未免迂曲。

## 黄鳥

「不我肯穀」，傳：「穀，善也。」箋：「不肯以善道與我。」瑞辰按：廣雅：「穀，養也。」小弁詩「民莫不穀」，甫田詩「以穀我士女」，箋竝云：「穀，養也。」此詩穀亦當訓養，猶我行其野詩「爾不我畜」，畜亦養也。

「不可與明」，傳：「不可與明夫婦之道。」箋：「明當爲盟。盟，信也。」瑞辰按：明、盟古通用。襄二十九年左傳「以德輔此，則明主也」，史記作盟主。説文古盟字从囧，賈侍中説，讀與明同。齊侯鎛鐘曰「中敦盟刑」，盟刑卽明刑也。釋名：「盟，明也。告其事於神明也。」此詩明字从箋讀盟爲是。

## 我行其野

「言采其蓫」，傳：「蓫，惡菜也。」箋：「蓫，牛蘈也。」釋文：「蓫，本又作蓄。蘈，本又作藬。」瑞辰按：爾雅郭本作「藬，牛藬」，藬、蘈一字，鄭君所見爾雅本自作「蓫，牛蘈」耳。蓫音近秃，蘈、秃亦一聲之轉。説文：「頹，秃皃。」正以聲轉爲義。正義不知爾雅之「藬，牛蘈」卽鄭箋之「蓫，牛蘈」，遂以爲釋草無文，誤矣。蓫、蓄古聲近。陸璣詩義疏云：「蓫，今人謂之羊蹄。」名醫別録云：「羊蹄一名蓄。」陶隱居注：「今人呼爲禿菜，即是蓄音之誤。」引詩「言采其蓄」。是知谷風詩「我有旨蓄」，蓄亦菜名，即此詩之蓫也。爾雅：「蓧，蓨。」又曰：「苖，蓨。」郭注皆云：「未詳。」按齊民要術引詩義疏云：「羊蹄似蘆菔，莖赤，煮爲茹，滑而不美，多噉令人下痢。揚州謂之羊蹄，幽州謂之蓫，一名蓨。」說文無蓫字，云：「堇，草也。」又曰：「蓨，苖也。」「苖，蓨也。」廣雅：「堇，羊蹏也。」集韻：「堇，或作苖，通作蓫。」玉篇以蓧、苖、蓨三字互訓。是苖即蓫之異文。苖字从由，與禾苗字从田者異。爾雅之「蓧，蓨」，「苖，蓨」，皆即此詩之蓫。古聲蓫、苖皆讀如胄，及蓧、蓨並同部，故通用。蓫通作苖，猶笛从竹、由聲，周禮作篴；釋詁「遂，病」，考槃箋作「軸，病」。其名爲蓧與蓨者，猶易「其欲逐逐」，劉表本作跾跾，子夏本作攸攸，漢書敘傳作浟浟，皆以聲近相通耳。

「言采其葍」，傳：「葍，惡菜也。」箋：「葍，蓄也。」瑞辰按，爾雅：「葍，蔔。」郭注：「大葉白華，根如指，正白，可啖。」又：「葍，藑茅。」郭注：「葍華有赤者爲藑。藑、葍一種耳，亦猶陵〔一〕苕華黃白異名。」齊民要術引詩義疏云：「河東關內謂之葍，幽兗謂之燕葍，一名爵弁，一名藑。根正白，著熱灰中温噉之。饑荒可蒸以禦饑。漢祭甘泉或用之。其華有兩種，一種莖葉

〔一〕「陵」原作「陖」。按爾雅釋草：「苕，陵苕。黃華，蔈；白華，茇。」今據改。

細而香，一種莖赤有臭氣。」據此，則爾雅所云「葍，藑茅」者，卽義疏所云赤莖有臭氣者。爾雅又云：「葝，雀弁。」郭注：「未詳。」以義疏葍一名爵弁證之，則葝弁亦卽葍之赤莖者。藑與爵弁皆取赤義，說文「瓊，赤玉也」，儀禮鄭注「爵弁色赤而微黑」，是其證矣。說文葍、䔰二字互訓，又曰：「藑茅，葍也。」

「不思舊姻，求爾新特」，傳：「新特，外昏也。」箋：「壻之父曰姻。我采葍之時，以禮來嫁女，女不思女老父之命而棄我，而求女新外昏特來之女。責之也。不以禮嫁，必無肎媵之。」瑞辰按：壻與婦之父相稱爲婚姻，爾雅「壻之父爲姻，婦之父爲婚」是也。夫與婦相稱亦爲婚姻，白虎通：「婚者，昏時行禮，故曰婚。姻者，婦人因夫而成，故曰姻。詩曰『不惟舊因』，即此詩「不思舊姻」。謂夫也。又曰『燕爾新婚』，謂婦也。」婚與姻散文則通。野客叢書引南史王元規曰：「姻不失親，古人所重，豈得輒昏非類。」徐楚金說文解字通論「禮」曰：「姻不失其親，故古文〔一〕冋女爲妻。冋，古貴字也。」是皆以壻因於婦家爲姻矣。「不思舊姻」，舊姻卽棄婦自稱，其家舊爲夫所因也。新特謂新婦。特當讀「實維我特」之特。特，毛傳訓匹，是也。新特猶新昏也，故傳以外昏釋之。外昏者，對妻爲內子言也。箋以舊姻爲壻之父，新特爲新外昏特來之女，竝失之。

〔一〕「文」原作「人」，據續經解本並參說文改。

「成不以富」，箋：「女不以禮爲室家，成事不足以得富也。」瑞辰按：論語引詩「誠不以富」，成卽誠之假借。箋以成事釋之，非是。

「亦祇以異」，傳：「祇，適也。」瑞辰按：説文：「祗，敬也。」「祇，地祇，提出萬物者也。」又：「衹〔一〕，衹裯也。」無从示从氏之字〔二〕。廣雅：「衹〔三〕，適也。」義本毛傳。祇，唐石經作衹。張參五經文字曰：「衹，適也。作祇者誤。」段玉裁曰：「凡衹適字，唐人皆从衣从氏。宋以後俗本多作祇，非古也。至各體从氏，則尤繆。」今按漢書竇嬰傳「衹加慹」，師古曰：「衹音支，其字从衣。」是正唐時作衹之證。

## 斯干

序箋：「宣王於是築宮廟羣寢，既成而釁之，歌斯干之詩以落之。」釋文：「落，如字，始也。或作樂，非。」瑞辰按：落，正義本作樂，釋云「以歡樂之」，誤也。六章箋云：「寢既成，乃鋪席與羣臣爲歌以樂之。」樂亦當作落，釋文「樂，本亦作落」是也。釁與落不同。釁謂以血

〔一〕「衹」原作「祇」，據説文改。

〔二〕此句疑有誤。上引「祇」字卽从示从氏，不得謂説文「無从示从氏之字」，疑當作「無从衣从氏之字」。

〔三〕「衹」，廣雅（王念孫疏證本）釋言作「祇」。

釁之，説文「釁，血祭也」是也。落謂始其事，爾雅：「落，始也。」昭七年左傳：「楚子成章華之臺，願與諸侯落之。」楚語伍舉對靈王曰：「今君爲此臺，願得諸侯與始升焉。」始升卽落之也。檀弓：「晉獻文子成室，諸大夫發焉。」發卽落，亦謂始也。雜記「成廟則釁之，路寢成則考之而不釁」，鄭注：「言路寢生人所居，不釁之者，不神之也。考之者，設盛食以落之爾。」分釁與落爲二，與此箋同。昭四年左傳「叔孫爲孟鐘，饗大夫以落之」，正與考室落之同義。服虔注誤謂「釁以豭豚爲落」，孔疏遂謂「釁一名落，蓋謂以血〔一〕澆落之」，因疑箋既言釁，不宜復言落，故改箋「落之」爲「樂之」，失矣。

「秩秩斯干」，傳：「秩秩，流行也。干，澗也〔二〕。」瑞辰按：釋訓：「秩秩，清也。」蓋以釋此詩，狀澗水之清也。干與閒，澗雙聲，古通用。易「鴻漸於干」，荀、王注：「干，山閒澗水也。」聘禮記「皮馬相閒」，鄭注：「古文閒作干。」考槃「在澗」，韓詩澗作干。皆其證也。故傳知干卽澗之假借。

「無相猶矣」，傳：「猶，道也。」箋：「猶當作瘉。瘉，病也。」瑞辰按：猶、猷古通用。方言：「猷，詐也。」廣雅：「猶，欺也。」詩蓋謂兄弟相愛以誠，無相欺詐。卽左傳「爾無我虞，我無爾

〔一〕「血」原作「洒」，據此詩孔疏及左傳昭公四年孔疏改。
〔二〕「干，澗也」三字原脱，據此詩毛傳補。

詐」也。

「似續妣祖」，傳：「似，嗣也。」箋：「似讀如巳午之巳。巳續妣祖者，謂已成其宮廟也。」瑞辰按：史記律書云：「巳者，言陽氣之已盡也。」漢律曆志：「已盛於巳。」說文：「巳，已也。四月陽气已出，陰气已藏，萬物見，成文章。」釋名：「巳，已也。陽氣畢布已也。」是古讀巳午之巳卽爲已然之已。說文又曰：「㠯，用也。从反巳。」巳與以同字，漢書以皆作㠯。廣雅：「已，㠯也。」是古者㠯用之㠯亦通作已然之已。故巳與似亦通用，詩譜云「子思論詩『於穆不已』，孟仲子曰『於穆不似』」是也。鄭讀似如巳午之巳者，正訓似爲已然之已，故申之曰「謂已成其宮廟」。孔疏謂立廟於巳地，殊失箋恉。

「西南其户」，傳：「西鄉户、南鄉户也。」箋：「此築室者，謂築燕寢也。天子之寢有左右房，西其户者，異於一房者之室户也。又云南其户者，宗廟及路寢制如明堂，每室四户，是室一南户爾。」瑞辰按：「築室」當從箋謂築燕寢，「西南其户」仍當从傳謂西鄉户、南鄉户。古者燕寢之制，蓋有正户以達於堂，有側户以達於左右房。南鄉户爲正户，東西鄉户爲側户。「西南其户」，言西以該東，猶「南東其畝」言東以該西也。襄二十五年左傳：「公從姜氏，姜入於室，與崔子自側户出。」是室有側户之證。言「自側户出」，則先入於室必自正户入矣。古者居室南鄉，户東牖西，亦皆南鄉，故爾雅言「户牖之間謂之扆」，其户之居東而南鄉者卽正户也。箋謂室一南户，是昧於室有側户之制，不若从傳以西南並言爲允。

「約之閣閣」，傳：「約，束也。閣閣，猶歷歷也。」箋：「約，謂縮板也。」瑞辰按：閣、格古同聲。考工記匠人注：「約，縮也。」引詩「約之格格」。鄭君注禮時用韓詩，蓋韓詩作格格。爾雅：「偁偁、格格，舉也。」格格亦釋此詩，格格卽閣閣之異文。傳云「閣閣猶歷歷」者，謂束板歷碌之貌。據說文「輅，生革，可吕爲縷束也」，段玉裁曰：「生革縷束曰輅，謂束之歷録也。」是閣與格皆當爲輅字之假借。輅以束物，因以輅輅狀束物歷録之貌耳。

「椓之橐橐」，傳：「橐橐，用力也。」瑞辰按：廣雅：「㯻㯻，聲也。」橐橐卽㯻㯻之省借。「椓之橐橐」猶言「椓之丁丁」，皆謂椓木聲。傳言「用力」者，亦謂椓木者用力聲爾。

「如跂斯翼」，傳：「如人之跂竦翼爾。」瑞辰按：跂與企同，玉篇引詩「如企斯翼」。爾雅：「翼，敬也。」玉篇、廣韻竝云：「竦，敬也。」傳云「竦翼」者，正以竦釋翼，以狀跂立之貌，有似翼然起敬也。論語：「趨進，翼如也。」玉篇：「趩，趨進貌。」說文、廣韻竝引論語作「趩如」。翼如與勃如、躩如語相類，不得訓爲鳥翼之翼。趨進之貌謂之翼，跂立之貌謂之翼，其義正同，故傳以竦翼釋之。翼卽爲跂，猶「如翬斯飛」，飛卽爲翬也。此蓋以狀正室之嚴整。孔疏謂「竦此臂翼」，直以人臂爲翼，失傳恉矣。

「如矢斯棘」，傳：「棘，稜廉也。」箋：「棘，戟也。如人挾弓矢，戟其肘。」瑞辰按：棘與勒聲近而義同。釋文：「棘，居力反。韓詩作朸。朸，隅也。」正與毛傳「稜廉」同義。棘之通朸，猶馬勒通作⿰革棘，水經注棘門謂之力門也。據抑詩「維德之隅」，傳：「隅，廉也。」箋：「如宮室之制，內有繩直則外有廉隅。」是知「如矢斯棘」正謂室有廉隅，如矢有稜廉也。此箋訓棘爲戟，則以棘爲戟之假借，謂室之有稜，如人操弓矢戟其肘，義與左傳「公戟其手」正同。

「如鳥斯革」，傳：「革，翼也。」箋：「如鳥夏暑希革張其翼時。」瑞辰按：革，韓詩作⿰革羽，此从王應麟詩考。釋文作勒，誤。云「翅也」。說文：「⿰革羽，翄也。」廣雅：「⿰革羽、⿰羽氏，翼也。」翄、⿰羽氏竝與翅通。毛詩作革，即⿰革羽字之省借，故傳訓爲翼。釋文謂「革，毛如字」，失之。

「如翬斯飛」，箋：「伊洛而南，素質五色皆備成章，曰翬。」瑞辰按：爾雅翬有二義。一爲翬雉，箋所引是也。一爲翬飛，「鷹隼醜，其飛也翬」是也。說文：「翬，大飛也。」此詩應取翬爲大飛之義，蓋以狀簷阿之勢，猶今云飛簷也。

「噲噲其正，噦噦其冥」，傳：「正，長也。冥，幼也。」箋：「噲噲，猶快快也。正，晝也。噦噦，猶煟煟也。冥，夜也。言居之晝日則快快然，夜則煟煟然，皆寬明之貌。」正義曰：「『冥，幼』本或作『冥，窈』者，爾雅亦或作窈。孫炎曰：『冥，深闇之窈也。』某氏曰：『詩曰「噦噦其冥」』爲冥窈，於義實安，但於「正，長」之義不允。』」瑞辰按：大戴禮誥志篇引虞史伯夷曰：「明，孟也。幽，幼也。」孔廣森補注曰：「孟，長也。明爲陽，幽爲陰，陽先陰後，長幼之義。」據此，是古者長幼有明幽之訓。傳訓正爲長、冥爲幼者，正以長卽爲明，幼卽爲幽爾。爾雅釋言：「冥，幼也。」爲毛傳所本。郭注：「幼稺者多冥昧。」以義推之，則長者宜多明顯矣。王肅述毛，直訓爲長者、幼者，殊失傳恉。據說文：「冥，窈也。从日六，从冖。日數十，十六日而月始虧，冥也。冖亦聲。」又名字注：「自命也。从夕。夕者冥也。冥不相見，故以自名。」則冥之本義自爲窈昧。然冥既有幼訓，故其義又引伸爲小。說文：「覭，小見也。」「溟，小雨也。」皆取冥聲而訓爲小矣。噲卽快字之同音假借。倉頡篇：「噲，此亦快字。」說文：「噲，或讀若快。」又盧抱經鍾山札記引淮南精神訓「噲然得卧」，宋書樂志「我皇多噲事」，皆假噲爲快。箋云「噲噲猶快快」者，是狀其室之明。說文：「曉，明也。」廣雅：「快，曉也。」噦音近昧，左傳曹劌，史記作曹沬，索隱引作曹昧。噦噦猶昧昧，是狀其室之深闇。箋訓噲噲爲寬明之貌，是已；又以噦噦爲寬明，非詩義也。

「下莞上簟」，箋：「莞，小蒲之席也。」瑞辰按：爾雅莞有二種。一曰：「藨，鼠莞。」郭注：「亦莞屬也。纖細似龍須，可以爲席。」一曰：「莞，苻蘺。其上蒚。」郭注：「今西方人呼蒲爲莞蒲，蒚謂其頭臺者也。今江東謂之苻蘺，西方亦名蒲中莖爲蒚，用之爲席。」是二者皆可爲席。此詩正義惟引「莞，苻蘺」爲證，但考說文分莞與蒢爲二，云「莞，草」者，蓋鼠莞也。說文惟於莞草注云「可以爲席」，則詩之莞當引「薜，鼠莞」爲證，不當如孔疏引「莞，苻蘺」爲證。書疏引爾雅「薜，鼠莞」，樊光引詩云「下莞上簟」，是樊光以詩之莞爲鼠莞矣。郭注「薜，鼠莞」云「似龍須」，其注中山經「龍修」云「龍須也，似莞而細」，則所云似莞者亦鼠莞也。又按：莞蒲一名蒚蒲。穆天子傳「珠澤之藪，爰有萑葦莞蒲」，郭注：「莞，蒚蒲，或曰莞蒲，齊名耳，關西曰莞。」釋玄應一切經音義：「莞草外似蒚，內似蒲而圓。」鄭君特以莞有蒚蒲之稱，故以小蒲釋之。釋文云：「莞草叢生水中，莖圓，江南以爲席。形似小蒲而實非也。」孔疏直以爲蒲之小者，失之。

「載衣之裼」，傳：「裼，褓也。」箋：「褓，夜衣也。」釋文：「裼，他計反，韓詩作褅。」瑞辰按：說文：「𧞤，緥〔一〕也。」引詩「載衣之𧞤」。正本韓詩。褅即𧞤之或體，毛詩作裼者，𧞤之假借。褓正字作緥，說文：「緥，小兒衣也。」釋文云：「齊人名小兒被爲緥。」漢書宣帝紀孟康注：「緥，小兒被也。」古者被通名衣，說文「被，寢衣也」可證。箋云夜衣，亦謂被也。𧞤通作䙫。廣雅「䙫謂之緥」，疏證曰：「緥之言保，保亦衣也，故衣甲者謂之保介矣。」列子釋文引博物志云：「緥，織縷爲之，廣八寸，長尺二，以約小兒於背上。」玉篇：「繦緥，負兒衣也。」其言尺寸與博物志同。𧞤之制蓋長而方，故侯苞韓詩翼要云「示之方」也。古人繦緥連言。呂覽明理篇

〔一〕「緥」原作「褓」，據續經解本及說文改。

「道多繈緥〔一〕」，高注：「緥，小兒被也。繈，縷格上繩也。」又直諫篇注：「繈，褸絡繩。緥，小兒被也。」是緥爲小兒被，繈乃縷絡上繩。説文：「繈，觕纇也。」蓋繩之觕者也。段玉裁云：「裼讀如拕，以韻地、瓦、儀、議、罹，爲古合韻。」今按：前章「乃生男子」章通爲陽唐韻，此章亦通章爲一韻。地从也，古讀若它，與裼讀如拕正相協。江永謂地、裼爲一韻，瓦、儀、議、罹爲一韻，失之。

「載弄之瓦」，傳：「瓦，紡塼也。」箋：「紡塼，習其所有事也。」釋文：「塼，本又作專。」瑞辰按：説文無磚字，專字注云：「一曰，專，紡專。」古之撚線者以專爲錘。説苑雜言篇曰：「子不聞和氏之璧乎？價重千金，然以之間紡，曾不如瓦磚。」此紡用瓦磚之證。廣韻：「⿰瓦廌，紡錘。」集韻：「⿰瓦廌，一曰紡甎。」是紡錘即紡甎也。後世磚瓦異物，古則瓦爲通稱，説文「瓦，土器已燒之總名」，又曰「⿰瓦廌，瓦器也」是也，故傳以瓦爲紡專。婦人從一而終，紡專蓋兼取專壹之義。專壹則有常，故春秋楚囊瓦字子常，正取義瓦專而有常也。

「無非無儀」，傳：「婦人質，無威儀也。」箋：「儀，善也。婦人無所專於家事，有非非婦人也，有善亦非婦人也。」瑞辰按：説文：「非，違也。从飛下翄，取其相背。」廣雅釋言亦曰：「非，違也。」無非即無違。此士昏禮記所云「父送女，命之曰『夙夜無違命』」，母曰『夙夜

〔一〕「繈緥」，呂覽明理篇作「緥繈」，各本同。

無違宮事』」也。箋以非對善言，訓爲惡，失之。說文：「儀，度也。」儀通作義。襄三十年左傳：「君子謂宋共姬女而不婦。女待人，婦義事也。」王尚書曰：「義讀爲儀。儀，度也。言婦當度事而行，不必待人也。」儀又通作議。昭六年左傳：「昔先王議事以制。」王尚書曰：「議讀爲儀。儀，度也。制，斷也。謂度事之輕重以爲斷制也。」今按：婦人，從人者也，不自度事以自專制，故曰「無儀」。即易家人爻詞所云「無攸遂」也。公羊傳：「遂者，生事也。」婦人無義事，猶公羊言「大夫無遂事」也。左傳言「婦義事」者，處變之權；詩言「無儀」者，處常之道。列女傳孟母引詩此句而釋之曰：「言婦人無擅制之義，而有三從之道也。」「三從」釋詩「無非」，「無擅制」正釋詩「無儀」。三家詩當必有訓非爲違，儀爲度者，爲列女傳所本。婦有婦容，毛傳謂無威儀，固非；婦人以孝敬爲先，即善也，箋以無儀爲無善，亦非。

## 無羊

「九十其犉」，傳：「黄牛黑脣曰犉。」瑞辰按：爾雅又云「牛七尺爲犉」，詩義當取此，極言肥大者之多爾。下章明言「三十維〔一〕物」，若云黄牛黑脣者有九十，則與「三十維物」句不合。

「其角濈濈」，傳：「聚其角而息，濈濈然。」釋文：「濈，本又作⿰角咠，亦作戢。」瑞辰按：說文：

〔一〕「維」原作「爲」，據毛詩改。

「濈，和也。」「湒，雨下也。」宋本釋文作「其角湒湒」，即濈濈之假借。爾雅：「戢，聚也。」周南傳：「戢戢，會聚也。」故傳以爲聚角貌。聚與和義相成，猶輯之訓聚兼訓和也。釋文本亦作戢者，省借字也。說文無䚱字。玉篇：「䚡，牛多角，又角堅皃。或作戢。」䚱與䚡皆後世增益之字，蓋因此詩而增益。玉篇「多角」，即毛傳「聚角」之義，「牛」當爲「羊」之譌。

「不騫不崩」，傳：「騫，虧也。崩，羣疾也。」瑞辰按：說文：「騫，馬腹縶也。」「崩，山壞也。」史記仲尼弟子列傳閔損字子騫，蓋騫本馬腹縶陷之稱，引伸通爲虧損之稱。此詩言羊曰「不騫不崩」，魯頌言「魯邦是常」亦曰「不虧不崩」。說文：「虧，气損也。」凡損皆曰虧，亦皆可曰騫，故漢書鼂錯傳「外無騫汙之名」，顏師古注：「騫，損也。」崔集注，傳虧作曜，傳曰「崩，羣疾」，皆以別於山之騫崩，非詩義也。

「麾之以肱，畢來既升」，傳：「升，升入牢也。」瑞辰按：列子曰：「君未見牧羊者乎？百羊而羣，使五尺童子荷華而隨之，欲東而東，欲西而西。」即此詩「麾之以肱，畢來既升」之謂。升對上章「或降于阿，或飲于池」言，蓋謂升於高處，非入牢之謂也。

「衆維魚矣，旐維旟矣」，箋：「牧人乃夢見人衆相與捕魚，又夢見旐與旟。」瑞辰按：說文𧒂爲螽之或體，公羊桓五年釋文引說文作蚃。玉篇螽古文作蠡。春秋「有螽」，公羊皆作𧒂。文二年「雨𧒂于宋」，何休解詁曰：「𧒂，猶衆也。」此詩衆當爲𧒂及螽之省借。𧒂，蝗也，蝗多爲魚子所化。魚子旱荒則爲蝗，豐年水大則爲魚。蝗亦或化爲魚。釋玄應一切經音義引毛詩蟲魚疏云：「阜螽，蝗也。今謂蝗子爲螽子，一名蠶，云是魚子化。」埤雅云：「陂澤中魚子落處，逢旱日暴率變飛蝗。若雨水充濡，悉化爲魚。」是其證也。此詩牧人夢蝝蝗化爲魚，故爲豐年之兆。「衆維魚矣」與「旐維旟矣」二句相對成文。爾雅：「維，侯也。」「侯，乃也。」此詩二維字皆當訓乃。「蝝乃魚矣」謂蝝化魚；「旐乃旟矣」亦謂旐易以旟，蓋旟本以繼旐者也。說文：「旟，錯革鳥於上，所以進士衆。旟旟〔一〕，衆也。」旟有衆義，故爲「室家溱溱」之兆。傳云「陰陽和則魚衆多」，箋以爲「人衆相與捕魚」，皆由不知衆乃蝝之省借耳。頃見盧氏抱經鍾山札記引丁希曾曰：「衆乃蝝字之省。」其說與予略同。而王尚書駁之，以爲「衆維魚矣，旐維旟矣」，上維字訓乃，下維字訓與。然詩人句法相類者大半同義，似不得謂二維字當異訓也。王又謂郊野載旐，百官載旟，旐化爲旟之說不可通。然夢境幻化無常，固有不可以理測者。況旟有衆義，固與「室家溱溱」義相貫乎？此知以王說之未爲確也。

〔一〕「旟」字原不重，據說文補。

# 毛詩傳箋通釋卷二十

## 小雅

### 節南山〔一〕

「節彼南山」，傳：「節，高峻貌。」瑞辰按：節之言巀嶭也，故傳訓爲高峻貌。節即巀字之假借。說文：「巀，巀嶭山也。」巀嶭本山高峻之貌，因爲山名，而凡山之高峻亦通爲巀嶭。釋文：「節，又音截。」故知節即巀也。巀嶭之轉聲爲嵯峩，亦爲高貌。至說文「岊，陬隅，高山之卪」，不得爲山貌。或以節爲岊之假借，失之。韓詩訓節爲視，亦非。又按：毛詩以節南山名篇，據昭二年左傳「季武子賦節之卒章」，則古止以節名篇。

「維石巖巖」，傳：「巖巖，積石貌。」箋：「興者，喻三公之位，人所尊嚴。」釋文：「巖，如字。本或作嚴，音同。」瑞辰按：巖、嚴古通用。左傳「制，巖邑也」，釋文：「巖，本或作嚴。」廣雅：

〔一〕節南山原作節彼南山，據通行各本毛詩刪「彼」字。

「巖巖，高也。」羣經音辨：「嚴嚴，高也。」引詩「維石嚴嚴」。今按箋云：「喻三公之位，人所尊嚴。」大學鄭注：「巖巖，喻師尹之高嚴也。」皆取嚴義以釋巖，其經字仍作巖巖。據說文：「巖，崖也。」「礹，石山也。」「暫，礹石也。」又：「喦，暫礹也。」玉篇：「礹，暫礹也。」則礹爲積石皃，巖巖乃礹礹之假借。釋文本作嚴嚴者，亦礹礹之省借也。經義雜記乃謂經本作嚴，失之。

「憂心如惔」，傳：「惔，燔也。」釋文：「惔，韓詩作炎，字書作焱，說文作㶾，小熱也。」瑞辰按：今本說文惔字注云「憂也」，引詩「憂心如惔」。段玉裁謂說文引詩釋惔从炎之義，當作「憂心如炎」，是也。說文㶾字注云「小爇也」，釋文引作「小熱〔一〕」，或作「小熱」，皆「小爇」之訛。此从段本。引詩「憂心㶾㶾。」以釋文引說文惔作㶾證之，知「㶾㶾」當爲「如㶾」之譌。段玉裁以羊讀若飪證之，謂㶾爲羔之誤。方言、廣雅竝曰：「㶾，明也。」「如㶾」與「如炎」字異而義同，㶾音淫，淫與炎爲雙聲，故通用。蓋說文兼採毛、韓詩，作「如炎」者韓詩，作「如㶾」者毛詩也。小爇之訓，與毛傳訓燔正同。惔或因字書作焱，形近〔二〕，猶雲漢「如惔如焚」，惔亦炎之誤也。惟或作炎，或作㶾，始得言「如」。惔本訓憂，若經作惔，是猶云「憂心如憂」，爲不詞矣。

「何用不監」，傳：「監，視也。」瑞辰按：監者，䁠之省。說文：「䁠，視也。」爾雅：「監，視

〔一〕「熱」原作「爇」，據釋文及文義改。
〔二〕據文義，「形近」下疑當有「而誤」二字。

也。」釋文：「監，字又作⿰目監。」

「有實其猗」，傳：「實，滿。猗，長也。」箋：「猗，倚也。言南山既能高峻，又以草木平滿其旁倚之畎谷，使之齊均也。」瑞辰按：猗、阿古同音〔一〕通用。王尚書謂：「猗當讀爲阿。阿，曲隅也。實，廣大貌。『有實其阿』者，言南山之阿實然廣大也。」今按王説是也。爾雅：「偏高曰阿丘。」阿爲偏高不平之地，故詩以興師尹之不平耳。

「天方薦瘥」，傳：「瘥，病。」箋：「天氣方今又重以疫病。」瑞辰按：爾雅：「瘥，病也。」説文：「㽨，殘田也。」引詩「天方薦㽨」，蓋本三家詩。繫傳本引詩下有「殘也」二字，據左傳賈逵注「小疫曰瘥」，張參五經文字「瘥，疾疫也」，殘當爲疫字之譌。又按説文：「疵，病也。」瘥與疵雙聲，毛詩訓瘥爲病者，蓋以瘥爲疵之假借。至瘥之本義，則説文自訓爲瘉，謂病瘳也。

「憯莫懲嗟」，傳：「憯，曾也。」箋：「曾無以恩德正之者，嗟乎何及！」瑞辰按：爾雅釋言：「憯，曾也。」説文：「朁，曾也。」毛詩作憯，即朁字之假借。至憯之本義，則説文自訓爲痛耳。嗟，當从王尚書釋詞以爲句末語助，「憯莫懲嗟」即言曾莫懲也，與十月之交詩「胡憯莫懲」同義。箋謂「嗟乎何及」，失之。

〔一〕「音」原作「古」，據續經解本改。

「維周之氐」，傳：「氐，本。」箋：「氐當作桎鎋之桎，言尹氏作大師之官，爲周之桎鎋，持國政之平。」瑞辰按：爾雅釋言：「柢，本也。」郭注：「謂根本。」韓非解老云：「直根者，書之所謂柢也。」説文：「柢，木根也。」「氐，至也，本也。从氏下箸一。一，地也。」士喪禮「進柢」，士虞記「載猶進柢」，鄭注竝云：「柢，本也。」氐星一名天根，亦取根本之義。説文又曰：「榰，柱氐也。古用木，今目石。」按：柱氐即今之石礎，礎在柱下而柱可立，木必有根而本始建，大臣之爲國根本，亦猶是也。至箋云「氐當作桎鎋之桎」，正義引説文「桎，車鎋也」，則桎是鎋之別名。李黼平據釋文「桎，礙也」，説文「軔，礙車也」，玉篇「軔，礙車輪木，或作枳」，是軔與枳同。説文枳，注云「桎枳也」。正義引説文「桎，車鎋也」，當爲「桎，車枳也」之譌。

「秉國之均」，傳：「均，平。」箋：「持國政之平。」瑞辰按：漢書、文選注引詩皆作「秉國之鈞。」漢志曰：「鈞者，均也。陽施其氣，陰化其物，皆得其成就平均也。」説文：「鈞，三十斤也。」小爾雅廣衡云：「斤十謂之衡，衡有半謂之秤，秤二謂之鈞，鈞四謂之石。」蓋鈞本稱物之名，後遂通以爲平均之稱。説文：「均，平徧也。」平、成同義，故詩又言「誰秉國成」。

「不弔昊天」，傳：「弔，至也。」箋：「至，猶善也。不善乎昊天。愬之也。」瑞辰按：説文：「𨑩，至也。」弔者，𨑩之省借。弔有善義。漢書五行志載哀公十六年左傳「昊天不弔」，應劭注曰：「昊天不善于魯。」鄭仲師注周禮大祝引左傳作「昊天不淑」，淑亦善也。書大誥曰「弗弔天降割于我家」，多士曰「弗弔旻天大降喪于殷」，君奭曰「弗弔天降喪于殷」，逸周書祭公解曰「不弔天降疾病」。王尚書曰：「『弗弔天』、『弗弔旻天』，皆當連讀，猶此詩『不弔昊天』。」其説是也。「不弔昊天」，謂此不善之昊天，不宜使此人居尊位，空窮我之衆民，猶左傳言「旻天不弔」也。正義乃言「尹氏爲政實不善乎昊天」，失其義矣。下章「昊天不傭」、「昊天不惠」，均與「不弔昊天」同義，皆指天言。箋以爲「師氏爲政不均」，「又爲不和順之行」，皆失之。

「勿罔君子」，傳：「勿罔上而行也。」箋：「勿當作末。不問而察之，則下民末罔其上矣。」瑞辰按：勿、末古通用。文王世子篇「末有原」，鄭注：「末，猶勿也。」故箋訓勿爲末。本或作未，非也。然以「末罔」二字連讀，義終未洽。王尚書釋詞以勿爲語詞，「勿罔」即罔，猶之「不顯」即顯，「不承」即承，其説是也。

「式夷式已」，傳：「式，用。夷，平也。用平則已。」箋：「爲政當用平正之人，用能紀理其事者。」瑞辰按：兩式字與下章「式月斯生」皆語詞。傳、箋竝訓爲用，非也。夷與已對言。夷謂平其心，即下章「君子如夷」也；已謂知所止，即下章「君子如届」也。届爲至，即爲止耳。已當如毛傳讀已止之已，但不得如傳云「用平則已」耳。

「無小人殆」，傳：「無以小人之言，至於危殆也。」箋：「殆，近也。無小人近。」瑞辰按：此从箋説爲允。殆與幾同義。爾雅：「幾、殆，危也。」又：「幾，近也。」殆爲危，又爲近，猶幾爲危，又爲近耳。

「昊天不傭」，傳：「傭，均也。」釋文：「傭，韓詩作庸。庸，易也。」瑞辰按：說文：「傭，均也，直也。」韓詩作庸，卽傭之省。訓易者，謂平易也。其義亦與毛同。晉書元帝紀引詩「昊天不融」，蓋本齊、魯詩，融亦傭之同音假借。

「降此鞫訩」，傳：「鞫，盈。訩，訟也。」箋：「盈，猶多也。乃下此多訟之俗。」瑞辰按：鞫者，𥨍之假借。說文：「𥨍，竆也。」又：「趜，竆也。」又：「𥷚，竆理罪人也。」竝以雙聲取義。爾雅釋詁：「鞫，盈也。」盈卽竆字引伸之義。說文：「竆，極也。」訩當讀如「日月告凶」之凶，謂凶咎也。說文：「凶，惡也。」鞫凶猶言極凶，與大戾同義，故皆爲天所降。若如傳訓訩爲訟，箋云「多訟之俗」，則不得言天降矣。

「君子如屆，俾民心闋；君子如夷，惡怒是違。」傳：「屆，極。闋，息。夷，易。違，去也。」箋：「屆，至也。君子，斥在位者，如行至誠之道，則民鞫訩之心息；如行平易之政，則民乖爭之情去。言民之失，由於上可反復也。」瑞辰按：爾雅釋詁：「艐，至也。」孫炎曰：「艐，古屆字。」釋言：「屆，極也。」極、至同義，至亦爲止。詩言「君子如屆」，屆謂得所止，猶上章「式已」也。「君子如夷」，夷謂得其平，猶上章「式夷」也。上得所止，則民之心亦知所息矣；上得其平，則民惡怒不平之氣亦去矣。此詩上言「式夷式已」，下言「君子如屆」、「君子如夷」，冀其知所止極，歸於平易也。商頌「既戒既平」，平猶夷也，毛傳訓戒爲至，戒卽届之假借也。毛傳止言「届，極」，「夷，易」，其義已明。箋乃增成其義，以届至爲至誠之道，夷平爲平易之政，失之。

「憂心如酲」，傳：「病酒曰酲。」正義曰：「說文云：『酲，病酒也。醉而覺。』言既醉得覺，而以酒爲病，故云病酒也。」瑞辰按：說文：「酲，病酒也。一曰，醉而覺。」玉篇：「酲，一曰，醉未覺也。」考晏子春秋内篇諫上云：「景公飲酒，酲三日而後發。晏子見曰：『君病酒乎？』」又曰：「今一日飲酒而三日寢之。」「三日寢」卽上文「酲三日」也，則酲正醉而未覺之稱，當从玉篇作「醉未覺」爲是。玉篇多本說文，說文或作「醉而未覺」，後脱去未字，遂誤作「醉而覺」耳。孔氏所見說文本已誤，因以「病酒」爲「覺而以酒爲病」，失其義矣。

「誰秉國成」，傳：「成，平也。」瑞辰按：古成、平二字互訓。爾雅釋詁：「平，成也。」春秋隱六年「鄭人來輸平」，公羊傳：「輸平，猶墮成也。」穀梁傳：「來輸平者，不果成也。」此訓平爲成也。周官調人「凡有鬬怒者成之」，成之卽平之也。左氏桓二年「會于稷，成宋亂也」，杜注：「成，平也。」大雅緜詩「虞芮質厥成」及此詩傳均訓成爲平，此以成爲平也。說文：「成，从戊，丁聲。」丁之言訂也。說文：「訂，平議也。」廣雅：「訂，平也。」成从丁聲，故義得爲平。戴震謂「平斷之曰平，定其議曰成」，分而二之，非也。三章「秉國之均」，傳曰「均，平」，與「秉國成」同義。淮南時則篇高注：「平，正也。」論語：「政者，正也。」孟子言：「君子平其政。」正與成古亦通用。祭法「黃帝正命百物」，魯語作「成名百物」。是則「秉國鈞」、「秉國成」，猶春秋「執國政」也。戴氏引周官「官成」釋之，亦非。

「不自爲政，卒勞百姓」，箋：「卒，終也。昊天不自出政教，則終窮苦百姓。欲使昊天出圖書，有所授命，民乃得安。」瑞辰按：此承上「誰秉國成」言之，秉國成即執國政也，而乃不自爲政，是有執政之名，無爲政之實，故責之耳。箋謂欲天出圖書授命之，迂矣。孔疏述毛，言王身不自出政教，亦非。又按：卒者，瘁之假借，卒亦勞也，猶言賢勞、劬勞。箋訓卒爲終，亦非。

「駕彼四牡，四牡項領」，傳：「項，大也。」箋：「四牡者，人君所乘駕，今但養大其領，不肯爲用。喻大臣自恣，王不能使也。」瑞辰按：說文：「琟，鳥肥大琟琟然也。」傳蓋以項爲琟之假借，故訓爲大，項古讀近癰腫之腫，腫亦大也。劉向新序引詩「駕彼四牡，四牡項領」而釋之曰：「夫久駕而長不得行，項領不亦宜乎？易曰：『臀無膚，其行趦趄。』此之謂也。」其意蓋謂久駕而不行，則馬頸將有腫大之病，其說當本韓詩，與箋言「養大其領」異義。

「蹙蹙靡所騁」，傳：「騁，極也。」箋：「蹙蹙，縮小之貌。」瑞辰按：說文無蹙字，新附有之，古蓋祇作慼。爾雅釋言：「慄，慼也。」王尚書曰：「慼讀爲蹙。」儀禮古文縮字皆作蹙，栗與蹙皆局縮不申之義，故此箋訓蹙蹙爲縮小。詩小明及召旻傳竝曰：「蹙，迫也。」爾雅釋訓：「速速、蹙蹙，惟逑鞫也。」逑者，⿺尢言之假借。說文、廣雅竝曰：「⿺尢言，迫也。」逑鞫義爲窮迫，蹙蹙蓋逼迫之貌，故爾雅以逑鞫釋之。郭注訓逑爲求，失之。

「家父作誦」，箋：「大夫家父作此詩而爲王誦之。」瑞辰按：誦與諷對文則異，散文則通。周官大司樂注：「倍文曰諷，以聲節之曰誦。」此對文則異也。說文：「諷，誦也。」「誦，諷也。」此散文則通也。周官瞽矇「諷誦詩」，注：「鄭司農曰：諷誦詩，主誦詩以刺王過。」白虎通：「諫有五，一曰諷諫。」作誦蓋即作詩以爲諷諫也。

「以究王訩」，箋：「究，窮也。以窮極王之政所以致多訟之本意。」瑞辰按：訩亦凶之假借。說文：「凶，惡也。」以究王之凶惡，猶云以究王慝也。箋義失之迂矣。

## 正月

「正月繁霜」，傳：「正月，夏之四月。繁，多也。」箋：「夏之四月，建巳之月，純陽用事而霜多，急恆寒若之異。」瑞辰按：漢書五行志引五行傳曰：「聽之不聰，是謂不謀，厥咎急，厥罰恆寒，厥極貧。」又釋之曰：「聽之不聰，是謂不謀，言上偏聽不聰，下情隔塞，則不能謀慮利害，失在嚴急，故其咎急也。盛冬日短，寒以殺物，政迫促，故其罰常寒也。寒則不生百穀，上下俱貧，故其極貧也。」今考此詩首章曰「民之訛言，亦孔之將」，二章曰「好言自口，莠言自口」，五章曰「民之訛言，寧莫之懲」，是聽之不聽也。三章曰「民之無辜，并其臣僕」，十一章曰「念國之爲虐」，末章曰「天夭是椓」，是失在急虐也。三章曰「念我無禄」，又曰「于何從禄」，末章曰「民今之無禄」，是其極貧也。而首言「正月繁霜」，鄭箋以爲急恆寒若之異，則信乎天人相感之理有不爽矣。蓋聽屬水，伏生五行傳曰：「貌屬木，言屬金，視屬火，聽屬水，思屬土。」水主寒，寒，水氣也。故聽不聽，則水失其時而有恆寒之異。劉向封事曰：「霜降失節，不以其時，其詩曰：『正月繁霜，我心憂傷，民之訛言，亦孔之將。』言民以是爲非，甚衆大也。此皆不知賢不肖易位之所致也。」以繁霜爲訛言及不用賢所致，其説蓋本韓詩。惠氏周惕詩説曰：「訛言興則是非眩，是非眩則邪正淆，邪正淆則讒譖行，讒譖行則禍亂及，必至之勢也。讀詩者可以鑒矣！」

「癙憂以痒」，傳：「癙、痒，皆病也。」瑞辰按：爾雅：「癙、痒，病也。」釋文引舍人云：「癙、癵、瘇、痒，皆心憂憊之病。」憂與病義本相成，然詩言「癙憂以痒」，痒既爲病，則「癙憂」連言，癙亦當訓憂，不得言癙痒皆病也。説文無癙字，古蓋祇借作鼠。雨無正曰「鼠思泣血」，箋：「鼠，憂也。」爾雅釋詁：「寫，憂也。」王尚書曰：「寫當讀爲鼠。」説詳經義述聞。

「莠言自口」，傳：「莠，醜也。」瑞辰按：傳以莠爲醜之假借。醜，惡也，故箋直以惡言釋之。說文：「蕕，讀若酉。」醜从酉聲，故通借作蕕。

「憂心愈愈」，傳：「愈愈，憂懼也。」瑞辰按：爾雅釋訓：「瘐瘐，病也。」瘐瘐卽詩愈愈之異文。漢書宣帝紀「瘐死獄中」，師古注：「瘐，字或作瘉。」此詩愈愈卽瘉瘉之省借。因上文已云「胡俾我瘉」，故下文假作愈字，此亦阮宮保所云「義同字變」之類。

「民之無辜，并其臣僕」，傳：「古者有罪不入於刑，則役於圜土以爲臣僕。」箋：「辜，罪也。人之尊卑有十等，僕第九，臺第十。言王既刑殺無罪，并及其家之賤者，不止於所罪而已。書曰：『越茲麗刑并制。』」瑞辰按：周官圜土聚教罷民，屬於司圜，與奴隸屬於司厲不同。傳謂「役之圜土以爲臣僕」者，以其事相類，得通言也。司厲：「其奴，男子入於罪隸，女子入於舂槀。」鄭司農曰：「今之爲奴婢，古之罪人也。故書曰：『予則奴戮汝。』論語曰：『箕子爲之奴。』罪隸之奴也。故春秋傳曰：『斐豹，隸也，著於丹書。「請焚丹書，我殺督戎。」』恥爲奴，欲焚其籍也。」禮記少儀「臣則左之」，鄭注：「臣謂囚虜也。」左氏哀二年傳「人臣隸圉免」，人臣猶隸圉也。僕猶臣也。古以罪人爲臣僕，詩言「并其臣僕」，謂使無罪者并爲臣僕，在罪人之列，非謂已爲臣僕又從而罪及之也。箋謂「刑殺無罪，并及其家之賤者」，失之。

「于何從祿」，箋：「于，於也。當於何從得天祿，免於是難。」瑞辰按：廣雅：「從，就也。」

「禄，善也。」此承上「民之無辜」二句，言民無辜而獲罪，是善不足勸，更于何而從善也？箋謂「於何從得天禄」，失之。

「瞻烏爰止，于誰之屋」，傳：「富人之屋，烏所集。」箋：「視烏集于富人之屋，以言今民亦當求明君而歸之。」瑞辰按：烏集富人屋，蓋相傳古説。此承上「于何從禄」，言舉世皆將窮困，不知烏何所止耳。

「瞻彼中林，侯薪侯蒸」，傳：「中林，林中也。薪蒸，言似而非。」箋：「侯，維也。林中大木之處而維有薪蒸爾，喻朝廷宜有賢者而但聚小人。」瑞辰按：韓詩外傳引詩此二句而釋之曰：「言朝廷皆小人也。」箋義正本韓詩。周禮甸師注：「大曰薪，小曰蒸。」薪蒸雖有大小之分，若以對林木言，則皆爲細小，故詩以喻小人耳。

「視天夢夢」，傳：「王者爲亂夢夢然。」瑞辰按：爾雅釋訓：「夢夢，亂也。」此傳義所本。説文：「夢，不明也。」不明卽亂，義亦相成。夢與芒一聲之轉。據文選歎逝賦「咨余今之方殆，何視天之芒芒」，齊、魯詩蓋有作芒芒者，故賦本之。至韓詩亦作夢夢，則釋文引韓詩「夢夢，惡皃也」可證。

「既克有定，靡人弗勝」，傳：「勝，乘也。」箋：「王既能有所定，尚復事之小者。無人而不勝，言凡人所定皆勝王也。」瑞辰按：上言「視天夢夢」，夢夢者昏亂之貌，言天意不可知也。

「既克有定」，定當讀如「亂靡有定」之定，定猶止也。言天如有止亂之心，則此訛言之小人無不能勝之者。乃天能勝人而不肎止亂，不知天意果誰憎乎？此詩人念天之降亂，反復推測而故作不解之詞。

「謂山蓋卑，爲岡爲陵」，傳：「在位非君子，乃小人也。」箋：「此喻爲君子賢者之道，人尚謂之卑，况爲凡庸小人之行。」瑞辰按：釋山曰：「山脊，岡。」釋地曰：「大陵曰阜。」說文：「岡，山脊也。」「陵，大阜也。」釋名：「岡，亢也，在上之言也。」「陵，隆也，體高隆也。」天保詩「如岡如陵」，易「升其高陵」，皆以岡陵喻高。詩意蓋謂訛言以山爲卑，而其實乃爲高岡，爲高陵，以證其言之不實。故繼以「民之訛言，寧莫之懲」。懲當讀「無徵不信」之徵，謂訛言如此顯然，乃莫之徵驗，以刺君聽不聰。

「不敢不局」，傳：「局，曲也。」釋文：「局，本或作跼。」瑞辰按：局之言屈，屈即曲也。廣雅：「詘，曲也。」詘與屈通。離騷「僕夫悲余馬懷兮，蜷局顧而不行」，王逸注：「蜷局，詘屈不行貌。」九思「踡跼兮寒局數」，注：「蜷局，傴僂也。」文選兩京賦薛綜注：「跼，傴僂也。」廣雅：「腃局，匔跧也。」玉篇：「踡跼，不伸也。」皆曲身之貌。說文無跼字，口部：「局，促也。从口在尺下復局之。」義與曲義近，古蓋祇作局。說文又曰：「跔，天寒足跔也。」跔與跼義相近。

「不敢不蹐」，傳：「蹐，累足也。」瑞辰按：說文足部：「蹐，小步也。」引詩「不敢不蹐」。義同毛詩。走部：「趚，側行也。」引詩「不敢不趚」。蓋本三家詩。側行亦謹畏貌也。玉篇蹐、趚並子亦切，云：「趚，小行也。」引「詩『不敢不趚』，今作蹐。」是趚、蹐二字音義同。又按：屋卑者宜曲身，今天雖高而不敢不曲者，以言敬也。履薄者宜累足，今地雖厚而不敢不蹐者，以言慎也。箋謂「天高而有雷霆，地厚而有陷淪」，非詩義也。

「維號斯言，有倫有脊」，傳：「倫，道。脊，理也。」箋：「維民號呼而發此言，皆有道理所以至然者，非徒苟妄爲誣辭。」瑞辰按：春秋繁露云：「是非之正，取之逆順；逆順之正，取之名號；名號之正，取之天地。天地爲名號之大義也。古聖人謞而效天地，謂之號；鳴而命施，謂之名。名號異聲而同本，皆鳴號而達天意者也。號凡而略，名詳而目。目者，偏辨其事也；凡者，獨舉其事也。物莫不有凡號，號莫不有散名。事各順于名，名各順于天。天人之際，合而爲一，同而通理，動而相益，順而相受，謂之德道。詩曰：『維號斯言，有倫有迹。』此之謂也。」其說蓋本韓詩。周官司常：「官府各象其事，州里各象其名，家各象其號。」注：「或謂之事，或謂之名，或謂之號，異外内也。」是名與號對文則異，散文則通。「維號斯言」卽論語「名之必可言也」之義。幽王寵褒姒，則嫡妾不分，信訛言，則是非不辨，名號之不正也久矣，故詩取正名之義以刺之。箋訓號爲呼號，非詩義也。「有倫有脊」卽正名之本。脊，春秋繁露作迹。玉篇：「迹，跡也，理也。」是知傳訓脊爲理者，正以脊爲迹之假借也。倫與迹亦同義。說文：「倫，一曰，道也。」小爾雅：「跡，道也。」倫又通綸。荀爽易注：「綸，迹也。」

「胡爲虺蜴」，傳：「蜴，螈也。」箋：「虺蜴之性，見人則走。哀哉，今之人何爲如是！傷時政也。」瑞辰按：虺之類不一。爾雅：「蝮虺，博三寸，首大如擘。」郭注：「身廣三寸，頭大如人擘指，此自一種蛇，名爲蝮〔一〕虺。」詩疏引郭氏音義云：「今蛇細頸大頭，色如艾，綬文，文間有毛〔二〕，似豬鬣，鼻上有針。大者長七八尺。一名反鼻，如虺類。足以明此是一種蛇。」此綬文之虺也。郭氏山海經圖讚云：「蛇之殊狀〔三〕，其名爲虺。其尾似頭〔四〕，其頭似尾。虎豹可踐，此蛇忌履。」莊子曰：「螝二首。」韓非子曰：「虫有虺者，一身兩口。」皆此類。此土虺也。楚辭招魂云：「雄虺九首，往來儵忽。」天問：「雄虺九首，儵忽焉在？」此又一種，名雄虺也。說文：「虫，一名蝮，博三寸，首大如擘指。」即爾雅之蝮虺也。又有虺字，注云：「虺，目注鳴者。」引詩「胡爲虺蜥」。列於雖、蜥二字之閒。雖下云：「似蜥易而大。」蜥下云：「蜥易

〔一〕「蝮」原作「蛇」，據爾雅釋魚郭注改。

〔二〕「色如艾，綬文，文間有毛」，原作「色如綬文間有毛」，據小雅斯干孔疏引並參阮元校勘記及爾雅釋魚邢疏引補正。又下文「大者長七八尺」，「尺」原作「寸」，據同上書改。

〔三〕「狀」原作「壯」，據郝懿行爾雅義疏引改。

〔四〕「頭」原作「頸」，據同上書改。下「其頭似尾」之「頭」字同。按頭尾相似，故下云「二首」、「兩口」。

也。」又云：「蝘，在壁曰蝘蜓，在草曰蜥易。」「蚖，榮蚖，它醫。」目注鳴者。」似虺又爲蜥易之屬。此詩正義亦引陸璣疏云：「虺蜴一名蠑螈。」竊謂斯干詩「維虺維蛇」，與蛇並言者，蛇之屬；此詩「胡爲虺蜴」，與蜴並言者，蜴之屬也。虺、蜴同類而異名，正對上「維號斯言」，以喻今人名號之不正耳。箋說非也。

「天之扤我」，傳：「扤，動也。」釋文：「扤，五忽切，徐又音月。」瑞辰按：說文、廣雅並曰：「扤，動也。」方言說舟云：「僞謂之扤。扤，不安也。」不安卽動之義。據說文「𦨶，船行不安也，讀若兀」，是知方言扤卽𦨶之假借。𦨶从舟，刖省聲，與兀同音，故扤又借作抈，晉語「故不可抈也」卽不可扤也。又借作刖，易困上九「劓刖」，鄭注讀爲倪仉。廣雅：「刖，危也。」刖卽扤也。徐仙民音扤爲月，玉篇「扤，餘厥切」，亦讀如月，正以扤、刖同音耳。又按說文：「跀或从兀作䟓。」亦月、兀同音之證。

「彼來我則」，瑞辰按：則字爲句末語助詞，故箋但云「王之始徵求我」，不釋則字。朱子集傳始以法則釋之，非詩意也。

「亦不我力」，箋：「亦不問我在位之功力。」瑞辰按：功力謂之力，用其力亦謂之力，「不我力」卽不我用。緇衣引此詩，注云「亦不力用我」，蓋本韓詩，其說是也。緇衣又引君陳曰：「未見聖，若已弗克見；既見聖，亦不克由聖。」注：「由，用也。」「亦不克由聖」正與引詩「亦不我力」同義，力卽爲用明矣。又按：力又與勑同義。漢書王莽傳「力來農事」，顔師古注：「力來，勸勉之也。」月令「天子爲勞農勸民」，鄭注曰：「重力來之。」力卽勑也。説文：「勑，勞勑也。」「亦不我力」訓爲「不我勸」，義亦通。箋訓功力，失之。

「燎之方揚，寧或滅之」，傳：「滅之以水也。」箋：「火田爲燎。燎之方盛之時，炎熾熛怒，寧有能滅息之者？言無有也。」瑞辰按：漢書谷永傳引詩「燎之方揚，能或滅之。」寧猶乃也，寧、乃聲之轉，能、乃亦聲之轉，故寧通作能，「能或滅之」猶言乃或滅之也，故傳曰「滅之以水」。詩意蓋謂燎之方揚，似無有滅之者，而乃或以水滅之，以喻赫赫宗周，似無有滅之者，而一褒姒竟滅之也。箋訓寧爲豈，失其義矣。

「終其永懷，又窘陰雨」，傳：「窘，困也。」箋：「窘，仍也。終王之所行，其長可憂傷矣，又將仍憂於陰雨。」瑞辰按：爾雅：「郡，乃也。」乃、仍古通用。法言孝至篇「郡勞王師」，王尚書謂卽仍勞王師，是也。郡、窘音相近，箋訓窘爲仍，猶爾雅訓郡爲乃也。又按説文：「涒，食已而復吐之。」亦取涒有復義，與窘訓爲仍義近。終，猶既也。懷，猶傷也。詩言既其永爲憂傷，又仍憂於陰雨。箋訓終爲「終王之所行」，失之。

「乃棄爾輔」，箋：「棄輔，喻遠賢也。」正義：「爲車不言作輔，此云『乃棄爾輔』，則輔是可解脱之物，蓋如今人縛杖於輻以防輔車也。」瑞辰按：古人言車制者皆不言輔，正義謂「如今人縛杖於輻」，此肊説也。惟曾釗云：「輔蓋伏兔别名。輔與兔聲近，故伏兔謂之輔。伏兔，車轐也，形如屐，所以夾持車軸，故輔引申之義亦爲夾持。説文面部：『酺，頰車也。』蓋夾牙車則从面爲酺，夾車軸則从車爲輔，義本相近。此詩取喻於輔者，輔爲持軸之物，與賢者佐理同。古擬輔臣於乘軸，即其義矣。」今按曾説是也。説文：「轐，車伏兔也。」轐之言僕也；僕，附也。轐、輔、附，聲義正相近耳。下章「屢顧爾僕」，僕當卽轐字之假借。上言輔，下言僕，一物二名者，錯綜以見義耳。又按僖五年左傳引諺云「輔車相依」，杜注：「輔，頰輔；車，牙車也。」此特因下文「脣亡齒寒」而傅會耳。據説文「酺，頰車也」入面部，其車部别有輔字，引春秋傳「輔車相依」，則酺頰之酺自从面，車輔之輔自从車。輔下復有「人頰車也」四字，段玉裁謂爲淺人所增，宜删去，是也。左傳「輔車相依」與「脣亡齒寒」竝舉，實各爲一義。呂氏春秋權勳篇曰：「宫之奇諫虞公曰：虞之與虢也，若車之有輔也。車依輔，輔亦依車，虞、虢之勢是也。」此卽詩「無棄爾輔」之義，其爲車之輔本〔一〕無疑矣。淮南子人閒訓言「虞之與虢，若車之有輪，輪依于車，車亦依輪」，合左傳及呂氏春秋證之，淮南輪當爲輔之譌。然卽此可證車非牙車，輔非頰酺矣。至易「咸其輔」，輔自爲酺之假借。釋文「輔，虞作酺」，是其證也。玉篇引傳「酺車相依」，則後人因杜注以改傳文耳。

〔一〕「本」，續經解本作「木」，疑是。

「員于爾輻」，傳：「員，益也。」瑞辰按：曾釗曰：「輻當作輹。易『輿説輻』，釋文作輹，是其證。复从畐省聲，輹从复，故譌作輻耳。説文：『輹，車下縛也。』今本作『車軸縛』者誤。蓋伏兔在輿底，本不相連，須輹縛之。伏兔爲任力之處，非一革所能勝，故須益其革輹。」今按曾説是也。易『輿説輻』，説文引亦作輹。「員于爾輹」謂益其輹以固輔，非謂以輔助輻也。

「曾是不意」，箋：「女曾不以是爲意乎？以商事喻治國也。」瑞辰按：意與隱一聲之轉，古通用，故左傳季孫意如公羊作隱如。意之言隱也。少儀「隱情以虞」，鄭注：「隱，意也，思也。」爾雅釋言：「隱，占也。」郭注：「隱度。」隱即意也。禮運「非意之也」，鄭注：「心所無慮也。」無慮猶言大略，亦揣度之詞。公羊僖二年傳：「其意也何？謂令諸大夫意度之如何也。」説苑權謀〔一〕篇，東郭垂對管仲曰：「臣聞君子善謀，小人善意。臣竊意之也。」管仲曰：「我不言伐莒，子何以意之？」意之皆謂測度之也。此詩「曾是不意」，謂曾是不測度之也〔二〕。意又讀同「不億不信」、「億則屢中」之億，億亦測度之也。

「洽比其鄰」，傳：「洽，合也。」瑞辰按：説文：「合，合口也。」音讀同協。又曰：「洽，霑

〔一〕「權謀」原作「奉使」，據説苑改。

〔二〕此句「謂」上原衍「不意」二字，「是」字原脱，據續經解本删補。

也。」「佮，合也。」傳訓洽爲合，蓋以洽爲佮之假借。說文又曰：「敆，合會也。」音義亦同。又通作郃，爾雅釋詁：「郃，合也。」郃亦佮之借字。

「佌佌彼有屋」，傳：「佌佌，小也。」釋文：「佌，音此。說文作傂，音徙。」瑞辰按：釋訓：「佌佌，小也。」說文：「傂，小皃。从人，囟聲。」引詩「傂傂彼有屋」。與細字从囟聲同義。爾雅釋文：「佌，郭音徙。」卽傂字之音。廣韻傂之下有𠌶字，注云「小皃」，又傂字之別體也。

「蔌蔌方有穀」，傳：「蔌蔌，陋也。」箋：「穀，祿也。」釋文：「蔌，音速。方穀，本或作方有穀，非也。」瑞辰按：說文無蔌有藗，蔌蓋藗字之省。說文又曰：「遬，籀文速。」故蔌蔌亦作速速。爾雅：「速速、蹙蹙，惟逑鞫也。」速速卽蔌蔌也。後漢書蔡邕傳注引詩小雅曰「速速方穀」，又曰「韓詩亦同」，是毛、韓詩皆無有字。詩蓋以「佌佌彼有屋」與「民今之無祿」相對，以「蔌蔌方穀」與「夭夭是椓」相對。自或本誤增有字，正義遂云「方有爵祿之貴」，直以有穀與有屋爲對文矣。至蔡邕釋誨「速速方轂」，轂蓋穀字轉寫之譌。章懷注謂「小人乘寵，方轂而行」，非詩義也。

「夭夭是椓」，傳：「君夭之，在位椓之。」箋：「夭以瘥夭殺之，是王者之政又復椓破之。」言遇害甚也。」瑞辰按：蔡邕釋誨云「夭夭是加」，章懷注引韓詩「夭夭是椓」，蜀石經亦作夭夭，今按作夭夭者是也。夭夭，美盛貌。說文：「夭，从大，象形。」凱風傳：「夭夭，盛貌也。」正與佌佌爲小、蔌蔌〔一〕卑陋相反。椓通作諑。方言：「諑，愬也。」楚辭「謠諑謂余以善淫」，王逸注：「諑，猶譖也。」正義云「在位又諑譖之」，是正讀椓爲諑也。說文：「諑，加言也。」加之爲誣，與譖諑義亦相近。變「諑」言「加」者，以叶韻也。詩蓋以四句相對成文，言彼佌佌小人富而有屋者，雖蔌蔌卑陋，而方以穀祿授之；此民之貧而無祿者，雖夭夭盛美，而不免受譖於人也。天、夭字形相近，易譌。毛詩本譌作天，遂誤以君釋之耳。

## 十月之交

序：「十月之交，大夫刺幽王也。」箋：「當爲刺厲王。」瑞辰按：漢書谷永傳引詩「豔妻」作「閻妻」，又云「抑褒、閻之亂」，顏師古注謂本魯詩。詩疏引尚書中候擿雒貳云：「昌受符，厲倡嬖，期十之世權在相。」又曰：「剡者配姬，以放賢。山崩水潰，納小人家伯，罔主異戴震。」是箋以爲刺厲王者，實本魯詩及中候。但梁虞劆、唐傅仁均及一行並推算幽王六年乙丑歲建酉之月辛卯朔辰時日食，國語「幽王二年西周〔二〕三川皆震」，又曰「是歲三川竭，岐山崩」，與此詩「百川沸騰，山冢崒崩」正合，則仍从毛詩刺幽王爲是。至「豔妻」魯詩作閻，中

〔一〕「蔌蔌」下疑脫「爲」字。

〔二〕西周原作西州，據續經解本及國語周語改。

候作剡，特聲近假借之字。說詩者誤以其本字釋之，遂多異說爾。

「朔月辛卯」，瑞辰按：詩言朔月，與玉藻言「朔月大牢」同。正義云：「朔月辛卯之日，以此時而日有食之。」又曰：「此朔月辛卯，自是所食之日。」是正義本作朔月之證。明監本以下皆作朔月，是也。毛氏汲古閣本作朔日，漢書劉向傳引詩亦作「朔日辛卯」，俱係傳寫之誤。

「日有食之」，瑞辰按：漢書劉向傳引詩「日有蝕之」。釋名：「日月虧曰蝕。稍稍〔一〕侵虧，如虫食草木之葉也。」玉篇：「蝕，日月蝕也。」是日月食字本作蝕，經傳作食者，省借字也。說文無蝕有蝕，云：「敗創也。从虫人食，食亦聲。」據廣韻蝕字注引說文云「敗瘡也」，是蝕與蝕爲一字。

「彼月而微，此日而微」，傳：「月臣道，日君道。」箋：「微，謂不明也。」瑞辰按：邶風「日居月諸，胡迭而微」，箋：「微，謂虧傷也。」此箋又以微爲不明，蓋因虧傷而不明，二義正相成。爾雅幽、隱、慝、蔽並訓爲微。說文：「微，隱行也。」左傳「白公其徒微之」，服、杜注竝云：「微，慝也。」微有隱慝之義，故不明。

「日月告凶」，箋：「告凶，告天下以凶亡之徵也。」瑞辰按：逸周書武順解曰：「天有四時，

〔一〕「稍稍」原作「稍小」，據釋名（王先謙釋名疏證補本）釋天改。

不時曰凶。」告凶蓋天時不順之謂。劉向傳引作「日月鞠凶」，鞠卽告字之假借。

「彼月而食，則維其常。此日而食，于何不臧。」箋：「臧，善也。」瑞辰按：常對異言，洪範五行傳曰「非常曰異」是也。漢書天文志注引詩傳曰：「月食非常也，比之日猶常也，日食則不臧矣。」所引詩傳蓋三家詩傳，非毛傳也。考春秋經書日食三十有六，而月食則不書，此古人重日食而輕月食之證。

「爗爗震電」，傳：「爗爗，震電貌。震，雷也。」瑞辰按：說文：「震，劈歷振物者。」引春秋傳「震夷伯之廟」。「霆，雷餘聲鈴鈴，所以挺出萬物。」倉頡篇：「霆，霹靂也。」是震、霆爲一，皆爲雷，與電不同。說文：「電，陰陽激燿也。」似不得以爲霆。而春秋隱九年穀梁傳云「電，霆也」，玉篇亦曰「霆，電也」，並以電爲霆者，爾雅「疾雷爲霆霓」，虹霓不得與霆竝言，竊疑「霆霓」當爲「霆電」之譌，穀梁之義實本爾雅。公羊何休注：「雷有聲名曰雷，無聲名曰電。」易中孚傳：「雷有聲名曰雷，有光名曰電。」有疾雷必有盛電，故易噬嗑曰「雷電合而章」，而爾雅遂以疾雷爲霆電。後人但知雷電之分，不知雷電之合，故爾雅「霆電」誤改爲「霆霓」，又或删去霓字耳。說文：「霅霅，震電皃。」霅霅疑卽爗爗之異文。又按：電从雨，申聲，故詩以與令韻。

「山冢崒崩」，傳：「山頂曰冢。」箋：「崒者，崔嵬。山頂崔嵬者崩，君道壞也。」瑞辰按：山頂已爲高，不必復言崔嵬。「崒崩」二字當連讀，與上「沸騰」相對成文，卽碎崩之假借，廣雅碎，崩竝訓爲壞是也。碎音又同瓶，說文：「瓶，破也。」「破，石瓶也。」蓋瓦破曰瓶，石破曰碎，亦散文則通耳。崒又與摧音相近，說文摧字注：「一曰，折也。」義與壞同。崒與崩同義，猶大戴誥志篇「山不崩解」，解亦崩也。釋文：「崒，本亦作卒。」卒亦碎字之省借。徐邈讀卒爲子恤反，則訓卒爲盡，失其義矣。

「胡憯莫懲」，箋：「憯，曾也。」釋文：「憯，亦作慘。」瑞辰按：說文：「朁，曾也。」引詩「朁不畏明」，爲本字。爾雅：「憯，曾也。」據說文「憯，痛也」，是知爾雅作憯爲假借字。慘、憯同音，故字又借作慘。或以訓曾者皆當作憯，而以慘爲誤字，非也。節南山「憯莫懲嗟」，釋文作噆，噆亦朁之假借。

「番維司徒」，釋文：「番，方袁反，徐甫言反。本或作潘，音同。韓詩作繁。」瑞辰按：漢書古今人表番作皮。古音皮讀如婆，皮、繁同音通用。番音波，與皮、繁音近，故番、潘、皮、繁四字竝通用。說詳九經古義。今按：番與蕃、藩竝同，藩又通樊。青蠅詩「止于樊」，漢書戾太子傳引作「止于藩」。爾雅：「樊，藩也。」是其證也。樊與繁亦通用，左傳「繁纓以朝」，周官、禮記竝作「樊纓」，讀如鞶帶之鞶，是其證也。廣韻：「周宣王封仲山甫於樊，後因氏焉。」鄭箋以番爲氏，韓詩作繁，疑番與繁皆卽樊氏之音轉爾。

「家伯維宰」，箋：「家伯，字。冢宰掌建邦之六典。」瑞辰按：漢書古今人表有大宰冢伯，冢伯當爲家伯形近之譌。箋以冢宰釋宰字，與漢表作大宰正合。惠氏棟謂家伯一作冢伯，故箋以冢宰釋之，其説非也。周官宰夫注鄭司農引詩「家伯維宰」，謂卽宰夫，其説與漢表、鄭箋異，然卽此可證經文止言宰。正義言「小宰不得單稱宰，故知宰爲冢宰」，是知唐以前皆作「家伯維宰」。今集傳本作「家伯冢宰」，蓋傳寫之譌，抑後人據箋以改經耳。

「中允膳夫」，箋：「中允，字。」瑞辰按：漢書古今人表作中術。古術讀若遂。春秋「秦伯使術來聘」，公羊、漢書並作遂。學記「術有序」，注：「術當爲遂，聲之誤也。」月令「審端徑術」，注：「術，周禮作遂。」是其證也。説文：「旞，導車所載，全羽以爲允。允，進也。」是允、進〔一〕音亦相近，故允得通術，猶遂借作術也。又允古音如盾，漢太子中盾，後世稱中允。盾、術二字雙聲，故允、術亦得通用。

「棸子內史」，瑞辰按：漢書古今人表作掫。掫者，棸之同音假借。

「蹶維趣馬」，瑞辰按：箋以蹶爲氏。蹶蓋宣王時蹶父之後，以字爲氏者。漢書注作蹷，亦同音假借字。

「楀維師氏」，瑞辰按：潛夫論本眑篇引詩作踽，漢書古今人表作萬，皆同音假借字。集韻引詩「⿰扌禹維師氏」，據唐石經初刻从手，後改从木，則⿰扌禹乃俗字耳。顏師古急就章注謂「楀

〔一〕據「允」與「旞」古音相近，又據上下文義，此「進」字當爲「遂」字之譌。

者木名，因樹以得姓」，亦非。

「豔妻煽方處」，傳：「豔妻，褒姒。美色曰豔。煽，熾也。」瑞辰按：漢書谷永傳「閻妻驕扇」，顔注謂本魯詩。又正義引中候「剡者配姬，以放賢」，以剡爲姓。今按：閻、剡皆豔字之同音假借，説詩者遂妄以爲姓耳。煽字，説文、玉篇所無，其引詩皆作偏，蓋古毛詩原作偏也。魯詩作扇，即偏字之省。

「豈曰不時」，傳：「時，是也。」箋：「女豈曰我所爲不是乎。言其不自知惡也。」瑞辰按：時當讀爲「使民以時」之時。下言「田卒汙萊」，是奪其民時之證。「豈曰不時」言其使民役作，不自以爲不時也。

「胡爲我作」，箋：「女胡爲役作我。」瑞辰按：民之力作爲作，使民力作亦爲作。箋云「役作我」，正以役釋作。廣雅：「役，使也。」役即古役字。「胡爲我役」即胡爲我使也。正義云「汝何爲使我役作築邑之日」，於「役作」上又增「使我」二字以釋之，失箋恉矣。

「曰予不戕」，箋：「戕，殘也。」釋文：「戕，在良反，殘也。王本作臧。臧，善也。孫毓評以鄭爲改字。」瑞辰按：説文：「臧，从臣，戕聲。」藏、臧、戕三字古通用。易豐「自藏也」，釋文云：「衆本作戕。馬、王云：殘也。鄭云：傷也。」淮南子説林篇「高鳥盡而强弩藏」，高注：「藏，猶殘也。」戕通作臧，猶藏通作戕也。「曰予不戕」與上「豈曰不時」義相應，惟其不自知其役使之不時，故亦不自以爲戕民。鄭君所見毛詩本作戕，故不曰「臧當作戕」。王肅所見本或作臧，亦戕字之假借，王肅遂以臧字本義釋之，非也。孫毓以鄭爲改字，惠氏棟又以王爲改字，竝非。

「不憖遺一老」，箋：「憖，心不欲，自彊之辭也。」釋文：「憖，魚覲反。爾雅云：願也，强也，且也。韓詩云：閒也。」正義曰：「說文云：憖，肎從心也。」瑞辰按：爾雅無憖字，古憖與整通，左氏昭十二年經「公子憖出奔齊」，公羊經作整，釋文：「整，本作憖。」整或作𢿜。張參五經文字：「敕，今皆作勅。」小爾雅：「𢿜，願也。」「勅，彊也。」𢿜與勅皆當作憖。釋文願也、强也二訓，蓋本小爾雅，至且也一訓，今小爾雅無之，蓋今本有脱逸也。願與强以相反爲義，箋說正取强也之訓。凡言且者，多謂姑且如此，亦與强義近。左氏哀十六年傳曰：「旻天不弔，不憖遺一老，俾屏余一人以在位。」杜注：「憖，且也。」應劭注漢書五行志曰：「憖，且辭也。言旻天不善於魯，不且遺一老，使屏蔽我一人也。」玉篇引說文：「一曰，且也。」廣韻亦曰：「憖，且也。」是知今本說文「一曰甘也」，甘卽且字形近之譌。又按說文：「憖，問也，謹敬也。从心，猌聲。一曰，説也。一曰，且也。」無「肎從心也」之訓。段玉裁謂：正義引當作「憖，肎也，从心，猌聲」，今誤以「也」字倒於「從心」之下，不成文理耳。今按段說是也。段又謂說文「問」者「閒」之誤，「閒」者「肎」之誤。今按：憖有數義。有當从强也、且也之訓者，此詩及左傳竝云「不憖遺一老」是也。

昭二十八年左傳祁盈之臣曰：「鈞將皆死，慭使吾君聞勝與臧之死也以爲快。」王尚書曰：「慭亦且也。言鈞之將死，且使吾君聞勝、臧之死而快意也。杜以慭爲發語之音，於文義未協。」有當从願也之訓者，晉語伯宗妻曰：「慭庇州犁焉。」楚語曰：「吾慭置之于耳。」韋注竝曰：「慭，願也。」有當从説也之訓者，晉語「以慭御人」猶云以説御人。韋注訓願，失之。至方言「慭，傷也，楚潁之間謂之慭」，考説文慦字注「楚潁之間謂憂曰慦」，是知方言慭乃慦字形近之譌。傷讀憂傷之傷。廣雅：「慭，憂也。」廣韻：「慭，一曰，傷也。」竝誤以慦爲慭。郭璞方言本已誤作慭，因引詩「不慭遺一老」，云「亦恨傷之言也」，誤矣。左氏文十二〔一〕年傳「兩君〔二〕之士皆未慭也」，杜注：「慭，缺也。」據説文「齾，缺齒也」，左傳釋文「慭，又魚轄反」，是知慭乃齾之假借。而説文慭字注亦引春秋傳「兩君〔三〕之士皆未慭」，慭與齾雙聲，故得通借，非慭之本義也。説文：「猌，又讀若銀。」慭从猌聲，故其字與銀通用。左氏昭十一年經厥慭，公羊經作屈銀，是其證也。銀、誾音近，故韓詩訓爲誾。説文：「誾，和説而諍也。」玉篇：「誾，和敬貌。」與説文訓慭爲謹敬義近，然非此詩之義。

〔一〕「二」原作「五」，據左傳改。
〔二〕「君」原作「軍」，據左傳文公十二年改。
〔三〕「君」原作「軍」，據説文（清陳昌治刻本）改。

「以居徂向」，箋：「以往居于向也。」瑞辰按：居者，語詞，「以居徂向」猶云以徂向也。猶之「爾居徒幾何」即言爾徒幾何也，「我居圉卒荒」即言我圉卒荒也。箋訓「居徂」爲往居，失之。

「讒口囂囂」，箋：「囂囂，衆多貌。」釋文：「囂，韓詩作嚻。」瑞辰按：劉向上封事引詩「讒口嚻嚻」，正本韓詩。說文：「囂，聲也。气出頭上。从㗊頁。」按㗊爲衆口而囂从之，是有衆多之義。說文：「嚻，衆口愁也。」與囂囂音義相近。毛詩囂囂，正字；韓詩嚻嚻，假借字也。至板詩「聽我囂囂」，傳「囂囂猶警警也」，據箋云「警警然不肎受」，說文「警，不省人言也」，此从段本。舊作「不肖人也」，有脱誤。廣韻「警，不省語也」，玉篇警字注引廣雅云「不入人語也」，埤蒼云「不聽也」，警即警之俗，是知板詩囂囂乃警警之假借，當以警警爲正字。楚辭九思「令尹兮警警」，王逸曰「不聽話言而妄語也」，兼取二義，不知妄語是此詩「讒口囂囂」，不聽話言是板詩「聽我警警」，二者不得合爲一也。爾雅釋訓：「敖敖，傲也。」郭注：「傲慢賢者。」釋文云：「傲，舍人本作毁，釋云：警警，衆人毁人之貌。李巡與舍人同。」則以釋板詩，是也。釋文云：「傲，舍人本作毁，釋云：警警，衆人毁人之貌。李巡與舍人同。」則誤以爾雅敖敖爲釋此詩，不若郭注爲善。

「噂沓背憎」，傳：「噂猶噂噂，沓猶沓沓。」箋：「噂噂沓沓，相對談語，背則相憎。」釋文：「噂，說文作僔，云：聚也。沓，本又作㗖。」瑞辰按：僔、噂音義同，左氏僖十五年傳引詩亦作傳。說文云：「傳，聚也。」引詩「傳沓背憎」。又：「噂，聚語也。」引詩「噂沓背憎」。廣雅：「傳，衆也。」蓋作噂者毛詩，作傳者三家詩也。朱氏彬曰：「屈原天問『天何所沓』，王逸注：『沓，合也。』詩言小人之情，聚則相合，背卽相憎。」其義較傳、箋尤爲直捷。噂沓或作譐諮。魏書安定王子傳「譐諮朋昏」，正本此詩。

「悠悠我里」，傳：「悠悠，憂也。里，病也。」箋：「里，居也。」瑞辰按：釋文：「里，如字。毛：病也。鄭：居也。」今閩本、明監本、毛本傳皆作「里，居」者，誤也。使傳作「里，居」，則箋不煩更言「里，居」矣。釋文又云：「里，本或作𤵸，後人改也。」考爾雅釋詁：「𤵸，病也。」郭注：「見詩。」又：「悝，憂也。」郭注引詩「悠悠我悝」。玉篇：「𤵸，病也。」引詩「悠悠我𤵸」。又：「悝，憂也，悲也，疾也。」廣韻：「悝，憂也。」引詩「悠悠我悝」。說文無𤵸有悝，云：「啁也。一曰，病也。」是𤵸卽悝也。古文多省借，故毛詩止作里而訓爲病，三家詩蓋有用本字者，故或作𤵸，或作悝。雲漢詩「云如何里」，箋：「里，憂也。」亦以里爲悝之假借。此箋訓里爲居，非詩義也。悝兼憂、病兩義，此詩「亦孔之痗」始言病，則上句「悠悠我里」里當訓憂，謂因憂而病也。說文：「楚潁之閒謂憂曰慈。」慈與悝、里音義亦相近。憂與思義近，朱彬曰：「『悠悠我里』猶言悠悠我思。」是也。

「四方有羨」，傳：「羨，餘也。」瑞辰按：文選李注引韓詩薛君章句曰：「羨，願也。」說文：

「羨，貪欲也。」廣雅：「羨，願欲也。」願與願同，願羨有欣喜之義。皇矣詩「無然歆羨」，羨亦歆也。訓羨爲願，正與憂相對成文。猶「我獨不敢休」，自言其勞，與「民莫不逸」爲對文也。傳訓爲餘，未若韓詩訓願爲允。

## 雨無正

序：「雨無正，大夫刺幽王也。雨，自上下者也。衆多如雨，而非所以爲政也。」瑞辰按：序「衆多如雨」二句正釋雨無正名篇之義。董氏讀詩記引韓詩章句曰：「雨無政，無，衆也。」政即正也，足證毛、韓同義。劉安世謂韓詩以雨無極名篇，而以詩序「正」字屬下讀，以爲正大夫刺幽王，其説不足信。詩曰「正大夫離居，莫知我勩」，是兼刺正大夫之詞，非正大夫刺幽王也。集傳引歐陽公説已駁之矣。

「浩浩昊天，不駿其德」，傳：「駿，長也。」箋：「此言王不能繼長昊天之德。」瑞辰按：詩每借天以刺王，言昊天不駿其德，猶節南山云「不弔昊天，亂靡有定」也。故下繼言「降喪饑饉」，亦謂天降之耳。箋謂「王不能繼長昊天之德」，失之。

「旻天疾威」，釋文：「旻，密申反。本或作昊天，非也。」正義曰：「上有昊天，明此亦昊天。俗本作旻天，誤也。」瑞辰按：岳珂九經三傳沿革例从疏作昊天，此詩三章又言「如何昊天」，當从正義本作昊天爲是。至小旻首章「旻天疾威」，此小旻所由名篇，韓詩外傳、列女傳引作昊天，蓋誤。說文引春秋傳曰「昊天不愸」，今左傳亦作旻天，此二字形近易譌之證。廣雅：「暴，疾也。」疾威二字平列。朱子集傳云：「疾威，猶言暴虐。」是也。箋云：「今昊天又疾其政以刑罰威恐天下。」正義釋之曰：「昊天又疾王以刑罰之政威恐天下。」亦非詩義。

「淪胥以鋪」，傳：「淪，率也。」箋：「胥，相。鋪，徧也。」瑞辰按：漢書敘傳：「烏呼史遷，薰胥以刑。」晉灼曰：「齊、韓、魯詩作薰。薰，帥也。」後漢書蔡邕傳「下獲勳胥之辜」，李賢注引「詩小雅曰：『若此無罪，勳胥以痡〔一〕。』勳，帥也。胥，相也。痡，病也。言此無罪之人，而使有罪者相帥而病之，是其大甚。見韓詩。」今按：薰、勳、淪音近通用，淪、率音之轉。然以淪胥爲率相，究爲不詞。說文：「淪，一曰，没也。」廣雅、玉篇竝曰：「淪，没也。」廣雅又曰：「淪，潰也。」淪又通陯。說文：「陯，山阜陷也。」當从朱子集傳訓淪爲陷。惟胥仍訓相，以淪胥爲陷相，亦爲不詞，當以胥爲湑之省借。玉篇：「湑，溢也。」小爾雅：「溢，没也。」說文：「没，湛也。」淪胥猶言湛氼、湛淪，謂人之全陷氼于罪，如全没入于水也。鋪者，痡之假借，當从韓詩作痡，訓爲病，皆淪没于罪以至於病也。小旻詩「如彼泉流，無淪胥以敗」，抑詩「如彼泉流，無淪胥以亡」，兩無字皆爲發聲，「淪胥以敗」、「淪胥以亡」猶此詩「淪胥以痡」也。左氏

〔一〕「痡」原作「痛」，據後漢書蔡邕傳李賢注改。下「痡，病也」之「痡」字同。

昭二十六年傳：「且爲後人之迷敗傾覆而溺入于難，則振救之。」漢時男女從坐入官爲奴，及殺傷人所用兵器入官者，通謂之没入、溺入，皆此詩淪胥之類也。惠氏棟讀韓詩薰爲閽，胥爲胥靡，亦非。以淪胥爲刑罪之名，則詩言「淪胥以敗」，「淪胥以亡」皆承「泉流」言，爲不可通矣。胥靡之胥，當爲纇字之假借。説文：「纇，絆前兩足也。」廣雅：「纇，絆也。」靡與縻通。説文：「縻，牛轡也。」呂氏春秋曰：「傅説，殷之胥靡。」而墨子曰：「傅説衣褐帶索，傭築於傅巖。」帶索卽胥靡之謂。荀子楊倞注：「胥靡，係也。」是已。應劭漢書注引詩「淪胥」以證「胥靡」，失之。

「周宗既滅」，箋：「周宗，鎬京也。」瑞辰按：周宗與宗周有别。書序：「武王歸自奄，在宗周告庶邦，作多方。」正義曰：「在於宗周鎬京。」正月詩「赫赫宗周」，箋：「宗周，鎬京也。」又洛邑亦名宗周，祭統衞孔悝之鼎銘曰「卽宫於宗周」，鄭注：「周既去鎬京，猶名王城爲宗周也。」至昭九年左傳「自文以來，世有衰德，而暴滅宗周」，昭二十四年左傳「嫠不恤其緯，而憂宗周之隕，爲將及焉」，宗周皆指王室言之。宗周亦曰宗國，晉語「宗國既卑，諸侯遠己」，「宗國既卑」猶云王室既卑，宗國猶言宗周也。若周宗，據襄二十九年左傳云「晉國不恤周宗之闕，而夏肆是屏」，杜注「周宗，諸姬也」，穆天子傳云「赤烏氏先出自周宗」，郭注「與周同始祖」，是周宗皆謂與周同姓者耳。詩不得言周之同姓既滅。鎬京邦畿，惟民所止，宗周滅，故言「靡所止戾」。詩周宗當爲宗周傳寫誤倒。昭十六年左傳引詩正作「宗周既滅」，是詩本作宗周之證。箋云「周宗，鎬京也」，蓋鄭君箋詩時所見毛傳尚作宗周，故解與正月詩「赫赫宗周」同。今箋作周宗者，後人因經誤作周宗而並改之也。正義言「宗周、周宗，文雖異而義同」，誤矣。朱子集傳惟據誤本作周宗，遂以宗爲族姓，謂將有易姓之變，不知周宗實宗周之譌。又按：節南山諸詩，序皆以爲刺幽王。而節南山詩曰「國既卒斬」，正月詩曰「褒姒滅之」，此詩云「宗周既滅」，皆已然之詞，是知刺幽王者，皆後人追刺之也。節南山正義引韋昭，以爲平王時作，謂作在平王之世而上刺幽王，其説是也。或遂以爲刺平王，則非。

「正大夫離居」，箋：「正，長也。」瑞辰按：周官大宰「建其正」，鄭注：「正，謂冢宰、司徒、宗伯、司馬、司寇、司空也。」宰夫八職，「一曰正」，注：「所爲正，辟於治官則冢宰也。」是正爲天子六官之長。左氏襄二十五年傳「自六正五吏」，杜注：「六正，三軍之六卿。」晉時僭立六卿爲六正，則天子六卿本名六正可知。古有庶正，有大正。庶官之長爲庶正，雲漢詩「鞫哉庶正」是也。六卿之長爲大正，左傳「子爲大政」，政卽正也。詩言正大夫，蓋天子之大正也。

「莫知我勩」，傳：「勩，勞也。」瑞辰按：傳本爾雅釋詁。左氏昭十六年傳引詩「莫知我肄」，杜注：「肄，勞也。」肄者，勩之同音假借字。説文：「勩，勞也。」「肄，習也。」肄之本義自爲習耳。谷風詩「既貽我肄」，傳：「肄，勞也。」亦假肄爲勩。

「三事大夫」，瑞辰按：古以三公司天地人，爲三事，白虎通引別名記曰「司徒典名，司空主地，司馬順天」是也。此箋以三事爲三公之義。周書立政曰：「立政：任人、準夫、牧，作三事。」某氏傳曰：「常任、準人及牧治，爲天地人之三事。」蓋官職雖多，天地人三事足以統之。又白虎通曰：「諸侯有三卿，分三事也。」是諸侯三卿亦稱三事，猶天子六卿稱六事耳。

「莫肎朝夕」，箋：「不肎晨夜朝暮省王也。」瑞辰按：「朝夕」與「夙夜」對言。周語：「夙夜，敬也。」朝夕義亦爲敬。古者天子大采朝日，少采夕月。致敬於日月爲朝夕，致敬於天子亦爲朝夕，其義一也。又魯語曰「夫署，所以朝夕虔君命也」，左傳「朝夕獻善敗于寡君」，又曰「子革夕」、「子我夕」，皆以朝夕見君爲朝夕。又成十二年左傳「百官承事，朝而不夕」，謂朝朝于君而不夕見也。故箋言朝夕謂「朝暮省王」，非泛言朝夕也。

「戎成不退，饑成不遂」，傳：「戎，兵。遂，安也。」箋：「兵成而不退，謂王見流于彘，無御止之者。饑成而不安，謂王在彘乏于飲食之蓄，無輸粟歸餼者。」瑞辰按：玉篇、廣韻竝云：「遂，進也。」説文：「旞，導車所載，全羽以爲允。允，進也。」允者，𡙇之假借。夲部：「𡙇，進也。」引易「𡙇升大吉」。是旞亦取進義。詩以遂與退對言。朱子集傳引易「不能退，不能遂」，訓遂爲進，較傳、箋爲確。惟以不退爲王之爲惡不退，不遂爲王之爲善不遂，似非詩義。今按：「戎成不退」，外患熾而敵勢强也；「饑成不遂」，内災起而兵力弱也。不退即指敵言，不遂指周民言爲允。

「聽言則答，譖言則退」，傳：「以言進退人也。」箋：「答，猶距也。有可聽用之言，則共以辭距而違之。有譖毁之言，則共爲排退之。」瑞辰按：説文：「从，相聽也。」廣雅：「聽，從也。」春秋「從祀先公」，左傳作「順祀」。説文：「睽，目不相聽也。」段玉裁曰：「聽，猶順也。」聽有順從之義，「聽言」對「譖言」而言，正謂順從之言。廣韻：「譖，毁也。」「毁，猶謗也。」古以諫言爲誹謗，故堯有誹謗之木，譖言卽諫言也。詩承上「莫肎用訊」，訊讀如誶。韓詩：「誶，諫也。」言凡百君子所以莫肎直諫，蓋以王好順從而惡諫譖，聞順從之言則答而進之，聞譖毁之言則退而不答。聽言言答，則進之可知；譖言言退，則不答可知。互文以見義。傳謂「以言進退人」者，義蓋如此。桑柔詩「聽言則對，誦言如醉」，「誦言」謂諷諫之言，「如醉」謂不好聽之，義與此同。箋以答爲距而違之，非詩義也。朱子集傳以爲責臣，云：「王有問而欲聽其言，則答之而已，不肎盡言。譖言及己，則退而離居。」亦非詩義。聽言、譖言，皆謂臣之進言於王者；答與退，則在王耳。下章「哀哉不能言」卽承上「譖言」言之，朱子集傳云「言之忠者，當世之所謂不能言者」是也。「哿矣能言」卽承上「聽言」言之，集傳云「佞人之言，當世所謂能言者」是也。不能言者，因退之而並加以罪戾，故其身困瘁；能言者，由答之而遂加以爵禄，故其身處於安也。答，新序、漢書皆引作對。廣雅：「對，噟也。」噟卽荅字。説文：「荅，小尗也。」今通借爲酬荅之荅。對與荅雙聲，故對字可借作荅。古荅字又借作合，爾雅「合，對也」，合卽荅也。左氏宣二〔一〕年傳「既合而來奔」，杜注「合猶荅也」是也。

「匪舌是出，維躬是瘁」，傳：「哀賢人不得言，不得出是舌也。」箋：「言非可出於舌，其身旋見困病。」瑞辰按：上文既哀其不能言，「匪舌是出」不得訓爲出言。朱彬謂：「出當讀爲屈與絀，方與上下文相貫。」今按説文：「𤵸，病也。」出當卽𤵸之省借，言匪舌是病，維躬是病也。説文正文無瘁字，惟萃字注云「讀若瘁」。又曰：「悴，憂也。讀與易萃卦同。」瘁當卽悴之或體。

「云不可使，得罪于天子。亦云可使，怨及朋友。」箋：「不可使者，不正不從也。可使者，雖不正從也。」瑞辰按：爾雅釋詁：「使，從也。」故箋以從釋使。二云字皆臣荅君之詞。「云不可使」，謂若事之不正者，卽云不可從，此左傳所云「君所謂可，而有否焉，臣獻其否，以成其可」也。「亦云可使」，謂事雖不正，因君從之，亦云可使，此左傳所云「君之所可，據亦曰可」也。正義不知箋本以從釋使，乃曰：「不從上命，則天子云我不可使。我若阿諛順旨，亦既天子云此人可使。」謂可使與不可使皆君論臣之意，殊失箋恉。

「謂爾遷于王都」，傳：「賢者不肯遷於王都也。」瑞辰按：廣雅：「謂，使也。」「謂爾遷于王

〔一〕「二」上原有「十」字，據左傳刪。

都」卽使爾遷于王都也。據下言「昔爾出居」，則遷卽使其還居王都耳。

「鼠思泣血」，傳：「無聲曰泣血。」正義：「說文：『哭，哀聲也。』『泣，無聲出涙也。』則無聲謂之泣矣。連言血者，以涙出於目猶血出於體，故以涙比血。禮記曰『子臯執親之喪，泣血三年』，注云『無聲如血出』是也。」瑞辰按：說苑權謀篇曰：「下蔡成公閉門而哭，三日三夜，泣盡而繼以血。」是泣而涙盡眞有流血者，因通言泣之甚者爲泣血。又易屯上六爻辭「泣血漣如」，九家及虞注竝〔一〕云「血流出目」，不得如正義言「涙出於目猶血出於體」，謂以血爲喻也。又按說文無涙字，據說文云「無聲出涕者曰泣」，而詩正義引說文云「泣，無聲出涙也」，涙蓋卽涕字之俗。又說文：「涕，泣也。」段玉裁以「泣也」二字爲轉寫之誤，當作「目液也」。蓋據上文「洟，鼻液也」，「汗，身液也〔二〕」，故知涕當爲目液，與上文爲一例。

## 小旻〔三〕

「謀猶回遹」，傳：「回，邪。遹，辟也。」釋文：「遹，韓詩作欥，僻也。」瑞辰按：說文：「夐，

〔一〕「竝」原作「泣」，據文義改。
〔二〕「汗，身液也」四字原脫，據續經解本並參說文補。
〔三〕小旻原作小緍，爲避道光旻寧諱，今回改。又本書前後凡「旻」字作「緍」者均回改，不另出校。

衺也。」「衺，褱也。」回卽褱之假借，故傳訓爲邪。大明詩「厥德不回」，傳：「回，違也。」違亦褱之借字。韋、回同聲，故通用。書「静言庸違」，吳陸抗傳引作「静譖庸回」，是其類也。若回之本義，自爲轉耳。文選注十四引韓詩作「謀猷回泬」，古遹讀如穴，故通作歍與泬，猶毛詩「鴥彼晨風」，韓詩作鴪也。古邪僻字正作辟，又通作避。說文：「遹，回辟也。」回辟卽回僻也。僻者，偏也。說文：「辟，仄也。」「仄，側傾也。」辟、仄皆謂邪也。

「潝潝訿訿」，傳：「潝潝然患其上，訿訿然不思稱其上。」瑞辰按：爾雅：「翕翕、訿訿，莫供職也。」郭注：「賢者陵替姦黨熾，背公卹私曠職事。」毛傳義本爾雅。方言：「翕，熾也。」廣雅同。又曰：「翕，熱也。」說文：「翕，起也。」義竝相近。楊雄甘泉賦「翕赫曶霍」，李善注：「翕赫，盛貌。」傳云「潝潝然患其上」，蓋讀潝潝如翕赫之翕。郭注爾雅「姦黨熾」，正釋翕翕二字，與詩正義云「潝潝爲小人之勢，是作威福也」，詞異而義同。訿或作訾。說文：「訾，不思稱意也。」義本毛傳。據召旻詩「臯臯訿訿」，傳「訿，窳不供事也」，說文「呰，窳也」，「窳，嬾也」，則毛傳蓋讀訿如窳呰之呰。荀子修身篇引詩「噏噏呰呰」，毛公受詩於荀卿，故其釋訿訿與荀同也。漢書劉向上封事曰「衆小在位而從邪議，歙歙相是而背君子」，引詩「歙歙訿訿」六句爲證，其說蓋本韓詩。以歙歙爲小人互相是，而以訿訿爲背君子，蓋讀歙歙如翕合之翕，而讀訿如呰毁之呰。朱子集傳云：「潝潝，相和也。訿訿，相詆也。」義與劉向說略同。

「不我告猶」，傳：「猶，道也。」箋：「猶，圖也。」瑞辰按：猶、繇古同聲，猶當爲繇字之假借，謂繇詞，卽箋所云「占繇不中」也。箋訓猶爲圖者，或古繇詞亦取猶圖之義。

「是用不集」，傳：「集，就也。」瑞辰按：韓詩外傳引詩「是用不就」，就、集一聲之轉。顧命「克達殷集大命」，漢石經作「克通殷就大命」，是集、就通用之證。傳訓集爲就者，正以集爲就之假借，卽讀集音如就也。或以集爲不協者，誤。

「如匪行邁謀」，箋：「匪，非也。」瑞辰按：匪、彼古通用。廣雅：「匪，彼也。」「如匪行邁謀」，王尚書云〔一〕與「如彼築室于道謀」、雨無正「如彼行邁」句法同，是也。箋訓匪爲非，失之。

「匪大猷是經」，傳：「經，常也。」箋：「不循大道之常。」瑞辰按：經，朱彬謂當訓行，是也。孟子「經德不回」，趙注：「經，行也。」「匪大猷是經」猶云匪大道是遵循耳。遵、循皆行也。若常亦爲行，故庸爲常亦爲行。然云「匪大猷是常」則不詞，故箋必增其文以釋之，云「不循大道之常」，其義始明。不知經卽行也，循也。經文原自明顯，自傳訓爲常，義始迂曲耳。

「維邇言是爭」，傳：「邇，近也。爭爲近言。」箋：「爭言之異者。」瑞辰按：爭當讀如「道途

〔一〕「云」下原有「謂」字，義複，據文義删。

不爭險易之利」之爭，爭謂爭取其言也。說文：「爭，引也。从爰厂。」是爭之本義原謂引之使歸於己。引有援據之義，「是爭」與「是聽」義正相近。又按說文：「埩，治也。」廣韻：「埩，魯城北門池也。」公羊傳作爭。治土謂之埩，則治言亦得謂之爭矣。又廣雅釋詁：「竫，善也。」竫、靜、靖古竝通用，靖、靜皆善也，爭或即竫字之省，謂維邇言是善也。傳謂在下者爭爲邇言，與「是聽」屬上義不貫。箋讀爭如爭辨之爭，亦非詩義。

「是用不潰于成」，傳：「潰，遂也。」瑞辰按：潰即遂之假借。潰、遂古聲近通用。遂借作潰，猶角弓詩「莫肯下遺」，荀子引作隧，說文旞或作⿸㫃遺，从遺也。

「國雖靡止」，傳：「靡止，言小也。」箋：「靡，無。止，禮也。」瑞辰按：傳以靡止爲小，則止宜訓大矣。抑詩「淑慎爾止」，傳：「止，至也。」爾雅：「晊，大也。」釋文：「晊，本又作至。」易「至哉坤元」，猶言「大哉乾元」也。止與至同義，至爲大，則止亦爲大矣。下言「民雖靡膴」，韓詩作靡腜，猶無幾何。腜、膴一聲之轉。爾雅：「幠，大也。」字通作膴。韓詩以「靡腜」爲無幾何，是亦以腜爲大也。靡膴猶言靡止。王肅述毛，訓膴爲大，言「無大有人」，得之。箋訓止爲禮，膴爲法，蓋讀膴如模，釋文「徐云鄭音模」是也，義與傳異。孔疏釋毛，以爲「民雖無法」，是誤以箋義爲傳義矣。傳不言憮大者，以其義已著於巧言篇耳。巧言篇「亂如此憮」，傳：「憮，大也。」憮即膴。

「或聖或否」，傳：「人有通聖者，有不能者。」箋：「猶有通聖者，有賢者。」瑞辰按：此詩所言聖否，與論語「賢者識其大者，不賢者識其小者」文法相類。彼對賢者言之，故識小爲不賢者，此對聖言之，故或否猶爲賢者耳。

「或肅或艾」，傳：「艾，治也。」瑞辰按：艾者，嬖之假借。說文：「嬖，治也。」引虞書「有能俾嬖。」今書省作乂，故又假借作艾。

「不敢馮河」，傳：「馮，陵也。徒涉曰馮河。」瑞辰按：馮者，淜之假借。說文：「淜，無舟渡河也。」淜通作馮，猶「百朋」作「百馮」也。

## 小宛

「宛彼鳴鳩，翰飛戾天」，傳：「宛，小貌。鳴鳩，鶻鵰。翰，高。戾，至也。行小人之道，責高明之功，終不可得。」瑞辰按：爾雅：「鶌鳩，鶻鵃。」郭注：「似山鵲而小，短尾。」淮南子許慎注：「屈，短也。」屈與屈通，說文：「屈，無尾也。」玉篇：「屈，短尾也。」鶌鳩蓋以短屈得名。宛、屈義同，說文：「宛，屈草自覆也。」宛蓋鶌鳩短尾之皃，短、小義近，故傳以宛爲小皃。考工記函人「眡其鑽空，欲其惌也」，鄭司農注：「惌，小孔皃。」惌與宛義亦同。陸璣草木疏云：「鳴鳩，班鳩也。」班鳩蓋非今俗所稱班鳩，或鶌鳩一名班鳩耳。呂氏春秋季春紀「鳴鳩拂其羽」，高誘注：「鳴鳩，班鳩也。是月拂擊其羽，直刺上飛，數十丈乃復者是也。」高注淮南時則訓亦云：「鳴鳩，奮迅其羽，直刺上〔一〕飛，入雲中者是也。」是鳴鳩實能高飛，詩蓋以鳴鳩短尾，似難高舉，而翰飛可以戾天，以興人主當勉于爲善。傳謂以鳩飛不可戾天爲興，非詩義也。戾者，厲之假借。文選卷一李善注引韓詩作「翰飛厲天」，云：「厲，附也。」厲天猶俗云摩天耳。

「明發不寐」，傳：「明發，發夕至明。」正義：「明發者，夜地而闇，至旦而明，明地開發，故謂之明發也。」瑞辰按：汪中經義知新記曰：「發，醒也。賈誼新書先醒篇『辟猶俱醉而獨先發也』，漢書景十三王傳『名長沙定王曰發』，鄒陽傳曰『發悟於心』，晏子諫篇上『景公飲酒三日而後發』，又曰『君夜發不可以朝』，發皆醒也。」今按楚詞招魂「娭酒不廢，沈日夜些」，王逸注：「不廢或曰不發。」發亦醒也。王逸訓爲旦，非也。因考廣雅釋詁：「發，明也。」又曰：「明、覺，發也。」是明、發二字同義。醉而醒爲發，夜醒不寐亦得爲發，因知此詩「明發不寐」，明、發皆醒也，即謂醒而不寐也。邶柏舟詩：「耿耿不寐。」廣雅釋詁：「耿，明也。」耿耿亦醒而不寐之貌，與此詩言「明發不寐」正同。毛傳以明發爲發夕至旦，失其義矣。如以明發爲天將開發之時，則更在古人鷄鳴而起之後，不寐固其常事，何足見其憂懷之甚乎？

〔一〕「上」字原脱，據淮南子時則訓高注補。

「人之齊聖」，傳：「齊，正也。」箋：「中正通知之人。」瑞辰按：王尚書曰：「齊聖，聰明睿知之稱，與下文『彼昏不知』相對。齊者，知慮之敏也。史記五帝紀『幼而徇齊』，索隱引大戴禮作『叡齊』，一作『慧齊』，史記舊本作『濬齊』，皆明智之稱也。」尚書又曰：「爾雅齊、速俱訓爲疾。」引「尚書曰『多聞而齊給』，鄭注曰：『齊，疾也。』荀子修身篇曰：『齊明而不竭，聖人也。』非十二子篇曰：『聰明聖知，不以窮人；齊給速通，不以先人。』然則速通謂之齊，大通謂之聖。文二年左傳曰：『子雖齊聖，不先父食久矣。』十八年傳曰：『齊聖廣淵，明允篤誠。』竝與此同。毛以齊爲正，杜以齊爲肅，又以爲中，皆未當也。漢泰山都尉孔宙碑曰：『天姿醇嘏，齊聖達道。』則得之矣。」今按王説是也。凡人昏則遲鈍，明則敏捷，故齊爲疾，又爲明智之稱。皇侃論語疏引少陽篇曰：「伯夷名允，叔齊名智。」古人名字相配，叔齊名智而字齊，正以齊有明智之義。又尚書「在璿璣玉衡，以齊七政」，日月五星各異政，非可齊而一之，齊者明也，謂察璣衡以明七政也。尚書大傳訓爲中，孔疏訓爲整，失之。禮運「以齊上下」，上下非可齊等，齊亦明也，「以齊上下」猶云以明貴賤也。蓋自後儒不知齊有明義，而經傳之失其訓者夥矣。

「飲酒温克」，箋：「飲酒雖醉，猶能温藉自持以勝。」正義：「蘊藉者，定本及箋作温字。舒瑗曰：『包裹曰蘊。』謂蘊藉自持，含容之義。經中作温者，蓋古字通用。內則説子事父母云『柔色以温之』，鄭亦以温爲藉義。」釋文：「温，王〔一〕如字，柔也。鄭於運反，蘊藉也。」瑞辰按：古蘊藉字皆借作温。内則「柔色以温之」，鄭注：「温，藉也。」正義曰：「言子事父母當和柔顔色，承藉父母，若藻藉承玉然。」禮器：「故禮有擯詔，樂有相步，温之至也。」鄭注：「皆爲温藉，重禮也。」正義引皇氏云：「温謂承藉。凡玉以物緼裹承藉，君子亦有威儀擯相以自承藉。」釋文：「温，紆運反。」是古蘊藉字作温之證。温、尉雙聲，故温藉又作尉薦。漢書趙廣漢傳：「以和顔接士，其尉薦待遇吏，殷勤甚備。」尉薦即温藉也。温藉本承薦之義，人之飲酒必有威儀以自承藉，故曰温克。王讀温如字，未若鄭訓温藉爲允。

「彼昏不知」，傳：「童昏無知之人。」瑞辰按：昏者，惛之假借。説文：「惛，不憭也。」「憭，慧也。」説文㱝字注又曰：「亂或爲惛。」或即惑也。箋「童昏」亦僮之假借，廣雅：「僮，癡也。」

「壹醉日富」，傳：「醉而日富矣。」箋：「飲酒一醉，自謂日益富。夸淫自恣，以財驕人。」瑞辰按：壹爲語詞，與大學「壹是皆以修身爲本」、檀弓「予壹〔二〕不知夫喪之踊也」、三年問「壹使足以成文理」爲一類，故傳但云「醉而日富矣」，不釋經文壹字。富之言畐也。説文：「畐，滿也。讀若伏。」畐通作偪，方言：「偪，滿也。」又作愊，廣雅：「愊，滿也。」醉則日自盈滿，正與

〔一〕「王」字原脱，據釋文及本書下文「王讀温如字」補。王謂王肅。

〔二〕「予壹」原作「余一」，據禮記檀弓改。

温克相反。箋乃謂「以財驕人」，讀富如富貴之富，失之。

「中原有菽，庶民采之」，傳：「中原，原中也。菽，藿也。力采者則得之。」箋：「藿生原中，非有主也，以喻王位無常家也。」瑞辰按：菽，古作尗。説文：「尗，豆也。尗象豆生之形。」古者大小豆通名菽，楊泉物理論「菽者衆豆之總名」是也。而采菽箋及此詩正義竝專以菽爲大豆者，説文：「荅，小尗也。」廣雅亦曰：「小豆，荅也。」蓋自小豆別名荅，而大豆遂專菽之名矣。戰國策言「韓地民之所食，大抵豆飯藿羹」，藿對豆言，是爲豆葉，公食大夫禮「鉶芼牛藿」，鄭注「藿，豆葉也」是也。藿，説文作蘿，「尗之少也」。據文選李善注引説文「藿，豆之葉也」，則知今本作「尗之少」者誤也。詩但言菽，傳知其不爲豆而爲藿者，蓋因豆皆有主，惟葉任人采，其主不禁。詩言「庶民采之」，故知所采必藿葉也。程瑶田九穀考云：「聞之山西人言，秋閒采豆葉，以爲禦冬之菜。蓋任人采之，其主不與聞也。殆猶沿古風耳。」據此，可釋毛傳訓豆爲藿之義。傳又云「力采者則得之」，皆以采豆葉爲俗所不禁，非謂菽生原中皆無主也。箋乃謂藿無常主，以喻王位無常家，失傳恉矣。

「螟蛉有子，蜾蠃負之」，傳：「螟蛉，桑蟲也。蜾蠃，蒲盧也。負，持也。」箋：「蒲盧取桑蟲之子，負持而去，煦嫗養之，以成其子。」瑞辰按：螟蛉，説文作螟蠕。蜾蠃，説文作蠣蠃。螟蛉、蜾蠃、蒲盧，皆疊韻字。説文：「蠣蠃，蒲盧，細腰土蜂也。天地之性，細要純雄無子。」

詩曰：『螟蠕有子，蝸蠃負之。』从虫，咼聲。蝸或从果。」是蜾卽蝸字之或體。過、果古同聲，咼讀若過，故蝸从之得聲，讀與蜾同。爾雅：「果蠃，蒲盧。」郭注：「卽細腰蠭也。俗呼爲蠮螉。」方言：「蠭，燕趙之閒謂之蠓螉，其小者謂之蠮螉。」列子：「純雄，其名穉蜂。」蜾蠃蓋穉蜂細小之貌，是故穉蜂曰蜾蠃，小鳥亦謂之果蠃，方言「桑飛，自關而東謂之工爵，或謂之過蠃」，廣雅作「果蠃」是也。瓜之成實曰果蠃，爾雅「果蠃之實括樓」是也。禾之成實細若珠璣者曰穖，亦曰果蠃，呂氏春秋高誘注「穖，禾穗果蠃也」是也。蜾蠃、蒲盧又取變化之義，蒲盧能化桑蟲，名爲果蠃，桃蟲生鷦，亦名果蠃，廣雅「果蠃，工雀也」是也。果蠃謂之蒲盧，雉化爲蜃亦名蒲盧，夏小正十月「雉入于淮爲蜄，蜄者蒲盧也」，廣雅「蜌蛤，蒲盧也」是也。蒲盧之聲轉爲蒲蠃，吳語「其民必移就蒲蠃於東海之濱」是也。中庸「夫政也者，蒲盧也」，鄭注亦曰：「蒲盧，果蠃，土蜂也。」蓋喻爲政變化之速，與詩之取譬正同。負之言孚也。凡物之卵化者曰孚，其化生者亦得曰孚。夏小正正月「雞桴粥」，傳：「桴，嫗伏也。」說文：「孚，卵孚也。」通俗文：「卵化曰孚。」廣雅孚、育竝曰「生也」。負之卽孚育之，非謂負持之也。白虎通：「諸侯曰負子。子，民也。言憂民而復子之也。」負、復義近，有覆育之義。夏小正正月「魚上負冰」，傳曰：「負冰也者，謂解蟄也。」案負亦孚之假借。廣雅：「⿰毛孚，解也。」廣韻：「⿰毛孚，毛解也。」孚有解義，故傳謂負冰爲解蟄。魚本蟄於冰中，至是解冰而出，曰負冰。或謂魚在冰下若背負然，失之。傳訓負爲持者，持蓋恃字形近之譌。蓼莪詩「無母何恃」，韓詩：「恃，負也。」説文、廣雅竝曰：「負，恃也。」負恃亦養育之義，故傳訓負爲恃，負之猶育之也。鄭君箋詩時，傳已誤恃爲持，遂以爲「負持而去」，失其義矣。

「題彼脊令」，傳：「題，視也。」箋：「題之爲言，視睇也。」瑞辰按：説文：「題，頟也。」傳訓視者，蓋以題爲𧡮字之假借。説文：「𧡮，顯也。」段玉裁曰：當作「㬎視」。廣雅：「𧡮，視也。」玉篇：「𧡮，視也，顯也。」廣韻十二齊、十二霽竝云：「𧡮，視也。」義與睼近，東都賦：「弦不睼禽。」説文：「睼，迎視也。」又通作諟，大學「顧諟天之明命」，鄭注：「諟或爲題。」小爾雅：「題，視也。」題亦𧡮之借字，其音義與睇異。説文：「睇，小衺視也。」鄭注周易亦曰：「旁視曰睇。」箋謂題同睇，非傳義也。

「交交桑扈，率場啄粟」，傳：「交交，小貌。桑扈，竊脂也。」箋：「竊脂肉食，今無肉而循場啄粟，失其天性，不能以自活。」瑞辰按：爾雅：「桑扈，竊脂。」郭注：「俗謂之青雀，觜曲，食肉，好盜脂膏，因名云。」淮南説林訓：「馬不食脂，桑扈不啄粟，非廉也。」是以竊脂爲竊脂膏，蓋漢人相傳之舊説。孔穎達左傳疏以竊脂爲淺白色，與夏扈竊玄、秋扈竊藍、冬扈竊黄、棘扈竊丹爲一類。邵晉涵爾雅正義駁之。今按孔説是也。夏扈、秋扈、冬扈、棘扈，於五色得其四，而無白。脂即白，詩所云「膚如凝脂」者，正言白也，竊脂爲淺白無疑。詩意以桑扈之率場啄粟爲有以自活，與塡寡之身罹岸獄爲失其所。箋乃以啄粟失其性，非詩義也。

「哀我塡寡」，傳：「塡，盡也。」箋：「可哀哉，我窮盡寡財之人。」瑞辰按：爾雅釋詁：「殄，盡也。」瞻卬詩「邦國殄瘁」，傳亦云：「殄，盡也。」知此傳訓塡爲盡者，正以塡爲殄之假借。釋文引韓詩塡作疹，云：「疹，苦也。」疹卽籀文胗字。說文：「胗，脣瘍也。籀文作疹。」廣雅：「胗，創也。」瘍、創皆病也。說文：「瘨，病也。」雲漢詩「胡寧瘨我以旱」，箋：「瘨，病也。」韓詩亦作疹。是塡、瘨、殄、疹，古並通用。箋訓塡爲窮盡，與韓詩訓疹爲苦，義正相近。廣雅：「苦，窮也。」「窮，貧也。」盡之爲窮又爲貧，猶空之爲盡又爲貧匱也。貧與病義亦相近，越語「疾疹貧病」，說文「疚，貧病也」是也。毛傳訓塡與殄爲盡，或疑不若訓病爲善。今按古盡字亦有病義。北山詩「或盡瘁事國」，瘁爲病，盡亦爲病。昭七年左〔一〕傳引作「憔悴」，憔、悴皆病也。哀公問「荒怠敖慢，固民是盡」，卽固民是病也。爾雅卒、殄同訓盡，而詩言「予口卒瘏」、「稼穡卒痒」、「下民卒癉」，以卒與瘏、痒、癉平列，瘏、痒、癉皆病，卒亦病也。知卒爲盡又爲病，則無疑於盡之爲窮又爲病矣。單獨爲寡，少財亦爲寡。易「君子以裒多益寡」，多謂富，寡卽貧也。箋訓寡爲寡財，則「塡寡」猶云貧病，正與扈之啄粟得食

〔一〕「左」字原脫，據本書文例補。

相反。

「宜岸宜獄」，傳：「岸，訟也。」箋：「仍得曰宜。可哀哉，我窮盡寡財之人，仍有獄訟之事，無可以自救。」瑞辰按：爾雅釋丘：「望厓洒而高，岸。」說文：「岸，水厓洒而高者。」此傳訓岸爲訟者，以岸爲犴字之假借。釋文引「韓詩作犴，云：『鄉亭之繫〔一〕曰犴，朝廷曰獄。』」其本字也。說文「豻，或从犬作犴」，引詩「宜犴宜獄」，又周禮「射豻侯」，注引詩「宜豻〔二〕宜獄」，竝从韓詩。獄从二犬，象所以守，犴爲野犬，亦善守，故獄又謂之犴。犴本爲獄，又訓爲訟，猶獄亦得訓訟也。二宜字皆且字形近之譌。說文：「且，薦也。」凡物薦之則有二層，故箋以仍字釋之。爾雅：「仍飢爲荐。」釋言又曰：「荐，再也。」說文：「荐，薦席也。」小爾雅：「仍，再也。」「薦，重也。」說文：「仍，因也。」荐、薦同音通用。訓且爲仍，猶說文訓且爲薦也。箋「仍得曰宜」，本蓋作「仍得曰且」；箋云「仍有獄訟之事」，猶云且有獄訟之事也。宜、且二字形近易譌。假樂詩「宜君宜王」，釋文本作「且君且王」，爲趙壹詩「且公且侯」所本。而正義本及釋文所引一本皆作「宜君宜王」，與此詩且譌爲宜正同。說文、鹽鐵論引詩皆誤作宜，賴有箋說可證其誤。若經本作宜，則箋不得訓爲仍。唐時經與箋均已譌且爲宜，正義因釋之

〔一〕「繫」原作「獄」，據說文改。

〔二〕「豻」原作「犴」，據續經解本及周禮射人鄭注改。

曰「在上謂之宜有此訟，宜有此獄」，誤矣。

「握粟出卜，自何能穀」，箋：「自，從。穀，生也。無可以自救，但持粟行卜，卜求其勝負，從何能得生。」瑞辰按：「握粟出卜」有二義。一謂以粟祀神。說文：「稰，祭具也。」繫傳曰：「楚辭：『懷椒糈〔一〕而要之。』糈，祭神之精米也，故字〔二〕从米。祭神，故从示。」南山經「糈用稌米」，淮南說山篇「巫用糈藉」，郭璞、高誘注竝曰：「糈，祭神之米名。」是也。一謂以粟酬卜。說文：「貞，卜問也。从卜，貝以爲贄。」繫傳引詩「握粟出卜」，云：「古者求卜必用貝。握粟，其至微者也。」說文又曰：「賫財卜問爲貶。从貝，疋聲。讀若所。」正與糈之讀所者同。山海經郭注：「糈，今江東音所。」是也。今按二義本自相通。蓋始用糈米以享神，繼卽以之酬卜。故墨子公孟子曰：「行爲人筮者，其精多也。」莊子人閒世亦曰：「鼓筴播精，足以食十〔三〕人。」史記日者列傳曰：「夫卜而有不審，不見奪糈。」蓋言卜雖不中，其祀神之米已付卜者，不復奪之也。粟與糈通稱。管子云「守龜不兆，握粟而筮者屢中」，猶左傳云「卜之不吉，筮之吉」，非以粟爲粗，異於糈爲精也。惠氏棟言「詩以貧者不得精鑿之米〔四〕貞於陽卜，而但持卷握

〔一〕「糈」，徐鍇說文繫傳（四部叢刊本）作「稰」，下「糈」字同。

〔二〕「字」，說文繫傳作「或」。

〔三〕「十」原作「卜」，據莊子改。

〔四〕「米」原作「卜」，據惠棟九經古義毛詩古義下改。

之粟求兆於豬肩羊膊」，非詩義也。爾雅：「穀，善也。」廣雅：「吉，善也。」「自何能穀」猶云從何能得吉卜耳。箋訓穀爲生，失之。惠氏云「雖得吉卜，安得爲善」，亦非。

## 小弁

「弁彼鸒斯」，傳：「弁，樂也。鸒，卑居；卑居，雅烏〔一〕也。」瑞辰按：說文：「昪，喜樂皃。」傳以弁爲昪之假借，故訓爲樂。弁音同盤。釋詁、詩序竝曰：「般，樂也。」般亦昪之假借。朱子集傳：「弁，飛拊翼貌。」則讀弁如「拚飛維鳥」之拚。今按毛傳是也。下云「歸飛提提」，始爲飛貌，則上「弁彼鸒斯」，宜指樂言，且與下「我獨于罹」正爲憂樂相反。小弁，漢書杜欽傳引作小卞，卞卽弁之變文，猶抃舞之忭卽拚字之變也。爾雅釋鳥：「鸒斯，鵯居。」郭注：「雅烏也。小而多羣，腹下白。」又：「燕烏，白脰烏。」郭注：「脰，頸。」小爾雅：「純黑而反哺者謂之烏，小而腹下白，不反哺者謂之雅烏，白項而羣飛者謂之燕烏。」又曰：「雅烏，鸒也。」是皆以雅烏爲鸒。據爾雅又曰「與，鵛鷋」，郭注「未詳」，釋文「與，孫、樊本作鸒」，玉篇「鸒，頸鷋」，鷋爲白義，讀與詩「有女如荼」同，頸鷋卽爲頸白也，則鸒當爲燕烏。禽經云：「燕烏反哺，白頸不祥。」是白頸爲不孝烏，詩故以起興。蓋以烏之不孝者猶得羣聚而歸飛，今宜

〔一〕「烏」原作「鳥」，據詩毛傳改。

白獨以無辜而見放，此小弁之所以爲怨也。

「歸飛提提」，傳：「提提，羣貌。」正義：「此鳥性好羣聚，故云『提提，羣貌』。」羣下或有飛，亦衍字。定本、集注本並無飛字。」瑞辰按：正義引或本作「羣飛貌」，是也。魏都賦「𦐇𦐇精衛」，李善注：「𦐇𦐇，飛貌也。」說文：「翄，翼也。或作𦐇。」廣韻：「翄翄，飛貌。」𦐇、翄同字，提提卽𦐇𦐇之假借，承「歸飛」言之，其爲飛貌無疑。

「踧踧周道」，傳：「踧踧，平易也。」瑞辰按：說文：「踧，行平易也。」引詩「踧踧周道」。義本毛詩。說文又曰：「㣙，行㣙㣙也。」音義與踧踧同。至爾雅釋訓「儵儵、嘒嘒，罹禍毒也」，儵儵當从樊光本作攸攸。或以儵儵爲此詩踧踧之異文者，非也。

「惄焉如擣」，傳：「擣，心疾也。」釋文：「擣，本或作⿸疒壽，同。韓詩作疛，除又反，義同。」瑞辰按：呂氏春秋盡數篇「鬱處腹，則爲張爲疛」，高誘注：「疛，跳動也。」說文：「疛，心腹病也。一本作「小腹痛也」。从疒，肘省聲。讀若紂。」廣雅：「疛，病也。」玉篇、廣韻竝云：「疛，心腹疾也。」⿸疒壽，同。」是疛、⿸疒壽同字。毛詩作擣，乃疛及⿸疒壽之假借。正義引說文：「擣，手椎。一曰，築也。」釋文以爲似物擣心，失之。又按爾雅：「逐，病也。」古逐讀如冑，與疛同音，逐亦疛字之假借。

「疢如疾首」，箋：「疢，猶病也。」釋文：「疢，勑覲反。又作疹，同。」瑞辰按：說文：「疢，熱病也。从火，从疒。」詩蓋借以爲煩熱之稱。「如疾首」始言病，是不以「疢」爲病也。小宛釋文引韓詩：「疹，苦也。」疢與疹同耳。疾首謂頭痛，頭痛多煩熱，故疢疾似之。成十三年左傳「斯是用〔一〕痛心疾首」，以疾首與痛心對文，則疾首猶言首疾耳。又按疹爲胗字籀文。釋文言「疢本作疹」者，同音假借字。又按孟子曰：「人之有德慧術智者，恆存乎疢疾。」下言「孤臣孽子」，趙注：「此卽人之疢疾。」是疢疾爲孤危之稱，與宜臼之遭放逐者正相類，故詩以疢疾自喻其憂。或疑孟子所云疢疾卽本此詩。

「維桑與梓，必恭敬止」，傳：「父之所樹，己尚不敢不恭敬。」瑞辰按：甘棠美召伯，思其人，因愛其樹也。桑梓懷父母，覩其樹，因思其人也。故上言「必恭敬止」，下卽繼以「靡瞻匪父，靡依匪母」，記所云「見似目瞿」也。至後世以桑梓爲故里之稱，崔應榴曰：「張衡南都賦：『永世克孝，懷桑梓焉。真人南巡，覩舊里焉。』後人相沿，遂以桑梓爲故里。按范甯穀梁傳『古者公田爲居』注：『損其廬舍，家作一園以種五菜，外種楸桑以備養生送死。』舊五代史王建立曰：『桑以養生，梓以送死。』此桑梓必恭之義也。」今按南都賦「永世克孝，懷桑梓焉」，其義仍本毛傳。以桑梓爲父母所樹，故有「永世克孝」之文，而父母樹桑梓必在鄉里所居之宅，此又可以義推，故通以爲鄉里之稱。後漢書宣秉傳「父母之國，所宜盡禮」，注引詩「維桑與梓，必恭敬止」，正以桑梓爲父母之國。

〔一〕「是用」原作「用是」，據左傳乙正。

「我辰安在」，傳：「辰，時也。」箋：「此言我生所值之辰，安所在乎。謂六物之吉凶。」正義引昭七年左傳：「晉侯謂伯瑕曰：『何謂六物？』對曰：『歲、時、日、月、星、辰，是謂也。』」瑞辰按：左氏傳：「日月之會，是謂辰。」又周禮大宗伯注：「星謂五緯。」疏：「辰即二十八星也。」蓋日月所會，於二十八宿各有所值之辰，故日月所會爲辰，二十八宿亦爲辰。人生時月宿所值，星吉則人亦吉，星凶則人亦凶。韓退之詩云：「我生之辰，月宿南斗，牛奮其角，箕張其口。」義本此詩。辰當指月宿所值之星而言，非兼言六物也。

「萑葦淠淠」，傳：「淠淠，衆也。」瑞辰按：廣雅：「淠淠，茂也。」說文：「𣎵，草木盛𣎵𣎵然。讀若輩。」淠淠當爲𣎵𣎵之假借。又：「⿱𣎵畀，草木⿱𣎵畀孛之皃。从𣎵，畀聲。」淠又與⿱𣎵畀孛義亦近。又淠、茷聲近而義同。說文：「茷，草葉多。」淠淠猶茷茷也。茷茷或作旆旆，生民詩：「荏菽旆旆。」廣雅：「芾芾，茂也。」義竝與淠淠同。

「維足伎伎」，傳：「伎伎，舒貌。」箋：「足〔一〕伎伎然舒者，留其羣也。」瑞辰按：說文：「蚑，徐行也。凡生之類，行皆曰蚑。」傳蓋以伎伎爲蚑蚑之假借，故訓爲舒。但據釋文，伎本又作跂。白帖引詩正作「維足跂跂」。漢書東方朔傳：「跂跂脈脈善緣壁。」淮南子高注：「跂跂，行也。」又通作䞚，說文：「䞚，一曰，行皃。」玉篇：「䞚䞚，鹿走也。」又曰：「行皃。」廣雅：

〔一〕「足」字原脱，據此詩鄭箋補。

「趚趚，行也。」又通作跂，字林：「跂跂，飛行貌。」是伎伎實速行之貌。爾雅：「鹿，其迹速。」説文：「速，疾也。」大戴夏小正「鹿人從」，傳云：「鹿之養也，離羣而善之。」離與麗通，趚與之疊韻，善之卽善走也。説文：「麗，旅行也。鹿之性，見食急則必旅行。」皆鹿羣萃善行之證。詩言「維足伎伎」，蓋言鹿善從其羣，見前有鹿則飛行以奔之，與雉求其雌取興正同。徐璈謂伎伎卽奔貌，與余説合。傳訓爲舒貌，失之。

「雉之朝雊」，箋：「雊，雉鳴也。」瑞辰按：雊與呴通，史記殷本紀正義引詩「雉之朝呴」。説文：「雊，雄雌鳴也。雷始動，雉鳴而句其頸。」按説文以雊爲雄雌鳴者，特以詩云「尚求其雌」而系諸雄，猶邶風「有鷕雉鳴」亦以下言求牡而系諸雌也，其實雌雄鳴通得稱雊。鄭注月令及箋詩竝曰：「雊，雉鳴也。」不別雌雄，是也。潘安仁賦「雉鷕鷕而朝雊」，亦渾言之。顏延年、顏之推竝以潘爲誤用，失之迂矣。

「譬彼壞木，疾用無枝」，傳：「壞，瘣也，謂傷病也。」箋：「太子放逐而不得生子，猶內傷病之木，內有疾，故無枝也。」瑞辰按：爾雅釋木：「瘣，木苻婁。」郭注：「謂木病尫傴癭腫，無枝條。」説文：「瘣，病也。」引「詩：『譬彼瘣木。』一曰，腫旁出也。」考工記「旁不腫」，注：「腫，瘣也。」木癭腫卽是內病，毛傳謂傷病者，當〔一〕卽指癭腫言。説文及樊光爾雅注引詩作「瘣

〔一〕「當」原作「常」，據文義改。

木」者，蓋从三家詩用本字，毛詩則以壞爲瘣字之假借。壞、瘣雙聲，故通用。猶秋官「三槐」注「槐之言懷」，亦取雙聲爲義也。段玉裁疑今毛傳壞、瘣二字互譌，昧古文假借之恉矣。

「相彼投兔，尚或先之」，箋：「相，視。投，掩也。視彼人將掩兔，尚有先敺走之者。」瑞辰按：投、度雙聲，投之言度也。縣詩「度之薨薨」，箋：「度，猶投也。」韓詩：「度，填也。」說文：「𢾺，閉也。或作剫。」廣雅：「⿰土度，塞也。」字通作杜，賈逵左傳注：「杜，塞也。」凡兔皆自作徑途，人張罝以掩覆之，必塞其路，故箋謂投兔卽掩兔。朱子集傳以投兔爲投人之兔，非也。廣雅：「先，始也。」義與開近。禮記「有開必先」，先卽所以開之也。開創謂之先，開放亦謂之先，先之卽開其所塞也。先字从儿之會意，說文：「之，出也。」出之亦開之也。箋以爲先驅走之，集傳以爲先脫之，皆由不知先卽爲開，故必增成其義以釋之耳。

「伐木掎矣」，傳：「伐木者掎其巔。」瑞辰按：說文：「掎，偏引也。」字通作犄，左傳「辟如捕鹿，晉人角〔一〕之，諸戎犄之」，杜注：「謂犄其足也。」釋文：「犄，從後牽也。」又通作猗，七月詩「猗彼女桑」，傳：「角而束之曰猗。」猗者，掎之借字。今伐木者欋其猝踣，其木杪多用繩以牽曳之，卽伐木掎巔之遺制。

〔一〕「角」原作「逐」，據左傳襄公十四年改。

「析薪扡矣」，傳：「析薪者隨其理。」瑞辰按：扡，唐石經作杝，張參五經文字杝字今本作柂，誤。注云：「又音褫。見詩小雅。」玉篇引詩亦作杝。說文有杝無扡，今本作扡者誤。杝之言迤也，謂隨木理之衺迤而析之也。說文：「迻迤，衺去皃。」又曰：「迤，衺行也。」衺行謂之迤，衺斫謂之杝，其義一也。杝即迤之借字，字通作施。孟子趙注：「施者，邪施而行。」正義亦曰：「扡者，施也。」此詩又以爲「漸相施及」，則非其義。說文：「槎，衺斫也。」槎與杝亦音近而義同。

「君子無易由言」，箋：「由，用也。王無輕用讒人之言。」瑞辰按：爾雅釋詁：「繇，於也。」繇、由古通用。抑詩「無易由言」，箋：「由，於也。」此詩「無易由言」正當與之同義，戒君子無易於言也。梁周興嗣千字文曰：「易輶攸畏，耳屬垣牆。」義本此詩，三家詩當有作「無易輶言」者，亦由之同聲假借，猶繇之借作猷也。

## 巧言

「亂如此憮」，傳：「憮，大也。」瑞辰按：憮者，幠之假借。爾雅釋詁：「幠，大也。」郭注引詩「亂如此幠」。說文：「幠，覆也。」覆與大義正相成。爾雅釋言：「憮，傲也。」傲者大義之引伸，字亦以作幠爲正。唐石經、相臺本並作幠，用本字；明監本、毛本作憮者，假借字。若憮之本義，則方言、説文竝訓爲愛。下文「昊天太憮」，亦憮之借字。

「僭始既涵」，傳：「僭，數。涵，容也。」箋：「僭，不信也。既，盡。涵，同也。王之初生亂萌，羣臣之言不信，與信盡同之，不別也。」瑞辰按：僭，从傳訓數爲允。據釋文云「僭，毛側蔭反」，傳蓋以僭爲譖之假借。説文：「譖，愬也。」「讒，譖也。」愬、數義近，數當讀如左傳「數之以其不用僖負羈」之數，謂數其過而愬之也。焦循讀數如「事君數」之數，失之。涵，亦从傳訓容爲允，謂言未信而姑容之也。涵、咸古同聲通用，韓詩作減者，咸之假借。章句訓爲減少，失之。又按一切經音義卷五引詩「譖始既涵」，是僭即譖之證。

「君子如祉」，傳：「祉，福也。」箋：「福者，福賢者。謂爵禄之也。」瑞辰按：祉與怒相對成文，从朱子集傳訓喜爲是。宣〔一〕十七年左傳：「范武子將老，召文子曰：『燮乎！吾聞之：喜怒以類者鮮，易者實多。詩曰：「君子如怒，亂庶遄沮。君子如祉，亂庶遄已。」君〔二〕子之喜怒，以已亂也。』」正訓祉爲喜。福與喜義本相通。爾雅：「禔，福也。」又曰：「禔，喜也。」郭注：「有福即喜。」祉之爲福又爲喜者，猶禔之訓福又訓喜耳。爾雅又曰：「禧，福也。」禧亦通作喜。莊子讓王〔三〕篇「時祀謹敬而不祈喜」，祈喜即祈福也。喜可訓福，則知祉爲福，亦

〔一〕「宣」原作「昭」，據左傳改。
〔二〕「君」上原有「言」字，據左傳删。
〔三〕「王」原作「玉」，據續經解本及莊子改。

可訓喜矣。

「亂是用餤」，傳：「餤，進也。」瑞辰按：說文無餤有啖，云：「啖，噍啖也。一曰，噉。」玉篇、廣韻皆正作噉，云：「啖，同〔一〕。」是噉、啖一字。餤蓋亦啖字之别體。爾雅釋詁：「餤，進也。」龍龕手鑑引舊注云：「餤，甘之進也。」荀子王霸篇「啖啖常欲人之有」，注：「啖啖，并吞之貌。」是啖本甘食貪噉之貌，引伸其義爲進。詩「亂是用餤」正承上「盜言孔甘」言之，故以啖食爲喻耳。釋文：「餤，沈音談。」啖、談雙聲，沈重蓋亦讀餤爲啖。表記釋文引詩徐本作「亂是用鹽」，蓋本三家詩。

「匪其止共，維王之邛」，箋：「邛，病也。小人好爲讒諂，既不共其職事，又爲王作病。」瑞辰按：釋文：「共，音恭，本又作恭。」韓詩外傳引詩正作「匪其止恭」。止共二字平列，與詩言靖共、敬恭、虔共，句法正同。荀子不苟篇曰：「見由則恭而止。」楊倞注：「止，禮也。」止共謂止而恭，猶荀子言「恭而止」也。詩言長亂之時，羣臣非其止恭，適足爲王病耳。禮記鄭注言「臣不止于恭敬」，失之。

「秩秩大猷」，傳：「秩秩，進知也。」瑞辰按：爾雅釋訓：「條條、秩秩，智也。」此傳義所本。釋訓又曰：「秩秩，清也。」義與知近。字通作戴，說文：「戴，大也。从大，𢦏聲。讀若詩『戴

〔一〕「同」原作「向」，據續經解本改。玉篇、廣韻均作「同上」。

戴大猷」。」古秩、程同聲通用，堯典「平秩」，史記五帝紀作「便程」。廣雅：「秩，程也。」是其類也。說文：「⿺走戴，走也。从走，戴聲。讀若詩『威儀秩秩』。」亦秩、程同聲之證。秩秩與大猷連文，卽狀其猷之大皃。猶商頌〔一〕「有秩斯祜」，祜爲大福，秩亦大貌也。

「聖人莫之」，傳：「莫，謀也。」釋文：「莫，如字。又作漠，同。本又作謨。」爾雅漠、謨同訓謀。莫協韻爲勝。」瑞辰按：說文：「謨，議謀也。」毛傳謂莫卽謨之省借。漢書注引詩「秩秩大繇〔二〕，聖人謨之」。班固幽通賦「謨先聖之大猷兮」，曹大家注：「謨，謀也。」正用此詩。蓋皆本韓詩也。據釋詁「謨，僞也」，邵晉涵讀僞爲作爲之爲，爲與行同義，則莫、謨皆當訓爲，與上言「君子作之」同義。廣雅「莫，漠也」，又以莫爲漠之借字。爾雅釋言：「漠、察，清也。」郭注：「皆清明。」漠與謨義亦相成。

「予忖度之」，瑞辰按：說文無忖字，忖度卽刌劑之假借。說文：「刌，切也。」「劑，判也。」廣雅：「刌，斷也。」漢書元帝紀：「分刌節度。」忖度謂代爲判斷之，如切物之度其長短也。玉藻「瓜祭上環」，鄭注：「上環，頭忖也。」釋文：「忖，本又作刌，切也。」是忖卽爲刌之證。古亦省作寸，此詩釋文「忖，本又作寸」，漢書律曆志「寸者，忖也」是也。爾雅「木謂之劑」，郭注

〔一〕「頌」字原脫，據文義補。按「有秩斯祜」見商頌烈祖。

〔二〕「繇」，續經解本改作「猷」。按漢書敍傳注引作「繇」，繇與猷通，不當改。

引左傳「山有木，工則劐之」，今左傳作度，是度卽爲劐之證。

「躍躍毚兔」，傳：「毚兔，狡兔也。」瑞辰按：蒼頡解詁曰：「毚兔，大兔也。」説文：「毚，狡兔也。兔之駿者。从㲋兔。」駿亦大也。廣雅：「狡，健也。」義與大近。傳訓毚兔爲狡兔，蓋亦以爲大兔。毚从㲋兔，説文：「㲋，似兔，青色而大。」故毚亦爲大兔。許君旣从毛傳訓狡兔，又云「兔之駿者」，恐人誤以狡爲狡猾也。戰國策曰：「東郭逡者，海内之狡兔也。」狡兔亦謂大兔。正義謂「大兔必狡猾」，失之。躍躍，韓詩作趯趯，云：「趯趯，往來之貌。」易林「狡兔趯趯，犬良逐咋」，正本韓詩。

「遇犬獲之」，箋：「遇犬，犬之馴者，謂田犬也。」正義：「遇非犬名，故王肅云適與犬遇而見獲。」釋文：「遇，如字。世讀作愚，非也。」盧氏文弨曰：「讀作愚蓋是鄭義，不得以爲非。」焦氏循曰：「如字者，毛義也。讀愚者，鄭義也。以爲非者，非鄭而是毛也。」瑞辰按：遇犬蓋田犬之名。鄭以爲「犬之馴者」，馴，順也，善也，二義均見廣雅。馴犬猶言良犬。是鄭未嘗讀遇爲愚，故釋文以世讀愚爲非，非以鄭爲非也。爾雅釋文引廣雅，以殷虞爲良犬名，蓋謂殷之良犬名虞，猶晉獒、韓盧之比。犬之大者名獒，虞亦大也。虞、遇雙聲，遇當卽虞之假借，故鄭知其爲犬之馴者，又以爲田犬也。虞、吾古同音，騶虞，山海經、墨子竝作騶吾。虞之借作遇，猶梧丘之訓爲遇丘也。爾雅：「當途，梧丘。」舊疏：「梧言遇也。當道有丘，若相遇然。」又尸子「五尺犬爲猶」，猶與遇亦雙聲。正義昧於古字通借，故謂遇非犬名耳。毛於遇犬無傳，讀如字者乃王肅述毛之義，未必遂於毛義有當，焦循以爲毛義，亦非也。曾釗曰：「遇與毚對。傳以狡訓毚，則遇卽愚之假借。老子『將以愚之』，王注：『愚謂無知守真，順自然也。』是愚本有馴順之義。素問精微論曰：『請問有毚愚樸漏之問。』是毚與愚古恆對舉之證。莊子則陽篇『匿爲物而愚不識』，釋文：『愚，本又作遇。』愚、遇二字古通用。」

「荏染柔木」，傳：「荏染，柔意也。柔木，椅、桐、梓、漆也。」箋：「此言君子樹善〔一〕木，如人心思數善言而出之。」瑞辰按：荏染二字雙聲。荏者，栠之假借。說文：「栠，弱皃。」又與恁同，廣雅恁、栠竝云「柔也」，又曰：「恁，弱也。」染者，冄之假借。說文：「冄，毛冄冄也。」段玉裁曰：「冄冄者，柔弱下垂之皃。」說文又曰：「姌，弱長皃。」亦从冄會意。傳以柔木爲椅、桐、梓、漆，而箋以善木申釋之，蓋讀柔如「柔嘉維則」之柔，柔卽善也，非泛言柔弱之木。

「君子樹之」，瑞辰按：樹者，尌之假借，說文：「尌，立也。」又讀與侸、豎同，說文：「侸，立也。讀若樹。」又曰：「豎，立也。」鄉射禮「君國中射則皮樹中」，注：「今文皮樹爲繁豎。」是樹、豎通用之證。廣雅：「樹，立也。」亦假借字。樹之謂植立之也。

「往來行言」，箋：「善言者，往亦可行，來亦可行，於彼亦可，於此亦可，是之謂行也。」瑞

〔一〕「善」下原重一「善」字，據此詩鄭箋刪。

辰按：爾雅釋詁：「行，言也。」郭注：「今江東通謂語爲行。」是行言二字平列而同義，猶云語言耳。箋以往來皆可行爲行言，失之。

「蛇蛇碩言」，傳：「蛇蛇，淺意也。」箋：「碩，大也。」瑞辰按：蛇蛇卽訑訑之假借。孟子「則人將曰訑訑」，趙注：「訑訑者，自足其智，不嗜善言之貌。」音義引張氏曰：「訑訑，蓋言辭不正，欺罔于人，自誇大之貌。」廣雅：「詑，欺也。」玉篇：「訑，詭言也。」燕策：「寡人甚不喜訑者言也。」竝以訑爲詭言欺人。重言之則曰訑訑。古也與它通，說文：「沇州謂欺曰詑。」詑卽訑也。字亦作虵，呂氏春秋重己篇〔一〕高誘注引詩「虵虵碩言」，虵虵〔二〕蓋大言欺世之貌。

「無拳無勇」，傳：「拳，力也。」瑞辰按：拳者，捲之假借。說文：「捲，气勢也。」引國語曰「有捲勇」。捲或作⿰扌雚，盧令箋：「鬈當爲⿰扌雚。毛本作權，係譌寫。⿰扌雚，勇壯也。」據張參五經文字權字注云「從手者，古拳握字」，是⿰扌雚亦拳字之異體。捲、⿰扌雚聲同，則義亦同，猶說文訓⿰弓雚爲弓曲，正與拳曲字音義同也。又按說文：「奰，大貌。从大，𠹌聲。或曰，拳勇字。」是捲勇字古又作奰。說文：「𠹌讀若書卷之卷。」捲从卷聲，與𠹌讀同，故或通用。韋昭注國語曰：「大勇曰拳。」亦與奰訓大貌義合。捲亦爲勇，古人不嫌語複，猶之「無罪無辜」，辜亦爲罪耳。

〔一〕重己篇原作貴公篇，據呂氏春秋改。

〔二〕「虵虵」二字原脫，據續經解本補。

「職爲亂階」，箋：「職，主也。」瑞辰按：職、識古通用。荀子「若天之嗣，其事不可識」，卽大戴禮「若天之司，莫之能職」。職當訓爲適，猶識之訓爲適也。成十六年左傳「識見不穀而趨」，王觀察曰：「言適見不穀而趨也。晉語作『屬見不穀而趨』，韋注曰：『屬，適也。』」適，祇也。言祇爲亂階耳。

「既微且尰」，傳：「骭瘍爲微，腫足爲尰。」瑞辰按：爾雅：「骭瘍爲微，腫足爲尰。」傳義所本。相臺本、毛本傳均作「骭瘍爲微」，是也。釋文：「瘍，本或作傷。」蓋形近之譌。爾雅釋文云：「微，字書作癓。三倉云：足創。」字有脫誤。據廣韻引三倉云「癓，足上創」，蓋謂足以上之創，與爾雅「骭瘍爲微」正合。邵氏晉涵謂三倉不辨骭之所在，誤矣。說文：「瘇，脛气足腫。」引詩「既微且瘇」，又曰籀文作尰。一切經音義引通俗文曰：「腫足曰瘇。」廣雅：「尰，腫也。」是瘇、瘇、尰、尰竝同字。今作尰者，籀文也。

「爲猶將多」，箋：「猶，謀。將，大也。女作讒佞〔一〕之謀大多。」瑞辰按：猷、猶古通用。方言：「猷，詐也。」廣雅：「猶，欺也。」「爲猶將多」言其爲欺詐且多也，將猶且也。箋訓將爲大，失之。

「爾居徒幾何」，箋：「女所與居之衆，幾何人素能然乎！」瑞辰按：居爲語助辭，讀與「日居月諸」、「以居徂向」、「上帝居歆」竝同。王尚書釋詞曰：「居，詞也。」十月之交曰：「擇有車馬，以居徂向。」

〔一〕「佞」原作「吝」，據續經解本及鄭箋改。

居，語助，言擇有車馬以徂向也。生民曰：「其香始升，上帝居歆。」居亦語助，「上帝居歆」，上帝歆也。「爾居徒幾何」即言爾徒幾何也。箋訓居處之居，失之。

## 何人斯

「爾之安行，亦不遑舍；爾之亟行，遑脂爾車。」箋：「遑，暇。亟，疾也。女可安行乎，則何不暇舍息乎？女當疾行乎，則又何暇脂女車乎？」瑞辰按：安行對疾行言，即緩行，猶戰國策「安步以當車」即緩步也。脂音支，即支字之假借。支與榰通。爾雅：「榰，柱也。」楚詞王逸注：「軔，榰車木也。」玉篇：「軔，礙車輪木。」節南山詩「維周之氐」，箋云：「氐當爲桎鎋之桎。」釋文：「桎，礙也。」軔所以支車使止，「脂爾車」即榰爾車，亦以軔支而止也。詩蓋言爾之緩行且不遑舍息，爾之急行豈暇榰爾車以止之。遑正言不遑也。舊訓脂車爲膏車，失其義矣。膏車所以行，非所以止也。

「我心易也」，傳：「易，說也。」釋文：「易，韓詩作施。施，善也。」瑞辰按：易、施古音不同部，而義近。皇矣詩「施于孫子」，箋：「施，猶易也。」易繫詞上「辭有險易」，京房注：「易，善也。」凡相善即相說，毛、韓義正相成。而以與知、祇韻，則毛詩作易爲協。書盤庚「不惕予一人」，白虎通引作「不施予一人」，亦易、施通用之類。

「否難知也」，箋：「否，不通也。反又不入見我，則我與女情不通，女與於譖我與否復難知也。」瑞辰按：箋讀經文否字如否塞之否，義甚迂曲。今按否猶不也，蓋語助詞，「否難知」言難知也。詩蓋謂還而不入，則其情叵測難知。朱子集傳但曰「爾之心我不得而知矣」，不釋經文否字，蓋亦以否爲語詞。

「俾我祇也」，傳：「祇，病也。」箋：「祇，安也。」瑞辰按：傳以祇爲疷之假借，箋以祇爲禔之假借。此承「壹者之來」言之，當以箋義爲允。易坎六五「祇既平」，京房易作禔，說文「禔，安福也」，亦引易作「禔既平」，是祇、禔古通用之證。

「出此三物」，傳：「三物，犬、豕、雞也。民不相信則盟詛之，君以豕，臣以犬，民以雞。」瑞辰按：許愼五經異義引韓詩說云：「盟牲所用，天子諸侯以羊、豕，大夫以犬，庶人以雞。」其所云「天子諸侯以羊、豕」者，蓋謂或以羊，或以豕，否則與詩言「三物」不合。左傳「鄭伯使卒出豭，行出犬、雞，以詛射潁考叔者」，及此詩出此三物以詛，皆三物竝用，而毛、韓詩皆爲辨其等級，則詛之所用惟一牲耳。又按穀梁僖九年集解引鄭君曰：「盟牲，諸侯用牛，大夫用豭。」而此詩正義引鄭君駁異義云：「詩說及鄭伯使卒及行所出，皆謂詛耳，小於盟也。」是詩「三物」專言詛。毛傳通言盟詛者，盟與詛亦散言則通，對言則異。

「爲鬼爲蜮」，傳：「蜮，短狐也。」瑞辰按：東京賦「況鬾蜮與畢方」，文選李善注引「漢舊儀曰：『魊，鬼也。』魊與蜮古字通。昔顓頊三子，一居若水，爲魍魎蜮鬼。」是蜮爲鬼別名，故不可得見。詩於一物而異名者，每多竝舉，不嫌其詞之複也。至說文「蜮，短弧也，似鼈，三足，目氣射害人」，博物志以爲甲類，陸氏佃、羅氏願皆曰「口中有横物如角弩」，故一名射工，亦呼水弩，此固非不可得見者，不與鬼相類也。

「有靦面目」，傳：「靦，姡也。」箋：「使女爲鬼爲蜮也，則女誠不可得見也；姡然有面目，女乃人也，人相視〔一〕無有極時，終必與女相見。」正義：「『靦，姡』，釋言文。孫炎曰：『靦，人面姡然。』說文曰：『靦，面見人。』『姡，面靦也。』然則靦與姡皆面見人之貌。」瑞辰按：今本說文作「靦，面見也」。據爾雅釋文引舍人云「靦，擅也，一云，面貌也」，吴語「余雖靦然而人面哉」，韋注「靦，面目之貌也」，說文「面見」當爲「面皃」形近之譌，詩正義引說文「面見人」當作「人面皃也」爲允。段玉裁从詩正義改作「面見人也」，亦誤。至今本說文「姡，面醜也」，當从詩正義引作「面靦」爲正。爾雅釋文引孫、李曰：「靦，人面姡然也。」是靦與姡皆人面之貌，作「醜」者形近之訛。又說文：「䀮，讀若書卷之卷。古文以爲靦字。」大徐本靦譌作醜，是亦醜、靦易譌之證。後人據說文誤本姡訓面醜，因以靦爲面慙貌，失之。

「視人罔極」，箋：「人相視無有極時。」瑞辰按：古示字多借作視。極，中也。「視人罔

〔一〕「視」字原脫，據此詩鄭箋補。

極」謂示人以罔中，即下文所謂「反側」也。

## 巷伯

序：「巷伯，刺幽王也。寺人傷于讒，故作是詩也。」箋：「巷伯，奄官。寺人，內小臣也，奄官〔一〕上士四人。」瑞辰按：毛氏注疏本如此。據正義云：「此經無『巷伯』之字〔二〕，而名篇曰巷伯，故序解之曰：『巷伯，奄官。』」是「巷伯，奄官」四字本爲序文，今誤入鄭箋中。正義又云：「定本無『巷伯，奄官』四字，于理是也。」是正義本序有此四字，定本無之。但考箋云：「巷伯，內小臣也，車鄰正義引巷伯箋云：「巷伯，內小臣也。」足證今本作「寺人，內小臣」之誤。奄官上士四人。」正釋序「巷伯，奄官」四字，正義以定本無四字爲是，其説非也。正義又云：「官下有兮，衍字。」亦非。古兮、也二字形近，蓋序本作「巷伯，奄官也」，傳寫者譌爲兮耳。周官：「內小臣，奄上士四人。」「寺人，王之正內五人。」是內小臣與寺人有別，故鄭據之，分巷伯與寺人爲二。序箋：「巷伯，內小臣也。」「寺人孟子」箋：「寺人，王之正內五人。」皆本周官爲説。月令「仲冬，命閹尹申

〔一〕「奄官」，阮元毛詩注疏校勘記引段玉裁云：「官字衍。」本書下文引周官「內小臣，奄上士四人」（見天官序官），亦無「官」字。

〔二〕「字」原作「名」，據此詩正義改。

宮令，謹門閭」，蔡邕月令章句作「門闈」。月令問荅曰：「閹尹者，内官也。主宮室，出入宮中。宮中之門曰闈，閹尹之職也。閭里門非閹尹所主，知當作闈也。」據此，知巷伯爲奄士，即司宮者。襄九年左傳「令司宮巷伯儆宮」，正謂司宮巷伯爲一。王肅云：「伯，長也。是宮〔一〕内門巷之長。」其說是也。杜注分而二之，云：「司宮，奄官。巷伯，寺人。」誤矣。集傳亦誤以巷伯爲寺人，蓋宋本鄭箋已誤作「寺人，内小臣也」，故集傳又以寺人爲内小臣，不知此箋乃釋序「巷伯，奄官也」之義，不得作寺人。且箋釋巷伯又云：「與寺人之官相近。讒人譖寺人，寺人又傷其將及巷伯，故以名篇。」則寺人非即巷伯明矣。漢書古今人表以寺人孟子爲厲王時人，此與以皇父等七人同爲厲王時人，蓋皆本魯詩之說。

「萋兮斐兮」，傳：「萋斐，文章相錯也。」瑞辰按：萋、斐二字疊韻。萋者，緀之假借。釋文：「斐，本或作菲。」又斐之假借也。説文：「緀，帛文皃。」各本作「白文」，誤，此依段本从韻會。引詩「緀兮斐兮」。又曰：「斐，分別文也。」玉篇：「緀，文貌。」廣韻：「緀斐，文章相錯貌。」竊疑毛傳本作「萋斐，文章相錯貌」，爲廣韻所本。今作「也」者，形近之譌。

「哆兮侈兮，成是南箕」，傳：「哆，大貌。南箕，箕星也。侈之言，是必有因也。」箋：「箕星哆然，踵狹而舌廣。今讒人之因寺人之近嫌而成言其罪，猶因箕星之哆而侈大之。」瑞辰

〔一〕「宮」原作「官」，據孔穎達左傳正義引王肅說改。

按：傳、箋皆先解哆而後釋侈，此經文上哆下侈之證。王伯厚言崔集注作「侈兮哆兮」，臧玉林據說文，本或作「侈兮哆兮」者，皆誤倒也。說文：「哆，張口也。」哆通作誃。爾雅：「誃，離也。」郭注：「誃，見詩。」即詩「哆兮」之異文。邢疏謂詩「侈兮」之異文，段玉裁疑詩「析薪扡矣」或作誃，俱誤。說文：「誃，離別也。讀若論語『跢予之足』。」跢，今論語作啟，與哆爲張口義近。張，開也；啟亦開也。故論語漆雕開一作漆雕〔一〕哆。王氏詩考又謂說文作「鉹兮哆兮」，以鉹爲侈之異文，則誤。說文鉹字注：「一曰，詩云『哆兮侈兮』。」繫傳作「一曰，若詩曰『侈兮』之侈。」是說文讀鉹若侈，擬其音，未嘗易其字也。說文：「奲，富奲奲皃。」玉篇丁可、充者二切，云「大寬也」，其充者與哆讀昌者切同，是哆義又同奲也。哆、侈二字疊韻。據公羊宣十年傳「婦人以衆多爲侈也」，何休注：「侈，大也。」又僖二十六年傳「侈也」，何休注：「侈猶大也。」釋文：「侈，昌爾反，又昌者反，大也。」昌者反即讀同哆，則哆亦通作侈矣。史記天官書：「箕主口舌。」故詩人以喻讒言，哆、侈皆狀箕星舌廣之貌，猶萋菲爲文章相錯貌。廣與大義近，廣雅㢋、奲竝訓大，奲、哆音同，㢋、侈義同。說文：「䣫，有大慶也。讀若侈。」又：「㢋，廣也。」廣亦大也。又：「袳，衣張也。」張亦大也。是哆、侈皆大貌耳。箋謂「因箕星之哆而侈大之」，說已迂曲；正義遂以哆爲踵之貌，侈爲舌之貌，則愈鑿矣。

〔一〕「雕」原作「開」，據續經解本改。

「誰適與謀」，箋：「適，往也。誰往就女謀乎。怪其言多且巧。」瑞辰按：一切經音義卷六引三蒼：「適，悦也。」盤庚「民不適有居」，猶云民不悦有居也。此詩蓋極言讒人之可惡，誰悦與之謀耳。故六章重言「彼譖人者，誰適與謀」，下即接言「投畀豺虎」云云，以極言其人之可惡也。

「緝緝翩翩」，傳：「緝緝，口舌聲。翩翩，往來貌。」瑞辰按：説文：「咠，聶語也。」引詩「咠咠幡幡」。又曰：「聶，附耳私小語也。」緝緝即咠咠之假借。翩翩，宜讀如周書「截截善諞言」之諞，諞、便疊韻。説文：「諞，便巧言也。」引論語「友諞佞」，今作「便佞」。玉篇：「諞，巧佞之言也。」廣韻：「諞，巧言。」諞諞猶便便也，翩翩即諞諞之假借。釋文：「翩，字又作扁。」亦省借字。詩言緝緝者，言之密也；翩翩者，言之巧也。傳以翩翩爲往來貌，失之。

「捷捷幡幡」，傳：「捷捷，猶緝緝也。幡幡，猶翩翩也。」瑞辰按：捷通作倢，方言：「宋楚之閒謂慧曰倢〔一〕。」注：「言便倢也。」廣雅：「辯、憭、捷，慧也。」釋訓又曰：「倢倢，憭也。」舊訛作「倢倢」〔二〕，此从王氏疏證本。捷捷蓋便給之貌。又通作諜，廣韻：「諜，多言也。」語便倢則言易多，義本相因。捷、唼同音，故漢書楊雄傳注引蘇林音引詩作「唼唼幡幡」。幡、便音近，幡幡即便

〔一〕「倢」原作「捷」，據方言改。

〔二〕「倢」原作「倢」，據王念孫廣雅疏證改。

便之假借，亦辯給也。

「既其女還」，傳：「還，去也。」箋：「還之言訕也。」瑞辰按：廣雅：「還，避也。」舊訛作「令」，此从王氏疏證定爲「還」。一切經音義引蒼頡篇：「避，去也。」傳訓還爲去，與避同義，「既其女還」謂終避而辭去之也。說文：「謝，辭去也。」廣雅：「謝，去也。」去有辭義，正與受爲對文。箋以還、訕同音，訓還爲訕，不若傳義爲允。

「驕人好好」，傳：「好好，喜也。」瑞辰按：爾雅釋訓：「旭旭，憍也。」卽詩好好之異文。好古通孜，从丑聲，與旭从九聲同，二字竝許九切，故通用。女曰雞鳴詩「旭日始旦」，釋文引說文：「旭，讀若好。」亦旭、好同音之證。郭注爾雅旭音呼老反，則讀近今音矣。

「勞人草草」，傳：「草草，勞心也。」瑞辰按：爾雅釋訓：「慅慅，勞也。」邢疏引詩「勞人草草」。是草草卽慅慅之異文。釋文：「慅，郭騷、草、蕭三音。」則慅又讀同離騷之騷，騷亦憂也。高誘淮南子注：「勞，憂也。」勞人卽憂人也。論語「樂驕樂」，驕義近樂。勞義同憂，傳言勞心者，卽憂心耳。

「作爲此詩」，箋：「作，起也。孟子起而爲此詩。」正義曰：「當云『作賦詩』。定本云『作爲此詩』。又定本箋有『作，起也』、『作，爲也』二訓，自與經相乖，非也。」釋文：「『作爲此詩』，一本云『作爲作詩』。」瑞辰按：釋文云「一本云『作爲作詩』」，段玉裁云：「爲字誤，當是『作而作詩』。」其説是也。正義曰「當云『作賦詩』」，亦當云「作而賦詩」，今本脱去「而」字耳。定本箋作有二訓，「作，起也」釋經文第一作字，「作，爲也」釋經文第二作字，故箋繼之曰「孟子起而爲此詩」，是經本爲「作而作詩」之證。正義以定本經既云「作爲此詩」，是其本經文止一作字，而箋乃有二作字之訓，故謂其「自與經相乖」，非謂箋不當有二訓也。據正義云「起發爲小人之更讒而作巷伯之詩」，是正義本舊爲「作而作詩」，今本「作爲此詩」乃後人誤从定本改耳。

# 毛詩傳箋通釋卷二十一

## 小雅

### 谷風

「維予與女」，箋：「當世之時，獨我與女爾。謂同其憂務。」瑞辰按：與當讀如小明詩「正直是與」及儒行「同弗與也」之與，與猶愛好之，小明箋「好，猶與也」是也。説文：「與，黨與也。从舁，从与。」黨當作攩，攩，朋羣也〔一〕。是與之本義謂相羣與，與棄對。言恐懼時獨我好女，以見昔之厚；安樂時女轉棄予，以見今之薄。又二章「寘予于懷」，見昔友之厚我，與上章「維予與女」，見昔我之厚友，亦爲相對成文。

「維風及頹」，傳：「頹，風之焚輪者也。風薄相扶而上，喻朋友相須而成。」瑞辰按：頹者，穨字之變體。説文：「穨，禿皃。」爾雅：「焚輪謂之穨。」字正作穨。玉篇有颹字，云「風

〔一〕「黨當作攩，攩，朋羣也」乃引説文段注語，疑其上當補「段注」二字。

皃」，當亦穨字之或體。正義引李巡曰：「焚輪暴風從上來降，謂之穨。穨，下也。」孫炎曰：「迴風從上下，曰穨。」皆以穨風謂從上而下。而此詩毛傳「風薄相扶而上」，似以穨爲自下而上之風，與孫、李異義。李黼平曰：「今世郭注釋穨云『暴風從上下』，釋焱云『暴風從下上』，義與李、孫同。而莊子逍遥遊〔一〕篇釋文、文選曹子建贈徐幹詩李善注引郭注釋扶摇，皆作『暴風从上下』，與今本不同。則郭注焚輪必爲『暴風從下上』，正可引以釋傳。今本郭注有誤。」今按李説是也。谷風爲和風，非有大力，必焚輪之自下而上者有以助之，始能相扶而上耳。又按爾雅「焚輪謂之穨」，釋文本作棼。趙氏坦曰：「焚當讀爲『鄭伯之車僨于濟』之僨。左氏襄二十四年傳『象有齒，以焚其身』，釋文引服虔云：『焚讀曰僨。僨，僵也。』風之大者足以翻車，故曰焚輪。焚与棼皆假借字。」

「維山崔嵬」，傳：「崔嵬，山巔也。」瑞辰按：崔嵬疊韻字，當卽厜㕒之假借。説文「厜㕒，山巔也」，而此傳作「崔嵬，山巔也」。爾雅「崒者厜㕒」，十月之交箋作「崒者崔嵬」，漸漸之石箋作「卒者崔巍」。是崔嵬卽厜㕒異文之證。又與陮隗同，説文：「陮隗，高也。」又與崒嵬同，説文：「崒危，高也。」詩釋文曰：「嵬，又作峞。」

「無草不死，無木不萎」，傳：「雖盛夏萬物茂壯，草木無有不死葉萎枝者。」瑞辰按：説

〔一〕「遊」字原脱，據李黼平毛詩紬義及莊子補。

文：「萎，食牛也。」「蔌，㠯穀萎馬，置莝中。」又：「痿，病也。」又菸字注：「一曰，痿也。」此詩萎爲痿之假借。廣韻：「痿，枯死也。」「萎，蔫也。」蓋因經傳假萎爲痿，後遂通以萎代痿。又按詩以盛夏萬物茂盛，草木亦有萎折，興人雖有大德於人，亦未必無小怨。正義本傳原作「草木無能不有枝葉萎槁者」，今本作「無有不死葉萎枝者」，乃誤依定本及集注本改也。又按中論修本篇引詩作「何木不死，何草不萎」，蓋本三家詩，而言「盛陽布德之月，草木猶有枯落」，義與毛同。

「思我小怨」，瑞辰按：詩以怨與嵬、萎爲韻。段玉裁讀怨如伊，以爲合韻。今按說文：「⿱夗目，讀若委。」⿱夗目、怨同音，古讀怨亦當如委，故與嵬、萎韻也。又國語「人皆集於苑」，一本作萎，亦怨、萎音同之證。

## 蓼莪

「蓼蓼者莪」，瑞辰按：漢孔耽神祠碑「竭凱風以惆憀，惟蓼儀以愴悢」，平都相蔣君碑「感慕詩人，蓼蓼者儀」，莪竝作儀。衛尉卿衡方碑「悼蓼義之劬勞」，司隸校尉魯峻〔一〕碑「悲蓼義之不報」，又通作義。古莪、義字竝从我聲，儀从義聲，竝讀如俄，故三字通用。毛詩

〔一〕「魯峻」二字原脱，據續經解本參隸釋補。

作莪，用本字；三家詩或借作儀與義，爲碑文所本。

「匪莪伊蒿」，箋：「莪已蓼蓼長大，我視之以爲非莪，故謂之蒿。」瑞辰按：爾雅釋草：「莪，蘿。」郭注：「今莪蒿也。亦曰藘蒿。」陳藏器本草拾遺曰：「廩蒿生高岡，宿根，先于百草，一名莪蒿。」是莪蒿卽茵陳蒿之類，常抱宿根而生，有子依母之象，故詩人借以取興。李時珍云：「莪抱根叢生，俗謂之抱孃蒿是也。」蒿與蔚皆散生，故詩以喻不能終養。

「匪莪伊蔚」，傳：「蔚，牡菣也。」瑞辰按：爾雅釋草：「蔚，牡菣。」郭注：「無子者。」陸璣疏云：「牡蒿八月爲角，角似小豆，一名馬薪蒿。」本草作馬先蒿，唐本注云：「實八月九月熟。」均與郭注無子説異。據唐注本草牡荆云：「莖勁作樹，不爲蔓生，故稱之爲牡。」則知牡菣亦以其散生特立，與莪之抱根叢生者異，故有牡稱，不必如郭言無子而後稱牡也。名醫別録有「牡蒿」一條，唐人注曰：「齊頭蒿。」李時珍謂：「諸蒿葉皆尖，此蒿葉獨奓而禿，故有齊頭之名。」此亦牡蒿特立之證。

「缾之罄矣，維罍之恥」，傳：「缾小而罍大。罄，盡也。」瑞辰按：爾雅釋器：「小罍謂之坎。」郭注：「罍形似壺，大者受一斛。」一斛者，十斗也。聘禮記：「十斗曰斛。」許慎五經異義引毛詩説：「罍大一碩。」一碩卽一石，一石卽一斛也。説文：「缾，䍃也。」儀禮既夕禮「䍃三」，鄭注：「䍃，瓦器。其容蓋一觳。」一觳者，斗二升也。考工記旊人：「豆實三而成〔一〕觳。」四升爲豆，三豆則斗二升。三禮圖云：「罍大一斛，其所容甚多，瀉酒于缾，以供斟酌。」此罍大缾小之證。說文：「罄，器中空也。」引詩「缾之罄矣」。又：「窒，空也。」引詩「缾之窒矣」。作窒者蓋三家詩。磬、殸、硜古同字，說文磬，籀文作殸，古文作硜。磬通作罄，故罄、窒字亦通用。

「鮮民之生」，傳：「鮮，寡也。」箋：「此言供養日寡矣，而尚不得終養。恨之至也。」瑞辰按：廣韻：「尟，寡也。」傳以鮮爲尟之假借，故訓爲寡。孤、寡一聲之轉，寡民猶言孤子。箋以爲「供養日寡」，非傳恉也。阮宮保曰：「古鮮聲近斯，遂相通借。鮮民當讀爲斯民，如論語『斯民也』之例。」今按：讀鮮爲斯，是也，但不得與論語「斯民」同訓。爾雅釋言：「斯，離也。」方言：「斯，離也。齊陳曰斯。」說文：「斯，析也。」斯民當謂離析之民，猶易言「旅人」也。民人離析，不得終養，故言生不如死。若但訓斯民爲此民，無以見其生不如死也。

「無父何怙，無母何恃」，箋：「孝子之心怙恃父母，依依然以爲不可斯須無也。」瑞辰按：爾雅釋言：「怙，恃也。」說文：「怙，恃也。」「恃，賴也。」釋文引韓詩曰：「怙，賴也。恃，負也。」是怙與恃散文則通，對文則異。唐風以陟岵興望父，卽取可怙之義，釋名「岵，怙也」是矣。恃、負互訓。說文：「負，恃也。」漢書高帝紀「嘗從王媼、武負貰酒」，如淳注曰：「俗謂老大母爲負。」師古曰：「劉向列女傳：『魏曲沃負者，魏大夫如耳之母也。』此則古語謂老母爲負

〔一〕「成」字原脫，據周禮考工記旊人補。（又「旊」字，阮刻周禮注疏作「瓬」，校勘記云作「旊」者誤。）

耳。」謂母爲負，蓋取可恃之義。恃音近㑋，爾雅釋言：「㑋，恃也。」郭注：「今江東呼母爲㑋。」荀子「其容㑋然」，楊注：「㑋〔一〕然，恃尊長之貌。」是呼母爲㑋，亦取恃義。又說文媞字注：「一曰，江淮之閒謂母爲媞。」媞與恃亦音近而義同。

「入則靡至」，箋：「入門又不見，如入無所至。」瑞辰按：說文：「親，至也。」又曰：「䙜，至也。」靡至猶云靡親耳。

「母兮鞠我」，傳：「鞠，養也。」瑞辰按：說文：「育，養子使作善也。或作毓。」鞠卽育字之同音假借。育養之育借作鞠，猶育稚之育借作鞠，邶谷風箋：「育，稚也。」正義謂本釋言。今本爾雅釋言作鞠，郭璞曰：「鞠一作毓。」又借作鬻也。豳風「鬻子」，毛傳：「稚子也。」卽育子。阮宮保云：「凡詩一字分二韻者，則別二字書之，爲義同字變之例。」今按此詩下言「育我」，用本字，故上借鞠爲育，以與下「育我」爲韻，正所謂義同字變者也。

「拊我畜我」，箋：「畜，起也。」釋文：「拊，音撫。」瑞辰按：說文：「拊，揗也。」又撫字注：「一曰，揗也。」二字音義同，故通用，拊猶撫也。後漢書梁竦傳引詩正作「撫我」。說文：「慉，起也。」箋以畜爲慉之假借，故訓爲起。邶谷風「不我能慉」，傳：「慉，興也。」興與起同義。古畜與好同聲，孟子：「畜君者，好君也。」廣雅：「㜅，喜也。」慉、㜅、畜義竝相近。又訓興與

〔一〕「㑋」原作「侈」，據荀子非十二子篇楊注改。

起者，説文：「媐，説也。」廣雅：「媐，喜也。」學記「不興其義，不能樂學」，鄭注：「興之言喜也，歆也。」是興有喜悦之義。興、起同義，則起亦爲喜悦也。皋陶謨「股肱喜哉，元首起哉，百工熙哉」，喜、起、熙三字同義，起猶喜也。孟子趙注：「興起志意。」興卽起也，志意興起卽説也。是知箋訓畜爲起者，正與訓畜爲好義相成。正義以起爲起止我，蓋謂因其止而起之，失箋恉矣。

「出入腹我」，傳：「腹，厚也。」箋：「腹，懷抱也。」瑞辰按：傳義本釋詁。詩歷言拊、畜、長、育、顧、復，而終以「出入腹我」，蓋言「出入」，則已舉在內在外無所不該，故以「腹我」括之，見其無所不愛厚。腹與複通。説文：「複，重衣皃。」重衣亦厚之義也。箋訓爲懷抱，似不及傳義所該之廣也。

「南山烈烈，飄風發發」，傳：「烈烈然至難也。發發，疾貌。」箋：「民人自苦見役，視南山則烈烈然，飄風發發然，寒且疾也。」瑞辰按：説文：「䬆，風雨暴疾也。讀若㮚。」「颲，颲颲也。讀若烈。」烈烈卽颲字之假借。説文：「滭，滭冹，風寒也。」引詩「一之日滭冹」。毛詩作觱發，發卽冹字之假借。玉篇、廣韻竝曰：「颰，疾風也。」颰卽冹之異文。

「南山律律，飄風弗弗」，傳：「律律，猶烈烈也。弗弗，猶發發也。」瑞辰按：律、栗雙聲，律律卽凓凓之假借，凓、冽同義，故傳云猶烈烈也。弗與冹亦聲近而義同，發卽冹之假借，故傳云猶發發也。集韻引詩作嵂嵂。玉篇：「𩗗，風也。」嵂與𩗗說文所無，皆後人增益之字。

## 大東

「有饛簋飧」，傳：「興也。饛，滿簋貌。飧，熟食，謂黍稷也。」箋：「飧者，客始至，主人所致之禮也。凡飧饔餼，以其爵等爲之牢禮之數陳。興者，喻古者天子施予之恩於天下厚。」瑞辰按：說文：「饛，盛器滿皃。」義本詩傳。方言、廣雅竝曰：「朦，豐也。」義與饛近。詩蓋以簋飧之滿，興古者邦國之富，不若今之「杼柚其空」也。不必如箋以爲致飧之禮。

「有捄棘匕」，傳：「捄，長貌。匕，所以載鼎實。棘，赤心也。」瑞辰按：捄者，觓之假借。說文：「觓，角皃。」引詩「有觓其角」，今詩作捄。角之曲皃曰觓，匕之曲長皃曰觓，其義一也。匕所以載牲體，亦以取黍稷。少牢饋食禮，饔人所摡者牲體之匕，廩人所摡者黍稷之匕。棘匕承上簋飧言，王觀察云當謂黍稷之匕，其說是也。說文：「匕，所以比取飯。一名柶。」又曰：「禮有柶。柶，匕也。」案士冠禮鄭注：「柶狀如匕，以角爲之。」是以角爲之名柶，以木爲之則名匕也。又雜記：「匕用桑〔一〕，長三尺。」棘匕對桑匕言。古者喪用桑匕，吉用棘匕，皆取聲近爲義。桑言喪，則棘爲吉，非必如傳以棘之赤心爲喻也。

〔一〕「匕用桑」，雜記作「枇以桑」。釋文：「枇，音匕，本亦作朼。」

「周道如砥，其直如矢」，傳：「如砥，貢賦平均也。如矢，賞罰不偏也。」瑞辰按：說文，「厎，柔石也。」重文作砥。孟子引詩「周道如底」，底爲厎字之譌。墨子引周詩曰「其直若矢，其易若厎，君子之所履，小人之所視」，楚詞招魂王逸注引詩「其平如砥」，當卽此詩異文。

「君子所履，小人所視」，箋：「此言古者天子之恩厚也，君子皆法效而履行之；其如砥矢之平，小人又皆視之共之無怨。」瑞辰按：此二句承上「周道如砥」二句言。箋以「君子所履」承「有饛簋飧」二句，爲法天子之恩厚，其說非也。孟子引詩「周道如厎」四句，趙注：「厎，平。矢，直。視，比也。周道平直，君子履直道，小人比而則之。」其說較鄭箋爲善。小爾雅、廣雅竝曰：「視，比也。」廣雅又曰：「視，效也。」所履所視皆指周道，卽上行下效之義。

「小東大東」，箋：「小也大也，謂賦斂之多少也。小亦於東，大亦於東，言其政偏失砥矢之道也。」瑞辰按：惠氏周惕詩說曰：「小東大東，言東國之遠近也。魯頌『遂荒大東』，箋：『大東，極東也。』周官大司徒『以土圭之法正日景，日東則景夕多風』，鄭注：『謂大東近日也。』皆以大東爲極東。遠言大，則近言小可知矣。譚爲東國，因其國而及其鄰封，故言小東大東。」今按惠說是也。大戴禮千乘篇言「東辟之民[一]，至于大遠」，南、西、北皆有「至于大

[一]「民」原作「名」，據大戴禮記改。

遠」之語，孔廣森補注：「大遠，極遠也。」是亦大有遠義之證。論語言「小道致遠恐泥」，則小有近義矣。箋云「小亦於東，大亦於東」，以「亦於」二字增成其義，非詩義也。集傳以爲東方之小國大國，亦似未確。

「杼柚其空」，箋：「譚無他貨，唯絲麻爾，今盡杼柚不作也。」釋文：「杼，說文云：『盛緯器。』柚，本又作軸。」瑞辰按：說文：「杼，機持緯者。」釋文引作「盛緯器」，蓋誤。玉篇：「椱，織椱也。亦作梭。」太平御覽引通俗文：「所以行緯謂之椱。」說文無椱、梭字，新附有梭。杼卽梭也。說文：「榺，機持經者。」段玉裁曰：「榺卽軸也。謂之軸者，如車軸也。」榺通作勝，淮南子曰：「後世爲之機杼勝複以便其用。」又曰：「黼黻之美，在于杼柚。」作柚者，假借字也。至方言：「杼、柚，作也。土作謂之杼，木作謂之柚。」蓋別一義。戴氏震引以釋詩，失之。

「既往既來，使我心疚」，箋：「言譚人自虛竭，餫送而往，周人則空盡受之，曾無反幣復禮之惠，是使我心傷病也。」瑞辰按：承上「行彼周行」言之，往來謂數數往來，疲於道路，並無厚往空來之義，箋說非也。洪頤煊謂：「來當作求，謂我以禮往求糴於彼。求、疚韻合，來、求字形相近。」今按古音來讀如釐，疚讀如已，來、疚二字正爲韻。若改爲求，轉於古韻不合。且往、來對文，不得以爲求字形近之譌。洪說失之鑿矣。

「有冽氿泉」，傳：「冽，寒意也。側出曰氿泉。」釋文：「氿，音軌，字又作晷。」瑞辰按：氿、厬古同聲通用。爾雅：「氿泉穴出。穴出，仄出也。」「水醮曰厬。」説文：「氿，水枯土也。」引爾雅「水醮曰氿」。「厬，仄出泉也。讀若軌。」與今本爾雅互易，蓋許君所據爾雅本異。據詩釋文「氿本作晷」，則毛詩本亦有作厬泉者，後又省作晷耳。釋名：「側出曰氿泉。氿，軌也，流狹而長，如車軌也。」按古者車轍謂之軌，車軸兩端自轂中出者亦謂之軌，故泉之仄出者似之，當作氿泉爲正字。九之言究也，廣雅：「九，究也。」與水醮之義亦合。竊謂仄出泉及水醮，本字皆作氿，作厬者同音假借字。後人誤以二字分屬，遂致互異耳。

「無浸穫薪」，傳：「穫，艾也。」箋：「穫，落木名也。」釋文：「穫，毛刈也；鄭落木名也，字則宜作木旁。」瑞辰按：爾雅釋木：「檴〔一〕，落。」爲箋所本。説文：「槬，木也。舊與樗互譌，今从段本正。以其皮裹松脂。从木，虖聲。讀若華。或从蒦作檴〔二〕。」是檴卽槬之或體，今俗所稱樺樹也。凱風詩「吹彼棘薪」，東山詩「烝在栗薪」，車舝詩「析其柞薪」，白華詩「樵彼桑薪」，凡言薪者，多兼木言，故箋知經文穫爲檴之假借。

「契契寤歎」，傳：「契契，憂苦也。」瑞辰按：釋文「契，芳計切」，讀同契約之契，又云「徐苦結反」，則讀如提挈之挈，憂苦卽提挈之義所引伸。九歎云「孰契契而委棟兮」，一本作挈，

〔一〕「檴」原作「穫」，據爾雅改。

〔二〕「檴」原作「穫」，據續經解本及説文改。下文「穫爲檴之假借」之「檴」字同。

挈，其正字也。廣雅「栔栔，憂也」，與詩契契皆假借字。又孟子「孝子之心爲不若是恝」，說文引作忿，云「忿，忽也」，與趙注「恝，無愁之皃」義合，恝即忿之或體。無愁曰恝，與憂苦曰契契，義亦相反而相成。猶亂亦訓治，苦亦爲快也。

「職勞不來」，傳：「來，勤也。」箋：「職，主也。東人勞苦而不見謂勤。」瑞辰按：勞來之來本作勑。爾雅：「勞、來，勤也。」釋文：「來，本又作勑。」說文：「勑，勞勑也。」廣雅：「勑，勤也。」今經典通借作來。古以勤勞爲勤，慰其勤勞亦爲勤，故傳訓來爲勤，而箋以不來爲「不見謂勤」也。

「舟人之子，熊羆是裘」，傳：「舟人，舟楫之人。熊羆是裘，言富也。」箋：「舟當作周，裘當作求，聲相近故也。周人之子，謂周世臣之子孫，退在賤官，使搏熊羆，在冥氏、穴〔一〕氏之職。」瑞辰按：舟與周字異而音同。說文：「周，密也。」「㔲，帀徧〔二〕也。」玉篇：「㔲，帀徧也。或作周、洀。」考工記注：「故書舟作周。」是二字通用之證。故周人可假借作舟人，箋讀舟爲周，是也。然以周人爲周世臣，則非。今按：周人與私人相對成文。方言：「私，小也。自關而西，

〔一〕「穴」原作「冗」，據鄭箋及周禮秋官穴氏改。按穴氏云：「穴氏掌攻蟄獸，各以其物火之。」鄭注：「蟄獸，熊羆之屬冬藏者也。」賈疏：「燒其所食之物，誘之使出穴外，乃可得也。」故名其官爲穴氏。

〔二〕「徧」原作「偏」，據說文改。

秦晉之郊，梁益之閒，凡物小者謂之私〔一〕。」私人卽小人，則周人宜訓爲大人。周之言錭，廣雅：「錭，大也。」周人爲大人，猶周行或謂大道，周狗卽大狗也。公羊宣六年傳：「靈公有周狗，謂之獒。」周狗謂大狗。何休注謂「可以比周之狗」，失其義矣。裘，古本作求，後人始加衣作裘，以別於求乞之求。此詩裘亦當从箋作求。古未聞以熊羆爲衣裘者，且此句對「百僚是試」言，非對「粲粲衣服」言也。

「或以其酒，不以其漿。鞙鞙佩璲，不以其長。」傳：「或醉於酒，或不得漿。鞙鞙，玉貌。璲，瑞也。」箋：「佩璲者，以瑞玉爲佩，佩之鞙鞙然，居其官職，非其才之所長也，徒美其佩而無其德。刺其素餐。」瑞辰按：「不以其漿」、「不以其長」，二不字皆助句詞。此章承上「私人之子，百僚是試」，以言小人在位，有名無實。或以其酒，宜其味之醇也，實則以其漿耳。鞙鞙佩璲，宜其德之美也，實則徒以其長耳。唐書蕭至忠傳引詩「私人之子，百僚是試，或以其酒，不以其漿，鞙鞙佩璲，不以其長」，而釋之曰：「此言王政不平而衆官廢職，私家子列試榮班，徒長其佩耳。」其云「徒長其佩」，正釋詩「不以其長」爲「以其長」也，蓋亦讀不字爲語詞耳。鞙鞙，爾雅作琄琄。釋文亦云：「鞙，本或作琄。」琄琄猶言嬛嬛，嬛卽今之娟好字。說文：「嬛，好也。」廣雅：「嬛嬛，容也。」容之好曰嬛嬛，佩之美曰琄琄，其義一也。爾

〔一〕「私」下原有「小」字，據方言删。按方言此句下有「小或曰纖」之句，馬氏誤將「小」字屬上讀之。

雅釋器：「璲，瑞也。」郭注引「詩：『鞙鞙佩璲。』璲者，玉瑞。」釋器又曰：「繸，綬也。」郭注：「卽佩之組，所以連繫瑞玉者，因通謂之繸。」竊謂此詩佩璲當讀爲繸綬之繸，故言「不以其長」，長卽綬之長也。漢官儀：「綬長一丈二尺，闊三尺。」是繸宜長之證。箋以爲才之長，非也。說文無繸字，古蓋止作璲。續漢書輿服志曰：「古者君臣佩玉。五伯迭興，戰兵不息，佩非戰器，韍非兵旗，於是解去韍佩，留其係璲〔一〕，以爲章表。故詩曰『鞙鞙佩璲』，此之謂也。韍佩既廢，秦乃以采組連結于璲，轉相結受〔二〕，故謂之綬。」又曰：「縌者，古佩繸也。佩綬相迎受，故曰縌。」今按：綬見玉藻、爾雅，不始於秦。大東所言，其時猶未去玉，所謂綬者猶指連繫瑞玉者言，非秦漢之所謂綬也。秦漢以後，別以縌爲綬維，說文：「縌，綬維也。」乃更以與縌相接受者爲綬，又非古之所謂綬耳。又按：李黼平據「正義曰：『鄭唯言佩璲，云是玉也，故鞙鞙爲玉貌。「璲，瑞」，釋器文。』是今本傳文『鞙鞙玉貌璲瑞也』七字皆是箋文，後人誤以入傳。」

「跂彼織女」，傳：「跂，隅貌。」瑞辰按：跂爲俗企字。詩作跂者，𠤩字之同音假借。說文：「𠤩，頃也。从匕，支聲。匕，頭頃也。」引詩「𠤩彼織女」。蓋从三家詩用本字。織女三星成三角，故言𠤩以狀之耳。

〔一〕「留其係璲」四字原脱，據後漢書輿服志補。（按今本後漢書志八篇均採自司馬彪續漢書，故馬氏稱續漢書。）

〔二〕「受」原作「綬」，據同上書改。

「終日七襄」，傳：「襄，反也。」箋：「襄，駕也。駕謂更其肆也。從旦至莫七辰，各本無至字，此从岳本。辰一移，因謂之七襄。各本「一移」上少辰字，亦从岳本。」正義述毛謂：「終一日歷七辰，至夜而迴反。」又云：「『襄，反』者，謂從旦至莫七辰，而復反於夜也。」瑞辰按：文選李注引薛君章句曰：「襄，反也。」是毛、韓同義。孔疏訓反爲迴反。胡承珙曰：「經言日，竝不及夜，況移七襄而至夜，亦不得謂之迴反。蓋反卽更也。呂覽愼人篇『返瑟而弦』，察微篇『舉兵反攻之』，知度篇『其患又將反以自多』，高注竝以反爲更。此傳言反者，亦謂從旦至莫七更其次。鄭箋謂『更其肆』者，乃申傳，非易傳也。」今按胡說是也。公羊襄三十年傳「諸侯相聚而更宋之所喪」，何休注：「更，復也。」下文傳曰「死者不可復生，爾財復矣」，復卽上之更也。反與復同義，知更之可訓爲復，則知反之可訓爲更矣。

「睆彼牽牛」，傳：「睆，明星貌。何鼓謂之牽牛。」瑞辰按：何鼓通作河鼓。爾雅以何鼓、牽牛爲一星，而史記天官書：「牽牛爲犧牲，其北河鼓。河鼓大星，上將；左右，左右將。」以河鼓與牽牛異星者，郝懿行曰：「牽牛三星，牛六星。天官書誤以牛星爲牽牛，故以何鼓、牽牛爲二星。牟廷相曰：『牛宿其狀如牛，何鼓在牛頭上，則是牽牛人也。』何鼓中星最明，故詩曰『睆彼牽牛』。」今按：河鼓與牛星相連，古或通名牽牛。猶參、伐各三星，而考工記曰：「熊旗六斿，以象伐。」則連參亦名伐也。營室、東壁各二星，而考工記曰：「龜蛇四斿，以象營室。」

則連東壁亦名營室也。何鼓本三星，晉書〔一〕天文志曰：「一曰三武，天子之三將軍。」史記天官書索隱〔二〕引孫炎云：「何鼓之旗十二星，在牽牛之北，或名爲何鼓，亦名爲牽牛。」則又以左右旗十二星通名何鼓、牽牛矣。

「不以服箱」，傳：「服，牝服也。箱，大車之箱也。」箋：「以，用也。牽牛不可用於牝服之箱。」瑞辰按：考工記：「大車牝服，二柯又三分柯之二。」鄭司農注：「牝服，謂車箱。服讀爲負。」說文：「箱，大車牝服也。」皆以牝服與箱爲一。後鄭云：「牝服長八尺，謂較也。」蓋以牝服爲左右較，而以箱爲大車之輿，其義當與毛傳同，故此箋申毛云「不可用於牝服之箱」。然以經文求之，服當作虛字解，不得以爲牝服。服之言負也。車箱以負器物，謂之服；牛以負車箱，亦謂之服。張衡思玄賦「羈要裊以服箱」，章懷注：「服，駕也。箱，車也。」蓋取驥服鹽車之義，而「服箱」之字則本於詩。又古詩「牽牛不負軛」，亦本此詩爲說。自軛牛頸處言之曰負軛，自牛負車言之則曰服箱，服與負一也。淮南子說山訓：「剝牛皮鞟以爲鼓，正三軍之衆，爲牛計者不若服於軛也。」服於軛即負軛也，則知服箱猶云負箱耳。又按易繫詞「服牛乘

〔一〕「晉書」二字原脱，考此下引文見晉書天文志，今據補。又下文「天子之三將軍」，晉書原作「主天子三將軍」。

〔二〕「史記天官書」五字原脱，「索隱」原作「正義」，據史記補改。又下文「或名爲何鼓，亦名爲牽牛」，索隱原作「或名河鼓爲牽牛也」。

馬」，説文引易作「犕牛」，服、犕同部，故通用。凡以車駕牛馬，正字作犕。作服者，假借字耳。

「東有啓明，西有長庚」，傳：「日旦出謂明星爲啓明，日既入謂明星爲長庚。庚，續也。」瑞辰按：史記索隱引韓詩云：「太白星晨見東方爲啓明，昏見西方爲長庚。」與毛傳義同，皆以啓明、長庚爲一星。孔疏既引孫炎以明星爲太白，又云「長庚不知是何星」，失之。毛傳「日且〔一〕出」與「日既入」相對爲文，正義本作「日旦出」，亦誤。又按説文：「启，教也。」「启，開也。」爾雅「明星謂之启明」，其本字也；詩作「啓明」，假借字。大戴禮四代篇引詩「東有開明」，蓋漢避孝景諱改。

「有捄天畢，載施之行」，傳：「捄，畢貌。畢，所以掩兔也，何嘗見其可用乎！」箋：「祭器有畢者，所以助載鼎實，今天畢則施於行列而已。」瑞辰按：説文：「畢，田网也。从田，从華象形。或曰，田聲。」爾雅釋天：「濁謂之畢。」郭注：「掩兔之畢或呼爲濁，因星形以名。」廣雅：「畢，率也。」説文：「率，捕鳥畢也。象絲网。上下，其竿柄也。」月令鄭注：「小而柄長謂之畢。」畢皆謂田獵之网。史記天官書：「畢曰罕車，主弋獵。」後漢書蘇竟傳云：「畢爲天網，主網羅無道之君。」皆指田罔而言。此詩當从毛傳訓爲掩兔之畢。至祭器有畢，雖亦取象畢星，

〔一〕「且」原作「旦」，據續經解本改。「且」者將然之詞，「既」者已然之詞，故馬氏云「相對爲文」，又云正義本作「旦」者誤。胡承珙毛詩後箋引傳作「且」，注云：「各本作旦，誤。」馬氏之説與胡同。

箋義取之，不若从傳爲允。又按釋器「絇謂之救」，郭注：「救，絲以爲絇。或曰，亦罥名。」王觀察曰：「絇亦羅網之屬。軥之言鉤也，拘也。救与絇亦一聲之轉。」〔一〕今按捄之言逑聚也，救卽捄之通借字耳。

「維北有斗」，正義：「箕、斗竝在南方之時，箕在南而斗在北，故言南箕北斗也。」集傳兼采南斗、北斗二說。瑞辰按：正義以斗爲南斗，是也。爾雅：「析木之津，箕、斗之閒，漢津也。」郭注：「箕，龍尾。斗，南斗。」是凡箕斗連言者皆爲南斗。王觀察曰：「南斗之柄常向西而高於魁，故經言『西柄之揭』。若北斗之柄，固不常西，卽指西亦不得云揭。」其說是也。說文：「枓，勺也。」「勺，所以挹取也。」詩作斗者，皆枓之假字。

「載翕其舌」，傳：「翕，合也。」箋：「翕，猶引也。引舌者，謂上星相近。」瑞辰按：「翕，合」或作「翕，如」，誤也，正義釋傳「翕，合」可證。翕、吸音同通用，故箋訓爲引。廣雅：「翕，引也。」玉篇引詩正作「載吸其舌」。漢書天文志：「箕主口舌。」小雅巷伯疏云：「箕四星，二爲踵，二爲舌。」其形踵狹而舌廣，故曰「載翕其舌」，以見其主於收斂也。淮南子氾論篇「頭會

〔一〕按此條王氏經義述聞原作：「爾雅於釋羅罔之後卽云『絇謂之救，律謂之分』，二者蓋亦羅罔之屬。廣雅於釋羅罔之後卽云『軥謂之輓』，則軥亦羅罔之屬。軥之言鉤也，拘也。廣雅釋詁曰：『軥、輓，引也。』作絇者，借字耳。救與絇一聲之轉，或說以此爲罥名，是也。」馬氏删節有失原意。

箕賦」，高注：「箕賦，似箕然，斂民財多取意也。」此詩刺重斂，故以箕星爲喻。

## 四月

「六月徂暑」，傳：「徂，往也。六月火星中，暑盛而往矣。」箋：「徂，猶始也。四月立夏矣，至六月乃始盛暑。興人爲惡亦有漸，非一朝一夕。」瑞辰按：序下正義引孫毓以爲：「如適之徂，皆訓爲往。今言往暑，猶言適暑耳。雖四月爲夏，六月乃之適盛暑，非言往而退也。詩人之興，言治少亂多，皆積而後盛，盛而後衰，衰而後亂。周自太王、王季，王業始起，猶維夏也。及成康之世而後致太平，猶徂暑也。暑往則寒來，故秋日繼之，冬日又繼之。善惡之喻，各從其義。」正義駁之云：「傳云『暑盛而往矣』，是既盛而後往也。毓言方往之暑，不得與毛同。」今按：孫訓徂暑爲適暑，雖與毛傳訓暑盛而往不同，而於經義「徂暑」則合，且與毛傳取義於火星中，意出左傳「火中寒暑乃退」者正同，但不即以徂爲退耳。據經文「秋日淒淒」、「冬日烈烈」皆以喻時之衰亂，則首章「六月徂暑」以喻盛極則衰，義正相承。箋以始衰興人爲惡有漸，非傳義也。正義合傳、箋爲一，失之。至王肅以爲行役思祭，則孫毓已駁之矣。

「先祖匪人，胡寧忍予」，箋：「匪，非也。寧，猶曾也。我先祖非人乎？人則當知患難，何爲曾使我當此亂世乎！」瑞辰按：人當讀如「仁者人也」之人。中庸鄭注：「人讀『相人偶』之人。」仁从二人，相人偶即仁也。「先祖匪人」猶云先祖豈不仁，故下接言「胡寧忍予」，正以見其仁也。箋訓爲人物之人，失之。

「百卉具腓」，傳：「腓，病也。」釋文引韓詩云：「腓，變也。」瑞辰按：文選李善注引韓詩作腓，「薛章句曰：『腓，變也。俱變而黄也。』毛萇曰：『痱，病也。』」玉篇及爾雅邢疏竝引詩「百卉具痱」。似韓詩作腓，毛詩作痱。爾雅釋詁：「痱，病也。」説文：「痱，風病也。」毛詩今本作腓，或謂誤从韓詩。然釋文不言毛、韓字異，或毛詩亦作腓，特以爲痱之假借，遂訓爲病，文選李注及玉篇乃以本字易之耳。又按爾雅釋詁：「玄黄，病也。」馬之病曰玄黄，周南詩「我馬玄黄」是也。草之病亦曰玄黄，毛傳訓病義近，蓋亦以腓爲痱之借字。非、風雙聲，故説文以痱爲風病。

「亂離瘼矣」，傳：「離，憂。瘼，病。」瑞辰按：傳以離爲罹之借字，爾雅釋詁：「罹，憂也。」瘼字，爾雅釋詁及説文竝訓病。方言：「瘼，病也。東齊海岱之間曰瘼。」毛詩作瘼，以「亂離瘼」三字連讀，謂因亂而憂病也。文選卷二十、卷三十八李注竝引「韓詩『亂離斯莫』，薛章句曰：『莫，散也。』」則以「亂離」二字連讀，讀離爲離散之離，讀莫如散漠之漠。説文：「漠〔一〕，

〔一〕「漠」原作「漢」，據續經解本及説文改。

北方流沙也。」「沙，水散石也。」是沙漠義取漠散也。說苑政理篇引詩：「『亂離斯瘼，爰其適歸』」，此傷離散以爲亂者也。」其義正本韓詩，瘼當作莫，今作瘼者，後人據毛詩改之耳。

「爰其適歸」，傳：「爰，曰也。」瑞辰按：宣十二年左傳引詩「亂離瘼矣，爰其適歸」，杜注：「爰，於也。言禍亂憂病，於何所歸乎。」說苑、文選注引韓詩亦作爰。是毛、韓詩竝作爰。惟家語爰作奚，爲集傳所采，注云「爰，家語作奚」，其經字仍作爰。今俗本直改經文作奚，又失集傳之舊。

「廢爲殘賊」，傳：「廢，忕〔一〕也。」箋：「言在位者貪殘，爲民之害，無自知其行之過者。言忕於惡。」正義：「定本廢訓爲大，與鄭不同。」釋文：「廢，如字，忕也。一音發。忕，時世反，下同。又一本作『廢，大也』，此是王肅義。」〔二〕瑞辰按：爾雅釋詁：「廢，大也。」郭注引詩「廢爲殘賊」。列子楊朱篇「廢虐之主」，張湛注：「廢，大也。」說文：「奟，大也。」𡗣與奟同字，廣雅、玉篇竝云：「𡗣，大也。」奟與廢一聲之轉，毛傳訓廢爲大，知廢卽奟之假借也。列女傳霍夫人顯傳引詩：「『廢爲殘賊，莫知其尤』，言忕於惡，莫知其爲過。」則訓廢爲忕，義同鄭箋，蓋本韓詩之說。正義言「定本廢訓爲大，與鄭不同」，是鄭本作忕之證，今毛本箋作「言

〔一〕「忕」字，據下文「毛傳訓廢爲大」及「仍从毛傳、爾雅訓大爲允」，疑當作「大」。

〔二〕此下原有「正義定本廢訓爲大」八字，與上引正義複，衍文，今删。

大於惡」者，誤也。此詩正義及左傳桓十三年正義竝引說文「忕，習也」，今說文作「㥏，習也」，㥏即忕之變體。春秋公山不狃字子洩，洩亦當爲汏之變。古大與世通用，大室即世室也，大子即世子也，大叔即世叔也。从大之字亦通作世，荀子榮辱篇「橋泄者，人之殃也」，即「驕汏」異文；賈子「簡泄不可以得士」，亦以泄爲汏也。忕字蓋通作怈，唐人避諱，遂改从曳，猶泄、紲之改作洩、絏也。一切經音義卷十二曰：「習忕又作㥏。」卷十三又云：「忕又作洩。」引字林「洩，習也」，是矣。惟廢之訓忕，他處少見，仍从毛傳、爾雅訓大爲允。

「我日構禍」，傳：「構，成也。」箋：「構，猶合集也。言諸侯日作禍亂之行。」瑞辰按：爾雅釋詁、說文竝曰：「遘，遇也。」構者，遘之假借，構禍猶云遇禍也。集傳訓爲遭禍，得之，仍从箋訓構爲合者，合猶遇也。

「盡瘁以仕」，箋：「瘁，病。仕，事也。今王盡病其封畿之內以兵役之事。」瑞辰按：「盡瘁以仕」與北山詩「或盡瘁事國」同義。昭七年左傳引詩「或憔悴事國」。周官小司寇「議勤之辟」，鄭注曰：「謂憔悴以事國。」賈疏亦引詩「或憔悴事國」。王尚書曰：「蓋毛詩之盡瘁，三家詩有作憔悴者，故鄭、賈皆用之爲說。」又曰：「憔亦盡也。鄭注昏義曰：『酌而無酬酢曰醮。』正義曰：『直盡爵而已，故稱醮也。』爾雅『水醮曰厬』，郭〔一〕注：『謂水醮盡。』醮與憔聲

〔一〕「郭」原作「鄭」，形近而誤，今改。

義相近。悴亦盡也。荀子禮論篇「利爵之不醮也」，史記作啐。啐之言卒也，卒亦盡也。盡爵謂之醮，亦謂之啐，盡力謂之憔悴，義相因也。憔悴二字平列，盡瘁二字亦平列，非謂盡其瘁也。毛傳曰『盡力勞病以從國事』，則亦平列字矣。」又曰：「盡瘁，雙聲也；憔悴亦雙聲也。」今按王說是也。說文：「⿰⿰米焦欠，盡酒也。」「潐，盡也。」荀子楊注：「潐，盡也。」皆憔、盡同義之類。瘁爲病，盡亦爲病。成十二年左傳「爭尋常以盡其民」，猶言以病其民也。勞病謂之憔悴，人之枯瘦亦謂之𩈣顇，說文「𩈣，面焦枯小也」，「顇，𩈣顇也」，楚辭漁父云「顏色憔悴」，玉篇引作𩈣顇是也。人之陋賤亦謂之蕉萃，左傳引詩「雖有姬姜，無棄蕉萃」是也。箋謂「盡病其封畿之內以兵役之事」，失之。

「寧莫我有」，箋：「使羣臣有土地，曾無自保有者，皆懼於危亡也。」瑞辰按：有當讀如「相親有」之有。「寧莫我有」猶王風葛藟詩「亦莫我有」也。左氏昭二十年傳「是不有寡君也」，杜注：「有，相親有也。」詩人蓋傷己之盡力勞病以事國，而不見親有於上耳。

「匪鶉匪鳶」，傳：「鶉，鵰也。鵰、鳶，貪殘之鳥也。」釋文：「鶉，徒丸〔一〕切；字或作鷻。鳶，以專反，鴟也。」瑞辰按：說文：「鵰，鷻也。」「鷻，鵰也。」正義引「說文：『鶉，鵰也。』從敦而爲聲，字異於鶉也。」今按說文隹字注：「一曰，鶉字。」隹即隼也，鶉即鷻也。是鷻古或借作鶉

〔一〕「丸」原作「凡」，據釋文改。

之證。至雔鶉之雜，説文自作雜耳。又説文鷻字別引詩「匪鷻匪鳶」，又云：「鷻，鷙鳥也。」鷻卽鶚字，五各反，與鳶異字。據正義引蒼頡解詁云：「鳶，鴟也。」又引説文：「鳶，鷙鳥也。」則經文原作鳶字。王尚書曰：「鳶字見於小雅、大雅、周官射鳥氏、曲禮、中庸、爾雅釋鳥、蒼頡篇，不應説文不載，蓋鳥部有此字而傳寫者脱之也。其鷻字注引詩『匪鷻匪鳶』，當作『匪鷻匪鳶』，蓋本作鳶字，因下鷻字篆文相連，寫者遂誤爲鷻耳。」今按王説是也。説文鷻字、鳶字，蓋同訓爲「鷙鳥也」，傳寫者誤删其一。段玉裁乃欲據説文誤本改經文之鳶爲鷻，失之。

## 北山

「率土之濱」，傳：「率，循。濱，涯也。」瑞辰按：説文無濱字，賓與頻古聲近通用。説文：「頻，水厓，人所賓附也，顰蹙不歬而止。」毛傳訓濱爲涯，正以濱卽頻之假借也。司馬相如難蜀父老文引詩作「率土之賓〔一〕」，老子云賓與臣同義〔二〕，故詩曰「率土之賓，莫非王臣」，

〔一〕按：考史記、漢書司馬相如傳及文選所載難蜀父老引詩皆作「濱」，不作「賓」。唯文選李善注云：「濱，涯也，本亦作賓。」

〔二〕按：老子無「賓與臣同義」之文，疑「云」字下脱去引老子文一段。老子第三十二章曰：「樸雖小，天下莫能臣，侯王若能守之，萬物將自賓。」所脱者疑卽此段，故馬氏謂「賓與臣同義」。

則詩古本有省作賓者，遂作賓服解矣。大戴記誥志篇「地賓畢極」，猶詩云「率土之賓」也。

「我從事獨賢」，傳：「賢，勞也。」箋：「王不均大夫之使，而專以我有賢才之故，獨使我從事於役。自苦之辭。」瑞辰按：廣雅釋詁：「賢，勞也。」王觀察疏證曰：「詩『我從事獨賢』，孟子引而釋之曰：『此莫非王事，我獨賢勞也。』賢亦勞也，賢勞猶言劬勞，故毛傳曰：『賢，勞也。』鹽鐵論〔一〕地廣篇亦曰：『詩云「莫非王事，而我獨勞」，刺不均也。』鄭箋、趙注竝以賢爲賢才，失其義矣。」今按序曰「役使不均，己勞於從事」，卽本詩「大夫不均，我從事獨賢」爲說，正以賢爲勞也。賢之本義爲多，小爾雅：「賢，多也。」說文：「賢，多才也。」才，段本作財。禮投壺「某賢於某若干純」，鄉射禮「取賢獲，曰右賢于左，左賢于右」，竝以賢爲多。事多者必勞，故賢爲多卽爲勞。周官司勳「事功曰勞，戰功曰多」，多與勞對文則異，散文則通。戴氏震訓賢爲多，而謂孟子非以賢爲勞，不知多與勞義正相成。

「四牡彭彭，王事傍傍」，傳：「彭彭然不得息，傍傍然不得已。」瑞辰按：彭、旁雙聲，古通用。說文：「騯，馬盛也。」引詩「四牡騯騯」，卽詩「四牡彭彭」之異文。廣雅：「彭彭、旁旁，盛也。」說文傍字訓近，此詩傍傍卽旁旁之假借。

「鮮我方將」，傳：「將，壯也。」瑞辰按：將與壯雙聲，爾雅釋詁將、壯二字竝訓「大也」，故

〔一〕「論」字原脫，據王念孫廣雅疏證及鹽鐵論補。

壯又通作將。射義「幼壯孝弟」，鄭注：「壯或爲將。」爾雅釋言：「奘，駔也。」孫、樊本竝作：「將，且也。」是其證也。方言：「京、奘、將，大也。秦晉之閒，凡人之大謂之奘，或謂之壯。」說文：「奘，駔大也。」又曰：「駔，壯馬也。」「壯，大也。」奘與壯音義同。小爾雅廣言：「丕，莊也。」丕爲大，莊卽壯，亦大也。將卽奘字之假借，故傳訓將爲壯。

「旅力方剛」，傳：「旅，衆也。」瑞辰按：方言：「𨁂、膂，力也。東齊曰𨁂，宋魯曰膂〔一〕。」戴氏震疏證曰：「膂通作旅，詩『旅力方剛』是也。」廣雅：「膂，力也。」王氏疏證曰：「大雅桑柔云『靡有旅力』，秦誓云『旅力既愆』，周語云『四軍之帥〔二〕，旅力方剛』，義竝與膂同。膂、力一聲之轉。今人猶呼力爲膂力，古之遺語也。」今按方言又曰：「膂，儋也。甌〔三〕吴之外鄙謂之膂。」郭注：「儋者用膂力，因名云。」是田力謂之膂，擔者用力亦謂之膂。古者行人奔走，多以負擔爲喻，左傳「弛于負擔」是也。詩下言「經營四方」，則旅力正當从方言「儋也」之訓。傳訓爲衆，失之。

「或棲遲偃仰」，瑞辰按：偃仰猶息偃、媅樂之類，皆二字同義，偃亦仰也。論語「寢不

〔一〕方言此下有「膂，田力也」四字，當據補。下文「是田力謂之膂」，正承此而言。（郭注「田力」云：「謂耕墾也。」）

〔二〕「帥」原作「衆」，據王念孫廣雅疏證及國語周語改。

〔三〕「甌」原作「甄」，據方言改。

尸」，包注：「不偃卧，布展手足，似死人也。」晉語「籧篨不可使俛」，韋注：「籧篨，偃人。」參同契曰：「男生而伏，女偃其軀。及其死也，乃復效之。」偃對伏言，亦爲仰。説文：「偃，僵也。」「僵，偃也。」僵亦謂仰倒，如莊子「推而僵之」，漢書「觸寶瑟僵」，皆是也。廣雅釋言：「偃，仰也。」錢澄之曰：「或偃或仰。」蓋誤以偃爲伏。論語注：「偃，仆也。」説文：「仆，頓也。」仆爲前覆，仰覆之通稱，亦不專爲伏也。

「或王事鞅掌」，傳：「鞅掌，失容也。」箋：「鞅，猶何也。掌，謂捧之也。負何捧持以趨走，言促遽也。」瑞辰按：鞅掌二字疊韻，即秧穰之類。説文：「秧，禾若秧穰也。」集韻曰：「禾下葉多也。」禾之葉多曰秧穰，人之事多曰鞅掌，其義一也。傳言失容者，亦狀事多之貌。箋分二字釋之，失其義矣。胡承珙曰：「莊子庚桑楚〔一〕篇『擁腫之與居，鞅掌之爲使』，釋文引崔云：『鞅掌，不仁意。』按不仁猶言手足不仁，不仁則手容不能恭，足容不能重，即是失容之意。」

「或湛樂飲酒」，瑞辰按：説文：「酖，樂酒也。」又：「媅，樂也。」二字音義竝同。此詩「湛樂」及抑詩「荒湛于酒」，皆酖字之假借。氓詩「士之耽兮」、「女之耽兮」及常棣詩「和樂且湛」，賓之初筵詩「子孫其湛」，爾雅釋詁「妉，樂也」，皆媅字之假借。書無逸「惟耽樂之從」，論衡引作「湛之從」，是耽、湛互通之證。

〔一〕「楚」字原脱，據胡承珙毛詩後箋補。

「或出入風議」，箋：「風，猶放也。」瑞辰按：左氏僖四年傳「唯是風馬牛不相及也」，賈逵注：「風，放也。」服注同。釋名：「風，放也。言放散也。」廣雅亦曰：「風，放也。」風議卽放議也，放議猶放言也，與「或靡事不爲」爲言與行相反。鄭讀風爲放，爲如字讀；釋文音諷，失之。

## 無將大車

「無將大車」，傳：「大車，小人之所將也。」箋：「將，猶扶進也。」瑞辰按：說文：「將，帥也。从寸，牆省聲。」「𢪊，扶也。从手，爿聲。」玉篇：「𢪊，古文將。」是訓扶者，字正作𢪊。箋知將卽𢪊之假借，故云「猶扶進」耳。

「祇自疷兮」，傳：「疷，病也。」瑞辰按：疷，唐石經作疧，廣韻以疷爲胝之重文。爾雅：「疧，病也。」說文：「疧，病不翅也。从疒，氏聲。」皆有疧無疷，从唐石經作疧爲是。釋文讀丁禮反，失之。古音脂與真互轉，支、真亦互轉，疧當讀如疹，故與塵韻，猶說文「趁讀若塵」也。三家詩蓋有作疹者，張平子思玄賦「思百憂以自疹」，正用此詩。疧讀爲疹，又假借作祇。何人斯毛傳：「祇，病也。」祇卽疧之假借。猶曲禮「畛于鬼神」，鄭注「畛或爲祇」。般庚「爾謂朕曷震動萬民以遷」，蔡邕石經震作祇，祇从氏，古氏亦氏聲也。又讀與皋陶謨「日嚴祇敬六德」，無逸「治民祇懼」，史記皆作振同，振亦袗也。禮記「振絺綌」，卽論語「袗絺綌」。劉敞七經小傳及劉彝均謂疷當作痻，顧亭林、江愼修皆謂卽「多我覯痻」之痻，因避唐諱而改，俱非。

「不出于熲」，傳：「熲，光也。」箋：「思衆小事以爲憂，使人蔽闇，不得出於光明之道。」集傳：「熲與耿同，小明也。在憂中耿耿然，不能出也。」瑞辰按：爾雅釋詁：「熲，光也。」說文：「熲，火光也。从火，頃聲。」耿字注引杜林說：「耿，光也。从光、聖省。」是熲音義與耿正同。邶柏舟「耿耿不寐」，傳：「耿耿，猶儆儆也。」禮少儀注：「熲，警枕也。」儆、警說文竝訓戒，「不出于熲」卽謂不出于儆戒之中，與「祇自疷兮」同義。箋謂不出于光明之道，失之。集傳謂憂中耿耿然不能出，是也，以熲謂小明，亦似未確。

「維塵雍兮」，箋：「雍，猶蔽也。」瑞辰按：說文有雍無壅，古壅蔽字只作雍。釋文「雍，字又作壅」，足利本作壅，皆後人从俗習增改。

「祇自重兮」，箋：「重，猶累也。」瑞辰按：重之言腫也。說文：「瘤，腫也。」又曰：「痤，小腫也。」成六年左傳「於是有沈溺重膇之疾」，杜注：「重膇，足腫。」此腫通作重之證。腫亦爲病，與「祇自疷兮」同義。箋云「重猶累」者，說文痤字注：「一曰，族絫病。」絫亦病也。

## 小明

「至于艽野」，傳：「艽野，遠荒之地。」瑞辰按：説文：「艽，遠荒也。」玉篇：「遠荒之野曰艽。」義本此詩。艽从九聲，艽之爲言究也。九者，變之究也。見易緯乾鑿度。地之究極，故曰遠也。又九、鬼古同聲。明堂位「脯鬼侯」，史記殷本紀作九侯。蒼頡篇：「鬼方，遠方也。」艽與鬼聲近而義同，故亦爲遠。正義謂「野是遠稱，艽蓋地名」，失之。説文有艽字，宋翔鳳以艽爲鬼之假借，亦非。

「二月初吉」，傳：「初吉，朔日也。」箋：「乃以二月朔日始行。」瑞辰按：二月當謂周正之二月，爲夏正之十二月，即下二章所云「日月方除」、「日月方奥」也。除即爾雅「十二月爲涂」之涂。戴震曰：「廣韻：『涂，直魚切。』與除同音通用。」方以智曰：「謂歲將除也。」是也。「日月方奥」當讀如尚書「厥民隩」之隩，謂民方聚居於隩之時也。毛傳「除，除陳生新也」，正取歲除之義。箋讀除爲爾雅「四月爲余」之余，失之。「日月方奥」傳：「奥，煖也。」與尚書「厥民隩」馬融注「隩，煖也」義合，謂其時日月宜居温室也。毛傳本以除、奥承上「二月初吉」言，謂周正建丑之月。正義謂「傳曰煖即春温，亦謂二月」，是誤以二月爲夏正二月，亦非傳義。又按：「二月初吉」，王尚書謂二月上旬之吉日，上旬凡十日，其善者皆可謂之初吉。

說詳經義述聞。傳、箋均以初吉爲朔日，失之。

「念彼共人」，箋：「共人，靖共爾位以待賢者之君。」瑞辰按：共、恭古通用。「靖共爾位」，韓詩外傳引詩作「静恭爾位」。巧言詩「匪其止共」，韓詩外傳作「匪其止恭」。是知共人卽恭人，詩人以念居者，猶下言君子也。箋讀共爲供具之供，以共人爲供具爵位之人君，失之。

「畏此罪罟」，傳：「罟，網也。」箋：「畏此刑罪羅網我。」瑞辰按：說文：「罪，捕魚竹网。」「罟，网也。」秦始以罪易辠，惟此詩罪罟二字平列，猶云網罟，與下章「畏此譴怒」、「畏此反覆」語同，蓋罪字之本義。大雅「天降罪罟」，義同此詩。傳不釋罪字，疑有脱誤，本當作「罪罟，網也」。箋直以罪爲刑罪，失之。

「興言出宿」，箋：「興，起也。夜卧起宿於外，憂不能宿於内也。」瑞辰按：興言猶云薄言，皆語詞也。爾雅：「虚，閒也。」虚爲舒之假借。興與虚雙聲，故舒又可假爲興。箋訓爲起，失之。抑詩「興迷亂于政」，興亦語詞，不爲義，箋訓爲尊尚，亦非。

## 鼓鐘

序：「鼓鐘，刺幽王也。」正義：「鄭於中候握河紀注云『昭王時鼓鐘之詩所爲作』者，鄭時未見毛詩，依三家爲説也。」瑞辰按：鄭君先通韓詩，以鼓鐘爲昭王詩蓋韓詩之説，故王伯厚詩考以正義所引列入韓詩。

「鼓鐘伐鼛」，傳：「鼛，大鼓也。」瑞辰按：周官鼓人但云「以鼛鼓鼓役事」。此刺幽王淫樂，非以興役。荀子正論篇「代睪而食」，代睪當作伐臯，卽詩伐鼛也。淮南主術訓「堯舜禹湯文武鼛鼓而食，奏雍而徹」，高注：「鼛鼓，王者之食樂也。」引詩「鼓鐘伐鼛」。是此詩「鼓鐘伐鼛」正周官大司樂所云「王大食、三宥，皆令奏鐘鼓」也。

「憂心且妯」，傳：「妯，動也。」箋：「妯之言悼也。」瑞辰按：方言：「蹇、妯，擾也。人不静曰妯。秦晉曰蹇，齊宋曰妯。」爾雅、説文竝曰：「妯，動也。」動之言變動，卽慟也，動當讀如論語「顔淵死，子哭之慟[一]」，鄭云：「變動容貌。」故正義以「變動容貌」釋之。一切經音義十二引韓詩作「憂心且陶」，陶卽妯之假借。妯通作陶，猶古文書臯陶作咎繇也。由又與舀同聲通用。詩「左旋右抽」，説文作「右搯」。菀柳詩「上帝甚蹈」，韓詩作「上帝甚陶」。傳之訓妯爲動，猶菀柳傳之訓蹈爲動也。箋之訓妯爲悼，猶菀柳箋之讀蹈爲悼也。悼之言掉，掉亦動也，檜詩傳云「悼[二]，動也」是已。説文心部：「怞，朖也。」引詩「憂心且怞」。怞與妯聲義

〔一〕「慟」原作「動」，據論語先進改。按陸德明論語釋文云：「慟，徒送切，鄭云：變動容貌。」卽此文所本。

〔二〕「悼」，續經解本作「掉」，非是。按檜風羔裘「中心是悼」，毛傳：「悼，動也。」

同，脤當爲恨之譌，恨亦傷悲之意。「憂心且妯」與上章「憂心且傷」、「憂心且悲」同義。

「笙磬同音」，傳：「笙磬，東方之樂也。同音，四縣皆同也。」箋：「同音者，謂堂上堂下八音克諧。」瑞辰按：傳、箋解同音二字異義，一謂舉一方以統四方，一謂舉堂下以統堂上。至其解笙磬，則一也。傳云「笙磬，東方之樂」。書皋陶謨「笙庸以閒」，鄭注：「東方之樂謂之笙。笙，生也。東方生長之方，故名爲笙也。」周官眡瞭「擊頌磬笙磬」，鄭注：「磬在東方曰笙。笙，生也。」鄭注書、禮皆與毛同。此箋不云笙爲匏笙，知其亦同毛訓。正義謂箋分笙、磬爲二，失之。又按古者樂與舞相接，樂之終乃舞之始。商頌「依我磬聲」，下即言「庸鼓有斁，萬舞有奕」，此詩「笙磬同音」，下即言「以雅以南，以籥不僭」，皆舞與樂相接之證。孟子云：「玉振之也者，終條理也。」玉即磬也。磬以止樂，而樂中之衆聲皆隨磬而止，故曰同音。古者堂上無縣，磬必在縣，傳言「四縣皆同」者，皆指堂下而言。石與玉一也，或分玉磬在堂上，石磬在堂下者，失之。

「以雅以南，以籥不僭」，傳：「爲雅爲南也。舞四夷之樂，大德廣所及也。東夷之樂曰昧，南夷之樂曰任，西夷之樂曰侏離，北夷之樂曰禁，以爲籥舞。若是，爲和而不僭矣。」箋：「雅，萬舞也。萬也，南也，籥也，三舞不僭，言進退之旅也。周樂尚武，故謂萬舞爲雅。雅，正也。籥舞，文樂也。」瑞辰按：傳以籥舞承上雅、南，爲二舞，箋以籥舞與上雅、南竝列，爲三舞，二説不同。文選注六引韓詩傳曰：「王者舞六代之樂，舞四夷之樂，大德廣之所及。」蓋以六代之樂釋雅，以四夷之樂釋南。又後漢書注五十一引薛君曰：「南夷之樂曰南。四夷之樂，惟南可以和於雅者，以其人聲音及籥不僭差也。」是韓詩説以籥承雅、南言之，與毛傳同。正義釋傳，謂：「以籥屬下句，故別言之，云以爲籥舞。」是誤合傳、箋爲一矣。毛傳不言雅爲何樂。後漢書陳禪傳陳忠曰：「古者合樂之樂舞于堂，四夷之樂舞于門，故詩曰『以雅以南，韎任侏離』。」考周官大胥「以六樂之會正舞位」，鄭注：「大同六樂之節奏，正其位，使相應也。言爲大合樂習之。」賈疏：「六樂者，卽六代之樂。」是知月令「季春大合樂」，與陳忠所云「合樂」，皆謂六代之樂，卽詩所謂雅也。雅者，正也。對四夷樂言之，則六代樂爲正，故謂之雅。陳忠説亦本毛、韓詩。毛傳既以南爲夷樂，則其釋雅亦當同韓詩耳。箋以雅爲萬舞，失之。明堂位：「任，南蠻之樂也。」古南與任音義同，白虎通「南之言任」是也。故毛傳備舉四夷之樂，以任釋南。陳忠引詩「韎任侏離」，特約舉毛傳之文，李賢云「疑見齊、魯之詩」，誤矣。

## 楚茨

序正義：「三章傳曰：『繹而賓尸及賓客。』或以爲三章則別陳繹祭之事。知不然者，以此篇所陳上下有次，首章言酒食，二章言牛羊，三章言俎豆燔炙，四章言神嗜飲食。」瑞辰按：正義之説非也。此詩雖論一祭，而一祭實兼祊祭、繹祭而始全。二章「祝祭于祊」已兼言祊祭，故三章遂及繹祭，不得謂詩六章皆專言正祭也。以今考之，首章言黍稷爲酒食，遂及正祭之妥侑也。二章言牛羊爲鼎俎，遂及祊祭之索饗也。三章言賓尸，遂及賓客之獻酬也。四章「工祝致告，徂賚孝孫」，尸嘏主人也。五章「諸宰君婦，廢徹不遲」，既祭而徹也。六章承上章「備言燕私」，既徹而燕也。二章既言「或亨」，三章復言「執爨」，凌廷堪謂卽少牢下篇之「燅尸俎」，蓋因賓尸而温之，此可證其爲賓尸者一也。古者正祭有獻酢而無酬，而詩曰「獻酬交錯」，此可證其爲賓尸者二也。古者正祭以神禮事尸，繹祭乃以賓禮事尸，故傳釋詩「爲賓爲客」曰「繹而賓尸及賓客」，此可證其爲賓尸者三也。至少牢儐尸有燔無肝炙，而詩曰「或燔或炙」，則天子賓尸之禮不同於諸侯之大夫。猶之少牢禮無牛而詩曰「絜爾牛羊」，少牢禮無祊祭而詩曰「祝祭于祊」，少牢禮無樂而詩曰「樂具入奏」，爲不同也。凌廷堪以少牢禮訂此詩，多有合者，然遂以此詩爲天子之卿大夫之祭禮，亦無確證。

「楚楚者茨，言抽其棘」，傳：「楚楚，茨棘貌。抽，除也。」箋：「茨，蒺藜也。伐除蒺藜與棘。茨言楚楚，棘言抽，互辭也。」瑞辰按：爾雅：「茨，蒺藜。」説文作「薺，疾藜也」，引詩「牆有薺」，離騷王逸章句引詩「楚楚者薋」，禮記齊讀如楚薋之薋。古齊、次同聲，故通用。作薺者正字，作茨及薋皆假借字。作茨者毛詩，作薋蓋三家詩也。若薋之本義，則説文訓爲草多皃矣。棘古作茦。爾雅釋草：「茦，刺。」方言：「凡草木刺人，北燕朝鮮之閒謂之茦。」又曰：「自關而西謂之刺，江淮之閒謂之棘。」説文：「茦，莿也。」「莿，茦也。」棘爲草名，又爲凡草刺人之通稱。「楚楚者茨，言抽其棘」，棘卽茨上之棘，猶之「翹翹錯薪，言刈其楚」，楚卽薪中之楚也。故傳云「楚楚，茨棘貌」，正以明茨、棘爲一。箋分茨、棘爲二，失之。

「我庾維億」，傳：「露積曰庾。萬萬曰億。」箋：「十萬曰億。」瑞辰按：周語「野有庾積」，韋注：「庾，露積穀也。」釋名説同。三倉曰：「庾，倉無屋也。」説文：「庾，漕倉也。一曰，倉無屋者。」漢書文帝紀應劭注引胡廣漢官解詁曰：「在邑曰倉，在野曰庾。」廣雅：「庾，倉也。」庾蓋卽今俗所謂囤者，其形圓，以席爲之，但露其上，故傳以露積釋之。三倉、説文竝以爲倉無屋者，卽謂其無上覆也。正義以露積爲「露地積聚之」，卽九章算術之「平地委粟」，又云「言『野有』，則非倉之類」，失矣。傳曰「萬萬曰億」，而箋云「十萬曰億」者，據一切經音義引算經曰：「黃帝爲法，數有十等，謂億、兆、京、垓、壤、秭、溝、澗、正、載。及其用也有三，謂上、中、下三等。下數十萬曰億，中數百萬曰億，上數萬萬曰億。」是傳、箋各據上下數言之，故説不同。但億對盈言，不得訓爲億兆之億。億，説文作𢡃，云：「𢡃，滿也。一曰，十萬曰𢡃。」是億之本義訓滿，與盈同義。王尚書經義述聞曰：「億亦盈也，語之轉耳。此億字但取盈滿之義，非紀其數，與『萬億及秭』之億不同。」其說是也。

「或肆或將」，傳：「肆，陳。將，齊也。或陳于互，或齊于肉。」箋：「有肆其骨體於俎者，或奉持而進之者。」瑞辰按：古者牲體既亨之後，皆先升牲體於鼎，而後載之於俎。淩廷堪謂升牲體於鼎卽詩所謂「肆」也，載牲體於俎卽詩所謂「將」也。然考周官外饔「陳其鼎俎」，詩言「或肆」，肆，陳也，已兼鼎、俎二者言之，不得以將專爲載於俎也，仍从傳訓齊爲是。將、齊以雙聲爲義。齊，徐仙民周禮音：「蔣細反，讀如劑。」爾雅釋言：「將，齊也。」郭注：「謂分齊也。」「或將」承上「或烹」言之，謂劑量其水火也。周禮亨人「以給水火之齊」，注云「齊多少之量」是也。

「祝祭于祊」，傳：「祊，門內也。」箋：「孝子不知神之所在，故使祝博求之平生門內之旁，待賓客之處。」瑞辰按：周官大祝「凡大禋祀、肆亨、祭祇，則執明水火而號祝」，鄭注：「肆亨，祭宗廟也。故書祇爲祊。杜子春曰：祊當爲祇。」今按從故書作祊爲是，祭祊卽此詩「祝祭于祊」也。郊特牲「直祭祝于主，索祭祝于祊」，鄭注：「直，正也。謂薦孰時也。」今按詩上言「或剝或亨」，爲正祭薦孰之事，則下言「祝祭于祊」爲索祭之事。爾雅邢疏謂：「禮言索祭，卽詩『祝祭于祊』，與祭同日。」其說是也。郊特牲：「孔子曰：繹之於庫門內，祊之於東方，朝市之於西方，失之矣。」三者竝列，各爲一事。鄭注謂祊與繹二者同時，而大名曰繹，其說非也。祊之爲繹，惟見家語，家語：「高子睪問于孔子曰：『周禮繹祭于祊，祊在門之西。今衛君更之，如之何？』」經傳無徵。家語爲王子雍所僞託，其說不足據。郊特牲「索祭祝于祊」，正義以詩「祝祭于祊」及禮言索祭爲與正祭同日，而以「祊之於東方」爲繹祭，因謂祊祭有二，此特牽就鄭君之說，不知祊止有一，皆謂與正祭同日之索祭也。祊，說文作鬃，云：「門内祭，先祖所徬徨也。」其云「門内祭」，與毛傳祊爲門内正合。至禮器「爲祊乎外」，特對正祭于堂言之，故謂之外，非在門外也。祭統「詔祝於室而出於祊」，出亦對室言之，非謂出於廟門外也。鄭注郊特牲云：「祊之禮宜於廟門外之西室。」殊誤。祊，爾雅作閍，今本作「閍謂之門」。案郊特牲「索祭祝于祊」，鄭注：「廟門曰祊。」正義：「『廟門曰祊』，爾雅釋宫文。」禮器「爲祊乎外」，正義亦引釋宫「廟門謂之祊」，郊特牲「祊之於東方」，正義又引釋宫云「門謂之祊」，皆與今本爾雅不同。據此詩正義引爾雅李巡注曰：「閍，廟門也。」孫炎曰：「詩云『祝祭于祊』，祊謂廟門也。」竊謂爾雅古本當如郊特牲所引作「門謂之祊」，故李、孫以廟門釋之。若經原作「廟門」，則不煩以廟門釋之矣。禮記正義兩引「廟門謂之祊」，特順注文言之耳。今本「閍謂之門」，蓋誤倒。此詩正義引爾雅亦作「閍謂之門」，則其誤蓋已久矣。

「先祖是皇」，傳：「皇，大。」箋：「皇，暀也。先祖以孝子祀禮甚明之故，精氣歸暀之。」瑞辰按：說文：「鬃，門内祭，先祖所徬徨。」此詩承「祝祭于祊」言之，皇之言徨，謂先祖所徬徨，卽晧也。釋訓：「晧晧、皇皇，美也。」說文：「晧，光美也。」晧本義爲美，又借爲歸往之往。小爾雅：「徨，往也。」信南山「先祖是皇」，箋：「皇之言往也。」泮水「烝烝皇皇」，箋：「皇皇當作晧晧，晧晧猶往往也。」少儀注：「皇皇讀爲往往之往。」義竝與此箋同。

「神保是饗」，傳：「保，安也。」箋：「其鬼神又安而享其祭祀。」瑞辰按：保者，守也，依也。神之所依爲神保，與「先祖」對舉，當以神保連讀。神保爲神之嘉稱，猶楚詞或言靈，或言靈保，靈保亦靈也。詩既言先祖，又言神保者，親之爲先祖，尊之則爲神保。猶禮運「以降上神與其先祖」，正義云「上神謂在上精魂之神，卽先祖也，指其精氣謂之上神，指其亡親謂之先祖」也。五章「神具醉止，皇尸載起」，白虎通引之，謂尸醉若神之醉。下云「鼓鐘送尸，神保聿歸」，亦因尸歸知神之歸。「神保聿歸」與上「神具醉止」無異。是知神保卽神，非謂尸也。又按保與寶同音，古通用。金縢「無墜天之降寶命」，鄭注：「寶，猶神也。」則知神保二字同義，保亦神耳。

「執爨踖踖」，傳：「爨，饔爨、廩爨也。踖踖，言爨竈有容也。」瑞辰按：詩言「爲俎」，言「燔炙」，則「執爨」宜專指饔爨言之。爾雅：「踖踖，敏也。」說文踖字注：「一曰，踧踖。」踖踖蓋執爨恭敬之貌。尚書大傳洛誥傳曰：「爨竈者有容。」與傳義合。

「君婦莫莫」，傳：「莫莫，清靜而敬至也。」箋：「君婦，謂后也。凡嫡妻稱君婦，事舅姑之稱也。」瑞辰按：廣雅：「嫡，君也。」嫡與適同，故適婦曰君婦。廣雅又曰：「主，君也。」則天子、諸侯妻之稱君婦，猶大夫、士之妻稱主婦耳。爾雅釋詁：「貊，靜也。」又曰：「貉、嗼，定也。」釋言：「漠，清也。」廣雅：「莫，漠也。」莫與貊、貉、嗼、漠竝通，故傳訓爲清靜。說文：「嗼，啾嗼也。」亦與清靜義同。爾雅釋訓又曰：「慔慔，勉也。」疑卽此詩莫莫之異文，當本三家詩。說文：「慔，勉也。」亦敬謹之意，故傳又訓爲敬至。

「爲豆孔庶」，傳：「豆，謂肉羞、庶羞也。」箋：「庶，胗也。祭祀之禮，后夫人主共籩豆，必取肉物肥胗美者也。」瑞辰按：天子庶羞百有二十品，豆卽庶羞之豆，故曰孔庶。說文：「庶，屋下衆也。从广炗。炗，古文光字。」爾雅釋言：「庶，胗〔一〕也。」胗字又作侈〔二〕，舍人曰：「庶，衆也。胗，多也。」胗亦衆多之義。侈又通⿰多阝與㢋。說文：「⿰多阝，有大慶也。讀若侈。」又：「㢋，廣也。」義竝相近。箋訓爲肥胗，失之。

「獻醻交錯」，傳：「東西爲交，邪行爲錯。」瑞辰按：交者，䢒之省借，說文：「䢒，會也。」錯者，逪之假借，說文：「逪，䢒逪也。」特牲饋食禮「衆賓及衆兄弟交錯以辯」，鄭注：「交錯猶言東西。」蓋渾言則交錯爲東西行，析言則東西正相值爲䢒，東西邪行爲逪。旅酬行禮，皆一

〔一〕「胗」，今本爾雅（郭注本）作「侈」，當據改。

〔二〕「胗字又作侈」當作「侈字又作胗」，故下又引舍人注「胗，多也」爲證。蓋舍人注本作「胗」。

迄一道也。

「神保是格」，傳：「格，來。」瑞辰按：爾雅：「格，至也。」又曰：「格，來也。」格古字作佫，方言：「佫，至也。」又：「佫，來也。」作格者假借字。說文：「格，木長皃。」此格之本義。又通作假，方言：「假，至也。邠唐冀兖之閒曰假。」說文：「假，至也。」經傳作假者皆假字之假借。又通作嘏，士冠禮「孝友時格」，注：「今文格爲嘏。」嘏亦假借字。

「我孔熯矣」，傳：「熯，敬也。」瑞辰按：傳本爾雅。熯之本義爲乾貌，訓敬者，戁字之假借。說文：「戁，敬也。」徐鍇曰：「今詩作熯。」蓋戁从難聲，熯从漢省，漢从難省，故聲同字通。爾雅、毛傳訓熯爲敬者，正以熯爲戁之借字，遂以釋戁者釋熯耳。

「工祝致告」，傳：「善其事曰工。」瑞辰按：少牢饋食禮「皇尸命工祝」，鄭注：「工，官也。」周頌「嗟嗟臣工」，毛傳：「工，官也。」臯陶謨「百工」卽百官。「工祝」正對「皇尸」爲君尸言之，猶書言「官占」也。傳謂「善其事曰工」，失之。

「徂賚孝孫」，傳：「賚，予也。」釋文：「賚，如字。徐音來。」瑞辰按：爾雅：「賚，賜也。」又：「賚，予也。」說文：「賚，賜也。从貝，來聲。」古讀賚如來，商頌「賚我思成」，箋：「賚讀如往來之來。」其字亦借作來，少牢饋食禮「來女孝孫」，來卽賚也。又通作釐與理，少牢饋食禮注：「來讀曰釐。釐，賜也。」商書云「予其大賚女」，史記殷本紀作理。釐、理皆賚字之假借。

「苾芬孝祀」，箋：「苾苾芬芬，有馨香矣，女之以孝敬享祀也。」瑞辰按：爾雅釋詁：「享，孝也。」享訓爲孝，故享祀亦謂之孝祀。「苾芬孝祀」，猶魯頌「享祀不忒」也。論語「而致孝乎鬼神」，猶言致享乎鬼神也。箋謂「以孝敬享祀」，失之。

「既齊既稷」，傳：「稷，疾。」箋：「齊，減取也。稷之言卽也。嘏之禮，祝徧取黍〔一〕稷牢肉魚，擩于醢以授尸，孝孫前就尸受之。」瑞辰按：齊、稷義相近，猶下句匡、勑義亦近也。傳訓稷爲疾，則齊當讀如徇齊之齊。爾雅釋詁：「齊，疾也。」說文：「齌，炊餔疾也。从火，齊聲。」卽兼从齊會意。王肅訓爲整齊，非傳恉也。爾雅釋言：「悈，急也。」釋文：「悈，本或作極，又作亟，同。」說文：「亟，敏疾也。」「極，急性也。」傳蓋以稷爲亟之假借，故訓爲疾。正義引王肅云「已極疾」，當爲「亟疾」之譌。猶爾雅釋文「悈本作極」，極當爲悈之譌也。古者以疾爲敬，故亟又訓敬，廣雅「亟，敬也」是已。箋讀齊爲資，稷爲卽，均非詩義。

「既匡既勑」，傳：「勑，固也。」箋：「天子使宰夫受之以筐，祝則釋嘏辭以勑之。」瑞辰按：匡、勑義相近，匡當訓爲匡正。箋讀爲筐，非詩義也。說文：「勑〔二〕，誡也。」「飭，致堅也。讀若敕。」敕、飭音義相近，傳訓勑爲固，蓋以勑爲飭之假借。勑本勞來之勑，經傳中多借爲

〔一〕「黍」字原脱，據鄭箋補。

〔二〕「勑」，續經解本作「敕」，檢說文亦作「敕」。勑與敕古通用，今不改。下同。

敕誡之敕。爾雅「敕，勞也」，又借敕爲勑。古來有力音，故二字互相通借。或以爲形近之誤，則非。

「禮儀既備」，瑞辰按：備者，葡之假借。說文：「葡，具也。从用，苟省。」「苟，自急敕也。」「敕，誡也。」若備之本義，則說文訓愼。朱武曹曰：「備與戒互言。」則謂宜从備字本義。

「廢徹不遲」，箋：「廢，去也。」瑞辰按：廣雅釋詁：「發，去也。」廢與發聲近義同，故訓去。又小爾雅及廣雅竝云：「廢，置也。」置、去義亦同。徹者，勶之假借。說文：「勶，發也。」與徹訓通異義。凡禮言「有司徹」，詩「徹我牆屋」，字皆當作勶。廢、勶二字同義，廢亦勶也。或作撤，乃勶字之俗。

「爾殽既將」，傳：「將，行也。」瑞辰按：廣雅釋詁：「將，美也。」「爾殽既將」猶頍弁詩「爾殽既嘉」、「爾殽既時」，嘉、時皆美也。廣雅釋詁：「時，善也。」善與美同義。傳訓將爲行，失之。

「孔惠孔時」，箋：「惠，順也。甚順於禮，甚得其時。」瑞辰按：時當訓善。廣雅：「時，善也。」詩「豈曰不時」，言豈曰不善也；「匪上帝不時」，言匪上帝不善也。士冠禮「嘉薦亶時」，言嘉薦亶善也。周書小開篇「何敬非時」，言何敬非善也。時、善一聲之轉。曹公子欣時字子臧，取時與臧相應，時、臧皆善也。周官「告時于王，告備于王」，卽此詩「孔惠孔時」。惠，順也。據禮記言「備者百順之名」，備亦順也。

## 信南山〔一〕

「信彼南山」，箋：「信乎彼南山之野。」瑞辰按：「信彼南山」與「節彼南山」、「倬彼甫田」句法相類，節、倬皆爲貌，則信亦南山貌也。古伸字借作信。爾雅釋詁：「引，長也。」漢書律曆志：「引者，信也。」師古曰：「信讀曰伸。」引爲長，則伸亦長矣。說文：「舒，伸也。」小爾雅：「舒，長也。」周髀算經：「從東至北日益長，故曰信。」是伸、信訓長之證。信爲南山之野長遠貌，猶昀昀爲原隰墾辟貌也。信當讀伸。箋讀爲疑信之信，失之。

「維禹甸之」，傳：「甸，治也。」箋：「禹治而丘甸之。」瑞辰按：周官稍人「丘乘」，注：「乘讀與『維禹敶之』之敶同。」賈疏引韓詩作敶，訓「乘也」。敶爲古文陳字，古田、陳同聲，故通用。甸又與田通。周官小宗伯注：「甸讀爲田。」序官「甸祝〔二〕」注：「甸之言田也。」甸之通作陳，猶齊陳氏之爲田氏也。說文：「田，敶也。」又：「敶，列也〔三〕。」爾雅「郊外謂之牧」，李巡本牧作田，云：「田，敶

〔一〕信南山原作信彼南山，據通行各本毛詩删「彼」字。

〔二〕「祝」原作「說」，據周禮春官序官改。

〔三〕「敶，列也」原作「敒，理也」，據續經解本改。

也。謂敕列種穀之處。」敕亦古陳字。甸爲治，則陳、田亦皆爲治。梓材〔一〕「惟其陳脩，爲厥疆畎」，陳、脩皆治也。多方曰「畋爾田」，齊風甫田曰「無田甫田」，竝與陳聲近而義同。「維禹甸之」與下文「曾孫田之」同義。經必上甸下田者，變文以協韻也。陳、乘二字雙聲，韓詩訓隞爲乘，乘亦治也。箋訓爲丘甸之甸，不若毛傳訓治爲善。

「畇畇原隰」，傳：「畇畇，墾辟貌。」瑞辰按：周官均人注：「旬，均也。讀如『⿱𤇾田⿱𤇾田原隰』之⿱𤇾田。」玉篇：「⿱𤇾田，均也。」⿱𤇾田與畇音近而義同，作⿱𤇾田者蓋韓詩。畇，釋文云「本亦作⿰田向」。小爾雅、廣雅竝曰：「旬，治也。」畇即旬也，畇亦均也。夏小正正月「農率均田」，均田即除田，除即治也。爾雅釋訓：「畇畇，田也。」正取「曾孫田之」爲訓。說文有均無畇，郝懿行言畇即均之或體。釋文引字林正作「均均，墾治也」。均訓爲治田，通作畋。說文：「畋，平田也。」平田亦治田也。畇畇者，田已均治之貌，故傳訓爲墾辟貌。

「我疆我理」，傳：「疆，畫經界也。理，分地理也。」瑞辰按：說文：「理，治玉也。」治玉謂剖析之，引申爲分理之稱。樂記鄭注曰：「理者，分也。」古人曰肌理，曰腠理，曰文理，曰天理，曰地理，曰條理，皆指其可分別者言之，故此傳以「分地理」釋經理字。理對疆言，疆謂定其大界，理則細分其地脈也。至成二年左傳曰「先王疆理天下，物土之宜，而布其利」，引

〔一〕梓材原作酒誥，據尚書改。

詩「我疆我理，南東其畝」，「物土之宜」乃釋詩「南東其畝」，非釋理也。正義謂「分地理」若孝經注「高田宜黍稷，下田宜稻麥」，失之。

「南東其畝」，傳：「或南或東。」瑞辰按：齊風「衡從其畝」，釋文引韓詩作「横由其畝」，云「東西耕曰横，南北耕曰由」。說文：「十，數之具也。一爲東西，丨爲南北。」又曰：「六尺爲步。步百爲畮。畮或从十久。」又曰：「田，象形。口十，千百之制也。」是畝之一縱一横，實兼東西南北之象。此詩「南東其畝」蓋言南以該北，言東以該西也。

「上天同雲」，瑞辰按：爾雅釋天：「冬曰上天。」釋名：「冬曰上天，其氣上騰，與地絶也。」許慎五經異義引古尚書說：「自上監下則稱上天。」是上天與昊天、蒼天等同爲天稱。正義謂「雲在於天上，雨從上下，故曰上天」，失其義矣。藝文類聚引韓詩曰：「雪雲曰同雲。」同雲蓋陰雲密布之貌，同對異言。埤雅引詩「上天同雲」而釋之曰：「冬曰上天，燠則雲暘而異，寒則雲陰而同。」其說是也。

「既優既渥」，箋：「潤澤則饒洽。」瑞辰按：優者，瀀之假借。說文：「瀀，澤多也。」引詩「既瀀既渥」。又曰：「渥，霑也。」

「既霑既足」，瑞辰按：說文：「霑，雨䨍也。」「䨍，濡也。」足者，浞之省借。說文：「浞，小濡皃也。」詩言瀀、渥、霑、足，四者義皆相近，均以言雨澤之霑濡耳。正義以足爲豐足，失之。

「中田有廬」，箋：「中田，田中也。農人作廬焉，以便其田事。」瑞辰按：說文：「廬，寄也。秋冬去，春夏居。」古者井田之制，私田在外，公田在中，廬舍又在公田之中，故曰「中田有廬」。穀梁傳曰：「古者公田爲居，井竈葱韭盡取焉。」正與詩合。韓詩外傳曰：「八家爲鄰，家得百畝。家得公田十畝，餘二十畝共爲廬舍，各得二畝半。」公羊傳何休注：「一夫一婦受田百畝，公田十畝，廬舍二畝半，凡爲田一頃十二畝半。八家而九頃，共爲一井，故曰井田。廬舍在內，貴人也。公田次之，貴公也。私田在外，賤私也。」漢書食貨志、穀梁范注，孟子趙注說竝同。其說肇自穀梁，而甫田詩正義以爲食貨志取孟子爲說而失其本恉，其說非也。孟子曰：「請野九一而助，國中什一使自賦。」考工記匠人鄭注引之，曰：「野九夫而稅一，國中什一。」按「九一」蓋舉成數而言。賈疏引甫田詩箋解「歲取十千」云：「井稅一夫，其田百畝，特順經從整數而說，其說實與諸家不殊。」是也。甫田詩正義乃拘孟子「九一而助」之說，謂鄭以爲助則九而助一，貢則什一而貢一，通率爲什中取一，因謂古無公田二十畝爲廬舍之說，其說非也。公羊宣十五年傳曰：「古者什一而藉。」何休注：「一夫一婦受田百畝，公田十畝，即所謂什一而藉也。」是知孟子所云「皆什一」者，正謂什一分而取其一。甫田詩正義以「九一」爲九而助一，則非；至以「什一使自賦」謂什一而貢一，則是也。「九一而助」，舉其大數，實則除去廬舍二十畝，爲八百八十畝，八家各得田一百一十畝，只稅其十畝，正爲什一而稅其一，此孟子所謂「其實皆什一」也。考工記匠人賈疏以爲「什外取一」，亦什一而取一之義。先儒或以「什一」爲什而取一，則與經文「其實皆什一」爲不合矣。

「祭以清酒」，箋：「清，謂玄酒也。酒，鬱鬯、五齊三酒也。」瑞辰按：周官酒正「辨三酒之物」，「三曰清酒」，鄭司農曰：「清酒，祭祀之酒。」此詩及大雅旱麓詩竝以清酒與騂牡對言，騂牡爲一，則清酒即酒正「三曰清酒」，不得分清與酒爲二。詩蓋舉清酒以該衆酒。箋分清酒爲玄酒與五齊三酒，失之。

# 毛詩傳箋通釋卷二十二

## 小雅

### 甫田

「倬彼甫田」，傳：「倬，明貌。甫田，謂天下田也。」箋：「甫之言丈夫也。明乎彼太古之時，以丈夫稅田也。」釋文：「倬，陟角反。韓詩作箌，音同，云：箌，卓也。」瑞辰按：爾雅釋詁：「箌，大也。」舊疏引韓詩作「箌彼圃田」，云：「箌，卓也，亦大也。」說文：「倬，大也。」圃、甫古通用，甫田爲大田，則倬宜爲大貌。而傳訓明貌者，倬兼明、大二義。說文：「倬，箸大也。」合二義言之，是也。倬从卓聲，箌从到聲，古音同部，故通用。說文有菿無箌，玉篇引韓詩作「菿彼甫田」，今爾雅、釋文作箌者，傳寫之譌。爾雅釋文及邢疏竝引說文：「菿，草大也。」廣韻三十七号〔一〕云：「菿，大也。」四覺又引說文：「菿，草大也。」今說文二徐本菿譌作菿，又別

〔一〕「号」原作「號」，據廣韻改。

出菿字，訓爲「草木倒也」，失之。此傳訓甫爲天下田，亦是大義，不若齊風訓「甫，大也」爲確。

「攸介攸止，烝我髦士」，傳：「烝，進。髦，俊也。治田得穀，俊士以進。」箋：「介，舍也。禮，使民鋤作耘耔，暇則於廬舍及所止息之處以道藝相講肄，以進爲俊士之行。」瑞辰按：說文：「介，畫也。从人，从八。八，別也。」文選魏都賦注引韓詩薛君章句曰：「介，界也。」正與說文義合。蓋於衆農之中分別其秀者而教之，謂之「攸介」。農事既息，令其入止里宅，謂之「攸止」。公羊傳何休注：「十月事訖，父老教于校室，八歲者學小學，十五者學大學。其有秀者，移于鄉學。詩所謂『攸介』也。」又曰：「五穀畢入，民皆居宅，詩所謂『攸止』也。」又曰：「鄉學之秀者移於庠，庠之秀者移于國學。」「學于小學，諸侯歲貢小學之秀者于天子，于大學。其有秀者，命曰進士。詩所謂『烝我髦士』也。」古者妻將生子，居側室，與夫別處，以示分別，故生民詩亦曰「攸介攸止」。此箋訓介爲廬舍，彼箋云：「介，左右也。」亦以介爲別爲廬舍以處之，左右猶言左个右个，皆別室也。生民傳訓介爲大，失之。

「以我齊明」，傳：「器實曰齊，在器曰盛。」箋：「以絜齊豐盛。」釋文：「齊，本又作齎，又作齍。」瑞辰按：說文：「齍，黍稷器，所以祀者。」「盛，黍稷在器，所以祀者也。」義與毛傳同。詩作齊者，齍之省借；明者，盛之假借。古明與盛同義。爾雅釋詁：「明，成也。」釋名：「成，盛也。」明爲成，卽爲盛。玉篇：「晟，明也。」晟亦盛之異文。淮南子說林訓「長而愈明」，高注：「明，猶盛也。」明通爲昌盛之盛，因借爲齊盛之盛，古字不分平去。詩若作盛，則與羊、方、臧等字古音不協，故必假明字以爲韻，明讀若芒故也。傳、箋皆以齊盛釋齊明，正以明爲盛之假借。正義謂「傳因齊釋盛」，又謂箋以絜齊釋齊明，而云「齊言明，謂絜清」，失之。

「與我犧羊」，箋：「與我純色之羊。」瑞辰按：說文：「牲，牛完全也。」「牷，牛純色。」「犧，宗廟之牲也。」犧與牲、牷字皆从牛，蓋本專爲牛稱，後乃引伸爲凡牲之稱。昭二十五年左傳：「爲六畜、五牲、三犧，以奉五味。」王尚書曰：「三犧，牛、羊、豕也。色純則曰犧。」左傳：「雞自憚其犧。」此宗廟牲通稱犧之證也。左傳：「介葛盧聞牛鳴，曰：是生三犧。」曲禮「凡家造，犧賦爲次」，疏：「此犧專謂牛。」是犧專稱牛之證也。此詩以犧羊與齊明對，齊明卽齊盛，則犧亦當指牛言。箋以犧羊爲純色之羊，失之。曲禮「天子以犧牛」，據釋文「犧，音牷」，說文「牷，牛純色」，是犧訓純色者，乃以犧爲牷字之假借，非犧字之本義也。

「以社以方，我田既臧，農夫之慶。琴瑟擊鼓，以御田祖，以祈甘雨，以介我稷黍，以穀我士女。」傳：「社，后土也。方，迎四方氣于郊也。田祖，先嗇也。穀，善也。」箋：「秋祭社與四方，爲五穀成熟，報其功也。臧，善也。我田事已善，則慶賜農夫，謂大蜡之時勞農以休息之也。年不順成，則八蜡不通。御，迎；介，助；穀，養也。設樂以迎祭先嗇，謂郊後始耕也。

以求甘雨，佑助我禾稼，我當以養士女也。周禮曰：『凡國祈年于田祖，吹豳雅，擊土鼓，以樂田畯。』〔二〕瑞辰按：此節蓋述蜡祭之事。月令：「孟冬，天子乃祈來年于天宗，大割祠于公社及門閭，臘先祖、五祀。」鄭注：「此周禮所謂蜡祭也。天宗，謂日月星辰也。大割，大殺羣牲割之也。臘，謂以田獵所得禽祭也。五祀，門、户、中霤、竈、行也。或言祈年，或言大割，或言臘，互文。」據此，是蜡爲大名，祈年、祠社、臘，皆同時之祭。周官籥章：「凡國祈年于田祖，吹豳雅，擊土鼓，以樂田畯。國祭蜡，則吹豳頌，擊土鼓，以息老物。」以祈年與祭蜡對言，所吹雅、頌亦異，是祈年與蜡非卽一祭。蓋猶蜡之與臘，分之則爲二，合之則大可兼小，蜡爲大名耳。蔡邕獨斷云：「臘者，歲終大祭。」又云：「夏曰嘉平，殷曰清祀，周曰大蜡，漢曰臘。」風俗通義同。僖五年左傳「虞不臘矣」，杜注：「臘，歲終祭〔一〕衆神之名。」禮運正義云：「總而言之謂之蜡，析而言之祭百神曰蜡，祭宗廟曰息民。」是蜡本爲合祭衆神之祭，故方、社無不與祭。大宗伯「以疈辜祭四方百物」，鄭注以爲蜡祭。郊特牲「八蜡以記四方」，大宗伯注引作「八蜡以祀四方」。則蜡祭四方矣。大司樂「凡六樂者，一變而致羽物，及川澤之示」一節鄭注：「此謂大蜡索鬼神而致百物。」其「五變而致介物，及土示」，賈疏引鄭君駁異義云：「土祇者，土之總神，謂社。」月令「大割祠于公社」，鄭注亦以爲蜡。則蜡祭社矣。春秋昭十八年

〔一〕「祭」下原衍「與」字，據左傳杜注删。

傳：「鄭子產大爲社，祓禳於四方。」此古者祭社必兼四方之證。此詩「以社以方」，謂因蜡而祭方、社也。「我田既臧，農夫之慶」，謂蜡後臘，勞農息民也。「以御田祖」，謂蜡祭主先嗇而祭司嗇也。「以祈甘雨」，即月令「祈來年於天宗」，籥章「祈年于田祖」也。皆年終之祭。箋以方、社爲秋祭，以御田祖爲郊後始耕，竝失之。

「曾孫來止，以其婦子」，箋：「曾孫，成王也。成王來止，謂來觀農事也。親與后、世子行，使知稼穡艱難。」瑞辰按：公羊傳：「女在其國稱女，在途稱婦，入國稱夫人。」諸侯夫人入國即不稱婦，婦子自指農夫之婦子，非謂后、世子也。王親耕，后親蠶，后無隨王省耕勸農之事。王肅、孫毓駁之，是也。大田「以其婦子，饁彼南畝」，與此同義。正義曲申箋說，失之。

「攘其左右」，箋：「攘讀當爲饟。饁、饟，饋也。」瑞辰按：上文既云「饁彼南畝」，不得復讀攘爲饟。古讓字作攘，說文：「揖，攘也。」曲禮「左右攘辟」，鄭注：「或者，攘，古讓字。」此詩攘卽揖攘字，謂田畯將嘗其酒食，而先讓其左右從行之人，示有禮也。王肅訓攘爲除田，又謂「嘗其旨否」爲「嘗其氣旨，土地和美與否也」，失之。孔顨軒言「農夫各以食讓與左右鄰井」，亦非。

「禾易長畝」，傳：「易，治也。長畝，竟畝也。」箋：「禾治而竟畝。」瑞辰按：易與移一聲之轉。說文：「移，禾相倚移也。」倚移讀若阿那，爲禾盛之貌。亦單稱移，表記「衣服以移之」，注：「移讀如禾氾移之移。移猶廣大也。」段玉裁曰：「禾氾移蓋謂禾蕃多。」此詩「禾易」當爲「禾移」之假借，謂禾蕃竟畝也。古假移爲侈，考工記「飾〔一〕車欲侈」，注「故書侈爲移」，少牢饋食禮「移袂」，皆侈也。移正字作袳，說文：「袳，衣張也。」袳亦侈也。又按郊特牲「順成之方，其蜡乃通，以移民也」，鄭注：「移之言羨也。」王觀察曰：「羨者，寬衍之意。」亦與禾移爲蕃盛義相近。傳、箋竝訓易爲治，失之。

「如坻如京」，箋：「坻，水中之高地也。」瑞辰按：爾雅：「小沚曰坻。」其高無幾，不足以形禾稼之多。坻當讀阺。說文𨸏部曰：「秦謂陵阪曰阺。」玉篇引埤蒼：「坻，坂也。」則坻、阺二字通矣。楊雄解嘲曰「響若坻隤」，應劭曰：「天水有大坂，名曰隴坻。其山堆傍箸崩落作聲，聞數百里，故曰坻隤。」字亦作氏，說文氏字注曰：「巴蜀名山岸脅之自旁箸欲落墯者曰氏。氏崩聲聞數百里。象形，乁聲。」其字亦假作是，禹貢「西傾因桓是來」，鄭注：「桓是，隴阪名，其道般桓旋曲而上，故曰桓是。今其下民謂隴曰是，謂曲爲桓也。」據此，則是卽氏也。左氏昭十二〔二〕年傳「有肉如坻」，杜注：「坻，山名。」正義引「楚子觀兵于坻箕之山」爲

〔一〕「飾」原作「飭」，據考工記輿人改。
〔二〕「十二」原作「二十」，據左傳改。

證。今按「有肉如坻」與「有肉如陵」相類，正當訓陵阪之阺。此詩「如坻」對「如京」言，絕高謂之京，則坻亦當訓陵阪耳。

## 大田

「既備乃事」，箋：「是既備矣，至孟春土長冒橛，陳根可拔而事之。」瑞辰按：備者，服之假借。説文：「𠬝，治也。」字通作服，爾雅釋言：「服，整也。」整亦治也。凡从𠬝、从葡〔一〕之字古多通用，備即服之假借。周頌：「亦服爾耕。」夏小正「初服于公田，既備乃事」，猶云既服乃事也。服假作備，猶漢書王莽傳「盡備厥辜」即盡服厥辜，定四年左傳「備物典册」即服物典策，又如繫辭傳「服牛乘馬」，説文引作「犕〔二〕牛乘馬」，左傳伯服，史記鄭世家作伯犕也。正義訓爲周備，失之。事通作倳，事之即倳之也。管子：「春有以倳耕，夏有以倳耘。」説文無倳字，古字蓋止作事。漢書「事刃君之腹中」，李奇注：「東方人以物插地中爲事。」師古曰：「事字本作倳，倳音側吏反，周禮考工注又作葘，音皆同耳。」下章箋讀「俶載」爲「熾葘」。

〔一〕「葡」原作「備」，續經解本作「葡」，皆誤，據文義並參説文改。按「服」字从𠬝得聲，「備」字从葡得聲，故下云「備即服之假借」。

〔二〕「犕」原作「備」，據續經解本及説文改。

方言：「入地曰熾，反草曰菑。」此章箋引農書「陳根可拔而事之」，與方言「反草曰菑」正合。是知事與傳皆菑之假借，菑亦插耳。顏注張安世傳引續漢書「輕車菑矛戟幢麾」而釋之曰：「菑，插也。」菑、事、載古音近通用，菑之假作事，猶菑之假作載，載之通作事也。尚書「熙帝之載」，史記五帝紀載作事。大雅毛傳：「載，事也。」正義曰「於是乃耕，故云『而事之』」，失箋恉矣。又按箋「孟春土長冒橛，陳根可拔」，據周語「土乃脈發」韋昭注引氾勝之書曰「春土冒橛，陳根可拔」，是箋所據，引氾勝之種植書耳。正義云「漢書藝文志農書有七，不知出誰書」，殆未檢國語韋注邪？

「以我覃耜」，傳：「覃，利也。」瑞辰按：覃者，剡之假借。淮南氾論訓：「古者剡耜而耕。」爾雅釋詁：「剡，利也。」郭注引詩「以我剡耜」，張平子西京賦亦作「剡耜」，蓋皆本三家詩。説文：「剡，鋭利也。」廣雅：「剡，鋭也。」覃、剡古同音，故通用。説文：「棪，讀若三年導服之導。」士虞禮注：「古文禫或爲導。」此剡、覃同音之證。釋文：「覃，以冉反，又徐以廉反。」正讀如剡。

「俶載南畝」，箋：「俶讀爲熾，載讀爲菑栗之菑。時至，民以其利耜熾菑，發所受之地，趨農急也。田一歲曰菑。」瑞辰按：熾菑二字雙聲，即俶載之轉。錢大昕曰：「方言『入地曰熾』，熾即戠也。説文：『埴，黏土也。』禹貢『厥土赤埴墳』，鄭本作戠，徐、王皆讀曰埴。考工記『搏埴之工』，鄭注亦訓埴爲黏土。是埴、戠同物也。弓人『凡昵之類不能方』，注：『故書昵或作樴。』是埴與戠、樴文異而義同。土之黏者曰戠，以耜入地曰熾，猶治亂曰亂耳。」今按左傳「不義不暱」，說文引作「不義不䵒」，云：「䵒，黏也。或作䵑。」考工記注：「杜子春云：樴讀爲『不義不昵』之昵。或爲䵑。䵑，黏也。」昵、䵒皆暱之或字，䵑又䵒之或字。爾雅：「䵑，膠也。」皆與錢氏黏土曰戠之義合。呂氏春秋辨土篇曰：「凡耕之道，必始於壚。」高注：「壚，埴〔一〕壚地也。」是始耕之地多黏土，必以利耜發之，遂以入地爲樴，熾又樴之假借也。古菑聲如才，周官媒氏注：「古緇以才爲聲也。」才、載、哉古通用，菑之通作載，猶緇之或作紂也。爾雅釋地「田一歲曰菑」，郭注：「今江東呼初耕地反草爲菑。」易釋文引董遇曰：「菑，反草也。」反草猶今曰翻田耳。

「曾孫是若」，箋：「若，順也。成王於是則止力役以順民事，不奪其時。」瑞辰按：說文：「若，擇菜也。」晉語：「秦穆公曰：吾誰使先若夫二公子而立之？」謂誰使先擇夫二公子而立之也。蒸民詩「天子是若」，謂天子擇其人而用之，卽下「明命使賦」也。此詩「曾孫是若」蓋謂曾孫擇其稼之善者而勸之，卽省耕之謂也。箋訓若爲順，失之。

「既方既皁」，傳：「實未堅者曰皁。」箋：「方，房也。謂孚甲始生而未合時也。盡生房矣，盡成實矣。」瑞辰按：皁卽草字之俗，古借早字爲草，周官大司徒「其植物宜皁物」，釋文

〔一〕「埴」原作「填」，據呂氏春秋高注改。

「皁音早，本亦作早」是也。説文：「草，艸斗，櫟實也。一曰，象斗子。从艸，早聲。」引申之，凡植物有孚甲者皆可稱早。詩「既方」，箋訓爲房，謂孚甲始生而未合者，則「既皁」是狀其孚甲之既合，有如草斗。戴侗六書故：「橡櫟之實爲皁，象皁有斗承實形。詩曰『既方既皁』，言黍稷之稃如皁也。」其説是矣。

「不稂不莠」，傳：「稂，童粱也。莠，似苗也。」箋：「而無稂莠，擇種之善，民力之專，時氣之和所致之。」正義：「若擇種去其細粒，鋤禾除其非類，則無復稂莠，亦由時氣之和使然。」瑞辰按：爾雅釋草：「稂，童粱。」正義引舍人曰：「稂一名童粱。」陸璣疏云：「禾秀爲穗而不成，崱嶷然，謂之童粱。」童粱，説文作童蓈，蓈字注云：「禾粟之采生而不成者，謂之童蓈。或作稂。」采即穗字，爲禾成秀之名。説文：「秃，無髮也。从儿，上象禾粟之形，取其聲。」段玉裁曰：「粟當作秀。謂禾秀之穎屈曲下垂，莖屈處圜轉光潤，如折釵股。秃者全無髮，首光潤，似之，故曰象禾秀之形。」今按：童與秃亦一聲之轉。童蓈秀而不實，狀〔一〕其秀則曰童，猶今人秃頂亦曰秀也。説文：「僮，未冠也。」「犝，無角牛。」均與童之爲秃義相近。凡山之無草木者曰童，亦其義也。稂爲莠類；狼尾草如茅，可以蓋屋。或謂稂即爾雅之「孟，狼尾」，失之。説文：「莠，禾粟下揚生莠。讀若酉。」焦循曰：「揚者，簸揚之謂。粟之不堅好者，簸揚之必

〔一〕「狀」原作「壯」，據文義改。

在下。今俗稱粟之不成者尚曰下揚，是謂莠爲浮秕下揚所生。」今按鄭志答韋曜問「莠今何草」云：「今之狗尾也。」狗尾草今有二種，一種草中自生者，處處皆有，一種生於田閒，似粱而無米，蓋禾粟下揚所生。段玉裁說文注讀「禾粟下」爲句，「揚生莠也」爲句，以揚生爲不下垂，失之。農桑輯要云：「穀種浮秕去，則無莠。」又：「稂莠不去，實害嘉禾。」此箋所以云「擇種之善，民力之専」也。

「去其螟螣」，傳：「食心曰螟，食葉曰螣。」瑞辰按：傳本爾雅。說文：「螟，蟲食穀心者。吏冥冥犯法即生螟。」[二]徐本心誤作葉，惟藝文類聚、開元占經引說文作「食穀心」，今段本从之，是也。釋文：「螣，字或作𧌒。」說文作蟘。」徐本說文作蟘，云：「蟲食苗葉者。吏乞貸則生蟘。」蟘當从釋文引作蟘。蟘者本字，螣者假借字也。蟘又借作蜮，呂覽任地篇「又無螟蜮」，注：「蜮或作螣。兗州謂蜮爲螣，音相近也。」後漢明帝紀亦曰「去其螟蜮」。春秋莊十八年「秋，有蜮」，蜮當讀爲螟蜮之蜮。劉向、服虔竝以爲短弧，失之。

「及其蟊賊」，傳：「食根曰蟊，食節曰賊。」釋文：「蟊，本又[一]作蛑。」瑞辰按：蟊者，𧕅之假借。說文：「𧕅，蟲食草根者。从蟲，𦉫象形。吏抵冒取民財則生。𧕅或作蟊，古文作蛑。」是釋文云「又作蛑」者，爲古文。古務、牟同聲，古文作蛑，或作蝥者，猶務光一作牟光也。

〔一〕「又」字，據釋文補。

其字亦省作牟，漢書景帝詔「侵牟萬民」，李奇曰「牟，食苗根蟲」是也。賊，玉篇作蠈，此後人增益之字，古蓋止作賊。

「秉畀炎火」，傳：「炎火，盛陽也。」箋：「螟螣之屬，盛陽氣嬴則生之。今明君爲政，田祖之神不受此害，持之付與炎火，使自消亡。」瑞辰按：蟲之害穀者，多以天旱感盛陽之氣，亦惟盛陽能滅之。後世捕蝗用火，即取詩「秉畀炎火」之義。釋文：「秉，韓詩作卜。」卜〔一〕，報也。」按爾雅釋詁：「卜，予也。」卜畀猶云付與。韓詩作卜，云「卜，報也」，天保詩曰「卜爾百福」，又曰「報以介福」，卜、報皆予。胡承珙曰：「白虎通蓍龜云：『卜，赴也。』小爾雅：『赴，疾也。』禮記少儀、喪服小記注竝云：『報讀赴疾之赴。』是訓卜爲報，猶訓卜爲赴。卜畀謂疾付也〔二〕。」今按：秉與卜雙聲，故秉可通作卜也。至新唐書姚崇傳引詩曰「秉彼蟊賊，付畀炎火」，蓋約舉詩詞，其「付畀炎火」即本韓詩而變其文。

「有渰萋萋」，傳：「渰，雲興貌。萋萋，雲行貌。」釋文：「渰，本又作弇。漢書作黤。」正義曰：「毛傳『渰，雲興貌』，定本、集注作『渰，陰雲貌』。」瑞辰按：說文：「渰，雨雲皃。」徐本作「雲雨皃」，誤，此从段本據初學記、太平御覽所引正。毛詩作渰者正字，漢書作黤，呂氏春秋引作晻，皆音

〔一〕「卜」上原有「云」字，據釋文刪。

〔二〕「卜畀謂疾付也」，胡氏毛詩後箋原文作「『卜畀炎火』謂亟取而畀之炎火也」。

近假借字，說文：「黤，青黑色也。」「晻，不明也。」「黭，果實黭黯黑也。」義竝與渰爲陰雲相近。蓋本三家詩。今漢書食貨志引詩亦作渰，特後人依毛詩改耳。毛傳「渰，雲興貌」，當从定本、集注作「陰雲貌」爲正，顏氏家訓書證篇引毛傳正作陰雲。顏師古漢書注：「渰，陰雲也。」義本毛傳。呂氏春秋高誘注：「晻，陰雨也。」陰雨亦當爲陰雲之譌。說文：「淒，雨雲起也。」各本作「雲雨」，誤，此从段本據初學記、太平御覽所引正。引詩「有渰淒淒」。呂氏春秋、漢書、後漢書、左雄傳。玉篇、廣韻皆作淒淒，初學記、顏氏家訓、白氏六帖、唐石經、監本、毛本竝作萋萋。據韓詩外傳引詩作淒淒，則作淒淒者韓詩，爲本字；毛詩作萋萋，假借字也。

「興雨祁祁」，傳：「祁祁，徐也。」箋：「古者陰陽和，風雨時，其來祁祁然而不暴疾。」釋文：「興雨，如字。本或作興雲，非也。」正義：「經興雨或作興雲，誤也。定本作興雨。」瑞辰按：顏氏家訓據班固靈臺詩「祁祁甘雨」，謂詩興雲當作興雨。臧琳經義雜記、段玉裁詩小學竝謂當作興雲。今按箋云「其來祁祁然不暴疾」，古但言暴風、暴雨，未有言暴雲者，則「不暴疾」指雨無疑，是鄭君所見毛詩作興雨之證。鹽鐵論水旱篇、後漢書左雄傳引詩皆作興雨。呂氏春秋務本篇引詩雖作興雲，但高注云：「陰陽和，時雨祁祁然不暴疾也。」似高誘所見呂氏春秋原作興雨。唐石經作興雨，與釋文、正義本同。是毛詩作興雨也。王伯厚詩攷引韓詩作興雲，韓詩外傳引詩亦作興雲，則知作興雲者自爲韓詩。漢書食貨志、無極山碑、藝文類聚引詩作興雲，皆本韓詩也。祈祈，各本引詩皆作祁祁，惟監本、毛本〔一〕作祈祈，嚴可均謂避明諱，是也。韓奕詩「祁祁如雲」，則此詩从韓詩作「興雲祁祁」爲是。采蘩詩「被之祁祁」，謂首飾之盛，則此詩及韓奕詩祁祁皆爲雲盛貌。傳、箋竝訓爲徐，失之。

「彼有不穫穉」，瑞辰按：穉有二義。閟宫詩傳：「先種曰稙，後種曰穉。」説文：「穉，幼禾也。」繫傳本下有「晚種後孰者」五字。是禾之幼者曰穉，禾之晚種者亦曰穉。此詩「無害我田穉」，謂幼禾也。「彼有不穫穉」，謂晚種後孰者也。

「此有不斂穧」，瑞辰按：穧有二義。爾雅釋詁曰：「穧，穫也。」説文：「穧，穫刈也。一曰，撮也。」撮卽聚把之稱。是穫禾謂之穧，聚禾成把亦謂之穧。此詩「不斂穧」當从説文撮也之訓。釋文以穧穫當之，失矣。聘禮記「四秉曰筥」，鄭注：「筥，穧名也。今湶易之間刈稻聚把有名爲筥者。」是穧卽筥之别名。然二字不相通借，董氏讀詩記謂崔集注穧作筥，則非也。正義云：「定本、集注穧作積。」唐時集注本尚存，當以正義爲是。廣雅釋詁：「穦，積也。」又曰：「穦，穧也。」積與穧音近而義同，故集注本穧作積耳。又按：穉與穗皆禾名，秉與穧皆禾束名。坊記引詩「彼有遺秉，此有不斂穧」，以秉與穧相對成文，則「此有滯穗」當與「彼有不穫穉」二句相屬，蓋三家詩與毛詩異。

〔一〕「本」字原脱，據文義補。按毛本指明汲古閣毛氏本。

「彼有遺秉」，傳：「秉，把也。」瑞辰按：說文：「把，握也。」「秉，禾束也。从手持禾。」又曰：「兼持二禾，秉持一禾。」急就篇秉、把竝列，顔師古注：「一束曰秉，一把曰把。」蓋秉與把對文則異，散文則通。小爾雅：「把謂之秉。」春秋左氏傳「或取一秉秆焉」，一秉即一把也。

## 瞻彼洛矣

「韎韐有奭」，傳：「韎韐者，茅蒐染草〔一〕也，一曰韎。韐，所以代韠也。」箋：「韎韐者，茅蒐染也。茅蒐，韎韐聲也。韎韐，祭服之韠，合韋爲之，其服爵弁，服紂衣、纁裳也。」瑞辰按：說文：「韎，茅蒐染韋〔二〕也。」毛傳韐字誤衍，染草乃染韋之譌。「一曰韎」，正義引定本云「一入曰韎韐」。據左傳正義引賈逵云「一染曰韎」，說文亦云「一入曰韎」，則知毛傳本作「一入曰韎」，讀至韎字絕句。今本一字下脫入字，正義又以韎、韐二字連讀，誤矣。茅蒐之聲合爲韎，箋「茅蒐，韎韐聲也」，韐字乃誤衍。韋昭國語注「急疾呼茅蒐成韎」，左傳正義引箋云「茅蒐，韎聲也」，無韐字，今本左傳正義引箋脫「茅蒐」二字。是其證矣。正義連韐言聲者，亦

---

〔一〕「草」原作「韋」。按：今本毛傳韋譌作草，故下文言「染草乃染韋之譌」。若作韋，則下文爲無的放矢。阮元毛詩注疏校勘記亦云「草當作韋」，正今本作草之證。今據改。

〔二〕「韋」原作「草」，據說文改。下文言「毛傳染草乃染韋之譌」，正據說文而言。

譌也。又按：毛以一入之色爲韎，不當復以茅蒐爲韎。鄭以茅蒐爲韎，蓋不取毛公「一入爲韎」之説耳。毛若既云「茅蒐染韋」，則鄭不須更云「韎者，茅蒐染」矣。王尚書經義述聞曰：「毛傳原文作『韎，染韋也』，今本『韎』下有『者茅蒐』三字，此涉鄭箋『韎者，茅蒐染也』而誤衍。」又以説文「韎者，茅蒐染韋也」，「茅蒐」二字亦後人依誤本加之。其説是也。今按説文：「韎，从韋，末聲。」正義引鄭駁異義云「字當作韎」，蓋以茅蒐合聲爲韎，知其當从未〔一〕聲，非謂从韋之字當改从革也，作韎者亦傳寫之譌耳。説文「一入曰韎」，義本毛傳，其字从末不从未，此亦傳、箋異義之一證，益知毛傳茅蒐二字爲誤衍矣。又按釋名：「以爵韋爲之，謂之爵弁。以韎韋爲之，謂之韋弁。」古者爵弁緇衣，韋弁則服韎衣，周官司服鄭注：「韋弁，以韎韋爲弁，又以爲衣裳。」其代韠者蓋皆以韎韐。士冠禮「爵弁，服纁裳、純衣、緇帶、韎韐」，此爵弁服用韎韐之證也。周官司服：「凡兵事韋弁服。」此詩「以作六師」，是兵事，宜服韋弁，而云「韎韐有奭」，正韋弁服亦用韎韐之證。鄭箋以士之祭服爲爵弁、韎韐，因以詩言韎韐爲諸侯世子未爵命服士服而來，誤矣。白虎通引「詩曰『韎韐有艴』，謂世子始行也」，其説與箋同，蓋本三家詩説。

「鞞琫有珌」，傳：「鞞，容刀鞞也。琫，上飾。珌，下飾。」珌下飾者，天子玉琫而珧珌，諸

〔一〕「未」原作「末」，按「韎」字鄭玄以爲當從未聲，許慎以爲當從末聲，今據上下文義及説文段注改。

侯璗琫而璆珌，大夫鐐琫而鏐珌，士珕琫而珕珌。」戴震毛鄭詩考正曰：「傳內珌字凡六見，皆當作鞞。『鞞琫有珌』猶上章『韎韐有奭』。奭，赤貌；珌，文貌。刀下飾乃鞞也，字又作琕。說文以鞞爲刀室，殆誤會毛傳『鞞，容刀鞞也』之語；又曰『珌，佩刀下飾』，蓋所見毛詩與今本同，遂取之以解字。」段玉裁以戴說爲非，云：「有讀爲又。有鞞有琫，又有珌也。」瑞辰按：戴震以珌爲文飾貌，其說是也。珌當讀如韓詩「有邲君子」之邲。邲，美貌；猶珌爲文貌也。「有珌」之不得爲刀飾，猶上章「有奭」之不得爲器名也。至戴氏以傳內六珌字皆爲鞞字之誤，其說近是，而猶未確。今按說文：「削，鞞也。」「鞞，刀室也。」方言：「劍削，自關而西謂之鞞。」廣雅釋器：「鞞，刀削也。」是鞞爲刀室之證。公劉詩傳：「下曰鞞，上曰琫。」鞞字又作琕，釋名：「下末之飾曰琕。琕，卑也，在下之言也。」字林亦曰：「琕，佩刀下飾。」舊作「上飾」，任大椿云當作「下飾」，是也。是下飾之珌亦通名鞞之證。此詩傳曰：「珌，下飾。」說文亦曰：「珌，佩刀下飾。珌古文作琿。」是下飾本名珌。而得通作鞞與琕者，珌从必聲，鞞、琕皆从卑聲，卑、必二字雙聲，故通用。傳於公劉詩「鞞琫容刀」釋之曰「下曰鞞」，其釋此詩曰「鞞，容刀鞞也」，正謂鞞卽「鞞琫容刀」之鞞，爲下飾之珌通借字，將以別於鞞之爲刀室者也。傳又云「琫上飾，珌下飾」，正以明鞞之卽爲珌也。傳又云「珌下飾者」，恐人疑珌之不得爲下飾，故又引「天子玉琫而珧珌」四語以證之。皆以證鞞之卽爲珌，非釋詩「有珌」之珌也。段玉裁謂詩言鞞、琫而又加珌，失毛傳之恉矣。鞞、珌爲一。公劉傳「下曰鞞，上曰琫」，依經文言之；此傳「琫上飾，珌下飾」，依上下之序及下引逸禮先琫後珌言之。左傳「藻率鞞鞛」，鞛即琫也，杜注：「鞞，刀削上飾。鞛，下飾。」以毛傳、説文證之，杜注上、下字蓋互譌耳。戴震知鞞之宜爲下飾，而不知鞞、珌之可通借，故以傳內六珌字皆當爲鞞之譌，非篤論也。又按説文：「琫，佩刀上飾。天子以玉，諸侯以金。」又曰：「珌，佩刀下飾。天子以玉。」是天子上、下飾皆當以玉。且正義本「諸侯璗琫而鏐珌」，正義云：「定本及集注皆以『諸侯璆珌』字從玉，恐非也。」是正義本作「鏐珌」之證。璗與鏐皆金也，諸侯既純以金，則天子不得雜用珧，珧蓋瑤字之假借。爾雅釋訓「愮愮」釋文：「愮，本作傜。」䍃、兆古同音通用，瑤與玉異名而同物。公劉詩「維玉及瑤，鞞琫容刀」，謂以玉、瑤爲鞞琫，蓋玉琫而瑤鞞，後遂以爲天子之飾，即此傳所云「天子玉琫而珧珌」也。説文珧字注引禮云「佩刀，天子玉琫而珧珌」，則許君所見逸禮已作「天子珧珌」，珧蓋瑤借字，抑或因「士珧珌」而誤也。又按正義云：「天子、諸侯琫珌異物，大夫、士則同。」又云：「定本及集注大夫鏐珌，恐非也。」是正義本作「大夫鐐琫而鐐珌，士珕琫而珕珌」。惟説文引禮「士珕琫而珧珌」，與正義本異，然珧與珕皆蜃屬。以類推之，天子鞞琫皆以玉，諸侯皆以金，不獨大夫以鐐、士以蜃爲同物，即天子、諸侯亦未嘗異物也。又按天子、諸侯、大夫佩飾各異，不應士之珌飾獨與天子同，益知天子珧珌當作瑤珌耳。

# 裳裳者華

「裳裳者華」，傳：「裳裳，猶堂堂也。」瑞辰按：裳與常同字，說文「常，或作裳」是也。廣雅：「常常，盛也。」蓋本三家詩。

「芸其黄矣」，傳：「芸，黄盛也。」瑞辰按：芸者，䊮字之假借。說文：「䊮，物數紛䊮亂也。」今作紛紜。䊮謂多，多則盛矣。老子「夫物芸芸，各歸其根」，假芸爲䊮，與此詩及苕之華篇正同。

「我覯之子」，箋：「覯，見也。之子，是子也，謂古之明王也。」瑞辰按：據二章「維其有章矣」，三章「乘其四駱」，宜指古之世禄者言，則「之子」當指世禄之人，末章「君子」乃指古之明王耳。箋以之子指古之明王，而以末章君子爲斥其先人，似非詩義。

「左之左之，君子宜之。右之右之，君子有之。」傳：「左陽道，朝、祀之事。右陰道，喪、戎之事。」箋：「君子，斥其先人也。多才多藝，有禮於朝，有功於國。」瑞辰按：左之、右之，宜从錢澄之説，謂左輔右弼。「君子」對序「小人在位」言之，謂古之明王。說文：「宜，所安也。」宜之謂安之也。廣雅：「有，取也。」有之謂取之也。古之明王能取用輔弼之賢，是以能使世禄者嗣其先祖耳。

## 桑扈

「君子樂胥」，傳：「胥，皆也。」箋：「胥，有才知之名也。」瑞辰按：皆、嘉一聲之轉，廣雅釋言：「皆，嘉也。」樂胥猶言樂嘉、樂豈，嘉亦樂也。毛傳訓胥爲皆，正以皆有嘉誼，猶訓胥爲嘉也。若訓爲「樂皆」則不詞，故正義倒其文以「皆樂」釋之。賈誼書訓胥爲相，亦非詩義。箋以胥爲諝及㥠字之假借，說文諝及㥠皆曰「知也」，亦未確。

「受天之祜」，傳：「祜，福也。」瑞辰按：爾雅釋詁：「祜，福也。」一切經音義引爾雅舊注曰：「祜，天之福也。」臧庸曰：「祜字从古。周祝解：『天爲古。』鄭注堯典曰：『古，天也。』玄鳥詩箋：『古帝，天也。』古有天義，故祜爲天之福。」今按賈誼禮書曰：「祜，大福也。」廣雅釋詁：「天，大也。」天與大亦同義，故祜爲天之福，又爲大福。祜與嘏、胡聲近，嘏、胡皆大也。

「不戢不難」，傳：「戢，聚也。不戢，戢也。不難，難也。」箋：「王者位至尊，天所子也，然而不自斂以先王之法，不自難以亡國之戒。」瑞辰按：戢當讀爲濈，說文：「濈，和也。」又與輯通，爾雅釋詁：「輯，和也。」說文：「輯，車和輯也。」傳訓戢爲聚，聚與和義相成。難當讀爲戁，說文：「戁，敬也。」「不戢不難」言和且敬也。兩不字皆語詞，戢與難皆省借字。箋讀不如不然之不，正義訓難〔一〕爲難易之難，竝失之。

「受福不那」，傳：「那，多也。不多，多也。」箋：「則其受福禄亦不多也。」瑞辰按：爾雅釋詁：「那，多也。」傳義所本。説文：「䰙，讀若詩『受福不儺』。」三家詩蓋有作儺者。那、儺雙聲通用，猶猗那之通作猗儺，又作阿難也。不爲語詞，「受福不那」猶云「降福孔多」。箋云「受福禄亦不多」，戴震訓那如「有那其居」之那，竝失之。廣雅：「絣，多也。」那與絣通。據説文：「奲，富奲奲皃。从奢，單聲。」古从單聲如鼉、驒等字，皆轉讀與儺、那近，是知那皆奲字之假借。

「旨酒思柔」，箋：「其飲美酒，思得柔順中和，與共其樂。言不憮敖自淫恣也。」瑞辰按：説文：「脜，嘉善肉也。」字通作柔，晉語「若克有成，無亦晉之柔嘉是以〔二〕甘食」是也。柔之義爲嘉善，内則「柔其肉」卽善其肉也，「柔色以温之」卽善色也。抑之詩曰「無不柔嘉」，柔亦嘉也。柔、擾聲近通用，臯陶謨「擾而毅」，史記作犪，卽擾之本字，説文：「犪，牛柔謹也。」徐廣曰：「犪一作柔。」廣雅：「犪，柔也，善也。」是亦柔、善同義之證。思爲語詞，「旨酒思柔」猶云「飲

〔一〕「難」原作「傳」，據文義改。按正義釋「不難」云：「不畏難而順之乎？言畏難而順之也。」此正義釋難爲難易之難之證。

〔二〕「以」原作「从」，據國語晉語四改。

酒孔嘉」。絲衣詩「旨酒思柔」義同此。箋謂「思得柔順中和」，失之。

「彼交匪敖」，箋：「彼，彼賢者也。賢者居處恭，執事敬，與人交必以禮。」瑞辰按：彼、匪古通用。成十四年〔一〕左傳引詩「彼交匪傲」。襄二十七年左傳：「公孫段賦桑扈。趙孟曰：『匪交匪敖』，福將焉往？』」漢書五行志引詩作「匪儌匪傲」，應劭注曰：「言在位者不儌訐，不倨傲也。」師古注：「儌謂儌倖也。」蓋三家詩彼作匪，交作儌。毛詩作彼，卽匪之假借，交卽儌之假借。箋讀彼如彼我之彼，訓交爲交友之交，竝失之。胡承珙曰：「此詩義當作匪。絲衣『兕觵其觩』四句，與此詩文義相同，此『匪交匪敖』當與彼『不吳不敖』一例耳。」

「萬福來求」，箋：「則萬福之禄就而求之。」瑞辰按：王尚書曰：「求讀與逑同。逑，聚也。謂福禄來聚。」其說是也。逑、鳩古同義。爾雅釋詁：「鳩，聚也。」堯典「方鳩僝功」，說文引作「旁逑僝功」，云：「逑，斂聚也。」逑音又同勼，說文：「勼，聚也。」「萬福來求」猶鳧鷖詩「福禄來崇」，瞻彼洛矣詩「福禄既同」，長發詩「百禄是遒」，崇、同、遒，皆聚也，故趙孟曰「福將焉往」。箋云「就而求之」，失其義矣。

## 鴛鴦

〔一〕「十四年」原作「二十二年」，據左傳改。按成公在位僅十八年。

「鴛鴦于飛，畢之羅之」，傳：「興也。鴛鴦，匹鳥。太平之時，交於萬物有道，取之以時，於其〔一〕飛乃畢掩而羅之。」箋：「匹鳥，言其止則相耦，飛則爲雙，性馴耦也。此交萬物之實也，而言興者，廣其義也。獺祭魚而後漁，豺祭獸而後田，此亦皆其將縱散時。」瑞辰按：聖人弋不射宿。說文：「宿，止也。」「不射宿」謂不射止鳥，非夜宿之謂。古者射飛鳥，不射止鳥，說文「隿，繳射飛鳥也」，詩言「如彼飛蟲，時亦弋獲」，皆其證也。古者羅畢之掩鳥，蓋亦於其飛，不於其止，故詩以「鴛鴦于飛，畢之羅之」見古明王之交於萬物有道，非謂能飛乃畢羅之也。二章「鴛鴦在梁，戢其左翼」，毛傳：「言休息也。」箋言：「自若無恐懼。」惟古者不捕掩止鳥，故得休息無恐懼。此與論語「山梁雌雉」，子曰「時哉時哉」同義。古人謂時爲所，說詳王氏經義述聞。「時哉時哉」猶孟子言「得其所哉」。緜蠻言黄鳥「止于丘隅」，子曰「於止，知其所止」，皆以古人不掩止鳥故也。知二章「戢其左翼」爲不掩止鳥，則益知首章以掩取飛鳥爲交物有道矣。正義謂「於其能飛乃畢掩之而羅取之」，似非詩義。

「福禄宜之」，箋：「則宜壽考，受福禄也。」瑞辰按：說文：「宜，所安也。」「福禄宜之」猶言「福禄綏之」，宜、綏皆安也。二章「宜其遐福」同義。箋訓宜爲宜受福禄，失之。

「戢其左翼」，傳：「言休息也。」箋：「戢，斂也。鴛鴦休息於梁，明王之時，人不驚駭，斂

〔一〕「其」字原脱，據此詩毛傳補。

其左翼，以右翼掩之，自若無恐懼。」瑞辰按：斂左翼非掩右翼，毛西河駮之，是也。釋文引韓詩曰：「戢者，捷也。捷其噣於左也。」捷有插訓，毛西河引考工記廬人注「矜〔一〕所捷也」，捷卽插也。鳥之棲息，恒捷其噣於左翼。胡承珙曰：「戢與捷雙聲，故捷可假借作戢。」

「摧之秣之」，傳：「摧，莝也。秣，粟也。」箋：「摧，今莝字也。古者明王所乘之馬繫於廄，無事則委之以莝，有事則予之穀，言愛國用也。」瑞辰按：摧、挫一聲之轉，說文摧字注：「一曰，折也。」卽挫折之義。又曰：「挫，摧也。」毛傳蓋訓摧爲挫，本作「摧，挫也」。箋以挫卽爲莝，因申釋之曰「挫，今莝字也」，以古文多假挫爲莝也。若如今本傳云「摧，莝〔二〕也」，箋云「摧，今莝字也」則不可通矣。據釋文引韓詩曰「莝，委也」，是韓詩用本字作莝之證。鄭君先通韓詩，故知挫卽莝字之假借耳。李黼平據釋文「摧，采卧反，芻也」，此釋經「摧之」，又云「芻也，楚俱反」，此釋傳也，傳當本作「摧，芻也」。然「芻也」之訓，安知非承上「芻也〔三〕」之訓言之，未見其爲釋傳也。又按：詩莝、秣竝言，猶前章畢、羅竝舉，謂或以莝或以

〔一〕「矜」原作「於」，據考工記廬人鄭注改。

〔二〕「莝」原作「挫」，據續經解本及上引傳「摧，莝也」改。馬氏意謂毛傳本作「摧，挫也」，而今本誤作「摧，莝也」。

〔三〕「芻也」上疑脫「摧」字。上句「『芻也』之訓」指釋文「芻也，楚俱反」而言，此「『摧，芻也』之訓」指釋文「摧，采卧反，芻也」而言。

秣耳。説文：「莝，斬芻。」又曰：「蔌，以穀萎馬置莝中。」是古者養馬穀、莝竝用之證。故馬不食秣，凶年之制；季文子馬不食粟，世稱其儉；未聞君之乘馬無事則委以莝也。王馬甚多，惟乘馬之在廄者始摧、秣兼用，而他馬之不然自在言外，則其奉養有節已可知矣。

「福禄艾之」，傳：「艾，養也。」瑞辰按：爾雅釋詁：「艾，相也。」「相，輔也。」艾之謂輔助之，猶鳧鷖詩「福禄來爲」，爲亦助也。南山有臺詩「保艾爾後」，晉語公孫固曰「樹于有禮必有艾」，皆當从爾雅「艾，相也」之訓。傳从爾雅訓養，養與助義相成。艾之爲養又爲相，猶將之爲養又爲助也。

## 頍弁

「蔦與女蘿」，傳：「蔦，寄生也。女蘿，菟絲，松蘿也。」瑞辰按：爾雅釋木〔一〕：「寓木，宛童。」郭注：「寄生樹。一名蔦。」説文：「蔦，寄生草也。或从木作樢。」廣雅釋草：「寄屑，寄生也。」釋木又云：「宛童，寄生，樢也。」王尚書曰：「樢之言擣也。方言：『擣，依也。』依椅樹上而生，故謂之樢。」吕覽精通篇高注引詩「葛與女蘿」，蓋以蔦、葛形近而誤。廣韻十二曷葛字注引廣雅「苑童，寄生，葛也」，亦誤引樢爲葛，是其類矣。廣雅釋草：「女蘿，松蘿也。」又曰：

〔一〕釋木原作釋草，據爾雅改。

「兔丘，菟絲也。」陸氏義疏及陸德明竝云松蘿與菟絲爲二，而爾雅云：「唐蒙，女蘿；女蘿，菟絲。」毛傳亦以女蘿、菟絲、松蘿爲一。蓋對文則異，散文則相類者不嫌同名耳。

「庶幾說懌」，箋：「則庶幾其變改，意解懌也。」瑞辰按：爾雅釋詁：「懌、悅，樂也」。又：「悅、懌，服也。」說文無悅懌字，說字注云：「說釋也。」說釋卽悅懌也。廣雅：「兑、解，說也。」學記：「相說以解。」解釋卽說，故釋亦得爲悅。靜女詩「說懌女美」及此詩「庶幾說懌」，皆二字同義，懌亦說也。釋文「懌本又作繹」者，假借字。

「兄弟具來」，箋：「具，猶來也。」瑞辰按：來當讀如爾雅「勞、來，勤也」之來，字正作勑。說文：「勑，勞勑也。」廣雅：「勑，勤也。」凡人勤勞謂之勑，相恩勤亦謂之勑，大東詩「職勞不來」是也。箋云「具猶來」者，蓋以具爲俱之假借。說文：「俱，偕也。」偕字注：「一曰，俱也。」又旅字注：「从㫃，从从。从，俱也。」俱有偕从之義，謂人之以類相合，正與來之訓恩勤者同義。小爾雅：「交，俱也。」詩以「具來」二字平列，皆謂相恩勤、相會合也。曹子建詩「我豈狎異人，朋友與我俱」，義本此詩。呂氏春秋曰：「苗，其弱也欲孤，其長也欲相與俱。」俱對孤言，謂相偶也。三家詩蓋有作「俱來」者，鄭君先通韓詩，故知具卽爲俱，與來同義。「具來」竝言，猶左傳「耦俱無猜」，俱猶耦也。

「憂心怲怲」，傳：「怲怲，憂盛滿也。」瑞辰按：古音丙讀如方，因與方通用。士冠禮「加柶面枋」，注：「今文枋爲柄。」士昏禮「皆南枋」，注：「今文枋作柄。」少牢饋食禮「南柄」，注：「古文柄爲方。」春秋隱八年「歸祊」，九年「會防」，公羊竝作邴。皆丙、方通用之證。此詩怲怲，古音讀同旁旁，故與上、臧爲韻。說文：「怲，憂也。」廣雅釋訓彭彭、旁旁，竝云「盛也」。怲怲與彭彭、旁旁聲義竝同，故傳以爲憂盛滿之貌。上章「憂心奕奕」，毛傳：「奕奕然無所薄也。」據廣雅釋訓「奕奕，盛也」，則奕奕亦爲憂盛滿之貌。傳云「無所薄」者，亦與盛滿義相成。

「爾殽既阜」，箋：「阜，猶多也。」瑞辰按：鄭風毛傳：「阜，盛也。」盛與美同義。「既阜」與前二章「既嘉」、「既時」同義，謂盛也，美也。箋訓多，義與盛、美正相近。

「先集爲霰」，傳：「霰，暴雪也。」箋：「將太雨雪，始必微温，雪自上下，遇温氣而摶，謂之霰。久而寒勝，則大雪矣。喻幽王之不親九族亦有漸，自微至甚，如先霰後大雪。」釋文：「霰，消雪也。字亦作霓。」瑞辰按：爾雅：「雨霓爲霄雪。」釋文：「霓，本或作霰、霹。」「霄，本亦作消。」蓋霓、霰古同字，霹者霓之假借，消者霄之假借也。說文：「雨霓爲霄。从雨，肖聲。齊語也。」又曰：「霰，稷雪也。或作霓。」埤雅云：「閩俗謂之米雪，言其散粒如米，即說文所云稷雪。」釋名：「霰，星也。水雪相摶，如星而散也。」今按霄之言消，霰之言散，皆取易於消散之義。至曰稷雪，曰米雪，曰如星，則皆象其形也。至毛傳云「暴雪」者，胡承珙曰：「廣雅釋詁：『暴，猝也。』説文：『猝，犬從艸暴出逐人也。』猝通作卒，漢書杜欽傳注引鄭氏曰：『卒，急也。』凡猝然者謂之暴，引伸之，凡初起者亦謂之暴。暴雪正謂將有大雪，其初猝然而下者必霰也。」正義謂「以比幽王暴虐」，又云「初爲霰者久必暴雪，非謂霰即暴雪」，失傳恉矣。段玉裁謂暴雪當爲黍雪之譌，亦無確證。又按文選注引韓詩薛君章句曰：「霰，霙也。」霙猶花。今俗以雪之先下而小者爲雪花，即韓詩所説霙也。或以雪花六出當之，則誤以霰爲大雪矣。

## 車舝

「閒關車之舝兮」，傳：「閒關，設舝貌。」瑞辰按：舝、轄古通用，左傳叔孫賦車轄，即此詩。説文：「轄，車聲也。」三家詩必有作轄、訓爲車聲者，爲説文所本，然以轄爲車聲，不以閒關爲車聲也。閒關二字疊韻，後漢書荀彧傳論曰：「荀君乃越河冀，閒關以從曹氏。」注：「閒關，猶展轉也。」阮氏福曰：「車之設舝則婉轉如意，亦猶人之周流四方，動而不息，故論以爲閒關以從曹氏，注以爲猶展轉也。閒關言貌而不言聲，當从毛傳爲是。」詩無以疊韻省聲之例，宋儒以爲設舝聲，失之。後漢書馬援傳「閒關跋涉」，章懷注以爲崎嶇，亦非。

「德音來括」，傳：「括，會也。」箋：「使我王更修德教，會合離散之人。」瑞辰按：韓詩：

「括，約束也。」以德音來相約束，卽下章「令德來教」之意。説文：「括，絜也。」又：「栝，隱也。」均與約束義同。至毛傳訓括爲會者，括、會一聲之轉，括訓爲會，猶話或作譮也，會合與約束義亦相近。箋以爲會合離散之人，失之。

「依彼平林」，傳：「依，茂木貌。」瑞辰按：依、殷古同聲。殷，盛也。依卽殷之假借，故傳以依爲茂木貌。

「辰彼碩女」，傳：「辰，時也。」瑞辰按：頍弁詩毛傳：「時，善也。」此傳訓辰爲時者，亦取善義。辰爲碩女美善貌，猶依爲茂木貌也。箋及正義竝以時爲其時，失之。又按：列女傳引詩作「展彼碩女」，蓋本韓詩，抑或以展、辰形近而誤。

「析其柞薪」，箋：「登高岡者必析其木以爲薪。析其木以爲薪者，爲〔一〕其葉茂盛，蔽岡之高也。此喻賢女得在王后之位，則必辟除嫉妬之女，亦爲其蔽君之明。」瑞辰按：爾雅釋木：「櫬，采薪；采薪，卽薪。」釋文引舍人云：「櫬名采薪，又名卽薪。」王尚書曰：「舍人以櫬字屬下讀，較諸家爲長。櫬與采薪、卽薪，皆謂柞木也。柞一名櫟，一名橡，一名采。」説詳經義述聞。今按王説是也。今俗稱柞樹爲柞櫟樹。呂記引陳氏曰：「析薪者，以喻昏姻。」范氏補傳曰：「詩人謂以斧而析薪，故能得薪，喻王求賢女亦當有道。」今按漢廣有刈薪之言，南山

〔一〕「爲」原作「謂」，據鄭箋改。

有析薪之句，豳風之伐柯與娶妻同喻，詩中以析薪喻昏姻者不一而足。東山之詩曰：「其新孔嘉。」薪之爲言新。說文：「新，取木也。」詩蓋以取木喻取女，因而卽以析薪喻娶妻爲迎新也。此詩欲去褒姒而別求賢女，尤於迎新義合。箋謂以去蔽喻辟去惡女，非詩義也。

「高山仰止，景行行止」，傳：「景，大也。」箋：「景，明也。諸大夫以爲賢女旣進，則王亦庶幾古人有高德者則慕仰之，有明行者則而行之。」釋文：「仰止，本或作仰之。」瑞辰按：行，猶道也。景行與高山對言，猶云大道也。據此詩釋文云「仰止本或作仰之」，似陸君所見毛詩上句作之，下句作止。若據表記引詩「高山仰止，景行行止」，釋文曰：「仰止本或作仰之，行止詩作行之。」又似陸見毛詩上句作止，下句作之。今按之字篆文作㞢，與止字形近易譌。據箋云「則慕仰之」、「則而行之」，皆本經文爲訓，正義曰「仰之」、「行之」，則上下句皆當作之爲是。晏子：「景公問晏子曰：『人性有賢不肖，可學乎？』晏子對曰：『詩云「高山仰止，景行行止」，之者，其人也。』」其引詩本作「仰之」、「行之」，故以「之者，其人」釋之字。今作止者，後人依今本毛詩改也。史記孔子世家引詩「高山仰止，景行行止」，宋本行止作行之，故釋之曰「雖不能至，然心嚮往之」，亦釋詩兩之字。又史記補三王世家載武帝制曰：「高山仰之，景行嚮之。」義本此詩，雖「嚮」與「行」異，上下句亦皆作之。是皆經本作之之證。又按：詩本以高山與景行竝稱，而後人誤稱景仰。始見後漢書劉愷傳賈逵上書云「今愷景仰前修」，章懷注：「景，猶慕也。」又陳忠上書有「百寮景式」語，注：「景慕以爲法式。」後遂承其誤而言景仰矣。

「以慰我心」，傳：「慰，安也。」箋：「以慰除我心之憂也。」釋文：「慰，怨也，王申爲怨恨之義。韓詩作慍，恚也。本或作『慰，安也』，是馬融義。」正義：「孫毓載毛傳云：『慰，怨也。』王肅云：『新昏謂褒姒也。大夫不〔一〕遇賢女，而後徒見褒姒讒巧嫉妬，故其心怨恨。』偏檢今本，皆爲慰安。」瑞辰按：訓安者是馬融義，已見釋文，訓怨者亦非毛傳之舊。說文：「䛍，慰也。」據玉篇「䛍，慰也，亦作婉」，䛍即婉之或體，婉〔二〕者，順也。䛍可訓慰，慰亦可訓䛍，毛傳蓋本作「慰，䛍也」，後人少識䛍，因譌而爲怨，王肅遂以怨恨釋之耳。說文「䛍，慰也」，集韻、類篇及葉石君本均作尉。說文：「尉，从上按下也。从𡰥、又持火，所以申繒也。」是尉本火斗之稱，引伸爲自上按下之通稱。按者，抑也，止也。廣雅：「抑，治也。」與除義訓治同。惟毛傳本作「慰，䛍也」，取慰按之義，故箋以慰除其心釋之。「以慰我心」猶前章「我心寫兮」，寫亦除也。此亦傳作䛍之證。若毛訓慰爲怨爲安，箋皆不得訓慰爲除以申釋之。正義乃以「憂除則心安」，强合爲一，失矣。至韓詩作「以慍我心」，訓爲恚者，慍、䛍、怨古竝同

〔一〕「不」原作「下」，據續經解本及正義改。

〔二〕「婉」原作「𧩼」。上下文皆無「𧩼」字，此承上文「䛍即婉之或體」而言，当作「婉」。說文：「婉，順也。」今據改。

聲，韓詩蓋讀慰爲怨，因遂以慍代慰耳。説文：「慰，安也。一曰，恚怒也。」怒疑亦詑字之譌，本當作：「一曰，恚也。一曰，詑也。」詑者毛詩，恚者兼采韓詩也。

## 青蠅

「營營青蠅」，傳：「營營，往來貌。」瑞辰按：廣雅：「營營，往來也。」義本毛傳。説文桝字注引詩「營營青蠅」，从毛詩。又云「謍，小聲」，引詩「謍謍青蠅」，蓋本三家詩。以謍謍喻蠅聲之小，與説文「熒，小瓜也」，「嫈，小心態也」，「濙，絶小水也」皆同義。凡蠅飛則有聲，止則聲息。詩首章以蠅聲之止喻讒言之宜屏，後二章又以蠅聲之有時而息喻讒言之爲害無已也。故傳、箋於他詩「罔極」多訓極爲中，獨此詩訓極爲已。

## 賓之初筵

賓之初筵首章「大侯既抗」，傳云：「有燕射之禮。」是以詩所言爲燕射禮也。「左右秩秩」箋云：「先王將祭，必射以擇士。大射之禮，賓初入門，登堂卽席，其趨翔威儀甚審知，言不失禮也。」又「大侯既抗」箋云：「將祭而射，謂之大射。下章言『烝衎烈祖』，其非祭與？」

是以詩所言爲大射禮也。瑞辰按：箋說大射，是也。禮記射義云「古者諸侯之射也，必先行燕禮」，引詩「以燕以射」，皆謂大射先行燕禮。此詩首章先言「舉酬」、「飲酒」，乃言「大侯既抗」，與大射之先燕後射合，此可證其爲大射者一也。正義言「燕射之禮，自天子至士皆一侯，上下共射之，惟大射則張三侯」，大射儀「前射三日，司馬命量人量侯道，以貍步，大侯九十，參七十，干五十」是也。詩言大侯以統參侯、干侯，此可證其爲大射者二也。將祭而射，謂之大射。首章箋云「下章言『烝衎烈祖』，其非祭與」，此可證其大射者三也。惟箋以二章「各奏爾能」至「以奏爾時」皆謂祭禮，則非也。古者射禮皆三射：鄉射記「始射獲而未釋獲」，一射也；又曰「復釋獲」，謂再射也；又曰「復用樂行之」，謂三射也。大射三次，與鄉射同。初射禮略，故詩不言。首章言「射夫既同，獻爾發功」，謂大射再射「不貫不釋」也。「發彼有的，以祈爾爵」，大射再射釋獲，飲不勝者也。二章「籥舞笙鼓，樂既和奏」者，大射之三射以樂節射也。「烝衎烈祖，以洽百禮」，謂中多者得與于祭，其容比于禮也。鄉射禮：「有司請射。賓對曰：『某不能，爲二三子許諾。』」是古以善射者爲能。則知詩言「各奏爾能」者，仍謂射也。「賓載手仇」，仇猶耦也，謂三射之比耦也。「室人入又」，謂三射之主人繼賓射也。「酌彼康爵，以奏爾時」，謂三射之釋獲，勝者飲不勝者酒也。正義釋「籥舞」二句，亦引「或以此爲節射之樂」，又謂「射禮主於射，略於樂」，其說非也。古者射禮尤以比禮節樂爲重。周官鄉大夫〔一〕以五物教射，淩廷堪以鄉射禮分釋之云：「『一曰和，二曰容』，卽鄉射禮之三耦射也。獲而未釋獲，但取其容體比于禮也。是爲弟一次射。『三曰主皮』者卽再射，司射命曰『不貫不釋』，蓋取其中也，馬融論語注以主皮爲能中質是也。是爲弟二次射。『四曰和容，五曰興舞』，卽鄉射禮之以樂節射也。司射命曰『不鼓不釋』，旣取其容比于禮，又取其節比于樂也。是爲弟三次射。」今按此詩「籥舞笙鼓，樂既和奏」，亦當指大射弟三次射言，可與淩説互相證也。

「籩豆有楚」，傳：「楚，列貌。」瑞辰按：楚與且古音同部。大雅韓奕詩「籩豆有且」，毛傳：「且，多貌。」且之本義爲薦，説文：「且，薦也。从几，足有二横。一，其下地也。」引伸之義爲再，又訓爲多。「有楚」當卽「有且」之假借，猶曹風「衣裳楚楚」，説文引詩作「髗髗」，亦因髗、楚音近，得相假借，髗从虘聲，虘亦且聲也。又史記仲尼弟子傳「秦祖字子南」，王尚書曰：「祖讀爲楚，聲近假借。」亦與此詩假楚爲且者相類。

「殽核維旅」，傳：「殽，豆食也。核，加籩也。旅，陳也。」瑞辰按：殽核，班固典引作肴覈，蔡邕注：「肴覈，食也。肉曰肴，骨曰覈。」引詩「肴覈維旅」。蓋本三家詩。説文：「肴，啖也。」段玉裁曰「當作『啖肉』，謂肉之可啖者也。」説文又曰：「覈，實也。」又曰：「骨，肉之覈

〔一〕鄉大夫原作卿大夫，據周禮地官改。

也。」蓋梅李之實曰覈，肉之有骨者亦曰覈。廣雅亦曰：「肴，肉也。」「覈，骨也。」毛詩作殽核者，假借字；覈，蜀都賦作槅，亦假借字也。周官「其植物曰覈物」，注作核，此覈、核古通用之證。「殽核」與「籩豆」對舉，一言盛物之器，一言所盛之物。毛傳誤以殽核承籩豆言，因有豆實、加籩之訓，不若三家詩以肉、骨分釋爲確。又按：旅者，臚字之假借。周禮司儀「皆旅擯」，後鄭注：「旅讀爲鴻臚之臚。臚，陳之也。」儀禮士冠禮「旅占」，注：「古文旅作臚。」爾雅釋言：「臚，敍也。」敍卽陳也。此詩毛傳亦讀旅爲臚，故訓爲陳。爾雅釋詁：「旅，陳也。」旅亦臚之假借。

「發彼有的」，傳：「的，質也。」瑞辰按：的字正作旳，說文：「旳，明也。」的質之說不一，有謂質的卽正鵠者。周官司裘注云：「以虎熊豹麋之皮飾其側，又方制之以爲質，謂之鵠。」此詩正義據射義「發而不失正鵠者」，引詩「發彼有的」，旣言正鵠，卽引此的，是的卽正鵠也。有謂質在正鵠內，另爲一物者。正義引：「周禮鄭衆、馬融注皆云：『十〔一〕尺曰侯，四尺曰鵠，二尺曰正，四寸曰質。』王肅亦云：『二尺曰正，四寸曰質。』又引爾雅：謂小爾雅。『射張皮謂之侯，侯中者謂之鵠，鵠中者謂之正，正方二尺也。正中謂之槷，槷方六寸也。槷則質也。』」今按槷卽臬字。說文：「臬，射埻的也。」「埻，射臬也。讀若準。」臬或作埶，大雅行葦

〔一〕周禮司裘注引鄭衆說，「十」上有「方」字。

傳「已均中蓺」，箋云：「蓺，質也。」而此詩傳云：「的，質也。」廣雅：「埻，的也。」是臬也，埻也，的也，質也，四者異名而同實。廣雅：「質、集，正也。」集當爲準之譌，準、質、正，古竝同聲，故義亦同。說文、廣雅竝曰：「的，明也。」一切經音義：「的謂的然明見，今射堋中珠子是也。」唐時所謂珠子，猶今射者所謂羊眼，其圓如目中珠子，又如星然。蓋取中正之義則謂之埻，又謂之臬。門中謂之臬，侯中亦謂之臬，其義一也。又謂之質，質者正也。取其的然明見則謂之的。馬之戴星者曰的，見爾雅郭注。女子以丹注面曰的，見釋名。蓮中子曰的，見爾雅釋草。射〔一〕中珠子如星，亦曰的，其義一也。采布爲正，賓射以之；棲皮爲鵠，大射以之。正鵠在中，的蓋又在正鵠之中。正、鵠皆鳥也，的又象鳥目之的然在中者。小爾雅及鄭衆、馬融謂正鵠皆在一侯則非，謂槷在正鵠之中則是也。通俗文：「射堋曰埻，埻中木曰的。」蓋以埻爲正鵠，而謂的在正鵠中也。鄉射記：「凡侯：天子熊侯，白質。諸侯麋侯，赤質。大夫布侯，畫以虎豹；士布侯，畫以鹿豕；凡畫者丹質。」鄭注：「舊以質爲采其地。」孔廣森曰：「此質謂侯中受矢之處，即詩『發彼有的』。蓋天子熊皮爲侯，白塗中以爲質；諸侯麋皮爲侯，赤塗中以爲質；凡大夫、士皆布侯，但畫爲獸象，丹塗中以爲質。」今按孔說是也。至謂獸侯有質，猶皮侯有鵠，采侯有正，則非。獸侯之以熊皮、麋皮及畫虎豹鹿豕，蓋猶皮

〔一〕據上下文，「射」下疑脫「堋」字。

侯、采侯之有正鵠，其質則猶正鵠中之有的也。據周官司裘鄭注云：「侯以皮飾其側，又方制之以爲臯，謂之鵠，著于侯中。」臯，詩疏引作質，是質之制方，與的之形圓象目珠者異。通言則質、的爲一。的僅數寸，故呂氏春秋别類篇云：「射招者欲其中小也。」招卽的也。若以的爲六尺之鵠，則不得爲小矣。的通作招，呂氏春秋曰：「萬人操弓，共射其一招。」高注：「招，埻的也。」又曰：「射而不中，反修于招。」高注：「于〔一〕招，埻藝也。」戰國策「以其頸爲招」，文選詠懷詩李善注引作「以其頸爲的」。古音勺聲之字皆屬霄部，的从勺聲，故得轉爲招。又借作昭，楚辭大招「昭質既設，大侯張只」，昭質卽的質也。王逸注訓爲明旦，失之。的、質竝言，猶正、鵠不嫌竝舉，大戴記「正鵠張而弓矢至焉」，荀子、淮南子竝作「質的張」也。的又名識，書盤庚「若射之有志」，志，古文識。射義引詩「發彼有的」，鄭注：「的，謂所射〔二〕之識也。」蓋謂其的然如有所表識也。識後世作幟，與勺雙聲，故鄭君取以訓的。志又與職通，説文：「職，記微也。」樂記「志微、噍殺之音作」，志亦微也。志以微小爲識，猶呂覽言「射招者欲其中小」也。

「以祈爾爵」，傳：「祈，求也。」箋：「發矢之時，各心競云：『我以此求爵女。』爵，射爵也。」

〔一〕「于」字，前人校呂氏春秋多以爲衍文當删。

〔二〕「謂所」二字原無，「射」下原有「者」字，據禮記射義鄭注補删。

射之禮，勝者飲不勝，所以養病也。故論語曰：『下而飲，其争也君子。』」瑞辰按：據箋云「我以此求爵女」，則經文「以祈爾爵」爲倒文。蓋但言求爵女，則己之求不飲自可於言外得之。不言己求不飲，而但言求爵女，此正詩人立言之妙。猶下章「酌彼康爵，以奏爾時」，不言罰不中者，而但言以進中者也。射義引詩而釋之云：「祈，求也，求中以辭爵也。」蓋推詩人立言本意，非謂詩「以祈爾爵」即爲求不飲也。

「有壬有林」，傳：「壬，大。林，君也。」箋：「壬，任也，謂卿大夫也。諸侯所獻之禮既陳於庭，有卿大夫，有人君。」瑞辰按：壬、林承上「百禮」言，有壬狀其禮之大也，有林狀其禮之多也。爾雅釋詁：「林，君也。」王尚書曰：「君當讀羣。爾雅林、蒸並訓爲君，又訓爲衆，其義一也。君卽羣也。」今按毛傳訓林爲君，蓋本从爾雅讀君爲羣。若訓爲人君，如云「有大有君」，則不辭矣。箋訓壬爲卿大夫，以與林對，始誤讀君爲人君之君耳。

「賓載手仇，室人入又」，傳：「手，取也。室人，主人也。主人請射於賓，賓許諾，自取其匹而射，主人亦入于次又射，以耦賓也。」箋：「仇讀曰𣪠。室人，有室中之事者，謂佐食也。又，復也。賓手挹酒，室人復酌，爲加爵。」瑞辰按：傳、箋異義。據下文「以奏爾時」，時謂中者，則自從傳謂賓自取匹以射，其義爲允。惟大射儀司射請賓，非主人自請，又射禮耦者有司所比，亦非賓自取匹。胡承珙曰：「大射儀，燕畢徹俎，説屨安坐之後，『若命曰復射，司射命射唯欲」，注云：「欲者則射，不欲者則止，可否之事從人心也。」蓋前此三〔一〕射皆司射請射，有司比耦，此云『命射唯欲』，則可自取其耦，不必與正射同。又天子諸侯燕禮、射禮，以膳夫、宰夫爲主人。前此正射，君與賓爲耦，此時或君不欲射，主人膳宰之屬故可請射於賓，亦入於次又射，以耦賓也。」今按胡此説可補正義之疏略。至箋讀仇爲𣪠者，𣪠音俱，與仇爲雙聲，故箋以仇爲𣪠字之假借。然不若傳从本字訓匹爲善。

「酌彼康爵」，傳：「酒所以安體也。」箋：「康，虛也。」瑞辰按：爾雅釋詁：「漮，虛也。」方言：「康〔二〕，空也。」此箋義所本。説文：「漮，水虛也。」「康，屋康㝗也。」「歑，飢虛也。」義竝相近。康、荒古通用，爾雅釋文引郭云：「漮，本或作荒。」易「包荒」釋文：「荒，鄭讀爲康，云：虛也。」是其證。詩「具贅卒荒」、「我居圉卒荒」，傳、箋竝云：「荒，虛也。」此假荒爲康也。此詩康當爲荒之假借。説文：「㠩，水之廣也。」廣雅：「㠩，大也。」㠩通作荒，釋名：「荒，大也。」康爵義當爲大，「酌彼康爵」猶云酌彼大斗耳。爾雅釋器「康瓠謂之甈」，釋文：「康，埤蒼作𤮍，字林作甗，李本作光。」荒與光皆大也。史記索隱引李巡注：「康謂大瓠也。」賈誼賦「斡棄周鼎兮而寶康瓠」，史記集解曰：「康瓠，大瓠。」義與詩康爵同。又按：聲近則義同。説文：

〔一〕「三」原作「之」，據胡承珙毛詩後箋改。

〔二〕「康」，方言作「漮」。

「穅，虛無食也。」爾雅：「漮，虛也。」詩正義引某氏本有荒字〔一〕，是荒義亦爲虛也。

「以奏爾時」，傳：「時，中者也。」箋：「時，謂心所尊者也。」瑞辰按：傳訓時爲中，是也。大戴禮虞戴德篇言「教士履物以射，時以斅技，時有慶以地，不時有讓以地」，時皆當訓中，「時以斅技」卽中以斅技，時與不時卽中與不中也。中者慶以地，不中者讓以地，卽射義「射中者得與於祭，不中者不得與於祭；不得與於祭者有讓，削以地；得與於祭者有慶，益以地」也。以時爲中，與毛傳正合。酒以飲不中者，詩何以云「以奏爾時」？蓋飲不中者以致罰，正所以進中者以致慶耳。

三章「賓之初筵」，箋：「此復言初筵者，既祭，王與族人燕之筵也。」瑞辰按：前二章爲陳古，舉初筵以見賓之始終皆敬。此章以刺今，則舉初筵以刺始敬終怠，非必有異禮也。

「威儀反反」，傳：「反反，言重慎也。」釋文：「韓詩作昄昄，善貌。」瑞辰按：爾雅釋詁：「昄，大也。」大與善義近。玉篇：「昄，大也，善也。」兼取二義。毛詩反反卽昄昄之省借，重慎亦善貌也。周頌執競詩「威儀反反」，傳：「反反，難也。」義與此傳重慎相成。正義以重難釋之，是也。曾釗謂難當讀如儺，失之。

〔一〕此句文義欠明。按詩召旻「我居圉卒荒」，箋：「荒，虛也。」正義云：「『荒，虛』，釋詁文。某氏曰：『周禮云：野荒民散則削之。』唯某氏之本有荒字耳，其諸家爾雅則無之。」

「舍其坐遷」，傳：「遷，徙也。」箋：「又不得有恆之人。」瑞辰按：古者飲酒之禮，取觶奠觶皆坐。又凡禮盛者坐卒爵，其餘則皆立飲。又有升降、興拜、復席、復位諸禮，皆可以遷統之。「舍其坐遷」蓋謂舍其所當坐、當遷之禮耳。若如正義云「舍其本坐，遷嚮他處」，則是讀「舍其坐」爲句，「遷」字另爲句，否則易經文爲「舍坐而遷」，其義始明，非詩義也。

「威儀抑抑」，傳：「抑抑，慎密也。」瑞辰按：說文抑从反印作𢑏，而以抑爲𢑏字之俗。爾雅釋訓及詩抑傳竝曰：「抑抑，密也。」詩疏引舍人曰：「抑抑，静密也。」說文：「静，宷也。」宷卽審也。古密字有審諦之義，故抑箋云「人密審於威儀抑抑然」，此傳「慎密」猶慎審也。抑通作懿，當卽懿之同聲假借。說文：「懿，嫥久而美也。」嫥久則慎密，慎密則美，故假樂傳又曰：「抑抑，美也。」

「側弁之俄」，箋：「側，傾也。俄，傾貌。」瑞辰按：側、仄古同音而義微異。說文：「側，旁也。」「仄，傾也。」段玉裁曰：「不中曰側，不正曰仄。」今傾仄之字通作側。據說文俄字注引作「仄弁之俄」，疑許君所見毛詩自从本字作仄耳。

「屢舞傞傞」，傳：「傞傞，不止也。」瑞辰按：說文姕字注引詩「婁舞姕姕」，段玉裁曰：「古此聲、差聲㝡近，鄘風『玼兮玼兮』，或作『瑳兮瑳兮』。」正與傞通作姕者相類。

「醉而不出，是謂伐德」，箋：「醉至若此，是誅伐其德也。」瑞辰按：說文、廣雅竝云：「伐，敗也。」伐德猶言敗德。箋訓爲誅伐，失之。又按晏子内篇雜上：「晏子飲景公酒，日暮，公呼具火。晏子辭曰：『詩云「側弁之俄」，言失德也。「屢舞傞傞」，言失容也。「既醉以酒，既飽以德」，「既醉而出，竝受其福」，賓主之禮也。「醉而不出，是謂伐德」，賓之罪也。』」今詩無「既醉以酒」二句，疑有脱誤，抑或晏子誤引二詩爲一。

「既立之監，或佐之史」，傳：「立酒之監、佐酒之史。」箋：「飲酒，於有醉者有不醉者，則立監使視之，又助以史，使督酒，欲令皆醉也。」瑞辰按：鄉射禮「立司正〔一〕」注：「解倦失禮者，立司正以監之。」是監卽司正之屬也。内則：「凡養老，五帝憲，三王有乞言。五帝憲，養氣體而不乞言，有善則記之，爲惇史。三王亦憲，既養老而後乞言，亦微其禮，皆有惇史。」鄭注：「惇史，史惇厚是也。」行葦詩序「養老乞言」，箋：「從求善言可以爲政者，惇史受之。」又詩「授几有緝御」，箋：「御，侍也。兄弟之老者，既爲設重席，授几，又有相續代而侍者，謂惇史也。」是御卽惇史。惇史又名御史，戰國策淳于髡説齊威王曰「賜酒大王之前，執法在旁，御史在後」是也。詩所云「或左之史」，蓋卽惇史。古者飲酒皆立之監，以防失禮，惟老者有乞言之典，更佐以史，少者則否，故云「或佐之史」。監以察儀，史以記言。下文「式勿從謂，無俾大怠」，察儀之事也；「匪言勿言，匪由勿語」，乞言於老者而勉以慎言之詞也。箋

〔一〕「立司正」，鄉射禮原文作「作相爲司正」。

謂監史督酒，欲令皆醉，失之。

「彼醉不臧，不醉反恥」，箋：「彼醉則已不善，人所非惡，反復取未醉者恥罰之。言此者，疾之也。」瑞辰按：不，語詞；不臧，臧也。謂彼醉者自以爲臧，不自知其可恥也。故下即言「不醉反恥」，言旁觀者清，反以爲恥也。箋謂「取未醉者恥罰之」，失矣。

「式勿從謂」，箋：「式讀曰慝。勿，猶無也。武公見時人多說醉者之狀，或以取怨致讎，故爲設禁：醉者有過惡，女無就而謂之也。」瑞辰按：式當讀「式微式微」之式，彼箋云「式，發聲」，是也。「式勿從謂」即勿從謂也。爾雅釋詁：「謂，勤也。」勤爲勤勞之勤，亦爲相勸勉之勤。勿從謂者，勿從而勸勤之，使更飲也。故即繼之以「無俾大怠」耳。

「匪言勿言，匪由勿語」，箋：「由，從也。其所陳說非所當說，無爲人說之也，亦無從而行之也，亦無以語人也。皆爲其聞之將恚怒也。」瑞辰按：公劉詩傳：「自言曰言，論難曰語。」言與語對文則異，散文則通，自言謂之言，以言問人亦謂之言，爾雅釋言「訊，言也」，廣雅「言，問也」是也。「匪言勿言」，上言字當讀爲訊言之言，猶曾子事父母篇「弗訊不言」也。方言、廣雅竝曰：「由，式也。」式猶法也。「匪由勿語」，猶孝經「非法不道」也。二句相對成文。箋分「匪由」、「勿語」爲二義，失之。

「俾出童羖」，傳：「羖，羊不童也。」箋：「使女出無角之羖羊。脅以無然之物，使戒深也。

羖羊之性，牝牡有角。」瑞辰按：爾雅釋畜：「夏羊牡羭，牝羖。」當爲「牡羖，牝羭」之譌。説文宋本、小徐本竝曰：「夏羊牡曰羖。」廣韻、集韻及類篇、韻會引説文同。是知今大徐本作牝，爲傳寫之譌。其證一也。説文：「夏羊牝曰羭。」列子天瑞篇「老羭之爲猨」，張湛注亦以羭爲牝羊。則知羖必牡羊矣。其證二也。三倉：「羖，夏羊羖䍽也，亦羯也。」説文：「羯，羊羖犗也。」去勢曰犗，必牡羊乃可稱犗。其證三也。戴侗六書故、周伯琦六書正譌竝曰：「羖，牡羊也。」其證四也。廣雅：「吴羊牡一歲曰牯〔一〕䍮。」玉篇、廣韻竝以䍄爲羖之俗。按今俗稱牛之牡者爲牯，與牡羊之稱羖羊取義正同。其證五也。説文：「羝，牡羊也。」廣雅：「吴羊牡三歲曰羝。」易釋文引張璠注：「羝羊，羖羊也。」以羖釋羝，羝爲牡，則羖亦牡可知。其證六也。以今證古，吴羊卽今綿羊，惟牡者有角，牝者多無角。夏羊卽今山羊，牝牡皆有角；牝閒有角小者，牡則未有無角者。大雅抑之詩曰「彼童而角」，是無角者而言其有角；此詩「俾出童羖」，又是有角者而欲其無角。二者相參，足見詩人寓言之妙。毛傳「羖，羊不童」，蓋以羖爲夏羊之牡者。至箋以羖爲牝牡通稱，蓋據漢末稱夏羊爲羖，卽爾雅郭注所云「今人便以牂羖名白黑羊」也。然與爾雅、説文訓異矣。

「三爵不識」，箋：「三爵：獻也，酬也，酢也。」瑞辰按：禮，飲獻、酢、酬之外，又有旅酬，不

〔一〕「牯」，廣雅（王念孫疏證本）釋嘼作「牡」，馬氏蓋據誤本。

止三爵。惟臣侍君小燕，則以三爵爲度。玉藻：「君子之飲酒也，受一爵而色洒如也，二爵而言言斯，禮已三爵而油油，以退。」孔疏云：「言侍君小燕之禮。」引春秋傳曰：「臣侍君宴，過三爵，非禮也。」又易林曰：「湛露之歡，三爵畢恩。」何休公羊傳注：「禮，飲酒不過三爵。」皆指平時侍燕而言，即此詩所謂三爵也。

「矧敢多又」，箋：「矧，況。又，復也。」瑞辰按：周官膳夫〔一〕「以樂侑食」，鄭注：「侑，猶〔二〕勸也。」又即侑之假借，謂勸酒也。

〔一〕膳夫原作宫正，據周禮改。

〔二〕「猶」原作「酒」，據周禮膳夫鄭注改。

# 毛詩傳箋通釋卷二十三

## 小雅

### 魚藻

「有頒其首」，傳：「頒，大首貌。」釋文：「頒，符云反，説文同。韓詩云：衆貌。」瑞辰按：説文寡字注云：「頒，分也。」韓詩訓頒爲衆，蓋讀頒如紛紜之紛。以義推之，二章「有莘其尾」，韓詩莘當讀⿰夕辛。螽斯詩「詵詵兮」，説文作⿰夕辛⿰夕辛，衆多皃也。又説文：「⿱辡木，盛皃。讀若詩『莘莘征夫』。」亦衆盛皃。文選高唐賦「縱縱莘莘」，注引「詩『有莘其尾』，毛萇曰：『莘，衆多也。』」胡承珙曰：「此殆李善誤引韓爲毛也。」然以經義求之，有頒、有莘皆形容魚首尾皃，仍从毛傳爲允。説文：「頒，大頭也。」據此詩釋文云「説文同」，則説文本作「大頭皃」，今作「也」者誤也。樊光爾雅注引詩「有賁其首」，賁亦大也。頒通作賁，猶春秋公羊經言濆泉，穀梁作賁泉，左氏則作蚡泉也。

「有那其居」，傳：「那，安也。」瑞辰按：那與難雙聲，古通用。說文：「儺，行有節也。」引詩「佩玉之儺」。行有節則安矣，毛傳訓那爲安者，蓋以那爲儺字之假借。儺借作那，猶毛詩「受福不那」，說文引作「受福不儺」也。

## 采菽

「何錫予之」，瑞辰按：錫與賜雙聲。爾雅釋詁：「錫，賜也。」錫即賜之假借。公羊莊元年傳：「錫者何？賜也。」說文：「賜，予也。」錫予即賜予耳。儀禮燕禮注云：「古文賜作錫。」覲禮注又曰：「今文賜皆作錫。」春秋左氏經成八年「天子使召伯來賜公命」，公、穀經俱作錫。皆賜通作錫之證。

「觱沸檻泉」，傳：「觱沸，泉出貌。檻泉，正出也。」瑞辰按：觱沸二字疊韻。泉出之貌曰觱沸，猶火之盛貌曰熚㷼（說文：「熚㷼，火皃。」）也。說文：「濫，氾也。一曰，濡上及下也。」引詩「觱沸濫泉」。又沸字注：「畢沸，濫泉也。」當作「濫泉皃」。玉篇：「滭，泉水出皃。」說文一作畢者，滭之省借。毛詩作觱者，又觱字之省，猶說文引詩「滭泼」，毛詩借作「觱發」也。檻泉，爾雅、說文、釋名竝作濫。毛詩作檻，亦假借字。釋水：「濫泉正出。正出，涌出也。」涌謂上涌。說文：「涌，滕也。」「滕，水超涌也。」觱沸正泉水滕涌之貌。說文：「減，疾流也。」義與觱沸相近。又昭五年公羊傳：「濆泉者何？直泉也。直泉者何？涌泉也。」直與正同義，故又爲涌泉，與釋水以涌出爲正出同。

「言觀其旂」，瑞辰按：周官司常「交龍爲旂，熊虎爲旗」，二者異制。旗又爲旌旗之總名，凡説文云「旌旗之游」，「旆，繼旐之旗也」，以及旂字注「旗有衆鈴」，「旃，旗曲柄也」，「旓，旌旗之流也」，泛言旌旗者，皆作旗，不作旂。此詩「言觀其旂」亦是泛言旌旗，作旂者，蓋作旗則與上文「言采其芹」韻不相諧，故必改旗爲旂。古音旂从斤聲，讀如鄰，方與芹協也。據覲禮「公侯伯子男皆就其旂而立」，大戴朝事篇亦曰「建其旌旂」，則旌旂亦爲通稱耳。周官，上公建旂〔一〕九旒，侯伯七旒，子男五旒。觀其所建旌旂，則諸侯之尊卑等級判焉，故詩曰「言觀其旂」。

「載驂載駟，君子所屆」，箋：「屆，極也。諸侯將朝于王，則驂乘乘四馬而往。此之服飾，君子法制之極也。」瑞辰按：君子謂諸侯，驂駟亦指諸侯之車，謂諸侯將朝于王，乘此驂駟以往也。釋文云箋一讀「諸侯將朝」絶句，以王字下屬，正義亦謂驂駟明王所乘以往，殊失箋恉。「君子所屆」，晏子春秋内篇諫上引詩作「君子所誡」，是知屆爲誡之假借。誡之言戒，謂此驂駟皆君子之所夙戒，以見其車之有度也。箋訓爲法制之極，亦非。

〔一〕「旂」，周禮大行人作「常」，鄭注：「常，旌旗也。」

「邪幅在下」，傳：「邪幅，幅，偪〔一〕也，所以自偪束也。」箋：「邪幅如今行縢也。偪束其脛，自足至厀，故曰在下。」瑞辰按：邪幅亦單稱幅，桓元年左傳「帶裳幅舄」是也。幅亦名偪，内則「偪屨著綦」，釋文「偪本又作幅」是也。鄭注内則云「偪，行縢」，至箋詩則云「邪幅如今行縢」，文有詳略，其義則一。戴氏震謂：「行縢無尊卑之異，止可當庶人之幅，邪幅以配赤芾，爲諸侯之盛服，姑就行縢言之，故言『如』。」其説非也。又謂：「古者燕飲，臣皆解韈就席，必露見其邪幅，不可使無文飾。」亦爲肊説。竊考古者芾在股，亦過於厀，故芾一名蔽厀。邪幅偪束其脛，在厀下，邪纏之以至於足。詩云「在下」，正義言「在股下」，實則言在厀下也。至韈則在脛之下，足之上，護脛幅而藉足屨，故一名絉。釋名：「韈者，末也，在足之末也。」一名絉，絉足者也。其制淺而窄，如屨然，止護足。韈，筏也。屨曰舟，韈曰筏，其形同也。是知古人幅下至足，韈上不至厀，邪幅自見於外，不必解韈而始見，戴氏之説非矣。又按説文：「徽，衺幅也。」邪幅謂之徽，猶蔽厀謂之禕也。爾雅：「徽，止也。」胡承珙曰：「行縢所以裹足，故有止義，亦卽毛傳自偪束之義耳。」

「彼交匪紓」，傳：「紓，緩也。」箋：「彼與人交接，自偪〔二〕束如此，則非有解怠紓緩之

〔一〕「偪」原作「愊」，據毛傳改。下「所以自偪束也」偪字同。

〔二〕「偪」原作「幅」，據鄭箋改。

心。」瑞辰按：匪、彼古同聲通用。荀子勸學篇云：「故未可與言而言，謂之傲；可與言而不言，謂之隱；不見顔色而言，謂之瞽。故君子不傲、不隱、不瞽，謹順其身。」引詩「匪交匪紓」爲證。交當讀如儌倖之儌，猶桑扈詩「彼交匪敖〔一〕」，漢書引作「匪儌匪傲」也。荀子「未可與言而言謂之傲」，卽論語「言未及之而言謂之躁」，傲與躁義不相近，傲當爲儌倖之儌，儌倖者必求速效，卽躁也。紓卽論語「言及之而不言」，故引詩「匪交匪紓」爲證。以交證傲，以紓證隱也。毛詩傳自荀卿，義當與荀子同。楊倞謂「匪交」當作「彼交」，失之。鄭箋訓交爲交接，與韓詩外傳引詩而繼之曰「言必交吾志然後予也」合，其説蓋本韓詩；又承上邪幅爲言，尤非詩義。

「平平左右」，傳：「平平，辯治也。」瑞辰按：平、便、辯三字皆一聲之轉，古通用，故韓詩作便便，左傳引作便蕃，毛傳訓爲辯治。荀子儒效篇曰：「分不亂於上，能不窮於下，治辯之極也。」引詩「平平左右」。此正毛傳辯治之説所本。説文：「辯，治也。从言在辡之閒。辡，辠人相與訟也。从二辛。」辯通作辨。凡經傳言平旦、平明者，平卽辨也，猶禮言辨色也。爾雅：「抨，使也。」小爾雅：「辨，使也。」辨卽苹〔二〕也。又如堯典平章，後漢書劉愷傳引作辨

〔一〕「敖」原作「傲」，據桑扈改。

〔二〕「苹」，疑當作「抨」，此謂小爾雅之「辨」卽爾雅之「抨」。又堯典「平秩東作」，釋文云：「平，馬作苹，云：使也。」是苹與辨亦通。

章，皆平、辨通用之證。

「紼纚維之」，傳：「紼，繂也。纚，緌也。明王能維持諸侯也。」箋：「舟人以紼繫其緌，以制行之，猶諸侯之治民，御之以禮法。」瑞辰按：爾雅釋水：「紼，繂也。」釋文：「紼，本或作綍。索，本或作繂。」王觀察曰：「紼、繂，聲之變轉也。繂謂之紼，猶吴謂筆爲不律，而燕謂之弗也。引棺索謂之紼，亦謂之繂，維舟索謂之繂，亦謂之紼，其義一也。邵引説文『紼，亂系也』，失之。」今按説文：「紼，亂系也。」段玉裁本作亂枲。亂系、亂枲皆可爲索，紼蓋以絲麻爲索。李巡謂繂爲竹索，非也。説文：「𡘋，大也。」玉篇作奘。紼从弗，亦有大義，故孫炎以爲大索。又按説文「繂，素屬」，段玉裁謂「素屬」當爲「索屬」之譌，是也。釋文引韓詩曰：「纚，笮也。」説文：「笮，筊也。」「筊，竹索也。」釋名：「引舟者曰笮。笮，作也；作，起也；起舟使動行也。」詩以紼纚二字平列，紼蓋以麻爲索，纚蓋以竹爲索，皆所以維舟也。爾雅、毛傳訓纚爲緌。纚、纍古同聲。説文：「纍，一曰，大索也。」小爾雅：「纍、綆，繘也。」説文：「綆，汲井綆〔一〕也。」「繘，綆也。」是綆、繘皆繩索也。纚當爲纍字之假借，訓緌者亦以緌爲索，即今繫舟之纜也。古稱維舟之索曰緌，猶之冠纓之垂飾曰緌，旌旗之旄亦曰緌也。郭璞訓緌爲繫，則與維之義複，失其義矣。箋謂以紼繫其緌，亦非。

〔一〕「汲井綆」原作「級水繩」，據説文改。

「亦是戾矣」，傳：「戾，至也。」箋：「戾，止也。諸侯有盛德者，亦優游自安止於是。言思不出其位。」瑞辰按：襄二十九年左傳：「然明〔一〕曰：『天之禍鄭久矣！其必使子産息之，乃猶可以戾。』」杜注：「戾，定也。」此詩刺幽王數徵會而無信義，故以古諸侯之能有定爲諷，戾亦當訓定爲允。傳訓爲至，箋訓爲安止，義與定正相近耳。說文：「戾，曲也。从犬出户下。犬出户下爲戾者，身曲戾也。」段玉裁曰：「曲必有所至，故引申爲止，爲待，又爲定。」

## 角弓

「騂騂角弓」，傳：「騂騂，調和也。」釋文：「騂，息營反，沈又許營反。說文作弲，火全反。」瑞辰按：今本說文：「弲，角弓也。洛陽名弩曰弲。」下不引詩。據陸氏云「騂，說文作弲」，則弲字注本當作「角弓皃」，今作「也」者誤也。其「洛陽名弩曰弲」，自另一義，與詩無涉。說文：「觲，用角低仰便也。讀若詩曰『觲觲角弓』。」今按許所引詩作觲，則不得言「讀若」，六朝舊本蓋作「讀若詩曰『弲弲角弓』」，爲陸氏釋文所本。古辛讀若先，故騂得讀同弲，亦猶幎通作涓，懁讀若絹也。士喪禮注：「古文幎爲涓。」說文：「懁，讀若絹。」段玉裁轉以釋文爲誤，失矣。

〔一〕據左傳，然明當作裨諶。

「民胥然矣」，瑞辰按：方言：「欸，然也。南楚凡言然者，或曰欸，或曰𧪼。」說文：「嘫，語聲也。」語聲猶云應聲。廣雅：「欸、𧪼、然，譍也。」然即嘫之省借。若然之本義，說文自訓燒。

「爾之教矣，民胥傚矣」，箋：「見女之教令，無善無惡，所尚者天下之人皆學之。」瑞辰按：詩以教與遠對言，遠爲不善，則教當爲善。上二句見民化於不善，下二句言民化於善也。箋謂「教令無善無惡」，似非詩義。又按傚古止作效，左氏昭六年傳引詩正作「民胥效矣」。

「受爵不讓，至于己斯亡」，傳：「爵祿不以相讓，故怨禍及之，比周而黨愈少，鄙爭而名愈辱，求安而身愈危。」箋：「斯，此也。」瑞辰按：上「民之無良」，民猶人也。說苑建本篇：「『人而無良，相怨一方。』民怨其上，不遂亡者，未之有也。」民作人，謂指王者，義本韓詩。荀子儒效篇：「比周而黨愈少，鄙爭而名愈辱，煩勞以求安利，其身愈危。」引此詩「民之無良」四句。此毛傳所本。蓋讀亡如危亡，以證怨禍及之也。今按「至于己斯亡」，「己」正對「人之無良」言之，「人」泛言人，不必如韓詩專指王者。亡當讀如忘。詩蓋言人之無良，一方之人皆知怨之，至于己受爵不讓，亦爲無良，則忘之也。韓詩外傳曰：「有君不能事，有臣欲其忠；有父不能事，有子欲其孝；有兄不能敬，有弟欲其從。」引「詩『受爵不讓，至于己斯亡』」，言能知於人，而不能自知也。」正合詩意。荀子楊倞注亦言引詩以明不責己而怨人。毛、鄭皆讀亡爲危亡之亡，失之。

「老馬反爲駒，不顧其後」，傳：「已老矣，而孩童慢之。」箋：「此喻幽王見老人反侮慢之，遇之如幼稚，不自顧今後至年老，人之遇己亦將然。」瑞辰按：學記云：「始駕馬者反之，車在馬前。」此言教駒則然。今老馬，反以教駒者教之，以喻教之過遲，「不顧其後」即「車在馬前」之義。傳、箋謂喻遇老如幼，非詩義也。

「如食宜饇」，傳：「饇，飽也。」釋文：「宜，如字。本作儀，韓詩云：儀，我也。」瑞辰按：宜、儀古通用。韓詩作儀，假借字，猶誼之通作義也。說韓詩者遂訓爲我，未免望文生訓矣。

「如酌孔取」，箋：「如飲老者，則當孔取。孔取謂度其所勝多少。凡器之孔，其量大小不同。老者氣力弱，故取義焉。」瑞辰按：爾雅釋言：「孔，甚也。」如食，但知宜飫而已；如酌，則甚取之，所以見不顧其後。周官酒正：「凡饗士庶子，饗耆老孤子，皆共其酒，無酌數。」此詩言飲老者甚其所取，即無酌數之義。箋謂如器之孔，失之。

「毋教猱升木，如塗塗附」，傳：「猱，猨屬。塗，泥。附，著也。」箋：「毋，禁辭。猱之性善登木，若教使其爲之，必也。附，木桴也。塗之性善著，若以塗附，其著亦必也。以喻人之性皆有仁義，教之則進。」瑞辰按：毋爲發聲，與無通。大雅「無念爾祖」，正謂念爾祖也。管子立政九敗解篇言「毋聽」者，皆謂聽也。墨子尚賢篇言「毋得賢人」、「毋得明君」者，皆謂得也。此詩「毋教猱升木」亦謂教猱升木，與「如塗塗附」同義。上言毋，下言如，互文也。猱性善升，塗性善附，皆以興小人之性易於从善。箋以毋爲禁辭，失之。附當从傳訓著，箋訓爲木桴，亦非。

「見晛曰消」，傳：「晛，日氣也。」箋：「雨雪之盛瀌瀌然，至日將出，其氣始見，人則皆稱曰，雪今消釋矣。喻小人雖多，王若欲興善政，則天下聞之，莫不曰，小人今誅滅矣。」釋文：「見，如字。韓詩作曣，云：曣晛，日出也。」瑞辰按：梁元帝纂文曰：「日出氣曰晛。」義本毛傳。說文：「⿱夝日，星無雲也。」星卽夝也。定之方中詩「星言夙駕」，韓詩曰：「星，晴也。」卽說文「星無雲」之說。說文又曰：「晛，日見也。」義本韓詩。漢書劉向傳引詩「見晛聿消」，顏師古注：「見，無雲也。」亦本韓詩。見當作曣，今作見者，後人據毛詩改也。曣音義近晏，說文：「晏，天清也。」荀子非相篇引詩「宴然聿消」。晏卽曣字之假借。晛、⿰日然古同字，見玉篇、廣韻，然卽曣字之省借。廣雅釋詁：「曣⿰日然，煗也。」曣⿰日然卽韓詩曣晛也。毛公學本荀卿，見字雖無傳，亦當同荀子，借讀作宴。箋訓爲見，失之。曰、聿古通用，皆語詞。箋以「人皆稱曰」釋之，亦誤。古者以雪喻小人，以雪之遇日氣而消喻小人之遇王政之清明而將敗也。

「莫肎下遺，式居婁驕」，箋：「莫，無也。遺讀曰隨。式，用也。婁，斂也。今王不以善政啟小人之心，則無肎謙虛，以禮相卑下，先人而後己，用此自居處，斂其驕慢之過者。」瑞辰按：

荀子非相篇引詩「莫肎下隧，式居屢〔一〕驕」，遺與隧古同聲，故通用。南山經：「旄山之尾，其南有谷，曰育遺。」遺或作隧。春秋説題辭：「襚之爲言遺也。」皆取聲近爲義。屢古字只作婁，荀子作屢者，即婁字之俗也。以詩義求之，下當讀爲「抑然自下」之下，遺當讀隤。説文：「隤，下隊也。」廣雅：「隤，下也。」易：「夫坤隤然，示人簡矣。」隤，柔順貌，古通作遻，與下意同，謂小人莫肎卑下而隤順也。胡承珙曰：「隧又通隊。説文：『隊，从高隊也。』文選歎逝賦注引韓詩章句曰：『隤，猶遺也。』廣雅：『遺，墮也。』是隧、隊、隤、遺〔二〕，聲義竝同。」「婁驕」與「下遺」義正相反。婁當从釋文引作樓。集韻引埤蒼曰：「樓，山巔也。」孟子趙注：「岑樓，山之鋭嶺。」皆高也。又婁與隆雙聲，隆亦高也。高義同驕，左傳所謂「舉趾高」者，即驕也。式，語詞。居，猶安也。此承上文，謂小人將敗，猶莫肎隤然下人，將自安于婁驕也。荀子上言「人有三不祥」，「人有三必窮」，末引此詩以證之，以見驕謾之禍，正合詩義。鄭、王竝以婁爲摟之假借，失之。

「見晛曰流」，傳：「流，流而去也。」瑞辰按：流與消同義。廣雅：「流，匕也。」匕即化字，

〔一〕「屢」原作「婁」，據荀子改。下文云「荀子作屢」，正承此而言。

〔二〕「遺」原作「貴」，據胡承珙毛詩後箋改。

謂消化也。莊子逍遥游〔一〕「大旱金石流」，謂金石消化也。楚辭招魂「十日代出，流金鑠石」，謂消金鑠石也。淮南子原道訓「金火相守而流」，高注：「流，釋也。」釋亦消也。

## 菀柳

「有菀者柳，不尚息焉〔二〕」，傳：「菀，茂木也。」瑞辰按：白帖引詩作苑，菀、苑古通用。有作茂木解者，晉語「人皆集于苑，我獨集于枯」是也。有作枯病解者，淮南子「形苑而神壯」，又曰「百節莫苑」，高注「苑，枯病也」是也。苑、菸聲亦相近，玉篇：「菸，於元反，敗也。」又曰：「萎，菸也。」此詩釋文：「菀，音鬱，徐於阮反。」案讀鬱者爲茂木，讀於阮反則訓如萎菸之菸。詩蓋以枯柳之不可止息，興王朝之不可依倚也。說文：「尚，曾也。」「不尚息焉」猶云不曾息耳。

「上帝甚蹈」，傳：「蹈，動也。」箋：「蹈讀曰悼。上帝乎者，愬之也。今幽王暴虐，不可以朝事，甚使我中心悼病。」瑞辰按：一切經音義引韓詩作「上帝甚陶」，陶，變也，變與動同義。蹈从舀聲，舀古音如由，陶讀如臯繇之繇，聲亦與由同，故通用。蹈通作陶，猶鼓鐘詩「憂心

〔一〕「游」原作「篇」，據續經解本改。
〔二〕「不尚息焉」四字原無，按下文兼釋此句之義，今據原詩補。

且妯」，韓詩妯作陶；又如江漢詩「江漢滔滔」，風俗通義山澤篇引作「江漢陶陶」，楚詞九章「滔滔孟夏」，史記屈原傳作陶陶也。禮記「人喜則斯陶」，淮南子本經篇云「樂斯動，動斯蹈」，蹈亦陶也。廣雅：「匋，匕也。」淮南本經訓言「陰陽之陶化萬物」，陶化猶變化也。蹈又通慆，韓詩外傳引詩下章作「上帝甚慆」，而上引孫子賦云：「以盲爲明，以聾爲聰，以是爲非，以吉爲凶。嗚呼上天，曷維其同。」則慆亦變亂是非之意。戰國策楚策又引詩「上天甚神，無自瘵也」，王觀察云：「神者，慆字之壞，蓋傳寫之誤。不若〔一〕陶、蹈、慆古同聲，得通用，其義均與毛傳訓動同也。」動者，言其喜怒變動無常。下云「俾予靖之，後予極焉」，言王始用之以爲治，後且極放誅責之，正以王之喜怒無常，證明「上帝甚蹈」之事。檜詩「中心是悼」，毛傳：「悼，動也。」是悼亦得訓動，與蹈同義。又說文：「掉，搖也。」「搖，動也。」悼與掉亦音近而義同。若箋訓爲悼病，則失之矣。

「無自暱焉」，傳：「暱，近也。」瑞辰按：廣雅釋詁：「暱，病也。」訓暱爲病，與下章「無自瘵焉」傳訓病同義，較毛傳訓近爲善。王觀察謂其義本三家詩，是也。

「後予極焉」，傳：「極，至也。」箋：「極，誅也。王信讒，不察功考績，後反誅放我。」瑞辰按：爾雅釋言：「殛，誅也。」箋以極爲殛之假借，與次章邁之爲行，讀同左傳「將行子南」同

〔一〕「不若」二字疑衍，王念孫讀書雜志無此二字。

義，故箋又云「後反誅放我」。邵晉涵謂爾雅當作「殛，殊」，訓爲殊死，失之。

「居以凶矜」，傳：「矜，危也。」箋：「居我以凶危之地。謂四裔也。」瑞辰按：方言：「厲，今也。」戴震曰：「今當爲矜。」厲與矜同義，厲爲危，故矜亦爲危。廣雅：「矜、厲，危也。」

「無自瘵焉」，傳：「瘵，病也。」箋：「瘵，接也。」正義：「鄭以上『暱』類之，讀爲交際之際，故言接也。」瑞辰按：瘵與際古通用，此箋讀瘵爲際，猶易「天際翔也」，鄭讀際爲瘵也。箋訓瘵爲接，取與上章暱近相類，猶三家詩訓暱爲病，取與瘵病相類也。蓋言詩者各有所受，各皆以類言之耳。

## 都人士

「彼都人士」，箋：「城郭之域曰都。古明王時都人之有士行者。」瑞辰按：逸周書大匡解云：「士惟都人，孝悌子孫。」是都人乃美士之稱。鄭風「洵美且都」、「不見子都」，都皆訓美。美色謂之都，美德亦謂之都，都人猶言美人也。詩以「都人士」與「君子女」相對成文，「君子女」謂女有君子之行者，猶大雅「釐爾女士」，箋謂女而有士行者。是知都人士亦謂士有都人之德者。箋訓都爲都邑，失之。

「臺笠緇撮」，傳：「臺所以禦暑，笠所以禦雨。緇撮，緇布冠也。」箋：「臺，夫須也。都人之士以臺皮爲笠，緇布爲冠，古明王之時儉且節也。」瑞辰按：汪氏龍曰：「笠本以禦暑，亦可禦雨，故良耜傳『笠所以禦暑雨』，無羊傳『蓑所以禦雨，笠所以備暑』，都人士傳『臺所以禦雨，笠所以禦暑』，三傳相合。今都人士暑、雨互譌。」以南山有臺疏、文選注爲證。今按汪謂此傳暑、雨互譌，是也。至引羅願爾雅翼，謂臺但可以爲衣，不可以爲笠，以駁鄭箋，則非。爾雅：「臺，夫須。」郭注引鄭箋詩云：「臺可以爲禦雨笠。」邵氏正義引陸璣疏云：「舊說：夫須，莎草也，可以爲蓑笠。」是臺可爲笠，古有其說。無羊詩以蓑、笠竝言，可以二物釋之；此詩以臺笠與緇撮對舉，宜如箋以爲一物。若以臺爲蓑，則緇亦將另爲一物乎？又按說文：「簦，笠蓋也。」「笠，簦無柄也。」簦與臺雙聲，陳壽祺謂簦卽臺笠之臺，是也。段玉裁謂簦卽雨繖，非也。

「綢直如髮」，傳：「密直如髮也。」箋：「其情性密緻，操行正直，如髮之本末無隆殺也。」瑞辰按：說文：「⿱髟周，髮多也。」詩作綢，爲假借字。以四章「卷髮如蠆」、五章「髮則有旟」皆極言髮之美，則知「綢直如髮」亦謂髮美。「如髮」猶云「乃髮」，乃猶其也，卽謂「綢直其髮」耳。傳、箋竝讀如爲譬如之如，失其義矣。

「充耳琇實」，傳：「琇，美石也。」正義：「此傳俗本云『琇實，美石』者，誤也。今定本毛無實字。說文直云『琇，石次玉』，則實非玉名，故王肅云『以美石爲瑱，塞實其耳』，義當然也。」

瑞辰按：孟子：「充實之謂美。」是實有美義，「充耳琇實」猶淇奥詩「充耳琇瑩」。著詩「瓊華」、「瓊英」、「瓊瑩」皆狀其玉之美。草木有榮，有英，有華，有實，狀玉之美曰瑩，曰英，曰華，亦可曰實，其義一也。傳云「琇實，美石」，與淇奥傳「琇瑩，美石」，詞義正同，是知傳本有實字者是也。王肅以實爲「塞實其耳」，正義以傳有實字爲誤，竝失之。

「謂之尹吉」，傳：「尹，正也。」箋：「吉讀爲姞。尹氏、姞氏，周室婚姻之舊姓也。」瑞辰按：箋說是也。國語晉胥臣曰：「黄帝之子得姓者十四人，爲十二姓。」姞其一也。王符潛夫論志氏姓曰：「姞氏之别，有闞〔一〕、尹、蔡、光、魯、雍、斷、密須氏。」是尹即姞氏之别。尹吉竝稱，猶申吕、齊許竝言也。說文：「姞，黄帝之後伯鯈姓也。后稷妃家。」吉即姞之省。左傳石癸曰：「姞，吉人也。」漢書古今人表云「姞人，棄妃」，直以姞人爲姓名。唐宰相世系表云：「吉氏出自姞姓。」皆吉即爲姞之證。姞通郅，路史國名紀：「郅，黄帝之宗，見詩。」引風俗通云：「郅，殷時侯國。一作吉。」

「垂帶而厲」，傳：「厲，帶之垂者。」箋：「而，亦如也。而厲，如鞶厲也。鞶必垂厲以爲飾。厲，字當作裂。」瑞辰按：小爾雅：「帶之垂者謂之厲。」桓二年左傳「鞶厲」，杜注：「厲，大帶之垂者。」竝與毛傳合。方言則曰：「厲謂之帶。」廣雅亦曰：「厲，帶也。」蓋對文則厲爲垂帶之

〔一〕「闞」原作「闕」，據潛夫論（汪繼培箋、彭鐸校正本）志氏姓改。

名，散言則厲亦帶也。內則鄭注引詩「垂帶如厲」，淮南子氾論篇高注引詩「垂帶若厲」，而、如、若，古聲近通用，厲與裂古亦同聲通用，故箋云「而亦如也」，又謂「厲當作裂」。說文：「裂，繒餘也。」廣雅：「[illegible]，餘也。」玉篇：「裂，帛餘也。」春秋紀子帛名裂餘。繒帛之餘爲裂，讀厲爲裂，正與下章「帶則有餘」義相承。左氏昭元年傳：「叔孫召使者，裂裳帛而與之，曰：『帶其褊矣。』」正帶與裂帛相似之證，當以鄭箋爲允。汪氏龍駁箋說，謂：「而、如古通用，經誠以鞶厲比帶之垂，何必別作而字，與下異文？」不知詩固有錯綜其文者。「垂帶而厲」以對下文「卷髮如蠆」，而亦如也。猶之上言「有芃者狐」而下言「有棧之車」，之亦者也；上云「言韔其弓」而下云「言綸之繩」，之亦其也。此正詩人立言之妙，不得謂而、如不當異文也。

「卷髮如蠆」，箋：「蠆，螫蟲也。尾末揵然，似婦人髮末曲上卷然。」瑞辰按：一切經音義引通俗文：「舉尾走曰揵。律文作赹。」說文：「赹，舉尾走也。」玉篇：「撁，丘言切，舉也。」段玉裁云：「揵卽撁字之異文。說文擧卽撁篆之譌。」今按蠆之行皆舉其尾，詩以狀婦人之卷髮，正與下章「髮則有旟」義相貫。

「髮則有旟」，傳：「旟，揚也。」箋：「旟，枝旟揚起也。」瑞辰按：旟與譽義近，釋名：「旟，譽也。」說文：「譽，稱也。」爾雅：「稱，舉也。」廣雅：「與，譽也。」舉、揚同義，說文：「揚，飛舉也。」人之稱舉曰譽，物之揚舉曰旟，其義一也。與从舁与會意，說文：「舁，共舉也。」譽、旟皆从與聲，故有揚舉之義。

## 采綠

「終朝采綠」，箋：「綠，王芻也。易得之菜也。」瑞辰按：綠者，菉之假借。說文：「菉，王芻。」又云：「藎，草也。」太平御覽引吳普本草云：「藎草一名黃草，以其可染黃也。」此詩二章采藍，藍可以染青者也。則首章采綠亦以染草取興。蓋以草之染黃染青興人之可善可惡耳。

「五日爲期，六日不詹」，傳：「詹，至也。婦人五日一御。」箋：「婦人過於時，乃怨曠。五日、六日者，五月之日、六月之日也。期至五月而歸，今六月猶不至，是以憂思。」瑞辰按：六日祇爲過期之喻。內則：「妾未滿五十者，必與五日之御。」正義引王肅云：「五日一御，大夫以下之制。」其申毛云：「言常日以五日爲御之期而望之，至六日而不至，尚以爲恨，況今日月長遠，能無思乎？舉近以喻遠也。」胡承珙曰：「此數語解經尤諦。後漢書劉瑜上疏言女孌充積，因云：『天地之性，陰陽正紀，隔絕其道，則水旱爲并。詩云：「五日爲期，六日不詹。」怨曠作歌，仲尼所錄。況從幼至長，幽藏歿身。』云云。其引詩之意，亦是以暫時況久遠也。」今按正義引孔晁曰：「傳因以行役過時刺怨曠也，故先序家人之情，而以行役者六日不至爲過期之喻，非止六日。」其申毛最得詩人言外之旨。箋以爲「五月之日、六月之日」，

未若傳義爲允。〔一〕

「言綸之繩」，箋：「綸，釣繳也。」瑞辰按：綸爲繩名，亦爲糾繩之稱。說文：「綸，青絲綬也。」文選西都賦李注、急就篇顏注引說文竝作「綸，糾青絲繩也」。說文又云：「糾，三合繩也。」釣緡謂之綸，糾繩亦謂之綸。之，猶其也。「言綸之繩」猶云「言糾其繩」，正與「言韔其弓」句法相類。爾雅釋詁：「貉、縮，綸也。」釋器云：「繩之謂之縮之。」貉、縮皆糾繩之名，而訓爲綸，是綸卽糾也。綸爲釣繳，又爲糾繩之名，猶繩爲索而治其繩亦曰索，詩言「索綯」是也。若如箋訓爲釣繳，猶云「言繩其繩」，則不詞矣。

「薄言觀者」，箋：「觀，多也。」正義：「俗本作『觀，覩』，誤也。定本、集注竝作多。」瑞辰按：爾雅釋詁：「觀，多也。」郭注引詩「薄言觀者」。物多而後可觀，故觀有多義。又觀音近灌，灌爲藂木，亦多也。俗人少聞多義，故妄改爲覩，抑或因韓詩觀字作覩而誤。

## 黍苗

「我任我輦」，傳：「任者、輦者。」箋：「有負任者，有輓輦者。」瑞辰按：吕氏春秋舉難篇曰：「甯戚將任車以至齊。」淮南子道應篇曰：「甯越爲商旅，將任車。」高誘注：「任，載也。」引

〔一〕此條原在下條之後，今依所釋詩句在原詩中之先後次序移置於此。

詩「我任我輦」。是高氏以詩「我任」卽爲任車。據淮南子又曰「甯越飯牛車下」，則所云任車卽牛車耳。今按周官鄉師注：「輦，人輓行，所以載任器。」則輦亦得曰任。下始言「我車我牛」，車、牛爲一，則上言「我任我輦」卽謂以輦載任器，亦爲一事而分言之，不得如箋訓爲負任，亦不得如高誘以爲任車也。爾雅釋訓：「徒御不驚，輦者也。」徒御二字當連讀，謂徒步而御車者。此詩「我徒我御」亦一事而分言之，詩人語多相類而不嫌其複，徒御卽上之輦，正不必如傳、箋之過爲區別耳。周官鄉師注引司馬法曰：「夏后氏謂輦曰余車，殷曰胡奴車，周曰輜輦。輦〔一〕一斧、一斤、一鑿、一梩、一鋤。周輦加二板、二築。」此謂輦載一人所需物也。又曰：「夏后氏二十人而輦，殷十八人而輦，周十五人而輦。」此謂一輦載二十人若十八人、十五人所需也。周每人加二板、二築，故僅容十五人所需。賈疏謂「說輓人多少」，失之。說文：「扶，竝行也。从二夫。」「輦，輓車也。从扶在車前引之。」易林曰：「二人輦車，徒去其家。」是皆輦用二人引車之證。淮南子說山篇曰「引車者二六而後之」，據上云「物固有衆而不若少者」，當讀「引車者二」爲句，所謂少也；「六而後之」另爲句，謂六人自後推之，所謂衆也。卽左氏傳所云「或輓之，或推之」也。其云「引車者二」，與說文、易林言輦用二人引車正合。高誘注曰：「輦三人，兩輦六人，故謂二六。一說十二人。」皆非也。周官鄉師

〔一〕「輦」原作「車」，據周禮鄉師鄭注改。

注：「故書輦作連。」孟子趙注：「連者，引也。」古連讀如輦，故通用。

「蓋云歸哉」，箋：「蓋，猶皆也。」瑞辰按：蓋者，盍之假借。檀弓「子蓋言子之志於公乎」，鄭注：「蓋當爲盍。」爾雅釋言：「曷，盍也。」廣雅：「曷、胡、盍，何也。」此詩兩言蓋，皆當讀爲盍。鄭訓爲皆，失之。

## 隰桑

「其葉有沃」，傳：「沃，柔也。」瑞辰按：廣雅釋詁：「沃，美也。」美亦盛也。

「其葉有幽」，傳：「幽，黑色也。」瑞辰按：幽、葽一聲之轉，豳詩「四月秀葽」，夏小正作「莠幽」。漢郊祀志房中歌曰「豐草葽」，孟康注：「葽，盛貌也。」此詩「有幽」與上章「有難」、「有沃」同義，正當讀葽，訓爲盛貌。何草不黃詩「率彼幽草」，義與此同。傳訓幽爲黑色者，蓋讀幽爲黝，猶周禮「牧人幽牲」，先鄭云：「幽讀爲黝，黑也。」說文：「黝，微青黑也。」葉之盛者色青而近黑，則黑色亦爲盛貌。

「德音孔膠」，傳：「膠，固也。」瑞辰按：膠當爲僇之省借。方言：「僇，盛也。陳宋之閒曰僇。」廣雅：「僇，盛也。」孔膠猶云甚盛耳。

「遐不謂矣」，箋：「遐，遠。謂，勤也。君子雖遠在野，豈能不勤思之乎？宜思之也。」瑞辰按：表記引詩作「瑕不謂矣」，鄭注：「瑕之言胡也。」凡詩言遐不者，猶言胡不。箋訓爲遠，失之。爾雅釋詁：「謂，勤也。」呂氏春秋開春篇曰：「周厲之難，天子曠絶，而諸侯皆來謂矣。」來謂卽來勤也。凡上之勞來其下，下之勞來其上，皆曰勞，亦曰勤，春秋「鄭伯勞王」、「諸侯勤王」是也。此詩「遐不謂矣」猶云胡不勤勞之，故箋又引孔子曰：「愛之能勿勞乎？」正讀勞如勞來之勞。

「中心藏之」，箋：「藏，善也。我心善此君子。」瑞辰按：古文孝經引詩作「忠心藏之」，疏引説文「盡心曰忠」，説苑修文篇「故忠心好善而日新之」，忠心猶言忠告，蓋本三家詩也。毛詩作中，不爲義，故但以「我心」釋之。藏者，臧之假借。古藏匿字多借作臧，故臧善字詩又借藏。傳訓藏爲善，正以釋臧者釋藏也。唐石經初作藏，後改作臧，釋文亦作臧，不若注疏本作藏爲善。

## 白華

序：「白華，周人刺幽后也。」瑞辰按：漢書注引序作「周人刺幽王廢申后也」，與今本異。但考箋云：「褒姒，褒人所入之女，姒其字也。是謂幽后。」正釋幽后二字，是鄭君所見序本作幽后。

「白華菅兮，白茅束兮」，傳：「白華，野菅也。已漚爲菅。」箋：「白華於野，已漚名之爲菅。菅柔忍中用矣，更取白茅收束之，茅比於白華爲脆。興者，喻王取於申，申后禮儀備，任妃后之事，而更納褒姒，褒姒爲孽，將至滅國。」瑞辰按：左氏傳引逸詩曰：「雖有絲麻，無棄菅蒯。雖有姬姜，無棄蕉萃。」以菅蒯喻憔悴，與此詩之取興於菅茅者同義。菅、茅皆以喻申后，白華、白茅皆取潔白之義，菅兮、束兮皆取見用於人之義。蓋首章以菅茅之見用興申后之見棄，二章「英英白雲，露彼菅茅」，又以天地之覆養菅茅，興王之退黜申后，爲菅茅不若也。箋以白華喻申后，白茅喻褒姒，又以「露彼菅茅」爲「彼可以爲菅之茅，使與白華之菅相亂易」，竝失之。

「英英白雲」，傳：「英英，白雲貌。」釋文：「英，如字。韓詩作泱泱，同。」瑞辰按：鄭風出其東門詩「有女如荼」，傳：「荼，英荼。」正義：「言『荼，英荼』者，六月云『白旆英英』，英英是白貌。」則知此詩英英亦雲之白貌。英从央聲，故韓詩作泱泱，猶「白旆英英」亦作央央也。潘岳射雉賦「天泱泱以垂雲」，正本韓詩。說文：「泱，滃也。」「滃，雲气起也。」

「露彼菅茅」，傳：「露亦有雲，言天地之氣無微不著，無不覆養。」箋：「白雲下露，養彼可以爲菅之茅，使與白華之菅相亂易。猶天下妖氣生褒姒，使申后見黜。」瑞辰按：露，猶覆也。連言之則曰覆露。晉語：「是先王覆露子也。」淮南子時則篇：「包裹覆露，無不囊懷。」

春秋繁露基義篇：「天爲君而覆露之。」漢書鼂錯傳：「今陛下配天象地，覆露萬民。」嚴助傳：「陛下垂德惠以覆露之。」皆覆、露同義之證。此詩「露彼菅茅」猶言覆彼菅茅，與下章「浸彼稻田」同義。毛傳「露亦有雲」，言覆露之亦有雲，故下文言「天地之氣無不覆養」。箋云「白雲下露，養彼可以爲菅之茅」，猶云白雲下覆，養彼可以爲菅之茅，非訓露爲雨露之露也。歐陽本義、黄氏日鈔皆以露爲覆露。正義乃云「有雲則無露，無露乃有雲」，以「露亦有雲」爲「白雲降露」，失傳恉矣。朱子集傳亦云「白雲下降爲露」，又承孔疏之誤。

「滮池北流」，傳：「滮，流貌。」箋：「豐、鎬之閒水，北流。」瑞辰按：水經注：「鄗水又北流，西北注，與滮池合。水出鄗池西而北流，入于鄗。」括地志：「滮池，今按其池周十五步。」九域志：「京兆府冰池，案十道志名滮池。」是皆以滮池爲池名。豐水在西，鄗水在東，滮池在鄗西，正豐、鎬之閒，與箋説合。傳「滮，流貌」，水經注引毛詩作「流浪也」，當爲「流浪貌」之譌。説文：「淲〔一〕，水流皃。从水，彪省聲。」引詩作「淲沱北流」。

「樵彼桑薪，卬烘于煁」，傳：「卬，我。烘，燎也。煁，烓竈也。桑薪，宜以養人者也。」箋：「人之樵取彼桑薪，宜以炊饔饎之爨，以養食人。桑薪，薪之善者也，我反以燎於烓竈，用炤事物而已。喻王始以禮取申后，禮儀備，今反黜之，使爲卑賤之事，亦猶是。」瑞辰按：詩人每

〔一〕「淲」原作「滮」，據説文改。下云「彪省」，即謂「彪」省作「虎」。

以薪喻昏姻，薪之爲言新也。此詩「樵彼桑薪，卬烘于煁」，蓋以桑薪之見用于煁竈，喻幽王之新得褒姒而寵愛之。下文「維彼碩人，實勞我心」，乃言申后之不見禮，爲可憂耳。傳、箋謂詩以桑薪喻申后，似非詩義。

「念彼碩人」，箋：「碩，大也。妖大之人，謂褒姒也。」瑞辰按：詩三言碩人，皆指申后。衛莊姜賢而無子，而詩賦碩人，申后賢而被黜，詩亦稱爲碩人，其義一也。王肅、孫毓皆云碩人謂申后，傳意當然。箋以碩人爲指褒姒，失之。

「鼓鐘于宮」，瑞辰按：韓詩外傳引詩作「鐘鼓于宮」。山井鼎考異云：「箋『如鳴鼓鐘于宮中』，古本作『鐘鼓』。」是毛詩亦有作鐘鼓者。即以今本箋作「鳴鼓鐘」，亦分鼓與鐘爲二。正義云「鼓擊其鐘」，失之。

「念子懆懆」，釋文引說文云：「懆，愁不申也。」瑞辰按：今本說文作：「懆，愁不安也。」

「視我邁邁」，傳：「邁邁，不說也。」釋文：「邁，如字。韓詩及說文竝作㤄㤄。韓詩云：意不悦好也。許云：很怒也。」瑞辰按：邁邁即㤄㤄之假借，毛、韓詩字異而義同。說文今本㤄字注云「恨怒也」，當从釋文引作「很怒」。廣雅：「㤄，怒也。」

「鴛鴦在梁，戢其左翼」，箋：「戢，斂也。斂左翼者，謂右掩左也。鳥之雌雄不可別者，以翼。右掩左，雄；左掩右，雌。陰陽相下之義也。夫婦之道，亦以禮義相下，以成家道。」瑞辰按：箋以詩爲刺幽王，故專據雄者而言，以戢其左翼爲以右掩左。然鴛鴦匹鳥，飛則爲雙，止則相耦，鴛鴦篇亦曰「鴛鴦在梁，戢其左翼」，不得專指雄者言也。鴛鴦篇釋文引韓詩曰：「戢，捷也。捷其噣于左也。」禽鳥之宿，皆捷其噣於翼。毛傳：「言休息也。」此詩無傳，義與彼同。詩蓋以鴛鴦匹鳥，得其所止，能不貳其耦，以興幽王二三其德，爲匹鳥之不若也。不當如箋專指雄者言。

「有扁斯石，履之卑兮〔一〕」，傳：「扁扁，乘石貌。王乘車履石。」箋：「王后出入之禮與王同，其行登車亦履石，申后始時亦然，今也黜而卑賤。」瑞辰按：周官隸僕「王行則洗乘石」，鄭司農曰：「乘石，所登上車之石也。」淮南子齊俗篇、文選李注引尸子竝云：「周公踐東宫，履乘石。」淮南高注：「人君升車有乘石。」說均與毛傳合。傳蓋以乘石爲王所履，與后之爲王所棄耳。胡承珙曰：「『履之卑兮』，卑字當屬石言。」何氏古義云：「『履之卑兮』是倒文，言乘石卑下，猶得蒙王踐履。」其說是也。至于后亦履石，經傳無徵，箋特以義推而言之，與傳義殊。士昏禮「婦人以几」，賈疏云：「王后則履石。」特本詩箋以意推之，亦非有確證也。正義合傳、箋爲一，失之。

「俾我疧兮」，傳：「疧，病也。」瑞辰按：爾雅釋詁：「疧，病也。」釋文引孫炎云：「滯之病

〔一〕「履之卑兮」句原無，按下文兼釋此句，今據原詩補。

也。」説文：「疷，病不翅也。从疒，氏聲。」今毛刻詩經作疷者誤。又疷音祈，當作祇支反。爾雅釋文云：「本作庋。字書云：庋，病也。」又通作祇，何人斯毛傳：「祇，病也。」詩釋文云「徐都禮反」，非是。

## 緜蠻

「緜蠻黄鳥」，傳「緜蠻，小鳥貌。」瑞辰按：緜蠻二字雙聲。説文：「緜，聯散也。」廣雅：「緜，小也。」緜有小義，故傳以緜蠻爲小鳥貌。文選注引韓詩薛君章句曰：「緜蠻，文貌。」爾雅釋詁：「覭髳，茀離也。」緜蠻卽覭髳之轉，猶言彌漫、彌靡，皆雙聲字，蓋文采緟密之貌，故韓詩以爲文貌，當从韓詩説爲允。黄鳥本爲小鳥，詩以喻微臣，其義已顯，不必更以緜蠻爲小皃耳。

## 瓠葉

「有兔斯首」，箋：「斯，白也。今俗語斯白之字作鮮，齊魯之間聲近斯。有兔白首者，兔之小者也。」瑞辰按：古者鄉飲酒禮、鄉射禮、燕禮、大射禮，皆行士一獻之禮，其牲用狗。據此詩「有兔斯首」，則庶人一獻之禮其牲蓋用兔也。斯乃句中語助，與「螽斯羽」、「鹿斯之弃」句法相類。箋訓斯爲白首，失之。

「酌言獻之」，傳：「獻，奏也。」箋：「每酌言『言』者，禮不下庶人，庶人依士禮，立賓主爲酌名。」瑞辰按：古者合獻酢醻，爲一獻之禮。昭元年左傳：「趙孟賦瓠葉，穆叔曰：『趙孟欲一獻。』」樂記鄭注曰：「一獻，士飲酒禮。」此詩以庶人而行士一獻之禮，箋云「庶人依士禮」，是也。言爲語助詞，箋訓言爲我，則非。

## 漸漸之石

「漸漸之石」，傳：「漸漸，山石高峻。」釋文：「漸漸，亦作嶄嶄。」瑞辰按：嶄與嶃同。廣雅釋訓：「嶃嶃，高也。」漸漸即嶃嶃之假借。説文無嶃字，古蓋通作磛。説文：「磛，礹石也。」繫傳引詩「磛磛之石」。玉篇：「磛礹，山石皃。」

「山川悠遠，維其勞矣」，箋：「山川者，荆舒之國所處也。其道里長遠，邦域又勞勞廣闊。言不可卒服。」正義：「廣闊遼遼之字當从遼遠之遼，而作勞字，以古之字少，多相假借。詩又口之詠歌，不專以竹帛相授，音既相近，故遂用之。此字義自得通，故不言當作遼也。」惠棟曰：「案昭七年左傳『隸臣僚』，服虔解誼曰：『僚，勞也。共勞事也。』尞、勞古同音，故潦水亦作澇水。上林賦師古注：『潦音牢。』『勞勞』之語，見孔氏聘辭。僚與遼皆从尞聲，知古音同〔一〕也。」瑞辰按：遼、勞二字同來母，故通用。説文膫或作膋，勞聲；𤻲讀若勞，而字之或體作療，从尞；又説文「鷯〔二〕，伯勞也」，夏小正作「伯鷯」；皆遼、勞通用之類。劉向九歎「山脩遠其遼遼兮」，王逸注：「遼遼，遠貌。」義本此詩。劉向説多本韓詩，疑韓詩原作「維其遼矣」。鄭君亦先通韓詩，故直以勞爲遼耳。

「不皇朝矣」，箋：「皇，王也。役人罷病，必不能正荆舒，使之朝於王。」朱子集傳：「遑，暇也。言無朝旦之暇也。」瑞辰按：爾雅釋言：「偟，暇也。」字本作遑，通作皇。表記引詩「皇恤我後」，左傳「社稷之不皇」，皇即遑也。此詩箋讀爲皇王之皇，於下二章「不皇出矣」、「不皇他矣」皆爲費解，自从朱傳讀遑爲允。竊考左傳云：「詰朝請見。」又齊侯曰：「余姑翦滅此而朝食。」是古者戰多以朝。詩言「不遑朝」者，甚言其東征急迫，言不暇至朝也。二章「不皇出矣」，當如朱傳言「但知深入，不暇謀出」。三章「不遑他矣」，則謂有死無貳，猶云「之死矢靡他」，不僅如朱傳言「不暇及他事」也。又按朱傳原本蓋云「皇讀爲遑」，今經作遑者，乃坊本誤改。

「維其卒矣」，傳：「卒，竟也。」箋：「卒者，崔嵬也。」瑞辰按：「維其卒矣」猶言維其高矣，

〔一〕「音同」，惠棟九經古義毛詩古義下作「字通」。

〔二〕「鷯」原作「鷚」，據説文改。

卒即崒之省借。説文：「崒，危高也。」十月之交詩「山冢崒崩」，釋文：「崒，本亦作卒。」是崒、卒古通用之證。

「曷其没矣」，傳：「没，盡也。」箋：「廣闊之處，何時其可盡服。」瑞辰按：没、勿古同聲通用。爾雅「蠠没，勉也」，韓詩作「密勿」，是其類也。此詩没當讀迿，廣雅：「迿，遠也。」「曷其没矣」與上章「維其勞矣」勞讀爲遼同義，迿亦遼也。傳、箋均訓爲盡，失之。

## 苕之華

「牂羊墳首」，傳：「牂羊，牝羊也。墳，大也。牂羊墳首，言無是道也。」瑞辰按：爾雅釋嘼：「羊，牡羒，牝牂。」郭注：「謂吴羊白羝。」夏羊牝牡皆有角，吴羊則牡羒有角，而牝牂無角。此詩「墳首」，墳當讀羒羊之羒。謂牂牝之身，而欲其爲牡羒有角之首，以見必不可得，興人之不可飽。羒借作墳，猶坋爲大防，字亦借作墳也。王氏詩總聞、羅氏爾雅翼、何氏詩古義竝謂墳即羒字，何氏引易林「墳首」作「羵」爲證。傳訓墳爲大者，蓋以墳爲頒之假借，然非詩義。

「三星在罶」，傳：「罶，曲梁也，寡婦之笱也。三星在罶，言不可久也。」箋：「不可久者，喻周將亡，如心星之光耀見於魚笱之中，其去須臾也。」瑞辰按：傳不言三星何星。據唐風綢繆篇傳「三星，參也」，則此篇亦謂參耳。唐風「三星在天」、「在隅」、「在户」，皆指星象之見天，隨時移宿言之，實象也。此詩「三星在罶」，即星光之照水者言之，虛象也。詩蓋以星象之虛而非實，以興饑者之食而不飽，亦爲虛而不實也。傳以爲不可久，箋以三星爲心星，均非詩義。釋文「罶，本又作霤」，蓋同音假借字。

## 何草不黄

「何人不將，經營四方」，傳：「言萬民無不從役。」瑞辰按：周頌敬之篇「日就月將」，毛傳：「將，行也。」此詩「何人不將」與「何日不行」同義，「何日不行」言日日行也，「何人不將」言人人行也。集傳「將，亦行也」，是也。正義言「何人不爲將率所將之，以經營四方乎」，失其義矣。

「何草不玄」，箋：「玄，赤黑色。始春之時，草牙蘖者將生，必玄。」瑞辰按：玄與黄同義。爾雅釋詁：「玄黄，病也。」馬病謂之玄黄，草病亦謂之玄黄，其義一也。四月詩「百卉具腓」，傳訓腓爲病，草之枯萎即其病也。箋以玄爲草之將生，失之。爾雅「九月爲玄」，孫炎曰：「物衰而色玄也。」引詩「何草不玄」爲證，是也。正義據箋義，以孫炎之言爲謬，亦誤。

「何人不矜」，箋：「無妻曰矜。」瑞辰按：矜，古通借作鰥。蓋鰥从眔聲，古讀如昆，與今雙聲，故通用。爾雅釋詁：「鰥，病也。」鰥即矜也。後漢書和帝紀「朕寤寐恫矜」，李賢注：「矜，病也。」字別作瘝，書鄭注：「瘝，病也。」「何人不矜」猶言何人不病耳。爾雅釋言又曰：「矜，苦也。」又廣雅：「矜，危也。」義竝與病近。箋訓爲鰥寡，失之。

「匪兕匪虎」，傳：「兕、虎，野獸也。」箋：「兕、虎，比戰士也。」瑞辰按：匪、彼古通用，「匪兕匪虎」猶言彼兕彼虎也。兕、虎野獸，固宜其「率彼曠野」，以興征夫之不宜疲於征役也。傳、箋不解匪字，正義訓匪爲非，失之。

「有芃者狐」，傳：「芃，小獸貌。」瑞辰按：淮南子原道訓「禽獸有芃」，高注：「芃，蓐也。」說文蓐字注：「一曰，蔟也。」芃字注：「草盛皃。」芃本衆草叢蔟之貌，狐毛之叢雜似之，故曰「有芃者狐」。又芃、蓬音同。山海經海内經「玄狐蓬尾」，郭注：「蓬，叢也。」芃猶蓬也，蓋狐尾蓬叢之貌。傳訓爲小獸貌，失之。

「有棧之車」，傳：「棧車，役車也。」箋：「棧車輦者。」瑞辰按：古者編木爲棚，通謂之棧，三倉「棚，棧閣也」，通俗文「版閣曰棧」是也。編木爲棚版謂之棧，說文「簣，牀棧也」是也。編木爲馬圈亦謂之棧，莊子「編之以阜棧」是也。棧車，據說文：「棧，棚也。一曰，竹木之車曰棧。」蓋棧本是棚之通名，編竹木爲車有似於棚，因謂之棧車。至此詩「有棧之車」與「有芃者狐」，皆形容之詞。據説文「嶘，尤高也，从山，棧聲」，則棧當爲車高之貌。正義謂「有棧是車狀，非士所乘之棧車」，是也。毛傳以棧車爲役車，周官賈疏引之爲役車亦名棧車之證，失之。

十三經清人注疏

# 毛詩傳箋通釋

下

〔清〕馬瑞辰 撰

陳金生 點校

# 毛詩傳箋通釋卷二十四

## 大雅

### 文王

「有周不顯，帝命不時」，傳：「有周，周也。不顯，顯也；顯，光也。不時，時也；時，是也。」箋：「周之德不光明乎？光明矣。天命之不是乎？又是矣。」瑞辰按：不爲語詞，玉篇曰「不，詞也」是也，故傳曰：「不顯，顯也；不時，時也。」箋讀同不然之不，因增「乎」字以足其義，失之。不、丕古通用，丕亦語詞，不顯猶丕顯也。時當讀爲承，時、承一聲之轉。大戴少閒篇「時天之氣」卽承天之氣，楚策「抑承甘露而用之」，新序雜事篇承作時，皆時、承古通用之證。詩若作承，則與右不得爲韻，故必假時以韻右。是知此詩「有周不顯，帝命不時」，猶清廟詩「不顯不承」，尚書言「丕顯丕承」也。王尚書釋周頌「不承」曰：「承者，美大之詞，當讀『文王烝哉』之烝。釋文引韓詩曰：『烝，美也。』」今按此詩「帝命不時」，時讀承，亦當訓美。

帝命曰時，猶天子之命曰休命，曰大命也。若訓爲以下承上之承，則不詞矣。

「文王陟降，在帝左右」，傳：「言文王升接天，下接人也。」箋：「在，察也。文王能觀知天意，順其所爲，從而行之。」朱子集傳：「蓋以文王之神在天，一升一降，無時不在上帝之左右。」瑞辰按：集傳之説是也。墨子明鬼篇下引詩「在帝左右」，言：「若鬼神無有，則文王既死，彼豈能在帝之左右也？」是墨子以詩爲文王既没，其神在帝左右矣。古者言天及祖宗之默佑，皆曰陟降。敬之詩曰：「無曰高高在上，陟降厥士，日監在兹。」此言天之陟降也。閔予小子詩曰：「念兹皇祖，陟降庭止。」訪落詩曰：「紹庭上下，陟降厥家。」此言祖宗之陟降也。天陟降，文王之神亦隨天神爲陟降，故曰「文王陟降，在帝左右」。昭七年左傳「叔父陟恪，在我先王之左右」，與此詩文法正同。汪氏中以恪爲降字之譌，是也。陟降或曰陟下。洪範「維天陰騭下民」，劉台拱曰：「騭，古陟字。騭下猶言陟降，言天甚愛下民，陰陟降之。」其説是也。陟降倒言之則曰降陟。多士：「惟帝降格。」呂刑：「罔有降格。」爾雅釋詁：「格，陞也。」降格猶云降陟也。

「亹亹文王」，傳：「亹亹，勉也。」瑞辰按：爾雅釋詁：「亹亹，勉也。」廣雅釋訓：「亹亹，進也。」進亦勉也。説文無亹字，亹者釁之省，隸變爲亹，或作亹。釁从爨省，从酉，分聲；亹从爨省，从酉，文聲；分、文古音同部，故字同音亦同也。古音微與文通，故周官鄭司農注曰：「釁讀爲徽。」徽从微省聲，音近眉，故古鐘鼎文眉壽字多作釁，又作亹。楚史老字子亹，亹卽眉也。易繫辭「成天下之亹亹者」，崔靈恩讀作娓娓。説文娓讀若眉〔一〕，則知亹之通作娓，猶眉之借作釁與亹也。亹又音門，詩「鳧鷖在亹」是也。亹、勉一聲之轉，禮器「君子達，亹亹焉」，鄭注「亹亹，猶勉勉也」，棫樸詩「勉勉我王」，荀子富國篇引作「亹亹我王」，韓詩外傳引作「亹亹我王」是也。勉勉又轉爲明明。爾雅釋詁：「孟，勉也。」孟、明古同聲通用，如孟津通作盟津，是其證。故勉謂之孟，重言之則曰明明。江漢「明明天子，令聞不已」，猶此詩「亹亹天子，令聞不已」也。魯頌有駜詩「在公明明」，猶言在公勉勉也。亹亹又轉爲没没，易繫辭「成天下之亹亹者」，鄭注「亹亹，没没也」，爾雅釋詁「蠠〔二〕没，勉也」，邵晉涵正義曰「亹亹、蠠没，以聲轉爲義」是也。又轉爲勿勿，大戴曾子立事篇「君子終身守此勿勿」，盧辨注：「勿勿，猶勉勉也。」又通作穆穆，墨子明鬼篇下引此詩作「穆穆文王，令問不已」是也。又轉爲旼旼，大戴記「亹亹穆穆」，司馬相如封禪文「旼旼穆穆」，旼旼卽亹亹也。説文：「忞，强也。」段本作「自勉强也」。又曰：「慔，勉也。」論語「文莫吾猶人也」，劉台拱曰：「文莫卽勉

〔一〕「娓讀若眉」四字疑有脱誤。按説文：「媚，从女，眉聲。」「娓，讀若媚。」疑此文當作「説文媚从眉聲，娓讀若媚」，方與上下文相應。

〔二〕「蠠」字原脱，據爾雅釋詁補。

强。」廣雅釋詁：「文，勉也。」竝同義。是則亹亹、娓娓、勉勉、明明、没没、勿勿、穆穆、旼旼，皆以聲近互轉，字當以忞忞爲正。忞又通作暋，說文引周書「在受德忞」，今立政作暋。釋詁：「暋，强也。」說文：「敃，彊也。」敃又借作昏，盤庚「不昏作勞」，鄭注：「昏讀爲暋。暋，勉也。」爾雅釋訓：「懋懋、慔慔，勉也。」慔慔亦没没之轉。

「陳錫哉周」，傳：「哉，載。」箋：「哉，始也。乃由能敷恩惠之施，以受命造始周國。」戴震曰：「春秋傳及國語引此詩皆作『載周』，古字載與栽通，栽猶殖也。言文王能布大利於天下，以豐殖周國。國語說之曰『故能載周以至於今』是也。」瑞辰按：陳，說文从𨸏，从木，申聲，古文作𨻰，亦从申。陳錫卽申錫之假借。漢書韋玄成傳載匡衡上書云：「子孫本支，陳錫亡彊。」義本齊詩。而言「陳錫亡彊」，與商頌烈祖篇「申錫無彊」正同，是知陳錫卽申錫也。申，重也。重錫言錫之多。左傳引「詩曰：『陳錫哉周。』能施也。」施卽錫字，不解陳字。箋及杜注訓陳爲敷布，失之。哉、才以同部假借。說文：「才，草木之初也。从丨上貫一，將生枝葉也。一，地也。」爾雅釋詁：「哉，始也。」哉卽才之假音，哉、載以同聲通用。臯陶謨「乃賡載歌曰」，正義引鄭注：「載，始也。」臯陶謨「載采采」，史記夏本紀作「始事事」，載之爲始，猶哉之爲始也。是知傳訓哉爲載，箋訓哉爲始，義正相成。宣十五年左傳引此詩而釋之曰：「文王所以造周，不是過也。」此詩序曰：「文王受命作周也。」廣雅釋詁：「作、造，始也。」

是知造周、作周，皆釋詩哉周之義，箋謂「造始周國」是也。國語「故能載周，以至於今」，猶云能造周以至於今，載亦始也。戴震訓爲栽殖之栽，失之。韋昭國語注訓載爲成，亦非。

「本支百世」，傳：「本，本宗也。支，支子也。」瑞辰按：本如木之有本，支即枝也。莊六年左傳引詩正作「本枝百世」。

「不顯亦世」，傳：「不世顯德乎！士者世祿也。」箋：「凡周之士，謂其臣有光明之德者，亦得世世在位，重其功也。」瑞辰按：不、亦二字皆語詞，「不顯亦世」謂其顯及世，與思齊詩「不顯亦臨」、「無射亦保」等句法相類。魏書禮志引詩作「不顯奕世」，後漢書袁術傳注引作「不顯奕代」。按：代字蓋避唐諱而改。今按汪中曰：「執金吾武榮碑『亦世載德』，楊震碑『亦世繼明』，綏民校尉熊君碑『亦世載德』，李翕西狹頌『亦世賴福』，中常侍樊安碑『亦世載德』，樊毅修華嶽廟碑『亦世克昌』，先生郭輔碑『休矣亦世』，亦世即奕世也。然則大雅之『不顯亦世』即乃『丕顯奕世』耳。亦與奕古本通用，爾雅釋詁：「奕，大也。」噫嘻詩「亦服爾耕」，豐年詩「亦有高廩」，箋竝云：「大也。」是亦即爲奕之證。奕之言繹也。玉篇：『繹，長也。』奕世即長世也。或亦訓爲累世，後漢書楊秉傳『臣奕世受恩』，注：『奕，猶重也。』重即累也。三家詩蓋有作奕世者，爲魏書及漢碑、後漢書注所本，則『不顯奕世』與『不顯成康』句法相類。」然據下文「世之不顯」即承上「不顯亦世」言之，仍从毛詩作亦，訓爲語詞爲允。

「穆穆文王」，傳：「穆穆，美也。」瑞辰按：傳本釋詁。而釋訓又云：「穆穆，敬也。」據下言「敬止」，則穆穆卽爲敬貌。說文：「睦，敬和也。」郝懿行曰：「穆穆卽睦睦之假借。」

「假哉天命」，傳：「假，固也。」瑞辰按：假、嘏古同聲通用，故假亦可訓固。但劉向引孔子讀此詩而釋之曰：「大哉天命！」則假宜从爾雅訓大。劉向說多本韓詩，韓詩自訓大耳。

「有商孫子」，箋：「使臣有殷之孫子。」瑞辰按：此上言天命在文王，故箋訓爲臣有殷之孫子，文義方順。焦循謂有爲語詞，失之。

「其麗不億」，傳：「麗，數也。」箋：「其數不徒億。多言之也。」瑞辰按：麗者，𢿢之省借。方言、說文竝曰：「𢿢，數也。」不爲語詞，不億卽億，猶云子孫千億耳。箋以爲不徒億，失之。

「侯于周服」，傳：「盛德不可爲衆也。」箋：「商之孫子，其數不徒億，至天已命文王之後，乃爲君於周之九服之中。言衆之不如德也。」瑞辰按：正義引王肅云：「天旣命文王，則維服于周。」此以申毛，是也。服訓爲臣服之服，可言「維于周服」，亦可言「維服于周」。若如箋說，言「君于周之九服」，尚可；下文「侯服于周」，謂「爲君九服于周」，則不辭矣。胡承珙曰：「趙岐注孟子云：『天旣命之，維服于周。』是趙亦訓侯爲維，服爲臣服，不獨王肅之解爲然也。」

「王之藎臣」，傳：「藎，進也。」瑞辰按：爾雅釋詁：「藎，進也。」周書皇門解「朕藎臣大明爾德」，孔注：「藎，進也。」藎本草名，訓進者，當爲𨒥字之同音假借。說文：「𨒥，自進極也。」𨒥、進以疊韻爲訓。埤倉云：「𨒥，至也。」至亦進也。又按方言：「才、藎，餘也。」又曰：「才，俊也。遵，俊也。」則藎與俊亦音近而義通。

「無念爾祖」，傳：「無念，念也。」瑞辰按：傳以無爲語詞，但據爾雅釋訓「勿念，勿忘也」與「不徹，不道也」一例，是讀勿與有無之無同，不以無爲語詞，則當訓念爲忘。古字以相反爲義，或有訓念爲不念者，與亂之訓治相類。孝經釋文引鄭注：「無念，無忘也。」義本釋訓，與毛傳義異。

「駿命不易」，箋：「天之大命不可改易。」釋文：「易，毛以豉反，不易言甚難也。鄭音亦，言不可改易。下文及後『不易維王』同。」瑞辰按：易字無傳，陸知傳讀以豉反者，蓋本王肅述毛。正義則誤合傳、箋爲一矣。鄭注大學引詩，曰：「天之大命，持之誠不易也。」亦讀同難易之易，至箋詩則訓爲不可改易，失矣。古音難易之易讀與改易之易同，板之詩「牖民孔易」與益、辟等字爲韻，是其證也。後人異其訓，因異其讀，古人初無別耳。

「無遏爾躬」，釋文：「遏，於葛反。或作謁，音同。」瑞辰按：說文：「遏，讀若桑蟲之蝎。」春秋襄二十五年左氏本「吴子遏伐楚」，公、穀經俱作謁，是遏、謁古同音通用之證。

「宣昭義問」，傳：「義，善也。」箋：「宣，徧也。徧明以禮義問老成人。」瑞辰按：宣昭猶言明昭，義問猶言令問，蓋問字通作聞。說文：「聞，知聲也。」引申之義爲聲問，朱子集傳謂「布明其善譽於天下」，是也。箋謂「以禮義問老成」，失之。

「有虞殷自天」，傳：「虞，度也。」箋：「有，又也。又度殷所以順天之事而施行之。」瑞辰按：爾雅釋言：「殷，中也。」左傳言「民受天地之中以生」。「有虞殷自天」言既徧昭善問，又度中道於天也。下文「上天之載」二句，又承上文而進言天道無馨臭之可聞，以見天道難知，惟當儀型文王耳。箋讀殷爲夏殷之殷，謂「度殷所以順天之事」，失之。

「上天之載」，傳：「載，事也。」瑞辰按：載、事古音近通用。堯典「有能奮庸熙帝之載」，史記五帝本紀載作事。毛傳蓋以載爲事之假借。載又通縡。廣雅釋詁：「縡，事也。」漢書楊雄傳「上天之縡」，縡即載也。三家詩蓋有作縡者。說文無縡有縡，云：「縡，籀文繒。从宰省。楊雄以爲漢律祠宗廟丹書告也。」縡即縡之从宰不省者。載、宰同聲，故通用。鄭注中庸引詩，曰：「載讀曰栽，謂生物也。」義與毛傳不同。

「無聲無臭」，箋：「天之道難知也，耳不聞聲音，鼻不聞香臭。」瑞辰按：聲當爲馨之假借。聲與馨均从殸得聲，故經傳或通借。漢衡方碑「耀此聲香」，正借聲爲馨。說文：「馨，香之遠聞也。」椒聊詩「遠條且」，傳：「言聲之遠聞也。」段玉裁謂傳聲字爲馨字之譌。今按此詩聲字亦當作馨，馨與臭相對成文。三家詩必有作「無馨無臭」者，文選嵇叔夜幽憤詩

「庶勖將來，無聲無臭」正本之，三家詩用本字也。毛詩及中庸引詩均借作聲，鄭君遂以聲音釋之，蓋失其義久矣。

## 大明

序：「大明，文王有明德，故天復命武王也。」箋：「二聖相承，其明德日以廣大，故曰大明。」瑞辰按：大明蓋對小雅有小明篇而言。逸周書世俘解「籥人奏武，王入進萬，獻明明三終」，孔晁注：「明明，詩篇名。」當卽此詩。是此詩又以明明名篇，蓋卽取首句爲篇名耳。

「使不挾四方」，傳：「挾，達也。」孔廣森曰：「按春秋傳曰：『天子有方望之事，無所不通。』三朝記曰：『天子之宮〔一〕四通，正地事也。』以不得嗣王位爲不得通於四方。眞古師說，古者堂有兩夾，謂之左達右達，是夾有達義。此挾音訓當與夾同，舊讀浹日之浹，非。」瑞辰按：爾雅釋言：「浹，徹也。」徹卽達，釋名「達，徹也」，小爾雅「徹，達也」是矣。作挾者，說文無浹字，古浹字止作挾。荀子儒效篇「盡善挾洽之謂神」，注：「挾讀爲浹。」是浹古作挾之證。釋文挾有子燮、子協二音，卽挾〔二〕音也。挾之言接也，儀禮鄉射禮、大射儀注竝云：

〔一〕「宮」原作「官」，據孔廣森經學卮言及大戴禮記補注改。

〔二〕此「挾」字依上下文義當作「浹」。

「古文挾皆作接。」挾與接同聲亦同義。說文：「接，交也。」小爾雅：「接，達也。」挾卽接，故義亦爲達。達、泰音義近，泰者通也，其象爲上下交。堂之兩夾謂之左達右達，亦取其與堂相接相通而名之也。至周禮之「挾日」，干本作「帀日」，謂十日偏也。四達不悖則必徧，義亦相成而不相背，故廣雅釋詁又曰：「接，偏也。」然此乃引申之義，不若訓通之爲本義矣。至韓詩外傳引詩作「使不俠四方」，俠乃挾之通借字。

「摯仲氏任，自彼殷商，來嫁于周，曰嬪于京。」傳：「摯國任姓之中女也。」箋：「摯國中女曰大任，從殷商之畿內嫁爲婦於周之京。」瑞辰按：晉語司空季子曰：「黃帝之子得姓者十四人，爲十二姓〔一〕，姬、酉、祁、己、滕、箴、任、荀、僖、佶、儇、依是也。」廣韻：「黃帝二十五子，十二人各以德爲姓，第一〔二〕爲任氏。」是任姓出自黃帝之證。不曰摯任仲氏，詩稱摯仲氏任者，段玉裁曰：「女子後姓，所以別於男子先氏，卽春秋紀季姜之比。」是也。周語「摯、疇之國由大任」，韋注：「摯、疇二國，奚仲、仲虺之後，大任之家。」路史：「今蔡之平輿有摯亭。」按平輿故城在今河南汝寧府城東，是摯實殷畿內國，故詩曰「自彼殷商」。

「大任有身」，傳：「身，重也。」箋：「重，謂懷孕也。」瑞辰按：身者，傳之省借。身字从人，

〔一〕「爲十二姓」四字，據國語晉語補。

〔二〕「一」，周祖謨廣韻校勘記謂當作「七」。

厂聲，身復从人，身聲，是其字从二人，以象懷孕者之重人也。毛傳：「身，重也。」說文：「身，神也。」據爾雅釋詁「申、神，重也」，神有重義，是知說文訓神與毛傳訓重同義。身之訓神，猶說文申亦訓神，神卽重也。段玉裁謂說文神當作身，又謂申訓神不可通，竝失之。身與娠聲近而義同，廣雅釋詁：「孕、重、妊、娠、身、嫋，身也。」一切經音義卷十九引詩「大任有娠」，傳曰「娠，重也」，蓋釋玄應所見毛詩或作娠耳。月令注「有娠」，釋文音身，是娠與身通之證。

「以受方國」，箋：「方國，四方來附者。」瑞辰按：廣雅釋詁：「方，大也。」晉語「今晉國之方」，韋昭注：「方，大也。」爾雅：「方丘，胡丘。」方與胡皆大也。又方與旁古聲義竝同，旁亦大也。方有大義，方國猶言大國也。箋訓爲四方，失之。

「文王初載」，傳：「載，識也。」瑞辰按：載、栽古同聲通用。中庸「栽者培之」，鄭注：「栽讀如『文王初載』之載。」又引詩「上天之載」，云：「載讀曰栽，謂生物也。天之造生萬物，人無聞其聲音，亦無聞其臭氣者。」鄭君以「上天之載」爲天之生物，與毛傳異，然載之得訓爲生，卽此可見。載爲始卽爲生，猶作爲始又爲生也。天作詩毛傳：「作，生也。」載、哉古亦通用，載訓生，爲人物之始，猶哉通才，爲草木之始，始卽生也。「文王初載」，載正訓生，卽謂文王初生耳。史記云武王同母兄弟十人，其長子曰伯邑考，次武王。此詩正義引大戴禮稱文王十三生伯邑考，十五生武王發，是知大姒蓋與文王年相若，亦年十三，方能生子。若如傳訓載爲識，正義謂「文王有所識，大姒始生，大姒小於文王一二歲」，豈大姒十一二歲卽生子乎？有以知其必不然矣。毛傳訓載爲識，殊爲未允。戴氏震據中庸鄭注「築牆立版曰栽」，以初載爲初免於懷抱能自立之時，亦非。至朱子集傳訓載爲年，文王卽位年已四十餘，斷無尚未娶妻之事，或遂疑大姒爲文王繼配，皆臆說耳。

「在洽之陽」，傳：「洽，水也。」瑞辰按：洽卽郃之假借。說文：「郃，在馮翊郃陽。」引詩「在郃之陽」。顏師古漢書注引詩亦作郃。三家詩蓋有从本字作郃者。括地志：「郃陽故城在同州河西縣南三里，古莘國在同州河西縣南二十里。」元和郡縣志：「夏陽縣古有莘國，漢郃陽縣之地，乾元三年改爲夏陽縣，縣南有莘城，卽古莘國，文王妃大姒卽此國之女。」是皆莘在郃縣之證。漢郃陽縣蓋因詩「在郃之陽」而立名。郃古省作合，魏世家文侯時「西攻秦，築雒陰、合陽」，字作合。段玉裁曰：「蓋合者水名，毛詩本作『在合之陽』，故許引以說會意。秦漢閒乃製郃字耳。今詩作洽者，後人意加水旁。許引詩作郃，後人所改。」今按段說是也。合水之加邑而作郃，猶豐水詩書止作豐，左傳及說文皆加邑而作酆耳。

「文王嘉止」，傳：「嘉，美也。」箋：「文王聞大姒之賢，則美之。」瑞辰按：周官大宗伯「以嘉禮親萬民」，嘉禮卽昏禮也。相鼠詩毛傳：「止，禮也。」廣雅亦曰：「止，禮也。」嘉止卽嘉禮，謂文王將行嘉禮耳。

「俔天之妹」，傳：「俔，磬也。」箋：「既使問名，還則卜之，又知大姒之賢，尊之如天之有女弟。」釋文：「俔，磬也。說文云：『譬諭也。』韓詩作磬。磬，譬也。」瑞辰按：俔、磬二字雙聲，故通用。俔之轉爲磬，猶韓非外儲說「夫犬馬，人所知也，旦暮罄於前。鬼神無形，不罄於前」，罄於前即見於前。爾雅「蜆，縊女」，即爲「磬，縊女」也。爾雅：「蜆，縊女。」郭注：「小黑蟲，赤頭，喜自經死，故曰縊女。」阮宮保校勘記曰：「釋文：『蜆，孫音俔。』按俔之轉聲爲磬。文王世子注：『縣縊殺之曰磬。』磬者經死之名，『蜆，縊女』猶言『磬，縊女』耳。」據說文「俔，譬諭也」，當以俔爲正字。韓詩作磬，通借字也。漢世通借作磬已久，人皆知磬之爲譬，故毛公以今釋古，韓詩遂从今字作磬耳。正義曰：「蓋如今俗語譬喻物云『磬作』然也。」是唐時猶通以磬作爲譬。至爾雅釋言「閈，俔也」，亦釋此詩，當俔在閈上，今本誤倒耳。據釋詁「顯、閈，代也」，顯、俔音相近，郝懿行曰：「顯即俔之假音。」今按：代亦比儗之詞，猶言譬也。說文：「代，叓也。」古者以此易彼謂之代，以此儗彼亦謂之代，晉宋人儗古詩皆曰代，其遺義也。又以此儗彼則猶有彼此之别，故代亦曰閈，是知爾雅以閈釋俔，閈代之義亦與譬通。說文俔字注「一曰閈見」，即本爾雅「俔，閈」之義。郝懿行曰：「凡譬況之詞，必取非常所見，故云『罕譬而諭』。方言謂之代語，說文謂之閈見，其義一也。」

「纘女維莘」，傳：「纘，繼也。莘，大姒國也。」箋：「使繼大任之女事於莘國。」瑞辰按：括地志引世本曰：「莘國，姒姓，夏禹之後。」唐世系表、唐韻竝曰：「夏啓封支子於莘。」是莘爲大姒國之證。「纘女」與「長子」相對成文，纘當爲㜺字之假借。説文：「㜺，自好也。」廣雅釋詁：「㜺，好也。」廣韻：「㜺，好容皃。」纘字又與踐通，大雅崧高詩「王纘之事」，韓詩作「王踐之事」。踐與靖古亦通用，鄭風「東門之栗，有踐家室」，韓詩作「有靖家室」，云：「靖，善也。」善亦好也，美也。女之美色爲好，美德亦爲好。㜺女謂好女，猶言淑女、碩女、静女，皆美德之稱。詩言莘國有好女，倒其文則曰「纘女維莘」，以與「長子維行」相屬對。傳、箋不明假借之義，遂以纘字本義釋之。但云「繼女」則不詞，故必增成其義，謂「使繼大任之事於莘國」，然與「長子」即長女語不相類，非詩義也。

「長子維行」，傳：「長子，長女也〔一〕。維行大任之德焉。」箋：「莘國之長女大姒則配文王，維德之行。」瑞辰按：上章述大任之事云：「乃及王季，維德之行。」朱彬曰：「行，列也。『維德之行』猶言德與之齊等。」今按禮記服問「上附下附，列也」，鄭注：「列，等也。」上言「維德之行」者，言大任德配王季；此言「長子維行」，言大姒德等文王也。箋「配文王，維德之行」，雖亦取上章爲説，然上章箋云「配王季而與之共行仁義之德」，則不以行爲等列，固

〔一〕「長子，長女也」五字，據毛傳補。

已失其義矣。

「篤生武王」，傳：「篤，厚也。」箋：「天降氣于大姒，厚生聖子武王。」瑞辰按：朱彬作釋大一篇，言：「尚書凡言大者，皆語詞。丕、誕、洪、宏，皆大也，亦皆語詞。詩生民『誕彌厥月』，誕字八見，皆詞也。」今按墨子經篇：「厚，有所大也。」是厚與大同義。故篤訓厚，亦爲語詞。微子「天毒降災，荒殷邦」，史記作「天篤下災，亾殷國」。召旻詩「天篤降喪」，猶多士云「天大降喪于殷」。毒、篤與大皆詞也。因知此詩「篤生武王」猶魯頌「是生后稷」，公劉詩「篤公劉」猶生民篇「誕后稷之穡」，篤亦助句之辭。若訓爲厚生武王、厚公劉，則不辭矣。說文：「毒，厚也。」又：「䈞，厚也。讀若篤。」又：「竺，厚也。」是知篤乃䈞之假借。若篤之本義，則說文訓爲馬行頓遲也。又按洛誥篤字凡五見，惟「篤前人成烈」宜作大字解，其餘「汝受命篤弼」即受命爲弼也，「篤敍乃正父」即敍乃正父也，「惠篤敍」即順敍，「公功棐迪篤罔不若時」當讀「篤罔不若時」爲句，謂罔不若時也。四篤字皆語詞，舊皆訓爲厚，失之。又按詩内言中字，多語詞。中與竹雙聲，篤从竹，與督同聲。莊子「緣督以爲經」，李云：「督，中也。」篤之爲語詞，或亦如中之爲語詞耳。

「燮伐大商」，傳：「燮，和也。」箋：「使協和伐殷之事。協和伐殷之事，謂合位三五也。」瑞辰按：燮與襲雙聲，燮伐即襲伐之假借。猶淮南子天文篇「而天地襲矣」，高注「襲，和也」，襲卽燮字之借也。春秋左氏傳曰：「有鐘鼓曰伐，無曰襲。」公羊僖三十三年何休注：「輕行疾至，不戒以入，曰襲。」周書文傳解引開望曰：「土廣無守可襲伐。」伐與襲對文則異，散文則通。風俗通皇霸篇引下章「肆伐大商」作「襲伐」，竊謂襲伐本此章燮伐之異文，三家詩蓋有用本字作襲伐者，應劭偶誤記爲下章文耳。燮伐與肆伐義相成，襲伐言其密，肆伐言其疾也。據公羊注以襲爲輕行疾至，則襲伐與肆伐義亦相近。傳、箋竝訓燮爲和，失之。

「其會如林」，傳：「如林，言衆而不爲用也。」箋：「殷盛合其兵衆。」瑞辰按：說文旝字注：「一曰，建大木，置石其上，發其機以槌敵也。」嚴可均曰：「旝卽後世礮歷車。說文不言大木建於何所，必有脫文。唐類苑、太平御覽載魏武帝令，引說文：『旝，發石車也。』則古本『建大木』上有『發石車也』四字，今脫去。」據左傳正義引賈逵曰：「旝，發石也。一曰飛石。」范蠡兵法曰：「飛石重二十斤，爲機，發行三百步。」許君引春秋傳及詩，其說蓋本賈逵，以許君从賈逵受古學也。三家詩或亦有作旝者。馬融廣成頌「旃旝森其如林」，卽本此詩，是馬融詩傳亦作旝，然以旃旝連言，仍以旝爲旌旗。左傳杜注：「旝，旃也。」說文：「旝，旌旗也。」引詩「其旝如林」，春秋傳曰「旝動而鼓」。是三家詩有作旝者，自以爲旃，不以爲發石也。發石之制，初見范蠡兵法，恐非商時所有。且以爲如林，則可以言旌旗，不可以狀發石也。

「矢于牧野，維予侯興」，傳：「矢，陳。興，起也。言天下之望周也。」箋：「陳于商郊之牧野，而天乃予諸侯有德者，當起爲天子。言天去紂，周師勝也。」瑞辰按：爾雅釋言：「矢，誓也。」虞翻易注曰：「矢，古誓字。」「矢于牧野」謂周王誓師于牧野，當連下「維予侯興」三句言，三句皆誓詞也。傳、箋皆承上「殷商之旅」二句言，失之。維，發語詞。爾雅：「侯，乃也。」「維予侯興」猶言維予乃興也。箋訓侯爲諸侯，失之。又按正義引鄭書序注云：「牧野，紂南郊地名。禮記及詩作⿰土每野，古字耳。」是鄭君所見詩原作⿰土每野。今作牧，非古也。說文：「坶，朝歌南七十里地。周書曰：『武王與紂戰于坶野。』」⿰土每卽坶之隸變。母、牧聲之轉，故通作牧。

「上帝臨女，無貳爾心」，傳：「言無敢懷貳心也。」箋：「臨，視也。女，女武王也。天護視女，伐紂必克，無有疑心。」瑞辰按：此與閟宮詩「無貳無虞，上帝臨女」，皆詩人取武王誓詞以爲詩。女指所誓之衆，非指武王也。此詩女對上「維予侯興」言，予爲武王自指，則知女指所誓之衆矣。孔廣森曰：「大誓逸篇曰：『勖哉夫子，不可再，不可三。』所謂『無貳爾心』也。觀傳『言無敢懷貳心也』，則固自上命下語。」其說是也。臨當讀如「上帝不臨」之臨。又襄九年左傳曰：「且要盟無質，神弗臨也。」臨謂神明鑒之，如有貳心，則必爲神明所察，故以「上帝臨女」懼戒之，非下頌上之詞也。呂氏春秋務本篇引「大雅曰：『上帝臨女，無貳爾心。』以言忠臣之行也。」正以「無貳爾心」證臣之忠於其君。箋以爲衆勸武王之詞，失之。

又按釋詁：「貳，疑也。」貳者貣之譌，貳者忒之借，「無貳爾心」卽無忒爾心。閟宮詩「無貳無虞」亦當爲無忒。

「維師尚父」，傳：「師，大師也。尚父，可尚可父。」箋：「尚父，呂望也。尊稱焉。」瑞辰按：父與甫同，甫爲男子美稱。尚父，其字也，猶山甫、孔父之屬。連師稱之，猶大師皇父之屬。宣和博古圖載周淮父卣銘曰「穆從師淮父」，又曰「對揚師淮父」，正與師尚父之稱相同。傳云「可尚可父」，正義引劉向別録曰「師之，尚之，父之，故曰師尚父」，箋以師尚父爲尊稱，竝失之。

「時維鷹揚」，傳：「鷹揚，如鷹之飛揚也。」箋：「鷹，摯鳥也。」瑞辰按：楚詞天問曰：「蒼鳥羣飛，孰使萃之？」王逸注：「蒼鳥，鷹也。言武王伐紂，將帥勇猛如鷹揚羣飛，誰使武王集聚之者乎？詩曰『維師尚父，時維鷹揚』也。」是鷹揚古以指衆帥，蓋謂以師尚父爲衆帥之長，則羣帥莫不奮發如鷹揚也。孫氏星衍曰：「揚當讀如爾雅『鸉，白鷢』之鸉，謂如鷹與鸉。作揚者，省借字耳。」今按後漢書高彪作箴曰：「尚父七十，氣冠三軍。詩人作歌，如鷹如鸇。」鸇與「鸉，白鷢」同類，似亦分鷹揚爲二鳥，鷹揚猶云鷹鸇耳。天問言「蒼鳥羣飛」以喻羣帥，或亦分鷹揚爲二，特言鷹以統之。則古説詩者蓋已有以揚爲鸉之假借者，異毛傳之以爲飛揚矣。

「涼彼武王」，傳：「涼，佐也。」釋文：「涼，本亦作諒。韓詩作亮，云：相也。」瑞辰按：各本說文無亮字，段玉裁依六書故所據唐本補云：「亮，明也。从儿、高省。」而申釋之曰：「高明者可以佐人，故義爲佐。」爾雅釋詁：「亮、相，道也。」又曰：「亮，右也。」「左、右，亮也。」義竝相近。廣雅釋言又曰：「亮，相也。」是韓詩作亮爲正字，毛詩作涼，釋文引「本亦作諒」者，皆假借字。小爾雅：「涼，佐也。」與毛傳同。

「肆伐大商」，傳：「肆，疾也。」箋：「肆，故今也。」瑞辰按：爾雅釋言：「肆，力也。」據呂氏春秋尊師篇「疾諷誦」，高注「疾，力也」，是知毛傳訓肆爲疾，與爾雅訓肆爲力同義。焦循曰：「古疾、力二字多竝稱。越語『今其來也，剛彊而力疾』，荀子仲尼篇『疾力以申重之』，力亦疾也。」今按皇矣詩「是伐是肆」，傳：「肆，疾也。」箋：「肆，犯突也。春秋傳曰：『使勇而無剛者肆之。』」小爾雅：「肆，疾也。」又：「肆，突也。」廣雅釋詁：「突，猝也。」猝亦疾也。是箋訓肆爲突，亦與傳相成。此詩「肆伐」與皇矣詩「是伐是肆」同義，皆言用兵之疾力。此詩箋訓肆爲故今，失之。

「會朝清明」，傳：「會，甲也。不崇朝而天下清明。」箋：「會，合也。以天期已至，兵甲之强，師率之武，故今伐殷，合兵以清明。」瑞辰按：會朝猶言會明，會明猶言遲明、黎明，皆比明之義也。史記高祖紀「沛公乃夜引兵還，黎明，圍宛城三帀」，漢書作遲明；史記衞青傳

「遲明，行二百餘里」，漢書作會明。是會明與遲明、黎明同義之證。説文：「遻，徐也。」廣雅釋詁：「遻，遲也。」遻或假作犂，史記呂后紀「犂明，孝惠還」，徐廣曰：「犂，猶比也。」又作犂旦，史記尉佗列傳「犂旦，城中皆降伏」，犂旦卽黎明也。今案：比，猶及也，至也。會卽比及之義。廣雅：「會，至也。」會明、黎明、遲明，皆謂比明、至明，是知會朝亦謂比及於朝，卽始朝也。焦循曰：「甲卽始也，故傳又曰『不崇朝而天下清明』。」至傳訓會爲甲者，會、甲二字雙聲，甲爲十干第一，甲、一亦雙聲。惠氏古義曰：「古多以甲爲一，如第爲甲第，觀爲甲觀，令爲甲令，夜爲甲夜。」兼引戰國策云：「武王將素甲三千領戰，一日破紂之國，禽其身。」是知甲朝卽一朝也。一爲數之始，一朝卽始朝也，皆與比及於朝之義相通。又按説文：「會，合也。」會、合、甲，皆一聲之轉，故説文嗑讀若甲，而甲亦有合義。釋名：「肩，堅也。甲，闔也，與肩脅皆相會闔也。」甲可訓會合，則會合之會亦可訓甲。會朝爲天比明、尚未大明之際，故爲合旦。荀子：「武王伐紂，『厭旦於牧之野』。」説文厭字注：「一曰，合也。」玉篇：「厭，合也。」厭、合、會三字亦同聲，厭旦亦與會朝同義。又鳥有名盍旦者，正謂其於合旦時鳴而名之也。甲有合義，亦可與會朝相證明矣。正義釋傳，以會朝爲「會值甲子之朝」，失之。箋以會朝爲會兵衆以朝旦，亦非詩義。

# 緜

「緜緜瓜瓞」，傳：「緜緜，不絶貌。瓜紹也。瓞，瓝也。」箋：「瓜之本實繼先歲之瓜必小，狀似瓝，故謂之瓞。緜緜然若將無長大時。」瑞辰按：段玉裁曰：「傳本作『瓜瓞，瓜紹也』，今本傳脱『瓜瓞』二字。云『瓜瓞，瓜紹也』者，言瓜之近本繼先歲之實必小，如瓝瓜之近本繼先歲之實亦小，故亦謂之瓞也。瓜紹不云瓞，以瓝紹之名名之，故云瓜瓞，又引爾雅『瓞，瓝』説其本義也。」焦循曰：「毛蓋以瓜紹明不絶之義，若曰：所謂緜緜不絶者，此瓜紹也。東山詩『蜎蜎者蠋』，傳云：『蜎蜎，蠋貌，桑蟲也。』其文法正同。以瓜紹明不絶，不以瓜紹釋瓜也。所謂紹者，當是初生之瓜。瓞猶言蒂，凡瓜果之生皆始於蒂。瓝，説文訓瓞。今俗以稻之初生者爲趵，正與此合。」今按爾雅既曰「瓞，瓝」，又曰「其紹瓞」，明是兩種瓞。小瓜名瓞，紹爲近本之瓜，小如瓞，亦名瓞也。毛云「瓜紹」者，以嗣續之義，宜取其紹瓞之瓞，恐人誤以爲瓞瓝之瓞。然又引「瓞，瓝」者，明其本義也。毛傳質略，言「瓜紹」，其爲釋瓜瓞可知。不必如段玉裁所云增「瓜瓞」二字，亦不得如焦循以「瓜紹」爲釋緜緜不絶之義，非以釋瓜瓞也。韓詩云：「瓞，小瓜也。」爾雅舍人云：「瓝，小瓜也。」爾雅「瓞，瓝」，説文作「瓞，㼎也」，㼎卽爾雅之瓝。交、勺二字古音同部，故通用。爾雅「瓝，九葉」，樊光本作駮，與説文之以㼎爲瓝者正同。至蔕，説文云「瓜當也」，此與瓞爲小瓜異義。焦循以瓞爲蔕，不若仍從古説以瓜〔一〕瓞爲瓜紹爲允。

「陶復陶穴」，傳：「陶其土而復之，陶其壤而穴之。」箋：「復者復於土上，鑿地曰穴，皆如陶然。本其在豳時也。」瑞辰按：説文引詩「陶覆陶穴」，作覆者蓋三家詩，云：「覆，地室也。」此詩正義引作「覆於地也」。説文又曰：「穴，土室也。」段玉裁曰：「大雅箋云『復者復於土上』，庾蔚之云『復謂地上累土爲之』，均與詩疏云『覆於地』合。覆於地者，謂旁穿之，則地覆於上。穴則正穿之，上爲中霤。毛傳云：『陶其土而復之，陶其壤而穴之。』土謂堅者，堅則不患崩壓，故旁穿之，使上有覆蓋。陶其土，旁穿之也。壤謂柔者，柔則恐崩，故正鑿之。陶其壤，謂正鑿之〔二〕，直穴之中爲中霤也。毛蓋讀陶爲掏，鄭惟云『皆如陶然』，讀陶如窯爲異。」今按：段説足以發明傳、箋，惟引庾説以復爲地上累土爲之，則非。淮南子氾論篇「古者民澤處復穴」，高注：「復穴，重窟也。一説，穴毁隄防崖岸之中以爲窟室。」按高所引一説，正爲復覆於地之制。春秋襄三〔三〕十年左傳「鄭伯有耆酒，爲窟室」，杜注：「窟室，地室也。」據

〔一〕「瓜」字，據續經解本補。

〔二〕「陶其壤，謂正鑿之」七字，據説文覆字段注補。

〔三〕「三」原作「二」，據左傳改。

廣雅「復，窟也」，是窟室即陶復之復。左傳又云「吾公在壑谷」，是復實旁穿崖岸爲之，亦掏其崖岸中之土爲之，非累土於地上爲之也。復之爲言覆也，謂覆於上者。穴則鑿地爲之窩。崔應榴曰：「陶其土而爲之蓋，又陶其土而爲之窩。」其説是也。陶从傳讀爲掏爲是，不必如箋以爲似窯。戴震以陶爲土墼，復穴而居皆賴此陶爲之，尤誤。至淮南高注以復穴爲重窟者，上既陶其土以爲蓋，下又陶其土以爲室，有似於重窟者然，故或以爲重窟耳。

「來朝走馬」，箋：「來朝走馬，言其辟惡早且疾也。」瑞辰按：説文：「趣，疾也。」走馬即趣馬之假借，故箋以早釋來朝，而以疾釋走。孟子趙注釋詩「來朝走馬」亦曰：「遠避狄難，去惡疾也。」玉篇引詩正作「『來朝趣馬』，言早且疾也」。是知古本毛詩蓋有作趣馬者。或以走馬爲單騎之始，失之。

「周原膴膴」，傳：「膴膴，美也。」釋文：「膴，音武。韓詩同。」瑞辰按：左思魏都賦「腜腜坰野」，張載注：「腜腜，美也。」李善注引韓詩「周原腜腜」。廣雅釋訓：「腜腜，肥也。」亦本韓詩，肥與美一也。腜與膴古通用，小雅「民雖靡膴」，釋文引韓詩亦作腜。據爾雅釋詁「煤，愛也」，郭注「煤，韓鄭語」，方言作「韓鄭曰憮」，是方音讀憮與煤同，膴與腜亦猶是也。韓詩蓋本方音，讀膴如腜，字遂作腜，與飴、謀、龜、時、茲爲韻。毛詩字雖作膴，其音亦當如腜字，音梅。釋文音武，失之。腜、美以雙聲爲義。腜通作每，説文：「每，草盛上出也。」左氏僖二十八年傳「原田每每」，每每謂草之肥盛，即腜腜也。

「菫荼如飴」，傳：「菫，菜也。荼，苦菜也。」箋：「其所生菜雖有性苦者，甘如飴也。」釋文：「菫，音謹。按廣雅云：『菫，藋也。』今三輔之言〔一〕猶然。」瑞辰按：菫有三：爾雅「齧，苦菫」，一也；又「芨，菫草」，二也；廣雅「菫，藋也」，三也。芨菫之菫，郭注以爲烏頭，一名奚毒，非可食之菜。菫藋之菫，本草以爲似藜〔二〕，一名拜，一名蔏藋，非苦荼之類。惟爾雅「齧，苦菫」，郭注：「今菫葵也。葉如柳，子如米，汋食之滑。」與毛傳言菫菜合。說文：「菫，草也。根如薺，葉似細柳，蒸食之甘。」而爾雅言苦菫者，古人語反，猶甘草一名大苦也。詩人蓋取苦菫之名與苦荼同類，遂竝稱之。正義以爲烏頭，釋文以爲藋，竝失之。荼有四：爾雅釋木「檟，苦荼」，一也；釋草「荼，苦菜」，二也；「蒤，委葉」，三也；「蔈荂，荼」，四也。出其東門詩「有女如荼」，此荼之名蔈荂者，即茅秀也。良耜詩「以薅荼蓼」，此荼之名委葉者，即田草也。谷風詩「誰謂荼苦」，此詩「菫荼如飴」，則爾雅所謂苦菜，今北方所謂苣藚菜，一名苦苣者也。至釋木「檟，苦荼」，乃茗也。陶弘景疑苦菜即茗，誤矣。

「爰始爰謀」，箋：「故於是始與豳人之從己者謀。」瑞辰按：始，亦謀也。始謀謂之始，猶

〔一〕「言」原作「音」，據釋文改。
〔二〕「藜」原作「黎」，據續經解本及本草改。

終謀謂之究。「爰始爰謀」猶言「是究是圖」也。爾雅基、肇皆訓爲始，又皆訓謀，則始與謀義正相成耳。經以二爰字對舉，如箋云「始與豳人從己者謀」，則下爰字無所用。王肅又於始字下增居字以釋之，亦誤。

「爰契我龜」，傳：「契，開也。」箋：「謀從，又於是契灼其龜而卜之。」瑞辰按：説文：「契，大約也。」繫傳引「韓子：『宋人得契，密數其齒。』」謂契以刀分之，有相入之齒縫也。」又列子説符亦曰：「宋人有游於道，得人遺契者，歸而藏之，密數其齒。」注：「刻處似齒。」是契本以刀判契之稱，因之凡以刀刻物通謂之契。説文及廣雅釋言竝曰：「契，刻也。」淮南子齊俗篇「越人栔臂〔一〕」，高誘注：「栔，刻臂出血。」是契與栔一也。又通作挈，釋文：「契，本又作挈。」班固幽通賦「旦筭祀於挈龜」，師古注：「挈，刻也。」引「詩：『爰挈我龜。』」言刻開之，灼而卜之。」廣雅：「刻，分也。」分卽開也。周官大卜「凡國大貞，卜立君，卜大封，則眡〔二〕高作龜」，鄭司農曰：「作龜，謂鑿龜令可爇也。」鑿亦刻而開之也，義與毛傳訓契爲開正合。蓋古者占龜之法，皆先用鑿刻開其龜，因於其開處取三兆，墨畫其上，然後灼之。大卜「掌三兆之法，一曰玉兆，二曰瓦兆，三曰原兆」，鄭注：「其象似玉、瓦、原之璺罅。」廣雅：「罅，璺，裂

〔一〕「栔臂」下原有「出血」二字，據淮南子（劉文典集解本）删。

〔二〕「眡」原作「低」，據周禮改。

也。」蓋謂龜之開處，其象相似也。毛傳訓契爲開，本謂刻開其龜。正義引卜師「開龜」，謂出其占書，失之。周官菙氏「掌共燋契，以待卜事」，杜子春曰：「契，謂契龜之鑿也。」引此詩「爰契我龜」爲證。蓋鑿龜謂之契，其用以鑿龜之具亦謂之契。鄭箋以契爲灼，周官鄭注以契爲楚焞，竝失之。

「曰止曰時」，箋：「時，是也。曰可止居於是。」正義：「如箋之言，則上曰爲辭，下曰爲於也。」瑞辰按：王尚書曰：「曰字不當上下異訓，時亦止也，古人自有複語耳。爾雅：『爰，曰也。』『曰止曰時』猶言『爰居爰處』。玉篇曰：『爾雅：「室中謂之峙。」峙，止也。』今本爾雅峙作時。爾雅又曰：『鷄棲于弋爲榤，鑿垣而棲爲塒。』王風君子于役釋文塒作時。棲止謂之時，居止謂之時，其義一也。莊子逍遥篇曰『猶時女也』，司馬彪注曰：『時女，猶處女也。』處亦止也。又待與時聲近而義同，爾雅曰：『止，待也。』」今按：王説是也。爾雅釋詁：「時，是也。」説文：「是，直也。从日正。正从一，一目止。」是時之本義爲是，是从正，本有止義，故又引伸爲止。廣雅：「時，善也。」鄭注粊誓曰：「至，猶善也。」是善與至同義，至亦止也。時爲善，卽爲止矣。

「迺慰迺止」，傳：「慰，安也。」箋：「民心定，乃安隱其居。」瑞辰按：慰亦止也。方言：「慰，居也。江淮青徐之間曰慰。」廣雅亦曰：「慰，居也。」居卽止也。呂氏春秋慎大篇「胼胝不居」，高注：「居，止也。」安與居義本相成，爾雅：「安，止也。」「迺慰迺止」猶言「爰居爰處」，皆複語耳。

「迺宣迺畝」，箋：「時耕曰宣。乃又時耕其田畝。」正義：「宣者，徧也，發也。天時已至，令民徧發土地，故謂之宣。」瑞辰按：宣者，以耜發田之謂。大田箋曰：「民以其利耜熾菑，發所受之地也。」周語「王耕一墢，班三之」，呂氏春秋孟春紀高注引周語作「一發」。宣，蓋徧發之也。「迺畝」與「迺宣」對言，不得合爲一。梓材「若稽田，既勤敷菑」，傳曰：「已勞力布發之。」即此詩迺宣也。又曰「爲厥疆畎」，傳曰：「爲其疆畔畎壟，然後功成。」即此詩迺畝也。上言疆理者，定其大界，此又別其畎壟。箋以「時耕其田畝」兼釋詩迺畝，失之。

「縮版以載」，傳：「乘謂之縮。」箋：「既正，則以索縮其築版，上下相承而起。乘，聲之誤，當爲繩也。」瑞辰按：載通作栽。說文：「栽，築牆長版也。」引春秋傳「楚圍蔡，里而栽」。又春秋莊二十九年左傳「水昏正而栽」，杜注：「於是樹版而興作。」中庸「栽者培之」，鄭注：「栽讀如『文王初載』之載。今人名草木之殖曰栽，築牆立版亦曰栽。」是知載即栽也，栽謂樹立其築牆長版也。箋訓載爲承載之載，失之。說文：「牏，築牆短版也。」爾雅釋器「大版謂之業」，郭注：「築牆版。」蓋古者築牆，短版用於兩耑，爲横版；長版用於兩邊，爲直版。古以直爲縮，禮記「古者冠縮縫」，孟子「自反而縮」，皆謂直也。又爾雅釋詁：「縱、縮，亂也。」說文亦曰：「縮，亂也。」孔廣森曰：「縱、縮皆直也，所謂衡縱、衡縮者也。亂義如『正絶流曰亂』，彼注以正爲直，是亂亦直意，故以相詁。」王尚書曰：「周官大司徒『周知九州之地域廣輪之數』，馬注：『東西爲廣，南北爲輪。』鄭注：『輪，從也。』是輪亦直也。輪與亂聲相近，是亦縮當訓直之證。」「縮版以載」承上「其繩則直」，謂繩直既立，卽先樹立其直版，縮版卽直版也。「縮版以載」猶云直版以樹也。說卦傳曰：「巽爲繩直。」廣雅：「繩，直也。」深衣：「負繩及踝以應直。」淮南天文訓「子午、卯酉爲二繩」，高注：「繩，直也。」繩、縮義皆爲直，是知爾雅釋器「繩之謂之縮之」，皆謂直之也。蓋繩直爲縮，直立其版亦爲縮。鄭箋及孫、郭爾雅注舊皆訓縮爲束，失之。

「捄之陾陾」，傳：「捄，虆也。陾陾，衆也。」箋：「捄，捊也。築牆者捊聚壤土，盛之以虆。」釋文：「捄，音俱。呂忱同。徐又音鳩。捊，爾雅云：聚也。說文云：引取土。」瑞辰按：說文：「捄，盛土於梩中也。」虆、梩同類，孟子釋文「虆，土籠也。梩，土轝也。」與毛傳合。傳訓捄爲虆者，亦謂盛於虆中耳。說文又云：「一曰，捊也。」與箋義合。取之然後盛之，傳、箋義本相成。捄从徐音鳩爲是。求、鳩古音義同，求之言逑，逑、鳩皆聚也，故說文及箋竝訓捊。說文：「捊，引堅也。」正義作「引取」，釋文作「引取土」，皆傳寫之誤。陾陾，說文、玉篇引作陑陑，字亦作隭。今詩作陾者，蓋隭字之譌。而、乃一聲之轉，故陑陑又作仍仍。廣雅：「仍仍，衆也。」卽陑陑之異文。

「度之薨薨」，傳：「度，居也。」箋：「度，猶投也。而投諸版中。」釋文：「度，韓詩云：填也。」瑞辰按：箋云投諸版中，與韓詩訓填義近。既取土而後填之，既填而後築之，正見詩言有序。度與塿通，廣雅：「塿，塞也。」塞與填義亦相近。傳訓度爲居，失之。

「削屢馮馮」，傳：「削牆鍛屢之聲馮馮然。」瑞辰按：古有婁無屢，屢卽婁字之俗，當讀同傴僂之僂。古以曲爲傴，問喪注「傴，背曲也」是也。以高出爲僂，蓋背曲則骨脊必隆起，因名傴僂，通俗文「曲脊謂之傴僂」是也。傴僂亦名句僂，說文「痀，曲脊也」，莊子達生篇「句僂丈人承蜩」是也。車蓋之中高而旁下者謂之枸簍，方言「車枸簍，秦晉之閒、自關而西謂之枸簍，南楚之外謂之篷，或謂之隆屈」是也。龜背之中高而兩旁下者亦謂之僂句，昭二十五年左傳「臧會〔一〕竊其寶龜僂句」，朱彬曰「僂句卽以名龜，『僂句不吾欺』猶云龜不吾欺」是也。木之尩傴瘻腫者謂之苻婁，爾雅釋木「瘣，木苻婁」是也。頸之腫曰瘻，說文「瘻，頸腫也」是也。丘壠之堆高者曰培塿，方言注：「培塿亦堆高。」又集韻引埤蒼：「塿，山巔也。」孟子趙注：「岑樓，山之鋭嶺。」塿與樓皆从婁會意，婁與隆雙聲，故婁之義爲隆高。竊謂削婁卽削去其牆土之隆高者，使之平且堅也。惟其隆高，故宜削耳。至傳云「削牆鍛屢之聲」，焦循謂

〔一〕「會」原作「氏」，據左傳改。

「以鍛斂之使入」，則以削屢二字平列，段玉裁訓屢爲空，似竝失之。

「鼛鼓弗勝」，傳：「鼛，大鼓也，長一丈二尺。或鼛或鼓，言勸事樂功也。」箋：「鼛鼓不能止之使休息也。」凡大鼓之側有小鼓，謂之應鼙、朔鼙。周禮曰：「以鼛鼓鼓役事。」瑞辰按：傳、箋皆分鼛鼓爲二，但傳言勸事樂功，不以爲止役。正義合傳、箋爲一，失之。鼛通作臯，臯之言告，周官樂師鄭司農注「臯當作告」是也。臯鼓取告衆以勸役之義，進之，非止之也。「鼛鼓弗勝」特言工役之衆，同時赴工，鼓不勝其擊耳。箋以爲不能止，失之。

「臯門有伉」，傳：「伉，高貌。」釋文：「伉，本又作亢。」韓詩作閌，云：「盛貌。」瑞辰按：周官閽人疏引詩作亢，與釋文所言「又作亢」同。說文：「阬，閬也。」「閬，門高也。」張參五經文字：「阬，門高。」是知作亢者，阬之省借字也。閌即阬之或體，說文無閌字。文選吴都賦「高閬有閌」，西京賦、魏都賦竝言「高門有閌」，閌字既本韓詩，則作高門者亦韓詩也。釋名釋親屬曰：「高，臯也。最在上，臯韜諸下〔一〕也。」爾雅「五月爲臯」，釋文：「臯，本作高。」是臯與高音義正同。

「肆不殄厥愠」，傳：「肆，故今也。」瑞辰按：爾雅釋詁：「肆，故也。」又曰：「肆、故，今也。」字各爲義，言肆爲語詞之故，肆與故又皆爲今，說詳王氏經義爾雅述聞及釋詞。非以「故今」二字連

〔一〕「下」字原脫，據釋名補。

讀。此詩「肆不殄厥愠」，思齊詩「肆戎疾不殄」、「肆成人有德」，抑詩「肆皇天弗尚」，肆字皆當从爾雅訓故。傳、箋竝訓爲故今，失之。

「肆不殄厥愠，亦不隕厥問」，傳：「愠，恚。隕，墜也。」箋：「小聘曰問。文王見大王立冢土，有用大衆之義，故不絕去其恚惡惡人之心，亦不廢其聘問鄰國之禮。」瑞辰按：孟子曰：「文王事昆夷。」又曰：「肆不殄厥愠，又不隕厥問，文王也。」趙注：「言文王不殄絶畎夷之愠怒，亦不能殞失文王之善聲問也。」今按趙説是也。此二句正言文王事混夷之事，言始事混夷，雖不能絶其愠怒，亦不以以大事小而失其譽聞。下四句乃言終伐混夷之事。箋訓問爲「小聘曰問」，失之。

「柞棫拔矣，行道兑矣」，傳：「兑，成蹊也。」箋：「今以柞棫生柯葉之時，使大夫將師旅出聘問，其行道士衆兑然，不有征伐之意。」瑞辰按：此二句當與皇矣詩互證。皇矣詩「柞棫斯拔」承上章「作之屏之」八句而言，謂拔而去矣，此詩「柞棫拔矣」亦當同義。拔而去則義爲盡。胡承珙曰：「爾雅釋詁：『拔，盡也。』郭注以爲見詩。今毛詩拔字，傳、箋皆無此訓，疑三家詩或有訓拔爲盡者。」是也。柞棫叢生塞路，拔而去之，故行路開通。「行道兑矣」猶言「松柏斯兑」也。傳於「松柏斯兑」訓爲易直，而此傳兑訓成蹊者，松柏錯於柞棫，柞棫去而松柏喬立，是爲易直；柞棫塞道，柞棫拔而道路成蹊，不煩迂折，亦易直也。非易直不能成蹊，是成蹊與易直義正相成。至箋言「士衆兑然」，蓋讀兑爲脱然之脱，與傳異義。正義合而爲一，失之。

「混夷駾矣」，傳：「駾，突也。」瑞辰按：説文：「駾，馬行疾來皃也。」引詩「昆夷駾矣」。疾與突義相成。皇矣詩「是伐是肆」，傳：「肆，疾也。」箋：「肆，突也。」疾突爲奔騰之貌，疾而進者爲疾突，退而奔者亦爲疾突，故箋以「驚走奔突」釋之。魯靈光殿賦張載注引詩「昆夷突矣」，三家詩蓋有作突者，故毛詩以突釋駾耳。

「維其喙矣」，傳：「喙，困也。」正義：「喙之爲困，則未詳。」瑞辰按：喙與㱮、瘃字通，説文無㱮、瘃二字，古蓋多借作喙。爾雅釋詁：「齂、呬，息也。」説文：「齂，卧息也。从鼻〔一〕，隶聲。讀若虺。」喙當爲齂字之假借。方言：「㱮，僗。」僗與倦同。又曰：「瘃，極也。」郭注：「今江東呼極爲瘃，倦聲之轉也。」晉語「余病喙矣」，韋注：「喙，短氣貌。」廣雅：「喙，極也。」極即困也。方言、廣雅竝曰：「喙，息也。」玉篇：「㱮，困極也。或作瘃。」「瘃，困極也。亦作喙。」廣韻：「瘃，困極也。」引「詩：『昆夷瘃矣。』本亦作喙。」正義不明假借之義，以説文喙止訓口，故不明喙之爲困耳。困與息義正相成。方言：「餯、喙、呬，息也。自關而西，秦晉之間，或曰喙，或曰餯。東齊曰呬。」説文「東夷謂息曰呬」，引詩「犬夷呬矣」，蓋本齊詩及方言，東

〔一〕「鼻」字原脱，據説文補。

夷當爲東齊之謌，呬與喙古音同部，故通用，「呬」亦「維其喙矣」之異文。其連「犬夷」引之者，特約舉詩詞，猶引詩「東方昌矣」之類也。戴氏震以「犬夷呬矣」爲「混夷駾矣」之異文，失之。

「文王蹶厥生」，傳：「蹶，動也。」箋：「虞、芮之質平，而文王動其緜緜民初生之道。」瑞辰按：生、性古通用。董仲舒曰：「性者，生之質也。」樂記「則性命不同矣」，鄭注：「性之言生也。」性可假爲生，生亦可假爲性。「文王蹶厥生」謂文王有以感動其性也。毛詩述爭田、讓田之事，正感動其性之實。不言生爲性者，以其時性多假作生，人所共明，不煩訓耳。頃見焦循說，與予略同。箋以爲「動其緜緜民初生之道」，民初生之道亦卽爲性，其義固相通也。又按說文：「生，進也。」「蹶，僵也。」讀亦若蹷。「蹷，一曰，門梱也。」梱蹷爲門中所豎短木，所以止門，是蹷有止義。蹶之言蹷，「蹶厥生」卽止厥訟者之進，正毛傳所云「二國之君感而相讓，以其所爭田爲閒田而退」者也，似較讀生爲性，義尤直捷。

「予曰有奔奏」，傳：「喻德宣譽曰奔奏。」箋：「奔奏，使人歸趨之。」釋文：「奏，本又作走。」正義曰：「此臣能曉諭天下之人以王德，宣揚王之聲譽，使人知，令天下皆奔走而歸趨之，故曰奔走也。」瑞辰按：王尚書曰：「傳、箋異義，正義合而一之，非也。傳以奏爲告語之義，故曰『喻德宣譽』，堯典『敷奏以言』，史記五帝紀作『徧告以言』是也。箋則取趨赴之義。」

今按王説是也。周禮鄭司農注讀皋爲奏，皋、奏俱从夲會意，故奏亦通告。説文：「奏，奏進也。」進言卽告也。此詩上二句以「疏附」、「先後〔一〕」作對，下二句以「奔奏」、「禦侮」作對，奏當从傳訓作告語爲允。楚詞章句引詩「予聿有奔走」，尚書大傳亦作奔走，三家詩蓋有作奔走者，箋説本之，故與傳異。

## 棫樸

「芃芃棫樸，薪之槱之」，傳：「興也。棫，白桵也。樸，枹木也。山木茂盛，萬民得而薪之。賢人衆多，國家得用繁興。」箋：「白桵相樸屬而生者枝條芃芃然，豫斫以爲薪，至祭皇天上帝及三辰則聚積以燎之。」瑞辰按：古者燔柴以祭天神。説文：「禷，以事類祭天神。」周官小宗伯鄭注：「類者，依其正禮而爲之。」則類祭上帝，依乎郊祀，是亦用燔柴也。王制：「天子將出征，類乎上帝。」此詩二章「奉璋」是發兵之事，三章「六師」是伐崇之事，春秋繁露曰：「周王于邁，六師及之」，此文王之伐崇也。」則首章「薪之槱之」蓋將出征類乎上帝之事。或以文王未嘗郊天，而周官「以槱燎祀司中、司命、風師、雨師」，雨師，畢也，星占畢主邊兵，故出師必祀焉，武王伐紂，上祭於畢，則此詩薪槱蓋文王上祭於畢之禮。又按王尚書云：「樸亦木名，

〔一〕「先後」原作「後先」，據此詩「予日有先後」句改。

說文作樸，云『棗也』。爾雅：『樸，枹者羹。』謂樸是棗之一種。棫與樸二木竝言，毛、鄭以樸爲棫之叢生者，殊誤。」

「左右奉璋」，傳：「半圭曰璋。」箋：「璋，璋瓚也。祭祀之禮，王祼以圭瓚，諸臣助之，亞祼以璋瓚。」瑞辰按：九獻之禮，夫人執璋瓚以亞祼。惟祭統云：「大宗伯執璋瓚亞祼。」鄭注：「容夫人有故，攝焉。」則代后奉璋瓚者，非常禮也。春秋繁露曰：「『奉璋峩峩，髦士攸宜』，此文王之郊也。」然周官小宰注云：「天地大神至尊，不祼。」亦不得言郊祀之禮祼以璋瓚。今按周官典瑞：「牙璋以起軍旅，以治兵守。」白虎通義曰：「璋以發兵何？璋半珪，位在南方，南方陽極而陰始起，兵亦陰也，故以發兵也。」是璋古用以發兵。此詩下章言「六師及之」，則上言「奉璋」當是發兵之事，故傳惟言「半圭曰璋」，不以爲祭祀所用之璋瓚耳。

「追琢其章」，傳：「追，彫也。金曰彫，玉曰琢。」箋：「周禮追師掌追衡笄，則追亦治玉也。」瑞辰按：箋說是也。追卽彫之假借。說文：「琱，治玉也。」「彫，琢文也。」治玉以琱爲正字，今經傳通作彫與雕。爾雅：「玉謂之雕。」又曰：「玉謂之琢。」雕、琢以雙聲相轉注，字異而義同。荀子富國篇、說苑修文篇竝引詩「彫琢其章」，趙注孟子「彫琢，治飾玉」，亦引詩「彫琢其章」，是彫、琢皆治玉之證。追與彫雙聲，故假借通用，猶「雕弓」詩作「敦弓」，士冠禮注「追猶堆也」，說文「自，小自也」今俗通作堆也。毛公特以追琢分屬下句金玉，故謂「金曰彫」耳。周官追師鄭注及玉篇竝引詩章作璋，三家詩或有作璋者，則追爲治玉益可知矣。

「金玉其相」，傳：「相，質也。」瑞辰按：説苑修文篇引「詩：『彫琢其章，金玉其相』，言文質美也。」是亦訓相爲質。

「綱紀四方」，箋：「以罔罟喻爲政，張之爲綱，理之爲紀。」瑞辰按：説文：「綱，网紘也。」綱爲網之大繩，商書所云「若網在綱，有條而不紊」也。至於紀，則説文曰：「統，紀也。」「紀，別絲也。」淮南泰族篇曰：「繭之性爲絲，然非得女煮以熱湯，而抽其統紀，則不能成絲。」是紀乃抽絲之稱。凡別絲者，一絲必有其首，得其紀而衆絲始可理也。墨子尚同篇：「古者聖王爲五刑，請〔一〕以治其民，譬若絲縷之有紀，罔罟之有綱。」是紀與綱各別之證。箋以綱、紀皆爲取罔罟爲喻，失之。樂記「中和之紀」，鄭注：「紀，總要之名也。」禮器「衆之紀也，紀散而衆亂」，鄭注：「紀者，絲縷之數有紀也。」是紀之本義謂得其統紀而衆絲可治，猶之綱舉而目張也。此詩正義謂「綱紀以喻爲政，有舉大綱赦小過者，有理微細窮根源者」，亦非詩義。

## 旱麓

序：「申以百福干禄焉。」瑞辰按：干禄與百福對言，干禄疑千禄形近之譌。此詩「干禄

〔一〕「請」原作「清」，據墨子尚同上篇改。按請與情通，誠也，實也。

豈弟」及假樂詩「干祿百福」，干皆當作千百之千。傳譌已久，遂以干字釋之耳。

「瞻彼旱麓」，傳：「旱，山名也。麓，山足也。」瑞辰按：漢書地理志：「漢中郡南鄭縣旱山，沱水所出，東北入漢。」明一統志：「旱山在漢中府城西南六十五里。」是旱爲山名之證。尚書「納于大麓」，馬、鄭注竝曰：「麓，山足也。」與毛傳合。麓通作鹿，春秋僖十四〔一〕年「沙鹿崩」，穀梁傳曰：「林屬於山曰鹿〔二〕。」說文：「麓，守山林吏也。一曰，林屬於山曰麓。」詩言「榛楛濟濟」，周語引此詩而釋之曰「若夫山林匱竭，林麓〔三〕散亡」，則麓宜謂林屬於山者矣。

「瑟彼玉瓚」，傳：「玉瓚，圭瓚也。」箋：「瑟，絜鮮貌。」釋文：「瑟，又作璱。」瑞辰按：說文：「璱，玉英華相帶如瑟弦。」引詩「璱彼玉瓚」。又璪字注引逸論語曰：「玉粲之璱兮，其璪猛也。」又璠字注引孔子曰：「美哉璠璵！遠而望之，奐若也；近而視之，瑟若也。」是璱本从玉，瑟聲，兼从瑟會意，作璱者正字，作瑟者省借〔四〕字也。周官典瑞注引詩「卹彼玉瓚」，又作

〔一〕「十四」原作「四十」，據春秋改。

〔二〕「鹿」原作「麓」，據穀梁傳改。

〔三〕「麓」原作「鹿」，據國語周語下改。

〔四〕「借」原作「作」，據續經解本及本書文例改。

邲〔一〕。羣經音辨曰：「卹，玉采也。」作卹者蓋三家詩。瑟、卹古音同部，故通用，猶恤之通作謐也。

「黃流在中」，傳：「黃金所以飾。流，鬯也。」箋：「黃流，秬鬯也。圭瓚之狀，以圭爲柄，黃金爲勺，青金爲外，朱中央矣。」釋文：「『黃金所以流鬯也』，一本作『黃金所以爲飾；流，鬯也』，是後人所加。」正義：「定本及集注皆曰：『黃金所以飾。流，鬯也。』若有飾字，於義易曉，則俗本無飾字者誤也。」瑞辰按：此箋合黃、流爲一，以秬鬯之酒爲金所照，其色黃，因名黃流，非傳義也。傳蓋分黃與流爲二，以黃即黃金勺也，故曰「黃金所以飾」。凡勺皆有鼻，爲酒所流之處，因名其鬯爲流，故曰「流，鬯也」。在中者，對青金外言之，則黃與流皆在中，非朱中之中。正義謂傳有飾字，是也。若傳本作「黃金所以流鬯」，是合黃、流爲一，皆指秬鬯，箋不須復云「黃流，秬鬯」矣，正義合傳、箋爲一，失之。

「清酒既載」，箋：「既載，謂已在尊中也。」瑞辰按：文選西征賦李善注引韓詩章句云：「載，設也。」載與䞣音同，說文：「䞣，設飪也。从丮食，才聲。讀若載。」此詩載即䞣字之同音假借，故韓詩訓設。商頌烈祖詩「既載清酤」義同。廣雅亦云：「䞣，設也。」石鼓詩載皆作䞣。士昏禮「匕俎從設，北面載」，載亦設也。此箋以既載爲已在尊中，失之。

〔一〕按：周官典瑞釋文云：「卹，音瑟，又作邲。」此文「又作邲」上疑當補「釋文云」等字。

「瑟彼柞棫，民所燎矣」，傳：「瑟，衆貌。」箋：「柞棫之所以茂盛者，乃人熂燎，除其旁草，養治之使無害也。」瑞辰按：棫樸箋云：「豫斫以爲薪，至祭皇天上帝及三辰，則聚積以燎之。」此詩釋文云：「燎，説文作尞。一云，祡祭天也。」是知「民所燎矣」當謂取爲燔柴之用。箋謂除其旁草，非也。又按爾雅：「棫，白桵。」郭注：「桵，小木叢生，有刺。」與柞爲櫟樹無刺者別。通志引陸璣疏云：「三蒼説，棫卽柞。」非也。

「施于條枚」，箋：「延蔓於木之條枚而茂盛，喻子孫依緣先人之功而起。」瑞辰按：詩以葛藟之延蔓於條枚，興福祿之歸君。施、延一聲之轉，呂氏春秋知分篇、韓詩外傳卷二引詩竝作延，後漢書黄琬傳注引詩亦作延，从韓詩也。箋訓延蔓，亦本韓詩爲訓。

「求福不回」，箋：「不回者，是不違先祖之道。」瑞辰按：説文：「𡗺，衺也。从交，韋聲。」經傳𡗺通作違，因韋與回同聲，又借作回。小旻「謀猷回遹」，傳：「回，邪也。」大明「厥德不回」，傳：「回，違也。」違卽𡗺衺之𡗺，明回爲𡗺之假借也。説文：「湋，回也。」取聲近爲義。尚書「静言庸違」，吴志陸抗傳引作「静言庸回」，史記又作「共工善言，其用辟」，回、辟皆邪也。此詩「求福不回」，毛雖無傳，蓋以義同小旻、大明章耳。晏子春秋曰：「回吾以利而倍其君，非義也。」引詩「求福不回」。又云：「今嬰且可以回而求福乎？」呂氏春秋知分篇載晏子引此詩「求福不回」，高誘注：「求福不以邪道。」正訓回爲𡗺衺之𡗺。箋以爲「不違先祖之道」，讀同韋背之韋〔一〕，說文：「韋，相背也。」失其義矣。

## 思齊

「思齊大任，文王之母；思媚周姜，京室之婦。」傳：「齊，莊。媚，愛也。周姜，大姜也。京室，王室也。」箋：「京，周地名也。常思莊敬者，大任也，乃爲王室之母，又常思愛大姜之配大王之禮，故能爲京室之婦。言其德行純備，故生聖子也。大姜言周，大任言京，見〔二〕其謙恭自卑小也。」瑞辰按：「思齊」四句平列，首二句言大任，次二句言大姜。末二句「大姒嗣徽音」乃言大姒兼嗣大姜、大任之德音耳。先大任而次大姜，古人行文自有錯綜，不必以「思媚周姜」爲大任思愛大姜配大王之禮也。傳訓齊爲莊，正義以爲釋言文。今釋言作「疾、齊，壯也」。齊、壯皆與疾同義，齊當讀如「幼而徇齊」之齊，齊疾亦美德也。莊、壯古通用，或毛公所據爾雅自作莊耳。說文：「媚，說也。」說卽悅字，與傳訓愛義近。說文又曰：「嬙，媚也。」「娓，順也。讀若媚。」嬙、娓之義通於美好。廣雅：「媚，好也。」媚古訓爲好，皆言其德之美，不必如傳訓愛。兩思字皆語詞，鄭訓爲常思，失之。周、京本皆地名，後以周

〔一〕「韋」原作「違」，據續經解本及上下文義改。

〔二〕「見」原作「言」，據此詩鄭箋改。

爲有天下之稱，以京爲王室之稱，非有尊卑大小之別。且「京室之婦」本承大姜言之，不指大任。箋以爲大任言京，以見其謙恭自卑小也，亦非。詩人或言周，或言京，特變文以見義。若以爲周大京小，則大明詩「來嫁于周，曰嬪于京」皆指大任言，豈亦有大小乎？

「則百斯男」，傳：「大姒十子，衆妾則宜百子也。」瑞辰按：「百男」特頌禱之詞，猶假樂詩「子孫千億」耳。傳謂「衆妾則宜百子」，失之。

「惠于宗公」，傳：「宗公，宗神也。」箋：「宗公，大臣也。」瑞辰按：宗、尊雙聲，宗公卽先公也。言其久則曰古公，言其尊則曰宗公。又宗、崇古通用，崇，高也，則宗公猶云高祖，與尊義亦正相近。傳云「宗公，宗神」者，蓋據下文連言神耳，亦當指先公言。箋訓爲大臣，失之。胡承珙據周官甸師「用牲於社宗」，杜子春以宗爲宗廟，謂宗公卽宗廟之先公，說亦未確。

「神罔時恫」，傳：「恫，痛也。」瑞辰按：恫、痛以雙聲爲義。爾雅釋言：「恫，痛也。」說文：「恫，痛也。一曰，呻吟也。」不引詩。侗字注：「大皃。」引詩「神罔時侗」。蓋許君所見毛詩自作侗，假借字也。爾雅釋文亦曰：「恫，字或作侗。」與說文合。桑柔詩釋文：「恫，本又作痌。」痌字說文所無，見玉篇，蓋後作字，卽恫之或體。時與所，古同義通用。詳見王氏經義述聞。「神罔時怨」猶言神罔所怨也，「神罔時恫」猶言神罔所恫也。箋訓時爲是，失之。

「刑于寡妻」，傳：「刑，法也。寡妻，適妻也。」箋：「寡妻，寡有之妻，言賢也。」瑞辰按：釋文引韓詩：「刑，正也。」趙注孟子訓刑爲正，義本韓詩。說文：「㓝，古文法字。」正亦法也。史記賈生傳「法制度」，猶言正制度也。論語「齊桓公正而不譎」，漢書鄒陽傳作「法而不譎」。是知毛、韓詩法與正同義。廣雅：「刑，治也。」法與正皆所以爲治也。說文：「寡，少也。从宀、頒。頒〔一〕，分也；宀分，故爲少也。」此但釋从頒、訓少之義。頒少〔二〕特爲假借，若頒之本義，則說文訓「大頭也」。寡从頒會意，宜有大義。書康王之誥「無壞我高祖寡命」，寡命卽大命也。康誥「乃寡兄勖」，寡兄卽長兄也。此詩寡妻亦謂大妻，故得以適妻釋之。適與嫡通，廣雅：「嫡，君也。」據爾雅曰：「天、帝、皇、王、后、辟、公、侯，君也。」而尸子曰：「天、帝、皇、后、辟、公，皆大也。」是訓君者皆有大義。廣雅又曰：「嫡，正也。」爾雅曰：「正，長也。」長亦大也。是適妻卽正妻，亦有大義。毛傳以釋寡妻，益可證寡妻之爲大妻矣。箋以「寡有」增成其義，失之。又按：物大者必少，寡少亦大義之引申。胡承珙曰：「適與庶對，庶爲衆，則適爲寡矣。」諸侯一娶九女，八皆爲妾，惟一爲適，則訓適爲寡少，義亦得通，不得如箋以寡有爲賢耳。

〔一〕「頒」字原不重，據說文補。

〔二〕「少」疑爲「分」字之譌。「頒分」承上引說文「頒，分也」而言。說文段注曰：「按頒之本訓『大頭也』，此云『頒，分也』，謂叚借。」故馬氏言「頒分特爲假借」云云。

「以御于家邦」，傳：「御，迎也。」箋：「御，治也。」瑞辰按：爾雅釋詁：「訝，迎也。」說文：「訝，迎也。」傳以御爲訝之假借，故以迎釋之，御、迎以雙聲爲義。又迎字亦有御音，楚辭離騷「九疑繽其竝迎」，與故爲韻，則迎可讀若御，故傳以御爲迎。又迎之義爲進，謂由刑寡妻至兄弟，以進及於家邦。傳訓御爲迓，猶訓御爲進也。此詩「至于兄弟」二句承上「刑于寡妻」言，刑，法也，法卽所以治也，不須更言治。「以御于家邦」，由兄弟而推及之，迎卽接也，謂以接於家邦。廣雅：「接，徧也。」猶言以徧於家邦。王肅於迎下增治字，鄭訓爲治，趙注孟子訓享，言「享天子國家之福」，竝失之。

「不顯亦臨，無射亦保」，傳：「以顯臨之，保安無厭。」箋：「臨，視也。保，猶居也。文王之在辟廱也，有賢才之質而不明者，亦得觀於禮；於六藝無射才者，亦得居於位。」瑞辰按：傳云「以顯臨之」，則不爲語詞，不顯卽顯也。至以「保安無厭」釋「無射亦保」，則與上句文法不類。今按無爲語詞，無射卽射，猶之無念卽念也。古射字與夜、夕字疊韻，亦通用，故春秋狐射姑，穀梁傳作夜姑；曹莊公名射姑，史記作夕姑。夜、夕皆有闇冥之義。廣雅：「昔、夜，闇也。」昔卽夕也。祭義「夏后氏祭其闇」，鄭注：「闇，昏時也。」古字義生於音，射與夜、夕同音，亦卽有闇晦之義，故詩以射對顯言，顯爲明，則射爲闇矣。詩兩亦字皆語詞，「不顯亦臨」猶云顯則臨也，「無射亦保」猶云闇則保也。臨者，臨視之義；保者，保守之義；言文王無時不警惕也。傳、箋竝失其義矣。又按爾雅釋詁：「射，厭也。」厭、晻、闇竝雙聲，射可訓爲厭斁之厭，卽可訓爲厭闇之厭，此亦射有闇義之證。

「肆戎疾不殄，烈假不瑕」，傳：「戎，大也。故今大疾害，人不絕之而自絕。烈，業。假，大也。」箋：「厲、假，皆病也。瑕，已也。文王於辟廱，德如此，故大疾害人者不絕之而自絕，爲厲假之行者不已之而自已。言化之深也。」瑞辰按：通鑑注引風俗通：「戎者，兇也。」白虎通禮樂篇：「戎者，强惡也。」戎疾與烈假對文，戎、疾皆惡也。傳訓戎爲大，失之。厲、烈古同聲，厲說文作癘，云：「惡疾也。」公羊傳作㾐，何休注：「㾐者，民疾疫也。」烈卽癘之假借。假卽瘕之假借，說文：「瘕，女病也。」段玉裁以女爲衍字。蠱、假亦一聲之轉，隸釋載漢唐公房碑作「厲蠱不遐」，蓋本三家詩。是知箋訓厲、假爲病，亦本三家詩，正讀烈假如瘕也。詩兩不字皆句中助詞，「肆戎疾不殄」卽言戎疾殄也，「烈假不瑕」卽言厲蠱之疾已也。傳云「不絕之而自絕」，箋云「不已之而自已」，失之迂矣。孔廣森以疾、殄與下假、瑕爲句中韻，疑殄轉音近軫，軫、疾古音皆在去聲霽韻。今按疾从矢聲，方言：「軫，戾也。」如淳漢書音：「軫如拂戾之戾。」正與矢音同部。

「不聞亦式，不諫亦入」，傳：「言性與天合也。」箋：「式，用也。文王之祀於宗廟，有仁義之行而不聞達者亦用之助祭，有孝弟之行而不能諫争者亦得入。言其使人器之，不求備也。」瑞辰按：王氏釋詞曰：「兩不字、兩亦字皆語詞。式，用也。入，納也。言聞善言則用之，進諫則納之。宣二年左傳曰：『諫而不入，則莫之繼也。』是納諫爲入也。」今按王說是也。說文：「入，内也。」「内，入也。」内卽納也，故納諫得爲入矣。傳、箋竝失之。

「小子有造」，傳：「造，爲也。」箋：「小子，其弟子也。子弟皆有所造成。」瑞辰按：說文：「造，就也。」造、就二字以疊韻爲義。爾雅釋言：「造，爲也。」廣雅釋詁爲、造二字竝云「成也」。淮南子天文訓「介蟲不爲」，高注：「不成爲介蟲也。」是爲卽成也。是知傳訓造爲爲，箋以成釋之，正是申明傳義。閔予小子詩「遭家不造」，傳：「造，爲。」箋云：「造，猶成也。」義與此章正同。正義以爲異義，失之。

「古之人無斁」，傳：「古之人無厭於有名譽之俊士。」箋：「口無擇言，身無擇行，以身化其臣下。」瑞辰按：古斁、擇、殬三字同音通用。雲漢詩「耗斁下土」，箋：「斁，敗也。」斁卽殬字假借，說文：「殬，敗也。」引書「彝倫攸殬」。今書作斁，鄭注亦訓爲敗，是斁、殬一也。王氏經義述聞曰：「呂刑『敬忌，罔有擇言在躬』，擇當爲斁，斁卽殬也。言罔或有敗言在身也。孝經『口無擇言，身無擇行』，言口無敗言，身無敗行也。」今按此箋讀斁爲擇，引孝經「口無擇言，身無擇行」而曰「以身化其臣下」，蓋亦訓擇爲敗，謂古人無敗德，故能化其臣下也。正義及說孝經者均以身爲無可擇，失之迂矣。

「譽髦斯士」，箋：「故令此士皆有名譽於天下，成其俊乂之美也。」瑞辰按：譽、豫古通用。爾雅釋詁：「豫，樂也。」髦之言芼，謂選擇也。關雎詩「左右芼之」，傳：「芼，擇也。」爾雅釋言：「髦，選也。」正釋此詩。「譽髦斯士」猶云樂選斯士耳。傳以「譽髦斯士」連上讀，箋以譽爲名譽，髦爲成其〔一〕俊乂之美，均失之。

## 皇矣

「求民之莫」，傳：「莫，定也。」瑞辰按：爾雅釋詁：「貉、嗼、安，定也。」莫即嗼之省借。說文：「嗼，啾嗼也。」呂覽高注：「嗼然，無聲也。」啾嗼無聲則定矣。廣雅釋詁：「嗼，安也。」安亦定也。下文「貉其德音」，貉亦嗼之假借，故左傳、韓詩皆引作莫，釋文引韓詩曰：「莫，定也。」與此傳訓莫爲定正同。至漢書、潛夫論及文選注竝引作「求民之瘼」，瘼謂病也，蓋本三家詩。顔師古匡謬正俗不知民瘼義本三家詩，直謂屬詞者改莫爲瘼，誤矣。

「維此二國」，傳：「二國，夏、殷也。」箋：「二國，謂今殷紂及崇侯也。」瑞辰按：傳說是也。書言「我不可不監於有夏，亦不可不監於有殷」，論語「周監於二代」，皆以夏殷竝言，與詩言二國同耳。或謂夏已遠，不得與殷竝言，因謂古文上作二，與一二之二相似，二國當爲上國

〔一〕「其」原作「爲」，據鄭箋改。

之謌，非通論也。

「維彼四國」，傳：「彼，彼有道也。四國，四方也。」箋：「四國，謂密也，阮也，徂也，共也。」瑞辰按：詩中言四國者多係泛言，傳以四國爲四方，是也。至以彼爲彼有道，則非。文四年左傳引詩「惟〔一〕彼二國，其政不獲；惟此四國，爰究爰度」，彼、此二字與毛詩互異。潛夫論引詩上下二字皆作此字，足徵彼此蓋隨言之，非有異義。

「爰究爰度」，傳：「究，謀。度，居也。」箋：「度，亦謀也。殷、崇之君，其行暴亂，不得於天心，密、阮、徂、共之君於是又助之謀。言同於惡也。」瑞辰按：宅、度古同聲通用，故書「宅西」，縫人注作「度西」；詩「宅是鎬京」，坊記作度；「此維與宅」，論衡亦作度。是知爾雅釋言「宅，居也」，即毛傳「度，居也」所本。正義不明通借，遂不知其訓本爾雅矣。方言：「度，凥也。」凥與居同。書「何度非及」，史記周本紀作「何居非其宜」。是皆度訓居之證。説文：「凥，處也。」王尚書曰：「處爲居爲止，又爲審度。大戴禮官人篇『以其聲處其氣』，謂審其氣也；呂氏春秋有始覽『處其形』，謂審其形也；淮南兵略訓『處次舍』，謂審度次舍也；周語『目以處義』，謂相度事宜也。」今按王説甚確。居與處同義，處爲審度，則居亦有審度之義。易象詞「君子以居賢德善俗」，居賢德即審度賢德也；「君子以辨物居方」，居亦辨也，居方即

〔一〕「惟」原作「爲」，據左傳改。下「惟此四國」句「惟」字同。

審辨方向也。毛傳訓度爲居，其意當亦以居爲審度。鄭君不知居有審度之義，故改訓度爲謀，而正義因以「度地居民」爲説，失其義矣。又按「爰究爰度」當謂天之謀度四國，箋以爲四國助殷、崇謀，亦非詩義。

「上帝耆之」，傳：「耆，惡也。」毛本作「老也」，誤。箋：「耆，老也。天須假此二國養之至老。」瑞辰按：廣雅：「諸，怒也。」玉篇：「耆，怒訶也。」廣韻：「諸，訶怒也。」怒、惡義同。傳蓋以耆爲諸之借字，故訓爲惡。説文無諸字，古蓋止借作耆耳。又按耆从旨聲，旨、責二字雙聲。廣雅：「怒，責也。」「謮，怒也。」責與怒皆惡也，以聲爲義，則耆字亦得訓惡耳。箋訓爲老，失之。正義謂「人皆惡己之老，故耆爲惡」，尤失之鑿矣。至潛夫論班禄篇引詩作「上帝指之」，此亦諸之同聲假借字。或遂以爲上帝指示之，未免望文生義矣。廣雅釋言：「指，斥也。」斥字説文作㡿。指斥亦怒責之義，正與耆之訓惡怒者同，足證聲同者義亦同耳。胡承珙曰：「耆疑卽指之借字。『美服患人指，高明逼神惡』，是指有惡義。」

「此維與宅」，傳：「宅，居也。」箋：「見文王之德而與之居。言天意常在文王所。」瑞辰按：淮南子氾論篇引「詩曰『乃眷西顧，此維〔一〕與宅』，言去殷而遷於周也」，漢書郊祀志〔二〕、

〔一〕「維」，續經解本及淮南子作「惟」。

〔二〕郊祀志原作匡衡傳，考此下引文見漢書郊祀志所載匡衡、張譚奏議，而匡衡傳無其文，今據改。

谷永傳竝引詩作「此維予宅」，「言天以文王之都爲居也」，俱與箋義合，足證箋説有本。然天固非有形可居也。宅、度古同音通用，「此維與宅」論衡初禀篇引作「此維與度」。宅即度，猶言帝度其心耳。詩因上言「爰究爰度」，故下假宅爲度，以與度爲韻，此亦義同字變之類。文王有聲篇「宅是鎬京」，據坊記引作「度是鎬京」，宅亦度之假借也。

「作之屏之」，釋文：「屏，必領反，除也。」經義述聞曰：「作讀爲柞，周頌載芟傳『除木曰柞』，周官『柞氏掌攻草木及林麓』是也。內則『魚曰作之』，爾雅作剒，郭注謂『削鱗也』。是作有斬削之義。」瑞辰按：柞、槎聲近通用。説文：「槎，衺斫也。」引春秋傳「山木不槎」，當作「木不槎櫱」。國語韋昭注：「槎，斫也。」西京賦注引賈逵解詁曰：「槎，邪斫也。」集韻：「柞，與槎同。」是知柞爲槎之假借。柞、作同音，槎可假爲柞，即可假爲作，柞、作皆槎字之借，直云「作讀爲槎」可也，不必更轉讀爲柞耳。説文：「屏，蔽也。」「姘，除也。」屏訓除，當爲姘之假借。

「其菑其翳」，傳：「木立死曰菑，自斃爲翳。」瑞辰按：爾雅：「木自斃〔一〕，柛；立死，菑；蔽者，翳。」郭注引詩「其菑其翳」。邵氏正義引李巡本蔽作斃，云：「斃，死也。」此詩正義引爾雅「斃者翳」，正从李巡本。弊、斃、蔽三字古同聲假借通用，爾雅釋言「弊，踣也」，釋文「弊，字又作斃」是也。釋木「木自斃柛，蔽者翳」，蔽作斃者借字，故李巡本作「斃者翳」，毛傳亦作

〔一〕「斃」，今本爾雅釋木作「弊」。

「自斃爲翳」。胡承珙曰：「爾雅先以『木自斃，柛』總釋自死之木，下乃以菑與翳相對成文，謂一立一踣。」其説是也。周官鄭注：「泰山平原所樹立物爲菑。」是菑有立義，故爾雅以木之立死者爲菑。菑、側二字亦雙聲，昭二十五年公羊傳「以人爲菑」，何休注「菑，周埒垣也，今大學辟雍作側字」，説文繫傳曰「既枯之木，側立不仆，根著於地，曰菑」是也。韓詩以菑爲反草，李巡以當死害生曰菑，竝失之。爾雅「木自斃，柛」，説文柛作槙，云「仆木也」，仆與斃亦雙聲。毛詩不取爾雅「自斃，柛」，而以自斃爲翳，斃當讀蔽，胡承珙曰：「謂其死而覆蔽於地者，正與菑立相對。李巡以蔽爲斃，訓死，失之。」韓詩翳作殪，殪亦仆也，後漢光武紀注曰：「殪，仆也。」仆與踣通。翳、殪雙聲，翳即殪之借字，故釋名曰：「殪，翳也，就隱翳也。」與爾雅「蔽者，翳」同義。説韓詩者乃曰「殪，因也，因高填下也」，郭注爾雅「蔽者，翳」，謂「樹蔭翳覆地者」，失其義矣。

「其灌其栵」，傳：「栵，栭也。」瑞辰按：栵與菑、翳、灌相類，不應獨爲木名。經義述聞曰：「栵當讀烈。烈，枿也，斬而復生者也。方言：『烈、枿，餘也。陳鄭之閒曰枿，晉衛之閒曰烈，秦晉之閒曰肄，或曰烈。』是烈、枿、肄一也。」今按王説是也。爾雅釋詁：「烈、枿，餘也。」郭注：「晉衛之閒曰櫱，陳鄭之閒曰烈。」與今方言互異。枿，説文作㰁，云：「㰁，伐木餘也。㰁或作櫱，从木辥聲。」又：「不，古文㰁。从木無頭。」又：「枿，亦古文㰁。」商書「若顛木之有由櫱」，説文引作「若顛木之有甹櫱」。書釋文引馬云：「顛木而肄生曰枿。」枿卽櫱之隸變。肄與櫱以雙聲假借，烈與櫱以疊韻假借。櫱可假爲烈，卽可假作栵矣。灌爲叢生，栵〔一〕爲枿生，二者相對成文，猶菑與翳一立一仆也。説文：「裂，繒餘也。」木之餘爲烈，衣之餘爲裂，其義一也。又餘子曰孽子，米牙曰櫱，亦與櫱爲木餘同義。栵義又近𠛱，廣雅：「𠛱，餘也。」詩序「宣王承厲王之烈」，猶云承先王之餘也。段玉裁謂栵當作槸。爾雅「木〔二〕相磨，槸」，乃另釋枝柯皮甲之類，不與上節「木自斃，柛」等句爲一例，未若讀栵爲烈爲確。

「串夷載路」，傳：「串，習。夷，常。路，大也。」箋：「串夷卽混夷，西戎國名也。路，應也。天意去殷之惡，就周之德，文王則侵伐混夷以應之。」正義：「路之爲應，更無正訓，鄭以義言之耳。本或誤作瘠。孫毓載箋爲應，是本作應也。」釋文：「串，古患反。一本作患，或云鄭音患。」瑞辰按：爾雅釋詁串、貫竝訓「習也」，釋文貫作慣，云：「本又作貫，又作遦。」玉篇：「串，或爲慣。」傳以串卽貫字之假借，故以習釋之，未若箋謂串夷卽混夷爲允。串卽毌字之隸變，貫、毌古今字，昆、貫雙聲，畎與昆、貫亦雙聲，故知串夷、混夷爲一，皆畎夷之假借。或又省作犬夷，皆一音之轉。患字从串得音，故串夷或作患夷，亦同音假借字耳。正義乃以「患

〔一〕「栵」原作「烈」，據續經解本改。

〔二〕「木」原作「本」，據續經解本及爾雅釋木改。

夷」爲「患中國之夷」，失之鑿矣。至箋釋路字，正義从孫毓本作應，而以本或作瘠爲誤，今按或本作瘠者是也。古路與露同，露之言臚也。瘠者其筋骨外見，臚列於外，故訓爲露，又訓爲羸。露通作路，孟子「是率天下而路」，趙注：「是率天下之人以羸〔一〕路也。」又通作潞，呂氏春秋不屈篇曰「士卒罷潞」，高注：「潞，羸〔二〕也。」箋以路爲露之假借，故訓爲瘠。古以國之盛爲肥，則以衰爲瘠矣。方言、廣雅竝云：「露，敗也。」左氏昭元年傳「勿使有所壅閉湫底，以露其體」，逸周書皇門解曰「自露厥家」，管子四時篇曰「國家乃路」，路當訓〔三〕敗，敗與瘠義相近，瘠之即敗之也。露義又近疲，管子五輔篇曰「振罷露」，秦策「諸侯見齊之罷露」，罷與疲同，罷亦露也。詩謂帝遷明德，串夷則瘠敗罷憊而去，故曰「載路」。若訓爲應，如云「串夷則應」，則不詞矣。正義轉从孫毓作應，失之。

「天立厥配」，傳：「配，媲也。」箋：「天既顧文王，又爲之生賢妃。謂大姒也。」釋文：「配，本亦作妃，音同。」瑞辰按：妃、配古通用，作配者，妃之假借。配之本義，説文訓爲「酒色」

〔一〕「羸」原作「嬴」，據孟子趙注改。上文「又訓爲羸」之「羸」字同。按左傳昭公元年「以露其體」，杜注云「露，羸也」，列子湯問篇「形甚露」，張湛注云「體羸虛」。

〔二〕「羸」原作「嬴」，據呂氏春秋高注改。

〔三〕「訓」原作「爲」，據續經解本改。

耳。下章「帝作邦作對」，傳：「對，配也。」箋：「作配，謂爲生明君也。」「天立厥配」正與「作對」同義，謂立君以配天也。古以受天命爲天子，爲配天。莊子天地篇：「堯問於許由曰：『齧缺可以配天乎？』」郭象注：「謂爲天子。」荀子大略篇「配天而有天下者」，君奭「故殷禮陟配天」，召誥〔一〕「其自時配皇天」，皆以人主受天命爲配天。文王篇「殷之未喪師，克配上帝」，配上帝亦配天也。「天立厥配」宜指文王配天而言。胡承珙曰：「妃之爲媲，不必定謂男女配偶。毛訓配爲媲，正當爲配天之義，不得如箋以爲賢妃。」

「奄有四方」，傳：「奄，大也。」瑞辰按：周頌執競「奄有四方」，傳：「奄，同也。」爾雅釋言：「荒，奄也。」又：「弇，蓋也。」「弇，同也。」弇、奄古通用。說文：「奄，覆也，大有餘也。从大申。申，展也。」又：「俺，大也。」俺與奄聲近而義同。蓋奄之義本爲大，大則無所不覆，故同謂之奄，覆與蓋均謂之奄。大則無所不有，故荒爲奄，即爲有。魯頌毛傳：「荒，有也。」又按：奄、有義本相成，而詁各有當。如樛木詩「葛藟荒之」，毛傳「荒，奄也」，當爲奄覆；若云奄有、奄大、奄同，則不詞矣。書「惟荒度土功」，鄭注「荒，奄也」，當爲奄大；若云奄有、奄同，則不詞矣。至此詩及執競竝云「奄有四方」，閟宮詩「奄有下國」、「奄有下土」、「奄有龜蒙」，玄鳥詩「奄有九有」，蓋以「奄有」二字連文，奄即有也。奄即爲有，而複稱之曰「奄有」，猶撫本爲有，廣雅：

〔一〕召誥原作洛誥，據尚書改。

「撫，有也。」而經傳亦連稱「撫有」也。奄訓有者，亦語詞，猶有虞、有周之比。毛傳或訓大，或訓同，失其義矣。

「帝省其山」，箋：「省，善也。天既顧文王，乃和其國之風雨。」瑞辰按：「省，善」，義本釋詁。然下文「柞棫斯拔，松柏斯兑」，乃人之拔去叢木以待松柏大木之易直，實人事，非天時也。説文：「省，視也。」又曰：「相，省視也。」「帝省其山」當謂帝省視其山，不得以爲善也。

四章「維此王季」，瑞辰按：昭二十八年左傳引詩作「維此文王」，此詩正義云：「今王肅注及韓詩亦作文王。」又樂記引詩「莫其德音」十句，鄭注：「言文王之德皆能如此。」又徐幹中論務本篇云：「詩陳文王之德，曰『維此文王』。」其説蓋皆本韓詩。陳碩甫曰：「公劉傳曰：『民無長歎，猶文王之無悔。』此毛詩作文王之證。」今按左傳及韓、毛詩作文王，是也。詩「貊其德音」四句皆言文王之德，「王此大邦，克順克比」乃言文王之德能使民順比也。祭統：「身比焉，順也。」荀子議兵篇曰：「立法施令，莫不順比。」是順與比義正相近。易比彖曰：「比，輔也，下順從也。」左傳：「擇善而從之曰比。」正以從釋比字。詩「比于文王」承上「克比」言之，言民之親比於文王也。惟詩上作「維此文王」，下乃言比於文王耳。鄭本誤作「維此王季」，因讀比爲比方之比；又因以父同子，言之不順，正義遂以「文王」爲泛言文德之王矣。

「貊其德音」，傳：「貊，靜也。」箋：「德正應和曰貊。」釋文：「貊，左傳作莫，音同。韓詩同，云：『莫，定也。』」正義曰：「左傳、樂記、韓詩貊皆作莫。釋詁云：『貊、莫，定也。』郭璞曰：『皆靜定也。』義俱爲定，聲又相近，讀非一師，故字異也。」瑞辰按：爾雅今本作「貉、嗼，定也」。據釋文「貉本又作貊，嗼本亦作莫」，是正義所引卽釋文所云「又作」本也。據說文：「嗼，啾嗼也。」玉篇云：「嗼，靜也。」是訓靜者以嗼爲正字。毛詩作貊，爾雅作貉，皆同音假借字。韓詩作莫，省借字也。文選西征賦注引韓詩章句曰：「寞，靜也。」則韓詩又有作寞者矣。又按爾雅釋言：「漠，清也。」說文亦曰：「漠，清也。」漢書賈誼傳注：「漠，靜也。」則漠亦與嗼音義同。

「克長克君」，瑞辰按：君本文韻之類。此詩以君與類、比相協，則轉讀若威，爲微韻之類。蓋微爲文之陰聲，故君轉讀若威，猶殷讀若衣也。說文：「莙，讀若威。」又引漢律「婦告威姑」，卽君姑，皆君可讀威之證。孔廣森曰：「集韻八未部有䇹字，巨畏切，此君音〔一〕當同之。易『順以從君也』與『其文蔚也』爲韻，讀法正同。」

「其德靡悔」，箋：「王季之德比於文王，无有所悔也。」瑞辰按：悔當爲晦之假借。尚書洪範「曰貞曰悔」，鄭注：「悔之言晦也。」段玉裁、桂馥竝曰：「晦，猶終也。」釋名：「晦，灰也。

〔一〕「君音」二字原誤倒，據孔廣森詩聲類陰聲二下脂類乙正。

火死爲灰，月光盡似之也。」是晦之義爲終，爲盡。此詩「靡悔」正當訓晦，「其德靡悔」猶云其德不已，故下卽繼以「既受帝祉，施于孫子」矣。舊竝訓爲悔恨，如云「其德無恨」，則不詞〔一〕。若如左傳云「九德不愆，作事無悔」，是又於經文「其德」之下增成其義而後明，非詩義也。蓋由不明詩人假借之義，故不免辭費耳。

「無然畔援」，傳：「無是畔道，無是援取。」箋：「畔援，猶跋扈也。」瑞辰按：釋文引韓詩：「畔援，武强也。」箋義正本韓詩。畔援通作畔換，漢書敘傳曰「項氏畔換」，師古注：「畔換，强恣之貌，猶言跋扈也。」引詩「無然畔換」。又作泮奐、叛換，卷阿詩「泮奐爾游矣」，箋：「泮奐，自放恣之貌。」魏都賦「雲徹叛換」，張載注：「叛換，猶怒恣也。」又作伴換，玉篇伴字下曰：「詩『無然伴換』，伴換猶跋扈也。」爰有緩音，故通作換，畔換二字疊韻。傳分畔援爲二，失之。跋扈爲彊武貌。急就章有「潘扈」，隸釋成陽令唐扶碑「夷粵佈扈」，皆一語之轉。

「誕先登于岸」，傳：「岸，高位也。」箋：「誕，大。登，成。岸，訟也。欲廣大德美者，當先平獄訟，正曲直也。」瑞辰按：箋訓岸爲訟，是也。誕者語詞，訓大亦語詞也。朱彬有釋大一篇詳言之矣。「先登於岸」謂先平獄訟，卽書傳所稱「文王一年斷虞、芮之訟」也。爭田者非

〔一〕「詞」原作「同」，據文義及本書文例改。

畔援卽歆羡，帝謂文王無信縱其畔援歆羡，正所以平其獄訟耳。

「密人不恭，敢距大邦，侵阮徂共。」傳：「國有密須氏，侵阮，遂往侵共。」箋：「阮也，徂也，共也，三國犯周而文王伐之，密須之人乃敢距其義兵，是不直也。」瑞辰按：「侵阮徂共」承上「敢距大邦」言之，毛傳言密須侵阮，遂往侵共，是也。竹書紀年：「帝辛三十三年，密人侵阮，西伯帥師伐密。」正與毛傳合。箋从魯詩，以阮、徂、共爲三國，不若毛傳爲允。

「王赫斯怒」，箋：「斯，盡也。」釋文：「鄭讀斯爲賜。」瑞辰按：正義曰：「『斯，盡』，釋言文。」今爾雅釋言無之，惟方言：「澌，盡也。」文選西征賦「若循環之無賜」，李善注引方言：「賜，盡也。」斯、賜雙聲，故通用。正義所引「釋言」當爲「方言」傳寫之譌。然以經文觀之，斯乃語詞，斯猶其也。「王赫斯怒」猶云王赫其怒，與詩言「有扁斯石」、「則百斯男」、「有秩斯祜」句法正同，不得如鄭訓爲盡也。正義釋傳，訓斯爲此，亦非。

「以按徂旅」，傳：「按，止也。旅，地名也。」箋：「以卻止徂國之兵衆。」瑞辰按：按字，孟子引作遏。按、遏二字雙聲，爾雅竝訓爲止，故通用。旅、呂古同聲通用，孟子引作「以遏徂莒」，趙注：「以遏止往伐莒者。」蓋以莒爲國名。毛傳以旅爲地名，正以旅爲莒字之假借，「地名」猶言國名也。上文言「侵阮徂共」，而下文又言「以遏徂旅」者，王肅云：「密人之來侵也，侵阮遂往侵共，遂往侵旅，故王赫斯怒，於是整其師以止徂旅之寇。『侵阮徂共』，文次不便，不得復説旅，故於此而見焉。」其説是也。至韓非子難二云：「文王伐孟〔一〕、克莒、舉酆，三舉事而紂惡之。」彼言文王伐莒，與詩文王遏往莒者異義，或謂卽此詩遏莒之證，非也。至鄭箋以「徂」爲國名，經傳無徵，不若從傳義爲允。

「以對于天下」，傳：「對，遂也。」箋：「對，答也。以答於天下嚮周之望。」瑞辰按：廣雅釋詁：「對，揚也。」古或連稱「對揚」，或稱「遂揚」，對卽遂，遂卽揚也。「以對于天下」猶言以揚於天下，以揚於天下猶言以顯於天下、以稱於天下也。孟子趙注「以揚名於天下」，正本毛傳訓遂之義。詩正義釋毛，謂「遂天下心」，失之。箋訓答，亦殊毛義。

「依其在京」，箋：「文王但發其依居京地之衆。」瑞辰按：王氏經義述聞曰：「依，盛貌。依其者，形容之詞。依之言殷；殷，盛也。言文王之兵盛，依然其在京地也。」今按王説是也。依、殷二字雙聲，古通用。此詩「依其」正與鄭風言「殷其」句法相同。

「侵自阮疆」，箋：「以往侵阮國之疆。」瑞辰按：戴震毛鄭詩考正曰：「疑侵當作寖兵之寖，息兵也。字形相似，又因上文『侵阮』而遂致譌。」今按戴氏疑侵當爲寖，是也。古文多省借，寖卽可假借作侵，不必其爲譌字耳。「依其在京」是已還兵於周京，則「侵自阮疆」是追述其息兵於阮疆之始。毛傳以侵阮者爲密須，則周人伐密，所以救阮，不得言侵阮也。

〔一〕「孟」，續經解本作「盂」。按今本韓非子亦作「盂」，王引之謂「盂」爲「孟」字之譌。

「度其鮮原」，傳：「小山別大山曰鮮。」箋：「鮮，善也。」瑞辰按：詩譜正義引「皇甫謐曰：『豐在京兆鄠縣東，豐水之西，文王自程徙此。』案皇矣篇，文王既伐密須，徙於鮮原，從鮮原徙豐。而謐云自程，非也。」此詩正義引「周書稱文王在程作程寤、程典，皇甫謐曰文王徙宅於程，蓋謂此也」，是又以詩「度其鮮原」卽爲宅程，與詩譜正義互異。惠棟詩古義又據周書和寤解「王乃出圖商，至于鮮原」，竹書紀年「帝辛五十二年秋，周師次於鮮原」，以爲鮮原在商、周之境，正義及蘇氏皆誤以爲程邑。今按竹書紀年：「帝辛三十三年，密人降於周師，遂遷於程。」此詩承上章伐密言之，正義以「度其鮮原」卽爲宅程，是也，但不得以「鮮原」爲地名耳。王出圖商之鮮原，自爲地名，在商、周境上。此詩下言「居岐之陽，在渭之將」，不得遠在商、周之境，鮮原蓋泛言小山下原，非地名也。「度其鮮原」卽公劉詩「陟則〔一〕在巘，復降在原」，特彼分言之，此合言之耳。公劉詩傳「巘，小山別於大山也」，與此傳「小山別大山曰鮮」正合。鮮、獻古通用，月令「鮮羔」卽豳風之「獻羔」，是其證也。古者建國，必先相度其山川原隰。定之方中詩「景山與京，降觀于桑」，緜詩「周原膴膴」，公劉詩「陟則在巘，復降在原」，「于胥斯原」，「瞻彼溥原」，「迺陟南岡」，「乃覯于京」，皆與此詩「度其鮮原」同義，而公劉詩「度其隰原」，「度其夕陽」，與「度其鮮原」句法正同，則鮮原之不爲地名明矣。鄭箋訓鮮

〔一〕「則」原作「降」，據毛詩公劉改。下文「陟則在巘」之「則」字同。

爲善，正義言文王徙鮮原，惠棟引周書及竹書紀年以釋此詩之鮮原，竝失之矣。又按爾雅：「小山別大山，鮮。」文選吳都賦注、長笛賦注竝引作嶰。胡承珙曰：「爾雅本作解字，故郭注曰『不相連』。作嶰者，後人妄加山旁耳。」今按毛傳一引作鮮，一引作巘，則爾雅本古亦有作鮮者。鮮、斯古音近，斯之言析也，則鮮與解義亦相通。又鮮、解二字雙聲，古音同在支部，故字得通用耳。

「萬邦之方」，傳：「方，則也。」箋：「方，猶嚮也。爲萬國之所嚮。」瑞辰按：爾雅：「矩、則，法也。」廣雅：「榘，方也。」榘所以爲方，榘爲法則，知方亦爲則。「萬邦之方」猶云「萬邦爲憲」，憲亦法也、則也。廣雅又云：「方，正也。」正亦所以爲灋則也。箋訓爲嚮，未若毛傳之確。

「在渭之將」，傳：「將，側也。」瑞辰按：將、則二字雙聲，側从則聲，故將得訓側。將、旁二字疊韻，旁亦側也。又將與牆古通用，公羊成三年經「晉郤克、衞孫良夫伐將咎如」，穀梁經作「伐牆咎如」。釋名：「輿棺之車，其旁曰牆，似屋牆。」是牆爲在旁之名。將與牆音近義同，故將亦爲側。

「不大聲以色，不長夏以革」，傳：「不大聲見於色。革，更也。不以長大有所更。」箋：「夏，諸夏也。不虛廣言語，以外作容貌；不長諸夏，以變更王法者。」瑞辰按：以、與古通用，

「聲以色」猶云聲與色也，「夏以革」猶云夏與革也。中庸引此詩而釋之曰：「聲色之於以化民，末也。」以聲、色對舉，是其證矣。汪氏德鉞曰：「不大聲以色者，不道之以政也。聲謂發號施令，色謂象魏懸書之類。不長夏以革者，不齊之以刑也。夏謂夏楚，扑作教刑也；革謂鞭革，鞭作官刑也。」其説得之，可正傳、箋之誤。

「不識不知」，箋：「其爲人不識古，不知今。」瑞辰按：吕氏春秋本生篇「若此人者，不言而信，不謀而當，不慮而得」，高誘注引詩「不識不知」爲證。淮南子原道篇「故聖人不以人滑天，不以欲亂情，不謀而當，不言而信，不慮而得，不爲而成」，又修務篇「性命可悦，不待學問而合於道者，堯舜文王也」，高注竝引詩「不識不知，順帝之則」。是知詩言「不識不知」，正謂生而知之，無待於識古知今，故箋又云：「此言天之道尚誠實，貴性自然。」

「詢爾仇方，同爾兄弟」，傳：「仇，匹也。」箋：「怨耦曰仇。」瑞辰按：傳訓仇爲匹，是也，仇方即與國也。弟兄則謂同姓。後漢書伏湛言：「文王受命征伐五國，必先詢之同姓，然後謀於羣臣，加占蓍蔡，以定行事，故謀則成，卜則吉。」引詩「詢爾仇方，同爾弟兄」爲證。所謂「詢之同姓」即指詩「同爾弟兄」言也。古音兄讀如荒，正與仇方爲韻，當以後漢書引作「同爾弟兄」爲正。今作兄弟者，乃後人誤倒耳。

「以爾鉤援」，傳：「鉤，鉤梯也，所以鉤引上城者。」正義：「鉤援一物，正謂梯也。以梯倚城，相鉤引而上，援卽引也。墨子稱公輸般作雲梯以攻宋，蓋此之謂。」瑞辰按：墨子備城門篇〔一〕禽滑釐曰：「今之世常所以攻者，臨、一。鉤、二。衝、三。梯、四。堙、五。水、六。穴、七。突、八。空洞、九。蟻附、十。轒轀、十一。軒車。十二。敢問守此十二者奈何？」分鉤與梯爲二，則鉤非卽雲梯明矣。六韜軍用篇有「飛鉤長八寸，鉤芒長四寸，柄長六尺以上，千百二枚」，蓋卽此詩之鉤。傳云「鉤，鉤梯」者，謂以鉤鉤梯而上，故又申言之曰「所以鉤引上城者」，非謂鉤卽梯也。正義謂鉤援卽雲梯，失之。

「與爾臨衝」，傳：「臨，臨車也。衝，衝車也。」正義：「臨者，在上臨下之名。衝者，從旁衝突之稱。兵書有作臨車、衝車之法，墨子有備衝之名，知臨、衝俱是車也。」瑞辰按：墨子備城門篇言攻城十二法，首列臨、鉤、衝、梯四者，是臨、衝二者不同之證。墨子有備高臨篇，云「敢問適人積土爲高，以臨吾城」，不言臨爲車，其言備具，則曰「臨以連弩之車〔二〕」。竊謂臨車可用以守城，卽可用以攻城。又詩與〔三〕衝竝言，衝爲車，則知臨亦車耳。至臨韓詩作隆者，臨、隆二字雙聲，古通用，故隆衝〔四〕又作衝隆，淮南子兵略篇「故攻不待衝隆雲梯而城

〔一〕備城門篇，「門」字原脱，據墨子補。下同。

〔二〕「連弩」原作「連努」，據墨子改。又「臨」上墨子有「備高」二字，「備高臨」三字連讀，馬氏誤刪「備高」二字。

〔三〕「與」上疑脱「臨」字。

〔四〕此處疑有脱誤，「故隆衝」疑當作「故臨衝又作隆衝」。下「又作衝隆」四字當另爲句。

拔」是也。惠氏棟、武氏億、段氏玉裁竝以隆衝爲衝車之高大者，未若傳、疏訓爲二車爲確。說文：「幢，陷敶車也。」衝卽幢之假借。六韜軍用篇：「陷堅陣，敗步騎，大扶胥衝車三十六乘。」蓋衝本以陷陣，亦兼用以攻城。又按六韜軍略篇：「凡三軍有大器，攻城圍邑則有轒轀、臨衝，視城中則有雲梯、飛樓。」飛樓蓋卽墨子之軒車，左傳之巢車，則臨衝與巢車有別。惠氏棟謂臨衝爲巢車之類，亦非。

「是類是禡」，傳：「於內曰類，於外曰禡。」箋：「類也，禡也，師祭也。」瑞辰按：爾雅：「是類是禡，師祭也。」王制：「天子將出，類乎上帝，禡於所征之地。」說文：「禷，以事類〔一〕祭天神。」毛傳蓋以類祭天神是將出征時事，故曰「於內曰類」。然此詩「是類是禡」承上「執訊連連，攸馘安安」言之，蓋與禡竝祭於所征之地。淮南子本經篇「有不行王道者，乃舉兵而伐之，戮其君，易其黨，封其墓，類其社」，高誘注：「祭社曰類，以事類祭之也。」引詩「是類是禡」。則高誘以詩「是類」爲類祭社矣。祭天曰類，祭社亦曰類。此詩類、禡竝言，當从淮南子高注以類爲祭社爲是，不必如毛傳云「於內曰類」也。禡，周官肆師、甸祝皆作貉，杜、鄭讀貉爲十百之百，禡、百雙聲，故通用。

「是致是附」，傳：「致，致其社稷羣神。附，附其先祖，爲之立後。」瑞辰按：傳以致附與

〔一〕「類」字原脫，據說文補。

類禡對舉，遂竝以祭神釋之。然祭祀未有專名致者；附，祭先祖卒哭之祭，其子孫自爲之，亦非師祭也。竊謂致者，致人民土地。説文：「致，送詣也。」送而付之曰致，已克而不取之謂也。襄二十五年左傳，鄭入陳，「祝祓社」，即此詩之「是類」也。又曰「司徒致民，司馬致節，司空致地」，即此詩之「是致」也。附當讀如拊循之拊，亦通作撫，隱十一年左傳曰「吾子其奉許叔以撫柔此民也」，即此詩「是附」也。説苑：「文王伐崇，令毋殺人，毋壞室，毋填井，毋伐樹木，毋動六畜。」何楷謂即此詩「是致是附」，其説是也。僖十九年左傳宋司馬子魚曰：「文王聞崇德亂而伐之，軍三旬而不降。退脩教而復伐之，因壘而降。」詩「臨衝閑閑」以下，言其始伐也；「臨衝茀茀」以下，言其再舉也。惟初伐未遂絶滅之，故類禡之後，惟致其土地人民而已，惟拊循其國而已。至於致之拊之而不知悔，乃復伐而絶滅之耳。

「是絶是忽」，傳：「忽，滅也。」瑞辰按：爾雅釋詁忽、滅二字竝云「盡也」，是忽、滅二字同義。凡二字同義即可互訓。毛傳訓忽爲滅，猶之爾雅摟、斂竝訓爲聚，而角弓鄭箋即訓婁爲斂，婁即摟也。正義謂「忽滅者，忽然而滅，非訓忽爲滅」，是先儒互訓之妙，唐人已莫能知，失傳恉矣。

靈臺

序：「文王受命，而民樂其有靈德。」瑞辰按：毛傳：「神之精明者稱靈。」趙岐孟子注云：「謂其臺沼若神靈之所爲。」皆與序言文王有靈德不合。惟說苑修文篇云：「積恩爲愛，積愛爲仁，積仁爲靈。靈臺之所以爲臺者，積仁也。」劉向說多本韓詩，與序言靈德正合。爾雅釋詁：「令，善也。」廣雅釋詁：「靈，善也。」「積仁爲靈」，蓋亦訓靈爲善。因有善德而名其臺爲靈臺，囿與沼又因在臺下而同名之爲靈，不必以爲神靈也。

「經始靈臺」，傳：「神之精明者稱靈，四方而高曰臺。」箋：「文王應天命，度始靈臺之基趾。觀臺而曰靈者，文王化行，似神之精明，故以名焉。」瑞辰按：服虔左傳注「天子曰靈臺，諸侯曰觀臺」，自是周制，當文王時未必有天子、諸侯之別。許慎五經異義又引公羊說：「天子三，諸侯二。天子有靈臺以觀天文，有時臺以觀四時施化，有囿臺以觀鳥獸魚鼈。諸侯當有時臺、囿臺，諸侯卑，不得觀天文，無靈臺。」案公羊說所謂時臺，卽觀臺也，亦據周制言之，文王時未必有三臺之別。詩言靈臺而繼以靈沼、靈囿，鄭箋又以靈臺卽觀臺，是文王時望氛祲及苑囿之樂，統於靈臺乎備之。又按：經與基雙聲。爾雅釋詁：「基，始也。」釋言：「基，經也。」經亦始也。鬼谷子抵巇篇「經起秋毫之末」，注：「經，始也。」是經、始同義之證。經始猶言經起，起亦始也。賈子禮容篇亦云：「基者，經也。」經始又如書言「周公初基」，周語言「自后稷之始基靖民」，韋注基訓爲始，皆二字同義。毛傳於訓詁「靈臺」之下始云「經，度之也」，是以度之釋下「經之營之」之經，非釋上「經始靈臺」之經也。箋及正義皆以度始釋「經始」，失其義矣。

「不日成之」，傳：「不日有成也。」箋：「不設期日而成之。言説文王之德，勸其事，忘己勞也。」瑞辰按：傳意蓋言不一日而已有成，似神靈爲之。文選東京賦「經始勿亟，成之不日」，薛注：「不用一日卽成之。」義本毛傳。至賈誼引此詩而釋之曰：「弗期而成。」趙岐孟子注曰：「不與之相期日限，自來成之也。」韋昭注國語云：「不課程以時日。」説均與鄭箋合，蓋皆以不日爲不立期限，而以成之爲有成功，以見其成之速也。然考宣十一年左傳「蔿艾獵城沂，量功命日」，昭三十二年左傳「士彌牟營成周，量事期」，是古者工事之興，皆上預立期日。詩「不日成之」四字當連讀，謂不限期日以成之，卽下章「經始勿亟」也。此詩傳、箋異義，正義合爲一，失之。

「王在靈囿」，傳：「囿，所以域養禽獸也。天子百里，諸侯四十里。」瑞辰按：説文：「囿，苑有垣也。一曰，養禽獸曰囿。」養字从太平御覽引增。古者囿蓋有二，一是田獵之處，一是宴游之所。雖同是養禽獸，而地之大小不同。田獵之囿卽藪澤，周官職方氏「豫州，其澤藪曰圃田」，白虎通「苑圃在東方」，引詩「東有圃草」是也。春秋成十八年「築鹿囿」，公羊何休注：「天子囿方百里，公侯十里，伯七里，子、男五里。皆取一也。」又天官閽人疏引白虎通云：

「天子百里，大國四十里，次國三十里，小國二十里。」孟子：「文王囿方七十里，齊囿方四十里。」所謂囿，皆藪澤，以供田獵也。周官囿人「掌囿游之獸禁」，鄭注：「囿游，囿之離宮小苑觀處也。」趙岐孟子注：「雪宮，離宮之名。宮有苑囿臺池之飾，禽獸之饒。」所謂囿，皆養禽獸，以供玩游也。此詩靈囿與臺、沼竝言，其爲游玩之囿無疑。毛傳乃以百里、四十里之囿當之，失其義矣。

「麀鹿濯濯」，傳：「濯濯，娛遊也。」瑞辰按：爾雅釋詁：「濯，大也。」韓詩：「濯，美也。」孟子趙注：「獸肥飽則濯濯。」廣雅：「濯濯，肥也。」蓋本三家詩。肥與美、大義竝相近。據說文「嬥，直好皃」，廣雅釋詁「嬥，好也」，釋訓「嬥嬥，好也」，濯濯當卽嬥嬥之假借。

「白鳥翯翯」，傳：「翯翯，肥澤也。」瑞辰按：說文：「翯，鳥白肥澤皃。」音義與皠近。說文：「皠，鳥之白也。」何晏景福殿賦「皠皠白鳥」，皠皠卽翯翯也。說文又曰：「㹌，白牛也。」與皠聲義正同。又作皬皬，廣雅釋器：「皬，白也。」釋訓又曰：「皬皬，白也。」皬皬蓋卽皠皠之或體。孟子引作鶴鶴，趙注：「鳥肥飽則鶴鶴而澤好。」賈誼新書引詩作皜皜。竝同聲假借字。當以毛詩作翯翯爲正字。釋文引字林云：「鳥白肥澤曰翯。」義本說文。

「虡業維樅」，傳：「植者曰虡，横者曰栒。業，大版也。樅，崇牙也。」箋：「虡也，栒也，所以懸鐘鼓也。設大版於上，刻畫以爲飾。」瑞辰按：說文：「虞，鐘鼓之柎也。飾爲猛獸。从虍異，象形，其下足。」考工記梓人「以嬴屬爲鐘虡」，戴震補注曰：「虡所以負篔。」引西京賦「洪鐘萬鈞，猛虡趪趪，負筍業而餘怒，乃奮翅而騰驤」，薛注：「當筍下爲兩飛獸，以背負。」是虡以負筍之證。而毛云「植者曰虡」，蓋虡以猛獸之形爲柎，足夾於兩旁，即就其身爲植柱，上設橫筍，許自其在下者言之曰柎，毛連其植柱言之曰植者也。虡通作鉅，司馬相如上林賦「萬石之鉅」即虡也。箋云「刻畫以爲飾」，據墨子貴義曰「鉅者白也」，説文業字注云「捷業如鋸齒，以白畫之」，則鉅業當即以白畫之之謂。説文引詩「巨業維樅」，皆同聲假借字，作巨者蓋三家詩。寶應劉玉麐曰：「玉篇：『巨，大也。』書傳：『賁，大也。』賁與巨竝訓爲大，賁鼓正對巨業而言，巨業即所謂『大版謂之業』也。」亦可以備一解。至説文虡或作鐻，廣韻引埤蒼：「鐻，樂器，以夾鐘，削木爲之。」是虡古用木。秦始皇本紀：「收天下兵，聚之咸陽，銷以爲鐘鐻。」則虡之用金，蓋自秦始，故其字从金作鐻。又按：業爲大版，禮記〔一〕「樂正司業」，謂樂官之長司主此業版也。書版亦謂之業，故管子宙合篇曰「脩業不息版」，曲禮「請業則起」，謂持版以問也。後乃通以篇卷爲業耳。

「於論鼓鐘」，傳：「論，思也。」箋：「論之言倫也。於得其倫理乎！」瑞辰按：説文：「侖，思也。」侖字注又曰：「侖，理也。」傳蓋以論爲侖之假借。思猶䚡也，與理同義。論亦从侖會

〔一〕禮記原作周禮，按「樂正司業」見禮記文王世子，今據改。

意，公食大夫禮「雍人倫膚七」，注：「今文倫或作論。」是論、倫古通用之證。正義謂傳、箋異義，失之。

「於樂辟廱」，傳：「水旋丘如璧，曰辟廱，以節觀者。」瑞辰按：戴震毛鄭詩考正曰：「辟廱於經無明文，如誠學校重典，不應周禮不一及之。周鼎銘曰：『王在辟宮，獻工錫章。』左傳曰：『鄭伯享王於闕西辟。』史記曰：『豐、鎬有天子辟池。』譙周曰：『成王作辟上宮。』此單言辟者也。周頌曰：『於彼西雝。』古銘識有曰：『王在雝上宮。』此單言雝者也。其曰辟上、雝上，則以名池名澤而作宮其上，宮因水爲名也。趙注孟子雪宮曰：『離宮之名也。』宮有苑囿臺池之飾。』此詩臺、沼、囿與辟廱連稱，抑亦文王之離宮乎？」今按戴說是也。辟雝特象其池之形制而名之耳。薛尚功鐘鼎款識載宰敦父敦銘亦曰：「王在辟宮。」又尨敦銘曰：「王在雝位。」皆古人分言辟與雝之說。文王於豐造辟雝，武王遷鎬，因仿而爲之，有聲詩「鎬京辟雝」是也。據尚書大傳載大唐之歌曰「舟張辟雝」，爲班固辟雝詩「聖皇莅止，造舟爲梁」所本，則辟雝之制肇自唐虞，固不自文王始也。至以大學、明堂、辟雝三雝同處，此自漢儒據漢制言之耳。

「鼉鼓逢逢」，傳：「逢逢，和也。」釋文：「逢，埤蒼云：『鼓聲也。』」亦〔一〕作韸，徐音

---

〔一〕「亦」原作「字」，據釋文改。

豐〔一〕。」瑞辰按：逢逢、韸韸，皆彭彭之假借。說文：「彭，鼓聲也。」逢、彭聲近，故通用。廣雅：「韸韸，聲也。」呂覽季夏紀高注、一切經音義卷八引詩竝作韸韸，淮南子時則訓高注引作「鼉鼓洋洋」，洋洋蓋韸韸形近之譌。說文又曰：「𪔵，鼓聲也。」𪔵𪔵與逢逢義亦相近。逢與豐聲近同義，古皆訓大，逢逢當謂鼓聲之大。

「矇瞍奏公」，傳：「公，事也。」瑞辰按：史記屈原傳集解、呂覽達鬱篇高注引詩竝作「奏功」，楚詞懷沙篇王逸章句引詩作「奏工」。公、功、工古同聲通用。小雅六月詩「以奏膚公」，毛傳：「公，功也。」此詩奏公亦謂奏厥成功，此王者所謂功成作樂也。穀梁宣十二年傳：「功，事也。」是知傳訓公爲事者，正謂公爲功耳。

## 下武

序：「下武，繼文也。」箋：「繼文者，繼文王之王業而成之。」瑞辰按：此詩序言「繼文」，與文王有聲序言「繼伐」相對成文，繼伐爲繼武功，則繼文爲繼文德。詩中「世德作求」、「應侯順德」，皆尚文德之事。箋以繼文爲繼文王，失之。詩言「三后在天，王配于京」，是言武王上配三后，不言獨繼文王。正義謂太王、王季非開基之主，不足使武王繼之，尤妄。

〔一〕「徐音豐」三字原脱，據釋文補。下文「逢與豐聲近同義」正承此句而言。

「下武維周」，傳：「武，繼也。」箋：「下，猶後也。後人能繼先祖者，維有周家。」瑞辰按：序言「繼文」爲尚文德，則詩言「下武」宜爲後武功。下對上言，上之言尚，則下武即後武矣。編詩者先下武後有聲，亦先文德後武功之意。

「世德作求」，箋：「作，爲。求，終也。」瑞辰按：求當讀爲逑。逑，匹也，配也。作求即作配耳。康誥「我時其惟〔一〕殷先哲王德，用康乂民作求」，某氏傳釋作求曰「爲求等」，正讀求如逑。其言作求與此詩文義相似，彼言作配于殷先哲王，此言作配于周三王也。言王所以配于京者，由其可與世德作配耳。

「應侯順德」，傳：「應，當。侯，維也。」箋：「能當此順德，謂能成其祖考之功也。易曰：『君子以順德，積小以高大。』」瑞辰按：爾雅釋詁：「侯，乃也。」郭注：「未詳。」竊謂此詩侯字正當訓乃，「應侯順德」猶左氏傳「應乃懿德」也。水經注「滍水東逕應城南，故應鄉也」，引詩「應侯順德」，直以「應侯」爲應國之侯，太平御覽引陳留風俗傳引詩作「唐侯慎德」，竝失之。順德，淮南繆稱篇、漢書敘傳顏注竝引作慎德。箋引易「君子以順德」，正義曰：「定本作慎德。」順、慎古聲近互通，然此詩自以作順爲正。

「昭哉嗣服」，箋：「服，事也。明哉！武王之嗣行祖考之事。」瑞辰按：廣雅釋詁：「服、

〔一〕「惟」原作「維」，據尚書康誥改。

進，行也。」釋名：「兩脚進曰行。」是行與進同義。儀禮特牲饋食禮注：「嗣，主人將爲後者。」是嗣卽後也。是知嗣服卽後進也，不必如箋云「嗣行祖考之事」。

「昭茲來許」，傳：「許，進。」箋：「茲，此。來，勤也。」瑞辰按：茲、哉古同聲通用，昭茲猶言昭哉，謝沈書引作「昭哉來御」是也。續漢書祭祀志引作「昭哉來御」，許、御聲義同，故通用，猶文九年公羊傳「許夷狄者不一而足」，隱二年左氏傳注引許作御也。廣雅許、御竝訓進，又曰：「服、進，行也。」是知「昭茲來許」猶上章「昭哉嗣服」也。詩五章皆首尾相承，此特易字以協下韻。哉與茲聲同，來猶後也，後猶嗣也，來許猶云後進。箋訓茲爲此，來爲勤，失之。

「繩其祖武」，傳：「繩，戒。」箋：「戒慎其祖考所履踐之迹。美其終成之。」瑞辰按：繩之言承也。繩、承聲近，古通用，抑詩「子孫繩繩」，韓詩外傳引作「承承」是也。「繩其祖武」卽謂承其祖武。謝沈書引作「慎其祖武」，承、慎雙聲，繩、順亦雙聲，慎當讀順，順亦承也。傳、箋竝訓繩爲戒，雖本古義，而義似近迂。

「不遐有佐」，傳：「遠夷來佐也。」箋：「不遠有佐，言其輔佐之臣亦宜蒙其餘福也。」瑞辰按：不遐卽遐不之倒文。凡詩言遐不者，遐、胡一聲之轉，猶云胡不也。傳、箋竝訓遐爲遠，失之。

# 文王有聲

「遹駿有聲」，箋：「遹，述。」瑞辰按：遹、聿、欥、曰，古通用。説文：「欥，詮詞也。从欠，从曰，曰亦聲。」引詩「欥求厥寧」。漢書幽通賦「欥中和爲庶幾兮」，文選本作聿。蓋作欥爲正字，曰卽欥之省，聿、遹皆同聲假借。戴氏震曰：「凡詩中言遹，言聿，言曰，皆欥之通借，爲承明上文之詞。説文曰『詮詞』者，承上文所發端，詮而釋之也。」今按爾雅釋言：「坎、律，銓也。」坎當卽欥字形近之誤，律卽聿也，銓卽詮也，則皆假借字耳。

「築城伊淢」，傳：「淢，成溝也。」箋：「方十里曰成。淢，其溝也，廣深各八尺。」瑞辰按：淢蓋洫之假借。説文云古文閾作⿵門洫，又「淢，从或聲，讀若溝洫之洫」，皆淢、洫古通用之證。傳「成溝」當爲「城溝」之譌。古者有城必有池，孟子「城非不高也，池非不深也」，説文「城有水曰池，城無水曰隍」是也。淢，韓詩作洫，薛君章句曰：「洫，深池也。」文選西京賦「經城洫」，薛綜注：「洫，城池也。」池亦稱溝，虞翻易注「城下溝無水稱隍，有水稱池」是也。毛傳蓋本作城溝，猶云城池，傳寫者譌作成溝，箋遂以「方十里爲成」申釋之耳。説文洫字注云：「十里爲成，成閒廣八尺、深八尺謂之洫。」與箋説合。箋蓋以城之有洫猶成閒之有洫，遂舉成洫以明之，非以詩所言卽成閒之洫也。箋又云：「築豐邑之城，大小適與成偶，成今本作城，誤。大於諸侯，小於天子之制。」蓋謂文王城十里，與方十里爲成同。正義言鄭君於城制凡兩解：一爲天子城方九里，據匠人「營國方九里」爲天子制也。一爲天子城方十二里，據典命國家宫室以命數爲節，公之城方九里，侯、伯方七里，子、男五里也。陳啟源曰：「周書作雒解言周公『作大邑成周於土中，城方千六百二十丈』。計方里爲方三百步，每步六尺，方里爲方百八十丈。雒城方千六百二十丈〔一〕，正合天子城方九里之數。」則當以匠人「營國方九里」爲得其實。此箋謂文王城與成偶，爲方十里，亦誤。

「匪棘其欲」，箋：「棘，急也。此非以急成從己之欲。」瑞辰按：禮器引作「匪革其猶」，棘、革古同音通用，論語棘子成，漢書古今人表作革子成，是其證也。猶古讀若柚，正與孝讀若齅相協。毛詩作欲者，欲、猶雙聲，古通用。方言：「東齊曰裕，或曰猷。」欲轉爲猶，猶裕轉爲猷也。書「無教逸欲有邦」，後漢陳蕃傳作「逸游」，亦此類。禮器猶即欲字之假借，鄭注禮訓猶爲道，失之。

「王公伊濯」，傳：「濯，大也。」箋：「公，事也。」瑞辰按：公、功古同聲通用，王公即王功也。爾雅釋詁：「濯，大也。」方言：「濯，大也。荆吴揚甌之閒曰濯。」韓詩：「濯，美也。」美亦大也。

〔一〕「丈」原作「步」，據陳啟源毛詩稽古編改。

「維禹之績」，傳：「績，業。」箋：「績，功。」瑞辰按：績當爲蹟之假借。九州皆經禹治，因稱禹迹，襄四年左傳引虞人之箴曰「芒芒禹迹，畫爲九州」是也。哀元年左傳「復禹之績」，釋文：「績，本一作迹。」此績、迹通用之證。此詩「維禹之績」及商頌「設都于禹之績」，績皆當讀爲迹。說文：「迹，步處也。或作蹟。」績、蹟同音，故詩每假績爲迹。迹爲蹤迹，又訓爲繼。釋詁：「績，繼也。」昭元年左傳「子盍亦遠績禹功而大庇民乎」，績亦蹟也。蹟爲步武，又爲繼，猶武爲迹，又爲繼也。傳訓績爲業，箋訓功，失之。

「考卜維王」，箋：「考，猶稽也。」瑞辰按：爾雅釋詁：「考，成也。」「考卜維王」猶云成卜維王，故下即言「武王成之」。箋訓爲稽，則以考爲攷之假借。說文：「攷，敏也。」凡言考校、考問，字皆假考爲攷也。稽，卟之同音假借。說文：「卟，卜以問疑也。从口卜。讀與稽同。」

「維龜正之」，箋：「龜則正之。謂得吉兆。」瑞辰按：周官大卜「凡國大貞卜」，注〔一〕：「鄭司農曰：『貞，問也。』玄謂貞之爲問，問於正者。必先正之，乃從問焉。」賈疏：「『貞，問也』者，謂正意問龜。」大卜又云「大遷大師則貞龜」，注云：「正龜於卜位也。」是古者問龜必以正，故龜從其所問亦謂之正，正猶貞也。洛誥「我二人共貞」，馬融注：「貞，當也。謂共以爲當也。」吳語「請貞於陽卜」，韋注亦曰：「貞，正也。」人從謂之貞，龜從謂之貞，其義一也。

〔一〕「注」字原無，據文義補。

「武王成之」，箋：「武王遂居之，脩三后之德以伐紂，定天下，成龜兆之占，功莫〔一〕大於此。」瑞辰按：周官小司徒鄭注：「成，猶定也。」成之謂定其龜兆之吉。

「豐水有芑」，傳：「芑，草也。」瑞辰按：「芑，草」當爲「芑，菜」之譌，正義正作「芑，菜」。齊民要術引詩義疏：「蘧，苦葵，青州謂之芑。」按蘧即今北方苦蕒菜，然不水生。惟說文：「䓣，菜之美者，雲夢之䓣。」呂氏春秋䓣作芹，高注：「芹生水涯。」芹、䓣雙聲，故通用。廣韻：「䓣，似蕨，生水中，驅喜切。」正讀如芑。芑蓋即䓣之假借，䓣即芹也。爾雅：「芹，楚葵。」郭注：「今水中芹菜。」芹又通堇。周禮醢人有「芹菹」，釋文：「芹，音勤，徐又音謹。」夏小正二月「榮堇」，初學記引經「祭鮪」下有「采芑」，即「榮堇」之異文。是知䓣、芹、堇皆以音近通用。至表記引此詩，鄭注「芑，枸檵也」，則讀芑爲杞，不如毛傳芑菜爲確。

「詒厥孫謀，以燕翼子」，傳：「燕，安。翼，敬也。」箋：「詒，猶傳也。孫，順也。故傳其所以順天下之謀，以安其敬事之子孫。謂使行之〔二〕也。」瑞辰按：表記引詩「詒〔三〕厥孫謀，以燕翼子」，鄭注：「詒，遺也。燕，安也。乃遺其後世之子孫以善謀，以安翼其子也。」正義曰：

〔一〕「莫」原作「當」，據毛詩鄭箋改。
〔二〕「之」字原脫，據毛詩鄭箋補。
〔三〕「詒」原作「貽」，據續經解本及表記改。

「翼，助也。謂以王業保安翼助其子孫。」説與箋異，蓋本韓詩。其讀孫如字，不若箋讀孫爲遜，訓順爲允。蓋下云〔一〕「以燕翼子」，上不應專言孫也。至訓「以燕翼子」爲安翼其子，以翼爲助，則比傳、箋訓翼爲敬，其義較爲允當。朱彬曰：「燕翼，讀如左氏傳『余翼而長之』之〔二〕翼。翼，覆也，義與翼助相近。」

〔一〕「云」原作「方」，形近之誤，據文義改。
〔二〕下「之」字，據文義補。

# 毛詩傳箋通釋卷二十五

## 大雅

### 生民

序：「生民，尊祖也。」瑞辰按：此詩毛、鄭異説，嘗合經文及周禮觀之，而知姜嫄實相傳爲無夫而生子，以姜嫄爲帝嚳妃者誤也。周官大司樂「享先妣」，鄭注：「周立廟自后稷爲始祖，姜嫄無所妃，是以特立廟而祭之。」使姜嫄爲帝嚳妃，不得言無所妃，一證也。守祧「奄八人」，賈疏謂：「守七廟，又姜嫄廟。」使姜嫄爲帝嚳妃，不得有嫄廟而無嚳廟，二證也。詩言「履帝武敏」而下言「上帝不寧」，閟宮詩曰「上帝是依」，是知帝爲上帝，非高辛氏之帝，三證也。武，跡也；敏，拇也：見於爾雅釋訓。則履跡之説相傳已久，四證也。詩曰「克禋克祀，以弗無子」，許氏益之曰：「弗無之爲言，有也。故『莫匪爾極』者皆〔一〕是爾極也，『求福

〔一〕「皆」原作「言」，據續經解本及戴震毛鄭詩考正引許益之説改。

不回』者求之正也，『方社不莫』者祭之早也，『其則不遠』者則之近也。」戴氏震曰：「如許氏説，無庸破弗爲祓。然不直言『有子』而曰『以弗無子』，反言以見其非理之常。」又二章「居然生子」，亦出於意外之詞。若有夫而生子，人道之常，何以言「以弗無子」？又何以言「居然生子」？五證也。楚詞天問：「稷惟元子，帝何竺之？投之於冰上，鳥何燠之？」王逸注：「元，大也。帝，天帝也。竺，厚也。言后稷之母姜嫄出見大人之跡，怪而履之，遂有娠而生后稷。后稷生而仁賢，天帝獨何以厚之乎？投，弃也。燠，温也。言姜嫄以后稷無父而生，弃之於冰上，有鳥以翼覆薦温之，以爲神，乃取而養之。」六證也。古言履跡生者三，一爲宓羲，孝經鉤命決：「華胥履跡，怪生皇羲。」一〔一〕爲帝嚳，路史：「帝嚳父僑極取陳豐氏曰裒，履大人跡而生嚳。」合后稷而爲三。又言吞卵生者二，一爲契，殷本紀：簡狄吞卵生契。一爲大業。秦本紀：女脩吞卵生大業。世代荒遠，秦漢閒已莫可考。殷周之視唐虞，猶秦漢之視周初。葢周祖后稷以上更無可推，惟知后稷母爲姜嫄，相傳爲無夫履大人跡而生，又因后稷名棄，遂作詩以神其事耳。

「履帝武敏歆」，箋：「帝，上帝也。敏，拇也。祀郊禖之時，時則有大神之跡，姜嫄履之，足不能滿履其拇指之處，心體歆歆然。」瑞辰按：爾雅釋訓：「履帝武敏：武，跡也；敏，拇也。」爲鄭箋所本。孫炎、郭璞竝云：「拇，迹大指處。」釋文：「敏，舍人本作畝，釋云：古者姜嫄履天帝

〔一〕「一」原作「曰」，據續經解本改。

之跡于畎畝之中，而生后稷。」徐氏璈曰：「舍人引詩敏作畝，當本三家詩。」今按：敏與拇雙聲，同在明母，拇與畝疊韻字，古音皆讀如弭，故皆可假借通用。正義引：「河圖曰：『姜嫄履大人跡，生后稷。』中候稷起云：『蒼耀稷生感跡昌。』史記周本紀云：『姜嫄出野，見巨人跡，心忻然悦，欲踐〔一〕之。』」皆止言姜嫄履大人跡，不言踐跡之拇指。而史記云「姜嫄出野」，則舍人言履跡于畎畝者，義或有當。作敏作拇，皆假借字。鄭及孫、郭皆以武拇相連義近，故遂以拇指釋之耳。又按：歆之言忻，即史記所云「心忻然，欲踐之」也。詩先言「履帝武敏」，後言「歆」者，倒文耳。

「攸介攸止」，傳：「介，大。攸，止，福祿所止也。」箋：「介，左右也。其左右所止住，如有人道感己者也。」瑞辰按：介之言界，謂別居也。止，即處也。大戴禮保傅篇：「青史氏之記曰：古者胎教，王后腹之七月，而就宴室。」盧辯注：「自王后以下有子，月震，女史皆以金環止御。王后比七月就宴室，夫人婦嬪即以三月就其側室，皆閉房而處也。」正此詩「攸介攸止」之謂。介與个通。呂氏春秋孟春紀高注：「左右房謂之个，个猶隔也。」昭四年左傳注：「个，東西廂。」鄉射禮記注：「居兩旁謂之个。」个即介也。王后婦嬪之別居側室，亦爲東西

〔一〕「踐」原作「跡」，據正義及史記改。

廂，故箋以介爲左右所止居。傳以介爲大，失之。

「載震載夙」，傳：「震，動。夙，早也。」箋：「夙之言肅也。於是遂有身而肅戒，不復御。」瑞辰按：爾雅：「娠、震，動也。」郭注：「娠猶震也。」説文：「娠，女妊身動也。春秋傳曰：『后緡方娠。』」今左傳作震，震卽娠之聲近假借。載震卽周本紀所云「身動如孕者」是也。夙謂早敬，亦引申爲肅敬之通稱。保傅篇：「周后妃任成王於身，立而不跛，坐而不差，獨處而不倨，雖怒而不詈，胎教之謂也。」盧注：「太任孕文王，目不視惡色，耳不聽淫聲，口不起惡言，故君子謂太任爲能胎教也。古者婦人孕子之禮，寢不側，坐不邊，立不蹕，不食邪味，割不正不食，席不正不坐，目不視邪色，耳不聽淫聲，誦詩，道正事。如此，則生子〔一〕形容端，心平正，才過人矣。」所言正此詩「載夙」之謂。夙指坐、立等事言之，非僅如箋云「不復御」也，不復御已於「攸介」句見之矣。説文以殀爲早敬；毛傳訓夙爲早，亦指敬言。正義謂「獲福之早」，失傳恉矣。

「誕彌厥月」，傳：「誕，大。彌，終。」箋：「大矣后稷之在其母，終人道十月而生。」瑞辰按：詩中凡言誕者，皆語詞。説文：「誕，詞誕也。」當作「誕詞」。其字从延聲，故亦通借作延。

〔一〕「生子」二字原脱，據大戴禮記保傅篇盧辯注補。

胡承珙曰：「爾雅釋詁：『延，閒也。』凡言閒者，爲閒句之詞，即助語詞。延疑即誕字之省。」其説是也。今按誕爲語詞，誕訓大亦語詞。凡書言「大淫泆有辭〔一〕」、「大不友於弟」、「大不克恭於兄」，大皆語詞也。閟宫詩云「彌月不遲」，則此詩「誕彌厥月」宜从傳、箋謂終十月而生，但不得訓誕爲大小之大。大戴禮及春秋元命苞皆云人十月而生，則十月爲人生之期，過期者始曰大期。史記呂不韋傳：「姬自匿有身，至大期時生子政。」譙周曰：「人十月而生，此過二月，故曰大期。」則以如其期者爲終期，爲及期矣。史記周本紀云：「姜嫄踐大人跡，身動如孕者，及期而生子。」此从詩正義引作「及期」，今本史記作「居期」，誤。正謂及十月之期而生子也。詩正義以及期爲終一年，讀期爲期年之期，誤矣。然史記原作「及期」，猶賴詩正義所引，以正今本史記之誤。

「先生如達」，傳：「達，生也。」箋：「達，羊子也。生如達之生，言易也。」瑞辰按：説文：「羍，小羊也。讀若達。」初學記引説文云：「達，七月生羔也。」箋蓋以達爲羍之假借，故曰「羊子」，至「如達」之何以易生，則不言。惟虞東學詩云：「人之初生皆裂胎而出，驟失所依，故墮地即啼。惟羊連胞而下，其産獨易，故詩以『如達』爲比。」又常熟陶太常元淳曰：「凡嬰

〔一〕「辭」原作「詞」，據尚書多士改。

兒在母腹中，皆有皮以裹之，俗所謂胞衣也。生時其衣先破，兒體手足少舒，故生之難。惟羊子之生，胞仍完具，墮地而後母爲破之，故其生易。后稷生時蓋藏於胞中，形體未露，有如羊子之生者，故言『如達』。」今按前二說是也。下言「不坼不副」，蓋謂其胞衣之不坼裂也。「無菑無害」亦當指后稷言，與閟宮詩「無菑無害」指姜嫄言者不同，蓋連胞而生，異於常兒，疑其或有菑害，故詩又言「無菑無害」也。

「牛羊腓字之」，傳：「腓，辟。字，愛也。」瑞辰按：腓當讀如采薇詩「小人所腓」之腓，彼傳亦云：「腓，辟也。」王肅云：「所以避患也。」何氏古義讀同扉隱之扉，謂隱蔽之也。蔽亦芘蔭之意。說文：「字，乳也。」字、乳、育三字同義，廣雅竝訓爲生是也。「牛羊腓字之」蓋猶虎乳子文之類，與「鳥覆翼之」相對成文。史記言「馬牛過者皆辟不踐」，非詩義也。

「會伐平林」，傳：「置之平林，又爲人所收取之。」瑞辰按：周本紀云：「徙置之林中，適會山林多人，遷之而棄渠中冰上。」是「會伐平林」特言適值林中多人，不便棄置，非謂已爲人收取，復奪於人而棄之也。傳言「爲人所收取」，失之。

「鳥乃去矣，后稷呱矣」，傳：「於是知有天異，往取之矣，后稷呱呱而泣。」瑞辰按：傳言「知有天異」，所以著收養之由，至前何以見棄則不詳。據詩於「鳥乃去矣」之下始言「后稷呱矣」，蓋至此始離於胞，故有啼泣之聲。則其初生時如逢羊之藏在胞中，其無啼聲可知。其前之疑而棄之，或以此耳。非如周本紀以爲不祥而棄之，亦不得如詩正義謂「欲顯其異而棄之」也。

「實覃實訏」，傳：「覃，長。訏，大。」箋：「實之言適也。覃，謂始能坐也。訏，謂張口鳴呼也。」瑞辰按：「實覃實訏」承上「后稷呱矣」，下即接言「厥聲載路」，是知覃訏宜从傳訓長大，狀其聲之長且大也。説文：「覃，長味也。」廣雅釋詁：「覃，長也。」爾雅釋言：「覃，延也。」延亦長也。長讀長短之長。或讀如長養之長，失之。實者，寔之假借，當从定本作「實之言是」。今正義从集注作「實之言適」，非是。

「克岐克嶷」，傳：「岐，知意也。嶷，識也。」瑞辰按：岐、知以疊韻爲義。説文：「㘈，小兒有知也。」引詩「克岐克㘈」。傳以嶷爲㘈之假借，故訓爲識。後漢書桓彬傳「夙智早成岐嶷」，魏志明帝紀注「帝生四歲而有岐嶷之姿」，劉放傳注「太原孫資，幼而岐嶷」，其義多本毛傳。但細繹經文，不當如傳所説。岐嶷承上匍匐言，匍匐謂初能伏行，岐嶷謂漸能起立也。後漢桓彬傳章懷注以岐爲行貌，岐當讀如跂立之跂。方言：「跂，登也。」説文：「企，舉踵也。古文作⿱人足。」廣雅釋詁：「⿱人足，立也。」企、⿱人足、跂竝同字，岐當卽跂之假借。嶷當讀如仡立之仡。鄉飲酒禮「賓西階上疑立」，鄭注：「疑讀爲『疑然從於趙盾』之疑。」今公羊傳作「仡然」。疑、仡二字雙聲，故通用。疑者，𠤕字之假借。説文：「𠤕，未定也。」段玉裁曰：「未爲衍字。大雅「靡所止疑」，傳：「疑，定也。」士昏禮、鄉飲酒〔一〕竝云：「疑，正立自定之貌〔二〕。」鄉射禮注：「疑，止也。有矜莊之色。」疑皆卽說文之𡴎字。𡴎之言仡，謂仡然正立貌也。克岐謂能跂立，克嶷則能正立矣。仡通作𧺆，說文：「𧺆，直行也。」正立謂之𡴎，直行謂之𧺆，其義一也。仡又作屹，周本紀「棄爲兒時，屹如巨人之志」，屹卽此詩之克嶷也。岐嶷通作跂頣，春秋元命苞曰：「后稷跂頣自求，是謂好農。」王符潛夫論曰：「姜嫄履大人跡，生姬棄，厥相披頣，爲堯司徒。」皆卽詩岐嶷之轉借，或本三家詩。

「以就口食」，箋：「以此至於能就衆人口自食。謂六七歲時。」瑞辰按：就之言求也。爾雅釋詁求、就竝訓爲終，是就、求同義之證。論語「就有道而正焉」，卽求有道而正之也。「以就口食」猶易頣「自求口食」，卽春秋元命苞所云「跂頣自求」也。正義釋箋，謂「能就人之口取食」，失之。

「蓺之荏菽」，傳：「荏菽，戎叔。」箋：「戎菽，大豆也。」瑞辰按：爾雅釋草：「戎叔謂之荏

〔一〕據說文𡴎字段注，此文「士昏禮」三字上當補「鄭於」二字（或於「鄉飲酒」三字下補「注」字），蓋此下引文見於士昏禮鄭注及鄉飲酒禮鄭注。

〔二〕按說文𡴎字段注引此文作：「疑，止（句絕，作正者誤）。立，自定之貌。」馬氏改「止」爲「正」，又不從段氏之句讀。

菽。」據爾雅釋詁戎、壬皆訓大，荏即壬也，是戎、荏皆大義也。又戎與荏雙聲，其字皆在來母，故戎叔、荏菽可通稱耳。郭注爾雅云「即胡豆」，胡亦大也，義與戎、荏正同。猶釋草之「肩，戎葵」，郭注云「今蜀葵」，或名吴葵、胡葵，戎、蜀皆大之名，吴、胡亦皆大義，非謂其自戎、蜀來，亦非吴、胡所出也。或謂戎菽爲大豆，不得名胡豆，失矣。戎叔爲大豆，今惟黄豆最大，蓋即今之黄豆。崔應榴〔一〕謂石勒時始改稱黄豆，蓋避戎、胡之名耳。或説胡豆即豌豆者，亦非。至戎菽后稷所蓺，非齊桓伐山戎始布其豆種，則正義已辨之矣。

「禾役穟穟」，傳：「役，列也。穟穟，苗美好也。」瑞辰按：説文：「穎，禾末也。」引詩作「禾穎穟穟」。又曰：「穟，禾采之貌。」「采，禾成秀也。或作穗。」役、穎二字雙聲，故通用，三家詩蓋有作穎者。書傳：「穎，穗也。」詩毛傳：「穎，垂穎也。」小爾雅：「禾穗謂之穎。」穎之言頃，以狀其垂穗之貌。穎必有皮，故又名役。役之義與服近。禹貢「三百里納秸服」，傳：「服稾役。」言服爲稾之役也，是禾稾稱役之證。吕氏春秋：「得時之麥，服薄䅌而赤色。」䅌爲禾皮而謂之服，是又服爲稾役之一證。程氏瑶田曰：「凡附於外者謂之服。如王城在中，五服皆附於外。戌邊謂之役，亦衛外之義。苗長生稾，則衛稾外而附於稾者遂謂之服，亦謂

〔一〕「榴」原作「鎦」，據續經解本改。按崔氏，清海鹽人，諸生，著有吾亦廬稿、攤飯續譚。此本卷二十釋小弁「維桑與梓」亦引其説，作「榴」，不誤。

之役，蓋槀之衣也。」今按程説是也。説文：「稃，穭也。」穭即穀皮。服與稃雙聲而義同，役即服，皆皮也。槀役謂之役，苗役亦謂之役，凡苗實之外皆役也，故傳以列釋之。列者，梨之省借。説文：「梨，黍穰也。」又曰：「穰，黍梨已治者。」梨之言茢，説文：「茢，芀也。」謂黍之去實者有似於芀茢也。玉藻注：「茢，菼帚也。」段玉裁曰：「芀帚，花退用穎爲之。」禾梨與黍梨、葦茢同義，皆指其實之外皮言之。梨謂周列於外，即穎也。程氏瑶田曰：「穰从襄，亦有相輔相包之義。」今按役之言衞，説文：「衞，从韋、帀、行。行，列也。」則列正與役義通，役之訓列，正與穰之訓梨同義。又按方言：「葰、芡，雞頭也。北燕謂之葰。」凡雞頭外必有衣以包裹之，其義與禾役亦相近。

「瓜瓞唪唪」，傳：「唪唪然多實也。」瑞辰按：唪唪即菶菶之假借。説文：「玤，讀若詩曰『瓜瓞菶菶』。」又：「唪，讀若詩『瓜瓞菶菶』。」皆用本字，蓋本三家詩。菶菶猶旆旆、幪幪，皆盛貌也。説文：「菶，草盛。」通俗文：「草盛曰菶。」瓜盛與草盛同義，故亦曰菶菶。廣雅芾芾、菶菶、幪幪竝訓爲茂，其義當亦本三家詩。

「有相之道」，傳：「相，助也。」箋：「有見助之道。謂若神助之力也。」瑞辰按：爾雅釋詁：「相，視也。」周本紀云：「稷及爲成人，遂好耕農，相地之宜，宜五穀者稼穡焉。」吴越春秋亦云：「稷相五土之宜，青赤黄黑，陵水高下，粢稷黍禾，蕖麥豆稻，各得其理。」此詩「有相之道」當謂有相視之道耳。

「茀厥豐草」，傳：「茀，治也。」瑞辰按：說文：「茀，道多草不可行。」字無治義。爾雅釋詁：「弗，治也。」治謂除治之，爲毛傳所本，茀卽弗也。韓詩作拂，云：「拂，弗也。」方言：「茀，拔也。」廣雅釋詁：「拂，除也。」又：「拂，拔也。」「拂，去也。」據弗與拔雙聲，弗當爲拔之假借，茀與拂又弗之聲近通借。拔借作弗，猶祓之借作弗，福之借作祓也。

「種之黄茂」，傳：「黄，嘉穀也。茂，美也。」瑞辰按：墨子明鬼〔一〕篇：「擇五穀之芳黄，以爲酒醴粢盛。」是五穀通可謂之黄。毛傳但言嘉穀，本泛指五穀言。正義專指黍稷，失之。

「實方實苞，實種實褎，實發實秀，實堅實好，實穎實栗」，傳：「方，極畝也。苞，本也。種，雜種也。褎，長也。發，盡發也。不榮而實曰秀。穎，垂穎也。栗，其實栗栗然。」箋：「豐、苞，亦茂也。方，齊等也。種，生不雜也。褎，枝葉長也。發，發管時也。栗，成就也。」瑞辰按：廣雅釋詁：「方，始也。」方爲苗生之始，猶才爲草木之初。方之言分也，放也，穀種得氣始分放也。苞之言包，程氏瑤田謂「穀始生，苗包而未舒」是也。傳言「苞，本」者，苞、本以雙聲爲義。本蕁爲苞，玉篇：「本蕁，草盛貌。」本根亦爲苞；木下爲本，說文：「本，从木，从丅。」苗

〔一〕「鬼」原作「畏」，據墨子改。

之下未吐包時亦爲本也。方爲穀始吐芽，苞則漸含包矣。種當讀如左傳「余髮如此種種」之種，程氏曰「種，出地短」是也。釋文本傳作「雜種」，正義本傳作「薙種」，竝非。褎讀如漢書「褎然舉首」之褎，程氏曰「褎，苗漸長」是也。傳「褎，長也」，箋「褎，枝葉長也」，皆當讀長短之長。正義訓爲生長，失之。呂氏春秋辨土篇「厚土則孽不通，薄土則蕃而不發」，蓋謂莖不能高發也，則知詩發爲發莖，箋以發爲「發管時」，是也。秀謂成穗，說文：「采，禾成秀也。」采即穗字。發爲莖之高發，秀則已成穗矣。堅謂莖堅，呂氏春秋審時篇「得時之稼與失時之稼，約莖相若，稱〔一〕之，得時者重」，重即莖堅之故也。好謂均好，大田詩「既堅既好」，箋云「盡齊好矣」是也。呂氏春秋辨土篇「其施土也均，均則其生也必堅」，高注：「堅，好也。」堅與好義近，對文則異。呂氏春秋任地篇「子能使稾數節而莖堅乎，子能使穗大而堅均乎」，高注：「詩曰：『實發實秀，實堅實好。』此之謂也。」正以稾數節爲發，穗大爲秀，莖堅爲堅，堅均爲好，故引詩以證之耳。至於穎，則穗之垂者，傳曰「穎，垂穎也」，說文「穎，禾末也」，西都賦「五穀垂穎」是也。栗則穀之成者，傳曰「栗，其實栗栗然」，栗栗猶離離，垂實之貌，左傳「嘉栗旨酒」，服虔注「穀之初熟爲栗」是也。穎、栗皆垂實之形。呂氏春秋辨土篇「虛稼先死，衆盜乃竊，望之似有餘，就之則虛」，高注：「虛，不穎不栗。」彼以「不穎不栗」

〔一〕「稱」原作「稼」，據呂氏春秋改。

爲虛，則知詩以「實穎實栗」爲成實矣。爾雅釋訓：「栗栗，衆也。」郭注以爲「積聚緻」。良耜篇「積之栗栗」，傳：「栗栗，衆多也。」義本爾雅。此傳「其實栗栗然」，又本良耜爲説也。

「恆之秬秠」，傳：「恆，偏。」釋文：「恆，古鄧反，本又作亘。」正義：「定本作恒，集注皆作亙字。」瑞辰按：説文：「𣓌，竟也。从木，恆聲。亙，古文𣓌。」亙卽亙字，顏氏家訓書證篇所云「彌亙字从二閒舟」，引詩作「亙之秬秠」是也。胡承珙曰：「六朝本蓋皆作亙。今詩作恆者，𣓌之省借。猶天保詩『如月之恆』亦假恆爲緪也。」今按考工記弓人「恆角而短」，鄭注：「恆讀爲𣓌。𣓌，竟也。」又通作緪，方言：「緪，竟也。」竟與偏義正相成。至今亙字隸省作亘，亘字亦省作亘，或據爾雅「宣，偏也」，宣从亘聲，疑亙爲亘字形近之誤，其説非也。

「以歸肇祀」，傳：「肇，始也。始歸郊祀也。」箋：「肇，郊之神位也。」后稷以天爲己下此四穀之故，則偏種之，成熟則獲而畝計之，抱負而歸，於郊祀天。得祀天者，二王之後也。」瑞辰按：陳氏稽古編曰：「后稷郊祀，毛以爲堯所特命，鄭以爲二王之後，宋儒皆非之。然論詩之文義，六章『以歸肇祀』，末章『后稷肇祀』，兩肇祀相應，而中閒皆言〔一〕祭祀，則定指一祭而言，不得分七章所言爲后稷主祭，末章首五句所言爲人祭后稷也。」胡氏後箋曰：「傳於上文言『堯國后稷於郃，命使祀天』，故此章傳云『始歸郊祀』。毛雖不用讖緯之説，然於此

〔一〕「言」原作「指」，據毛詩稽古編改。

詩一則云『天生后稷，異之於人』，一則云『於是知有天異，往取之』，而於『誕降嘉種』云『天降嘉種』，始終歸之於天，蓋稷降播種必實有得於天瑞之事。周頌思文云『貽我來牟，帝命率育』，臣工云『於皇來牟，將受厥明』，皆足與此篇『誕降嘉種』互證，故説文以秬秠爲天賜后稷之嘉穀，以來牟爲周所受瑞麥。此在當時必實有其事，所以堯使后稷郊事天神。禮以義起，非如周禮諸侯不得事天也。鄭以爲二王之後則本得事天，不得言始祀，故不得不破肇爲兆耳。」今按陳、胡二説皆是也。末章「后稷肇祀」對下「以迄于今」言之，則肇祀自當从傳訓爲始祀。表記引詩「后稷兆祀」，鄭注云：「兆，四郊之祭處也。言祀后稷於郊，以配天。」其説蓋出三家詩。此詩箋云「后稷肇祀上帝於郊」，與禮注異，而其破肇爲兆則仍取三家詩，不若毛傳訓始爲是。

「或春或揄」，傳：「揄，抒臼也。」箋：「春而抒出之。」瑞辰按：説文：「春，擣粟也。」倉頡篇：「抒，取出也。」春擣米於臼，而揄自臼取出，故箋曰「春而抒出之」。揄者，舀之假借。説文：「舀，抒臼也。」引詩「或簸或舀」。簸當爲春之譌。周官春人注、儀禮有司徹注引詩「或春或抌」，據説文舀或作抌、𦥔，是舀、抌本一字。鄭注禮多本韓詩，作抌者蓋韓詩也。揄、舀一聲之轉，故通用。揄古音如由，故與蹂、叟、浮等字爲韻。

「或簸或蹂」，傳：「或簸糠者，或蹂黍者。」箋：「蹂之言潤也。簸之又潤溼之，將復春之趣於鑿也。」瑞辰按：傳「蹂黍」當从定本作「蹂米」，米與糠相對成文，謂既簸除其糠，復取其米蹂治之也。倉頡篇：「蹂，踐也。」通俗文：「踐穀曰蹂。」古者蹂米之法與蹂禾異，蹂禾以足踐之，蹂米蓋以手重擦之。下文「釋之溲溲」乃言洮米之事耳。蹂之言⿰彳柔。說文：「⿰彳柔，復也。」重復治之，謂挼抄之也。阮孝緒文字集略：「煩撋，猶挼抄也。」說文：「挼，一曰，兩手相切磨也。」葛覃詩「薄污我私」，毛傳：「污，煩也。」箋：「煩，煩撋之。用功深。」舂米者用手煩撋，與澣衣者用手煩撋，其義正同。說文撚字注：「一曰，染也。」染，小徐本作柔。又撚字注：「一曰，蹂也。」通俗文：「手捏曰撚。」捏卽染也，蹂也，與蹂米用手挼抄義亦相通。箋云「又潤溼之」，陳碩甫曰：「潤當作撋。潤溼則煩撋之譌。」其說是也。正義遂謂「以水潤米」，失其義矣。

「釋之叜叜」，傳：「釋，淅米也。叜叜，聲也。」瑞辰按：說文：「釋，漬米也。」釋卽釋之假借。釋文：「叜，本又作溲。」說文：「溲，浸沃也。」叜卽溲之省。爾雅釋訓：「溞溞，淅也。」釋文引詩「釋之溞溞」。溞與叜一聲之轉。說文：「淅，汏米也。」孟子趙注：「淅，漬也。」則漬米與汏米亦散文則通。

「取蕭祭脂，取羝以軷」，傳：「取蕭合黍稷，臭達牆屋，先奠而後爇蕭合馨香也。羝羊，牡羊也。軷，道祭也。」箋：「取蕭草與祭牲之脂爇之於行神之位，馨香既聞，取羝羊之體以祭神，又燔烈其肉而尸羞焉，自此而往郊。」瑞辰按：祭行神不聞有蕭脂之燒，亦未聞因郊而祭行神。毛傳引郊特牲「蕭合黍稷」云云，蓋以「取蕭祭脂」爲祭宗廟之禮。正義合傳、箋爲一，失之。古者軷祭有二。一爲出行之軷。周官大馭「掌犯軷」，鄭注：「行山曰軷。犯之者，封土爲山象，以菩芻、棘、柏爲神主，既祭之，以車轢之而去，喻無險難也。」犯軷，說文作範軷，軷字注云：「出將有事於道，必先告其神。立壇四通，樹茅以依神，爲軷；既祭，軷轢於牲而行〔一〕，爲範〔二〕軷。」軷一名祖，聘禮記「出祖釋軷」是也；一名道，曾子問「道而出」是也。一是冬祭行神。月令五祀，冬祭行，鄭注引中霤禮曰：「行，在廟門外之西，爲軷壤〔三〕，厚二寸，廣五尺，輪四尺，北面設主於軷上。」淮南子時則訓，冬，「其祀井」，高注：「井或作行，行，門內地，冬守在內，故祀也。」是也。曾子問正義引崔靈恩集注云：「宮內之軷，祭古之行神；城外之軷，祭山川與道路之神。」亦分祭行與道祭爲二也。又按：祖道用犬，周官犬人「伏瘞亦如之」，鄭注「謂伏犬於軷上」是也。冬祭行則用羊，周官羊人「五祀共其羊牲」是也。「取羝以軷」，正冬祭行神之禮。祭行則祀無不舉，而今歲之祀畢矣，故曰「以興嗣歲」。

〔一〕「既祭，軷轢於牲而行」，段本說文作「既祭，犯軷，轢牲而行」。

〔二〕「範」原作「犯」，據說文改。

〔三〕「壤」，阮元禮記注疏校勘記云當作「壇」。

正義謂道祭「天子用犬，諸侯用羊」，出於肊見，由不知軷祭有二耳。

「以興嗣歲」，傳：「興來歲，繼往歲也。」箋：「嗣歲，今新歲也。以先歲之物齊敬犯〔一〕軷而祀天者，將求新歲之豐年也。孟春之月令曰：『乃擇元日，祈穀于上帝。』」瑞辰按：傳以經文興、嗣二字平列，與箋異義。箋據月令祈穀之郊在正月，故以嗣歲爲今歲。正義又據箋以申傳，故云：「來歲者，據今祭時，以未至爲來，已過爲往。」今按此章傳云：「嘗之日涖，卜來歲之日；獮之日涖，卜來歲之戒；社之日涖，卜來歲之稼。」所云來歲皆指明年而言。月令「孟冬祈來年於天宗」，皆於本年預祈來年之熟，則詩「嗣歲」亦當指明年。胡承珙曰：「上章『以歸肇祀』，卽承四穀俱獲之後，古人穀熟而祭，遂更祈來年之豐，理亦宜之。」其說是也。傳以興嗣二字平列，箋以嗣歲爲今新歲，竝失之。

「于豆于登」，傳：「木曰豆，瓦曰登。豆，薦菹醢也。登，大羹也。」瑞辰按：釋器及說文竝曰：「木豆謂之梪。」豆者，梪之省借。說文：「豋，禮器也。从廾持肉在豆上。讀若鐙同。」玉篇有𢍏字。登卽豋之假借，俗作𤼲字。

「胡臭亶時」，箋：「胡之言何也。亶，誠也。何芳臭之誠得其時乎。」瑞辰按：廣雅釋詁：「胡，大也。」「時，善也。」胡臭謂芳臭之大，猶士冠禮「永受胡福」謂大福也，載芟詩「胡考」猶

〔一〕「犯」原作「祀」，據阮刻注疏本及校勘記改。

云大老也。爾雅釋丘：「方丘，胡丘。」方與胡皆大也。「胡臭亶時」與士冠禮「嘉薦亶時」句法相似，亶時猶云誠善也。箋說失之。

## 行葦

序：「行葦，忠厚也。周家忠厚，仁及草木。」惠氏棟曰：「漢儒皆以行葦爲公劉之詩。班叔皮北征賦曰：『慕公劉之遺德，及行葦之不傷。』寇榮曰：『公劉敦行葦，世稱其仁。』王符曰：『詩云：「敦彼行葦，牛羊勿踐履；方苞方體，維葉握握。」〔一〕公劉厚德，恩及草木，羊牛六畜且猶感德。』趙長君曰：『公劉慈仁，行不履生草，運車以避葭葦。』長君從杜撫授學，義當見韓詩。」孔廣森曰：「潛夫論議兵〔二〕篇又云：『公劉仁德，廣被行葦。』又蜀志彭羕傳：『體公劉之德，行勿翦之惠。』翦與踐通。」瑞辰按：列女傳：「晉弓工妻謁於平公曰：『君聞昔者公劉之行乎？羊牛踐葭葦，惻然爲痛之。恩及草木，仁著於天下。』」劉向列女傳所引多出韓詩，此亦以行葦爲公劉詩義出韓詩之一證。

「敦彼行葦」，傳：「敦，聚貌。」箋：「敦敦然道傍之葦。」瑞辰按：葦爲叢生之物，故傳以敦

〔一〕「握握」原作「渥渥」，據惠棟九經古義毛詩古義下及潛夫論德化篇改。案當爲「柅柅」之譌。

〔二〕按此下引文見潛夫論邊議篇，此「議兵」當作「邊議」。

爲聚貌，讀如團聚之團，敦、團聲本相近。「敦彼」爲形容之詞，猶「依彼」、「鬱彼」之比，故箋以敦敦然釋之，敦敦猶團團也。寇榮曰「公劉敦行葦」，則似讀敦如惇孠之惇，失其義矣。

「方苞方體」，箋：「苞，茂也。體，成形也。」瑞辰按：爾雅：「如竹箭曰苞。」葦之初生似竹筍之含苞，故曰方苞。體當讀如「無以下體」之體，謂成莖也。葦之有莖，正如人之有體，體、形通訓，故箋以爲成形耳。

「維葉泥泥」，傳：「葉初生泥泥。」瑞辰按：廣雅：「苨苨，盛也。」泥即苨之假借。潛夫論引作柅柅。今本作握握〔一〕者，形近之譌，李善注文選蜀都賦引毛詩作柅，是其證。

「嘉殽脾臄」，傳：「臄，函也。」箋：「以脾函爲加，故謂之嘉。」瑞辰按：說文：「谷〔二〕，口上阿也。从口，上象其理。或作啣、臄。」此詩釋文、正義竝引通俗文「口上曰臄，口下曰函」，而漢書羽獵賦注〔三〕曰「口之上下名爲噱」，噱與臄通。蓋臄與函對文則異，散文則通，故毛傳訓臄爲「臄，函」，猶其訓餴爲「餴，餾」也。說文：「函，舌也。」段玉裁曰：「當作『函，谷也』。」

〔一〕「握握」原作「楃楃」，按明代及清初刻本潛夫論德化篇均作「握握」或「楃楃」，惠棟九經古義引作握握（見上文），今統一作「握握」。（盧文弨等清代學者始校定爲「柅柅」。）

〔二〕「谷」原作「谷」，據說文改。下文「谷」字均同。

〔三〕「注」字原無，按此下引文見漢書揚雄傳校獵賦（文選作羽獵賦）注，今據補。

然釋文引說文作「圅，舌也」，廣雅噱、圅竝訓爲舌，則其來久矣。胡承珙曰：「圅蓋有二義。說文訓舌者，是第一義。又云『口次肉也』，則圅卽是谷，口次卽口邊也。今本脫『口次肉也』四字，陸所據當是古本。」又按箋云「以脾圅爲加，故謂之嘉」，是以加釋嘉。正義云定本、集注經皆作嘉，是也。宋董氏言舊本皆作「加肴」，其說未確。

「敦弓既堅」，傳：「敦弓，畫弓也。天子敦弓。」瑞辰按：說文：「弴，畫弓也。」敦卽弴之假借。又通作雕與彫，敦、雕雙聲，故通用。荀子曰：「天子彫弓，諸侯彤弓，大夫黑弓。」大毛公受詩於荀卿，此傳正本荀子。至定四年公羊何休注云「禮，天子雕弓，諸侯彤弓，大夫嬰弓，士盧弓」，說與荀卿小異。正義不引荀子而引公羊注，又云「事不經見，未必然也」，失矣。敦又通作弤，敦、弤二字亦雙聲。孟子趙注：「弤，雕弓也。」釋文：「弤，丁音彫，義與弴同。」古者刻畫謂之彫，如爾雅「玉謂之彫」，說文「彫，琢文也」是也。繪畫亦謂之彫，「天子彫弓」是也。東京賦「彫弓斯彀」，薛注「彫弓謂有刻畫」，失之。彫弓蓋以五采畫之，故彫弓又曰繡弓，考工記「五采備謂之繡」，春秋定八年公羊傳「弓繡質」是也。石鼓文有「秀弓」，秀卽繡之假借。

「敦弓既句」，傳：「天子之弓合九而成規。」正義：「傳言此者，明既句是引滿之時也。以合九成規，此弓體直，今言既句，明是挽之。說文云：『彀，張弓也。』二京賦曰：『彫弓既彀。』」

彀與句字雖異，音義同也。」瑞辰按：句、彀雙聲，故通用，句卽彀之假借，不得讀如句倨之句，亦不得訓如張弓之彀。爾雅釋詁：「彀，善也。」邵氏晉涵曰：「行葦詩上文云『敦弓既堅』，堅，好也，則彀當爲善也。」今按邵說是也。說文：「彀，从弓，㱿聲。」廣雅：「㱿，善也。」彀从㱿聲，故得訓善，猶穀从㱿聲，亦訓善也。「敦弓既句」與「敦弓既堅」同義。爾雅訓彀爲善，正釋詩「既句」耳。

「四鍭如樹」，傳：「皆中也。」正義：「其四鍭皆中於質，如手就樹之然。」瑞辰按：方言：「樹，植立也。」樹之言豎，廣雅釋詁：「豎，立也。」射之中質有如豎立於其上者，故曰「如樹」。

「酌以大斗」，傳：「大斗，長三尺也。」釋文：「斗，又作枓，都口反，徐又音主。」瑞辰按：斗與枓異物。說文：「斗，十升也。」「枓，勺也。」「勺，所以挹取也。」此詩「大斗」及小雅「維北有斗」，皆枓之省借。古音斗、枓同當口切，徐音主者，音之轉。釋文斗又作枓，其本字也。漢石經作豆，卽鋀之省。說文：「鋀，酒器也。从金，豆象器形。或省金作豆。」亦與斗音近，故通用。考工記：「梓人爲飲器，勺一升。」正義引漢禮器制度「勺五升，徑六寸，長三尺」，蓋專指大斗言之。長三尺與毛傳合，蓋指斗柄言之，釋文「三尺謂大斗之柄」是也。

「黃耇台背」，傳：「台背，大老也。」箋：「台之言鮐也。大老則背有鮐文。」瑞辰按：釋文：「台，湯來反，徐又音臺。」廣韻：「𪐴𪓰，大黑之貌。」台與𪐴𪓰音近而義同，則台亦有黑義。

詩以台背與黃耇對舉，台背卽謂背有黑文耳。爾雅：「玄貝，貽貝。」釋文：「貽，本又作胎，他來反。字林作蛤，云：黑貝也。」黑貝名蛤貝，正與黑背爲台背同義。鮐魚之名鮐，亦取背有黑文，與台背義同，不必老人背似鮐魚也。釋詁：「鮐背，壽也。」方言：「眉、棃、耋〔一〕、鮐，老也。」作鮐者，通借字耳。箋直以鮐釋台，失之。

## 既醉

「爾殽既將」，傳：「將，行也。」箋：「殽謂牲體也。成王之爲羣臣俎實，以尊卑差次行之。」瑞辰按：周頌「日就月將」，傳亦曰：「將，行也。」爾雅釋言：「將，送也。」孫炎曰：「將，行之送也。」將爲送，故又轉爲行。廣雅釋詁：「將，行也。」義本毛傳。然古但云行酒，不聞行殽。將、臧聲相近，臧爲美，將亦美也。廣雅釋詁：「將，美也。」破斧詩「亦孔之將」，經義述聞言猶「亦孔之臧」，是也。竊謂「爾殽既將」，將亦爲美，猶言爾殽既嘉耳。

「昭明有融」，傳：「融，長也。」箋：「有，又也。」瑞辰按：說文：「融，炊气上出也。从鬲，蟲省聲。」炊气上出則必長且高，爾雅、方言竝曰：「融，長也。」高其引伸之義。昭五年左傳「明而未融，其當旦乎」，服虔注：「融，高也。」杜預注：「融，朗也。」皆言其明之盛，與長義近。融

〔一〕「耋」原作「耇」，據方言改。

又通作肜，「商謂之肜」，絲衣釋文云箋作融〔一〕，思玄賦「展洩洩以肜肜」，注引左傳「其樂也融融」爲證是也。白虎通曰：「融者，續也。」「昭明有融」與左傳「明而未融」語相反。有，當从箋訓又，謂既已昭明而又融融不絕，極言其明之長且盛也。肜，說文作𦨶，云：「𦨶，船行也。从舟，彡聲。」融通作肜，猶哀元年左傳「器不彤〔二〕鏤」，賈子禮容語篇作「蟲鏤」，蟲即赨〔三〕之借字也。

「高朗令終」，傳：「朗，明也。始於饗燕，終於享祀。」箋：「令，善也。天既與女以光明之道，又使之長有高明之譽而以善名終，是其長也。」瑞辰按：爾雅釋言：「明，朗也。」朗說文作朖，云「明也」。竊謂朗亦有高義，故說文又曰：「桹，高木也。」「閬，門高也。」朗亦爲高，猶昭亦爲明也。高明之家，鬼瞰其室，則以令終爲難，故詩以「高朗令終」爲太平之福。「令終」當兼福祿、名譽言之，不必如傳以爲享祀。胡承珙曰：「此傳當作『始於享祀，終於饗燕』，言成

〔一〕按今本毛詩絲衣序箋云：「周曰繹，商謂之肜。」釋文云：「融，尚書作肜。」是釋文所據毛詩鄭箋作「商謂之融。」然則馬氏此文當作「絲衣箋『商謂之肜』，釋文本箋作融」，文義始明。

〔二〕「彤」原作「肜」，據左傳及王引之經義述聞改。

〔三〕「赨」，續經解本改作「融」，非是。按說文：「赨，赤色也。从赤，蟲省聲。」段注：「鬲部融與此皆蟲省聲。」又據說文，「彤」與「肜」皆从彡聲。馬氏之意，蓋謂肜與融通，猶彤之通作赨與蟲也。

王因祭祀而行旅酬無算爵及施惠歸俎之事，皆屬饗燕之禮。今傳始終二字傳寫誤倒。」

「令終有俶」，傳：「俶，始也。」箋：「俶，猶厚也。」瑞辰按：俶从傳訓始爲是。「令終有俶」猶易言「終則有始」，管子弟子職篇言「周則有始」，大戴記明堂篇言「終而復始」也〔一〕。說文俶及埱注竝云：「一曰，始也。」

「公尸嘉告」，傳：「公尸，天子以卿，言諸侯也。」箋：「諸侯有功德，入爲天子卿大夫，故曰公尸。公，君也。」瑞辰按：祭統：「尸在廟中則全於君。」爾雅皇、公皆訓爲君。詩或言皇尸，或言公尸，皆取尸在廟則全於君之義，不取諸侯稱公之義。

「籩豆靜嘉」，箋：「乃用籩豆之物，潔清而美。」瑞辰按：說文：「靜，宷也。」「竫，亭安也。」「靖，立竫也。一曰，細皃。」字義各別，而經典中靜、竫、靖三字多通用。廣雅釋詁：「竫，善也。」藝文類聚引韓詩「有靜家室」，云：「靜，善也。」堯典「靜言庸違」，史記五帝紀作「善言」。盤庚「自作弗靖」，靖亦善也。又公羊傳「諓諓善竫言」，王逸注楚辭引作「諓諓靖言」。靖嘉猶言柔嘉，柔爲善，靜卽靖之假借，亦善也。

「威儀孔時」，箋：「孔，甚也。言成王之臣威儀甚得其宜。」瑞辰按：廣雅釋詁：「時，善也。」時、善以雙聲爲義，「威儀孔時」猶言「飲酒孔嘉」也。箋訓爲宜，宜亦善也。宜、儀古通

〔一〕此句明堂篇原作盛德篇，據大戴禮記改；「言」字原脫，據上文例補；「復」原作「後」，據大戴禮記明堂篇改。

用，爾雅釋詁：「儀，善也。」上章「攝以威儀」謂羣臣，此章「威儀孔時」宜謂成王。蓋臣下既佐以威儀，則上之威儀得羣臣之佐亦甚善也。首二章及五六章「君子」皆指成王，則此章「君子有孝子」亦指成王。有者，又也，言君子又爲孝子也。鄭箋以指羣臣，失之。

「永錫爾類」，傳：「類，善也。」箋：「長以與女之族類。」瑞辰按：類者，纇之假借。説文：「纇，難曉也。段玉裁曰：「謂相似難分別。」从頁米。一曰，鮮白皃，从粉省。」爾雅：「鮮，善也。」纇爲鮮白，故義又爲善。子以肖父爲善。國語叔向〔一〕引此詩而釋之曰：「類也者，不忝前哲之謂也。」成二年左傳引詩「孝子不匱，永錫爾類」，「若以不孝令於諸侯，其毋乃非德類也乎！」以德類連言，正與傳訓善義合。善可爲法，法亦取其相肖，故類又訓法。楚詞九章「吾將以爲類兮」，王逸注：「類，法也。」引詩「永錫爾類」。三家詩蓋有訓類爲法者。方言：「類，法也。齊曰類。」廣雅：「類，法也。」疏證曰：「類之言律，律亦法也。樂記『律小大之稱』，史記樂書作類，是類與律聲義同。」今按訓類爲法，正與下章「其類維何，室家之壼」文義相貫。鄭箋訓爲族類，失之。後漢書劉平傳：「仲不可以絶類。」是後漢時通以類爲族類。

「室家之壼」，傳：「壼，廣也。」箋：「壼之言捆〔二〕也。室家先已相捆致，已乃及於天下。」

〔一〕叔向原作叔尚，據續經解本及國語周語下改。

〔二〕按：「捆」正字當作「梱」，詳阮元毛詩注疏校勘記，下文同。惟「然以壼爲梱，則經文但有梱義」二「梱」字不誤。

瑞辰按：壼、捆以同聲爲義。大射儀「既拾，取矢捆之」，鄭注：「捆，齊等之也。」捆通作珚，廣雅釋詁：「珚，齊也。」玉篇：「珚，齊玉也。」廣雅又曰：「捆，束也。」束亦所以齊之也。「室家之壼」猶言室家之齊耳。箋訓壼爲捆，捆與悃同聲。說文：「悃，愊，至誠也。」廣雅：「悃，至也。」說文：「親，至也。」捆緻有相親之義。但訓爲捆緻，言其相親，廣雅：「緻，搏也。」「搏，著也。」言相附著。不若訓爲捆齊，言其齊治爲善。箋云「室家先以相捆緻，已乃及於天下」，此即大學所云「家齊而后國治，國治而后天下平」也。至周語引此詩而說之曰：「壼也者，廣裕民人之謂也。」按方言：「裕、猷，道也。」道民亦謂之裕，康誥「乃由裕民」、「乃裕民曰」，皆道民也。「廣裕民人」猶云廣道民人也。爾雅：「宮中衖謂之壼。」孫炎曰：「衖，舍閒道也。」說文：「壼，宮中道。从囗，象宮垣道上之形。」蓋言象宮中道之周帀而整齊也。壼爲宮中道名，因借以喻道民之道，又因壼從囗，有周帀之象，周帀則廣，故言「廣裕民人」。道與齊義相成；道，治也；齊亦治也。曾釗曰：「廣與桄通，爾雅：『桄，充也。』桄亦作光，光與廣亦通。此傳廣當讀爲桄，謂其善由室家桄充於天下。」今按孟子言「充類」，此詩上言「其類維何」而下言室家之廣，正合充類之義，國語「廣裕」即充裕也。箋云「及於天下」，亦本「廣裕民人」義而申言之。然以壼爲梱，則經文但有梱義而無充廣及天下意矣。曾釗又謂壼从囗，有桄限之形，亦非。

胡承珙曰：「壼之爲廣，猶宮之爲穹，室之爲實。」

「景命有僕」，傳：「僕，附也。」箋：「天之大命又附著於女。謂使爲政教也。」瑞辰按：說文僕从菐，菐从丵，「丵，叢生草也，象丵嶽相竝出也」，故僕有附義。爾雅釋木：「樸，枹者。」郭注：「樸屬叢生者爲枹。」釋文：「樸，又作僕。」是樸、僕與樸古竝通用。考工記「凡察車之道，欲其樸屬而微至」，鄭注：「樸屬，猶附著堅固貌也。」正與僕訓爲附同義。方言：「樸，聚也。」郭注：「樸屬，藂相著貌。」附、聚義亦相成。下文「釐爾女士，從以孫子」，皆歷敘其附著之衆。正義訓僕爲僕御之僕，昧古人假借之義矣。

「釐爾女士」，傳：「釐，予也。」箋：「予女以女而有士行者。」瑞辰按：釐與賚雙聲，釐即賚之假借，故訓爲予。列女傳啓母塗山傳引詩「釐爾士女」，士女謂女而士行，猶都人士言「彼君子女」謂女而君子者也。箋「女而有士行者」正釋經文「士女」。今毛詩作「女士」者，後人順箋文而誤。

「從以孫子」，箋：「從，隨也。」瑞辰按：爾雅釋詁：「從，重也。」

## 鳧鷖

序：「鳧鷖，守成也。太平之君子能持盈守成，神祇祖考安樂之也。」瑞辰按：正義述毛，以五章皆爲宗廟。箋於首章云「祭祀既畢，明日又設禮而與尸燕」，是以爲繹而賓尸之詩。而分二章爲祭四方百物，三章祭天地，四章祭社稷山川，卒章祭七祀，未若從毛傳皆爲祭宗廟爲確。以今考之，朱子集傳以五章皆爲宗廟繹而賓尸之詩，是也。禮器「周旅酬六尸」，鄭注：「后稷之尸發爵不受旅。」正義言文武二尸及親廟尸凡六。按六尸連后稷尸凡七，蓋兼文武二祧而言。若成王時，文武尚在四親廟中，連后稷尸凡五，春秋成六年公羊何注「禮，天子諸侯立五廟」是也。此詩五言公尸，正合五尸之數，一證也。爾雅：「繹，又祭也。周曰繹，商曰肜，夏曰復胙。」易林「鳧鷖遊涇，君子以寧，福德〔一〕不忒，福禄來成」，義本此詩，「復德」者，蓋取繹曰復祭之義，二證也。宣八年公羊何注「天子諸侯曰繹，大夫曰賓尸，士曰宴尸」，名與禮雖各異，要其爲燕尸則同。詩五章皆云「公尸燕飲」，正宴尸之事，三證也。禮器「周坐尸，詔侑武方」，鄭注：「武讀曰無，聲之誤也。方，猶常也。告尸行節，勸尸飲食無常，若孝子之爲也。」有司徹上大夫賓尸，坐尸侑於堂，酌而獻尸。易林「公尸侑食，福禄來處」，義本此詩，與禮器、有司徹合，四證也。古者祭天地社稷雖皆有尸，如尚書大傳曰「舜入唐郊，丹朱爲尸」，國語「晉祀夏郊，董伯爲尸」，蓋皆配者之尸，然不聞有賓尸之禮，繹而賓尸惟於宗廟見之。此詩言「既燕於宗」，五證也。得此五證，可決其爲宗廟繹祭之詩矣。

〔一〕「福德」之福與下句「福禄」之福複，「福德」疑當作「復德」，故下文馬氏言「復德者，蓋取繹曰復祭之義」。但考易林（清翟云升焦氏易林校略本）大有之離、夬之蒙、中孚之履皆作「履德」，義較勝，疑馬氏係據誤本爲說。

「鳧鷖在涇」，箋：「涇，水名也。水鳥而居水中，猶人爲公尸之在宗廟也，故以喻焉。」瑞辰按：詩沙、渚、潀、亹皆泛指水旁之地，不應涇獨爲水名。段玉裁曰：「箋本作『涇，水中也』，故下云『水鳥而居水中』。今本誤作『水名』。」其説是也。今按爾雅「水直波爲徑」，釋名作涇，云：「涇，徑也。言如道徑也。」莊子「涇流之大」，司馬彪曰：「涇，通也。」「在涇」正泛指水中有直波處言，非涇渭之涇。

「福禄來成」，箋：「故祖考以福禄來成女。」瑞辰按：四章「福禄來崇」，傳：「崇，重也。」來成猶言來崇，成亦重也。周官司儀「爲壇三成」，鄭司農注：「三成，三重也。」爾雅：「山三襲，陟，再成，英，一成，坯。」再成、一成猶云再重、一重也。廣韻：「成，重也。」是皆成訓爲重之證。士喪禮「俎二以成」，鄭注：「成，猶併也。」併與重義亦相通。

「福禄來爲」，傳：「厚爲孝子也。」箋：「爲，猶助也。」瑞辰按：少儀「謂之社稷之役」，鄭注：「役，爲也。」正義：「爲，謂助爲也。」論語：「夫子爲衛君乎」，「夫子不爲也」，竝以爲爲助。釋文：「爲，于僞反，注同。協句如字。」按古音無平去之分，爲字竝讀若譌。

「鳧鷖在潀」，傳：「潀，水會也。」箋：「潀，水外之高者也。」瑞辰按：説文：「小水入大水曰潀。」義與傳合。廣雅：「潀，厓也。」「厓，方也。」厓與涯同，方與旁同。以潀爲厓，蓋本三家詩。箋所云「水外之高者」即厓也。

「福禄來崇」，傳：「崇，重也。」瑞辰按：爾雅釋詁：「崇，重也。」又：「崇，充也。」釋地「八達謂之崇期」，孫炎注：「崇，多也。」廣雅釋詁：「崇，積也。」又：「崇，聚也。」竝與重疊之義相成。

「鳧鷖在亹」，傳：「亹，山絶水也。」箋：「亹之言門也。」瑞辰按：傳、箋義相承。山絶水曰亹，猶石絶水曰梁。胡承珙曰：「絶如『正絶流曰亂』之絶，謂山横跨水中，水流其罅。」其説是也。周官𩺰人「掌以時𩺰爲梁」，鄭司農注：「梁，水偃。偃水爲關空，以笱承其空。」按云「爲關空」，則形與門近矣。漢地志金城郡浩亹，師古注：「浩，水名也。亹者，水流峽山，岸深若門也。」正取此箋爲義。亹者，釁之變體，从爨省，从酉分聲，與門音近，故訓爲門。凡物之有閒可入、有隙可乘者，皆得謂之亹。方言：「器破而未離謂之璺。」廣雅：「璺，裂也。」璺亦亹也，皆與亹訓爲門之義相通。亹有門音，門、眉雙聲，又轉爲眉，故古鐘鼎文「眉壽」多借作釁，亦作亹。竊疑亹卽湄之假借。秦風「在河之湄」，傳：「湄，水隒也。」廣雅：「隒，厓也。」又：「隒，方也。」讀亹爲湄，正與上章「在沙」、「在渚」、「在潨」同爲水旁之地，猶衞風「淇厲」、「淇側」，秦風「水湄」、「水涘」，字異而義同也。詩人咏歎長言，不嫌詞複。箋惟過求分别，以涇、沙、渚、潨、亹各爲一義以取興，轉不免失之附會耳。

## 假樂

「假樂君子」，傳：「假，嘉也。」瑞辰按：傳本爾雅釋詁。假、嘉雙聲，故通用，中庸引詩正作「嘉樂」。襄二十六〔一〕年左傳「晉侯賦嘉樂」，孟子趙注亦云「詩大雅嘉樂之篇」，蓋皆從三家詩用正字。

「顯顯令德」，箋：「顯顯，光也。」瑞辰按：爾雅釋詁：「顯，光也。」說文：「㬎，从日下視絲，古文以爲顯字。」廣雅釋訓：「顯，顯著也。」中庸引詩作「憲憲」，顯與憲雙聲，故假憲爲顯。小司寇注：「憲，表也。」說文：「憲，敏也。」敏疾則明，憲有表、明之義，亦與顯義同。

「不愆不忘」，箋：「愆，過也。成王之令德不過誤，不遺失。」瑞辰按：說文：「愆，過也。或从寒省作㥶。」春秋繁露郊語篇引詩「不騫不忘」，說苑建本篇又引詩「不僣不忘」，騫及僣皆㥶之假借。哀十六年左傳「禮失則昏，名失則愆，失志爲昏，失所爲愆」，愆即詩之愆。說文：「忘，不識也。」與昏義相近。又按：愆爲過，遺失亦過，故孟子引詩「不愆不忘」，而統以過字釋之。

「率由舊章」，箋：「率，循也。循用舊典之文章。謂周公之禮法。」瑞辰按：廣雅：「章，程也。」周語「將以講事成章」，韋注：「章，章程也。」又素問王注：「章，程也，式也。」舊章猶言舊程、舊式，謂古法也。杜鄴曰：「舊章，先王法度。」是也。箋以舊典釋之，可矣，又以爲「舊典

〔一〕「六」字原脫，據左傳補。

之文章」，則非。孟子引詩而釋之曰：「遵先王之法而過者，未之有也。」正以舊章爲先王之法。趙注以爲「舊故文章」，失之。

「率由羣匹」，箋：「循用羣臣之賢者，其行能匹耦己之心。」瑞辰按：羣、匹二字平列而同義。國語：「獸三爲羣。」廣雅釋詁：「匹，二也。」小雅吉日詩「從其羣醜」，箋：「醜，衆也。」又「或羣或友」，傳：「獸三曰羣，二曰友。」今按説文：「羣，輩也。」人曰「羣匹」，正與獸之曰「羣醜」、曰「羣友」者同義。對言則羣爲三，匹爲二，通言則羣、匹一也。三年問「今是大鳥獸則失喪其羣匹」，正以羣匹竝言。此詩上章「率由舊章」爲法祖，此章「率由羣匹」爲從衆。春秋繁露董仲舒曰：「百物皆有合偶。偶之合之，仇之匹之，善矣。」引詩「率由羣匹」爲證。皆以羣匹爲合偶仇匹之稱。朱子集傳訓匹爲類，是也。箋義未免迂曲。

「民之攸塈」，傳：「塈，息也。」箋：「不解於其職位，民之所以休息由此也。」瑞辰按：方言：「息，歸也。」「民之攸塈」謂民之所息，即謂民之所歸。洞酌二章「民之攸塈」，三章「民之攸歸」〔一〕，其義正同，非謂民得息逸也。春秋成二年、昭二十二年左傳引詩竝作「民之攸暨」，杜注：「暨，息也。」小爾雅同。按説文：「塈，仰涂也。」「暨，日頗見也。」皆非休息本字。惠氏棟曰：「玉篇：『厩，息也。今爲㤅。』説文無㤅字。爾雅憩息，詩假樂塈息，竝當依玉篇作

〔一〕據洞酌詩，「民之攸塈」屬三章，「民之攸歸」屬二章，此文二句當互易。

屭。」今按釋玄應一切經音義云：「憩，説文作愒，倉頡篇作屭。」則屭字已見倉頡篇，不僅見玉篇矣。一切經音義又云：「倉頡篇愒作憩。」則憩字亦見倉頡篇。屭、愒、憩三字實一字之異體，塈與暨皆屭字之假借。説文：「愒，息也。」不言或作屭與憩者，偶遺之耳。説文又曰：「眉，卧息也。」與憩之从自同義。又曰：「䏿，卧息也。」音義竝同。集韻暨爲古文屆字，屆卽眉字形近之譌。廣雅：「氣，息也。」竝與屭聲近而義同。玉篇又曰：「㥅，息也。」按説文以㥅爲恖〔一〕之古文，而玉篇以爲息者，蓋唐人以㥅與屭同音，遂假借通用耳。據顏真卿書郭令公廟碑「民之攸㥅」，則詩塈字有作㥅者矣。凡字从自、从既者，多以音近通用。眉通作暨與㥅及塈，猶今堯典「暨皋繇」，説文引虞書作「臮咎繇」也。又按釋詁：「氣，靜也。」郭注：「氣，未聞其義。」據廣雅「氣，息也」，息與靜、安同義，氣、既古通用，氣亦屭之假借。詩「民之攸塈」，三家詩或有假作氣者，訓靜猶訓息也。至正義引：「釋詁：『呬，息也。』某氏曰〔二〕：『民之攸塈。』」當作「某氏曰：『民之攸呬。』」蓋某氏以詩塈爲呬之假借，呬、息以雙聲爲義。據方言「呬，息也，東齊曰呬」，説文「東夷謂息爲呬」，引詩「昆夷呬矣」，以呬當緜詩之喙，則爾雅之「呬，息」乃釋緜篇之喙字，非釋此詩塈字也。

〔一〕按説文心部：「㤅，惠也。㥅，古文。」則此文「恖」字當作「㤅」。
〔二〕「某氏曰」下，正義原有「詩云」二字。

## 公劉

「迺積迺倉」，傳：「言民事時和，國有積倉也。」箋：「邰國乃有積委及倉也。」瑞辰按：積倉與疆場對文，故箋分積、倉爲二。露積曰庾，與有屋曰倉異。史記言公劉「倉庾皆足」，庾即積也。孟子趙注云「乃積穀於倉」，失之。

「于橐于囊」，傳：「小曰橐，大曰囊。」瑞辰按：文選干寶晉紀總論引詩「于橐于囊」，呂向注：「大曰橐，小曰囊。」與毛傳互易。正義引左傳趙盾食靈輒，「爲之簞食與肉，置諸橐」，以證橐小；引公羊傳陳乞出公子陽生於巨囊，以證囊大。然陳啓源據史記東方朔傳「一囊粟」，漢書揚雄傳「士或自盛以橐」，又「范睢扶服入橐」，則囊非不可盛食，橐非不可盛人。劉履恂引秦策伍子胥「橐載而出」，以證橐大；引史記平原君傳「譬如錐之處囊中」，以證囊小。則大小蓋無定矣。釋文引說文「無底曰囊，有底曰橐」，高誘戰國策注同，今說文本無之。據史記陸賈傳索隱引埤倉「有底曰囊，無底曰橐」，說文繫傳引字書同，字書蓋卽埤倉，釋文蓋誤引埤倉爲說文，又順經文引「無底曰橐」於上，移「有底曰囊」於下，今本囊、橐二字上下互譌，非二說互異也。玄應書引倉頡篇：「橐，囊之無底者。」廣韻：「橐，無底囊。」說文繫傳曰：「無底曰橐。」合諸說證之，當以埤倉爲是。說文：「橐，囊也。」「囊，橐也。」廣雅：

「槖，囊也。」蓋囊與槖對文則異，散文則通。

「爰方起行」，傳：「以方〔一〕開道路，去之豳。」箋曰：「爲女，方開道而行。」瑞辰按：爾雅釋詁：「爰，曰也。」又：「爰，于也。」曰、于皆語詞。方，當从朱子集傳訓始。廣雅：「方，始也。」趙注孟子云：「又以武備之四方，啓道路。」失之。或訓方爲竝，亦非。

「于胥斯原」，傳：「胥，相。」箋：「廣平曰原。」瑞辰按：逸周書度邑解、史記周本紀竝言武王徵九牧之君，登豳之阜以望商邑。豳阜卽豳原也。括地志：「豳州三水縣西十里有豳原，豳城在此〔二〕原上。」

「既順乃宣」，傳：「宣，徧也。」箋：「既順其事矣，又乃使之時耕。」瑞辰按：宣之言通也，暢也，言民心既順其情，乃宣暢也，故下卽言「而無永嘆」矣。詩五章乃言授田之事，不得訓宣爲時耕也。

「而無永嘆」，傳：「民無長嘆，猶文王之無悔也。」瑞辰按：永嘆卽咏嘆也。樂記「咏嘆之」，正義謂「長聲而嘆」，義同毛傳。釋文：「歎，字或作嘆。」據說文「歎，吟也」，「嘆，吞嘆

〔一〕按：孟子梁惠王下引此詩，趙注云：「又以武備之四方，啓道路。」焦循正義云：「以趙推毛，毛傳『以方』疑是『四方』之譌。」馬氏不從趙說。

〔二〕「此」原作「北」，據括地志（賀次君輯校本）改。

也」，二字異義。詩作嘆者，假借字。

「陟則〔一〕在巘」，傳：「巘，小山別於大山也。」瑞辰按：巘，正義本作甗，故引爾雅「重甗，隒」以釋之，謂與皇矣「小〔二〕山曰鮮」義別。然據毛傳「巘，小山別於大山也」，與皇矣傳「小山別大山曰鮮」義正同。巘、鮮古通用，巘可通作鮮，故亦可作巘，釋文「甗，本又作巘」是也。說文無巘字，巘即鮮之假借。鮮古音近斯，爾雅：「斯，離也。」說文：「斯，析也。」鮮从離析得名，別亦離析，故小山以鮮爲名。正義引「重甗，隒」釋之，誤矣。

「何以舟之」，傳：「舟，帶也。」瑞辰按：舟者，𠣐之假借。說文：「𠣐，帀徧也。」字通作周。帶周於身，故舟得訓帶。又服从舟會意，說文：「服，用也。一曰，車右騑，所以舟旋。」舟旋即周旋也。呂覽順民篇高注：「服，帶也。」服从舟而訓帶，則知舟得訓帶矣。或疑舟即服字脫其半，故傳訓爲帶。

「維玉及瑤，鞞琫容刀」，傳：「瑤，言有美德也。下曰鞞，上曰琫，言德有度數也。容刀，言有武事也。」瑞辰按：周官大宰：「享先王，贊玉爵。」內宰：「后祼獻，贊瑤爵。」祭統：「君洗玉爵獻卿，以瑤爵獻大夫。」是玉與瑤有別。木瓜詩釋文引說文：「瑤，美石。」太平御覽引說文：「瑤，石之美者。」今本說文作「玉之美者」，誤也。漢書禮樂志郊祀歌「眺瑤堂」，應劭注：

〔一〕「則」原作「降」，據通行各本毛詩改。　〔二〕「小」原作「大」，據續經解本及此詩正義改。

「瑤，石而似玉者也。」皆瑤爲美石之證。正義謂瑤是玉之別名，失之。瞻彼洛矣詩「鞞琫有珌」，傳：「天子玉琫而珧珌。」珧珌之珌當作鞞，珧卽瑤之假借。此詩「維玉及瑤」連下「鞞琫容刀」言之，謂以玉飾琫，以瑤飾鞞，卽彼傳所謂「天子玉琫而珧珌」也。蓋公劉始以玉瑤爲鞞琫，後遂尊爲天子之服，猶皋門、應門之制本自大王也。正義分玉瑤與鞞琫爲二，亦誤。

「京師之野」，傳：「是京乃大衆所宜居之野。」瑞辰按：京乃豳國之地名。白虎通：「京，大也。師，衆也。天子所居，故以大衆言之。」此釋天子居名京師之義。是知毛傳訓師爲衆，亦釋公劉名居爲京師之義，非遂以師爲衆。吳斗南曰：「京者，地名。師者，都邑之稱。如洛邑亦稱洛師之類。」其說是也。今按尚書大傳曰：「八家爲鄰，三鄰爲朋，三朋爲里，五里爲邑，十邑爲都，十都爲師，州有十二師焉。」則邑之稱師不自周始，特京師連稱始此，後遂以名天子居耳。

「于時廬旅」，傳：「廬，寄也。」箋：「廬舍其賓旅。」瑞辰按：廬、旅古同聲通用。齊語「衛人出廬於漕」，管子小匡〔一〕作「衛人出旅於漕」，又盧弓通作旅弓，旅擯讀鴻臚之臚，皆其證也。周官遺人鄭注：「廬，羇旅過行寄止。」後漢光武紀章懷注亦曰：「旅，寄也。」與毛傳訓廬爲寄同義，是知旅、廬一也。詩上下文處處、言言、語語，皆用疊字，不應廬旅獨異詞。竊疑

〔一〕小匡原作小甲，按管子無小甲之篇，此下引文見小匡，今據改。

古本原作廬廬，謂寄其所當寄者，故毛傳但釋廬字，猶言言、語語，傳但曰「直言曰言，論難曰語」也。廬、旅古通用，本或作旅旅，後又譌爲上廬下旅。猶迺、乃通用，而此詩作迺者九，作乃者四，參差互出，皆由傳寫譌亂也。箋已分廬、旅爲二，則鄭君所見本已作廬旅矣。

「于京斯依，蹌蹌濟濟，俾筵俾几」，箋：「厚乎公劉之居於此京，依而築宮室。其既成也，與羣臣士大夫飲酒以落之。羣臣則相使爲公劉設几筵，使之升坐。」瑞辰按：此節「于京斯依」至「既登乃依」四句，何楷詩世本古義、錢澄之田間詩學並以爲宗廟始成之禮，是也。禮，君子將營宮室，宗廟爲先。公劉依京築室，宜莫先於宗廟。大戴禮諸侯遷廟禮曰：「至於新廟，筵於户牖閒。」又曰：「祝奠幣於几東。」正與詩「俾筵俾几」合。祭統曰：「鋪筵設同几，爲依神也。」與詩「既登乃依」合。箋讀依爲扆，失之。

「乃造其曹」，傳：「曹，羣也。」箋：「羣臣適其牧羣。」瑞辰按：周官大祝「掌六祈」，「二曰造」，杜子春謂：「造，祭於祖也。」鄭司農謂：「大師造於祖。」引司馬法曰：「乃造於先王。」今按：造者，祰之假借，説文：「祰，告祭也。」蓋凡告祭通曰造也。造亦通作告，阮氏積古齋鐘鼎款識載有衞公孫吕之告戈，告即造也。一切經音義卷九引詩「乃告其曹」，告即造祭，三家詩或省作告耳。曹者，褿之省借。藝文類聚引説文：「祭豕先曰褿。」今本説文脱去。廣雅：「褿，祭也。」玉篇：「褿，豕祭也。」廣韻：「褿，祭豕先。」據下云「執豕于牢」，知詩「乃造其曹」謂將用豕而先告祭於冢先，猶將差馬而先祭馬祖也。

「君之宗之」，傳：「爲之君，爲之大宗也。」箋：「宗，尊也。公劉雖去邰國來遷，羣臣從而君之宗之，猶在邰也。」瑞辰按：傳以上文「俾筵俾几」爲公劉之饗燕羣臣，故以詩下四「之」字爲公劉之於羣臣。箋謂羣臣爲公劉設几筵，故以四「之」字爲羣臣之於公劉。今按傳說是也。小雅緜蠻詩「飲之食之，教之誨之，命彼後車，謂之載之」，五「之」字亦謂尊之於卑者耳。傳云「爲之大宗」，正義引板傳云：「王者，天下之大宗。」此與天子諸侯以母弟爲別子、繼別者爲大宗異義。蓋天子諸侯皆得爲大宗，自爲天地、宗廟、社稷、臣民之宗主，而非五宗之所得擬。傳意蓋以宗爲主，爲長，與箋訓尊異也。

「其軍三單」，傳：「三單，相襲也。」箋：「邰，后稷上公之封，大國之制三軍，以其餘卒爲羨。今公劉遷於豳，民始從之，丁夫適滿三軍之數，單者，無羨卒也。」瑞辰按：三單非三重之謂，今〔一〕以爲相襲，非也。箋以無羨卒爲單，亦似未確。今按逸周書大明武篇「隳城湮溪，老弱單處」，孔晁注：「單處謂無保障。」是單卽單處之謂。此詩「徹田爲糧」承上「度其隰原」言，「豳居永荒」承上「度其夕陽」言，則知「其軍三單」亦承上「相其陰陽，觀其流泉」言之，謂分其軍，或居山之陰，或居山之陽，或居流泉之旁，故爲三。公劉遷豳之始，無城郭保

〔一〕「今」，疑當作「傳」。

障之固，故謂其軍爲三單耳。

「度其隰原」，箋：「度其隰與原田之多寡。」瑞辰按：禹貢雍州「原隰底績」，鄭注：「原隰，豳地。卽詩隰原。」詩譜：「豳地在禹貢岐山之北，原隰之野。」竝以隰原爲豳地名，與箋説異。

「于豳斯館」，傳：「館，舍也。」瑞辰按：白虎通京師篇引詩「于豳斯觀」。據春秋「築王姬之館於外」，白虎通嫁娶篇引作觀，史記司馬相如傳上林賦「靈圉燕於閑觀」，漢書、文選皆作館，是館、觀古同聲通用。作觀者蓋三家詩。

「取厲取鍛」，傳：「鍛，石也。」箋：「鍛石，所以爲鍛質也。取鍛厲斧斤之石，可以利器用。」釋文：「厲，本又作礪。鍛，本又作碫。」瑞辰按：礪者，厲字之俗。説文：「厲，旱石也。」繫傳：「旱石，麤石也。」按厲爲旱石，對底〔一〕爲柔石言，柔爲細石，則旱爲麤石矣。麤石謂之厲，猶粗米謂之糲也。鍛當以作碫爲正。毛傳「鍛，石也」，段玉裁曰：「當作『碫，碫石也』，今本奪一字。」説文：「碫〔二〕，厲石也。」段玉裁曰：「當作『碫石』。段與厲絶然二事〔三〕，

〔一〕「底」原作「底」，按説文广部：「底，山居也。」（段注謂「山居」當作「止凥」。）广部：「底，柔石也。」今據改。

〔二〕「碫」原作「鍛」，按説文金部：「鍛，小冶也。」石部：「碫，厲石也。」今據改。

〔三〕此句下，説文碫字段注有「碫石、厲石必是二物」句。

柴誓『段〔一〕乃戈矛，厲〔二〕乃鋒刃』，段之欲其質之堅也，厲之欲其鋒之利也。」今按段說辨碫非厲，是也。惟鍛金鐵今皆以鐵爲質，未有以石者。古之段物或以石，故春秋鄭公孫段字子石，與後世異。說文以碫爲碫石，義本毛傳。鄭箋以石爲鍛質者，疏云：「質，椹也。言鍛金之時以山石爲椹質。」爾雅「椹謂之榩」，釋文：「椹，本或作砧。」鍛金之以石爲質，蓋猶擣衣之有砧也。鍛、碫、段三字同聲通用，而說文曰：「鍛，小冶也。」「碫，碫石也。」「段，椎物也。」則三字各有本義。段爲椎物，所該者廣，不必皆以石，惟以石段物則名碫。詩作鍛者，假借字耳。正義以鍛爲冶鐵之名，失之。說文碫本或作碬，徐音乎〔三〕加反，亦誤。

「止基迺理」，箋：「止基作宮室之功也，而後疆理其田野。」瑞辰按：止，猶既也。釋詁：「卒，已也。」釋言：「卒，既也。」已與止同義，卒爲已，又爲既，則止亦既也。「止基迺理」猶言既基迺理也，「止旅迺密」猶言既旅迺密也，與上章「既登乃依」、「既景迺岡」句法正同。箋訓止爲止息之止，失之。

---

〔一〕「段」原作「鍛」，據說文碫字段注改。下文「段之」之「段」同。按段氏謂「椎段字今多用鍛，古祇作段」，故用段字。

〔二〕「厲」原作「礪」，據說文碫字段注改。

〔三〕「乎」原作「平」，據陳昌治刻徐鉉本說文改。

「爰衆爰有」，箋：「校其夫家人數日益多矣，器物有足矣。」瑞辰按：有與衆同義，猶言「爰居爰處」，處亦居也。爾雅釋詁：「幠、厖，大也。」又曰：「幠、厖，有也。」有、大義近，易雜卦曰「大有，衆也」，知有亦與衆多義同。魚麗詩「旨且有」猶言旨且多，有亦多也。下「夾其皇澗」四句皆言來居之衆多，即承上「爰衆爰有」言之。

「止旅乃密」，傳：「密，安也。」箋：「公劉居豳既〔一〕安，軍旅之役止，士卒亦安。」瑞辰按：旅、廬古通用，旅當讀如「十里有廬」之廬。廬，寄也，謂民既寄廬於此，乃見其繁密也。箋以止旅爲止軍旅之役，失之。

「芮鞫之即」，傳〔二〕：「芮，水厓也。鞫，究也。」箋：「芮之言内也。水之内曰隩，水之外曰鞫。」瑞辰按：芮即汭之假借。鞫通作泦、阸，又作坭。周官職方「雍州，其川涇汭」，鄭注：「汭，在豳地。」引詩「汭泦之即」。漢書地理志：「芮水出汧縣西北，東入涇。詩芮阸，雍州川也。」據顔師古言韓詩作芮阸，則知鄭注周禮以汭阸爲雍州川者，亦韓詩説，至箋毛詩始從爾雅、毛傳，今按箋説是也。汭、入以雙聲爲義，故説文以汭爲水相入皃。王肅亦云：「汭，入也。」出爲外則入爲内，故水厓之在内亦名汭。鞫窮、鞫曲皆雙聲，故傴僂之狀曰匑匑，水之

〔一〕「既」原作「即」，據毛詩鄭箋改。
〔二〕「傳」原作「箋」，據毛詩注疏改。

外曲亦名鞫耳。至傳云「鞫，究也」者，李黼平曰：「傳蓋讀鞫爲究。古阬、泦二字俱从宄，宄與究竝从九得聲，聲同者義亦同，是鞫、阬、泦、究同物，故傳轉爲究。水經溫水篇注說九德縣云：『九德浦內逕越裳究、九德究、南陵究。』又云：『竺芝〔一〕扶南記：山谿瀨中謂之究。』究即鞫也。」可補孔疏之缺。今按爾雅釋言：「鞫、究，窮也。」鞫、究同義，故傳以究釋鞫。鞫究爲水涯，即水窮處也。爾雅又言「厓內爲隩，外爲鞫」，孫炎曰：「內曲，裏也。外曲，表也。」今按內曲爲芮，外曲爲鞫，則詩之芮鞫又即爾雅之隩〔二〕鞫。

## 泂酌

「可以餴饎」，傳：「餴，餾也。饎，酒食也。」釋文：「餴，又作饙。字書云：一蒸米也。」瑞辰按：說文：「饙，滫飯也。」饙、餴皆或體字。爾雅釋言：「饙、餾，稔也。」郭注：「今呼餐，音脩。餐飯爲饙，饙均孰爲餾。」詩疏引孫炎云：「蒸之曰饙，均之曰餾。」說文：「餾，飯氣流也。」蓋謂撥饙之時飯氣流布，是餴、餾本一事。胡承珙曰：「說文以饙爲滫，即今人蒸飯熱時以水淋之，謂之撥饙。」今按饙與餾對文則異，散文則通，故爾雅竝訓爲稔，毛傳即以餾

〔一〕「芝」原作「枝」，李黼平毛詩紬義同，據水經注溫水注改。

〔二〕「隩」原作「澳」，據爾雅釋丘改。（說文澳字段注云：「隩與澳字異而音義同。」）

釋饋，猶其以函釋餾也。饋爲蒸米，則饎宜讀如饎人之饎。周官大鄭注：「饎人，主炊官也。」儀禮鄭注：「炊黍稷爲饎。」是也。不得从爾雅訓爲酒食。

## 卷阿

序：「卷阿，召康公戒成王也。」瑞辰按：汲冢紀年成王三十三年：「遊於卷阿，召康公從。」其所言出遊之年雖未足信，然以詩義求之，其爲成王出遊，召康公因以陳詩，則無疑也。首章「豈弟君子，來遊來歌」，正謂成王遊歌於卷阿之上，君子謂成王也。箋以君子爲賢臣，失之。「以矢其音」及末章「矢詩不多，維以遂歌」，乃召康公欲人之陳詩答王。爾雅：「對，遂也。」廣雅：「對，答也。」對爲遂，則遂亦可訓對，遂歌猶云答歌也。傳云「遂爲工師之歌」，箋云「欲令遂爲樂歌」，竝失之。

「有卷者阿」，傳：「卷，曲也。」瑞辰按：說文：「卷，厀曲也。」是卷之本義。引申爲凡曲之稱。猶鬈本髮好，引申爲好貌之稱也。

「伴奐爾游矣」，傳：「伴奐，廣大有文章也。」箋：「伴奐，自縱弛之意也。」瑞辰按：伴奐二字疊韻。說文：「伴，大皃。」奐字注：「一曰，大也。」是二字同義，皆大也。古讀奐同援，故伴奐又通作畔援。廣大者易放縱，故箋訓爲自縱弛之意。傳訓爲廣大有文章者，蓋以廣大釋伴字，以文章釋奐字，非詩義也。

「俾爾彌爾性」，傳：「彌，終也。」瑞辰按：彌者，镾之假借。段玉裁曰：「蓋用弓部之璽而又省玉也。」説文：「镾，久長也。」惟久長，是以能終。胡承珙曰：「終者，盡也。彌其性即盡其性也。」

「似先公酋矣」，傳：「似，嗣也。酋，終也。」箋：「嗣先君之功，而終成之。」瑞辰按：爾雅釋詁：「酋，終也。」郭注引詩「嗣先公爾酋矣」，蓋本三家詩。據三章「百神爾主矣」，四章「純嘏爾常矣」，皆有爾字，則从郭引有爾字爲是。箋云「而終成之」，而猶汝也。正義釋傳云：「汝王能終之矣。」似鄭箋及正義本皆有爾字，故以「而」及「汝王」釋之，今本乃後人妄删耳。酋之言久也，就也，久則有終，就亦終也，故爾雅訓爲終。正義本作遒，今作酋者，从釋文本。説文：「酋，繹酒也。」繹酒即昔酒，周禮注：「昔酒，今之酋久白酒，所謂醳酒者也。」是酋有久義。又説文：「慒，終也。」慒之古音與酋同。釋名：「曹，酋也。」猶爾雅「慒，慮也」，釋文云「慒音囚」也。音同則義同，故慒亦訓終。

「茀禄爾康矣」，傳：「茀，小也。」箋：「茀，福。」瑞辰按：爾雅釋言：「芾，小也。」傳以茀爲芾之假借，故訓爲小，對下「純嘏」爲大福言也。爾雅釋詁：「祓，福也。」郭注引詩「祓禄康矣」，蓋本三家詩。茀與祓雙聲。方言：「福禄謂之祓戩。」箋以茀爲祓之假借，故訓爲福，猶生民箋讀茀爲祓也。傳、箋各有所本。正義言「茀之爲小，爲福，皆無正訓」，由不明假借之義耳。

「純嘏爾常矣」，傳：「嘏，大也。」箋：「純，大也。予福曰嘏。使女大受神之福以爲常。」瑞辰按：胡承珙曰：「按賓之初筵及此傳皆訓嘏爲大，惟鄭箋嘏訓受福，其實義相成也。蓋嘏本訓爲大，郊特牲曰：『嘏，長也，大也。』方言：『嘏，大也。宋衞陳魯之閒謂之嘏，秦晉之閒凡物壯大謂之嘏。』說文：『嘏，大遠也。』因祭祀受福曰嘏，而大義遂專屬於福。以漢人爾雅注例之，當曰『嘏，福之大也』，傳但曰大，而福義自見。鄭君生於後漢，釋經之法稍變，故必以『予福』申明之。少牢饋食禮『以嘏于主人』，注〔一〕云：『嘏，大也。予主人以大福。』此可見嘏祇有大訓，引申之爲大福耳。」今按胡說是也。逸周書寶典篇「樂獲純嘏」，孔晁注：「純，大也。嘏，大也。謂之大大之福。」正與傳、箋義合。又賈子禮篇曰：「祜，大福也。」嘏與祜音義竝同，嘏亦爲大福。

「有馮有翼」，傳：「有馮有翼，道可馮依以爲輔翼也。」箋：「馮，馮几也。翼，助也。王之祭祀，擇賢者以爲尸，尊之，豫撰几，擇佐食。」瑞辰按：說文：「馮，馬行疾也。」此馮之本義。至訓馮依者，乃倗字之假借。說文：「倗，輔也。从人，朋聲。讀若陪位。」又朋下曰：「鳳飛，羣鳥

〔一〕「注」字原脱，據胡承珙毛詩後箋補。

從以萬數，故以爲朋黨字。」謂倗借作朋也。此詩倗借作馮，猶淜爲無舟渡河；經傳通借作馮，二貝爲朋亦借作馮也。俗作憑，失之。「有馮有翼」猶云有輔有翼。傳云「道可馮依」，非詩義也。説文：「凭，依几也。」引周書「凭玉几」，讀若馮。箋以馮爲馮几，蓋以馮爲凭之假借，亦非。

「有孝有德」，箋：「有孝，斥成王也。有德，謂羣臣也。廟中有孝子，有羣臣。」瑞辰按：王尚書曰：「爾雅：『善父母爲孝。』推而言之，則爲善德之通稱。逸周書謚法篇曰：『五宗安之曰孝，慈惠愛親〔一〕曰孝，秉德不回曰孝。』則所包者廣矣。文侯之命曰『追孝于前文人』，大雅『遹追來孝』，追孝謂追善德也。周語樊穆仲曰『魯侯孝』，亦謂魯侯有善德也。」今按王説是也。此詩「有孝有德」亦泛言有善有德，不必專指孝親言。此與上「有馮有翼」皆指求賢用吉士，箋以有孝爲指成王，失之。

「以引以翼」，傳：「引，長。翼，敬也。」箋：「使祝贊道之，扶翼之。」瑞辰按：行葦箋：「在前曰引，在旁曰翼。」彼謂引翼老者，此謂引翼人主，義得兩通。箋指祭祝言，失之。

「鳳凰于飛，翽翽其羽，亦集爰止」，傳：「翽翽，衆多也。」箋：「翽翽，羽聲也。亦，與衆鳥也。爰，于也。鳳凰往飛翽翽然，亦與衆鳥集於所止。衆鳥慕鳳凰而來，喻賢者所在，羣士皆

〔一〕「親」原作「視」，據王引之經義述聞通説上「孝」字條及逸周書改。

慕而往仕也。」瑞辰按：傳以翽翽爲衆多，則「其羽」卽指衆鳥言，「亦」當對鳳凰言，非謂鳳凰與衆鳥。胡承珙釋之曰：「若云鳳凰于飛，則有此衆多之羽亦集於所止耳。」其說是也。説文曰：「鳳飛，則羣鳥從以萬數。」故鳳古作朋字，此詩所以言衆鳥之翽翽。箋以翽翽爲鳳鳥之羽聲，又以亦爲與衆鳥，與傳異義。正義引王肅述毛，以亦爲「鳳事自相亦」，尤非毛恉。

「矢詩不多，維以遂歌」，傳：「不多，多也。明王使公卿獻詩以陳其志，遂爲工師之歌焉。」箋：「矢，陳也。我陳作此詩，不復多也，欲令遂爲樂歌，王日聽之，則不損今之成功也。」瑞辰按：首章言矢音者，望賢者之陳歌也。末言賢人衆多，則陳詩者亦多，正與首章相應，非謂矢詩爲召公自言陳作此詩也，故以不多爲多。箋誤解爲召公自言陳作此詩，因易傳，以不多爲順詞。正義據箋申傳，又以不多爲「王能用賢，不復須戒，故以作詩爲煩多」，殊失傳恉。

## 民勞

「汔可小康」，傳：「汔，危也。」箋：「汔，幾也。王幾可以小安之乎。」瑞辰按：爾雅釋詁：「幾，危也。」又：「𢦔，汔也。」𢦔，古幾字，見汗簡。玉篇引埤倉：「𢧤，𢦔也。」説文：「𢦔，𢧤也。」是知傳訓汔爲危者，正以危與幾同義，猶殆訓危，又爲庶幾也，故箋以幾申釋傳義。胡承珙曰：

「古人言幾，每曰危。漢書宣元六王傳『我危得之』，又外戚傳『今兒安在，危殺之矣』，皆以危爲幾。」是也。正義讀傳危如安危之危，失之。汔、幾以雙聲爲義，故釋詁又曰：「幾，近也。」詩疏引「孫炎曰：『汔，近也。』」昭二〔一〕十年左傳引詩『汔可小康』，杜注：『汔，期〔二〕也。』」幾、期以聲近爲義。詩疏引史記周昌傳「臣期知其不可」以釋杜義，誤矣。漢書元帝紀、魏志辛毗傳竝引詩「迄可小康」，蓋本三家詩，迄卽汔字之俗。顏師古訓迄爲至，亦非。又按此詩以康、休、息、愒、安對上「民亦勞止」言之，而歷言「小康」、「小休」、「小息」、「小愒」、「小安」者，非謂民勞之甚，宜小小安息之也。古人以小爲語詞，猶以大與中爲語詞也。文王詩「小心翼翼」，小心猶言中心也；公羊桓十六年傳「見使守衞朔，而不能使衞小衆」，猶言不能使衞衆也。此詩上言「勞止」，以止爲語詞，若但言「汔可康」、「汔可休」則不辭，故以小字助之成句，非謂民不必大安息，且小安息之也。小爲語助，蓋失其義久矣。

「無縱詭隨」，傳：「詭隨，詭人之善、隨人之惡者。以謹無良，慎小以懲大也。」瑞辰按：經義述聞曰：「詭隨疊韻字，不得分訓。詭隨卽無良之人，亦無大惡、小惡之分。詭隨謂譎詐謾欺之人。詭古讀若戈，淮南説林訓：『水雖平，必有波。衡雖正，必有差。尺寸雖齊，必有詭。』隨讀若𧬒，

〔一〕「二」字原脱，據此詩正義及左傳補。

〔二〕「期」，今本左傳杜注作「其」，胡承珙云：「杜訓其，猶鄭言幾也。」

譎音士〔一〕禾反，字或作詑，又作訑。隨，其假借字也。方言：「虔、儇，慧也。秦謂之謾，晉謂之㦃〔二〕，宋楚之閒謂之倢，楚或謂之譎，自關而東、趙魏之閒謂之黠，或謂之鬼。」說文「沇州謂欺曰詑」，楚辭九章「或訑謾而不疑」，燕策「寡人甚不喜訑者言也」，竝字異而義同。今按王說以詭隨爲譎詐謾欺之人，是也。玄應書引三倉：「詭，譎也。」廣雅釋詁：「詭，欺也。」詭通作恑，廣雅釋言：「詭，恑也。」又省作危，莊子漁父曰：「苦心勞形，以危其真。」釋文：「危，或作僞〔三〕。」詭、僞亦聲近，僞卽譌也，譌卽訛也。譎通作詑，又通作訑，廣雅詑、訑竝曰「欺也」。又借作他，淮南說山篇：「媒但者非學謾他。」他，今本誤作也，此从廣雅疏證引。又通作訑，玄應書引纂文曰：「兖州人以相欺人爲訑人。」皆詭隨爲譎詐謾欺之證。至謂詩詭隨卽無良之人，無大惡、小惡之分，則非。胡承珙曰：「按後漢書陳忠上疏曰：『臣聞輕者重之端，小者大之源，故隄潰蟻孔，氣洩鍼芒。是以明者慎微，智者識幾〔四〕。書曰：「小不可不殺。」詩云：「無縱詭隨，以謹無良。」所以崇本絶末，鉤深之意也。』廣雅亦曰：『詭隨，小惡也。』此詩

〔一〕「士」原作「上」，據續經解本及經義述聞改。
〔二〕「㦃」原作「懇」，據經義述聞及方言改。
〔三〕「或作僞」原作「本作譌」，據釋文改。下文「詭、僞亦聲近」，正承此而言。
〔四〕「幾」原作「機」，據胡承珙毛詩後箋及後漢書陳忠傳改。

每章皆言詭隨，而但曰『無縱』，可知其爲小惡。下文云『以謹』，曰『式遏』，明其惡漸大矣。」此仍從毛義爲允。又按昭二十年左傳引詩作「毋從詭隨」。據箋云「無聽於詭人之善不肯行而隨人之惡者」，則鄭亦讀縱爲聽從之從。

「柔遠能邇」，傳：「柔，安也。」箋：「能，猶侞也。安遠方之國，順侞其近者。」瑞辰按：能與柔義相近，柔之義爲安，爲善，能亦安也，善也。易「宜建侯而不寧」，鄭本而作能，云：「能，猶安也。」漢書百官公卿表「柔遠能邇」，顏師古注：「能，善也。」是其證矣。能字从㠯得聲，古與而字聲近通用，易「眇能視，跛能履」，虞本能作而。呂氏春秋「晉平公問於祁黃羊曰：『南陽無令，其誰可而爲之？』」高注：「而讀曰能。」皆而、能通用之證。漢督郵碑「渘遠而邇」即「柔遠能邇」也。而、如古同聲，故箋訓能爲侞。侞即如也，如猶若也，廣雅：「如，若也。」若有順意，爾雅：「若，順也。」故箋云「順侞其近者」，正與安、善義通。徐邈云：「能，鄭奴代反。」此即鄭注禮運、樂記所謂「能字古皆作耐」者也。耐〔一〕去寸則爲而，故能又讀而、訓如也。王尚書經義述聞曰：「古者謂相善爲相能。康誥曰：『亦惟君惟長，不能厥家人。』僖九年左傳曰：『入而能民，土於何有！』文十六年傳曰：『不能其大夫，至於君祖母，以及國人。』襄二十一年傳曰：『范鞅與欒盈爲公族大夫，而不相能。』昭十一年傳曰：『蔡侯獲罪於其君，而不能其民。』三十一年傳曰：『公在乾侯，言不能外

〔一〕「耐」原作「能」，據續經解本改。

内也。』宣十一年穀梁傳曰:『輔人之不能民而討。』竝與『柔遠能邇』之能同義。」今按王説是也。公羊僖二十四年傳:「王者無外,此其言出何?不能乎母也。」「不能乎母」猶言不順乎親,能亦順也。舊解多失之。

「以謹惽怓」,傳:「惽怓,大亂也。」箋:「惽怓,猶讙譁也。」瑞辰按:惽者,怋之假借。説文:「怋,怓也。」「怓,亂也。」引詩「以謹惽怓」。惽怓當爲怋怓之譌,釋文「惽,説文作怋」,是其證也。吕刑「泯泯棼棼」,傳:「泯泯爲亂。」逸周書祭公解「泯泯芬芬」,孔晁注:「泯芬,亂也。」怋與泯同義。賓之初筵詩「載號載呶」,傳:「號呶,呼號讙呶也。」説文:「呶,讙聲也。」箋讀怓爲呶,故以讙譁比之。讙譁當从釋文本作讙譊。周官大司馬注:「鐃,讀如讙曉之曉。」賈疏引詩「以謹讙曉」,蓋本三家詩,鄭箋亦本三家爲説,曉即譊也。

「以謹醜厲」,傳:「醜,衆。厲,危也。」箋:「厲,惡也。」瑞辰按:醜、厲二字同義,醜亦惡也。古者美醜、好醜多對言,傳訓醜爲衆,失之。

「戎雖小子」,傳:「戎,大也。」箋:「戎,猶女也。」瑞辰按:戎、女一聲之轉,故箋以戎爲女之假借。

「以謹繾綣」,傳:「繾綣,反覆也。」釋文:「綣,本或作卷。」瑞辰按:説文無繾綣字,新附有之。錢大昭曰:「繾綣當作緊錈。楚詞九思曰『心緊錈兮傷懷』,王逸章句:『緊錈,糾繚也。一作繾綣。』說文：『緊，纏絲急也。』『絭，纕臂繩也。』」今按：緊字糾忍切，从臤、絲省，別作緊，玉篇引春秋成公四年「鄭伯緊卒」，有古千一切，則从臤得聲，與繾音近，故繾綣卽緊絭之別體。左氏昭二十五年傳「繾綣從公」，杜注：「繾綣，不離散也。」與反覆義正相成。廣雅釋詁：「繾綣，摶也。」摶義與不離散義相近。胡承珙曰：「荀子成相篇『精神相反』，楊倞注：『相反，謂反覆不離散。』然則傳訓反覆，正與不離散義通也。」

「王欲玉女」，箋：「玉者，君子比德焉。王乎，我欲令女如玉然。」瑞辰按：說文金玉之玉無一點，其加一點者，解云：「朽玉也。从王有點，讀若畜牧之畜。」阮宮保謂：「詩『王欲玉女』，玉字專是加點之玉。玉、畜、好，古音皆同部相假借。玉女者，畜女也；畜女者，好女也。召穆公言：王乎，我正惟欲畜女好女，不得不用大諫。詩之玉女與孟子引詩，曰『畜君何尤，畜君者，好君也』無異，玉卽畜字之假借。」其說是也。因思禮記「請君之玉女」，玉女亦當讀畜，卽好女，猶云淑女也。洪範「維辟玉食」，玉食猶言珍食，玉亦好也。此箋解爲金玉之玉，失之。

## 板

「上帝板板」，傳：「板板，反也。上帝，以稱王者也。」箋：「王爲政，反先王與天之道。」

瑞辰按：説文有版無板。後漢書董卓傳李賢注、文選辨命論李善注引詩皆作版版，荀子楊倞注亦云「大雅版之詩」。爾雅：「版版，僻也。」廣雅：「版版，反也。」是知古本皆作版版。版、反以聲爲義。韓詩外傳以「上帝版版，下民瘁癉」爲君反道而民愁，則知箋云「反先王與天之道」正本韓詩，申傳反字之義，非分釋版版爲二事。正義釋傳云「反又反」，釋箋云「反有二事」，則凡詩中疊字如管管、憲憲，皆將舉二事以釋之，其謬甚矣！

「下民卒癉」，傳：「癉，病也。」釋文：「癉，本又作僤，沈本作㾶。」瑞辰按：卒者，悴之省借。説文：「悴，𢝊也。讀與瘁同〔一〕。」瘁、癉皆病也。韓詩外傳引詩正作「下民瘁癉」。説文：「癉，勞病也。」「疸，黃病也。」二字音同而義别。㾶蓋疸字之或體，禮緇衣引詩作亶，本亦作㾶。爾雅：「㾶，病也。」作癉者正字，亶、㾶、僤皆假借字。

「出話不然」，傳：「話，善言也。」瑞辰按：話有二義。有但作言字、告字解者，爾雅「話，言也」，盤庚「乃話民之弗率」，釋文引馬融注「話，告也，言也」是也。有作善言解者，書疏引爾雅舍人注曰「話，政之善言也」，孫炎曰「善人之言也」，説文作譮，云「會合善言也」，籀文作譮，玉篇云「䛡，古文話」是也。今按盤庚「乃話民之弗率」當訓誥，抑詩「慎爾出話」當訓言，惟此詩「出話不然」，話當訓爲善言耳。然者，嘫之省借。方言：「欸，然也。」説文：「嘫，語聲

〔一〕按：説文此句作「讀與易萃卦同」。

也。」廣雅：「然，膺也。」

「爲猶不遠」，傳：「猶，道也。」箋：「猶，謀也。」瑞辰按：猶通作繇，爾雅：「繇，道也。」又作猷，方言：「裕、猷，道也。」故傳訓猷爲道。然下文「猶之未遠」即承上「爲猶不遠」言之，傳於下訓猶爲圖，則上不得異義，故箋以謀釋之，謀、圖一也。

「靡聖管管」，傳：「管管，無所依繫。」箋：「王無聖人之法度，管管然以心自恣。」瑞辰按：管管爲悹悹之假，說文：「悹，憂也。」廣雅作悺，亦云「憂也」。字通作懽，釋訓：「懽懽、慆慆，憂無告也。」玉篇、廣韻悹字下云：「悹悹，憂無告也。」是悹悹即懽懽也。又通作痯，爾雅：「痯痯，病也。」竝與毛傳「無所依繫」義近。傳意蓋謂王詐爲求賢之詞，言世無聖人，其憂悹悹然，若無所依也。「不實于亶」，則竝無求賢之實矣。此二句正承上「出話不然」言之，猶下句「猶之不遠」承上「爲猶不遠」言也。至箋以「靡聖」爲無聖人之法度，而以「管管」爲心自恣，此蓋與傳異義。廣雅釋訓：「管管，浴也。」浴與欲古通用，浴即欲之假借，其義當本三家。欲即恣也，與箋訓「以心自恣」正合，箋義亦本三家也。正義合傳、箋爲一，誤矣。

「無然憲憲」，傳：「憲憲，猶欣欣也。」瑞辰按：憲、欣二字雙聲，憲憲即欣欣之假借，猶掀訓軒起，昕天即軒天，皆以雙聲爲義也。欣通作訢，說文：「訢，喜也。」字从言，疑有喜言之義，與下文「泄泄」義相近。

「無然泄泄」，傳：「泄泄，猶沓沓也。」瑞辰按：説文：「呭，多言也。」又：「詍，多言也。」竝引此詩。荀子解蔽篇曰：「辨利非以言是，則謂之詍。」是泄泄實多言之貌。説文：「沓，語多沓沓也。」沓通作誻，説文：「誻，䜚誻也。」玉篇：「䜚誻，妄語也。」荀子正名篇曰「誻誻然」，楊倞注：「誻誻，多言也。」詩「噂沓背憎」，鄭箋謂「噂噂沓沓，相對談語」。是沓沓亦爲多言，故傳曰「泄泄猶沓沓」。其義本之孟子。孟子曰：「事君無義，進退無禮，言則非先王之道者，猶沓沓也。」正以言非先王之道爲猶沓沓，與荀子訓詍義合。泄泄，謂多言妄發，故下文辭輯、辭懌專以言詞言。爾雅釋訓：「憲憲、泄泄，制法則也。」郭注：「佐興虐政，設教令也。」此詩箋云：「臣乎，女無憲憲然，無沓沓然，爲之制法度，達其意以成其惡。」其義正本爾雅，均與説文多言義近。正義以「泄泄猶沓沓」爲競進之意，朱子孟子集注又以泄泄沓沓爲弛緩之意，均與古義違矣。

「辭之輯矣，民之洽矣；辭之懌矣，民之莫矣。」傳：「輯，和。洽，合。懌，悦。莫，定也。」箋：「辭，辭氣，謂政教也。王者政教和説，順於民，則民心合定。此戒語時之大臣。」瑞辰按：説文：「洽，霑也。」「佮，合也。」傳訓洽爲合者，謂洽爲佮之假借。釋詁：「郃，合也。」郃即洽，猶毛詩「在洽之陽」，稱引者亦多作郃也。懌，朱彬讀爲殬。説文：「殬，敗也。」殬借作懌，猶殬借作斁與擇也。莫，朱彬讀爲瘼，訓病，謂四語兼善惡言，詞和則民合，詞敗則民病，義較傳、箋爲允。説苑善説篇子貢曰：「出言陳辭，身之得失，國之安危也。」引詩「辭之繹矣，民之莫矣」，正兼詞之美惡言之。

「聽我囂囂」，傳：「囂囂，猶警警也。」箋：「警警然不肯受。」瑞辰按：囂、警二字疊韻。十月之交詩「讒口囂囂」，釋文引韓詩作嗸嗸，是囂、警通用之類。據説文「囂，聲也」，「讒口囂囂」當以作囂爲正字；韓詩作嗸嗸，假借字也。説文：「嗸，衆口愁也。」引詩「哀鳴嗸嗸」，爲嗸之正字。此詩當以警警爲正字，潛夫論引詩作「聽我敖敖」，即警之省；毛詩作囂囂，亦假借字。爾雅釋訓：「仇仇、敖敖，傲也。」郭注：「皆傲慢賢者。」蓋以敖敖爲釋此詩「聽我囂囂」。潛夫論引詩作「聽我敖敖」，與爾雅正合。至爾雅釋文引舍人本傲作毀，云「敖敖，衆口毀人之貌」，則以敖敖爲釋詩「讒口囂囂」矣。桂氏馥云：「箋『不肯受』當爲『不省受』之譌。廣韻：『警，不省語也。』是其證。説文：『警，不肖人也。』韻會引説文作『不肖人言也』，『不肖』亦當爲『不省』。」今按桂氏説是也。王逸九思「令尹兮警警」，注：「警警，不聽話言而妄語也。」按：此誤合二義爲一，然可證警警爲不省人語。玉篇聱字注引廣雅云：「聱，不入人語也。」埤雅云：「不聽也。」竝與不省受之義同，聱即警之俗也。

「老夫灌灌」，傳：「灌灌，猶款款也。」瑞辰按：灌、款以疊韻爲訓。説文：「懽，喜款也。」「款，意有所欲也。」胡承珙謂灌爲懽之借，故説文引爾雅正作懽懽。

「我言維服」，箋：「服，事也。我所言乃今之急事。」瑞辰按：服者，艮之假借。説文：「艮，治也。」「我言維服」猶云我言維治，治言對亂言而言，猶左傳以治命對亂命言也。箋訓服爲事，若直云「我言維事」則不辭，故必以「乃今之急事」增成其義，非詩意也。

「天之方懠」，傳〔一〕：「懠，怒也。」瑞辰按：釋言：「懠，怒也。」引詩「天之方懠」。此傳所本。説文無懠字，愭字〔二〕注云：「小怒也。从心，𠷎聲。」陳壽祺謂卽「天之方懠」之懠。今按廣韻愭在十三祭，尺制切，音義正與懠同。

「無爲夸毗」，傳：「夸毗，體柔人也。」箋：「女無夸毗，以形體順從之。」正義：「釋訓云：『夸毗，體柔也。』李巡曰：『屈己卑身，求得於人，曰體柔。』然則夸毗者，便僻其足，前却爲恭，以形體順從於人，故曰以體柔人。」瑞辰按：夸毗，爾雅釋文引字書作舿𨉷，玉篇、廣韻皆作舿舭。爾雅與籧篨、戚施同釋，三者皆連緜字，非可分析言之。毛傳「體柔人也」，相臺本作「以體柔人」，合箋及正義考之，當从相臺本爲是。孫炎云：「夸毗，屈己卑身以柔順人也。」義正與毛傳同。爾雅以「口柔」、「面柔」、「體柔」同釋，蓋猶論語「巧言，令色，足恭」三者竝舉，足恭卽體柔也。臧庸拜經堂日記曰：「表記孔子曰：『君子不失足於人，不失色於人，不失口

〔一〕「傳」字原脱，依本書文例補。

〔二〕「字」字原無，依本書文例增。

於人。』不失足者，不足恭也；不失色者，不令色也；不失口者，不巧言也。大戴記曾子終身篇『足恭而口聖』，足與口對文，是知『足恭』古皆如字讀。」今按臧説是也。論語孔安國注：「足恭，便僻之貌。」此詩正義「便僻其足，前却爲恭」，正本論語孔注。墨子云「再拜便僻」，便、槃二字同聲，便僻卽槃辟也。漢書何武傳「坐舉方正召見〔一〕所舉者槃僻雅拜」，注：「服虔曰：行禮容拜也。」今按辟當讀如「宛然左辟」之辟，便辟、槃辟，皆便旋退避足恭之貌，卽詩所云夸毗。後漢書崔駰傳「恥夸毗以求舉」，注：「夸毗，謂佞人足恭，善爲進退。」是也。説文：「侉，憊詞也。」「憊，㦣也。」段玉裁疑侉卽夸毗字。胡承珙曰：「毗卽憊之借，憊今字作憊，謂疲極也。孟子曰『脅肩諂笑，病于夏畦』，其夸毗之謂乎！」

「民之方殿屎」，傳：「殿屎，呻吟也。」釋文：「殿，説文作唸。屎，説文作吚。」瑞辰按：説文引詩作「唸吚」者，正字；詩及爾雅作殿屎者，假借字也。釋玄應衆經音義卷七引埤蒼：「㖒咿〔二〕，内悲也，亦痛念之聲也。」據説文「吚，从口，伊省聲」，是吚與咿實一字。屎字説文所無，惟徙字下云：「屟，古文徙。」屎蓋屟字之省。

「喪亂蔑資」，傳：「資，財也。」瑞辰按：資、齊古同聲通用，易「喪其資斧」，子夏傳及衆

〔一〕「召見」二字，漢書在「所舉者」三字下。

〔二〕「咿」原作「吚」，據衆經音義改。下文「吚與咿實一字」，承此而言。

家竝作齊，應劭曰：「齊，利也。」資又通齎，周官掌皮「歲終則會其財齎」，注：「予人以物曰齎。鄭司農曰：齎或爲資。」外府注：「齎，行道之財用也。」遺人疏引書傳：「行而無資謂之乏。」聘禮「問幾月之資」，鄭注：「資，行用也。古文資爲齎。」廣雅：「齎，裝也。」齊卽齎之省借。據説文「銻，利也，讀若齊」，資、齊皆當爲銻之假借，傳訓爲財，猶説文訓利也。桑柔詩「國步蔑資」義同此。銻借作資，猶説文趀讀若資也。又按説文：「資，貨也。」「貨，財也。」貨、財同義，則資之本義亦與銻近。逸周書酆謀〔一〕解「三施資」，注：「旅資以惠也。」蓋以資爲行用之財。至齎，據説文曰「齎，持遺也」，掌皮注「齎，所給予人以物曰齎」，則與資音同而義別矣。

「天之牖民」，傳：「牖，道也。」正義：「牖與誘古字通用。」瑞辰按：召南詩「吉士誘之」，傳：「誘，道也。」樂記引詩「誘民孔易」，鄭注：「誘，進也。」韓詩外傳引詩亦作誘。此誘、牖通用之證。據説文：「㕗，相訹呼也。从厶羑。或作誘，古文作羑。」羊部又曰：「羑，進善也。」文王拘羑里，在蕩陰。」是訓道、訓進，皆當以羑爲正字。顧命「誕〔二〕受羑若」，馬注：「羑，道也。」其正字也。作誘者，㕗字之或體。羑或借牖，猶羑里尚書大傳、史記皆作牖里也。羑或作

〔一〕「謀」原作「講」，據續經解本及逸周書改。
〔二〕「誕」原作「天」，據尚書顧命改。

誘，因羑或作誘，古文亦通作羑也。

「如壎如篪」，傳：「如壎如篪，言相和也。」瑞辰按：胡承珙曰：「按樂器相和者多，何以獨言壎篪？張萱疑耀云：『閱古今樂律諸書，知七音各自爲五聲，如宮聲鳴而徵磬和。獨壎、篪則二器共爲一音，壎爲宮而篪之徵和，壎爲角而篪之羽和，此所以言相和。』」可補孔疏之缺。

「攜無曰益」，箋：「無曰是何益。」瑞辰按：攜，猶取也。取民之道以治民，非於民有所增益，即中庸「以人治人」也。故下即接以「牖民孔易」矣。箋以益爲何益，失之。

「民之多辟，無自立辟」，傳：「辟，法也。」箋：「民之行多爲邪僻者，乃女君臣之過，無自謂所建爲法也。」瑞辰按：盧氏釋文考證云：「後漢書張衡傳、家語子路初見篇、玉篇人部、一切經音義九、文選注三皆引作『多僻』。」段玉裁曰：「傳『辟，法也』之上不言『辟，僻也』，蓋漢時毛詩本上作僻，下作辟，故箋云『多爲邪僻』。各書徵引皆上僻下辟，釋文亦然。自唐石經二字皆作辟，而朱子竝下辟字釋爲邪矣。」胡承珙曰：「宣九年左傳，陳殺洩冶，孔子曰：『詩云：「民之多辟，無自立辟。」其洩冶之謂乎！』昭二十八年左傳：『晉祁勝與鄔臧通室，祁盈將執之，訪於司馬叔游。叔游曰：「無道立矣，子懼不免。詩曰：『民之多辟，無自立辟。』姑已，若何？」』此皆謂邪僻之世不可執法以繩人，雖與詩義稍異，然立辟皆爲立法。後儒訓下辟字亦爲邪，非經義矣。」今按釋文本作「多僻」，與後漢書、家語、玉篇、文選注引同。正義本自作「多辟」，與左傳引同。蕩釋文云：「辟，匹亦反，邪也。本又作僻。」是亦以辟爲正字矣。至傳云「辟，法也」，不更指其何辟，阮宮保校勘記謂：「猶『昔育恐育鞫』，傳之『育，長』不指言何育。」其說是矣。段氏遂據以爲「多辟」當作「僻」之證，失之。又按文選思玄賦「覽烝民之多僻兮，畏立辟以危身」，義與左傳引詩同，又與說苑至公篇引詩「其命多僻」同，其說蓋本三家詩，其字自从本字作「多僻」耳。

「价人維藩」，傳：「价，善也。」箋：「价，甲也。被甲之人，謂卿士掌軍事者。」瑞辰按：說文「价，善也」，引詩「价人維藩」，本毛詩。爾雅「介，善也」，郭注引詩作介，荀子君道篇、漢書諸侯王表及王莽傳引詩竝作介，蓋本三家詩。介即价之省借，箋訓介爲甲，失之。介、夰古通用，爾雅：「介，大也。」又曰：「介，善也。」方言、說文竝曰：「夰，大也。」价人爲善人，即爲大人，與下大師、大邦、大宗爲一類。若訓爲甲，則不相類矣。

「大師維垣」，傳：「垣，牆也。」箋：「大師，三公也。」釋文：「大師，音泰，注大師同。」瑞辰按：此詩三句連言大，皆當讀如大小之大。首句「价人維藩」，价亦大也，不應「大師」大字獨音泰。且介人爲賢臣，則三公皆在其內，不應重言太師。大師宜謂大衆，「大師維垣」猶云衆志成城也。荀子君道篇曰：「君人者，愛民而安，好士而榮。兩者無一焉，則亡。詩云：

『介人維藩，大師維垣。』此之謂也。」蓋引詩「介人維藩」以證「好士而榮」，「大師維垣」證上「愛民而安」。徐氏璈謂其以大師爲大衆，其説是也。毛詩出於荀卿，其訓大師當與之同，特以師之訓衆爲常義，故傳不待言耳。正義以箋釋傳，誤矣。

「大宗維〔一〕翰」，傳：「王者，天下之大宗。翰，幹也。」箋：「大宗，王之同姓之適子也。」瑞辰按：相臺本箋作「大宗，王之同姓世適子也」。據鄭注禮記「繼别爲宗」云：「别子之世適也。」又此詩正義云：「故知大宗，王之同姓世適子也。」則从相臺本爲是。古以别子之世適爲大宗，族人不敢以其戚戚君，傳以大宗爲王者，失之。且翰與藩、垣、屏竝言，皆是扞衛國家之義，不得以「維翰」獨指王者言也。

「無敢戲豫」，傳：「戲豫，逸豫也。」瑞辰按：豫與戲竝言，豫亦戲也。孟子趙注：「豫，亦遊也。」逸通作佚，又作劮。倉頡篇：「豫，佚也。」廣雅劮、遊二字竝訓爲戲。是豫亦訓戲之證。豫亦爲戲，猶之節南山「不敢戲談」，玉篇、廣韻竝云「談，戲調也」，談亦戲也。毛傳以逸豫釋戲豫，正以逸亦戲也。後漢書蔡邕傳引詩「畏天之怒，不敢戲豫」而釋之曰：「天戒誠不可戲也。」亦以戲、豫同義，故但以戲釋之耳。正義謂「戲而逸豫」，失之。

「敬天之渝」，箋：「渝，變也。」瑞辰按：爾雅釋言：「渝，變也。」蓋釋詩「舍命不渝」，非釋

〔一〕「維」原作「爲」，據毛詩改。續經解本不誤，此本下文亦不誤。

詩「敬天之渝」。渝與怒對文，當讀爲愉。唐風「他人是愉」，毛傳：「愉，樂也。」喜、樂義近，「敬天之愉」猶云敬天之喜，作渝者假借字也。迅雷風烈爲天之怒，則和風甘雨爲天之喜。天之怒喜皆敬，則無時而不敬矣。

「昊天曰旦」，傳：「旦，明。」瑞辰按：詩以旦、衍爲韻。釋文本衍作羨，旦、羨亦韻也。或據郊特牲「旦明」旦爲襢〔一〕字脱其半，因疑此詩旦亦神字之脱誤，則於韻不合矣。

「及爾游衍」，傳：「游，行。衍，溢也。」箋：「游溢相從。」釋文本作羨，云「本或作衍〔二〕」。瑞辰按：廣雅釋言：「淫，游也。」小爾雅：「淫、溢，没也。」游衍之言與淫溢義近。説文：「衍，水朝宗于海皃也。」引申爲盈溢之稱。訓溢者當以衍爲正字，作羨者同音假借字。小爾雅：「延、衍，散也。」游衍卽放散之義，溢與散義正相成。

〔一〕此字疑當作禓，卽「神」之篆字。禮記郊特牲「所以交於旦明之義也」，鄭玄注云：「旦當爲神篆字之誤也。」馬氏所引或説，卽以鄭玄注爲據。

〔二〕「衍」原作「羨」，據續經解本及釋文改。

# 毛詩傳箋通釋卷二十六

## 大雅

### 蕩

「蕩蕩上帝」，傳：「上帝，以託君王也。」箋：「蕩蕩，法度廢壞之貌。」瑞辰按：說文無蕩字，水部潒字注云：「水潒瀁也。从水，象聲。讀若蕩。」據玉篇蕩字注云「或作潒」，是蕩即潒字之或體。廣雅釋訓：「潒潒，流也。」潒潒即蕩蕩也。蕩蕩本流水放散之貌，堯典「蕩蕩懷山襄陵」是也。又引伸爲法度廢壞之貌，故此詩序云「天下蕩蕩，無綱紀文章」。潒之通作蕩，猶說文惕、像竝訓放，而華嚴經音義以像爲惕字古文也。

「天生烝民，其命匪諶」，傳：「諶，誠也。」箋：「天之生此衆民，其教道之，非當以誠信使之忠厚乎。」瑞辰按：命當讀如「天命之謂性」之命，謂天命之初本善，而其後有初鮮終，故言「其命匪諶」。韓詩外傳曰：「夫人性善，非得明王聖主扶攜，内之以道，則不成君子。詩曰：

『天生烝民，其命匪諶。靡不有初，鮮克有終。』言惟聖帝明王後使之然也。」以本善者歸之天，以終善者責之君，正合詩義。朱子集傳云：「降命之初無有不善，而人少能以善道自終。」義本韓詩。箋以命爲人君之教命，失之。

「文王曰咨」，傳：「咨，嗟也。」正義曰：「咨是歎辭，故言嗟以類之，非訓咨爲嗟也。」瑞辰按：説文咨云：「謀事曰咨。」又：「嗞，嗟也。」嗟者䜋之或體。説文言部：「䜋，咨也。」段本改作「嗞也」，與嗞爲互訓，是訓嗟者字當作嗞。毛傳以咨爲嗞之假借，故以嗟釋之。爾雅釋詁：「嗟、咨，𨈜也。」釋文云：「𨈜，本或作蹉。」引字林曰：「皆古嗟字。」按爾雅嗟、咨同訓者，亦以咨爲嗞之假借字。嗞借作咨，猶爾雅訓咨爲此，卽以咨爲茲之借字也。秦策曰：「嗟嗞乎。」詩綢繆毛傳曰：「子兮者，嗟茲也。」古人每以嗟嗞連言，爾雅「嗟咨」卽嗟嗞也，作茲者亦省借耳。正義不知咨爲嗞之假借，遂謂傳非訓咨爲嗟〔一〕矣。

「曾是掊克」，傳：「掊克，自伐而好勝人也。」瑞辰按：阮宮保校勘記曰：「正義云〔二〕：『自伐解倍，好勝解克。定本倍作掊，掊卽倍也。』釋文作掊，與定本同。」今按正義又云：「倍者，不自量度，謂己兼倍於人，而自矜伐。」是正義本作倍之證，今本作掊者誤也。釋文云：

〔一〕「訓咨爲嗟」原作「訓嗟爲咨」，據上引正義改。

〔二〕「正義云」三字原脱，據阮元校勘記並參毛詩正義補。

「掊克，蒲侯反，聚斂也。」掊與裒通，易謙象「君子以裒多益寡」，玉篇引作掊，是其證也。說文有捊無裒，裒即捊字之俗。爾雅釋詁：「裒，聚也。」說文：「捊，引堅也。」堅爲土積，其義同聚。說文「掊，把也」，六書故所引唐本說文作「掊，捊也」，陸氏所見說文掊字注必亦作捊，故訓掊爲聚斂。漢書敘傳「曾是彊圉，掊克爲雄」，蜀志廖立傳「王連流俗，苟作掊克，使百姓疲弊，以至今日」，南齊書竟寧王子傳「守宰相聚，務在裒尅」，皆以掊克爲聚斂，其義與正義異。顏注漢書敘傳以掊克爲好聚斂克害之人，似分掊、克爲二義。胡承珙曰：「此等皆見成稱目，雖非雙聲疊字，亦必二字爲一意。如上文『彊禦』，合之則禦亦是彊，分之則其彊足以禦善，仍一義也。」今按胡說是也。掊克連言，知克亦爲掊，猶福履、戩穀竝言，知履即爲祿，戩即爲福也。然釋文訓掊克爲聚斂，而云「蒲侯反」，只爲掊字作音，是知「聚斂」二字專解掊字，非兼釋克字也。李黼平曰：「兼倍於人亦是好勝，仍是克字之義。釋文所載不分別衆家者，多是毛義，此經釋文有『聚斂也』三字，竊疑毛傳原本云：『掊，聚斂也。克，自伐而好勝人也。』」今按李說是也。釋文所見本尚無脫誤，正義本掊下已脫聚斂字，因改从定本作倍耳。

「曾是在服」，傳：「服，服政事也。」瑞辰按：爾雅：「服，事也。」說文：「事，職也。」廣雅：「服，任也。」又：「職，事也。」樂記鄭注：「官，猶事也。」在服猶云在職、在任、在官，與上「在位」同義。人臣服官政，因謂其官政爲服，猶諸侯賓服於天子，因謂其國亦爲服也。

「天降慆德」，傳：「慆，慢也。」箋：「厲王施倨慢之化。」瑞辰按：唐石經作「天降滔德」。説文：「滔，水漫漫大皃。」廣雅：「滔，漫也。」書「洪水滔天」，滔天卽漫天也。水漫曰滔，人慢亦曰滔。滔通作慆，玉篇：「慆，喜也。又慢也。」釋名：「慢，漫也。漫漫，心無所限忌也。」故傳訓滔爲慢，箋卽以倨慢釋之。釋文傳作漫，又云「本亦作慢，又作嫚」，竝字異而義同。

「女興是力」，箋：「女羣臣又相與而力爲之。言競於惡。」瑞辰按：正義曰：「定本作『相興而力爲之』。」其釋經云：「女等何爲起是氣力而佐助之。」是正義从定本作興爲訓。然箋作「相與而力爲之」，與與興俱从舁字會意。説文：「興，起也。从舁，从同。同力也。」蓋經本作興，而箋以與釋之也。竊謂訓與爲是。説文：「與，黨與也。从舁与。」謂其舉而與之。與猶助也，見戰國策、吕氏春秋注。「女與是力」猶云女助是力。廣雅：「仂，勤也。」力卽仂之省，是力猶云是勤，極言其助之甚也。僖二十八年公羊傳：「自者何？有力焉者也。」力卽助也。是力亦有助義。正義从定本作興，以爲「起是氣力」，失其義矣。

「而秉義類，彊禦多懟，流言以對，寇攘式内。」傳：「對，遂也。」箋：「義之言宜也。類，善。式，用也。女執事之臣宜用善人，反用彊禦衆懟爲惡者。皆流言謗毁賢者，王若問之，則又以對。寇盜攘竊，爲姦宄者，而王信之，使用事於内。」瑞辰按：類爲善，義亦善也。詩四句皆謂王用善人則爲羣小所譖毀也。爾雅釋言：「懟，怨也。」「對，遂也。」「彊禦多懟」，謂王用善人則彊禦多懟怨。因懟怨，遂爲流言於外以遂其讒毀之心，復爲寇盜攘竊於內。至下言「侯作侯祝」，則終之以詛祝，靡有究極矣。箋說失之。

「流言以對」，傳：「對，遂也。」箋：「皆流言謗毀賢者，王若問之，則又以對。」瑞辰按：荀子曰：「流丸止於甌[一]臾，流言止於智者。」又致仕篇云「凡流言流說」，楊倞注：「流者，無根源之言。」呂覽知度篇云「不好淫學流說」，高誘注：「邪說謂之流說。」今按二說皆非是。廣雅釋詁：「流、蔿，七也。」七與化通。說文：「七，變也。」大誓「流爲烏」，大傳作「化爲烏」。蔿與譌、訛竝通，流言即譌言也。說文：「譌，譌言也。」引詩「民之譌言」。今小雅作訛言，箋：「訛，僞也。」爾雅釋言：「訛，化也。」譌言以訛傳訛，流變無窮，故亦稱流言。流與訛亦一聲之轉。方言：「蔿、譌，化也。」正與流之訓七同義。譌言之轉爲流言，猶說文囮讀若譌，字或从繇作圝，其字又通作游與由也。又按說文：「讂，流言也。从言，夐聲。」據說文觼之重文作鐍，趫从夐聲而讀若繘[二]，廣韻趫同趧，則讂與譎訓權詐者義近。是知說文以讂爲流言者，亦義與譌言同耳。說文：「訏，詭譌也。」譌言以無爲有，變化無常，故曰流言，與「巧言

[一]「甌」原作「歐」，據荀子大略篇改。

[二]「繘」原作「鐍」，據續經解本及說文改。

如流」爲如水轉流異義。箋云「皆流言謗毀賢者」，謗毀之言起於誣詐，蓋亦訓流言爲譌言耳。

「侯作侯祝」，傳：「作，祝詛也。」釋文：「作，本或作詛。」正義：「作卽古詛字。」詛與祝別，故各自言侯。傳辨作爲詛，故言『作，祝詛也』。瑞辰按：作、詛古同聲。説文古文殂作𣧠。釋名：「助，乍也。」呂覽貴生篇「土苴以治天下」，高誘注：「苴，音同酢。」皆作、詛通借之證。正義曰「作卽古詛字」，謂古假作爲詛也。祝者，詶之假借。説文：「詶，詛也。」「詛，詶也。」亦通作呪。詶借爲祝，猶説文𦨖讀若祝也。詛與祝字異而義同，故傳曰「作，祝詛也」，與傳「虛，虛邪也」爲一類。作卽爲祝，猶之虛卽爲邪，故以祝詛竝言。正義謂「詛與祝別」，失之。段玉裁謂「作祝詛之事」，亦非。

「女炰烋于中國」，傳：「炰烋，猶彭亨也。」箋：「炰烋，自矜氣健之貌。」瑞辰按：炰烋二字疊韻，烋字説文所無。炰烋通〔一〕作咆哮。文選魏都賦「呑滅咆烋」，劉淵林注引詩作「咆哮於中國」，云：「咆烋，猶咆哮也。」説文：「咆，嗥也。」「哮，豕驚聲也。」廣雅：「咆，鳴也。」玉篇：「咆，咆哮也。」炰烋當卽咆哮之假借。又通作咆唬，廣韻：「咆唬，熊虎聲。」咆哮本爲怒聲，又引伸爲驕貌，故傳以彭亨釋之。彭亨卽炰烋之轉。干寶易注：「彭亨，驕滿貌。」玉篇、廣韻彭亨作憉悙，注云：「自强也。」是知箋云「自矜氣滿之貌」，又申傳彭亨之義也。

〔一〕「通」字原脱，據上下文義及本書文例補。

「不明爾德，時無背無側；爾德不明，以無陪無卿。」傳：「背無臣，側無人也。無陪貳也，無卿士也。」箋：「無臣無人，謂賢者不用。」瑞辰按：漢書五行志引詩「爾德不明，以亡陪亡卿；不明爾德，以亡背亡仄」，蓋本齊、魯詩，與今本毛詩上下互易，蓋以中二句明、卿自爲韻，末二句德、側與三四句國、德爲隔句、用韻也。晉書五行志引詩與漢志同，蓋卽本漢志也。韓詩外傳卷五、卷十兩引此詩，次序與毛詩同，則知毛、韓詩上下之次無異矣。漢志引此詩而釋之曰：「言上不明，暗昧蔽惑，則不能知善惡。」顏師古注：「言不別善惡，有逆背傾仄者，有堪爲卿大夫者，皆不知之也。」是以「以無背無側」爲不知惡人，以「以無陪無卿」爲不知善人，與經言「不明」義相貫，較毛、鄭說爲善。

「天不湎爾以酒」，箋：「天不同女顏色以酒。」瑞辰按：說文：「湎，湛於酒也。」湛與沈同，沈之言淫也。湎，猶酗也。沈湎、沈酗同義，故微子「我用沈酗于酒」，史記宋世家作「紂沈湎〔一〕于酒」，漢書敍傳曰「沈湎于酒，微子所以告去」也。「天不湎爾以酒」猶云天不淫女以酒，淮南要略訓高注「沈湎，淫酒也」是也。箋訓湎爲同色，未免迂曲。釋文引韓詩云：「飲酒閉門不出客，曰湎。」亦沈酗之義耳。

「式號式呼」，箋：「醉則號呼相傚。」釋文：「呼，崔本作謼。一本作『或號或呼』。」瑞辰按：

〔一〕「湎」下原有「淫」字，據史記宋世家删。

說文：「嘑，號也。」呼即嘑之省借。崔本作謼，亦假借字。式本作或者，形近之譌。

「如蜩如螗，如沸如羹」，箋：「飲酒號呼之聲如蜩螗之鳴。其笑語沓沓然，如湯之沸，羹之方熟。」瑞辰按：詩意蓋謂時人悲歎之聲如蜩螗之鳴，憂亂之心如沸羹之熟〔一〕。淮南王招隱曰：「歲暮兮不自聊，蟪蛄鳴兮啾啾。」五臣注：「蟪蛄，夏蟬。」劉向七諫曰：「身被疾而不閒兮，心沸熱其如湯。」正取此詩之義。箋說失之。又按：沸者，灊之省借。說文：「灊，涫也。」「涫，灊也。」涫今俗作滾。

「人尚乎由行」，傳：「言居人上，欲用行是道也。」箋：「時人化之甚尚，欲從而行之，不知其非。」瑞辰按：爾雅釋詁：「尚，右也。」右猶助也。泰九二「得尚于中行」，謂得助於中行也。坎象辭「行有尚」，謂行有助也。豐初九、節九五皆言「往有尚」，謂往有助也。此詩「人尚乎由行」，乎猶之也，由亦行也，謂人尚助之行也。傳訓尚爲上，箋謂「時人化之甚尚」，並非詩義。

「内奰于中國」，傳：「奰，怒也。不醉而怒曰奰。」瑞辰按：說文：「奰，壯大也。从三大、三目。二目爲䀠，三目爲奰，益大也。讀若易虙羲氏。詩曰：『不醉而怒謂之奰。』」所引詩即詩傳。今詩作奰者，奰之省。凡壯健義與怒近，廣雅：「怒，健也。」故奰爲壯大義，又爲怒。魏都賦「奰回内贔」，劉淵林注引詩作「内贔」，贔又奰之俗也。正義引張衡西京賦「巨

〔一〕「熟」，疑「熱」字之訛。下文引七諫「心沸熱其如湯」可證

靈奰屭，以流河曲。」方言：「膞，盛也。」郭注：「濞泗〔一〕，充壯也。」濞泗與奰屭同。淮南子墬形篇「食木者多力而奰」，高注：「奰讀『内奰于中國』之奰，聲近鼻。」是其證也。又怒則氣滿，故癟字从奰聲，説文云「滿也」。

「覃及鬼方」，傳：「鬼方，遠方也。」正義：「未知何方。」瑞辰按：蒼頡篇：「鬼，遠也。」與毛傳合。小明詩「至于艽野」，毛傳：「艽野，遠荒也。」艽與鬼聲義正同。經傳中言鬼方，有泛指遠方者，此詩鬼方對中國言，及漢書趙充國傳「鬼方賓服」，高眹〔二〕修周公禮殿記「興復舊館，鬼方來觀」之類是也。有實指其國者，易「高宗伐鬼方」之類是也。説鬼方之國者不一。有謂在西方者，世本「黄帝娶于鬼方氏」，宋均注：「鬼方於漢則先零羌。」後漢書肅宗紀：「克伐鬼方，開道西域。」西羌傳：「殷室中衰，諸夷〔三〕皆叛，至于武丁，征西戎鬼方，三年乃克。」竹書紀年武乙三十五年：「周王季伐西落鬼戎。」又薛尚功鐘鼎款識載有虎方彝，引博古圖云：「虎方猶鬼方也。」其南宫中鼎第一、第三皆曰「伐及虎方之年」，釋云：「伐虎方者，虎方猶鬼方也。」虎，西方之獸，蓋以鬼方爲西方，故通名虎方耳。有謂在北方者，易「高宗

〔一〕「濞」續經解本及方言郭注作「膞」；「泗」方言郭注作「呬」。

〔二〕「眹」原作「朕」，據續經解本及隸釋卷一改。

〔三〕「夷」原作「侯」，據後漢書西羌傳改。

伐鬼方」，干寶注：「鬼，北方國也。」山海經海内北經：「鬼國在貳負之尸北。」又史記五帝本紀「北逐葷粥」，索隱曰：「匈奴別名也。唐虞以上曰山戎，亦曰熏粥，夏曰淳維，殷曰鬼方，周曰玁狁。」孟子「大王事獯鬻」，趙注：「北狄彊者，今匈奴也。」釋文：「夏曰獯鬻，商曰鬼方，周曰玁狁，秦漢曰匈奴，魏曰突厥。」唐高祖紀所載略同。又論衡「北方有鬼國」是也。至王伯厚以大戴記言楚爲陸終子季連之後，其母爲鬼方氏，又竹書紀年武丁三十二年伐鬼方，次于荆，證鬼方爲荆楚。惠氏棟曰：「商之鬼方，周荆楚之地。商頌殷武即伐鬼方之詩。」是又以鬼方爲在南矣。今按：鬼方本遠方之通稱，故凡西方、北方之遠國可通稱爲鬼方。若武丁所伐鬼方，後漢書以爲西戎，與殷武伐荆楚自是兩事，竹書紀年誤合爲一。陸終子六人皆鬼方氏所出，不得謂楚爲鬼方所出，遂可稱鬼方也。禮記言紂「脯鬼侯以饗諸侯」。淮南子俶真訓言紂「醢鬼侯之女」，高誘注：「鬼侯，紂時諸侯。」鬼通作九。史記殷本紀紂「以西伯昌、九侯、鄂侯爲三公」，徐廣曰：「九侯一作鬼侯。」蓋鬼、九古同聲通用。鬼爲遠方，猶艽野爲遠荒之野也。

「匪上帝不時」，箋：「非其生不得其時。」瑞辰按：時當讀「爾殽既時」之時，毛傳：「時，善也。」廣雅亦云：「時，善也。」「匪上帝不時」猶云非上帝不善耳。箋云「非其生不得其時」，失之。朱子集傳言「非上帝爲此不善之時」，亦非詩義。

「尚有典刑」，箋：「猶有常事故法可按用也。」瑞辰按：爾雅釋詁：「刑，常也。」詩言典刑猶易言「既有典常」也。箋訓爲典法者，法亦常也。

「顛沛之揭」，傳：「顛，仆。沛，拔也。揭，見根貌。」箋：「揭，蹶貌。」瑞辰按：説文槙字注：「一曰，仆木。」傳蓋以顛爲槙之假借，故訓爲仆。説文又曰：「蹎，跋也。」「跋，蹎也。」又：「𧼮，走頓也。讀若顛。」竝與槙音義同。沛卽跋之同聲假借。説文：「跋，蹎也。」顛沛卽蹎跋也。馬融論語注：「顛沛，僵仆也。」後漢書伏湛傳章懷注：「顛沛，猶僵仆也。」樹之僵仆曰顛沛，人之僵仆亦曰顛沛，其義一也。説文：「揭，高舉也。」「蹶，僵也。」廣雅：「揭，舉也。」木之蹶者根必高舉，高舉則根見，傳、箋義正相承。

「本實先撥」，箋：「撥，猶絶也。」瑞辰按：撥、敗同聲，撥卽敗之假借。列女傳齊東郭姜傳引詩正作「本實先敗」，蓋本韓詩。説文：「退，數也。」退與敗字音義同。

「在夏后之世」，箋：「近在夏后之世，謂湯誅桀也。」瑞辰按：周語引詩作「近在夏后之世」，與箋合，似古本原有近字。大戴記武王踐阼篇盧辨注曰：「周鑒不遠，近在有殷之世。」正依此詩爲句。

## 抑

序：「抑，衛武公刺厲王，亦以自警也。」瑞辰按：楚語云：「昔衛武公作懿戒之詩，使人日誦于其側以自儆。」懿、抑古同聲，懿卽抑之詩也。楚語惟言以自警，無刺厲王之説。朱子集傳據以駁序，其説是也。今考詩十二章，惟以愼德、聽言爲主。愼威儀、愼言皆以愼德，明哲所以知言。首章「抑抑威儀，維德之隅」，言威儀爲德之外著也；「靡哲不愚」，言大智若愚也。「無競維人」以下七章承「抑抑威儀」二句言，「荏染柔木」以下承「靡哲不愚」言。其三章曰「荒湛于酒」，與賓之初筵詩爲武公飲酒悔過正合耳。詩曰「謹爾侯度」，非刺王之詞；曰「既耄」，實耄年自戒之語。蓋武公作詩自戒，託爲臣下諷誦之詞，故詩中兩言「小子」也。箋據序，以詩中所言皆爲刺厲王，失之。或據詩「其在于今」爲刺當時語，「刺厲王」當爲「刺夷王」之譌，亦非。

「維德之隅」，傳：「隅，廉也。」瑞辰按：漢劉熊碑「維德之偶」，偶卽隅之假借，蓋本三家詩。

「靡哲不愚」，傳：「靡哲不愚，國有道則知，國無道則愚。」箋：「今王政暴虐，賢者皆佯愚，不爲容貌。」瑞辰按：傳、箋皆以愚爲佯愚，惟以爲因國無道而佯愚，似非詩義。淮南人閒篇曰：「人能由昭昭于冥冥，則幾于道矣。」引詩「人亦有言，無哲不愚」，卽言知者無不能貌爲愚耳。

「哲人之愚，亦維斯戾」，傳：「戾，罪也。」箋：「賢者而爲愚，畏懼於罪也。」瑞辰按：上言「靡哲不愚」，言未有哲人而不佯愚者，卽所謂「大智若愚」也。下四句又申言「靡哲不愚」之義。廣雅：「戾，善也。」戾對疾言，正當訓善。詩蓋言庶人之愚是真愚，故以愚爲疾；哲人以愚成哲，斯以愚爲善耳。傳、箋竝訓戾爲罪，失之。

「無競維人」，傳：「無競，競也。」箋：「競，彊也。人君爲政，無彊於得賢人。」瑞辰按：競，張參五經文字作倞。競與倞聲近而義同，故通用。爾雅釋言：「競，彊也。」說文：「競，彊語也。从誩，从二人。」「倞，彊也。从人，京聲。」廣雅：「倞，强也。」無，發聲語助，故傳曰「無競，競也」。

「四方其訓之」，傳：「訓，教。」箋：「得賢人則天下教化於其俗。」瑞辰按：訓、順古同聲通用。廣雅釋詁：「訓，順也。」洪範「于帝其訓」，史記宋世家作順，哀二十六年左傳引詩正作「四方其順之」，是訓卽爲順之證。毛詩作訓，特與下「四國順之」變文，以爲韻耳〔一〕。傳訓爲教，失之。

「有覺德行」，傳：「覺，直也。」箋：「有大德行。」瑞辰按：爾雅：「梏，直也。」緇衣引詩「有梏德行」，鄭注：「梏，直也，大也。」廣雅：「覺，大也。」覺與梏雙聲。又爾雅釋文：「梏，郭音

〔一〕「以爲韻耳」，續經解本作「又以韻耳」。

角。」即讀同覺。釋名：「上敕下曰告。告，覺也，使覺悟，知己意也。」以覺、告同音爲義，故通用。作梏者，蓋三家詩，梏即覺之假借也。説文：「覺，悟也。从見，學省聲。」「直，正見也。从十目乚。」乚讀若隱，蓋以十目燭隱則見之審，必能正曲也。是覺悟與正直義本相通。又覺與梗雙聲，爾雅：「梗，直也。」方言：「梗，覺也。」皆覺有直義之證。又覺與較聲義同，左氏襄二十一年傳引詩「有覺德行」二句，而云「夫子覺者也」，杜注：「覺，較然正直。」較亦直也。昭五年左傳：「仲尼曰：叔孫昭子之不勞，不可能也。周任有言曰：『爲政者不賞私勞，不罰私怨。』」又引詩「有覺德行」二句，亦取覺直之義。至春秋繁露郊祭篇引此詩而釋之曰：「覺者，著也。王者有明著之德行，則四方莫不響應，風化善於彼矣。」義本三家詩。則取著明之義，與直大義亦相通。

「訏謨定命，遠猶辰告，敬慎威儀，維民之則。」瑞辰按：顧氏詩本音以告、則爲非韻，段玉裁以告、則爲之、幽合韻。孔廣森言：「幽與之通者詩凡八見，抑之告、則其一，與楚茨之告、祀爲韻，備、戒、告爲韻一例。告讀近陔去聲，則音載。」今按段、孔説是也。載與則雙聲，同在精母，古音讀則如載，正雙聲亦韻之證。

「興迷亂于政」，箋：「興，猶尊尚也。」瑞辰按：爾雅：「虛，閒也。」閒即語詞。興與虛雙聲，興即虛之假借，亦語詞。「興迷亂于政」猶言迷亂于政，與下「顛覆厥德」、「荒湛于酒」語相類，與不爲義。箋訓爲尊尚，失之。

「荒湛于酒」，箋：「荒廢其政事，又湛樂於酒。」瑞辰按：管子：「從樂而不反者謂之荒。」荒亦樂酒無厭之意，不必如箋云「荒廢其政事」也。韓詩外傳引作「荒愖」，湛、愖皆酖之假借。說文：「酖，樂酒也。」

「女雖湛樂從」，箋：「女君臣雖好樂嗜酒而相從。」瑞辰按：說文：「雖，从虫，唯聲。」故雖與唯二字古通用。禮記少儀「雖有君賜」，雜記「雖三年之喪可也」，鄭注竝云：「雖或爲唯。」表記「唯天子受命於天」，鄭注：「唯當爲雖。」是其證也。「女雖湛樂從」，雖字正當讀唯，猶無逸云「惟耽樂之從」也。箋讀雖如本字，失之。唐石經樂下增克字，亦由不知雖爲唯之借字，遂誤增克字耳。

「肆皇天弗尚」，箋：「故今皇天弗高尚之。」瑞辰按：爾雅：「尚，右也。」右通作祐，祐者助也，「弗尚」即弗右耳。箋訓爲高尚，失之。

「用逷蠻方」，傳：「逷，遠也。」箋：「逷當作剔。剔，治也。」瑞辰按：說文：「逷，古文逖。」是逷、逖同字，故又借作狄。魯頌「狄彼東南」，釋文：「狄，韓詩作鬄，除也。」是知箋云「狄當作剔」，與此箋「逷當作剔」，其義竝本韓詩，訓剔爲治，治猶除也。說文：「鬄，鬀髮也。」鬄、剔皆鬄字之省借。

「質爾人民」，傳：「質，成也。」瑞辰按：説苑修文篇、韓詩外傳竝引詩「告爾民人」，鹽鐵論世務篇引詩作「誥爾民人」，質與誥不相通，誥當爲詰字之譌。蓋質與折雙聲，質與詰疊韻，古竝通用。士冠禮「質明行事」，説文引作「晢明行事」，晢从折聲，是質通折之證也。古文哲从三吉作嚞，或省作喆，又通作詰。小爾雅：「詰朝，明旦也。」詰卽晢之假借，亦與質同，故爲明旦。此質通詰之證也。三家詩蓋作「詰爾民人」，後以形近而譌爲誥，又省作告耳。爾雅釋言：「誥、誓，謹也。」據周官大司寇「詰四方」，鄭注：「詰，謹也。」是知爾雅誥亦詰字形近之譌，與此詩詰譌爲誥者正同。至漢書刑法志「以刑邦國，詰四方」，顏師古曰：「詰字或作誥。誥，謹也。」蓋後人據誤本爾雅而改。三家詩「詰爾民人」與下句「謹爾侯度」同義，詰亦謹也。人民，正義兩見，皆作民人，與説苑、鹽鐵論、韓詩外傳所引合。今毛詩作人民，蓋沿唐石經傳寫之譌。

「謹爾侯度」，瑞辰按：孝經援神契曰：「諸侯行孝曰度。」故詩以侯度二字竝稱。

「無不柔嘉」，箋：「柔，安。嘉，善也。」瑞辰按：説文：「腬嘉善肉也。」此連篆文讀之，云腬嘉者，善肉也。內則「柔其肉」，國語「無亦擇其柔嘉」、「無亦晉之柔嘉」，竝同義。肉之善曰腬嘉，出話、威儀之善亦得謂之柔嘉。柔、嘉皆善也。説文：「犪，牛柔謹也。」廣雅：「犪，善也。」柔與犪亦聲近義同，故史記夏本紀「犪而毅」，集解引徐廣音義曰：「犪一作柔。」皆柔當訓善之證。箋訓爲安，據晉語「君父之所安也」，韋注「安猶善也」，則安與善亦同義。

「白圭之玷」，傳：「玷，缺也。」瑞辰按：玷，說文引作刮，云：「刮，缺也。」義本毛傳。玷又通作點，文選束皙補亡詩「鮮侔晨葩，莫之點辱」，李善注引孝經鉤命決曰：「名毀行廢，玷辱先人。」是點卽玷也。袁宏三國名臣贊「如彼白珪，質無塵玷」，玷卽爲點污之點。三家詩蓋有作點、訓污者，爲袁彥伯所本，故曰「質無塵玷」。李善不見三家詩全文，故但引毛詩釋之耳。說文：「點，小黑也。」廣雅：「點，污也。」爾雅釋器：「滅謂之點。」郭注：「以筆滅字爲點。」按點則有污，故後世又有「污滅」之稱。三家詩以玷爲點之假借，與毛傳訓缺，字同而義異。

「尚可磨也」，箋：「玉之缺尚可磨鑢而平。」瑞辰按：廣雅：「鑢，磨也。」鑢亦爲磨，故箋以磨鑢連言。說文：「摩，揅也。」爲正字。今通借作磨，磨乃䃺字之省，說文訓爲石磑。

「不可爲也」，箋：「人君政教一失，誰能反覆之。」瑞辰按：爲亦摩也，靡、摩古通用。左傳「師次于靡笄之山」，靡笄卽摩笄也。廣雅：「靡，爲也。」靡从䃺省，卽摩字假借。是知「不可爲」猶言不可磨，變文以與磨爲韻耳。廣雅：「蔿，匕也。」蔿與爲通，匕與化通，爲爲消化，亦與消磨義同。

「無曰苟矣」，箋：「無曰苟且如是。」瑞辰按：説文：「苟〔一〕自急敕也。从羊省，从包省，从口。口，猶慎言也。」段玉裁曰：「當作：『从𦍌省，从勹口。勹口，猶慎言也。』」與苟且之苟从艸、句聲者異字。此詩「無曰苟矣」，蓋謂無曰已能慎言也。支佳爲耕清之陰聲，古音互相通轉。苟爲敬字所从得聲，在耕清部，轉入支部，讀如几。爾雅：「肅、亟，速也。」釋文：「亟，字又作苟，居力反。」亟、几一聲之轉，故詩以苟與逝、舌爲韻。説文：「亟，敏疾也。从人，从口，从又，从二。二，天地也。」漢瓦當文極字作𣠺，𣠺即亟字，古文其字从𦍌，𦍌即苟字，故苟與亟通。燕禮記、聘禮記竝曰「賓爲苟敬」，與此詩「無曰苟矣」皆是从𦍌省之苟。鄭君於詩爲苟且，於禮訓爲小敬，皆誤以爲从艸之苟矣。

「無言不讎」，傳：「讎，用也。」箋：「教令之出如賣物，物善則其售賈貴，物惡則其售賈賤。」瑞辰按：三蒼：「讎，對也。」僖五年左傳「憂必讎焉」，杜注：「讎，猶對也。」表記引詩「無言不讎」，鄭注：「讎，猶荅也。」説文：「讎，猶譍也。」義竝相近。然「無言不讎」連下「無德不報」，宜專指言之善者言之，漢書王莽傳引詩「無言不讎」，云「有善言則用之」是也。箋訓如物價之讎，兼善惡言，失之。至毛傳訓爲用者，桂馥據「集韻讎古文作周」，毛蓋以古文周字釋今文讎字。猶魯頌「罙入其阻」，罙篆文作突，古深淺字如此，傳以深釋突，乃以今字釋古字

〔一〕「苟」原作「苟」，據説文改，下同。

也。後人少識凋字，遂譌脱而爲用字」。然呂覽義賞篇「民之讎其性」，高注：「讎，用也。」正與毛傳合，則讎之訓用，其義古矣。張平子思玄賦「無言而不酬兮」，李注引毛詩作「無言不酬」。據後漢書明帝紀、韓詩外傳引詩竝作「無言不酬」，藝文類聚引詩作訓，皆同音假借字，蓋本韓詩。李善以爲毛詩，非也。

「子孫繩繩」，箋：「繩繩，戒也。」瑞辰按：繩與承聲近，韓詩外傳引作「子孫承承」，蓋取子孫似續相承之義。繩又與愼字音近義通。下武詩「繩其祖武」，毛傳：「繩，戒也。」後漢書祭祀志注引作「愼其祖武」，故爾雅、毛傳竝以繩繩爲戒。

「萬民靡不承」，箋：「天下之民不承順之乎？言承順之也。」瑞辰按：據箋訓，則鄭君所見經文原作「萬民不承」，無靡字。據釋文云「一本靡作是」，則作「萬民是不承」，不爲語詞，猶云萬民是承也。惟韓詩外傳引作「萬民靡不承」，則今本毛詩蓋沿韓詩之誤。

「輯柔爾顏」，傳：「輯，和也。」箋：「柔，安。」瑞辰按：說文：「輯，車和輯也。」列子釋文引作「車輿也」。輯訓和者，當爲濈字之假借，說文：「濈，和也。」柔爲脜字之假借，說文：「脜，面和也。讀若柔。」玉篇脜字注曰：「野王按：柔色以蘊〔一〕之，是以今爲柔字。」皆柔爲脜字假借之證。輯爲和，柔亦和也。箋訓柔爲安，失之。

〔一〕「蘊」，續經解本作「薀」。按禮記內則「柔色以温之」，宋本釋文云：「温，本又作蘊。」盧文弨校本作「蘊」。

「尚不愧于屋漏」，傳：「西北隅謂之屋漏。」箋：「屋，小帳也。漏，隱也。禮，祭於奥既畢，改設饌於西北隅而厞隱之處，此祭之末也。」瑞辰按：屋漏之義，説者不一。有以爲日漏者，孫炎曰「當室之白，日光所漏入」，中庸孔疏「以户明漏照其處，故稱屋漏」是也。有以爲雨漏者，釋名「禮，每有親死者，輒撤屋之西北隅薪，以爨竈煮沐，供諸喪用，時若〔一〕值雨則漏，遂以名之」是也。惟箋以屋爲小帳，訓漏爲隱。今按：下云「無曰不顯」，承上「屋漏」言之，是屋、漏皆隱蔽之義。爾雅釋言：「厞陋，隱也。」陋、漏古同音通用，屋漏即厞陋耳。特牲饋食禮曰：「佐食徹尸薦俎敦，設於西北隅，几在南，厞用筵。」鄭注：「厞，隱也。」少牢饋食有司徹曰：「有司官徹饋，饌於室中西北隅，南面，如饋之設右几，厞用席。」注：「古文厞作茀。」按厞與茀雙聲，茀與屋疊韻，茀又通作蔽。詩「翟茀以朝」，周官注引作「翟蔽」。蓋因設饌西北隅，以席蔽之如幄，爲厞隱之地，因名其地爲厞陋，又名屋漏。屋本覆帳之名，因凡覆於上者通謂之屋。屋與隱雙聲，屋與衣、翳皆同聲，衣、翳皆隱，是知屋亦隱也。鄭箋上釋屋漏，下即云「厞隱之處」，則是以厞陋即屋漏矣。楚詞九歌「隱思君兮陫側」，陫讀如厞，側讀如側陋之側。高誘注淮南子云：「側，伏也。」伏謂隱伏。側音義同堲，説文：「堲，遮隔也。」亦隱之義。側陋説文作側匧，云：「匧，側匧也。从匚，丙聲。」段云：「當从丙，讀若陸。」陸與漏音相近。

〔一〕「若」原作「者」，據釋名（王先謙疏證本）釋宫室改。

又作側微，微卽隱也。說文：「微，隱行也。」側陋、側微皆謂隱藏不出者，是知詩言屋漏，書言側陋，爾雅言厞陋，楚詞言陫側，其義一也。至喪大記云「甸人取所徹廟之西北厞薪，用爨之」，厞在屋內，不在屋上，雖撤席爲薪，不至雨漏。釋名以爲當雨則漏，妄矣。屋漏義取隱蔽，孫叔然以屋漏爲日光所漏，亦非。曾子問以當室之白爲陽厭，蓋謂室中當戶明處，竝未以當室之白爲室之西北隅也。又按曾子問：「殤不祔祭，何謂陰厭陽厭？」是厭爲殤祭之名。大戴記曾子天圓篇：「無祿者稷饋，稷饋者無尸，無尸者厭也。」孔廣森曰：「殤者無尸，有陰厭陽厭。庶人薦不立尸，其禮亦準焉。」是惟殤及庶人薦祭名厭耳。襍記：「有父母之喪，尚功衰，而附兄弟之殤，則練冠附於殤，稱陽童某甫。」注云：「陽童，謂庶殤也。宗子則曰陰童。」是知陰厭陽厭以陰童陽童得名，不繫於所祭之地。鄭君以祭於奧爲陰厭，祭於西北隅爲陽厭，非禮意也。此詩孔疏引鄭君說以證當室之白爲屋漏，誤矣。

「辟爾爲德」，傳：「女爲善，則民爲善矣。」箋：「辟，法也。當審法度汝之施德。」瑞辰按：鄭注王制、祭統及鴻範五行傳注竝曰：「辟，明也。」禮運「辟於其義」，王尚書謂卽明於其義，今按此詩辟亦明也。爲當爲語助詞，「辟爾爲德」猶云明爾德也。箋訓辟爲法，爲爲施，失之。

「淑慎爾止」，傳：「止，至也。」箋：「止，容止也。」瑞辰按：據下言「不愆于儀」，則止箋訓容止爲是。

「不僭不賊」，傳：「僭，差也。」箋：「女所行不僭〔一〕不殘賊者。」阮宮保校勘記曰：「按釋文云：『不譖，本亦作僭，差也。注及下「我譖」同。』正義云：『譖毁人者是差貳之事。箋言不信，義亦同也。』是釋文、正義本竝作譖字。譖、僭古通用，此借譖爲僭耳，不必如正義所説。」瑞辰按：阮以經本作譖，爲僭之借字，是也。箋云「不譖」，據正義云「箋言不信」，則从宋本箋作「不信」爲是。然以經文求之，箋當作「不不信」，與「不殘賊」對舉，文義方順。宋本作「不信」，下蓋脱一不字。説文：「僭，假也。」玉篇引作「儗也」。説文又曰：「儗，僭也。一曰，相疑。」是僭、儗同義，儗之言疑，故義又爲差，爲不信。此詩「不譖」及下「覆謂我譖」，桑柔詩「朋友已譖」，瞻卬詩「譖始竟背」，箋皆訓爲不信，是皆以譖爲僭字之假借。説文：「譖，愬也。」又：「讒，譖也。」與數責義近。巧言詩「僭〔二〕始既涵」，傳言「僭，數」，又以僭爲譖字之假借。蓋譖、僭二字古可互通，故抑詩、桑柔及瞻卬釋文竝云「譖本又作僭」，用本字也。

「實虹小子」，傳：「虹，潰也。」瑞辰按：爾雅釋言：「虹，潰也。」亦作訌。説文：「訌，讃也。」「讃，中止也。」虹者，訌之假借。潰與讃同。虹，爾雅李巡本又作降，降又洚之假借。説文：「洚，不遵道也。」玉篇：「洚，潰也。」音義亦與訌同，故可通用。

〔一〕按：「不僭」當作「不信」，下引正義云「箋言不信」，正承此而言。馬氏又謂當作「不不信」。

〔二〕「僭」原作「譖」，據詩小雅巧言改。

「言緡之絲」，傳：「緡，被也。」箋：「人則被之弦以爲弓。」瑞辰按：方言：「緡、緜，施也。秦曰緡，趙曰緜，吴越之閒脱衣相被謂之緡緜。」説文：「吴人解衣相被謂之緡。」義本方言。被，猶施也。廣雅亦曰：「緡，施也。」「言被之絲」猶云施之絲耳。正義謂緡不得訓被，失之。胡承珙曰：「巧言『荏染柔木〔一〕』，傳：『柔木，椅、桐、梓、漆也。』鄘風：『椅桐梓漆，爰伐琴瑟。』毛既以此四者當柔木，則『言緡之絲』當是謂〔二〕琴瑟之弦。箋説似非。」

「告之話言，順德之行」，傳：「話言，古之善言也。」箋：「語賢智之人以善言，則順行之。」瑞辰按：前章「慎爾出話」，傳：「話，善言也。」此傳不云「善言」而云「古之善言」，段玉裁曰：「經當作『告之詁話』，故傳以『古之善言』釋之。」其説是也。釋文云：「話，説文作詁。」蓋説文引毛詩「告之詁話」，陸氏所據説文詁字未誤，而話字已誤爲言矣。今按：下二句僭、心爲韻，若經本作「詁話」，不得與行爲韻。爾雅釋言：「惠，順也。」經當本作「行德之惠」，以話與惠爲韻。説文：「話，會合善言也。」籀文作譮，其字以會爲聲，與惠字古音正相協。箋以「則順行之」釋經文「行德之惠」，猶終風傳言「時有順心也」，以「順心」釋經文「惠然肯來」也。後人遂誤改經文惠字作順，又誤倒行字於下，順字於上，以致行與話失韻，蓋其誤久矣。又

〔一〕「柔木」二字原脱，據詩巧言及胡承珙毛詩後箋補。
〔二〕「是謂」二字原誤倒，據毛詩後箋乙。

按經文本作「行德之惠」，箋恐人誤以惠爲惠愛，故以「則順行之」釋經。若經原作「順德之行」，則其義已明，箋不煩言「則順行之」矣。段氏但以傳訂「話言」當爲「詁話」之譌，而不詳話與行失韻之由，予故據箋文以正其誤。

「亦既抱子」，瑞辰按：說文勹部：「勽，覆也。」又衣部：「袌，褱也。」此褱袌之正字，與勽義同。今經典通借作抱，說文抱乃捊字之或體。竊疑此詩「抱子」與禮言「抱子」異，當卽孚子之假借，孚子猶言生子也。廣雅：「孚，生也。」通俗文：「卵生曰孚。」而人生子亦曰孚者，猶說文言「人及鳥生子曰乳」也。孚借作抱，猶說文捊或作抱耳。廣韻：「菢，鳥伏卵。」菢卽孚也。方言：「北燕朝鮮洌水之閒謂伏雞曰抱。」抱卽夏小正之「雞桴粥」也。又一切經〔一〕音義引韶定古文官書枹、桴二字同體，皆抱、孚通借之類。

「民之靡盈」，箋：「萬民之意皆持不滿於王。」瑞辰按：盈當爲縕字之省借。說文、廣雅竝曰：「縕，緩也。」詩蓋言民早知則早成，靡有縕緩，故下卽言「誰夙知而莫成」，莫成卽緩義也。箋訓靡盈爲不滿於王，與下句義不相貫，蓋失之矣。

「視爾夢夢」，傳：「夢夢，亂也。」箋：「視王之意夢夢然。」瑞辰按：爾雅釋訓：「夢夢，亂也。」又曰：「懜懜，惽也。」說文：「夢，不明也。从夕，瞢省聲。」又曰：「懜，不明也。从心，夢

〔一〕「經」字原脫，據續經解本補。

聲。」又有儚〔一〕字，云：「儚，惛也。从人，薨聲。」不明與亂義相通，惛謂不憭，其義微異。正月詩「視天夢夢」宜从爾雅訓亂，毛傳「王者爲亂夢夢然」是也。此詩「視爾夢夢」對上「昊天孔昭」言，宜从爾雅訓惛。傳亦訓亂者，孫炎曰：「夢夢，昏昏之亂也。」則昏與亂義正相近耳。又按說文：「㝱，寐而覺也。从宀爿，夢聲。」今經典通借作夢。惟正月「視天夢夢」爲夢之本字，此詩「視爾夢夢」，夢又儚字之假借。又莊子胠篋篇曰：「故天下每每大亂。」李頤曰：「每每，猶昏昏也。」王觀察曰：「每每即夢夢。夢之爲每，猶薨之爲甍也。」

「誨爾諄諄」，箋：「我教告王，口語諄諄然。」釋文：「諄，字又作訰。說文、埤蒼竝云：告曉之熟。」瑞辰按：說文：「諄，讀若庉。」諄、訰同音，故通用。爾雅釋訓：「訰訰，亂也。」釋文：「訰或作諄。」訰即諄之假借。又別作忳，中庸「肫肫其仁」，鄭注：「肫讀如『誨爾忳忳』之忳。」又通作純，鴻範五行傳鄭注引詩「誨爾純純」。忳、純皆同音假借字，蓋本三家詩。

「聽我藐藐」，傳：「藐藐然不入也。」瑞辰按：藐與邈同。方言：「邈，離也。」郭注：「離謂乖離也。」廣雅釋詁：「邈，遠也。」釋訓又曰：「邈邈，遠也。」高遠謂之藐藐，瞻卬詩「藐藐昊天」是也。疏遠亦謂之藐藐，此詩「聽我藐藐」是也。聽言者與我疏遠不相親，則其言不能入矣。至爾雅釋訓「邈邈，悶也」，非釋此詩藐藐。詩正義引「舍人曰：『憂悶也。』謂王不受之，

〔一〕「儚」原作「儚」，據說文改。下文「儚，惛也」之「儚」字同。

言者憂悶。」其義未免迂曲矣。鴻範五行傳鄭注引詩作「聽我眊眊」，蓋本三家詩。說文：「眊，目少精也。虞書耄字从此。」賈子道術篇：「纖微皆審謂之察，反察爲眊。」眊卽耄也。老者昏耄謂之眊，聽言不察亦爲眊。三家詩作眊眊，眊、昧雙聲，眊眊猶昧昧也。廣雅釋訓：「眊眊，思也。」思爲眊眊，昏昧弗思亦爲眊眊，以相反爲義也。藐、眊二字雙聲，故通用。

「匪用爲教，覆用爲虐」，箋：「忽略不用我所言爲政令，反謂之有妨害於事，不受忠言。」

瑞辰按：虐之言謔也。淇奧詩「善戲謔兮，不爲虐兮」，虐卽戲謔之過甚也。商書「今王淫戲」，史記作「淫虐」，虞書「傲虐是作」，虐字亦當訓謔，皆虐可通謔之證。詩蓋言不用其言爲教令，反用其言爲戲謔耳。若如箋云「反謂之有妨害於事」，則經不得言「覆用」，且與上言「匪用爲教」義不相貫矣。

## 桑柔

「捋采其劉」，傳：「劉，爆爍而希也。」箋：「及已捋采之，則葉爆爍而疏，人息其下則病於爆爍。」正義：「釋詁云：『毗劉，爆爍也。』舍人曰：『毗劉，爆爍之意也。木枝葉稀疎不均，爲爆爍。』郭璞曰：『謂樹木葉缺落，蔭疎爆爍也。』劉者，葉之稀疎爆爍之意，故曰爆爍而稀也。」

瑞辰按：劉與離雙聲。詩「有女仳離」，仳離卽毗劉之轉聲。木之稀疎曰毗劉，人之離散曰仳離，其義一也。爆爍者，稀疏之貌，故爾雅以釋毗劉。今爾雅本作㬥樂者，省借字也。又單言之曰暴，宣六年公羊傳「是活我於暴桑下者也」是也。考工記輪人「則轂雖敝，不藃」，鄭司農曰：「藃當作秏。」玄謂：「藃，藃暴。陰柔後必橈減，幬革暴起。」今按藃暴當作槁暴。晏子春秋雜上篇：「雖有槁暴，不復贏矣。」荀子勸學篇：「雖有槁暴，不復挺者，揉使之然也。」槁暴與秏義通。木之脱葉曰槁，曰暴爍，車之秏曰槁暴，其義亦正相近。

「倉兄填兮」，傳：「倉，喪也。兄，滋也。填，久也。」箋：「喪亡之道滋久長。」瑞辰按：倉兄疊韻，即滄況之省借。説文：「滄，寒也。」「況，寒水也。」繫傳：「愴況，寒涼貌。」愴亦滄也。周書周祝解「天地之閒有滄熱」，滄即寒也。列子「滄滄涼涼」，滄涼猶滄況。古況字多作兄，故釋文云「兄本亦作況」。滄況通作愴怳，劉向九辨「愴怳懭悢兮」，王逸注：「中情悵恨，意不得也。」又通作倉皇，書無逸「則皇自敬德」，王肅本皇作況，蔡邕石經作兄。甫刑大傳「皇於聽訟」，鄭注：「皇猶況也。」秦誓「我皇多有之」，公羊傳作「而況乎我多有之」。倉兄蓋愴涼之意，又爲倉皇怱〔一〕遽之貌。填當讀如雲漢詩「胡寧瘨我以旱」之瘨，鄭箋：「瘨，病也。」韓詩作疹，亦病也。倉兄即爲病貌。「倉兄瘨兮」正與「亂離瘼矣」句法相似。傳訓倉

〔一〕「怱」原作「忽」，據文義改。

爲喪者，蓋讀倉爲愴。說文：「愴，傷也。」胡承珙曰：「喪亡者怱遽之事〔一〕，故倉又爲喪。後漢光武紀李賢注亦云：『倉卒，謂喪亂也。』」

「靡國不泯」，傳：「泯，滅也。」箋：「軍旅久出征伐，無國而不見殘滅也。言王之用兵不得其所，適長寇虐。」瑞辰按：王尚書曰：「厲王時征伐甚少，不得云無國不見泯滅。泯，泯亂也。承上『亂生不夷』，故曰靡國不亂耳。康誥『天惟與我民彝大泯亂』，泯亦亂也。呂刑『民興胥漸，泯泯芬芬』，傳曰：『泯泯爲亂。』逸周書祭公篇『女無泯泯芬芬』，孔注：『泯芬，亂也。』」今案王說是也。泯者，怋字之假借，說文：「怋，怓也。」「怓，亂也。」引詩「以謹惛怓」。今詩作「惛怓」，惛亦怋之假借，毛傳：「惛怓，大亂也。」怋又通作愍，廣雅：「愍，亂也。」

「民靡有黎」，傳：「黎，齊也。」箋：「黎，不齊也。言時民無有不齊被兵寇之害者。」瑞辰按：黎當讀如「播棄黎老」之黎。方言：「梨，老也。燕代之北鄙曰梨。」廣雅亦曰：「梨，老也。」黎與梨通。吳語「今王播棄黎老，而孩童焉比謀」，韋昭注：「鮐背之耇稱黎老。」王尚書曰：「黎老者，耆老也。古字黎與耆通，尚書西伯戡黎，大傳黎作耆，是其證也。」今按「民靡有黎」謂老者轉死溝壑。雲漢詩「周餘黎民，靡有孑遺」，黎民亦老民也。陳思王詩「不見舊耆老」，正取詩「民靡有黎」之意。傳訓黎爲齊，箋訓爲不齊，竝失之。朱子集傳以黎爲黑

〔一〕「怱遽之事」原作「怱遽之貌」，據胡承珙毛詩後箋改。

首，亦非詩義。王尚書訓黎爲衆，可與予說竝存，以待後人論定。

「國步斯頻」，傳：「步，行。頻，急也。」箋：「頻，猶比也。哀哉！國家之政行此，禍害比比然。」瑞辰按：說文：「顮，水厓也。人所賓附，頻蹙不前而止。」頻、賓古同音通用。說文：「矉，張目也。」引詩「國步斯矉」，蓋本三家詩。頻義近顰，說文：「顰，涉水顰蹙也。」詩言國步之蘋，猶頻爲水涯盡處，頻蹙不前，故傳訓頻爲急，急猶蹙也。至箋訓頻爲比者，胡承珙曰：「逸周書文酌解『三頻』，孔注：『頻，數也。』法言學行篇『頻頻之黨，甚於鷽斯』，頻頻猶數數也。莊子消遥遊釋文引司馬注云：『數數，猶汲汲也。』廣雅釋訓：『頻頻，比也。』是頻頻、數數、汲汲、比比，義皆爲急數。箋訓比比，正申釋毛傳急義耳。」

「國步蔑資」，箋：「蔑，猶輕也。國家爲政行此，輕蔑民之資用。」瑞辰按：板詩「喪亂蔑資」，傳：「資，財也。」此傳同訓，故不更解資字。說文：「資，貨也。」「齎，持遺也。」二義有別而聲同，故古通用。聘禮記「問幾月之資」，注：「資，財用也。古文資作齎。」周官典婦功「內人女功之事齎」，注又云：「故書齎作資。」鄭君謂其字以齊、次爲聲，是也。齎亦省作齊，易「喪其資斧」，子夏傳及衆家竝作齊斧是也。說文：「鈰，利也。讀若齊。」則鈰與資聲義亦同。周禮遺人疏引書傳：「行而無資謂之乏。」詩蓋以國步之艱難譬諸行道之無資，蔑資卽無資也。箋訓蔑爲輕，據說文「懱，輕易也」，箋蓋讀蔑爲懱，然非詩義。

「天不我將」，箋：「將，猶養也。」瑞辰按：説文：「牂，扶也。」廣雅：「將，扶也。」將即牂之假借。「天不我將」猶言天不我扶助耳。養又扶義之引伸。

「靡所止疑」，傳：「疑，定也。」瑞辰按：疑者，𠤕字之假借。説文：「𠤕，未定也。」段玉裁曰「未」爲衍字，是也，蓋即本毛傳「疑，定也」爲訓。鄭君於士昏禮云：「疑，正立自定之貌。」於鄉射禮云：「疑，止也。」於鄉飲酒禮云：「疑，正立自定之貌。」於公食大夫禮云：「疑，正立也。自定之貌。」爾雅釋言：「疑，戾也。」「戾，止也。」皆即説文之𠤕字。詩言「靡所止疑」與下章「靡所定處」同義。段玉裁曰：「𠤕从矢聲，桑柔與資、維、階韻，則讀如尼，與説文訓惑之疑異字異音。」其説是也。釋文：「疑，魚〔一〕涉反。」讀如屹立之屹，與尼音正相近。正義不識𠤕字，求其義而不得，因謂疑音凝，失其義矣。

「至今爲梗」，傳：「梗，病也。」瑞辰按：廣雅：「梗，病也。」義本此傳。方言：「梗，猛也。韓趙之閒曰梗〔二〕。」玉篇：「猛，惡也，害也。」方言又曰：「凡草木刺人，自關而東或謂之梗。」刺人即傷人也，均與病義相引伸。後漢書段熲傳引詩「至今爲鯁」，李賢注：「鯁與梗同。」蓋同音假借字。

〔一〕「魚」原作「如」，據續經解本及釋文改。

〔二〕「梗」原作「猛」，據方言改。

「逢天僤怒」，傳：「僤，厚也。」瑞辰按：爾雅：「亶，厚也。」左傳疏引樊光注引詩「逢天亶怒」，毛傳蓋亦讀僤如亶，故訓爲厚。今按方言：「憚，怒也。楚曰憚。」廣雅亦曰：「憚，怒也。」僤當讀爲憚怒之憚，憚、怒二字同義，猶云震怒、馮怒，震、馮皆怒也。

「爲謀爲毖，亂況斯削」，傳：「毖，慎也。」箋：「女爲軍旅之謀，爲重慎兵事也，而亂滋甚於此，日見侵削。」瑞辰按：毖或省借作必，廣雅：「必，敕也。」必卽毖也。況當讀如莊子「每況愈下」之況。況者，情之似也，故古人每曰譬況。亂況，猶亂狀也。儀禮鄭注：「削，猶殺也。」詩蓋言在上者如善其謀，慎其事，亂狀斯能減削耳。箋訓況爲滋，削爲侵削，失之。

「誰能執熱，逝不以濯」，傳：「濯，所以救熱也。禮亦所以救亂也。」箋：「逝，猶去也。其爲之當如手持熱物之用濯。謂治國之道當用賢者。」瑞辰按：襄三十一年左傳引此詩而釋之云：「禮之於政，如熱之有濯。濯以救熱，何患之有！」毛傳義本左氏。然左氏引詩以明鄭有禮之獲福，故以濯救熱喻以禮救亂。此詩承上「誨爾序爵」言之，自以濯之救熱喻賢之救時。箋以用濯喻用賢，是也。箋以濯喻賢，與傳以濯喻禮異義，正義乃云「以禮任賢則可以止亂」，合傳、箋爲一，誤矣。段玉裁曰：「尋詩意，執熱言觸熱、苦熱，濯謂浴也。濯訓滌，沐以濯髮，浴以濯身，洗以濯足，皆得云濯。此詩謂誰能苦熱而不澡浴以潔其體，以求涼快者乎。鄭箋、孟子趙注、朱注、左傳杜注皆云『濯其手』，由泥於『執』字耳。凡爲熱水所湯者，不可以冷水浸激。」今按廣雅釋詁：「澡、沐、浴、湔、濯、沬，洒也。」濯與澡、沐、浴同訓，段氏以濯爲濯浴，非濯其手，是也。然以執熱爲苦熱、觸熱，則非。公羊隱七年傳「不與夷狄之執中國也」，何注：「執者，治之也。」救亦治也，呂覽勸學「是救病而飲之以堇也」，高注：「救，治也。」執熱卽治熱，亦卽救熱。左傳及毛傳「濯以救熱」，正以救字釋經文執字，言誰能救熱而不以濯也。箋訓執持，段訓苦熱，均誤。逝爲語詞，箋訓爲去，亦非。

「載胥及溺」，瑞辰按：溺者，休之假借。說文：「休，没也。从水人。讀與溺同。」蓋因與溺同音，經典遂通借作溺，溺之本義則水名也。玉篇引孔子曰：「君子休於水，小人休於口。」是顧希馮所見禮記尚有用本字作休者。

「如彼遡風」，傳：「遡，鄉也。」瑞辰按：說文𣵠字注云：「逆流而上曰𣵠洄。𣵠，向也。水欲下，違之而上也。从水，㡿聲。或作遡。」是遡卽𣵠之或體。向流謂之𣵠，向風亦謂之遡，其義一也。遡，唐石經本作愬，磨改作遡。文選月賦李善注引詩作愬，袁宏北征賦「感不絶於予心，愬流風而獨寫」，正用此詩，蓋三家詩或作愬也。說文以愬爲訴字之或體，是遡爲本字，愬爲同音假借字。遡音素，又與傃通，中庸「素隱行怪」，鄭注：「素讀爲攻城〔一〕攻其所傃之傃。傃，鄉也。」

〔一〕「攻城」二字原脱，據中庸鄭注補。

「亦孔之僾」，傳：「僾，唈。」箋：「今王之爲政，見之使人唈然，如鄉疾風，不能息也。」瑞辰按：説文：「㒫，飲食气屰不得息曰㒫。从反欠。」古文作𣄞，今隸从古文作旡。段玉裁曰：「僾卽旡之假借。」是也。蓋僾从愛聲，愛从㤅聲，㤅从旡聲，故經可假僾爲旡也。荀子禮論「憚詭唈僾，不能無時至焉」，楊倞注：「唈僾，氣不舒，憤鬱之貌。」爾雅釋言：「僾，唈也。」僾、唈以雙聲取義。唈卽悒之或體，一切經音義四引蒼頡篇：「悒悒，不舒之貌也。」説文：「悒，不安也。」段玉裁謂唈卽旡字，非也。

「民有肅心，荓云不逮」，傳：「荓，使也。」箋：「肅，進。逮，及也。王爲政，民有進於善道之心，當任用之，反卻退之，使不及門。」瑞辰按：釋文：「荓，字又作迸。本或作倂，同。」爾雅釋詁：「拼，使也。」拼通作絣，班固典引注「絣，使也。」竝與荓音義同。傳、箋不解云字，廣雅釋詁：「云，有也。」王氏疏證曰：「『荓云不逮』卽『使有不逮』。」是也。古以仕進爲行，論語：「用之則行。」又曰：「行義以達其道。」廣雅釋詁：「進，行也。」民有進心卽有欲行其道之心，使有不逮卽使有不行耳，不必如箋所云「使不及門」也。

「好是稼穡，力民代食」，傳：「力民代食，代無功者食天禄也。」箋：「但好任用是居家吝鄙，於聚斂作力之人，令代賢者處位食禄。」瑞辰按：以經文求之，當从箋作「家嗇」爲是，正義「上云『民有肅心，荓云不逮』是退賢，則『好是家嗇』爲進惡」是也。作「稼穡」者自是王肅本。韓詩外傳引詩「稼穡維寶」，或韓詩作稼穡耳。至「力民代食」，傳本作「無功者食天祿也」，故箋申之曰「令代賢者處位食祿」。王肅本誤增代字，云「代無功者食天祿也」，便於文義不順矣。曲禮：「問大夫之富。曰：『有宰食力。』」鄭注：「食力，謂民之賦稅。」蓋賦稅民力所共，故此詩以斂民之賦稅爲力民。箋謂「於賦斂作力之人」，失之。

「滅我立王」，箋：「以窮盡我王所恃而立者。」瑞辰按：立、粒古通用，思文詩「立我烝民」，箋：「立當作粒。」此詩立當亦粒之省借，粒猶穀也。王制「有不粒食者矣」，不粒食卽不穀食也。王，猶長也。説文：「稷，齋也，五穀之長。」粒王猶云穀長，謂天先殘滅其五穀之長。下云「稼穡卒痒」乃言五穀盡病耳。箋以立王爲所恃立以爲王者之物，失其義矣。

「具贅卒荒」，傳：「贅，屬。荒，虛也。」箋：「皆見繫屬於兵役，家室空虛。」瑞辰按：廣雅釋詁：「贅，聚也。」釋言：「贅，屬也。」屬與聚義通。孟子曰大王「屬其耆老」，趙注：「屬，會也。」書傳云：「贅其耆老。」「具贅卒荒」，庶而不能富也。箋以爲繫屬於兵役，失之。

「靡有旅力」，箋：「朝廷曾無有同力諫諍。」瑞辰按：旅力當有二訓。方言、廣雅竝曰：「膂〔一〕，力也。」膂與旅通。爾雅釋詁：「旅，陳也。」詩旅力有當从力字訓者，詩小雅「旅力方剛」是也。有當訓爲陳力者，此詩「靡有旅力」是也。舊皆訓爲衆，失之。

〔一〕「膂」原作「旅」，據方言卷六、廣雅釋詁二改。

「以念穹蒼」，箋：「念天所爲下此災。」正義：「以念止此穹蒼上天所下之災者。」瑞辰按：方言、説文竝曰：「念，常思也。」説文又曰：「懷，念思也。」是念與懷同義。爾雅釋詁：「懷，念思也。」又：「懷，止也。」懷爲止，則念亦有止義。説文：「諗，深諫也。」「歛，塞也。」諗，歛皆从念聲，諫、塞義皆近止，故正義釋箋，訓念爲止。今按止與至義相近，爾雅釋詁格、懷竝訓爲至，此詩念亦至也。凡此接於彼曰至。「以念穹蒼」猶書云「格於皇天」、「格於上帝」耳。

「民人所瞻」，箋：「爲百姓所瞻仰者。」瑞辰按：詩以瞻與相、臧、腸、狂爲韻。吴棫韻補讀瞻爲諸良切，引漢溧〔一〕陽長潘乾校官碑「永世支百，民人所彰」爲證。今按瞻與彰一聲之轉，毛詩瞻即彰字之假借。猶之集、就雙聲，毛假集爲就；務、侮雙聲，毛借務爲侮也。三家詩蓋有从本字作彰者，故漢碑引之。彰，見也，明也，謂爲民人所共見也。鄭箋訓爲瞻仰，失之。孔廣森以毛詩作瞻爲誤字，亦非。

「秉心宣猶」，箋：「宣，徧。猶，謀也。乃執正心，舉事徧〔二〕謀於衆。」瑞辰按：「秉心宣猶」與「秉心塞淵」句法相同。韓詩釋淇奥詩曰：「宣，顯也。」顯即明也。猶、猷、繇古通用。爾雅釋詁：「繇，道也。」方言：「裕、猷，道也。」道之言導；導，通也，達也；通達則順。管子君

〔一〕「溧」原作「深」，據續經解本及隸釋卷五改。

〔二〕「徧」原作作「循」，據毛詩鄭箋改。

臣篇「順理而不失之謂道」，又晉語「使張老〔一〕延君譽於四方，且覲道〔二〕逆者」，楚語「違而道，從而逆」，王尚書謂道逆猶言順逆，是也。廣雅釋詁又曰：「猷，順也。」「秉心宣猶」言其持心明且順耳。周頌「宣哲維人」與「文武維后」對文，宣哲卽明哲，與此詩宣猶皆二字平列。箋訓宣爲徧，猶爲謀，失之。

「考愼其相」，傳：「相，質也。」箋：「相，助也。又考愼其輔相之行，然後用之。言擇善之審。」瑞辰按：相从箋訓助爲是，此對下「自獨俾臧」言無助者也。

「甡甡其鹿」，傳：「甡甡，衆多也。」瑞辰按：說文：「甡，衆生竝立之皃。」蓋鹿性旅行，見食相呼，有朋友羣聚之象，故詩以興朋友之不相善。正義曰：「甡卽詵字。」玉篇：「㚨，多也。或作莘、騂、㹀、兟、甡。」今按：先、辛雙聲疊韻，故通用。據螽斯釋文「詵，說文作㚨，音同」，是知詵本㚨之假借字，莘、騂、㹀、兟皆當爲螽斯「詵詵」之異文，不當爲此詩「甡甡」之異文。甡與詵義雖同，然非同聲，又非同部，無由相通。玉篇及正義竝合詵、甡爲一，失之。

「進退維谷」，傳：「谷，窮也。」箋：「前無明君，卻迫罪役，故窮也。」瑞辰按：阮宮保曰：「谷乃穀之假借。爾雅『東風謂之谷風』，郭注：『谷之言穀。』書堯典『昧谷』，周禮縫人注引

〔一〕「老」原作「者」，據續經解本及晉語七改。
〔二〕「道」字原脫，據晉語七補。

作『㮄穀』，皆谷、穀同聲通用之證。『進退維穀』，穀，善也，此乃古語，詩人用之，近在『不胥以穀』之下，嫌其二穀相竝爲韻，因假谷字當之，此詩人義同字變之例也。」又引晏子春秋晏子對叔向引詩「進退維谷」以證「君子進不失忠，退不失行」，韓詩外傳引詩「進退維谷」以證石他之進盟以免父母，退伏劍以死其君，皆處兩難善全之事，以見進退皆谷爲善。其說甚確，足正毛、鄭之誤。今按以韓詩外傳引詩證之，則訓谷爲善，蓋本韓詩之說。

「大風有隧，有空大谷」，傳：「隧，道也。」箋：「西風謂之大風。大風之行，有所從而來，必從大空谷之中。」瑞辰按：王尚書經義述聞曰：「楚詞九歌『衝風起兮橫波』，王逸注：『衝，隧也。』則古謂衝風爲隧風。隧風，即遺風也。呂氏春秋本味篇『遺風之乘』，高注：『行迅謂之遺風。』漢書王褒傳：『逐遺風。』遺與隧古同聲而通用。云『有隧』者，形容之詞，『有空』亦形容大谷之詞。小雅白駒篇『在彼空谷』，傳：『空，大也。』言大風之狀則有隧矣，大谷之狀則有空矣。先言有空，後言大谷，變文與下爲韻也。」今按王說是也。玉篇：「𩙪，風皃。」𩙪即遺字之或體，是正「有隧」爲風狀之證。南山經：「旄山之尾，其南有谷，曰育遺，凱風自是出。」育遺一作育隧，據下云凱風所出，則育隧者，蓋以其風生此隧而名之與？廣雅釋詁：「凱，大也。」淮南子：「南風曰巨風。」說文：「南方曰景風。」巨、景皆大也。夏小正正月：「時有俊風。俊者，大也。大風，南風也。」此詩大風與大谷對文，應讀如大小之大。箋以爾雅泰風釋之，郭注爾雅遂引詩「泰風有隧」，非詩義也。潛夫論引下章「大風有遂」，遂卽隧之省借。又按漢書司馬相如傳「巖巖深山之谾谾兮」，晉灼曰：「谾，古豅字也〔一〕。」蕭該曰：「谾或作豅，長大貌也〔二〕。」說文：「豅，大長谷也。」白駒傳：「空谷，大谷也。」說文：「𧮫，空谷也〔三〕。」虛廖亦大貌。此詩「有空」爲大谷之貌，空當卽豅之假借，因豅別作谾，又省而爲空耳。

「征以中垢」，傳：「中垢，言闇冥也。」箋：「征，行也。」瑞辰按：韓詩外傳引「詩曰：『往以中垢。』冥行也。」往與征字異而義同，或以形近而誤。王尚書謂「征以中垢」猶言「行以得詬」，說詳經義述聞。胡承珙曰：「垢，塵垢也。小雅曰：『維塵冥冥。』故傳云『言闇冥也』。」今按「中垢」猶言內垢，與鄘風「中冓」爲內冓同義，冓卽垢之假借。

「貪人敗類」，傳：「類，善也。」箋：「類，等夷也。」瑞辰按：周書芮良夫篇曰：「后作類。后弗類，民不知后，惟其怨。」作類謂作善也。胡承珙曰：「傳訓類爲善，善卽謂善類。敗類者，謂貪人能敗善人耳。箋語正申傳義。」

〔一〕「字也」二字原脱，據漢書司馬相如傳顔注引晉灼說補。

〔二〕按：此蕭該語乃自史記司馬相如傳索隱轉引，漢書注無此語。

〔三〕按：段玉裁於「空谷也」下注云：「虛廖之谷也。」似當補引。下文「虛廖亦大貌」，正承段注而言。

「聽言則對，誦言如醉」，箋：「對，答也。見道聽之言則應答之，誦詩書之言則冥卧如醉。」瑞辰按：説文：「聽，聆也。」「从，相聽也。」廣雅：「聽、聆，從也。」聽言謂順從之言，卽譽言也。説文：「誦，諷也。」楚語：「倚几有誦訓之諫。」又曰：「使工誦諫於朝。」誦言卽諷諫之言也。詩言貪人好譽而惡諫，聞譽言則答，聞諫言則如醉，與雨無正「聽言則答，譖言則退」義同。爾雅釋言：「對，遂也。」遂者，㒸之假借。説文：「㒸，从意也。」遂與答義亦相近。箋説失之。

「嗟爾朋友」，箋：「嗟爾朋友者。親而切磋之也。」瑞辰按：周書芮良夫篇云：「惟爾執政、小子。」又曰：「惟爾執政、朋友、小子。」書序則謂：「芮伯納王於善，暨執政，小臣咸省厥躬。」以執政爲大臣，小子爲小臣，則朋友指同列諸臣言也。此詩貪人指執政，則朋友亦謂衆臣之同列者耳。

「予豈不知而作」，箋：「而，猶女也。我豈不知女所行者惡與！」瑞辰按：作當讀如「蓋有不知而作之者」之作，卽指末章「既作爾歌」，謂豈不知而作詩以刺也。箋訓而爲女，作爲行，失之。

「如彼飛蟲，時亦弋獲」，箋：「直知之，女所行如是，猶鳥飛行自恣，東西南北，時亦爲弋射者所得。言放縱久，無所拘制，則將遇伺女之閒者得誅女也。」瑞辰按：弋者，隿之省借。

説文：「隿，繳射飛鳥也。从隹，弋聲。」經傳多假作弋。弋爲繳射飛鳥之稱，射飛不射止。論語「弋不射宿」，文登李允升以爲不射止鳥，其説是也。説文、廣雅竝曰：「宿，止也。」凡止曰宿，非專謂夜止也。詩以飛鳥之難射，時亦以弋射獲之，喻貪人之難知，時亦以窺測得之耳。箋以飛蟲爲喻放縱，似非詩義。

「既之陰女」，箋：「之，往也。我恐女見弋獲，既往覆陰女。謂啟告之以患難也。」瑞辰按：此承「予豈不知而作」及「如彼飛蟲，時亦弋獲」而言，「時亦弋獲」卽喻時亦得知也，故下接言「既之陰女」，猶云既其知女。之猶其也，陰之言諳也。説文：「諳，悉也。」陰與諳同聲通用。陰之爲諳，猶陰之訓闇亦通闇也。說文：「陰，闇也。」書「亮陰」，史記作「亮闇」。陰與意、隱亦雙聲。爾雅釋言：「隱，占也。」郭注：「隱，度。」少儀「隱情以虞」，鄭注：「隱，意也，思也。」意猶億也。説文：「意，从心音，察言而知意也。」廣雅：「隱，度也。」説苑權謀篇曰：「臣聞君子善謀，小人善意。」陰之通意，猶陰之借作音也。左傳「鹿死不擇音」，音卽蔭字之借。鄭訓爲芘陰，失之。王肅謂「陰知之」，於陰之下增知字，亦未識陰之卽爲知也。

「反予來赫」，傳：「赫，炙也。」箋：「口距人謂之赫。」釋文：「赫，毛許白反，光也，與『王赫斯怒』同義。本亦作嚇，鄭許嫁反，口距人也。莊子云『以梁國嚇我』是也。」正義：「傳『赫，赫』，定本、集注毛傳云『赫，炙也』。王肅云：『我陰知女行矣，乃反來嚇炙我，欲有以退止我言者也。』傳意或然，俗本誤也。」瑞辰按：據正義云定本、集注从王肅本作「赫，炙」，則知正義本作「赫，赫也」。今本作「赫，炙」者，誤从王肅本也。方言、廣雅竝云：「赫，怒也。」楚詞離騷「陟陞皇之赫戲」，王注：「赫戲，光明貌。」盛光謂之赫，盛怒亦謂之赫，義正相通，故釋文本作赫，訓光耳。一切經音義卷一、卷八、卷十九引詩竝作「反予來嚇」，箋曰「口距人曰嚇」。蓋箋原作嚇，後人因據箋以改經，今正義本箋作赫，又後人據經以改箋，二者皆失其舊矣。桂氏馥曰：「漢舊律有刼略恐猲科，其字作猲。猲、赫聲近，赫借字，嚇俗字。晉書音義曰：『猲，相恐也。』猲通作曷，僖十四年公羊傳：『是見恐曷而亡。』又通作喝，戰國策：『横人日夜務以秦權恐喝諸侯。』」今按猲、喝二字皆見説文，然非恐猲之義。古訓怒者止作赫，後乃增口作嚇，又以同聲假借作猲、喝與曷耳。廣韻〔一〕：「嚇，呼格切，怒也。」唬、嚇爲雙聲字，故嚇又通唬，通俗文：「虎聲謂之哮唬。」一作哮嚇，埤蒼：「哮嚇，大怒聲也。」

「職涼善背」，傳：「涼，薄也。」箋：「涼，信也。」瑞辰按：「職涼善背」與「職競用力」、「職盜爲寇」文法相類，謂涼薄者善相欺背，从傳訓涼爲薄是也。説文：「涼，薄也。」又𧨁字注：「事有不善，言𧨁也。」引爾雅「𧨁，薄也」。今爾雅無𧨁字，惟小爾雅云：「涼，薄也。」許所引當卽漢藝文志孝經家之小爾雅，蓋古本自借作𧨁耳。廣雅亦曰：「𧨁，䙏也。」䙏卽薄也。又通作

〔一〕「韻」原作「雅」，據續經解本及廣韻陌部改。

亮，魏志高柔傳「昔仲尼亮司馬牛之憂」，亮亦㝽之借也。箋以涼爲諒之假借，故訓爲信，然非詩義。

「民之未戾」，傳：「戾，定也。」瑞辰按：廣雅釋詁：「戾，善也。」未戾卽未善，與上章「罔極」同義。

## 雲漢

序「宣王承厲王之烈」，箋：「烈，餘也。」瑞辰按：爾雅釋詁：「烈，餘也。」烈者，裂之假借，說文：「裂，繒餘也。」玉篇：「㼖，帛餘也。」廣雅：「𥻆，餘也。」㼖、𥻆竝與裂同。方言：「烈，餘也。晉衛之閒曰烈。」裂亦通作厲，厲、裂一聲之轉，猶厲山氏一作列山氏也。

序「側身修行」，瑞辰按：反、側二字同義，故春秋楚公子側字子反。「側身修行」猶易言「反身修德」也。正義以側爲不正之言，「憂不自安，故處身反側」，失其義矣。

「倬彼雲漢」，文選注引韓詩作「對彼雲漢」。瑞辰按：對者，菿字形近之譌。小雅「倬彼甫田」，韓詩作菿，正與此同。爾雅釋詁：「菿，大也。」漢司隸校尉魯峻碑「遐邇忉𢠵」，𢠵卽倬之通借，猶倬通作菿也。

「饑饉薦臻」，傳：「薦，重。臻，至也。」瑞辰按：薦與荐同，爾雅釋言：「荐，再也。」故傳訓薦爲重。蓁，亦重也。薦蓁，猶今言頻仍也。爾雅釋詁：「蓁、仍，乃也。」仍、乃古通用，訓蓁爲乃，卽訓蓁爲仍也。釋天又曰：「仍饑爲荐。」釋文：「荐，本作薦。」是薦、荐通。易「習坎，水洊至」，釋文引京房易作「水蓁至」，蓁猶洊，洊卽薦也。說文洊作瀳，从水，薦聲，讀若尊。是又薦、蓁聲轉之證。墨子尚同篇「飄風苦雨荐蓁而至」，皆薦、蓁二字同義之證。說文：「增，益也。」蓁、增二字雙聲，蓁卽增字之假借，故義同薦，訓仍，猶溱洧之溱字亦通作潧也。薦、蓁亦雙聲字，故爾雅釋詁又曰：「薦，蓁也。」傳从蓁字本義訓爲至，失之。

「圭璧既卒」，箋：「禮神之圭璧又已盡矣。」瑞辰按：古者有禮神之玉，周禮大宗伯「以玉作六器，以禮天地四方」是也。有燔玉，大宗伯祀天神，禋祀、實柴、槱燎，鄭注「三祀皆積柴，實牲體焉，或有玉帛，燔燎而升煙，所以報陽也」，又韓詩内傳曰「天子奉玉升柴，加於牲上」是也。有埋沈之玉，爾雅釋天「祭山曰庪縣」，郭注引山海經「縣以吉玉」，孫炎曰「埋於山足曰庪，埋於山上曰縣」，此埋玉也；釋天「祭川曰浮沈」，邵氏正義引左氏襄十八年傳「沈玉以濟」，昭二十四年傳「王子朝以成周之寶玉湛於河」，又定三年傳「執玉而沈」，此沈玉也。又爾雅「祭地曰瘞埋」，春官司巫「凡祭祀守瘞」，鄭注「謂若祭地祇有埋牲玉者也」，則祭地亦埋玉矣。禮玉祭畢而藏，至燔玉及埋沈之玉則不復取出。此詩二章言「自郊徂宮，上下奠瘞，靡神不宗」，是必兼用燔玉及埋、沈各玉，因其不復取出，故詩言「圭璧既卒」。禮記郊特牲正義引「皇氏云：『祭日，王立丘之東南，西嚮，燔柴及牲玉於丘上。』故韓詩內傳曰：『天子奉玉升柴，加於牲上。』詩又云『圭璧既卒』，是燔牲玉也。」其說是也。箋、疏但引禮神之玉，似非詩義。又按說文：「瓏，禱旱玉也。爲龍文。」左傳昭公使公衍獻龍輔於齊侯，正義引說文爲證，是禱旱別有瓏玉。

「蘊隆蟲蟲」，傳：「蘊蘊而暑，隆隆而雷，蟲蟲而熱。」箋：「隆隆而雷，非雨雷也，雷聲尚殷殷然。」釋文：「蘊，紆粉反。本又作煴，紆文反。韓詩作鬱，同。」正義：「溫，定本作蘊。」瑞辰按：說文有薀無蘊，云：「薀，積也。」蘊即薀之俗字。薀、煴、溫古同聲，薀、鬱雙聲，故通用。爾雅釋言：「鬱，氣也。」李巡曰：「鬱，盛氣也。」荀子富國篇「使夏不宛暍」，楊倞注：「宛讀爲蘊，暑氣也。」是蘊又通作宛，宛、鬱亦雙聲。蘊隆謂暑氣鬱積而隆盛，蟲蟲則熱氣熏蒸之狀也。傳分蘊隆爲暑、雷，似非詩義。爾雅釋訓：「爞爞，熏也。」蟲蟲即爞爞之省。說文無爞有赨，云：「赤色也。从赤，蟲省聲。讀與爞同。」疑爞即赨之變體，赨爲赤色，而以狀暑之熏蒸，猶赫爲大赤，此詩亦以狀暑氣也。釋文引韓詩作烔烔，華嚴經音義引韓詩傳曰：「烔，謂燒草火焰盛也。」一切經音義卷四引埤蒼：「烔烔，熱貌也。」廣韻：「烔，熱氣烔烔。」烔出字林，古同與蟲同音，蟲、烔皆徒冬反，故通用。爞通作烔，猶說文鉵从蟲省聲，讀若同也。又通作疼疼，釋名：「疼，旱氣疼疼然煩也。」劉向引詩正作疼疼。說文無疼有痋，云：

「動病也。从疒，蟲省聲。」段玉裁曰：「痋即疼字。」蓋以痋、冬疊韻，又變而爲疼字耳。

「自郊徂宮」，箋：「宮，宗廟也。」瑞辰按：劉氏台拱謂宮即「王宮祭日」之類，周禮所謂「壇壝宮」，其説是也。鄭注祭法曰：「宮壇，營域也。」祭郊、祭廟不同日，下云「后稷不克」者，謂郊天以后稷配，非祭宗廟也。箋以宮爲宗廟，失之。

「靡神不宗」，傳：「宗，尊也。」瑞辰按：此承上「自郊徂宮，上下奠瘞」言之，故總之以「靡神不宗」。或據後漢順帝詔「靡神不禜」，謂三家詩蓋有从作禜者。然毛詩作宗，以與蟲、宮等字爲韻。若改作禜，則非韻矣。

「后稷不克，上帝不臨」，箋：「克當作刻。刻，識也。是我先祖后稷不識知我之所困與？天不視我之精誠與？」瑞辰按：克，能也。金縢「不能事鬼神」即不克事鬼神也。漢書顔師古注：「能，善也。」善事鬼神曰能，鬼神善視之亦爲能。春秋繁露曰：「宣王自以爲不能乎上帝，不中乎鬼神，故有此災。」即據詩「后稷不克，上帝不臨」而言。「后稷不克」謂后稷不善視之也。「上帝不臨」，臨讀如左傳「神弗臨也」之臨，謂上帝不臨護之也。臨字於韻不協，古臨通作隆，如臨衝韓詩作隆衝，後漢避殤帝諱改隆慮曰林慮，荀子書亦作臨慮是也。古音讀臨蓋亦如隆，故與蟲、宮、宗、躬等字諧韻耳。

「靡有孑遺」，傳：「孑然遺失也。」瑞辰按：方言：「孑、蓋，餘也。」郭注：「謂遺餘。」是孑亦遺也。孑遺二字同義，故孟子引此詩而但以靡有遺民釋之。

「則不我遺」，箋：「天將遂旱餓殺我與？」瑞辰按：遺當讀如問遺之遺。廣雅釋詁：「問，遺也。」「遺，與也。」與人以物謂之問，亦謂之遺。鄭風「雜佩以問之」，問卽遺也。與人相恤問亦謂之遺。此詩「則不我遺」猶五章「則不我聞」。聞當讀問，問猶恤問也。六章「則不我虞」，廣雅釋詁：「虞，助也。」正與四章「則不我助」同義。遺也，聞也，助也，虞也，義皆相近。若如正義訓爲留遺，則與上文「靡有孑遺」語相複矣。箋訓聞爲聽聞，虞爲度，竝失之。

「先祖于摧」，傳：「摧，至也。」箋：「摧當作嗺。嗺，嗟也。先祖之神于〔一〕嗟乎！告困之辭。」瑞辰按：曾釗曰：「說文：『摧，擠也。』春秋昭十三年左傳云『知擠于溝壑矣』，杜注：『擠，隊也。』隊，今之墜字，則摧亦墜也。召誥『墜厥命』與詩同義，言先祖之業將墜也。傳訓爲至者，至義亦與墜近。說文：『至，鳥飛从高下至地也。』」今按：曾說申毛甚析，然必申言「先祖之業將墜」，其義始明。若言「先祖于墜」，則不詞矣。竊謂摧與䜅通。邶風「室人交徧摧我」，箋：「摧者，刺譏之言。」韓詩作䜅，云：「䜅，就也。」就當爲訧字形近之譌。以下章「讁我」類之，摧亦讁耳。廣雅釋詁：「摧，折也。」義亦相近。「先祖于摧」亦當讀䜅，謂先祖方見讁

〔一〕「于」原作「於」，據毛詩鄭箋改。按：馬氏於本書卷十三東門之枌「穀旦于差」條云：「古吁與訏多省作于……此詩于差卽吁嗟，與雲漢詩『先祖于摧』箋讀爲吁嗟正同。」

罰也。傳訓摧爲至，箋讀于爲吁，讀摧爲嗺嗟，竝失之。

「云我無所」，箋：「人皆不堪，言我無所庇陰處。」瑞辰按：云爲雲字古文，象回轉之形。正月詩「昏姻孔云」，傳：「云，旋也。」云又通員，員之言圓也，運也。回旋運轉，有庇蔭之象。又陰陽字説文作霒，云「雲覆日也」。「云我無所」猶云蔭我無處耳。箋、疏竝訓云爲言，失之。

「大命近止」，傳：「大命近止，民近死亡也。」箋：「衆民之命近將死亡矣。」瑞辰按：大命對小命言。逸周書命訓篇曰「天生民而成大命」，又曰「大命有常，小命日成」，又曰「大命世罰，小命罰身」是也。白虎通壽命篇曰：「命者，何謂也？人之壽也，天命已使〔一〕生者也。命有三科以記驗：有壽命，以保度。有遭命，以遇暴。有隨命，以應行。」又曰：「遭命者，逢世殘賊，若上逢亂君，下必災變暴至，天絶人命。」其説蓋本孝經援神契。此詩憂旱而曰「大命近止」，即彼所云遭命也。古以延期長久爲大命，左氏傳曰「大命不敢請」，呂刑「自作元命」，鄭注謂即大命是也。亦以死亡爲大命，蕩之詩「大命以傾」，西伯戡黎祖伊曰：「今民罔弗欲喪，曰天曷不降威，大命不摯」，史記殷本紀作「大命胡不至」。此言民以死亡爲幸，而云「大命胡不至」，是大命即死亡之命也。説苑敬慎篇成回對子路曰「回是以恭敬待大命」，亦謂

〔一〕「已使」二字原誤倒，據白虎通（陳立疏證本）乙正。

待死亡之命也。又哀十五年左傳曰「大命隕隊」，則大命即生命耳。正義云「大者衆多之詞，故箋以爲衆民之命」，失其義矣。

「滌滌山川」，傳：「滌滌，旱氣也。山無木，川無水。」瑞辰按：說文：「蔋，艸旱盡也。」引詩「蔋蔋山川」，蓋本三家詩。蔋从俶聲，俶从叔聲，叔與少長之少、多少之少皆雙聲而義同，故蔋有艸旱盡之象。說文：「宋，無人聲。」「鵽，禿鵽。」凡从叔聲者，皆有無義，與蔋之訓艸旱盡者義正相近。毛詩作滌滌者，同部假借字也。段玉裁以說文作蔋蔋爲誤字，其說非也。

「旱魃爲虐」，傳：「魃，旱神也。」瑞辰按：說文：「魃，旱鬼也。」藝文類聚引韋昭毛詩答問引毛傳亦作旱鬼，爲說文所本。字通作妭，玉篇引文字指歸曰「女妭禿無髮，所居之處天不雨」是也。山海經大荒北經：「係昆之山有人，衣青衣，名曰黄帝女妭。黄帝攻蚩尤冀州，蚩尤請風伯雨師縱大風雨，黄帝乃下天女曰妭，雨止，遂殺蚩尤。妭不得上，所居不雨。」妭即魃字之假借。張衡客難曰「女魃北而應龍翔」，義本山海經，其說最古。正義不引山海經而引神異經，疎矣。太平御覽引韋昭詩答問曰：「旱魃眼在頭上。」與神異經言魃「目在頂上」合，蓋亦本神異經。魏志載咸平五年晉陽得死魃，長二尺，面、頂各二目，通考言永隆元年長安獲女魃，長尺有二寸，其說與神異經小有同異。

「如惔如焚」，傳：「惔，燎之也。」箋：「草木燋枯，如見焚燎然。」釋文：「惔，音談。說文云：『炎，燎也。』徐音炎。焚，本又作樊。」正義引定本經中作「如惔如焚」。瑞辰按：據正義言定本作「如惔如焚」，則正義本原作「如炎如焚」，其釋經云「如炎之惔燒」，是其證也。後漢書肅宗詔曰：「今時復旱，如炎如焚。」章懷注引韓詩爲證。洪頤煊曰：「說文作『惔，憂也』，釋文引說文『炎，燎也』，與今本說文『炎，火光上也』異。『說文』二字當爲『韓詩』傳寫之譌。」今按：作炎者爲韓詩，則作惔者自是毛詩。節南山「憂心如惔」，毛傳：「惔，燔也。」與此傳「惔，燎之也」合。又前章「炎炎」，釋文云：「炎，本或作惔，同。」是惔與炎聲近義同，惔即炎之假借。若如說文訓惔爲憂，則訓詩「如惔」作如憂，爲不詞矣。說文訓憂是惔之本義，與詩「如惔」爲炎之假借，義自不同。至說文惔字注引詩「憂心如炎」以明惔字从炎之義，蓋本韓詩，今本作「憂心如惔」亦誤。說文：「樊，燒田也。从火棥，棥亦聲。」此焚之本字，後隸省作焚。釋文「焚，本又作樊」，从本字也。今本或作樊，誤矣。

「寧俾我遯」，箋：「天曾將使我心遯遯慙媿於天下，以無德也。」瑞辰按：遯、屯古同聲，當讀如「屯難」之屯。又遯、困亦同聲，廣雅釋詁：「困，逃也。」遯義爲逃，亦爲困。周官遺人疏引書傳云：「居而無食謂之困。」寧、乃一聲之轉，「寧俾我遯」猶云乃使我困也。箋說失之。

「黽勉畏去」，箋：「黽勉，急禱請也。欲使所尤畏者去。所尤畏者，魃也。」瑞辰按：廣雅釋詁：「畏，惡也。」畏去謂苦此旱而惡去之也。箋說失之。

「敬恭明神」，釋文：「明祀，本或作明神。」盧氏考證曰：「注疏本作明神，案文選陸士衡答張士[一]然詩李善注引毛詩作『敬恭明祀』。」隸釋西岳華山亭[二]碑「敬恭明祀，以奉皇靈」，亦本此詩。明祀猶書洛誥曰「明禋」也。據箋云「肅事明神如是，明神宜無悔怒」，則鄭君所見毛詩自作明神，仍當以注疏本爲正。

「散無友紀」，箋：「人君以羣臣爲友。散無其紀者[三]，凶年祿餼不足，又無賞賜也。」瑞辰按：白虎通：「友者，有也。」釋名：「友，有也。相保有也。」論語「有朋自遠方來」，有或作友。此詩友卽有之假借，「散無友紀」謂羣臣[四]散無有紀也。箋說失之。

「鞫哉庶正」，箋：「鞫，窮也。」瑞辰按：鞫者，趜之假借。說文：「趜，窮也。」廣韻：「趜，困人也。」趜、窮以雙聲爲義。廣雅釋詁：「窮，貧也。」此詩訓鞫爲窮者，正謂貧耳。至說文

〔一〕「案文選陸士衡答張士」九字原脱，據盧文弨經典釋文考證補。
〔二〕「亭」字原脱，據隸釋卷二補。
〔三〕「者」字原脱，據毛詩鄭箋補。
〔四〕「臣」字原脱，據續經解本補。

「窾，窮也」，「竆，窮治辠人也」，同取雙聲而義自別。

「疚哉冢宰」，傳：「疚，病也。」釋文：「疚，本作宊，又作究，同。」瑞辰按：作宊者正字，疚與究皆假借字。説文：「宊，貧病也。」引周頌「煢煢在宊」。今本作疚。廣雅釋詁：「宊，貧也。」大雅「維今之疚」對「維昔之富」言，疚謂貧病。此詩因旱致病，疚亦貧病也。

「靡人不周，無不能止」，傳：「周，救也。無不能止，言無止不能也。」箋：「周當作賙。王以諸臣困於食，人人賙救之，權救其急，後日乏無，不能豫止。」瑞辰按：説文無賙字。周官鄉師「賙萬民之囏阨」，鄭司農曰：「賙當爲周急之周。」玉篇：「賙，周也。」是古賙字止作周。周官大司徒「五黨爲州，使之相賙」，後鄭謂：「賙者，禮物不備，相給足也。」此箋又曰：「周當作賙。」是鄭君以賙爲正字。古者家施不及國。春秋如宋公子鮑竭粟以貸國人，宋罕氏餼國人粟，皆後世政在私家故耳。宣王時不應使羣臣賙給其民，當从箋謂王賙給羣臣。正義申毛，謂「無有一人而不賙救其百姓者」，非也。且上文「鞫哉庶正」等語，正言羣臣之困乏，則爲賙給羣臣可知。墨子七患篇曰：「一穀不升謂之饉，二穀不升謂之旱，三穀不升謂之凶，四穀不升謂之餽，五穀不升謂之饑。歲饉則大夫以上皆損禄五分之一，旱則損五分之二，凶則損五分之三，餽則損五分之四。」是故〔一〕古者凶年有損禄之制，與上章箋言「凶年

〔一〕「故」字疑衍。

禄餼不足」合，此羣臣所由困乏，有待賙救也。無當讀如「何有何亡」之亡，有謂富，亡謂貧也。「無不能止」，言雖賙之而其乏無不能救止也，止卽救也。箋訓無爲乏無，是也。乏無卽指當時言，不必如箋云「後日乏無」耳。

「有嘒其星」，傳：「嘒，衆星貌。」瑞辰按：說文：「譓，聲也。」引詩「有譓其聲」。段玉裁曰：「如史所云『赤氣亙天，砰隱有聲』之類。」蓋卽此詩之異文。胡承珙曰：「三家詩必有借譓字者，故許引之，當云：『詩曰：有譓其星。』段說非也。」今按：嘒與譓，星與聲，音俱相近，三家詩傳授音同而字異，遂各據其字以釋之。說文作「有譓其聲」者，或因上文言「譓，聲也」，遂誤星作聲耳。詩言「有嘒其星」，正天旱無雨之象，故下接言「大命近止，昭假無贏〔一〕」，勉羣臣助之求雨也。

「昭假無贏」，傳：「假，至也。」箋：「假，升也。王仰天見衆星順天而行，嘒嘒然，意感，故謂其卿大夫曰：『天之光曜升行不休，無自贏緩之時。』」瑞辰按：說文、廣雅竝曰：「縕，緩也。」箋訓贏爲緩，義與縕同。但以文義求之，詩蓋勉羣臣敬恭祀典之意，言誠能昭假於天，其感應之理，必未有贏差者。廣雅爽、贏竝訓爲過，過謂過差，無贏猶言無爽，無爽猶言無差忒耳。

〔一〕「贏」原作「羸」，據續經解本及毛詩改。下同。

# 毛詩傳箋通釋卷二十七

## 大雅

### 崧高

「崧高維嶽」，傳：「崧，高貌。山大而高曰崧。嶽，四嶽也。東嶽岱，南嶽衡，西嶽華，北嶽恆。」瑞辰按：孔子閒居鄭注：「言周道將興，五嶽爲之生賢輔佐仲山甫及申伯，爲周之幹臣。」與毛傳以嶽爲四嶽不同。蓋鄭注禮从韓詩，以甫、申爲仲山甫、申伯，爲五嶽降神所生；箋詩則从毛，以甫、申爲甫侯、申伯，爲唐虞四嶽之後，故以嶽爲四嶽也。唐虞有四嶽，無五嶽，周官大司樂始有五嶽之名。何休公羊傳注引尚書巡狩四嶽之文，又云「還至崧，如初禮」，蓋漢儒所附益。邵晉涵據禹貢「至於太岳」，因以霍太山合四嶽爲唐虞之五嶽，特肊說耳。唐虞四嶽，據周語云「此一王四伯」，堯典帝咨四岳，下云「師錫帝曰」，又舜咨四岳，「僉曰伯禹作司空」，「僉曰伯夷」，師與僉皆衆也，此正四嶽爲四人之證，先儒或以四嶽爲一人者誤也。舜咨四岳「有能典朕三禮」，「僉曰伯夷」，則伯夷非卽四岳，史記以伯夷爲四岳亦誤也。周時五嶽，以爾雅河南華、河西嶽、河東岱、河北恆、江南衡爲正。華山今在華陰縣南十里，吳嶽在今鳳翔府隴州南八十里，岱山在今泰安府泰安縣北，恆山在今真定府曲陽縣西北一百四十里，衡山在今衡州府衡山縣西三十里。邵晉涵曰：「昔周營成周，宅於土中，四方所和會。華山在成周境内，故首舉之。吳嶽在岐周境内，故次及之。東岱、北恆、南衡，所謂三面環拱也。鄭注大司樂五嶽云：「岱在兖州，衡在荆州，華在豫州，岳在雍州，恆在并州。」正與爾雅合。又雜問志云：『周都豐鎬，故以吳岳爲西岳。』此爲定論。正義轉據孝經鉤命決及王肅尚書注、服虔左傳注、鄭康成大宗伯注，謂周時五嶽有嵩高，無吳岳，誤也。」爾雅又云：「泰山爲東嶽，華山爲西嶽，霍山爲南嶽，恆山爲北嶽，嵩高爲中嶽。」邵晉涵謂漢武以後諸儒所附益。孫炎、郭璞等皆以爾雅爲周書，故孫炎以霍山爲衡山之譌，郭璞謂南岳以兩山爲名，應劭風俗通又言衡山一名霍，而以詩『嵩高維嶽』專指中嶽，不知爾雅此條特漢儒增入漢制也。金誠齋謂殷都西亳在豫州之域，故以嵩爲中嶽，因以爾雅後一條所言爲殷制，胡承珙又謂周公營建洛邑亦在豫州，故仍殷制，亦當以嵩高爲中嶽，皆無確證。嵩，爾雅作崧。韋昭國語注：『嵩，古通用崇字。』是知嵩、崧皆崇字之異體。漢地理志作崈，亦卽崇字之小異。後漢書靈帝紀熹平五年改崇高山爲嵩高，始誤分崇、嵩爲二字耳。

「維周之翰」，傳：「翰，幹也。」箋：「入爲周之楨幹之臣。」瑞辰按：爾雅：「翰，榦也。」翰卽榦之假借，幹又榦之俗字。書費誓「峙乃楨榦」，馬融注：「楨、榦皆築具，楨在前，榦在兩旁。」舍人注〔一〕云：「楨，正也。築牆所立兩木也。榦，所以當牆兩邊障土者。」是對言則楨、榦異物，而爾雅、毛傳又皆以楨爲榦者，渾言則楨、榦可互訓也。成二年左傳「棺有翰檜」，杜注「翰，旁飾」，又脅爲兩膀，脅骨名肋，而廣雅云「榦謂之肋」，皆與榦爲旁木義合。惟說文云：「榦，築牆耑木也。」似以榦爲在前。蓋許渾言楨榦，遂以楨釋榦耳。

「四國于蕃，四方于宣」，箋：「四國有難則往扞禦之，爲之蕃屏。四方恩澤不至，則往宣暢之。」瑞辰按：宣與蕃對言，宣當爲垣之假借。說文：「垣，牆也。」亘古讀同宣，故垣或假作宣。猶詩「赫兮咺兮」，韓詩咺作宣也。「四國于蕃，四方于宣」，猶板之詩「价人維藩，大師維垣」也。二于字皆當讀爲，猶言爲蕃爲垣也。古于、爲同音通用，聘禮記鄭注：「于讀曰爲。」定之方中詩「作于楚宮」、「作于楚室」，文選李善注引作「作爲楚宮」、「作爲楚室」，是其證矣。

「王纘之事」，箋：「纘，繼。王又欲使繼其故諸侯之事。」釋文：「纘，韓詩作踐。踐，任

〔一〕此「舍人注」指爾雅釋詁舍人注，非注尚書費誓。

也。」瑞辰按：踐與纘〔一〕雙聲通用，中庸「踐其位」，鄭注「踐或爲纘」是也。潛夫論引詩作「王薦之事」，薦與纘亦雙聲，蓋本齊、魯詩。其義承上「生申」言之，則从箋訓繼爲允。

「于邑于謝」，傳：「謝，周之南國也。」箋：「于，往。于，於。往作邑於謝。」瑞辰按：漢書地理志南陽宛縣，申伯國，卽今南陽府南陽縣也。水經注：「比水〔二〕又西南流，謝水注之，水出謝城北。城〔三〕周迴側水，申伯之都邑。」又云：「其城之西，舊棘陽治，故亦曰棘陽城。」荊州記棘陽東北百里有謝城，續漢書地理志〔四〕謝城在南陽棘陽縣東北百里，竝與水經注合。今在汝寧府信陽州境，明一統志「今汝寧府信陽州在南陽府城北二百七十里，州境內有古謝城」是也。申與謝相去不遠，申爲舊封之國，謝爲新作之都邑，箋謂「改大其邑，使爲侯伯」，是也。惟上于字當讀作爲之爲，「爲邑于謝」猶云作邑于謝，不得如箋訓爲往耳。謝與序雙聲通用，潛夫論「炎帝苗胄或封于申城，在南陽宛北序山之下」，引詩「于邑于序」，序卽謝也。謝與徐亦雙聲通用，故東方朔七諫王逸注引詩「申伯番番，既入于徐」，蓋本三家

〔一〕「纘」原作「續」，形近而誤，據上下文義改。
〔二〕「比水」，水經注全祖望校本卷三十九作「沘水」。（本書所引當爲戴震校本。）
〔三〕「城」字原脫，據全、戴二本補。
〔四〕按：「地理志」當作「郡國志」。

詩，假借作徐。王逸引以證徐偃王之徐，則誤。

「王命召伯」，傳：「召伯，召公也。」瑞辰按：據正義釋傳曰：「以常武之序，知召伯是召穆公也。」是正義本傳原作「召伯，召穆公也」，今本傳脱去穆字。

「徹申伯土田」，傳：「徹，治也。」箋：「治者，正其井牧，定其賦稅。」瑞辰按：方言：「班、徹，列也。北燕曰班，東齊曰徹。」徹土田卽班列其土田，徹土疆亦謂班列其土疆也。

「有俶其城」，傳：「俶，作也。」瑞辰按：說文：「俶，善也。」有俶爲城繕修之貌，善之言繕修也，从說文訓善爲允。

「路車乘馬」，傳：「乘馬，四馬也。」箋：「王以正禮遣申伯之國，故復有車馬之錫。」瑞辰按：說文：「駟，一乘也。」古者惟士駕二，餘皆駕四，必四馬始成一乘，故因以乘馬爲四馬之稱。引申凡物四皆爲乘，如乘矢、乘壺、乘韋、乘皮，文選李善注引方言「四鴈曰乘」皆是。此傳乘馬爲四馬之說也。韓奕詩「其贈維何，乘馬路車」，毛無傳，箋云：「人君之車曰路車，所駕之馬曰乘馬。」則不以乘馬爲四馬通稱。據采菽詩路車乘馬亦以賜諸侯，成十八年左傳「程鄭爲乘馬御」，杜注：「乘馬御，乘車之僕也。」則乘馬爲人君所駕之馬，宜从鄭箋之說爲允。

「錫爾介圭，以作爾寶」，傳：「寶，瑞也。」箋：「圭長尺二寸謂之介。非諸侯之圭，故以爲寶。諸侯之瑞圭自九寸而下。」瑞辰按：說文：「玠，大圭也。」介卽玠之省借。天子之圭大尺二寸爲介，諸侯之命圭亦得通稱爲介圭。此詩「錫爾介圭」及韓奕詩「以其介圭，入覲于王」，所云皆卽諸侯之命圭也。書康王之誥「賓稱奉圭兼幣」，說文玠字注引周書作「稱奉介圭」。後漢書張衡應間曰：「服衮而朝，介圭作瑞。」文選魯靈光殿賦：「錫介圭以作瑞。」是皆諸侯命圭通稱介圭之證。至天子尺有二寸之玠圭，不得以錫諸侯，諸侯亦不得奉以入覲也。箋說誤矣。春官典瑞注「人執以見曰瑞」，聘禮記「凡四器者，唯其所寶以聘可也」，是寶卽爲瑞之證。箋分寶與瑞爲二，亦非。

「往近王舅」，傳：「近，己也。」箋：「近，辭也，聲如『彼記之子』之記。」毛居正六經正誤曰：「近說文作⿰言丌，今作䢋，音記，字譌作近。」惠氏棟九經古義曰：「說文：『䢋者，古之遒人以木鐸記詩言。从辵，从丌，丌亦聲。讀與記同。』玉篇：『䢋，今作記。』今釋文、唐石經作近，此傳寫之譌。」瑞辰按：䢋从丌聲，說文丌讀若箕，其卽箕字之籀文也。古其、己、記、忌、䢋五字同部通用。王風「彼其之子」，箋：「其或作記，或作己，讀聲相似。」鄭風箋：「忌讀如『彼己之子』之己。」是其證也。故毛訓䢋爲己，鄭讀若記。正義釋傳云「以命往之國，不得復與之相近，故轉爲己」，是正義本誤作近矣。釋文音記，字當作䢋，不誤，今作近者，後人誤从正義本改耳。若釋文亦作近，則不得音記矣。䢋者，己之假借。己爲語詞。詩言「往䢋」，猶虞書言「往哉」，周書「予往己」也。迓、近形近易譌。説文娸字下有「讀若近」三字，近亦迓字傳寫之誤。

「以峙其粻」，箋：「粻，糧也。」釋文：「以時，如字。本又作峙。」正義：「俗本峙作時者，誤也。」瑞辰按：説文：「庤，儲置屋下也。」「偫，待也。」「儲，偫也。」二字音義同，古通用。毛詩「庤乃錢鎛」，考工記總目注引作「偫乃錢鎛」，是其證也。説文繫傳本無庤字，疑庤即偫之或體。周語韋昭注：「偫，具也。」爾雅釋詁：「歭〔一〕，具也。」説文以歭爲歭躇字，此詩釋文本作時及峙〔二〕，正義引俗本作時，皆當爲偫字之假借。説文無峙字，今正義及釋文本作峙者，皆峙字之流變。玉篇、廣韻又曰：「庤，或作峙。」一切經音義卷一又云：「古文歭，今作跱，同。」釋言：「粻，糧也。」郭注：「今江東通言粻。」説文有糧無粻，云：「糧，穀也。」惟餱字注引周書曰「峙乃餱粻」，今書作「糗糧」。據論語「在陳絶糧」釋文：「糧，鄭本作粻。」粻疑即糧字之或體。

「揉此萬邦」，箋：「揉，順也。」釋文：「揉，本亦作柔。」瑞辰按：大雅民勞篇「柔遠能邇」，傳：「柔，安也。」安與順義近，故揉亦省作柔。説文：「柔，木曲直也。」「煣，屈申木也。」凡經傳中作揉者，皆即説文煣字之異體。説文又曰：「㽥，和田也。」義亦相近。

〔一〕「歭」原作「峙」，據爾雅釋詁改。

〔二〕「峙」原作「歭」，據釋文改。

「其風肆好」，傳：「肆，長也。」箋：「風切申伯，又使之長行善道。」瑞辰按：説文：「肆，極陳也。」經傳有專取陳義者，詩「或肆之筵」是也；有專取極意者，「其風肆好」與「其詩孔碩」相對成文，「其風」猶言其詩，「肆好」即極好，猶言「孔碩」，古人自有複語耳。肆从長，故傳訓爲長，與極義近。廣雅釋詁：「肆，申也。」申亦長也。箋讀風爲諷，以肆好爲使之長行善道，非詩義，亦非傳恉也。正義合傳箋爲一，失之。

「以贈申伯」，傳：「贈，增也。」箋：「以此贈申伯者，送之令以爲樂。」釋文：「『贈，送也』，詩〔一〕之本皆爾，鄭、王申毛竝同。崔集注本作『贈，增也』，崔云〔二〕：增益申伯之美。」瑞辰按：序以詩爲尹吉甫美宣王，不以爲送申伯，集注本作「贈，增也」爲是。傳蓋以贈爲增字之假借，箋始以贈送釋之。正義本从集注作增，前釋經云「增長申伯之美」，後仍以贈遺釋之，謂「贈遺所以增長前人」，昧假借之義矣。

## 烝民

「有物有則」，傳：「物，事。則，法。」箋：「其性有物象，謂五行仁義禮智信也。其情有所

〔一〕「也」字、「詩」字原脱，均據釋文補。

〔二〕「崔云」二字原脱，據釋文補。

法，謂喜怒哀樂好惡也。」瑞辰按：古以射者畫地立處爲物。儀禮鄉射記「物長如笴，其間容弓，距隨長武」，鄭注：「物，謂射時所立處也。長如笴者，謂從畫之長短。笴，矢榦也，長三尺，與跬相應，射者進退之節也。距隨者，物橫畫也。始前足至東頭爲距，後足來合而南面爲隨。武，迹也，尺二寸。」大射禮「若丹若墨，度尺而午」，鄭注：「一從一橫曰午，謂畫物也。」說文：「則，等畫物也。」凡定物之差等而介畫之爲則，畫射物有從橫長短亦爲則。大學「致知在格物」，孔廣森曰：「物如射之有物。」竊謂詩言「有物」亦可以射物爲喻，「有則」卽謂如畫物之有則也。引伸之，凡以類相從者皆謂之物。繫辭「爻有等，故曰物」，韓注曰：「等，類也。」桓六年左傳「是其生也與吾同物」，昭元年傳「言以知物」，九年傳「事有其物」，杜注竝曰：「物，類也。」王尚書曰：「桓二年左傳『五色比象，昭其物也』，謂昭其比類也。宣十二年傳『百官象物而動』，謂象類而動也。周語『象物天地，比類百則』，象物猶比類也。」又按周禮司常「掌九旗之物名」，「物名」正謂以類相從而異名也。而凡有所識別者亦名物，春秋定十年左傳駟赤曰「叔孫氏之甲有物」，杜注「物，識也」是也。物各以類相從，方言：「類，法也。」故又有法則之義。人有君、臣、父、子、朋友，有物也；止仁、止敬、止慈、止孝、止信，有則也。人有視、聽、言、貌、思，有物也；思明、思聰、思溫、思恭、思睿，有則也。則從物生，卽畫物之有定則，故孔子釋此詩曰「有物必有則」。毛訓物爲事，則爲法，當亦謂有事必有法也。至鄭箋以五性、六情分釋物、則者，洪範以五事配五行，疏謂六情法六氣，而六氣亦不外五行，其理皆相通貫。昭二十五年左傳子太叔曰：「天地之經〔一〕，而民實則之。則天之明，因地之性，生其六氣，而用其五行。」是其義也。胡承珙曰：「傳言『事』即洪範五事。貌、言、視、聽、思，所謂事也。恭、從、明、聰、睿，所謂法也。洪範以五事配五行，而五行〔二〕所包甚廣，唐志所云『行於四時爲五氣，德秉於人爲五常』皆是〔三〕，故鄭以有物爲五常之性，而必曰五行者，以經言有物〔四〕，五行乃物象也。由五行而有六氣，而人之六情法之。洪範『八、庶徵』，正義謂雨、暘、燠、寒、風與昭元年左傳陰、陽、風、雨、晦、明六氣相較，雨、暘〔五〕、風文與彼同，晦即寒，明即燠。鄭注尚書以雨屬木，暘屬金，燠屬火，寒屬水，風屬土，惟六氣之陰屬天，不在五行之内，是則六氣亦本五行。六情之法六氣，亦即是法五行。非是物有象，情有法，各不相涉也。箋廣申傳義，疏又博證箋文，故不云箋與傳異。孟子

〔一〕「經」原作「性」，據左傳改。
〔二〕「而五行」三字原脱，據胡承珙毛詩後箋補。
〔三〕「皆是」二字原脱，據同上書補。
〔四〕毛詩後箋此句作「以經言物者謂物象」。
〔五〕「暘」原作「陽」，據毛詩後箋及尚書洪範正義改。下文「暘屬金」句同。

趙注言：『天生蒸民，有物則有所法則，人法天也。』考韓詩外傳曰：『民之秉德〔一〕，以則天也。』趙注蓋本於此。是以有物指天，有則指人之法天，亦如箋物象之説，謂性爲天所命，性之有仁、義、禮、智、信，卽象天之木、金、水、火、土，故以性屬天，以六情法五性是以人之情法天之性，故知毛、鄭、韓、趙諸説皆與孔子釋詩之指趣不相背也。」今按：胡氏此説解釋傳、箋甚爲通貫，故備録之。

「民之秉彝」，傳：「彝，常。」箋：「秉，執也。」釋文：「彝，音夷。」瑞辰按：説文：「彝，宗廟常器也。」故引申爲彝常。爾雅及釋文作彝，正字也。孟子及潛夫論引詩俱作秉夷，同音假借字也。阮尚書校勘記據宋本正義云「夷常」，知正義本作夷，今毛本作彝，从釋文改也。又按廣雅：「常、性，質也。」秉彝爲常，猶云秉性、秉質耳。逸周書謚法解：「秉，順也。」「民之秉彝」卽謂民之順其常耳。箋訓秉爲執，失之。

「生仲山甫」，傳：「仲山甫，樊侯也。」瑞辰按：仲山甫之稱不一，周語稱樊仲山甫，又稱樊穆仲，晉語稱樊仲。樊其邑也，穆其謚也，仲山甫其字也，穆仲、樊仲皆省稱。其子孫遂以樊爲氏，廣韻言「周宣王封仲山甫於樊，後因氏焉」是也。至以樊稱穆仲，自爲畿內國名。潛夫論言仲山甫亦姓樊，非也。何楷詩世本古義引唐權德輿集云：「魯獻公仲子曰仲山甫，

〔一〕「德」原作「物」，據胡承珙毛詩後箋及韓詩外傳（許維遹集釋本）卷六第十六章改。

入輔於周，食采於樊。」案史記魯世家，獻公卒於厲王時，「武公與長子括、少子戲西朝周，宣王欲立戲爲魯太子，周之樊仲山父諫」。據云「周之樊仲山父」，則仲山甫非魯獻公子明矣。通志氏族略謂周太王子虞仲支孫仲山甫爲周宣王卿士，羅泌路史言虞仲支孫卿于周，封樊，爲樊氏、樊仲氏，未知何據。此以樊爲周同姓也。漢書杜欽傳言「仲山甫異姓之臣，無親於宣，就封於齊」，鄧展注：「韓詩以爲封於齊。」元于欽齊乘曰：「仲山甫，太公之後。」則以仲山甫爲姜姓。潛夫論志氏姓以仲山爲慶姓，慶姓即姜姓，蓋皆本韓詩封齊之説。然以「徂齊」爲封齊，其説固不足據也。洪氏隸釋載漢永康元年所立孟郁修堯廟碑云：「仲氏祖統所出〔一〕，本繼於姬，周之遺苗。天生仲山甫，翼佐中興，宣平功遂，受封於齊。」此以仲山甫封齊，雖本韓詩，而以爲周之苗裔，又與韓異。據僖二十五年左傳：「陽樊不服，倉葛呼曰：此誰非王之親姻！」據服虔曰：「樊，仲山之所居，故名陽樊。」是陽樊即樊，而曰「王之親姻」，其爲異姓蓋可知耳。左傳言成王以〔二〕商民七族賚康叔，一爲樊氏，是樊本商之舊族，周以前早有樊邑，宣王始以封仲山甫，讀漢書〔三〕曰「仲山甫封於樊，因氏國焉，爰自宅陽徙居湖

〔一〕「出」字原脱，據隸釋卷一補。
〔二〕「言成王以」原作「以成王言」，據上下文義並參左傳定公四年文義乙正。
〔三〕「讀漢書」當作「續漢書」，參本書廖廷相跋及校記。

陽」是也。至正義引杜預云：「經傳不見畿内之國稱侯男者，天子不以此爵賜畿内也。傳言樊侯，不知何所案據。」今按史記周本紀正義引毛萇曰：「仲山甫，樊穆仲也。」是張守節所見毛傳自作樊穆仲，不作樊侯。

「威儀是力」，箋：「力，猶勤也。勤威儀者，恪居官次，不解於位也。」瑞辰按：力者，仂之省借。廣雅釋詁：「仂，勤也。」一切經音義卷七引字書：「仂，勤也。」古通作力，故箋訓爲勤，勤猶習也。「威儀是力」卽左傳所云「習儀」也。又按坊記鄭注：「力，猶務也。」昭十二年左傳引祈招之詩「形民之力」，王尚書曰：「形當讀爲刑，刑猶成也，之猶是也，言成民是務。」與詩「威儀是力」文義正同。

「天子是若」，傳：「若，順。」瑞辰按：「若，順」，釋言文也。說文：「婼，不順也。」引春秋傳有叔孫婼。竊疑說文「不」爲衍字，凡經傳訓若爲順者皆婼字之省借。至若之本字，則說文云：「若，擇菜也。从艸右。右，手也。」引申通訓若爲擇。晉語秦穆公曰：「夫晉國之亂，吾誰使先若夫二公子而立之？」猶言使誰先擇二公子而立之也。此詩「天子是若」亦謂天子是擇，擇能而使之，故下卽言「明命使賦」矣。「明命使賦」卽謂使仲山甫布其明命，非如箋言「顯〔一〕明王之政教，使羣臣施布之」也。

〔一〕「顯」上原有「如」字，涉上文而衍，據毛詩鄭箋删。

「明命使賦」，傳：「賦，布也。」箋：「顯明王之政教，使羣臣施布之。」瑞辰按：爾雅釋詁：「明，成也。」明命猶言成命，謂成其教命使布之也。箋謂顯明王之政教，失之。

「式是百辟」，箋：「王曰：女施行法度於是百君。」瑞辰按：下文「賦政于外」，箋云「以布政於畿外」，外對內言，則上言「式是百辟」指畿內諸侯無疑。王制「天子縣內凡九十三國」，言百辟者，舉成數也。月令：「乃命百縣雩祀百辟卿士有益於民者，以祈穀食。」呂氏春秋高誘注：「百縣，畿內之百縣大夫也。」周頌「烈文辟公」，箋云：「光文百辟卿士及天下諸侯。」又詩「百辟其刑之」，箋云：「卿大夫法其所爲也。」是凡言百辟皆指畿內諸侯。孔疏謂百辟通言畿外諸侯，失其義矣。

「出納王命，王之喉舌」，傳：「喉舌，冢宰也。」瑞辰按：冢宰於王眡治朝贊王聽治，歲終詔王廢置〔一〕而已，未嘗出納王命也。惠士奇據周官「太僕出入王之大命，掌諸侯之復逆」，因謂王之喉舌指太僕。然太僕主正王服位，非專主出納王命，且云「出入王之大命」，則非大命卽非所主矣。惟內史「受納訪以詔王聽治」，是納命也，「凡命諸侯及孤卿大夫則策命之」，是出命也，與詩「出納王命」正合。內史在唐虞爲納言，在秦漢爲尚書。應劭漢官儀曰：「尚書，唐虞官也。書曰『龍作納言，朕命惟允』，詩曰『惟仲山甫，王之喉舌』，宣王以中興。秦

〔一〕「置」原作「治」，音近而誤，據周禮天官太宰改。

改稱尚書，漢亦尊此官，典機密也。」又王隆漢官解詁云：「尚書出納詔令，齊衆喉舌。」又曰，「唐虞爲納言，周官爲内史，機事所總，號令攸發。」又藝文類聚引百官表曰：「尚書令總攝諸曹，出納王命，敷奏萬機。」引詩「『惟仲山甫，王之喉舌』，蓋謂此也。」是應劭、王隆等竝以詩「王之喉舌」爲周内史之職。仲山甫蓋兼内史之官，正古之納言也。正義謂龍作納言與出納王命者異，失之。

「賦政于外」，箋：「以布政於畿外。」瑞辰按：説文：「尃，布也。」字通作敷，説文：「敷，攺也。」攺亦布也。賦與敷音近通用，皋陶謨「賦納以言」，漢書敘傳述中宗紀引作「傅納」，傅即敷之借也。敷又與布通，商頌「敷政優優」，左傳引作「布政優優」。鄭箋知賦即敷之假借，故直以布政釋之。

「四方爰發」，箋：「天下諸侯於是莫不發應。」瑞辰按：商頌「遂視既發」，箋：「發，行也。徧省視之，教令則盡行也。」此詩發亦當訓行，承上「賦政于外」言之。「四方爰發」猶云「四方之政行焉」。

「邦國若否」，箋：「若，順也。順否猶臧否，謂善惡也。」瑞辰按：順與善義相承。爾雅釋詁：「若，善也。」郭注引左傳「禁禦不若」，即禁禦不善也。若本有善義，不必如箋以「猶臧否」釋之。

「既明且哲」，瑞辰按：中庸引詩「既明且哲」，釋文：「哲，徐本作知。」爾雅釋言：「哲，智也。」方言、説文竝曰：「哲，知也。」哲與知雙聲，故通用。哲之通作知，猶荀子「朽木不折」，大戴禮作「朽木不知」，知卽折之借字也。

「我儀圖之」，傳：「儀，宜也。」箋：「儀，匹也。我與倫匹圖之，而未能爲也。」朱子集傳：「儀，度也。」瑞辰按：釋文：「我義，毛如字，宜也。鄭作儀，匹也。」正義釋箋云：「鄭讀爲儀。」是釋文、正義本經、傳竝作義，鄭始讀義爲儀。今注疏本經、傳竝作儀，非其舊也。説文：「義，己之威儀也。」周官大司徒、典命注竝云：「故書儀爲義。」是義與儀古通用，故箋讀義爲儀。然訓儀爲匹，不若集傳訓度爲善。説文：「儀，度也。」周語：「儀之於民，而度之於羣生。」又曰：「不度民神之義，不儀生物之則。」儀猶度也。字亦作義，襄三十年左傳：「女待人，婦義事也。」義事卽度事也。又通作議，昭六年左傳「昔先王議事以制」，議事亦度事也。儀圖二字同義，皆度也，古人自有複語耳。疏釋傳云：「我以人之此言實得其宜，乃圖謀之。」失之迂矣。説文有羛字，云「墨翟書義从弗」。因思孔子之先弗父何，弗當卽羛字之省，弗父卽義父也，義父又卽儀父耳。

「愛莫助之」，傳：「愛，隱也。」箋：「愛，惜也。」瑞辰按：爾雅釋言：「薆，隱也。」方言：「掩、翳，薆也。」郭注引詩「薆而不見」。掩、翳、隱、薆，一聲之轉。説文：「僾，蔽不見也。」愛與薆皆薆字之假借。離騷「衆薆然而蔽之」，薆然即隱然也。又義近僾，説文：「僾，仿佛也。」引詩「僾而不見」，僾而即薆然也。仿佛見之，不真，亦隱也。凡舉物者皆有形，而德之舉也無形；凡有形者可助，而無形者不可助，故曰「愛莫助之」。箋訓爲愛惜之愛，説文作㤅，云「惠也」，不若从傳訓隱爲允。

「衮職有闕」，傳：「有衮冕者，君之上服也。」箋：「衮職者，不敢斥王之言也。王之職有闕，輒能補之者，仲山甫也。」瑞辰按：漢司隸校尉魯峻碑作「緄職」，曲禮記衮衣字皆作卷，荀子又作綣。衮、緄、卷皆雙聲字，故通用。説文：「衮，天子享先王，卷龍繡於下常。句。幅一龍，蟠阿上鄉。从衣，㕣聲。」㕣爲古文沇州字，與卷同部，或作从公聲者誤也。釋名：「衮，卷也。畫卷龍於衣也。」郝懿行曰：「衮龍有蟠屈之形，示不得伸，以受弼正，故詩以衮職爲喻。」今按爾雅釋言：「衮，黻也。」郭注：「衮，衣有黻文。」書益稷傳及左氏桓二年注、爾雅郭注皆以黻爲兩己相背，惟阮宮保云：「自古畫紱作亞形，明兩弓相背，非兩己相背也。漢書韋賢傳集注：『紱，畫爲亞文。亞，古弗字也。』」按弗字古與弼通，兩弓相背正所以弼正之，此詩所由以衮職之闕喻補過也。職與識古通用，職即識字之假借，識謂章識，衮識即衮章也。衮爲章服之一，故言衮職。爾雅釋言：「黼黻，彰也。」彰亦章也。箋乃以職事釋之，失其義矣。

「四牡彭彭」，傳：「彭彭，行貌。」瑞辰按：說文：「騯，馬盛也。」引詩「四牡騯騯」，即詩「四牡彭彭」之異文。彭與旁雙聲，故通用。猶易「匪其彭」，子夏傳作旁也。廣雅彭彭、旁旁竝訓盛也。

「仲山甫徂齊」，瑞辰按：上言「城彼東方」，傳：「東方，齊也。」則徂齊卽往齊矣。漢書杜欽傳注引韓詩以爲封於齊，潛夫論三式篇亦引此詩「王命仲山甫，城彼東方」，謂王封以樂土，其說不足據，然猶以齊爲齊國。爾雅釋言：「齊，疾也。」郭注引詩「仲山甫徂齊」，或本齊、魯詩說，直以齊爲齊疾，尤誤。

## 韓奕

「奕奕梁山」，瑞辰按：序箋云「梁山，今左〔一〕馮翊夏陽西北」，誤也。江氏永詩補義曰：「武王子封於韓。括地志，同州韓城縣南十八里爲古韓國。然詩言韓城燕師所完，奄受追、貊北國，則韓當不在關中。王肅云：『涿郡方城縣有韓侯城。』潛夫論曰：『周宣王時有韓侯，其國近燕，故詩曰：「溥彼韓城，燕師所完。」』按潛夫論此下有云：『其後韓西亦姓韓，爲衞滿所伐〔二〕，遷居海

〔一〕「左」原作「在」，據毛詩鄭箋改。
〔二〕「伐」原作「代」，據潛夫論（汪繼培箋本）志氏姓篇改。

中。」考水經注：『聖水逕方城縣故城北，又東逕韓侯城東。』方城，今爲順天府固安縣，在府西南百二十里，與詩言『奄受北國』者相符。方城亦有梁山，水經注：『鮑丘水過潞縣西，高梁水注之，水東逕梁山南。』潞縣，今之通州，其西有梁山，正當固安縣之東北。然則韓始封在同州韓城，至宣王時徙封於燕之方城與？」戴氏震毛鄭詩考正説與江略同。今按路史後紀云：「韓武庶子幽世失國，案：幽當爲厲之譌。宣王中興，韓討不庭，錫之梁山，奄受北國，是爲韓西。」又載武穆之分有韓西，引王肅云：「涿郡方城縣有韓城。」是羅泌亦以詩言韓國爲在方城，但以爲卽韓西，與王符説異。又按始封之韓滅於晉，正義謂當在晉文侯輔平王、爲方伯之時滅之，特以詩之韓侯卽始封之韓，宣王時其國猶存，故謂國滅當在平王時耳。不知宣之錫命已爲徙封之韓，則晉之滅韓在宣王前，當从路史謂在厲王時爲允。

「有倬其道」，傳：「有倬其道，有倬然之道者也。」箋：「今有倬然著明，復禹之功者。」釋文：「倬，明貌。韓詩作晫，音義竝同。」瑞辰按：説文「倬，箸大也」引詩「倬彼雲漢」，「焯，明也」引書「焯見三有俊心」，無晫字。晫當卽倬之異體，廣雅倬、晫竝訓爲明，是音義竝同之證。卓音又近的，覲禮「匹馬卓上」，注「卓猶的也」是也。

「韓侯受命」，傳：「受命，受命爲侯伯也。」箋：「韓侯受王命爲諸侯。」瑞辰按：白虎通引韓詩内傳曰：「諸侯世子三年喪畢，上受爵命於天子。」是知箋謂「韓侯受王命爲諸侯」，朱子集傳謂「韓侯初立，受命爲諸侯」，其説正本韓詩，與下文「纘戎祖考」相應。其宣王徙封韓侯，更在作此詩以前。下又云「因以其伯」者，蓋命爲諸侯，兼命爲牧伯耳。

「朕命不易」，箋：「我之所命者勿改易不行。」瑞辰按：易當讀爲難易之易。周頌「命不易哉」，書大誥「爾亦不知天命不易」，君奭「不知天命不易」，讀與此同。天子受命於天，以天命爲不易，諸侯受命於君，以君命爲不易，其義一也。古難易之易同讀如亦，此詩以易與辟韻，猶板之篇以「牖民孔易」與益、辟爲韻也。箋訓爲改易，失之。

「四牡奕奕，孔修且張」，韓侯入覲，以其介圭，入覲于王。」傳：「修，長。張，大。覲，見也。」箋：「諸侯秋見天子曰覲。諸侯乘長大之四牡，奕奕然，以時覲於宣王。覲於宣王而奉享禮，貢國所出之寶。善其尊宣王，以常職來也。」瑞辰按：詩下言「王錫韓侯」，謂王錫車服之事，則箋以上數句爲覲於宣王而奉享禮，甚確。至以四牡爲韓侯所乘，則非也。「四牡奕奕，孔修且張」當指享禮獻馬言之。書康王之誥「皆布乘黄朱，賓稱奉圭兼幣」，説文引書作「稱奉介圭」，正與詩言介圭同。是知詩言四牡即書布乘之謂也，詩言介圭即書稱奉介圭之謂也。諸侯享禮用璧，而書及詩言用圭者，周官小行人「合六幣，圭以馬」，蓋古者獻馬皆以圭爲贄。至享之用璧，惟用之於束帛，小行人所云「璧以帛」，覲禮云「四享皆束帛加璧」，是其證也。周官鄭注以享用圭璋專指二王之後，其説未確。覲禮「諸侯享天子，匹馬卓上，九馬隨之」，而書言布乘，詩言四牡者，一因喪禮而行朝，一以始嗣侯而入覲，故皆從其略耳。

「淑旂綏章」，傳：「淑，善也。交龍爲旂。綏，大綏也。」箋：「綏，所引以登車，有采章也。」瑞辰按：淑旂與綏章對文。王尚書謂綏者文貌，引荀子儒〔一〕效篇「綏綏兮其有文章也」，謂綏綏即文章之貌，其説是也。綏本車中把之稱，字通作緌，又讀如蕤賓之蕤。説文：「蕤，艸木葉垂貌。」「甤，艸木實甤甤也。讀若綏。」艸木葉實皆有文，故又通以爲文貌耳。

「鉤膺鏤錫」，傳：「鏤錫，有金鏤其錫也。」箋：「眉上曰錫，刻金飾之，今當盧也。」正義：「按巾車：『玉路，錫樊纓；金路，鉤樊纓。』注云：『金路無錫，有鉤。』計玉路非賜臣之物，此言鉤膺，必金路矣，而得有鏤錫者，蓋特賜之，使得施於金路也。」瑞辰按：陳用之禮書曰：「采芑詩『鉤膺鞗革』，韓奕詩『鉤膺鏤錫』。夫方叔在征，則革路矣，而有鉤膺；韓侯就封，則象路矣，而有鏤錫。以此觀之，則周官所謂錫也，鉤也，朱也，龍勒也，條也，五路各舉其一，互相備也。」今按：金路以封同姓，韓侯爲同姓之國，宜用金路。陳用之以爲象路，非也。至以鉤、錫爲互相備，則較孔疏特賜之説爲善。錫，説文作鐊，云「馬頭飾也」。今作錫者，鐊之省。人眉上謂之揚，馬眉上之飾亦曰錫，其義一也。

「鞹鞃淺幭」，傳：「鞹，革也。鞃，軾中也。淺，虎皮淺毛也。幭，覆式也。」瑞辰按：説文：

〔一〕「儒」原作「需」，據續經解本及荀子改。

「靷，車軾中把也。」韻會把作靶，茲從段本。蓋以革輓軾中，人所凭處，曰鞹靷。載驅詩「簟茀朱鞹」，毛傳：「諸侯之路車有朱革之質而羽飾。」朱革之質卽此詩鞹靷也。羽與毛散文則通，羽飾謂以有毛之皮覆式，卽此詩淺幭也。說文：「幭，蓋幭也。」幭，周官巾車作複，曲禮「大夫士去國素簚」作蔑，玉藻作幦，儀禮既夕禮注云「古文幦爲冪」，蓋幦爲正字，幭、複、冪、簚皆假借字。廣雅：「覆笭謂之幦。」釋名：「笭橫在車前，織竹作之，孔笭笭也。」笭卽軾下縱橫交結之竹，故覆笭亦曰覆式。周官巾車云木車、素車皆犬複，駹車然複，漆車豻複，惟藻車爲鹿淺複。玉藻：「大夫齊車，鹿幦豹犆；士齊車，鹿幦豹犆。」毛之淺者莫過於鹿，詩言淺幭亦當指鹿淺幭。毛傳蓋據漢制文虎伏軾，爾雅「虎竊毛謂之虦貓」，遂以虎皮釋之。月令「其蟲倮」，鄭注亦云「虎豹之屬恆淺毛」。然以目驗，虎豹毛皆較鹿爲深，不得名淺也。

「鞗革金厄」，傳：「厄，烏噣也。」箋：「以金爲小環，往往纏搤之。」瑞辰按：厄卽軶字之省。說文：「軶，轅耑也。」小爾雅：「衡，軶〔一〕也。軶上者謂之烏啄。」胡承珙曰：「『軶上』疑爲『軶下』之譌。」釋名：「槅，枙也，所以枙牛頸也。馬曰烏啄。又馬頸，似烏開口向下啄物時也。」啄與噣古通用，傳云烏噣，卽小爾雅、釋名所云烏啄。噣，釋文引沈音晝，是也。正義本譌作烏蠋，遂引爾雅「蚅，蝎蠋」以釋之，誤矣。又按：衡爲橫木，所以橫於輈前；軛則以厄

〔一〕「軶」原作「轅」，據小爾雅廣器改。本書下文亦云「小爾雅以衡爲軶」。

牛馬之頸」，烏啄又爲軛下兩邊叉馬頸者，一名軥，説文「軥，軛下曲者」，服注左傳云「軥，車軛兩邊叉馬頸者」是也。是衡與軶異物，軶與烏啄又異物。而小爾雅以衡爲軶，毛傳以厄爲烏噣者，皆以相近，遂移其名耳。金厄謂於厄末爲金飾。荀子禮論「絲末彌龍，所以養威也」，楊倞注：「彌，如字，又讀爲弭。弭，末也，謂金飾衡軛之末，爲龍首也。」後漢書續輿服志〔二〕「龍首銜軛」，即詩所云金厄耳。箋謂以金爲小環，亦誤。

「出宿于屠」，傳：「屠，地名也。」瑞辰按：説文：「鄏，左馮翊郃陽亭。」段玉裁曰：「謂左馮翊郃陽有鄏亭也。各本作『鄏陽亭』，誤。屠、鄏古今字，宋潏水李氏謂詩之屠地在同州鄏谷，是也。顧氏祖禹讀史方輿紀要作荼谷渡，云在今陝西同州府郃陽縣東，河西故城南。」荼即鄏之同音假借字。胡承珙曰：「周都鎬京在今陝西長安縣西南，同州在今長安縣東北二三百里，郃陽又在同州東北百餘里。鄭箋曰『祖於國外畢，乃出宿』，則屠必非郃陽之鄏亭。古字屠、杜通，當即鄠縣之杜陵耳。」

「顯父餞之」，傳：「顯父，有顯德者也。」瑞辰按：顯父猶尚父、尼父之比，皆古所云「且字」者也。傳以爲有顯德，失之。下章蹶父亦爲且字，正義以爲蹶氏父字，亦非。

「炰鱉鮮魚」，箋：「炰鱉，以火熟之也。鮮魚，中膾者也。」正義：「案字書：『炰，毛燒肉

〔二〕後漢書續輿服志，續經解本作續漢書輿服志，所指實相同。以下類似情況不再出校。

也。』『缹，烝也。』服虔通俗文曰：『燥煮曰缹。』然則炰與缹別。而此及六月云『炰鼈』者，音皆作缹，然則炰與缹，以火熟之，謂烝煮之也。」釋文：「炰，鄭薄交反，徐甫九反。」瑞辰按：廣雅：「焷謂之缹。」禮運「燔黍捭豚」，捭卽焷字之假借，故鹽鐵論散不足卽云「焷豚以相饗」。今火熟而少炙〔一〕者，俗猶稱焷，卽古之缹也。玉篇：「缹，火熟也。」一切經音義卷十七引字書曰：「少汁煮曰缹，火熟曰煮。」缹與煮散文則通。箋訓炰爲以火熟之，正義謂烝煮之義與缹同，非訓炰如毛炙肉也。說文無缹字，缹當卽烰字之變體。說文：「烰，烝也。」與正義引字書「缹，烝也」義同。缹與烰古音同部，故通用。烰與炰亦同部，故又假借作炰與炮，大射篇注「炮鼈」，釋文云「或作炰、缹」是也。正義不明假借之義，故云炰與缹別耳。李黼平曰：「鮮當讀如斯。爾雅釋言：『斯，離也。』斯析其魚卽是作膾。」今按：鮮、析語之轉。列子湯問篇「越東有輒木之國，其長子生，則鮮而食之，」謂析而食之也。鮮魚猶言膾鯉，與炰鼈對文，爲一熟一生，李說是也。箋謂鮮魚中膾，讀如鱻臬之鱻，失之。

「其蔌維何，維筍及蒲」，傳：「蔌，菜殽也。筍，竹也。蒲，蒲蒻也。」箋：「筍，竹萌也。蒲，深蒲也。」瑞辰按：蔌卽餗字之異體，說文作鬻，云：「鬻，鼎實，惟葦及蒲。陳留謂鍵爲鬻。从䰜，速聲。或作餗。」易鼎九四「鼎折足，覆公餗」，釋文引馬融曰：「餗，鍵也。」說文：「鍵，鬻

〔一〕「炙」疑當作「汁」，音近而誤。下文引一切經音義「少汁煮曰缹」，可證。

也」又以𩱧爲鍵，説與馬融合，是蔌卽鬻之别名。尸子「珍羞百種而堯糲飯菜粥」，是菜可爲鬻之證。昭七年左傳載正考父鼎銘曰「饘於是，鬻於是」，是鬻可爲鼎實之證。易鼎有覆餗之象，博古圖有宋公緣餗鼎，是知詩言「其蔌維何」，爾雅「菜謂之蔌」，皆謂以菜作鬻爲鼎實耳。餗亦通作鬻，易繫辭傳「易曰『鼎折足，覆公餗』」，馬融本餗作鬻，穀梁傳僖二十二年疏引馬云「謂糜也」，是其證也。毛傳訓蔌爲菜殽，蓋對肉殽言之。鼎有肉有菜，肉謂之羹，菜謂之蔌，散言則菜亦可名羹，皆謂孰物，與菹爲生菜，以醯成味，説文：「菹，酢菜也。」酢卽醋字。實於豆者不同。正義以蔌爲菹，失之。爾雅明言「菜謂之蔌」，與肉食不同。鄭、虞注易以餗爲八珍之具，陳壽祺謂餗兼有肉、殽，失之。又按説文「惟葦及蒲」〔一〕，卽此詩「惟筍及蒲」。繫傳云：「此葦初生，其筍可食。」是知三家詩以筍爲葦。筍故字或作葦，爲説文所本，與毛、鄭以筍爲竹筍不同。又按：釋文：「筍，字或作笋。」爾雅「蕍芛」，樊光本芛作葦，正與筍通作葦者相類。

「籩豆有且」，箋：「且，多貌。」瑞辰按：説文：「且，薦也。」凡物薦之則有重義，説文：「薦，荐席也。」〔二〕小爾雅：「荐，重也。」重亦爲多，説文：「多，重也。」故且訓爲薦，又訓爲多。有

〔一〕按：「惟葦及蒲」見説文䰜部鬻字注。

〔二〕説文廌部云：「薦，獸之所食艸。」艸部云：「荐，薦席也。」馬氏引文有誤。

客詩「有萋有且」，正義曰：「威儀萋萋且且，威儀多之狀。」正與此箋訓且爲多貌義同。楚茨詩「籩豆有楚」，楚當卽且之同音假借，猶齇之通借作楚也。

「侯氏燕胥」，箋：「胥，皆也。諸侯在京師未去者，於顯父餞之時皆來相與燕。」瑞辰按：燕胥與燕喜、燕譽、燕樂相類，胥之言序，序、豫古通用，鄉射禮注：「今文豫爲序。」則燕胥猶燕豫矣。胥、須雙聲，古通用。易「歸妹以須」，鄭讀爲諝。廣雅：「須，意所欲也。」意所欲爲喜樂，則燕胥猶燕樂矣。爾雅釋詁：「胥，皆也。」廣雅釋言：「皆，嘉也。」皆、嘉以雙聲爲義，則訓胥爲皆，亦可轉訓爲嘉。桑扈詩「君子樂胥」，義與燕胥同，樂胥猶樂嘉也。箋訓燕胥爲「皆來相與燕」，失之。

「汾王之甥」，傳：「汾，大也。」箋：「汾王，厲王也。厲王流於彘，彘在汾水之上，故時人因以號之，猶言莒郊公、黎比公也。姊妹之子爲甥。」正義：「箋以汾作汾水之汾，不得訓之爲大。且作者當舉其實，不得漫言大王。」又曰：「箋、傳之義皆以爲厲王。」瑞辰按：汾者，墳之假借，故傳訓爲大。傳泛言大王，但以爲美稱耳，未嘗專指厲王。正義謂傳、箋皆以爲厲王，非也。厲爲惡謚，若因流彘而稱汾王，亦非美稱。詩人頌美宣王，不應舉厲王之惡稱，當从傳泛言大王爲是。又按箋云「姊妹之子爲甥」，正義以爲釋親文。齊風猗嗟箋同，正義亦以爲釋親文，其引孫疏亦以爲爾雅之明義。胡承珙疑爾雅舊有此文，後以傳寫脱之。今按爾雅釋親：「謂吾舅者，吾謂之甥也。」據釋親「母之晜弟爲舅」，則「謂吾舅者吾謂之甥」即是姊妹之子曰甥。此蓋以義推言之耳，非實爾雅有「姊妹之子曰甥」一句而今本脱之也。又按釋親「女子子之子爲外孫」，而猗嗟傳云「外孫曰甥」，則此「汾王之甥」，毛意亦當指汾王之外孫，與箋異義。正義合而一之，亦誤。

「韓侯迎止，于蹶之里」，瑞辰按：五經異義引春秋公羊説云：「自天子至於庶人，娶皆當親迎。」左氏説：「王者至尊，無敵體之義，故不親迎，使上卿迎之。諸侯有故若疾病，則使上大夫迎之，上親臨之。」今按左氏説是也。詩言文王「親迎于渭」，「韓侯迎止，于蹶之里」，此諸侯至婦家親迎之證。左氏言諸侯若有故及疾病不親迎，則無故無疾病必親迎矣。左傳莊元年正義引舊解，齊侯親迎不至京師，文王親迎不至於洽，則天子諸侯親迎皆不至婦家，殊失左氏之恉。文王於商爲諸侯，鄭君駮五經異義以文王親迎爲天子親迎之明文，亦誤。

「諸娣從之」，傳：「諸侯一娶九女，二國媵之。諸娣，衆妾也。」箋：「媵者必姪、娣從之，獨言娣者，舉其貴者。」瑞辰按：何休公羊注：「婦人八歲備數，十五從嫡，二十承事君子。」范甯穀梁傳注引許慎曰：「姪娣年十五以上能共事君子，可以往，二十而御。」古者姪、娣蓋皆少於嫡，對言則姪與娣異，通言則娣、姪皆少於嫡，故言「諸娣」以概之，非以娣爲貴也。白虎通義云：「二國來媵，誰爲尊者？大國爲尊。國等，以德；德同，以色。質家法天，尊左；

文家法地，尊右。」是姪娣無常尊。若如何休引禮云「質家親親先立娣，文家尊尊先立姪」，則周尚文，轉以姪爲尊矣。白虎通義引詩作「姪娣從之」，蓋本三家詩。又按白虎通義言：「姪娣年雖少，猶從適人者，明人君無再娶之義也。還待年於父母之國，未任答君子也。」是姪娣有還國待年之禮，詩特言其始從嫡之時耳。

「韓侯顧之」，傳：「顧之，曲顧道義也。」瑞辰按：列女傳：「齊孝公迎華氏之長女孟姬於其父母，三顧而出，親授之綏，自御輪三，曲顧姬輿，遂納於宮。」淮南子氾論篇高誘注言：「蒼梧繞讓妻於兄，違親迎曲顧之義。」又白虎通義曰：「夫親迎，御輪三周，下車曲顧者，防淫佚也。」是知古者親迎有曲顧之禮。正義謂「既受女，揖以出門，及升車授綏之時，當曲顧以道引其妻之禮義」，說與列女傳、白虎通所言曲顧合。正義又云：「本或曲爲回者，誤也。定本、集注皆爲曲字。」是知正義釋經云「韓侯於是迴顧而視之」，迴顧亦曲顧之譌。道與導、義與儀古通用，傳言「道義」，卽導儀也。

「川澤訏訏」，傳：「訏訏，大也。」瑞辰按：訏音義近芋，說文：「芋，大也。」通作詡，廣雅：「詡詡，大也。」太平御覽引詩「川澤滸滸」，蓋本三家詩。詡、滸雙聲，故通用。

「有貓有虎」，傳：「貓，似虎淺毛者也。」瑞辰按：爾雅「虎竊毛謂之貓䖘」，郭注引詩「有貓有虎」。逸周書記武王之狩，禽虎二十，有二貓。二貓蓋卽今俗稱山貓者。貓說文作苗，云：

「虎竊毛謂之虦苗。竊，淺也。」蓋具言之曰虦苗，急言之則但曰苗。記言「迎貓」「迎虎」，貓亦謂虎之竊毛者也。

「燕師所完」，箋：「燕，安也。大矣彼韓國之城，乃古平安時衆民之所築完。」瑞辰按：釋文：「燕，王肅、孫毓竝烏賢反，云北燕國。」潛夫論：「周宣王時有韓侯，其國近燕。」則燕指燕國爲是。路史云北燕伯款亦姞姓，則燕與蹶父爲同姓。蹶父疑即北燕之君入爲王卿士者，以女妻韓侯，因爲韓侯完其城與？

「其追其貊」，傳：「追、貊，戎狄國也。」瑞辰按：下云「奄受北國」，則追與貊皆當爲北狄。惟追於經傳無徵。釋文：「追，又都回反，讀如堆。」李善注七發曰：「追，古堆字。」追即自之假借。追琢通作敦琢，又轉爲雕。周官追師注：「追之言雕也。」逸周書王會篇載「伊尹朝獻商書」，云「正西曰彫題」，孔晁注：「西戎之別名也。」此詩追疑即雕之假借，雕題可單稱雕，猶交趾可單稱交也。尚書「宅南交」，交即交趾。傳云「追、貊，戎狄國」者，殆以追爲西戎，貊爲北狄歟？其實夷、蠻、戎、狄，對言則異，散言則北國可稱百蠻，亦可通稱雕耳。貊通作貉，職方氏鄭司農注：「北方曰貉狄。」說文：「貉，北方豸種。孔子曰：『貉之爲言惡也。』」周官職方有九貉，鄭注以九貉爲九夷，則東夷亦通稱貉。

「獻其貔皮」，傳：「貔，猛獸也。追、貊之國來貢，而侯伯總領之。」瑞辰按：說文：「貔，豹屬，出貉國。」爾雅釋文引字林同。足證傳言來貢者爲追、貊之確。

## 江漢

序「命召公平淮夷」，箋：「召公，召穆公也，名虎。」瑞辰按：竹書紀年宣王六年：「召穆公帥師伐淮夷。」又曰：「王歸自徐，錫召穆公命。」此詩前三章是召穆公伐淮夷之事，後三章是錫命之事。竹書紀年又言：「厲王三年，淮夷侵洛，王命虢公長父伐之，不克。」後漢書東夷傳云：「厲王無道，淮夷入寇，王命虢仲征之，不克。宣王復命召公伐而平之。」與竹書紀年合。此詩正召公平淮夷之事。

「江漢浮浮，武夫滔滔」，傳：「浮浮，衆彊貌。滔滔，廣大貌。」箋：「江漢之水合而東流，浮浮然；宣王於是水上命將率遣士衆，使循流而下，滔滔然。」瑞辰按：古者江、漢對言則異，散言則通。呂氏春秋言：「周昭王涉漢，梁敗，王及祭公隕於漢中。」左傳僖四年杜注亦云：「昭王涉漢而溺。」而穀梁傳則曰：「我將問諸江。」史記周本紀曰：「昭王卒於江上。」此漢亦名江也。江之入海，在漢水入江以後，宣王命師不至漢上，而禹貢「江漢朝宗于海」及此詩云「江漢浮浮」，此江亦通名江漢也。浮浮、滔滔皆水流彊盛之貌。常武之喻王旅曰「如江如漢」，故此詩亦以江漢興武夫。傳云「浮浮，衆彊貌；滔滔，廣大貌」，蓋欲以江漢衆彊比武夫，因以武夫廣大似江漢，互釋之耳。說文：「滔，水漫漫大皃。」字通作蹈蹈，楚詞王逸注：「滔滔，行貌。」廣雅釋訓：「浮浮、蹈蹈，行也。」蓋本三家詩。據風俗通義山澤篇引此詩曰「江漢陶陶」，陶與滔古字通，古本蓋有作「江漢滔滔」者，故通作陶陶。王尚書曰：「經當作『江漢滔滔，武夫浮浮』。傳當作『滔滔，廣大貌；浮浮，衆彊貌』。箋當作『江漢之水合而東流，滔滔然；宣王於是水上命將率遣士衆，循流而下，浮浮然』。今本爲寫經者互譌。」說詳經義述聞。

「淮夷來求」，箋：「主爲來求淮夷所處。據至其境，故言來。」瑞辰按：箋讀來讀如行來之來，不若王尚書訓來爲詞之是。「來求」猶是求也，「來鋪」猶是鋪也，「王國來極」猶是極也。箋云「主爲來求淮夷所處」，所處猶言所坐，漢書常〔一〕言「坐某罪」是也，故正義釋之云「本爲淮夷來求討伐之故」。然必於求字外增成其義而後明，非詩義也。求與鳩、糾古同聲通用，論語「桓公九合諸侯」，即僖二十六年左傳所云「桓公是以糾合諸侯而謀其不協」也。成二年左傳「今吾子求合諸侯，以逞無疆〔二〕之欲」，求合亦即糾合之異文。是知求之言糾。糾者繩治之名，與討同義。說文、廣雅竝曰：「討，治也。」「淮夷來求」猶云淮夷是糾是討耳。討爲治，撥與平亦爲治，訓求爲討，正與序言「撥亂」及「平淮夷」義合。求之義又轉爲誅求，

〔一〕「常」原作「嘗」，據文義改。（二字本通。）

〔二〕「疆」原作「彊」，據續經解本及左傳改。

説文:「誅,討也。」凡討責通可曰誅,亦可通言求矣。孟子「有求全之毁」,求全猶云責備也。文十二年左傳趙穿曰:「裹糧坐甲,固敵是求。」宣十二年左傳趙同曰:「率師以來,惟敵是求。」均與詩來求義相同。

「淮夷來鋪」,傳:「鋪,病也。」瑞辰按:傳以鋪爲痡之假借,故訓爲病。但三章「匪疚」言非以兵病害之,則首章「來鋪」不得訓爲病之矣。方言、廣雅竝云:「鋪,止也。」來鋪猶言是止。上言來求謂討治之,下言來鋪謂止其地,義正相承。常武詩「鋪敦淮濆」,鋪亦止也。

「武夫洸洸」,傳:「洸洸,武貌。」瑞辰按:説文:「洸,水涌光也。」洸洸當爲僙僙之同音假借。爾雅釋訓:「洸洸,武也。」釋文云:「洸,舍人本作僙。」鹽鐵論繇役篇引詩作「武夫潢潢」。玉篇作趪,云:「趪趪,武貌。」法言孝至篇:「武義璜璜。」竝當爲僙僙之通借。僙借作洸,猶兕觥之觵借作觵,周禮「廣車」鄭訓爲横陣之車也。郝懿行曰:「洸之言横,横有武義,故樂記曰『横以立武』。黄从芡聲,芡,古光字也,故从黄之字或變从光。」

「來旬來宣」,傳:「旬,徧也。」箋:「來,勤也。旬當作營。宣,徧也。」瑞辰按:説文:「旬,徧也。十日爲旬。」字通作徇,爾雅釋言:「徇、宣,徧也。」義與姰近,説文:「姰,均適也,男女併也。讀若旬。」又通作巡,廣雅:「徇,巡也。」又作彴,爾雅釋文引古今字詁曰:「彴,今巡字。」三蒼:「彴,徧也。」説文:「彴,行示也。」一作「延行」,延行即徧行也。白虎通:「巡者,循也。」又云：「三年，二伯出述職。」古者以二伯出述職代天子巡視邦國，「來旬來宣」正其事也。胡承珙曰：「鴻雁傳：『宣，示也。』此『來宣』毛意亦當爲示。」是來旬爲巡視之徧，來宣爲宣布之徧，故爾雅同訓爲徧。來亦語詞之是，猶云「是旬是宣」，箋訓爲勸，失之。說文「赹，讀若煢」，史記天官書「旬始」，旬一作營，正月詩「憂心惸惸」，惸又作煢，周官均人注「旬讀『營營原隰』之營」，皆旬、營通用之類，古耕清部與真臻部合用也，故箋謂「旬當作營」。然古人自有複語，旬、宣正不嫌同訓爲徧耳，仍从傳訓徧爲是。

「肇敏戎公」，傳：「肇，謀。敏，疾。戎，大。公，事也。」箋：「今謀女之事乃有敏德。」瑞辰按：爾雅釋言：「肇，敏也。」說文：「敏，疾也。」肇敏連言即訓肇爲敏，猶肇基連言即訓肇爲基也。傳从釋詁訓肇爲謀者，謀、敏古同聲。中庸「人道敏政」，鄭注：「敏，或爲謀。」是謀、敏通也。然肇敏連言，自爲複語。郝懿行曰：「肇之言猶趙也。穆天子傳云『天子北征趙行』，郭注：『趙，猶超騰也。』」超騰與敏疾義近。」是肇亦有疾意。公、功古通用，後漢書宋弘傳引詩作「肇敏戎功」，論語所云「敏則有功」也。烈文詩「念茲戎功」，六月詩「以奏膚公」，傳：「公，功也。」義竝與此詩戎公同。箋云「今謀女之事乃有敏德」，失之迂矣。

「秬鬯一卣」，傳：「秬，黑黍也。鬯，香草也。築煮合而鬱之曰鬯。九命賜圭瓚、秬鬯。」箋：「秬鬯，黑黍酒也。謂之鬯者，芬香條暢也。」瑞辰按：說文：「鬯，以秬釀鬱艸，芬芳攸服段云：「攸服」當作「條暢」。以降神也。」又曰：「鬱，芳艸也。十葉爲貫，百廿貫築以煮之爲鬱。」義與周官鬱人鄭司農注及毛傳略同。惟鄭注周官鬯人云「秬鬯，不和鬱者」，及此箋云「秬鬯，黑黍酒，謂之鬯者，芬香條暢」，義與毛傳異。今按鄭説是也。周官鬱人「凡祭祀、賓客之祼事，和鬱鬯以實彝而陳之」，鄭注序官云：「鬱，鬱金香草也。宜以和鬯。」按鄭意蓋謂宜以和之爲鬯，非謂鬯爲酒也。肆師：「祭之日，及果築鬻。大賓客，涖几筵築鬻。」又：「大喪，大渳以鬯，則築鬻。」凡言築鬻者，皆築鬻鬱艸爲鬯，祼地用以降神，大喪用以浴尸，皆非如酒可飲。蓋築煮鬱艸，用水和汁，因其芬香條暢而謂之鬯也。鬯人「掌共秬鬯」，鄭注序官云：「鬯，釀秬爲酒，芬香條暢於上下也。」是築煮鬱艸，其氣芬香條暢謂之鬯；釀黍爲酒，其氣芬香條暢亦謂之鬯。故説文鬱字从鬯，䰛字亦从鬯；周官鬯人別於鬱人，不必秬合鬱始名鬯也。周官鬯人又云：「凡王弔臨，共介鬯。」鄭司農訓介爲被，後鄭訓介爲副，均無確證。古草、芥同稱，丯〔一〕、芥、介三字竝通用。説文：「丯，艸蔡也。象艸生之散亂也。」又鬱字注：「一曰鬱鬯，百艸之華，遠方鬱人所貢芳草，合釀之以降神。」説苑：「鬯，百草之本。」介鬯蓋合百艸爲之，有如介艸之叢生散亂，以別於鬱鬯、秬鬯與？

「告于文人」，傳：「文人，文德之人也。」箋：「王賜召虎以鬯酒一罇，使以祭其宗廟，告其

〔一〕「丯」原作「丰」，據説文改，下同。按此字説文讀若介，音義與丰盛之丰有別。

先祖諸有德美見記者。」瑞辰按：哀二年左傳衞大子禱曰「文祖襄公」，積古齋鐘鼎款識載有旅鼎，其銘曰「旗用作文父曰乙寶尊彝」，古器銘又多稱「文考」者，文人猶云文祖、文父、文考耳。文侯之命「追孝於前文人」，承上「汝克紹乃顯祖」言，正以文人爲文侯祖之有文德者。鐘鼎款識載追敦銘曰：「天子多錫追休，追敢對天子顯揚，用作朕皇祖考尊敦，用追孝於前文人。」文人亦追自稱其先祖。此詩文人，傳、箋俱指召穆公之先人，甚確。朱子集傳謂指文王，似誤。

「對揚王休」，傳：「對，遂也。」箋：「對，答也。」瑞辰按：廣雅釋言：「對，畣也。」對揚猶書顧命「用答揚文武之光命」也。古答通作合，宣二年左傳「既合而來奔」，杜注：「合，猶答也。」是知爾雅釋詁「合，對也」，合卽答也。至傳訓對爲遂者，爾雅釋言：「對，遂也。」遂者，㒸之通借。說文：「㒸，从意也。」廣韻：「遂，從志也。」又遂、隨雙聲，隨亦從也，與爾雅釋言「畣，然也」義亦相近，是傳、箋義正相承耳。對揚亦爲對越，周頌「對越在天」，爾雅釋言：「越，揚也。」對越卽對揚，猶清揚一作清越，發揚一作發越也。

「作召公考」，傳：「考，成。」箋：「作，爲也。王命召虎用召祖命，故虎對王亦爲召康公受王命之時對成王命之辭，謂如其所言也。如其所言者，『天子萬壽』以下是也。」瑞辰按：胡承珙曰：「據正義言定本、集注皆作『對成王命之辭』，則正義本箋當作『對王命之成辭』，故其述毛云『乃作其先祖召康公對王命成事之辭』，又述鄭云『謂對王命舊事成辭』是也。但以成爲成〔一〕辭，未免迂曲。」今按胡據正義以證今本箋「對成王命之辭」，正義本元作「對王命之成辭」，其説是也。至謂箋「以成爲成辭，未免迂曲」，則非。古者日、月、歲會計之文曰成，周官司會「以參互攷日成，以月要攷月成，以歲會攷歲成」，賈疏以成爲「成事文書」是也。獄訟之辭曰成，王制「成獄辭，史以獄成告於正，正以獄成告於大司寇，大司寇以獄之成告於王」是也。斯干爲宣王考室之詩，無羊爲宣王考牧之詩，則古者頌禱之詞可謂之成，卽可謂之考。傳訓考爲成，箋以成爲召公對王命之成辭，固不得以爲迂曲也。若嚴緝以成爲不毀墜康公之功，范傳云作召公已成之事業，皆於經句增成其義而後明，未若傳、箋説之善，而胡氏取之，誤矣。

「矢其文德」，傳：「矢，施也。」釋文：「施，如字。爾雅作弛。」正義：「矢，施也，謂施陳也。定本爲弛字，非也。」瑞辰按：説文：「𢼊，敷也。」經典通借作施。矢、施、弛三字皆同聲，故互相假借。爾雅釋詁：「矢，陳也。」矢當爲肆之假借。説文：「肆，極陳也。」大雅「或肆之筵」，毛傳：「肆，陳也。」孔疏以爲釋詁文，是肆卽矢也。釋詁又云：「矢，弛也。」弛卽施陳之義是

〔一〕「成」字原脱，據胡承珙毛詩後箋補。

也，郭注訓爲弛放，失之。孔子閒居引詩「弛其文德」，鄭注：「弛，施也。」定本作「矢，弛」，蓋从爾雅。正義不明假借之義，故以定本作弛爲非耳。

「洽此四國」，瑞辰按：禮記孔子閒居引詩作「協此四國」，此與板之篇「民之洽矣」列女傳及左傳引作協者正同，蓋皆本三家詩也。毛詩作洽，卽協字之雙聲假借。說文：「劦，同力也。从三力。」又曰：「勰，同心之龢也。」「恊，同思之龢也。」「協，同衆之龢也。古文協从口十作叶。」義竝相近而不同。協又通作汁，大戴誥志「此謂虞汁月」，汁亦協也。

## 常武

序：「有常德以立武事，因以爲戒然。」正義：「又因以爲戒，戒之使常然。定本、集注皆有然字。」瑞辰按：然，猶焉也。「因以爲戒然」猶云因以爲戒焉。焉、然古同聲。檀弓「穆公召縣子而問然」，鄭注：「然之言焉也。」祭義「國人稱願然」，大戴記曾子大孝篇然作焉。是其證矣。正義謂戒然爲戒之使然，失之。

「南仲大祖，大師皇父」，傳：「王命南仲於大祖，皇甫爲大師。」箋：「南仲，文王時武臣也。宣王之命卿士爲大將也，乃用其以南仲爲大祖者，今大師皇父是也。」瑞辰按：毛公以出車詩南仲爲文王時人，此詩南仲別爲宣王時人。漢書古今人表作南中，係於厲王時，蓋至宣王時猶存，即此詩之南仲也。白虎通爵篇曰：「王制，爵人于朝，與衆共之。」引詩「王命卿士，南仲大祖」，又引禮祭統「古者人君爵有德，必於大祖」，是亦以詩「南仲大祖」爲命於大祖，其義或本三家，與毛義同。史記夏本紀夏之後有男氏，世本作南，路史禹之後有南氏，後有南仲，翊宣王以中興，是南仲實爲南氏。至大師皇父，據竹書紀年幽王元年「王錫大師尹氏皇父命」，則皇父實爲尹氏，即二章所云「王謂尹氏」也，安得以南仲爲大祖？箋說之誤可知矣。正義云南仲爲卿士，未知於六官何卿。案積古齋鐘鼎款識載無專鼎銘曰：「王格于周廟，燔于圖室，司徒南仲右。」其銘詞不類商器，所謂南仲當即宣王時臣，則南仲實爲司徒。周官大司徒職：「大軍旅、大田役，以旗致萬民而治其徒庶之政令。」南仲蓋命以治徒庶之事。

「既敬既戒」，箋：「敬之言警也。」瑞辰按：警與儆音義竝同，故說文儆、警二字均訓爲戒。周官大司馬注引詩「既儆既戒」，蓋三家詩有作儆者。鄭君先通韓詩，故以警釋敬也。敬與儆古通用，管子立政篇「脩火憲，敬山澤」，敬即儆也。古多以敬戒連言，士昏禮父命女曰「戒之敬之」，敬亦儆也。周頌「敬之敬之」爲戒成王，其義亦同。

「命程伯休父」，傳：「程伯休父始命爲大司馬。」瑞辰按：楚語觀射父云：「重黎氏，世掌天地而别其分主〔一〕者也。其在周，程伯休父其後也。當宣王時，失其官守，而爲司馬氏。」韋昭注：「程國伯爵，休父，名也。失官守，謂失天地之官，而以諸侯爲大司馬。」史記曰：「重黎之後，伯休甫之國也。」又司馬遷自述爲休父之後。蓋自休父始爲大司馬，其後遂以官爲氏耳。路史國名紀：「程，商封吳回後。今咸陽故安陵，周程邑。一云〔二〕雒陽上程聚，程伯休父卿士之采。」案後漢續郡國志「雒陽，有上程聚」，注：「古程國。」是程伯休父之國。至在咸陽故安陵者，乃王季居程之程，蓋商時程國，周滅之。文王卒於畢郢，郢即程字之假借也。正義謂：「父宜是字，韋昭以爲名，未能審之。」按趙氏春秋集傳云：「魯季孫行父、晉荀林父皆以父爲名。」穀梁疏云：「齊侯禄父以父爲名。」則古之以父爲名者多矣。春秋釋例云：「名重於字，故君父之前自名，朋友之前自字。」此詩「王謂尹氏，命程伯休父」正與「王命召虎」同爲君前臣名耳。

「省此徐土」，箋：「省視徐國之土地叛逆者。」瑞辰按：括地志：「大徐城在泗州徐城縣北三十里，古徐國也。」又云：「泗州徐城縣北〔三〕，今徐城鎮，在泗之臨淮鎮北三十里，有故徐

〔一〕「主」原作「土」，據國語楚語改。又此句「掌」字，楚語及史記太史公自序均作「叙」。

〔二〕「云」字原脱，據路史國名紀高陽氏後補。

〔三〕「北」字原脱，據括地志（賀次君輯校本）補。

城，號大徐城，周十一里，中有偃王廟。」是在泗州徐城縣北，周穆王時徐偃王國也。元和郡縣志：「徐城縣，本徐子國也。周穆王時徐王偃好行仁義，東夷歸之者四十餘國。穆王發楚師襲其不備，大破之，殺偃王，其子遂北徙彭城原東山之下，百姓歸之，號曰徐山。山在下邳之縣界。」是徐自偃王以後國已移至下邳。春秋僖三年「徐人取舒」，杜注：「徐國在下邳僮縣東南。」僮即臨淮。後漢郡國志下邳國云：「徐本國。」是春秋之徐亦在下邳。宣王伐徐在穆王克徐以後，即爲徐之在下邳縣界者。詩下言「濯征徐國」，正義言「此徐當在徐州之地，未必即春秋徐子之國」，失之。漢地理志：「徐，盈姓。」盈、嬴古通用，玉海：「徐，嬴姓。伯益佐禹有功，封其子若木於徐。」未聞徐有他姓。孔疏謂「不知於時之君何姓」，亦肊説也。至周官雍氏注云「伯禽以王師征徐戎」，史記魯世家頃公十九年「楚伐我，取徐州」，徐廣曰：「徐州在魯東。」據説文郑字注：「郑，邾下邑地。从邑，余聲。魯東有郑城。讀若塗。」是魯東之徐字正作郑，宣王時早已屬魯，固與此詩之徐無涉耳。

「匪紹匪遊」，傳：「匪紹匪遊，不敢繼以遨遊也。」箋：「紹，緩也。王舒安，謂軍行三十里，亦非解緩也，亦非敖遊也。」瑞辰按：紹、遊對舉，承上「王舒保作」，當从箋訓紹爲緩，「匪紹匪遊」猶言匪安匪遊也。説文：「紹，一曰，緊糾也。」古字以相反爲義，故紹爲緊糾，又爲緩。又紹與弨音義近，小雅「彤弓弨兮」，傳：「弨，弛貌。」説文：「弛，弓解弦也。」凡弓張則急，弛則緩，弨之言弛，猶紹之言緩也。釋文：「紹，徐云：鄭人遥反，緩也。」正讀紹爲弨耳。

「徐方繹騷」，傳：「繹，陳。騷，動也。」箋：「繹當作驛。」瑞辰按：説文：「繹，擂絲也。」擂卽抽字，抽絲則有動義，引伸爲擾動之稱，與騷之訓擾同義。繹騷連言，猶震驚竝擧也。傳、箋竝失之。騷者，慅之假借，説文：「慅，動也。」

「如震如怒」，箋：「而震雷其聲，而勃怒其色。」釋文：「一本此兩如字皆作而。」瑞辰按：而、如古通用，箋讀如爲而，蓋以震怒非譬況之詞，不須言如也，一本遂从箋改經爲而矣。从箋訓如爲而，則震不必如箋訓雷。周語「君之武震無乃玩而頓乎」，晉語「君有震武也」，韋注竝曰：「震，威也。」成二年左傳「畏君之震」，猶云畏君之威。訓震爲威，義與怒同。

「闞如虓虎」，傳：「虎之自怒虓然。」瑞辰按：廣雅釋詁：「虓，怒也。」玉篇：「虓，虎怒貌。」虓讀呼濫切，與闞聲近而義同。虓虎當爲虓唬之假借，虓、唬雙聲字，虎卽唬之省耳。説文：「虓，虎鳴也。一曰，師子大怒聲也。」今本説文脱「大怒聲也」四字，此从一切經音義引增。又唬字注：「一曰，虎聲。」一切經音義引服虔通俗文：「虎聲謂之哮唬。」哮卽虓之假借。風俗通引詩正作「闞如哮虎」。虓唬又作哮虖，説文：「虖，哮虖也。」又作哮呼，水經注引博物志言：「魏武於馬上逢獅子，獅子哮呼奮越，左右咸驚。」又作哮嚇，埤蒼：「哮嚇，大怒聲也。」玉篇：

「哮嚇，大怒也。」虖、嚇、唬竝雙聲，故通用。

「鋪敦淮濆」，傳：「濆，涯。」箋：「敦當作屯。陳屯其兵於淮水大防之上。」釋文：「鋪，普吳反，徐音孚，陳也。韓詩〔一〕作敷，云：大也。敦，王申毛如字，厚也。韓詩云迫。鄭作屯。」瑞辰按：方言、廣雅竝云：「鋪，止也。」鋪、敦二字同義。鄭讀敦爲屯，屯者聚也，亦止也。説文濆字注引詩「敦彼淮濆」，是知鋪與敦一耳。鄭箋訓鋪爲陳，義本韓詩，正以鋪爲敷之假借。説韓詩者乃訓敷爲大，失之。以敦爲迫，亦非。敦、屯古聲近通用，呂覽去私篇高注「蒪讀曰車笔之笔」，是其類也。胡承珙曰：「昭〔二〕二十三年左傳『敦陳整旅』，謂整頓也。周書武順解『一卒居後曰敦』，敦亦頓也。越絶書『西陵名敦兵城』，卽頓兵城也。」今按頓與屯亦聲近義通，猶鄭義也。

「仍執醜虜」，傳：「仍，就。虜，服也。」箋：「就執其衆之降服者。」釋文：「仍，如字。本或作扔，音同。」瑞辰按：爾雅釋詁：「仍，厚也。」釋文云：「仍本或作扔。」釋詁又云：「仍，因也。」説文：「仍，因也。」「扔，捆也。」「捆，就也。」字林：「扔，就也。」廣雅：「因，就也。」是仍與扔音義竝同。

〔一〕「詩」原作「侯」，據釋文改。

〔二〕「昭」原作「成」，據胡承珙毛詩後箋及左傳改。

「如飛如翰」，傳：「疾如飛，摯如翰。」箋：「其行疾，自發舉如鳥之飛也。翰，其中豪俊也。」瑞辰按：說文翰字注引逸周書曰：「文翰若翬雉，一名晨風，周成王時蜀人獻之。」段玉裁曰：「『一名晨風』四字當在『蜀人獻之』之下，『一名』當作『一曰』。釋鳥：『晨風，鸇也。』正毛傳『鷙如翰』及箋所云鳥中之豪俊者。」今按段說是也。飛與翰散言則通，小雅「翰飛戾天」是也；對言則異，此詩「如飛如翰」是也。據說文：「⿰𠦝毛，獸豪也。」箋訓翰爲豪俊，正與⿰𠦝毛爲獸豪義近。說文又曰：「⿰𠦝馬，馬毛長也。」義亦與翰近。

「緜緜翼翼」，傳：「緜緜，靚也。翼翼，敬也。」瑞辰按：廣雅：「緜緜，長也。」「翼翼，盛也。」長與盛義相近，皆狀其兵之壯盛耳。緜、緡雙聲通用，故詩「緜蠻黃鳥」一作「緡蠻」。韓詩緜緜作民民，亦以雙聲假借。至毛傳訓緜緜爲靚者，靚卽靜也，靜卽密也。釋詁：「密，靜也。」爾雅釋言：「矏，密也。」矏說文作矈，云「日旁薄緻宀宀也」。又：「𥅯，宀宀不見也。」「宀，交覆深屋也。」矏、𥅯竝武延切，與緜同音。傳以緜緜爲宀宀之假借，故訓爲靜，猶言密也。緜、密雙聲字。文選洛神賦注：「緜緜，密意也。」正與毛傳同義。

「不測不克」，箋：「其勢不可測度，不可勝克。」瑞辰按：測當爲側之假借。淮南子原道篇「側谿谷之閒」，高注：「側，伏也。」不側者，謂其師不隱伏也。克通作剋。說文：「剋，急也。」不克者，謂其師不急迫也。箋以「不可」增成其義，失之。

「王猶允塞」，傳：「猶，謀也。」箋：「猶，尚。允，信也。王重兵，兵雖臨之，尚守信自實滿。」瑞辰按：猶、猷古通用，荀子、韓詩外傳引詩竝作「王猷允塞」。傳訓爲謀，是也。箋訓爲尚，失之。

「徐方既來」，箋：「兵未陳而徐國已來告服。」瑞辰按：左氏文七〔一〕年傳「若吾子之德，莫可歌也，其誰來之」，杜注：「來，猶歸也。」爾雅釋言：「懷，來也。」是知「徐方既來」猶言徐方既歸懷耳。來與勑通。廣雅釋詁：「勑，順也。」順與歸、懷義相通，順猶服也，既來即是既服。箋以「來告服」增成其義，失之。

「徐方既同」，瑞辰按：同當讀如「殷見曰同」之同。同，集也，謂同集於朝也。說文：「同，會合也。」會同、朝覲，對文則異，散言則通，既同猶云既朝耳。正義謂「徐方來與他國同服於王者」，失之。

「徐方來庭」，傳：「來王庭也。」瑞辰按：爾雅釋詁：「庭，直也。」庭者，廷之假借。倉頡篇：「廷，直也。」說文：「直，正見也。」古以諸侯不直者爲不庭。周語「以待不庭不虞之患」，左氏隱十年傳「以王命討不庭」，成十二年傳「謀其不協而討不庭」，韓奕詩「榦不庭方」，傳：「庭，直也。」正直爲庭，則知正其不直亦爲庭。此詩「來庭」，猶云是直也。左傳曰：「正直爲

〔一〕「七」原作「五」，據左傳改。

正，正曲爲直。」孟子曰：「不直則道不見。」是直猶云是正，與「王國來極」句法相似，極亦正也。正則不邪，故下即接言「徐方不回」矣。傳訓爲「來王庭」，失之。

「徐方不回」，箋：「回，猶違也。」瑞辰按：説文：「㚇，衺也。」又曰：「湋，回也。」經傳中多借違作回，蓋以疊韻相假借。大明詩「厥德不回」，傳：「回，違也。」堯典「静言庸違」，文十八年左傳作「靖譖庸回」，昭二十六年左傳「君無違德」，論衡作「君無回德」，皆以回爲違之假借。違皆㚇衺字之通借，故周語「動匱百姓，以逞其違」，晉語「若有違質，教將不入」，韋昭注竝曰：「違，邪也。」此箋訓回爲違，亦以不回爲不㚇衺耳。正義訓爲違命之違，失之。

## 瞻卬

「女反有之」，瑞辰按：廣雅釋詁：「有，取也。」有之猶取之也。

「女覆奪之」，瑞辰按：奪者，敓之假借。説文：「敓，彊取也。」引周書「敓攘矯虔」，今呂刑作奪。説文：「奪，手持隹失之也。」是奪爲脱正字。今經典通假奪爲敓。

「懿厥哲婦」，箋：「懿，有所痛傷之聲也。」正義：「懿與噫，字雖異，音義同。金縢：『噫！公命，我勿敢言。』與此同也。」瑞辰按：金縢釋文：「噫，馬本作懿。」是懿、噫通用之證。楚語衛武公「作懿戒以自儆」，即大雅抑之詩，是懿又通抑。十月之交詩「抑此皇父」，箋：「抑之言噫。噫是皇父，疾而呼之。」義與「懿厥哲婦」同。懿、噫、抑三字竝同聲，故詩以懿、抑爲噫之假借。又按文選神女賦曰「澹清靜其愔瘱」，李善注引韓詩曰：「瘱，悦也。」又引蒼頡篇曰：「瘱，密也。」引曹大家列女傳注曰：「瘱，深邃也。」〔一〕瘱或作嫕，今誤作嬺。盧氏文弨曰：「字當作瘱，此『懿厥哲婦』之懿。」今按説文：「瘱，靜也。」「靜，審也。」廣雅：「瘱，審也。」瘱古讀如邑，與懿字雙聲疊韻，故懿可通作瘱。而韓詩訓悦，與毛異義。

「鞫人忮忒，譖始竟背」，傳：「忮，害。忒，變也。」箋：「鞫，窮也。譖，不信也。婦人之長舌者多謀慮，好窮屈人之語，忮害轉化，其言無常，始於不信，終於背違。」瑞辰按：説文伎字注引詩「鞫人伎忒」，伎者，忮之假借。「鞫人忮忒」當謂長舌之婦窮詰人以忮害轉變之術。譖，毁也，數也，謂始譖毁人而終自背之也。始譖毁人乃竟終背之，是責人則明，責己則暗也。譖始所以爲忮，竟背所以爲忒也。箋以譖爲不信，失之。

「豈曰不極，伊胡爲慝」，箋：「胡，何。慝，惡也。豈謂其是不得中乎，反云維我言何用爲惡不信也。」瑞辰按：「豈曰不極」承上「譖始」言之，謂其譖毁人之忮忒豈曰不中正乎。「伊胡爲慝」則承「竟背」言之，言伊何爲差忒也。説文：「忒，㪅也。」「㤟，失常也。」慝卽忒之假借，猶鄘柏舟詩「之矢死靡慝」，假慝爲忒也。上旣言忒，用本字，故下借慝字，以與上忒

〔一〕按：文選李善注引曹大家列女傳注「瘱，深邃也」，見洞簫賦注及女史箴注，非神女賦注，馬氏此文有誤。

字爲韻。此亦阮宫保所云義同字變之類。箋訓「爲慝」爲爲惡，失之。

「婦無公事，休其蠶織」，傳：「婦人無與外政，雖王后猶以蠶織爲事。」箋：「今婦人休其蠶桑織紝之職，而與朝廷之事。」瑞辰按：公、功古通用，經義述聞謂「公事」卽周官女御「以歲時獻功事」，「休其蠶織」卽是無功事。今按：公與宫同聲。夏小正「妾子始蠶，執養宫事」，昏禮戒女詞曰「夙夜無違宫事」，宫事皆謂蠶宫之事。此詩公事當卽宫事之假借，宫事卽蠶事也。若如毛、鄭所解，則是「婦有公事，休其蠶織」矣。上言「如賈三倍，君子是識」是不當知而知，下言「婦無公事，休其蠶織」，是又當爲而不爲，皆承上「伊胡爲慝」，極言其失常之事。

「何神不富」，傳：「富，福。」瑞辰按：富、福古同部通用，傳蓋以富爲福之假借。易「福謙」，釋文「福，京作富」，劉修碑「鬼神富謙」，皆福通作富之證。釋名：「福，富也。其中多品如富者也。」是富與福亦同義。

「舍爾介狄，維予胥忌」，傳：「狄，遠。忌，怨也。」箋：「介，甲也。乃舍女被甲之夷狄來侵犯中國者，反與我相忌。」瑞辰按：說文：「狄之言淫辟也。」廣雅釋言：「狄，辟也。」古或通以爲淫辟之稱。介狄謂大狄，猶云元惡也。「舍爾介狄」卽上章「彼宜有罪，女覆說之」，「維予胥忌」卽上章「此宜無罪，女反收之」也。傳、箋竝失之。

「邦國殄瘁」，傳：「殄，盡。瘁，病也。」箋：「則天下邦國將盡困窮。」瑞辰按：王觀察曰：「殄、瘁皆病也。周官稻人『夏以水殄草而芟夷之』，鄭注曰：『殄，病也。』魯語曰：『鑄名器，藏寶財，國民之殄病是待。』是殄亦病也。」今按王説是也。殄瘁二字平列，與盡瘁、憔悴之同爲勞病正同。殄、盡以疊韻爲義，盡亦病也。成十二年左傳「爭尋常以盡其民」，盡其民即病其民也。

「無不克鞏」，傳：「鞏，固也。」瑞辰按：釋詁：「鞏，固也。」鞏、固以雙聲爲義，古音轉讀鞏如固，故與祖、後爲韻。戴震、孔廣森均以此爲東、侯交通之證。

## 召旻〔一〕

「我居圉卒荒」，傳：「圉，垂也。」箋：「荒，虚也。國中至邊境以此故盡空虚。」瑞辰按：傳不釋居字，蓋以居爲語詞，讀同「日居月諸」之居。箋上云「病國中以饑饉」，則此箋所云「國中」亦承上言之，不以居爲國中也。正義乃云「令我所居國中」，失之。

「昬椓靡共」，傳：「椓，天椓也。」箋：「昬、椓，皆奄人也。昬，其官名也。椓，椓毁陰者

〔一〕「旻」原缺筆作「旻」，係避道光旻寧諱，今回改。又本書前後凡「旻」字避諱缺筆，或改字作「緡」者，均逕改，不另出校。

也。王遠賢者而近任刑奄之人，無肎共其職事者。」瑞辰按：上言「蟊賊內訌」，箋謂「訌，爭訟相陷入〔一〕之言」，則下「昏椓」正言其昏亂椓譖耳。昏通作惛。大雅民勞篇「以謹惛怓」，毛傳：「惛怓，大亂也。」鄭箋：「猶讙譁也。」說文作怋怓，云：「怋，怓也。」「怓，亂也。」此詩昏亦怓亂耳。椓通作諑，哀十七年左傳「太子又使椓之」，釋文：「椓，古與諑通。」楚詞「謠諑謂予以善淫」，王逸注：「諑，猶譖也。」方言：「諑，愬也。楚以南謂之諑。」廣雅釋詁：「諑，訴也。」又：「諑，責也。」「諑，譖也。」「諑，諟也。」義竝相近。正月詩「天夭是椓」，傳：「君夭之，在位椓之。」正義：「王夭害之，在位又椓譖之。」此傳以椓爲夭椓，正訓椓爲諑譖之諑。至箋以昏、椓皆奄人，是讀昏爲閽，讀椓爲「刖劓斀黥」之斀，與傳異義。正義乃云「傳意亦以椓爲去陰」，失矣。

「潰潰回遹」，傳：「潰潰，亂也。」瑞辰按：說文：「憒，亂也。」潰潰即憒憒之假借。

「實靖夷我邦」，傳：「靖，謀。夷，平也。」箋：「皆謀夷滅我之邦。」瑞辰按：夷爲語助詞，「實靖夷我邦」即言實謀我邦，猶之曲禮「在醜夷不爭」即孝經「在醜不爭」，夷字不爲義也。傳訓夷爲平，箋訓夷爲滅，竝失之。至瞻卬詩「靡有夷屆」、「靡有夷瘳」及孟子「夷考其行」，夷皆語詞，則王尚書釋詞已言之矣。

〔一〕「入」原作「人」，據毛詩鄭箋改。

「皋皋訿訿，曾不知其玷」，傳：「皋皋，頑不知道也。訿訿，窳不供事也。」箋：「玷，缺也。」瑞辰按：皋當讀爲譹。玉篇：「譹，相欺也。」重言之則曰譹譹。訿與訾通。管子形勢篇：「毀訾賢者謂之訾。」列子天瑞篇「訾訾然」，張諶注：「毀訾也。」訿又通呰。説文：「呰，苛也。」鄭注喪服四制云：「口毀曰呰。」皋皋、訿訿皆極言小人讒毀人之狀。玷當讀如點污之點。楚詞七諫「唐虞點灼而毀議」，王逸注：「點，污也。」廣雅釋詁：「點，污也。」詩言小人止知毀議人而不自知其點污也。至爾雅釋訓「皋皋、琄琄，刺素食也；翕翕、訿訿，莫供職也」，蓋釋詩之大義，非釋詩詞。毛傳義本爾雅，似於經義未協。

「兢兢業業，孔填不寧，我位孔貶」，傳：「貶，墜也。」箋：「兢兢，戒也。業業，危也。天下之人戒懼危怖，甚久矣其不安也，我王之位又甚墜矣。言見侵侮，政教不行，後犬戎伐之，而周與諸侯無異。」瑞辰按：「兢兢業業」二句，言在位之戒懼，時以危爲病，不敢自安。與上「皋皋訿訿」對文，言彼讒毀人者，曾不知其污點而小心戒懼，不敢自安，反貶點其位〔一〕也。箋以我位爲我王之位，失之。

「草不潰茂」，傳：「潰，遂也。」箋：「潰茂之潰當作彙。彙，茂貌。」瑞辰按：胡承珙曰：「潰

〔一〕「其位」疑是「在位」之譌。

者，敗也。遂者，成也。以潰爲遂，猶以亂爲治〔一〕。」李黼平曰：「説文：『僓，一曰，長貌。』長義與遂義近，傳蓋讀潰爲僓。」今按小旻傳亦曰：「潰，遂也。」潰、遂疊韻字，潰卽遂之音近假借，猶旞或作旝，遺風通作隧風也。廣韻：「遂，達也。」遂者艸之暢達，與茂義相成。箋以潰爲彙，不若傳訓遂爲善。又按韓詩外傳云：「如歲之旱，莫不潰茂，然天勃然興雲，沛然下雨，則萬物莫不興起者。」相其文義，「莫」當爲「草」字之譌，蓋因下文有「莫不」字而誤。又按孔氏詩聲類曰：「詩中幽韻與之通者八見，此詩茂、止爲韻，其一也。天問『雄虺九首，儵忽焉在，何所不死，長人何守〔二〕』，亦黝、止韻之通。」戚學標毛詩證讀又引漢書敍傳「侯王之祉，祚及孫子，公侯蕃滋，枝葉碩茂」，魏武觀滄海詩「樹木叢生，百草豐茂，秋風蕭瑟，洪波湧起」，皆之、幽韻通之證。顧氏古音攷以此章爲無韻，失之。至末章舊與里協，古音讀舊如忌，與久古讀己者正同，此詩舊、里〔三〕，猶蕩詩時與舊韻。後人誤以舊入黝類，胡承珙據爲之、幽通之例，則非。

「如彼棲苴」，傳：「苴，水中浮草也。」箋：「如樹上之棲苴。」瑞辰按：楚詞九章「草苴比而

〔一〕「以亂爲治」原作「以治爲亂」，據胡承珙毛詩後箋乙正。
〔二〕「守」原作「首」，據楚辭天問改。
〔三〕「里」下疑脫「韻」字。

不芳」，王逸注：「生曰草，枯曰苴。」苴通作蒩，管子輕重篇「請君伐蒩薪」，房注：「草枯曰蒩。」又通作柤，一切經音義引詩「如彼棲柤」，又引通俗文「刈餘曰柤」，柤即查字，音槎，亦與槎字通用。張參五經文字：「苴，七余反，又音查。見詩大雅。」即指此詩。是唐人讀苴亦如槎，故字得通作柤，柤即樝字之省。說文：「樝，果似梨而酢。」內則作柤梨，今本通作楂梨。苴讀如樝，猶說文「抯，讀若樝梨之樝」，「揟，取水沮」也，沮即今之渣字也。查又爲浮木之稱。古聲同者其義亦同，水中浮木謂之查，水中浮草謂之苴，其義一也。傳云「水中浮草」，亦謂枯草之浮於水中者耳。棲蓋草枯之狀。草之生曰興曰作，則其枯可謂之棲。釋文：「棲，謂棲息。」蓋謂枯草偃臥有似棲息也。又棲、摧聲近，棲之言摧折也。毛傳不解棲字，正義謂「棲爲浮義」，失之。箋以爲樹上棲苴，亦非。

「無不潰止」，箋：「潰，亂也。無不亂者，言皆亂也。春秋傳曰：『國亂曰潰，邑亂曰叛。』」瑞辰按：潰者，䜋之假借。釋言：「訌，潰也。」說文：「訌，䜋〔一〕也。」此潰即䜋之證。說文：「䜋，中止也。从言，貴聲。司馬法曰：『師多則民䜋。』䜋，止也。」是䜋、止二字同義。胡承珙曰：「止者，陷也。中止猶言內陷也。」今按：陷，猶敗也，是止亦潰敗之義。傳、箋皆不釋止字，蓋以止爲語詞，不知止亦潰也。

〔一〕「䜋」原作「潰」，據續經解本及說文改。下「師多則民䜋」䜋字同。

「胡不自替」，傳：「替，廢。」箋：「女小人耳，何不自廢退，使賢者得進。」瑞辰按：離騷：「長太〔一〕息以掩涕兮，哀民生之多艱。余雖好脩姱以鞿羈兮，謇朝誶而夕替。」以替與艱韻，與此詩以替與引韻正相類。替說文作暜，云：「暜，廢也。一偏下也。从竝，白白音自。聲。或从曰，或从兟从曰。」錢氏大昕曰：「字當爲朁，从曰，兟聲。」今按錢說是也。古先、辛同韻，是以暜與引聲近。兟从先聲，色巾反，暜从兟聲，他因反，讀如親而近汀，正與引同爲真臻部字，亦與艱讀如根相協。管子問第二十四云：「各主異位，毋使讒人亂暜，而德營九軍之親。」宋翔鳳謂暜與親韻，正與詩同。胡承珙又曰：「雉、夷古聲近，本草辛夷作辛矧，御覽亦作辛引，則引正可讀如夷，以與替韻。」今按夷與引雙聲，夷讀如引者，亦古雙聲爲韻之類。

「昔先王受命，有如召公」，箋：「先王受命，謂文王、武王時也。召公，召康公也。言有如昔時賢臣多，非獨召公也。」瑞辰按：關雎正義：「詩一句六字者，『昔者先王受命，有如召公之臣』之類也。」今本無「者」字，無「之臣」二字。臧氏玉琳曰：「序『閔天下無如召公之臣也』，正取詩『有如召公之臣』爲說。又箋言『有如昔時賢臣多，非獨召公也』，是鄭本原作『有如召公之臣』。當从關雎正義所引補正。」今按臧說是也。詩有「之臣」二字，以命與臣爲韻，於古音正合。撰義疏者非出一手，故本篇正義引作「有如召公」，與關雎正義所引互異耳。

〔一〕「太」原作「大」，據離騷改。按二字本通，本書「太」字多作「大」，今除特殊情況外均不改。

# 毛詩傳箋通釋卷二十八

## 周頌

### 清廟

「於穆清廟」，傳：「於，歎辭也。穆，美也。」瑞辰按：漢書韋玄成傳云：「議者又以爲清廟之詩言交神之事，無不清静。」賈逵左傳注：「肅然清静，謂之清廟。」蔡邕明堂月令論：「取其宗祀之清貌，則曰清廟。」釋文引杜預曰：「肅然清浄之稱也。」古釋清廟皆謂以清静得名，猶明堂義取嚮明，閟宫義取閟神。此詩序箋謂清廟爲祭有清明德者之宫，正義因謂清是功德之名，非清静之義，其説非也。廣韻：「穆，清也。」於穆卽狀清廟之貌。説文：「㣎，細文也。」「穆，禾也。」凡詩言於穆、穆穆者，皆㣎字之假借。

「秉文之德」，傳：「執文德之人也。」箋：「皆執行文王之德。」瑞辰按：昭三十二〔一〕年左

〔一〕「三十二」原作「二十三」，據左傳改。

傳「昔成王合諸侯城成周，以爲東都，崇文德焉」，周語「昭顯文德」，又詩「文定厥祥」傳「言大姒之有文德也」，「告于文人」傳「文人，文德之人也」，皆泛言文德。此傳謂多士皆執持文德，亦泛言有文德，與箋言「皆執行文王之德」異義。正義謂毛、鄭同，失之。又按顧氏詩本音云清廟一章無韻，孔廣森曰：「上半章前二句不入韻，而『濟濟多士，秉文之德』相爲韻，下半章中二句不用韻，而『對越在天』、『無射于人』首尾相爲韻。蓋德古音如置，故可與士協。」今按孔説是也。古德字作悳，从直从心，蓋亦兼从直聲，故可讀如置。易「有功而不德」，鄭本作置。大戴禮「其心不德」，荀子作置。又「有施而不德」，逸周書作置。玉藻「立容德」，徐仙民音置。皆德有置音、古字通用之證。

「駿奔走在廟」，傳：「駿，長也。」箋：「駿，大也。」瑞辰按：爾雅釋詁：「駿，速也。」速與疾義同。正義引禮記大傳「駿奔走」注：「駿，疾也。疾奔走言勸事。」駿、疾以聲近爲義，廟中奔走以疾爲敬，其説較傳、箋爲善。正義牽合箋説，云「大者，多而疾來之意」，則失之矣。周頌噫嘻篇「駿發爾私」，傳謂「大發其私田」，箋易之曰「駿，疾也」，此疾與大異訓之證。駿與浚通，鹽鐵論取下篇「『浚發爾私』，上讓下也；『遂及我私』，先公職也」，正訓浚爲疾，彼詩亦當从箋訓疾。駿又通作逡，禮大傳「逡奔走」，鄭注：「逡，疾也。」

## 維天之命

「維天之命，於穆不已」，傳：「孟仲子曰：大哉天命之無極，而美周之禮也。」箋：「命，猶道也。天之道於乎美哉，動而不止，行而不已。」正義引「孟子趙岐注云：『孟仲子，孟子從昆弟，學於孟子者也。』譜云：『孟仲子者，子思弟子。』蓋〔一〕與孟軻共事子思，後學於孟軻。著書論詩，毛氏取以爲説。」瑞辰按：孟子趙岐注云孟子「親受業於子思」，史記孟子列傳則云孟子「受業於子思之門人」。如孟子且未及親事子思，豈孟仲子學於孟子，轉曾爲子思弟子乎！詩譜之言蓋不足據。正義合詩譜及趙岐説而一之，誤矣。經典序録云：「詩自子夏傳曾申，申傳魏人李克，克傳魯人孟仲子，孟仲子傳趙人孫卿子，孫卿子傳魯人大毛公。」孫卿生孟子後，得受詩於孟仲子，則孟仲子幼於孟子，未及受業於子思可知矣。孟仲子爲毛詩傳授所本，故此詩及閟宮詩傳竝引其説。又按説文以字从反已，檀弓注云：「以，已字。」是以與已本同字也。似从人，已聲，故以、已與似古亦通用。正義引詩譜曰：「子思論詩『於穆不已』，孟仲子曰『於穆不似』。」字雖異而義則同。傳引孟仲子曰「大哉天命之無極」，廣雅：「極，已也。」無極正釋詩「不已」，是知孟仲子雖借作不似，其義仍作不已也。正義不明通借

〔一〕「蓋」下原有「謂」字，據毛詩正義删。

之義，謂「傳雖引仲子之言而無不似之義」，失矣。又按廣雅、廣韻竝曰：「命，道也。」易臨彖傳曰「大亨以正，天之道也」，无妄彖傳曰「大亨以正，天之命也」，昭二十六年左傳曰「天道不謟」，二十七年左傳曰：「天命不慆」，皆命卽道之證，故箋曰「命猶道」。正義謂「天之教命卽是道」，失之。又按說文：「㣎，細文也。」穆卽㣎之假借。訓穆爲文，與下純訓爲文同義。

「文王之德之純」，傳：「純，大也。」箋：「純亦不已也。」瑞辰按：說文：「焞，明也。」引春秋傳曰「焞燿天地」。純與焞通用，漢書揚雄傳「光純天地」，純亦明也。此承上「於乎不顯」言之，不顯，顯也；顯，明也；純亦明也。文與明義相引伸。方言、廣雅竝曰：「純，文也。」中庸引此詩而釋之曰：「蓋曰文王之所以爲文也，純亦不已。」正訓純爲文。說文：「純，絲也。」崔覲說易曰：「不襍曰純。」純本美絲之稱，假以狀德之明而不襍，故義爲明，爲文，又爲大耳。

「假以溢我」，傳：「假，嘉。溢，愼也。」箋：「溢，盈溢之言也。」瑞辰按：說文：「誐，嘉善也。」引詩「誐以謐我」。誐與假雙聲，謐與溢字異而音義同。左氏襄二十七年傳「君子曰，何以恤我」，何者誐之聲借，恤與謐亦同部字也。此詩溢、謐、恤三字通用，猶堯典「惟刑之卹哉」，史記作静，今文尚書作謐也。爾雅釋詁：「溢、愼、謐，静也。」又曰：「溢，愼也。」說文：「謐，静語也。」静與竫通，說文：「竫，安竫也。」廣雅：「静，安也。」愼與静古亦同義，詩言「溢我」卽愼我也，愼我卽静我也，静我卽安我，猶詩言「綏我眉壽」，綏亦安也。「假以溢我」正謂善以綏我。左傳言恤我者，恤當爲侐之假借。說文：「侐，靜也。」正與謐、謐訓靜者同義。惟箋訓爲盈溢，與傳異義。

「駿惠我文王」，箋：「以大順我文王之意。謂爲周禮六官之職也。」瑞辰按：惠，順也。駿當爲馴之假借，馴亦順也。駿惠二字平列，皆爲順，猶劬勞同爲勞，盡瘁、殄瘁同爲勞也。馴借作駿，猶尚書「克明俊德」，史記作「馴德」，徐廣曰：「馴，順也。」馴德卽順德也。爾無正「不駿其德」，朱彬謂駿與馴同，馴，順也。皆駿亦爲馴之證。箋訓駿惠爲大順，失之。

「曾孫篤之」，傳：「成王能厚行之也。」箋：「曾，猶重也。自孫之子而下，事先祖皆稱曾孫。是言曾孫欲使後王皆厚行之，非惟今也。」瑞辰按：曾孫當从箋通指後王爲允。篤者，管之假借。說文：「管，厚也。从亯，竹聲。讀若篤。」孔廣森曰：「竹聲古蓋讀如呪，故篤與收爲韻。」

## 維清

序：「維清，奏象舞也。」箋：「象舞，象用兵時刺伐之舞，武王制焉。」瑞辰按：襄二十九年左傳「見舞象箾、南籥者」，賈逵注：「象，文王之樂，武象也。」杜注：「箾，舞者所執。」據說文「箾，以竿擊人也」，是箾卽干。公羊傳：「萬舞者，干舞也。」古者文舞執籥，武舞執干。左傳南籥爲文舞，則象箾爲武舞，卽此詩象舞也。舞、武古通用，象舞，蔡邕獨斷作象武，蓋以象文王之武功也，作舞者，通借字耳。是以知仲尼燕居篇「下管象武」，卽象舞也。象舞亦單稱象，文王世子、明堂位皆云「下管象」，以象與大武對言，則象非大武可知。文王世子鄭注乃謂：「象，周武王伐紂之樂也。以管播其聲，又爲之舞。」合象與大武爲一，誤矣。孔子曰：「升歌清廟，示德也；下而管象，示事也。」白虎通曰：「歌在堂上，舞在堂下。歌者象德，舞者象功。君子上德而下功也。」清廟、象舞雖俱是文王之樂，清廟以人歌之，故宜升，象舞以管奏而舞之，故宜下。正義乃云：「下管象若是此篇，則與清廟俱是文王之事，不容一升一下。」失其義矣。墨子三辯〔一〕云：「武王勝殷殺紂，環天下，自立以爲王。事成功立，無大後患，因先王之樂，又自作樂，命曰象。」春秋繁露質文〔二〕篇：「武王受命，作象樂，繼文以奉天。」是武王之樂亦名象。然云「因先王之樂」，云「繼文」，是正因文之象舞而作，非卽此詩象舞，亦非「下管象」之象也。

「肇禋」，傳：「肇，始。禋，祀也。」箋：「文王受命，始祭天而枝伐也。周禮：『以禋祀祀昊天上帝。』」瑞辰按：李黼平曰：「生民『以歸肇祀』，傳云：『始歸郊祀也。』周之祭天自后稷然

〔一〕三辯原作七患，據墨子改。

〔二〕「質文」，當作「三代改制質文」。

矣，文王祭天不應言『肇』。尚書『禋于六宗』，固爲天神，而禋于文王、武王宗廟，亦得稱禋。說文：『禋，潔祀也。一曰，精意以享爲禋。』是禋乃祭祀通稱。傳訓禋爲祀，蓋言始禋祀而征伐，義不繫於祭天。正義以箋述毛，非也。」今按李說是也。肇禋猶云肇祀。生民詩「后稷肇祀，庶無罪悔，以迄于今」，言后稷之肇祀也。此詩「肇禋，迄用有成」，言文王之肇祀也。二詩文義相似。生民詩承「上帝居歆」言之，故傳以肇祀爲郊祀；此詩上無所承，故傳以肇禋爲泛言禋祀耳。

「維周之禎」，傳：「禎，祥也。」釋文：「祺，音其，祥也〔一〕。爾雅同。徐云：本又作禎，音貞。與崔本同。」瑞辰按：爾雅釋言：「祺，祥也。」某氏注引詩「維周之祺」。正義、釋文本原皆作祺，惟正義引定本、集注，釋文引徐邈本作禎。按作禎者，以與禋、成爲韻，作祺者，以與首句熙字爲韻，爲首尾用韻，二本皆於韻合。胡承珙曰：「作禎者毛詩，作祺者蓋三家詩。或謂由崔注改易取韻者，非也。」李黼平曰：「行葦『壽考維祺』，傳云：『祺，吉也。』此經如作祺，傳不應別訓，惟作禎，乃訓爲祥。說文：『禎，祥也。』『祺，吉也。』从毛傳不从爾雅。則經文作禎爲是。」

〔一〕「祥也」二字原脫，據釋文補。按下句「爾雅同」，正謂爾雅亦訓「祺」爲「祥」。

## 烈文

「烈文辟公」，傳：「烈，光也。」箋：「光文百辟卿士及天下諸侯者。」瑞辰按：周書謚法解：「有功安民曰烈。」烈文二字平列，烈言其功，文言其德也。爾雅釋詁：「辟，君也。」天子諸侯皆有君號，故通稱爲辟。天子曰辟王，詩「載見辟王」是也。諸侯則曰辟公，此詩「烈文辟公」、雝詩「相維辟公」是也。箋謂「百辟卿士及諸侯」，包咸論語注謂「諸侯及二王之後」，竝失之。

「錫茲祉福」，傳：「文王錫之。」箋：「天錫之以此祉福也。」瑞辰按：成王即位，徧祭列祖，則祉福宜謂列祖錫之。詩末章「前王」亦兼言列祖。傳專言文王，非也。

「無封靡于爾邦」，傳「封，大。靡，累也。」箋：「無大累於汝國。謂侯治國無罪惡也。」瑞辰按：廣雅釋詁：「麼，壞也。」麼與靡通，越語「靡王躬身」，韋注：「靡，損也。」「無封靡于爾邦」猶云無大損壞於爾邦也。靡、累以疊韻爲訓，傳訓爲累，與損壞義近，累於國即損壞於國也。白虎通三軍篇曰：「詩云：『無封靡于爾邦，維王其崇之。』此言追誚大罪也。」以封靡爲大罪，與箋義合，皆本三家詩。正義謂「靡是侈靡，奢侈淫靡是罪累之事」，失傳恉矣。

「繼序其皇之」，傳：「皇，美也。」箋：「皇，君也。謂卿大夫能守其職，得繼世在位以其次序。其君之者，謂有大功，王則出而封之。」瑞辰按：說文：「緒，絲耑也。」序、敍古通用。爾雅釋詁：「敍，緒也。」閔予小子篇「繼序思不忘」，傳：「序，緒也。」此詩傳不釋序字，義亦爲緒，繼序猶云纘緒，謂諸侯世繼其先祖之緒以爲君也。箋訓爲次序，失之。

## 天作

「大王荒之」，傳：「荒，大也。天生萬物於高山，大王行道，能安天之所作也。」瑞辰按：晉語鄭叔詹曰：「在周頌曰：『天作高山，大王荒之。』荒，大之也。大天所作，可謂親有天矣。」此傳義所本。傳云「能安天之所作」，段玉裁、李黼平皆謂安爲大字之誤，是也。荀子王制篇曰：「天之所覆，地之所載，莫不盡其美，致其用，上以飾賢良，下以養百姓而安樂之，夫是之謂大神。」引詩「天作高山」四句爲證。此又毛傳「天生萬物於高山」所本，蓋合天覆地載之語而括以「萬物」也。

「彼徂矣，岐有夷之行」，傳：「夷，易也。」箋：「彼，彼萬民也。徂，往。行，道也。後之往者，又以岐邦之君有佼易之道故也。」瑞辰按：毛詩以「彼徂矣」三字爲句，與上「彼作矣」相對成文。韓詩則作「彼徂者」。後漢書西南夷傳朱輔上疏曰：「臣聞詩云：『彼徂者，岐有夷之行。』傳曰：『岐道雖僻，而人不遠。』」李賢注引韓詩薛君傳曰：「徂，往也。夷，易也。行，道也。彼百姓歸文王者，皆曰岐有易道，可往歸矣。易道謂仁義之道，故岐道阻險而人不難。」鄭君先通韓詩，故此箋全本韓義，其云「後之往者」，正釋經「彼徂者」句。正義：「徂，謂新往者。」是知箋、疏本皆作「徂者」，而以「岐」字屬下句讀，則毛、韓詩同也。説苑、韓詩外傳竝引詩「岐有夷之行」。惟沈存中筆談引後漢書，朱輔疏誤作朱浮傳，又誤讀岐字爲句，誤徂作岨，蓋由誤以韓詩傳「岐道阻險」爲釋詩「彼徂者」之徂也。朱子集傳、王伯厚詩考竝沿其誤。又按説文：「傷，佼傷。」莊述祖引易緯注「佼傷，無爲」，是佼傷爲寂然無爲之稱。正義以佼爲佼健，失之。

## 昊天有成命

「昊天有成命」，箋：「昊天，天大號也。有成命者，言周自后稷之生而已有王命也。」瑞辰按：穆天子傳「壬辰，鄧公飲天子酒，乃歌𡆲天之詩」，郭注引此詩，是𡆲卽昊字。古文明、成二字同義，爾雅釋詁：「明，成也。」臣工篇「將受厥明」，明亦成也。成命猶言明命。箋謂「后稷之生已有王命」，失之。

「二后受之〔一〕，成王不敢康」，箋：「文王、武王受其業，施行道德，成此王功，不敢自安

〔一〕「二后受之」句原無，據毛詩補。下文屢言「二后」，皆承此句而言。

逸。」瑞辰按：晉語引此詩，韋昭注：「謂文、武脩己自勤，成其王功，非謂周成王身也。」説與箋同。但考叔向説是詩曰：「是道成王之德也。成王，能明文昭，能定武烈者也。」二后指文、武，則「成王」自指周成王無疑。頌作於成王之時，成王猶召南詩稱平王，象其德而稱頌之，非謚也。叔向曰：「夫道成命而稱昊天，翼其上也。『二后受之』，讓於德也。」蓋謂成王不自謂能受天命，而曰文、武受之，故以爲讓於德。若不指周成王，則「二后受之」何謂讓於德乎？賈子禮容篇釋此詩曰：「二后，文王、武王。成王者，文王之孫，武王之子也。文王有大德而功未就，武王有大功而治未成，及成王承嗣，仁以臨民，故稱昊天焉。蚤興夜寐，以繼文王之業，懿然葆德，各遵其道，故曰有成。」是賈子亦以詩「成王」指周成王身矣。呂氏慎大覽曰：「文王造之而未遂，武王遂之而未成，周公旦抱少主而成之，故曰成王。」史記周公謂伯禽曰：「我文王之子，武王之弟，成王之叔父。」成王蓋時臣美其德，生有此號。酒誥釋文載馬融注引或曰：「以成王爲少成二聖之功，生號曰成王。没，因爲謚。」其説是也。尚書大傳：「奄君蒲姑謂禄父曰：『武王已死矣，成王尚幼矣。』」成王惟生有此號，故周頌作於成王在位時，得稱成王耳。此箋及韋注國語竝以「成王」指文、武，失之。

「夙夜基命宥密」，傳：「基，始。命，信。宥，寬。密，寧也。」瑞辰按：傳義俱本晉語。戴氏震毛鄭詩考正取晉語釋之，是也，然尚有未盡合者。叔向曰：「夙夜，恭也。基，始也。

命，信也。宥，寬也。密，寧也。」後總釋之曰：「其中也，恭、儉、信、寬，帥歸于寧。」恭、信、寬、寧，承上夙夜、命、宥、密五字言，不應獨去基字，另增儉字，是知儉卽承上基始言也。蓋云「恭始信寬」則不詞，故易始爲儉。儉者禮之本，本卽基也，故基爲始，又爲儉耳。命、令古通用，令从亼卪，說文：「卪，瑞信也。」賈子曰：「命者，制令也。」與叔向訓命爲信同義。叔向以「恭、儉、信、寬，帥歸于寧」釋詩「夙夜基命宥密」，則基、命與宥、密各爲一德，基、命二字平列，不連讀。孔疏釋傳云「始於信順天命」，戴震云「早夜敬恭其命，有始未竟，之謂基命」，竝失之。

「單厥心」，傳：「單，厚。」瑞辰按：爾雅釋詁：「亶，信也。」「亶，誠也。」又：「亶，厚也。」說文：「亶，多穀也。」亶之本義爲多穀，引伸爲信厚。毛詩作單者，雙聲假借字。說文：「單，大也。」大與厚義亦相通。墨子經篇云：「㫗，有所大也。」

「肆其靖之」，傳：「肆，固。靖，和也。」箋：「固當爲故，字之誤也。爲之不解倦，故於其功終能和安之。」瑞辰按：叔向釋詩曰：「肆，固也。靖，和也。」又曰：「其終也，廣厚其心以〔一〕固和之。」又曰：「終於固和。」以固與和平列。傳義正本叔向，不當如箋訓故。故、固古通用。爾雅：「肆，故也。」肆可訓爲語詞之故，卽可訓爲堅固之固，非誤字也。

〔一〕「以」字原脱，據國語周語下補。

## 我將

「我將我享」，傳：「將，大。享，獻也。」箋：「將，猶奉也。我奉養，我享祭之。」瑞辰按：莊述祖曰：「將，古文作𩱛，見古彝器。其文或爲𩱛彝尊鼎，或爲𩱛彝，或爲𩱛牛鼎，或爲某作𩱛某寶尊彝。説文作䰜，煑也，从鬲，羊聲。字亦作鬺，封禪書曰『皆嘗鬺享上帝鬼神』，徐廣曰：『鬺，享煑也，音殤。』享當讀饗。韓詩『于以鬺之』，毛借作湘，傳：『湘，烹也。』此傳將亦訓烹。篆文亯獻之亯與亯飪之亯本一字，或疑『亯、亯』覆衍，遂改亯爲大。」今按：將、享對文，以將爲𩱛之省借，訓烹，正與封禪書「鬺享上帝鬼神」及易傳「聖人亨以饗上帝」文法相類，較傳、箋爲善。若莊以爲毛本訓亨，後人改亨爲大，則肊説也。

「維羊維牛」，瑞辰按：臧氏經義雜記謂正義本原作「維牛維羊」。周官羊人疏及隋書宇文愷傳引詩竝作「維牛維羊」，又正義釋序兩云「維牛維羊」，釋經及箋「牛羊」字凡六見。阮尚書校勘記以臧氏説爲是。然箋云「我奉養我享祭之羊牛」，正義釋經云「維是肥羊，維是肥牛」，均先羊而後牛。又詩以將、享與下方、王、饗爲韻，而中以牛與右韻，與詩中隔句用韻，其隔句自爲韻者正合，仍从唐石經及毛本作「維羊維牛」爲是。

「儀式刑文王之典」，傳：「儀，善。刑，法。」箋：「我儀則式象法行文王之常道。」瑞辰按：

說文：「儀，度也。」「度，法制也。」字通作檥，爾雅釋詁：「儀，榦也。」說文：「檥，榦也。」立木作表爲榦，是檥卽表也。文六年左傳「引之表儀」，荀子「君者，儀也，儀正則景正」，皆以儀爲表。因而測天之表謂之儀，人之儀表亦爲儀矣。式者，栻之省。褚少孫日者傳言「卜者旋式正棊」，索隱曰：「式卽栻也。栻之形，上圓象天，下方法地。用之則轉天綱加地之辰，故曰旋式。」漢書王莽傳：「天文郎按栻於前。」廣雅釋器：「栻，梮也。」式本占象之器，用與儀表等，因而可爲式象者通稱式矣。刑者，型之省。說文：「型，鑄器之灋也。」古者以木曰模，以金曰鎔，以竹曰範，以土曰型，經傳中通假作刑。法之亦謂之刑，周頌「百辟其刑之」，箋曰「卿大夫法其所爲」是也。是儀、式、刑皆可訓法。詩中有三字同義竝稱者，如「亂離瘼矣」及「維清緝熙」，皆與此句法相類。朱子集傳：「儀、式、刑，皆法也。」義本鄭箋，其說是也。不必如毛傳訓儀爲善。

「伊嘏文王」，箋：「受福曰嘏。」釋文：「嘏，古雅反，毛大也。」瑞辰按：說文：「嘏，大遠也。」爾雅：「嘏、假，大也。」假卽嘏之假借。此詩「伊嘏文王」猶言大哉文王，从毛訓大爲允，但不得如王肅〔一〕云「維天乃大文王之道〔二〕」耳。

〔一〕「王肅」下原有「時邁」二字，考此詩正義引王肅語無此二字，當是涉下文而衍，今刪。

〔二〕「道」，據正義引王肅語，當作「德」。

# 時邁

「時邁其邦」，傳：「邁，行。」箋：「武王既定天下，時出行其邦國。謂巡守也。」瑞辰按：爾雅：「時，是也。」「偍，則也。」是猶偍，亦則也。時、是皆語詞，正義云「以時行其邦國」，失之。

「實右序有周」，箋：「右助次序其事，謂多生賢知，使爲之臣也。」瑞辰按：序與敍同。爾雅釋詁：「順，敍也。」大戴保傅篇「言語不序」，周語「時序其德」，「周旋序順」，序皆順也。次序爲序，順從亦爲序，順之即助之也。周禮司書注：「敍，猶比次也。」凡相比相次皆有助義。「實右序有周」，猶言實佑助有周也。右、序二字同義。箋謂「次序其事」，失之。

「莫不震疊」，傳：「疊，懼。」正義：「『疊，懼』，釋詁文。彼疊作慴，音義同。」瑞辰按：傳以疊爲慴之假借。爾雅釋詁：「慴，懼也。」郭注：「慴，即懾也。」說文：「慴，懼也。讀若疊。」是慴、疊音同之證。

「懷柔百神」，傳：「懷，來。柔，安。」正義：「釋詁：『柔，安也。』某氏引詩曰『懷柔百神』，定本作柔，集注作濡柔，是也。」釋文：「柔，如字。本亦作濡，兩通。」瑞辰按：爾雅釋言：「格、懷，來也。」此傳義所本。方言：「儀、佫，來也。陳潁之閒曰儀，自關而東，周鄭之郊、齊魯之閒或謂之佫，或曰懷。」周語「民神怨痛，無所依懷」，韋注：「懷，歸也。」來與歸義相因。柔、濡雙聲，故通用。宋書樂志明堂歌「懷濡上靈」，正本此詩。柔通作濡，猶説文訓儒爲柔也。

「及河喬嶽」，傳：「喬，高也。高岳，岱宗也。」瑞辰按：爾雅釋山：「山鋭而高，嶠。」淮南泰族篇引詩「及河嶠嶽」。又通作橋，史記五帝紀張守節正義引爾雅：「山鋭而高曰𡼖。」釋名：「山鋭而高曰喬，形如橋也。」喬嶽宜通指四岳言之。般之詩兼祭四嶽，亦曰「隋山喬嶽」，是其證也。

「肆于時夏」，傳：「夏，大也。」箋：「肆，陳也。我武王求有美德之士而任用之，故陳其功於是夏而歌之。樂歌大者稱夏。」瑞辰按：先儒同訓夏爲大，而言大之義不一。宣十二年左傳引此詩「載戢干戈」五句，杜注：「肆，遂也。夏，大也。言武王既息兵，又能求美德，故遂大而信王保天下。」正義曰：「遂大謂功業遂大。」此以大爲功業大也。周禮鍾師注引呂叔玉解此詩「肆于時夏」曰：「肆，遂也。夏，大也。言遂於大位。謂王位也。」此以大爲位大也。鄭箋：「樂歌大者稱夏。」此以夏爲樂歌之大也。朱子集傳云：「夏，中國也。言求懿美之德以布陳于中國。」此以夏爲諸夏之大也。今按左傳引詩「肆于時夏，允王保之」，以證武德之保大，詩「肆于時夏」承「我求懿德」言之，夏之爲大當指德大。肆，遂也。時，猶是也。言其德遂於是大也。毛傳但訓夏爲大，不言大爲何指，與左傳引詩義合。呂叔玉言指大位，孔疏言功業大者，皆非也。説文：「夏，中國之人也。」周官大司樂鄭注：「大夏，禹樂也。禹治水傅土，言其德能大中國也。」襄二十九年左傳：「爲之歌秦，曰：『此之謂夏聲。』又曰：『能夏則大。』」服虔注：「與諸夏同風，故曰夏聲。」是樂之名夏，本取中夏之義。詩言「肆于時夏」承上「我求懿德」言，宜从朱子集傳謂布德于中國。而後人因有「肆于時夏」一語，遂名其樂爲肆夏耳。傳止訓夏爲大，箋始以夏爲樂歌之大，正義合傳、箋爲一，失之。又按周官鍾師注引杜子春曰：「肆夏與文王、鹿鳴俱稱三，謂其三章也。以此知肆夏，詩〔一〕也。國語曰：『金奏肆夏、繁遏、渠，天子所以享元侯。』肆夏、繁遏、渠，所謂三夏矣。」又引「呂叔玉云：『肆夏、繁遏、渠，皆周頌也。肆夏，時邁也；繁遏，執競也；渠，思文也。』」玄謂以文王、鹿鳴言之，則九夏皆詩篇名〔二〕，頌之族類也。此歌之大者，載在樂章，樂亡〔三〕亦從而亡，是以頌不能具。」案所云「頌不能具」，謂頌不能備有九夏耳，其以肆夏爲周頌時邁等詩三章，正同呂説，故此詩箋云「樂歌大者稱夏」，思文箋又云「夏之屬有九」。賈疏乃以「頌不能具」謂頌内無此詩，正義亦云「鄭以九夏別有樂歌之篇，非頌也」，失鄭恉矣。韋昭國語注分繁、遏、

〔一〕「詩」原作「時邁」，據周禮鍾師注改。

〔二〕「名」字原脱，據周禮鍾師注補。

〔三〕「亡」，周禮鍾師注作「崩」。

渠爲三，謂「肆夏一名繁，韶夏一名遏，納夏一名渠」，與呂叔玉說異，而杜預左傳注略同。案國語「肆夏、繁遏、渠」與「文王、大明、緜」句法相同，不得謂肆夏一名繁，繁遏二字自當从呂說連讀，謂指執競篇耳。且左傳明言「肆夏之三」，是三篇皆肆夏之屬，爲時邁、執競、思文，以三篇相連，與鹿鳴之三、文王之三皆三篇相連，可知不得兼言韶夏、納夏也。說文：「肆，極陳也。」思文詩「陳常于時夏」，陳卽肆也。此正思文詩與肆夏同類之證。韋、杜之說竝失之。

## 執競

「執競武王」，箋：「競，彊也。能持彊道者，維有武王也。」瑞辰按：序釋文引韓詩云：「執，服也。」說文：「執，捕罪人也。」義與服近。又執、慴、慹古通用，史記項羽本紀「諸將皆慴服」，漢書作「讋服」，陳咸傳作「執服」，朱博傳作「慹服」，是其證。韓詩訓執爲服者，蓋以「執競」爲能執服彊禦，猶朱博傳云「慹服豪强也」。說文：「倞，彊也。」廣雅：「倞，强也。」凡詩言「執競」、「無競」，又呂叔玉引詩作「執傹」，皆倞字之假借。若競之本義，則說文自訓「彊語」耳。

「斤斤其明」，傳：「斤斤，明察也。」瑞辰按：爾雅釋訓：「明明、斤斤，察也。」斤斤卽昕昕之省借。一切經音義引爾雅「昕，察也」，當作「昕昕，察也」，卽爾雅「斤斤，察也」之異文説文：「昕，旦明也。」廣雅：「昕，明也。」重言之則曰昕昕矣。

「鐘鼓喤喤」，傳：「喤喤，和也。」瑞辰按：喤者，鍠之假借。説文：「喤，小兒聲也。」「鍠，鐘聲。」引詩「鐘鼓鍠鍠」，漢書禮樂志、風俗通引詩竝同，蓋本三家詩。爾雅：「韹韹，樂也。」方言：「韹，音也。」竝與鍠字音義同。

「磬筦將將」，傳：「將將，集也。」瑞辰按：將者，鏘之假借。三倉：「鏘鏘，金聲也。」説文：「鏘，鐘聲也。」通言之則磬管之聲亦曰鏘鏘。字又通作瑲與蹡，荀子富國篇引詩「管磬瑲瑲」，説文引詩「管磬蹡蹡」，皆音同假借字也。「磬管」古本當作「管磬」。

「降福穰穰」，傳：「穰穰，衆也。」瑞辰按：爾雅：「穰穰，福也。」郭〔一〕注：「言饒多。」説文：「秧，禾若秧穰也。」集韻：「秧穰，禾下葉多也。」福之多曰穰穰，豐年禾黍之多亦曰穰穰，其義一也。説文「孃，煩擾也。一曰，肥大。」又：「䑋，益州鄙言人盛，諱其肥謂之䑋。」方言：「梁益之閒，凡人言盛及其所愛，諱其肥䑋〔二〕謂之䑋。」李善曰：「諱，方言作瑋。」義竝與穰穰近。

「威儀反反」，傳：「反反，難也。」箋：「反反，順習之貌。」瑞辰按：賓之初筵詩「威儀反

〔一〕「郭」原作「卽」，參爾雅郭注改。

〔二〕「䑋」字原脱，據方言（戴震疏證本）補，漢書鄒陽傳應劭注引方言作「盛」。

反」，傳：「反反，言重慎也。」此傳訓難，卽重慎之義。正義訓爲重難，是也。曾釗讀難爲行有節度之難，失之。釋文引韓詩作昄昄，云「善貌」。此箋云「順習之貌」，卽韓所云「善貌」也。箋義多本韓詩，正義合傳、箋爲一，失之。潛夫論引作「威儀板板」，蓋假借字。當以韓詩作昄昄爲正字。

「福禄來反」，傳：「反，復也。」箋：「君臣醉飽，禮無違者，以重得福禄也。」瑞辰按：爾雅釋言：「復，返也。」返與反同。廣雅：「返，歸也。」歸从止，有止義，「福禄來反」猶言福禄來止也。周官鍾師注引呂叔玉曰：「繁遏，執傹〔一〕也。」又曰：「繁，多也。遏，止也。言福禄止於周之多也，故執傹曰：『降福穰穰，降福簡簡，福禄來反。』」蓋亦以來反爲來止，故引以證執傹之卽爲繁遏。莊述祖訓遏爲逮，謂能逮及祖考，又引或曰「言福禄相逮及」，竝非詩義。

## 思文

「立我烝民」，箋：「立當作粒。」正義：「傳不解立，宜爲存立衆民也。」瑞辰按：立當訓爲成立之立，廣雅：「立，成也。」成義同定，皋陶謨「烝民乃粒」，史記夏本紀作「衆民乃定」。作粒者，假借字耳。訓立爲定，正與「莫匪爾極」訓極爲中義相貫。箋从書讀立爲粒，失之。

〔一〕「傹」原作「競」，據周禮鍾師注改。

「貽我來牟」，傳：「牟，麥。」箋：「武王渡孟津，白魚躍入于舟，出涘以燎，後五日，火流爲烏，五至，以穀俱來，此謂遺我來牟。」瑞辰按：說文：「來，周所受瑞麥來麰，一麥二夆，舊作「一來二縫」，或作「一朿二夆」；此从詩正義引作「一麥二夆」。象芒刺之形，天所來也，故爲行來之來。」其釋來爲天所來，與箋義同，蓋皆本古文泰誓「赤烏以穀俱來」之說。以今考之，殆不然也。來與貍雙聲，亦同部通用。方言：「貔，陳楚江淮之閒謂之貅，北燕朝鮮之閒謂之貊，關西謂之貍。」說文：「麥，芒穀。秋穜厚薶，故謂之麥。」是麥本取義於薶，薶卽來也。來又通作釐，漢書劉向上封事引詩「貽我釐麰」，釋曰：「釐麰，麥也。」方言：「陳楚之閒，凡人嘼乳而雙產，謂之釐孳。」說文：「孿，一乳兩子也。」廣雅：「釐孳，孿也。」「雙、孿，二也。」釐亦作斄，孳亦作孖，玉篇：「斄孖，雙生也。」來麰一麥二夆，正與釐之爲雙產者聲近而義同。又來與秠二字同部，一麥二夆謂之來，猶一稃二米謂之秠也。說文：「秠，一稃二米。」來之制字，蓋以𠓜象麥之一本，以从象二夆之形，夆之言鋒芒也，芒卽穗也，二夆卽後世所謂雙岐也，故說文麥字注云：「从來，有穗者也。」又來與連、麗、兩皆一聲之轉，來之言連也，麗也，謂一麥而二夆，兩兩連出也。牟，大也。麰从牟聲，故爲大麥之稱。其有一麥二夆者則名來麰，其後又以爲麥之通稱，故說文別出秾字，云「齊謂麥秾」也。牟、麥爲雙聲，來、麥爲疊韻，合牟來則爲麥。焦氏循曰：「麥爲牟來之合聲，猶終葵之爲錐。牟來倒爲來牟，方音相轉，往往倒稱。」其說是也。「來麰」韓詩作「嘉麰」，牟、麰同音，嘉與來聲不相近。王觀察曰：「嘉當爲喜字之誤。來、釐、喜古聲相近，故毛詩作來，而劉向傳作釐牟，韓詩作喜牟。猶僖公之爲釐公，祝禧之爲祝釐。」其説是也。來爲一麥二夆之稱，以爲自天來者失之。廣雅以麳爲小麥，亦非。

「陳常于時夏」，箋：「用是故陳其久常之功於是夏而歌之。夏之屬有九。」瑞辰按：小雅「四國無政，不用其常」，常卽政也。昭二十年左傳「布常無藝」，杜注：「言布政無法度。」此詩陳常猶布常也。「陳常于時夏」謂陳農政於中夏也。時邁詩「肆于時夏」承上「我求懿德」言之，謂布德於是中夏也。此詩「陳常于時夏」承上「貽我來牟，帝命率育，無此疆爾界」言之，謂偏布其農政，所以布利於是中夏也。國語芮良夫曰：「王人者，將導利而布之上下者也。」末引詩「立我蒸民」爲證。其「導利」之言實據詩「陳常于時夏」爲訓。箋謂「陳其久常之功於是夏」，失之。又按呂叔玉以渠爲思文，云：「渠，大也，言以后稷配天，王道之大也。」莊述祖曰：「風俗通云：『渠，水所居也。』説文同。爾雅『河所渠并千七百一川』，言水所居者衆。渠者大也，喻王者爲天下所歸往，如大水之渠並衆小川，卽『無此疆爾界』之義也。」今按「陳常于時夏」，夏卽大也，正與渠之爲大義同。莊又云渠或云是王夏，與韋昭云納夏一名渠，皆肊説也。

# 毛詩傳箋通釋卷二十九

## 周頌

### 臣工

「嗟嗟臣工」，傳：「嗟嗟，勑之也。工，官也。」箋：「臣，謂諸侯也。諸侯來朝天子，有不純臣之義〔一〕，於其將歸，故於廟正君臣之禮，勑其諸官卿大夫云。」正義：「將戒先嗟而又嗟，重歎以呼之曰，我臣之下諸官。謂諸侯之卿大夫也。」瑞辰按：爾雅釋詁：「嗟、咨，𨲠也。」釋文：「𨲠，本或作蹉。」引字林曰：「皆古嗟字。」大玄瞢曰：「時嗟嗟。」范望注：「𨲠𨲠，長歎也。」說文作䛩，云：「䛩，咨也。」嗟嗟本咨歎之聲，據烈祖箋「重言嗟嗟，美歎之深」，則又爲美歎之詞。小爾雅：「嗟，發聲也。」文選吳都賦注引爾雅舊注：「嗟，楚人發語端也。」今按此詩及烈祖詩竝言嗟嗟，皆當爲發端之語，故「臣工」、「保介」、「烈祖」竝可言嗟嗟耳。臣工

〔一〕「義」原作「意」，據毛詩鄭箋及正義改。

二字平列，猶官府之比。工與官雙聲，故官通借作工。小爾雅：「工，官也。」堯典「允釐百工」，史記五帝紀作「信飭百官」。皆工卽官之證。臣工蓋通指諸侯卿大夫言之。箋以臣爲諸侯，工爲卿大夫，非詩義也。

「王釐爾成，來咨來茹」，箋：「釐，理。咨，謀。茹，度也。王乃平理女之成功，女之事當來謀之來度之於王之朝，無自專。」瑞辰按：王與往古同聲通用，釐當爲禧之假借。爾雅釋詁：「禧，告也。」說文：「禧，禮告也。」王釐猶言往告也。禧借作釐，猶爾雅禧福漢書多借作釐，春秋僖公通作釐公也。成、孰一聲之轉，故古以穀孰爲成，書言「百穀用成」，孟子「苟爲不孰」，趙注：「孰，成也。」呂氏春秋明理篇「五穀萎敗不成」，高注：「成，孰也。」「王釐爾成」謂往告爾以豐成也。此爲遣諸侯於廟之詩，故言往。作王者，假借字耳。來者，詞之是也。「來咨來茹」猶言是咨是茹，下文「嗟嗟保介」卽告以所當咨度之事。箋以釐爲理之假借，又以來爲來咨度於王朝，竝失之。

「嗟嗟保介」，箋：「保介，車右也。月令：『孟春，天子親載耒耜，措之於參保介之御閒。』介，甲也。車右勇力之士被甲執兵也。」瑞辰按：天子諸侯孟春勸農，保介爲同車之人，故自車中戒之。箋據月令釋爲車右，是也。月令「措之於參保介之御閒」，文有譌誤，當从呂氏春秋作「措之參於保介之御閒」。之猶與也，謂參於保介與御者之閒也。月令鄭注：「保，猶衣也。」按保與褓義近，被甲者爲保介，猶小兒衣謂之褓也。介與甲雙聲，故甲可借作介。至呂氏春秋高注「保介，副也」，蓋讀介如賓介之介。朱子集傳云「蓋農官之副」，又因高注而申言之。然云「蓋」者，擬議之詞，非於經傳有確證也。

「於皇來牟，將受厥明」，箋：「將，大也。於美乎，赤烏以牟麥俱來，故我周家大受其光明。謂爲珍瑞，天下所休慶也。」瑞辰按：爾雅釋詁：「明，成也。」古以年豐穀孰爲成，周書糴匡解「成年，年穀足賓祭」是也。上言「王釐爾成」謂往告以豐成也，上告之則下受之，故言「將受厥明」，明亦成也。國以豐年爲瑞，成與瑞亦雙聲，「受厥成」猶言受厥瑞也。箋訓明爲光明，失之。古者嘉穀豐年多歸功於天降，如云「誕降嘉種」、「自天降康」，語皆相類，非真種自天來也。箋據周書「赤烏以牟麥俱來」釋之，殊非詩義。又按「將受厥明」對下「迄用康年」而言，謂將且受厥成也。箋訓大，亦非。

「迄用康年」，傳：「康，樂也。」箋：「至今用之有樂歲。」瑞辰按：說文：「穅，穀之皮也。或省作康。」是康本穅之或體。周書謚法解：「穅〔一〕，虛也。」爾雅釋詁：「漮，虛也。」釋文引郭云：「漮，本或作荒。」說文：「⿰禾荒，虛無食也。」是康、荒音義正同。廣雅：「荒，大也。」則康亦可訓大，與豐年訓大同義。年大則樂，故康又訓樂，謚法解「豐年好樂曰康」是也，則康年猶云

〔一〕「穅」原作「糠」，據周書謚法解改。

樂歲矣。迄，至也；至，猶致也。「迄用康年」猶云用致康年。箋云「至今用之」，失其義矣。

「庤乃錢鎛」，傳：「庤，具。錢，銚。鎛，鎒。」瑞辰按：爾雅釋詁：「峙，具也。」峙者，偫之假借。考工記注引詩「偫乃錢鎛」，本三家詩。説文兩引詩「庤乃錢鎛」，本毛詩也。説文：「偫，待也。」「儲，偫也。」「庤，儲置屋下也。」義皆相近。繫傳本無庤字，疑庤亦偫之或體。説文：「錢，銚也，古者田器。」又銚字注：「一曰，田器。」銚古假作斛。爾雅：「斛謂之疀。」郭注：「皆古鍬鍤字。」説文斛字注〔一〕：「一曰，利也。」引爾雅「斛謂之疀」。文選注引爾雅作「鍬謂之鍤」，是斛即鍬，疀即鍤也。方言：「臿，燕之東北、朝鮮洌水之間謂之斛。」郭注：「此亦鍫，聲轉也。」方言又曰：「趙魏之間謂之喿。」郭注：「字亦作鍫。」是斛、銚、喿三字同，皆即鍫之聲轉。説文：「插〔二〕，刺内也。」釋名：「鍤，插也，插地起土也。或曰銷。銷，削也，能有所穿削〔三〕也。」銷亦鍬之聲轉，今俗通以插地起土者爲鐵鍬，猶古語也。説文鎛字注：「一曰，田器。」正義引「釋名：『鎛，鋤類也。』釋器：『斪斸謂之定。』李巡曰：『鋤也。』郭璞曰：『鋤屬。』廣雅：『定謂之耨。』」此曰『鎛，鎒』，當是一器，但諸文或以爲鎒即鋤，或曰鋤類，古器變

〔一〕「注」字原脱，據本書文例補。
〔二〕「插」原作「鍤」，據説文改。
〔三〕「削」字原脱，據釋名（王先謙疏證補本）釋用器補。

易，未能審之。」今按古耨以薅艸，然有傴薅、立薅之分。釋名：「槈，似鋤，傴薅禾〔一〕也。」「鎛，亦鋤田器也。鎛，迫也，迫地去艸也。」是則鎛、鎒一物，皆傴薅所用，其柄短，呂覽任地篇「耨柄〔二〕尺，此其度也，其耨六寸，所以間稼也」是也。鋤正作鉏，說文：「鉏，立薅斫也。」爾雅「斫謂之鐯」，郭注：「钁也。」說文：「钁，大鉏也。」其柄長，六韜軍用篇「棨钁刃廣六寸，柄長五尺以上」是也。鎛爲鉏類而非卽鉏，正義未能審定，故詳言之。

「奄觀銍艾」，傳：「銍，穫也。」箋：「奄，久。觀，多也。終久必多銍艾。勸之也。」瑞辰按：方言：「奄，遽也。陳潁之間曰奄。」遽者疾速之意，奄爲久，又爲遽，義以相反而相成。「奄觀銍艾」，甚言其收穫之速，乃所以爲勸耳。觀與灌音近而義同，灌爲叢聚，卽多也，故觀爾雅及毛傳竝訓爲多。良耜「穫之挃挃」，傳：「挃挃，穫聲也。」說文：「銍，穫禾短鎌也。」「挃，穫禾聲。」是挃與銍有別。而爾雅釋訓「銍銍，穫也」及此詩皆作銍者，假借字也。艾亦乂之假借，說文：「乂，芟艸也。或作刈。」又：「穫，乂穀也。」是芟艸、穫穀通謂之乂。

〔一〕「禾」原作「木」，據釋名釋用器改。
〔二〕「柄」原作「枘」，據續經解本及呂氏春秋任地篇改。

## 噫嘻

「噫嘻成王」，傳：「噫，歎也。嘻，和也。成王，成是王事也。」箋：「噫嘻，有所多大之聲也。噫嘻乎，能成周公〔一〕之功。」瑞辰按：釋文本作意嘻，云：「意，本又作噫，同。」蓋古字假意爲噫也。戴氏震曰：「噫嘻猶噫歆，祝神之聲。儀禮既夕篇『祝聲三』，注：『三有聲，存神也。舊説以爲：聲，噫興也。』士虞禮『祝聲三』，注：『聲者，噫歆也。』禮記曾子問注：『聲，噫歆，警神也。』詩爲祈穀所歌，故噫歆於神，以爲民祈禱。」今按戴説是也。噫、嘻疊韻，嘻、歆雙聲，噫嘻卽噫歆之假借。爾雅釋詁：「祈，告也。」釋言：「祈，叫也。」郭注：「祈祭者叫呼而請事。」噫嘻祝神正卽叫呼之義。「噫嘻成王」蓋倒文，謂成王噫歆爲聲以祈呼上帝也，故下卽云「既昭假爾」，謂既昭假於上帝也。至傳訓嘻爲和，胡承珙曰：「説文無嘻字。言部：『譆，痛也。』又：『誒，可惡之詈。一曰，誒然。春秋傳曰：誒誒出出。』今左傳作『譆譆出出』，是誒、譆字通。又口部：『唉，譍也。』與言部『誒然』同義。方言：『欸，譽然也。』廣雅：『欸，譽然譍也。』是誒、唉、欸三字皆譍聲之詞。此傳云『嘻，和』者，説文：『和，相譍也。』蓋以噫爲歎而嘻和之，嘻卽譆之假借。」又傳「嘻，和」，正義本作「嘻，敕也」。曾釗謂：「傳蓋以嘻爲鼇

〔一〕「周公」，阮刻注疏本作「周王」，馬氏蓋據誤本。

之假借。書『允釐百工』，史記作『信飭百工』。釋名：『敕，飭也。』釐可訓飭，卽可訓敕。」二說申傳頗爲詳辨，然非詩義。箋以噫嘻爲「有所多大之聲」，亦非。又按：成王，傳言「成是王事」，當指天子言。正義謂周公爲成王〔一〕，失之。箋謂「成周公〔二〕之功」，亦非。

「率是農夫」，箋：「又能率是主田之吏農夫。」瑞辰按：爾雅釋言：「畯，農夫也。」孫叔然曰：「農夫，田官也。」古者田官稱田畯，七月詩傳：「畯，田大夫也。」或省稱田，月令「命田舍東郊」，鄭注「田謂田畯，主農之官」是也。或單稱農，郊特牲「大蜡饗農」，鄭注「農，田畯」是也。爾雅言「畯，農夫」者，畯之言俊，謂長也；夫當讀如大夫之夫。王尚書曰：「率人曰夫。凡經傳言準夫、牧夫、嗇夫、馭夫、膳夫、宰夫，皆率人之義，故郊特牲曰：『夫也者，夫也。夫也者，以知帥人者也。』」此詩言爲天子所率。」正義云：「若田農之夫，非王所親率，故知農夫是典田之吏。」蓋申鄭說則然。至毛傳不釋農夫，據甫田傳「農夫食陳」，則傳意農夫卽農人，於下文「駿發爾私」文氣尤順。李黼平曰：「國語『王耕一墢〔三〕，班三之，庶人終于千畝』，庶人卽農人，何言田農之夫非王所率！」正義以箋義爲傳義，失之。

〔一〕正義原文作：「噫嘻然嗟歎而有所戒勑者，成是王事之王，謂周公成王也。」

〔二〕參看上頁〔一〕。

〔三〕「墢」原作「撥」，據李黼平毛詩紬義及國語周語上改。

「駿發爾私」，傳：「私，民田也。言上欲富其民而讓於下，欲民之大發其私田耳。」箋：「駿，疾也。發，伐也。」瑞辰按：釋文云：「浚，本又作駿。」是釋文本作浚。正義作駿，與又作本同。據周語「土乃脈發」，韋注引農書曰「春土冒橛，陳根可拔，耕者急發」，駿發卽急發，箋訓駿爲疾是也。爾雅釋詁：「駿，速也。」説文：「逡，行速逡逡也。」又：「夋，行夋夋也。」廣雅：「逡，犇也。」竝與駿訓疾義同。呂氏春秋音律篇曰「太蔟之月，陽氣始生，草木萌動，令農發土，毋或失時」，亦駿發之義。伐通作坺。説文：「坺，坺土也。一臿土謂之坺。」段玉裁曰：「一臿所起之土謂之坺。」來部云：「耕廣五寸爲伐，二伐爲耦。」與考工記「耜廣五寸，二耜爲耦，一耦之伐廣尺深尺，謂之甽」正同。發謂發此一伐之土。周語「王耕一墢」，韋注：「一墢，一耜之墢。」墢亦伐也。又説文：「苭，茇也。」茇字注云：「春艸根枯，引之發土爲撥，故謂之茇。」是茇與伐、墢、坺，竝字異而音義同。釋文本箋重一發字，云：「發，發伐也。」正謂發爲發此伐土。釋文又云「一本無一發字」，與今正義本同，則後人妄删之耳。考工記「一耦之伐」，謂所起發之土，量得二耜，合於一耦之數，則謂之伐。正義言「以耜擊伐此土」，失之。

「終三十里」，傳：「終三十里，言各極其望也。」箋：「周禮曰：『凡治野田，夫間有遂，遂上有徑；十夫有溝，溝上有畛；百夫有洫，洫上有塗；千夫有澮，澮上有道；萬夫有川，川上有路。』計此萬夫之地，方三十三里少半里也。耕言三十里者，舉其成數。」瑞辰按：此當以箋説爲允。傳言「各極其望」，正義謂「人目之望所見極於三十」。今按：古有極言所望之遠者，詩云「維此聖人，瞻言百里」是也。有實指其所望者，論衡書虛篇云「人目之所見不過十里」是也。目所極望，未聞其三十里爲極至。疏引王肅云：「三十里天地合，所之而三十則天下徧。」惠定宇曰：「五六三十，易之數也。五、六十一，三統曆曰：『十一而天地之數畢，又五六天地之中合。』易大傳曰：『五位相得而各有合。』故云三十里天地合。終三十里，終竟復始。詩通於易矣。」此又與正義釋傳「各極其望」異義，皆未若箋説之確。

## 振鷺

序：「振鷺，二王之後來助祭也。」箋：「二王，夏、殷也。其後，杞也，宋也。」正義：「如樂記之文，武王始封夏后於杞，而漢書酈食其説漢王曰『昔湯伐桀，封其後於杞，武王伐紂，封其後於宋』者，主言夏、殷之滅，其後得封耳。以伐夏者湯，克殷者武，故繫而言之，不言湯即封杞，武即封宋也。」瑞辰按：大戴禮少閒篇曰：「成湯乃遷姒姓於杞。」列子殷敬順釋文引世本曰：「湯封夏於杞，周又封之。」均與酈食其言湯伐桀封杞合，是夏之封杞實始於湯，紂時或已中絶，武王復以杞封之，故漢書梅福傳云：「武王克殷，未下車，存五帝之後，封殷於宋，紹夏於杞。」正以宋是肇封，故言封；杞是繼絶，故言紹。正義謂武王始封於杞，且謂酈食其不言湯即封杞，失之。

「振鷺于飛，于彼西雝」，傳：「興也。振振，羣飛貌。鷺，白鳥也。雝，澤也。」箋：「白鳥集于西雝之澤，言所集得其處也。」瑞辰按：魯頌有駜篇「振振鷺，鷺于飛」，朱子集傳以鷺爲鷺羽，舞者所持，蓋據下文「醉言舞」，知振鷺爲羽舞也。今按此詩「振鷺于飛」亦當指羽舞言。陳風宛丘篇「值其鷺羽」，是鷺羽可爲舞也。莊二十八年左傳：「楚令尹子元欲蠱文夫人，爲館於其宮側，而振萬焉。」是舞可稱振也。「振鷺于飛」蓋狀振羽之容與飛無異。于、如古通用，爾雅釋詁：「如，往也。」詩箋：「于，往也。」于即如之假借。于飛即如飛也。振鷺一名振羽，仲尼燕居篇「徹以振羽」，鄭注「振羽當爲振鷺」是也。蓋因其爲羽舞，故一名振羽耳。舞以習容，故下云「亦有斯容」，言如舞者之動容中節也。序言「助祭」，當於宗廟，而詩云「于彼西雝」，蓋祭畢而宴於辟雝也。

「以永終譽」，箋：「永，長也。譽，聲美也。」正義：「以此而能長終美譽。言其善於終始，爲可愛之極也。」瑞辰按：終與衆雙聲，古通用。後漢書崔駰傳「豈可不庶幾夙夜，以永衆譽」，義本三家詩。毛詩作終，即衆字之假借，猶詩「衆穉且狂」即言終穉且狂也。中庸釋此詩曰：「君子未有不如此而蚤有譽於天下者也。」有譽於天下即衆譽也。詩承上「在彼」「在此」言之，亦爲衆譽。正義讀如終始之終，失之。

## 豐年

「亦有高廩」，傳：「廩，所以藏齍盛之穗也。」箋：「亦，大也。」瑞辰按：莊述祖毛詩口義曰：「穗當爲委。穗、委聲近而訛。」其説是也。春秋公羊傳曰：「御廩者，粢盛委之所藏也。」穀梁傳曰：「甸粟而内之三宮，三宮米而藏之御廩。」廩人注：「藏米曰廩。」皆廩以藏米之證。粢盛即米，不得言穗。孔疏但就誤文曲爲之釋，失之。亦爲語詞，箋讀爲奕，訓大，亦非。

「萬億及秭」，傳：「數萬至萬曰億，數億至億曰秭。」箋：「萬億及秭，以言穀數多。」正義：「數萬至萬曰億，數億至億曰秭，於今數爲然。定本、集注皆曰數億至萬曰秭。」釋文：「數億至萬曰秭，一本作數億至億曰秭。」瑞辰按：正義本及釋文引一本作「數億至億曰秭」，是也。一切經音義卷六引算經：「黄帝爲法，數有十等，謂億、兆、京、垓、壤、秭、溝、澗、正、載。及其用也有三，謂上、中、下。下數十萬曰億，中數百萬曰億，上數萬萬曰億也。」毛傳於伐檀、楚茨篇竝曰「萬萬曰億」，此傳「數萬至萬曰億」，皆是據上數言，是知秭亦上數，當作「數億至億曰秭」。至説文秭字注「一曰，數億至萬曰秭」，太平御覽卷七百五十引風俗通「十十謂之百，十百謂之千，十千謂之萬，十萬謂之億，十億謂之兆，十兆謂之經，十經謂之垓，十垓謂之𥬇，十𥬇謂之選，十選謂之載，十載謂之極」，其所云𥬇，卽秭字之譌，秭从禾聲，或作市，與甫形近，因譌爲稀，又轉寫作𥬇。今刻仿宋本又作補。數爲萬億，皆中數也。毛傳於億既主上數，則秭不應从中數。定本、集注及釋文本傳皆作「數億至萬曰秭」，誤矣。又按廣韻：「秭，千億也。」引風俗通：「千生萬，萬生億，億生兆，兆生京，京生秭，秭生垓，垓生壤，壤生溝，溝生澗，澗生正，正生載。載，地不能載矣。」此與算經垓、壤在秭先異，與御覽引風俗通先垓後秭亦異，以秭接京言之，故但爲千億，此蓋據下數言也。又按莊述祖毛詩口義〔一〕引甄鸞五經算術云：「黃帝爲法，數有十等。及其用也，乃有三焉。十等者，謂億、兆、京、垓、秭、壤、溝、澗、正、載也；三等者，謂上、中、下也。其下數者，十十變之，若言十萬曰億，十億曰兆，十兆曰京也。中數者，萬萬變之，若言萬萬曰億，萬萬億曰兆，萬萬兆曰京也。上數者，數窮則變，若言萬萬曰億，萬億曰兆，萬兆曰京〔二〕也。毛云『數萬至萬曰億』，卽是中數也。」按此甄鸞所言算法，以中數爲至多，與一切經音義引算經以上數爲至多者異，又以垓、秭相接，在壤之前，與算經以垓、壤相接，壤後始言秭者亦異，而與御覽引風俗通以垓、秭相接者同，又與

〔一〕按：毛詩口義當作毛詩周頌口義。

〔二〕「萬億曰兆，萬兆曰京」，莊氏毛詩周頌口義原作「億億曰兆，兆兆曰京」，此卽所謂「數窮則變」，馬氏引用有誤。

廣韻引風俗通亦京、秭相接者異，則算術流傳，其説紛岐，故數之多寡亦異。要之，「萬億及秭」與「子孫千億」語相類，特極言其米數之多，箋云「以言穀數多」，是也。莊述祖謂萬億及秭非高廩所能藏，當謂王者九畡之田之極數，卽楚語所云「王者居九畡之田，收經入以食兆民」者，則與上文「亦有高廩」，下文〔一〕「爲酒爲醴」，文義不相連貫，有以知其説之非矣。

「降福孔皆」，傳：「皆，徧也。」瑞辰按：皆、偕古通用，襄二年左傳引詩作「降福孔偕」。皆、偕、嘉一聲之轉。廣雅釋言：「皆，嘉也。」王氏疏證曰：「小雅魚麗曰『維其嘉矣』，又曰『維其偕矣』，賓之初筵曰『飲酒孔嘉』，又曰『飲酒孔偕』，偕亦嘉也。」今按此詩「孔皆」亦當从廣雅訓嘉。嘉與佳同，廣雅釋詁：「佳，大也。」孔皆〔二〕猶云孔嘉，嘉福猶云胡福，胡與嘉皆大也。文選陸士衡詩「行矣保嘉福」，是福亦稱嘉之證。據郊特牲鄭注「大，猶徧也」，則傳訓皆爲徧，亦與嘉義通。

## 有瞽

序：「有瞽，始作樂而合乎祖也。」瑞辰按：正義本作「合乎大祖」，故云「言合乎大祖，則

〔一〕「文」原作「民」，據續經解本改。

〔二〕「皆」原作「旨」，據上下文義改。

特告大祖」，又云「此大祖謂文王也」。今正義本作「合乎祖」，非其舊也。正義云：「定本、集注直云『合乎祖』，無大字。」釋文：「合乎祖也，本或作合乎大祖。」則定本，集注及釋文本自作「合乎祖」。據祭法言「祖文王」，則文王可單稱祖，且經止言「先祖是聽」，不言大祖，當以無大字爲長。

「設業設虡」，傳：「業，大版也，所以飾栒爲懸也，捷業如鋸齒，或曰畫之。植者爲虡，橫者爲栒。」瑞辰按：說文：「業，大版也，所以飾懸鐘鼓，捷業如鋸齒，以白畫之，象其鉏鋙相承也。」說文多本毛傳，是知傳「或曰畫之」即「以白畫之」之譌。爾雅釋器：「大版謂之業。」業爲懸樂之版，郭注以爲築牆版，失之。釋名：「筍上之版曰業，刻爲牙，捷業如鋸齒也。」義與毛傳合。周禮〔一〕「樂正司業」，謂樂官之長主司此業也。記〔二〕言「大功廢業」，即曲禮所云「徹懸」，謂廢此懸樂之業也。至弟子之言習業、請業，皆謂書所問於版以備遺忘。蓋弟子之有業版，猶人臣之有笏，學者習而不察久矣。

「崇牙樹羽」，傳：「崇牙，上飾卷然，可以縣也。樹羽，置羽也。」瑞辰按：說文釋業字云：「捷業如鋸齒，以白畫之，鉏鋙相承。」徐鉉曰：「鋸齒刻之凡一層，齒縫掛八鐘兩層，故

〔一〕按下引「樂正司業」語見禮記文王世子，此「周禮」當作「禮記」。

〔二〕按「大功廢業」語見檀弓篇，與下文所引曲禮均爲禮記篇名，此「記」字當作「檀弓」，文義方順。

云相承。」孔疏亦云：「牙卽業之上齒。」靈臺詩「虡業維樅」，傳：「樅，卽〔一〕崇牙。」爾雅釋詁：「崇，重也。」崇牙蓋取兩層相承之義，故明堂位「殷之崇牙」，注：「殷又於龍上刻畫之，爲重牙。」正義引皇氏云：「崇，重也。謂刻畫大版，重疊爲牙。」是也。靈臺詩正義謂「以采色爲大牙，其狀隆然，謂之崇牙」，失之。置、植古通用。植，立也。置羽卽植羽，謂樹立也，明堂位「周之璧翣」，注「周又畫繒爲翣，戴〔二〕以璧，垂五采羽於其下，樹於簨之角上」是也。樹者，侸之假借。說文：「侸，立也。从人，豆聲。讀若樹。」玉篇侸作⿰亻壴，云「今作樹」。廣韻：「⿰亻壴，同尌。」尌亦立也。侸又與豎音義同，今經典通借作樹矣。古者豆柄直立，故豎、侸、壴等字皆从豆會意，而樹之古音亦讀如⿰魚豆。

「應田縣鼓」，傳：「應，小鞞也。田，大鼓也。縣鼓，周鼓也。」箋：「田當作⿰車柬。⿰車柬，小鼓，在大鼓旁，應鞞之屬也。聲轉字變，誤而爲田。」瑞辰按：田从箋作⿰車柬，是也。周禮爾雅注、宋書樂志竝引詩「應⿰車柬縣鼓」，三家詩當有作⿰車柬者，故箋據以爲說耳。⿰車柬說文作⿰車申，云：「擊小鼓引樂聲也。从申，柬聲。」今按周禮大師鄭衆注：「⿰車柬，小鼓也。小鼓爲大鼓先引，故曰⿰車柬。⿰車柬讀爲道引之引。」說文：「⿰申又，引也。」申、引字同部，則⿰車柬應从申聲。說文作柬聲，誤也。⿰車柬从

〔一〕「卽」字，靈臺毛傳無。

〔二〕「戴」字原脫，據禮記明堂位鄭注補。釋文本作「載」，云「音戴」。

申聲，與田字亦同部通用，朄借作田，猶陳轉作田也，故箋云「聲轉字誤，變而爲田」。正義謂「朄字以柬爲聲，聲既轉去柬，惟有申在，申又誤去其上下，故變从田」，失箋恉矣。又按大射儀「建鼓在阼階西，應鼙在其東」，鄭注：「應鼙，應朔鼙也。先擊朔鼙，應之鼙，小鼓也。」又「西階之西，一建鼓在其南，朔鼙在其北」，鄭注：「朔，始也。」陳用之禮書曰：「儀禮朔鼙即朄鼓也。以其引鼓，故曰朄；以其始鼓，故曰朔。是以儀禮有朔無朄，周禮有朄無朔。」今按陳說是也。釋名：「鼙，裨也〔一〕，裨〔二〕助鼓節也。聲在前曰朔；朔，始也 在後曰應；應，大鼓也。」朄以引鼓，在前可知，朄之即朔亦可知矣。詩言「應朄」，前後皆備。鄭君於〔三〕小師「擊應鼓」注云：「應與朄及朔，皆小鼓也。其所用別，未聞。」此箋又以朄爲應鼙之屬，皆由不知朔與朄爲一耳。

## 潛

〔一〕「裨也」二字原脱，據釋名釋樂器補。

〔二〕「裨」原作「稗」，據釋名釋樂器改。

〔三〕「於」原作「以」，據續經解本改。

「潛有多魚」，傳：「潛，槮也。」正義：「槮〔一〕字，諸家本作米邊，爾雅作木邊，積柴之義也，然則槮用木不用米，當從〔二〕木爲正。」釋文：「糝，舊詩傳及爾雅本竝作米旁參。小爾雅：『魚之所息謂之橬。』橬，槮也，謂積柴水中，令魚依之止息，因而取之也，郭景純因改爾雅从小爾雅作木旁參。字林作罧，音山沁反，義同。」瑞辰按：潛與涔古音同通用。書「沱潛既道」，史記作沱涔；春秋隱二年「公會戎于潛」，公羊作岑；山海經西山經「大時之山，涔水出焉」，郭音潛；是其證也。故毛詩作潛，韓詩則作涔。文選長笛賦李注引韓詩薛君章句曰：「涔，魚池。」與爾雅「槮謂之涔」合，涔卽潛也。說文：「涔，漬也。」漬與積義近。廣雅：「涔，栫也。」說文：「栫，以柴木雝水也。」正與涔爲積柴水中合，故郭璞江賦曰：「栫〔三〕澱爲涔。」當以韓詩作涔爲正字，潛與橬皆同音假借字也。廣雅釋詁又曰：「岑，取也。」岑當爲涔之省借。涔本取魚之器，因又訓岑爲取耳。糝、槮二字，各有本義，說文：「糝，古文糂〔四〕字。」「槮，木長皃。」皆當爲罧字之假借。說文：「罧，積柴水中以聚魚也。」淮南說林訓「釣者靜之，罧者扣舟」，高注：

〔一〕「槮」原作「糝」，考正義本一律作「槮」，據改。

〔二〕「從」原作「以」，據正義改。蓋「從」省作「从」，因譌爲「以」。

〔三〕「栫」原作「洊」，據文選江賦改。

〔四〕「糂」原作「椹」，據說文改。

「罧者，以柴積水中以取魚。扣，擊也。魚聞擊舟聲，藏柴下，壅而取之。罧讀沙糝。今沇州人積柴水中捕魚，幽州人名之爲涔也。」據云「罧讀沙糝」，玉篇糝與罧同，知糝、槮皆罧之假借。正義謂當从木作槮，或據爾雅舍人注云「以米投水養魚爲涔」，詩疏引李巡注同，謂當从米作糝；皆肊説也。毛詩、爾雅釋文皆云「槮，字林作罧」，今本説文有罧字，或後人據字林羼入。然其字見鴻烈，抑或字林實本説文。段玉裁疑爲俗字，則非也。又文選琴賦注引韓詩曰：「潛，漻魚池。」是韓詩亦有作潛者。徐璈按：「集韻：『漻，水中絶也。』蓋以薪木之類於水中絶斷之，以聚魚也。」今按：取魚者以繩綱斷絶中流，四面扣舟，使魚入積柴中，正涔之遺制，毛、韓詩説正可通。潛與槮、糝字亦同部，爾雅「槮謂之涔」，涔即潛，正以音近取義，猶説文言糂字籒文作糣，古文作糝也。槮又謂之筌，莊子外物篇「筌者所以在魚」，釋文云：「積柴水中，使魚依而食焉。」是筌即潛也，筌與潛亦音近而義同。

## 雍〔一〕

序：「雍，禘大祖也。」箋：「禘，大祭也。大於四時而小於祫。大祖，謂文王。」瑞辰按：説文：「禘，諦祭也。」「諦，審也。」爾雅釋天惟以禘爲大祭，則祀天、祖之大祭皆可名禘。正義

〔一〕「雍」，通行本毛詩作「雝」，本書前後引用亦或作「雝」，二字古通。

引鄭志曰：「禘大祭，天人共之。」魏書禮志游明根、郭祚、封琳、崔光等對曰：「鄭氏之義，禘者大祭之名。大祭圜丘謂之禘者，審諦五精星辰。大祭宗廟謂之禘者，審諦其昭穆。」其説是也。禘有時禘，王制「夏曰禘」，祭義「春禘秋嘗」，鄭注竝以爲夏殷禮是也。有吉禘，春秋「吉禘于莊公」是也。有殷禘，公羊文二年傳「五年而再殷祭」，何休注以爲五年禘是也。有大禘，祭法「有虞氏禘黄帝而郊嚳」，鄭注「此禘謂祭昊天於圜丘」是也。詩序以長發爲大禘，謂郊祭之禘；以雝爲禘大祖，則謂殷祭之禘。韓詩内傳云「禘取毁廟之主皆升，合食於大祖」，似所言大祖爲后稷。而此箋以大祖爲文王者，禮言「祖文王」，詩言「皇考」、「烈考」，皆指文王而不及后稷。公羊傳「毁廟之主陳於大祖，未毁廟之主皆升，合食於大祖」，何休注以大祖爲周公。按諸侯以始受封之君爲大祖，正與周以文王始受命之君爲大祖同義，此正義所云「大祖謂祖之大者，文王雖不得爲始祖，可以爲大祖」也。又按周禮樂師「歌徹」，鄭注：「徹者歌雝。」是雝爲徹祭所歌，因一名徹。又小師：「徹歌，大饗亦如之。」是雝又歌於大饗。此亦猶關雎通用之鄉人、邦國耳。

「相予肆祀」，箋：「百辟與諸侯又助我陳祭祀之饌。」瑞辰按：肆祀當即周禮之肆享。大宗伯「以肆獻祼享先王，以饋食享先王」，鄭注：「肆獻祼、饋食〔一〕在四時之上，則是祫也，禘

〔一〕「饋食」二字原脱，據周禮鄭注補。

也。」又曰：「祫言肆獻祼，禘言饋食者，著〔一〕有黍稷，互相備也。」是禘祭有肆矣。大祝「凡大禋祀、肆享、祭示，則執明水火而號祝」，鄭注：「肆享，祭宗廟也。」此詩禘大祖，正當用肆享之禮，故言肆祀。牧誓「今商王受昏棄厥肆祀」，鄭注：「肆，祭名。」大司徒「祀五帝，奉牛牲，羞其肆」，鄭司農注：「肆，陳骨體也。」小子「羞羊肆」，鄭司農注：「羊肆，體薦，全烝也。」蓋牛之體薦曰牛肆，羊之體薦曰羊肆，舉全體而薦之，與體解爲折俎異，故鄭司農謂體薦爲全烝。其所云「肆，陳骨體」者，卽體薦也。賈疏以爲體解節折，誤矣。周語：「禘郊之事，則有全烝。」鄭司農以肆爲全烝，正與序言「禘大祖」合〔二〕。韋昭曰：「全烝，全其牲體而升之也。」其釋體薦云：「全體委與之也。」亦以體薦與全烝爲一。左傳杜注以體薦爲半解其體，失之。詩之「肆祀」承上「廣牡」言，正謂舉全體而陳之，與牧誓「肆祀」、周禮「肆享」同爲祭名。正義謂此不爲祭名，誤矣。周禮「羞其肆」，據鄭衆說，當訓爲陳，不必如後鄭讀爲鬄也。又按說文：「肆，極陳也。」又：「㣇，脩豪獸。从彑，下象毛足。讀若弟。」「𢑚，㣇屬。从二㣇。𢑚古文作𦏮。」引虞書「𦏮類于上帝」，古文尚書作肆。劉玉麐曰：「𦏮爲兩牲同陳之象，其義當得爲全。肆與𦏮同音，故肆爲全體。」是亦可爲肆爲全烝之證。

〔一〕「著」原作「箸」，據周禮鄭注改。

〔二〕「鄭司農以肆爲全烝，正與序言『禘大祖』合」二句，疑當在上文「賈疏以爲體解節折，誤矣」之上，誤植於此。

「宣哲維人」，箋：「宣，徧也。又徧使天下之人有才知。」瑞辰按：「宣哲」與「文武」對舉，二字平列。朱子集傳訓宣爲通，哲爲知，是也。宣之言顯；顯，明也；宣哲猶言明哲也。商頌「濬哲」即宣哲之轉。箋訓宣爲徧，失之。「人」對「后」言，當訓爲臣。史記燕世家索隱曰：「人，猶臣也。」文王以一身兼盡君臣之道，故言「維人」「維后」，猶大學言「爲人君止於仁，爲人臣止於敬」也。箋謂「徧使天下之人有才知」，失其義矣。

「克昌厥後」，箋：「又能昌大其子孫。」釋文：「克昌，如字。或曰：『昌，文王名，此祭〔一〕文王之詩也，周人以諱事神，不應犯諱，當音處亮反。』」正義：「若此祭文王，則於禮當諱。而經云『克昌厥後』者，詩書不諱，故無嫌耳。烝民云『四方爰發』，亦此類也。」瑞辰按：釋文引或曰昌讀處亮反，是也。周禮樂師「遂倡之」，注：「故書倡爲昌。」是昌、倡古通用。讀昌爲倡導之倡，「克倡厥後」正與大武詩「克開厥後」同義。

「既右烈考，亦右文母」，傳：「烈考，武王也。文母，大姒也。」箋：「烈，光也。子孫所以得考壽與多福者，乃以見右助於光明之考與文德之母。歸美焉。」瑞辰按：周禮大祝「以享右祭祀」，鄭注：「右讀爲侑。侑勸尸食而拜。」此詩右亦當讀爲侑勸之侑，箋讀右爲佑，非也。朱子集傳既引周禮「享右祭祀」，又以右爲尊，亦似未確。此詩禘大祖爲文王，不得以烈考

〔一〕「祭」，釋文原作「禘於」。

爲武王。且詩以烈考與文母對舉，文母爲大姒，則烈考爲文王無疑。朱子集傳謂烈考猶皇考，是也。毛傳以烈考爲武王，失之。烈考、文母皆美大之稱，不因文王謚文而始稱文母，則王尚書經義述聞已辨之矣。

## 載見

「載見辟王，曰求厥章」，傳：「載，始也。」箋：「諸侯始見君王，謂見成王也。曰求其章，求車服禮儀之文章制度也。」瑞辰按：墨子尚同中引周頌「載來見彼王，聿求厥章」，釋曰：「此語古者國君諸侯之以春秋來朝聘天子之庭，受天子之嚴教。」所云「受天子之嚴教」，即詩「聿求厥章」也。曰、聿古通用。辟與彼雙聲，故辟王借作彼王。至「載見」作「載來見」，或墨子所見古本多來字，抑或因下文有「來朝聘」之語遂誤衍一來字耳。

「和鈴央央」，傳：「和在軾前，鈴在旂上。」瑞辰按：說文：「鈴，令丁也。」廣韻：「鈴似鐘而小。」桓二年左傳「錫、鑾、和、鈴，昭其聲也」，杜注亦曰：「鈴在旂。」然錫、鑾、和三者皆車馬之飾，不得獨以鈴爲旂上物也。周禮巾車「大祭祀，鳴鈴以應雞人」，鄭注：「雞人主呼旦，鳴鈴以和之，聲且〔一〕警衆。必使鳴鈴者，車有和鸞，相應和之象。」今按：巾車掌車而鳴鈴，則

〔一〕按阮元校勘記引段玉裁云：「且，當是旦字之誤。」

鈴爲車上之飾可知。據說文鑾字注云「鈴象鸞鳥之聲」，則知〔一〕鈴與和鑾對文則異，散文則和鑾可通稱和鈴，此詩和鈴卽和鑾耳。央央或作鉠鉠，文選東京賦「和鈴鉠鉠」，薛綜注：「鉠鉠，小聲。」蓋本三家詩。

「鞗革有鶬」，傳：「鞗革有鶬，言有法度也。」箋：「鞗革，轡首也。鶬，金飾貌。」釋文：「鶬，本又作鎗，同。」瑞辰按：將、鏘、鎗、瑲，古竝與鶬同音通用，故說文引詩作「鞗革有瑲」。廣雅釋訓：「鏘鏘，盛也。」凡聲之盛爲鏘鏘，貌之盛亦爲鏘鏘。說文：「鋚，轡首銅也。」鋚與鞗同。鋚爲轡首銅飾，故箋以有鶬爲金飾貌。至韓奕詩「鞗革金厄」，厄爲烏噣，別是一物而金飾。正義謂此箋所言金飾卽金厄，誤矣。

「率見昭考」，傳：「昭考，武王也。」瑞辰按：書酒誥稱文王爲穆考，則武王次居昭矣。又僖二十四年左傳：「管、蔡、郕、霍、魯、衞、毛、聃、郜、雍、曹、滕、畢、原、豐、郇，文之昭也。邘、晉、應、韓，武之穆也。」以文所生爲昭，武所生爲穆，則益知文爲穆、武爲昭矣。又按說文：「佋，廟佋穆。父爲佋，南面；子爲穆，北面。」今經傳通作昭，皆佋字之假借。

「以孝以享」，傳：「享，獻也。」箋：「以致孝子之事，以獻祭祀之禮。」瑞辰按：爾雅釋詁：「享，孝也。」釋名引孝經說曰：「孝，畜也。畜，養也。」廣雅：「亯，養也。」謚法解云：「協時肇

〔一〕「知」下疑脫「和」字，或「知」卽「和」字之誤。

享曰孝。」是孝與享同義。故享祀亦曰孝祀，楚茨詩「苾芬孝祀」是也；致享亦曰致孝，論語「而致孝乎鬼神」是也。此詩「以孝以享」，猶潛詩「以享以祀」，皆二字同義。合言之則曰孝享，天保詩「是用孝享」，猶閟宮詩「享祀不忒」也。箋分孝、享爲二義，失之。

## 有客

「有客有客」，箋「有客有客，重言之者，異之也。」瑞辰按：左傳言宋「於周爲客」，猶書言「虞賓在位」也。至説文「愙，敬也」，引春秋傳「以陳備三愙」，據一切經音義卷三云「恪古文作愙」，是愙即古恪字。又作愘，魏封孔子廟碑「追存二代三愘之禮」是也。未有通作客字者。徐楚金繫傳謂三恪即詩有客，誤矣。許慎五經異義引古春秋左氏説：「周家封夏殷二王之後，以爲上公；封黄帝堯舜之後，謂之三恪。」許慎謹案云：「治魯詩丞[一]相韋玄成、治易施讐等説，引外傳『三王之樂可得觀乎』，知王者所封，三代而已，不與左氏説同。」鄭駮之曰：「所存二王之後者，命使郊天以天子之禮，祭其始祖受命之王，自行其正朔服色。恪者，敬也，敬其先聖而封其後[二]，與諸侯無殊異，何得比夏殷之後。」據此，知三恪與二王後不

[一]「丞」原作「烝」，據五經異義（陳壽祺疏證本）及漢書韋玄成傳改。

[二]「而封其後」四字原脱，據五經異義疏證所輯鄭玄駮異義補。

同，故魏封孔子廟碑以二代與三恪並稱。說文：「客，寄也。」與客之爲敬義亦異。樂記：「武王克殷，未及下車而封黄帝之後於薊，封帝堯之後於祝，封帝舜之後於陳。」此三恪並封之證。又云：「下車而封夏后氏之後於杞，投殷之後於宋。」正義：「以二王之後，以其禮大，故〔一〕待下車而封之。」此二代異於三恪之證。禮記正義又云：「不云封神農者，舉三恪二代也。」其義蓋本鄭君駮五經異義。

「亦白其馬」，傳：「亦，亦周也。」箋：「亦，亦武庚也。」瑞辰按：亦字當从朱子集傳訓爲語詞。王尚書釋詞曰：「亦有不承上文而但爲語詞者，若易井彖辭『亦未〔二〕繘井』，書『亦行有九德』，詩草蟲『亦既見止』是也。」今按此詩「亦白其馬」及豐年詩「亦有高廩」，亦皆爲語助，爲上無所承之詞。傳謂亦周，箋謂亦武庚，竝失之。

「有萋有且」，傳：「萋且，敬慎貌。」箋：「其來威儀萋萋且且，盡心力於其事。」瑞辰按：萋、且雙聲字，皆以狀從者之盛。說文：「萋，艸盛也。」韓詩章句：「萋萋，盛也。」且與居同部義近，且且猶言裾裾。荀子楊倞注：「裾裾，盛服貌。」草之盛曰萋萋，服之盛曰裾裾，人之盛曰萋且，其義一也。

〔一〕「故」字原誤重，據續經解本及禮記樂記正義刪其一。

〔二〕「未」原誤「朱」，據易井卦卦辭改。

「敦琢其旅」，箋：「又選擇衆臣卿大夫之賢者，與之朝王。言敦琢者，以賢美之，故玉言之。」正義：「釋器云『玉謂之彫』，又云『玉謂之琢』，是彫、琢皆治玉之名。敦、彫古今字。」瑞辰按：敦與彫雙聲，敦卽彫字之假借，字亦作雕。據說文「琱，治玉也」，彫及雕又皆琱字之假借。旅、呂亦雙聲，漢志：「呂，旅也。」又通作侶，廣雅釋獸「麔不旅行」，玉篇引草木疏作「麔不侶行」。「敦琢其旅」猶云雕琢其侶也。

「有客宿宿，有客信信」，傳：「一宿曰宿，再宿曰信。」瑞辰按：爾雅釋訓：「有客宿宿，言再宿也。有客信信，言四宿也。」毛傳據單文而言，故言一宿、再宿。爾雅據詩重文而言，故云再宿、四宿。信者，申之假借。廣韻：「申，重也。」重之故爲再宿。說文：「申，神也。」神亦重也。爾雅釋詁申、神皆訓重，是其證。說文訓申爲神，猶其訓㑲爲神，㑲亦重也。「有客宿宿，有客信信」，特心欲留客，致殷勤之詞，猶豳風「於〔一〕女信處」、「於女信宿」耳。正義乃云「不知於信信之後幾日乃可去也」，失之拘矣。

「既有淫威」，傳：「淫，大。威，則。」箋：「既有大則，謂用殷正朔，行其禮樂，如天子也。」瑞辰按：廣雅釋言：「威，德也。」風俗通義十反篇云：「書曰『天威棐諶』，言天德輔誠也。」是知古者威有德訓。「既有淫威」猶云既有大德耳。

〔一〕「於」原作「于」，據豳風九罭改。下句同。

「降福孔夷」，傳：「夷，易也。」瑞辰按：說文：「夷，从大，从弓。」古夷字必有大訓，「降福孔夷」猶云降福孔大耳。至爾雅釋詁「夷，易也」，郭注「謂易直」，說文作侇，云「行平易也」，皆訓爲平易，不爲難易，若云「降福孔平」，則不辭矣。

## 武

序：「武，奏大武也。」箋：「大武，周公作樂所爲舞也。」瑞辰按：宣十二年左傳言武王克商作武，呂氏春秋古樂篇言武王伐殷，克之於坶野，歸乃薦馘於京大室，乃命周公爲作大武。是武實周公作之於武王之世，故逸周書世俘解「籥人奏武，王入進萬」正指武王時言。詩言「於皇武王」者，象功頌德之詞，非諡也。正義以爲周公攝政之六年所作，誤矣。又按樂記言武樂六成，左傳言武王作武，其六曰「綏萬邦，屢豐年」，以桓爲武之六章，卽卒章也，則武之詩當爲首章。而左傳引詩「耆定爾功」以爲卒章者，「卒章」蓋「首章」之譌。朱子集傳云春秋傳以此爲武之首章，蓋宋時所見左傳原作首章耳。

「勝殷遏劉」，傳：「劉，殺。」箋：「遏，止也。舉兵伐殷而勝之，以止天下之暴虐而殺人者。」瑞辰按：爾雅釋詁：「滅，絶也。」虞翻易注：「遏，絶也。」是遏、滅二字同義。「勝殷遏劉」謂勝殷而滅殺之，猶周語云「蔑殺其民人」也。遏劉二字平列，與成十三年左傳「虔劉我邊垂」，書君奭「咸劉厥敵」同義。杜注左傳云：「虔、劉，皆殺也。」王尚書云：「咸與減古字通，咸、劉皆滅也。」是知遏、劉亦皆滅耳。箋謂「遏止天下之殺人者」，失之。

「耆定爾功」，傳：「耆，致也。」箋：「耆，老也。年老乃定女之此功。」釋文引韓詩云：「耆，惡也。」瑞辰按：説文：「厎，柔石也。」其引伸之義爲致。耆者，厎之假借，故傳訓爲致。爾雅釋言：「厎，致也。」郭注「見詩傳」者，卽指此詩毛傳也。「耆定爾功」猶書「乃言厎可績」，史記夏本紀作「汝言致可績」，禹貢「覃懷厎績」，夏本紀作「覃懷致功」，是其證也。又按書馬融注：「厎，定也。」則厎亦爲定。耆定並言，猶詩「靡所厎止」，厎亦止也。左傳引詩此句，杜注亦云：「耆，致也。言武王伐紂，致定其功。」箋訓耆老，謂年老乃定女功，失之。至韓詩「耆，惡也」，當爲皇矣詩「上帝耆之」章句，蓋毛、韓詩同義，釋文誤引入此章，亦猶「蕳，蓮也」本韓詩澤陂章之章句，而釋文誤引入溱洧章也。若云「惡定其功」，則不詞矣。又按宣十二年左傳「耆昧也」，以釋酌詩「遵養時晦」，非釋此詩「耆定爾功」。此詩正義云：「左傳引此云〔一〕：『「耆定爾功」，耆昧也。』」又申之曰：「其意言〔二〕致討于昧，故以耆爲致。」是誤以釋汋篇者釋武篇矣。

〔一〕「云」字原脱，據正義補。

〔二〕「言」下原有「移以」二字，據正義删。疑此二字本在下文「是誤以釋汋篇者」之下，誤植於此。

# 毛詩傳箋通釋卷三十

## 周頌

### 閔予小子

「遭家不造」，傳：「造，爲也。」箋：「造，猶成也。」瑞辰按：周禮大司寇「以兩造禁民訟」，儀禮士喪禮「造于西階下」，注並云：「造，至也。」書粊誓鄭注：「至，猶善也。」不造猶不善，不善猶不淑也。雜記「寡君使某問君如何不淑」，不淑猶云不祥，謂遭凶喪也。傳訓爲，箋訓成者，成亦善也。禮記王制「錦文珠玉成器不粥于市」，鄭注：「成，猶善也。」淮南子本經篇「五穀不爲」，高注：「不爲，不成也。」成與爲同義，故箋以成申毛義。正義釋傳云「家事無人爲之」，失傳恉矣。又按詩多以不爲語辭，造與戚一聲之轉，古通用，則詩云「遭家不造」猶云遭家戚，即後世所謂丁家艱也。古字丕通作不，若以造爲戚，詩言「閔予小子，遭家不造」，與書文侯之命云「閔予小子嗣，遭天丕愆」語正相類，似亦可備一解。

「嬛嬛在疚」，傳：「疚，病也。」箋：「嬛嬛然孤特，在憂病之中。」釋文：「嬛，崔本作煢。疚，本又作宊。」瑞辰按：説文宊字注引詩「煢煢在宊」，漢書匡衡傳引詩亦作煢煢，與春秋傳「煢煢余在宊」同，説文嬛字注又引作「嬛嬛在疚」，則作煢煢者三家詩，作嬛嬛者毛詩也。據説文：「煢，回疾也。从卂，營省聲。」段玉裁曰：「煢引申爲煢獨，取裵回無所依之意。」集韻曰：「煢或作儝。」方言：「儝，特也。楚曰儝。」小爾雅：「寡夫曰煢。」楚詞王逸注：「煢，孤也。」是訓孤特者，字以作煢爲正。古从營、从睘之字以音近通用。毛詩假嬛爲煢，猶詩「子之還兮」，漢書引作營；杕杜詩「獨行睘睘」，釋文「睘本又作煢」；説文「自營爲厶」，韓非子作「自環」也。旬、勻與營亦音近通用，故詩正月篇「哀此惸獨」，釋文「惸本又作煢」，説文「赹，獨行也」，亦云「讀若煢」。至疚訓病，字以作疚爲正，作宊者，假借字也。

「陟降庭止」，傳：「庭，直也。」箋：「陟降，上下也。念此君祖文王，上以直道事天，下以直道治民，信無私枉。」瑞辰按：陟古通作騭。爾雅釋詁：「騭，升也。」釋言：「降，下也。」箋訓陟降爲上下，是也。至謂上事天，下治民，則非。詩、書於天人之際多言陟降，陟降即黜陟之義。訪落詩「陟降厥家」，言君之陟降羣臣也；敬之詩「陟降厥士」，言天之陟降庶士也；文王詩「文王陟降，在帝左右」，言文王之助天陟降也。陟降或言陟下，洪範「維天陰騭下民」，騭下二字平列，馬融注：「騭，升也。」劉台拱曰：「騭下猶言陟降，言天冥冥之中常陟降之。」其説是也。陟降倒其文則曰黜陟，亦曰降格。書多士「維帝降格」，吕刑「絶地天通，罔以降格」，格亦升也。釋詁：「格，升也。」「陟降庭止」與「夙夜敬止」相對成文，庭，直也，蓋謂文王陟降羣臣，皆以直道。訪落詩「紹庭上下，陟降厥家」，箋謂「繼文王陟降庭止之道」，上下猶陟降也。漢書匡衡傳引詩「陟降廷止」，蓋本齊詩。倉頡篇：「廷，直也。」廷與庭同義。顔師古訓爲「臨其明廷」，失之。

## 訪落

「訪予落止」，傳：「訪，謀。落，始。」箋：「成王始即政，自以承聖父之業，懼不能遵其道德，故於廟中與羣臣謀我始即政之事。」瑞辰按：爾雅釋詁：「落，始也。」昭七年左傳「楚子成章華之臺，願與諸侯落之」，王尚書曰：「與諸侯落之者，謂與諸侯始其事也。楚語伍舉對靈王曰：『願得諸侯與始升焉。』是其明證。」今按檀弓：「晉獻文子成室，晉大夫發焉。」發，開也；開亦始也。孔廣森曰：「物終乃落，而以爲始。嘗考落之爲始，大抵施於終始相嬗之際。如宫室考成謂之落成，言營治之終而居處之始也。成王詩言『訪予落止』，此先君之終而今君之始也。離騷『夕餐秋菊之落英』，宋人有引『落，始也』訓之者，蓋秋者百卉之終，草木黄落而菊始有華，故惟菊乃言落英。」今按終則有始，義本以相反而相成。以落爲始，猶之以徂爲存，以亂爲治，以來爲往，以故爲今，以廢爲置，義有反覆互訓耳。

「朕未有艾」，箋：「艾，數也。我於是未有數。言遠不可及也。」瑞辰按：爾雅釋詁：「艾，歷也。」「歷，數也。」又曰：「艾、歷，相也。」郊特牲曰：「簡其車徒而歷其卒伍。」歷當讀爲閱歷之歷。說文：「閱，具數於門中也。」是知艾、歷與數皆同義。箋釋「未有艾」爲未有數，猶云未有歷也。未有歷則難及，故箋又言「遠不可及」。正義謂「未有等數」，失之。又按艾字無傳，義蓋與庭燎傳「艾，久也」同。據小爾雅「歷，久也」，則訓艾爲久，亦與訓艾爲歷、爲數同義，傳、箋義正相通。

「將予就之」，箋：「扶將我就其典法而行之。」瑞辰按：就當訓因。說文：「因，就也。」小爾雅：「就，因也。」二字互訓。箋云「扶將我就其典法而行之」，卽因其典法而行之也。成王志在述祖，故以能因爲先耳。

「繼猶判渙」，傳：「猶，道。判，分。渙，散也。」箋：「猶，圖也。繼續其業，圖我所失分散者收斂之。」瑞辰按：爾雅釋詁：「圖、猷，謀也。」猷、猶古通用，猶訓爲圖，卽謀也。判渙疊韻字，當讀與卷阿詩「伴奐爾游矣」同。伴、奐皆大也。說文：「伴，大皃。」奐字注：「一曰，大也。」小毖詩以「小毖」名篇，言當慎其小也；此詩「繼猶判渙」，言當謀其大也。作判渙者，假借字耳。箋訓爲分散，失之。

「未堪家多難」，箋：「多，衆也。我小子耳，未任統理國家衆難成之事。必有任賢、待年長大之志。難成之事，謂諸政有業未平者。」釋文：「難，如字，協韻乃旦反。」瑞辰按：小毖詩亦云「未堪家多難」，正義引王肅云：「言患難宜慎其小。」又引王肅解經云：「非徒多難而已，又多辛苦。」是王肅述毛，正讀難如患難之難。此章解「多難」宜與彼同，以讀乃旦反爲正，禮記檀弓「國家多難」，釋文「難，乃旦反」是也。爾雅釋詁：「阻、艱，難也。」郭注：「皆險難。」多難猶云多艱耳。小毖「未堪家多難，予又集于蓼」，箋以集蓼爲遇三監及淮夷之難。此章無集蓼之文，則多難宜指遭喪兼遇三監及淮夷之難言之。箋但以爲「國家衆難成之事」，似非詩義。

「以保明其身」，箋：「能以此道尊安其身。謂定天下，居天子之位。」瑞辰按：爾雅釋詁：「孟，勉也。」孟古音讀如芒，與明音近，故孟津通作盟津，孟爲勉，明亦勉也。凡詩言「明明」，皆勉勉也。書洛誥「公明保予沖子」，多士「大不克明保享于民」，明保猶言勉保也。此詩保明宜訓保勉，正與書言明保義同，承上「休矣皇考」，謂以皇考之休美保勉其身也。箋訓明爲尊，似非詩義。

## 敬之

「敬之敬之」，箋：「故因戒之曰：敬之哉！敬之哉！」瑞辰按：敬字从攴苟，苟音亟，加攴以明擊敕之義。敬之本義即警也。説文：「警，言之戒也。」又：「儆，戒也。」「憼，敬也」。竝與警同義。釋名：「敬，警也。恆自肅警也。」常武篇「既敬既戒」，箋：「敬之言警也。」此箋不以敬爲警者，因義已具常武耳。「敬之敬之」猶云戒之戒之，序「進戒」字本取經文「敬之」爲訓。

「天維顯思」，傳：「顯，見。」瑞辰按：説文：「顯，頭明飾也。」「㬎，衆微杪也。从日中視絲。古文以爲顯字。」是經傳顯皆㬎字之假借。古文尚書「丕顯」正作「丕㬎」。小爾雅：「赫，顯也。」生民篇「以赫厥靈」，毛傳：「赫，顯也。」「天維顯思」當謂天道之顯赫。

「命不易哉」，箋：「去惡與善，其命吉凶不變易也。」釋文：「鄭音亦，王以豉反。」瑞辰按：胡承珙曰：「僖二十二年左傳：『公卑邾，不設備而禦之。臧文仲曰：「國無小，不可易也。」引詩『命不易哉』。此以詩『不易』爲難易之易。漢書孔光傳亦曰：『「命不易哉！」謂不懼者凶，懼之則吉。』知此宜用王音申毛，箋説似非經旨。」今按大雅文王篇「駿命不易」，釋文述毛云：「不易，言甚難也。」此詩「命不易哉」義當與彼同。胡氏謂當讀同難易之易，是也。至謂讀用王音以豉反，則非。古音難易之易與改易之易，其音同讀如亦，非如後世讀難易爲以豉反也。

「陟降厥士」，傳：「士，事也。」箋：「天上下其事，謂轉運日月，施其所行。」瑞辰按：陟降猶云升降。士當讀如士民之士，爲羣臣之通稱，猶訪落詩「陟降厥家」，箋云「厥家謂羣臣」也。蓋慶賞刑威，君之陟降厥家也；福善禍淫，天之陟降厥士也。傳、箋竝訓士爲事，失之。

「不聰敬止」，箋：「不聰達於敬之之意。」瑞辰按：廣雅：「聰，聽也。」不爲語詞。「不聰敬止」謂聽而警戒也，正承上「敬之敬之」而言。箋謂「不聰達於敬之之意」，失之。

「日就月將」，傳：「將，行也。」箋：「日就月將，言當習之以積漸也。」正義：「今日有所成就，月有所可行。」瑞辰按：下句「學有緝熙于光明」乃言學之有漸，則上文「日就月將」止謂日久月長，猶言日積月累耳。廣雅釋詁：「就，久也。」楚詞「恐余壽之弗將」，王逸注：「將，長也。」正可引以釋此詩。

「學有緝熙于光明」，傳：「光，廣也。」箋：「緝熙，光明也。且欲學於有光明之光明者。謂賢中之賢也。」瑞辰按：爾雅釋詁：「緝熙，光也。」光、廣古通用。周語叔向釋昊天有成命詩曰：「緝，明；熙，廣也。」廣卽光也。此傳又以光爲廣，廣猶大也。「學有緝熙于光明」若釋之曰「學有光明于光明」，則不詞。說文：「緝，績也。」績之言積，緝熙當謂積漸廣大以至於光明，卽大戴禮所云「積厚者其流光」也。說文：「巸，廣𦣞也。」引申爲凡廣之稱。熙卽巸之假借，故訓廣，又訓光。緝熙與光明散文則通，對文則緝熙者積漸之明，而光明者廣大之明也。箋言「欲學於有光明之光明者」，失之。

「佛時仔肩」，傳：「佛，大也。仔肩，克也。」箋：「佛，輔也。仔肩，任也。」瑞辰按：說文：「𡘋，大也。从大，弗聲。」玉篇作奰。廣雅：「奰，大也。」傳以佛爲𡘋字之假借，故訓爲大。爾雅釋詁：「廢，大也。」廢亦𡘋之同音假借。正義云「佛之爲大，其義未聞」，由不明通借之義耳。至箋訓佛爲輔者，蓋以佛爲弼字之假借。說文弼作㢸，注云：「輔也。字或作𢐀〔一〕。」玉篇：「𢐀，古弼字。」其音均與佛近，故弼可借作佛也。古弼字又通作拂，管子四稱篇：「近君爲拂，遠君爲輔。」賈子保傅篇：「拂者，拂天子之過者也。」輔相篇：「大拂之任也。」廣雅：「拂，輔也。」竝借拂爲弼，猶此箋假佛爲弼也。以經文求之，从箋讀弼爲長。韓詩作弗，亦省借字。至仔肩傳訓克，箋訓任，其義相承。爾雅釋詁：「肩，克也。」說文：「仔，克也。」二字同義。克，勝也，勝亦任也。

## 小毖

「予其懲而毖後患」，傳：「毖，慎也。」箋：「懲，艾也。曰我其懲艾於往時矣，畏慎後復有

〔一〕據說文𢐀字注及本書文例，「字或作𢐀」當爲「古文作𢐀」。

患難。」瑞辰按：段玉裁曰：「疏於而字絶句，各本皆云小毖一章八句。」胡承珙曰：「釋文亦以『懲而』作音，是陸、孔章句正同。唐石經於經文毖下旁添彼字，或當時别有本作『毖彼後患』，鄭覃等因據以旁注，未必祇緣正義有『慎彼在後』之文遂肊增經字也。」今按段、胡言陸、孔皆讀「予其懲而」爲句，其論甚確。唐石經於毖旁增彼字以助句，亦於文義爲順。孔疏「慎彼在後，恐更有患」，或卽順經文「毖彼後患」言之耳。

「莫予荓蜂」，傳：「荓蜂，摩曳也。」箋：「羣臣小人無敢我摩曳。謂爲譎詐誑欺，不可信也。」瑞辰按：説文：「𢔁，使也。」「𢓜，使也。」合言之則曰𢔁𢓜，雙聲字也。爾雅釋訓「甹夆，掣曳也」及詩作荓蜂，皆當爲𢔁𢓜之假借。爾雅訓掣曳而説文言使者，掣曳卽使之也。爾雅釋詁：「拼，使也。」又：「拼，從也。」大雅「荓云不逮」，傳：「荓，使也。」胡承珙曰：「頌之荓蜂與大雅之荓同義。𢳆曳〔一〕者，謂牽引而使之也。」𢳆、掣音義同，毛傳摩卽𢳆字之省，説文：「引而縱曰𢳆。」又通作摯，摯亦掣字，玉篇摯、掣竝與𢳆同是也。掣通作𢳆，猶易睽九三「其牛掣」，釋文引鄭本作犎，説文作觢也。箋云「小人無敢我摩曳」，釋文引孫炎曰「謂相掣曳入於惡也〔二〕」，是謂荓蜂爲牽引之爲不善。正義引孫毓云「羣臣無肯牽引扶助我」，則謂荓

〔一〕「𢳆曳」原作「荓蜂」，據胡承珙毛詩後箋改。

〔二〕按：此文爲爾雅釋訓邢昺疏所引，馬氏誤以爲經典釋文所引。

蜂爲引而之善。今按荓蜂之義止爲摩曳，故善惡皆通。然从孫毓説謂羣臣莫予牽引扶助，正與序言「嗣王求助」義合，則較勝箋義矣。荓蜂通作屏蓬，又作并封。山海經海外西經「并封前後有首」，大荒西經「有獸左右有首，名曰屏蓬」，皆取其前後、左右有首則互相牽掣，義與詩言荓蜂相近。又中山經有平逢之山，郝懿行謂卽郟山之異名。郟之言夾，夾持之義則曰平逢，平逢猶荓蜂也。釋文「蜂本又作夆」，説文「夆讀若縫」，潛夫論愼微篇引詩「莫與併螽」，夆、螽皆假借字。宋儒或訓蜂爲蜂蠆之蜂，失其義矣。予、與古通用。據王符引詩「莫與併螽」，知予卽與之假借，箋訓爲我，亦非。又按爾雅釋詁：「抨，使也。」字又作伻，洛誥「伻來」，馬注尚書「荓秩」云「荓，使也」，均與俜之爲使音義同。平、辨古通用，故小爾雅又曰：「辨，使也。」

「自求辛螫」，箋：「女如是，徒自求辛苦毒螫之害耳。謂將有刑誅。」瑞辰按：此承上「莫予荓蜂」，蓋謂任人者逸，自任者勞，莫與牽引扶助，徒自求辛勤耳。釋文引韓詩作「辛赦」，云：「赦，事也。」按赦説文訓置，不得訓事，赦卽螫字省其半耳。訓事者，蓋以螫爲敕之同音假借。爾雅釋詁：「敕，勞也。」「事，勤也。」勤、勞同義，故敕可訓勞，卽可訓事。説文：「敕，誡也。一曰，臿地曰敕。」按臿地卽「春有以傳耕」之傳，亦通作事，則辛螫猶言辛勤、辛苦耳。毛詩作螫者，同音假借字也。箋遂訓爲毒螫，失之。螫，唐石經磨改作螫，張參五經文字：「螫，式亦反。」據說文赦或作赦，是螫即螫之或體。

「肇允彼桃蟲，拚飛維鳥」，傳：「桃蟲，鷦也，鳥之始小終大者。」箋：「肇，始。允，信也。始者信以彼管、蔡之屬雖有流言之罪，如鷦鳥之小，不登誅之，後反叛而作亂，猶鷦之翻飛爲大鳥也。鷦之所爲鳥，題肩也，或曰鴞，皆惡聲之鳥。」瑞辰按：爾雅釋鳥：「桃蟲，鷦。其雌鴱。」郭注：「鷦䳭，桃雀也。俗呼爲巧婦。小鳥而生雕鶚者也。」陸璣草木疏云：「今鷦鷯是也。微小於黃雀，其雛化而爲雕，故俗語鷦鷯生雕。」易林亦曰：「桃蟲生雕。」廣雅疏證又引或曰：「布穀生子，鷦鷯養之。」今按：古云鷦鷯生雕，蓋即謂鷦鷯取布穀之子養之，化爲雕鶚，故方言說巧婦之名或謂之過贏，猶桑蟲之化螟蛉亦名果贏也。鷦鷯一名鴟鴞。豳詩「鴟鴞鴟鴞，既取我子」，喻武庚之誘管、蔡，猶鴟鴞取布穀之子使化雕鶚也。此詩「肇允彼桃蟲，翻飛維鳥」，喻管、蔡之從武庚，猶布穀之子爲桃蟲所養而化雕鶚也。桃蟲喻武庚，「肇允彼桃蟲」喻管、蔡之信武庚。箋以爲成王信之，非詩義也。列子天瑞篇：「鷂之爲鸇，鸇之爲布穀，布穀又復爲鷂。」呂氏春秋仲春紀「鳩化爲鷹」，高注：「鳩蓋布穀。」則布穀與鷹鸇互相變化，由來久矣。箋「或曰鴞，皆惡聲之鳥」，據正義云：「定本、集注皆云『或曰鴟，皆惡鳥也』。」以桃蟲一名鴟鴞證之，當作「或曰鴟鴞，皆惡鳥也」。定本、集注遺鴞字，正義本又遺鴟字，遂誤作「惡聲之鳥」矣。

## 載芟

「載芟載柞」，傳：「除草曰芟，除木曰柞。」箋：「將耕，先始芟柞其草木。」瑞辰按：周禮肆師「嘗之日，涖卜來歲之芟」，鄭注：「芟，芟草除田也。古之始耕者除田種穀。」引詩「載芟載柞」爲證。夏小正正月「農率均田」，傳：「均田者，始除田也。」孔廣森曰：「均讀爲耘，故傳言除田。」今按「載芟載柞」正耘田之事，故下接言「千耦其耘」。此謂耘除田閒草木，與耘除禾閒草者名同而事異。下文「緜緜其麃」，始爲耘除禾閒艸耳。説文：「芟，刈草也。从艸殳。」又：「癹，以足踏夷艸也。从癶，从殳。」引春秋「癹夷蘊崇之」，今左傳譌作芟夷。此詩正義引左傳芟夷爲證，亦誤以癹爲芟矣。説文：「槎，衺斫也。」槎與乍雙聲，此詩載柞及周禮柞氏皆當爲槎之假借。柞又與斮聲近而義同，説文：「斮，斬也。」「斬，截也。」内則「魚曰作之」，爾雅樊光本作斮，亦柞、斮相通之類。又皇矣詩「作之屏之」，作謂除木，亦當讀與「載柞」之柞同。

「其耕澤澤」，箋：「土氣烝達而和，耕之則澤澤然解散。」瑞辰按：夏小正正月：「農及雪澤，言雪澤之無高下也。」管子：「正月令農始作服于公田，農耕及雪釋。」澤、釋古通用，雪釋即此詩澤澤也。釋文：「澤澤，音釋釋。注同。爾雅作郝郝，音同，云：『耕也。』郭云：『言土解也。』」正義引：「爾雅：『釋釋，耕也。』舍人云：『釋釋猶霍霍，解散之意〔一〕。』」是「郭本爾雅作郝郝，舍人本作釋釋。古音澤、釋皆讀如度，故郝、霍皆通用，卽皆釋釋之假借。小爾雅：「釋，解也。」箋云「澤澤然解散」，正讀澤澤爲釋釋耳。

「侯彊侯以」，傳：「彊，强力也。以，用也。」箋：「强，有餘力者。周禮曰：『以强予任民。』以，謂閒民，今時傭賃也。春秋之義，能東西之曰以。」瑞辰按：周禮遂師：「巡其稼穡，而移用其民。」侯彊、侯以，皆在移用其民之列。「彊」指彊有力者，既自治其田，復有餘力治人之田，「以」則傭賃，專爲人用，此其異也。周禮遂人「以彊予任甿」，彊爲詩之侯彊，予卽詩之侯以。予、以古通用，予卽與也，與猶以也。强、予二字平列。鄭注遂人云「謂民有餘力，復予之田」，不知予卽侯以之以，故箋但引强予以證侯彊耳。

「有嗿其饁」，傳：「嗿，衆貌。」瑞辰按：說文：「嗿，聲也。」朱子集傳：「嗿，衆飲食聲。」蓋兼取毛傳、說文之義。

「思媚其婦，有依其士」，傳：「士，子弟也。」箋：「依之言愛也。婦人來饋饟其農人於田野，乃逆而媚愛之。言勸其事，勞不自苦。」瑞辰按：依、愛以雙聲爲義。依與殷亦雙聲，古通用。王尚書曰：「依之言殷也。馬融易注：『殷，盛也。』有依爲壯盛之貌。『有嗿其饁』四

〔一〕「意」原作「義」，據正義改。

語皆形容之詞。」其説是也。今按小爾雅：「媚，美也。」説文：「娓，順也。讀若媚。」廣雅：「媚，好也。」盛與美義近。「思媚其婦」亦形容美盛之詞。思，語詞，猶言有也。

「有略其耜〔一〕」，傳：「略，利也。」瑞辰按：略、利以雙聲爲義，略者䂮之假借。爾雅釋詁：「䂮，利也。」説文：「㓯，刀劒刃也。籀文作䂮。」張揖古今字詁：「略古作䂮。」是其證也。正義：「『略，利』，釋詁文。」釋文：「略，如字。字書本作䂮，同。」皆不言爾雅作䂮。顔師古匡謬正俗引爾雅：「略，利也。」是唐時爾雅原作略。今本作䂮者，後人據字書改耳。

「驛驛其達」，傳：「達，射也。」箋：「達，出地也。」瑞辰按：生民傳：「達，生也。」爾雅釋訓：「繹繹，生也。」正釋詩「驛驛其達」。方言：「達，芒也。」郭注：「謂杪芒射出。」與毛傳合。射即初生射出之貌，故箋以出地申釋之。

「有厭其傑」，傳：「有厭其傑，言傑苗厭然特美也。」箋：「傑，先長者。」瑞辰按：説文、廣雅竝云：「㥾，好也。」厭當即㥾之省，故厭然爲特美貌，以別於下之「厭厭」也。厭从厂，猒聲，説文：「猒，飽也。从甘，从肰。」甘，美也，故厭亦有美義。

「厭厭其苗」，箋〔二〕：「厭厭其苗，衆齊等也。」瑞辰按：廣雅：「苗，衆也。」苗與傑對言，傑

〔一〕「耜」原作「士」，據毛詩改。
〔二〕「箋」原作「傳」，據續經解本及毛詩鄭箋改。

爲特出，則苗爲衆矣。厭與稽雙聲，集韻：「稽稽，苗齊等也。」厭厭卽稽稽之假借。作稽稽者，蓋韓詩，箋及集韻「苗齊等」義亦當本韓詩。此詩厭厭韓詩作稽稽，猶湛露詩「厭厭夜飲」，韓詩作愔愔也。

「緜緜其麃」，傳：「麃，耘也。」釋文：「緜緜，如字。爾雅云：『麃也。』韓詩作民民，云『衆貌』。麃，說文作穮，音同，云：『穮，耨鉏田也。』字林云：『穮，耘〔一〕禾閒也。』」瑞辰按：緜與民雙聲，故二字毛、韓通用。小雅「緜蠻黄鳥」，禮記引作「緡蠻」，是其類也。釋文引說文「穮，耨鉏田也」，今本說文作「耘〔二〕禾閒也」，是以字林語羼入。詩及爾雅作麃，皆穮字之省借。

「有飶其香」，傳：「飶，芬香也。」瑞辰按：說文：「飶，食之香也。」「苾，馨香也。」二字音義同，故白帖引作「有苾其香」。苾又通作馥，楚茨詩「苾芬孝祀」，韓詩作馥，薛君章句曰：「馥，香貌。」苾、馥雙聲，故通用。說文有苾無馥，疑馥卽苾之或體。

「有椒其馨」，傳：「椒，猶飶也。」釋文：「椒，沈作俶，尺叔反，云：『作椒者誤也。此論釀酒芬香，無取椒氣之芳也。』」案唐風椒聊箋云『椒之性芬芳』，王注云：『椒，芬芳之物。』此傳云

〔一〕「耘」，釋文原作「耕」。

〔二〕「耘」，今本說文作「耕」。

椒猶飶，飶，芬香，椒是芬芳之物，此正相協，無故改字爲俶。俶，始也，非芬香。」瑞辰按：椒與俶古音竝从尗聲，故通用。俶又通作淑，上林賦「芬香漚鬱，酷烈淑郁」，淑郁正芬香貌。據聘禮「俶獻」注「古文俶作淑」，是俶可通作淑也。椒或作茮，古又通借作菽，淮南子人間篇「申菽杜茝」，高注：「皆香艸也。」申菽卽楚詞之申椒也。俶又與埱義近，説文：「埱，气出土也。」土氣謂之埱，穀氣謂之俶，義正相近。説文埱字注：「一曰，始也。」則埱與俶古亦通用。竊謂毛詩作椒，卽俶字之假借，古音自讀尺叔反，與飶爲韻，不必改椒爲俶，亦不得訓爲椒聊之椒。沈重謂當作俶，陸德明直訓爲椒，皆由不明古人通借之義耳。

「胡考之寧」，傳：「胡，壽也。考，成也。」瑞辰按：謚法解：「保民耆艾曰胡。彌年壽考曰胡。」又：「胡，大也。」廣雅亦曰：「胡，大也。」大年卽壽，故傳訓胡爲壽，胡考猶壽考也。説文：「老，考也。」「考，老也。」是訓老爲考之本義。引申之又訓成，書、詩言「老成人」，老成人亦老也。故毛傳訓考爲成，正與説文訓考爲老同義。

「匪且有且」，傳：「且，此也。」箋：「心非云且而有且，謂將有嘉慶禎祥先來見也。」瑞辰按：且與此雙聲，故傳訓且爲此，卽以且爲此字之假借，讀从此音，與茲爲韻。正義謂且實語助，失之。又按老子河上公注云：「此，今也。」傳訓且爲此，與下句「匪今斯今」特疊句以見義，詞雖異而義則同，皆對下「振古如茲」言。箋謂將有禎祥先見，非詩義也。

「振古如茲」，傳：「振，自也。」箋：「振，亦古也。乃古古而如此，所由來者久，非適今時。」瑞辰按：爾雅釋言：「振，古也。」郭注引詩「振古如茲」而釋之曰「久若此」。王尚書曰：「爾雅本作『振，自也』，古文自字作亩，與古相似，因譌爲古。毛傳之『振，自也』卽本於爾雅，鄭所見爾雅本已譌作古，故據之以易傳。」今按王說是也。說文：「自，始也。」廣雅：「古，始也。」韋昭國語注：「振，起也。」起亦始也。振訓自，亦爲古始，而爾雅必訓自者，以言「古古」則不詞，以自古釋振古，則古有其語耳。又按：振與終雙聲。孟子：「金聲也者，始條理也；玉振之也者，終條理也。」是振有終義。振爲始，亦爲終，古義以相反而相成，則振古爲自古，亦爲終古。考工記注：「齊人之言終古，猶言常也。」莊子崔注：「終古，久也。」正與爾雅郭注「久若此」義合。又按：振音近塵，爾雅釋詁：「塵，久也。」塵卽陳之假音也。

## 良耜

「畟畟良耜」，傳：「畟畟，猶測測也。」箋：「農人測測以利善之耜。」瑞辰按：爾雅釋訓：「畟畟，耜也。」釋文云：「本或作稷稷。」太玄經：「稷稷良耜。」稷字始見廣韻，當卽稷稷之變體。古畟、稷、厠三字通用，其音竝讀如側。尚書中候「至于日稷」，鄭注：「稷讀曰側。」春秋定十四年「丁巳葬定公，戊午日下昃，乃克葬」，穀梁作「日下稷」，白虎通謚篇引春秋作「日下側」。說文：「𠩺，日在西方時側〔一〕也。」引易「日𠩺之離」。今易昃又作吳，孟氏易作稷。此詩畟畟訓測測，以聲近爲義，猶稷讀爲側，𠩺訓爲側也。說文：「畟，治稼畟畟進也。从田人，从夂〔二〕。」引詩「畟畟良耜」。胡承珙曰：「爾雅：『深，測也。』說文：『測，深所至也。』畟畟、測測皆狀農人深耕之貌。」今按淮南子原道篇注：「度深曰測。」則以耜入地之深亦得曰測。爾雅舍人注：「畟畟，耜入地之貌。」亦狀其入地之深。郭注「言嚴利」，失之。

「或來瞻女」，箋：「瞻，視也。」瑞辰按：據下「載筐及筥，其饟伊黍」謂來饁者，瞻當讀贍給之贍，來饁正所以贍之也。贍字說文所無，新附始有之，古通作澹，又作瞻、作詹與儋。史記司馬相如傳「瀌沈贍菑」，漢書作「灑沈澹災」。漢書食貨志「猶未足以澹其欲也」，注：「澹，古贍字。」荀子王制篇「物不能澹則必争」，注：「澹讀爲贍。」此贍古作澹之證也。禮記大傳「民無不足無不贍者」，釋文本作瞻，云「本又作儋」。小爾雅：「贍，足也。」呂氏春秋適音〔三〕篇「不充則不詹」，高注：「詹，足也。」此贍古通作瞻、儋及詹之證也。此詩正假瞻爲贍，箋訓爲視，失之。

〔一〕「時側」二字原誤倒，據說文乙。

〔二〕「从田人，从夂」原作「从田，从人夂」，據說文改。段注本作「从田儿」，注云：「儿亦人字，田人者，農也。」

〔三〕「音」原作「晋」，據呂氏春秋改。

「其笠伊糾」，箋：「饁者見戴糾然之笠。」瑞辰按：倉頡解詁：「繩三合曰糾。」說文：「糾，三合繩也。」「丩，相糾繚也。」魏風「糾糾葛屨」，傳：「糾糾，猶繚繚也。」葛以爲屨，草以爲笠，皆有糾繚之形，故並曰糾。

「其鎛斯趙」，傳：「趙，刺也。」瑞辰按：考工記鄭注引詩「其鎛斯撊」，集韻引同，蓋本三家詩。集韻又曰：「撊，或作㨶。」是撊、㨶實一字，古文通借作趙，撊、趙雙聲通用，猶朝借作輖也。撊之言撽，說文、廣雅並曰：「撽，刺也。」故撊亦爲刺耳。趙字古又通銚，漢書禮樂志「銚四會員」，韋注：「銚，國名。」銚卽趙也。吳斗南因謂此詩之趙卽銚，則非。

「以薅荼蓼」，箋：「薅去荼蓼之事。」瑞辰按：說文：「槈，薅器也。」「薅，拔田艸也。」或作茠。」引詩「既茠荼蓼」。此詩釋文引詩則作「以茠荼蓼」。古以字作㠯，从反巳，與已然之已通用，是知以卽已也，已卽既也。又按箋「薅去荼蓼之事」，以正義云「薅去荼蓼之草」，事當作草。今作事者，誤从定本、集注。

「積之栗栗」，傳：「栗栗，衆多也。」瑞辰按：爾雅釋訓：「栗栗，衆也。」此傳義所本。說文：「秩，積禾也。」引詩「穦之秩秩」，蓋本三家詩。穦、積以雙聲爲義。廣雅亦曰：「穦，積也。」栗與秩古音同部，通用。公羊哀二年經「戰于栗」，釋文：「栗，一本作秩。」是其證矣。說文：「秩，積也。」據說文「瑮，玉英華羅列秩秩」，瑮猶秩也，則秩秩與栗栗義亦同。蓋衆多則積，積之必秩然有序，其義正相成也。

「殺時犉牡」，傳：「黃牛黑脣曰犉。」瑞辰按：周禮牧人：「凡陰祀用黝牲毛之。」社稷在陰祀之列，宜用黝牲，不宜用黃牛。爾雅釋畜：「黑脣，犉。」又：「牛七尺爲犉。」邢疏引尸子曰：「大牛爲犉，七尺。」此詩犉牡及無羊詩「九十其犉」，皆當以「牛七尺曰犉」釋之。犉謂牛之大者，犉牡猶言廣牡，廣亦大也。毛傳以爲「黃牛黑脣曰犉」，正義又謂「正禮用黝，報功用黃」，並失之。

「有捄其角」，傳：「社稷之牛角尺。」箋：「捄，角貌。」瑞辰按：說文：「觓，角皃。」捄即觓之假借。詩「兕觥其觩」、「角弓其觩」作觩者，又捄之俗。王制「祭天地之牛角繭栗，宗廟之牛角握，賓客之牛角尺」，無社稷之文。此詩正義引禮緯稽命徵曰：「宗廟、社稷角握。」則社稷與宗廟同。又按大戴記曾子天圓篇「諸侯之祭牲牛，曰太牢」，盧辯注：「太牢，天子之牲角握，諸侯角尺。」則是天子之牲皆角握，惟賓客卽諸侯，故其牲角尺。又禮「五嶽視三公，四瀆視諸侯」，故其牲亦角尺，大戴記「山川曰犧牲」，盧注「山川謂岳瀆，以方色，角尺」是也。以此推之，社稷卑於天地而重於山川，宜與宗廟之牛同爲角握，禮緯較毛傳爲確。正義既引禮緯，又謂社稷卑於宗廟，宜與賓客同爲角尺，未免曲徇傳說矣。

「以似以續，續古之人」，傳：「以似以續，嗣前歲、續往事也。」箋：「嗣前歲者，後來〔一〕有豐年也。續往事者，復以養人也。續古之人，求有良司穡也。」瑞辰按：廣雅：「似，續也。」似卽嗣之假借，故似、續二字同義。「以似以續」猶云「以享以祀」、「以孝以享」，不嫌語之複也。似、續皆爲祀事。說文：「祀，祭無已也。」祭無已，故爲似續。斯干之詩曰「似續妣祖」，謂享祀妣祖也；此詩「以似以續」，亦謂祀社稷也。「續古之人」乃言繼古人之配社稷者，古之人卽先嗇、司嗇也。傳、箋分似、續爲二義，失之。又或以「續古之人」爲續其先祖，如「農服先疇」之比，亦非。

## 絲衣

序：「絲衣，繹賓尸也。高子曰：靈星之尸也。」疏引漢書郊祀志張晏注，以靈星爲蒼龍左角星，卽天田，周語所謂「農祥晨正」者，此也。高子以靈星尚有尸，則繹之有尸必矣。瑞辰按：杜佑通典引劉向五經通義曰：「靈星爲立尸，故云『絲衣其紑，會弁俅俅』，言王者祭靈星，公尸所服之衣也。」是子政以詩序言賓尸卽爲靈星之尸。正義以高子之言爲別論他事，非也。惟漢書郊祀志言高祖令天下立靈星祠，則周時靈星以祀天田，其祭未顯，且與序言

〔一〕「後來」，阮元校勘記謂當作「復求」。

「繹賓尸」不合。惟趙徵君坦寶甓齋札記云：「靈，古櫺字。櫺星者，門有疏櫺，上飾以金，綴序若星，故曰櫺星。禮郊特牲：『繹之於庫門內，祊之於東方，失之矣。』鄭注：『祊之禮宜於廟門外之西室，繹又於其堂，神位於西也。此二者同時，而大名曰繹。』爾雅『閍謂之門』，孫炎注謂廟門外。則是繹祭、祊祭之尸，位次皆在廟門外，故曰靈星之尸也。」今按趙以靈星爲廟門，是也。名門曰靈星，猶左傳名車曰蔥靈，謂車有窗櫺，亦假靈爲櫺也。至從鄭注禮記以祊祭爲在廟門外，又以祊與繹二者同時，則非。楚茨詩「祝祭于祊」，毛傳：「祊，門內也。」此詩「自堂徂基」，基爲門內之位，則祊祭宜在廟門內，因名其門爲櫺星耳。至後世學宮前立櫺星門，據桂馥引龍魚河圖云：「天鎮星主得士之慶，其精下爲靈星之神。」則門名櫺星，自祭天鎮星耳。趙氏以爲古廟門之遺制，亦非。又按鄭志荅張逸云：「高子之言，非毛公後人著之。」據經典序録引徐整云：「子夏授高行子，高行子授薛倉子，薛倉子授帛妙子，帛妙子授魯人大毛公。」是高行子爲毛詩傳授所本。高子當卽高行子，其人爲子夏弟子，不得與孟子同時，與小弁傳所引之高子不得謂卽一人也。

「絲衣其紑」，傳：「紑，絜鮮貌。」瑞辰按：說文：「紑，白鮮衣皃。」引詩「素衣其紑」，蓋本三家詩。絲與素雙聲，故通用，段玉裁疑素爲誤字，非也。汪中以載與爵爲雙聲，謂下「載弁」宜爲「爵弁」，與絲衣相配。然據說文作素衣，則以衣爲皮弁服，其弁亦皮弁，非爵弁也。又按劉向以衣爲公尸之衣，與毛詩以爲祭服異，其說當本三家詩。

「載弁俅俅」，傳：「俅俅，恭順貌。」箋：「載，猶戴也。」瑞辰按：爾雅釋言：「俅，戴也。」郭注引詩「戴弁俅俅」，蓋以俅俅爲戴弁貌。釋訓：「俅俅，服也。」胡承珙曰：「服當是屈服、柔服之服，正毛傳所謂恭順貌。」今按說文：「俅，冠飾皃。」引詩「弁服俅俅」。上文紑爲衣貌，則俅俅宜从爾雅、說文訓爲冠服貌矣。釋文云：「俅，說文作絿。」今本說文亦作俅，或陸氏所見說文本異。又爾雅釋文云：「俅，本亦作絿。」則詩釋文言說文作絿者，或爲「爾雅」之譌。玉篇引詩「戴弁俅俅」，云「或作頯頯」，則後人增益之字。又引毛傳「俅俅，恭順貌」作「恭慎」，而以爲鄭箋，誤矣。

「自堂徂基」，傳：「基，門塾之基。」箋：「繹禮輕，使士升門堂視壺濯及籩豆之屬，降往於基告濯具。」瑞辰按：基者，畿之假借。谷風篇「薄送我畿」，傳：「畿，門内也。」呂覽本生篇高注：「蹷機，門内之位也。」畿之言期，限也。期、朞、基古同音，故畿可借作基。楚茨篇「祝祭于祊」，傳：「祊，門内也。」祊說文作鬃，云：「門内祭，先祖所徬徨也。」祊祭在門内，與畿在門内正合，祊與繹異名而同實，故言繹卽言祊耳。祊通作閍，爾雅釋宮：「閍謂之門。」據郊特牲「索祭祝于祊」注「廟門曰祊」，正義以爲釋宮文，禮器正義亦引釋宮「廟門謂之祊」，今本爾雅疑有脫誤。又按爾雅：「門側之堂謂之塾。」古者門内外皆有塾，以祊祭在門内，知傳言

「門塾之基」宜爲内塾。正義以爲廟門外西夾之堂基，失之。

「鼐鼎及鼒」，釋文：「鼒，音兹，徐音災，郭音才。」瑞辰按：史記音義引詩「鼐鼎及哉」，云「哉音資」。哉、才一聲之轉，鼒从才聲，故通作哉，猶今文泰誓「齊栗允哉」，書大傳引作「亢〔一〕才」也。說文鼒俗作鎡，兹、才、資古竝同聲，故或音資。惠定宇以音才爲是而以音資爲非，昧於古音通轉之義矣。

「旨酒思柔」，箋：「柔，安也。飲美酒者皆思自安。」瑞辰按：柔與嘉古同義。說文：「腬，嘉善肉也。」左傳：「奉酒醴以告曰『嘉栗旨酒』，謂其上下皆有嘉德而無違心也。」詩蓋言奉旨酒則思嘉德，故曰思柔。箋訓爲安，失之。

「不吴不敖」，傳：「吴，譁也。」釋文：「吴，舊如字。說文作吴，吴，大言也。何承天曰：『吴字誤，當作吳，从口下大，故魚之大口者名吳，胡化反。』此音恐驚俗也。音話。」正義：「人自娱樂必讙譁爲聲，故以娱爲譁也。定本娱作吴。」瑞辰按：據此，是定本及釋文本作吴，正義本作娱。然挍經者每以釋文本若作吴，則下不應又云「說文作吴」，故盧文弨據史記引詩改釋文大書「不吴」爲「不虞」，而俗本又改「說文作吴，吴，大言也」兩吴字爲吳，皆肊說也。惟臧庸曰：「釋文言說文作吴，對下何承天欲改作吳而云然也。」今按釋文引何承天

〔一〕按：孫星衍尚書今古文注疏云：「經文當爲『允』，大傳今本作『亢』者，形近『允』之誤也。」

曰「吴字誤，當作吳」，正承上説文「吴，大言也」言之，當以臧説爲近；或釋文但引説文「吴，大言也」，其「作吳」二字爲傳寫者誤衍耳。至史記武帝紀引詩「不虞不驁〔一〕」，蓋本三家詩。虞、娱、吴古皆通用，吴借作虞與娱，猶虞仲一作吴仲，鄭風「聊可與娱」釋文云「娱本亦作虞」也。吴古音又讀同瓠，故「碩人俣俣〔二〕」韓詩作「扈扈」。何承天謂吳胡化反，正讀近瓠。説文：「鱯，魚也。讀若瓠。」蓋魚之大口者本名鱯，與吴音近而義同。方言：「吴，大也。」説文：「吴，一曰大言也。从夨口。」下又重出𣅝，云「古文如此」，段玉裁云〔三〕：「从口大」，是知口下大者即𣅝字之變體。漢書郊祀志、後漢書戴就傳注〔四〕引詩作「不吳不敖」，而陸機、徐鍇以作𣅝爲謬，由不知吳即𣅝之變，𣅝即吴之古文也。何承天未檢查説文，故又以作吴爲誤耳。傳訓吴爲譁，讙譁即大言，正與説文義合。正義本作娱，而曰「人自娱樂必讙譁爲聲」，其義迂曲，不若釋文及定本作吴爲善。

〔一〕「驁」原作「鰲」，據續經解本及史記武帝紀改。

〔二〕「俣俣」原作「娱娱」，按邶風簡兮「碩人俣俣」，釋文云：「俣俣，韓詩作扈扈。」今據改。

〔三〕「云」字原無，據説文吴字段注及上下文義補。

〔四〕「注」原作「漢」，考漢書郊祀志正文及後漢書戴就傳注均引詩「不吳不敖」，今據改。

## 酌

「遵養時晦」，傳：「遵，率。養，取。晦，昧也。」箋：「養是闇昧之君，以老其惡。」瑞辰按：「遵養時晦」承上「於鑠王師」而言，言用王師以取是晦昧也。晦昧既除，則天下清明，故下即接言「時純熙矣」。以經文求之，養从傳訓取爲是。序云「能酌先祖之道以養天下」，猶云以取天下也。宣十二年左傳晉隨武子曰：「兼弱攻昧，武之善經也。」下引「仲虺有言曰『取亂侮亡』，兼弱也。汋曰『於鑠王師，遵養時晦』，耆昧也。」正引詩「遵養時晦」爲武經攻昧之證，是養晦即耆昧也，耆昧即攻昧也。攻昧謂攻取是昧，正與毛傳訓養爲取義合。逸周書允文解曰：「遵養時晦，晦明遂語，于時允武」，孔晁注：「養時闇昧而誅之，使昧者脩明，而遂告以信〔一〕武也。」以「遵養時晦」爲誅晦，亦與毛傳義合。王肅釋傳曰：「率以取是紂，定天下以除晦。」其説是也。説文古文養作𢼊，从羊攴；攴从又，卜聲；又，手也。手所以取，故養字古有取義。月令仲秋之月「羣鳥養羞」，羞謂羣鳥所藏之食，夏小正所云「丹鳥羞白鳥」，「羞也者，進，不盡食也」，養羞則謂取其所藏之食也。呂覽長見篇：「申侯伯善持養吾意，吾所欲則先我爲之。」今按持、養皆取也，「善持養吾意」猶云善探取吾意，即左傳所云「予

〔一〕「信」原作「言」，據逸周書孔晁注改。按「信」即「允」字之訓。

取予求」也。高注引「先意承志」爲證，承當讀如「痀僂承蜩」之承，承與拯同，皆取也，承志謂探取其志也。又養與將古同義。桑柔箋：「將，猶養也。」廣雅：「將，養也。」爾雅釋言：「將，資也。」小爾雅廣言、廣雅釋詁並曰：「資，取也。」莊子「宋人有資章甫以入越者」，謂取章甫以入越也。孟子「匍匐往將食之」，謂往取食之也。文選注引孟子作「將而食之」，猶云取而食之，其義愈顯。將爲取，則養亦取矣。又養與援、引、弋皆雙聲，援、引、弋皆取也。古養字本有取義，爾雅、廣雅偶遺其訓詁，正賴毛傳存其義耳。箋謂「養是闇昧之君以老其惡」，義本韓詩外傳引詩言相養者之至於惡，非詩義也。杜預左傳注云「須暗昧者惡積而後取之」，又承箋說之誤。

「時純熙矣，是用大介」，箋：「純，大。熙，興。介，助也。」瑞辰按：純熙謂大光明也。武王既攻取晦昧，於時遂大光明，猶緜之詩云「會朝清明」也。爾雅釋詁：「介，善也。」大介即大善，大善猶大祥也，故下即繼以「我龍受之」，正謂受此大善耳。

「我龍受之」，傳：「龍，和也。」箋：「龍，寵也。」瑞辰按：龍當即龕字省其半耳。方言：「鋡、龕，受也。齊楚曰鋡，揚越曰龕。」龕字本从含省聲；或作龕，亦从含省。説文龍部有龕字，注云「龍皃」。舊作「从龍，合聲」，段玉裁本作「从龍，今聲」，並非也。龕受猶言應受。廣雅：「應，受也。」周語韋注：「應，猶受也。」龕爲受，即爲應，「我龍受之」正與賚詩「我應受之」句法相同。逸周書祭公解「用應受天命」，襄十三年左傳「應受多福」，應受猶此詩龍受也。龕可省合作龍，猶爾雅釋言「洵，龕也」，釋文「龕本或作含」，可省龍作含也。含、和以雙聲爲義，龍、和亦同位相近，毛傳訓龍爲和者，正以知龍爲龕之省借，其字从含得聲，遂以同聲之和訓釋之。和當讀同倡和之和，古倡和字户戈切，不讀去聲，和即應也，和、應以雙聲爲義。説文：「和，相應也。」漢書集注：「和，應也。」後漢書方術傳趙炳「嘗臨水求度船〔一〕，人不和之」，即「人不應之」也。商頌長發篇「受天之龍」，傳：「龍，和也。」亦以和爲應，謂受天之瑞應也。廣雅：「龍，和也。」義本毛傳。王肅及孔疏訓和爲中和之和，段玉裁又以龍爲雝之假借，竝失之。胡承珙據説苑辨物篇言神龍「虚無則精以和」，廣雅釋魚言龍「斂和其光」，古人言龍者實有和義。然和但爲龍之一德，未可遂以龍爲和也。

「實維爾公允師」，傳：「公，事也。」箋：「允，信也。王之事所以舉兵克勝者，實維女之事信得用師之道。」瑞辰按：公對上「王之造」言，當謂先公。允猶用也，語詞之用也。師當訓爲師法之師。允師猶言用師也。詩上言「蹻蹻王之造」，造，爲也，爲猶成也。蓋言王業之成所由足用爲嗣者，實維爾先公用師，正序所云「酌先祖之道」也。傳訓公爲事，箋以「允師」爲「信得用師之道」，失之。

〔一〕按「船」字依後漢書應連下文作「船人不和之」，馬氏誤於「船」字絶句，故下文云「人不應之」。

# 桓

序：「桓，講武類禡也。桓，武志也。」釋文：「『桓，武志也』，本或以此句爲注。」瑞辰按：詩以「桓」名篇，桓當爲和之假借，桓與和古同聲通用。禹貢「和夷底績」，鄭注：「和讀爲桓。」漢書酷吏傳如淳注曰：「大版貫柱〔一〕四出，名曰桓表。陳宋之閒言桓聲如和，今猶謂之和表。」皆和、桓通用之證。逸周書祭公解「允乃詔，畢桓於黎民」，桓亦和也。孔廣森曰：「歌戈爲寒元之陰聲，故二部每互相轉。」戚學標曰：「桓之轉和，猶番之轉播，難之轉儺，單之轉鼉。」是也。宣十二年左傳引詩「綏萬邦，屢豐年」，以證武德之和衆豐財。以「和」名篇蓋取經「綏萬邦」之義。綏本訓安，安即和也，周書謚法解「好和不爭曰安」是也。作桓者，和之假借字。師克在和，故序以桓爲武志，非取經「桓桓武王」名篇也。又按：「桓，武志也」，據正義云「序又說名篇之義，桓者威〔二〕武之志」，是孔本以此句爲序文。蓋此詩「桓，武志也」及下二章「賚，予也」，「般，樂也」，文義一例，皆爲序文。釋文引或本以爲注文，非也。般詩疏引定本，以「般，樂也」爲鄭注，亦誤，當从崔集注以「般，樂也」三字爲序文。

〔一〕「柱」原作「注」，據漢書注改。

〔二〕「威」原作「成」，據正義改。

「保有厥士」，傳：「士，事也。」瑞辰按：士與土形近，古多互譌。呂刑「有邦有土」，史記作士；周禮大司徒「其附於刑者歸於士」，注：「或謂歸於圜土。」是其證也。此詩當作「保有厥土」，與「克定厥家」爲韻。保土猶言保邦也。作士者，蓋以形近而譌。毛傳遂以事釋之，誤矣。

「皇以閒之」，傳：「閒，代也。」箋：「皇，君也。紂爲天下之君，但由爲惡，天以武王代之。」瑞辰按：爾雅釋詁：「閒，代也。」書益稷正義引孫炎曰：「閒，厠之代也。」此承「於昭于天」言，天德昭明，武之德亦昭明，故天命武王爲君以代之，猶書言「天工人其代之」，代天，非代殷也。王肅謂代殷定天下，箋謂代紂，並失之。又按顧氏詩本音言此詩首二句無韻，下文王、方爲韻，天、閒爲韻。江氏永言天與閒不相協。胡承珙曰：「天與閒固不同部，然音亦相近。」臧氏證讀曰：「此當如釋名『豫、司、兖以舌腹言之，天，顯也』，正與閒協。」

## 賚

「敷時繹思」，傳：「繹，陳也。」箋：「敷，猶徧也。敷是文王之勞心，能陳繹而行之。」瑞辰按：宣十二年左傳引詩「鋪時繹思」，鋪卽敷之同音假借。説文：「敷，𢻹也。」「𢻹，敷也。」敷有施陳之義，則繹不得訓陳，當讀爲抽繹之繹。説文：「繹，抽絲也。」廣雅釋言：「繹，抽也。」

擂與抽同。說文：「擂，引也。」「敷時繹思」謂布是文王之德澤而尋繹引申之，以及於無窮，卽序所云「錫予善人」也。思爲語詞，末句「於繹思」同義，傳訓繹爲陳，箋謂「陳繹而思行之」，竝非詩義。

「時周之命」，箋：「勞心者，是周之所以受天命而王之所由也。」瑞辰按：時與承一聲之轉，古亦通用。楚策「抑承甘露而用之」，新序承作時，是其證也。周受天命，而諸侯受封於廟者又將受命於周，「時周之命」卽承周之命也。般詩「時周之命」同義。此謂諸侯受命於廟，彼謂巡守而諸侯受命於方嶽也。箋訓時爲是，但曰「是周之命」則不詞，故必增飾其詞曰「謂〔一〕是周之所以受天命」而義始顯，非詩義也。又按顧亭林云：「此篇或以止、之、思爲韻，然詩無全用語助爲韻者。」胡承珙曰：「首三句以止、之、思爲韻。中間定、命雖不同部，然易象傳『晉如摧如，獨行正也；裕无咎，未受命也』，以命與正韻；大招『曼澤怡面，血氣盛只；永宜厥身，保壽命只』，以命與盛韻。則定與命亦可相通爲韻，末復以思字應前爲韻耳。」今按古音命與名近，通用。說文：「名，自命也。」左傳「異哉君之名子」，史記作命。孟子「命世」卽「名世」。詩蓋讀命如名，故與定爲韻。名、定皆耕清部字也。左傳引逸詩「講事不令，集人來定」，士冠禮「以歲之正，以月之令」爲韻，正與詩定、命爲韻相類耳。楚詞以名

〔一〕「謂」字鄭箋所無，疑當删。

與均韻，是又讀名如命，正與此詩讀命如名者爲互相通借。或遂據以爲眞、耕通韻，則非也。

## 般

序：「般，樂也。」瑞辰按：說文：「昪，喜樂也。」此詩名「般」與孟子「般樂」，皆昪字之同音假借。小弁傳訓弁爲樂，又以弁爲昪之省借。

「於皇時周」，箋：「皇，君也。於乎美哉，君是周邦。」瑞辰按：白虎通義引詩作「於皇明周」，蓋本三家詩，王伯厚詩考引之。「明周」猶時邁言「明昭有周」也。鄭君所見毛詩已作「時周」，故以「君是周邦」釋之耳。

「陟其高山」，傳：「高山，四嶽也。」箋：「則登其高山而祭之。」瑞辰按：覲禮「祭山丘陵升」，禮器「因名山升中於天」，是升爲祭山之名。爾雅釋詁：「陟，陞也。」升爲祭名，陟即爲升，亦祭名矣。周時祭山曰升，或曰陟，猶秦漢時曰登封，或曰登禮，或曰登假。白虎通義曰：「『於皇明周，陟其高山』，言周太平封泰山也。」蓋本三家詩，即以陟爲封禪之封。據時邁序箋：「巡守告祭者，天子巡行邦國，至於方岳之下而封禪也。」則封禪本古巡守之禮，秦漢以後乃侈言其事耳。「嶞山」、「喬嶽」皆承上陟祭言之，「喬嶽」始指四嶽，則「高山」宜泛言高山，而傳以爲四嶽者，據時邁傳「高嶽，岱宗也」，則毛公釋此詩「喬嶽」亦爲岱宗，故以上言

「高山」爲四嶽耳。

「嶞山喬嶽」，傳：「嶞山，山之嶞嶞小者也。」瑞辰按：爾雅釋山：「巒山〔一〕，嶞。」郭注：「山形長狹者。」狹則近小，故傳以小釋之。説文：「嶞，山之嶞嶞者。从山，橢省聲。嶞讀若相推落之墮。」義本毛傳。嶞嶞本疊字形容之詞。據正義云「故知山之小者嶞嶞然」，則正義本毛傳原作「嶞嶞」。據釋文云「嶞，字又作墮」，則傳本或有作「墮墮」者。今傳上作嶞，下作墮，誤也。嶞之言橢〔二〕，廣雅釋詁：「橢，長也。」字通作隋，詩破斧傳「隋銎曰斧」，月令鄭注「隋曰竇」，禮器注「棜禁如今方案隋長」，士冠禮注「隋方曰篋」是也。嶞與喬對舉，猶長與高對言耳。説文別出隓字，云「山皃」，段玉裁謂即嶞字之別體。

「允猶翕河」，傳：「翕，合也。」箋：「猶，圖也。小山及高嶽，皆信按山川之圖而次序祭之。」瑞辰按：爾雅釋言：「猷，若也。」猷、猶古通用，猶爲若如之若又爲若順之若。爾雅釋言：「若，順也。」廣雅釋詁：「猷，順也。」是知允猶即允若，允若即允順也。河以順軌而合流，禹貢「同爲逆河」，同即翕合之謂也。箋訓「允猶」爲「信按山川之圖」，則與「翕河」語不相貫矣。至詩以山與河爲韻，孔廣森曰：「此寒山之轉協歌麻者。」今按山之協河，正與詩以原協差、麻、娑，以嫄協何，並轉音魚何反，及古獻尊之爲犧尊，若干之爲若柯，嫛娑之爲婆娑，

〔一〕「山」原作「者」，據爾雅釋山改。

〔二〕「橢」原譌作「撱」，今正。

「嘽嘽駱馬」之爲瘏瘏，皆相類也。

「裒時之對」，傳：「裒，聚也。」箋：「裒，衆。對，配也。偏天之下衆山川之神，皆如是配而祭之。」瑞辰按：裒卽捊字之别體，說文：「捊，引堅也。」堅義同聚。對當讀如「對揚王休」之對，對猶荅也，謂諸侯皆聚於是以荅揚天子之休命也，故下卽接言「時周之命」。箋以對爲配祭，失之。朱子集傳訓對爲荅，是也；然以爲上荅下意，則與下言「承〔一〕周之命」不相貫矣。李黼平曰：「常棣『原隰裒矣』，殷武『裒荆之旅』，傳訓聚者，皆指人說。此亦當指人說，言天下之人於巡狩所至，皆聚是方而對荅王命。」其說正與予同。至詩以對與命韻，孔廣森曰：「此震濶之轉協至隊者。」今按：命之協對，正與訊之讀誶爲一類，訊亦震韻字，誶亦廣韻六至部內字也。又按正義云：「此篇之末俗本有『於繹思』三字，誤也。」釋文云：「『於繹思』，毛詩無此句，齊、魯、韓有之。今毛詩有者，衍文也。崔集注本有，是採三家之本，因有，故解之。」今按三家詩有「於繹思」三字，蓋因賚詩「於繹思」與「時周之命」相接，故此篇「時周之命」下亦誤衍三字。然賚篇以「於繹思」與首三句爲韻，若此篇增「於繹思」，則與上山、河不相協，故知三家有此句亦誤衍也。且賚詩「於繹思」承上「敷時繹思」而申言之，般詩則上無所承，不得言「於繹思」也。

〔一〕按：馬氏讀「時」爲「承」，見賚詩「時周之命」條，此「承」字卽「時」字，非誤字。

# 毛詩傳箋通釋卷三十一

## 魯頌

### 駉

「駉駉牡馬」，傳：「駉駉良馬，腹幹肥張也。」正義：「駉駉然腹幹肥張者，所牧養之良馬也。定本牧馬作牡馬。」釋文：「牡，本亦作牧。」瑞辰按：正義云「所牧養之良馬」，正釋經之牧馬，又云「定本作牡馬」，則注疏本作牧馬無疑，今作牡馬，非其舊也。顏氏家訓言「河北本悉爲放牧之牧」，又文選李陵荅蘇武書李注及藝文類聚九十三引詩皆作牧馬。唐石經初刻作牡，改刻作牧，足利本亦作牧。惟顏氏家訓言「江南書皆作牝牡之牡」，初學記二十九、白氏六帖九十六、太平御覽八百九十三引詩皆作牡，釋文本、相臺本亦皆作牡。今按牧與牡本一聲之轉，其字同出明母，故本或作牧，或作牡。據説文兩引詩皆作牡馬，揚雄太僕箴「僖好牡馬，牧于坰野」，釋文引艸木疏云「牡，騭馬也」以釋經文牡馬，則當从釋文本作牡馬爲是。古馬政惟牡馬在牧，若牝馬，惟季春合牧，見月令，則非季春卽不在牧可知，故詩但言牡馬耳。胡承珙曰：「凡禽獸之類，皆牡大於牝。詩意形容肥張，自當舉其牡者言之。」至釋文云：「駉，說文作驍，又作駫，同。」按驍與駉音不相通，駉與駫實一聲之轉，其字同出見母。說文：「駫，馬肥盛也。」舊蓋引詩「駫駫牡馬」。今本引詩「四牡駫駫」，因下騯字注引詩「四牡騯騯」而誤。玉篇：「駫，馬肥壯盛皃。」「駉，同上。」以駫與駉爲一字之異體，不言駉與驍同。作駫駫者，蓋三家詩。說文又引詩「驍驍牡馬」，段玉裁謂當作「四牡驍驍」，爲崧高詩「四牡蹻蹻」之異文。

「在坰之野」，傳：「坰，遠野也。邑外曰郊，郊外曰野，野外曰林，林外曰坰。」箋：「必牧於坰野者，避民居與良田也。周禮曰：以官田、牛田、賞田、牧田任遠郊之地。」瑞辰按：爾雅多「郊外謂之牧」一句，李巡本牧作田，毛傳無之。坰，說文作冂，注云：「邑外謂之郊，郊外謂之野，野外謂之林，林外謂之冂。象遠介。古文冂从口作同，或从土作坰。」亦無「郊外謂之牧」一句。又據叔于田箋及遂人注皆曰「郊外曰野」，是毛及許、鄭所見爾雅皆無「郊外謂之牧」一句，與李、孫、郭本異，確有明證。正義據今本爾雅，遂謂「若言郊外牧，嫌與牧馬相涉，故略之」，其說非也。傳引「林外曰坰」本以證坰之爲遠野，正義又云「雖字與爾雅相涉，其意不同」，亦非傳恉。

「有驪有黃」，傳：「黃騂曰黃。」瑞辰按：上句「有皇」，傳「黃白曰皇」，見爾雅。據三章「有雒」，釋文「雒本或作駱」，阮宮保謂爾雅舊有兩駱，蓋同名而異物，爲毛傳所本。竊謂此詩傳「黃騂曰黃」亦當作「黃騂曰皇」，與三章作兩駱者正同，亦同名而異物，皆本爾雅爲說。爾雅爲淺人誤爲重出，删去其一；毛詩又爲後人疑其二皇不應並用，因準詩人義同字異之例，假黃爲皇，以與皇韻，猶三章改駱爲雒，又或改作駁也。黃白曰皇，黃騂亦曰皇，皆黃馬兼有別色之稱。若單稱黃，則止一色，毛傳宜云「純黃曰黃」，與「純黑曰驪」同訓，何由知其必爲黃騂乎？此固有以知黃爲皇之假借也。爾雅「皇，黃鳥」，蓋以皇、黃同音，假皇爲黃。與此詩假黃爲皇，可以互證。

「以車彭彭」，傳：「諸侯六閑，馬四種，有良馬，有戎馬，有田馬，有駑馬。彭彭，有力有容也。」正義：「作者因馬有四種，故每章各言其一。首章言良馬，朝祀所乘，故云彭彭，見其有力有容也。二章言戎馬，齊力尚强，故云伾伾，見其有力也。三章言田馬，田獵齊足尚疾，故云繹繹，見其善走也。卒章言駑馬，主給雜使，貴其肥壯，故云祛祛，見其强健也。」瑞辰按：此詩四章文義相彷，並無分言四馬之義。彭、騯古同聲通用，說文：「騯，馬盛也。」引詩「四牡騯騯」。據玉篇「騯騯，馬行皃，今作彭」，是彭彭卽騯騯，謂馬盛也。繹與驛通，廣雅彭彭、驛驛並云「盛也」。伾與駓通，廣雅：「駓駓，行也〔一〕。」又曰：「伾伾，衆也。」衆亦盛也。玉篇：「駓駓，走皃。」說文無祛字，祛祛當从唐石經及相臺本作祛祛，與渠渠聲義近，廣雅：「渠渠，盛也。」是則彭彭、繹繹、伾伾、祛祛，同爲盛耳。傳分爲四義，非也。又按始與善古義相近，說文：「俶，善也。一曰，始也。」則作爲始，亦得訓善。又始與治古通用，爾雅釋詁：「治，故也。」邵云：「治當爲始。」按始亦有治義。秦風「載獫歇驕」，箋：「載，始也。始田犬者，謂達其搏噬，始成之也。」是始卽治也。又爾雅釋言：「作，爲也。」小爾雅：「爲，治也。」說苑指武篇「造父、王良不能以敝車不作之馬趨疾而致遠」，不作猶不治，不治猶不善，不善猶不才也。是知二章「思馬斯才」，三章「思馬斯作」，猶首章「思馬斯臧」也。傳訓作爲始，箋云「作謂牧之使可乘駕也」，正與秦風訓載爲始同義，始亦治也。四章「思馬斯徂」，徂當爲駔之假借。爾雅釋言：「奘，駔也。」說文：「駔，壯馬也。」各本作「牡馬」，誤，此从段本。「奘，駔大也。」玉篇：「駔，猶麤也。」音義又與珇近，方言：「珇，好也。珇，美也。」又音近祖，說文：「祖，事好也。」則「思馬斯徂」亦與「思馬斯臧」同義，不得如箋訓徂爲行。古人詠歎長言，不嫌詞複，說詩者强爲分別，轉失其本義耳。

「有騅有駓」，傳：「蒼白雜毛曰騅，黃白雜毛曰駓。」釋文：「駓，字林作駓。」瑞辰按：毛傳

〔一〕按廣雅釋訓：「駓駓，走也。」不作「行也」。

釋騅、駓俱本爾雅，惟説文云：「騅，馬蒼黑雜毛。」段玉裁以爾雅釋言「菼，騅也」，郭注「菼艸色如騅」證之，知蒼黑爲蒼白之譌。段又云：「古作丕〔一〕字，中直貫下，或〔二〕作平，是以論曹魏者曰『平之字曰不十』也。」此詩經文原作駓字，故釋文曰「字林作駓」，今經傳皆作駓，失其舊矣。今按説文：「丕，大也。从一，不聲。」春秋僖十一年「春，晉殺其大夫丕鄭」，唐石經公羊作平，平蓋丕之隸變。漢碑丕字又作平，下亦从十。

「有駵有雒」，傳：「赤身黑鬣曰駵，黑身白鬣曰雒。」瑞辰按：説文：「駵，赤馬黑髦尾也。」髦即鬣，義同毛傳。釋文引作字林，蓋字林實本説文也。正義曰：「黑身白鬣曰雒，未知所出。檢定本、集注及徐音皆作駱字，而俗本多作駁字。」釋文：「雒，或本作駱，字同。」阮宫保校勘記曰：「白馬黑鬣曰駱，見爾雅。經文當是兩言駱，故傳於下駱訓爲『黑身白鬣曰駱』，白黑互易而不妨同名，此毛意。若雒字，則係後人所改。俗本作駁，尤非。」今按阮説是也。爾雅釋畜馬屬既曰「厀上皆白，惟馵」，又曰「後右足白，驤；左足白，馵」；牛屬既曰「黑脣，犉」，而六畜又曰「牛七尺爲犉」。是爾雅固有異物而同名者。駱之有二，亦猶是也。此詩首章當有二皇，亦與末章二駱相類。淺人疑爾雅駱馬不應有二，妄删其一；説詩者又以

〔一〕「丕」原作「平」，據説文駓字段注改。

〔二〕「或」字原脱，據同上書補。

二騂不得爲韻，遂作騅以別之，騅卽騂之異體。此亦猶谷風詩上作「讎」，下卽改用讎之俗字作「售」以別之；此詩首章上句作皇，下卽假用黄也。

「有驔有魚」，傳：「豪骭曰驔，一目白曰魚。」瑞辰按：正義云：「傳言『豪骭白』者，蓋謂豪毛在骹〔一〕而白長，名爲驔也。」是正義本作「豪骭白驔」，今作「豪骭曰驔」，非其舊也。然釋文本自作「豪骭曰驔」。説文驔讀若簟，字林言驔又音譚，字从覃聲。覃，延也；延，長也。蓋取豪長之義，無取於豪白也。曰、白形近，或譌作白，正義遂以白釋之耳。爾雅「驪馬黄脊，騽」，説文作「驔，驪馬黄脊」；毛傳「豪骭曰驔」，説文作「騽，馬豪骭也」：二字錯出。竊疑騽卽驔之重文。覃古音讀如尋，尋、習一聲之轉，故驔或作騽。説文本兼載二篆，玉篇、廣韻並云：「騽，驪馬黄脊。又馬豪骭。」正本説文，是其證也。後人誤分爲二字，因以二義分屬二字耳。孔疏言驔不見爾雅，由未知騽卽驔也。而釋文云「騽，今爾雅本亦有作驔者」，則知二字古固通用，孔疏偶未檢耳。爾雅：「一目白，瞯；二目白，魚。」此承上文「驪白雜毛，駂〔二〕」言之，蓋謂一目、二目之毛色白也。郭注謂「似魚目」，失之。毛傳、説文皆作「二目白，魚」，與爾雅合。惟釋文言「毛曰，一目白曰魚」，此自傳寫之譌。段玉裁遂欲據釋文以改

〔一〕「骹」，阮刻毛詩正義作「骭」。説文：「骭，骹也。」二字同義。

〔二〕「駂」原作「鴇」，據爾雅釋畜馬屬改。

爾雅、説文，謂「二目白，則傳不言二」，不知一目、二目相對成文，此自屬辭之體耳。

## 有駜

「有駜有駜」，傳：「駜，馬肥彊貌。馬肥彊則能升高進遠，臣彊力則能安國。」箋：「此喻僖公之用臣，必先致其禄食，禄食足而臣莫不盡其忠。」瑞辰按：説文：「駜，馬飽也。」駜、飽以雙聲爲義，蓋本三家詩。馬飽食則能盡力，臣得禄則能盡忠，箋義當亦本三家詩耳。玉篇：「駜，馬肥壯貌。」義本毛傳。又云「騪，同駜」，此亦猶毛詩苾芬字韓詩作馥也。

「在公明明」，箋：「在於公之所，但明義明德也。禮記曰：『大學之道，在明明德。』」瑞辰按：明、勉一聲之轉，明明卽勉勉之假借，謂其在公盡力也。箋訓爲「明明德」，失之。

「鼓咽咽」，傳：「咽咽，鼓節也。」釋文：「咽，本又作鼝。」瑞辰按：説文：「鼝，鼝鼝，鼓聲也。」引詩「鼗鼓鼝鼝」。今商頌作淵淵，及此詩作咽咽，皆卽鼝鼝之假借。鼝借作咽，猶姻之重文作婣也。釋文作鼝，又鼝字之變體。説文：「淵或省水。」是淵、𣶒本一字。

「歲其有」，傳：「歲其有，豐年也。」釋文：「歲其有，本或作『歲其有矣』，又作『歲其有年者矣』」，皆衍字也。」瑞辰按：唐石經有下旁增年字，正義引定本、集注皆云「歲其有年」，豐年疏引詩亦有年字。但經以有與子爲韻，自从釋文本作「歲其有」爲是耳。豐，大也，大則無所不有；歲，即年也；故傳以豐釋有，以豐年釋歲其有。傳當以「歲其有」爲一讀，「豐年也」爲一讀。正義合六字作一句讀，失之。

## 泮水

「薄采其芹」，傳：「言水則采取其芹，宮則采取其化。」箋：「芹，水菜也。」正義：「言水菜者，解其就泮水之意。藻、茆亦水菜，從此可知也。」瑞辰按：惠氏周惕曰：「此詩始終言魯侯在泮宮事，是克淮夷之後釋菜而儐賓也。釋奠釋菜，祭之略者也。釋奠釋菜不舞，詩言不及樂，故知爲釋菜也。禮，釋菜『退，儐於東序，一獻，無介語』，詩言『永錫難老』，故知爲儐賓也。芹、藻之類，釋菜之用也。」今按惠說是也。王制「出征執有罪，反，釋奠于學，以訊馘告」，鄭注：「釋菜奠幣，禮先師也。」此詩「在泮獻馘」，「在泮獻囚」，與王制「釋奠于學，以訊馘告」正合。則詩言采芹、采藻、采茆，宜如惠說以爲釋菜之所用矣。

「其旂茷茷」，傳：「茷茷，言有法度也。」釋文：「茷茷，蒲害反，又普具反。本又作伐。」瑞辰按：羣經音辨卷三曰：「其旂伐伐，伐伐，旂貌也。」伐伐即茷茷之省，茷茷又旆旆之假借。六月篇「白旆央央」，釋文本作茷，是茷、旆古同聲通用之證。「其旂茷茷」猶出車篇「胡不旆旆」也。說文：「旆，繼旐之旗旆然而垂也。」旆旆正旂之垂貌。旆借作茷與伐，猶發可借作旆也。荀子、韓詩外傳竝引商頌「武王載發」，毛詩「作武王載旆」。

「鸞聲噦噦」，傳：「噦噦，言其聲也。」瑞辰按：說文：「鉞，車鑾聲也。」引詩「鑾聲鉞鉞」，蓋本三家詩，用本字。戉音越，歲从戉聲，故鉞鉞可假作噦噦。說文奯讀若詩「施罟泧泧」，眓讀若詩「施罛濊濊」，是其類也。說文：「歲，木星也。越歷二十八宿，宣徧陰陽，十二月一次。」釋名：「歲，越也。越故限也。」皆取聲近爲義。詩「何以卒歲」協烈、褐，「以興嗣歲」協軷、烈，皆从本音。董彥遠正字謝啟云：「隸體散亡，共守鑾聲之鉞鉞。」直以鉞鉞爲誤字，失之。廣雅：「鐬鐬，盛也。」義與鉞鉞近，鉞鉞亦言鑾聲之盛耳。

「薄采其茆」，傳：「茆，鳧葵也。」釋文：「茆，音卯。徐音桺。韋昭萌藻反。」瑞辰按：說文：「孽，鳧葵也。」又：「茆，鳧葵也。」引詩「言采其茆」。陸德明引鄭小同云：「江南人名之蓴菜。」是茆即今之蒓菜。或據說文引詩作茆，从古酉字，遂以毛詩作茆从卯爲誤。然三國志虞翻傳注引翻奏云：「古大篆卯字，讀當爲柳，古柳、卯同字，而以爲昧。」裴松之云：「古大篆卯字讀當言柳，古柳、卯同音，竊謂翻言爲然，故劉、留、聊、柳同用此字，以从聲故也，與日辰卯字字同音異。」今按柳字从丣，爲古文酉，裴松之謂柳从卯，與辰卯同字，非也。而小星詩以昴與裯韻，十月之交詩以卯與醜韻，此詩以茆與酒、老、醜韻，周禮「茆菹」，釋文「茆音卯，北人音柳」，是从卯之字亦讀同柳，不煩改茆爲茆而後協也。周禮縫人注「故書翣柳爲接櫂」，此亦卯、柳同音之證。

「順彼長道」，箋：「順，從。長，遠。是時淮夷叛逆，既謀之於泮宮，則從彼遠道往伐之。」瑞辰按：長道猶言大道。爾雅釋詁：「順，陳也。」凡儀禮言南順，即南陳也。「順彼長道」即陳彼長道，謂陳大道於泮宮之中。箋謂從彼長道伐淮夷，似非詩義。

「屈此羣醜」，傳：「屈，收。醜，衆也。」箋：「屈，治。醜，惡也。治此羣爲惡之人。」瑞辰按：釋文引韓詩：「屈，收也。收斂得此衆聚。」與毛詩義略同。爾雅釋詁屈、收同訓聚，是屈即收之證。然謂「收斂得此衆聚」，不若箋訓爲治此羣惡爲善。爾雅釋詁：「淈，治也。」某氏注引詩「淈此羣醜」。鄭讀屈爲淈，故訓治，其義當本齊、魯詩。淈者，汩之假音。說文：「汩，治水也。」周語「汩越九原」，汩、越皆治也。楚詞天問「不任汩鴻」，王注：「汩，治也。」若淈之本義，說文訓濁。治濁爲汩〔一〕，猶亂亦訓治也。又按屈與黜聲近通用，周語「易沈伏而黜散越」，王尚書曰：「黜讀爲屈。」竊謂此詩屈當讀黜。說文：「黜，貶下也。」「屈此羣醜」對上「順彼長道」，以明善道則順陳之，羣惡則黜退之耳。黜退即所以治之，與箋言治此羣惡義正相通。

「靡有不孝」，箋：「國人無不法傚之者，皆庶幾力行。」瑞辰按：孝者，𡥈之隸變，與孝弟

〔一〕「汩」，續經解本作「治」。

之孝異字。說文：「𡥈，效也。从子，爻聲。」箋訓爲法傚，正與說文訓𡥈爲效合，是知鄭君箋詩時字原作𡥈。𡥈字隸變爲孝，猶斅之隸變爲教也。正義云「魯國之民無有不爲孝者，皆庶幾力行孝」，似誤釋爲孝弟之孝矣。此承上「昭假烈祖」言，當謂僖公之法傚烈祖。言既感格烈祖，無有不傚法烈祖者。箋謂國人法傚魯侯，似非詩義。

「淑問如皋陶」，箋：「淑，善也。」瑞辰按：說文：「淑，清湛也。」廣雅釋詁：「淑，清也。」淑問猶呂刑言「清問」也。說文：「清，朖也。」朖卽明也，則清問又如言「明問」耳。

「狄彼東南」，箋：「狄當作剔；剔，治也。東南，謂淮夷。」正義：「瞻卬傳以狄爲遠，則此傳亦爲遠也。」瑞辰按：說文：「逖，遠也。古文作逷」。傳以狄爲逖之省借，故訓遠。然云「遠彼東南」則不辭，不若箋讀剔、訓治爲允。釋文引韓詩作鬄，云：「鬄，除也。」除亦治也。鄭箋讀剔字雖異，其義當卽本韓詩耳。逖、易古同音，剔借作狄，猶春秋易牙，史記作狄牙；契母簡狄，漢書人表作簡逷也。說文狄从犬，亦省聲，故與易之讀亦者同音，而惕或作悐，逖亦或作逷也。

「烝烝皇皇」，傳：「烝烝，厚也。皇皇，美也。」箋：「烝烝，猶進進也。皇皇當作暀暀，暀暀猶往往也。言多士之於淮夷，皆勸之有進進往往之心。」瑞辰按：說文：「烝，火氣上行也。」引申之爲厚，又爲美。大雅「文王烝哉」，釋文引韓詩曰：「烝，美也。」以傳訓皇皇爲美推之，烝烝亦當爲美。美與盛同義，烝烝、皇皇皆極狀多士之美盛耳。爾雅釋訓：「烝烝，作也。」釋詁：「烝，進也。」此箋義所本。然釋詁晧晧、皇皇並訓美，則箋訓進進往往，亦與美盛義相通耳。

「不吳不揚」，傳：「揚，傷也。」箋：「吳，譁也。不讙譁，不大聲。」瑞辰按：毛傳於絲衣篇「不吳」訓譁，此詩無傳，義與彼同。正義曰：「揚與誤爲類，故爲傷。謂不過誤、不損傷也。」據釋文「不吳，王音誤」，則讀誤者乃王肅義，非毛傳義也。王肅蓋據史記引絲衣詩「不吳」作「不虞」，又閟宮詩「無貳無虞」毛訓虞爲誤，遂以誤釋吳耳。正義又云：「鄭讀不吳爲不娛，故以吳爲譁。」按絲衣篇「不吳」正義本作「不娛」，故以此箋訓吳爲譁，亦當讀娛。然據釋文「不吳，鄭如字」，則鄭箋本自作吳，不作娛。說文：「吳，一曰大言也。」大言卽譁，不煩改作娛也。揚、傷古音近，傳蓋以揚爲瘍之假借。釋文爲瘍字作音，或陸氏所見毛傳本作瘍。傷、瘍音同，故本又作傷。澤陂詩「傷如之何」，魯詩作陽。玉篇：「陽，傷也。」揚之訓傷，猶傷之通陽也。揚或假作陽，漢衡方碑「不虞不陽」卽此詩「不吳不揚」之異文也。據箋以「不大聲」釋不揚，則鄭讀揚如「將上堂，聲必揚」之揚，與不吳爲不讙譁語相類，義勝毛傳。揚與傲義亦相近，此詩「不吳不揚」猶絲衣詩「不吳不敖」，特變文以協韻耳。

「束矢其搜」，傳：「五十矢爲束。搜，衆意也。」箋：「束矢搜然，言勁疾也。」正義：「荀卿論兵云：『魏氏武卒，衣三屬之甲，操十二石之弩，負矢五十箇。』是一弩用五十矢矣。荀則毛氏之師，故從其言，以五十矢爲束。」瑞辰按：束矢之説，多寡不一。鄉射禮「大夫之矢則兼束之以茅」，大射儀「賓諸公卿大夫之矢皆異束」，此以四矢爲束也。周禮大司寇「入束矢于朝」，鄭注：「古者一弓百矢，束矢其百箇與？」此以百矢爲束也。淮南子氾論云「訟而不勝者出一束箭」，高注：「箭十二爲束。」此以十二矢爲束也。束矢無定數，皆取斂聚之義。釋文：「搜，依字作捘。」説文：「捘，衆意也。」玉篇：「捘，聚也。」字通作蒐，爾雅釋詁：「蒐，聚也。」束矢非可齊發，箋訓爲勁疾，失之。

「戎車孔博」，箋：「博當作傅。甚傅緻者，言安利也。」瑞辰按：博、傅古同音，石鼓文「徒馭孔庶，廓騎宣博」，正讀博如傅，故箋以博爲傅之假借。王肅訓爲博大，失之。

「憬彼淮夷」，傳：「憬，遠行貌。」釋文：「憬，説文作懬，音獷，曰：『闊也。一曰，廣大也。』」瑞辰按：今本説文懬字注不引詩，蓋脱去。陸氏所見本當有之。又矍字注：「讀若詩『穬彼淮夷』之穬。」據文選齊故安陸昭王碑文「彊民〔一〕獷俗」，李注引韓詩「獷彼淮夷」，云「獷，覺悟之貌」，説文蓋本韓詩。懬與穬皆獷字之同音假借，段玉裁謂作懬者爲毛詩，失之。淮夷於魯爲近，不得爲遠行貌，亦不得如韓詩訓覺悟，當从孟康漢書注訓獷爲彊，獷俗即彊俗也。

〔一〕「民」原作「彼」，據文選（胡刻本）改。

毛詩作憬，亦假借字。獷與憬雙聲，邶風二子乘舟篇以景與養韻，古音讀景若繈，亦與獷音近，故通用。囧與獷亦雙聲，獷借爲憬，猶說文囧讀若獷也。說文又曰：「憬，覺悟也。」引詩「憬彼淮夷」。此則字同毛詩而義同韓詩也。段玉裁疑憬出三家詩，亦非。

「大賂南金」，傳：「賂，遺也。南謂荆揚也。」箋：「大，猶廣也。廣賂者，賂君及卿大夫也。荆揚之州貢金三品。」瑞辰按：此承上文「來獻其琛」而言，「大賂南金」與「元龜象齒」對言。南金爲獻琛之一，大賂當爲大輅之假借。禮運「山出器車」，正義引禮緯斗威儀云：「其政大平，山車垂鉤。」注：「山車，自然之車。垂鉤，不揉治而自圓曲。」司馬相如子虛賦「象輿婉僤於西清」，裴駰史記集解〔一〕引漢書音義曰：「山出象輿，瑞應車。」後漢書輿服志：「夷王以下，周室衰弱，諸侯大路。或曰殷瑞山車，金根之色。」注：「殷人以爲大路。」是大輅本象山車而作，山車或亦名大輅，故得在獻琛之列。輅借作賂，猶輅亦借作路也。毛、鄭訓爲賂遺，失之。殿本後漢書劉陶傳注引詩「大路南金」，或古本有作大路者。今汲古閣本仍作大賂。

## 閟宫

〔一〕「集解」二字原脱，據史記司馬相如傳裴駰集解補。

「閟宮有侐」，傳：「閟，閉也。先妣姜嫄之廟在周，常閉而無事。孟仲子曰：是禖宮也。侐，清靜也。」箋：「閟，神也。姜嫄神所依，故曰神宮。」瑞辰按：路史以女媧爲神媒，注引風俗通云：「女媧禱祀神示而爲女禖，因置昏姻，爲行媒所始。」藝文類聚卷八十八引春秋元命苞云：「姜嫄游閟宮，其地扶桑，履大人迹，生稷。」是以閟宮爲神禖之宮，姜嫄出祀郊禖，因遊禖宮，與孟仲子以閟宮爲禖宮正合。毛傳以閟宮爲姜嫄廟，又引孟仲子曰是禖宮者，廣異說耳。孔疏合而一之，誤矣。說文：「祕，神也。」閟與祕音義同。又爾雅釋詁毖、神竝訓愼，是毖與神同義，毖亦閟也。古有神禖之稱，故神其廟曰閟宮。傳、箋並以爲姜嫄廟，失之。

「實始翦商」，傳：「翦，齊也。」箋：「翦，斷也。大王自豳徙居岐陽，四方之民咸歸往之，於時而有王迹，故曰是始斷商。」瑞辰按：翦與踐古同音通用。玉藻「凡有血氣之類，弗身踐也」，鄭注：「踐讀曰翦。」是翦可借作踐矣。竊謂踐亦可借作翦，此詩「翦商」當讀爲踐履之踐。周自不窋竄居戎狄之閒，及公劉遷豳，皆近戎狄。至大王遷岐，始內踐商家之地，故曰「實始翦商」。翦商卽踐商也。與書序「周公踐奄」文法相類，踐奄卽書所云「周公居東」。史記作「殘奄」，音近假借。鄭訓翦滅，亦爲未確。惟呂氏春秋古樂篇云：「成王立，殷民反王命，周公踐伐之。」高注：「踐，往也。」正與踐履同訓。豳詩譜云：「至商之末世，大王又避戎狄之難而入處於岐陽。」言入者，正對舊處戎狄在外言之。「實始翦商」正承上「居岐之陽」，故知其爲踐商也。毛、鄭訓爲齊斷，既與大王所處之時事不合；惠氏棟訓翦爲勤，又與下文「纘大王之緒，致天之届，于牧之野」文義不貫。段玉裁訓翦齊爲齊等之齊，謂齊商之勢盛，楊慎及嚴可均據爾雅「戩，福也」，説文引詩作「戩商」，因謂「實始翦商」謂大王始受福於商，均非詩義。

「致天之届，于牧之野」，箋：「届，殛也。文王、武王繼大王之事，至受命，致大平，天所以罰殛紂，於商郊牧野。」瑞辰按：箋内「大平」二字衍文，當讀「致天所以罰殛紂」爲句，此釋詩「致天之届」也；「於商郊牧野」另爲句，此釋詩「于牧之野」也。届殛，釋文本作極，正義、相臺本、考文古本亦作極。據正義云「定本、集注本極皆作殛，殛是殺，非也」，是正義本作極之證。殛、極古通用。書「鯀則殛死」，「我乃其大罰殛之」，釋文竝云：「殛，本作極。」正義引爾雅「届，殛也」，今本釋言作「届，極也」。釋詁：「艐，至也。」孫炎曰：「艐，古届字。」届之訓極，古兼二義：一爲極至之極，詩「靡有夷届」、「不知所届」是也；一爲誅極之極，此詩「致天之届」是也。説文：「届，行不便也。一曰，極也。」極至與誅極皆謂窮極之。誅極所以罰也，逸周書商誓解曰「予惟甲子剋致天之大罰」，正與詩「致天之届」同義。文選潘勖册文李善注引詩「致天之罰，届于牧野〔一〕」，其所引「届于牧野」或有譌誤，至以罰代届，則與届訓誅極

〔一〕按：文選（胡刻本）李注此二句作「致天之罰届，于牧之野」，馬氏於「罰」字絶句（見下文），誤。

義正合。

「無貳無虞」，傳：「虞，誤也。」箋：「虞，度也。其時之民皆樂武王之如是，故戒之曰：無有二心也，無復計度也。」瑞辰按：虞與誤古同音通用，逸周書官人解「營之以物而不誤」，大戴禮作虞是也。廣雅釋詁：「虞，欺也。」誤亦欺，故呂氏春秋高注云：「欺，誤也。」無貳、無虞皆無欺誤之義。貳當爲貣之譌，讀如忒，猶大明詩「無貳爾心」，貳亦忒也。箋訓虞爲度，失之。此詩「無貳無虞，上帝臨女」，與大明詩「上帝臨女，無貳爾心」，皆武王誓衆，戒其欺忒之詞。箋以爲民戒武王之詞，誤矣。

「敦商之旅」，箋：「敦，治也。武王克商而治商之臣民。」釋文：「敦，鄭都回反，注同。王、徐都門反，厚也。」瑞辰按：常武箋：「敦當作屯。」文選甘泉賦注：「敦與屯同。」此詩敦亦當讀屯；屯，聚也。「敦商之旅」猶商頌「裒荆之旅」，裒亦聚也。蓋自聚其師旅爲聚，俘虜敵之士衆亦爲屯聚之也。說文淳字注云：「磊淳，重聚也。」正與敦之讀屯義近。箋訓治，王、徐訓厚，並失之。

「克咸厥功」，箋：「咸，同也。能同其功於先祖也。」瑞辰按：樂記「咸池，備矣」，史記樂書作「咸池，備也」，謂咸卽備也。方言：「備、該，咸也。」廣雅：「備、晐，咸也。」是咸與備可互訓。說文：「咸，皆也，悉也。从口，从戌。戌，悉也。」訓皆、訓悉，正與備義相同。尚書大傳：

「備者，成也。」廣雅：「備，成也。」「克咸厥功」猶云克備厥功，亦卽克成厥功也。箋謂同其功於先王，失之。

「龍旂承祀」，箋：「交龍爲旂。承祀，謂視祭事也。」正義：「此『龍旂承祀』謂視宗廟之祭。何則？明堂位云：『魯君孟春乘大輅，載弧韣，旂十有二旒，日月之章，祀帝于郊。』彼祀天之旂建日月之章，明此龍旂是宗廟之祭。異義古詩毛說以此『龍旂承祀』爲郊祀者，自是舊說之謬。」瑞辰按：周禮司常云：「王建大常，諸侯建旂。」又曰：「交龍爲旂。」覲禮：「侯氏載龍旂，弧韣。」是龍旂本諸侯所建，朝覲且用之，則祭天、祭祖皆得建之。箋以承祀爲視祭事，實兼天、祖之祭而言，合下文「春秋匪解」四句言之。古毛詩以「龍旂承祀」專指郊祀，固非；正義專謂視宗廟之祭，亦非箋恉。郊特牲曰：「旂十有二旒，龍章而設日月，以象天也。天垂象，聖人則之，郊所以明天道也。」是祭天之旂實兼有龍與日月。李黼平曰：「明堂位言日月而不言龍，此詩言龍而不言日月，皆各舉其一。」其説是也。正義據明堂位以駁龍旂祭天之説，誤矣。

「六轡耳耳」，傳：「耳耳然至盛也。」瑞辰按：耳耳卽爾爾之假借。説文：「爾，麗爾，猶靡麗也。」單言爾亦爲盛，采薇詩「彼爾維何」，傳「爾，華盛貌」是也。重言之則曰爾爾。

「皇皇后帝，皇祖后稷」，箋：「皇皇后帝，謂天也。成王以周公功大，命魯郊祭天，亦配之以君祖后稷。」瑞辰按：江永羣經補義曰：「嘗疑魯僭郊禘，自僖公始。僭郊爲大惡，不可書，故春秋於僖三十一年卜郊不從始書之。」今按江說是也。春秋僖公以前無書卜郊之事，僖三十一年始書「夏四月，四卜郊，不從」，正僖始僭郊之證。周以夏正正月上辛祈穀于上帝，配以后稷，謂之郊祭，有常日，故不卜。而魯郊卜以三正，與周禮殊。公羊傳：「三卜，禮也。」穀梁傳：「郊自正月至于三月，郊之時也。謂〔一〕以十二月下辛卜正月上辛；如不從，則以正月下辛卜二月上辛；如不從，則以二月下辛卜三月上辛；如不從，則不郊矣。」是魯郊之始，惟三卜耳。其後僖三十一年「四卜郊」，成十〔二〕年「五卜郊」，又非三卜之舊。成十七年「九月辛丑，用郊」，則郊不以春而以秋矣。箋惟據明堂位「祀帝于郊」爲成王特賜周公，故以魯郊爲成王所命耳。又按魯郊祭天卽是昊天〔三〕上帝，箋以「皇皇后帝」爲天，是也。正義據明堂位鄭注，謂魯郊惟祭蒼帝靈威仰，亦非。

「享以騂犧」，傳：「騂，赤犧純也。」箋：「成王以周公功大，命魯郊祭天，亦配之以君祖后稷，其牲用赤牛純色，與天子同也。」瑞辰按：春秋繁露郊事對云：「臣湯問仲舒：『魯祭周公

〔一〕「謂」，穀梁傳（哀公元年）作「我」。

〔二〕「十」原作「七」，據春秋改。

〔三〕「天」原作「上」，據續經解本改。

用白牡，其郊何用？』」臣仲舒對曰：『魯郊用純騂。周色尚赤，魯以天子命郊，故以騂。』」此詩「享以騂犧」正魯郊用純騂之證。曲禮「天子以犧牛」，鄭注：「犧，純毛也。」周禮牧人鄭注：「犧牲，毛羽完具也。」皆與詩傳同義。說文：「犧，宗廟之牲也。」「牷，牛純色。」與毛、鄭說異。據周禮牧人「凡時祀之牲必用牷物，凡外祭毀事用尨可也」，鄭司農曰：「牷，純也。」按以牷對尨，尨爲雜色，則牷爲純色可知。牧人又云：「凡祭祀共其犧牲。」左氏僖二十九年傳：「介葛盧聞牛鳴，曰：『是生三犧，皆用之矣。』」昭二十二年：「賓孟適郊，見雄雞自斷其尾，問之，侍者曰：『自憚其犧也。』」又淮南說山篇：「生子而犧。」皆以祭祀所用牲爲犧。說文言宗廟以該凡祭祀耳。今按犧之言希也，牲之純色者恆希少也。又犧與好雙聲，凡宗廟祭祀之牲必取其完好者，故名犧也。牷之言全也，後鄭以牷爲體完具，書微子某氏傳：「色純曰犧，體完曰牷。」蓋對言則犧與牷異，如微子以犧、牷牲並言是也。通言則純色可曰牷，亦可曰犧，牧人「用牷物」，牷對尨言，及此詩「享以騂犧」是也。毛、鄭以犧爲純，與說文以犧爲宗廟之牲，牷爲純色，其義自相通耳。

「是享是宜」，箋：「天亦饗之宜之。」瑞辰按：宜本祭社之名，爾雅釋天「起大事，動大衆，必先有事乎社而後出，謂之宜」，孫炎注「宜，求見福祐也」是也。凡神歆其祀通謂之宜，鳧鷖詩「公尸來燕來宜」及此詩「是饗是宜」是也。爾雅：「宜，事也。」鳧鷖傳：「宜，宜其事。」此詩無傳，義與彼同。

「夏而楅衡」，傳：「楅衡，設〔一〕牛角以楅之也。」箋：「秋將嘗祭，於夏則養牲，楅衡其牛角，爲其觸觝人也。」瑞辰按：説文告字注：「牛觸人，角箸横木，所〔二〕以告人也。」與毛、鄭言楅衡設於牛角者相類。至木部云：「楅，以木有所逼束也。」不言設於牛角。角部云：「衡，牛觸，横大木其角。」韻會所據徐鍇本無「其角」二字。段玉裁云：「説文以設於角者謂之告，此云牛觸横大木，是闌閑之謂之〔三〕衡。大木斷不可施於角，此易明者。」今按段説是也。周官封人「凡祭祀，飾其牛牲，設其楅衡」，鄭司農曰：「楅衡，所以楅持牛也。」杜子春云：「楅衡，所以持牛，令不得抵觸人。」皆不云設於角。又牛人「凡祭祀共其牛牲之互」，鄭司農云：「互謂楅衡之屬。」以説文訓梐枑爲行馬證之，行馬卽今鹿角木，取其可以闌人也，則鄭司農亦以楅衡爲闌閑之類矣。易大畜六五「豶豕之牙，吉」，牙，鄭讀爲互，互以禁豕放逸，與六四〔四〕「童牛之牿」，牿以防牛牴觸正相類。至封人鄭注「楅設於角，衡設于鼻」，分爲二物，

〔一〕「衡」、「設」二字原脱，據毛傳補。

〔二〕「所」字原脱，據説文補。

〔三〕「之」字原脱，據説文段注補。

〔四〕「六四」原作「六五」，據周易大畜改。

與毛傳言楅衡設牛角異，與先鄭、杜子春、許叔重説亦異，未知其所本矣。

「白牡騂剛」，傳：「白牡，周公牲也。騂剛，魯公牲也。」瑞辰按：公羊傳「周公白牡，魯公騂犅」，此毛傳所本。春秋繁露郊事對曰：「詩曰：『無德不報。』故成王使祭周公以白牡，上不得與天子同色，下有異於諸侯。」其説亦本公羊。明堂位：「夏后氏牲尚黑，殷白牡，周騂剛。」剛者，犅之假借。説文：「犅，特也。」「特，牛父也。」是犅與牡名異而實同，騂犅猶云騂牡，特變文以與牡相對耳。何休公羊注以騂犅爲赤脊，雖與説文訓岡爲山脊同義，然與白牡語不相類，不若説文訓特爲允。

「犧尊將將」，傳：「犧尊，有沙飾也。」瑞辰按：沙與疏雙聲，其字同出審母，故古通用。周禮典瑞「疏璧琮以斂尸」，鄭司農注「疏讀爲沙」，巾車「疏飾」，杜子春亦讀疏爲沙，是其證也。説文：「疏，通也。」引申爲凡疏刻之稱，西京賦薛綜注：「疏，刻穿之也。」犧與沙古音同部，又轉爲疏，故犧尊卽疏鏤之尊，猶疏屏、疏勺之類。明堂位「疏屏」，正義：「疏刻也。」又「疏勺」鄭注：「疏，通刻其頭。」毛傳「有沙飾」者，正疏飾之假借。蓋毛傳閒用假借字，如狼跋傳「舄，達屨也」，達卽沓之假借，韓奕傳「曲顧道義」，義卽儀之假借，是其類也。犧尊周禮作獻尊，鄭君「鬱齊獻酌」注云：「獻讀爲摩莎之莎，齊語聲之誤也。」大射儀「兩壺獻酒」注：「獻讀爲沙。」古音寒元與歌戈兩部多通轉，故獻亦讀沙，猶獻亦通儀也。明堂位「周獻豆」鄭注：「獻，疏刻之。」是獻亦疏之假借。莊子天地篇：「百年之木，破而爲犧尊，青黃而文之。」淮南子俶真云：「百圍之木，斬而爲犧尊，鏤之以剞劂，雜之以青黃，華藻鎛鮮，鎛鮮當从説文作鏄鱗，謂鐘上橫木金華也，亦通以飾尊彝。見陳編修左海經辨。龍蛇虎豹，曲成文章。」高注：「犧讀曰希，犧尊猶疏鏤之尊。」説正與毛傳「有沙飾」即疏飾合。正義謂沙飾爲沙羽飾尊，失傳恉矣。淮南子言犧尊兼有華藻鏄鱗、龍蛇虎豹之飾，皆謂疏刻之。鄭司農云「飾以翡翠」，鄭康成云「刻畫鳳凰之象，其形婆娑然」，皆由未識毛傳沙飾即疏飾，犧亦疏之假借。至王肅云「犧尊形如牛而背上負尊」，則愈失之鑿矣。

「不震不騰」，傳：「震，動。騰，乘也。」箋：「震、騰，皆謂僭踰相侵犯也。」瑞辰按：震當讀如「三川震」之震，騰當讀如「百川沸騰」之騰。騰者，滕之假借。説文：「滕，水超涌也。」正與傳訓騰爲乘同義。正義云「震騰以川喻」，是也。

「三壽作朋」，傳：「壽，考也。」箋：「三壽，三卿也。」瑞辰按：據下言「如岡如陵」是祝其壽考，則壽从傳訓考爲是。考猶老也，三壽猶三老也。晉姜鼎銘「保其子孫，三壽是利」，昭三年左傳「三老凍餒」，杜注：「三老謂上壽、中壽、下壽，皆八十以上。」文選李善注引養生經：「黃帝曰：上壽百二十，中壽百年，下壽八十。」皆三壽即三老之證。箋訓爲三卿，失之。

「公車千乘」，傳：「大國之賦千乘。」瑞辰按：司馬法言車乘有二法。一爲革車一乘，甲士三人，步卒七十二人，戴震、金榜並曰：此通正羨之卒，小司徒所謂「唯田與追胥竭作」者也。一爲革車一乘，士十人，徒二十人，戴震、金榜並曰：此謂正卒，小司徒所謂「凡起徒役毋過家一人」者也。詩上言「公車千乘」，下言「公徒三萬」，正與司馬一乘三十人之數適合。箋以爲三軍之成數，及荅臨碩又以爲二軍之大數，今按二軍之說是也。古制蓋以五百乘爲一軍。采芑篇「其車三千」，謂天子六軍也。此詩「公車千乘」，謂次國二軍也。魯襄公十一年始作三軍，則襄以前蓋止二軍。公羊傳：「古者上卿下卿，上士下士。」古者，謂魯初封時也。軍將皆命卿，自其平時言則曰卿，自其有事出軍言則稱士。上士、下士，謂二軍也。惟公徒三萬，以爲二軍，與周禮萬二千五百人爲軍之數不合；若謂舉其大數，則又與司馬法一乘三十人之數不合。竊謂萬二千五百人爲軍者，周禮制軍簡閱之數；五百乘爲一軍、萬五千人者，出征制軍之數；二者各不同也。又春秋時諸侯制軍，其車乘及人皆無定數。晉文三軍，而城濮之役僅七百乘，是以二百三十三乘爲一軍，以一乘三十人計之，一軍合七千〔一〕九百九十人。而齊桓三軍，則管子以萬人爲一軍。是人無定數也。齊語五十人爲小戎，是以五十人爲一乘。左傳，楚之乘廣「廣有一卒，卒偏之兩」，據服虔注「百人爲卒，五十人爲偏，二十五人爲兩」，則以百七十五人爲一乘。是每乘之人多寡亦無定數。則魯國二

〔一〕按「七千」當作「六千」，馬氏計算有誤。

軍之車千乘，徒三萬，又何疑焉。

「貝胄朱綅」，傳：「貝胄，貝飾也。朱綅，以朱綅綴之。」瑞辰按：朱綅承貝胄言，段玉裁言毛意謂以朱線綴貝於胄，是也。正義謂朱綅綴甲，失之。

「烝徒增增」，傳：「增增，衆也。」箋：「烝，進也。徒進行增增然。」瑞辰按：爾雅釋詁：「烝，衆也。」烝徒卽衆徒也。傳以增增爲衆皃，則其訓烝爲衆可知。箋於棫樸詩「烝徒楫之」亦訓烝爲衆，獨此箋以烝爲進，訓烝徒爲徒進之倒文，未若訓烝爲衆，於義爲順。

「戎狄是膺，荆舒是懲」，傳：「膺，當也。」箋：「懲，艾也。僖公與齊桓舉義兵北當戎與狄，南艾荆及羣舒。」瑞辰按：史記建元以來侯者年表引詩「戎狄是應，荆荼是徵」，爾雅、説文並曰：「應，當也。」作應者三家詩。毛詩及孟子引詩作膺，卽應字之假借。據孟子釋文於「膺擊」下云「丁本作應」，則孟子本亦有作應者矣。趙注孟子曰：「膺，擊也。」據孟子曰「周公方且膺之」，又曰「無父無君，是周公所膺也」，若訓爲當則不詞，以从趙訓擊爲善。吕氏春秋察微篇「宋華元帥師應之大棘」，處方篇「荆令唐蔑將而應之」，高注並曰：「應，擊也。」淮南主術「不使應敵」，高注：「應，猶擊也。」是應有擊義，趙注亦讀膺爲應矣。荼、舒，懲、徵，古竝同音通用。考工記弓人注：「荼，古文舒字。」易損象「君子以懲忿窒欲」，鄭本懲作徵，是其證也。又按：箋以此章以下皆美僖公，而孟子兩引此詩「戎狄是膺」，皆確指爲周公。聖門傳授師説，必有所本。翟氏灝曰：「詩序云：『閟宫，頌僖公能復周公之宇也。』首二章陳姜嫄、后稷、大王、文、武之勳，三章言成王封魯，四章『公車千乘』至『則莫我敢承』皆言周公，下言『俾爾昌而熾』等語亦謂周公俾之也，五章、六章繼周公而頌伯禽，所謂『淮夷來同』，『遂荒徐宅』，顯係伯禽事，見於費誓者也。七章、八章方頌僖公復宇。」以此推之，則詩與孟子正合，較箋説爲善。

「則莫我敢承」，傳：「承，止也。」箋：「天下莫敢禦也。」瑞辰按：哀四年左傳「諸大夫恐其又遷也，承」，杜注：「承音懲，蓋楚言。」此詩承當卽懲之假借，故傳訓止，卽以訓懲者釋之。箋訓承爲禦，禦亦止也。詩上言「荆舒是懲」，故下假借承字以與懲爲韻，此亦詩人義同字變之例耳。「則莫我敢承」猶商頌「則莫我敢曷」，曷與遏同，荀子引詩作遏，曷、遏，爾雅皆訓止也。

「壽胥與試」，箋：「胥，相也。壽而相與試，謂講氣力不衰倦。」瑞辰按：試猶式也，字通作視。吕氏春秋式夷，漢書古今人表作視夷。廣雅：「視，比也。」比之言比擬也。「壽胥與試」承「黄髮台背」言，猶云壽相與比耳。箋訓爲講試，失之。

「魯邦所詹」，傳：「詹，至也。」瑞辰按：詹者，瞻之省借，言泰山爲魯邦所瞻仰。説苑雜言篇引作「魯邦是瞻」，蓋本韓詩，故韓詩外傳引詩亦作瞻。

「奄有龜蒙」，傳：「龜山、蒙山也。」箋：「奄，覆。」瑞辰按：說文：「奄，覆也。大有餘也。」義與箋同。水經注：「龜山在博縣北十五里，昔夫子有龜山操，卽此。」漢地理志泰山郡蒙陰縣注：「禹貢蒙山在西南。」元于欽齊乘：「龜山近魯，在今費縣西北七十里。蒙山者，在龜山東。二山連屬，長八十里。」今按：蒙山居魯四境之東，故一名東山，孟子曰「孔子登東山而小魯」是也，一名東蒙，論語「昔者先王以爲東蒙主」是也。元和郡縣志析蒙山與東蒙爲二，失之。

「遂荒大東」，傳：「荒，有也。」箋：「荒，奄也。」釋文：「荒，如字。韓詩作荒，云：至也。」瑞辰按：說文荒字注：「一曰，艸掩地。」奄猶掩也，故鄭訓荒爲奄。爾雅釋詁：「幠，有也。」郭注引詩「遂幠大東」。邢疏曰：「今詩本作『遂荒大東』，此作『遂幠』者，所見本異，或當在齊、魯、韓詩。」今按：荒、幠一聲之轉，荒通作幠，猶大戴投壺篇「無荒無傲」，小戴作「毋幠」也。據釋文言「韓詩作荒」，則毛詩經、傳原當作幠，故訓爲有。郭璞所見毛詩自作幠，今經、傳作荒者，後人誤以韓改毛也。釋文「荒，如字」，亦當爲「幠，如字」之譌。凡毛、韓詩同字者，釋文但引其義以別異同。若毛詩作荒，釋文不更言「韓詩作荒」矣。鄭君先通韓詩，其箋詩或據韓詩作荒，遂以「荒，奄」釋之耳。古有與至、大，義皆相成，蓋大則無所不有，大則無所不至。故大謂之荒，亦謂之幠；幠訓爲有，亦訓爲大，亦訓爲至。爾雅釋詁：「晊，大也。」釋文：「晊，本亦作至。」是至有大義之證。毛訓幠爲有，韓訓荒爲至，音義原自相通。説文：「荒，蕪也。」以雙聲取義，正與幠之通荒者同。説文又曰：「巟，水廣也。」凡毛詩作荒，訓大、訓有者，皆巟字之假借。惟鄭訓荒爲奄，則取荒字之本義。

「淮夷來同」，箋：「來同，爲同盟也。」瑞辰按：説文：「同，會合也。」朝與會同，對文則異，散文則通。諸侯殷見天子曰同，小國會朝大國亦曰同。猶諸侯朝天子曰朝，諸侯自相朝亦曰朝也。來，語詞。「淮夷來同」猶大雅「徐方既同」也，同亦會朝之通名。詩特變朝言同，以爲韻耳。箋以來同爲同盟，必增成其義而始明，非詩義也。

「保有鳧繹」，傳：「鳧山、繹山也。」瑞辰按：元于欽齊乘：「鳧山在鄒縣西南五十里，繹山在鄒縣東南二十里。」繹通作嶧，漢地理志云：「魯國鄒縣，故邾國，嶧山在北。」水經泗水篇注引詩「保有鳧嶧」。爾雅釋山「屬者，嶧」，郭注：「言絡繹相連屬也。」初學記引爾雅舊注云：「魯國有繹山，純石相積構，連屬成山。」嶧山一名鄒山，水經注「鄒山卽繹山，邾文公所遷」是也。魏書地形志分鄒、嶧爲二山，失之。至漢地理志東海郡下邳注「葛嶧山在西，古文以爲嶧陽」，其地在今徐州府邳州，與繹山在今兖州府鄒縣者異地。正義引書嶧陽以證詩之繹山，誤矣。

「淮夷蠻貊」，傳：「淮夷蠻貊，蠻貊而夷行也。」瑞辰按：俗本傳脱「蠻貊」二字，此从段玉裁本補。據正義釋傳云「言淮夷蠻貊如夷行者」，知傳內而字卽如字之假借，正義乃以正文釋之，或遂以傳爲譌字，皆非也。惟古者戎、夷、蠻、貊，散文則通，詩以「蠻貊」與上「徐宅」爲韻，故淮夷可通稱蠻貊。猶韓奕詩「奄受北國」，而上言「因時百蠻」，百卽貊字之省借也。不必如傳云「蠻貊而夷行」始兼稱淮夷蠻貊耳。

「居常與許」，傳：「常、許，魯南鄙、西鄙。」箋：「許，許田也，魯朝宿之邑也。常或作嘗，在薛之旁，春秋魯莊公三十一年『築臺于薛』是與？周公有嘗邑許田〔一〕，未聞也，六國時齊有孟嘗君〔二〕食邑於薛。」瑞辰按：齊語管子曰「以魯爲主，反其侵地堂、潛」，管子作常、潛，則常邑曾見侵於齊，莊公時復歸於魯，去僖公時未遠，故詩人尚舉以爲頌美之詞。春秋桓元〔三〕年「鄭伯以璧假許田」，僖公時蓋亦復之，春秋或未及載，猶齊桓反魯常、潛，春秋亦未載也。

「徂來之松」，傳：「徂徠，山也。」瑞辰按：傳亦當依經作徂來，唐石經及相臺本不誤。後漢補郡國志：「徂來山亦曰尤來山。」水經注：「汶水又西南流，逕徂徠西，山多松柏，詩所謂

〔一〕「許田」，阮元校勘記謂當從相臺本作「所由」，可從。

〔二〕「君」字原脱，據鄭箋補。

〔三〕「元」原作「二」，據春秋改。

「徂徠之松」。」則詩一作徂徠矣。

「新甫之柏」，傳：「新甫，山也。」瑞辰按：後魏志魯郡汶陽縣有新甫山，新甫蓋卽梁甫。白虎通曰：「梁甫者，泰山旁山名。」又曰：「梁，信也；甫，輔也。」信古讀如伸，伸與辛雙聲，顏氏家訓音詞篇引字林伸音辛，則知梁訓爲伸，伸讀同辛，故梁甫一作新甫。漢地理志泰山郡有梁父縣，父與甫古通用。

「是斷是度」，正義：「於是斬斷之，於是量度之。」瑞辰按：度者，剫之省借。說文：「剫，判也。」廣雅：「剫，分也。」爾雅「木謂之剫」，郭注引左傳「山有木，工則剫之」，左傳今作度，是剫古借作度之證。玉篇引爾雅作「木謂之榜」，「今江東斫木爲榜」，是剫與斷義近，故詩以斷、度並舉。正義訓爲量度，與下文尋、尺爲複，失之。

「松桷有舄」，傳：「桷，榱也。舄，大貌。」釋文：「舄音昔，徐又音託。」瑞辰按：舄本䧿字，毛傳訓大貌，蓋以舄爲斥之假借。倉頡篇：「斥，大也。」小爾雅：「斥，開也。」開之使大，故舄亦訓大。禹貢「海濱廣斥」，文選海賦「襄陵廣舄」，李注：「斥與舄古今字。」是斥、舄古同音通用之證。舄徐音託，音義又與袥同。廣雅：「袥，大也。」玉篇：「袥，廣大也。」說文繫傳引字書：「袥，令衣張大也。」袥音義又近廓，廓亦大也。方言：「張小使大謂之廓。」

「路寢孔碩」，傳：「路寢，正寢也。」瑞辰按：王延壽靈光殿賦云：「故奚斯頌僖〔一〕，歌其露寢」，蓋本三家詩借作露寢。

「新廟奕奕」，傳：「新廟，閔公廟也。」箋：「脩舊曰新。新者，姜嫄廟也。」瑞辰按：毛傳釋閟宮云：「先妣姜嫄之廟在周。」則魯不得有姜嫄廟。箋以新廟爲姜嫄廟，不若毛傳指閔公廟爲確。據左傳逆祀言「新鬼大，故鬼小」，則僖公時閔公廟得稱新廟矣。毛詩經作新廟，文選注引韓詩薛君章句曰「言其新廟奕奕然盛」，是韓詩亦作新廟。而蔡邕獨斷引頌云「寢廟奕奕，言相連也」，呂氏春秋高注及續漢志引亦同，又周禮隸僕注引詩「寢廟奕奕，相連貌〔二〕」，蓋連上「路寢孔碩」約舉其詞，猶正義曰「作寢廟所以爲美者」，又曰「寢廟廢壞」，皆以寢廟連言，非齊、魯詩經文或作寢廟也。

「奚斯所作」，傳：「有大夫公子奚斯者作是廟也。」箋：「奚斯作者，教護、屬功、課章程也。」瑞辰按：班固兩都賦序：「奚斯頌魯。」李善注引薛君章句曰：「是詩公子奚斯所作也。」揚子法言：「正考甫常晞尹吉甫矣，公子奚斯常晞正考甫矣。」王延壽靈光殿賦：「奚斯頌

〔一〕「僖」字原脱，據續經解本及文選魯靈光殿賦補。

〔二〕隸僕鄭注「奕奕」作「繹繹」，「貌」下有「也」字。

僖〔一〕。」後漢書曹襃傳:「昔奚斯頌魯。」其説均本韓詩,以「奚斯所作」爲作頌,與節南山「家父作誦」,巷伯「寺人孟子,作爲此詩」,崧高、烝民並言「吉甫作誦」,皆於篇終見意,文法相類。此詩不言「作頌」者,以言「作頌」則於韻不相協也。「奚斯所作」當屬下「孔曼且碩」讀之,不當屬上「新廟奕奕」讀。「孔曼且碩」猶崧高詩「其詩孔碩」、「其風肆好」也。顔師古匡繆正俗、洪邁容齋隨筆並以奚斯頌魯爲誤,不知其説本韓詩,較毛、鄭説爲善。孔廣森、段玉裁均取韓詩之説,而段欲牽合毛、韓爲一,謂毛傳「作是廟也」,廟爲詩字之譌,則似未確。據鄭箋云「奚斯作者,教護、屬功、課章程也」,正申傳奚斯作廟之説。若毛傳原作「作是詩」,而鄭君易之,則箋必云「作謂作新廟」矣。

「萬民是若」,箋:「國人謂之順也。」瑞辰按:爾雅釋言:「若、惠,順也。」此箋義所本。爾雅釋詁:「若,善也。」善與順義相成。此承上奚斯作詩言之,則宜訓善,謂善其作是詩也。

〔一〕「僖」原作「魯」,據續經解本及文選魯靈光殿賦改。

# 毛詩傳箋通釋卷三十二

## 商頌

### 那〔一〕

序：「有正考甫者，得商頌十二篇於周之大師。」瑞辰按：魯語閔馬父曰：「正考父校商之名頌十二篇於周之大師。」此詩序所本。然國語言「校」，則宋必猶有存者，但殘缺失次，須考校於周大師耳。又言「名頌」者，當讀名山、名魚之名，名者大也。韋昭注：「名頌，頌之美者。」美亦大也。則名頌猶言大雅耳。抑或商頌殘失，徒存其名目而亾其辭，遂以名頌稱之，故詩序遂謂得於周大師歟？至韓詩章句以商頌爲美襄公，史記宋世家太史公曰：「襄公之時修仁行義，欲爲盟主。其大夫正考父美之，故追道契、湯、高宗，殷所以興，作商頌。」揚

〔一〕「那」原作「䢮」，據通行本毛詩改。按那爲䢮之俗體，今改從通行本以便查檢。又本書前後引用凡作「䢮」者均逕改，不另出校。

雄法言亦云：「正考甫常晞尹吉甫矣。」蓋皆本韓詩之說。然正考甫佐戴、武、宣，見於左傳，其子孔父嘉在殤公時爲大司馬，亦見左傳，中隔莊公、湣公、新君、桓公，始至襄公，去戴、武、宣時甚遠，正考父安得作頌以美襄公？固宜史記索隱以爲謬說耳。

「猗與那與」，傳：「猗，歎辭。那，多也。」瑞辰按：猗那二字疊韻，皆美盛之貌，通作猗儺，見檜風。阿難。見小雅。草木之美盛曰猗儺，樂之美盛曰猗那，其義一也。上林賦：「旖旎從風。」說文：「移，禾相倚移也。」又於旗曰旖施，於木曰檹施，義並與猗那同。傳訓猗爲歎辭，失之。

「置我鞉鼓」，傳：「鞉鼓，樂之所成也。夏后氏足鼓，殷人置鼓，周人縣鼓。」箋：「置讀曰植。植鞉鼓者，爲楹，貫而樹之。」瑞辰按：說文：「植，户植也。或从置作𣙗。」是𣙗本植之或體，詩作置者，即𣙗之省借。漢石經論語「置其杖而耘」，正與詩假置爲植者同。

「衎我烈祖」，傳：「衎，樂也。烈祖，湯，有功烈之祖也。」瑞辰按：哀二年左傳「烈祖康叔」，杜注：「烈，顯也。」晉語韋注同。爾雅釋詁：「烈，光也。」晉語「君有烈名」，韋注：「烈，明也。」均與顯義近。烈祖猶言顯祖。箋訓爲功烈，失之。

「湯孫奏假」，傳：「假，大也。」箋：「假，升也。湯孫太甲又奏升堂之樂，弦歌之。」釋文：「假，毛古雅反。鄭作格，升也。」瑞辰按：假與格一聲之轉，故通用。假者，徦之假借；格者，㣠之假借。爾雅釋詁：「格，至也。」釋言：「格，來也。」方言：「假、㣠，至也。邠唐冀兖之閒曰假，或曰㣠。」郭注：「假音駕。㣠，古格字。」據説文「徦，至也，从彳，叚聲」，知方言假當作徦。廣雅釋詁：「假，至也。」假亦徦之省借。假又爲嘏之假借，音古，故與祖爲韻。格字轉上聲亦音古，故通用。至與致義相成，凡神人來至曰假，祭者上致乎神亦曰假。尚書「祖考來格」，商頌「來假來饗」，此神人之來至也。易萃象傳「『王假有廟』，致孝享也」，尚書「舜格于文祖」，史記五帝紀作「舜乃至於文祖」，祭統「王〔一〕假于大廟」，商頌「以假以享」、「鬷格〔二〕無言」及此詩「湯孫奏假」，皆祭者致神之謂也。春秋繁露祭義篇：「祭者，察也；以善逮鬼神之謂也。」察，至也；逮，及也；及亦至也；蓋言祭以善致鬼神爲主。小爾雅、説文並曰：「奏，進也。」上致乎神曰奏假，亦曰登假，揚雄劇秦美新曰「登假皇穹」是也。詩「湯孫奏假」謂湯之子孫進假其祖，則不得如毛傳以湯孫爲湯矣。假與格皆當訓至，爾雅釋言：「格，來也。」方言：「㣠，來也。」義亦相通。傳訓假爲大，正義以爲大樂，失之。箋訓假爲升，與方言訓㣠爲登義合，然以爲奏升堂之樂，則非。

〔一〕「王」，禮記祭統作「公」。

〔二〕「格」，商頌烈祖作「假」，釋文：「鄭音格。」

「綏我思成」，箋：「乃安我心所思而成之。謂神明來格也。」瑞辰按：尚書大傳〔一〕：「備者，成也。」祭統〔二〕：「福者，備也。」成爲備，卽爲福。「綏我思成」爲報福之詞，與「祝告利成」同義。綏與遺疊韻，綏之言遺，遺卽詒也。烈祖詩「綏我眉壽」義同。箋訓綏爲安，失之。思爲句中語助。「綏我思成」猶云貽我福，與烈祖詩「賚我思成」句法正同，亦謂賚我福也。箋以思爲心所思，亦非。

「既和且平」，傳：「平，正平也。」瑞辰按：周語單穆公曰：「聲應相保曰和，細大不踰曰平。」説文：「龢，調也。」和爲龢之假借。

「依我磬聲」，傳：「依，倚也。磬，聲之清者也，以象萬物之成。周尚臭，殷尚聲。」箋：「磬，玉磬也。堂下諸縣與諸管聲皆和平，不相奪倫，又與玉磬之聲相依，亦謂和平也。玉磬尊，故異言之。」瑞辰按：尚書「夔曰戛擊鳴球」，説文：「球，玉磬也。」是樂之始必以玉磬先之。孟子「金聲而玉振之也」，近時通解謂：「金，鎛鐘也，聲以宣之於先。玉，特磬也，振以收之於後。」許兵部宗彥曰：「樂之終乃舞之始，擊磬以振動之，而樂中之衆聲悉隨磬而止，故曰終條理也。」今按：書於「百獸率舞」之先，又言「夔曰予擊石拊石」，石卽磬也，是亦樂終

〔一〕「大傳」二字原脱，考尚書無「備者，成也」之文，惟尚書大傳有之，今據補二字。

〔二〕「統」原作「義」，據禮記改。

有磬之證。樂之先後皆有磬，故詩曰「依我磬聲」，而毛以爲象萬物之成也。至箋云「玉磬尊」者，郊特牲云：「擊玉磬，諸侯之僭禮也。」以諸侯擊玉磬爲僭，則玉磬惟天子始得用之，其尊可知矣。

「於赫湯孫」，傳：「於赫湯孫，盛矣湯爲人子孫也。」箋：「湯孫，呼太甲也。」瑞辰按：傳以湯孫指湯，與玄鳥詩「在武丁孫子」王肅釋傳言「在武丁之爲人孫子」正同。然言湯爲人子孫，節其文爲湯孫，則不詞。「在武丁孫子」，王尚書言武丁當作武王，亦不得言武丁爲人孫子也。那祀成湯，曰湯孫，烈祖祀中宗，爲太戊，亦曰湯孫，則不得如箋以湯孫爲太甲。湯孫蓋泛言湯之孫子耳。

「萬舞有奕」，傳：「奕奕然閑也。」箋：「其干舞又閑習。」瑞辰按：廣雅釋訓：「閑閑、奕奕，盛也。」盛、大義相近，韓奕詩傳：「奕奕，大也。」説文：「奕，大也。」萬爲大舞，故奕爲大貌，閑亦大也。殷武詩「旅楹有閑」，韓詩章句曰：「閑，大也，謂閑然大也。」是知此傳「奕奕然閑也」猶云奕奕然大也。箋訓閑習，與傳異義，正義合而一之，誤矣。又按：古者樂與舞相接。上文「依我磬聲」爲樂之終，故下卽言「萬舞有奕」，爲舞之始。

「亦不夷懌」，傳：「夷，説也。」箋：「亦不説懌乎？言説懌也。」瑞辰按：爾雅釋言：「夷，悦也。」夷、悦以雙聲爲義。又爾雅釋詁：「繇，喜也。」郭注引禮記「人喜則斯陶，陶斯詠，詠斯猶」，猶即繇也。夷與猶亦雙聲，故夷有説義，大戴五帝德篇「莫不説夷」，夷即説也。

「温恭朝夕」，箋：「其禮儀温温然恭敬。」瑞辰按：周禮道僕「以朝夕燕出入」，鄭注：「朝夕，朝朝莫夕。」成十二年左傳「百官承事，朝而不夕」，疏曰：「旦見君謂之朝，莫見君謂之夕。」又襄二十六年傳「平公入夕」，謂夕朝見共姬也。昭十二年傳「子革夕」，杜注：「夕，莫見。」哀十四年傳「子我夕」，晉語「叔向夕」，皆謂夕見君也。小雅「莫肎朝夕」，謂不肎朝夕朝王，此詩「温恭朝夕」，正謂朝朝莫夕，非泛言朝夕也。傳、箋雖不釋朝夕，然箋釋下句「執事有恪」云：「執事薦饌，則又敬也。」以「執事」爲祭事薦饌，則上云「禮儀」宜指朝儀，謂朝夕朝王，温恭合度。正義訓爲「早朝嚮夕」，失之。

## 烈祖

「有秩斯祜」，傳：「秩，常也。」箋：「祜，福也。」瑞辰按：賈子禮篇曰：「祜，大福也。」有秩即形容福之大貌。秩、呈雙聲。説文：「戴，大也。」秩即戴之假借。説文引詩「秩秩大猷」作「戴戴大猷」，是秩、戴通借之證。

「賚我思成」，傳：「賚，賜也。」箋：「賚讀如行來之來。神靈來至我致齊之所，思則用成。」瑞辰按：賚從傳訓賜爲是。思爲語詞。成猶備也，福也。「賚我思成」猶云賜我福也。箋訓賚爲行來之來，又謂「思則用成」，並失之。

「亦有和羹」，箋：「和羹者，五味調，腥熟得節，食之於人安和，喻諸侯有和順之德也。我既裸獻，神靈來至，亦復由有和順之諸侯來助祭也。」瑞辰按：説文：「和，相應也。」「盉，調味也。」經傳通假和爲盉。説文：「龢，五味盉龢也。」用本字。而引詩「亦有和龢」，則許君所見毛詩已假作和矣。昭二十年左傳引詩「亦有和羹」，杜注：「言中宗能與賢者和齊可否，其政如羹。」不若箋云「喻諸侯有和順之德」爲善。此詩祀中宗，上既言「賚我思成」，謂賜祭者以福，此下「亦有和羹」等語宜指祀者言，不宜言中宗也。

「既戒既平」，傳：「戒，至也。」箋：「其在廟中，既恭肅敬戒矣，既齊立平列矣。」瑞辰按：爾雅釋詁：「屆，至也。」傳以戒爲屆之假借，故訓至。然以詩承「和羹」言，戒當訓備。方言：「戒，備也。」鄭注曾子問曰：「戒，猶備也。」備與葡通。説文：「葡，具也。」和羹必備五味。昭二十年左傳「宰夫和之，齊之以味」，此詩所云「戒」也；「濟其不及，以洩其過」，此詩所云「平」也；故下引此詩以證之。晏子春秋及申鑒並引詩作「既戒且平」，與那詩「既和且平」句法同。左傳杜注釋詩云「敬戒且平」，似左傳引詩亦作「既戒且平」，今本左傳特後人據毛詩改耳。戒、平宜承「和羹」言，箋訓爲敬戒、平列，失之。

「鬷假無言」，傳：「鬷，總。假，大也。總大無言，無爭也。」箋：「至於設薦進俎，又總升堂而齊一，皆服其職，勸其事，寂然無言語者。」釋文：「鬷，子東反。假，毛古雅反，鄭音格，至也。」瑞辰按：傳以鬷爲總之假借，然以經文求之，當從中庸引作「奏假」，訓爲進至，與「湯孫奏假」同義。小爾雅、說文竝曰：「奏，進也。」奏、鬷一聲之轉，故通用。鬷又通作艐，爾雅釋詁：「艐、格，至也。」即此鬷假異文。至之言致，謂精誠上致乎神，朱子中庸集注所云「進而感格於神明之際」也。進與至義相成。方言：「假、艐，至也。邠唐冀兗之閒曰假，或曰狢。艐，宋語也。」義與釋詁及詩「鬷假」同義〔一〕，故晏子春秋又引詩作「奏鬷」，正以奏、鬷及假皆同義。毛傳訓爲總大，禮記鄭注言「奏大樂」，杜注左傳言「總大政」，竝失之。昭二十年左傳引作「奏鬷」，鬷與假、格皆雙聲，故通用。又按說文：「艐，船箸沙不行也。从舟，㚇聲。讀若莘。」而孫炎爾雅注、郭璞方言注竝以艐爲古屆字。司馬相如大人賦「蹋以艐路」，徐廣亦音介。艐與屆雙聲，故古或假艐爲屆耳。

「我受命溥將」，箋：「將，猶助也。於我受政教，至祭祀又溥助我。言得萬國之懽心也。」瑞辰按：楚詞王注：「將，長也。」此詩將字，王尚書訓長，是也。蓋言我受天之命溥且長。猶公劉篇「既溥既長」，以溥、長對舉也。箋謂「諸侯於我受政教」，又訓將爲助，竝失之。

「來假來享」，箋：「享，謂獻酒使神享之也。諸侯助祭者來升堂，來獻酒。」瑞辰按：「來

〔一〕此句二「義」字，當刪其一。

假來饗」，當從朱子集傳謂祖宗來假享。箋以指助祭者，非也。唐石經、相臺本、朱子集傳本、考文古本並作饗，惟閩本、明監本、汲古閣本作享。段玉裁謂毛詩之例，獻於神曰享，神食所享曰饗，作饗者是。阮宮保曰：「按有字同義別而相因者，如獻神爲享，神食所獻亦爲享是也。後儒曲爲分別，乃以獻神作享，神食所獻作饗。唐石經、定本作饗，似是而非。俗本槩作享，似非而是。」今按說文：「𩫖，用也。从亯，从自。自知臭，香所食也。段玉裁曰：「香當作亯，轉寫之誤。」讀若庸同。」神食所獻即用也，其本字當作𩫖，經典通省作享。史記自序「武丁得說，乃稱高宗；帝辛湛湎，諸侯不享」，正讀享如𩫖也。經典既假借享字，即同享音。說文：「亯，獻也。从高省，曰象孰物形。」又引孝經曰：「祭〔一〕則鬼亯之。」此獻神及神食所獻通作享之證。至楚茨「神保是饗」，我將「既右饗之」，閟宮「是饗是宜」，似皆爲後人改竄。釋文諸篇不爲饗字作音，是其舊本原皆作享。此篇箋以二享字相承爲說，其皆作享亦可知耳。說文：「饗，鄉人飲酒也。」是饗本饗燕字，禮經或假作祭享之享。

## 玄鳥

「宅殷土芒芒」，傳：「芒芒，大貌。」箋：「國日以廣大芒芒然。」瑞辰按：史記三代世表褚

〔一〕「祭」原作「孝」，據說文及孝經孝治章改。

少孫論引詩作「殷社芒芒」，蓋本三家詩，無宅字。社、土古同音通用，故大社稱冢土。公羊傳「諸侯祭土」，何休注：「土謂社也。」至無宅字，蓋引詩偶未及檢。又引詩「殷社芒芒」於「天命玄鳥」二句之上，亦是誤倒。說文：「芒，艸耑也。」無大義。據荀子富國注「芒或讀爲荒」，史記三代世表帝芒，索隱云「芒一作荒」，芒芒當卽荒荒之假借。說文：「巟，水流廣也。」廣雅釋詁：「巟，大也。」巟通作荒，荒借作芒，故傳、箋訓爲大耳。襄四年左傳引虞人之箴曰：「芒芒禹迹。」杜注：「芒芒，遠貌。」遠猶大也。

「古帝命武湯」，箋：「古帝，天也。」正義引「尚書緯云：『曰若稽古帝堯。稽，同也；古，天也。』是謂天爲古。」瑞辰按：周書周祝解曰：「天爲古。」尤天稱古之證。古，始也；萬物莫始於天，故天可稱古。古帝猶言昊天上帝，「古帝命武湯」猶「帝謂文王」，皆託天以命之也。

「正域彼四方」，傳：「正，長。域，有也。」箋：「使之長有邦國，爲政於天下。」瑞辰按：廣雅釋詁：「㦸，方也。」「方，正也。」㦸與域通。正、域二字平列，皆正其封疆之謂。周禮「形方氏掌制邦國之地而正其封疆，無有華離之地」，此詩所謂正域也。正域與兆域義相近。傳訓域爲有者，域與有一聲之轉。有之言囿，亦分別區域之義。常道將引洛書曰：「人皇始出，分理九州爲九囿。」段玉裁曰：「九囿卽毛詩之九有，韓詩之九域也。」域本或之異體，或訓有，故域亦訓有。史記禮書「人域是域，士君子也」，荀子域作有，是域通有之證。箋訓爲「長有邦國」，失之。

「方命厥后」，箋：「方命其君，謂徧告諸侯也。」瑞辰按：方、旁古通用，易繫詞「旁行而不流」，淮南主術作「方行而不流」，方猶旁也。旁之言溥也，徧也。旁、溥、徧，一聲之轉。說文：「旁，溥也。」微子「小民方興」，史記作「小民乃並興」，並亦溥也。立政「方行天下」，呂刑「方告無辜於上」，方皆讀旁，並溥徧之義。齊語「以方行於天下」，韋注：「方當作橫。」橫與廣通，廣亦徧也。此詩「方命厥后」猶晉語曰「乃使旁告於諸侯」。箋云「徧告諸侯」，正讀方爲旁。正義謂「方方命其諸侯之君」，失之。

「奄有九有」，傳：「九有，九州也。」箋：「湯有是德，故覆有九州，爲之王也。」瑞辰按：九有卽九域之假借，韓詩作九域，文選注引薛君章句曰：「九域，九州也。」徐幹中論法象篇「成湯不敢怠遑而奄有九域」，正本韓詩。域、有一聲之轉，故通用。說文：「或，邦也。从口，羽非切。戈以守其一。一，地也。或或从土作域。」是或、域本一字。惠棟曰：「域當作或。」段玉裁曰：「或既从口、从一矣，又从土，是爲後起之俗字。」然域字已見韓詩，說文亦載之。或已从一爲地，而復加土爲域，猶或已从口爲圍，外又加口而爲國，不得遂以國爲俗字也。古或字讀同域者，與有字古讀若以者通用，因而或字讀胡國切者亦與有通。洪範「無有作好」，呂氏春秋引作「無或作好」，高注：「或，有也。」廣雅釋詁亦曰：「或，有也。」是矣。

「受命不殆」，箋：「商之先君受天命，而行之不解殆者。」瑞辰按：論語「學而不思則殆」，釋文：「殆，本作怠。」此詩殆即怠借字，故箋以「不解殆」釋之。正義釋傳，從王訓危殆，失之。

「在武丁孫子」，傳：「武丁，高宗也。」箋：「商之先君受天命，而行之不解殆者，在高宗之孫子。」瑞辰按：正義引王肅云「在此高宗武丁善爲人之孫子」，與毛傳釋「湯孫」同義，然節去「善爲人之」四字而謂之「武丁孫子」，則不詞。若如箋以爲「在高宗之孫子」，則此詩祀高宗，何得不美高宗而美高宗之孫子乎？惟王尚書曰：「經文兩言武丁，疑皆武王之譌，而『武王靡不勝』則武丁之譌。蓋商之先君受命，不怠者在湯之孫子，故曰『在武王孫子』。『武王孫子』猶那與烈祖之言『湯孫』也。湯之孫子有武丁者，繩其祖武，無所不勝，故曰『武王孫子，武丁靡不勝』。傳寫者上下互譌耳。」今按：王説校正譌誤，極爲精核。大戴用兵篇引詩「校德不塞，嗣武于孫子」，與此詩形聲相近，「于」即「王」字脱下一畫耳。「在武王孫子」下即接言「武王孫子，武丁靡不勝」，與文王篇「侯文王孫子」下即接言「文王孫子，本支百世」，文法正相似。

「大糦是承」，箋：「糦，黍稷也。」瑞辰按：糦與䬣同爲饎之或體，見説文。周禮「䬣人掌凡祭祀共盛」，謂共齍盛也。舂人鄭注：「齍盛謂黍稷稻粱之屬，可盛以爲簠簋實。」則糦宜兼有黍稷稻粱。周書糴匡解云「年儉穀不足，賓祭以中盛」，孔晁注：「有黍稷，無稻粱。」大糦對中盛言，兼有稻粱可知。而特牲饋食禮、士虞禮鄭注並曰「炊黍稷曰饎」，此箋亦單言黍稷者，蓋言黍稷以該稻粱。猶齍兼稻粱，而説文齍字注但曰「黍稷器，所以祀者」；簠盛黍稷，簋盛稻粱，而説文皆以爲黍稷器也。正義遂謂祭之粢盛惟黍稷，誤矣。爾雅釋訓、泂酌毛傳及説文並曰：「饎，酒食也。」周禮饎人鄭衆注曰：「主炊官也。」方言：「饎，熟也。自河以北、趙魏之閒，氣熟曰饎。」字林：「饎，熟食也。」廣雅亦曰：「饎，䵚也。」蓋饎本酒食之通稱，酒食者可喜之物，故字从食喜會意。黍稷則所以爲酒食者，故酒食曰饎，黍稷亦曰饎，因而炊黍稷曰饎，凡炊及熟食亦通曰饎，其義正相因耳。

「邦畿千里」，傳：「畿，疆也。」瑞辰按：邦、畿二字同義。邦者，封之假借。小爾雅：「封，界也。」周禮大司徒注：「封，起土界也。」大司馬注：「封謂立封於疆爲界。」是封亦疆也，界也。文選西京賦注引詩作「封畿千里」，蓋本三家詩。毛詩作邦者，假借字也。説文：「封，从之土，从寸。寸，守其制度也。籀文从丰土作𡉚。」邦字亦从丰聲，故通用。論語「邦域之中」，漢書王莽傳作「封域」，釋文亦曰：「邦，或作封。」又「謀動干戈於邦内」，釋文云：「鄭本作封内。」釋名：「邦，封也。」皆邦與封同音通用之證。封、畿同爲疆界之稱，猶肇域讀爲兆域，兆亦域也。

「肇域彼四海」，箋：「肇當作兆。」瑞辰按：字訓始者作肁，説文：「肁，户始開也。」訓擊者作肇，李舟切韻：「肇，擊也。」經傳中通借肇爲肁，又譌作肈，故玉篇曰：「肈，俗肇字。」張參五經文字曰：「肇，作肈譌。」是知毛詩今作肈者，俗譌字也。肇、兆古同音通用。爾雅釋言：「兆，域也。」尚書大傳「兆十有二州」，鄭注：「兆，域也。爲塋域以祭十二州之分星也。」古文堯典則作「肇十有二州」矣。箋於大雅「以歸肇祀」及此詩「肇域」並讀爲兆。兆本卜兆之古文，兆畔之字正作垗，説文「垗，畔也，爲四畔界祭其中」，引周禮「兆五帝於四郊」是也。經典通作兆，祭壇之塋域曰兆，界四海之疆域亦曰兆。大雅「以歸肇祀」，箋云「肇，郊之神位也」，此讀肇爲塋域之兆也。此詩「肇域」，箋云「乃後兆域正天下之經界」，此讀肇爲疆域之兆也。

「景員維河」，傳：「景，大。員，均。」箋：「員，古文作云。河之言何也。其所貢於殷大，至所云維言何乎？」瑞辰按：景與廣一聲之轉，景古音从京聲，讀亦近廣，景卽廣之假借，猶魯頌「憬彼淮夷」，韓詩作獷，説文引作㦛，憬實獷之同音假借也。員、云古通用，皆與運同聲。説文：「䚋，外博衆多視也。讀若運。」春秋「城諸及鄆」，公羊作運。杜注左傳云：「姑幕縣有員亭。」莊子天運釋文：「天運，司馬作天員。」是員卽運也。呂氏春秋圜道篇「雲氣西行云云然」，高注：「云，運也。」管子侈靡篇「人死則易云」，戒篇「四時云下」，云皆運之假借。是云亦遐也。此詩「景員」，景當讀爲「東西爲廣」之廣，員當讀爲「南北爲運」之運。越語「廣運百里」，韋注：「東西爲廣，南北爲運。」詩以雙聲疊韻假借爲景員。商家四面皆河，故合東西南北言之而曰『景員維河』。王肅以河爲河水，是也。廣運或作廣員，山海經西山經「廣員百里」是也。廣運又作廣輪，周禮大司徒「周知九州之地域廣輪之數」，鄭注：「輪，從也。」賈疏引馬融曰：「東西曰廣，南北曰輪。」輪與亂聲近，從與亂皆直也。廣輪之義又通作橫從，一切經音義三及六帖二十四皆引韓詩曰「南北曰從，東西曰橫」，一切經音義廿四又作「東西曰廣」，是橫卽廣也。廣運又作袤廣，説文袤字注「一曰，南北曰袤，東西曰廣」是也。此詩「景員」與長發「幅隕〔一〕」同義，毛傳：「幅，廣也。隕，均也。」據説文：「幅，布帛廣也。」均與運古亦同聲，毛傳訓爲廣均，正卽讀爲廣運。此詩傳訓景爲大，大與廣雖義亦相近，不若讀景爲廣，較爲明確。至傳訓員爲均，均亦讀運，猶古無「音韻」字，通作「音均」也。正義釋傳，謂「殷王之政甚大均，如河之潤物然」，失傳恉矣。箋讀員爲云，河爲何，亦非。

## 長發

「濬哲維商」，傳：「濬，深也。」箋：「深知乎！維商家之德也。」瑞辰按：説文：「睿，深通川

〔一〕「隕」原作「員」，據毛詩長發改。下引毛傳「隕，均也」卽釋隕字。

也。或作濬，古文作濬。」又曰：「叡，深明也，通也。古文作睿。」此詩濬、哲並言，濬當卽睿之假借。廣雅叡、哲並訓智，是也。濬哲猶言宣哲、明哲。傳、箋並訓濬爲深，失之。大戴禮「幼而慧齊」，史記五帝紀作徇齊，索隱引大戴作叡齊，史記舊本作濬齊，是濬、叡古通用之證。徇與濬音亦近，徇、齊皆疾速之稱，凡人鈍則遲疑，明則疾速，故徇、齊皆爲智也。

「禹敷下土方」，箋：「禹敷下土，正四方。」瑞辰按：禹貢「禹敷土」，馬注：「敷，分也。」鄭注：「敷，布也。」敷與尃通，說文：「尃，布也。」敷土史記作傅土，廣雅釋言：「傅，敷也。」書序「帝釐下土，方設居方」，釋文一讀至方字絕句，與此詩句法正同。楚詞天問云「禹之力獻功，降省下土方」，義本此詩。此詩首章八句皆韻，或以方字屬下句讀者，誤也。

「有娀方將」，傳：「有娀，契母也。將，大也。」箋：「有娀氏之國亦始廣大。」瑞辰按：淮南墬形云「有娀在不周之北」，高注：「有娀，國名也。」說文：「娀，帝高辛之妃、偰母號也。」引詩，義同毛傳。古者婦人繫姓，有娀姓不可考，或遂以國稱偰母，後人因以爲偰母號耳。此詩下言立子，始爲契母，則上言有娀，當从箋以爲國名。

「帝立子生商」，傳：「契生商也。」箋：「帝，黑帝也。禹敷下土之時，有娀氏之國亦始廣大，有女簡狄吞鳦卵而生契，堯封之於商，後湯王，因以爲天下號，故云帝立子生商。」瑞辰按：玄鳥詩「天命玄鳥，降而生商」，傳：「春分玄鳥降，湯之先祖有娀氏女簡狄配高辛氏帝，帝率與之祈於郊禖而生契。」箋：「天使鳦下而生商者，謂鳦遺卵，娀氏之女簡狄吞之而生契，爲堯司徒，有功，封商。」傳、箋說雖不同，皆以生商爲生契。此詩「帝立子生商」亦謂立有娀之女子爲妃而生契，因契受封於商，遂以生契爲生商耳。傳云「契生商也」當作「生契，生商也」，傳文簡質，以生商卽契，遂云「契生商」耳。詩言商家世有濬哲之君，而但曰「濬哲維商」，崧高詩言嶽之降神生甫侯及申侯，而但曰「生甫及申」，正與商頌不言生契而言生商者文法相類。正義乃以立子爲生契，謂契能生有商國，失傳恉矣。

「玄王桓撥」，傳：「桓，大。撥，治也。」箋：「玄王廣大其政治。」瑞辰按：桓者，查之假借。說文：「查，奢查也。」奢卽侈大之義。又引申爲武勇貌，泮水詩「桓桓于征」，毛傳「桓桓，威武貌」，牧誓「尚桓桓」鄭注同，是也。撥，韓詩作發，發當讀如「發强剛毅」之發。周書謚法解：「剛克爲發。」樂記：「發揚蹈厲，大公之志也。」桓發二字平列，皆剛勇之貌。毛詩作撥，假借字。韓詩作發，爲正字，但不得如說韓詩者訓發爲明耳。毛、鄭訓撥爲治，亦非詩義。詩下有「遂視既發」之文，故上文毛假撥爲發，以與發爲韻，此阮宮保所云「義同字變」之類。

「帝命不違，至于湯齊」，傳：「至湯與天心齊。」箋：「帝命不違者，天之所以命契之事，世世行之，其德浸大，至於湯而當天心。」瑞辰按：「帝命不違」卽「不違帝命」之倒文。詩總括相土以下諸君，謂商先君之不違天命，至湯皆齊一，猶左傳云「自幕至于瞽叟無違命」也。

韓詩外傳引詩「『帝命不違，至于湯齊』，言古今一也」，又引以爲「先聖後聖，其揆一也」之證，正訓齊爲先後齊一。毛傳謂湯與天心齊，鄭注禮記讀爲「湯躋」，並失之。

「湯降不遲，聖敬日躋」，傳：「不遲，言疾也。躋，升也。」箋：「降，下也。湯之下士尊賢甚疾，其聖敬之德日進。」瑞辰按：湯降二字倒文，承上「至于湯齊」言之，謂由先王以降及湯也。遲當讀如「禮義陵遲」之遲，陵遲疊韻，或作陵夷，遲猶夷也，謂降至于湯能不下夷也。夷，猶普也。後漢書湯衍傳章懷注：「陵遲，言頽普也。」説文：「普，一偏下也。」段玉裁曰：「相並而一邊庳下，則其勢必至同下，所謂陵夷也。」湯不下夷而德又加進，故下即接言「聖敬日躋」矣。

「昭假遲遲」，箋：「假，暇也。寬暇天下之人遲遲然。言急於己而緩於人。」朱子集傳：「遲遲，久也。昭假於天，久而不息。」瑞辰按：集傳説是也。毛傳於雲漢篇「昭假無贏」訓假爲至，以假爲徦之假借。此詩無傳，義與彼同，釋文引徐云「毛音格」，是也。朱子集傳「昭假于天」即本毛義。昭假與奏假義近而殊，蓋言其精誠之上達曰奏假，言其精誠之顯達曰昭假。戴氏震曰：「精誠表見曰昭，貫通所至曰假。」是也。説文：「徲，久也。讀若遲。」廣雅釋詁：「遟，久也。」徲、遟並與遲音義同，遲遲正狀其昭假之久。箋訓假爲暇，失之。正義以箋義爲傳義，尤誤。

「帝命式于九圍」，傳：「九圍，九州也。」瑞辰按：圍、域、有，皆一聲之轉。聲同則義同，故韓詩釋九域曰九州，毛釋九有、九圍並曰九州，特變文以爲韻耳。說文：「或，从口，从戈以守一。一，地也。」又曰：「圍，守也。」是域與圍義同之證。

「受小球大球」，傳：「球，玉也。」瑞辰按：下章傳：「共，法也。」共者，拱之假借。三家詩蓋有作拱者，故淮南高誘注：「蛩，讀詩『受小拱』之拱。」球者，捄之假借。廣雅釋詁：「拱、捄，灋也。」蓋本三家詩。王尚書曰：「小球大球，小共大共，皆言法制有小大之差。」是也。說詳經義述聞。今按求與共雙聲，故拱、捄皆訓法。說文：「拱，斂手也。」段玉裁曰：「斂當作撿。」故下撿字注曰：「拱也。」捄字注：「一曰，捊也。」「捊，引堅也。」拱與捄皆有取義，取之義引申爲法，言爲人所取法也。傳訓球爲玉，箋訓共爲執，並失之。

「爲下國綴旒」，傳：「綴，表。旒，章也。」箋：「綴，猶結也。旒，旌旗之垂者也。」瑞辰按：綴旒二字平列，毛傳釋爲表章，章亦所以表也。古者樹臬以表位，曰表，周禮大司馬職「虞人萊所田之野爲表」，鄭注：「表，所以識正行列也。」呂氏春秋慎小篇注：「表，柱也。」舞列之表則曰綴，樂記「綴兆舒疾」，鄭注：「綴謂酇，舞者之位也。」又「其舞行綴遠」，鄭注：「酇相去遠。」「其舞行綴短」，鄭注：「酇相去近。」孔疏云：「酇謂酇聚，舞人行位之處立表酇以識之。」又「行其綴兆」，鄭注：「綴，表也，所以表行列也。」引詩「荷戈與綴」。通言則曰表綴，亦曰儀綴，大戴曾子制言篇「行爲表綴於天下」，孔子三朝記曰「所以爲儀綴於國」是也。析言則綴與表亦自有別，阮宮保曾子注釋曰「凡樹臬以著望曰表，繫物於表曰綴」是也。綴與埻雙聲，埻爲臬，卽表也，故綴亦訓表。晉語：「昔成王盟諸侯于岐陽，楚爲荆蠻，置茅蕝，設望表。」史記孫叔通傳索隱引賈逵注：「束茅以表位爲蕝。」說文：「朝會束茅表位曰蕝。」引春秋國語曰「致茅蕝」。何承天纂文曰：「蕝，今之纂字。」鄭注樂記曰：「綴謂酇。」說文：「酇，聚也。」又：「儹，最也。」束茅表位有儹聚之象。蕝、纂、酇三字古同聲。曾釗謂鄭訓綴爲酇，卽以綴爲蕝之通借，是也。今按綴謂酇，讀若纂，正與說文「贊讀若纂，一曰叢」相類。又漢書孫叔通傳說朝儀曰：「爲緜蕞野外，習之。」如淳注曰：「謂以茅翦樹地，爲纂位尊卑之次也。」顏師古曰：「蕞與蕝同。」是緜蕞卽古茅蕝之遺象，亦卽表綴之謂。正義謂「綴之爲表，其訓未聞」，疏矣。旒正字作游，从㫃，汓聲，說文：「游，旌旗之流也。」凡大常十有二游，旂九游，旟七游，旗六游，旐四游，皆以表章貴賤。說文族字注：「㫃所以標衆〔一〕。」旃字注云：「所以旃表士衆。」又曰：「勿，州里所建旗。象其柄，有三游，雜帛，幅半異，所以趣民，故遽稱勿勿。」周禮大司徒「以旗致萬民」，遂師亦「以遂之大旗致之」。古者以旗致民，卽是以旗旒爲表，故詩綴旒並言，以喻湯爲下國表則也。至郊特牲「饗農及郵表畷」，鄭注：「郵表畷，

〔一〕「衆」字原脫，據說文（段注本）補。

謂田畯所以督約百姓於井閒之處也。」引詩「爲下國畷郵」。正義曰：「此齊、魯、韓詩說。」說文：「畷，兩陌閒道也。」段曰：「畷之言綴，衆涂所綴也。於此爲田畯督約百姓之處，若街彈室者然，曰郵表畷。」玉篇畷字注引詩「爲下國畷流」。按郵表畷爲督約百姓之處，亦立表以示人。說文：「桓，亭郵表也。」是郵亭有表之證。舞列之表曰綴，郵亭之表亦可曰畷，其義相近。然旒作郵者，自是同音假借字。宋翔鳳曰：「於井閒設旗以趣民耕耨，故云郵表畷。」是仍讀郵爲旒，不以郵爲郵舍也。又按說文：「幖，幖識也。」通俗文：「微號曰幖，私記曰幟。」據周禮肆師注「故書表爲剽」，凡言表者皆爲幖之假借，作剽亦借字也。

「不競不絿」，傳：「絿，急也。」箋：「競，逐也。不逐，不與人争前後。」瑞辰按：競卽争競之義。爾雅釋言：「競、逐，彊也。」競、倞通，說文、廣雅竝曰：「倞，彊也。」彊則易争競矣。說文：「絿，急也。」義本毛詩。廣雅：「絿，求也。」蓋本三家詩。竊謂絿對競言，从廣雅訓求爲是。争競者多驕，求人者多諂，競、求二義相對成文。與下句「不剛不柔」，雄雉詩「不忮不求」，昭二十三年左傳「不懦不耆」，杜注「耆，强也」，句法正同。至下章「不震不動」，震動謂驚憚，與下句「不戁不竦」相對成文，與此章每句自相對者異，此正足見詩人行文之善變耳。

「百禄是遒」，傳：「遒，聚也。」瑞辰按：遒本逎之或體，說文：「逎，迫也。或从酋作遒。」又曰：「揂，聚也。」傳以遒爲揂之假借，故訓爲聚。說文：「揫，束也。」引詩「百禄是揫」，蓋本三家詩。爾雅釋詁：「揫，聚也。」方言：「凡斂物而細謂之揫。」據釋名「秋，緧也」，周禮目錄云「秋者酋也」，是揂、揫音義同，故通用。説文韋部：「𩏶，收束也。从韋，𥻦聲。讀若酋。或作揫。」與手部揫字似爲重出，然益見揫、遒同音，可通用矣。北史蘇綽傳引詩作「百禄是求」，亦當本三家詩，求者逑之省借，説文：「逑，斂聚也。」又音近勼，説文：「勼，聚也。讀若鳩。」古逑字亦通作鳩，尚書「方鳩孱功」，説文引作「旁逑孱功」是也。求與遒亦聲近義通，「百禄是遒」猶下章「百禄是總」，傳訓聚，是也。通作揫與求，皆聚也。收所以聚，説文「䚡，雔射收繳具」，亦取收聚之義。至破斧詩「四國是遒」，傳「遒，固也」，蓋以遒爲膠之假借。爾雅釋詁：「膠，固也。」膠聲轉爲糾，又爲絿，王制鄭注「膠之言糾也」，又曰「膠或爲絿」是也。膠可轉爲絿，即可轉爲遒，故廣雅、廣韻並曰：「揫，固也。」然此自別一義。桂馥謂此詩遒字當訓爲固，則非。

「爲下國駿厖」，傳：「駿，大。厖，厚。」箋：「駿之言俊也。」瑞辰按：如傳、箋訓爲大厚，言「爲下國大厚」，似爲不詞，且與前章「綴旒」語不相類。竊考荀子榮辱篇引作駿蒙，大戴將軍文子篇引作恂蒙。駿與恂，厖與蒙，古並聲近通用。大學「恂栗」，鄭注「恂讀爲駿」，詩「狐裘蒙戎」，左傳作厖戎，是其證也。此詩當以恂蒙爲正。恂讀爲徇，呂氏春秋忠廉篇高注：「徇，猶衞也。」是徇有庇衞之義。又大雅桑柔「其下侯旬」，傳：「旬，言陰均也。」正義引爾雅釋言：「洵，均也。」李巡曰：「洵，偏之均也。」恂、洵義亦近。蒙通作幏，説文：「幏，蓋衣也。」廣雅釋詁：「幪，覆也。」幪卽幏字之俗。「爲下國恂蒙」猶云爲下國庇覆耳。荀子榮辱篇「是夫羣居和一之道也」，下引詩此句爲證，則恂蒙有羣相庇廕之象。法言「震風凌雨，然後知夏屋之爲帡幪也」，注：「帡幪，蓋覆也。」恂蒙猶言帡幪耳。上章言「敷政」，故言爲下國之表章，此章言「奏勇」，故言爲下國之覆庇，義固各有當也。至毛詩作駿厖，董氏讀詩記引齊詩作駿駹，皆假借字。説齊詩者遂以馬釋之，誤矣。

「何天之龍」，傳：「龍，和也。」箋：「龍當作寵。寵，榮名之謂。」瑞辰按：大戴禮引詩作「何天之寵」，此蓋箋義所本。

「不震不動」，箋：「不可驚憚也。」瑞辰按：震、動同義，皆謂震驚，猶戁、竦皆爲恐懼。宣十一年左傳「謂陳人無動」，史記作「謂陳曰無驚」，文十五年公羊傳「其實我動焉耳」，皆動卽震驚之證。説文：「唇，驚也。」「踬，動也。」音義並與震相近。

「不戁不竦」，傳：「戁，恐。竦，懼也。」瑞辰按：爾雅釋詁：「戁，動也。」又：「戁，懼也。」説文：「戁，敬也。」敬則必恐懼，故義又爲恐。小爾雅：「面慙曰戁。」而説文曰：「赧，面慙赤色。」則戁又與赧通，故楚語〔一〕韋注曰：「赧，懼也。」説文：「竦，敬也。」「愯，懼也。」傳訓竦爲懼，

〔一〕「楚語」原作「楚詞」，據楚語「不則赧」韋昭注改。續經解本作「國語」。

蓋以竦爲愯之假借。愯又通作聳與慫。昭六年左傳「聳之以行」，漢書刑法志引作愯，愯卽愯也。昭十九年左傳「駟氏聳」，説文亦引作愯。方言：「聳，悚也。」説文：「慫，驚也。讀若悚。」晉灼曰：「愯，古竦字。」是愯、竦、聳、慫、悚五字音義並同，故通用。

「百禄是總」，釋文：「總，子孔反。本又作⿰酉㚇，音宗。」瑞辰按：⿰酉㚇字，説文、玉篇所無。古總字通作鬷，又通作稯，⿰酉㚇蓋鬷及稯字之譌。

「武王載旆」，傳：「旆，旗也。」瑞辰按：荀子議兵篇、韓詩外傳引詩並作「武王載發」，説文引作「武王載坺」。王尚書言：「發正字，旆、坺皆借字，發謂起師伐桀。」是也。惟既引漢書律曆志述武王伐紂曰「癸巳，武王始發」，與此發字同義，又以載爲則，非也。載與哉通；哉，始也；載發卽始發，謂始興師。

「有虔秉鉞」，傳：「虔，固也。」箋：「有之言又也。又固持其鉞，志在誅有罪也。」瑞辰按：説文：「虔，虎行皃。讀若矜。」徐鍇曰：「虎之行兢兢然有威。」則虔之本義原取勇猛。勇猛者必强固，故爾雅訓虔爲固。廣雅：「固，堅也。」「堅，强也。」固與强義亦相成。有虔正形容强武之貌。箋訓有爲又，以虔爲持之固，失之。古者兵器惟鉞最重，説文作戉，引司馬法「夏執玄戉，殷執白戚，周𠂇杖黄戉，又把白髦也」。字林：「鉞，王斧也。」故王者親征多秉鉞。史記「湯自把鉞，以伐昆吾，遂伐桀」，正此詩秉鉞之謂。

「則莫我敢曷」，傳：「曷，害也。」瑞辰按：曷與害雙聲，故傳以曷爲害之假借。然荀子議兵篇、漢書刑法志引詩俱作遏。爾雅釋詁曷、遏並訓止。說文：「遏，微止也。」曷當卽遏之省借，「則莫我敢曷」猶魯頌「則莫我敢承」，「承」亦止也。傳訓爲害，似非詩義。

「苞有三蘖，莫遂莫達」，傳：「苞，本。蘖，餘也。」箋：「苞，豐也。天豐大先三正之後世，謂居〔一〕以大國，行天子之禮樂，而無有能以德自遂達於天者。」瑞辰按：苞者，木叢生之名，與葆音義同，故廣雅曰：「葆，本也。」本與苯同，玉篇「苯，蓴草叢生」是也。叢生之木多蘖餘，猶庶子爲蘖子。說文以蘖爲牙米也。廣韻引詩「枹有三枿」，漢書敍傳注引詩「包有三枿」，枹、包皆假借字，枿則蘖之或體，古文⿰木年字之隸變也。苞當從朱子集傳指夏桀，而以三蘖爲韋、顧、昆吾三國。箋以爲三正之後世，非也。方言：「達，芒也。」遂與達皆艸木生長之稱，「莫遂莫達」以喻三國不能復興。箋謂莫能自遂達於天，失之。

「韋顧既伐」，傳：「有韋國者，有顧國者。」箋：「韋，豕韋，彭姓也。顧、昆吾，皆已姓也。」瑞辰按：豕韋，彭姓，劉姓遞有其國，事見左傳及鄭語。考鄭語，初，豕韋爲商伯，其後商滅之。韋注：「武丁時劉氏自御龍氏代豕韋。」則彭姓豕韋至武丁時始滅，是知湯所伐之韋非卽彭姓豕韋。正義謂「成湯伐之，不滅其國」，特肊說耳。漢書古今人表韋有三：其一韋，居

〔一〕「居」原作「君」，據毛詩鄭箋改。

下上，在夏帝癸時；其一大彭豕韋，居上下，在殷南庚、陽甲時；又其一劉姓豕韋，居中上，在殷武丁時。按班固表於南庚、陽甲時之豕韋始言彭姓，則不以湯所伐之韋在帝癸時者爲彭姓矣。蓋湯滅韋，始以改封彭姓豕韋，故鄭語但曰豕韋爲商伯，不言其在夏時爲侯伯也。蓋夏帝癸時之韋，其姓已不可考，故人表不箸其姓。箋謂湯所伐卽彭姓豕韋，誤矣。至世本曰豕韋防姓，防、彭古聲近，以旁、彭互通類之，防姓卽彭姓，亦未可以當此詩之韋也。顧，漢書古今人表作鼓。顧、鼓雙聲，故通用。微子「我不顧行遯」，釋文：「顧，徐仙民音鼓。」是顧、鼓古亦同音。

「昔在中葉」，傳：「葉，世也。」箋：「中世，謂相土也。」瑞辰按：傳以葉爲世之假借。葉从枼聲，枼从世聲，故世可假作葉。淮南脩務云「稱譽葉語」，高注：「葉，世也。」廣雅釋言亦曰：「葉，世也。」下文「允也天子」指湯，承上言之，則中葉宜指湯時。蓋自殷有天下言，則湯爲開創之君；自玄王立國言，則湯爲中葉矣。箋以中葉指相土言，失之。

「有震且業」，傳：「業，危也。」箋：「震，猶威也。」相土始有征伐之威，以爲子孫討惡之業。」瑞辰按：以中葉指湯言，震亦可從箋訓威。至箋以業爲「子孫討惡之業」，則非。爾雅釋詁：「業，大也。」「有震且業」卽言其有威且大耳。

「降予卿士」，箋：「下予之卿士，謂生賢佐也。」瑞辰按：予，猶與也。箋以下予釋降予，是經本作降予之證。朱子集傳本亦當作降予，今作于者，傳寫之譌。

「實維阿衡」，傳：「阿衡，伊尹也。」箋：「阿，倚。衡，平也。湯所依倚而取平，故以爲官名。」瑞辰按：說文：「伊，殷聖人阿衡，尹治天下者。从人尹。」段玉裁曰：「伊與阿，尹與衡，皆雙聲，卽一語之轉。」今按段說是也。伊、阿、倚三字並雙聲，故箋訓阿爲倚，倚猶伊也。文王世子云：「虞夏商周有師保，有疑丞〔一〕，設四輔及三公，不必備，惟其人。」阿衡蓋師保之官，特設是官名以寵異之，後以聲轉而爲伊尹，及太甲時改曰保衡。大臣之稱阿保〔二〕，猶女師之稱阿保也。伊尹卽阿衡之轉，故毛傳以阿衡爲伊尹，箋亦以阿衡爲官名。呂氏春秋言伊尹生伊水之上，史記殷本紀言伊尹名阿衡，並失之。伊尹名摯，見於孫子用閒篇，不得以阿衡爲其名也。

## 殷武

「撻彼殷武」，傳：「撻，疾也。」瑞辰按：撻蓋勇武之貌。爾雅釋言：「疾，壯也。」廣雅釋詁：「壯，健也。」疾與壯健義近，傳訓疾者，亦壯武之義。說文：「遽，古文撻。」段玉裁曰：「从

〔一〕「丞」原作「承」，據續經解本及禮記文王世子改。

〔二〕「阿保」，疑當作「阿衡」。

虍者，言有威也。」則撻字亦爲武貌。正義以疾爲伐楚之疾，失傳恉矣。釋文引韓詩曰：「撻，達也。」據鄭風「挑達」爲行疾之貌，達亦疾也，則毛、韓字異而義同。

「奮伐荆楚」，傳：「荆楚，荆州之楚國也。」瑞辰按：說文：「楚，叢木也。一名荆。」又曰：「荆，楚木也。」是荆與楚異名同實，故楚國亦可稱荆，或亦累呼荆楚，猶殷連稱殷商也。

「罙入其阻」，傳：「罙，深也。」箋：「罙，冒也。」釋文：「罙，面規反。說文作冞，从冈米，云：冒也。」瑞辰按：毛詩作罙者，即說文冞字之省，傳、箋義雖異而字則同。冞與彌通，廣雅釋詁：「彌，深也。」此正與毛傳訓罙爲深同義。段玉裁乃謂：「毛本作突，隸變作罙，訓深者，毛以今字釋古字。」此妄說也。至箋訓罙爲冒，其義當本三家。以釋文引說文作冞、訓冒證之，足見許、鄭同原，又可以證今本說文冞字注云「周行也」，周卽冒字形近之譌，行乃後人妄增耳。段玉裁乃欲改說文「周行也」作「冈也」，又徑删說文引「詩曰『冞入其阻』」，妄矣。若說文本未引詩，則釋文何所據而言說文作冞乎？

「裒荆之旅」，傳：「裒，聚也。」箋：「俘虜其士衆。」瑞辰按：裒卽捊之別體。說文：「捊，引堅也。」引詩「原隰捊矣」，今詩作裒。易謙象傳「君子以裒多益寡」，釋文：「裒，鄭、荀、董、蜀才作捊，云：取也。」是裒卽捊之證。裒爲聚，又爲取。廣雅：「捊，取也。」與爾雅訓俘爲取同義，故傳訓裒爲聚，而箋以俘虜易之。說文：「俘，軍所獲也。」獲卽取也。一切經音義卷十二：「俘，取。」注引賈逵曰：「伐國取人曰俘。」取與聚義本相成，而讀捊爲俘，則以箋說爲允。捊之或體作抱。隱五年穀梁傳「苞人民、毆牛馬曰侵」，苞亦卽俘之假借也。

「昔有成湯」，瑞辰按：周書史記解孔晁注：「湯號曰成，故曰成湯。」書仲虺之誥某氏傳：「湯伐桀，武功成，故以爲號。」此皆以成爲號也。書釋文：「一曰，成，謚也。」白虎通義：「謚或一言，或兩言何？文者以一言爲謚，質者以兩言爲謚。故湯死後稱成湯，以兩言爲謚。」此皆以成湯爲謚也。今按謚法解周公始作，則成湯仍當爲生時之號。史記：「湯曰『吾甚武』，號爲武王。」或始以武爲號，及武功既成之後，又號爲成耳。至謚法解「安民立政曰成，除殘去虐曰湯」，殆因成湯既有其號，後遂取以爲謚，猶堯舜亦爲謚法所取也。

「自彼氐羌」，箋：「氐羌，夷狄國在西方者也。」瑞辰按：竹書云：「成湯十九年，氐羌來貢。」此詩所詠「自彼氐羌」者也。竹書又云：「武丁三十四年，氐羌來賓。」則高宗時亦有氐羌賓服之事，故因祀高宗而追溯成湯時事耳。山海經海內經云：「伯夷父生西岳，西岳生先龍，先龍是始生氐羌，氐羌乞姓。」郭注：「伯夷父，顓頊師，今氐羌其苗裔也。」周書王會篇「氐羌以鸞鳥」，孔注：「氐地之羌不同，故謂之氐羌。」是氐羌實西羌之一種。大戴五帝德篇言「舜南撫交趾、大教、鮮支、渠廋、氐羌」，據書大傳「西方者，鮮方也」，則鮮卽西，當作「鮮及渠廋、氐羌」，「鮮支」乃譌字也。漢隴西有氐道、羌道，則正義所云「氐羌之種，漢世仍存」

者矣。

「莫敢不來享」，箋：「享，獻也。」瑞辰按：觀卦虞氏易注引詩「莫敢不來賓」，據周語「賓服者享」，則來賓卽來享之異文。又按大戴五帝德篇「莫不賓服」，孔廣森補注：「賓，來朝也。」則來賓與下文來王義同。

「莫敢不來王」，箋：「世見曰王。」瑞辰按：正義云：「以經言來，故解之曰『世見曰來王』。」今毛本箋脱來字。又按：王本世見之名，亦通以爲朝覲之稱。蓋王之言往，王者爲天下所歸往曰王，諸侯往朝於王亦曰王，故下章「歲事來辟」，箋云「來辟，猶來王也」。猶之時見曰會，殷見曰同，而春秋諸侯相會亦曰會，魯頌淮夷來朝亦曰同也。又隱九年左傳「宋公不王」，不王亦謂不朝。杜注乃以爲「不共王職」，失其義矣。

「曰商是常」，箋：「曰商王是吾常君也。」瑞辰按：「曰商是常」猶言「魯邦是常」，常、長聲相近，廣雅釋詁：「長，常也。」此詩是常猶云是長耳。曰猶聿，助詞也。箋釋常爲常君，讀曰如「子曰」之曰，失之。唐石經商旁增一王字，蓋據箋增入。

「設都于禹之績」，箋：「天命乃令天下衆君諸侯，立都於禹所治之功。」瑞辰按：説文：「迹，步處也。或作蹟。」古經傳因多假蹟爲績，漢書凡功績字通借作迹是也。此詩又假績爲迹，九州皆經禹治，因稱禹迹，周書立政「以陟禹之迹」，襄四年左傳引虞人之箴曰「芒芒禹迹，畫爲九州」是也。詩云「設都于禹之績」，正謂設都于禹所治之地。箋訓爲功績，失之。文王有聲篇「維禹之績」，績亦當讀爲迹。哀元年左傳「復禹之績」，釋文：「績，一本作迹。」此古假績爲迹之證。

「勿予禍適」，傳：「適，過也。」箋：「勿罪過與之禍適。」瑞辰按：王尚書曰：「予，猶施也。禍讀爲過。廣雅：『讁、過，責也。』勿予過責，言不施過責也。」說詳經義述聞。今按傳訓適爲過者，正讀適爲讁。釋文引韓詩云：「適，數也。」據廣雅數、讁竝訓責，是韓詩亦讀適爲讁也。箋云「勿罪過與之禍適」，正以「罪過」二字釋禍適，而下仍云禍適者，順經文也。王尚書讀禍爲過，適爲讁，正與毛、鄭相發明。正義云「勿予之患禍，不責其罪過」，殊失傳、箋之恉。

「不僭不濫」，傳：「不僭不濫，賞不僭、刑不濫也。」瑞辰按：說文：「僭，儗也。」僭之本義爲以下儗上，引伸之爲過差。濫者，爁之假借。說文：「爁，過差也。」引論語「小人窮斯爁矣」。經典通作氾濫之濫。禮器「君子以爲濫」，鄭注：「濫亦盜竊也。」正義曰：「是爲僭濫也。」是僭、濫二字同義。此承上文「下民有嚴」言，謂民知畏法，故不敢僭濫，非謂上之賞刑也。襄二十六年左傳引詩以證賞不僭、刑不濫，特斷章取義耳。毛傳遂引以釋詩，誤矣。

「命于下國」，箋：「則命之於小國，以爲天子。」瑞辰按：命謂教令也，謂施其教令於下國也。上文「天命降監，下民有嚴」，謂天命湯降臨畿内之民，則下言「命于下國」謂湯施教令於諸侯，與玄鳥詩「方命厥后」同義。箋謂命湯於小國，以爲天子，失之。襄二十六年左傳引此詩，杜注謂「能爲下國所命爲天子」，尤非詩義。

「商邑翼翼，四方之極」，傳：「商邑，京師也。」箋：「極，中也。商邑之禮俗翼翼然可則傚，乃四方之中正也。」瑞辰按：後漢書樊儵傳〔一〕引詩「京邑翼翼，四方是則」，李賢注：「韓詩之文。」漢書匡衡傳云：「京邑翼翼，四方是則。」衡所治是齊詩，則齊、韓詩同。鄭君先通韓詩，故箋詩兼用韓説，然仍分極與則爲二義。今按極與則音近而義同，故通用。則，法也；極亦法也。説文：「極，棟也。」釋名：「棟，中也。」極爲棟，居室之正中，因通訓極爲中。惟中正可爲法則，故極亦爲法。文六年左傳「陳之藝極」，藝與臬通，臬，法也；則極亦法矣。周禮云「以爲民極」，猶云以爲民法也。之與是古亦通用，「四方之極」猶韓、齊詩「四方是則」也。張平子東京賦「京邑翼翼，四方是視」，蓋用韓、齊詩。李善注引毛詩以釋之，誤矣。

「以保我後生」，箋：「以此全守我子孫。」瑞辰按：南山有臺篇「保艾爾後」，雝之篇「克昌厥後」，武之篇「克開厥後」，皆止言後。獨此篇言後生，蓋變文以爲韻。後生與伐木篇「友生」同，皆以生爲語助詞，非如論語「後生可畏」對「先生」言也。箋於雝、武兩篇皆以子孫釋

〔一〕據後漢書，樊儵傳當作樊準傳，又引詩「京邑翼翼」，該傳作「京師翼翼」。

後字，此詩後生亦但以子孫釋之，不另釋生字之義。正義乃云「以保守我後嗣所生子」，失其義矣。

「松柏丸丸」，傳：「丸丸，易直也。」箋：「取松柏易直者。」瑞辰按：詩大雅皇矣篇「松柏斯兑」，傳：「兑，易直也。」古音兑讀如脱，脱、丸一聲之轉，故丸丸亦爲易直。説文：「丸，圜也。傾側而轉者。从反仄。」段玉裁曰：「易直謂滑易而條直，又丸義之引申。」至文選長笛賦「丸挺彫琢」，「丸挺」特節取詩詞，注引韓詩章句曰「取松與柏」，乃總括下文「是斷是遷」等句而釋之，與箋云「取松柏易直者」同義，非訓丸丸爲取也。李善引韓詩，以丸爲取，誤矣。楊升菴讀丸如卵，尤非。

「方斲是虔」，傳：「虔，敬也。」箋：「椹謂之虔。正斲於椹上。」瑞辰按：「方斲是虔」與「是斷是遷」對舉，正與魯頌「是斷是度」、「是尋是尺」文法相類。斲與虔二字平列，方猶是也。或言方，或言是，互文以見參錯。猶桑扈篇「彼交匪敖」，左傳引作「匪交匪敖」，知彼亦爲匪，而毛詩上彼下匪者，亦互文也。虔當讀如虔劉之虔。方言：「虔，殺也。」廣雅虔、伐、刈並訓殺，是虔猶伐也，刈也。淮南説林「譬猶削足而適履，殺頭而便冠」，高注：「殺，猶削也。」是知殺人謂之虔，削伐木亦謂之虔，「方斲是虔」猶云是斲是虔也。「是斷是遷」是斬伐木於在山之時，「方斲是虔」是削伐木於作室之際。傳訓虔爲敬，固非詩義；若如箋訓爲椹質，必改經文爲「方斲于虔」而後明，又與「是斷是遷」句法不相類，胥失之矣。

「松桷有梴〔一〕」，傳：「梴，長貌。」瑞辰按：説文：「梴〔二〕，木長貌。」引詩「松桷有梴」。又曰：「挺，長也。」馬融長笛賦「丸挺彫琢」，義本是詩，三家詩蓋有作挺者。段玉裁謂釋文本作挺，説文梴字爲後人增入。今按説文：「延，長行也。」引申爲長，方言：「延，長也。凡施於年者謂之延。」挺、梴〔三〕皆从延聲，故義皆爲長。然挺字泛言長，梴字專言木長，二字固不嫌複也。張參五經文字云：「梴，木長皃。見詩頌。」則唐時毛詩固作梴耳。白帖卷一百引詩「松桷有埏」，埏與挺皆梴字之假借。釋文挺字下舊有「俗作」二字，下無字，盧抱經本補埏字，蓋卽以白帖爲據。

「旅楹有閑」，傳：「旅，陳也。」箋：「以爲桷與衆楹。」瑞辰按：旅當爲鑢字之假借。説文：「鑢，厝銅鐵也。」厝銅鐵爲鑢，錯摩木亦得爲鑢，故廣雅釋詁曰：「鑢，磨也。」鑢通作廬，又作鐧，又作鋁。考工記「秦無廬」，注：「廬讀爲⿰糸慮〔四〕，謂矛戟柄竹欑柲，或曰摩鐧之器。」賈疏

〔一〕「梴」原作「挺」，據續經解本及毛詩改。傳文「梴」字同。
〔二〕「梴」原作「挺」，據説文改。
〔三〕「梴」原作「挺」，據續經解本及文義改。
〔四〕「⿰糸慮」，考工記鄭注作「纑」。阮元校勘記謂當作「籚」。

云：「或有解摩鐧之器者，但柄須摩鐧使滑，故爲此釋。」方言云：「燕齊摩鋁謂之希。」今按鑢从慮聲，與盧音近，鑢之假借作旅，猶黸矢作旅矢，旅太山爲臚岱也。鑢又作鐧及鋁，猶膂通作呂也。明堂位「刮楹」，鄭注：「刮，刮摩也。」正與鑢摩同義。春秋莊二十三年「丹桓宮楹」，公羊何休注：「楹，柱也。禮，天子斲而礱之，加密石焉；諸侯斲而礱之，不加密石；大夫斲之；士首本。」尚書大傳曰：「桷，天子斲其材而礱之，加密石焉。」鄭注：「礱，礪之也。密石，砥之也。」説文：「礱，礛也。天子之桷，椓而礱之。」礛卽磨字。尚書大傳及説文説桷，與公羊注引禮説楹略同，蓋古者楹、桷皆用刮摩，與明堂位刮楹制合，是知旅楹卽鑢楹，鑢楹卽刮楹也。刮楹爲天子之廟飾，而明堂、路寢同之，故逸周書作雒解言明堂之制曰旅楹，此詩新路寢亦曰旅楹，皆謂磨鑢其楹也。傳訓旅爲陳，箋訓旅爲衆，並失之。至郊特牲「旅樹」，旅當讀爲刻鏤之鏤，以古音鏤音同盧，故亦可借作旅。旅樹卽明堂位所謂疏屛，屛卽樹也，疏卽刻鑢〔一〕之也。鄭注訓旅爲道，亦非。又按正義云：「箋不解閑義。梴爲桷之長貌，則閑爲楹之大貌。」據魏都賦注引薛君韓詩章句曰「閑，大也，謂閑然大也」，則韓詩本訓閑爲大貌，而正義未及檢，但引王肅云「有閑，大貌」，不知其義本韓詩也。

〔一〕「鑢」，續經解本作「鏤」。

# 附廣雅書局本廖跋

馬氏著此書，艸艸刻成，未及詳校，其中引用不免譌舛。廣雅書局重寫校刊，其顯然者隨見是正，間有不得其解者。如泉水「聊與之謀」一條，引玉篇引聲類曰「憀，且也」，攷玉篇未嘗引聲類。賓之初筵「俾出童羖」一條，引廣雅「吴羊一歲曰牯羠」，又引玉篇、廣韻並以𦍩爲羖之俗，繹文義，似𦍩爲牯之譌。然攷二書，羖下皆出𦍩字，注曰「俗」，則與上引廣雅句不應，且廣雅言「吴羊牡一歲曰牡羠，牝一歲曰牸羠」，亦無牯羠之名。皇矣「王赫斯怒」一條，引釋文「鄭讀斯爲賜」，攷釋文，則云「斯，鄭音賜」，擬其音，未嘗易其義。烝民「生仲山甫」一條，引讀漢書曰「仲山甫封於樊，因氏國焉，爰自宅陽徙居湖陽」，「讀」疑「續」之譌，然攷司馬彪書無此文。後漢書樊宏傳止言「南郡湖陽人，其先周仲山甫封於樊，因而氏焉」，而「爰自宅陽」云云亦未見所出〔一〕。豈自序所謂「意有省會，復加點竄」者歟？螽斯羽「詵詵

〔一〕按：馬氏所引「仲山甫封於樊，因氏國焉，爰自宅陽徙居湖陽」，實出自水經泚水注（「泚水」別本作「比水」）所引司馬彪語，其前冠有「司馬彪曰」四字，胡承珙毛詩後箋引之，改作「續漢書曰」，而未明言所出。馬氏蓋又據胡氏書轉引而誤「續」爲「讀」（當係刻誤）。司馬彪續漢書僅存八志，水經注所引蓋在八志之外。

兮」一條，引一切經音義「詵又作甡、㚞、辛，同」，案㚞當作㚞，此則沿玄應書之譌，非馬氏之誤。凡若斯類，未敢輒改。其他引書增減一二字而義無殊者，亦因其舊。原書字體、行款，參差不齊，如皃、貌古今字，其引毛傳作貌，解釋則作皃。今皆寫作貌，惟引説文仍作皃，餘亦改从畫一。至詩首之標題，篇中之句釋，時復錯奪，有刻成始校出者，如卷三鵲巢奪標題一行，卷二十三采綠釋「五日爲期」、「言綸之繩」二句先後倒置之類，以無關要旨，省大段更易，姑仍之。光緒十三年十二月立春前一日，南海廖廷相識。